JOY FIELDING

Sag Mami Goodbye

Schau dich nicht um

»Sag Mami Goodbye«

Donna und Victor haben nach frustrierenden Ehejahren endlich die Scheidung hinter sich gebracht. Es sieht so aus, als würde nun langsam wieder Friede in Donnas Leben einkehren, als etwas Unfaßbares geschieht: Nachdem Victor die beiden gemeinsamen Kinder zu einem Ausflug abgeholt hat, verschwindet er mit ihnen spurlos. Bald wird deutlich, daß Victor Adam und Sharon entführt hat. Von nun an sind die beiden Kinder Spielbälle in einem psychologischen Krieg, den sie nicht begreifen und in dem sie nur verlieren können. Donna ist fest entschlossen, ihre Kinder zurückzuholen. Und sie begibt sich auf eine verzweifelte Suche, die sie quer durch Amerika führt ...

»Schau dich nicht um«

Seit einigen Tagen fühlt sich die junge Staatsanwältin Jess Koster verfolgt. Ist es nur Einbildung, oder hat sich der brutale Vergewaltiger Rick Ferguson an ihre Fersen geheftet, dem sie gerade den Prozeß zu machen versucht? Jess droht den Prozeß zu verlieren, da die Beweise gegen Ferguson auf wackligen Füßen stehen. Außerdem zögert sein letztes Opfer, vor Gericht auszusagen, da Ferguson der Frau gedroht hat, sie umzubringen. Und dann ist sie eines Tages verschwunden. Jess weiß nicht, wem sie sich in dieser schwierigen Situation anvertrauen soll. Sie fühlt sich allein und schutzlos. Doch dann lernt sie einen Mann kennen, zu dem sie sich durch eine magische Kraft hingezogen fühlt: Einen Mann, der ein dunkles Geheimnis verbirgt ...

Autorin

Joy Fielding gehört zu den unumstrittenen Spitzenautorinnen Nordamerikas. Alle ihre Bücher waren Bestseller, und mit dem Psychothriller »Lauf, Jane, lauf!« gelang ihr der große internationale Durchbruch. Die Autorin lebt mit ihrer Familie in Toronto, Kanada, und Palm Beach, Florida.

Von Joy Fielding außerdem lieferbar:

Lauf, Jane, lauf! Roman (41333) · Sag Mami Goodbye. Roman (42852) · Lebenslang ist nicht genug. Roman (42869) · Ein mörderischer Sommer. Roman (42870) · Schau dich nicht um. Roman (43087) · Flieh, wenn du kannst. Roman (43262) · Am seidenen Faden. Roman (44370) · Zähl nicht die Stunden. Roman (45405) · Nur wenn du mich liebst. Roman (45642) · Bevor der Abend kommt. Roman (45734) · Schlaf nicht, wenn es dunkel wird. Roman (gebunden)

Joy Fielding

Sag Mami Goodbye

Schau dich nicht um

Zwei Romane in einem Band

GOLDMANN

Die Originalausgabe von »Sag Mami Goodbye« erschien unter dem Titel »Kiss Mommy Goodbye« bei Doubleday, New York, die von »Schau dich nicht um« unter dem Titel »Tell Me No Secrets« bei William Morrow, New York.

Umwelthinweis:
Alle bedruckten Materialien dieses Taschenbuches
sind chlorfrei und umweltschonend.

1. Auflage
Taschenbuchausgabe Juni 2005
»Sag Mami Goodbye«

Deutsche Übersetzung von Günter Panske

»Schau dich nicht um«

Umschlaggestaltung: Design Team München
Umschlagfoto: Picture Press/Graphistock
Druck: GGP Media GmbH, Pößneck
Titelnummer: 13360
BH · Herstellung: sc
Made in Germany
ISBN 3-442-13360-2
www.goldmann-verlag.de

Sag Mami Goodbye

Roman

Aus dem Amerikanischen
von Günter Panske

Die Originalausgabe von »Sag Mami Goodbye«
erschien unter dem Titel »Kiss Mommy Goodbye«
bei Doubleday, New York

Die Vergangenheit

1

»Könnten Sie das ein wenig konkretisieren, wenn Sie von ›sonderbarem Verhalten‹ sprechen?«

»Konkretisieren?«

Der Anwalt ließ ein Lächeln wohlgeübter Geduld sehen, und seine Stimme war voller Verständnis, als er fortfuhr:

»Ja. Könnten Sie uns vielleicht Beispiele nennen für das, was Sie uns beschrieben haben als sonderbares Verhalten Ihrer Frau im Laufe der letzten Jahre?«

»Oh, ja. Gewiß.« Der Mann nickte.

Wie erstarrt saß Donna Cressy auf ihrem Stuhl, und voll Anspannung beobachtete sie den Mann im Zeugenstand – ihn, der sechs Jahre lang ihr Ehemann gewesen war: Victor Cressy, achtunddreißig, fünf Jahre älter als sie. Unbeirrt fuhr er fort, ihr Selbstbewußtsein zu zerstören, Stück für Stück, Atom für Atom (wie Aschenstäubchen aus dem Ofen eines Krematoriums). Alles wurde seziert: jedes Wort, das sie in ihrer Ehe jemals geäußert hatte, selbst der Tonfall, die kleinste Nuance. Es schien nichts zu geben als eine Interpretation oder, anders ausgedrückt, den Blick durch *seine* Brille. Sie fühlte sich versucht zu lächeln. Warum auch hätte es bei der Scheidung anders sein sollen als während ihrer Ehe.

Sie betrachtete sein Gesicht und wünschte, sie könnte so sein wie eine der Frauen, von denen sie so oft gelesen hatte: die beim Blick auf den einstigen Ehemann oder Geliebten nicht mehr verstehen konnten, was sie in *dem* denn je gesehen haben mochten. Was sie selbst betraf, so sah sie noch immer alles genau wie damals – das attraktive, freundlich wirkende Gesicht mit den nachdenklichen blauen Augen, dem fast schwarzen Haar, dem vollen Mund. Bei aller Sensibilität besaß es auch etwas Herrisches, und die Stimme war die Stimme eines Mannes, der sich Respekt zu verschaffen verstand, aber auch Respekt zollte.

»Sie hörte auf, Auto zu fahren«, sagte Victor wie verwundert. Offenbar war dies etwas, das über sein Begriffsvermögen ging.

»Hörte auf – ja, wieso denn?« hakte der Anwalt nach. »Hatte sie einen Unfall gehabt?«

Er war wirklich ein ausgezeichneter Anwalt, mußte Donna zugeben. Hatte Victor nicht sogar gesagt, er sei der beste in ganz Florida? Verwundern konnte das kaum. Für Victor war das Beste immer gerade gut genug. Anfangs hatte sie das an ihm bewundert, später mehr und mehr verabscheut. Schien es nicht unfaßbar, daß man das, was man einmal geliebt, am Ende verachten konnte?

Komisch eigentlich. Komisch, daß der routinierte Anwalt und sein Mandant die einstudierte Szene so »brachten«, daß alles ganz spontan wirkte. Von ihrem eigenen Anwalt wußte sie: Ein guter »Mann vom Fach« stellt niemals eine Frage, deren Beantwortung er nicht im voraus kennt. Auch ihr Anwalt genoß einen ausgezeichneten Ruf als Jurist – konnte jedoch mit Victors Anwalt nicht ganz mithalten.

»Nein. In all den Jahren, die ich sie kannte, hatte sie niemals einen Unfall«, erwiderte Victor. »Mit sechzehn lernte sie fahren, und soweit ich weiß, geht nicht einmal eine Delle im Kotflügel auf ihr Konto.«

»Wie war das nach der Heirat? Ist sie damals viel gefahren?«

»Aber ja, dauernd. Zu unserem zweiten Hochzeitstag kaufte ich ihr ein Auto, einen kleinen Toyota. Sie war überglücklich.«

»Und eines Tages hörte sie plötzlich mit dem Fahren auf?«

»Ganz recht. Urplötzlich weigerte sie sich. Wollte sich nicht mehr ans Lenkrad setzen.«

»Gab sie irgendeine Erklärung dafür?«

»Sie sagte, sie wolle nicht mehr fahren.«

Ed Gerber, Victors Anwalt, hob die Augenbrauen, runzelte die Stirn und spitzte die Lippen. Ein Meister der Mimik, dachte Donna. »Wann genau war das?«

»Vor ungefähr zwei Jahren. Nein. Ist vielleicht schon ein wenig länger her. Muß so um die Zeit gewesen sein, als sie mit Sharon schwanger war. Sharon ist jetzt sechzehn Monate alt. Ja, doch, vor ungefähr zwei Jahren.« Seine Stimme klang tief und nachdenklich.

»Hat sie seither wieder ein Auto gefahren?«

»Nicht daß ich wüßte.«

»Und eine mögliche Ursache für dieses Verhalten ist Ihnen nicht bekannt?«

»Ganz recht. Allerdings...«, er hielt inne, schien nicht recht zu wissen, ob er fortfahren sollte, »einmal habe ich beobachtet, wie sie sich ans Lenkrad setzte. Das war etwa vor einem Jahr, und sie dachte, ich schliefe noch...«

»...schliefen noch? Welche Uhrzeit war es denn?«

»Kurz nach drei Uhr morgens.«

»Was suchte sie dort draußen, um drei Uhr morgens?«

»Einspruch.« Er kam von ihrem Anwalt. Mr. Stamler. Mr. Stamler und Mr. Gerber glichen einander fast wie ein Ei dem anderen. Gleiche Größe, gleicher Körperbau, etwa das gleiche Alter. Ja, sie schienen austauschbar. Allerdings: Victor hatte ihr gesagt, sein Mr. Gerber sei der bessere.

»Ich ziehe die Frage zurück. Wie war Ihre Frau zu diesem Zeitpunkt gekleidet?«

»Sie trug ein Nachthemd.«

»Und wo befanden sich die Kinder?«

»Im Haus. Sie schliefen.«

»Würden Sie bitte genau schildern, was Sie an jenem Morgen beobachteten?«

Victor schien perplex. Und Donna sah deutlich, daß seine Verwirrung nicht gespielt war. Vergib ihnen, Vater, dachte sie unwillkürlich, denn sie wissen nicht, was sie tun. Victor hatte geschworen, die Wahrheit zu sagen. Und er sagte sie – so wie er sie sah. So wie er sie wußte. Seine Wahrheit, nicht ihre. Ihre Chance würde später kommen. Ihre letzte Chance.

»Ich hörte die Haustür zuklappen und blickte durch das Fenster zum Parkplatz. Donna schloß das Auto auf und stieg ein. Ich war überrascht. Offenbar wollte sie nun doch wieder selbst fahren – und dazu noch um drei Uhr nachts. Wo mochte sie um diese Zeit nur hinwollen? Das war lange, ehe ich das mit Dr. Segal erfuhr, natürlich.«

»Einspruch. Nichts weist darauf hin, daß Mrs. Cressy an diesem Morgen die Absicht hatte, sich mit Dr. Segal zu treffen.«

»Stattgegeben.« Der Richter. Gleiche Größe und so ziemlich gleicher Körperbau wie Mr. Stamler und Mr. Gerber. Ungefähr zwanzig Jahre älter.

»Ist Mrs. Cressy überhaupt irgendwohin gefahren?«

»Nein. Sie steckte den Schlüssel ins Zündschloß, und dann saß sie dort, als könne sie sich nicht bewegen. Plötzlich begann sie zu zittern. Am ganzen Körper. Sie saß dort und zitterte. Schließlich stellte sie den Motor ab und kehrte ins Haus zurück. Ich ging ins Wohnzimmer, um nach ihr zu sehen. Sie hatte ganz offensichtlich geweint. Ich fragte sie, was denn los sei.«

»Und welche Antwort gab sie Ihnen?«

»Ich solle wieder ins Bett gehen. Und dann ging sie in ihr eigenes Zimmer zurück.«

»Ihr eigenes Zimmer? Sie hatten getrennte Schlafzimmer?«

»Ja.«

Das Eingeständnis schien Victor überaus peinlich zu sein.

»Wie kam es dazu?«

»Es war Donnas Wunsch.«

»Von Anfang an?«

»Nein. Oh, nein.« Er lächelte. »Wir haben zwei Kinder, vergessen Sie das nicht.« Auch Mr. Gerber lächelte. Und wenn nicht alles täuschte, lächelte sogar der Richter. Nur Donna blieb ungerührt. »Nein, sie, äh, sagte mir, sie würde nicht mehr mit mir schlafen – und das war an dem Tag, wo sie entdeckte, daß sie mit unserem zweiten Kind schwanger war.«

»Fanden Sie diese Erklärung nicht – sonderbar?«

»Nicht allzu sehr. In dieser Hinsicht war sie schon seit längerer Zeit mehr als zurückhaltend. Von wenigen Ausnahmen abgesehen.« Sein Lächeln war das eines traurigen Welpen. Donna hätte ihm ins Gesicht schlagen können.

»Ihre Frau verweigerte Ihnen also den Geschlechtsverkehr?«

»Ja, Sir.« Fast unhörbar.

»Hat Sie Ihnen einen Grund dafür genannt?« Weshalb fragt der dauernd nach Ursachen, nach Gründen, dachte Donna.

»Anfangs sagte sie, sie sei einfach zu müde, wo sie sich doch unentwegt um Adam kümmern müsse – er ist inzwischen vier.«

Ungläubig starrte Donna Victor an. Hatte er ihr nicht einmal gesagt, er besitze das Talent, den Eskimos einen Kühlschrank zu verkaufen oder den Arabern Sand? In der Tat war er ja seit fünf Jahren bei Prudential der Top-Versicherungsagent. Was sie im Augenblick erlebte, kam schon einem kleinen schauspielerischen Wunder gleich: Da verwandelte sich ein Yankee aus Connecticut in einen Ureinheimischen des Südens, Palm Beach, Florida. Selbst in seiner Sprechweise klang der behäbigere Dialekt durch. Nun ja, praktisch hatte sie ihm das seit acht Jahren abgekauft.

Seine Stimme klang in ihr nach. »...*wo* sie sich doch unentwegt um Adam kümmern müsse.« Normalerweise hätte sich ein Victor Cressy nie so ausgedrückt. »...*weil* sie sich« oder »*da* sie sich« – das hätte seiner üblichen Ausdrucksweise entsprochen. Und dann noch der kurze, gefühlvolle Nachsatz: »...er ist inzwischen vier.« Das war genau die richtige Dosis Schmalz; Land-Schmalz, wenn man so wollte. Aber war sie nicht mit Pauken und Trompeten darauf reingefallen? Genauso wie jetzt, augenscheinlich, der Richter.

Für einen Augenblick stieg Panik in ihr auf. Rasch wandte sie sich um, blickte zu Mel. Ja, dort war er, und er lächelte. Dennoch wirkte er verwirrt. Genauso verwirrt, wie sie sich selbst fühlte. Sie drehte den Kopf zurück, starrte wieder zum Zeugenstand. Und zum erstenmal ließ sie in sich einen Gedanken aufsteigen, der von ihr konsequent unterdrückt worden war, seit sie Victor verlassen hatte – daß am Ende er Sieger bleiben könne. Weniger was die Scheidungsklage als solche betraf; es war ihr ziemlich gleichgültig, wer hierbei als schuldiger Teil gelten würde (schließlich war es ja eine Tatsache, daß sie Ehebruch begangen hatte). Doch während der behäbige und weiche südliche Dialekt aus Victors Mund an ihr Ohr drang, schien urplötzlich dies eine mögliche Realität zu werden: daß sie ihre Kinder verlieren könne – das einzige, was sie in den letzten sorgenvollen Jahren sozusagen über Wasser gehalten hatte, und gewissermaßen auch bei Verstand.

Bei Verstand?

Victor schien da anderer Meinung. »Und dann war sie natürlich so oft krank.«

»Krank?«

»Nun ja – sie schien eine Erkältung nach der anderen zu haben, und wenn es keine Erkältung war, dann war es die Grippe. Tagelang lag sie im Bett.«

»Und wer kümmerte sich um die Kinder?«

»Mrs. Adilman von nebenan. Sie ist Witwe, und sie schaute bei uns herein.«

»Hat Mrs. Cressy einen Arzt aufgesucht?«

Victors Lächeln war eine säuberliche Mischung aus Ironie und Bedauern. »Anfangs konsultierte sie unseren alten Hausarzt, Dr. Mitchelson. Als der sich dann ins Privatleben zurückzog, konsultierte sie fortan nur noch ihren Gynäkologen, Dr.

Harris. Bis sie dann Dr. Segal traf. Plötzlich wurde er der Hausarzt.«

»Dr. Melvin Segal?«

»Er behandelte Ihre Frau?«

»Und meine Kinder.«

»Sie hatten keinen Spezialisten – keinen Kinderarzt?«

Zum erstenmal an diesem Vormittag klang aus Victors Stimme so etwas wie Zorn. Es war überaus wirksam. »An sich hatten wir einen ausgezeichneten Kinderarzt. Den besten. Dr. Wellington, Paul Wellington. Aber Donna bestand darauf – und sie war in diesem Punkt absolut unnachgiebig –, daß Sharon und Adam von Dr. Segal untersucht wurden.«

»Gab sie dafür irgendeine Erklärung?« Wieder die Ursachen, die Gründe.

»Nun, jedenfalls keine befriedigende.«

Der Rechtsanwalt legte eine Pause ein. Er glich einem Wanderer, der eine Weggabelung erreicht hatte und sich nunmehr entscheiden mußte. Sollte er jenen Pfad wählen, bei dem er sich auf Donnas eheliche Untreue kaprizierte? Oder war es ratsamer, sich auf Donnas absonderliches Verhalten zu stützen? Augenscheinlich entschied er sich für das letztere – und war offenbar der Meinung, gegebenenfalls später auf den anderen Pfad ausweichen zu können.

»Etwas später würde ich gern wieder auf Dr. Segal zurückkommen«, fuhr Mr. Gerber fort, während er seine Stirn glättete und seine Lippen zu absonderlichen Formen stülpte. »Doch jetzt möchte ich, daß Sie sich auf jene Handlungen Ihrer Frau konzentrieren, die Ihnen merkwürdig vorkamen. Können Sie uns einige weitere Beispiele nennen?«

Victor blickte zu Donna, senkte sodann den Kopf. »Nun«, begann er zögernd, »unmittelbar nach Sharons Geburt gab es eine Zeit, wo sie ihr eigenes Aussehen haßte und sich entschloß, ihr Haar umzufärben.«

»Nach allem, was ich über Frauen weiß, ist das nicht gerade ungewöhnlich«, sagte Mr. Gerber und ließ ein leises, herablassendes Kichern hören. Victor war klug genug, nicht miteinzustimmen. Er ließ die präzise berechnete Unterbrechung seines Anwalts über sich ergehen und fuhr dann in seinem Bericht fort, wobei er zum Ende hin das Tempo immer mehr beschleunigte. »In der Tat«, stimmte er zunächst einmal zu, »wäre es im Grunde keineswegs ungewöhnlich gewesen, und anfangs dachte ich mir auch gar nichts dabei – außer daß mir ihr Haar immer lang und natürlich am besten gefallen hatte, und das wußte sie auch.« Pause. Wirken lassen. *Absichtlich* hatte sie etwas geändert, obschon sie wußte, daß der ursprüngliche Zustand bevorzugt wurde. »Zuerst färbte sie nur ein paar Strähnen, so daß es noch immer braun war, mit – wie soll ich sagen – ein paar blonden Glanzlichtern darin. Das sah gar nicht übel aus, aber nach ungefähr einer Woche entschloß sie sich zu einer weiteren Änderung. Plötzlich war sie fast völlig blond, mit wenigen braunen Strähnen. Als nächstes entschied sie, daß langes Haar ganz blond vielleicht wirkungsvoller wäre; also färbte sie es fast weißblond. Aber dann beklagte sie sich darüber, daß es von der Sonne eine gelbliche Farbe bekomme. Also war die nächste Phase Rotblond, bis sie sich absolut für Rot entschied.« Er hielt inne, um Atem zu holen. Donna erinnerte sich. Erinnerte sich an das Rot. Sie hatte gehofft, wie ein Star auszusehen. Statt dessen sah sie dann aus wie ein armes Waisenkind. »Das Rot dauerte auch nicht länger als die anderen Varianten, und bald war sie bei Kastanienbraun und schließlich sogar Schwarz angelangt. Unter diesem fortwährenden Umfärben hatte ihr Haar so sehr gelitten, daß sie es kürzer tragen mußte, etwa bis zum Kinn. Es bekam wieder seine natürliche Farbe, die gleiche wie jetzt, und es stand ihr großartig. Das sagte ich ihr auch; als sie aber am nächsten Morgen ins Frühstückszimmer kam, erkannte ich sie zunächst gar nicht. Sie sah aus wie die Insassin eines Konzentrationslagers, derart kurz hatte sie ihr Haar geschoren, und sie war so dünn.« Wie ratlos schüttelte er den Kopf.

»Was meinten ihre Freundinnen zu diesen dauernden Veränderungen?« fragte Mr. Gerber.

Sofort beugte sich Donnas Anwalt ein winziges Stück vor. Gar kein Zweifel: Bei der leisesten Andeutung, daß irgendeine Aussage bloß auf »Hörensagen« beruhte, würde er sofort Einspruch erheben.

»Nun«, erwiderte Victor vorsichtig, »zu dieser Zeit hatte sie nicht viele Freundschaften. Zumindest kam niemand ins Haus.« Wirkungsvolle Pause. Kurzer Blick auf Mel. »Allerdings – einmal hat Mrs. Adilman mich gefragt, ob mit Donna alles in Ordnung sei.«

»Einspruch. Hörensagen.«

»Stattgegeben.«

Victor wartete darauf, daß ihm sein Anwalt weitere Stichworte zuspielte. Was dieser auch tat, geschickt, behutsam.

»Was dachten Sie denn über all diese Veränderungen, Mr. Cressy?«

»Ich hoffte ganz einfach, daß es sich bloß um eine Phase handelte, die sie nach der Entbindung durchmachte. Ich hatte gehört, daß Frauen mitunter ein wenig unzurechnungsfähig werden nach...«

»Einspruch, Euer Ehren. Also wirklich...«

»Stattgegeben. Sie bewegen sich da auf gefährlichem Terrain, Mr. Gerber.«

Mr. Gerber demonstrierte leise Zerknirschung. Er senkte den Kopf, und in dieser Haltung stellte er die nächste Frage.

»Mit der Zeit wurde es wieder besser?«

»Nein, es wurde schlimmer.«

Donna spürte, wie ihr Fuß einzuschlafen begann. Unmittelbar vor Sonnenaufgang ist es immer am dunkelsten, hatte ihre Mutter einmal gesagt. Aus irgendeinem Grund fiel ihr diese Bemerkung jetzt ein. Sie fühlte das Kribbeln, bewegte die Zehen. Unwillkürlich mußte sie lächeln. Immerhin bewies das Kribbeln, daß dort Nerven waren – daß sie also noch lebte.

Deutlich bemerkte sie, wie sich Victors Augen verengten; er hatte ihr Lächeln gesehen, und sein Blick drückte gleichzeitig Frage und Mißbilligung aus. Du Dreckskerl, dachte sie, und am liebsten hätte sie es laut geschrien. Aber das war natürlich unmöglich. Schließlich ging es darum, den Herren hier zu beweisen, daß sie eine *richtige* Mutter war: ein Wesen, das Kinder nicht nur in die Welt setzen, sondern auch großziehen konnte. Victors Stimme klang wie ein Surren, das unentwegt fortdauerte. Er sprach von Mißhelligkeiten, von Demütigungen, von irgendwelchen Dingen, die sie ihm angeblich angetan. Sie wollte keine Gäste bei sich haben, nicht einmal Geschäftspartner oder potentielle Kunden. Hatten sie ihrerseits Partys besucht (wogegen sie nichts einzuwenden hatte), so sei sie sarkastisch und taktlos gewesen und habe an ihm kein gutes Haar gelassen. Oder aber: Sie verfiel ins andere Extrem und sprach den ganzen Abend praktisch kein Wort. Ein wahrer Alptraum sei es gewesen. Nie habe er gewußt, wie sie reagieren würde. Niemand wußte es.

Und dann diese andere Sache: das mit dem Hausputz.

Victor verstand es, die Geschichte so zu erzählen, als höre er sie selbst zum erstenmal. »Das fing nach Sharons Geburt an. Sie mußte mitten in der Nacht aufstehen, um das Kind zu stillen. Das war regelmäßig so gegen zwei Uhr früh. Sie steckte die Kleine dann wieder ins Bett, aber statt sich selbst wieder schlafen zu legen, begann sie aufzuräumen und sauberzumachen. Wohnzimmer, Speisezimmer, Küche. Manchmal wischte sie sogar den Küchenfußboden. Bald mußte Sharon nachts nicht mehr gestillt werden. Trotzdem stand Donna weiterhin in aller Frühe auf, gegen zwei oder drei Uhr, und beschäftigte sich wenigstens eine Stunde lang mit Hausputz. Als ich einmal in die Küche kam, spülte sie das Geschirr.« Er hielt einen Augenblick inne, fuhr dann wie bedrückt fort: »Dabei haben wir eine Geschirrspülmaschine.«

Wer war diese absonderliche Dame, von der da gesprochen wurde? dachte Donna. Eine Mrs. Victor Cressy? Nun, die war wohl in der Tat unzurechnungsfähig gewesen.

Ihre Gedanken gingen zurück in jene Zeit, als das Wort Hölle für sie mehr geworden war als ein abstrakter Begriff. Etwa sechsundzwanzig mochte sie damals gewesen sein, alleinstehend, ihre Freiheit und Selbständigkeit genießend. Sie hatte viele Verabredungen, mal mit diesem, mal mit jenem. Eine Gruppe von Kollegen bei der McFaddon-Werbeagentur beschloß, am 4. Juli, dem Unabhängigkeitstag, zu einem gemeinsamen Wochenende in ein Haus in Meeresnähe zu fahren. Es gehörte den Eltern eines Angestellten, die den Sommer weiter nördlich verbrachten; sie war mit von der Partie und genoß die Sache sehr – bis sie dann zum Küchendienst abbeordert wurde. Von Mitternacht bis zwei Uhr früh war sie mit Geschirrspulen beschäftigt – die Geschirrspülmaschine hatte beschlossen, übers Wochenende gleichfalls zu »feiern«.

Sie spülte und spülte. Im heißen Wasser und in der Seifenlauge schienen ihre Hände buchstäblich zu schrumpfen; und jedesmal, wenn sie endlich fertig zu sein glaubte, erschien prompt wieder jemand mit einer Ladung Geschirr. Unwillkürlich mußte sie an ein Buch denken, das sie auf dem College gelesen und nie wieder vergessen hatte, Albert Camus' »Der Mythos von Sisyphos«. Der uralten griechischen Sage zufolge hatte Sisyphos die Götter erzürnt (an die Gründe konnte sie sich nicht mehr erinnern), und zur Strafe mußte er einen riesigen, ungeheuer schweren Felsbrocken bis in alle Ewigkeit zu einem Berggipfel emporrollen, von wo dieser dann prompt wieder in die Tiefe stürzte.

Camus hatte eine scheinbar absurde Frage gestellt: War Sisyphos glücklich? Seine Schlußfolgerung, noch absurder wirkend, lautete: Ja, Sisyphos war in der Tat glücklich, weil er im voraus wußte, daß das Felsstück seinen Bestimmungsort nie wirklich würde erreichen können. Er wußte um die Vergeblichkeit seines Tuns; wußte, daß es keine Hoffnung auf ein Gelingen gab. Und indem er alle Hoffnung fahrenließ, gewann er seine Erlösung: weil er sein Schicksal kannte und akzeptierte, wurde er ihm überlegen.

Während sie über die These des Existenzphilosophen nachgrübelte, die Hände im Spülbecken, die Arme voll Seifenschaum, kam ihr dieser Gedanke: Wenn es für jeden Menschen seine eigene und besondere Hölle gab, dann bestand diese Hölle für sie zweifellos in ewigem Küchendienst.

Es war alles andere als eine komische Vorstellung. Vielmehr erschien ihr der Gedanke, bis in alle Ewigkeit Geschirr spülen zu müssen (kaum glaubte sie, fertig zu sein, brachte wieder jemand eine Ladung Teller), absolut grauenhaft. Was keine Sonntagspredigt je bei ihr bewirkt hatte, ergab sich jetzt ganz automatisch: eine Ahnung von der Hölle. Und zum erstenmal in ihrem Leben fürchtete sich Donna Cressy vor dem Tod.

Jetzt, in diesem so kahl wirkenden Gerichtssaal sitzend, hörte sie zu, wie sie beschrieben, wie sie charakterisiert wurde – absolut korrekt, jedenfalls dem äußeren Anschein nach: als vom Putzteufel besessene Frau, die mitten in der Nacht aufstand, um Geschirr zu spülen; und das zu allem Überfluß, obwohl die Geschirrspülmaschine einwandfrei in Ordnung war.

Tat so etwas eine Frau, die sich und ihr Leben noch unter Kontrolle hatte? Würde eine Frau, die wirklich noch *sie selbst* war, sich dauernd die Haare umfärben – zwar nicht in allen Regenbogenfarben, aber doch so ziemlich in sämtlichen Tönungen, die man bei Hollywood-Schauspielerinnen fand, von Gloria Steinam über Lana Turner, Lucille Ball und Dorothy Lamour bis zu Mia Farrow? Schien sie nicht, auf diese Weise, gleichsam in andere Persönlichkeiten hineinschlüpfen zu wollen? Konnte man der Obhut einer solchen Frau die Erziehung zweier kleiner

Kinder anvertrauen, die unter ihren naturfarbenen Haaren zweifellos einen völlig normalen Verstand besaßen?

Nun, nach allem, was ihr hier bisher zu Ohren gekommen war – hier im Gerichtssaal –, schien dergleichen überhaupt nicht zu verantworten. Und dies, sie wußte es, war kaum erst der Anfang. Noch hatte niemand von Mel gesprochen, von ihren außerehelichen Beziehungen. Auch war, zumindest detailliert, noch nicht von den Kindern die Rede gewesen.

Victor war der erste Zeuge, der seine Aussagen machte. Eine ganze Reihe weiterer Zeugen würden noch folgen – samt und sonders bereit, sie zu verdammen oder jedenfalls zu bemitleiden. Sie hatte nur sich selbst. Wieder einmal mußte sie unwillkürlich lächeln: Aus welchem Grunde auch sollte sich ihre Scheidung irgendwie von ihrer Ehe unterscheiden? Plötzlich spürte sie, daß der Richter sie anstarrte. Er schien ihr Lächeln recht merkwürdig zu finden, unter den Umständen absolut fehl am Platz.

Er glaubt, ich sei übergeschnappt, dachte sie, während der Richter mit seinem Hämmerchen schlug und die Verhandlung bis nach der Mittagspause vertagte.

Bevor sie sich überhaupt erhoben hatte, stand plötzlich Victor neben ihr. Sein Gesicht spiegelte leise Besorgnis wider.

»Kann ich dich ein paar Minuten sprechen?« fragte er.

»Nein«, sagte sie und stand auf, schob ihren Stuhl zurück. Ihr Anwalt befand sich inzwischen am anderen Ende des Raums und sprach mit Mel.

»Bitte, Donna, sei vernünftig.«

Sie musterte ihn, mit ehrlicher Überraschung. »Ja, wie kannst du *das* von mir erwarten? Von einer Frau, die du doch soeben als absolut unvernünftig, ja, unzurechnungsfähig beschrieben hast? Du erwartest zuviel, Victor, wie gewöhnlich.« Sie kratzte sich an der linken Hand, unmittelbar oberhalb des Daumens.

»Ausschlag? Allergie?« fragte er.

Sofort hörte sie mit dem Kratzen auf. »Das hast du heute vormittag ganz vergessen zu erwähnen. Aber der Tag ist ja noch jung. Du wirst sicher noch Gelegenheit dazu haben.« Sie wollte aufhören, doch sie konnte nicht. »Außerdem hast du vergessen, ihm zu sagen, daß ich Hämorrhoiden habe vom Lesen auf der Toilette, obwohl du mich ja dauernd davor gewarnt hast.«

Sie gab sich selbst einen Klaps. »Nichtsnutziges kleines Mädchen.«

Er griff nach ihrer Hand. »Donna, bitte. Bedenk nur, was das bei dir anrichtet.«

»Laß mich los.« Widerstrebend tat er's.

»Ich möchte dir doch nur die weiteren Schmerzen und Demütigungen ersparen, die diese ganze scheußliche Geschichte dir bereiten würde.«

»Du wirst mir die Kinder also lassen?«

Er wirkte aufrichtig betrübt: »Du weißt, daß das nicht geht.«

»Ja, glaubst du etwa im Ernst, ich sei nicht fähig, meine Kinder großzuziehen?« schrie sie fast. Mel und Mr. Stamler drehten sofort die Köpfe und blickten zu ihr hin; Mel kam näher.

»Es sind auch *meine* Kinder«, sagte Victor, »und ich tue nur das, was ich für richtig halte.« Mel stand jetzt neben Donna.

»Du wirst nicht gewinnen, weißt du«, sagte Donna, doch die Überzeugung, die sie zur Schau trug, war nur zu einem Bruchteil echt. »Der Richter wird sich meine Seite der Geschichte anhören. Er wird mir die Kinder nicht wegnehmen.«

Victors Blick glitt von Donna zu Mel, mit unverhohlenem Haß. Als er wieder zu Donna schaute, zeigte sich auf seinem Gesicht nicht mehr die leiseste Spur von Besorgnis. Und aus seiner Stimme klang nichts von südlicher Behäbigkeit oder Sanftheit. Sie war kalt und beißend wie der Wind im nördlichen Chicago. »Ich verspreche dir«, sagte er, und er schien die Worte in die Luft zu speien, »daß du verlieren wirst, selbst wenn du gewinnst.«

»Und was soll das bedeuten?« fragte Donna, doch sie sprach

bereits zu seinem Rücken, und Sekunden später hatte er den Gerichtssaal verlassen.

2

Als das Telefon zum drittenmal läutete, hob sie ab. Niemand sonst im Büro schien sich dazu bequemen zu wollen. »McFaddon-Werbeagentur«, sagte sie. »Donna Edmunds am Apparat. Augenblick bitte. Ich werde nachsehen, ob er hier ist.« Sie beugte sich zu dem benachbarten Schreibtisch. »Für dich, Scott«, sagte sie, während sie per Tastendruck die Leitung neutralisierte. »Bist du hier?«

»Männlich oder weiblich?«

»Zweifellos weiblich.«

»Stimme – sexy?«

»Zweifellos sexy.«

»Dann bin ich auch zweifellos hier.« Er übernahm das Gespräch auf seinen Apparat, und während Donna ihren Hörer auflegte, hauchte er ein rauhkehliges »Hallo« in seine Muschel. »Oh, ja, natürlich, Mrs. Camping. Wenn Sie sich bitte einen winzigen Augenblick gedulden würden.« Er drückte auf eine andere Taste und starrte Donna wütend an. »Heißen Dank – du hast mir nicht gesagt, daß es sich um eine Klientin handelt!«

»Du hast ja nicht gefragt.«

»Liebenswerte Person! Du weißt genau, daß ich Kopfschmerzen habe.«

»Ich würde es einen Kater nennen – oder einen Affen.«

Er grinste. »Tolle Party«, sagte er und widmete sich dann seinem Gespräch mit Mrs. Dolores Camping.

»Wann bist du eigentlich von der Party weg, Donna?«

Plötzlich war Irv Warrick hinter ihr aufgetaucht. »Und woran arbeitest du da?«

»Wann ich von der Party weg bin? Na, jedenfalls vor dir.« Sie zeigte ihm die Skizze, die sie für ein Layout anfertigte. »Für die Petersen-Sache.«

»Nicht übel. Wird McFaddon gefallen.« Pantomimisch schmauchte er an einer mächtigen Zigarre. »Eine große, große Zukunft haben Sie hier, meine Liebe.« Sie schnitt eine Grimasse. »Bist nicht zufrieden?« fragte er, augenscheinlich verwundert.

Donna legte die Zeichenfeder aus der Hand. »Soweit bin ich ganz zufrieden. Aber ich weiß nicht recht. Ich meine, bis an mein Lebensende möchte ich dies nicht unbedingt tun.« Sie blickte in die freundlichen Augen ihres Kollegen. »Ich mache momentan wohl so eine Art Übergangsphase durch. Klingt das pathetisch?«

Er lächelte. »Kaum spürbar.« Er beugte sich zu ihr. »Weißt du, liebste Kollegin, wer so einen Superknüller aufreißt wie ›Von unser Urväter Erbe. Ein Originalkonzept für Originalamerikaner‹, der – nein, die hat gefunden, was sie bis an ihr Lebensende ausfüllen kann. Kapiert?« Sie lachte. »Muß weg«, sagte er und richtete sich auf.

»Wo willst du hin?«

»Nach Hause«, erwiderte er. »Bin total geschlaucht. Du etwa nicht?«

»Wir haben noch nicht mal Mittagspause!«

»Was – *so* spät schon?« Er ging zur Tür. »Muß mich erholen. Ich führe heute abend eine Freundin aus.«

»Susan?«

»Getroffen. Prachtweib. Gib mir für heute Feuerschutz, okay?« Er öffnete die Tür. »Übrigens – hat sich dein Freund wieder blicken lassen?«

»Was für ein Freund?«

»Gestern abend. Der Typ, den du dauernd angestarrt hast.«

Unwillkürlich fuhr Donna leicht zusammen. Hatte sie sich

derart auffällig benommen? »Ich bin vor dir von der Party weg – weißt du doch.«

»Ach, richtig. Na, jedenfalls – schönes Wochenende.« Er verschwand.

»Warrack macht blau?« fragte Scott Raxlen, der sein Telefongespräch gerade beendet hatte. Donna nickte. »Na, wenn das keine gute Idee ist.« Er stand auf und reckte sich. »Ich glaube, ich haue gleichfalls nach Hause ab. Muß meine Kopfschmerzen auskurieren.«

Donna blickte sich unwillkürlich im Büro um. Guter Gott, wer blieb dann noch außer ihr? »Was ist bloß mit euch allen los? Wir veranstalten eine kleine Party, um das Ende einer erfolgreichen Kampagne zu feiern –«

»›Urväter Erbe, direkt von der Mayflower. Ein Originalkonzept für Originalamerikaner‹...«

»Und am nächsten Morgen bricht hier alles zusammen. Rhonda kreuzt überhaupt nicht auf, Irv macht fünf Stunden früher Feierabend, und du bist drauf und dran, es ihm nachzutun.«

»Wer war der Typ?«

»Was für ein Typ?«

»Der, nach dem Warrack dich gefragt hat?«

Donna schüttelte den Kopf. »Mir ein Rätsel, wie du das schaffst. Hast du vielleicht *zwei* Paar Ohren?«

»Wer ist er?«

»Keine Ahnung. Wir wurden einander vorgestellt, dann verschwand er.«

»Gut so. Ich meine, Donna, kannst mir's glauben, ist so das beste.«

»Schieb ab, nach Hause, Scott.«

Er ging zur Tür. »Sah *so* verdammt gut aus, wie?«

»Verschwinde, Scott.«

»Gibst mir Feuerschutz, okay?«

Sie winkte ihn hinaus. Dann wandte sie sich wieder dem Layout zu. Doch die Zeichenfeder in ihrer Hand bewegte sich nicht. Vielleicht war es das beste, sie machte genauso blau wie die anderen. Aber nein, das ging natürlich nicht. »Warum bin ich nur so ein dummes, treues Lieschen?« fragte sie laut in den Raum hinein. Stets bis zum – nicht selten bitteren – Ende ausharren. Außer bei Partys. Da gehörte sie meist zu den ersten, die verschwanden.

Sie dachte an die gestrige Party zurück, die ein zufriedener Klient ausgegeben hatte. Sofort sah sie wieder das Gesicht jenes Fremden vor sich – was für ein Gesicht! Plötzlich empfand sie das Bedürfnis, sich jemandem anzuvertrauen. Sie griff zum Telefon. »Susan Reid, bitte. Danke.« Einige Sekunden vergingen. »Oh – na, gut. Ich werde warten.« Warum auch nicht? Mit der Arbeit würde es bei ihr heute ohnehin nichts werden, soviel stand fest. Sie blickte sich im Raum um. »Einfach phantastisch«, sagte sie in den Hörer. »Ich bin hier der letzte Mohikaner. Was? Oh, Verzeihung. Ich habe nicht zu Ihnen gesprochen. Wird es noch lange dauern, bis sie frei ist? Danke.« Fast fünf Minuten vergingen, ehe Susan Reid sich meldete. »Meine Güte«, sagte Donna, »bis man endlich zu dir durchkommt. Ich warte schon seit einer kleinen Ewigkeit. Bin selbst ziemlich beschäftigt, weißt du.« Sie brach ab. Durch das große Fenster blickte sie auf die pittoreske Royal Palm Road im fashionablen Herzen des fashionablen Palm Beach. »Was? Oh, tut mir leid. Hör, Susan, ich muß fort. Ich kann jetzt nicht mit dir sprechen. Nein. Was? Hör doch, ich muß fort. Er ist hier. Er! Der! Dieser phantastische Mann, den ich gestern abend kennengelernt habe. Steht draußen vor dem großen Fenster und hält etwas, das wie eine Flasche Champagner aussieht. Guter Gott, es *ist* eine Flasche Champagner. Und zwei Gläser. Kann's einfach nicht glauben. Mein Herz schlägt wie verrückt. Ich muß Schluß machen. Er kommt herein. Kann's einfach nicht glauben. Ich spreche später mit dir. Tschüß.«

Sie legte auf, und im selben Augenblick trat Victor Cressy von draußen herein.

»Hi«, sagte er beiläufig, stellte die Gläser auf ihren Schreibtisch und entkorkte die Champagnerflasche.

Der Korken knallte, und sie rief laut: »Oh!« Dann fügte sie, so lässig sie nur konnte, hinzu: »Guter Schuß.«

Er lächelte, und seine kristallklaren blauen Augen schienen an ihren gleichfalls blauen – doch dunkleren – zu haften. Er schenkte den Champagner ein (die Marke war Dom Perignon, Donna konnte nicht umhin, das zu bemerken) und reichte ihr dann eines der Gläser. Als sie miteinander anstießen, suchte Donna die unversehens aufsteigende Furcht zu unterdrücken, ihr Magen könne plötzlich »rumoren«. Schließlich war es fast Mittagszeit, und sie hatte noch nicht einmal gefrühstückt.

»Auf uns«, sagte er mit lachenden Augen. Macht er sich über mich lustig? dachte Donna unwillkürlich.

Plötzlich spürte sie das dringende Bedürfnis zu verschwinden – auf die Toilette.

»Ich bin Victor Cressy«, sagte er, jetzt über das ganze Gesicht lächelnd.

»Ich weiß«, antwortete sie.

»Ich fühle mich geschmeichelt.« Er nahm einen großen Schluck. Donna tat es ihm nach.

Er weiß verflixt genau, wie gut ich mich an ihn erinnere, dachte sie; und sie rief sich die kurze Begegnung vom letzten Abend zurück.

»Donna, dies ist Victor Cressy, der vermutlich beste Versicherungsagent in der südlichen Hemisphäre.« Und schon war er wieder davon, eine Art Köder für einen hungerleidenden Fisch, der diesem dann nicht gegönnt wurde. Einen Drink in der einen Hand, ein unterzeichnetes Dokument in der anderen (Urväter Mayflower Erbe. Ein Originalkonzept für Originalamerikaner), entschwand er in der Unmenge meist ältlicher Gäste.

Und das war eigentlich alles gewesen, wie ihr mit leisem Stich bewußt wurde. Wenige kurze Wörter, auf denen eine ganze Nacht aus Phantasie aufbaute. Ebenso beharrlich wie verstohlen hatte sie immer und immer wieder versucht, möglichst in seine Nähe zu gelangen. Dennoch war es nicht dazu gekommen, daß sie auch nur ein einziges weiteres Wort miteinander wechselten. Nie hatte er versucht, sich ihr zu nähern. Auch schien er auf ihre verstohlenen Blicke nicht zu reagieren. Was sie bewundern konnte, war in der Hauptsache sein sozusagen klassisches Profil – bis er dann endgültig aus ihrem Blickfeld geraten war. Als sie endlich all ihren Mut zusammenraffte und irgendwen fragte, wo er denn sei, erhielt sie zur Antwort, er habe die Party inzwischen verlassen.

Und jetzt befand er sich hier. Genauso, wie sie es sich in ihren »nächtlichen Phantasien« erträumt hatte.

Er sprach, und ihr Blick haftete an seinen Lippen. Ab und zu zuckte seine Zungenspitze hervor, um ein wenig Champagnerschaum von dem so überaus sinnlich wirkenden Mund abzulekken. Die Oberlippe war ein wenig voller als die Unterlippe, und irgendwie verlieh ihm dies das Aussehen eines verwöhnten Schülers oder Studenten aus gutem Haus. Sonderbar: Gerade das fand sie an ihm besonders attraktiv, wenn auch auf eine schmerzliche Weise – sie hätte nicht erklären können wieso. Denn was immer nach Arroganz und Hochmut aussah, hatte sie nie geschätzt.

Seine Stimme klang kraftvoll, aber nicht unbedingt herrisch. Augenscheinlich war er ein Mann, der sich und sein Leben recht gut unter Kontrolle hatte – und der genau zu wissen schien, was er wollte. Er verstand es, sich geläufig auszudrücken, bediente sich kaum irgendwelcher Klischees, besaß die Fähigkeit, ein Gespräch in die von ihm gewünschten Bahnen zu leiten. Von der Party sprach er, von der Begegnung mit ihr, Donna. Sogleich habe er sie entdeckt, behauptete er, inmitten all der Unwichtigkeiten: mit ihrem naturbraunen Haar über dem untertriebenen

Fliederblau ihres Kleides. *Untertriebenes Fliederblau* – sein Ausdruck.

»Immer so fleißig?« fragte er. Sie lächelte. Kaum zwei Worte hatte sie seit seinem unvermuteten Auftauchen gesprochen; hatte ihn statt dessen lieber stumm beobachtet. »Können Sie sich nicht den Rest des Tages freinehmen?« fragte er unvermittelt. Sie blickte sich im Raum um, erhob sich dann prompt. Es war, als spreche eine fremde Stimme zu ihr: Nur immer mit der Ruhe, Donna, mach's ihm nicht zu leicht.

Sofort stand er neben ihr. »Na, dann beeilen wir uns besser.«

In raschem Tempo folgte sie ihm zur Tür. »Weshalb eigentlich diese Eile?« Guter Gott, es war ihre eigene Stimme, die da fragte.

»Ich dachte, wir würden irgendwo gemeinsam exzellent speisen.«

»Es ist noch nicht einmal Mittag«, sagte sie, während sie schon mit den Schlüsseln hantierte, um das Büro für das Wochenende abzusperren. Zwar hatte sie für den Fall, daß irgend jemand kam, keine Notiz hinterlassen, aber was tat's. Wer sollte schon kommen, und wer konnte schon »Feuerschutz« geben?

»Wir werden im Flugzeug lunchen.«

»Im Flugzeug?«

»Das Restaurant, in das ich Sie zum *Dinner* führen möchte«, erklärte er – und zögerte dann, nicht ohne einen Hauch von Behaglichkeit, während er die Tür seines hellblauen Cadillac Seville öffnete, »befindet sich in New York.«

»Ist es dies, was man umwerfend nennt?« fragte sie, während beide wieder mit Champagnergläsern anstießen und einander in die blauen Augen blickten.

»Tut mir ehrlich leid, daß das Dinner so früh sein mußte. Ich hatte vergessen, daß die mit ihren Rückflügen immer schon vor Mitternacht am Ziel sein wollen.«

»Oh, ist doch wunderschön«, beschwichtigte sie ihn. »Dinner

vor achtzehn Uhr – irgendwie besonders kultiviert.« Beide lachten. »Kann gar nicht glauben, daß ich tatsächlich hier bin.« Wieder ein Lachen, diesmal sie allein. Warum bin ich nur so nervös? dachte sie. Hotelreservierungen hatte er offenbar nicht arrangiert. Nein, sie würden die Nacht nicht miteinander verbringen. Es gab keinen Grund zu irgendwelcher Besorgnis – außer daß er *keine* Hotelreservierungen arrangiert hatte und sie die Nacht *nicht* miteinander verbringen würden.

Warum eigentlich nicht? War er während der Fahrt zum Flughafen zu dem Schluß gelangt, im Grunde sei sie für ihn gar nicht so attraktiv? Nein, ausgeschlossen. Dann hätte er ganz gewiß nicht eine weitere Flasche Dom Perignon kommen lassen.

»Und so etwas, ist das bei Ihnen üblich?« sagte sie und machte eine vage halbkreisförmige Handbewegung. Er würde die Anspielung hoffentlich verstehen, dieses »So Etwas«.

»Nur für besondere Personen«, erwiderte er und verstand es, ihr mit vier kurzen Wörtern zu sagen, daß sie für ihn zwar eine »Besondere« sei, jedoch längst nicht die erste. Eine winzige und sehr geschickt eingesetzte Spitze.

»Eine ziemlich aufwendige Art, Eindruck zu schinden, oder?« Er lachte. »Das kommt auf die jeweilige Lebensphilosophie an.« Er schwieg einen Augenblick, fuhr dann fort: »Sehen Sie, manche Menschen möchten bei ihrem Tod eine Million Dollar hinterlassen. Das möchte ich auch. Allerdings eine Million Dollar Schulden.«

Sie lachte. »Gefällt mir nicht übel, Ihre Lebensphilosophie.« Sie senkte den Blick.

»Worauf starren Sie so?« fragte er plötzlich.

»Auf Ihre Hände«, erwiderte sie, über ihre eigene Antwort überrascht.

»Warum?« In seiner Stimme klang ein Hauch von Gelächter. »Weil meine Mutter mir immer gesagt hat, man müsse auf die Hände eines Mannes schauen.«

»Warum?« wiederholte er.

»Sie meinte, es seien ja die Hände eines Mannes, mit denen er zärtlich ist.« Verdammt noch mal, dachte sie. Wie konnte ich das nur sagen!

Auf seinem Gesicht zeigte sich ein breites Lächeln.

»Scheint eine interessante Frau zu sein, Ihre Mutter. Ich würde sie gern kennenlernen.«

Unvermittelt sah Donna das schöne Gesicht ihrer Mutter vor sich. »Sie ist tot«, sagte sie mit einem eigentümlichen Lächeln und sehr ruhiger Stimme. »Krebs.«

Über den Tisch hinweg griff er nach ihren Händen. »Erzählen Sie mir von ihr.«

Sie schüttelte den Kopf. »Nein.«

»Warum nicht?«

Sie zuckte die Achseln. »Ich finde, das gehört nicht hierher. Viel zu ernst für ein Rendezvous. Das ist alles.«

»Mir scheint, ich habe gerade einen Denkzettel erhalten«, sagte er. Doch er machte keine Anstalten, seine Hände von ihren Händen zu lösen; auch verlosch sein Lächeln nicht.

»Oh, nein, nein. Wirklich. So war das nicht gemeint. Es ist nur – wenn ich über sie zu reden anfange, dann endet das bei mir meist mit Tränen, obwohl es nahezu zehn Jahre zurückliegt. Ich weiß, es ist albern...«

»Kommt mir keineswegs albern vor. Ich hätte Verständnis für Ihre Tränen.«

Donna schwieg. Vor sich sah sie das lächelnde Gesicht ihrer Mutter.

Er würde dir gefallen, Mom, dachte sie.

»Sie war so reizend«, begann sie. »Eine wirklich unglaubliche Frau. Mit ihr konnte ich über alles reden. Ich kann Ihnen gar nicht sagen, wie sehr sie mir fehlt.« Sie sah ihm in die Augen, und ihr Blick hatte etwas eigentümlich Starres. Angestrengt versuchte sie, jenes innere Bild zu verdrängen, das sich über das vorherige schieben wollte. Das so gesund wirkende, lächelnde Gesicht drohte von jener maskenhaften Miene mit der durchsichtigen Haut überlagert zu werden, die sich mehr und mehr in etwas Ungeheuerliches verwandelte. Alles war verändert; das Lächeln eine Grimasse, in den Augen nur Schmerz. »Ich würde sonst etwas darum geben, wieder mit ihr sprechen zu können.«

»Was würden Sie zu ihr sagen?«

Sie hob die Augen, blickte zur Decke. Mit aller Kraft versuchte sie, die aufsteigenden Tränen zurückzuhalten. »Ich weiß nicht.« Plötzlich lachte sie. Es war ihr gelungen, die Tränen zu unterdrücken, und jetzt sah sie nur noch *sein* Gesicht vor sich.

»Ich würde sie wahrscheinlich nur fragen, was ich tun soll.«

»In welcher Hinsicht?«

»In jeder Hinsicht.« Beide lachten. »Ich weiß nicht – aber irgendwie hatte ich immer das Gefühl, sie würde dasein, wenn ich sie brauchte, um mir bei einer Entscheidung zu helfen, selbst wenn es um etwas völlig Belangloses ging – was soll ich heute anziehen, na, und andere Lächerlichkeiten. Sie schien stets für mich bereit zu sein. Hoffentlich klingt das in Ihren Ohren nicht wie lauter Unfug.«

»Nein, klingt ganz und gar nicht wie Unfug. Aber ist *das* der Umstand, dem ich's verdanke, daß ich für Sie das Dinner bestellen durfte?«

Sie blickte sich im Restaurant um. Das Licht war ausgesprochen trüb. Erst jetzt konnte Donna die Tische und Stühle in dem kleinen Raum einigermaßen erkennen. Erstaunlich, daß bereits um diese Stunde fast alles besetzt zu sein schien. »Ich habe mir gedacht, daß Sie schon wissen werden, was auf der Speisekarte das Beste ist«, erwiderte sie lächelnd. War ja wohl auch nur logisch: Ein Mann, der mehrere Flugstunden in Kauf nahm und Hunderte von Dollars dafür zahlte (um noch am selben Abend zurückzufliegen), der *mußte* schon irgendein Lieblingsgericht haben.

»Weshalb diese präzise Anweisung – Hummer, genau siebeneinhalb Minuten gekocht?«

»Das habe ich von einem alten College-Professor gelernt. Fragen Sie mich jetzt nicht nach Einzelheiten. Aber ich sehe ihn noch deutlich vor mir, wie er da hinter seinem Pult stand und rief: ›Niemals einen Hummer länger oder kürzer als siebeneinhalb Minuten kochen.‹«

»Und aus welchem Grund?«

Victor lächelte. »Tut mir leid, aber da bin ich ganz schlicht am Arsch.«

Es war das erste Mal, daß er sich so völlig ungeniert ausdrückte, und Donna wurde davon gleichsam überrumpelt. Sie schüttelte sich vor Gelächter.

»Es drehte sich um Mathematik«, fuhr er fort, »und wahrscheinlich sprach er gerade von Präzision. Wer weiß? Ist schon so lange her. Eigentlich erinnere ich mich im Zusammenhang mit diesem Professor – von den bewußten siebeneinhalb Minuten einmal abgesehen – nur noch an eines. Wenn wir schriftliche Prüfungen hatten, schmuggelte ich unter die öden mathematischen Formeln immer ein bißchen Haiku-Lyrik aus eigener Produktion.«

Donna musterte ihn erstaunt. »Haiku-Lyrik?«

»Ja. Wissen Sie, das ist so eine japanische lyrische Kurzform, drei Zeilen mit insgesamt siebzehn Silben. Es kommt darauf an, mit Wörtern ein Bild zu schaffen, ganz als male man ein Gemälde innerhalb eines festgelegten Rahmens.«

»Warum haben Sie das getan?«

Er dachte nach, lächelte. »Bin mir da nicht ganz sicher. Vielleicht, um dem alten Knaben zu zeigen, daß Poesie genauso präzise sein kann wie Mathematik. Ich weiß nicht. Vielleicht einfach zu meiner Erholung.« Er hielt inne. »Warum lächeln Sie?«

»Es ist so schön, mit jemandem ein richtiges Gespräch zu führen«, sagte sie ernst. »Die meisten Männer, mit denen ich in letzter Zeit ausgegangen bin, sprechen im Grunde über gar nichts, von Haiku-Lyrik ganz zu schweigen. Mit allem, was sie sagen, scheinen sie immer gleich auf Sex loszusteuern.« Sie brach ab. Plötzlich wurde ihr bewußt, daß sie eben dies gerade selber tat, und zwar bereits zum zweitenmal.

»Stammen Sie ursprünglich aus New York?« fragte sie.

»Connecticut.«

»Und Ihre Familie lebt noch dort?«

»Mein Vater starb, als ich fünf war. Herzschlag.«

»Meiner auch – aber da war ich schon dreiundzwanzig. Und Ihre Mutter?«

»Tot.«

»Zwei Waisen«, sagte sie mit traurigem Lächeln. »Ich habe eine Schwester. Joan. Sie lebt in Radcliffe.«

»Ich war ein Einzelkind«, erklärte er.

Der Hummer wurde serviert, ein Riesenexemplar. Sie aßen, schwiegen; durchbrachen dieses Schweigen immer wieder durch kurze stakkatoartige Gesprächsfetzen und Gelächter.

Sie: »Sie wohnen direkt in Palm Beach?«

Er: »Ich habe ein Haus in Lantana. Sie?«

Sie: »Ein Appartment in West Palm.«

Wieder Schweigen. Wieder Champagner.

Sie: »Wie kommt's, daß Sie ein Haus haben?« Pause. Warten mit angehaltenem Atem. »Sie sind doch nicht verheiratet, oder?« Natürlich, das mußte es sein. Er war verheiratet. So erklärte sich auch, daß er noch am selben Abend zurückwollte. Verdammt noch mal! Natürlich! Er war garantiert verheiratet!

Er: »Nein, ich bin nicht verheiratet.«

Sie: »Sind Sie sicher?«

Er: »Ganz sicher.«

Wieder Schweigen. Dessert. Kaffee. Rechnung bitte.

Er: »Warum zupfen Sie so an Ihrer Haut?«

Sie: »Reine Nervosität.«

Er: »Sie sind nervös – weswegen?«

Sie: »Nur so. Das Leben.«

Viel Gelächter. Eng umschlungen fuhr man zum Flughafen. Und während des Rückflugs lehnte man sich leicht gegeneinander, halb im Schlaf. Landung auf dem Flughafen von West Palm Beach. Wenig später saßen sie in seinem Seville. In rascher Fahrt ging es zum Ozean. Dort hielten sie und lauschten auf das Dröhnen der Wogen.

War all dies Wirklichkeit? War es wirklich geschehen, geschah noch immer? Sie blickte ihm ins gutgeschnittene Gesicht. Ich könnte diesen Mann lieben, dachte sie plötzlich, während ein Gefühl von Panik in ihr aufstieg. Ich könnte diesen Mann wirklich und wahrhaftig lieben.

Zärtlichkeiten im Auto? Guter Gott, wie viele Jahre war das wohl her, sie konnte sich kaum noch erinnern. Wie hatte er eigentlich ausgesehen, ihr letzter Liebhaber im Auto? Ein knappes Dutzend weiterer war gefolgt, nicht im Auto, sondern im Bett, und bei einem oder zweien schien auch so etwas Ähnliches wie Liebe mit im Spiel gewesen zu sein. Bloß irgendwie lief die Sache jeweils ganz auf Sisyphos hinaus: mühsames Hochwälzen eines Felsbrockens zum Gipfel und anschließendes unaufhaltsames Hinabrollen in den Abgrund – dort, wo er am allertiefsten schien.

Diesmal jedoch war alles ganz anders.

Victors Lippen wirkten nicht fordernd, sondern zärtlich. Seine Küsse hatten etwas Romantisches, mit dem unbeholfenen, eher groben Geknutsche eines quasi noch Halbstarken überhaupt nicht zu vergleichen. Seine Lippen waren geöffnet, doch gab es nichts Unbeherrscht-Gieriges. Er wußte genau, wann und wie und wieviel. Der Rat ihrer Mutter erwies sich als stichhaltig – er hatte gute Hände.

»Warum hörst du auf?« hörte sie eine Stimme fragen. Und begriff dann, daß es ihre eigene Stimme war. »Wer hat das gesagt?«

lachte sie und versuchte, es ins Scherzhafte zu wenden. Sie war überrascht: über ihre eigene Begierde, über ihren Mangel an Scheu.

»So sehr ich den Ozean auch liebe«, erwiderte er sehr ruhig, seinen Kopf dicht an ihrem, während ihr sein Atem sacht übers Kinn strich. »Ich bin nie sehr dafür gewesen, daß man sich auf den Vordersitzen eines Autos liebt – oder auch auf den Hintersitzen.«

Überraschen konnte seine Reaktion eigentlich kaum. Eine solche Einstellung sah ihm nur allzu ähnlich, paßte genau zu ihm. Und so wartete sie geduldig, bis er nach etlichen Sekunden weitersprach.

»Außerdem«, fuhr er fort, »fange ich nicht gern etwas an, das ich nicht zu Ende bringen kann.«

»Weshalb kannst du's nicht zu Ende bringen?« fragte sie, und wieder fühlte sie sich überrascht sowohl von dem drängenden Ton in ihrer Stimme als auch von der Enttäuschung, die sich hineinmischte. Sie lachten beide.

»Weil ich morgen schon in aller Frühe auf den Beinen sein muß«, sagte er und nahm ihre Hand, seine Finger mit ihren Fingern verschränkend.

»Du mußt irgendwohin?« fragte sie und hörte, wie eine laute Stimme in ihr sagte: »Wußte ich's doch – war viel zu schön, um wahr zu sein. Gleich morgen früh schwirrt er ab ins schwärzeste Afrika, Friedenscorps oder irgend so was!« Diese innere Stimme war so laut und so beharrlich, daß sie kaum hörte, was er wirklich sagte. »Wo mußt du hin?« rief sie, während der Schwarze Kontinent für sie immer mehr zur fixen Idee wurde und die Stimme in ihr seine Stimme buchstäblich zu überschreien schien.

Er wiederholte, was er bereits gesagt hatte. Und er sagte es mit ruhiger Stimme, sogar mit einem leisen Lächeln. »Ins Gefängnis«, erklärte er erneut, und dann schwiegen beide.

3

Um sieben Uhr am Sonntag abend holte sie ihn vor dem Gefängnis von West Palm Beach ab. Er lächelte. Seine zweitägige Haft schien ihm nicht das mindeste angehabt zu haben, er sah eher noch besser aus als zuvor. Ganz lässig war er gekleidet, Bluejeans und offenes Hemd. Und er wartete bereits auf sie – man hatte ihn zehn Minuten vor der Zeit auf freien Fuß gesetzt. »Wegen guter Führung«, witzelte er, während er sich auf den Beifahrersitz schwang. Sofort nahm er sie in die Arme, mit leichtem Druck nur berührten seine Lippen die ihren, doch es schien berauschend wie etwa ein Schluck Brandy.

»Also, ehrlich«, sagte sie, als sie den Zündschlüssel drehte, »ich kann das Ganze überhaupt nicht fassen.« Vor allem, wie mir das Herz gegen die Rippen schlägt, dachte sie. Rasch lenkte sie das Auto in die Mitte der Straße. Der Zufall wollte es, daß sich das Gefängnis an einer von West Palms Hauptstraßen befand, in unmittelbarer Nähe eines Gebrauchtwagenlagers. Von außen sah es aus wie eine der etwas heruntergekommenen Geschäftsfassaden, die West Palm von Palm Beach trennten – eine Grenzlinie, die mehr durch einen Geldstrom als durch den tatsächlich vorhandenen Kanal gezogen wurde. Während West Palms Atmosphäre Leben verströmte, verriet in Palm Beach nichts Benutzung oder Alter – außer vielleicht seine Bevölkerung.

»Saust du immer so flott los?« fragte Victor beiläufig. »Dann werden deine Reifenprofile wohl bald hin sein.« Donna lächelte und konzentrierte sich. Allerdings weniger auf das Fahren als auf das schwärzliche Haargekräusel, das oben in seinem aufklaffenden fahlblauen Hemd zu sehen war.

»Nun, ich habe jedenfalls meine Lektion gelernt«, sagte er ernst und legte eine sekundenlange dramatische Pause ein. »Nie wieder werde ich ein Haltesignal überfahren.«

»Hast du mir nicht gesagt, du hättest es gar nicht überfahren?«

»Die haben das zumindest behauptet.«

»Aber mir hast du erzählt, du hättest es nicht getan – und eben deshalb lieber die zwei Tage Haft in Kauf genommen, statt für den unberechtigten Strafzettel zu zahlen. Eine recht zweifelhafte Sache, selbst wenn du unschuldig warst. Und jetzt läßt du durchblicken, du seist durchaus schuldig gewesen.«

»Gemäß Anklage schon«, räumte er mit einem Kopfnicken ein. »Aber das konnte ich doch nicht zugeben, nachdem ich soviel Wirbel gemacht hatte. Schon aus Prinzip nicht, weißt du.« Er lachte.

Sie stimmte in sein Lachen ein. Dabei war sie sich nicht einmal im geringsten sicher, weshalb eigentlich. Irgendwie versuchte sie, innerlich mit einem Mann zurechtzukommen, der lieber eine zweitägige Haft absaß, als ein Strafmandat zu bezahlen – obschon er nun doch zugab, schuldhaft gehandelt zu haben –, und sich gleichzeitig auf irgendwelche Prinzipien berief.

Sie überquerten eine Brücke und fuhren in Richtung South Ocean Boulevard. »Wie war's denn?« fragte sie. »Schlimm?«

»Das kannst du mir glauben. Zwei Tage Einzelhaft.«

»Einzelhaft?«

»Außer mir war keiner da.«

»Du warst der einzige Häftling?« Er nickte. »Dann bist du also nicht vergewaltigt worden«, sagte sie – mehr Feststellung als Frage. Aber warum nur, Himmelherrgott, sprach sie dauernd von Sex?

»Ich hatte gehofft, das würden wir uns für heute abend aufheben«, erklärte er, während sich ihre Augen trafen. »Obacht – rote Ampel!«

Sie reagierte sofort, trat so hart auf die Bremse, daß sie beide drohten durch die Windschutzscheibe zu sausen. Dabei waren sie noch rund fünfzehn Meter von der Ampel entfernt – und kein weiteres Auto befand sich in der Nähe.

»Tut mir leid«, sagte er sofort. »Hab's nur so aus dem Augenwinkel gesehen und mich in der Entfernung verschätzt.«

Donnas Herz raste. »Schon recht. Ich hätte den Blick nicht von der Straße wenden dürfen.«

»Bist du beleidigt, wenn ich dich bitte, mich ans Steuer zu lassen?« fragte er plötzlich.

»Du möchtest fahren?«

»Ja – falls es dir nichts ausmacht.« Er schwieg, lächelte. »Aus irgendeinem Grunde fühle ich mich heute abend ein wenig nervös, und wenn ich am Steuer eines Autos sitze, so beruhigt mich das für gewöhnlich.«

»Nein, es macht mir überhaupt nichts aus«, versicherte Donna nachdrücklich.

Victor stieg aus, und während er vorn um den roten Mustang herumging, glitt sie auf den Beifahrersitz.

»Schon besser«, sagte er, als er hinter dem Steuerrad saß, und sie stimmte zu. Im Nu näherte er sich über die fünfzehn oder zwanzig Meter Distanz der Ampel, die genau im Moment seiner Ankunft auf Grün umsprang. Ein gutes Zeichen, dachte sie.

Er warf ihr einen kurzen Blick zu, und die schmalen Linien um seine Augen schienen sich, so jedenfalls wollte es ihr scheinen, zu einem Lächeln zu entspannen. Seine Stimme hatte einen leisen, sanften Klang. »Nach Hause?« fragte er und konzentrierte sich dann, ohne ihre Antwort abzuwarten, voll auf die vor ihm liegende Straße.

Donna wußte nicht recht, ob sie wachte oder träumte.

Natürlich hatte sie gehofft, ja erwartet, er werde ein guter, wenn nicht sogar hervorragender Liebhaber sein (gleichzeitig hatte sie sich in den vergangenen beiden Tagen darauf gefaßt gemacht, daß genau das Gegenteil der Fall sein mochte). Aber dies war dann alles viel zu schön, um wahr zu sein – nicht einmal Träume waren so gut wie diese Wirklichkeit.

Ja, sie schien auf alles vorbereitet – und war es doch nicht. Nur, wie hätte sie damit rechnen können, daß etwas gleichsam Unvorstellbares geschah?

Noch nie hatte sie einen Liebhaber gehabt, der so darauf bedacht gewesen war, alles – wirklich alles – zu tun, um sie glücklich zu machen. Seine Hingabe (ein sonderbares Wort, wie ihr bewußt wurde, doch fand sich kein treffenderes) – seine Hingabe schien allumfassend. Einzig um ihr Glück ging es ihm. Er seinerseits verlangte von ihr nichts. Ihm genügte es, wenn er sie lächeln sah.

Sie brauchte wahrhaftig nicht zu heucheln. In einem wahren Glücksdelirium befand sie sich – bei gleichzeitiger Passivität, Entspanntheit.

Mit raschen Schritten waren sie vom Auto zu seinem Bungalow gegangen. Ein relativ großer Bungalow schien es zu sein. Er nahm sie bei der Hand und führte sie durch den Flur, vorbei an Wohn- und Speisezimmer, an der Küche. Alles wirkte sehr hübsch, sehr geschmackvoll, wie Donna sehr wohl bemerkte. Sie gelangten zum hinteren Teil des Hauses, wo sich die Schlafzimmer befanden.

Drei, wenn nicht gar vier mußten es sein, sofern die Länge des Korridors ein Anhaltspunkt dafür war. Er führte sie ins erste Zimmer, in dem sanfte Beige- und Blautöne dominierten (»Sand und Surf«, sagte er scherzend, während sie zum Doppelbett gingen und er sie zu küssen begann, zärtlich rings um den Mund).

Wortlos entkleidete er sie. Um so beredter waren seine Hände, seine Finger. Als sie dann sein Hemd aufknöpfen wollte, wich er kaum merklich zurück. »Laß nur«, sagte er, während er die Bettdecke zurückschlug und Donna sacht darauf zuschob. Nun begannen seine Finger, rasch sein Hemd aufzuknöpfen. »Laß mich alles tun.« Eigentümlich dunkel klang seine Stimme, als er dies sagte, und noch nie hatte Donna etwas gehört, das so sexy klang wie diese vier Wörter.

Sie beobachtete, wie er sich das Hemd auszog. Schuhe und Socken folgten. Vielleicht hätte sie ihren Blick abwenden sollen, als er die Jeans und Shorts abstreifte. Aber sie tat es nicht. Er war der schönste Mann, den sie je gesehen hatte.

Er glitt neben sie ins Bett und nahm sie sofort in die Arme. Sanft berührten seine Lippen ihre Lippen. Sie küßten sich, endlos, wie es schien. Doch war zeitlos wohl das treffendere Wort.

Was immer er tat, es war mehr, soviel mehr, als sie sich erhofft hatte. Wie er sie berührte, anrührte, aufrührte (sie »stimulierte«, hätte es in bestimmten Büchern wohl geheißen)! Für sich hingegen verlangte er nichts. Einmal war sie im Begriff gewesen, sein Glied in ihren Mund zu nehmen; doch zog er sie zurück, zog sie ganz über sich, immer höher, bis ihre auseinandergespreizten Schenkel sich über seinem Mund befanden.

»Laß mich«, sagte sie leise – und es waren praktisch dieselben Wörter, die zuvor er gebraucht hatte.

»Nein«, erwiderte er, während er, seine Hände noch an ihren Brüsten, ihren Schoß dichter an seinen Mund zog. »Ich möchte alles haben. Ich kann von dir einfach nicht genug bekommen.« Als er schließlich in sie eindrang, glaubte sie, eines weiteren Orgasmus überhaupt nicht mehr fähig zu sein. Ihr Körper war schweißgebadet, feucht klebte ihr das Haar am Schädel, sogar an der Wange. »Ich kann nicht mehr kommen«, flüsterte sie, während sie spürte, wie er mit seinen Händen den Rhythmus ihrer Hüften seinem eigenen anzupassen suchte.

»Du wirst kommen«, versicherte er. Und veränderte die Position. Jetzt kniete er, während ihre Beine, hoch in die Luft ragend, auf seinen Schultern lagen.

»Oh, mein Gott!« rief sie, als sie spürte, wie tief er jetzt in ihr war. »Oh, mein Himmel!« Mehr und mehr geriet sie außer Atem.

Minuten später ließ er ihre Beine von seinen Schultern gleiten, sacht, ganz sacht. Seite an Seite lagen sie nun. Leise lösten sich ihre Lippen von seinem Mund. Und sie sah, daß er sie buchstäblich anstarrte.

»Würde es dich sehr überraschen«, fragte er, »wenn ich dir sage, daß ich offenbar im Begriff bin, mich in dich zu verlieben?« Sie begann zu weinen – spürte im selben Augenblick, wie sie abermals im Kommen war, und zog ihn so fest an sich, daß sie nicht mehr wußte, was ihr Körper und was sein Körper war.

Zwei Monate später beschlossen sie zu heiraten. Das war bei einem Mittagsimbiß in einem Restaurant, wo es Hamburger aller Art gab.

»Wann?« fragte sie, als sie ihn anschließend in sein Büro zurückfuhr.

»Sobald ich alle notwendigen Arrangements getroffen habe«, erwiderte er. Plötzlich wirkte sein Körper eigentümlich angespannt.

»Was ist denn? Was hast du?«

»Tut mir leid, Honey«, sagte er, und aus seiner Stimme sprach aufrichtiges Bedauern. »Es ist nur – wenn du deine Hände *so* am Lenkrad hältst, werde ich immer sehr nervös.«

Sie blickte auf ihre Hände. Sie ruhten, wie sie es meist zu tun pflegten, in ziemlich lässiger Haltung am unteren Teil des Steuers.

»Weißt du«, fuhr er fort, »wenn irgend etwas Unvorhergesehenes geschieht, wenn irgendein Idiot irgendwas Idiotisches tut..., dir bliebe, so wie du die Hände hältst, nicht genügend Zeit, richtig zu reagieren. Du wärst hin.« Sofort brachte sie ihre Hände in die korrekte Position: an beiden Seiten des Lenkrads.

»Du hast recht«, sagte sie. »Ich sollte wirklich vernünftiger und vorsichtiger sein.«

Sie hielten vor seinem Büro, das sich in einem großen stuckverzierten, ganz in Kanariengelb gehaltenen Gebäude befand. Ein mittelgroßer, untersetzter Mann ging am parkenden Auto vorbei und entschwand durch die imposante Eingangstür.

»War das nicht Danny Vogel?« fragte sie. Er nickte. »Ist dieser unsinnige Streit noch nicht beigelegt?« Er schüttelte den Kopf. »Ich dachte, er hätte sich entschuldigt.«

»Hat er.« Victor stieg aus und beugte sich dann zurück. »Überlege dir, wen du einladen möchtest. Stelle eine Liste zusammen. Was mich betrifft – je weniger Leute, desto besser.«

Er begann, die Tür zu schließen. »Victor?« Er zog die Tür wieder auf und steckte seinen Kopf ins Wageninnere. »Ich liebe dich«, sagte sie.

»Ich liebe dich, Honey«, erwiderte er und ließ die Tür sacht zuschwingen.

Donna sah ihm nach, während er in der großen, weißen Eingangshalle verschwand. Er blickte nicht zurück. Er schien nie zurückzublicken. In keiner Beziehung. Bei allem, was er tat, wirkte er so ungeheuer selbstbewußt. »Oh, Gott, Mutter«, hörte sie sich plötzlich selbst rufen, als ihr bewußt wurde, wie wenig sie im Grunde über diesen Mann wußte. War es mehr als das übliche »Nervenzittern«, bevor man eine Ehe einging? »Bitte, Mutter, sag mir doch, ob ich das Richtige tue?« Aber die einzige Stimme, die sie vernahm, war die aus dem Radio: zwei Uhr, Zeit für die Nachrichten.

Seit über einer Stunde saß sie da und starrte auf den Namen. Leonore Cressy. Eine Vielzahl anderer Namen, Adressen und Telefonnummern fand sich auf der Seite in dem kleinen, ledergebundenen Buch; doch Donna starrte unentwegt auf *diesen* Namen mit der Connecticut-Adresse und entsprechender Telefonnummer: Leonore Cressy.

Er hatte ihr erklärt, eine Exfrau gebe es nicht, seine Mutter sei tot, er sei das einzige Kind gewesen. Wer also war diese Leonore Cressy? Womöglich eine Tante oder eine Kusine. Jedenfalls eine Verwandte.

Sie hob den Blick. Was sollte sie tun? Bis zur Hochzeit waren es nur noch zwei Wochen, und bisher hatte er sie eigentlich nur gebeten, ihm zwei Dinge »abzunehmen«, nämlich alles hinsichtlich der Blumen und der Fotografen zu arrangieren. Das bedeutete praktisch nicht mehr als zwei Telefonanrufe, und nun also saß sie hier und fühlte sich unversehens höchst irritiert.

Sie versuchte, sich ganz auf die vorliegende Aufgabe zu konzentrieren. Sie hatten sich für weiße und gelbe Rosen entschieden, überdies kamen Margeriten hinzu (er hatte erwähnt, daß er diese sehr mochte). Donna blickte sich im Raum um, und plötzlich war sie sehr froh, daß er die Hochzeit hier haben wollte, in diesem Haus, das bald auch ihr Heim sein würde.

Auf seiner Gästeliste standen ganze fünf Namen. Machte insgesamt zwanzig. Sie hatte sein Adressenbuch hervorgesucht, nicht um darin zu spionieren, sondern um die Telefonnummer des von ihm empfohlenen Floristen zu finden. Carnation Florists, direkt unter dem Buchstaben C. Genau sieben Zeilen über »Cressy, Leonore«.

Sie hob den Telefonhörer ab und wählte.

»Carnation Florists«, meldete sich eine nasale Frauenstimme. Sie klang betont gelangweilt.

»Ich möchte ein paar Blumen bestellen«, sagte Donna, während sie an alles andere dachte, nur nicht an Blumen.

»Ja. Was hätten Sie denn gern?«

Donna erklärte hastig, mußte dann wiederholen: Die Blumen seien für ihre Hochzeit; ja, für ihre eigene Hochzeit; und sie wünsche genügend weiße und gelbe Rosen, um ein Wohnzimmer, etwa fünf mal sechs Meter, damit zu füllen, mit Margeriten dazwischen. Ein entsprechendes Arrangement wünsche sie für ihr Bouquet. Sie hatte beschlossen, das einfache weiße Seidenkleid zu tragen, das Victor im Schaufenster von Bonwit Teller in der Worth Avenue gesehen hatte (und nicht jenes fahlblaue, das sie auf der anderen Straßenseite bei Saks erspäht hatte). Was die Details anbetraf, schien soweit alles unter Dach und Fach.

Allerdings dauerte es geschlagene fünfundzwanzig Minuten, bis sie sich mit der nasalen weiblichen Stimme von Carnation Florists am anderen Ende der Leitung wirklich einig war. Blieb nur noch der Rest: die Fotografen, von denen Victor als den besten in ganz Palm Beach gesprochen hatte. Messinger-Edwards, hatte er gesagt, und auch deren Nummer stand in seinem Adressenbuch.

Donna wollte die Seite umblättern, tat es jedoch nicht. Nach wie vor haftete ihr Blick auf diesem Namen: Leonore Cressy. Ihre Finger spielten mit der Wählscheibe. Wer war Leonore Cressy? Ein Anruf, und sie würde es wissen. Und dann?

Was würde sie entdecken? Irgendeine längstvergessene Kusine von ihm, die er schlicht übersehen hatte, um sie auf seine Gästeliste zu setzen?

Aber diese Frau anrufen, nur um die eigene Neugier zu befriedigen, war genau das, was sie selbst so verabscheute: das Eindringen in eine fremde Privatsphäre.

Rasch blätterte sie weiter, zu M wie Messinger-Edwards. Was es mit Leonore Cressy auf sich hatte, konnte sie auch herausfinden, indem sie später ganz einfach Victor fragte.

4

Die Auseinandersetzung begann unmerklich. Keine der beiden Seiten konnte sich später erinnern, wann es eigentlich genau angefangen hatte. Irgendwie machte sich ein vages, unbehagliches Gefühl breit – und intensivierte sich immer mehr: von einer kaum nennenswerten Meinungsverschiedenheit steigerte es sich zunehmend zum ersten ausgewachsenen Krach. Ihrem ersten.

»Ich habe den Floristen angerufen«, sagte Donna.

»Und?«

»Alles arrangiert. Weiße und gelbe Rosen. Und Margeriten. Genau, wie du's gesagt hast.«

»Ich dachte, das sei *dein* Wunsch«, erklärte Victor aufrichtig.

»Ist es auch.« Sie lächelte. Weiße und gelbe Rosen – eine herrliche Vorstellung. Dazu Margeriten. Victor war entschieden ein Mann von gutem Geschmack.

»Wir könnten natürlich auch weiße und rosa Rosen nehmen, falls dir das lieber wäre«, erklärte er.

»Nein«, sagte sie und erinnerte sich: Das mit den Rosen war im Grunde ausschließlich ihr Wunsch; doch schließlich handelte es sich genausogut um ihre wie um seine Hochzeit. »Also, mir wären weiße und gelbe Rosen schon recht. Sie sind wunderschön.«

Er lächelte. »Nun ja – ich dachte nur, bei der Farbe, die der Raum nun einmal hat.«

Donna blickte sich sorgfältig um. Gewiß, hier war alles in heller Florida-Sonnentönung gehalten. Weiße Wände, geschmückt mit modernen Lithographien, Estève neben Jim Dines Serie von Herzen, ganz in der Nähe der kanariengelbe Drehstuhl, außerdem ein imposanter Rosenquist über dem grün und weiß geblümten Sofa, neben dem sich der hellfarbene eisgrüne Doppelsessel befand.

Was sonst noch? Eine schwarze Lampe dazwischen, deren Schein den üppigen Teppich erst recht zur Geltung brachte. Es war wirklich ein wunderschöner Raum. Und gar kein Zweifel: Was Ausstattungen betraf, so besaß Victor einen sehr feinen, fast schon untrüglichen Instinkt. Es war etwas, das ihn intensiv interessierte. Und zwar nicht nur, *daß* es wirkte, sondern auch, *warum* es wirkte. Das gleiche galt ganz allgemein für seine Kunstinteressen. Er war nicht einfach jemand, der etwas sammelte, bloß um einem Trend zu folgen. Es lag ihm ehrlich daran, wenn er ein Kunstwerk erstand, genauso bewandert zu sein, wie die Menschen, mit denen er zu tun hatte. Er studierte, plante alles genau. Und nur selten unterlief ihm ein Irrtum.

»Sonst noch was?« fragte er.

»Ich habe die Fotografen angerufen.«

»Welche?«

»Messinger-Edwards«, erwiderte Donna. Victor lächelte. »Sie werden um vier hier sein.«

»Wieso um vier?«

Die Frage traf sie unvorbereitet. Unwillkürlich begann sie zu stottern. »Ich dachte, vier sei eine gute Zeit. Eine Stunde, bevor die Zeremonie beginnt. Du weißt schon, noch so ein paar Aufnahmen von uns machen...« Ihre Stimme schien zu verstummen. »Wieso? Ist vier Uhr keine passende Zeit?«

Er nickte. »Doch, natürlich.« Er schwieg einen Augenblick. »Ich hätte das zwar *so* nicht arrangiert; aber sicher, ist schon ganz in Ordnung.«

»Wie hättest du's denn arrangiert?«

Er schüttelte den Kopf. »Nein, nein, vier Uhr ist in Ordnung.« Sie wechselten das Thema. »Ich habe das Kleid bei Bonwit gekauft. Fuhr heute hin und probierte es an, und es sah großartig aus. Du hattest recht.« Er lächelte.

»Es ist dir doch wohl klar, daß du ziemlich lange darin herumsitzen mußt – da du die Fotografen schon für vier Uhr bestellt hast.«

»Möchtest du, daß ich das umarrangiere?«

»Nein, vier Uhr ist ganz in Ordnung. Du mußt dir nur klarmachen, daß das gewisse Konsequenzen beinhaltet, weiter nichts. Könnte sein, daß das Kleid bereits ein wenig zerknittert wirkt, wenn die eigentliche Zeremonie beginnt.«

»Was wäre eine bessere Zeit? Fünf?«

»Um fünf ist unsere Trauung.« Er lachte leise. »Scheint dir schon nicht mehr ganz bewußt zu sein.«

»Nun, wann sonst? Später?«

»Nein. Später sind wir zu erschöpft, um noch für ein formelles Bild zu posieren.«

»Nun, wann also?« fragte sie wieder.

»Hab dir doch gesagt. Vier Uhr ist soweit ganz in Ordnung.«

»Aber du hast auch gesagt, du hättest es *so* nicht arrangiert.«

»Hab's mir inzwischen anders überlegt. Ich begreife jetzt, daß du recht hattest. Ich stimme mit dir überein.«

»Und was soll das dann bedeuten mit diesen ›gewissen Konsequenzen‹?«

»Was willst du von mir?« fragte er, und seine Stimme senkte sich in demselben Maße, wie sich die ihre hob. »Ich habe doch gesagt, ich stimme mit dir überein.«

Weshalb sie sich so frustriert fühlte, hätte sie selbst nicht sagen können. Sie wußte nur, daß sie am liebsten die Miró-Lithographie hinter ihm von der Wand gerissen hätte, um sie ihm über den Schädel zu knallen.

»Wer ist Leonore Cressy?« fragte sie urplötzlich und begriff sofort, daß sie für diese Frage den absolut falschen Zeitpunkt gewählt hatte.

Zu dieser Erkenntnis bedurfte es nicht viel. Das verriet ihr sein Gesichtsausdruck.

»Woher weißt du von Leonore Cressy?« fragte er, und es klang fast wie ein Fordern. »Hat sie dich angerufen, während ich außerhalb war?«

»Nein.« Donna fühlte sich von Sekunde zu Sekunde unbehaglicher. Diese Frau – wer immer sie auch sein mochte – war augenscheinlich mehr als nur eine halbvergessene Verwandte. Wegen einer altjüngferlichen Tante etwa zuckte man nicht urplötzlich aus seinem Sessel hoch. In der Tat: Victor bewegte sich jetzt auf sie, Donna, zu.

»Du hast meine Frage nicht beantwortet«, sagte er mit beherrschter Stimme.

»In deinem Adressenbuch bin ich auf ihren Namen gestoßen«, erklärte sie. »Und zwar, als ich nach der Telefonnummer von Carnation Florists suchte. Weshalb bist du so erregt? Wer ist sie?«

»Hast du sie angerufen?«

»Nein, natürlich nicht. Das würde ich niemals tun.« Allerdings war ich ziemlich in Versuchung, hätte sie um ein Haar hinzugefügt, besann sich jedoch rechtzeitig. »Wer ist sie?«

Eine lange Pause trat ein. Victors Gesicht entspannte sich. »Eine ausweichende Antwort würdest du an diesem Punkt ja wohl kaum akzeptieren.« Sie schüttelte den Kopf, lächelte; spürte deutlich, wie sich die Situation zu entkrampfen begann. »Meine Mutter«, erklärte er mit irgendwie tonloser Stimme.

Donna war so verblüfft, daß sie sekundenlang kein Wort hervorbrachte. »Deine Mutter?« fragte sie schließlich fast schrill. »Deine Mutter? Ja, hast du denn nicht gesagt, sie sei tot!?«

Er hatte sich inzwischen gesetzt. Jetzt erhob er sich wieder. »Das ist sie auch«, sagte er mit der gleichen tonlosen Stimme wie zuvor. »Für mich ist sie tot.«

»Was soll das heißen?« Unwillkürlich war sie aufgesprungen.

»Es soll genau das heißen, was ich gesagt habe. Für mich ist meine Mutter tot. Inzwischen seit über drei Jahren.«

»Was bedeutet das? Ich begreife nicht!«

»Warum regst du dich so auf?«

»Warum? Warum? Wir wollen in ein paar Wochen heiraten, und plötzlich stellt sich heraus, daß du mich über deine Mutter belogen hast. Sie ist gar nicht tot!«

Auf seinem Gesicht spiegelte sich Zorn. »Nun mal langsam. Mit Beschimpfungen solltest du vorsichtig sein.«

»Inwiefern habe ich dich beschimpft?«

»Du hast mich gerade einen Lügner genannt. Ich habe dich niemals belogen.«

»Du hast mir gesagt, deine Mutter sei tot.«

»Für mich ist sie tot.«

»Und weshalb steht dann ihre Telefonnummer in deinem kleinen schwarzen Buch?«

Er schwieg lange, sehr lange. Donna spürte, wie es in ihrer Kehle würgte. Sie unterdrückte die aufsteigenden Tränen.

»Ich weiß nicht«, sagte er schließlich. »Ich weiß es nicht.«

Langsam ließ sich Donna wieder auf den Sitz sinken. Plötzlich wirkte alles sehr kalt. »Ich glaube, du sagst mir besser, was da vor sich geht.«

»Gar nichts geht da vor sich. Was auch immer geschehen ist, es liegt über drei Jahre zurück. Es ist tot und begraben.« Er brach ab.

Noch immer sah sie ihn erwartungsvoll an, konnte die Tränen nicht mehr zurückhalten. Sie rannen ihr über die Wangen, doch sie machte keine Anstalten, sie abzuwischen.

»Du ruinierst dein Make-up«, sagte er leise, fast scheu.

»Erzähle«, forderte sie ihn auf. Ihre Hände fühlten sich an wie leblose Eisklumpen.

Er setzte sich neben sie, griff nach ihren Händen. Sie ließ es geschehen, verhielt sich völlig passiv.

»Ich liebe dich«, sagte er.

Sie lachte. »Nun wirst du mir vielleicht außerdem gestehen, daß du eine Frau hast, die an sich zwar noch lebt, aber für dich gemeinsam mit deiner Mutter gestorben ist.« Sie sah ihn an, suchte in seinem Gesicht verzweifelt nach einem Zeichen, das ihr verriet: ihr schlechter Witz war in der Tat nichts als eben dies – *ein schlechter Witz*.

Doch da war nichts in seinen Augen, das auch nur versuchte, in Abrede zu stellen.

»Oh, nein«, sagte sie und wollte ihre Hände befreien, um aufzustehen. Doch er ließ sie nicht los. »Oh, nein«, wiederholte sie. »Ich kann's nicht glauben. Ich kann's einfach nicht glauben.«

»Hör mir zu«, sagte er, und seine Stimme hob sich. »Sei für ein paar Minuten still und hör mir zu.«

»Kommandiere mich nicht herum!«

»Halt den Mund!« schrie er. »Ich sage dir, was du tun sollst, und du wirst es tun. Das heißt, sofern dir daran liegt, die Wahrheit zu hören.«

»Es ist jetzt ein bißchen spät für die Wahrheit, findest du nicht?«

»Meinst du?« schrillte er. »Meinst du? Ist es *das*, was du mir klarzumachen suchst?«

Er ließ ihre Hände los, schien sie fast von sich zu schleudern und sprang auf, eilte im Zimmer hin und her. Er glich einer Bombe, die jeden Augenblick explodieren konnte.

»Die Wahrheit zu hören interessiert dich wohl nicht? Lügen oder Halbwahrheiten sind dir lieber. Es macht dir nichts aus, mich einen Lügner zu nennen; aber wenn es darum geht, die Wahrheit zu hören, bist du nicht interessiert!«

»Dreh mir doch das Wort nicht im Munde um!« schrie Donna und erhob sich mit einem Ruck. »Versuche nicht, die Sache so hinzustellen, als sei das alles meine Schuld.«

»Davon ist überhaupt nicht die Rede, Donna«, sagte er. »Wer spricht hier denn von Schuld? Liegt dir soviel daran, irgendwem für irgendwas Schuld zu geben? Wir reden über Wahrheit. Entweder interessiert es dich, die Wahrheit zu hören, oder es interessiert dich nicht.«

»Ich kann's einfach nicht fassen – wie alles verdreht worden ist!«

»Du hast den Ball, du bist am Aufschlag, Donna. Was wirst du tun? Aufschlagen oder aber streiken und den Platz verlassen?«

»Allmächtiger, verschone mich mit deinen Metaphern.«

Eine kurze Pause trat ein. »Was wirst du tun, Donna?« wiederholte er. »Es liegt ganz bei dir.«

»Bei mir«, sagte Donna fast unhörbar. Unwillkürlich preßte sie die Faust gegen ihre Brust. »Bei mir.«

»Ich bin bereit, dir die Wahrheit zu erzählen, wenn du bereit bist, sie anzuhören.«

»Ich bin bereit«, erklärte sie und setzte sich wieder, saß ganz steif. Minutenlang schwiegen beide. Dann hob Donna den Kopf und sah Victor an. Zwar blieb sie noch immer stumm, doch ihre Geste besagte eindeutig: Sie war bereit, ihm zuzuhören.

Victor atmete tief ein. »Danke«, sagte er. Abermals eine lange Pause. »Vor über fünf, nein, fast sechs Jahren«, begann er, vorsichtig seine Worte wählend und sich dennoch mehrmals verhaspelnd, »lernte ich Janine Gauntly kennen und heiratete sie.« Donna sog tief die Luft ein. Plötzlich schien es rings um sie zu wirbeln, und in ihrem Magen rumorte es. »Hör mir zu«, fuhr er fort und schien ihren Zustand sehr genau zu erkennen: die wachsende Beklemmung, den sich gleichsam verdunkelnden Blick (obschon sie sich angestrengt bemühte, ihre Augen klar auf ihn gerichtet zu halten). »Wir sind geschieden«, versicherte er hastig. »Ich schwöre dir, wir sind geschieden. Das war schon, als ich hierherzog. Die Ehe erwies sich als Katastrophe – warum, kann ich beim besten Willen nicht sagen. Es klappte einfach nicht, so gaben wir nach zwei Jahren auf, und ich zog aus. Kinder hatten wir nicht, irgendwelche Komplikationen schien es nicht zu geben. Aber dann gab es trotzdem eine.« Er legte eine dramatische Pause ein. Selbst jetzt, in diesem Augenblick der Krise, war er ungemein auf Wirkung bedacht. »Meine Mutter.«

Fast unhörbar atmete Donna aus, doch in ihrem Magen rumorte es weiter. Sie schwieg; wartete darauf, daß er fortfuhr. »Ich habe dir ja gesagt, daß ich ein Einzelkind war«, erklärte er, um sogleich hastig hinzuzusetzen, »und das stimmt. Meine Eltern konnten keine weiteren Kinder haben. Nachdem ich auf der

Welt war, hatte meine Mutter noch eine Reihe von Fehlgeburten – einmal war sie praktisch schon im sechsten Monat. Ein kleines Mädchen, das man nicht durchbringen konnte. Hiervon hat sich Mutter nie wirklich erholt, und mag es sich auch wie ein Klischee anhören – Janine wurde später für sie so etwas wie eine Tochter. Sie standen einander sehr nah, sehr, sehr nah. Allzu nah.« Er schwieg einen Augenblick. »Gab es zwischen Janine und mir irgendwelche Probleme, so ergriff sie stets für Janine Partei. Man hätte meinen können, Janine sei ihr Kind und ich der ›Angeheiratete‹. Mag sein, daß ich das übertrieben gesehen habe, aber es gefiel mir nicht. Andererseits versuchte ich, mich damit abzufinden. Solange es zwischen Janine und mir einigermaßen stimmte, ging das auch. Dann trennten wir uns, und ich zog in eine eigene Wohnung. Daß es meine Mutter hart ankommen würde, war mir klar gewesen. Was ich jedoch nicht ahnte, war dies: Meine Mutter fuhr fort, sich mit Janine zu treffen, und sie sprach mit ihr tagtäglich, wie sie's seit langem zu tun pflegte.« Er hielt inne. Sein Blick forschte in Donnas Gesicht nach einem Hauch von Verständnis – er fand nur einen Ausdruck von Verwirrung: eine leicht gekräuselte Stirn. »Meine Mutter schien sich ganz und gar auf die Seite der Frau zu stellen, der ich zwei der elendsten Jahre meines Lebens verdankte. Vielleicht erkläre ich das nicht richtig, ich weiß nicht, aber ich fühlte mich – fühlte mich wirklich – verraten. Ja, verraten. Das ist das Wort. Die Vorstellung, daß die beiden miteinander befreundet blieben, war mir unerträglich. Zwischen Janine und mir war es aus. Ich wollte sie endgültig raus haben aus meinem Leben.« Von Satz zu Satz, von Wort zu Wort klang seine Stimme eindringlicher. »Schließlich stellte ich meine Mutter vor die Wahl: entweder Janine oder ich, die Exschwiegertochter oder der Sohn.« Er schüttelte den Kopf. »Klingt jetzt vielleicht kleinlich oder kindisch, ich weiß nicht. Damals allerdings war es für mich ungeheuer wichtig, und hauptsächlich darauf kommt es an. Nicht, wie wichtig oder unwichtig es für andere war, sondern wie wichtig für mich.« Wieder brach er ab, und das Sprechen schien ihm zunehmend schwerer zu fallen. »Ich – äh – ich sagte meiner Mutter, wie mir zumute war. Ich sagte ihr auch, daß sie sich offenbar bereits klar entschieden habe; und es war auch nicht, daß sie die falsche Wahl traf, es war vielmehr...« Er brach ab, schwieg ein, zwei Sekunden, fuhr dann fort: »Sie zögerte.« Wieder hielt er inne. Was sich im Tieferen – im Psychologischen, wenn man so wollte – abgespielt hatte, schien er nach wie vor nicht zu begreifen. »Ich bot ihr die Wahl zwischen ihrem eigenen Sohn und jemandem, der erst zwei Jahre zuvor in ihr Leben getreten war – und sie zögerte. Also sagte ich, augenscheinlich habe sie ihre Wahl getroffen, und ansonsten gäbe es zwischen uns wohl nichts weiter zu sagen; ich würde aus ihrem Leben scheiden. Und genau das tat ich. Ich gab meinen Job auf, packte meine Siebensachen und zog nach Florida.« Sein Blick suchte Donna, ein liebevoller Blick. »Mach den Mund zu«, sagte er zärtlich. »Sonst schwirrt noch eine Biene hinein.«

Sie ignorierte seinen plötzlichen Plauderton. »Du bist einfach so fort«, sagte sie verwirrt. »Hast alles zurückgelassen?«

»Nichts habe ich zurückgelassen«, versicherte er. »Denn da war nichts, das ich hätte zurücklassen können.«

»Hast du deine Mutter seitdem nicht mehr gesehen?« Er schüttelte den Kopf. »Weiß sie, wo du bist?«

»Ja.«

»Und?«

»Nichts«, erklärte er. »Sie hat mich ein paarmal angerufen, aber ich habe ihr nichts zu sagen.«

»Nach all dieser Zeit?«

»Es gibt Wunden, die nie verheilen.«

»Und es gibt Mütter, die sterben«, erwiderte Donna nicht ohne Härte. »Ist das, was sie tat, wirklich so unverzeihlich?«

Nun war es an Victor, verwirrt den Kopf zu schütteln. »So habe ich's jedenfalls immer gesehen«, sagte er. »Aber vielleicht irre ich mich ja. Ich weiß es einfach nicht. Dennoch wäre ich im Augenblick nicht bereit, sie wiederzusehen.« Er setzte sich neben Donna. »Was ich weiß, ist, daß ich niemals die Absicht hatte, dich anzulügen. Als ich dir sagte, sie sei tot, wußte ich noch nicht, daß ich dir zwei Monate später einen Heiratsantrag machen würde. Damals hattest du mir so viel über deine eigene Mutter und deine Gefühle für sie erzählt, daß ich einfach nicht wußte, wie ich dir mein Verhältnis zu meiner Mutter darstellen konnte. Wie hättest du auch verstehen sollen?« Abermals schüttelte er den Kopf. »Für einen Mann, der sich auf seinen gesunden Menschenverstand einiges zugute hält, ist dies eine – äh – recht unübliche Art des Verhaltens.«

Donna nickte stumm. Dann fragte sie: »Und was ist mit deiner früheren Frau?«

»Was soll mit ihr sein?«

Wieder spürte Donna aufsteigenden Zorn. »Warum hast du mir nie gesagt, daß du schon mal verheiratet warst?«

»Für mich zählte nur die Gegenwart, nur sie war wirklich wichtig.«

»Hör endlich damit auf«, sagte Donna und stand auf.

»Aufhören? Womit denn?«

»Mit diesem dauernden: *für mich*«, erklärte sie. »*Für mich* ist meine Mutter tot, *für mich* zählt nur die Gegenwart. Bedauerlicherweise stimmt das, was für dich zählt, nicht so ganz mit den Fakten überein. Findest du nicht, ich hatte das *Recht* zu wissen?«

»Nein«, erwiderte er und erhob sich gleichfalls. »Nein, es wollte mir beim besten Willen nicht in den Kopf, daß meine frühere Ehe mit uns nur das Geringste zu tun haben könne. Kinder entstammten ihr nicht. Mit Janine hatte ich seit Jahren keine Verbindung, und es ist auch nicht meine Absicht, in Zukunft mit ihr Verbindung aufzunehmen.« Hastig ging er hin und her. »Mir leuchtete nicht ein – und mir leuchtet nach wie vor nicht ein –, inwiefern ein Gespräch über meine früheren Fehler irgendeine Bedeutung für *unser* Zusammenleben haben könnte.« Donna suchte nach Worten, um ihm zu widersprechen. »Habe ich dich jemals über deine Vergangenheit befragt? Über ehemalige Liebhaber?«

»Das ist doch nicht dasselbe«, protestierte Donna. »Ich war jedenfalls nicht verheiratet.«

»Habe ich dich danach gefragt?«

»Brauchtest du ja nicht. Ich habe dir ja freiwillig alles über mich erzählt.«

»Nun, ich bin eben anders als du. Ist das so furchtbar? So verkehrt, daß ich mich da von dir unterscheide?«

»Das ist nicht der springende Punkt.«

»Und was ist, deiner Meinung nach, der springende Punkt?«

»Daß du's mir hättest sagen sollen.« Sie ließ sich wieder auf den Sitz fallen. Langsam näherte er sich ihr; blieb dann vor ihr stehen, sank auf die Knie.

»Hätte es denn irgendeinen Unterschied gemacht?« fragte er. »Hätte es etwas an deinen Gefühlen für mich geändert, wenn ich dir gesagt hätte, ich sei bereits verheiratet gewesen?«

»Damals nicht.«

»Und jetzt?« fragte er, während seine Augen unversehens so trübe wurden, daß Donna erschrak: Nein, auf Tränen von seiner Seite war sie wirklich nicht vorbereitet. »Macht es jetzt irgendwie einen Unterschied in deinen Gefühlen für mich?«

Donna schüttelte den Kopf. »Ich weiß nicht.« Sie hielt inne. »Ich habe nur ganz einfach das Gefühl, daß irgend etwas geschehen ist, das – das mir die Luft zum Atmen nimmt.«

Seine Hand strich über ihren Arm. »Tut mir leid«, sagte er. »Es war falsch von mir. Ungeheuer dumm. Eine andere Erklärung dafür gibt's einfach nicht.« Er saß jetzt neben ihr. »Ich bin es wohl einfach nicht gewohnt, Fehler zu machen, und wenn mir welche unterlaufen, scheue ich zurück, sie zuzugeben.«

Sie sah ihm in die Augen, und seine Tränen erschienen ihr als eine Art Parodie ihrer eigenen. »Aber wieso denn? Fehler, Irrtümer – sie machen dich doch nur menschlicher.«

»Bin ich in deinen Augen denn nicht menschlich?« fragte er. »Oh, Gott, ich liebe dich so sehr.«

Schluchzend lagen sie einander in den Armen. Und in Donna herrschte ein furchtbarer Wirrwarr: Gefühle, Instinkte, Gedanken, alles wie Kraut und Rüben durcheinander. Sie wußte kaum noch, wer sie war oder wo sie war.

»Bitte, sag mir, daß du mich liebst«, flehte er.

Sie schüttelte den Kopf. »Ich liebe dich«, sagte sie unter Tränen. »Ich liebe dich.« Sie löste sich von ihm. »Ich weiß nur nicht, ob wir nicht...«

»...ob wir nicht was?«

»...ob wir uns mit allem nicht ein bißchen Zeit lassen sollten«, erklärte Donna.

»Wozu? Entweder liebst du mich, oder du liebst mich nicht.«

»Vielleicht ist Liebe nicht genug.«

»Was gäbe es denn sonst noch?«

»Vertrauen«, sagte sie nur.

Sofort fühlte sie, wie er sich von ihr zurückzog. Wo waren seine Arme? Wo blieben die sanften, beschwichtigenden Worte? Sie brauchte doch beides, Zärtlichkeit und Trost. Und die Versicherung, daß es ihm leid tat, daß er bedauerte – aufrichtig bedauerte.

Er öffnete den Mund, und voll innerer Anspannung wartete sie, hoffte.

Doch seine Stimme klang kalt, distanziert. »Da kann ich nichts weiter tun«, erklärte er. »Ich habe alles, so gut ich irgend konnte, dargelegt. Ich habe mich entschuldigt. Mehr kann ich nicht tun. Mehr werde ich nicht tun. Entweder du akzeptierst meine Entschuldigung, oder du akzeptierst sie nicht. Ich liebe dich. Ich möchte dich heiraten. Aber wenn du das Gefühl hast, daß du mir nicht länger vertrauen kannst, dann bin ich machtlos. Vertrauen

– das braucht seine Zeit. Mehr noch. Es gehört von vornherein ein Stück blindes Vertrauen dazu. Entweder hat man's, oder man hat's nicht. Ich kann dir sagen, daß ich dich liebe. Daß ich von nun an all deine Fragen so offen und aufrichtig beantworten werde, wie nur möglich. Ich kann dir versichern, daß ich nie im Zorn die Hand gegen dich erheben werde. Auch werde ich dich nie betrügen. Niemals. Das kann ich schwören. Doch beweisen kann ich es nicht. Du mußt mir vertrauen. Du mußt bereit sein, immer hundert Prozent zu geben.«

»Ich dachte, in einer Ehe sei es fünfzig-fünfzig«, sagte sie ruhig. »Wer hat dir das erzählt?« fragte er und versuchte ein Lächeln. Seine Stimme klang wieder sehr sanft. »Gewiß niemand mit genügend Grips.« Er berührte ihr Gesicht. »Bei einer Ehe kann man nicht ›halbe-halbe‹ machen, sonst wird nur eine halbe Sache daraus.« Sie lachte leise, unter Tränen. »Es wäre buchstäblich ein Stehenbleiben auf halbem Wege. Ist das wirklich der beste Treffpunkt? Kaum. Geh dem andern so weit entgegen, wie nur möglich. Geh ihm ganz entgegen. Nimm ihn in die Arme und sage ihm, daß du ihn liebst. Selbst wenn er sich im Recht glaubt und meint, du seist im Unrecht; selbst wenn du sicher bist, daß er sich mies verhält – zögere nicht. Denn es mag sehr wohl sein, daß er genau weiß, wie falsch und wie mies sein Verhalten ist – und daß er nur nicht die Kraft hat, sich das in dem betreffenden Augenblick auch selbst einzugestehen.« Er schwieg einen Moment. »Gib mir diesen Extra-Bonus, Donna«, bat er. »Vertrau mir. Ich weiß, daß bei mir einiges mies ist. Aber ich liebe dich. Bitte, schieb unsere Hochzeit nicht auf. Geh vorwärts, nicht rückwärts.« Er nahm ihren Kopf zwischen seine beiden Hände. »Werde meine Frau.«

Die Fotografen traten um Viertel nach vier ein. Donna wartete bereits seit einer Dreiviertelstunde, vollangekleidet. Und trotz der Klimaanlage begann sie, sich genau so zu fühlen, wie Victor es vorhergesagt hatte: verwelkt. Immer wieder prüfte sie ihr Abbild im Spiegel, strich ein paar widerspenstige Strähnen nach dieser, nach jener Seite. Immer wieder sagte Victor zu ihr, sie möge doch ihr Haar in Ruhe lassen, dadurch werde ja alles nur noch schlimmer. Und als sie ihre Frisur endlich in Ordnung gebracht zu haben glaubte, starrte er sie an und fragte: »Warum hast du das gemacht? Vorher hat's mir viel besser gefallen.«

Verstohlen ließ sie ihre Blicke unablässig über ihre Achselhöhlen gleiten; bis ihr Victor schließlich erklärte, je mehr sie sich wegen des »Transpirierens« sorge, desto mehr werde sie schwitzen. Danach forschten ihre Blicke noch verstohlener, wenn auch kaum weniger häufig. Plötzlich begannen ihre Handrücken zu jucken; Victor sagte zu ihr, sie dürfe auf gar keinen Fall kratzen. Alles nur Nervensache, versicherte er. Nur zu gern hätte sie ihm geantwortet: Mit ihren Nerven sei alles in Ordnung – abgesehen von der Tatsache, daß er ihr auf »selbige« ging.

Und am liebsten hätte sie zu ihm gesagt: Halt endlich den Mund, und verzieh dich nach Connecticut. Ein Drink wäre jetzt eine wahre Erlösung gewesen. Einer? Wenigstens vier, fünf. Und es wäre herrlich gewesen, in diesem Raum voller Blumen gleichsam Amok zu laufen – zu hausen wie jene sprichwörtlichen Vandalen. Denn von Minute zu Minute schien sich hier alles immer mehr in eine Art Totensaal zu verwandeln, wobei niemand anderer als sie selbst die frischaufgebahrte (und noch schweißbefleckte) Leiche war. Nur zu gern hätte sie sich all dessen entledigt, was sich wie eine Zwangsjacke anfühlte: weg mit den Schuhen, weg mit dem Kleid, weg mit dem Schleier, weg mit dem Blumenbouquet – und dann nichts wie fort, irgendwohin.

Wie mochte Victor zumute sein? Doch plötzlich läutete es an der Tür. Es war Viertel nach vier, und die Fotografen erschienen, stotterten irgendwelche Entschuldigungen, bauten ihr Gerät auf und »schossen« drauflos, erst die Braut allein, dann Braut und Bräutigam, zunächst förmlich, anschließend ganz »locker«; ein paar frühzeitig eintreffende Gäste wurden mit auf die Platte gebannt. Nunmehr tauchten, gleichfalls verspätet, jene Service-Leute auf, die sich eben um den ganzen Service kümmern sollten. Selbstverständlich hatten auch sie entsprechende Ausreden parat, und natürlich wünschten sie dem Brautpaar alles Glück der Welt etcetera, etcetera.

Bald darauf erschien der Friedensrichter mit seinem Schreiber. Er war auf die Minute pünktlich, also keine Entschuldigungen, keine Ausreden. Nur eitel Freude und Lächeln und allerbeste Wünsche.

Auf einmal trat Stille ein – eine Stille, die ebenso laut wirkte wie der Lärm, den sie ablöste. Der Friedensrichter sprach, und er sagte etwas über den feierlichen Anlaß dieser Zusammenkunft. Er äußerte sich über den freudvollen gemeinsamen Weg, den das Brautpaar zu unternehmen gedächte; und das Stichwort »unternehmen« löste bei Donna die Assoziation »Bestattungsunternehmer« aus, denn genauso wirkte all dies auf sie.

Was der Friedensrichter im einzelnen sagte, konnte sie nicht verstehen; sie sah nur, wie er seine Lippen bewegte – und ob Trauung oder Begräbnis, das schien so ziemlich einerlei.

Gleichzeitig spürte sie, wie ihr der Schweiß nicht nur aus den Poren, sondern direkt durchs Kleid quoll und dieses befleckte. Ihre Handrücken begannen wieder zu jucken, und vertraute Stimmen sprachen: Victors und ihre eigene sagten irgend etwas wie »Ja«. Sacht spürte sie den Druck von Victors Lippen an ihrem Mund; ringsum schien man sich vor lauter Jubel zu überstürzen.

Es war vorüber. Was eigentlich? Was war vorüber, und was fing an?

Sie blickte zu Victor. Stolz und zufrieden strahlte er sie an. Aber wie war ihm wirklich zumute? dachte sie.

Später – inzwischen hatte man sich mit etlichen Bissen und Schlucken gestärkt – wandte sie sich direkt an ihn, an Victor (und in der Tat hatte sie jetzt die erforderlichen vier, wenn nicht gar fünf Drinks intus): »Weißt du, ich habe mich gefragt, wie das wohl so war, damals mit dir – einfach deine Sachen packen und weg aus Connecticut...«

»Ich verstehe nicht ganz«, sagte er. »Wie meinst du das?« Seine Frage klang absolut arglos, er hatte inzwischen selbst etliche Drinks gekippt.

»Nun, ich meine nur – was passiert, wenn's mit uns nicht klappt. Packst du dann auch deine Siebensachen und schwirrst einfach ab aus Florida? Würdest du einfach verkünden, ich sei für dich tot, um anschließend mit unbekanntem Ziel zu verreisen?«

Er lächelte. Sein Gesicht drückte nichts aus als Liebe, und seine Stimme klang so sanft und so zärtlich, daß wohlvertraute Schauer ihren Körper überliefen.

»Ich würde dich auslöschen«, erwiderte er sacht. Und dann küßte er sie.

Die neue Mrs. Donna Cressy verbrachte einen nicht unbeträchtlichen Teil ihrer Hochzeitsnacht im Bad, wo sie sich erbrach, wieder und wieder.

5

Donna beobachtete den Mann ganz genau. Weit hinten im Gerichtssaal hatte er gesessen. Jetzt erhob er sich und schritt an ihr vorüber, um seinen Platz im Zeugenstand einzunehmen. Sonderbar, wie linkisch seine Bewegungen wirkten. Starr war ihr Blick auf ihn gerichtet – auf diesen Mann, der gegen sie aussagen würde. Er war von mittlerer Größe, war mittleren Alters. Dieses Wort »mittel« kennzeichnete ihn samt und sonders: Mittelschicht, Mittelmaß. Donna mußte unwillkürlich lächeln. Bekam einen irgendwie absurden Klang, dieses Wort, wenn man's mehrmals wiederholte: mittel... mittel... mittel... Sein braunes Haar war sorgfältig zur einen Seite gekämmt, um eine aufknospende kahle Stelle zu bedecken. Wieder mußte sie über ihre eigene Wortwahl lächeln. Wie konnte man von einer kahlwerdenden Stelle als »aufknospend« sprechen? Andererseits – wieso eigentlich nicht? *Sie* konnte sich so etwas leisten. Sie war ja nicht zurechnungsfähig. In diese Kerbe würde wohl auch jener »mittlere« Herr hauen. Donna Cressy, von Haus aus meschugge. Unfähig, ihre beiden kleinen Kinder aufzuziehen. Plötzlich schien es ringsum kein Lächeln mehr zu geben. Verdammt soll er sein, dieser Kerl, dachte sie. Wer immer er sein mochte.

Mit einem Mal wurde ihr bewußt, daß ihr keineswegs klar war, um wen es sich eigentlich handelte. Victor würde ihn für sich und seine Sache einspannen, soviel stand fest – und irgendwie machte sie das nervös. Unwillkürlich warf sie Mel (der etliche Reihen hinter ihr saß) einen hastigen Blick zu: einen fragenden Blick, mit erhobenen Augenbrauen angedeutet. Kannte er diesen Mann? Seine Antwort bestand in einem kaum merklichen Schulterzukken.

Donna blickte wieder zum Zeugenstand. Der Mann dort besaß ein solches Durchschnittsgesicht, daß man es sich selbst bei aller Konzentration kaum merken konnte. Das einzig wirklich Auffällige schien die schlaffe Haut zu sein. Obwohl sie in ihrer Tönung durchaus gesund wirkte, war es, als habe er sich über das nackte Fleisch einen zu großen Mantel gezogen.

Im übrigen wies er keinerlei bemerkenswerte Kennzeichen auf. Er sah weder hübsch aus noch häßlich, weder freundlich noch unfreundlich, sondern ganz einfach – mittel. Mittelmaß in jeglicher Hinsicht. Genau jener Typ also, den man zu übersehen pflegt, wenn es etwa um eine Beförderung geht.

Seine Stimme klang ruhig. Keineswegs unangenehm. Donna beugte sich auf ihrem Sitz unwillkürlich ein Stück vor. Sie wollte genau hören, was dieser Mann zu sagen hatte.

Der Protokollant fragte ihn nach Namen, Adresse, Beruf.

»Danny Vogel«, sagte der Mann und mied den Blick in Donnas Richtung. »114 Tenth Avenue, Lake Worth. Ich bin Versicherungsagent.«

Der Richter forderte Danny Vogel auf, lauter zu sprechen, und Danny Vogel nickte wortlos.

Sie erinnerte sich an den Namen. Danny Vogel. Nach und nach kam auch der Rest richtig ins Bild, ähnlich wie bei einer Polaroid-Kamera, wo man buchstäblich zusehen kann, wie sich das Foto »aufbaut«.

Seine Adresse – nicht unvertraut. Sie war dort gewesen, war dort hingefahren. Unwillkürlich schauderte sie zusammen. Sie erinnerte sich. Er arbeitete mit Victor. Natürlich kannte sie diesen Mann. Allerdings hatte er inzwischen ungeheuer abgenommen. Deshalb wirkte die Haut so schlaff, und deshalb hatte sie ihn auch zunächst nicht wiedererkannt.

Dennoch: Was suchte er hier? Weshalb wurde er in den Zeugenstand gerufen? Wann war er wohl das letzte Mal in ihrem Haus zu Gast gewesen? Hatte er ihre Kinder jemals wirklich gesehen? Wie also sollte er bezeugen, was für eine Art Mutter sie war?

»Seit wann kennen Sie Mr. Victor Cressy?« fragte Ed Gerber, Victors Anwalt.

Mit deutlich vernehmbarer Stimme (er hatte sich die Ermahnung des Richters also sehr zu Herzen genommen) erwiderte Danny Vogel: »Seit ungefähr acht Jahren. Wir arbeiten im selben Büro.«

»Würden Sie sich als guten Freund von Victor Cressy bezeichnen?«

»Ja, Sir.« Er nickte und heftete seinen Blick auf Victor, suchte Bestätigung. Ob Victor darauf reagierte, war für Donna nicht feststellbar.

»Und Mrs. Cressy?«

»Sie kannte ich weniger gut«, erklärte er, den Blick nach wie vor auf Victor gerichtet.

Weniger gut, dachte Donna. Er hat mich überhaupt nicht gekannt. Wir wurden einander vorgestellt, das ist auch alles. Bei verschiedenen gesellschaftlichen Anlässen haben wir miteinander ein paar belanglose Worte gewechselt: Hallo. Auf Wiedersehen. Ja, ich nehme noch einen Drink. Weniger gut! Was sich aus – oder zwischen – solchen Worten heraushören ließ!!

Nicht einmal bei unserer Trauung war er anwesend! schrie es in ihr – schien es aus ihren Augen zu blitzen. Und warum nicht? Fragen Sie ihn doch mal nach dem Grund, Mr. Gerber, bester Advokat von ganz Florida. Fragen Sie doch mal Mr. Danny Vogel, weshalb er nicht zur Hochzeit seines guten Freundes kam, obwohl ihn die Braut dieses guten Freundes – die Frau, die er »weniger gut« kannte – ausdrücklich auf der Gästeliste hatte haben wollen.

»Was für einen Eindruck haben Sie von Victor Cressy?« fragte Ed Gerber.

»In welcher Hinsicht?« wollte der Zeuge wissen. Donna mußte unwillkürlich lächeln. Nun, Mr. Gerber, dachte sie, dann lassen Sie sich mal was Gescheites einfallen. Daß Danny Vogel die Frage präzisiert haben wollte, verstand sie nur allzu gut.

»Ganz allgemein«, wich der Anwalt aus. »Als Mensch, als Freund, als Kollege.«

Donna konnte Danny Vogel buchstäblich ansehen, wie er in seinem Kopf eine Art Liste aufzustellen begann. Genau diese Funktion war in ihn einprogrammiert: die Wünsche eines Kunden »auflisten« und dann ausführen. »Als Mensch«, begann er ein wenig zögernd, »ist Victor Cressy stark, kraftvoll, sogar dynamisch. Er ist intelligent, besitzt eine hervorragende Auffassungsgabe, vergißt kein Detail. Er verlangt, würde ich sagen, anderen eine Menge ab; allerdings niemals mehr, als er auch sich selbst abverlangt. Mir gegenüber war er stets fair, diszipliniert, absolut beherrscht.« Er schwieg einen Augenblick, schien innerlich den ersten Punkt abzuhaken: erledigt. »Als Freund ist er loyal, aufrichtig – wenn er mit einem ein Hühnchen zu rupfen hat, so läßt er einen darüber nicht im Zweifel. Er sagt einem die Meinung, was natürlich zu Hochs wie zu Tiefs führen kann.«. O ja, natürlich, dachte Donna; aber sagt er einem wirklich, was er denkt, oder glaubt man das nur? »Er ist jemand, der sich einem anderen nicht so leicht anvertraut. Tut er es aber, so weiß man, daß es sich um eine ziemlich ernste Sache handeln muß. Andererseits ist er immer bereit, einem zu helfen, wenn man selber Probleme hat.« Nun gut, Punkt zwei abgehakt: Victor Cressy, der gute Freund, bereit, immer bereit. »Als Kollege – nun, da kann es gar keine Frage geben, er ist der beste Versicherungsmann im ganzen Büro. Ein harter Arbeiter, ein wirklicher Perfektionist.« Danny Vogel blickte sich wie suchend im Gerichtssaal um, als warte er auf eine Eingebung, die ihn jetzt das einzig richtige Wort gebrauchen ließ. »Er ist ganz einfach der *Aller*beste.«

Ein Superlativ, wie er sich superlativischer schwerlich finden ließ. Punkt drei – Victor Cressy, Kollege – durfte abgehakt werden. Ausgezeichnet, Mr. Vogel.

Und wenn Sie damals nicht zu unserer Hochzeit kamen, so hatte das natürlich seinen Grund, seinen »triftigen« Grund: Victor hatte Ihnen, dem hochgeschätzten Kollegen, noch nicht verziehen, daß Sie ihm bei einem potentiellen Klienten dazwischengekommen waren – ein Frevel, dessen Sie sich seinerzeit überhaupt nicht bewußt waren. Und dann verbrachten Sie fast ein geschlagenes Jahr damit, sich Victor gegenüber zu entschuldigen – intelligenter, fairer Mensch, der er doch ist. Und als er meinte, er habe Sie genug gestraft, da ließ er sich herab, wieder mit Ihnen zu sprechen.

Seither hatten Sie stets das Gefühl, absolut im Unrecht gewesen zu sein, während Victor völlig im Recht war: mit seiner Beschuldigung ebenso wie mit der späteren Behandlung, die er Ihnen »angedeihen« ließ. Ihr »guter Freund« ist ja auch ein meisterhafter Manipulierer. Sein Genie besteht nicht nur darin, daß er andere fortwährend davon überzeugt, einzig er sei dauernd im Recht – oh, nein. Vor Urzeiten hat er sich selbst eingeredet, er sei praktisch unfehlbar, eine Art Doktrin, mit der er selbst seine lächerlichste Handlungsweise verbrämt. Einfach grandios: Er hat die Schuld, doch schuldig fühlen sich immer nur die andern! Donnas Blick glitt vom Zeugenstand hinüber zu Victor Cressy. Ein solches Talent durfte man wohl getrost eine Gottesgabe nennen.

»Und Ihre Eindrücke betreffs Mrs. Cressy?«

»Bei unseren ersten Begegnungen war ich von ihr stark beeindruckt«, erklärte der Zeuge. »Sie war reizend, schien einen ausgeprägten Sinn für Humor zu haben...«

Wieso spricht er von mir in der Vergangenheit? dachte Donna. War sie plötzlich »heimgegangen«? Und bestand ihre Hölle nicht im Spülen von schmutzigem Geschirr, sondern in diesem Gerichtssaal, im Waschen schmutziger Wäsche? Sisyphos wälzt den Felsbrocken hinauf und bricht irgendwann dann doch zusammen, mit dem Ruf: »Ja, ihr habt recht, es ist alles meine Schuld!«

»...sie schien sich zu ändern«, sagte Danny Vogel.

»Wann war das?«

»Schwer zu sagen, denn ich sah sie nur selten, bei irgendwelchen gesellschaftlichen Anlässen; sie machten sich beide immer rarer.« Er legte eine Pause ein. In seinem Mund schien sich eine Menge Speichel angesammelt zu haben, er schluckte. »Als ich Donna kennenlernte, wirkte sie recht – nun ja, weltoffen. Doch über die Jahre hin schien sie sich mehr und mehr zurückzuziehen. Sie empfing keine Gäste mehr im eigenen Haus.«

»Einspruch«, sagte Donnas Anwalt, indem er sich erhob. »Dieser Zeuge kann uns keine begründeten Informationen darüber geben, wer das Haus der Cressys besucht und wer nicht.«

»Stattgegeben.«

Danny Vogel blickte verwirrt um sich.

»Mr. Vogel«, fuhr Ed Gerber fort und nahm den gleichsam baumelnden Faden wieder auf, »wie oft sind Sie – Sie persönlich – von den Cressys eingeladen worden, sei es zum Dinner oder sonst zu irgendeinem gesellschaftlichen Anlaß?«

Danny schwieg, dachte nach. »Nun, während ihrer ersten Ehejahre wohl mehrmals pro Jahr. Nach Adams Geburt vielleicht noch einmal pro Jahr. Nach Sharons Geburt überhaupt nicht mehr.« Wie fragend blickte er zu Ed Gerber. Dieser schien recht genau zu wissen, was der Zeuge sagen wollte. Er gab ihm das Zeichen fortzufahren. »Einmal kam sie, um Victor von der Arbeit abzuholen, und Victor und ich standen wartend auf der Straße – sie hatte sich verspätet. Ich steckte den Kopf ins Auto, um ›Hallo‹ zu sagen, und Victor meinte, Renée und ich könnten doch in der kommenden Woche ihre Gäste sein – irgendwann abends zu einem Barbecue-Dinner. Doch sie erwiderte: Nein, das käme überhaupt nicht in Frage. Victor war das sehr peinlich. Mir auch, wie ich wohl kaum zu betonen brauche.«

»Gab sie irgendeine Erklärung ab?«

»Nein. Mehr sagte sie nicht. Es war sonderbar.«

»Fiel Ihnen sonst irgend etwas ›Sonderbares‹ auf?« wollte Ed Gerber wissen.

Danny Vogel schüttelte den Kopf. »Nein, eigentlich nicht. Außer – o ja, ihr Haar. Es war knallrot – so karottenrot. Ich hatte sie in der vorhergehenden Woche bei einer Party gesehen, und da war sie noch blond gewesen.«

»Sie hatten also Gelegenheit, Donna Cressy bei verschiedenen gesellschaftlichen Anlässen zu sehen?«

»Oh, ja. Wir bewegten uns so ziemlich in denselben Kreisen. In unserem Büro war man recht gesellig. Und dauernd gab irgend jemand eine Party.«

»Über die Jahre hinweg – zeigte sich da, bei solchen Anlässen, in Mrs. Cressys Verhalten irgendeine merkliche Veränderung?«

»Nun, wie ich schon sagte, sie schien sich mehr und mehr zurückzuziehen, in sich selbst. Sie wurde immer weniger gesprächig. Sie lächelte kaum noch. Oft war sie erkältet. Stets schien irgend etwas mit ihr nicht in Ordnung zu sein…

»Einspruch.« Mr. Stamler schlug einen unwirschen Tonfall an.

»Stattgegeben«, sagte der Richter. »Was Schlußfolgerungen betrifft, Mr. Vogel, so ist das Gericht durchaus in der Lage, diese selber zu ziehen.«

Danny Vogel wirkte tief bestürzt, daß er dem Richter Anlaß zu einer solchen Schelte gegeben hatte. »Tut mir leid, Euer Ehren«, beteuerte er fast unhörbar und wiederholte dann lauter, weil ihn der Richter in diesem Punkt ja bereits ermahnt hatte. »Tut mit leid.«

»Hat es solche Partys auch in Ihrem eigenen Haus gegeben, Mr. Vogel?« fragte Ed Gerber, der die Antwort natürlich im voraus kannte.

»Ja, Sir.«

»Und die Cressys wurden eingeladen?«

Erneut eine bejahende Antwort.

»Wann war das?«

»Vor gut zwei Jahren«, erwiderte Danny Vogel. »Mein vierzigster Geburtstag.«

Donna erinnerte sich sehr genau. Fünfundzwanzig Monate war es inzwischen her. Präzise neun Monate vor Sharons Geburt. Jener Abend, oder jene Nacht, da Sharon gezeugt worden war. »Könnten Sie genau schildern, was von dem Zeitpunkt an geschah, als die Cressys auf Ihrer Party erschienen?«

Donna dachte an die Party zurück. Was, um alles in der Welt, konnte Danny Vogel da zu berichten haben?

»Nun, sie hatten sich verspätet. Sie waren die letzten, die eintrafen. Aber Victor war sehr freundlich, sehr herzlich. Donna hielt sich irgendwie zurück. Sie lächelte nicht, als sie eintrat; schien mit den Gedanken ganz woanders zu sein. Ich dachte mir, daß das wieder so eine ihrer Stimmungen war…«

»Einspruch.«

Zwischen dem Richter und ihrem Anwalt entspann sich ein Juristenkauderwelsch, dann fuhr der Zeuge fort. »Jedenfalls kann ich mich kaum erinnern, daß sie irgend etwas sprach. Blickte ich einmal in ihre Richtung, stand sie immer ganz für sich. Stand einfach so da, einen Drink in der Hand, schien sich überhaupt nicht zu bewegen. Ab und zu nahm sie ein Schlückchen, und im übrigen schniefte sie – sie hatte einen Schnupfen, und ich weiß noch, daß ihr die Nase lief. Unentwegt schien sie ein Papiertaschentuch vor dem Gesicht zu haben.«

Wollen sie mir meine Kinder wegnehmen, weil ich mir mit einem Papiertaschentuch die Nase geputzt habe? dachte Donna fassungslos. Papiertaschentuchkonsumentin – nicht qualifiziert, ihren eigenen Kindern die Nase zu wischen! Ja, gottverdammt noch mal (murmelte sie in sich hinein), wer war es denn gewesen, der nachts um drei aufstand, um ihnen die Nase zu putzen, wenn sie riefen (»Mami, die Nase, die Nase«, hatte Adam stets geschrien, wenn diese sich auch nur anschickte, ein ganz klein wenig zu laufen). Sie hatte ihnen die Nasen gewischt und die Tränen und auch ihre süßen, runden Popos. Irgendwie schien es jedoch pervers zu sein, daß sie sich die eigene Nase wischte, selbst wenn sie einen Mordsschnupfen hatte.

Aber genau das war natürlich der springende Punkt. Sie hatte *schon wieder* eine Erkältung gehabt. Victor hatte ja bereits davon gesprochen, in welchem Maße sie dafür anfällig sei. Sprach man in einem solchen Fall nicht von »aussagebekräftigenden Indizien«?

Ein Papiertaschentuch, gegen sie in die Waagschale geworfen, die sich endgültig zu ihren Ungunsten senkte?

»Schließlich ging ich zu ihr, um mit ihr ein paar Worte zu

wechseln«, fuhr Danny Vogel fort, »aber es wurde eine ziemlich einseitige Unterhaltung.«

»Können Sie sich noch an Einzelheiten erinnern?«

»Ich sagte ihr, sie sähe reizend aus.« Er ließ ein Glucksen hören. »Sie stimmte mir zu.«

War natürlich idiotisch von mir, dachte Donna.

»Ihre Stimme klang sehr rauh. Sie schien an Laryngitis zu leiden, was bei ihr recht häufig der Fall war. Deshalb nahm ich an, daß das Sprechen sie anstrengte – zumal ich etliche Fragen gestellt hatte, auf die sie keine Antwort gab.«

»Was für Fragen?«

Danny Vogel zuckte mit den Achseln. »Ich erkundigte mich nach ihrem Söhnchen – Adam. Wie es ihm ginge, ob sie ihn in den Kindergarten schicken wolle. Sie antwortete nicht. Sie blickte mich nur so an. Ich erinnere mich, daß sie aussah, als hätte sie Angst...«

»Angst? Wovor?«

»Das weiß ich nicht. Sie sagte nichts.«

»Euer Ehren.« Donnas Anwalt, Mr. Stamler, erhob sich. »Ich vermag beim besten Willen nicht einzusehen, welchem Zweck diese Aussage des Zeugen dienen soll. Wenn es die Absicht der Gegenseite ist, ihn als sogenannten ›Charakterzeugen‹ für Victor Cressy auftreten zu lassen – bitte, wir haben nichts einzuwenden. Was er jedoch bislang in bezug auf Mrs. Cressy geäußert hat, war absolut irrelevant. Aus der Tatsache, daß Mrs. Cressy seine Fragen nicht zu seiner Zufriedenheit beantwortete, zieht Mr. Vogel offenbar den Schluß, ihr Verhalten sei irgendwie ›nicht normal‹ gewesen. Nun, Donna Cressy hatte eine Erkältung, sie hatte Laryngitis. Fällt ihr Verhalten damit etwa unter die Kategorie ›abnorm‹? Disqualifiziert sie das vielleicht als taugliche Mutter?«

»Wenn ich das Gericht um Geduld bitten darf«, warf Ed Gerber ein, bevor der Richter antworten konnte. »Es ist unsere Absicht, die Relevanz dieser Aussage unverzüglich zu belegen.«

Der Richter setzte eine angemessen skeptische Miene auf, gestattete es dem Anwalt jedoch fortzufahren.

Ed Gerber, augenscheinlich in Gedanken versunken, verzerrte seinen Mund. Als er die nächste Frage dann für sich formuliert hatte, stülpte er seine Lippen vor – gleichsam bereit, Wörter auszuspeien.

»Hat Mrs. Cressys weiteres Verhalten während der Party auf irgendeine Weise dazu beigetragen, in Ihnen Zweifel hinsichtlich ihres Geistes- oder Gemütszustandes zu nähren?«

»Nun ja, so mitten während der Party«, erwiderte Danny Vogel, sorgfältig seine Worte wählend, »änderte sich ihr Verhalten plötzlich total. Es war wie Dr. Jekyll und Mr. Hyde. Oder Mrs. Hyde«, fügte er hinzu und lachte leise über seinen kärglichen Scherz.

Niemand stimmte in das Lachen ein, nur Ed Gerber ließ ein Lächeln sehen. »Eben noch hatte sie geschnieft und mit niemandem gesprochen, und im nächsten Augenblick kreischte sie drauflos. Und wenn ich Kreischen sage, dann meine ich Kreischen. Sie schrie, sie rief – und ihre Stimme klang völlig klar, ohne die geringste Spur von Erkältung – und so blieb's dann für den Rest des Abends.« Er hielt inne, schien darauf zu warten, daß irgend jemand protestierte. Doch niemand tat's. Donna blickte zum Richter. Sein Interesse war offenkundig wiedererweckt. Aufmerksam hörte er zu.

»Geschah irgend etwas, das Ihnen den abrupten Wechsel im Verhalten von Mrs. Cressy bewußtmachte?«

»Donna stand gegenüber der Bar – in derselben Haltung wie zu Beginn der Party –, als Victor auf sie zutrat, um ihr ein Papiertaschentuch zu reichen. Ich sah, wie er es hielt; und auf einmal schlug sie ihm so kräftig auf die Hand, daß er das Papiertaschentuch fallen ließ. Mit dem Arm stieß er dabei gegen den Arm eines anderen Gastes – einer Dame, die daraufhin ihren Drink verschüttete, und zwar direkt auf ihr Kleid. Ich glaube, es war Mrs. Harrison. Was Donna betraf, so wurde sie recht aggressiv. Ihre Stimme war laut, sehr laut, und blieb es auch, bis sie gingen. Wann immer irgendwo ein Gespräch begann, schaltete sie sich ein und tat ihre Meinung kund, die den jeweiligen Ansichten exakt zuwiderzulaufen schien. Sie beleidigte eine ganze Reihe von Gästen, wobei sie sich verschiedentlich höchst ordinärer Ausdrücke bediente. Victor gegenüber verhielt sie sich absolut unbarmherzig. Jedesmal, wenn er den Mund öffnete, fuhr sie ihm mit irgendeiner sarkastischen Bemerkung in die Parade. Sie machte ihn, wie man so zu sagen pflegt, richtig herunter. Kritisierte ihn, äffte ihn nach. Es war ungeheuer peinlich. Victor meinte schließlich, es sei Zeit zu gehen. Wieder äußerte sie irgend etwas Bissiges – die Stimme ihres Herrn oder so–, und dann entschwanden sie. Ich muß gestehen, daß wir alle recht erleichtert waren.«

Ed Gerber ließ eine längere Pause eintreten, eine taktisch genau berechnete Pause. »Mr. Vogel, hatten Sie Anlaß zu der Annahme, dieses plötzlich veränderte Verhalten sei auf Mrs. Cressys Alkoholkonsum an jenem Abend zurückzuführen?«

Danny Vogel schien geradezu beglückt, daß ihm diese Frage gestellt wurde. Er gab die Antwort in der Art eines Schuljungen, der – umständehalber – allzulange gezwungen war, ein Geheimnis für sich zu behalten. »Nein«, stotterte er eifrig. »Wie ich schon sagte, stand sie ja ganz allein, gegenüber der Bar. Und genoß den Drink – den ich ihr übrigens selbst gebracht hatte – nur schlückchenweise. Sie rührte sich nicht vom Fleck. Besorgte sich, soweit ich sah, nie einen weiteren Drink.« »Sie haben zuvor ausgesagt«, fuhr Ed Gerber überaus sorgfältig fort, »daß Victor Cressy ein Mann war, der seine Probleme anderen höchst selten anvertraute.«

»Das ist richtig«, pflichtete der Zeuge bei.

»Nun sagen Sie mir – aber seien Sie vorsichtig; ich möchte nicht, daß Sie mir genaue Gesprächsinhalte wiedergeben, denn all das würde man als ›Hörensagen‹ bezeichnen…« Mit einem verschmitzten Lächeln blickte Ed Gerber zu Mr. Stamler. »Sagen Sie mir, ohne irgendwelche Gesprächsdetails wiederzugeben – hat Ihnen Mr. Cressy jemals anvertraut, er sei über das Verhalten seiner Frau beunruhigt?«

»Oh, ja. Häufig.«

»Und gab er auch der Sorge wegen seiner Kinder Ausdruck?«

»Ja, Sir.«

»Was für eine Art Vater war Victor Cressy?« wollte Ed Gerber wissen. Wieder fiel Donna auf, daß er in der Vergangenheit sprach. War etwa auch Victor plötzlich dahingeschieden?

»Soweit ich das beobachten konnte, war er ein wunderbarer Vater. Sehr um seine Kinder bekümmert, und zwar von dem Zeitpunkt an, wo er wußte, daß Donna schwanger war. Er las alle möglichen einschlägigen Bücher, besuchte mit seiner Frau auch die Kurse für werdende Eltern – und zwar beide Male –, kannte sich aus mit sämtlichen Atemübungen. Während der Wehen blieb er bei Donna, und bevor Adam zur Welt kam, waren das wohl nahezu vierundzwanzig Stunden…«

Sechsundzwanzig Stunden, du Clown! schrie Donna innerlich und mit blitzenden Augen. Im übrigen war *ich* es, die die Wehen hatte, und nicht der angelernte Fachmann für Atemübungen. Jawohl, ich hatte die Wehen.

Aber hatten ihr die Schwestern nicht immer wieder versichert, sie könne sich glücklich preisen, einen so einfühlsamen Ehemann zu haben!? Zumal nach Sharons Geburt war da diese eine Schwester gewesen, die Victor geradezu angehimmelt hatte. Miststück. Und am liebsten hätte Donna geschrien: Fragen Sie ihn doch mal, unter welchen Umständen das Kind gezeugt wurde!

»Er beharrte ganz strikt darauf, daß Donna genau die richtige Nahrung zu sich nahm, und als sie sich entschloß, die Kinder zu stillen – beide Kinder –, war er vor Glück schier außer sich. Er fand, dies sei gesünder. Auf seine Kinder war er ungeheuer stolz. Manchmal brachte er sie mit ins Büro. Man konnte deutlich sehen, daß er ganz verrückt mit ihnen war.«

»Und haben Sie jemals Donna mit ihren Kindern erlebt?«

Danny Vogel verneinte. Irgendwie gelang es ihm, dieses »Nein« wie ein Verdammungsurteil klingen zu lassen.

Als es ans Kreuzverhör ging, ergriff Donnas Anwalt sofort die Offensive.

»Mr. Vogel«, begann er, und seine Stimme klang so hart und so abgehackt wie das Hämmern einer Schreibmaschine, »sind Sie zufällig ein ausgebildeter Psychologe?«

Danny Vogel lächelte und schüttelte den Kopf. »Nein, Sir.«

»Haben Sie irgendeine spezielle Ausbildung in den Verhaltenswissenschaften genossen?«

»Nein, Sir.«

»Hatten Sie an der Universität zumindest das Fach Psychologie belegt?«

»Nein, Sir.« Das Lächeln war verschwunden.

»Somit dürfen wir wohl feststellen, daß Sie – sagen wir einmal – für die Beurteilung von Mrs. Cressys Verhalten einer wirklichen Wissensgrundlage entbehren.«

»Ich verlasse mich da auf meine Augen und Ohren«, gab Danny Vogel zurück – nur glich der Vogel jetzt mehr einer Schlange: in die Ecke gedrängt und voll Angst, jedoch zusammengeringelt und bereit zuzustoßen.

»Augen und Ohren, Mr. Vogel, können getäuscht werden, wie wir alle wissen. Kein Außenstehender kann jemals auch nur einigermaßen ahnen, was in einer Ehe wirklich vor sich geht. Sind Sie nicht auch dieser Ansicht?«

»Nun ja, so ziemlich.« Er schwieg einen Augenblick. »Aber Donnas Verhalten war mehr als...«

Mr. Stamler fiel dem Zeugen abrupt ins Wort. »Würden Sie

sagen, daß Sie besonders qualifiziert sind, sich über weibliches Verhalten zu äußern? Wie oft waren Sie verheiratet, Mr. Vogel?«

Danny Vogel wand sich unverkennbar. »Zweimal«, räumte er ein.

»Ihre erste Ehe endete mit einer Scheidung?«

»Ja, Sir.«

»Und Ihre zweite Ehe? Ist sie glücklich?«

»Wir leben getrennt«, erwiderte er deutlich hörbar, während er den Kopf senkte.

»Es läßt sich also kaum behaupten, Sie seien hinsichtlich weiblicher Wesensart ein Experte, Mr. Vogel, wie?« fragte der Anwalt sarkastisch.

Und fuhr sogleich fort: »Vor wenigen Augenblicken sagten Sie aus, Sie hätten Mrs. Cressy niemals mit ihren Kindern beobachtet, ist das richtig?«

»Ja, Sir.«

»Nun, dann sind Sie wohl so oder so außerstande, hinsichtlich von Mrs. Cressys Befähigung als Mutter eine Meinung zu äußern – oder?«

»Nein, Sir, aber...«

»Danke, das ist alles, Mr. Vogel.«

Danny Vogel zögerte einen kurzen Augenblick, ehe er den Zeugenstand verließ. Er sah zu Victor. Doch dieser schien ihn zu ignorieren. Weitgehend jedenfalls. Danny Vogel ging zu seinem Platz zurück. Donnas Blick mied er.

Mr. Stamler tätschelte ihr aufmunternd die Hand. (Guter Gott, hatte er eigentlich einen Vornamen? überlegte Donna.) Augenscheinlich glaubte er, diese Runde hätten sie gewonnen. Der Zeuge hatte einräumen müssen, daß er in keiner Weise qualifiziert sei, über Donnas »Befähigung« als Mutter ein Urteil abzugeben.

»Nun, dann sind Sie wohl so oder so außerstande, hinsichtlich von Mrs. Cressys Befähigung als Mutter eine Meinung zu äußern – oder?« So hatte die Frage gelautet.

Und die Antwort. »Nein, Sir, aber...«

Ihr Anwalt hatte es verstanden, dem Zeugen das Wort abzuschneiden. Dennoch schwang dieses »Aber« weiterhin mit, war aktenkundig.

Das Gericht hatte es gehört. Sie hatte es gehört. Dem Richter war es gewiß nicht entgangen. Aber...

Sie wiederholte es, in ihrem Kopf, unentwegt – aber, aber, aber. Bis es – genau wie das Wort »Mittel« – seine exakte Bedeutung verlor und irgendwie schwammig klang, absurd.

»Erzähl mir eine Geschichte.«

Donna betrachtete ihren kleinen, knapp vier Jahre alten Sohn. Kaum eine Armlänge von ihr entfernt, saß er in seinem Bettchen, die hellblaue Decke bis zum Gesicht hochgezogen. Er scheuerte seine Nase daran. »Adam, ich habe dir schon drei Geschichten erzählt. Und die letzte, das habe ich dir gesagt, war wirklich die letzte. Wenn die zu Ende ist, darüber hatten wir uns doch geeinigt, kriechst du unter die Decke und schläfst.«

»Bin ja unter der Decke«, beteuerte er hastig und schien noch tiefer hineinzukriechen.

»Gut.« Donna erhob sich. Sie fühlte sich müde und erschöpft. Dennoch zögerte sie, ihr Söhnchen zu verlassen, sozusagen auf der Stelle allein zu lassen. Und Adam spürte ihre Unentschlossenheit.

»Bitte...«, sagte er, und auf seinem Gesicht zeigte sich ein Lächeln erwartungsvoller Vorfreude.

Donna setzte sich wieder zu ihm aufs Bett. Sofort stützte er sich neben ihr hoch.

»Also gut«, sagte sie. »Welche Geschichte soll ich dir vorlesen?«

»Nicht vorlesen. Erzählen.«

»Bitte, ich bin so müde. Ich weiß wirklich nicht, was...«

»Erzähl mir eine Geschichte über einen kleinen Jungen, der Roger heißt, und ein kleines Mädchen, das Bethanny heißt.«

Donna lächelte, als sie die beiden Namen hörte – Adams neueste Freunde aus dem Kindergarten. »Nun gut«, sagte sie, »es war einmal ein kleiner Junge namens Roger und ein kleines Mädchen namens Bethanny, und eines Tages gingen sie beide zum Park...«

»Nein!«

»Nein?«

»Nein. Sie gingen zum Zoo, um die Giraffen zu sehen!«

»Wer erzählt diese Geschichte? Du oder ich?«

Adam schien sich kurz besinnen zu müssen. »Erzähl mir eine Geschichte«, beharrte er, »über einen kleinen Jungen Roger und ein kleines Mädchen Bethanny, und wie sie zum Zoo gingen, um die Giraffen zu sehen. Würdest du mir die erzählen?«

»Okay«, willigte Donna mit leisem Lachen ein. »Sie gingen also zum Zoo...«

»Nein! Von Anfang an! Es war einmal...«

»Du verlangst wirklich eine ganze Menge, Schatz!«

»Erzähl mir eine Geschichte von einem kleinen Jungen, der Roger heißt, und einem kleinen Mädchen, das Bethanny heißt, und sie gingen zum Zoo, um die Giraffen zu sehen. Und sie nahmen ein paar Erdnüsse mit. Aber auf einem Schild stand: ›Türen füttern verboten!‹«

»Was?«

»Türen...«, wiederholte er ungeduldig.

»Tiere, meinst du.«

»Sag ich ja.« Sein Blick sprach Bände: Hörst du *wirklich* so schwer? »Würdest du mir diese Geschichte erzählen?«

Donna holte tief Luft. »Es war einmal ein kleiner Junge namens Roger und ein kleines Mädchen namens Bethanny, und sie gingen zum Zoo, um die Giraffen zu sehen. Und sie nahmen ein paar Erdnüsse mit. Aber auf einem Schild stand: ›Tiere füttern verboten.‹ Okay?« Adam nickte. »Und so...«

»Und so...?«

»Und so aßen sie die ganzen Erdnüsse selber auf«, fuhr Donna hastig fort, »und hatten eine Menge Spaß und kehrten nach Hause zu ihren Mamis zurück und lebten fortan herrlich und in Freuden.« Sie küßte ihn sacht auf die Stirn, erhob sich wieder und knipste das Licht aus.

»Wo ist deine Mami?« fragte die Kinderstimme, und diese Frage traf Donna völlig unvorbereitet.

Sekundenlang schwankte sie unschlüssig. Es war das erste Mal, daß er diese Frage stellte. Was für eine Antwort sollte sie ihm darauf geben. Eine möglichst einfache, entschied sie – und hörte, wie ihre Stimme leise durchs Halbdunkel klang. »Sie ist tot, Liebling. Sie ist vor langer Zeit gestorben.«

»Oh.« Lange Pause. Donna wandte sich zum Gehen. Ja, sie hatte ihm die richtige Antwort gegeben. War nicht einmal so schwer gewesen.

»Was ist das – gestorben?« fragte er plötzlich. Donna blieb stehen. Guter Gott, mußte das jetzt sein? Im Halbdunkel sah sie Adams Gesicht. Ja, es mußte wohl sein. Sie ging zurück, setzte sich abermals aufs Bett und versuchte, sich in Erinnerung zu rufen, was für Ratschläge ihr Erziehungshandbuch in diesem Punkt gegeben hatte.

»Äh – laß mich mal nachdenken.« Einem Kind, das am Einschlafen war, konnte man doch unmöglich erklären, der Tod sei so etwas Ähnliches wie Einschlafen. Und das Wort »Himmel« wollte ihr irgendwie nicht über die Lippen. Verdammt, dachte sie, konntest du mit dieser Frage nicht noch ein paar Tage warten? Sollte Victor vor Gericht mit seiner Klage durchkommen, so wäre diese kleine Sache dann sein Problem.

»Nein, *ich* werd's dir sagen«, erklärte sie laut. Victor würde nicht gewinnen. Niemand würde ihr die Kinder wegnehmen.

Adam musterte sie erstaunt. »Warum schreist du denn so?«

»Tut mir leid.« Plötzlich fielen ihr die Ratschläge des Buches wieder ein. »Alle sterben, Schatz«, begann sie. »Das geschieht mit jedem Wesen, das lebt – Blumen, Tiere, Menschen. Es ist eine ganz natürliche Sache und tut nicht weh oder so. Man hört einfach auf zu leben. Für gewöhnlich geschieht das erst, wenn jemand schon sehr alt ist.« Adam starrte sie an. »Verstehst du? Genügt dir die Antwort?«

Er nickte stumm und kuschelte sich tief unter seine Bettdecke. Wieder gab Donna ihm einen Kuß auf die Stirn.

»Ich hab dich sehr lieb, mein Schatz.«

»Gute Nacht, Mami.«

Donna trat hinaus auf den Flur und ging die wenigen Schritte zu Sharons Zimmer. Sofort richtete sich die Kleine in ihrem Bettchen auf.

»Warum bist du noch wach?« fragte Donna.

Das Mädchen schwieg, und schweigend streckte sie ihrer Mutter in der Dunkelheit die Hände entgegen. Donna trat auf sie zu, hob Sharon heraus und hielt den warmen kleinen Körper dicht an ihrem eigenen.

»Du solltest eigentlich schlafen, weißt du.«

Sharon blickte ihrer Mutter tief in die Augen. Und dann hob sie langsam das rechte Händchen und strich Donna ganz sacht über die Wange.

Donna drückte sie an sich. »Schlaf ein, Kleines. Ich habe dich sehr lieb, mein Engel. Schlaf ein, Baby.«

Sharon ließ ihren Kopf auf Donnas Schulter sinken und fiel sofort in Schlaf.

»Mami!« Adams Stimme durchschnitt die Stille.

»Ich bring ihn um!« sagte Donna laut. Behutsam legte sie Sharon in ihr Bettchen zurück.

»Mami!«

Wenige Sekunden später war Donna in Adams Zimmer. »Was

ist, Adam?« fragte sie, und aus ihrer Stimme klang leise Verärgerung. Der Junge hatte sich wieder aufgerichtet.

»Ich möchte dich eine Frage fragen.«

Bitte frag mich nicht, was passiert, wenn du stirbst, flehte sie innerlich. »Was für eine Frage denn, Schatz?«

»Wer hat mich gemacht?«

Oh, nein! dachte Donna. Nicht jetzt. Nicht Leben und Tod an ein und demselben Abend. Nicht nach einem harten Tag voller Gerichtskram. Ein weiteres Mal setzte sie sich – nein, sank sie auf sein Bett. »Mami und Papi haben dich gemacht, Schatz.« Die Neugier in seinen Augen schien unauslotbar. »Woraus?« wollte er wissen.

»Aus Liebe, aus sehr, sehr viel Liebe«, erwiderte Donna. Doch Sekunden, nein Minuten waren vergangen, ehe sie diese Antwort gab. Und während sie noch sprach, hoffte sie, daß Sharon ihr nie, niemals dieselbe Frage stellen würde.

6

»Du atmest nicht richtig.«

»Doch.«

»Nein, tust du nicht. Das sollte jetzt Atmen gemäß Stufe A sein. Von tief unten soll es kommen, so aus der Magengegend. Du atmest gemäß Stufe B.«

»Ich denke, ich soll so atmen, als ob ich eine Blume rieche.«

»Nein, nein. Das entspricht ja Stufe B. Wir sind jetzt dabei, Stufe A zu üben.«

»Ich bin müde«, sagte Donna gereizt. Langsam und mit einiger Mühe setzte sie sich auf. »Machen wir für heute Schluß.«

Doch Victor zeigte sich unerbittlich. »Wenn wir das Atmen nicht tagtäglich richtig üben, hat das Ganze überhaupt keinen

Zweck.« Auf seinem Gesicht erschien ein eigentümlicher Ausdruck – wie ein Schmollen oder wie jungenhafter Trotz.

»*Jetzt* befindest du auf einmal, es hätte womöglich alles keinen Zweck?« In Donnas Kehle saß ein Lachen. »Jetzt, wo ich gut zwanzig Pfund zugenommen habe und nur noch zwei Monate vor mir liegen.« Mühselig raffte sie sich hoch. »Nicht fair, Victor, ganz und gar nicht fair.«

»Wenn jemand nicht fair ist, dann du«, widersprach er. »Dem Baby gegenüber.«

»Oh, Victor, sei bloß nicht so stur. Du hast doch sonst so viel Sinn für Humor. Wenn wir beim Unterricht sind, stellst du dich immer als ein wahrer Ausbund von Lustigkeit dar.« Mit schwerfälligen Schritten bewegte sie sich zur Hausbar und goß sich ein Glas Gingerale ein. »Na, die sollten dich erleben, wenn du im trauten Heim bist.«

Betreten blickte er beiseite.

»Wir werden morgen üben, Victor. Wenn wir mal einen Tag auslassen, so wird uns das schon nicht umbringen – und auch das Baby nicht.«

»Wie du willst«, sagte er in jenem Tonfall für unangenehme Situationen. »Aber du wirst es sein, die später bedauert...«

»Oh, Victor, verschone mich.« Sie schüttelte den Kopf und versuchte, den aufsteigenden Ärger zu unterdrücken. Es roch nach Zank, nach Krach, und nur zu gern hätte sie das vermieden. »Ich möchte nur mal wissen, was die Frauen getan haben, bevor es diese ›vorgeburtlichen Unterweisungen‹ gab.«

»Sie haben gelitten«, erwiderte er prompt. Mit Betonung fügte er noch hinzu: »Und das nicht zu knapp.«

»Aber sie haben überlebt«, erinnerte sie ihn.

»Manche.«

Die Behendigkeit, mit der er für alles eine Antwort bereithielt, begann ihr gehörig auf die Nerven zu gehen. Und ihre Geduld, so stellte sie fest, nahm im gleichen Maße ab, in dem ihr Bauch wuchs. Von Mal zu Mal wurde die Gefahr größer, daß ihr die »Sicherung« durchbrannte.

»Victor, mein Überleben hängt gewiß nicht davon ab, ob ich während der Transition fachgerecht eingestimmt bin.« (Neuerworbenes Vokabular, kaum eine Woche alt.)

Victor zuckte mit den Achseln und beugte den Kopf zur Seite. Dann drehte er sich wortlos um und verließ das Zimmer. Sie sah ihm nach. Trotz ihres übergroßen Zorns (der in keinem vernünftigen Verhältnis zum eigentlichen Anlaß stand – das war ihr durchaus bewußt) verlangte es sie nach wie vor nach Victor, und hätte er in diesem Augenblick kehrtgemacht und wäre auf sie zugetreten, sie würde ihn gewiß nicht zurückgewiesen haben, ganz im Gegenteil. Ohne Rücksicht auf ihren augenblicklichen Zustand hätten sie es miteinander gemacht, womöglich direkt auf dem Fußboden, gar kein Zweifel.

Wenn sie sich früher gezankt hatten, pflegte es mehr oder minder regelmäßig auf diese Weise zu enden. Wenn man sich die Sache nicht gar zu primitiv dachte. Es war keineswegs so, daß er einfach seine Hose herunterließ, und schon war alles eitel Wonne und Seligkeit.

Einmal hatte er es allerdings getan, nach einem Streit, unmittelbar und ganz buchstäblich. Die gesamte Länge des Zimmers mußte er hüpfend zurücklegen, und bis er schließlich bei ihr angelangte, schüttelten sich beide so sehr vor Lachen, daß Victors Erektion verschwunden war und Donna buchstäblich Bauchschmerzen hatte. Dennoch: Nachdem sie sich dann ihrer Kleider entledigt hatten, klappte es zwischen ihnen genauso wunderbar wie sonst auch. Ihre beiden Körper schienen miteinander zu verschmelzen, direkt auf dem Fußboden des Wohnzimmers.

Vielleicht war eben dies das augenblickliche Hauptproblem, der Grund dafür, daß sie immer häufiger miteinander zu streiten schienen: Seit fast einem Monat hatten sie nicht mehr miteinander geschlafen. Obschon sowohl die einschlägigen Bücher als auch die Herren Doktoren befanden, dem stünde nicht das mindeste entgegen, zeigte sich Victor zunehmend besorgt, daß er dem Baby irgend etwas antun könne. Simple Tatsache war allerdings, daß die Geschichte unter diesen Umständen nicht gerade bequem war, was immer die Fach- oder Nichtfachleute darüber sagen mochten. Sie mußte unwillkürlich lächeln, als sie sich Victor über sich vorstellte: mit leicht zitternden Armen angestrengt hochgestützt, um ihr nach Möglichkeit sein Gewicht zu ersparen.

»Ich glaube, wir halten's besser umgekehrt«, hatte er gesagt. »Du nach oben.« Irgendwie versuchten sie's, doch es schien nicht gelingen zu wollen, und er stöhnte: »Gott, ich heb' mir noch 'n Bruch.« Schließlich – während beide noch lachten und von Sekunde zu Sekunde erschöpfter wirkten – gelangte sie mit einer Art *plupp!* auf seinen Bauch. »Die Amerikaner sind gelandet!« rief er.

Und jetzt stand Donna allein im Wohnzimmer und lachte. In der Tat: Mochten sie einander auch noch so sehr in den Haaren liegen – wenn Victor nur wollte, konnte er sie mit einem Scherzwort aus ihrem verbissenen Zorn lösen. Voraussetzung dafür war natürlich, daß er nicht selbst wütend war. Dann allerdings wurde die Sache verflixt problematisch.

So war es fast von Anfang an gewesen. Nach den kurzen Flitterwochen in Key West (ihm mißfiel es dort, während es ihr durchaus gefiel – »Zu viele Spinner und Schwule«, behauptete er, während sie befand: »Eine Menge Typen und Charaktere, es handelt sich halt um Künstler«; die Wahrheit lag zweifellos irgendwo in der Mitte) – ja, danach kehrten sie nach Palm Beach zurück, und schon befanden sie sich inmitten einer ganzen Reihe von Dilemmas, die keineswegs einfach zu lösen waren.

Wo eigentlich der Grund für die Streitereien zwischen ihnen lag, vermochte Donna nie so recht zu ergründen. Was sie wußte, war einzig dies: Es begann mit einem Gespräch, einem ganz gewöhnlichen Gespräch; mit einer leichten Meinungsverschiedenheit in diesem oder jenem Punkt. Wenige Minuten später flammte das wild auf, strebte einer heftigen Explosion unausweichlich entgegen, und es schien nur noch dies zu geben, ausschließlich dies: zwei einander benachbarte Minenfelder, wo schon der leiseste »Fehltritt« zu Tod oder schwerer Verwundung führen konnte.

Sie: »Was ist denn?«

Er: »Nichts.«

»Augenscheinlich hast du doch irgendwas. Warum sagst du mir nicht, was es ist?«

»Ich verstehe nichts, überhaupt nichts.«

»Und warum hast du dann seit dem Dinner nicht mehr mit mir gesprochen?«

Er wirkte gereizt. »Also schön, ich *habe* etwas. Allerdings nichts Besonderes. Kümmere dich nicht weiter drum, das gibt sich schon von selbst.«

»Du möchtest nicht darüber reden?«

»Nein. Vergiß es. Bitte.«

Also vergaß sie es, was immer es auch sein mochte. Doch vergaß sie es nicht ganz.

»Was hast du mit deinem Haar gemacht?« fragte Victor.

»Wie meinst du das – was ich damit gemacht habe? Nichts. Ich hab's nur anders gekämmt.«

»Und warum sagst du dann, du hättest damit ›nichts‹ getan?«

»Weil das stimmt, ich bin nur mit dem Kamm hindurchgefahren«, erwiderte Donna, sozusagen schon auf den Hinterbeinen.

»Also doch anders«, sagte er eigentümlich tonlos.

»Na, und!?«

»Erst gestern habe ich dir erklärt, daß mir dein Haar gefällt – *so wie es ist!*«

»Und?«

»Prompt fühlst du dich veranlaßt, das zu ändern. Wie denn

auch anders. Ist ja immer so gewesen. Wenn ich dir sagte, daß mir etwas gefiel, meintest du, das ändern zu müssen. Möge der Himmel verhüten, daß wir etwas tun, was Victor gefällt.«

»Wovon sprichst du?«

»Ich spreche davon, daß es besser wäre, dir nicht zu sagen, daß mir hier irgendwas gefällt. Denn fortan würde ich ja nicht mehr sehen, was mir hier gefällt.« Unwillkürlich hatte er seine Stimme erhoben.

»Ich kann's nicht glauben«, murmelte Donna. »Ich kann einfach nicht glauben, daß wir über dasselbe Thema sprechen – nämlich darüber, daß ich mir das Haar anders kämme.«

»Wieso nicht?«

»Weil – weil es so trivial ist!«

»Trivial für dich, schon möglich. Für mich vielleicht weniger trivial. Aber das ist dir wohl noch nie aufgegangen. Die Tatsache nämlich, daß etwas, das für dich völlig bedeutungslos sein mag, für mich eine Menge Bedeutung besitzen könnte. Daß meine Gefühle sich von jenen der Donna Cressy unterscheiden könnten.«

»Du bist tatsächlich beunruhigt, weil ich mein Haar jetzt mit Mittel- statt mit Seitenscheitel trage?« fragte sie ihn fassungslos.

»Du hörst mir nicht zu.«

»Wieso? Was ist mir entgangen?«

»Vergiß es. Hat ja doch keinen Sinn.«

»Du hast aber offenbar das Gefühl, daß es eben dies haben sollte – einen Sinn, einen Zweck. Sag mir also: Was ist mir entgangen, was habe ich überhört?«

»Dein Haar, das ist nur so eine Sache. Und gleichzeitig auch alles. Was immer mir hier gefallen hat – *es wird verändert!*«

»Alles – was immer?« Donna blitzte ihn zornig an. »Hast du mir, wenn wir uns stritten, nicht stets gesagt, ich sollte solch verallgemeinernde Wörter vermeiden?«

»So habe ich mich gewiß nicht ausgedrückt.«

»O doch. Du hast von Verallgemeinerung gesprochen. Und genau darauf läuft dies ja hinaus.«

»Keineswegs.«

»Es gibt sozusagen zwei Arten von Verordnungen – eine für mich und eine für dich, oder?«

»Wer verallgemeinert denn jetzt?«

Sie schüttelte den Kopf. »Ich kann nicht gewinnen.«

Sofort stieß er nach. »Das ist genau dein Problem. Dauernd denkst du in diesen Kategorien: gewinnen – verlieren. Nicht etwa, wie etwas zu lösen wäre. Nein – nur zu gewinnen!«

»Das ist nicht fair.«

»Aber wahr.«

»Nein, es ist nicht wahr.«

»Hast du oder hast du nicht gesagt: Ich kann nicht gewinnen?«

»Ich kann das alles einfach nicht glauben.«

»Wüte und rase nur, soviel du magst. Das kann an den Tatsachen nichts ändern.« Seine Stimme klang plötzlich auf irritierende Weise fest und ruhig. Donna versuchte, ihre Gedanken zu sammeln, ihre Gefühle unter Kontrolle zu bekommen. Aber welchen Sinn hatte das schon? Es half ja ohnehin nichts.

»Das ist doch lächerlich«, sagte sie mehr zu sich selbst als zu Victor, obschon er augenscheinlich hörte und zustimmte. »Worüber streiten wir jetzt eigentlich?« Sie schwieg und versuchte, sich zu erinnern, wie es eigentlich angefangen hatte. »Du hast gesagt, alles, was dir hier gefällt, sei verändert worden.«

»Nein, das habe ich nicht gesagt.«

»Was hast du dann gesagt?«

»Ich habe gesagt, alles, was mir hier gefällt, würde verändert werden.«

»Würde verändert werden? Von wem denn? Augenscheinlich nicht von dir. Sonst würde sich diese Debatte zweifellos erübrigen...«

»Wie du meinst.«

Sie schwieg einen Augenblick. »Was soll das heißen? Daß *du* es doch bist, der diese Dinge ändert, um was – Teufel noch mal – es sich im einzelnen auch handeln mag?«

Er schüttelte den Kopf. »Ohne Flucherei läuft bei dir wohl nichts, wie? Es geht dir sogar gegen den Strich, wenn ich versuche, auf taktvolle Weise mit dir einer Meinung zu sein.«

»Wovon sprichst du?«

»Nun, ich habe dir zugestimmt, daß ich es ganz gewiß nicht bin, der hier auf irgendwelche Veränderungen erpicht ist.«

»Du hast mir zugestimmt? Dieses: ›Wenn du meinst‹ – oder so ähnlich, das war deine Zustimmung?«

»Du hast mich unterbrochen.«

»Was? Wann?«

»Zuvor. Schau, was kommt es darauf an? Du hast doch deine Feststellung getroffen.«

»Was für eine Feststellung?« schrie sie.

»Hör auf zu schreien! Dauernd schreist du!«

»Dauernd schreie ich? Na, da haben wir deine dauernden Verallgemeinerungen!«

»Nun, höre dir nur selbst zu. Meine Stimme ist nicht erhoben.« Donna atmete tief durch, mehrmals. »Du hast gesagt, alles wird verändert, richtig?« Er gab keine Antwort. »Und du bist es nicht, der das tut. Also bleibe doch wohl nur ich übrig, stimmt's?«

»Wenn du es sagst.«

»Wenn ich es sage. Stimmen wir da überein?«

»Wenn du es sagst.«

»Nun gut, ich sage es.«

»Okay. Dann wissen wir ja genau, wie wir miteinander stehen.«

»Ich bin so durcheinander, daß ich überhaupt nicht weiß, ob ich stehe oder sitze oder liege«, sagte sie. »Allerdings würde ich dieser Sache schon gern auf den Grund kommen.«

»Gleichgültig, was es kostet.«

»Aus welchem Grund sollte es irgendwas kosten?« Deutlich spürte sie, wie das Gefühl der Frustration in ihr wuchs.

»Weil es immer so ist, wenn wir Streit miteinander haben.«

»Aber wieso denn? Warum können wir unsere Probleme nicht ausdiskutieren wie zwei ganz normale Menschen? Wenn dich irgend etwas stört, sagst du's mir. Ich kann doch nicht alles ahnen. Ich kann doch nicht deine Gedanken lesen. Wenn du auf mich wegen irgendwas böse bist, dann sag's mir – sag mir, was dir nicht gefällt.«

»Habe ich ja. Aber was ich dir sagte, gefiel *dir* dann nicht.«

»Mein Haar? Streiten wir uns wirklich wegen meinem Haar?« Sie sah sein glattes Lächeln. »Aber hast du nicht von ›allem‹ gesprochen? Was, von dem, das dir gefiel, hätte ich denn sonst noch geändert?«

»Hören wir damit auf.«

»Nein. Laß uns offen darüber reden, damit wir's dann endgültig los sind.«

Er war wütend. Deutlich sah sie es in seinen Augen: kalte Reflexe, wie von Eis. »Also gut. Vor etwa einem Monat sagte ich, daß mir diese Schafhirten-Pastete, wie du sie zubereitest, ganz ausgezeichnet schmeckt; seither hat es keine mehr gegeben. Ich habe dir erklärt, daß ich dich in dem roten Kleid einfach hinreißend fand; du hast es seitdem nicht mehr getragen...«

»Es ist zu kurz. Niemand trägt mehr solch kurze Kleider.«

»Du unterbrichst mich. Wolltest du nun hören, was ich zu sagen habe oder nicht?« Sie nickte stumm. »Neulich abends«, fuhr er fort, »sagte ich zu dir, daß ich ihn mochte, diesen cremigen Käse...«

»Wir *hatten* cremigen Käse.«

»Das war cremiger Cottage Cheese, der mir absolut zuwider ist. Ich hatte dir gesagt, daß ich cremigen Käse wollte, aber du hast mir nicht zugehört, wie gewöhnlich. Du besorgst, was *du* magst.«

»Das ist nicht wahr! Ich dachte, ich hätte gekauft, was dir schmeckt. War das der Grund für deine Erregung neulich abends?«

»Welchen Abend meinst du?«

»Den Abend, wo du nach dem Essen nicht mehr mit mir gesprochen hast. Wo du nur sagtest, ja, dir sei so etwas wie eine Laus über die Leber gelaufen, aber nur nicht dran rühren, es würde sich schon wieder geben.«

»Aber du mußt daran rühren, du kannst einfach nicht anders, wie? So wie jetzt.«

»Zu diesem Jetzt ist es doch nur gekommen, weil ich *nicht* daran gerührt habe. Und von selbst hat sich bei dir gar nichts gegeben. Vielmehr ist alles nur schlimmer geworden – wie eine Wucherung.« Sie wurde jetzt wirklich zornig. »Ich glaube es nicht. Ich glaube es einfach nicht, daß es dich derart aufregt, wenn ich irrtümlich die falsche Käsesorte besorge! Ich glaube nicht und kann nicht glauben, daß es deshalb zwei Tage später Streit zwischen uns gibt.«

»Es war nicht irrtümlich.«

»Was soll das heißen? Daß ich's absichtlich getan habe?«

»Nein. Jedenfalls nicht bewußt.«

»Unterbewußt also!?«

»Schrei nicht.«

»Was, zum Teufel, soll das heißen?«

»Fluch nicht.«

»Hör auf, mir Vorschriften zu machen!«

»Streichen wir das Thema.«

»Nein! Klären wir die Sache, ein für allemal. Ich habe das Gefühl, in einem Meer von Trivialitäten zu ertrinken.«

»Trivial für dich.«

»Ja!« schrie sie. »Trivial für mich! Und all das sollte auch für dich trivial sein! Schafhirten-Pastete, ein rotes Kleid, Cottage Cheese, mein Haar. Das sind doch keine Dinge, über die zu streiten sich lohnt. Es handelt sich um die Symptome eines tieferliegenden Problems. Guter Gott, sie können doch nicht das Problem selbst sein!«

»Wenn du das sagst.«

»Ich sage es!«

»Warum mich dann noch nach meiner Meinung fragen? Wozu die Mühe?«

»Glaubst du wirklich, ich hätte mit Absicht die falsche Käsesorte gekauft?«

»Unterbewußt, habe ich gesagt.«

»Und für schlichte Irrtümer gibt es in deiner Welt keinen Platz?«

Er wirkte plötzlich sehr ruhig, und seine Stimme bekam einen onkelhaften Klang. »Liebling«, sagte er und nahm ihre Hand, »ich behaupte doch nicht, daß du diese Dinge tun *willst.* Aber findest du es nicht selbst eigenartig, daß du alles, was *du* magst, richtig machst, während alles, was *mir* gefällt, entweder überhaupt nicht getan wird oder aber falsch?«

Sie riß sich geradezu von ihm los. »Gottverdammt noch mal«, rief sie, »du – du – Ekel. In meinem ganzen Leben habe ich noch nie soviel Blech gehört! Da stehst du, kleiner Diktator, und hältst Volksreden: Was ich tun und was ich nicht tun sollte; was ich nicht getan hätte – oder aber unterbewußt. Noch nie habe ich einen solchen Haufen Mist gehört.«

»Wenn du fluchst, gehe ich ins andere Zimmer.«

»Du bleibst gefälligst hier, verstanden!«

»Wer kommandiert hier wen herum?«

»Du Lump!«

»Nur schön weiter mit den Beleidigungen. Zunächst war ich ein Ekel, dann ein Diktator – ein ›kleiner‹ Diktator hast du doch gesagt, wobei mich interessieren würde, weshalb du das Adjektiv

›klein‹ so betont hast –, und jetzt bin ich ein Lump. Nur weiter im Text. Welchen Schaden kannst du schon noch anrichten?«

Donna schluchzte, vor Zorn, vor Frustration. »Und was ist mit dem Schaden, den du anrichtest?«

»Ich habe dich nicht beschimpft. Ich habe nicht geflucht. Ich habe dich sogar gebeten, dieses ganze Thema fallenzulassen. Aber dazu warst du nicht bereit. Jetzt wirst du ausfällig, beleidigst und beschimpfst mich. Was steht als nächstes auf dem Spielplan, Donna? Mich steinigen, mit Pfeilen durchlöchern?«

Er drehte sich um, wollte den Raum verlassen. »Laß mich nicht einfach so stehen!« rief sie hinter ihm her, während er sich vom Wohnzimmer in Richtung Schlafzimmer bewegte.

»Laß mich zufrieden, Donna«, sagte er müde. »Du hast doch wohl genug gesprochen?« Per Fernsteuerung schaltete er den Fernseher ein.

»Bitte mach aus«, sagte Donna ruhig.

»Damit du wieder auf mich losgehen kannst? Nein, danke.«

»Bitte.«

»Nein.« Er blickte auf den flimmernden Bildschirm. Irgendeine Szene aus »Alles in der Familie«. Sie kannte die Serie, längstvertraute Charaktere.

»Ich möchte nur, daß dies geklärt wird.«

»Und ich möchte heute abend nicht mehr darüber reden, kannst du das nicht verstehen? Kannst du das nicht in deinen Schädel, deinen Dickkopf hineinbekommen?«

Donna weinte wieder. »Und wer ist jetzt ausfallend?«

»Oh, okay. Du hast es geschafft. Jetzt bin ich auch ausfallend geworden. Wir sind quitt. Ich bin der schlimmste Ehemann auf der ganzen Welt. Ich bin ein ganz übler Mensch.«

»Sagt ja niemand. Weder daß du ein schlechter Ehemann noch daß du ein übler Mensch bist.« Sie hielt kurz inne. »Bitte stell den verdammten Fernseher ab.«

»Nur immer hübsch weitergeflucht.«

»Ach, hör schon auf, Victor. Tu nicht so altväterlich, so scheinheilig.«

»Ganz ausgezeichnet, Donna, weiter im Text. Jetzt bin ich also auch noch ein Scheinheiliger. Nur vorwärts – wie könntest du mich sonst noch nennen?«

»Stellst du den Fernseher ab?«

Überraschenderweise tat er's. Ein Tastendruck, und das Bild erlosch. »Also schön, Donna, ich habe ihn abgestellt. Fahr fort - aber tu's nur, wenn du dir der Tatsache bewußt bist, daß du für alles, was von nun an geschieht, die volle Verantwortung trägst. Ich hatte dich gebeten, das Thema momentan fallenzulassen. Ich habe dich geradezu angefleht, das zu tun. Aber nein, du bist entschlossen, wirklichen Schaden anzurichten. Okay, bis jetzt hast du mich nur angeschlagen, noch kann ich mich auf den Beinen halten. Du hast fünf Minuten, um mich völlig fertigzumachen.«

»Warum drückst du das so aus? Niemand will dir weh tun.«

»Jede Wette – innerhalb von fünf Minuten hast du diesen Kampf in eine Arena verlegt, die ich mir im Augenblick noch nicht einmal *vorstellen* kann. Sag, was du sagen möchtest. Fünf Minuten werde ich dir zuhören.« Er warf einen Blick auf seine Armbanduhr.

Verzweifelt versuchte Donna, ihre Gedanken zu Worten zu ordnen. Doch schien das nicht recht gelingen zu wollen. Irgendwie verhedderte sich alles, klebte ihr gleichsam am Gaumen wie Klümpchen Erdnußbutter – und was schließlich herauskam war nichts als ein Aufguß dessen, was sie bereits gesagt hatte.

»Ich verstehe einfach nicht, warum wir immer wieder in solch unsinnige Streitereien geraten«, begann sie zaghaft, schwächlich.

»Dazu kommt es, weil du einfach keine Ruhe geben kannst. Bis es dann zu spät ist.«

»Das finde ich nicht.«

»Wie sich denken läßt. Aber wie würdest du das nennen, was du gerade jetzt – in diesem Augenblick – tust?«

»Ich versuche, der Sache auf den Grund zu gehen.«

»Nun, der *Grund* von all dem ist, daß du mich in Wirklichkeit nicht besonders magst.«

»Das ist nicht wahr. Ich liebe dich.« Zweifelnd hob er eine Augenbraue. »Wirklich.« Unwillkürlich hatte sie die Stimme gehoben, besann sich aber sofort. »Tut mir leid.«

»Tut dir leid, daß du mich liebst, ich weiß.«

»Tut mir doch nicht leid, daß ich dich liebe«, schrie sie. »Tut mir nur leid, daß ich geschrien habe.«

»Hör bitte auf zu schreien, Donna. Davon habe ich genug. Wirklich, du brauchst mich nicht mehr anzuschreien.« Seine Stimme war die eines Kriegsgefangenen, der vom Feind gefoltert wird.

Donna blickte zur Zimmerdecke. »Was geht hier eigentlich vor sich? Kann mir niemand helfen?«

»Ist dies dein Programm für die nächsten fünf Minuten? In *dem* Fall würde ich es vorziehen, mir »Alles in der Familie« anzusehen. Wenn die Krach haben, ist es wenigstens lustig.«

»Zum Teufel mit dir«, schrie sie. »Erst sagst du zu mir, ich soll reden, und dann läßt du mich nicht. Du unterbrichst mich. Du manipulierst das Gespräch, bis ich so wütend bin, daß ich schreie.«

»Das ist das einzige, was du jemals tust, Donna.«

»Und im Endeffekt kriege ich nie eine Chance zu sagen, was ich eigentlich sagen will.«

»Und was ist es, das du ›eigentlich‹ sagen möchtest, Donna? Weißt du das ›eigentlich‹ selbst?«

»Es liegt nur daran, daß du eine so niedrige Meinung von mir hast.«

»Ich hätte eine niedrige Meinung von *dir?*«

»Ja. Du nimmst immer das Schlimmste an.«

»Immer?«

»Daß ich Dinge ändere, die dir gefallen – absichtlich, unterbewußt; wie dem auch immer sein mag. Du scheinst das Gefühl zu haben, ich sei stets gegen dich. Aber nie gibst du mir eine Chance, mich zu verteidigen. Meist weiß ich überhaupt nicht, daß dir was nicht paßt, weil du's mir ja nicht sagst...«

»Weshalb sollte ich? Du würdest es ja ohnehin als trivial abtun.«

»Scheiße, wir drehen uns dauernd im Kreis.«

»Und du fluchst dauernd. Macht es dir eigentlich besonderen Spaß zu fluchen, weil ich dir gesagt habe, daß ich das nicht ausstehen kann? Weil du weißt, daß ich das scheußlich finde?«

»Warum mußt du nur alles so persönlich nehmen? Himmel, wenn ich aus lauter Frustration ›Scheiße‹ sage, glaubst du sofort, ich täte das nur, um dich aus der Fassung zu bringen.«

»Was ja auch stimmt.«

»Das ist paranoid, Victor!«

Sie war zu weit gegangen. Das begriff sie in demselben Augenblick, wo das Wort über ihre Lippen schlüpfte. Er hatte ihr gleichsam die Pistole hingehalten, und sie war töricht genug gewesen, ihn mit der nötigen Munition zu versorgen.

Zielbewußt hatte er sie dorthin manövriert: zu der Blöße, die sie sich irgendwann geben würde; zu einem unbedachten Wort, das ihr irgendwann mit Sicherheit entschlüpfte und das er dann nach Belieben als Mine verwenden konnte, um alles in Fetzen zu reißen.

Sie hatte ihm das Wort geliefert: paranoid.

Seine Stimme klang sehr beherrscht. »Nun, endlich hast du gesagt, was du sagen wolltest, Donna, nicht wahr?«

»Ich habe nur gemeint...«

»Ich möchte nicht hören, was du noch weiter sagen möchtest. Du hast alles gesagt. Du hast mir zur Genüge weh getan. Möchtest du Blut sehen? Bist du darauf aus? Eine dreifache kleine Meinungsverschiedenheit war dir Anlaß genug – eine alberne kleine Feststellung, die ich traf und für die ich mich entschuldigte...«

»Du hättest dich entschuldigt? Ja, wann denn? Ich bitte dich!«

»Du hörst mir nicht zu, Donna. Das sage ich dir immer wieder.«

»Du hast dich überhaupt nicht entschuldigt!«

Plötzlich war er es, der schrie. »Also gut. Ich habe mich überhaupt nicht entschuldigt! Wenn du das sagst, dann muß das ja stimmen, denn – weiß Gott – du hast ja immer recht. Aber ich *glaubte* doch, ich hätte mich entschuldigt. Muß mich allerdings geirrt haben. Selbstverständlich. Wieder mal.« Er schwieg einen Augenblick. »Was für einen Unterschied macht das schon?«

»Es macht einen gewaltigen Unterschied. Wenn du dich entschuldigt hättest, wäre es überhaupt nicht zu diesem Streit gekommen.«

»Natürlich wäre es dazu gekommen, begreifst du denn nicht? Du warst so sehr darauf versessen, mir zu sagen, was für ein Lump und wie *paranoid* ich bin ... und so weiter und so fort. Du wärst auf mich losgegangen, ganz egal, was ich gesagt oder *nicht* gesagt hätte. Ich glaube, mich entschuldigt zu haben. Du behauptest, ich hätte es nicht getan. Aber das ist auch nicht weiter wichtig. Wichtig ist nur, was du später gesagt hast.«

Donna versuchte, einen klaren Kopf zu bekommen. An dem, was er sagte, stimmte irgend etwas nicht. Doch sie war zu verwirrt und zu müde, dem jetzt auf die Spur zu kommen.

»Ich verstehe nicht.«

»Du verstehst ja nie«, sagte er traurig.

Und plötzlich spürte Donna Gewissensbisse, ununterdrückbar. Tief in ihrem Magen krampfte sich etwas zusammen, wie ein Knäuel. *Warum* verstand sie nicht? *Warum* schrie sie dauernd? *Warum* fluchte sie soviel? Sie wußte doch, daß er das nicht mochte. Sie wußte doch, daß er gern Schafhirten-Pastete aß. Weshalb also bereitete sie ihm diese seine Lieblingsspeise nicht öfter? Hatte sie ihm absichtlich, wenn auch unterbewußt, den falschen Käse gekauft? Nein, verdammt noch mal, dachte sie plötzlich, nein, das hatte sie nicht.

»Du bist immer so ungeheuer darauf erpicht, recht zu behalten«, sagte er langsam und mit solch ruhiger, gefestigter Überzeugung, daß Donna – obschon sie gegen ihre Schuldgefühle ankämpfte – sich geradezu gezwungen fühlte, ihm zuzuhören. »Du begreifst nicht, daß es im Endeffekt gar nicht darauf ankommt, wer schließlich recht hat und wer nicht. Viel entscheidender ist, was dazwischen gesagt wird. Und du hast nicht gehört, daß ich *dich* beleidigt hätte.«

»Willst du mir etwa einreden, ich hätte absichtlich alles so gedreht, daß für Beleidigungen gegen mich sozusagen gar kein Platz mehr blieb?« rief sie.

»Du unterbrichst mich schon wieder.«

»Tut mir leid. Aber ich dachte, du seist fertig.«

Wie in hilfloser Kapitulation hob er beide Hände. »Bitte, wenn du meinst.«

»Nein, bitte, Victor. Sprich weiter. Ich wollte dir nicht ins Wort fallen.«

»Du wirst mich also ausreden lassen? Du wirst mir nicht ins Wort fallen?«

»Was ist das? Ein organisiertes Podiumsgespräch oder so etwas Ähnliches? Menschen diskutieren miteinander, und sie fallen einander dauernd ins Wort.«

»Nun, du tust es *buchstäblich* dauernd. Nie läßt du mich auch nur einen einzigen Gedanken zu Ende führen.«

Donna biß sich auf die Unterlippe. »Also gut«, sagte sie langsam. »Ich werde dich nicht wieder unterbrechen.«

Er ließ eine Pause eintreten, eine dramatische Pause. »Der Grund dafür, daß wir uns dauernd im Kreis bewegen, Donna, ist höchst einfach. Du fragst mich, was ich denn ›hätte‹. Und ich weiß im voraus, weiß es nur zu genau, was geschehen wird, wenn ich es dir sage. Genau *dies* nämlich wird geschehen – das, was heute abend geschehen ist; weil du nicht wirklich hören möchtest, was ich zu sagen hätte; weil du ganz einfach nur die Gelegenheit wahrnehmen möchtest, mir zu sagen, ich sei im Unrecht.«

»Das ist...«

»Du fällst mir ins Wort.«

»Tut mir leid.«

»Nehmen wir nur den heutigen Abend, Donna. Es wäre doch nicht dazu gekommen, wenn du es nicht provoziert hättest. Ich hatte dich schließlich gebeten, die Sache zu vergessen. Was immer mir ›über die Leber‹ läuft, verschwindet schon wieder. Aber nein, du konntest ja keine Ruhe geben, du mußtest es hervorzerren. Nur um mir sagen zu können, wie stupide und trivial es ist, und wie sehr ich mich irre. Über alles. Über dich. Über was nicht? Wenn du gar nicht hören willst, was ich auf dem Herzen habe, dann frage mich doch auch bitte nicht danach. Es ist schon komisch, bei all unseren Auseinandersetzungen. Stets beginnt es damit, daß du mich fragst, was ich auf dem Herzen hätte; und stets endet es damit, daß du erklärst, was *du* auf dem Herzen hast. Zwischendurch bedenkst du mich mit allen möglichen lieblichen Ausdrücken, die noch lange nach dem eigentlichen Krach in meinem Kopf nachhallen.« Er schwieg einen Augenblick. »Es ist dein Mund, Donna. Du weißt einfach nicht, wieviel Schaden du mit deinem Mund anrichten kannst. Du gehst auf mich los und läßt dann nicht mehr ab.«

»*Ich* geh auf *dich* los?«

»Du kannst einfach nicht anders, wie? *Mußt* mir ins Wort fallen?«

Donnas Schultern schienen einzusinken unter der Last der immer mehr anwachsenden Schuld. Sie wischte sich eine Träne vom Auge, schwieg. Warum nur konnte sie nicht den Mund halten, wenn er sie so ausdrücklich darum bat? Warum konnte sie nicht, ganz schlicht und einfach, wenigstens in solchen Äußerlichkeiten mit ihm übereinstimmen? Warum mußte sie dauernd auf eine »Lösung« drängen? Im Endeffekt wurde doch nie etwas »gelöst«. Sie seufzte unwillkürlich. Es war wohl das »Ehelos«, dieses Ewig-Ungelöste.

Unausweichlich, so schien es, kam es zu einer wahren Flut von Entschuldigungen von ihrer Seite. Sie bat um Verzeihung, demutsvoll, was er mit stummer Billigung registrierte. Doch irgendwo, in ihrem Hinterkopf, hörte sie die Stimme ihrer Mutter: »Laß dich von niemandem einschüchtern. Steh deinen Mann.«

Leicht gesagt – oder auch nicht so leicht. Jedenfalls schwer getan. Sie kam sich vor wie ein Fisch, der einen Köder geschluckt hat und sich nun unversehens von seinem Urelement – ein Fisch außerhalb des Wassers – getrennt sieht.

Nun gut. Auch das Programm für den Rest der Nacht lag fest. Sie würden einander lieben, lieben, lieben. Donna war immer wieder aufs neue davon überrascht, daß all der Zank und Streit ihr Liebesleben nicht im mindesten beeinträchtigte. Eher schon war das Gegenteil der Fall. Es wirkte fast stimulierend.

Der Ablauf war stets der gleiche. Jeder Krach endete praktisch genau wie der vorherige. Entschuldigte Donna sich nicht sofort, so gab es etliche Tage »Verzug« – Tage, an denen man in frostigem Schweigen umeinanderschlich. Und mit jeder weiteren Entschuldigung von ihrer Seite klang die Stimme ihrer Mutter leiser – leiser und immer leiser.

Heute abend, heute nacht würde es nicht anders sein. Das war Donna spätestens in dem Augenblick bewußt geworden, wo ihr Mann müde das Zimmer verließ, den Rücken so krumm wie ein geprügelter Hund. Allerdings: Zärtlichkeiten würde es nicht geben, keine *wirklichen* Zärtlichkeiten. Nichts, um Seele und Gemüt zu erleichtern, indem der Körper zu seinem Recht kam. Warum hatte sie nur die ganze Sache angefangen? Wäre es denn so schlimm gewesen, diese Atemübungen zu absolvieren? Gott, sie konnte doch von Glück sagen, daß er ihre Schwangerschaft so wichtig nahm. Manche Ehemänner scherten sich einen Dreck darum. Victor hingegen nahm in einem solchen Maße Anteil, als sei es buchstäblich auch seine eigene Sache. Er wollte es gleichsam mit ihr teilen. Deshalb seine Sorge wegen der Atemübungen: die Sorge um sie und das Baby.

Sorge oder Sucht nach Kontrolle? fragte die Stimme tief in ihr. Sie verdrängte sie und betrat das Schlafzimmer.

»Tut mir leid«, sagte sie. »Ehrlich.«

Er wirkte tiefer verletzt den je. »Tut dir ja immer leid. Nur ändert das nie etwas.«

»Ich bin heute abend eben ziemlich reizbar. Offenbar ist eine Erkältung im Anzug.«

»Schon wieder?«

Sie hob die Achseln. »Wenn mir die Nase so läuft, du weißt ja.« »Du hast doch nichts dagegen eingenommen, oder?« Wieder seine Besorgnis wegen ihrer Schwangerschaft, wegen des ungeborenen Kindes. Warum nur klang das so sehr nach Anklage? »Natürlich nicht.« Sie schwieg einen Augenblick. »Willst du, daß ich jetzt die Atemübungen mache?«

Er blickte auf seine Uhr. »Es ist bereits elf. Zu spät.« Sein Gesicht verzerrte sich, wie unter einem plötzlich aufzuckenden Schmerz.

»Ist irgendwas?«

»Ach, nichts weiter. Nur daß mein Magen empfindlich reagiert, wenn du so – wütest.«

Donna schwieg. Plötzlich hatte sie das Gefühl, daß der Felsbrocken des Sisyphos auf ihren Schultern lastete. Sie setzte sich aufs Bett und begann, sich zu entkleiden. Stille. Er war inzwischen ins Bad gegangen, und die Stille wurde mehrmals durchbrochen, als er sich wiederholt laut die Nase schneuzte.

»Das solltest du nicht tun«, sagte sie, als er aus dem Bad kam. »Dadurch zerstörst du das feine Gewebe – die Schleimhäute.« Er gab keine Antwort. Nun verschwand sie im Badezimmer. Warum fühlte sie sich immer soviel scheußlicher, *nachdem* sie sich entschuldigt hatte?

Sie kroch neben ihn ins Bett. Er lag auf dem Rücken, die Hände hinter dem Kopf verschränkt. Donna betrachtete ihn minutenlang. Schließlich sagte sie: »Ich liebe dich.« Und sie starrte auf seinen Mund, wartete auf eine Antwort.

»Ist okay«, erwiderte er und löste einen der im Genick verschränkten Arme aus der starren Haltung und streckte ihn ihr entgegen: das unverkennbare Zeichen, daß er ihr nun doch vergab und sie sich ihm nähern durfte. Sie schmiegte sich in den Halbkreis, den der Arm bildete, und lehnte sich gegen seinen Brustkorb. Während er zerstreut ihren Rücken streichelte, ließ sie eine Hand an seinem Körper auf und ab gleiten.

»Warum machst du's mir nur so schwer?« fragte er leise. Und irgendwo tief in ihr begann, noch halberstickt, jene Stimme zu schreien, nein, zu kreischen.

7

»Du hast sie diesmal anders zubereitet als sonst«, sagte er.

»Aber woher denn. Ich bereite Schafhirten-Pastete immer gleich zu.«

»Nein, stimmt nicht. Irgend etwas ist anders. Ich kann's schmecken.«

»Nichts ist anders. Das sagst du jedesmal.«

»Ist ja auch jedesmal anders.«

»Sie ist genauso, wie ich sie immer mache. Gefällt sie dir nicht?«

»Ach, es geht. Nicht so dick wie gewöhnlich.«

Er stand vom Tisch auf.

»Wo willst du hin?«

Er öffnete die Schranktür unter dem Spülstein.

»Was suchst du da?«

Er steckte seine Hand in den Müllbeutel.

»Dachte ich's mir doch«, sagte er triumphierend und förderte eine leere Büchse Tomatensauce zutage.

»Was hast du dir gedacht?« fragte Donna, und ihr war nur allzu deutlich bewußt, daß sie mit einer wenig »erbaulichen« Antwort rechnen mußte.

»Tomatensauce. Wenn ich mich richtig erinnere, verlangt das Rezept Tomatenmark.«

»Nein, Tomatensauce«, behauptete sie gereizt. »Kommst du nun wieder an den Tisch, bevor alles kalt wird?«

»Laß mich mal einen Blick ins Kochbuch werfen.«

»Glaubst du mir nicht?«

»Kann ich nicht einen kurzen Blick ins Kochbuch werfen? Wer sagt denn, daß ich dir nicht glaube? Guter Gott, Donna. Bist ein wenig paranoid, wie?«

Donna legte ihre Gabel aus der Hand und stand auf. »Du weißt genau – wenn ich so etwas zu dir sagen würde, wärst du außer dir.« Sie langte in das Regal oberhalb des Telefons, wo sie ihre diversen Kochbücher aufbewahrte, und zog den zerfledderten Band hervor: *Noch eine Portion, bitte.*

Er nahm das Buch entgegen und seufzte hörbar. »Du willst doch nicht etwa Streit anfangen, bloß weil ich darum gebeten habe, einen Blick in das Kochbuch werfen zu dürfen.«

Unwillkürlich blickte sie an sich hinab, ließ die Augen über ihren gewaltigen Bauch gleiten. Das Baby könne jetzt jederzeit kommen, hatte der Arzt gesagt. Bis zum errechneten Datum waren es nur noch zwei Wochen, und dabei handelte es sich im Grunde auch nur um eine möglichst präzise Kalkulation. »Nein, ich will nichts anfangen, überhaupt nichts.«

»Wie lautet die genaue Bezeichnung?« fragte er.

»Hamburger Schafhirten-Pastete«, antwortete sie und ging zum Küchentisch zurück, um sich zu setzen. »Und sie wird dir kalt.«

Er überflog die Liste der Zutaten. »Nun, du hast recht. Tomatensauce steht hier.«

»Danke.«

Er stellte das Buch ins Regal zurück. »Ich habe immer gedacht, du hättest Tomatenmark verwendet.«

»Tu ich normalerweise auch«, sagte sie – und hätte sich im selben Augenblick am liebsten die Zunge abgebissen. Sofort ruckte sein Kopf herum, starrte er sie an. Ruhig fuhr sie fort: »Irrtümlich habe ich einmal Tomatenmark verwendet, und als du sagtest, es schmecke dir...«

»...hast du's prompt geändert.«

»Nein. Ich habe auch weiterhin Mark verwendet. Außer heute. Ich hatte keines, und deshalb nahm ich Tomatensauce.«

»Und warum hast du mir gesagt, du habest nichts geändert?«

»Weil ich hoffte, eben diese Art von ›Konversation‹ vermeiden zu können.«

»Nun, zu dieser ›Konversation‹ wäre es überhaupt nicht gekommen, wenn du mir gleich die Wahrheit gesagt hättest. Ich bin ja nicht auf den Kopf gefallen, weißt du. Ich habe sofort geschmeckt, daß irgendwas anders ist.«

»Nun, für mich schmeckt's gleich.«

»Aber nicht für mich! Ja, ich wußte sofort, daß irgend etwas anders war.«

»Müssen wir dieses Gespräch fortführen? Wenn du mich fragst – das klingt genauso wie einer dieser Dialoge aus einem Werbespot. Aber nein, das ist niemals die berühmte Weltmarke XYZ, sondern...«, spöttelte sie, »sondern...«

»Geht dein sarkastisches Mundwerk schon wieder mit dir durch?«

»Ach, hör doch auf, Victor. Mußt du aus jeder Ameise denn immer gleich einen Elefanten machen?«

»Den Elefanten machst *du* doch daraus. Weshalb mußtest du mich wegen dieser Sache anlügen?«

»Ich habe nicht gelogen.«

»Du hast gesagt, da sei nichts anders.«

»Oh, Gott, Victor. Lassen wir das Thema doch fallen!«

»Natürlich. Wann immer es dir in den Kram paßt, ein Thema fallenzulassen, wird es auch fallengelassen.«

»Willst du wirklich, daß wir uns wegen einer Tomatensauce in die Haare geraten?«

»Es ist nur deine Einstellung, Donna. Es ist dieselbe alte Sache. Was für Victor wichtig sein mag, ist nicht weiter wichtig. Es ist zu trivial, um darüber zu sprechen. Tagtäglich ist es die gleiche verdammte Geschichte.«

»Du fluchst«, rief sie ihm ins Bewußtsein.

»Oh, ich vergaß. Die einzige, die fluchen darf, bist ja du!«

»Himmelherrjesuschrist«, platzte sie heraus, »du bringst mich in Rage. Tagtäglich ist es die gleiche verdammte Geschichte!« sagte sie, indem sie ihn wörtlich zitierte.

»Sagst du.«

»Nein, das hast *du* gesagt! Wort für Wort. Du hast gesagt: Tagtäglich ist es die gleiche verdammte Geschichte.«

»Kann mich nicht erinnern.«

»Ist aber so. Du hast es gesagt. Und dann hast du erklärt – nein, dann habe ich dir erklärt, du solltest nicht so fluchen.«

»Ach, richtig, jetzt erinnere ich mich. Mir ist das Fluchen ja nicht gestattet. Nur dir.«

»Sagt ja niemand.« Sie weinte.

»Nimm ein Papiertaschentuch, Donna.«

»Nein.«

»Auch gut. Dann nimm keins.«

Schweigen.

»Willst du nicht weiteressen?«

»Ich habe keinen Hunger.«

»Oh, herrlich. Da mach ich nun extra eine Schafhirten-Pastete für dich...«

»Tu nichts eigens für mich, Donna. Es ist den Preis nicht wert, den ich dafür zu entrichten habe.«

»Aber ich tu's doch gern«, beteuerte sie.

»Mag sein. Nur wird daraus nie das, was mir zusagt, nicht wahr?«

Wahrheit in präzise bemessenem Quantum. Sie fühlte ein Zucken in der Wange, wie einen Stich.

Später lagen sie dann nebeneinander im Bett; nachdem sie sich entschuldigt hatte, erklärte er: »Tut mir gleichfalls leid.« Die Luft schien sozusagen wieder rein, mit schlafbereit geschlossenen Augen ruhte Donna in Victors Arm – als er plötzlich zu sprechen begann. »Ich verstehe einfach nicht, wie dir so etwas wie Tomatenmark ausgehen konnte. Du warst doch erst vor kurzem einkaufen, oder?«

»Ich habe eben nicht daran gedacht.« Sie löste sich aus seinen Armen und wälzte sich wie ein großer, plumper Fisch auf die Seite.

»Nicht daran gedacht? Hattest du dir denn keine Liste gemacht?«

»Nein. Ich mach mir nie irgendwelche Listen.« Oh, bitte, gönn mir doch ein bißchen Schlaf.

»Kein Wunder, daß du nie was zur Hand hast! Kein Wunder, daß es so drunter und drüber geht!« Heureka, ich hab's gefunden – das Erzübel. »Wie kannst du nur *keine* Liste machen?«

»Ich werde eine Liste machen«, sagte Donna. »Und jetzt laß mich bitte schlafen.«

»Wie konntest du nur keine Liste machen?« wiederholte er, und obwohl sie, ihm den Rücken zukehrend, die Augen geschlossen hielt, meinte sie, buchstäblich sehen zu können, wie er den Kopf schüttelte.

Nachts um drei verlor sie ihr Fruchtwasser, und das Bett war im Nu klatschnaß. Mit einem Satz hüpfte Victor aus dem Bett. »Herrgott, was hast du getan?«

Donna lächelte nur. Was sie empfand, war dies: Erregung – und Genugtuung. Geschieht ihm ganz recht, dachte sie. Und kaum war ihr dieser Gedanke durch den Kopf gegangen, so überwog unvermeidlich ein Gefühl der Schuld.

Schließlich brauchte sie doch einen Kaiserschnitt. Bereits einen Monat zuvor hatte der Arzt sie und Victor auf diese Möglichkeit hingewiesen. Das Baby befinde sich in Querlage, was sich zwar noch von selbst regulieren könne, doch sollten sie sich für den Fall eines Falles auf einen entsprechenden Eingriff gefaßt machen.

Bevor der Arzt am Ende seine Entscheidung traf, hatte Donna sechsundzwanzig Stunden Wehen hinter sich. So blieb ihr und Victor genügend Zeit, sich ganz auf ihr Atmen zu konzentrieren, wobei Victor fleißig mitatmete und ihr Witze erzählte, ihr Mut machte, ihr die Lippen anfeuchtete, mit einem mitgebrachten Schwamm (das hatte zu den Instruktionen im Kurs für »werdende Eltern« gehört). Außerdem massierte er ihr fast unablässig den Rücken.

Donna hielt sich ziemlich gut. Zunächst war da die freudige Erwartung, die ihre Gedanken von den Schmerzen ablenkte. Aber nach fünfzehn Stunden Wehen, ohne Nahrung und ohne Schlaf, nahm die Hochstimmung ab, die Schmerzen zu. »Allmählich bin ich's ein bißchen leid«, sagte sie zu Victor. Er küßte sie auf die Stirn und fuhr fort, ihr den Rücken zu massieren.

Nach zwanzig Stunden wurde sie zunehmend streitsüchtig. »Das ist doch lächerlich«, stöhnte sie, während sie sich in dem kleinen Kreißsaal umsah. »Warum stellen die hier keinen Fernseher auf?« Der Raum selbst wirkte soweit sehr angenehm. Eine Wand schien frisch tapeziert, die Schränke waren von ansprechender Farbe, und gegenüber ihrem Bett hing ein Kandinsky-Druck. »Brauch ich wirklich all dies Zeug hier um mich?«

»Der da überwacht den Herzschlag des Kindes.« Victor wies

auf den großen, grauen Computer, an den sie angschlossen worden war, indem man ihr einen Gurt um den Leib geschlungen hatte. Er überwachte die Herztöne des Kindes ebenso wie ihre Wehen – die Kontraktionen. Für jemanden, der sich mit Computern nicht weiter auskannte, schien er sich seiner Aufgabe in der Art eines Lügendetektors zu entledigen.

»Oh, du hast schon wieder eine Kontraktion«, erklärte Victor, augenscheinlich über den kurzen zeitlichen Abstand erstaunt.

»Dank für die Mitteilung«, stöhnte sie.

»Eine starke. Schau doch nur, Liebling.«

»Ich brauch's mir nicht anzuschauen! Ich kann's fühlen! Was glaubst du eigentlich, was ich hier tue?«

»Es ist ungeheuer aufregend.«

»Gut, dann übernimm du die Wehen, während ich den blöden Apparat beglotze. Mir reicht's, ich hab genug.«

»Du mußt dich im Zwischenstadium befinden, im Übergangsstadium«, erklärte er glücklich. »Trish hat ja gesagt, dann würdest du sehr reizbar werden.«

»Wo ist sie? Ich bring sie um.«

Victor massierte ihr wieder den Rücken. »Du solltest froh sein«, sagte er. »Übergang – das heißt, daß es fast vorüber ist. Bloß noch so ein, zwei Stunden.«

So was konnte auch nur ein Mann von sich geben, dachte sie. Aus einem der benachbarten Kreißsäle scholl ein schriller Schrei herüber – eine Frauenstimme, die auch nicht mit saftigen Flüchen sparte. »Drückt genau meine Gefühle aus«, sagte Donna. »Schau, ich habe mir wirklich die allergrößte Mühe gegeben, aber jetzt langt's mir, jetzt bist du an der Reihe. Was mich betrifft, so fahre ich nach Hause.«

Sie versuchte, sich im Bett hochzustützen. »Donna, um Himmels willen...«

»Gib mir Bescheid, wenn's vorüber ist«, sagte sie und versuchte, den Computer-Gurt von ihrem Leib zu lösen. »Donna, bitte…«, stammelte Victor hilflos.

»Ruf mir ein Taxi, Victor.«

Victor rief die Schwestern.

»Spielverderber«, sagte sie.

Zwei Stunden später schien sie in einer Art Delirium.

»Twentieth-Century-Fox«, rief sie.

»Wie bitte?« fragte Victor.

»Dr. Harris hat mir eine Frage gestellt«, erklärte Donna ungeduldig. (Der Arzt befand sich inzwischen im Zimmer, saß am Fußende ihres Bettes.) »Er hat mich gefragt, welcher Filmverleih ›Das verflixte siebte Jahr‹ produziert hat, und ich hab's ihm gesagt.«

»Himmel.«

Plötzlich brach sie in Tränen aus. »Victor, bitte, könnte man mir nicht irgendeine Spritze geben?« Sie wußte, daß er gehofft hatte, sie werde ohne Medikamente auskommen.

»Natürlich«, lautete seine prompte Antwort. »Dr. Harris?«

Dr. Harris gab ihr eine Spritze Demerol, doch zu ihrer Enttäuschung stellte Donna fest, daß die Schmerzen dadurch keineswegs gelindert wurden. Sie fühlte sich nur benommen.

»Ich glaube nicht, daß das Baby sich noch bequemen wird.« Es war Dr. Harris' Stimme, die ganz von fern an ihr Ohr drang. Zuvor hatte er ihr versichert, das Baby stünde sozusagen aufrecht. »Wir sollten uns an den Eingriff machen. Wir haben lange genug gewartet.«

Danach ging alles sehr schnell. Sie wurde in den Operationssaal gebracht und auf den Tisch gelegt. Das Gerät, an das sie seit ihrer Einlieferung angeschlossen gewesen war, blieb ihr treu zur Seite – wie auch Victor: zwei Notanker, wenn man so wollte. Sie solle sich auf die Seite legen, eine Fötus-Haltung einnehmen, sich nicht bewegen – alles andere als leicht, wenn man so starke Wehen hatte. Sie erhielt zwei Spritzen. Bei der ersten handelte es sich um eine örtliche Betäubung, die die Schmerzen lindern sollte, welche die zweite verursachen würde. Diese – epidural, nannte man das wohl – sollte sie sozusagen rundum betäuben. Unwillkürlich verzerrte sie ihr Gesicht, als sie die Flüssigkeit der zweiten Spritze gleichsam durch ihre Wirbelsäule schießen fühlte. Es war, als werde ihr ganzer Rücken mit einem Hammer bearbeitet. Trish (von der sie als »werdende Eltern« sorgsam unterwiesen worden waren) hatte es versäumt, davon zu sprechen, wie verdammt weh eine solche Spritze tun konnte. Statt dessen hatte sie betont, die anschließende »Taubheit« sei eine wahre Erlösung.

Die Schwester stülpte Donna eine Sauerstoffmaske über; dann wurde sie festgeschnallt und ein grünes Tuch vor ihr angebracht, damit sie die Operation als solche nicht verfolgen konnte. Victor saß unmittelbar neben ihrem Kopf. Er hielt ihre Hand und redete beruhigend auf sie ein.

»Ich kann das fühlen«, sagte sie plötzlich und spürte irgendwie, daß etwas mit ihrem Körper geschah, obschon sie nicht wußte, was eigentlich. »Ich kann nicht atmen.«

Der Anästhesist versicherte ihr, mit ihrer Atmung sei alles in Ordnung.

»Meine Nase ist verstopft.«

»Das ist eine natürliche Reaktion«, sagte er und begann dann zu erklären, warum das so sei. Aber sie achtete nicht weiter auf ihn, denn sie hörte das Krähen eines Babys, eines Jungen, an die neun Pfund schwer, den man aus ihrem Bauch herausholte und hochhob, damit sie ihn sehen konnte. Ein Prachtkerlchen, vor Gesundheit offenbar strotzend.

»Hallo, Adam«, sagte sie, während sich ihre Augen mit Tränen füllten.

»Ein richtig *strammer* Bursche«, sagte Victor mit unverkennbarem Stolz.

»Das kommt von all dem Butterkuchen, den ich nach deiner Meinung auf gar keinen Fall hätte essen dürfen.«

Er lachte. »Ich liebe dich«, sagte er.

Sie lächelte ihm in die eigentümlich verschleierten Augen. »Ich liebe dich auch«, versicherte sie und kam sich vor, als wirke sie in einem jener Demonstrationsfilme über »Naturgemäße Geburt« mit, die ihnen ihm Kurs vorgeführt worden waren. (Einander bei solcher Gelegenheit beteuern, daß man sich liebt, ist wohl eher abgeschmackt, hatten sie anschließend beide übereinstimmend gefunden.)

Und jetzt? Jetzt war es genau das, was sie sagen *wollte*. Und sie sagte es, sagte es immer wieder. »Ich liebe dich, liebe dich, liebe dich...«

Adam schrie praktisch ununterbrochen, drei Monate lang. Er schrie, bevor er gestillt wurde, er schrie, nachdem er gestillt worden war, er schrie zwischendurch, Tag und Nacht. Donna war besorgt. Hatte sie etwa nicht genügend Milch? Der Arzt versicherte ihr, Adam habe kräftig zugenommen. Victor beschwor sie, unbedingt »durchzuhalten«. Donna ihrerseits meinte, es sei vielleicht vernünftiger, Adam an die Flasche zu gewöhnen. Dr. Wellington, der Kinderarzt, meinte, sie möge es getrost so halten, wie es für sie das Angenehmste sei. Und Victor sprach abermals von »durchhalten«.

Adam schrie, wenn man ihn in die Wiege legte; er schrie, wenn man ihn aus der Wiege nahm. Er schrie, wenn er geschaukelt, wenn er getragen wurde. Er schrie im Auto, er schrie in seinem Kinderwagen. Ganz rot war sein kleines Gesicht, ganz weiß die zu Fäusten geballten Händchen. Und wenn Victor von der Arbeit heimkam, konnte es durchaus sein, daß Donnas Gesicht so weiß war wie Adams Hände und ihre Augen so rot wie sein Gesicht.

In einem Punkt allerdings gab es keinen Unterschied zwischen Mutter und Sohn: Sie weinten beide.

»Du hältst ihn nicht richtig oder was«, sagte Victor.

»Dann halte du ihn doch«, erwiderte Donna prompt – und schob das kreischende Bündel Victor in die Arme. Adam brüllte noch lauter.

»Das hättest du nicht tun sollen«, sagte Victor. »Du hast ihn nur noch mehr verstört.« Er brachte das Baby in eine andere Lage.

Adam hörte mit dem Gebrüll auf. Ganz ruhig wirkte er. Victor lächelte und bezähmte mit Mühe seinen Triumph. »Da, ich habe dir ja gesagt, es liegt daran, wie du ihn hältst.«

Adam begann wieder zu schreien. Nun lächelte Donna, ganz gegen ihren Willen. Guter Junge, dachte sie unwillkürlich.

»Ich habe dir ja gesagt, du hättest ihn nicht so abrupt bewegen dürfen«, rief Victor wütend und drückte ihr das Kind wieder in die Arme. »Ist es nicht Zeit zum Stillen?«

»Ich habe ihn vor einer Stunde gestillt. Und zwei Stunden davor.«

»Vielleicht tust du's zu oft.«

»Warum fragst du ihn nicht?«

»Hast du seine Windeln gewechselt?« wollte er wissen.

»Es macht Babys nichts aus, wenn's feucht ist.«

»Danach habe ich dich nicht gefragt.«

»Vor einer Stunde habe ich sie gewechselt, nachdem ich ihn gestillt hatte und er mich ganz voll machte.«

»Wechsle sie wieder. Er fühlt sich wahrscheinlich unbehaglich.«

»Warum tust du's nicht?«

Victor blickte betreten beiseite. »Er ist für mich ganz einfach zu klein, was das Wickeln betrifft, Donna. Ich werde es tun, wenn er größer ist.«

»Sicher.«

»Oh, nun hack bloß nicht auf mir herum. Ich habe einen schweren Tag hinter mir, und das würde gerade noch fehlen, daß am Abend *du* mir das Leben schwer machst.«

Donna wechselte Adams Windeln. Sie waren völlig trocken. Doch Adam schrie und schrie.

Um zwei Uhr früh stillte Donna ihn abermals. Um drei schrie er immer noch. Sie betrat das Schlafzimmer.

»Du bist an der Reihe«, sagte sie zu Victor, der tat, als läge er im allertiefsten Schlaf.

»Ja, soll ich ihn etwa stillen?« fragte er wütend. »Du brauchst mir nur zu sagen wie, und schon bin ich bereit.«

»Ist womöglich *das* der Grund, daß ich ihm nach deinem Wunsch weiterhin die Brust geben soll?«

»Gute Nacht, Donna«, sagte er und kehrte ihr, sich auf die Seite drehend, den Rücken zu. »Das Baby schreit.«

»Dann geh und halte ihn. Ich habe ihn schon gehalten und habe ihn auch gerade gestillt. Nun kannst du ja eine Weile mit ihm herumspazieren.«

»Donna, ich muß morgen arbeiten!«

»Ja, was glaubst du denn, was ich tue? Den ganzen Tag schlafen? Bei dem Gebrüll? Und das muß *ich* mir den *ganzen* Tag anhören, zu allem.«

»Bitte Mrs. Adilman, zu dir zu kommen. Sie sagte, sie würde es nur zu gerne tun.«

»Habe ich ja. Aber sie ist nun mal nicht mehr die Allerjüngste, und man kann ihr nicht zu viel zumuten.«

»Das Baby schreit immer noch.«

»Er ist auch dein Sohn«, sagte Donna in einem solchen Ton, daß Victor genau wußte: keine weiteren Diskussionen. Sie legte sich ins Bett. Victor seinerseits verließ, kochend vor Wut, das Zimmer.

Drei Stunden später schrie Adam weiterhin unverdrossen. Und Victor war inzwischen nicht zurückgekehrt. Donna betrat das ganz in lichtem Gelb und Weiß gehaltene Kinderzimmer. Adam, in seiner Wiege, schrie und schrie. Und Victor lag daneben auf dem Fußboden und schlief.

Es kam die Nacht, in der Adam verstummte und er offenbar schlief. Donna allerdings war fest davon überzeugt, er sei tot.

Mrs. Adilman spähte durchs Fenster in die Küche, wo Donna am runden Tisch saß und ihren Morgenkaffee trank. Mit einer knappen Handbewegung bedeutete sie Mrs. Adilman, sie sei ihr willkommen und möge eintreten.

»Victor ist wohl schon sehr früh zur Arbeit?« fragte Mrs. Adilman. Es war erst acht Uhr.

»Er mußte für ein paar Tage nach Sarasota. Er hat dort geschäftlich zu tun.«

»Und das Baby? Schläft?« fragte Mrs. Adilman ungläubig.

Donna stellte ihre Tasse auf den Tisch. »Ich glaube, er ist tot. Ich habe ganz einfach Angst nachzusehen.«

Mrs. Adilman wirkte völlig perplex. »Was?«

»Als ich zu Bett ging, schrie er. Und dann muß er irgendwann aufgehört haben, während ich schlief. Vor etwa einer halben Stunde wurde ich wach. Das Haus ist so still, daß ich es überhaupt nicht glauben kann.«

»Sie haben noch nicht nach ihm gesehen?«

Donna blickte Mrs. Adilman sehr direkt in die Augen. »Ich kann mir denken, daß es sich furchtbar anhört, aber ich brauchte heute morgen unbedingt eine Tasse Kaffee. Und wär ich in sein Zimmer gegangen und hätte ihn tot vorgefunden, dann wäre an die Tasse Kaffee überhaupt nicht zu denken gewesen; und da ich ja doch nichts hätte ändern können, dachte ich, gönn dir erst mal deine Tasse Kaffee, und sieh dann nach.«

Mrs. Adilman starrte sie fassungslos an. Victor hätte das nicht besser fertiggebracht. Apropos: Vermutlich würde er sie von Sarasota anrufen und sie bitten, dort hinzukommen.

Die beiden Frauen sahen gemeinsam nach. Adam schlief tief und fest.

Donna ging in die Küche zurück und schenkte sich eine zweite Tasse Kaffee ein.

8

Donna begann, Listen anzulegen. Jeden Morgen nach dem Aufwachen vermerkte sie zunächst sorgfältig, was sie an dem betreffenden Tag alles zu tun hatte. Jetzt, wo sie nicht mehr arbeitete (und Adam sich der ruhigeren Gangart im Süden der USA angepaßt hatte), verfügte sie doch über mehr freie Zeit als zuvor. Zeit allerdings, die auf *andere* Weise ausgefüllt wurde. Die Wäsche erledigen, das Haus in Ordnung halten, Sachen von der Reinigung holen, Lebensmittel einkaufen (hierfür stellte sie eine spezielle Liste zusammen), zum Zahnarzt gehen, den Doktor aufsuchen, dann zur Bank, zum Haushaltswarengeschäft; kleine Dinnerpartys arrangieren, für Victor etliches erledigen, sowie – natürlich – verfügbar sein, wenn Adam gestillt werden mußte. Wunderbarerweise begnügte er sich seit jener Nacht, in der er mit seinem ewigen Schreien aufgehört hatte, mit dreimaligem Stillen pro Tag. Somit blieb Donna mehr Zeit, um sich auf die diversen Punkte auf ihren diversen Listen zu konzentrieren.

Eines Tages stellte sie zwei Listen auf: die Dinge, die sie tun mußte; und die Dinge, die sie zu tun haßte.

Sie haßte:

1. Hausarbeit
2. Saubermachen
3. das Geschirr aus der Geschirrspülmaschine räumen
4. Rechnungen erledigen
5. Leute anrufen, denen gegenüber sie auf Victors Geheiß Beschwerden wegen irgendwelcher Mißstände im Haus vorbringen mußte
6. ihr Haar
7. ihre Kleider

8. ihr Aussehen
9. ihren Körper, der noch nicht wieder in »Form« war
10. Übungen

(Bei Punkt 6 bis 9 handelte es sich, wie ihr bewußt wurde, nicht um Dinge, die sie zu *tun* haßte. Nein, sie haßte sie ganz einfach; und das war für sie Grund genug, sie in diese Liste – *ihre* Liste – aufzunehmen.)

Donna stellte eine weitere Liste zusammen. Auf dieser vermerkte sie, was Victor allmorgendlich zu ihr zu sagen pflegte. Und am Ende der Woche fertigte sie daraus dann eine Art Auswahlliste mit »Lieblingszitaten« von seiner Seite.

Etwa:

1. Dein Make-up ist übers ganze Gesicht verschmiert. Hast du es gestern abend nicht richtig abgewaschen?
2. Du hast wieder geschnarcht. Eine scheußliche Angewohnheit, die du dir während deiner Schwangerschaft zugelegt hast.
3. Fühlst du dich okay? Siehst nicht gerade berauschend aus.
4. Was ist denn los? Bist wohl in einer miesen Stimmung.
5. Solltest du ihm soviel zu essen geben?
6. Ich glaube, du irrst dich.
7. Nein, ich habe keine Zeit zum Frühstücken. Wenn du mich rechtzeitig aus dem Bett holen würdest…
8. Hast du darauf geachtet, daß er sein Bäuerchen macht? So? Bist du sicher? Ich habe nichts gehört.
9. Kratz dir nicht die Hand. Das ist ja der Hauptgrund dafür, daß du den Aussschlag kriegst. Wirklich, Donna, du bist schlimmer als das Baby.
10. Ich kritisiere dich nicht dauernd, Himmelherrgott. Willst du schon so früh am Morgen Streit anfangen?

11. Nein, nur weiter. Sprich dich ruhig aus. Macht ja nichts, wenn ich zu spät komme.
12. Was hast du mit meinen Schlüsseln gemacht?
13. Du hast das Kuvert weggeschmissen; dabei habe ich ausdrücklich gesagt, es müsse aufbewahrt werden! Ach, nein, hier ist es.
14. Ich würde ihn nicht so warm einpacken. Nein, du bist die Mutter. Du tust, was du für richtig hältst. Du weißt es am besten. Ich meine nur, in *solchem* Maße ist es wohl nicht nötig, aber nein, es ist deine Entscheidung.
15. Hast du heute irgendwas zu tun?
16. Ich weiß nicht, Donna, aber acht Personen zum Dinner, das ist wohl mehr, als du bewältigen kannst.
17. Warum ißt du kein Bran-Muffin? Ich hab dir doch gesagt, ich möchte, daß du jeden Tag ein Bran-Muffin ißt. Vielleicht bekommst du dann nicht mehr so viele Erkältungen.

Sie »listete auf«, worüber sie sich stritten:
1. darüber, daß er dauernd ihr Autofahren bekrittelte;
2. darüber, daß er unentwegt ihr Aussehen bemängelte;
3. darüber, daß er fortwährend kritisierte, wie sie den Haushalt führte;
4. darüber, daß ihm mißfiel, wie sie Adam erzog (verhätscheln war das Wort, das er in diesem Zusammenhang am häufigsten gebrauchte);
5. darüber, daß er immer und ewig etwas an ihr auszusetzen hatte, Punkt.

Was dann zu Auseinandersetzungen führte:
6. darüber, daß sie immer verallgemeinere;
7. darüber, daß er kein Wort hervorbringen könne, ohne daß sie ihn beschuldige, sie zu kritisieren;
8. darüber, daß sie stets auf ihn loshacke;

9. darüber, daß sie ihm emotionell nie genügend Unterstützung gewähre;
10. darüber, daß sie ihn dauernd kritisiere, Punkt.

Nie stritten sie sich über:

1. Verwandte (es gab praktisch keine);
2. Geld (es war genügend vorhanden);
3. Sex (hier herrschte ebenfalls kein Mangel, und im Bett lief es immer noch gut, wenngleich Donna seit kurzem das Gefühl hatte, die dauernden Streitereien machten sich auch in dieser Hinsicht nachteilig bemerkbar).

Ja, in diesem letzten Punkt war einiges passiert; doch beide gingen sie dieser »Problemstellung« aus dem Wege, zumal Victor. Und weil sie beide wußten, wie wichtig diese Sache war, machten sie darum einen Bogen, wichen sozusagen auf Nebengeleise aus, stritten sich um nebensächliche Details. Ja, im Grunde genommen nahm man sogar ausgesprochen Rücksicht aufeinander. Wie auch hätte ein Ehemann seiner Wut freien Lauf lassen können, wenn seine Frau dauernd nieste oder sich erbrach. Es war in der Tat ziemlich schlimm. Im Laufe der letzten Monate hatte sich bei Donna so etwas wie ein permanenter grippaler Infekt herangebildet. Zwar verschwand er zwischendurch, für ein oder auch zwei Wochen, doch unweigerlich kehrte er wieder. Sie selbst schob das alles auf ihre geschwächte Widerstandskraft, verursacht durch ihre Müdigkeit. Victors Antwort: Solange sie auf ihren schlechten Eßgewohnheiten beharre, müsse sie mit allen möglichen Beschwerden rechnen. Sie erwiderte, ihre Eßgewohnheiten seien absolut in Ordnung und eher »nachahmenswert« – was natürlich zu einem weiteren Krach führte, eine »Bereicherung« für ihre wachsende Liste.

Sie stellte zwei weitere Listen auf. Erster Aspekt: Was ihr an Victor gefiel. Zweiter Aspekt: Was ihr an Victor nicht gefiel.

Was ihr gefiel:	*Was ihr nicht gefiel:*
1. Sein Sinn für Humor	1. Er schmollt
2. Seine Zähigkeit, Hartnäckigkeit	2. Er läßt nie ab
3. Seine Art, das Kommando zu übernehmen	3. Daß er unbedingt die Kontrolle haben muß
4. Seine Arroganz	4. Seine Arroganz
5. Er will von allen immer das Beste	5. Er erwartet zu viel
6. Seine Intelligenz	6. Er bildet sich ein, alles zu wissen
7. Seine Urteilskraft	7. Er muß immer recht behalten
8. Was er gut tun will, tut er auch gut	8. Er ist ein Perfektionist
9. Er hat große Theorien	9. Er hat große Theorien.

Zu der linken, der positiven Liste fügte sie noch drei Punkte hinzu: Er liebte Adam (obwohl sie wünschte, er würde mehr Zeit damit verbringen, die Dinge zu tun, die Adam ihr abverlangte; er liebte sie (trotz seines unentwegten Herummäkelns an ihr hegte sie daran, sonderbarerweise, nie den geringsten Zweifel); und er war noch immer der beste Liebhaber, den sie je gehabt hatte. Sie brauchte nicht lange nachzurechnen. Die positiven Punkte überwogen nach wie vor die negativen.

»Wo willst du damit hin?« Donnas Stimme klang scharf – wie immer, wenn sie sich überrumpelt fühlte.

»Reg dich nicht auf. Wenn alle weg sind, stell ich sie wieder zurück.« Victors Antwort – lächelnd.

»Aber mir gefiel sie, dort, wo sie war.« Sie sah ihn an. »Wo tust du sie hin?«

»In den Schrank. Du weißt, daß ich das nicht ausstehen kann –

all diese Kinkerlitzchen, auf die man hier praktisch auf Schritt und Tritt stößt.«

»Victor, diese Puppe ist ein Geschenk meiner Mutter. Sie stammt aus Mexiko.«

»Ich weiß, Liebling, und ich verspreche dir, morgen kommt sie wieder ins Wohnzimmer. Können wir sie nicht mal, für einen einzigen Abend, in den Schrank legen? Sie wird schon keinen Schaden nehmen.«

»Aber mir gefällt sie.«

»Und mir nicht.« Sackgasse, Patt – wie immer man's nennen mochte. »Donna, seit wir verheiratet sind, haben wir hundert und aber hundertmal darüber diskutiert. Ich hasse diese unzähligen Puppen, Püppchen, Figürchen, die praktisch jeden Raum hier bevölkern, du liebst sie...«

»Sie machen alles viel wohnlicher – heimischer...«

»Glaubst du. Ich hingegen finde, daß dadurch nur alles furchtbar unordentlich wirkt. Aber schön, ich weiß, wieviel dir die meisten dieser Sachen bedeuten, und für gewöhnlich sag ich da auch gar nichts weiter – wie du zugeben mußt, wenn du fair bist.«

»Nein, aber...«

»Findest du es so furchtbar von mir, wenn ich dich bitte, daß es ausnahmsweise an *einem* Abend mal nach meiner Nase geht.« Die kleine Stoffpuppe in der Hand, ging er zum Schrank im Flur.

»Was hast du sonst noch umgeräumt?«

»Ich habe nur ein bißchen Ordnung geschaffen.«

Von der Küche trat Donna ins Wohnzimmer. »Himmel«, sagte sie, »du warst aber wirklich ein fleißiger Bub.«

»Es war ja auch eine einzige Unordnung, Donna. Ich habe gesehen, daß du noch nicht die Zeit gefunden hattest, und für heute abend erwarten wir vier Leute zum Dinner...«

»Erst heute nachmittag habe ich hier Staub gesaugt.«

»Bitte, fang nicht an zu schreien.«

»Wo hast du die Trockenblumen hingetan?«

»In den Kleiderschrank. Brauchst weiter kein Wort zu sagen – ich weiß, daß du sie magst. Nur für heute abend, bitte.«

Donna biß sich auf die Lippe und ging in die Küche zurück. Victor folgte ihr auf dem Fuß.

»Jetzt bitte bloß keine deiner Launen«, warnte er.

»Eine meiner Launen?«

»Du weißt schon, was ich meine.« Er sah sich um. »Oh, du hast das Hühnchen gemacht, wie?«

»Ja. Stimmt irgendwas nicht?« fragte Donna.

»Nein, soweit alles in Ordnung. Allerdings sagte ich dir ja wohl, ich hätt's gern gegrillt.«

»Nein, das hast du nicht gesagt,«

»O doch, da bin ich sicher. Na, wenigstens ist es Huhn.«

»Mein Hühnchen mit Cumberland Sauce wird dir schmecken!«

»Sicher, sicher. Nur daß es mir so richtig gegrillt oder geröstet eben *besser* schmeckt. Das ist alles, Liebling. Gerät sonst oft ein bißchen trocken, weiter nichts.«

»Seit wann? Das hast du noch nie gesagt.«

»Habe ich schon immer gesagt. Aber du hörst mir ja nicht zu.« Victor lächelte, hob die Augenbrauen. Was er oft tat. Und jedesmal hätte sie ihm mit einem Beil den Kopf abhacken können.

»Was gibt's denn sonst noch?«

»Kartoffeln, grüne Bohnen mit Pinienkernen...«

»Schon wieder?«

»Das letzte Mal habe ich grüne Bohnen mit Pinienkernen vor mehr als einem Jahr gemacht – und es war für andere Leute.«

»Bist du sicher?« Sie kehrte ihm den Rücken zu und ging zum Kühlschrank. »Keine Suppe?« wollte er wissen.

»Verzeihung, vergaß ich ganz zu erwähnen. Kalte Gurkensuppe – findet das deine Billigung?« Sie hob eine große Terrine mit Suppe aus dem Kühlschrank.

»Na, fein. Warum wirst du so kratzbürstig? Darf ich denn kein Interesse zeigen?« Sie hob die Achseln. »Vorsicht, du läßt das noch fallen.« Er stürzte zu ihr, nahm ihr das Gefäß aus den Händen. »Wo soll ich's hinstellen?«

»Aufs Abstellbrett drüben«, sagte sie. Auf deinen Quadratschädel, dachte sie.

»Himmelherrgott, was ist denn das da auf dem Fußboden?«

Donna folgte seinem Blick. »Ach ja«, sagte sie und erinnerte sich. »Adam hat heute nachmittag Apfelsaft verschüttet. Ich dachte, ich hätte alles aufgewischt.«

»Es ist so klebrig. Hast du den Schrubber gebraucht?«

»Nein. Ich hab mich niedergekniet und es aufgewischt.«

»Du mußt den Schrubber nehmen. Sonst bleibt es klebrig, und das Zeug wird dann auf die Teppiche geschleppt, wo es entsprechende Spuren hinterläßt. Kein Wunder, daß die Teppiche bereits anfangen, schmutzig auszusehen.«

»Oh, Victor, hör endlich auf, ja?«

»Schau, Donna, das beste wär's wohl, wir würden überhaupt keine Gäste einladen. Es ist einfach zuviel für dich. Man braucht dich ja nur anzusehen. Du bist das reinste Nervenbündel. Ich kann doch *kein einziges* Wort zu dir sagen, ohne daß du gleich völlig außer Fassung gerätst. Alles hier ist in Unordnung. Ich bin nicht wütend oder so. Ich verstehe, daß du keine Zeit hast, das ganze Haus in Ordnung zu halten, während du dich um Adam kümmerst. Aber ich habe dir ja gesagt, wir müßten niemanden einladen. Du warst es, die darauf bestanden hat.«

»Ich habe nur gesagt, es wäre nett. Ach – wenn du bloß aufhören wolltest, auf mir herumzuhacken....«

»Auf dir herumzuhacken...!?« Sie hörten Adam weinen.

»Wieso ist er wach?«

»Er scheint nicht ganz auf dem Posten zu sein.«

»Ich hatte dir doch gesagt, du solltest dir ein Mundtuch vorbinden, wenn du eine Erkältung hast und in seiner Nähe bist.«

»Victor, der Doktor hat gesagt, das sei nicht nötig. Ich habe ihn gefragt. Außerdem bin ich gar nicht erkältet.«

»Diese Woche nicht.« Sie ging zum Kühlschrank, öffnete ihn, nahm ein Arzneifläschchen heraus. »Was tust du?«

»Ich werde ihm ein paar Tropfen Tylenol geben.« Sie wollte die Küche verlassen.

»Der Junge weint, und du gibst ihm Medizin?«

»Er hat erhöhte Temperatur, leichtes Fieber. Das möchte ich zum Abklingen bringen, bevor es schlimmer wird. Ich habe Dr. Wellington angerufen. Er sagte, ich sollte dem Jungen Tylenol geben.«

»Ist dir noch nicht zu Ohren gekommen, daß Tylenol Leberschäden verursachen kann?«

»Gott, gib mir die Kraft«, flüsterte Donna. »Du willst nicht, daß ich ihm Baby-Aspirin gebe...«

»Natürlich nicht. Oder willst du, daß er innere Blutungen bekommt.«

»Guter Gott, Victor, muß denn immer alles gleich zur Staatsaffäre werden? Kann ich denn überhaupt nichts tun, ohne daß es eine Parlamentsdebatte samt anschließender Abstimmung gibt? Darf ich nicht mal die kleinste Entscheidung selber treffen?«

»Du triffst hier doch *alle* Entscheidungen. Wann hätte mein Wort schon mal irgendwelches Gewicht gehabt?«

»Dein Wort hat immer Gewicht.«

»Oh, wirklich? Wirst du ihm Tylenol geben?«

»Er hat Fieber, Victor. Der Doktor –«

»Wirst du ihm Tylenol geben? Ja oder nein?«

»Ja.«

»Natürlich. Es läuft ja immer darauf hinaus, daß du deinen Kopf durchsetzt.«

Donnas Augen füllten sich mit Tränen.

»Warum weinst du, Donna?« stichelte er. »Es geht doch alles nach deinem Willen, von A bis Z. Adam bekommt das Medikament, zum Dinner gibt's Hühnchen, und wir haben heute abend die Vogels und die Drakes zu Gast. Warum weinst du?«

»Weil du mir jedes Wort im Munde umdrehst!«

»Du ruinierst dein ganzes Make-up.« Er warf einen Blick auf seine Armbanduhr. »In zehn Minuten werden sie hier sein. Das hast du ja bestens hingekriegt. Empfängst sie mit verheulten Augen. Und ich bin der Bösewicht.«

Donna wollte sich die Augen wischen.

»Du verschmierst die Wimperntusche.«

»Verdammt«, murmelte sie. »Warum mußt du einem immer alles verderben?«

»Na, das nenn ich gelungen, Donna. Nur weiter so. Daß es *wirklich* noch zwischen uns Krach gibt.«

Adam begann zu schreien. Donna drehte sich um und verließ den Raum.

Das Dinner begann mit einer Atmosphäre, die man kaum entspannt nennen konnte. Zumindest soweit es Donna betraf. Sie äußerte nur das Allernotwendigste, machte sich viel in der Küche zu schaffen, und statt zu sprechen, verlegte sie sich auf eine Art permanentes Lächeln, wobei sie selbst deutlich spürte, wie ihre Gesichtsmuskeln sich verkrampften.

Victor hingegen wirkte völlig normal. Den Gästen gegenüber zeigte er sich ebenso freundlich wie gesprächig. Er erzählte mehrere amüsante Anekdoten, und zu ihrem Unwillen stellte Donna im Laufe des Abends fest, daß sie selbst eine dieser Anekdoten so lustig fand, daß sie sich das Lachen kaum verkneifen konnte. Sie mußte sich buchstäblich auf die Lippen beißen, und Victor, dem ja nie etwas zu entgehen schien, bemerkte dies natürlich – und lächelte.

Was ihn anging, so hatte er sich offenbar entschlossen, seinen Ärger »verrauchen« zu lassen. Ja, ging denn das so einfach, dachte sie. Nun, vielleicht war das Essen besser, als er erwartet hatte (dabei hatte sie die Pinienkerne anbrennen lassen, und die grünen Bohnen waren ihr auch nicht so ganz geraten).

Kaum hatte er gelächelt, fühlte Donna sich irgendwie erleichtert, nicht mehr so feindselig. Erst jetzt wurde ihr richtig bewußt, wie wenig ihr der Sinn nach Verstimmung, Verärgerung stand. Vielmehr schien es einfach herrlich, wenn sie nett zueinander waren. Außerdem mußte sie natürlich ihrerseits Friedensbereitschaft signalisieren. Tat sie das nicht, würde ihr die Verantwortung zugeschoben werden für den fortgesetzten Streit. Und da wäre Victor wohl gar nicht so im Unrecht, oder? Jedenfalls lächelte sie ihm zu. Die Atmosphäre schien sich zu klären.

»Ich liebe dich«, sagte sie später, weil sie das Gefühl der Liebe brauchte.

»Ich liebe dich«, erwiderte er, weil dies die erwartete Antwort war.

Für den Rest des Abends war sie geradezu verwandelt. Donna zeigte sich gesellig, gesprächig, geradezu übermäßig freundlich. Sie übertrieb, wie ihr bewußt war; aber es war eben ein herrliches Gefühl, daß niemand auf sie »böse« zu sein schien. Als der Abend dann vorbei war und die Gäste sich verabschiedet hatten, ging Victor, um nach Adam zu sehen. Der Kleine schlief wie ein Murmeltier. Obwohl er inzwischen fünfzehn Monate alt war, nannten sie ihn nach wie vor meistens »das Baby«.

»Schläft tief und fest«, meldete Victor, während er neben ihr ins Bett glitt und sofort einen Arm um sie legte. »Hab auch seine Stirn befühlt. Ist kühl.«

»Gut«, sagte Donna. Sie fühlte sich todmüde. Er beugte sich über sie. »Bitte, Victor, können wir heute nacht nicht einfach schlafen? Ich bin wirklich müde.«

Er schien gekränkt, zog sich auf seine Seite des Bettes zurück. »Leg dich zu mir«, sagte er nur, »ich möchte dich umarmen.« Donna tat es und schmiegte sich gleichsam in die Wärme seines gekrümmten Körpers.

»Ich liebe dich«, sagte er zu ihr, weil er das Gefühl der Liebe brauchte.

»Ich liebe dich«, erwiderte sie, weil dies die erwartete Antwort war.

Mehrere Minuten vergingen. Dann sagte sie: »Letzte Nacht habe ich geträumt, du hättest eine Affäre.«

»Oh?«

»Ja. Allerdings warst du unheimlich dick und fett.«

»Oh. Na, das erklärt's doch.«

»Was?«

»Wenn ich eine Affäre habe, werde ich immer dick und fett.«

Sie lachte, und erst jetzt fühlte sie sich völlig entspannt. Während sie sich zu ihm herumdrehte, während er sie ganz fest in die Arme nahm, spürte sie plötzlich überhaupt keine Müdigkeit mehr.

Wie sehr sie sich doch danach sehnte, daß zwischen ihnen Eintracht herrschte. Und offenbar sehnte auch er sich danach.

»Ich liebe dich«, sagte er, weil er es so meinte.

»Ich liebe dich«, sagte sie, weil sie wollte, daß sie es so meinte.

9

»Wann bist du endlich fertig?« rief er aus dem Wohnzimmer.

»Nur noch ein paar Minuten. Nimm dir inzwischen einen Drink.«

»Bin bereits beim zweiten. Du willst doch nicht, daß ich dort betrunken ankomme.«

»Nur eine Minute noch.«

Donna blickte in den Spiegel, prüfte ihr Erscheinungbild. Was sie sah, gefiel ihr gar nicht übel. Sie legte noch ein wenig Rouge auf, lockerte ihr Haar und trat ins Wohnzimmer. An diesem Abend, so hatte sie sich fest vorgenommen, sollte alles anders sein als sonst. Kein Zank, kein Streit, kein Hader. Sie würde ihm nicht widersprechen, sie würde in möglichst allem und jedem seiner Meinung sein. Sie war absolut bereit, ihn vor den anderen Gästen auf Danny Vogels Party zu loben, gebührend herauszustreichen; und sie würde sich geradezu verzweifelte Mühe geben, nicht zu husten, zu niesen oder sich sonstwie anmerken zu lassen, daß sie eine Erkältung hatte, von der Laryngitis ganz zu schweigen. Auch würde sie kein einziges Wort über Adam fallen lassen, es sei denn, man drängte sie dazu – Victor konnte es nicht ausstehen, wenn andere Leute über ihre Kinder sprachen. Kurz: Sie war entschlossen, die perfekte Ehefrau zu sein. Sie würde Victor die hundert Prozent liefern, die er immer so kategorisch forderte. Nein, nein, das formulierte sie falsch. Das war von ihrer Seite absolut nicht die richtige Einstellung. Von kategorischen Forderungen seinerseits konnte überhaupt nicht die Rede sein. Gesprächsweise verbreitete er sich darüber, und zwar überaus vernünftig.

Nein, nein, nein. Einen Streit würde es zwischen ihnen heute abend auf gar keinen Fall geben. Neulich abends war das anders gewesen (wie es dazu gekommen war, wußte sie im Grunde immer noch nicht, wenngleich sie vermutete, eigentlich seien sexuelle Spannungen schuld). Jedenfalls: Diese ewigen Auseinandersetzungen mußten aufhören. So konnte es wirklich nicht weitergehen – daß sie einander anschrien. Um ihrer selbst willen, aber vor allem auch wegen Adam. Er war inzwischen über zwei Jahre alt, und was er rings um sich sah und hörte, verfehlte durchaus nicht seine Wirkung.

Sie erinnerte sich: Vor kurzem erst hatte der Junge sie – Victor und Donna – gebeten, mit dem Schreien aufzuhören; aber sie hatten weiter nicht darauf geachtet – bis dann etwas geschah, das irgendwie eigentümlich wirkte. Er kehrte seinen Eltern den Rükken zu und begann, unmittelbar neben ihnen zu spielen. Er ignorierte sie völlig, sie schienen für ihn überhaupt nicht vorhanden zu sein – eine erschreckende Vorstellung.

Damals hatte sie den Entschluß gefaßt: Kein Zank, kein Streit mehr. Vielleicht würde es ihr gelingen, Victors Temperament wenigstens einigermaßen im Zaum zu halten, auf jeden Fall ihr eigenes. Nein, nein, nein, keinen Zank, keinen Streit mehr. Was sie betraf, so wollte sie jedenfalls auf gar keinen Fall schuld sein an einer Szene.

Und sie mußten wieder beginnen, regelmäßig miteinander zu schlafen. Ihr Sexleben war immer wundervoll gewesen; jetzt geriet es in Gefahr, nichtexistent zu werden. Hier lag die Schuld in weitaus größerem Umfang bei ihr als bei ihm, sie wußte es. Doch in steigendem Maße schien es ihr kaum mehr gelingen zu wollen, sich physisch wie psychisch in die entsprechende Verfassung zu bringen, wo die einzigen Gefühle, die sie empfand, Widerwillen, wenn nicht gar Haß waren. Schlimmer noch als Haß – Verzweiflung. Sie konnte sie nicht spielen, die Hure – die billige Nutte; denn mehr, so fühlte sie letzthin, war sie nicht wert. Wenn sie ihm gestattete, sie zu lieben, sich über sie zu schieben, in sie einzudringen, dann fürchtete sie geradezu, völlig zu verschwinden: unter seinem Gewicht quasi zerquetscht; in nichts aufgelöst, außer man fand noch ein Atom von ihr.

Sie rief sich zur Ordnung. Wenn an diesem Abend alles nach Wunsch gehen sollte, so mußte sie endlich mit solchem Unsinn aufhören. All die früheren Abende gehörten der Vergangenheit an. Dies war sozusagen ein Neuanfang.

Sie trat hinter Victor. »Hallo, ich bin fertig.«

Er drehte sich um. »Das wirst du tragen?«

Sofort sackten ihre guten Vorsätze in sich zusammen. Allerdings faßte sie sich sogleich wieder, versuchte es jedenfalls. Was war nur mit ihr los? Konnte er ihr nicht mal eine einfache Frage stellen? Guter Gott, sie durfte nicht erwarten, daß er imstande war, ihre Gedanken zu lesen. Im übrigen sollte er doch sagen, was er wollte. Erwartete sie etwa, daß er ihr nach dem Munde redete? Da hatte man's wieder mal – ihre Erwartungshaltung. Und genau das war es ja, was beide unablässig ins Dilemma stürzte. Wenn sie mit solchem Unfug endlich aufhörte, wären sie beide besser dran; wären sie beide glücklicher.

»Gefällt's dir nicht?«

»Das Kleid hat mir noch nie gefallen«, sagte Victor. »Wieso meinst du, daß es mir nun auf einmal gefallen könnte?«

»Ich hatte es eben gehofft.«

»Nein, Donna.« Er stellte seinen Drink beiseite. Seine Stimme klang ruhig, keineswegs unangenehm. »Aber es kommt ja nicht darauf an, was mir gefällt. Du tust ohnehin, was dir paßt.«

Donna versuchte ein Lächeln. »Was sollte ich denn deiner Meinung nach anziehen?«

»Vergiß es, Donna«, sagte er und warf einen Blick auf seine Armbanduhr. »Es ist schon spät.«

»Wir haben genügend Zeit. Wenn ich mich beeile, kann ich mich noch umziehen. Sag mir nur, was dir am liebsten wäre.«

»Wie wär's mit dem blauen Kleid?«

»Dem blauen?«

»Vergiß es.«

»Augenblick, warum das blaue – welches blaue?«

»Das mit den kleinen Blumen auf den Ärmeln.«

»Blumen auf den Ärmeln – oh! oh! Das ist nicht blau, das ist hellgrün.«

»Bekenne mich schuldig. Habe mich geirrt. Tut mir leid.« In gespielter Zerknirschung beugte er den Kopf.

»Du brauchst dich nicht zu entschuldigen. Ich wußte nur nicht, welches Kleid du meintest, als du von blau sprachst.«

»Das hast du deutlich genug zum Ausdruck gebracht.«

Donna, schon halb im Begriff, ihm wütend zu antworten, hielt sich gerade noch zurück – und atmete tief durch.

»Ich werde mich umziehen.«

»Nicht meinetwegen«, rief er hinter ihr her.

Etliche Minuten später folgte er ihr ins Schlafzimmer. Das rot-schwarze Kleid, das sie zuvor angehabt hatte, lag auf dem Bett. Sie stand vor dem Spiegel und zupfte das hellgrüne Kleid zurecht.

»Wie gefällt's dir?« fragte sie (und gab insgeheim zu, daß es ihr wirklich besser stand).

»Nicht übel«, versicherte er. »Nur paßt das Make-up nicht.«

Schroff fuhr sie herum. »Wieso? Was stimmt da nicht?«

»Zu auffällig. Für das rot-schwarze Kleid war es angebracht, doch bei diesem wirkt es billig.«

»Billig? Findest du nicht, daß du ein bißchen übertreibst?«

»Wie du willst. Ich sage dir nur, daß das Kleid phantastisch aussieht, während dein Gesicht wirkt wie ein Sonderangebot aus irgendeinem Schlußverkauf.«

Donna starrte vor sich auf den Boden. Nein, sie würde nicht weinen, sagte sie sich wieder und wieder. Auf gar keinen Fall würde sie die Selbstbeherrschung verlieren. Was jetzt aus ihm sprach, war seine sexuelle Frustration, nicht er selbst; und an diesem Zustand war sie schuld. »Wie, meinst du, sollte ich mich schminken?«

»Wie es dir beliebt. Es ist ja dein Gesicht.«

»Bitte, Victor, ich möchte deine Meinung hören.«

»Ich würde alles irgendwie – dämpfen. Aber so natürlich wie nur möglich.«

»Ich habe wirklich nicht viel aufgelegt.«

»Du geruhst wohl zu scherzen! Du hast genug ›aufgelegt‹, um in jedem Tingeltangel aufzutreten.«

Rasch ging Donna ins Badezimmer und wusch ihr Gesicht ab. Dann legte sie ein neues Make-up auf. Es bestand aus ein wenig Creme unter den Augen (um die Tränenbeutel möglichst zum Verschwinden zu bringen) sowie um die Nase (damit man nicht die schuppige Haut sah, die vom dauernden Naseputzen kam); dazu noch einen Hauch Rouge und eine Winzigkeit Mascara. Sie nieste – unmittelbar bevor Victor ihr sein »Plazet« geben konnte.

»Himmel, weshalb hast du das getan?« fragte er.

»War nicht direkt meine Absicht, Victor.«

»Säubere dir das Gesicht«, sagte er, und Donna ging ins Badezimmer zurück, um die Mascara von den Wangenknochen zu wischen.

»Es ist mir völlig unerfindlich, wie du's wieder geschafft hast, dir eine Erkältung anzulachen«, sagte er, während sie zum Auto gingen. Sie hatten noch Mrs. Adilman angerufen, die auch sofort gekommen war. »Gott sei Dank«, betonte Victor, »gibt es hier wenigstens *eine* Person, die pünktlich ist.«

Sie überhörte seine letzte Bemerkung, ging auf die erste ein. »Was die Erkältung betrifft«, sagte sie, »so habe ich sie offenbar von Adam. Jetzt, wo er zweimal pro Woche vormittags zum Kindergarten geht, bring er jede Menge Erkältungen mit. Die sprechen sogar von ›Kindergarten-Schnupfen‹.«

»Vielleicht solltest du ihn woanders hinschicken.« Sie stiegen ins Auto.

»Das würde keinen Unterschied machen«, versicherte Donna. »Übrigens gibt's gar keine andere Möglichkeit. Hab schon überall herumgehorcht. Das ist der einzige Kindergarten, in dem ich ihn nur zweimal pro Woche vormittags hinbringen muß.«

»Was ist mit Montessori?«

»Dort müßte er jeden Tag hin.«

»Warum eigentlich nicht?«

»Dafür ist er noch ein bißchen klein, Victor, erst knapp über zwei. Für wie viele Jahre möchtest du ihn denn in eine Schule oder was stecken?«

»Irgendwann mußt du ihn schließlich von deinem Rockzipfel lassen«, erklärte er, während er den Schlüssel ins Zündschloß steckte.

»Ihn von meinem Rockzipfel lassen – das ist doch gar nicht die Frage...«

»Willst du Streit anfangen?«

Donna verstummte sofort. »Tut mir leid«, sagte sie hastig, »das war wirklich nicht meine Absicht.«

»Schon gut«, erklärte er. »Übrigens ist es wohl besser, wenn du dich ans Steuer setzt. Wenn mich eine Polizeistreife stoppt, komme ich bei deren Alkoholtests garantiert nicht ungeschoren davon.«

»Also wieder Knast«, sagte sie und versuchte, das aufzurühren, was ihr jetzt als liebste Erinnerung erschien.

»Das würde dir wohl so passen, wie?« fragte er. Sie tauschten die Sitze. Donna ließ den Motor an. Das Autoradio erklang, ziemlich laut. Donna stellte es leiser. Victor stellte es sofort wieder lauter. Beide schwiegen. Donna manövrierte den Wagen heraus.

»Winke Mrs. Adilman zu«, wies Victor sie an. Beide winkten sie der rundlichen, grauhaarigen Frau zu, die von der Haustür zurückwinkte. Vermutlich hatte sie das schon vor Jahren bei ihren eigenen Kindern getan.

»Ob sie wohl böse ist, wenn wir erst nach Mitternacht zurückkehren?« fragte Donna und schlug einen scherzhaften Ton an. »Vorsicht, um ein Haar hättest du die Mülltonne gerammt.«

Donna warf einen prüfenden Blick in den Rückspiegel. »Ich bin ja nicht mal in der Nähe der Mülltonne.«

»Fährst du nun, oder fährst du nicht? Wir haben uns schon um eine halbe Stunde verspätet.«

»Es ist eine Party, Victor. Da erscheint niemand zu einem präzisen Zeitpunkt.«

»Wenn es deine Freunde wären, dann würden wir pünktlich sein – darauf kannst du Gift nehmen.«

»Das ist nicht fair, Victor. Und es trifft auch nicht zu.«

»Oh, wirklich?«

»Im übrigen habe ich gar keine Freunde.«

»Wohl meine Schuld, wie?«

»Nein«, erwiderte sie, obschon sie das Gefühl hatte, daß es

sich so verhielt – bis zu einem gewissen Grad. »Man kann eben nichts dran ändern, wenn einem keiner so richtig liegt.«

»Du solltest trotzdem von dir aus mal Kontakt aufnehmen.«

»Ist ein bißchen schwierig, wenn alle den ganzen Tag arbeiten, während ich zu Hause mit Adam sitze.«

»Möchtest du also arbeiten – wieder arbeiten?« fragte er.

»Nein. Noch nicht.«

»Was soll das heißen – noch nicht?«

»Nun, ich könnte nächstes Jahr vielleicht eine Teilzeitarbeit übernehmen, wenn Adam im Kindergarten ist«, erklärte Donna, und dieser Gedanke kam ihr zum erstenmal.

»Oh, verstehe. Wenn es dir ins Konzept paßt; wenn Adam nicht mehr zu klein ist.«

»Nächstes Jahr ist er bereits drei! Und in dem Alter gehen alle Kinder regelmäßig in den Kindergarten!«

»Du wirst laut.«

Überraschend wurde Donna bewußt, daß er recht hatte. »Tut mir leid. Wie sind wir denn bloß auf dieses Thema gekommen? Ich wollte doch nur sagen, daß es für mich nicht ganz leicht ist, meine wenigen Freunde zu besuchen, weil sie tagsüber arbeiten und du den Umgang mit ihnen am Abend – nun ja, scheust.«

»Alles ist also meine Schuld«, erklärte Victor.

»Das habe ich nicht gesagt.«

»*Was* sagst du dann?«

»Vergiß es.«

»Apropos, weiß du überhaupt, wo wir hinwollen? Wir haben die Abbiegung verpaßt. Schon drei Straßen zurück.«

»Warum hast du mir das nicht rechtzeitig gesagt?« Sie bremste. »Weil du vollauf damit beschäftigt warst, mich anzukreischen.« Mit einigem Glück bog sie in die richtige Straße ein.

»Nimmst du die Kurven immer so scharf?« fragte er vorwurfsvoll.

»War doch gar nicht so scharf!«

»So? Du hast beinahe den Rinnstein mitgenommen. Wie schnell fährst du überhaupt?«

»Victor, wer sitzt hier am Steuer, du oder ich?«

»Ich habe dich nur gefragt, wie schnell du fährst. Himmelherrgott, kann ich dir nicht einmal eine einfache Frage stellen? Schon geht's mit dir durch, wie? Kannst wohl einfach nicht anders. Ich meine, es würde dich sicher glatt *umbringen*, mal einen einzigen netten Abend zu verleben.«

»Das darf doch wohl nicht wahr sein«, murmelte Donna und spürte, wie heiße Tränen aufstiegen.

»Allmächtiger, Donna!« schrie er, als sie, scharf auf die Bremse tretend, das Auto wenige Zentimeter vor dem Stoppzeichen zum Halten brachte. »Wo hattest du denn deine Augen? Ums Haar wärst du weitergefahren!«

»Bin ich aber nicht, oder?«

»Willst du uns umbringen?«

»Ich habe gehalten«, sagte sie, während sie weiterfuhr.

»Wo hattest du nur deine Gedanken!?«

»Victor, du machst mich zum Nervenwrack. Hättest du vielleicht die Güte, den Mund zu halten?«

»Oh, es ist wohl meine Schuld, daß du beinahe das Haltesignal verpaßt hättest!«

»Hat ja niemand gesagt.«

»Du schreist.«

»Und du machst mich ganz verrückt! Wie wär's denn, wenn du mich einfach fahren lassen würdest?«

»Was – damit du uns bei nächster Gelegenheit umbringst?«

»Es würde bei mir bestens laufen – wenn du nur den Mund halten würdest.«

»Hör auf, mich anzuschreien!« schrie er.

»Halt den Mund!« kreischte sie zurück, und die Worte schienen in der Luft geradezu zu explodieren. »Halt den Mund! Halt den Mund! Halt den Mund!«

Sie überfuhr eine auf Rot stehende Ampel.

»Himmelherrgott, bist du übergeschnappt?« brüllte er. »Halt an! Hast du gehört? Fahr an den Straßenrand!«

»Ich hab's nicht gesehen! Ich hab's nicht gesehen!«

Victor streckte einen Arm aus, packte das Lenkrad und lenkte das Auto an den Straßenrand. »Steig aus.«

»Victor«, rief sie, und die Tränen, die sie bis jetzt mit aller Gewalt zurückgehalten hatte, schossen mit doppelter Macht hervor. »Ich habe die Ampel doch nicht gesehen!«

»Das weiß ich. Auch das Stoppschild nicht. Und es ist alles meine Schuld.«

Er zog sie hinter dem Lenkrad hervor. Mit einem Ruck befreite sie sich von seinem Griff. »Rühr mich nicht an«, sagte sie und versuchte, sich die Augen zu wischen.

Er sah sie an, plötzlich ganz ruhig. »Oh, so läuft das also?«

»Wie meinst du das?«

»Da bringst du uns fast um, bloß damit du heute nacht nicht mit mir schlafen mußt. Ich gewöhne mich allmählich an das Wort ›Nein‹.«

Donna mochte nicht glauben, was sie da hörte. Wieder und wieder ließ sie sich die Worte durch den Kopf gehen. Aber noch immer begriff sie nicht recht.

»Ich habe das rote Licht ganz bestimmt nicht gesehen!« rief sie verzweifelt. »Du hattest gerade etwas wegen des Stoppschildes gesagt, und ich schrie zurück und war dann so durcheinander, daß ich das Rot glatt übersehen habe. Mit dem anderen hat das doch nicht das geringste zu tun – mit dem Schlafen mit dir!«

»Ist alles meine Schuld!« verkündete er sarkastisch und schüttelte den Kopf. »Ich bin's gewesen, der das Stoppschild und die rote Ampel überfahren hat.«

»Habe ich nicht gesagt.«

»Oh? Dann räumst du also ein, daß du am Lenkrad gesessen hast. Interessant.«

»Ich habe mein Bestes versucht.«

»Und ich habe dir dazu keine Chance gelassen. Stimmt's? Steig ins Auto, Donna. Oder möchtest du, daß jeder, der hier vorüberkommt, den Eindruck hat, daß ich dich zusammenschlage? Ist das deine Absicht?«

In entgegengesetzten Richtungen gingen sie um das Auto herum und stiegen ein. Nun saß Victor hinter dem Lenkrad, während Donna auf dem Beifahrersitz hockte, zitternd.

»Du *schlägst* mich zusammen«, sagte sie, als er losfuhr, »aber so, daß niemand die blauen Flecken sieht.«

»Du bist verrückt«, erklärte er kurz. »Mitunter mache ich mir um die Sicherheit meines Sohnes echte Sorgen.«

»Was!?«

Das Wort drang hervor wie ein heiseres Röcheln. Sie begann zu husten und schien einfach nicht aufhören zu können. Victor brachte das Auto unvermittelt zum Stehen.

»Weshalb hältst du denn?« fragte sie unter Tränen.

»Wir sind da.«

»Wir sind da? Soll das heißen, daß wir trotz allem zu der Party gehen wollen?«

»Nun, was dich betrifft, so weiß ich das nicht. Ich werde jedenfalls gehen. Obwohl wir ziemlich spät dran sind.«

»Ich sehe furchtbar aus.«

»Scheint zur Zeit ja die Norm zu sein.«

»Victor...«

»Fall bloß nicht wieder über mich her. Für diesen Abend langt's, wirklich. Jetzt«, er hielt inne, wählte seine Worte sehr sorgfältig, »gehe ich hinein. Dir bleiben zwei Möglichkeiten. Du kannst entweder mit mir kommen und versuchen, dich zu amüsieren – auch wenn dir dieser Gedanke, wie ich weiß, gräßlich ist –; oder aber du bleibst hier draußen, in einer Art Schmollwinkel, wie ein kleines Mädchen. Das wäre mir natürlich peinlich, aber ich würde es in Kauf nehmen. Wie dem auch sein mag«, fügte er hinzu, während er ausstieg, »ich gehe jedenfalls hinein.«

Donna spürte, wie sie gleichsam von einer unwiderstehlichen Kraft aus dem Auto herausgezwungen wurde. Von ihrer eigenen Angst, ihrer Panik. Hatte sie womöglich *wirklich* versucht, sie beide umzubringen? Wer blickte da noch durch? Wer begriff da noch *irgend etwas?* Am liebsten, gar kein Zweifel, hätte sie sich auf der Stelle in nichts aufgelöst. Aber dann dachte sie an Adam, ihren wunderhübschen kleinen Jungen. Und plötzlich wurde ihr bewußt, daß sie auf gar keinen Fall sterben wollte. Victor dagegen mochte getrost das Zeitliche segnen.

Es war ein Gedanke, der ihr buchstäblich den Atem verschlug.

»Was ist denn nun wieder?« fragte er.

Nein, bitte, bitte. Ich hab's nicht so gemeint. Ich hab's nicht so gemeint. »Victor, bitte, können wir miteinander sprechen?«

»Du hast schon genug gesprochen.« Ein altvertrauter Refrain.

»Bitte.«

»Wisch dir die Augen.« Sie erreichten die Haustür, und Victor läutete.

Danny Vogel öffnete. Er sah in der Tat aus wie vierzig (und etliche Jahre darüber), hielt einen Drink in der Hand und ließ seinen Bierbauch über den augenscheinlich neuen Gucci-Gürtel hinweghängen.

»Muß abnehmen«, sagte er anstelle eines Grußes. »Ihr seid spät. Wir dachten schon, ihr würdet gar nicht mehr kommen.«

»Aber woher denn, kein Gedanke.«

Während sie eintraten, hielt Donna den Kopf gesenkt. Sie blieb in Victors Schatten, weil sie sich genierte, ihr Gesicht zu zeigen, verheult, verquollen. Aber als sie sich dann, eher zufällig, in einem der Flurspiegel sah, fand sie, daß sie allem zum Trotz »vorzeigbar« wirkte und hob ihren Kopf.

»Happy Birthday«, sagte sie mit rauher Stimme und räusperte sich.

»Wieder eine Erkältung?«

Donna nickte. Victor griff in seine Tasche und reicht ihr mehrere Papiertaschentücher.

»Kann ich euch Drinks besorgen?«

»Gin und Tonic«, sagte Victor.

»Scotch und Wasser«, erklärte Donna – und wunderte sich über sich selbst. Wann hatte sie schon mal Scotch und Wasser getrunken?

»Wird im Handumdrehen erledigt«, versicherte Danny mit einem Lächeln. »Inzwischen, Kinder, mischt euch unters Volk – wie man so sagt.«

Es war ein Stichwort, das Victor sofort aufnahm. Schon tauchte er in eine Gruppe von Geburtstagsgästen ein. Donna blickte sich um. Insgesamt dreißig Leute mochten anwesend sein; doch befand sich darunter keiner, mit dem ein Gespräch zu führen sie irgendwie reizte. Etwa die Hälfte der Leute kannte sie, und mit ihnen hatte sie bereits auf früheren Partys alle gängigen Klischees getauscht.

Unwillkürlich dachte sie an jene wunderbaren Teenage-Partys zurück, während sie jetzt wie geistesabwesend zwischen den Grüppchen entlangschlenderte und schließlich einen Platz nicht weit von der Bar bezog. Damals hatte sie, ohne den Zwang, teilnehmen zu müssen, ganz einfach beobachten, alles in sich aufnehmen können. Da wurden Schallplatten gespielt, da tanzte man; da wurde auch das Licht ausgeknipst und herumgeknutscht mit dem, der gerade in der Nähe war; und, guter Gott, man betete geradezu darum, daß sich seine Zahnspange nicht mit der eigenen verfing; auch gab es immer irgend jemanden, der die Geschichte von den beiden Hunden erzählte, die »es« miteinander trieben, bis schließlich irgendwer kam, der einen Eimer kaltes Wasser über sie schüttete.

Ja, was war geworden aus *solchen* Partys? Weshalb verkamen sie unausweichlich zu dieser Art von Partys, wo jeder mit einem

Drink in der Hand und einem falschen Lächeln auf dem Gesicht herumstand und beredt Klage führte, über die Arbeit und die Kinder und das ganze Leben? Fühlten sich alle so unglücklich wie sie? War das sozusagen der Kern des Ehelebens? »Scotch und Wasser«, sagte Danny Vogel, plötzlich neben ihr auftauchend. Wortlos nahm sie den Drink. »Ist übrigens ein toller Kuchen, den Renée für mich gemacht hat – muß man gesehen haben«, fuhr er stolz fort. »...ist wie ein Riesenphallus geformt. Soll nicht unbedingt schmeichelhaft sein – behauptet sie. Weil ich eben so ein großer Schwanz – oder auch Schlappschwanz sei!« Er lachte; selbstironisch, selbstzufrieden.

»Kaum entschlüpft einer Frau das Wort Schwanz, schon fühlt ein Mann sich geschmeichelt«, erklärte Donna. »Übrigens gibt es für die Kränkung einer Frau so etwas wie einen Spezialorden?«

»Oh, ich darf mich empfehlen«, sagte Danny Vogel und entfernte sich hastig.

Donna blickte sich im Zimmer um. Unwillkürlich fühlte sie sich an einen anderen Raum erinnert: In dem Film »Die Reifeprüfung« versuchte Anne Bancroft in einem Zimmer, das diesem aufs Haar ähnelte, Dustin Hoffman zu bezirzen. Donna hatte den Film dreimal gesehen, und sie erinnerte sich an diese Szene sehr genau. Anne Bancroft saß auf einem Barhocker (fast identisch mit jenem, der sich jetzt links von Donna befand), und aufreizend hob sie ihr Knie in die Höhe, während Dustin Hoffman in einiger Entfernung stand, gleichsam wie vom Blitz getroffen.

In der Tat: Dieses Zimmer ähnelte dem im Film auf geradezu verblüffende Weise. Um für die Gäste Platz zu schaffen, war alles entbehrliche Mobiliar fortgeräumt worden, und was sich noch vorfand, besaß schwarz-weißen Kunststoffcharme, war ebenso modern wie kalt. Was den Kunstsinn der Vogels betraf, so beschränkte er sich auf Abbildungen von Wasserfällen und großäugigen Kindern. Und die Gäste? Sie schienen sich nahtlos in diesen Gesamtrahmen zu fügen.

Sie trank einen kleinen Schluck, und plötzlich wurde ihr bewußt, daß ihr der Geschmack tief zuwider war. Gleichzeitig schoß ihr ein Gedanke durch den Kopf: Warum nur fühlte sie sich den anderen hier überlegen? Weil sie sich vorkam wie eine Art Märtyrerin? Märtyrerin aus welchem Grund und für welche Sache?

Sie betrachtete die Gesichter ringsum. Manche waren tiefgebräunt, die meisten jedoch nicht. Alteingesessene hüteten sich vor starker Sonneneinwirkung – ganz im Gegensatz zu den Urlaubern, die nach Florida kamen. Es waren sämtlich lächelnde Gesichter. Auf manchen spiegelte sich unverkennbar Zuneigung. Hände berührten einander, Wangenküsse wurden getauscht, hier und dort stand man untergehakt. Augenscheinlich war hier auch Platz für Wärme.

Doch nicht mit Victor.

Ab und zu näherte sich jemand, sprach belanglose Nettigkeiten; entfernte sich wieder, da Donna stumm blieb. Auch Danny Vogel unternahm noch einen Versuch und erzählte irgend etwas über sein Kind und Montessori-Schulen – und empfahl sich erneut, als sie keinerlei Anstalten machte, den Mund zu öffnen.

Was war nur aus ihrer Ehe geworden? grübelte sie. Wieder nahm sie einen kleinen Schluck und erinnerte sich unwillkürlich an die erste Flasche Dom Perignon, die Victor und sie miteinander geteilt hatten. Und weiter erinnerte sie sich: der Hals-über-Kopf-Flug nach New York, der Hummer, genau siebeneinhalb Minuten gekocht. Es schien irgendwie symbolisch, daß sie schon damals bereit gewesen war, alles von ihm »ordern« zu lassen.

Wie aufregend das alles gewesen war. Und wie unwiderstehlich sie ihn fand. So gutaussehend, so attraktiv – und sie hatte ihn geheiratet, trotz wachsender Zweifel; und obwohl sie wußte, daß er sie über seine Mutter belogen hatte.

Ihre eigene Mutter fiel ihr ein, und sie erinnerte sich an den Rat, den diese ihr einmal gegeben hatte: Die Art und Weise, in der ein Mann seine Mutter behandele, sei ein ziemlich sicherer Hinweis darauf, wie er seine Frau behandeln werde. Unwillkürlich schauderte sie zusammen. Dann schüttelte sie den Kopf. Wie lange hatte sie schon nicht mehr an ihre Mutter gedacht! Irgendwie schienen ihre Gedanken ausschließlich um Victor zu kreisen. Immer und ewig war sie auf der Hut. Bei allem, was sie sagte; bei allem, was sie tat. Was hatte sie gesagt? Was hatte sie getan?

Was »trieb« sie überhaupt noch? Lesen? Nun, über irgendwelche Lektüre, die das Illustrierten-Niveau überstieg, gelangte sie nicht mehr hinaus; und Victor sprach denn auch von Illustrierten-Mentalität. Doch es fehlte ihr ganz einfach an der Konzentrationsfähigkeit für etwas anspruchsvollere Romane – von Albert Camus ganz zu schweigen.

Nie gingen sie zusammen ins Kino. Victor haßte Filme, und er rühmte sich, sein letzter Film sei »High Noon« gewesen. Andererseits: Wann immer »Die Glorreichen Sieben« über den Fernsehschirm flimmerte, saß er gebannt vor dem Apparat. Es hatte einmal eine Zeit gegeben, in der Donna wöchentlich wenigstens viermal ins Kino ging. Jetzt fand sich überhaupt keine Gelegenheit mehr dazu.

Sie hatte ihren Beruf aufgegeben, was allerdings wirklich ihr eigener Entschluß gewesen war. In den ersten drei Jahren wollte sie ganz für ihr Kind da sein. Niemand sollte statt ihrer bei Adam Mutterstelle einnehmen. Nach den drei Jahren konnte sie dann ja wieder an einen Job denken. Nein, sie empfand Adams Existenz in keiner Weise als Hindernis. Er war vielmehr so etwas wie ihre Rettung. Sicher, mitunter konnte er einem schon auf die Nerven gehen, wollte dies, forderte das – mochte immer noch nicht allein aufs Klo gehen, ohne daß sie ihn »abhielt«; doch sie hatte viel, viel Freude mit ihm; und sie liebte ihn.

Victor hingegen liebte sie nicht; nicht mehr.

So einfach war das.

Lange Zeit hatte sie sich einzureden versucht, daß sie ihn zweifellos liebte, weil sie sonst niemals so wütend auf ihn sein könne; Liebe und Haß, das seien gleichsam zwei Seiten ein und derselben Münze, die mal so, mal so rollte und fiel. Wenn sie ihn – so ihre Schlußfolgerung – mit ungeheurer Intensität verabscheuen konnte, dann mußte sie ihn doch wohl auch mit gleicher Intensität lieben können.

Es war das, was die Psychologen »rationalisieren« nennen: ein bequemes Sich-selbst-einreden, eine griffige Ausflucht.

Wann hatten sie sich das letzte Mal unterhalten, ohne daß es zum Streit gekommen war? Wann hatten sie jemals wieder über Haiku-Lyrik gesprochen? Wann hatten sie einander das letzte Mal in die Augen geblickt, einfach so, voll Vertrauen – ohne jenen Argwohn, der auch die kleinste Äußerung des anderen im vorhinein absuchte, ob sie nicht irgendeine Spitze enthielt?

Er fühlte sich wahrscheinlich genauso unglücklich wie sie.

Sie waren beide unglücklich, und das mußte natürlich negative Auswirkungen haben für ihr Söhnchen, für Adam. Immerhin: Während der Entbindung hatte sich Victor geradezu musterhaft verhalten.

Wenn schon! fiel sie sich selbst ins Wort. Für vierundzwanzig Stunden brachte das jeder mal fertig. Was war schon ein einziger Tag in einem ganzen Leben! Das war nicht fair von ihr, sie wußte es; doch was tat's. Sie hatte es satt, fair zu sein. Schon gut – Victor war kein Ungeheuer, war vielmehr die verkörperte Hilfsbereitschaft gegenüber alten Damen und verlaufenen Hunden – meistens benahm er sich sogar wie ein anständiger Mensch. Bloß – zwischen ihnen beiden stimmte es nicht. Vielleicht war es zwischen ihm und seiner ersten Frau ähnlich gelaufen – sie wußte es nicht. Es war auch nicht weiter wichtig. Wichtig war nur, wie er sich ihr gegenüber verhielt; und man mochte es drehen und wenden, wie man wollte – ihre Ehe mit Victor war eine Katastrophe. Und ganz gleich, wer Schuld hatte, sie oder er oder beide, sie machten einander nur unglücklich; und sie war zu jung, um den

Rest ihres Lebens wegzuwerfen, weil sie damit nichts Besseres anzufangen wußte. Sie wußte sehr wohl etwas Besseres damit anzufangen.

Sie mußte Victor verlassen.

Plötzlich fühlten sich ihre Schultern wie von einem – nein, von *dem* massiven Felsbrocken befreit. Und zum erstenmal an diesem Abend konnte sie normal durch die Nase atmen, fühlte sie in der Kehle kein Würgen.

Victor trat auf sie zu.

»Wie lange willst du hier noch so herumstehen? Ohne mit einem Menschen auch nur ein Wort zu wechseln?«

»Ich habe nachgedacht«, sagte sie.

»Worüber?«

Sie schüttelte den Kopf. »Erzähl ich dir später. Jetzt ist nicht die Zeit dazu.«

»Eine Zeit ist so gut wie die andere.«

Sie blickte ihm in die Augen. Sie wirkten sehr blau und überraschend sanft. Vielleicht war dies in der Tat der richtige Zeitpunkt. Er schien entspannt, und ihr würde er kaum vorwerfen können, daß sie aus einer Laune heraus handelte – oder? Sie wußte es nicht. Doch plötzlich war ihr das alles gleichgültig. Er hatte auf eine Antwort gedrängt. Er sollte sie haben.

»Ich meine, wir sollten uns scheiden lassen.« Die Worte klangen leise, fast sanft; dennoch besaßen sie Kraft. Jene Kraft stiller Überzeugung, die man besitzt, wenn man sich einer Sache absolut sicher ist.

Augenscheinlich spürte er das sofort. Er stellte keine einzige Frage. Kein »Was?« kam über seine Lippen und kein »Wie?«.

Schweigend standen sie einander gegenüber, sekundenlang.

»Ich liebe dich«, sagte er schließlich.

»Das tust du nicht«, erwiderte sie.

»Bitte, sag mir nicht, was ich empfinde«, erklärte er mit einem Anflug von Schärfe in der Stimme.

»Tut mir leid«, versicherte sie. Nur wenige Sätze hatten sie gewechselt, und schon tat es ihr leid. Aber er hatte natürlich recht. Sie mochte es auch nicht, wenn ihr unterstellt wurde, daß sie dies oder das empfand. Also wäre es ihm gegenüber nur fair, wenn sie solche Behauptungen unterließ.

Gottverdammt noch mal! beschimpfte sie sich selbst. Mußte sie denn bei jeder kleinen Äußerung erst diese quälerische Selbstprüfung vornehmen? »Tut mir leid, Victor, aber jetzt ist wirklich nicht die Zeit, darüber zu sprechen.«

»Und warum bringst du's dann zur Sprache – schmeißt mir ausgerechnet in diesem Moment eine solche Bombe vor die Füße?«

»Du hast mich gefragt.«

Unruhig trat er von einem Bein auf das andere; unruhig huschte sein Blick zwischen ihr und den anderen Gästen hin und her.

»Du möchtest mir ordentlich eins auswischen, wie?«

»Nein«, erwiderte sie ohne Umschweife.

»Und meine Empfindungen dir gegenüber spielen überhaupt keine Rolle?«

»Deine Empfindungen mir gegenüber? Victor, vor kaum zwei Minuten hast du mir versichert, daß du mich liebst – und schon liegen wir uns wieder in den Haaren und beharken uns mit Vorwürfen. Vielleicht liebst du mich, vielleicht liebst du mich nicht. Unsere Gefühle füreinander sind nicht mehr entscheidend. Entscheidend ist, daß wir nicht mehr miteinander leben können. Es geht nicht länger – und du weißt es...«

»Ich weiß es nicht.«

Sie zuckte mit den Achseln; unterdrückte gerade noch das »Tut mir leid«, das ihr schon auf den Lippen lag.

»Und was ist mit Adam?« fragte er.

Sofort schrillte in ihr eine Alarmsirene. Panik stieg in ihr auf, machte sich breit. Und instinktiv witterte Victor ihre Angst.

Noch immer klang Donnas Stimme sanft und leise, doch die Kraft – die Kraft der inneren Überzeugung – schien auf einmal verloren. Der Nachdruck, den sie hineinzulegen versuchte, war nur gespielt.

»Was soll mit Adam sein?« fragte sie zurück.

»Willst du dich auch von ihm scheiden?«

»Natürlich nicht. Ich behalte Adam bei mir.«

»Oh?«

Sie starrte Victor an. Das war nur ein taktischer Trick, dachte sie. Ihre Angst, Adam zu verlieren, nutzte er für seine Zwecke: um sie zum Bleiben zu bewegen. Aber er würde mit der indirekten Drohung gewiß niemals Ernst machen.

»Von meinem Sohn würde ich mich nicht trennen«, sagte sie.

»Ich frage mich: Was bringt dich auf den Gedanken, daß *ich* dazu bereit wäre?«

Wieder spürte Donna die aufsteigende Panik. Mit aller Anstrengung rang sie um Selbstbeherrschung.

»Wir werden später darüber sprechen«, erklärte sie – und wußte schon jetzt, daß es vergeblich sein würde.

»Nein, wir werden es auf der Stelle erörtern. Schließlich hast du das zur Sprache gebracht. Bringen wir's also zu Ende.«

»Wir werden uns zu Hause darüber unterhalten.«

»Oh? Du gestattest es, daß ich in das Haus zurückkehre? Überaus großzügig, zumal es ja mein Haus war und ist, wenn ich nicht irre.«

»Victor, bitte...«

»Hör mir mal gut zu, kleine Lady, eines möchte ich dir sagen – niemand wird mir meinen Sohn wegnehmen, weder du noch irgendein superschlauer Anwalt oder ein Gericht. Ich werde gegen dich kämpfen, bis nichts mehr von dir übrig ist. Und falls du da irgendwelche Zweifel hegen solltest, dann erinnere dich bitte – ich habe lieber zwei Tage im Knast verbracht, als ein Strafmandat wegen Falschparkens zu bezahlen...«

»Es ging um ein Stoppsignal«, sagte sie, noch wie betäubt.

»Was?«

»Du solltest Strafe zahlen, weil du ein Stoppsignal überfahren hattest.« Plötzlich kam ihr die Ironie des Ganzen erst richtig zu Bewußtsein, wie ein knallharter Stoß in die Rippen; und auf einmal brach sie in Tränen aus.

Sofort versuchte Victor, sie mit seinem Körper gegen die Blicke der anderen abzuschirmen. »Himmel«, sagte er.

»Stimmt irgendwas nicht?« fragte eine Frau, die in der Nähe gestanden hatte und nun rasch hinzutrat.

»Meine Frau hat eine Erkältung«, beteuerte Victor hastig. »Hier, wisch dir die Augen.« Er reichte ihr ein Papiertaschentuch. Donna ignorierte es, fuhr fort zu schluchzen.

»Donna, Liebes.« Für die wachsende Zuhörerschaft ließ Victor seine Stimme erklingen. »Nur nicht die Nerven verlieren, Honey. Kommt alles wieder in Ordnung. Ist wirklich eine furchtbare Erkältung«, erklärte er. Ein Halbdutzend Menschen war inzwischen ringsum versammelt. Donna schniefte laut. Und rasch löste sich die kleine Menschenansammlung wieder auf. Victor hielt Donna ein Papiertaschentuch vor die Nase. »Schnaub hinein«, befahl er.

Donna hatte das Gefühl, daß sich in ihr ein Schrei ballte, und unwillkürlich lauschte sie auf ihren eigenen Ausbruch. Statt dessen geschah, zu ihrer eigenen Überraschung, etwas ganz anderes. Ihr rechter Arm zuckte vor, und die Hand schlug auf Victor ein; und zwar mit so viel Kraft, daß er eine in der Nähe stehende Dame anstieß und deren Drink sich über ihr Kleid ergoß. Victor glich einem Oktopus. Vielarmig hatte er den Schaden so gut wie möglich im Nu behoben; und vor allem war es ihm gelungen, die Gäste davon zu überzeugen, daß ein unkontrollierbares Niesen an allem schuld sei. Nun, die Mienen etlicher Gäste (Donna sah es genau), bekundeten, daß sie sich gar so leicht nicht täuschen ließen. Man hatte, zum Teil jedenfalls, durchaus registrieren können, was wirklich geschehen war: Victors ausgestreckte Hand mit dem Papiertaschentuch für seine ewig erkältete Frau sowie ihre heftige Reaktion, den harten Schlag mit entsprechenden Folgen. Gehört hatte man allerdings nichts. Man war zu weit entfernt – und viel zu beschäftigt –, um etwas von dem Wortwechsel mitzubekommen. Nun ja, Victors Frau – offenbar in einer ihrer Launen. Armer Victor. Aber, Teufel auch, das war ja deren Sache.

Victor beugte sich vor. »Wenn du jetzt nicht lächelst und an dieser kleinen Festivität nicht aktiv teilnimmst, dann sollst du mich mal *wirklich* kennenlernen«, sagte er, und aus seiner Stimme klang die gleiche tiefgreifende Überzeugungskraft wie zuvor aus der ihren.

Und darauf lief es zwischen beiden nunmehr hinaus:

Donna nahm das angebotene Papiertaschentuch, schnaubte laut hinein und schritt dann kühn in die Mitte der kleinen Versammlung, die sich nach den vorangegangenen Vorfällen hastig umgruppiert hatte.

»Wir sprechen gerade über einen Nachbarn«, sagte eine der Frauen, um Donna mit ins Gespräch zu ziehen. Eine nette Geste – nur war Donna für nette Gesten nicht länger empfänglich. Sie zog es vor, ihre Umgebung mit kritischem Blick zu mustern.

Die Frau mochte etwa zehn Jahre älter sein als sie, und ihr Haar war von einem gelblichen Blond in mehreren Schattierungen. Doch zweifellos mußte man sie attraktiv nennen. »Vor ein paar Jahren erlitt er einen Nervenzusammenbruch. Die Ärzte sagten, er sei ein Sadomasochist mit homosexuellen Neigungen. Augenscheinlich konnten sie ihn bald von seinem Masochismus kurieren und die bewußten Neigungen umpolen. Aber er blieb noch eine Zeitlang Sadist.«

»Ich finde, daß Sadismus wesentlich gesünder ist als Masochismus – meinen Sie nicht auch?« fragte Donna und wußte selbst nicht recht, ob es ihr damit ernst war.

Das wußten auch die Umstehenden nicht. Ihre Reaktion war ein unbehagliches Gelächter.

»Jedenfalls«, fuhr die Frau fort, »ist er jetzt wieder raus und hat einen respektablen Job. Scheint alles in bester Ordnung zu sein.«

»Um was für einen Job handelt es sich?« fragte jemand.

»Er entwirft Tiefgaragen«, rief Donna und brach diesmal gleich selbst in schallendes Gelächter aus.

Inzwischen galt ihr die allgemeine Aufmerksamkeit. Man beobachtete sie, während sie im Zimmer herumging.

Donna fuhr fort: »Hat da nicht grad jemand gesagt, Sex müsse man richtig studieren? Ein wahres Wort. Bloß gehören so viele zur anderen Fakultät. Ganze Bruderschaften...«

»Die wollen sich eben warmhalten«, witzelte eine Frau.

»Zum Kotzen!« schrie Donna. »Das ist so eine Patentantwort, bei der mir alles hochkommt. Und kannst du nicht mehr buhlen, versuch's mal bei den Schwulen, was?« Das Gesicht der Frau war wie erstarrt. »Nur nicht persönlich nehmen«, fügte Donna hinzu.

Sie sah, wie Victor zum Ausgang ging. Aha, er gedachte also, sie abzukommandieren. Nun, dann konnte sie wenigstens versuchen, sich einen »unheimlich starken Abgang« zu verschaffen – jedenfalls einen mit Blitz und Donner. »Hat wer von euch neulich die ›Sesamstraße‹ gesehen? Müssen doch welche unter euch sein, die jung genug sind, um kleine Kinder zu haben. Keiner von euch sieht sich ›Sesamstraße‹ an?« Niemand gab eine Antwort, alle schwiegen... »Nun bei uns zu Hause ist das fast so etwas wie eine religiöse Übung. Adam und ich sehen uns die Serie täglich an.« Victor schüttelte sein Schlüsselbund: das übliche Zeichen, daß er gehen wollte. Donna ignorierte ihn. »Neulich – ich erzähle euch das unter Lebensgefahr, weil Victor es haßt, wenn man über Kinder spricht. Er meint, daß man andere damit langweilt – hah! Ihr seht mir überhaupt nicht gelangweilt aus. Also da war Krümelmonster, und sie spielten ›Treppauf, Treppab‹, und Grover mußte dauernd hinauf und hinunter flitzen, um das zu demonstrieren, oben und unten, rauf und runter. Ihr wißt doch alle, wer Grover ist...«

»Donna«, rief Victor, nachdem das Rasseln mit den Schlüsseln nichts genutzt hatte, »ich meine, wir sollten jetzt gehen.«

»Die Stimme meines Herrn«, sagte Donna mit geradezu triefendem Sarkasmus.

Er trat zu ihr. »Du solltest wirklich nicht trinken, wenn du Antibiotika einnimmst.«

»Oh, hallo, Victor, ich wußte gar nicht, daß dein Arztdiplom gerade mit der Post eingetroffen ist.« Sie blickte zu den anderen Gästen. »Kann jeder haben, das Diplom. Braucht nur ein paar Bons zu sammeln und einzuschicken. Von Präparat H...«

Der Rest war verschwommenes Gemurmel. Victor redete auf sie ein. Er flehte, drängte, drohte. Nach Minuten gelang es ihm, sie aus dem Haus zu bugsieren. Donna erinnerte sich später, daß sie noch eine Reihe von Flüchen losließ – kein einziger so saftig, wie sie's gern gehabt hätte. Etwas in ihr begann zu fragen, warum – um alles auf der Welt – sie sich so benahm. Aber dann dachte sie: Ist doch egal, ist doch alles egal. Schließlich saß sie im Auto neben Victor, der so stumm blieb, daß sie das Gefühl hatte, den in ihm tobenden Zorn in ihrem eigenen Körper spüren zu können. Sie schloß die Augen.

Erst als das Auto hielt, wurde ihr bewußt, überraschend bewußt, daß sie während der ganzen Rückfahrt geschlafen hatte. Man war daheim.

Wie benommen ging sie an Mrs. Adilman vorbei. Sie hörte, wie Victor der Frau dankte, sie bezahlte. Inzwischen war Donna an der Tür von Adams Zimmer. Automatisch warf sie einen Blick hinein, auf ihren schlafenden Sohn. Dann ging sie hinüber zu dem Schlafzimmer, das sie und Victor miteinander teilten. Sie hatte nur einen Wunsch: schlafen, schlafen. Noch nie hatte sie sich so erschöpft gefühlt.

Sie konnte sich nur an eine einzige Gelegenheit erinnern, wo ihr schon einmal ähnlich zumute gewesen war: in jener Nacht, als ihre Mutter starb. Stundenlang hatte sie am Telefon gesessen, genau gewußt, daß es klingeln würde – und dennoch gehofft und gebetet, daß es nie wahr werden möge, das zu Erwartende. Um drei Uhr früh schrillte es. Donna schrak zusammen. Oh, mein Gott, nein! Die Stimme einer Schwester aus dem Krankenhaus meldete sich. Kommen Sie lieber, mit Ihrer Mutter steht es nicht gut. Ist sie...? Es steht gar nicht gut.

Donna nahm ein Taxi. Ihr Vater befand sich bereits im Krankenhaus, zusammen mit ihrer Schwester. Nur Donna war nach Hause gefahren, von einer absonderlichen, ziemlich irrationalen Vorstellung geleitet: Wenn sie nicht Totenwache hielt, würde sich der Tod vielleicht in eine andere Richtung wenden – dorthin, wo man ihm mehr Aufmerksamkeit und Beachtung zollte. Sonderbar eigentlich, daß das Ende des Lebens, in seiner Personifizierung, männlichen Geschlechts war: *der* Tod; während der Anfang des Lebens weibliches Geschlecht besaß: *die* Geburt.

Sie setzte sich jetzt aufs Ehebett und begann den Reißverschluß auf dem Rücken ihres grünen Kleides aufzuziehen. In Gedanken war sie noch immer bei jener Nacht, in der ihre Mutter starb. Sie sah den Taxifahrer vor sich, sah das mit Pomade glattgekämmte schwarze Haar. Zum Krankenhaus, hatte sie gesagt und: So schnell wie möglich. Er hatte versucht, Konversation zu machen: Sind Sie Krankenschwester? Nein, lautete ihre Antwort, meine Mutter liegt im Sterben.

Donna stand auf und schlüpfte aus ihrem Kleid. Gedankenverloren warf sie es über einen Stuhl. Der Taxifahrer hatte wortlos Gas gegeben und sie in Rekordzeit zum Krankenhaus gebracht. Drinnen fand sie zum Glück rasch den richtigen Fahrstuhl und fuhr hinauf zum elften Stock. Als sie oben um eine

Korridorecke bog, sah sie ihre Schwester. Joans Gesicht war verquollen, und sie sah aus, als werde sie jeden Augenblick zusammenbrechen. Ganz allein stand sie auf dem Gang. Krankenhauspersonal eilte an ihr vorüber, doch niemand achtete auf sie, niemand bemerkte ihren Zustand. Donna stürzte auf sie zu, nahm das Kind in die Arme. Im selben Augenblick knickte Joan in die Knien ein und hielt sich verzweifelt an ihrer großen Schwester fest. Donna, so schien es, war für sie so etwas wie ein Fels. Und wer hält *mich?* dachte Donna unwillkürlich, während sie beide dastanden und schluchzten in dem aseptisch riechenden Korridor.

Donna ging ins Badezimmer und sprühte sich ein wenig Wasser übers Gesicht. Die Wirkung war praktisch gleich Null. Sie drückte Zahnpasta auf die Zahnbürste und putzte sich die Zähne, spülte ihren Mund aus und ging ins Schlafzimmer zurück, wobei sie sich ihres BHs, ihres Schlüpfers und ihrer Schuhe entledigte. Dann kroch sie unter die Bettdecke.

Als man sie damals im Krankenhaus in das Zimmer ließ, fühlte sie als erstes die Stille. Wie erstarrt saß ihr Vater auf dem Bettrand, zusammengekrümmt, ohne jede Bewegung, fast wie eine Skulptur, helles Pappmaché statt Fleisch. Seine Gefühle waren von einer solchen Intensität, daß sie gleichsam umschlugen in ihr völliges Gegenteil – in eine Art absolute Leere.

Donna schloß die Augen. Gerade trat Victor ins Zimmer, sie wollte ihn nicht sehen.

Ihr Blick löste sich von ihrem Vater, der am Fußende des Krankenhausbettes saß, und glitt zum Leichnam ihrer Mutter. Komisch, dachte sie, wie schnell das geht: wie sozusagen im Handumdrehen aus einem Menschen eine »Leiche« wird. Aber diese Bezeichnung traf es wohl am genauesten. Das war ihre Mutter nicht. Nein, ganz gewiß war dies nicht ihre Mutter. Das Gesicht wirkte so mager, der Körper unter dem weißen Tuch schien kaum mehr zu sein als ein Skelett. Schroff zeichneten sich die Umrisse der Hüftknochen, des Beckens, der Beine ab. Ihre Augen waren geschlossen, der Mund geöffnet. Irgend jemand hatte ihr in aller Eile ihre Perücke aufgesetzt, nur schien die jetzt viel zu groß und saß überdies ein wenig schief. Donna ging an ihrem Vater vorüber und blieb nahe dem Gesicht ihrer Mutter stehen. Sie blickte darauf nieder, ohne nach irgend etwas Besonderem zu suchen. Es gab ja auch nichts. Absolut nichts außer unabänderlichen Tatsachen.

Sie beugte sich vor und küßte ihre Mutter auf die Stirn. Was sie spürte, war etwas, das nicht mehr warm zu sein schien, aber auch noch nicht ganz kalt. Doch das eigentlich Erstaunliche, das Unfaßbare, war dies: daß da nicht der kleinste Hauch von Atem ging. Kein Hauch von Leben. Was einmal ihre Mutter gewesen war, die Wirklichkeit ihrer Mutter, das Wesen, das gab es nicht mehr.

Und plötzlich wurde ihr bewußt, daß es natürlich nicht ihre Mutter war, die sie jetzt küßte; nein, es war die *Erinnerung* an ihre Mutter – eine Erinnerung, die in vielerlei Abwandlung vor ihr aufzutauchen schien: Sie sah den Rücken ihrer Mutter, während diese eine Treppe emporstieg; sie sah ihre Mutter, wie diese Hühner-Pastete zubereitete und dabei das Hühnchen glatt vergaß; sie hörte das Gelächter, in das sie und ihre Mutter ausbrachen, als Donna, gerade erst acht Jahre alt, von der Schule nach Hause kam und ihren ersten nicht ganz stubenreinen Witz erzählte. Und da waren unzählige andere Erinnerungen: an den Zorn ihrer Mutter, der so geradezu, so aufrichtig war; an ihre Arme, an ihre Augen, an ihren Geruch, so sanft, irgendwie beschwichtigend. Wenn sie einen in den Armen hielt und man ihre Umarmung fühlte, wenn man umfangen wurde auch von ihrem Geruch, dann wußte man sich geborgen, wußte sich in Sicherheit – aber jetzt? *Ihr* kleines Mädchen bist du nicht mehr; *wessen* kleines Mädchen bist du denn noch?

Donna versuchte, sich zu bewegen.

Sie konnte es nicht.

Der Geruch.

Ein anderer Geruch.

Sie öffnete die Augen.

Er lag auf ihr, und er war ein Fremder. Sie öffnete den Mund, wollte etwas sagen; sofort preßte er seine Hand auf ihre Lippen. »Sag jetzt kein Wort, Donna.« Er versuchte, sich zwischen ihre Schenkel zu zwängen. Voll spürte sie das Gewicht seines Körpers. Sie konnte sich nicht bewegen. Sie konnte kaum atmen. »Mach deine Beine auf, verdammt!« schrie er, aber es war eine Art tonloses Schreien, das die Flüsterschwelle nie überstieg.

Sie versuchte, sich ihm zu entwinden; doch fand sie ihre Arme gefesselt, zu ihren Seiten. Mit wütenden Fingern betastete, betatschte er sie, während sie ihn aus aufgerissenen Augen angstvoll anstarrte. Noch nie hatte sie sich vor irgend jemand oder irgend etwas so sehr gefürchtet.

Lieber Gott, bitte, laß mich sterben, flehte sie, als Victor sich in die richtige Position brachte, um in sie einzudringen. Es tat ihr weh; es verursachte ihr schlimme Schmerzen. Denn sie war völlig trocken; nichts in ihr reagierte auf ihn als Mann; und während er in ihr war und rhythmisch stieß und stieß, dachte sie an den Sohn, den sie beide gemeinsam gezeugt hatten – bei dem gleichen Akt. Nein, *nicht* bei einem solchen Akt. Es gab da keinerlei Parallelen.

Als er fertig war, löste er sich von ihr, murmelte irgend etwas, doch keine Entschuldigung, und ging ins Badezimmer. Sie blieb liegen, bewegungslos, mit geschlossenen Augen, mit geöffnetem Mund, mit zerzaustem Haar. Es gab da nur wenige Dinge, deren sie sich sicher war, die sie wußte; aber hierbei war sie ohne jeden Zweifel. In ihrem Kopf formte sich eine Art Liste, große, schwarze Lettern über einer weißen Leiche.

1. Sie konnte Victor niemals verlassen, weil er das nie zulassen würde. Das hatte er heute nacht bewiesen.

2. Sie würde sich nie wieder von ihm berühren lassen. Sollte er das auch nur versuchen, so würde sie ihn umbringen.
3. Nie wieder würde sie ihn anschreien. Sofern er sie in Ruhe ließ, würde sie sich seinen sonstigen Wünschen fügen. Aber streiten würde sie sich mit ihm nicht mehr. Es gab nichts, das wichtig genug wäre, um sich darüber zu streiten. Nichts mehr.
4. Nie wieder würde sie sich ans Lenkrad eines Autos setzen.
5. Sie war tot. Sie war so tot, wie sie's nur je sein konnte.

10

Mrs. Adilman wirkte grauer und rundlicher, als Donna sie in Erinnerung hatte. Anders als die meisten anderen Zeugen, die betont jeden Blick in Donnas Richtung mieden, lächelte Mrs. Adilman auf ihrem Weg zum Zeugenstand Donna zu und sagte: »Hallo.«

Für Donna gab es ein paar weitere Überraschungen. Mrs. Adilmans Vorname war Arlene (es war Donna nie eingefallen, sie danach zu fragen), und außerdem war sie erst sechsundfünfzig. Zweifellos trugen die baumwollenen Hauskleider und die bequemen flachen Schuhe, die sie trug, entscheidend dazu bei, daß man sie für wesentlich älter hielt. Donna hatte in ihr eigentlich immer so etwas wie das Musterbeispiel einer freundlichen Großmutter gesehen: jenes märchenhafte Wesen, das stets irgendwelches Gebäck bei sich hatte und das man dazu beschwatzen konnte, einem vor dem Einschlafen noch eine weitere Geschichte vorzulesen – jene grundgütige Großmutter, unter deren Spitzenhäubchen urplötzlich die Fratze des bösen Wolfs sichtbar werden mochte. Warum, Großmutter, hast du so große Zähne?

Schnell waren die ersten Fakten aktenkundig gemacht. Mrs. Adilman hatte Donna kennengelernt, nachdem diese als Jungverheiratete in Victors Haus eingezogen war. Im Laufe der Zeit hatte man sich dann *besser* kennengelernt, zumal nach der Geburt von Victors Sohn (eine interessante Betrachtungsweise, fand Donna).

Ein ganz süßes Wesen sei Donna (vielen Dank, Lady), doch überaus anfällig für Erkältungen und Grippe. (Geht's schon wieder los?) Dies sei vor allem in der Zeit nach Sharons Geburt der Fall gewesen. Wenigstens zweimal pro Woche, so schien es, sei sie hinübergegangen, während Donna bettlägerig gewesen war. Ihr – Donnas – Verhalten wurde immer sonderbarer (wieder dieses Wort). Einspruch. Abgewiesen. Rasch ging's weiter, und allmählich entfernte man sich ein wenig aus dem Bereich unbestreitbarer Fakten.

Mitunter habe sie »drüben« die ganze Nacht über Licht gesehen. Und als sie einmal aufgestanden sei, um ins Bad zu gehen – nun also, deutlich hatte sie erkennen können, wie Donna im Cressy-Haus die Wohnzimmerwände reinigte, um vier Uhr morgens, und am darauffolgenden Tag lag sie dann krank im Bett. Woher sie, Mrs. Adilman, das wußte? Nun, sie war doch gekommen, um nach den Kindern zu sehen.

Von da an hatte sie (und der Ärger mit ihren Nieren trieb sie nachts häufig ins Bad) regelmäßig Ausschau gehalten, ob bei den Cressys Licht brannte. Bei den Cressys brannte Licht, regelmäßig. Und immer war Donna auf – und dabei, irgend etwas zu reinigen.

Und als Mutter?

Donna hielt unwillkürlich den Atem an. In diesem Punkt konnte ihr die Lady wirklich schaden.

»Ach, mit Adam ging's eigentlich ziemlich gut«, begann Mrs. Adilman. (Ja, sie wird mir schaden, dachte Donna.) »Allerdings erinnere ich mich da an einen merkwürdigen Zwischenfall.« Entschuldigend blickte sie zu Donna.

»Bitte, erzählen Sie«, forderte sie der Anwalt auf.

»Nun«, sagte sie, »ich war draußen beim Blumengießen. Hatte die Nacht nicht schlafen können und mich deshalb schon in aller Frühe hochgerappelt – da sah ich Donna in ihrer Küche sitzen. Sie trank eine Tasse Kaffee, und ich ging hinüber, um Hallo zu sagen. Victor war geschäftlich auf Reisen, und ich fragte sie, ob der Kleine noch schlief – Adam war als Baby nämlich für Koliken anfällig, so ein bißchen zumindest. Er weinte viel, und an diesem Morgen war alles so still.«

»Und welche Antwort gab sie Ihnen?«

»Sie sagte, sie glaube, er sei tot.« Die folgenden Sätze entgingen Donna, weil sie voll Anspannung das Gesicht des Richters beobachtete. Er wirkte gehörig geschockt. Dank deiner reifen Leistung, Arlene, dachte Donna. Aber nur weiter im Text. »Sie sagte, wenn sie erst gehen würde, um nach ihm zu sehen und ihn wirklich tot vorfinden würde, dann käme sie um ihre Tasse Kaffee.«

Ed Gerber schien in minutenlanges tiefes Grübeln zu versinken – jedenfalls tat er so. Und Donna kannte ihn und sein Mienen- oder Gestenspiel inzwischen gut genug, um zu wissen: Wenn er mit dem Mittelfinger der linken Hand seine Nase berührte und die Blicke seiner beiden Augen sich kreuzten, so handelte es sich um eine reine Denkerpose. In dieser Haltung einen echten Gedanken haben wäre wohl einem kleinen Wunder gleichgekommen: Dazu kostete allein das Schielen zuviel Kraft. Die Denkerpose erfüllte einzig und allein einen Zweck: Der Anwalt wollte, daß genügend Zeit verging, damit die Aussage des Zeugen oder der Zeugin »einsickern« konnte. Natürlich kam es hierbei entscheidend darauf an, daß er die Zeitspanne möglichst genau bemaß – nicht zu lang, nicht zu kurz. Vom Erhabenen zum Lächerlichen war es ja, bekanntermaßen, nur ein kleiner Schritt.

»Nicht, daß Sie mich mißverstehen«, fügte Mrs. Adilman hinzu (mißverstehen – wie denn? dachte Donna). »Ich glaube, daß Donna ihren kleinen Jungen liebte. Ja, ich glaube, sie liebte ihn.«

Danke, Arlene. Übrigens liebe ich ihn noch immer.

»Hat Mrs. Cressy Sie informiert, als sie mit ihrem zweiten Kind schwanger war?«

»Ja.«

Donna schloß die Augen.

»Könnten Sie uns das bitte erzählen?« Mehr Feststellung als Frage.

»Einspruch.«

»Mit welcher Begründung, Mr. Stamler?« wollte der Richter wissen.

»Ich sehe da keinerlei Relevanz, Euer Ehren.«

»Ich versichere Ihnen«, warf Mr. Gerber ein, »daß wir die Relevanz nachweisen werden.«

»Einspruch abgewiesen.«

»Bitte erzählen Sie uns von dem Gespräch, Mrs. Adilman.«

Donna flehte insgeheim den Himmel an: Schicke einen Blitz hernieder, der diese Frau tot zu Boden streckt. Doch der Blitz blieb aus. Donnas Anwalt warf ihr einen Blick zu, tätschelte ihr dann die Hand. »Ich habe mein Bestes versucht«, sagte er.

»Wie gewöhnlich war ich draußen in meinem Garten«, begann Arlene Adilman. Unverkennbar versuchte sie, sich die Szene möglichst genau zurückzurufen. »Donna kam nach Hause. Ja, sie war irgendwo unterwegs gewesen – Adam befand sich im Kindergarten –, und ich erinnere mich, daß sie in einem Taxi heimkam.«

»Taxi?«

»Ja. Schon seit ein paar Monaten fuhr sie, soweit ich sehen konnte, nicht mehr Auto. Dauernd nahm sie irgendein Taxi. Ich nahm an, daß sie mit dem Wagen irgendwas nicht in Ordnung sei.«

»Also gut, sie kam in einem Taxi nach Hause«, hielt Mr. Gerber fest, und er betonte das Wort Taxi und führte die Zeugin sozusagen aufs rechte Gleis zurück.

»Ja. Und sie sah ganz aufgeregt aus...«

»Einspruch.«

»Nun, sie hatte geweint«, erklärte Mrs. Adilman, gleichsam von sich aus protestierend. »Soviel stand auf alle Fälle fest.«

»Einspruch abgewiesen. Die Zeugin möge fortfahren.«

»Sie trat auf mich zu, und ich sagte Hallo und fragte sie, wie sie sich fühle. Sie erwiderte, sie sei gerade beim Arzt gewesen und wisse nun, daß sie schwanger sei.«

»Und was sagten Sie darauf?«

»Ich sagte, das sei doch wunderbar. Zumal für Adam. Denn als Einzelkind aufzuwachsen – um Gottes willen, lieber nicht.«

»Und ihre Antwort?« wollte Gerber wissen.

»Sie sagte, sie wolle das Baby nicht.«

»Wolle das Baby nicht!?«

»Sie sagte, es handle sich um einen furchtbaren Fehler und sie könne dieses Baby einfach nicht haben.«

»Könne es nicht haben!?«

Mußte er denn alles und jedes wiederholen? War er etwa schwerhörig?

»Hat sie sich irgendwie detaillierter geäußert?«

»Sie sagte nur immer und immer wieder, sie könne es nicht haben; und dann bat sie mich, Victor nichts davon zu sagen, daß sie schwanger sei. Ich erklärte ihr, das würde er schon bald genug allein herausfinden.«

»Und was sagte sie darauf?«

»Sie sagte, da müsse er keineswegs irgend etwas herausfinden.« Sie schwieg und sah Donna sehr direkt an. »Als mir klar wurde, was sie beabsichtigte...«

»Einspruch. Die Zeugin weiß nicht und kann nicht wissen, was in Mrs. Cressys Kopf vorging.«

»Stattgegeben.«

»Erzählen Sie uns nur, was tatsächlich gesagt wurde, Mrs. Adilman«, bat der Anwalt.

»Nun, nachdem sie gesagt hatte, er müsse keineswegs etwas herausfinden, sagte ich zu ihr, oh, nein, Donna, das können Sie nicht meinen. Einem hilflosen Ungeborenen würden Sie doch niemals etwas antun, oder? Ich meine, ich konnte mir einfach nicht vorstellen, daß sie so etwas tun würde. Töten – ihr eigenes...

»Einspruch, Euer Ehren.«

»Stattgegeben.«

Donnas Augen füllten sich mit Tränen. Ich habe doch nichts getan! schrie es in ihr – schrie gleichsam in Richtung Zeugenstand; und die Zeugin wirkte zum erstenmal irgendwie verlegen und wandte ihre Augen ab. Ich habe nicht abgetrieben. Ich habe mir mein Kind nicht wegmachen lassen. Vielmehr habe ich alles noch einmal durchgemacht. Bin dick geworden. Habe sogar diese Kurse wieder besucht, obwohl ich mit einem weiteren Kaiserschnitt rechnen mußte. Bei dem Eingriff war dann wieder Victor an meiner Seite. Ich brachte mein kleines Mädchen zur Welt. Und du, du alte Hexe, hattest recht. Ich konnte mein Kind nicht umbringen, mochte ich's auch zehnmal auf *solch* eine Weise empfangen haben. Dabei wollte ich das Kind unbedingt weggemacht haben. Und jetzt, jetzt kann ich sie einfach nicht mehr hergeben. Weil das kleine Leben mein Leben ist; und mag ich aus meinem Leben auch nicht viel gemacht haben – dieses kleine Mädchen ist ein Engelchen, glücklich, zufrieden, ausgeglichen, und das ist wohl nicht zuletzt auch mein Verdienst.

Ihr da, die ihr euch so ausführlich über meine häufig wechselnden Stimmungen und meine Haarfarben auslaßt und über meine Erkältungen und meinen Putzfimmel und was sonst noch – würdet ihr zwischendurch wenigstens mal *kurz* erwähnen, daß es mir auch gelungen ist, zwei Prachtkinder zur Welt zu bringen!? Ist denn niemand da, der ein freundliches Wort für mich einlegt?

Nein, gab Donna sich stumm selbst die Antwort. Du bist noch nicht an der Reihe.

Der nächste Zeuge war ein Mann namens Jack Bassett, hochgewachsen, schlank, blond, und irgendwie hatte er etwas von jenen Sunny-Boy-Typen, wie man sie häufig am Strand sah. Er betrieb ein Sportartikelgeschäft. Victor kenne er seit etlichen Jahren, sagte er aus, allerdings eher beiläufig. Dieser habe ihm im übrigen eine Versicherungspolice verkauft, als er sich einmal im Sportgeschäft wegen Angelgeräten umschaute, zusammen mit seinem Söhnchen. Mehrere Wochen später war er, Jack Bassett, dann auf einem Spaziergang Victor mit Frau und ihrem Sohn begegnet. Donna, so erklärte er, sei damals schwanger gewesen.

Donna konnte sich weder an eine solche Begegnung noch an einen solchen Mann erinnern. Er war im Begriff, sich irgendwie ungünstig über sie zu äußern, soviel stand fest. Nur – was um alles in der Welt konnte das sein? Hatte sie ihm versehentlich auf den Fuß getreten? War sie in seiner Gegenwart in irres Gekicher ausgebrochen? Schlimmer noch – hatte sie ihn vielleicht bei einer Gelegenheit um ein Papiertaschentuch gebeten?

»Haben Sie Mrs. Cressy außerdem bei einer anderen Gelegenheit gesehen?« wollte Ed Gerber wissen.

»Nur einmal.«

»Würden Sie uns bitte davon erzählen?«

Jack Bassett lächelte und zeigte dabei weiße, makellose Zähne. Donna fragte sich, um was für eine denkwürdige Begegnung es sich wohl handeln mochte. »Ich war mit meiner Katze, mit Charlie, zum Tierarzt gefahren – Dr. Ein, in der South Dixie, nahe Forest Hill.« In Donnas Magengegend machte sich ein unbehagliches Gefühl breit. Zwar konnte sie sich an diesen Zeugen noch immer nicht erinnern, doch begriff sie nun, in welche Richtung man zielte. Mr. Gerber war also doch zur Weggabelung zurückgekehrt und schlug jetzt die andere Abzweigung ein. Donna blickte sich hastig um. Mel lächelte ihr aufmunternd zu. Sie drehte den Kopf zurück.

Jack Bassett sagte: »Ich stellte das Auto auf dem Parkplatz ab und ging mit Charlie hinein.«

»Es gibt da einen Parkplatz, speziell für die Klienten des Tierarztes?«

»Ja. Für Leute, die in die Tierklinik wollen – oder auch zu anderen Arztpraxen auf der anderen Seite.«

»Als sie wieder aus der Klinik kamen, was geschah da?«

»Ich kam mir ein bißchen verloren vor. Dr. Ein hatte erklärt, er müsse Charlie über Nacht dort behalten, und ich liebe die Katze wie meine eigenen Kinder...«

Aus dem allgemeinen Lächeln rundum sprach Verständnis, Anerkennung. Guter Gott, dachte Donna, und *ich* bin's angeblich, die im Kopf nicht ganz richtig ist?

»Jedenfalls ging ich zum Parkplatz zurück«, fuhr er fort. »Da standen jetzt viel mehr Autos als vorher – ich war rund eine Stunde in der Klinik gewesen –, und ich wußte nicht mehr, wo ich meinen verdammten Schlitten, oh, ich bitte um Entschuldigung wegen der Ausdrucksweise...«

Nachsicht wurde gewährt. Er möge fortfahren. Ja, fahr nur fort, dachte Donna. Jetzt wird's erst interessant. Ahnt ja wohl jeder hier, wie? Nur schön die Spannung steigern, versteht sich doch von selbst. Darauf legt's ja jeder an. Du hast dein Auto gesucht und dann etwas Unerwartetes gesehen, stimmt's? Dabei heißt es doch immer, heutzutage kümmert sich jeder nur noch um seinen eigenen Kram. Scheint aber ganz und gar nicht der Fall zu sein.

»Jedenfalls...«

Wie auch immer...

»Ich schaute mich um und sah dann diesen kleinen weißen MG. Wissen Sie, eines der alten klassischen Modelle. Wunderschönes kleines Auto. Mußt du dir mal aus der Nähe ansehen, dachte ich. Hatte wirklich keine Ahnung, daß jemand drin saß.« Er ließ ein verlegenes Lächeln sehen. »Ich beugte mich vor und blickte durchs Fenster.«

»Es war jemand drin?«

»Ja, Sir.«

»Haben Sie jemanden erkannt?«

»Zuerst nicht. Zuerst dachte ich, es sei so ein junges Pärchen, halbe Kinder noch, das miteinander rumknutscht.«

»Sie sahen zwei Menschen, die sich küßten?«

»Ja, Sir. Ziemlich leidenschaftlich.«

»Und?«

»Nun, ich denke, das war alles, was sie taten. Ich konnte das nicht so gut sehen.«

»Einspruch.«

»Einspruch überflüssig, Mr. Stamler«, versicherte Mr. Gerber hastig. »Meine Frage wurde falsch aufgefaßt. Ich wollte keineswegs wissen: ›Was taten sie *noch?*‹ Ich meinte ganz schlicht und einfach: Was geschah dann?«

»Die letzte Antwort aus dem Protokoll streichen«, verfügte der Richter.

»Und was geschah dann?« wiederholte Ed Gerber deutlich.

»Na, die sahen mich wohl und fuhren auseinander.«

»Erkannten Sie die Gesichter jetzt.«

»Nicht richtig. Sie kam mir zwar irgendwie bekannt vor, aber erst als beide ein paar Minuten später aus dem Auto stiegen, wußte ich, wer sie war. Ihr Haar wirkte so ganz anders als beim letztenmal.«

»Und um wen handelte es sich?«

»Um Mrs. Donna Cressy«, erwiderte er und blickte Donna mit einem idiotisch strahlenden Lächeln an.

Na, wer sagt's denn! hätte sie am liebsten geschrien.

»Und wer war der Mann, den sie geküßt hatte?«

»Dr. Mel Segal.«

»Warum zieht sich das nur so endlos lange hin?«

Donna und Mel saßen in dem klassischen weißen MG, der an diesem Nachmittag vor Gericht »aktenkundig« geworden war. Das Auto stand vor dem Haus, das Donna vorerst gemietet hatte.

»Victor läßt eine Menge Zeugen aufmarschieren«, erwiderte er.

»Um's mir so richtig zu geben, wie?«

»Scheint so.«

»Sie sagen alle das gleiche.« Er nickte. Abrupt sah sie ihn an. »Hältst du mich für verrückt?« Er legte seinen Arm um sie. »Ich weiß nicht«, fuhr sie fort und schüttelte den Kopf. »Ich sitze da und höre ihnen zu. Die können sich doch nicht alle irren.«

Mel lächelte sie liebevoll an. »Sie irren sich alle«, sagte er.

Sie lehnte ihr Gesicht gegen sein Gesicht. »Danke.«

»Was wirst du heute abend tun?«

Sie blickte zum Haus. »Ich werde wohl mit den Kindern bei McDonalds essen. Guter Gott, wenn Victor das wüßte! Daß ich meine Kinder solchen Massenfraß essen lasse!«

»Victor wäre bestimmt nicht so dumm, daran auch nur zu rühren. Ein Angriff auf McDonalds Kettenrestaurants – das wäre ein Angriff auf eine amerikanische Institution.«

Sie lachte. »Hättest du nicht Lust, Annie zu holen und mitzukommen?«

Er schüttelte den Kopf. »Nein, nein, vergnügt ihr euch nur, ihr drei.«

Sie streichelte seine Hand, löste dann ihren Sitzgurt, lächelte.

»Möchte nur mal wissen, was für eine Art Mann das ist, der in einem klassischen alten Sportwagen Sicherheitsgurte anbringen läßt.«

Mel lachte. »Nun wer schon, außer dem Typ des üblen Verführers von meschuggen Schwangeren«, sagte er und beugte sich zu ihr und küßte sie.

Donnas Hand streckte sich zur Tür, verharrte dann. »Weißt

du, irgendwie habe ich Angst hineinzugehen.« Mel sah sie fragend an. »Es ist nur...«, fuhr sie fort, »... gestern abend gab's mit Adam ein großes Gespräch über Leben und Tod. Ich weiß nicht, ob ich dem heute wieder gewachsen wäre.« Sie schwieg einen Augenblick. »War irgendwie sonderbar – eigentlich wollte ich ihm sagen, meine Mutter sei in den Himmel gegangen, aber ich brachte es nicht über die Lippen.«

»Warum nicht?«

»Ich weiß nicht. Wahrscheinlich weil ich nicht recht glaube, daß es einen Himmel gibt.«

Mels Stimme klang sanft und beschwichtigend. »Mußt du alles glauben, was du ihm sagst?« fragte er nur.

Sie fühlte sich wie überrumpelt. Verblüfft durch die schlichte Wahrheit, die in der Frage steckte. »Natürlich nicht«, erwiderte sie mit einem Lachen. Guter Gott, glaubte sie etwa an den Weihnachtsmann oder an Krümelmonster und all die anderen Geschöpfe, die Adams lebhafte Phantasie bevölkerten? »Danke«, sagte sie und nickte. Plötzlich schien so vieles wieder ins Lot zu kommen. Sie öffnete die Tür, blickte zu Mel zurück. »Du wirst doch immer dasein, ja? Immer, wenn ich anfange, etwas zu ernst zu nehmen, mich, die Dinge...«

»Was für Dinge?«

Sie lächelte. »Ich liebe dich.«

»Ach, das sagst du doch zu all uns üblen Verführern.«

Sie schloß die Tür und beugte sich durchs offene Fenster. »Na, darauf kannst du Gift nehmen.« Dann drehte sie sich um und ging über den Weg rasch auf ihre Haustür zu.

11

Seit über einer halben Stunde starrte er sie an.

Zunächst hatte sie geglaubt, er blicke eher zufällig in ihre Richtung; vielleicht gedankenverloren, die Augen auf ein anderes Gesicht geheftet – oder aber auf die Wand hinter ihr. Doch inzwischen konnte es keinen Zweifel mehr geben, daß sie es war, die er anstarrte. Sie strich sich eine unsichtbare Haarsträhne aus der rechten Wange, senkte ein wenig das Kinn, während sie gleichzeitig den Blick hob – ganz in der Art, durch die der Hollywood-Star Lauren Bacall einst so berühmt geworden war.

Ob sie sich in den Augen des bärtigen Mannes auf der anderen Seite des Zimmers womöglich so ausnahm wie eine junge Lauren Bacall? Sie senkte den Blick.

Guter Gott, Donna, dachte sie, komm zu dir, du bist im achten Monat. Andererseits schien es durchaus möglich, daß er praktisch nur ihr Gesicht sah; zwischen ihm und ihr befanden sich so viele Leute, daß er auf gar keinen Fall ihre ganze Gestalt sehen konnte. Und von ihrem dicken Bauch einmal abgesehen, hatte sie sogar abgenommen, und zwar in einem solchen Maße in den letzten Jahren, daß die meisten Partygäste hier darüber verblüfft schienen; worüber dann Donna ihrerseits verwundert war. Daß sie so dünn wirkte, wollte ihr nicht so recht in den Kopf. Vielleicht lag's an ihrem Haar. Eine andere Frisur? Kürzer? Auch eine andere Farbe? So jedenfalls wirkte ihr Gesicht augenscheinlich zu mager, wenn nicht gar ausgemergelt? Dabei war es doch sozusagen ihre Pflicht, auszusehen wie das blühende Leben – o ja.

Er starrte sie noch immer an.

Donna wußte nicht, wer der Mann war. Die meisten Partygäste kannte sie. Allerdings hatte sie viele seit Jahren nicht gesehen. Es handelte sich zum guten Teil um *ihre* alten Freunde und Bekannten; und zu den meisten (wenn auch keineswegs zu allen) war in den letzten Jahren der Kontakt verloren gegangen.

Sie blickte sich im Zimmer um. Da waren die früheren Kollegen von der McFaddon-Werbeagentur (»Sie sind so langweilig«, hatte Victor befunden, »reden immer nur über ihre Werbekampagnen«); da waren die Freundinnen, mit denen sie gemeinsam zu lunchen pflegte (»Versteh beim besten Willen nicht, wie du die ertragen kannst, Donna. Die quatschen doch immer nur über irgendwelche Filme. So oberflächlich. Du besitzt doch mehr Substanz«); auch ein paar »verflossene« Freunde (»Ich will gar nichts über deine Vergangenheit wissen. Geht mich nichts weiter an«); und ihre gute Freundin – ehemals gute und enge Freundin und Vertraute, Susan Reid, die jetzt die Gastgeberin war (»Die kennt doch nur ein Thema – Männer und wilde Partys. Wahrhaftig kein guter Einfluß, Donna«). Außerdem war eine Reihe von Susans Freunden anwesend, die Donna vielleicht einmal gesehen hatte, aber nicht weiter kannte; und manche hatte sie noch nie zuvor auch nur zu Gesicht bekommen. Unter anderem diesen Mann mit dem sandfarbenen Bart auf Oberlippe und Kinn, der drüben bei der Tür stand und sie anstarrte.

»Wer ist das da drüben?« fragte sie Susan, die gerade vorüberkam. »Der Bärtige.«

Susans Blick glitt scheinbar beiläufig durchs Zimmer. Und während ihre Augen noch suchten und ihr Ziel fanden (jeden verräterischen Augenkontakt meidend), hob sie ihr Glas an die Lippen wie eine Art Schutzschild, hinter dem sie murmelte. »Ach, der. Das ist Mel Segal. Ein Arzt. Geschieden, soweit ich weiß. Hat ein kleines Mädchen. Ganz nett, wie?«

Donna zuckte mit den Achseln. »Nicht mein Typ.« Dann lachte sie. »Ich hab's gerade nötig. So wie ich aussehe, im achten Monat, gütiger Himmel.«

»Wo ist eigentlich Victor?« Seit zwei Stunden befand Donna

sich auf der Party, doch es war das erste Mal, daß jemand nach ihm fragte.

»Verreist. Geschäftlich. Nach Sarasota.«

»Stimmt's soweit zwischen euch beiden?«

»Aber sicher. Bestens. Warum fragst du?«

Susan hob die Schultern. »Ich weiß nicht. Du siehst mir nur ein bißchen aus wie – Ich weiß nicht.«

»Sag schon.«

»Du siehst mir einfach nicht aus wie – du!« platzte Susan heraus.

Irgend etwas in Donna sträubte sich instinktiv, den tieferen Sinn dieser Feststellung zu verstehen. »Nun ja, ich bin schwanger«, erwiderte sie.

»Gewiß«, stimmte ihre Freundin zu, »das wird's sein.«

Liebevoll betrachteten die beiden Frauen einander, und Donna dachte zurück: Wieviel hatten sie doch miteinander geteilt, früher! Da waren die vielen Telefongespräche gewesen; und das herrliche Gelächter; und Zorn und Schmerz über diverse Liebhaber; und die Filme, die sie sich gemeinsam angesehen hatten; und der Klatsch, den sie miteinander tauschten. Bis Donna dann heiratete. Susan und Victor waren ganz einfach niemals miteinander ausgekommen, es handelte sich um allzu verschiedene Persönlichkeiten. Zwar wurde nicht weiter darüber gesprochen, doch Susan kam seltener und immer seltener zu Besuch; und was Victor betraf, so hatte er stets eine Ausrede zur Hand, wenn es darum ging, sich um eine von Susans »Gesellschaftspartys« zu drücken. (Ein einziges Mal war ihm in den letzten Jahren keine gescheite Ausrede eingefallen; und er war also mitgegangen und hatte den ganzen Abend herumgestanden, gleichsam von einem Fuß auf den anderen tretend – bis er dann, gegen zehn Uhr abends, sein Schlüsselbund in Donnas Richtung klirren ließ.) Und Donna wußte sehr genau, daß es für ihr Hiersein an diesem Abend, in dieser Nacht nur einen einzigen Grund gab: Victor war nicht in der Stadt. Dem Himmel sei Dank für Sarasota, dachte sie.

»Darf ich Ihnen einen neuen Drink besorgen?« Eine Männerstimme. Überrascht hob Donna den Kopf. Susan war verschwunden, und an ihrer Stelle stand dort jetzt der Bärtige: Dr. Mel Segal.

Sie gab ihm ihr Glas. »Ginger Ale«, sagte sie, weil ihr nichts anderes einfiel.

Sie sah ihm nach, während er sich durch die Menge schlängelte. Sah eigentlich doch ganz nett aus, fand sie. Helle Hautfarbe, eine Menge Haar. Muskulöser Körper, der allerdings wohl nur mit einiger Anstrengung »fit« zu halten war. Irgendwie wirkte er jungen- oder doch jünglingshaft. Allerdings sozusagen in fortgeschrittenem Semester. Schon kehrte er zurück, ein Glas in jeder Hand. Braune Augen hatte er, und wenn er lächelte, zeigten sich Grübchen.

»Ginger Ale für die schwangere Lady«, sagte er.

»Danke.«

»Möchten Sie hinausgehen?«

Donna war perplex. Wieso wollte er mit ihr hinausgehen? Gehörte er etwa zu den Typen, die auf Schwangere wild waren? Irgendwo hatte sie gelesen, daß es solche Männer gab.

»Irgendein besonderer Grund?« fragte sie.

»Ich möchte mit Ihnen reden.«

Worüber, hätte sie ihn am liebsten gefragt. Doch zog sie es vor zu schweigen. Wer konnte schon wissen, ob ihr seine Antwort gefallen hätte; und inzwischen war sie zu dem Schluß gekommen, daß es ihr durchaus recht war, mit ihm nach draußen zu gehen.

Sie drängten sich zwischen den anderen Gästen durch. Draußen war viel zementierte Fläche, auf der weitere Gäste standen. Doch fanden sie noch ein freies Fleckchen Rasen.

»Sind wir uns schon mal begegnet?« fragte sie ihn.

»Nein.«

Sie waren stehengeblieben.

»Ich bin ganz Ohr«, sagte sie.

»Ich hoffte, Sie würden sprechen.«

»Ich? Na, *Sie* haben doch gesagt, daß Sie mit mir reden wollen.«

Schweigen, minutenlang. Schließlich sagte er – und er mußte sich offenbar erst den berühmten »Ruck« geben:

»Dies geht mich überhaupt nichts an.«

»Was geht Sie was an – oder nichts an?«

»Sie.«

»Wovon reden Sie?«

Wieder langes Schweigen.

»Schauen Sie, eigentlich ist das ganz und gar nicht meine Art. Für gewöhnlich mische ich mich niemals in das Privatleben eines anderen Menschen. Ich befolge die Devise: Man soll schlafende Hunde nicht wecken – und so weiter...«

»Was versuchen Sie mir zu sagen?«

»Daß ich noch niemals eine Frau gesehen habe, die so unglücklich aussah wie Sie.«

Donna war viel zu verdutzt, um irgendwie zu reagieren.

»Tut mir leid. Ist ja auch wirklich ein starkes Stück, so zu einer Wildfremden zu reden, ich weiß. Aber ich habe Sie beobachtet und habe auch gehört, wie die Leute miteinander flüsterten: ›Was ist nur mit Donna geschehen? Sie war doch mal so hübsch‹; und um ehrlich zu sein – ich finde Sie zwar auch jetzt hübsch, aber Sie sind unverkennbar ganz verzweifelt unglücklich.«

»Behaupten *Sie.«* Dies war Donnas erste bewußte Reaktion. Zugleich spürte sie, wie sich ihre Augen mit Tränen füllten.

»Oh, nein, bitte weinen Sie nicht. Wenn eine Frau weint, fühle ich mich so völlig verloren.« Er legte seinen Arm um ihre Schultern, und zusammen gingen sie zum anderen Ende des Gartens. Aus den Tränen wurde ein Schluchzen, und ihre Schultern begannen zu zucken. Minuten vergingen. Die meisten Gäste schienen die Terrasse verlassen zu haben. Donna setzte sich auf das Gras, in Mels Arme geschmiegt, und sie weinte, wie sie nicht mehr geweint hatte seit jener Nacht vor nunmehr fast neun Monaten. Mel verhielt sich ganz ruhig, ganz still, schien sich keinen Zentimeter zu rühren.

»Ich sollte nicht weinen«, sagte sie schließlich. »Es ist nicht gut für das Baby.«

»Denken Sie lieber an das, was für die Mutter gut ist«, erwiderte er. »Denn was für die gut ist, ist gewöhnlich auch fürs Baby gut.«

Donna versuchte ein Lächeln. »Richtig, hatte ich ganz vergessen – Sie sind ja Arzt.« Sie schwieg; putzte sich die Nase mit der Papierserviette, in der sie ihren Drink gehalten hatte. »Wo haben Sie Ihre Praxis?«

»South Dixie. Beim Forest Hill Boulevard.«

Sie nickte. »In einer der Kliniken dort?« Jetzt nickte er. »Allgemeinmedizin.« Abermals nickte er. »Gefällt's Ihnen?«

»Sehr.«

»Susan hat mir gesagt, Sie hätten eine Tochter.«

»Ja. Annie. Sie ist sieben. Wird nächstens wahrscheinlich vierundzwanzig.«

Donna lachte ein wenig gequält. »Das Kind hat in den letzten Jahren eine Menge durchmachen müssen.« Er blickte ihr in die Augen. Tränen glitzerten; warteten gleichsam nur darauf, hinabzurinnen über ihre Wangen. »Susan wird Ihnen vermutlich auch erzählt haben, daß ich geschieden bin.«

»Ja.«

»Ein unwahrscheinliches Mädchen, diese Susan. Sie versteht sich auf die Kunst, einem direkt ins Auge zu sehen und mit einem Lächeln alles mögliche Üble über einen zu sagen, während sie nicht einmal die Lippen zu bewegen scheint. Ein großes Talent.«

»Sie hat wahrhaftig nichts Übles gesagt.«

»Eine Scheidung ist immer etwas Übles – zumal wenn Kinder da sind.«

»Und warum haben Sie's dann getan?«

»Ich wollte es nicht – es war Kates Entscheidung. Sie fühlte sich betrogen, irgendwie – glaube ich.«

»Betrogen – *irgendwie!?*«

Sie hockten jetzt nebeneinander, ohne sich zu berühren; mit angezogenen Knien und vorgebeugtem Oberkörper, jeder für sich, wieder getrennte Einzelwesen. Und sonderbar: ihre wie seine Hände rupften gleichsam automatisch Gras.

Er zuckte mit den Achseln. »Typische Geschichte. Wir heirateten, kaum daß wir aus dem College waren. Sie arbeitete, um mich durchs Medizinstudium zu bringen. Als ich dann meinen Abschluß hatte, gab sie ihren Job auf. Wir hatten ein Kind. Ich arbeitete hart. War nie zu Hause. Sie war immer zu Hause. Dagegen bauten sich in ihr Ressentiments auf. Schließlich auch gegen mich. Sie schloß sich irgendwelchen Frauengruppen an. Und dann erklärte sie mir, daß sie eine neue Karriere einschlagen wollte, als Juristin – und damit hatte sich's.«

»Und Annie?«

»Die ist bei mir. In den Ferien und im Sommer kann Kate sie haben.«

Donna fühlte, daß es wie ein Krampf durch ihren Körper ging. Wieso, wollte sie fragen, wieso hat man Ihnen das Sorgerecht gegeben: *Wieso?* Doch statt dessen sagte sie nur: »Und Kate?«

»Die ist in einem Jahr mit ihrem Studium fertig. Und ich bin überzeugt, sie wird eine ganz ausgezeichnete Juristin sein.«

»Sie sind nicht verbittert?«

Er schüttelte den Kopf. »Nein. Schauen Sie, es war ja mindestens genauso meine Schuld wie ihre. Neun Jahre lang waren wir verheiratet, und in all der Zeit hat sie nicht gerade viel von mir gesehen.« Er schwieg, warf einen langen Grashalm in die Luft. »Ist schon komisch, wie dann alles gekommen ist. Ich meine, seit wir uns getrennt haben, arbeite ich nicht mehr so viel. Plötzlich wurde mir bewußt, daß ich ja ein Kind großziehen muß, und so bin ich jetzt immer spätestens um sechs Uhr abends zu Hause, und morgens warte ich stets, bis sie in den Bus eingestiegen ist. Am Wochenende arbeiten? Kommt gar nicht in Frage, außer in Notfällen. Samt und sonders Dinge, deretwegen mir Kate in den Ohren lag, als wir noch verheiratet waren.« Er blickte zu Donna. »Warum zäumen wir den Gaul nur immer verkehrt herum auf?«

»Wie kommt es, daß die Kleine bei Ihnen ist?« fragte Donna unvermittelt. Sie mußte es unbedingt wissen.

»Kate meinte, so sei es für Annie besser. Ein Studentenheim oder eine Studentenbude, das wäre für eine Vierjährige kaum das Richtige. Auch nicht für eine Siebenjährige – so alt ist sie jetzt nämlich.« Beide blickten in Richtung Haus.

»Möchten Sie jetzt sprechen?« fragte er.

»Nein«, erwiderte sie.

»Warum nicht? Haben Sie kein Vertrauen zu mir?«

»Das ist es nicht. Aber wenn ich zu reden anfange, heule ich gleich los.«

Beide starrten weiter zum Haus, als fürchteten sie, einander anzusehen.

»Worauf hoffen Sie, auf einen Buben oder auf ein Mädchen?«

»Auf ein Mädchen. Einen kleinen Jungen habe ich schon. Adam.«

»Haben Sie sich bereits Namen ausgesucht?«

»Sharon, wenn's ein Mädchen wird. Meine Mutter hieß Sharon.«

»Meine Mutter hieß Tinka.«

»Tinka?«

Er lachte. »Stellen Sie sich drei kleine Mädchen vor, fünf, sieben und neun Jahre alt, soeben mit dem Schiff aus Polen eingetroffen. Ihre Namen lauten Manya, Tinka und Funka.«

»Funka?«

»Sehen Sie? Auf einmal klingt Tinka gar nicht mehr so schlimm, wie?«

Sie lachte. »Was wurde mit ihnen?«

»Nun, das Übliche. Als sie erwachsen waren, heirateten sie, setzten Kinder in die Welt, und schließlich starben sie. Außer Manya. Die weilt noch unter uns. Muß jetzt so sechsundachtzig sein. Schwindelt immer etliche Jahre ab.« Er lachte. »Übrigens hatten die drei zwischendurch ihre Nasen und Namen geändert. Manya wurde Mary, Funka wurde Fanny. Nur Tinka blieb Tinka.« Lachend schüttelte er den Kopf. »Eine unwahrscheinliche Frau.«

»Sind Sie ein Einzelkind?«

Sein Lachen wurde noch lauter. »Soll das ein Scherz sein? Ich habe vier Schwestern und zwei Brüder. Wir sind weit über die Staaten verstreut. Von Vermont bis Hawaii.«

»Ich habe eine Schwester«, sagte Donna. »Sie lebt jetzt in England.«

»Und Ihr Mann? Was macht der?«

Donna stand auf und wischte sich das Gras vom Kleid. Zu ihrer Überraschung blieb Mel auf dem Rasen sitzen.

»Ich bin ein bißchen müde«, sagte sie. »Ich glaube, ich fahre jetzt besser nach Hause.«

»Okay«, sagte er.

»Könnten Sie mich fahren?« fragte sie zu ihrer eigenen Überraschung.

Schon stand er auf den Beinen. »Verzeihung«, entschuldigte er sich. »Ich nahm an, Sie hätten einen Wagen.«

»Ich fahre nicht selbst.«

»Oh? Ungewöhnlich.«

»Nicht mehr.«

Er blieb stumm.

Und schweigend fuhr er sie heim. Dann sagte er: »Wenn Sie das Bedürfnis haben, sich auszusprechen – nun, Sie wissen ja, wo sich meine Praxis befindet. Bitte kommen Sie zu mir.«

Sie lächelte, öffnete die Tür und zwängte sich aus dem kleinen weißen Sportwagen. »Danke«, sagte sie.

Er blickte ihr nach, und erst als er sie im Haus wußte, fuhr er los.

Sharon war schon drei Monate alt, als Donna schließlich Dr. Segals Praxis betrat.

»Ich habe Sie im ersten Augenblick überhaupt nicht wiedererkannt«, sagte er und stand auf, um sie zu begrüßen. »Sie haben Ihr Haar verändert.«

Automatisch tasteten Donnas Finger zu ihrem fast karottenroten Haar. »Gefällt's Ihnen?«

Er lachte. »Ja«, sagte er. »Ist reizend.«

»Klingt fast, als ob Sie's ernst meinten.«

»Tu ich auch.«

»Victor haßt es.«

»Victor?«

»Mein Mann.«

»Ist das der Grund für Ihr Lächeln?«

»Wieso? Ich verstehe nicht.«

»Als Sie sagten: ›Victor haßt mein Haar‹, da haben Sie zum erstenmal gelächelt, seit Sie hier sind.«

»Bin ich so leicht zu durchschauen?«

»Nur wenn Sie wollen.«

Sie lächelte wieder. »Die Sache hat nur einen Haken: Ich hasse es auch – mein Haar.«

»Das einzige Problem, wirklich?«

»Ich hasse auch Victor.« Plötzlich brach sie in Gelächter aus, und ihr Lachen, schier endlos, war genauso heftig wie vier Monate zuvor ihr Schluchzen. »Da, ich hab's gesagt, offen heraus: Ich hasse ihn.« Abrupt verstummte das Gelächter. Tränen traten an seine Stelle. »Mein Gott, ich hasse meinen Mann. Und ich hasse mich selbst.«

Nun stürzte es geradezu aus ihr hervor, eine wahre Wortflut, die durch niemanden und nichts zurückzuhalten war. Sie schien die Sätze buchstäblich herauszuspeien – wie etwas, wovon sich ihr Körper, ihr Inneres befreien mußte. Von ihrer Ehe mit Victor sprach sie, von fast sechs Jahren. Und sie erzählte auch von jener Nacht, in der sie Sharon empfangen hatte.

»Irgendwie scheint er das dauernd wiedergutmachen zu wollen«, sagte Donna. Er ist voller Aufmerksamkeit – zeigt sich ganz ungeheuer um Sharon bemüht, ist sehr lieb zu ihr. Er hilft viel mit. Auch kauft er mir dauernd nette Geschenke oder führt mich in irgendwelchen netten Lokalen zum Dinner aus. Niemals versucht er...« Sie blickte zu Mel, um zu sehen, ob er verstand, was sie meinte, ohne daß sie es wirklich aussprechen mußte. Er verstand, und sie fuhr fort: »Aber schon, wenn er mir nur die Hand reicht, um mir beim Aussteigen zu helfen, wird mir fast übel.«

»Vielleicht weil Sie beim Aussteigen aus dem Auto gar keine Hilfe brauchen.«

Überrascht hob sie den Kopf, blickte in Mels schokoladenbraune Augen. Er saß auf der Kante seines Schreibtischs – sie, kaum einen halben Meter von ihm entfernt, auf einem Stuhl. Unwillkürlich schluckte sie hart; schien buchstäblich verdauen zu müssen, was er da gesagt hatte. »Er flößt mir so ein Gefühl der Unzulänglichkeit ein«, sagte sie, während ihr Blick durch den Raum glitt. »War ja zuerst ganz nett, jemanden zu haben, der die Verantwortung übernahm, sämtliche Entscheidungen traf. Aber wissen Sie, was das bei einem bewirkt nach einer Weile?« fragte sie – und gab sich, zum erstenmal in präzise Worte gefaßt, selbst die Antwort: »Es macht einen wieder zum Kind. Es nimmt einem das Erwachsensein. Und nach einiger Zeit fängt man an, sich so zu verhalten, wie man behandelt wird – wie ein Kind! Man wird völlig unselbständig. Ich bin zweiunddreißig Jahre alt! Ich habe zwei Kinder. Ich sollte von niemandem abhängig sein als von mir selbst. Ich begreife überhaupt nicht, wie all dies mit mir geschehen ist!« Sie suchte nach Worten, streckte beide Hände unwillkürlich zum Hals. »Ich kann nicht atmen! Er läßt mir keine Luft. Er entscheidet alles; er überwacht alles – die kleinsten, belanglosesten, albernsten Einzelheiten. Er muß alles unter Kontrolle haben.« Sie schleuderte ihre Hände geradezu in die Luft. »Und wissen Sie, was mich seit einiger Zeit beängstigt?«

Mel trat hinter seinen Schreibtisch, setzte sich auf seinen Stuhl. »Was?« fragte er.

»Er glaubt, daß es zwischen uns wieder besser wird. Er glaubt, daß es für uns Hoffnung gibt. Erst heute morgen hat er's gesagt. ›Wir streiten uns nicht mehr‹, hat er gesagt. ›Du hast es gelernt, Kompromisse zu schließen. Scheint wirklich, daß du anfängst, erwachsen zu werden. Abgesehen von dem, was du mit deinem Haar angestellt hast, natürlich!‹« Sie schrie es geradezu heraus. Es war wie ein Kreischen. »Kompromiß! Ich hasse das Wort! Wissen Sie, was Kompromiß praktisch bedeutet, Dr. Segal!? Es bedeutet nachgeben, klein beigeben. Der Grund dafür, daß wir nicht mehr miteinander streiten, ist höchst einfach. Vor einem halben Jahr faßte ich den Entschluß, mich nicht mehr mit ihm zu zanken. Einfach tun, was er wollte. Mich seinen Entscheidungen fügen. Und genau das entspricht seiner Vorstellung von einem Kompromiß. Wenn ich blau sage, und er sagt grün, dann drehe ich mich zu ihm herum und sage grün, und schon haben wir einen ›Kompromiß‹ geschlossen.« Sie stand auf und begann, hin und her zu gehen. »Von Erwachsenwerden spricht er. Ich fange an, erwachsen zu werden! Ich fange an zu sterben! Ist das dasselbe? Was er mit Erwachsenwerden meint, ist – ein fügsames Kind werden. Und genau das ist aus mir geworden.

Nur – Kinder, die ihren Eltern gegenüber unentwegt brav und gehorsam sind, werden schließlich irgendwann widerborstig, aufsässig. Sogar böse. Wenn ich dem andern Schmerz zufügen kann, beweist mir sein Zucken, daß ich noch lebe. Scheint Ihnen all das irgendwie sinnvoll?« Unvermittelt blieb sie stehen.

»Ja. Und wahrscheinlich haben Sie seit sechs Jahren nicht mehr soviel von sich gegeben, was einen Sinn ergibt.« Er stand auf und bewegte sich auf sie zu.

»Ich empfinde nur, daß ich die Kontrolle über mein eigenes Leben verloren habe. Dauernd bin ich krank. Immer befürchte ich, etwas Falsches zu tun, einen Irrtum zu begehen. Ich trau mich kaum was zu sagen, wage einfach nicht, eine eigene Meinung zu haben, weil es ja die falsche Meinung sein könnte.« Sie schüttelte den Kopf. »Ich habe Angst, ich selbst zu sein – weil ich im Grunde gar nicht weiß, was aus mir geworden ist.« Sie hielt inne, betrachtete Mels freundliches Gesicht. »Nur bei einer Gelegenheit habe ich das Gefühl, etwas Eigenständiges zu tun – mitten in der Nacht.« Mel sah sie fragend an. »Da setze ich mir mein Baumwollmützchen auf und hole Eimer und Mop und putze das beschissene kleine Haus, bis es nur so glänzt.«

Dr. Segal lachte laut auf.

»Hat Sie nicht irritiert?«

»Was?«

»Na, mein Gefluche.«

Mel mußte sich offenbar erst wörtlich in Erinnerung rufen, was sie gesagt hatte. »Beschissen?« fragte er. »Na, wenn das alles ist. Das kann meine Siebenjährige besser.«

»Macht Ihnen wirklich nichts?«

Mel hob die Achseln: »Woher denn.«

»Victor würde das unheimlich gegen den Strich gehen. Er haßt es, wenn ich solche Wörter gebrauche.«

»Was mich betrifft, so habe ich Ihnen nur sieben Wörter zu sagen.« Er zählte sie insgeheim offenbar buchstäblich an den Fingern ab.

»Nämlich?«

»Verlassen Sie dieses Arschloch von einem Scheißkerl!«

Im Zimmer war es sehr still.

»Das kann ich nicht.«

»Wieso nicht, Himmelherrgott? Können Sie mir irgend etwas nennen, das zu seinen Gunsten spricht?«

Wieder ging Donna hin und her, voll innerer Unrast; blieb dann stehen. Sie sagte einen Satz, der wie von selbst mit einem Fragezeichen ausklang.

»Im Notfall ist auf ihn Verlaß?«

»Und wieviel ›Notfälle‹ hat's bei Ihnen letzthin gegeben?« Er lehnte sich wieder gegen seinen Schreibtisch. »Donna, in einem Notfall kann sich jeder mal bewähren. Doch im Alltagsleben, im tagtäglichen Kleinkram sieht das ganz anders aus. Und er – er bringt Sie um.«

Donna schüttelte den Kopf. Jetzt, da endlich jemand auf ihrer Seite stand und genau das sagte, was sie empfand – was sie sich in Gedanken selbst oft und oft gesagt hatte, da befand sie sich auf einmal in einer sonderbaren Position: Sie versuchte, den Mann zu verteidigen, den sie angeklagt hatte.

»Es ist nicht nur seine Schuld. Ich meine, es ist mir klar, daß ich das so dargestellt habe; aber Sie dürfen nicht vergessen, daß Sie nur meine Seite der Geschichte hören. Ich bin wahrhaftig kein Engel gewesen. Ich habe zu ihm furchtbare Sachen gesagt, vor anderen Leuten; habe ihn beleidigt, ihn verletzt. Denn ich weiß natürlich, wie und wo ich ihn am wirksamsten treffen kann, vergessen Sie das nicht. Ich weiß genau, wo ich die Nadeln hineinstechen muß.«

»Weshalb all diese Entschuldigungen?«

»Entschuldigungen?«

»Dafür, daß Sie ihn nicht verlassen.«

»Wir haben zwei Kinder!«

»Ja, und was besagt das? Wollen Sie, daß Sharon und Adam in einem Elternhaus mit einer derart ›liebevollen‹ Atmosphäre aufwachsen und davon geprägt werden?«

Donnas Augen füllten sich mit Tränen. »Ich habe Angst, daß er sie mir wegnehmen wird! Verstehen Sie das nicht? Ich kenne

Victor. Und falls ich versuchen sollte, ihn zu verlassen, so wird er mir meine Kinder wegnehmen.«

Mel trat dicht auf Donna zu. Sie fühlte sich eingefangen von seiner unmittelbaren Körpernähe. Dann spürte sie seine Arme um sich, die sie gegen seine Brust drückten. Seine Stimme klang sanft.

»Du kannst gegen ihn kämpfen, Donna. Du hast doch früher gegen ihn gekämpft. Du kannst es wieder. Wenn du's nicht tust, wirst du viel mehr verlieren als nur deine Kinder.«

»Meine Kinder sind alles.«

»Nein«, sagte er und schob sie auf Armlänge von sich weg, obschon er sie nach wie vor hielt. »Sie füllen einen großen Teil deines Lebens aus, aber sie sind nicht dein gesamtes Leben. Noch immer ist da eine Frau namens Donna, die ihr eigenes Leben führt, von dem anderer Menschen einmal ganz und gar abgesehen.«

Donna schüttelte den Kopf. »Nein«, sagte sie. »Ich hab's ja schon erklärt. Diese Donna habe ich längst verloren.«

»Hast du nicht.« Über ihre Augen hinweg blickte er zu ihrer Stirn, ihrem Haar. »Wer sich ein solches Karottenrot-Orange zulegt, dem ist es nach wie vor ganz beträchtlich um seine eigene Individualität zu tun.« Sie versuchten beide zu lächeln.

»Und was treibe ich da eigentlich?«

»Ich bin kein Psychiater.«

»Sondern?«

»Ein Freund.«

Sie senkte ihren Kopf und ließ es geschehen, daß er sie wieder dicht an sich zog.

»Danke«, sagte sie. »Ich glaube, das ist genau das, was ich brauche.«

12

Donna saß, Sohn und Tochter in ihren Armen, auf dem Sofa in jenem Zimmer, das ihr seit rund einem Jahr als Schlafzimmer diente. Bei dem blaugemusterten Möbel handelte es sich um eine Schlafcouch; und dort also saßen sie, Donna in der Mitte, während Sharon quietschend auf der rechten Seite lag und Adam, links von seiner Mutter, immer und immer wieder hinüberlangte und seine Schwester in die Zehen zwickte.

»Adam, hör damit auf.«

»Ich mag sie nicht.«

»Okay. Aber du mußt ihr ja nicht weh tun, oder?«

»Sag ihr, sie soll still sein.«

»Sie ist ja still. Du bist es, der unaufhörlich schwatzt. Möchtest du dir nun ›Sesamstraße‹ ansehen oder nicht?«

»Ja.«

»Na gut, dann sieh's dir an.«

Sekundenlag richtete Adam seinen Blick auf den Fernseher vor ihnen.

»Ich mag sie nicht«, sagte er wieder und warf seiner Schwester einen verstohlenen Blick zu. »Ich mag sie nicht mal ansehen.«

»Dann tu's doch nicht.«

Adam rutschte vom Sofa und ging zu dem Baby. Sharon beobachtete ihren älteren Bruder. Donna setzte sich auf, um jederzeit eingreifen zu können. »Ich mag dich nicht«, sagte er laut. »Und ich werde dich niemals mögen. Ich liebe dich nicht. Ich werde dich niemals lieben.«

»Schon gut, Adam. Das genügt.«

Die Litanei ging weiter.

»Nicht wenn du größer bist. Nicht wenn du älter bist. Nie, niemals.«

»Schon gut, Adam. Ich glaube, sie hat verstanden.«

Adam drehte sich um; steuerte zu seinem Platz zurück. Und irgendwie schaffte er's dabei, die Innenfläche seiner Hand gegen die Stirn des Babys klatschen zu lassen. Sharon starrte überrascht, weinte jedoch nicht.

»Jetzt genügt's aber wirklich«, sagte Donna und schaltete per Fernbedienung den großen Farbfernseher ein; während auf dem Bildschirm Big Bird erschien, trug sie Sharon in deren Zimmer und legte sie in die Wiege; setzte gleichzeitig das musikalische Mobile über ihrem Kopf in Gang. Sharon schnurrte wie ein Kätzchen, wand sich behaglich. »Süßes du«, sage Donna, indem sie ihr Töchterchen streichelte. Das Kind weinte nie. Keine Mutter konnte sich ein angenehmeres, bequemeres Baby wünschen.

»Und jetzt zu dir«, sagte sie, während sie in das Zimmer zurückging, wo Adam verzweifelt versuchte, sich in ›Sesamstraße‹ einzustimmen. »Überlaß mir mal die Fernbedienung. Komm, Adam, du machst das ja noch kaputt. So ist's recht. Ich möchte mit dir reden.« Adam hörte auf, sich hin und her zu winden, und starrte sie an: Seine durchdringenden blauen Augen wirkten wie genaue Kopien der Augen seines Vaters. »Ich liebe dich«, begann sie. »Das weißt du. Ich liebe dich mehr als irgend etwas auf der Welt.«

»Liebe nicht Sharon«, flehte er sie an.

»Doch, ich liebe Sharon.«

»Nein!«

»Doch, Schatz, ich liebe sie. Das ist eine Tatsache, mit der du dich ganz einfach abfinden mußt. Ich weiß, das ist alles andere als leicht, wenn man erst drei Jahre alt ist, doch daran mußt du dich gewöhnen. Sie ist deine Schwester, und sie wird hier bleiben. Damit mußt du dich abfinden, auch wenn's dir noch so schwer fällt – so ist es nun mal!«

»Aber ich mag sie nicht.«

»Deine Sache. Du mußt sie nicht mögen. Verlangt keiner von dir. Aber du darfst ihr nicht weh tun. Sie ist ein Baby und kann sich nicht verteidigen. Würde es dir denn gefallen, wenn irgendein Größerer käme und dir eins über den Schädel gibt?«

Er tastete unwillkürlich nach seinem Kopf. »Nein«, erwiderte er.

»Nun, ihr gefällt das genausowenig. Hör also damit auf. Verstanden?«

»Ja. Kann ich mir jetzt ›Sesamstraße‹ ansehen?« »Unter einer Bedingung.«

»Was ist das – Bedingung?«

»Daß man sich über eine Voraussetzung einig ist.« Sie brach ab. Eine wunderbare Erklärung für einen Dreijährigen. Für den war nun alles klar – wie sagte man doch? – ja, wie Kloßbrühe. »Laß es mich mal so sagen – du darfst es dir anschauen, wenn du's zuläßt, daß ich Sharon wieder hereinbringe, ohne daß du sie haust.«

Adam schien sich die Sache sehr gründlich zu überlegen. »Na schön«, sagte er. Donna hob ihn von ihrem Schoß, auf den er inzwischen geklettert war, und setzte ihn auf seinen alten Platz auf dem Sofa; dann stand sie auf, stellte den Fernseher an, und als sie schon bei der Tür war und Big Bird auf dem Bildschirm erschien, hörte sie, wie er murmelte: »Aber ich mag sie trotzdem nicht.«

Donna lächelte unwillkürlich. Nimm's lieber leicht, hätte sie am liebsten zu ihm gesagt. Denn leichter wird's für dich jedenfalls nicht.

Seit einer guten Stunde gab Victor sich alle Mühe, nichts über ihr Haar zu sagen. Donna konnte buchstäblich fühlen, welche Anstrengung ihn das kostete. Sie ihrerseits genoß jede einzelne Minute, wußte sie doch nur zu genau, wie sehr es ihn danach drängte, ihr darüber seine »Meinung« zu sagen. Sie konnte geradezu *sehen,* wie sich die Frage hinter seiner Stirn formte: »Um Himmels willen, Donna, was hast du denn *diesmal* mit deinem Haar gemacht? – Du weißt genau, daß ich schwarzes Haar auf den Tod nicht ausstehen kann, außer es ist natürlich. So jedenfalls wirkt es entsetzlich falsch. Willst du etwa so aussehen wie manche dieser Comic-Strip-Heroinen?«

Was war mit ihr los, guter Gott, was war mit ihr eigentlich los? Donna geriet in eine Art Panik. Was ließ sie denn nur mit sich selbst geschehen? Gehörte sie etwa wirklich zu jenen Menschen, deren einziger Genuß darin bestand, andere zu beobachten, wie sie Schmerzen litten? Hatte sie sich in eine Art Monstrum verwandelt? Besser, so sprach irgendeine Stimme in ihr, ein anderer leidet, als du.

»Du findest Sadismus doch soviel gesünder als Masochimus, wie?« Allmächtiger, wann hatte sie das gesagt? Richtig, auf jener Party. Bei Danny Vogel. An dem Abend damals...

Sie blickte zu Victor. Er lächelte sie an und senkte das Buch, in dem er, wie sie genau wußte, nur scheinbar gelesen hatte.

»Was hast du für einen Tag gehabt?« fragte er.

»Absolut normal.«

Er hatte ihr genau dieselbe Frage schon zuvor beim Abendessen gestellt – und genau dieselbe Antwort erhalten.

»Was hast du gemacht?«

»Nun, augenscheinlich habe ich was mit meinem Haar angestellt.«

»Ja, das sehe ich.«

»Gefällt's dir nicht?« Eine bewußt zugespitzte Frage, in entsprechendem Ton und mit einer Art Schmunzeln vorgebracht.

»Nein. Du weißt genau, daß ich schwarzgefärbtes Haar nicht mag.«

»Dein Haar ist schwarz.«

»Aber das ist natürlich.«

»Auch mein Haar ist natürlich. Bloß die Farbe nicht.«

»Soll wohl lustig klingen, wie?«

»Ja, so ähnlich dachte ich's mir.«

Sie tat nur so. In Wirklichkeit war das ganz und gar nicht der

Fall. Nur: Weder in ihm noch in ihr steckte auch nur noch ein Funke von Humor.

»Was hast du heute sonst noch getan?«

Sie begriff durchaus, daß es für ihn nicht leicht sein konnte, eine Art von höflichem Gespräch weiterzuführen. Denn zweifellos hätte er sie an ihrer schwarzgefärbten Mähne am liebsten zum Friseur geschleppt, damit man dort Donna Cressy auf »normal« zurücktönen könne. Doch er blieb auf seinem Flekken sitzen. Ja, er blieb, wo er war, und schien sogar auf ihre Antwort zu lauschen.

»Ich war mit Sharon zur halbjährlichen Untersuchung. Dann habe ich mir mit Adam ›Sesamstraße‹ angesehen. Sharon hat auch so ein bißchen hingeschaut.«

»Dr. Wellington?«

»Hmmm? O nein, Dr. Segal. Ich fand es an der Zeit, mal den Arzt zu wechseln.«

»Dr. Wellington ist der beste Kinderarzt in ganz Palm Beach.«

»Und der am meisten beschäftigte. Er weiß nicht, ob meine Kinder schwarz oder weiß, männlich oder weiblich sind. Außerdem ist Dr. Segal *mein* Arzt, und das macht alles wesentlich leichter.«

»Wer ist er? Ein unbekannter allgemeiner Arzt, oder?«

»Ich mag ihn.«

»Das bedeutet noch lange nicht, daß er ein guter Arzt ist.«

Donna hatte alles gesagt, was sie zu diesem Thema zu sagen gedachte. Sie erhob sich.

»Willst du Kaffee machen?«

»Ich möchte zu Bett.«

Victor warf einen Blick auf die Uhr. »Es ist erst neun.«

»Ich bin müde.«

Er stand auf. »Bitte, Donna«, sagte er, während sich seine Hände wie zögernd nach ihr streckten. Sofort erstarrte sie und wich zurück. Er zog seine Hände zurück. »Können wir nicht einfach sitzen und uns ein wenig unterhalten?«

»Ich bin wirklich müde, Victor.«

»Möchtest du denn nicht hören, wie's heute so bei mir gelaufen ist?« Es war mehr als eine Frage. Es war fast ein Flehen.

Donna stand reglos. Irgendwie fühlte sie sich wie gelähmt. Sie schien sich einfach nicht bewegen zu können. Sie wollte gehen, hinauslaufen, doch ihre Beine gehorchten ihr nicht. Und so blieb sie stehen, was Victor als positives Zeichen nahm. »Ich habe eine geradezu sagenhafte Lebensversicherungspolice verkauft. Möchtest du wissen, an wen?«

Nein, dachte sie. »An wen?«

»An einen der Männer, die sich in ›The Mayflower‹ eingekauft haben.«

Donna musterte ihn verständnislos. Wovon sprach er?

»Er war auf der Party, auf der wir uns kennenlernten«, erklärte Victor.

Jetzt fiel ihr die Sache wieder ein. Mayflower Condominiums – ein Originalkonzept für Originalamerikaner. Gott, sie wünschte wirklich, sie wäre nie auf der Party gewesen.

»Ich gehe ins Bett, Victor.«

»In dein Zimmer?« fragte er unvermittelt.

Donna versuchte, sich nicht anmerken zu lassen, wie perplex sie war.

»Natürlich«, sagte sie mit möglichst unbewegter Stimme.

»Ich dachte, vielleicht...«

»Gute Nacht, Victor.« Sie ging an ihm vorbei und verließ das Zimmer.

Es war fast Mitternacht, als sie hörte, wie er aus dem Bad kam. Anschließend ging er dann, um nach Adam und Sharon zu sehen. Das tat er jede Nacht. Sodann würde er in sein Zimmer zurückkehren und sich schlafen legen. Allerdings – diesmal hörte

Donna nicht, daß sich seine Schritte entfernten. Vielmehr näherten sie sich. Und unwillkürlich kroch Donna tiefer unter ihre Bettdecke.

Sie sah ihn nicht in der offenen Tür. Doch sie spürte ihn. Spürte, wie er sich ihr schier lautlos näherte.

»Donna?« Sie schwieg. »Donna, ich weiß, daß du nicht schläfst.« Geh doch, schrie es in ihr. Geh doch fort! Ich bin nicht hier. Ich bin überhaupt nicht hier. »Nun schön, du brauchst ja nichts zu sagen. Aber *anhören* mußt du mich. Wenn du es so willst, werde ich es so tun.«

Ich will es nicht! Ich möchte, daß du verschwindest und mich in Ruhe läßt. Wenn's nach meinem Willen ginge, dann wärst du überhaupt nicht hier, und ich brauchte mir nichts anzuhören.

Seine Stimme klang sanft. »Ich liebe dich, Donna. Ich habe dich immer geliebt. Das weißt du. Ich habe eine Reihe von Fehlern gemacht, das gebe ich zu. Ich habe manches falsch angestellt. Ich habe es aus Liebe getan.« Muß ich mir dies anhören? Muß ich wirklich zuhören? »Ich habe mir Mühe gegeben, geduldig zu sein, Donna. Ich habe dich hier schlafen lassen, allein, völlig ungestört. Während deiner Schwangerschaft mochte ich nichts tun, was dem Baby schaden konnte, und danach habe ich gewartet, ob sich unser Verhältnis zueinander nicht bessern würde. Eine Zeitlang schien das ja auch der Fall zu sein, und ich hoffte, du würdest irgendwann in unserer Schlafzimmertür erscheinen, aber…« Ich bin nicht hier. Ich bin nicht hier. Ich höre überhaupt nicht, was er sagt. »Donna, was in der Nacht damals geschehen ist, ich kann es nicht mehr ändern. Es ist nun mal passiert und schon lange her. Es tut mir wirklich leid, daß es damals so kam; aber du mußt auch verstehen, wie du mir mitgespielt hattest. Auf der Party machtest du mich vor den anderen herunter. Ja, du hast mich gedemütigt. Manchmal weißt du wohl gar nicht, was du eigentlich tust, aber…« Soll dies eine Entschuldigung sein? Victor, glaubst du wirklich, daß dies eine Entschuldigung ist? Tut mir ja leid, aber du hast mich dazu provoziert! Bedauere sehr, daß das passiert ist, aber du siehst ja wohl ein, daß es samt und sonders deine Schuld war, Donna, nicht? Ich bin nicht hier. Ich höre nichts von alledem. »Schau, gar so schlimm ist es doch nicht ausgegangen, oder? Ich meine, wir haben Sharon. Und ich liebe dich, Donna. Wir sind eine Familie. Ich wollte dir nichts Böses tun, Donna. Komm, sei aufrichtig. Ich habe dir auch nicht wirklich weh getan, stimmt's?« Aber natürlich stimmt's, Victor. Du hättest mir weh getan? Woher denn. Du hast nur fünf geballte Ehejahre auf Gedeih und Verderb in mich hineingerammelt, wie's dir grade so paßte, und noch immer habe ich irgendwie das Gefühl, daß mich das zum Platzen bringen wird. »Bitte, Donna, ich kann nicht mehr tun, als mich entschuldigen. Ich kann's nicht ungeschehen machen. Es ist nun mal passiert. Aber wir dürfen uns dadurch nicht kaputtmachen lassen. Es ist genügend Zeit vergangen. Wir sollten anfangen, wieder in der Gegenwart zu leben und das zu genießen, was wir haben.« Diese Rede muß ich schon mal gehört haben. Wie lautet die Standardformel doch noch? Du bist am Aufschlag. Serviere mir also den Ball, oder verschwinde vom Tennisplatz – so oder so ähnlich, nicht? »Ich möchte doch nur, daß es zwischen uns wieder so wird wie vor der Nacht damals.« Wieder so – wie vor der Nacht damals? Ja, bist du noch bei Verstand? Alles so wie früher. Ja, kapierst du denn nicht, daß jene Nacht *genau* dem entsprach, wie es bis dahin praktisch immer gewesen war? In der Methode war es ein bißchen anders, im Grundprinzip ganz gewiß nicht. »Bitte, Donna, ich möchte mein kleines Mädchen wiederhaben.«

Donna fühlte, wie es ihr hochkam, tief vom Magen her. Hastig warf sie die Bettdecke zurück und stürzte ins benachbarte Badezimmer, wo sie sich in die Toilette erbrach. Dann hockte sie auf dem kühlen Kachelfußboden, schweißverklebtes Haar tief in der Stirn, während ihr die Tränen über die Wangen strömten. Und sie hielt die Klosettschüssel eng umarmt, bis sie hörte, daß er zurückging auf den Korridor und dann seine Tür hinter sich schloß.

Wie jeden Morgen erwachte sie um genau drei Uhr früh. Sie stand auf und ging in Richtung Küche. Beim Abendbrotmachen hatte sie dort an Möbeln und Gerät ein wenig Schmutz entdeckt. Sie würde putzen, bis alles im hellsten Glanze strahlte. Sie betrat die Küche und knipste das Licht an. Dann schaltete sie das kleine Transistorradio ein, ganz leise. Nun holte sie ihr Putzgerät hervor: Fantastik, Ajax und so weiter. Sie arbeitete stets beim Klang der Musik – quasi zu ihren Rhythmus. Bei der weißen Oberfläche wandte sie zunächst Fantastik an. Victor hatte sie einmal dabei »ertappt«, als sie dafür Ajax benutzte – ja, weißt du denn nicht, daß das die Politur angreift? –, und schon war über dieses hochwichtige Thema eine Diskussion im Gange, die wenigstens geschlagene zwei Stunden dauerte. Bloß – was in dieser Ehe schien so unwichtig, als daß es *nicht* bis zum Kotzen durchdebattiert worden wäre?

Der Rhythmus wechselte. Eine andere Schallplatte offenbar. Sofort paßte sie sich in ihren Bewegungen dem veränderten Tempo an.

»– zuerst hatte ich Angst,
dann war ich wie erstarrt –«

Sie erkannte das Lied. Gloria Gaynor, sagte sie stolz zu sich selbst.

»Dachte immer, ich könnte nicht leben ohne dich –«

Wird bald schneller. Nur ein paar Takte noch. Und sie hob die Hand, um im richtigen Rhythmus zu wischen.

»– und ich lernte es schnell, allein zurechtzukommen –«

Jetzt.

Der Song jagte gleichsam los. Donnas Hände tanzten über die Oberfläche der Arbeitsplatte.

»Und nun bist du wieder hier –«

Scheuern. Scheuern. Putzen, bis es glänzt. Zum Glänzen bringen. Zwingen.

»– hätt' ich auch nur geahnt,
daß du zurückkommen würdest
und mir in den Ohren liegen –«

Die Musik steigerte sich. Steigerte sich noch mehr. Putze, Donna, putze!

»Geh schon, geh! Geh zur Tür hinaus!«

Donna hielt abrupt inne.

»Mach ganz einfach kehrt,
denn willkommen bist du nicht mehr.«

Sie starrte auf das kleine Transistorradio. Dann glitten ihre Augen zur Küchentür.

»– glaubst du, ich brech' zusammen?
Glaubst du, ich leg' mich hin und krepier'?
O nein, überleben werde ich – werde überleben –«

Der Putzlappen entfiel Donnas Händen.

»Solange ich weiß, wie man liebt,
weiß ich auch, wie man lebt –«

Sie bewegte sich in Richtung Telefon. Dort in einem Fach unterhalb des Apparats bewahrte Victor in der Regel die Autoschlüssel auf.

»Ich hab' noch mein ganzes Leben zu leben,
ich hab' noch meine ganze Liebe zu geben,
und ich werde überleben – werde überleben –«

Sie nahm die Schlüssel und verließ die Küche, ging in Richtung Ausgang.

»Hey – hey –«

Die kühle Nachtluft schien buchstäblich auf Donnas Körper zu prallen, und plötzlich wurde ihr bewußt, daß sie ja nur ein dünnes Nachthemd trug. Nun, nicht weiter wichtig. Sie wollte ja nur mal den Motor anlassen. Dann würde sie zurückeilen ins Haus und sich irgend etwas überwerfen, ehe sie die Kinder holte. Doch zunächst mußte sie den Motor anlassen. Etwas, das sie nicht getan hatte seit...

Sie wollte nicht daran denken. Einfach ins Auto steigen und später losfahren. Früher war sie mehr gewesen als nur eine passable Fahrerin. Ehe Victor – sie brach ab. Hatte sie jemals irgend etwas auf eigene Faust getan, bevor sie Victor kennenlernte?

Sie öffnete die Tür, setzte sich hinters Lenkrad. Unmittelbar rechts neben sich meinte sie, Victor zu sehen – seine Erscheinung, wenn man so wollte. »Aufpassen«, sagte die Erscheinung. »Aufpassen auf...«

»Ich werde nicht auf dich hören«, sagte sie laut und steckte den Zündschlüssel ins Schloß. »Du bist nicht hier.« Das Autoradio begann zu dröhnen. Sie hatte ganz vergessen, daß Victor es ja nie abschaltete. Und sobald der Zündschlüssel im Schloß steckte, ging es damit los.

Das Autoradio war auf denselben Sender eingestellt wie ihr kleines Transistorgerät. Gloria Gaynor hatte gerade erst die zweite Strophe angefangen. Gut, dachte Donna, erzähl mir nur. Erzähle weiter.

»– nicht auseinanderfallen.«

Ich werde nicht auseinanderfallen. Ich werde jetzt den Rückwärtsgang einschalten und zurücksetzen, bis auf die Straße. Dann geh ich hinein und hole meine Kinder.

»Und ich hab', oh, so viele Nächte
mir ganz einfach selber leid getan,
hab' geheult und doch
halte ich den Kopf jetzt wieder hoch –«

Donna spürte, wie sie unwillkürlich den Kopf hob. Sie versuchte, den Rückwärtsgang einzulegen. Doch ihre Hand bewegte sich nicht. Sie meinte, Victors unsichtbare Hand auf der ihren zu fühlen.

»Weißt du überhaupt, wo du fährst, Donna? Die richtige Abzweigung hast du schon drei Straßen zurück verpaßt.«

Mach, daß du aus meinem Auto rauskommst, Victor. Du bist nicht hier.

»Dauernd kommst du an die weiße Linie.«

Ist ja nicht wahr!

»– Und jetzt siehst du mich,
jemand ganz anderen,
ich bin nicht die festgekettete kleine Person,
die dich noch immer liebt –«

»Ums Haar hättest du das Haltesignal überfahren.«

Hätte ich nicht.

»Geh schon, geh!
Geh zur Tür hinaus!
Mach ganz einfach kehrt –«

»Um Himmels willen, Donna, willst du uns umbringen!«

War wirklich nicht meine Absicht. Hab's nicht gesehen...

»– und warst nicht du's, der mit mir brechen wollte –«

»Halte endlich mal den Mund, Donna!«

Geh nicht zu weit! Geh nicht zu weit! Hack nicht dauernd auf mir herum. Hörst du! Hack nicht mehr so auf mir herum. Ich laß es mir nicht gefallen! Ich laß es mir nicht länger gefallen!

»Willst du uns umbringen?«

Böses kleines Mädchen. Böses, kleines Mädchen.

»Halt doch endlich den Mund, Donna.«

Du mußt einen Denkzettel erhalten. Einen wirklichen Denkzettel.

»Oh, geh schon, geh!
Geh zur Tür hinaus –«

Donna spürte, wie ihre Hand zu zittern begann. Dann ihr ganzer Körper.

»– Glaubst du, ich brech' zusammen?
Glaubst du, ich leg' mich hin und krepier'?«

Das Zittern, es hörte nicht auf.

Das Zittern in ihren Händen, in ihrem Körper, es hörte nicht auf.

»– Und ich werde überleben – werde überleben.«

Donna hob die Hand, drehte den Schlüssel, schaltete die Zündung aus. Und dann legte sie den Kopf aufs Lenkrad und heulte wie ein Schloßhund.

Wie nur sollte sie überleben? grübelte sie. Sie hatte vergessen, daß sie ja bereits tot war.

13

»Mein Gott, was ist mit Ihnen passiert?«

»Gefällt Ihnen auch nicht, wie?«

Dr. Mel Segal kam hinter seinem großen Schreibtisch hervor und trat auf Donna zu.

»Victor nennt es meine frühe Auschwitz-Phase.«

Mel lächelte. »Mit Wörtern wußte der Mann schon immer umzugehen.«

»Jedenfalls gefällt's Ihnen auch nicht?«

Mel schwieg sekundenlang. »Kann nicht gerade behaupten, daß ich entzückt wäre, nein.«

Hörbar stieß Donna die Luft aus. »Hab's selber gemacht«, sagte sie. »Gestern abend.«

»Und wie ist es dazu gekommen?«

»Victor sagte, ich finge an, mehr und mehr wie mein altes Selbst auszusehen. Am liebsten hätte ich mir den Schädel kahlrasiert. Aber dazu fehlte mir dann doch der Mut.«

»Immerhin haben Sie Ihr Ziel so ziemlich erreicht.«

»Victor meint, ich sähe aus wie ein verhungernder Peter Pan.«

»Überlassen Sie das getrost Victor.«

»Wollen Sie mir sagen, daß ich ihn verlassen soll?«

»Nein.«

»Warum nicht?«

»Das habe ich Ihnen das erste Mal gesagt, als Sie zu mir kamen. Sie sind erwachsen – und da dachte ich, einmal sagen genügt. Das Übrige bleibt Ihnen überlassen.«

Sie versuchte, ihn zu provozieren. »Was soll's, Doktor. Sagen Sie mir, daß ich ihn verlassen soll.«

Sein Gesicht wirkte plötzlich todernst. »Kann ich nicht.«

Donna wandte sich zur Tür. »Mist«, sagte sie. »Warum gerate ich nur immer an so ungeheuer *integre* Männer?«

»Sie *geraten* an...?«

Donna blickte wieder zu Mel. Die Wahl ihrer Worte setzte sie ein wenig in Verlegenheit. »Nun, Sie wissen, was ich meine.«

Er beteuerte, dem sei in der Tat so. Doch in Wirklichkeit begriff er nicht, genausowenig wie sie selbst.

»War wirklich nett von Ihnen, mich ohne Voranmeldung zu sich zu lassen.«

»Seit wann brauchen Sie eine Voranmeldung?«

»Sie haben ein ganzes Wartezimmer voller Patienten.«

»Warum sind Sie gekommen?«

»Das weiß ich selbst nicht so genau.«

»Was ist mit den Kindern? Alles okay?«

»Bestens.«

»Und Sie?«

»Bestens. Ich fühle mich – gut. Ich fühle mich in etwa genauso gut, wie ich aussehe.« Sie lachte. »Glauben Sie, daß die im nächsten Krankenhaus noch ein Bett für mich frei hätten?«

»Gar so schlimm sehen Sie ja nicht aus.«

»Tu ich doch.«

»Also, was mich persönlich betrifft, so hatte ich für Peter Pan schon immer eine Schwäche.«

Donna lächelte, trat dicht zu ihm. »Er seinerseits hat sich auch immer über Sie höchst anerkennend geäußert.« Sie hob die Hand, strich Mel über den Bart.

»Wie geht's Annie?« fragte sie und zog ihre Hand zurück.

»Na, großartig. Sie befindet sich im Augenblick so richtig in der Masturbationsphase.«

Sie lachten.

»Und was unternehmen Sie da?« wollte Donna wissen.

»Unternehmen? Nichts. Soll das Kind doch seinen Spaß haben.«

Sekundenlang blickten Donna und Mel einander wortlos an. Plötzlich hörte Donna, wie eine Stimme das Schweigen brach.

»Ich gehe wohl besser«, sagte die Stimme ruhig.

»Okay«, erwiderte Mel, und seine Stimme klang noch ruhiger, noch leiser.

»Ich möchte so sehr, daß du mich küßt. Ich halt's nicht länger aus«, fuhr die Stimme fort. »Oh, mein Gott«, sagte Donna laut und drehte sich rasch um, wollte das Zimmer verlassen.

Und schon war sie hinaus. Doch er war unmittelbar hinter ihr. Deutlich hörte sie, wie er wartenden Patienten gegenüber Entschuldigungen hervorstammelte: ein Notfall, in einer Minute werde er zurück sein. Sekunden später vernahm sie hinter sich auf der Treppe seine Schritte.

»Mein Auto ist ganz in der Nähe geparkt«, sagte er und nahm sie gleichsam beim Ellenbogen, um sie auf den kleinen weißen MG zuzusteuern. »Gottverdammt«, sagte er, »ist verschlossen.« In seinen Taschen wühlte er nach den Schlüsseln. »Hier sind sie.« Nervös fingernd, schloß er beide Türen auf. Donna glitt auf den Beifahrersitz, Mel hinters Steuer. Sie schlossen die Türen.

»Wo soll's hingehen?« fragte sie.

»Nirgendwohin«, erwiderte er. Und schon hielt er sie in den Armen, schon verschmolzten seine Lippen mit ihrem Mund. Noch nie hatte sie einen Bärtigen geküßt. Doch es gefiel ihr. Alles an ihm gefiel ihr.

»Es ist unglaublich unprofessionell«, sagte er, während seine Lippen von ihrem Mund zu ihren Augen glitten.

»Ich könnte mir eine bessere Behandlung wohl kaum wünschen.«

Wieder trafen sich beider Lippen. Und minutenlang verharrten sie in dieser engen Umarmung, wobei sie einander geradezu verzweifelt küßten, sich gegenseitig streichelten – bis sie sich langsam voneinander lösten und sich mit neuerwachten Blicken in neuerwachte Augen starrten. Er hob die rechte Hand und strich ihr übers kurzgeschorene Haar.

»Wie kann ein Mann nur eine Frau mit Bürstenhaarschnitt küssen?« fragte sie.

»Kein Problem, aufgepaßt«, sagte er – und küßte sie.

»Also, es ist mir klar, weshalb du für mich attraktiv bist. Aber ich werde niemals kapieren, was du an mir attraktiv finden kannst.«

»Ich mag deine Augen«, sagte er leise. »Und deine Nase. Und deine Lippen.« Er küßte alles, Punkt für Punkt. »Deine Ohren.« Sie lachten beide, als er nun auch ihre Ohren küßte. »Deinen Hals.« Er beugte sich vor.

»Langsam«, sagte sie. »Mir scheint, für mehr ist in diesem Auto kein Platz.«

»Wo sind die Kinder?«

»Adam ist im Kindergarten, Sharon bei Mrs. Adilman.« »Kannst du warten, bis ich in meiner Praxis fertig bin?«

»Ja.«

Wieder beugte er sich zu ihr. »Ich habe dich küssen wollen«, sagte er, »seit ich dich auf Susans Party zum erstenmal gesehen habe. Damals sahst du allerdings aus wie ein schwangerer Spazierstock.«

Sie lachte. »Ah, ja. Meine Biafra-Flüchtlings-Phase. Mir ganz besonders lieb.« Dann betrachtete sie ihn sehr ernst. »Ich frage mich, was du wohl von mir halten wirst, wenn du einmal mein wirkliches Selbst kennenlernst.«

»Na, woll'n mal sehen«, sagte er und zeichnete mit dem Zeigefinger über ihre Wange eine unsichtbare Linie. »Also – in schwangerem Zustand hast du mir gefallen. Auch rot oder blond oder gestreift oder was. Mager warst du mir ebenso willkommen wie total verheult. Übrigens hatte ich gegen dich auch nichts – mager und lächelnd. Von rothaarig sprach ich ja schon. Aber noch nicht von karottenrot und rabenschwarz. Mir hat sogar deine natürliche Haartönung gefallen, soweit davon noch etwas übrig war oder ist. Und irgendwie habe ich den Verdacht, daß du mir auch gefallen wirst, wenn du alt und grau bist – sofern ich dann noch in deiner Nähe bin.«

»Ich bin's, die sich glücklich preisen muß«, sagte sie, und plötzlich füllten Tränen ihre Augen. Sogleich küßte er sie fort, heftete dann wieder seine Lippen auf ihren Mund. »Guter Gott«, sagte sie plötzlich und löste sich von ihm. »Wer, zum Teufel, ist denn das?«

Rasch öffnete Mel die Autotür. Donna hatte den Kopf gehoben. Irgendwie erwartete sie, Victor in die Augen zu blicken. Statt dessen sah sie einen hochgewachsenen, blonden Mann mit einem Blick, aus dem eher Gleichgültigkeit sprach. Er hatte durch das Autofenster hereingespäht.

»Verzeihung«, sagte der Mann und bewegte sich rückwärts, die Augen unverwandt auf Donna geheftet. »Ich habe nur Ihr Auto bewundert. Ich konnte wirklich nicht ahnen, daß irgend jemand drin war.«

Donna öffnete die Tür auf ihrer Seite und stieg fast gleichzeitig mit Mel aus. Mel wartete, bis sie um den Wagen herumkam und sich bei ihm einhakte. Irgendwie, dieses Gefühl hatte Donna, schienen die Augen des Blonden noch immer auf ihnen zu ruhen, während sie beide davongingen. Als sie, unmittelbar bevor sie ins Gebäude traten, abermals den Kopf wandte, sah sie, daß der Blonde ihnen unverändert nachstarrte.

Was ihr Liebesleben, beziehungsweise ihre entsprechenden Versuche betraf – die reine Katastrophe. Vermutlich waren sie beide nervlich übermäßig beansprucht. Oder aber sie bemühten sich allzu eifrig, füreinander »gut« zu sein. Wie dem auch immer sein mochte – es klappte zwischen ihnen nicht so, wie es eigentlich hätte klappen sollen. Der Schweiß der Mühe war noch längst nicht der Schweiß des Erfolges. An entsprechender »Technik« fehlte es wahrhaftig nicht. Doch irgendwie wirkte alles gezwungen, erzwungen, obschon sie in allem gleichsam nach dem allerneuesten Lehrbuch verfuhren. Viel Stöhnen und Ächzen, viel Energieeinsatz, doch herzlich wenig echtes Vergnügen.

Er hatte eine Menge Mühe, auch nur zur Erektion zu kommen, und lange halten konnte er sie schon gar nicht. Sie ihrerseits war trocken. Allzuleicht tat es ihr weh. Weil sie sich verkrampfte. Dabei strengten sich beide geradezu ungeheuer an. Sie streichelten – oder reizten – einander gleichsam wie die Angehörigen gegnerischer Fußballmannschaften; und schließlich ließen sie den Ball fallen.

»Tut mir leid, daß ich so trocken bin«, sagte sie und versuchte, nicht zu weinen. »Es ist nur – seit fast anderthalb Jahren habe ich ja keinen Verkehr gehabt. Und seit Sharons Geburt scheint mir dort unten drin so etwas wie eine Wunde zu sein. Wegen Mangels an Gebrauch.«

»Und ich, ich komme mir vor wie ein Spastiker«, sagte er. »Weißt du, wie jemand, der's zum erstenmal versucht – und der Angst hat, daß er überhaupt nicht die richtige Stelle findet.« Er senkte den Blick, betrachtete seinen schlaffen Penis. »Im Moment hätte ich wahrhaftig nicht viel zu investieren.«

Plötzlich lachten sie beide.

»Gott, ist ja furchtbar mit uns«, sagte sie.

»So ein richtiger Tiefpunkt, würde ich sagen«, erklärte er.

Beider Gelächter wurde noch lauter und hallte in Mels Haus wider.

»Werden wir's schaffen, daß es sich bessert?« fragte sie.

»Schlimmer kann's jedenfalls nicht werden.«

»Wann kommt Annie nach Hause?«

Mel warf einen Blick zur Uhr auf dem Nachttisch. »In einer Stunde. Heute hat sie nach der Schule noch Ballett.«

»Ob wir's bis dahin schaffen?«

»Na, Mühe geben werde ich mir jedenfalls.«

Donnas Blick heftete sich zwischen seine Schenkel. »Nun, die Grundtendenz scheint sich ja zum Positiven zu entwickeln«

(und hatte das Gefühl, etwas ungeheuer Verruchtes zu sagen – Victor hatte es nie gemocht, wenn sie männliche und weibliche Sexbedürfnisse miteinander verglich; Gespräche in *dieser* Richtung paßten ihm überhaupt nicht). Alles kam ihr irgendwie verrucht vor, weil sie sich überhaupt hier befand. Dennoch war, wie ihr gleichzeitig bewußt wurde, auch noch für andere Empfindungen Platz.

Donna lächelte Mel zu, als er seinen Körper über den ihren schob. Und während all die altvertrauten Gefühle wieder von ihr Besitz ergriffen, war in Donna immer und immer wieder die Hoffnung, daß es für sie doch noch ein gutes Ende geben würde. Sie war zum Verlassen der Wohnung bereit und saß wartend auf dem Sofa, bis Victor endlich nach Hause kam. Er blickte sich im Wohnzimmer um, sah ihre Koffer und ging dann zur Bar, um sich einen Drink zu mixen.

»Möchtest du einen?« fragte er.

»Nein, danke.«

Er goß sich ein Glas Scotch ein und trat damit auf Donna zu.

»Ist wohl so eine Art Abschiedsszene, wie?« fragte er.

Donnas Stimme klang ruhig. »Ich verlasse dich.«

»Dachte mir schon, daß du so etwas sagen würdest. »Er nahm einen langen Schluck. »Und die Kinder?«

»Sind bei Susan.«

»Susan?« Er schüttelte den Kopf. »Ich hätte wissen müssen, daß sie dahintersteckt.«

»Susan hat damit weiter nichts zu tun. Ich rief sie heute nachmittag an, als sie von der Arbeit nach Hause kam, und bat sie, sich ein paar Stunden um die Kinder zu kümmern, damit ich mit dir sprechen kann.« Sie schwieg einen Augenblick. »Sie war ziemlich überrascht.«

»Aber entzückt, wie sich denken läßt.«

»Ich habe keine Lust, über Susan zu streiten, Victor.«

»Ich habe überhaupt keine Lust zu streiten.«

»Gut.« Donna erhob sich. »Ich werde ein Taxi rufen.«

»Ich werde dich fahren.«

»Nein.«

Er stellte seinen Drink auf die Glasplatte des Tisches. »Du möchtest nicht, daß ich noch irgend etwas für dich tue.«

Du hast genug getan, hätte sie am liebsten gesagt; doch sie tat es nicht. »Ich kann für mich selbst sorgen.«

»Hat ja niemand bezweifelt.«

»Du kapierst wohl überhaupt nichts, Victor, oder? Du weißt überhaupt nicht, was oder wie dir geschieht?« Nein, sie hatte es nicht laut gesagt, nur gedacht.

»Können wir uns darüber unterhalten?« fragte er.

»Ich habe nichts weiter zu sagen.«

»Hältst du das für fair?«

»Ja. Allerdings.«

»Was zu sagen war, ist gesagt, Victor.« Sie trat auf das Telefon zu. Er griff nach ihrer Hand.

»Donna, bitte. Was kann ich sagen?«

»Nichts, Victor. Es gibt nichts mehr zu sagen.«

»Ich habe gesagt, daß es mir leid tut. Himmelherrgott, wie oft habe ich gesagt, daß es mir leid tut! Ich würde sonst was tun, um jene Nacht ungeschehen zu machen...«

»Es geht nicht um jene Nacht, Victor.« Er musterte sie überrascht. »Lange habe ich selbst geglaubt, es sei im Grunde eben das. Doch es handelte sich nur um einen kleinen Teil des Gesamten. Vielleicht um den letzten Teil. Ich weiß es nicht.«

Augenscheinlich begriff er überhaupt nicht, wovon oder worüber sie sprach. »Ist da irgendein anderer?«

Donna blickte in Victors blaue Augen, und irgendwie glaubte sie, darin Abbilder von Mel zu sehen. »Nein«, sagte sie. Sie und Mel hatten einander seit einer Reihe von Monaten nicht gesehen. Zu diesem Entschluß waren beide gemeinsam gelangt. Zunächst einmal mußte Donna hinter ihre Ehe einen Schlußpunkt setzen.

Jawohl, aus eben diesem Grund und aus keinem anderen. Mel war gleichsam der Katalysator gewesen und keinesfalls der Grund.

Sie entledigte sich ihrer Ehe, oder versuchte es doch jedenfalls, weil sie in sich eine frische Hoffnung entfacht fühlte: von jenem ersten Nachmittag an, wo Mel sich sozusagen strikt weigerte, sich unter dem Felsbrocken des Sisyphos begraben zu lassen. Und sollte die end- und schier hoffnungslose Herausforderung an Sisyphos sozusagen die endgültige Bestimmung der Zukunft sein – auch gut; man würde sich einzurichten wissen. Jeder nach seinem eigenen Geschmack und seinen eigenen Bedürfnissen. Aber *noch* – das wußte sie recht genau – war sie nicht tot. Vielmehr schien sie im Begriff, die Hölle hinter sich zu lassen. »Ich werde dich wissen lassen, wenn ich richtig untergekommen bin«, sagte sie. »Dann kannst du die Kinder besuchen. Wir werden schon zu einer Regelung kommen, die für jeden die beste ist.«

»Das beste für uns alle wäre, daß wir zusammenblieben.«

»Nein. Durchaus nicht.«

Sie rief ein Taxi. Victor verhielt sich überraschend still. »Es wird auch für dich nicht ganz leicht sein, weißt du«, sagte er schließlich.

»Ich weiß.«

»Da bin ich mir nicht so ganz sicher.«

Donna zuckte mit den Achseln.

»Du kannst dir's ja noch überlegen«, sagte er. »Denk drüber nach. Und falls du den Entschluß fassen solltest, zu mir zurückzukehren...«

Donna nickte, schwieg jedoch.

»Du wirst mich bald anrufen?« fragte er.

»Morgen.«

»Ich liebe meine Kinder, Donna.«

Sie fühlte, wie in ihr Tränen aufstiegen. »Ich weiß, daß du sie liebst.«

»Ich meine nur, wir sollten nichts Voreiliges oder Überstürztes tun…«

»Werde ich auch nicht.«

»Du rufst mich also an?«

»Ja.«

Sie hörten, wie draußen ein Auto vorfuhr und hupte.

»Ich liebe dich, Donna«, sagte Victor hastig.

Donna senkte den Kopf. »Ich weiß, Victor.« Sie holte tief Luft. Er trat auf ihre Koffer zu. »Nein, bitte«, sagte sie, und ihre Stimme schien ihn buchstäblich zu stoppen. »Das erledige ich schon selbst.«

»Sie sind schwer«, warnte er.

Sie ging zu der Stelle, wo zwei mittelgroße Koffer standen und hob diese hoch. »Kann ich eigentlich nicht finden«, sagte sie; und eine Minute später war sie verschwunden.

14

Auf ihre Bitte brachte man Donna ein Glas Wasser. Da war diese scheußliche Trockenheit in ihrem Hals. Den ganzen Vormittag über hatte sie ausgesagt und jetzt, am Nachmittag, noch einmal drei Stunden.

Sie hatte alles gesagt, was es zu sagen gab über die Ehe von Victor und Donna Cressy. Aus der Sicht der Donna Cressy natürlich. Sie hatte als Zeugin in eigener Sache gesprochen, langsam und mit Bedacht. Meist blickte sie zu ihrem Anwalt, bevor sie seine Fragen beantwortete; mitunter sprach sie direkt zum Richter. Und von Zeit zu Zeit warf sie, überraschenderweise, Victor einen Seitenblick zu, hoffte auf einen Schimmer von Verständnis in seinem Gesicht – auf irgend etwas, das gleichsam sagte: »Ah ja, jetzt begreife ich, was du meinst. Euer Ehren, ich ziehe meine Klage zurück. Mögen die Kinder bei meiner Frau bleiben – will sagen, bei dieser Frau, die ihrer Sinne in jeder Hinsicht mächtig ist.« Doch soweit sie sehen konnte, gab es seinerseits nur eine Reaktion: wiederholtes Kopfschütteln. Ed Gerber wartete, bis sie getrunken hatte. Seit anderthalb Stunden hämmerte er auf sie ein. Anders als ihr eigener Anwalt, der sich ebenso behutsam wie hilfsbereit gezeigt hatte, wirkte Mr. Gerber scharf und böse. Buchstäblich empört, nach dem Klang seiner Stimme zu urteilen. Die Institution der Ehe, das Fundament der Familie – was hatte sie da angerichtet! Guter Gott, würde sich die Idee wahrer Mutterschaft je wieder genügend erholen können?

Während des Kreuzverhörs blieb Donnas Stimme ruhig und gleichmäßig. Und so sehr ihr Inquisitor sich auch anstrengte, sie zu Reaktionen zu provozieren, die jenes Image untermauerten, das er von ihr mit soviel Fleiß entworfen hatte – sie blieb gelassen. Sie hustete nicht, sie nieste nicht, auch lief ihr nicht die Nase; sie kratzte sich nicht die Hand, und sie bat nicht um ein Papiertaschentuch, nicht um ein einziges. Gewiß, sie hatte um ein Glas Wasser gebeten, aber darin schien niemand etwas Abnormes zu sehen.

»Ihr Mann hat also etliche, ja, zahlreiche Versuche zwecks Aussöhnung unternommen?«

»Ja.«

»Sie haben sie sämtlich zurückgewiesen?«

»Ja.«

»Wann gab Mr. Cressy diese Versuche auf?«

»Als ich ihm sagte, daß ich einen anderen liebte.«

»Sie meinen Dr. Mel Segal?«

»Ja.«

Warum kaute er das alles noch einmal durch? Sie hatte ihre »eheliche Untreue« doch längst eingestanden.

»Wo wohnen Sie zur Zeit, Mrs. Cressy?«

»In einem gemieteten Haus in Lake Worth.«

»Und Dr. Segal?«

»In Palm Beach.«

»Sie wohnen nicht zusammen?«

»Nein.«

»Warum nicht? Wollen Sie vielleicht behaupten, daß das Ihrem Moralkodex zuwiderläuft?« Er schien die Worte geradezu hervorwürgen zu müssen.

»Wir wohnen nicht zusammen«, erwiderte Donna kühl, »weil ich Zeit brauche, um mit meinen Kindern allein zu sein. Es ist ja nicht so, daß ich unter eine Ehe einen Schlußstrich ziehe, um mich Hals über Kopf in eine neue Verbindung zu stürzen. Ich brauche Zeit, um wieder auf eigenen Beinen zu stehen.«

»Aber Sie treffen sich mit Dr. Segal – ist das richtig?«

Donna blickte zu Mel. »Ja«, sagte sie.

»Und es ist Ihre Absicht, dieses Verhältnis fortzuführen?«

»Ja.«

»Bis Sie dessen überdrüssig sind. So ähnlich wie bei Ihren diversen Haarfarben...«

»Einspruch, Euer Ehren.«

»Stattgegeben.«

Donnas Augen glitten von den Anwälten zum Richter. Dann blickte sie wieder zu Mr. Gerber.

»Sagen Sie mir doch bitte, Mrs. Cressy«, fuhr er fort, »was für ein Vater ist Victor Cressy?«

Donna blickte zu Victor. »Er ist ein guter Vater«, sagte sie ruhig und ziemlich leise.

»Bitte um Vergebung, Mrs. Cressy, aber das konnte ich nicht verstehen. Sie haben zu leise gesprochen. Würden Sie es bitte wiederholen?«

»Ich habe gesagt, Victor ist ein guter Vater«, wiederholte sie laut.

»Um seine Kinder besorgt?«
»Ja.«
»Aufmerksam?«
»Ja.«
»Interessiert?«
»Ja.«
»Hat er sie irgendwie mißhandelt?«
»Nein.«
»Hat er sie je geprügelt?«
»Nein.«
»Hat er gegen eins der beiden Kinder auch nur ein einziges Mal die Hand erhoben?«
»Nein.«
»Meinen Sie, die Kinder wären bei ihm gut aufgehoben, sofern sie ihm gerichtlich zugesprochen würden?«
Donna hatte das Gefühl, daß sich der Speichel in ihrem Mund in Staub verwandelte. Wie gern hätte sie jetzt Lügen aufgetischt - furchtbare Geschichten von irgendwelchen Gemeinheiten und Grausamkeiten, damit Victor in den Augen der anderen die Hörner und den Schweif erhielt, die ihm zuzukommen schienen. Nur war dem nicht so. Diese Attribute kamen ihm nicht zu. Er war keineswegs ein Ungeheuer, wie ihr plötzlich bewußt wurde. Er war nur ein Mann. Der falsche Mann.
»Victor würde sich stets gut um die Kinder kümmern«, sagte sie.
»Hat Mr. Cressy irgendwann gegen die eheliche Treue verstoßen?« fragte Ed Gerber plötzlich.
»Meines Wissens nicht.«
»Hat er stets gut für Sie gesorgt, ökonomisch?«
»Ja.«
»Ihnen und seinen Kindern ein gutes Heim gegeben?«
»*Unseren* Kindern, ja.«

»Oh, natürlich, verzeihen Sie. Ich danke Ihnen, Mrs. Cressy. Das war's dann wohl.«

Es war vorbei.

Sekundenlang saß Donna regungslos. Fast widerstrebte es ihr, den Sitz zu verlassen, auf dem sie all diese Stunden gesessen hatte. Irgendwie fühlte sie sich ein bißchen wie eine »Königin des Tages«, die nunmehr gezwungen wurde, ihrem Thron zu entsagen. Sie blickte zum Richter. Ich bin eine gute Mutter, hätte sie ihm am liebsten zugerufen. Und wenn ich gerade erklärt habe, Victor sei ein guter Vater, so spricht das wohl nicht gegen meine eigene Eignung als Mutter. Und wenn er sich um sie kümmert und für sie sorgt, so heißt das doch keinesfalls, daß ich das etwa nicht täte. Ich war's, die sie ausgetragen und zur Welt gebracht hat; die sie fütterte und badete und wiegte; die ihre Windeln wechselte, die sie säuberte, die endlos mit ihnen spielte. Die sie liebte. Die sie liebt. Oh, wie sehr liebe ich sie. Bitte, bitte, nehmt mir nicht meine Kinder. Ich weiß nicht, wie ich ohne sie leben sollte. Nehmt mir nicht meine Babys.

Aber natürlich sagte sie nichts davon – außer einem schlichten »Danke«. Und dann verließ sie den Zeugenstand und setzte sich rasch neben ihren Anwalt.

Sobald sie Platz genommen hatte, begann der Richter zu sprechen. »Da es Freitag nachmittag ist«, hob er in einem so feierlichen Ton an, daß Donna kaum begriff, was er sagte, »werden wir uns auf Montag vormittag vertagen, und dann werde ich Sie von meiner Entscheidung unterrichten. Wünsche ein angenehmes Wochenende.«

Donna blieb sitzen, bis alle den Gerichtssaal verlassen hatten. Mel wartete draußen in seinem Auto auf sie; ihre Kinder befanden sich bei Annie und Mels Haushälterin. Ja, in wenigen Minuten würde auch sie sich erheben, den Saal verlassen und sich von Mel nach Hause fahren lassen – sozusagen in das letzte Wochenende, das sie sich noch als »Vollzeit-Mutter« betrachten konnte.

Angenehmes Wochenende, hatte der Richter allen gewünscht. Nun, das war wahrhaftig ein frommer Wunsch; und sie hoffte nur, daß sie nachts wenigstens leidlich schlafen konnte. Allerdings wußte sie schon jetzt, daß sie überhaupt nicht würde schlafen können.

Donna blickte sich im nunmehr leeren Saal um. Drei Tage lang hatte sie gesessen und sie sich angehört, die Donna-Cressy-Story. So wie sie dargeboten wurde – einem Saal voller Fremder. So wie sie erzählt wurde: von Victor Cressy, seinen Freunden, Nachbarn, diversen Vertrauten. Schließlich hatte sie auch ihre Version erzählt, die einzig authentische. Alle hatten samt und sonders dazu beigetragen, am »Mythos« der Donna Cressy zu flechten und zu weben. Allerdings: Genau wie bei Augenzeugen am Tatort eines Geschehens differierten die Aussagen ganz beträchtlich, ohne daß man irgendwen als Lügner hätte bezeichnen können.

Donna blickte zum leeren Platz des Richters. Schien ein freundlicher Mensch zu sein: Ein Mann, der sich alle Mühe geben würde, fair zu entscheiden. Fair – was war fair? Donna beugte den Kopf auf den langen Tisch, stützte ihn in ihre Hände und begann zu schluchzen.

Donna saß im orangefarbenen Wohnzimmer, Sharon auf dem Schoß. Das Kind drehte und wendete sich unruhig. Donna lauschte auf den Regen, der draußen unablässig niederprasselte. Herniederflutete, schien das präzisere Wort zu sein. Ja, jawohl. Die Sintflut. Die Große Flut, gleichsam auf allgemeinen Wunsch zurückgekehrt. Donna versuchte ihr Töchterchen in eine bequemere Position zu setzen. Doch sofort nahm das Kind die vorherige Lage ein. Nein – allem Anschein nach wollte das Wochenende ganz und gar nicht gemäß Donnas Wünschen verlaufen.

Als erstes war da der Regen. Der hatte jeden Gedanken an Parks oder Strände zunichte gemacht. Sie mußten also innerhalb der eigenen vier Wände bleiben, was zumal Adam unruhig, wenn nicht gar aufsässig werden ließ. Und zweitens wurde Donnas Hoffnung, mit ihren Kindern eine ruhige harmonische Zeit zu verbringen, schlicht vernichtet: Ihre Kinder waren weder ruhig noch harmonisch. Sie waren ganz normale und ziemlich laute Kinder, von denen sich die Erfüllung solch idyllischer Wünsche nicht erhoffen ließ. Gleichsam um die Sache abzurunden, sagte der Wetterdienst für morgen einen gleichartigen Tag voraus. Donna gab einen erschöpften Seufzer von sich – woher neue Ideen nehmen, neue Anregungen? Was in einschlägigen Büchern stand, hatte sie schon samt und sonders ausprobiert; auch hatte sie den Kleinen mehr Fernsehzeit zugestanden als jemals sonst; überdies jede Menge Zuckerzeug. Sharon hatte bereits ihr Nachmittagsschläfchen gehalten; und was Donna betraf, so begannen ihre Hände zu ermüden von all dem Bemalen und Kneten und Ausschneiden; und ihre Stimme war fast heiser von unablässigem Vorlesen.

Adam trat wieder ins Zimmer. Mit jenem Schmollmäulchen, das Donna inzwischen für sich sein Samstagsschmollmäulchen nannte. Gott behüte, daß ich ihm diese Geschichte ein weiteres Mal erzählen muß, dachte sie und meinte die Geschichte von dem kleinen Jungen namens Roger und dem kleinen Mädchen namens Bethanny. In allen nur denkbaren Varianten hatte sie diese Story abgehandelt – und seit dem Morgen wenigstens zwanzig Mal. Ein weiteres Mal bitte nicht.

»Erzähl mir eine Geschichte«, bat er, als könne er ihre Gedanken lesen.

»Nicht jetzt, Adam.« Sharon bewegte sich wieder, drückte hart gegen einen Nerv in Donnas Bein. Donna versuchte, ihre Tochter sacht an eine andere Stelle zu schieben. Doch Sharon beharrte darauf, wieder in die alte Position zu rücken.

»Erzähl mir eine Geschichte von einem kleinen Jungen namens Roger und einem kleinen Mädchen namens Bethanny, und wie sie in den Zoo gingen, um sich die Giraffen anzusehen. Erzähl mir *die*.«

Ungeduldig betrachtete Donna ihren Sohn. »Geht jetzt nicht, Adam. Ich lese gerade Sharon eine Geschichte vor. Du kannst ja zuhören, wenn du magst.«

Adam grabschte nach dem Buch. »Das ist *meine* Geschichte.«

»Es ist dein Buch«, räumte Donna ein.

»Sie kann's nicht lesen!« rief er.

»Ich lese ihr daraus vor.«

»Nein!« Er zerrte an dem Buch in Donnas Händen.

»Adam, du zerreißt es...«

»Sie kann's nicht lesen. Du kannst ihr nicht daraus vorlesen.«

»Adam, hör auf!«

»Es ist mein Buch! Sie kann's nicht lesen!«

Jetzt grabschte auch Sharon nach dem Buch. »Nein!« schrie Adam und versuchte, Sharons Finger zurückzubiegen. »Laß das Buch los, du!«

»Adam...«

»Sie darf's nicht anfassen.«

»Hör mit solchen Albernheiten auf...«

»Sie darf's nicht anfassen!« Er stieß gegen Sharons Schultern.

»Adam, sie wird fallen!« Donna hob unwillkürlich die Stimme.

»Soll sie doch! Ich will, daß sie von dir *weg* ist! Ich will mein Buch!«

»Seit zwei Jahren hast du's dir nicht mehr angesehen!«

»Aber jetzt will ich's mir ansehen.«

»Natürlich.«

»Ich will's!« Hart stieß er Sharon gegen die Brust. Und plötzlich begann die Kleine, bislang ziemlich ruhig, schrill zu schreien.

»Sollst es ja haben!« schrie Donna. Und während sie sich abrupt erhob, hörte sie, wie das Buch zu Boden fiel, und fühlte, wie

Sharon sich aus ihren Armen wand; dann sah sie ihre beiden Kinder dort unten auf dem Boden; irgendwie lagen sie unentwirrbar ineinander verschränkt, und sie strampelten und kreischten um die Wette.

Etwa fünf Minuten später klopfte es an die Tür. Inzwischen leckten – wenn man so wollte – alle drei ihre Wunden.

»Wer ist da?« fragte Donna, während sie langsam auf die Haustür zuging.

»Terry Randolph«, antwortete die Frauenstimme auf der anderen Seite. Donna öffnete sofort. Terry Randolph und ihr Sohn Bobby hüpften geradezu aus dem Regen herein. Adam kam herbeigelaufen. »Tut mir leid, komm Ihnen wohl gerade ungelegen, wie?« fragte die Frau, der nicht entging, wie erschöpft Donna aussah.

»Nun ja, so ein typischer verregneter Samstag«, erwiderte Donna.

»Genau aus diesem Grund bin ich hergekommen«, erklärte Terry Randolph fröhlich und zeigte in breitem Lächeln ihre Zähne.

»Möchten Sie eine Tasse Kaffee?«

»Oh, nein, nein«, sagte die Frau. »Wir bleiben nicht lange. Ich hätte auch kurz mal anrufen können, aber Bobby wurde mir so unruhig, wo er doch den ganzen Tag ins Haus eingesperrt war, daß ich dachte, so ein kleiner Spaziergang durch den Regen könnte uns nicht schaden. Schließlich wohnen wir ja nur zwei Häuser weiter.«

Was wollte diese Frau?

»Wir saßen so herum und erzählten Geschichten und so«, fuhr Terry Randolph fort, »und plötzlich meinte Bobby, es wäre doch schön, wenn Adam zum Spielen herüberkommen könnte...«

Oh, nein, dachte Donna, nicht an diesem Wochenende.

»Darf ich, Mami?« fragte Adam, hellauf begeistert.

»Wir dachten, er könnte bei uns spielen und essen und über Nacht bleiben. Der Wetterdienst sagt, auch morgen wird's den ganzen Tag regnen.«

»Mann, toll! Ganz toll! Darf ich, Mami?«

»Liebling«, sagte Donna, und sie versuchte, ihre Gedanken zu sammeln: Ihr Traum vom perfekten Wochenende, dem womöglich letzten mit ihren Kindern, wurde fortgespült von dem Regenguß draußen – und verdrängt von Terry Randolphs Superköder. »Adam, ich dachte, wir könnten ...«

»Ich will mit! Ich will mit! Bitte!« Seine Augen verdüsterten sich.

Gib's auf, dachte sie und spürte, wie ein leises Gefühl der Panik in ihr aufstieg.

»Bitte ...«

Sie schluckte hart, unterdrückte das Gefühl der Panik. Dies ist längst nicht das Ende, sagte sie zu sich. Dreh doch bloß nicht gleich durch. Ihre Stimme war kaum hörbar. »Also gut«, sagte sie.

»Wunderbar!« rief Terry Randolph, und sie wirkte nicht weniger entzückt als die beiden Vierjährigen.

»Ich hol meinen Schlafanzug«, sagte Adam aufgeregt.

»Ich komme mit«, erklärte Donna. Rasch folgte sie ihrem Sohn. Doch als sie sein Zimmer erreichte, hielt er seinen Pyjama bereits in der Hand. »Vergiß deine Zahnbürste nicht«, sagte sie.

»Ist im Bad«, erwiderte er und wollte an ihr vorbei.

»Adam, willst du wirklich fort? Ich meine, wir könnten Geschichten erzählen. Ich könnte dir die Geschichte erzählen von einem kleinen Jungen namens Roger und einem kleinen Mädchen namens Bethanny, und wie sie eines Tages zum Zoo gingen, um sich die Giraffen anzusehen ...«

»Ich will rüber zu Bobby«, unterbrach er sie mit fast jammernder Stimme.

Donna straffte ihre Schultern. »Okay, okay, geh nur rüber zu

Bobby.« Aber spiel drüben nicht auch noch zu allem den braven Buben, hörst du – hätte sie ihm am liebsten nachgerufen. Sei unartig, aufsässig, unleidlich – dann schickt sie dich vielleicht nach Hause, zu mir.

Die Haustür klappte zu. Donna nahm ihr Töchterchen, setzte es sich wieder auf den Schoß. Und sie griff nach dem Buch, das so lange Zeit irgendwo völlig unbeachtet gelegen hatte. »Hat ganz den Anschein, daß nur noch wir beide hier sind, mein Kleines«, sagte sie.

Sharon hob ihre Hand, strich ihrer Mutter damit sacht über die Wange, während der Blick ihrer schier riesengroßen Augen tief in Donnas Augen tauchte. Dann ließ sich die Kleine zurücksinken, fand mit unbeirrbarer Treffsicherheit jenen Nerv in Donnas Bein, der so überempfindlich reagierte, und ließ sich in aller Behaglichkeit darauf nieder. Noch einmal versuchte Donna, das Kind in eine für sie angenehmere Lage zu bringen. Doch sofort ruckelte sich Sharon wieder in der für *sie* bequemen Lage zurecht.

Der Richter sah so müde aus, als habe er das ganze Wochenende über mit Salomos Geist gerungen. Würde er vielleicht vorschlagen, daß sie ihre Kinder mittendurchschnitt? fragte sie sich unwillkürlich, während das übliche Ritual über die Bühne ging und sich alle setzten. Donna fühlte, wie ihre Knie zitterten, von Sekunde zu Sekunde mehr. Oh, Gott, bitte, murmelte sie lautlos. Ihr Anwalt schob seine Hand über ihre Hände. Fast unmittelbar darauf sprach der Richter.

»Im Rechtsfall Cressy gegen Cressy habe ich sowohl der eigentlichen Scheidungsklage als auch dem Sorgerecht für die Kinder ausgiebige Beachtung geschenkt. Was immer an Beweismitteln oder Indizien vorlag, ist von mir berücksichtigt worden, bevor ich meine Entscheidung getroffen habe. Was die eigentliche Scheidungsklage betrifft, von Mr. Victor Cressy gegen seine

Gattin Donna Cressy angestrengt, so entscheide ich zugunsten von Victor Cressy. Die Scheidung wird ausgeprochen aufgrund des von Mrs. Cressy eingestandenen Ehebruchs.«

Obwohl Donna von vornherein damit gerechnet hatte, daß Victor in diesem Teil des Prozesses siegen würde, spürte Donna deutlich, wie ihr das Herz sank. Allein die Worte »...entscheide ich zugunsten von Victor Cressy«, genügten, um in ihr ein leichtes Gefühl von Übelkeit aufsteigen zu lassen. Angestrengt hielt sie ihre Augen gesenkt, starrte mit gleichsam sichtlosem Blick verkrampft in ein absolutes Nichts.

»Was die Frage betrifft, wem die Kinder zugesprochen werden sollen«, fuhr der Richter fort, »so handelt es sich hierbei um alles andere als eine leichte und eindeutige Entscheidung. Drei Tage lang hat sich das Gericht alles angehört, was von seiten Mr. Cressys vorgebracht wurde, um die These zu untermauern, bei Mrs. Cressy handle es sich um eine Frau von einer psychischen Labilität, die sie als Mutter absolut ungeeignet mache. Was Mrs. Cressy selbst betrifft, so unternahm sie nicht den mindesten Versuch, ihre Beziehung zu Mr. Mel Segal oder ihr häufig, sagen wir einmal, sonderbares Benehmen abzustreiten.« Donna hielt unwillkürlich den Atem an. »Was mich betrifft, so finde ich zwar, daß sehr vieles darauf hinweist, daß wir hier eine tiefunglückliche Frau vor uns haben; aber durch nichts ist in irgendeiner Weise belegt, daß Mrs. Cressy irgendwie labil oder sonstwie untauglich wäre.« Donna hob die Augen, blickte zum Richter. Dieser fuhr fort. »Obgleich das Gericht es als sichere Tatsache ansieht, daß beide Elternteile ihre Kinder lieben, so muß vor allem das Wohl dieser Kinder im Auge behalten werden; und das Gericht meint, daß es hier in besonderem Maße zwei Fakten zu berücksichtigen gilt: zum einen das zarte Alter der Kinder und zum anderen die Tatsache, daß Mrs. Cressy daheim bleiben würde, um sich um sie zu kümmern, während Mr. Cressy eine Betreuerin engagieren müßte, während er seiner Arbeit nachgeht. Folglich ist es wohl im Interesse der Kinder, wenn sie weiterhin bei ihrer Mutter bleiben.« Donna spürte, wie sich ihre Augen mit Tränen füllten. »Und so spreche ich Adam und Sharon Cressy ihrer Mutter, Donna Cressy, zu.«

Den Rest hörte Donna nicht mehr. Der Richter sprach über Victors Besuchsrechte, soviel war ihr klar. Nun, da würde es keinerlei Probleme geben. Victor konnte seine Kinder sehen, wann immer er mochte. Jederzeit, aber gern. Allmächtiger Gott, sie hatte gewonnen.

Sie fühlte, wie Victor zu ihr blickte. Und irgendwie zwang sie dieser Blick, zu ihm zu schauen. Sie drehte den Kopf, sah in harte, kalte Augen. So sehr ich dich auch einmal geliebt habe, dies schien aus ihnen zu sprechen, so sehr hasse ich dich jetzt. Unwillkürlich erinnerte sie sich an seine früheren Aussprüche, seine Drohungen – »Ich verspreche dir«, hatte er gesagt, »selbst wenn du gewinnst, wirst du verlieren« – und sie schauderte zusammen.

Was würdest du mit mir tun, wenn es mit uns nicht klappt? hatte sie ihn an ihrem Hochzeitstag gefragt. Und während sie sich an seine Antwort erinnerte, glaubte sie ein eiskaltes Rasiermesser zwischen ihren Schulterblättern zu spüren. »Ich würde dich auslöschen« – so hatte seine einfache Antwort gelautet.

Rasch wandte Donna den Blick von ihm ab. Doch als sie, nach Sekunden, abermals zu ihm sah, starrte er noch immer zu ihr. Und lächelte.

Die Gegenwart

15

»Los, Kinder, beeilt euch. Papi ist hier.«

Donna ging wieder zu Victor, der in der kleinen Diele stand und entspannter wirkte als irgendwann in den fünf Monaten seit der Scheidung. Er war ganz in Weiß gekleidet, was ihn, im Verein mit der sonnenbraunen Haut und dem schwarzen Haar, noch besser aussehen ließ, als sie das in Erinnerung hatte. Doch es sprang kein Funke mehr über zwischen ihnen, und wenn Donna ihm in die tiefblauen, unauslotbaren Augen blickte, fühlte sie nichts als Erleichterung. Mag jemand anders zu ergründen versuchen, was sich dort abspielt, dachte sie und fragte sich flüchtig, ob es da »jemand anders« geben mochte.

»Sharon sitzt auf dem Töpfchen«, erklärte Donna mit einem Lächeln, »und Adam sieht ihr dabei zu.« Mit Befriedigung hatte sie bei sich feststellen können, daß sie nicht mehr mit jenem krampfartigen Gefühl in der Magengrube reagierte, wenn Victor anrief oder an der Türschwelle stand. »Möchtest du einen kalten Drink oder so? Ist draußen ja ziemlich heiß.«

»Soll der heißeste 16. April seit vierundzwanzig Jahren sein, laut Radio«, sagte Victor und folgte Donna in die Küche. »Ginger Ale wär mir sehr recht.«

Donna öffnete den Kühlschrank, nahm eine große Flasche Ginger Ale heraus, stellte sie auf die Theke und stieß die Kühlschranktür mit dem Fuß zu. Es war eine ziemlich kleine Küche, höchstens halb so groß wie jene in Victors Haus. Dennoch erschien sie ihr viel größer, diese Küche. Weil darin soviel mehr Platz zum Atmen ist, ging es Donna durch den

Kopf. Sie nahm ein Glas aus dem Schrank, goß Victor seinen Drink ein.

Als er zum erstenmal durchs Haus gegangen war, hatte er wenig gesagt. Fast nichts. Vermutlich (so jedenfalls wollte es Donna scheinen) tröstete er sich mit dem Befund, daß seine Kinder nicht direkt im Elend lebten – oder wie immer er das im einzelnen empfand. Jedenfalls behielt er für sich, was er an negativen Eindrücken sammeln mochte.

Gewiß, das Haus war ziemlich klein – das mußte Donna einräumen. Nur das Allernotwendigste: eine Art Kombination aus Wohn- und Speisezimmer, drei winzige Schlafzimmer, davon eines einen knappen halben Meter größer als die beiden anderen, ein Bad und die winzige Küche, in der sie sich jetzt befanden. Wenn Victor hier war, kam Donna die Küche immer weitaus kleiner vor. Die ist gar nicht so winzig, wie sie aussieht, hätte sie ihm anfangs am liebsten jedesmal gesagt; doch inzwischen war es zur Gewohnheit geworden, und sie empfand das Bedürfnis längst nicht mehr. Victor seinerseits schien sich immer mehr an die Situation zu gewöhnen. Sie miteingeschlossen. »Hier«, sagte sie und reichte ihm das Glas. Auf dem Boden, dicht bei seinen Füßen, sah sie ein paar feuchte Flecken. Er äußerte sich nicht dazu, doch als sie sich anschickten, die Küche zu verlassen, machte er um die Spritzer einen deutlichen Bogen. »Ich dachte, ich hätte alles aufgewischt«, sagte sie und dachte: Warum nur muß ich mich noch immer vor ihm rechtfertigen? Mel flößte ihr niemals dieses Gefühl ein.

»Aufwischen, was denn?« fragte Victor.

»Adam hat etwas Apfelsaft verschüttet«, erwiderte sie, während sie ins Wohnzimmer traten.

»Hab nichts bemerkt.«

Er log, soviel stand fest, doch war es ein positives Zeichen. Er hatte augenscheinlich einiges hinzugelernt.

»Will doch mal nachsehen, wie weit Sharon inzwischen ist.«

Sie wies auf einen der billigen Korbsessel und ging durch den engen Korridor zum Bad, wo Sharon auf einem weißen Plastiktopf hockte, die Knie praktisch am Kinn. Adam saß auf der Toilette; die Shorts baumelten um seine Fußknöchel.

»Sind beide noch beschäftigt«, sagte Donna, als sie wieder ins Wohnzimmer trat.

»Keine Eile«, versicherte Victor, während er seinen Drink schlürfte und sich alle Mühe gab, lässig und behaglich zu wirken. Donna, ihm gegenübersitzend, mußte sich zusammennehmen, um ihn nicht anzustarren. Er war ohne jeden Zweifel ein komplizierter Mensch. In Gedanken überflog sie die vergangenen fünf Monate. Ausnahmslos machte er es allen schwer, am meisten sich selbst. Unmittelbar nach der Scheidung hatte sie geglaubt, in dieser Weise würde es zwischen ihnen bis in alle Ewigkeit weitergehen.

Doch während der letzten Monate war dann allmählich eine Änderung eingetreten. Nach und nach wirkte er weicher, versöhnlicher. Wo er früher die Stirn gerunzelt hatte, krauste er sie nur noch leicht, lächelte sogar. Oder versuchte es jedenfalls. Und wo er früher mit kritischen Bemerkungen rasch zur Hand war, schwieg er jetzt still. Vielleicht würde er sich künftig sogar einmal zu einem Kompliment aufraffen. Und hatte er sie früher häufig genug mit eisigem Schweigen gestraft, so machte er nun höfliche, wenn nicht gar – fast – herzliche Konversation. Die Zeit, so wollte es Donna scheinen, hatte ihn verändert. Womöglich war er nachgiebiger, seit er wußte, daß sie in gar keiner Weise gedachte, ihm seine Kinder vorzuenthalten. Er konnte praktisch jederzeit zu ihnen. Vielleicht war die Scheidung auch für ihn so etwas wie eine Befreiung gewesen. Die letzten Jahre mit ihr hätte wohl kaum ein Mann als reines Zuckerlecken empfunden – und Victor schon gar nicht.

»Worüber denkst du nach?« fragte er unvermittelt.

Donna, völlig überrumpelt, erwiderte wahrheitsgemäß:

»Über uns.« Hastig fügte sie hinzu: »Über die letzten paar Monate.«

Er hatte sein Glas inzwischen geleert; stellte es auf den runden, mit Fingerabdrücken übersäten Glastisch. »Fängt irgendwie an, sich zu entkrampfen, nicht wahr?« fragte er. Sie nickte. »Ich merke es«, fuhr er fort. »Bin wegen der ganzen Sache längst nicht mehr so – so verspannt.«

Sie blickte vor sich hin. »Das freut mich.«

»Du kannst mir glauben, ich habe dagegen ankämpfen müssen«, sagte er und sah Donna an. »Am liebsten hätte ich mich weiterhin so richtig als gemeines Schwein aufgeführt.«

Donna lachte. »Da bin ich aber froh, daß du dich anders besonnen hast.«

»Nun, man gelangt an einen Punkt, wo man seine eigenen Ratschläge zu befolgen beginnt. Du hast mir ja immer gesagt, ich hätte prachtvolle Theorien, nur richtete ich mich selbst nie danach. Ich habe darüber nachgedacht – ich habe in der Tat über so manches nachgedacht, was du gesagt hast – und gefunden, daß du recht hattest. War ja sinnlos, der Vergangenheit hinterherzujammern. Für mich ging es darum, damit zu leben.« Er hielt inne, sah ihr direkt in die Augen. »Nach wie vor bin ich nicht glücklich über das, was geschehen ist. Aber ich muß mich mit den Tatsachen abfinden. Muß damit leben.«

»Triffst du hin und wieder irgendwelche Leute?« fragte sie ein wenig scheu.

Er lächelte. »Sicher. Ein paar Bekannte – nichts Ernstes.« Er schwieg einen Augenblick. »Ich darf wohl annehmen, daß es zwischen dir und Mel weiterhin großartig läuft. Hast du das mitgekriegt? Ich habe seinen Namen gesagt, ohne ins Stottern zu geraten.«

Sie lachten beide. »Da ist alles bestens«, erklärte sie.

Er blickte sich im Zimmer um, das hauptsächlich in Orange und Weiß gehalten war. Orange hatte er nie gemocht, wie Donna sich deutlich erinnerte. »Meinst du, daß ihr beide irgendwann heiraten werdet?« fragte er, und Donna begriff, daß es für ihn gar nicht so leicht war, ihr diese Frage zu stellen. Nur zu genau wußte sie, daß er sie nicht würde ansehen können, bevor sie ihm darauf geantwortet hatte.

»Wahrscheinlich«, sagte sie aufrichtig. »Mel hat mich schon mehrmals gefragt, aber ich war ganz einfach noch nicht soweit.«

»Dir gefällt deine Unabhängigkeit«, sagte er, während er aufstand und umherzugehen begann.

»Nun, der Mietvertrag für dieses Haus läuft noch sieben Monate. Vielleicht danach...«

Es war ein Thema, bei dem sich beide nicht recht behaglich fühlten. So unauffällig wie irgend möglich versuchte Victor dem Gespräch eine andere Richtung zu geben. »Was ist seine kleine Tochter für ein Mädchen?« fragte er.

»Annie? Sie ist großartig. Wunderbar. Ich mag sie sehr. Und sie ist verrückt nach den Kindern. Morgen feiert sie übrigens Geburtstag – sie wird acht, und Mel gibt für sie eine große Party. Sie hatte dazu sogar Adam und Sharon eingeladen...«

»Oh, tut mir leid. Du hättest mir das sagen sollen.«

»Nein, nein, ist schon recht so. Am Wochenende gehören sie dir. Annie versteht das. Auch bezweifle ich, ob es ihr so recht wäre, sie den ganzen Nachmittag um sich zu haben. Sie war wohl ganz einfach höflich.«

Victor lächelte. »Ich kann mir überhaupt nicht vorstellen, jemals acht Jahre alt gewesen zu sein.«

»Ich glaube, du warst es auch nie«, scherzte sie und hoffte, noch während sie sprach, daß er es auch scherzhaft auffassen würde. Er lachte.

»Ich hab da eine Idee«, erklärte er plötzlich. »Um welche Zeit ist die Party?«

»Sie fängt um zwei an und wird wohl so bis fünf dauern. Mel hat einen Zauberer engagiert.«

»Na, wenn das nichts für die Kinder ist! Ich werde sie um vier Uhr hinbringen. Was meinst du dazu?«

Donna musterte ihn überrascht. »Das wäre toll«, erklärte sie erfreut. »Aber es muß nicht sein.«

»Sicher nicht. Aber wir halten es so, abgemacht.«

»Adam!« rief Donna – weitere Worte, so schien ihr, mochten Victors Angebot eher gefährden. »Was tust du dort?«

»Ich wische Sharon ab«, rief der Junge zurück.

»Allmächtiger, da kümmere ich mich wohl besser drum«, sagte Donna und ging ins Bad. »Oh, so ein guter Junge!« lobte sie, als sie die Szene sah: Beide Kinder standen jetzt vor ihren »Sitzen«, in geordneter Kleidung. »Du hast dir die Hose ganz allein hochgezogen. Prima!«

Sharon schlang ihre Ärmchen um Donnas Hals, und Donna preßte ihre Tochter fest an sich.

»Mmm, du bist eine Süße.«

Sharon lachte. »Schau. Hab Würstchen gemacht!« sagte sie stolz und deutete auf das weiße Mini-Klo.

»Einfach toll.«

»Sieht aus wie die Zahl neun, Mami«, sagte Adam und wies gleichfalls in das Töpfchen. Donna mußte unwillkürlich lachen, und Adam fragte ganz aufgeregt: »Nächstes Mal, kann sie da eine Vier machen?«

»Vier. Vier«, lachte Sharon und patschte in die Hände, während Donna ihr das Kleidchen zurechtzupfte, um sodann das Töpfchen in die Toilette zu entleeren und nachzuspülen. Donna verließ mit den Kindern das Bad. Hastig stürzte Adam auf seinen Vater zu, der wartend auf dem Gang stand. »Sharon hat eine Neun gemacht! Nächstes Mal macht sie eine Vier. Vier ist meine Lieblingszahl. Jawohl!«

Donna gab Victor den Koffer, in den sie die Sachen für die Kinder gepackt hatte. »Sind auch ein paar Pampers drin, falls du welche für Sharon brauchst.«

»Keine Pampers«, forderte Sharon.

»In den letzten drei Tagen«, fuhr Donna fort, »hat's bei ihr keinen ›Unfall‹ mehr gegeben.«

»Toll«, sagte Victor, »ein enormer Fortschritt.« Er blickte zu Adam.

Donna lächelte. »Hast du irgendwas Besonderes mit ihnen vor?«

»Ich wär mit ihnen gern zur Löwen-Safari gefahren. Aber es ist so heiß, ich weiß nicht recht. Vielleicht geht's einfach an den Strand. Mal sehen.«

Donna begleitete alle zur Tür. »Amüsiert euch gut mit Papi, ihr Süßen«, sagte sie und ging in die Hocke.

»Ich will die Löwen sehen«, jammerte Adam, halb schon im Begriff, aus dem Haus zu laufen.

»Gib Mami einen Abschiedskuß«, tadelte Victor.

Hastig küßte Adam seine Mutter auf die Wange, und mit einem flüchtigen Goodbye war er hinaus und rannte auf das Auto seines Vaters zu.

Donna blickte zu ihrem Töchterchen. Noch keine zwei Jahre war sie alt – zweiundzwanzig Monate: eine Art Porzellanengel; ein Püppchen mit großen blauen Augen, die direkt durch einen hindurchzusehen schienen. Fast hätte man meinen können, daß sie, einem winzigen Zauberwesen gleich, ihre Umgebung durch ihre Blicke bannen konnte. Daß ihre Augen alles sahen, alles durchdrangen. Daß ihnen nichts entging. Gar nichts. »Sei ein braves Mädchen, und amüsier dich gut.«

Sharon umschlang den Hals ihrer Mutter. »Kommst du mit?« fragte sie mit deutlicher Stimme. Es war ein Satz, den sie schon früh gelernt hatte.

»Nein, Liebling. Wir sehen uns morgen.«

Victor nahm sein Töchterchen beim Arm. »Gehen wir, Sharon. Die Löwen warten.«

»Ich will zu Mami.«

Victor hob das Kind hoch: »Sag Mami Goodbye.« »Bis morgen«, rief er Donna zu, während er den Weg entlangschritt.

Donna sah ihnen von der Tür her nach. Sie stiegen ins Auto, und während Adam sich auf dem Rücksitz selbst anschnallte, setzte Victor das kleine Mädchen in den Kindersitz neben ihrem Bruder. Noch immer rief Sharon nach ihrer Mutter. Sonderbar, dachte Donna, während das Auto anfuhr und sie die Haustür schloß. Seit fünf Monaten holte Victor an jedem Wochenende seine Kinder, doch dies war das erste Mal, daß Sharon dabei weinte.

»Können wir jetzt den Zauberer sehen?« fragte Annie und hob den Kopf, auf dem ein rotgestreiftes Partyhütchen saß.

Donna warf einen Blick auf ihre Armbanduhr. Es war gerade erst drei vorbei. Sie beugte sich zu Mels kleiner Tochter. »Könnten wir noch eine Stunde warten, Annie? Bis vier? dann können auch Adam und Sharon den Zauberer sehen.«
Die Kleine lächelte. »Ach, das hatte ich ganz vergessen. Sie kommen ja noch.« Donna erwiderte das Lächeln. »Okay, wir warten.«

»In ein paar Minuten gibt's Kuchen und Eiscreme«, verkündete Donna. Sie hatte sich in einer Art Hockstellung befunden, und als sie sich jetzt aufrichtete, knackten ihre Knie. »Wieso knackt das dort bei mir, wenn ich aufstehe?« fragte sie.

Ihre Freundin Susan Reid hatte prompt eine Antwort zur Hand. »Alterserscheinung«, flachste sie.

Donna drehte sich zu ihr um. »Heißen Dank. Übrigens bin ich froh, daß ich dich gebeten habe, mir hier heute zu helfen.«

»Dafür sind Freunde ja da.«

»Ich dachte immer, bei den meisten knackt's in den Knien, wenn sie so etwas wie eine Kniebeuge machen – nicht, wenn sie sich aufrichten.«

»Ja, schon, aber du bist ja seit jeher ein bißchen merkwürdig. Kennst du irgendwelche guten Ärzte?«

Donna musterte ihre Freundin sehr aufmerksam. »Änderst du dich nie?« Susan warf ihr einen fragenden Blick zu. »Ich meine, seit Jahr und Tag – seit wir etwa sechzehn waren – flachsten oder blödelten wir so herum. Nicht, daß du mich falsch verstehst. Es hat ja durchaus etwas Beruhigendes. Was wir auch sagen, wir wissen, daß es im Grunde immer das gleiche ist. Verstehst du?«

»Nicht die Bohne. Hast du irgendwas Komisches gegessen?«

Donna lachte. Ihr Blick umfaßte die fünfzehn Kinder, die sich lärmend auf der fliesenbedeckten Terrasse tummelten. »Schau sie dir an«, sagte sie. »Acht Jahre sind sie alt, vielleicht neun. Und im wesentlichen ist in jedem einzelnen all das angelegt, wozu er sich entwickeln wird. Wir werden älter, aber wirklich ändern tun wir uns nie.«

Susan blickte von Donna zu dem Gewimmel auf der Terrasse. »Willst du damit sagen, daß du auch schon als Kind irgendwie sonderbar warst?«

Donna schüttelte den Kopf. »Komm, bringen wir ihnen den Kuchen hinaus.«

Eine Stunde später tauchte Mel hinter Donna auf und schlang seine Arme um ihre Taille. »Annie wird ungeduldig: sie fragt dauernd, wann endlich der Zauberer dran ist. Wir haben jetzt zehn nach vier.«

Donna drehte sich zu ihm um. »Verflixt. Meinst du, sie kann noch zehn, fünfzehn Minuten warten? Mehr nicht. Bis dahin sind sie bestimmt hier.«

»Bist du sicher, daß Victor vier Uhr gesagt hat?« Donna nickte. »Vielleicht hat er es sich anders überlegt«, sagte er.

»Nein, dann hätte er angerufen. Es war doch seine eigene Idee. Sie werden wahrscheinlich durch irgendeine dumme Sache aufgehalten. Könnte mir denken, daß Adam auf dem Klo hockt oder so was. Du weißt ja, was für Dauersitzungen der da abhalten kann.«

»Vielleicht solltest du anrufen.«

»Zehn Minuten, okay? Wenn sie in zehn Minuten nicht hier sind, rufe ich an.«

»Okay, ich werde mit Annie reden.«

Donna sah ihm nach, während er zu seinem Töchterchen ging. Sie lächelte zufrieden. Konnte sie nicht wirklich von Glück sagen? Ein wunderbarer Mann, ein prachtvolles Mädchen – und beide waren in sie vernarrt. Sie blickte zur verödeten Geburtstagstafel, wo man auf den Tellern noch irgendwelche Reste sah. Was das junge Volk jetzt interessierte, war etwas ganz anderes: die rauhen Klänge von The Village People, ein Geburtstagsgeschenk für Annie von einem ihrer kleinen Freunde. So etwas schenkt man heutzutage also Achtjährigen, dachte sie, während sie ihren Blick über die diversen Schallplatten und Poster gleiten ließ (Kiss, Andy Gibb, ein nacktbrüstiger Erik Estrada – wer immer das war). Annie war von ihren kleinen Gästen mit solchen Sachen geradezu überschüttet worden. Donna schaute wieder zu Mel. Sie sah, wie er seine Tochter umarmte, und registrierte mit einem Lächeln, daß Annie offenbar einverstanden war: Ja, noch zehn Minuten. Mel drückte sie an sich und kam wieder auf Donna zu.

Die letzten fünf Monate waren für sie so etwas wie eine Offenbarung gewesen. Nach sechs Ehejahren mit Victor hatte sie geglaubt (oder doch glauben wollen), ein derartiges eheliches Verhältnis sei wohl »typisch«. Zu ihrer Überraschung entdeckte sie, daß dem augenscheinlich keineswegs so war. Sechs Jahre lang hatte sie sich geradezu einzureden versucht – ein anderer Mann, das würde praktisch auf nichts anderes hinauslaufen als auf einen Austausch einer »Ladung Macken«. Zu ihrer Freude stellte sie fest, daß sie sich völlig getäuscht hatte. Es gab tatsächlich Männer, die es der Entscheidung der Frau überließen, wie sie sich kleidete, was sie aß – ja, sogar, auf welche Weise sie sich die Nase schnaubte. Und keineswegs gab es bei jeder Meinungsverschiedenheit gleich eine große Debatte – oder gar einen regelrechten Krieg. Vielmehr zeigte sich Mel in fast jeder Hinsicht friedlich und kompromißbereit. Es gab einiges, das ihm ungeheuer wichtig war – Annie, seine Arbeit, nicht zuletzt sie selbst: Donna. Doch praktisch alles andere ließ sich arrangieren oder umarrangieren, damit es für alle möglichst bequem war. Es lohnte einfach nicht, wegen irgendwelcher Kleinigkeiten miteinander in Streit zu geraten. Zanken – das war vergeudete Energie. »Denkspiele« durchzuexerzieren wirkte sich destruktiv aus. Wenn es etwas gab, das Donna glücklich machte – er hatte absolut nichts dagegen. Wollte sie chinesisch essen, aber gerne. Und hatte sie Lust, an einem einzigen Abend drei Filme zu sehen, nun, bitte, warum nicht? Gefiel ihm mal irgend etwas nicht, so redete er frisch von der Leber weg. Es gab zwischen ihnen keine absonderlichen »Ratespiele«.

Er trat auf Donna zu und küßte sie auf die Nase. »Was stehst du da und grinst so stillvergnügt vor dich hin?« fragte er.

»Ich hatte nicht gedacht, daß es so leicht sein könnte«, sagte sie.

»Was?«

»Die Liebe.«

Er lachte. Dann blickte er auf seine Armbanduhr. »Uns bleiben acht Minuten, bis du anrufen mußt«, sagte er leise. »Hättest du Lust auf ein Quickie?«

Donna lachte. »An sich sehr gern.«

»Das soll wohl heißen: jetzt nicht?«

Sie nickte. »Später können wir einen ganzen Haufen Quikkies haben.«

»Hmmm. Gute Sache.« Er küßte sie wieder auf die Nase. »Du hast ein bildhübsches Näschen.«

Donna blickte zum Gartentor. »Wenn sie doch bloß kommen wollten«, sagte sie unruhig.

Weitere zehn Minuten verstrichen. Donna ging in die Küche, zum Telefon, hob den Hörer ab, wählte hastig die Nummer. Vom anderen Ende der Leitung begann es zu läuten. »Na, los, Victor, wo seid ihr?« murmelte sie für sich – und hoffte, statt seiner Stimme ein lautes Klopfen an der Tür zu hören.

In der Leitung ertönte ein sonderbares Klicken. Dann klang eine Tonbandstimme an Donnas Ohr: »Kein Anschluß unter dieser Nummer…«

»Ach, verdammt!« schimpfte Donna und legte auf, während Mel und Annie eintraten.

»Sie kommen nicht?« fragte Mel.

»Ach, ich habe offenbar eine falsche Nummer gewählt. ›Kein Anschluß unter dieser Nummer‹«, äffte sie die Tonbandstimme nach.

»Einige der Kinder müssen schon bald fort«, sagte Mel.

»Können wir jetzt den Zauberer sehen?« bat Annie.

Donna holte tief Luft. »Natürlich«, sagte sie. »Ist ja schließlich deine Party, nicht wahr? Möchte wirklich mal wissen, was mit Victor ist.«

»Also dann los!« sagte Mel und gab Annie, die sofort hinausrannte, einen Klaps aufs Hinterteil. »Tut mir leid, Liebling, aber es wäre wirklich nicht fair, sie noch länger warten zu lassen.«

»Oh, das ist schon in Ordnung.« Donna schwieg einen Augenblick. »Meinst du, es könnte ihnen etwas zugestoßen sein?«

»Nein, ich bin sicher, daß ihnen nichts zugestoßen ist. Wahrscheinlich hat Victor mit ihnen irgendeinen Ausflug gemacht – und es nicht geschafft, rechtzeitig zurückzukehren.«

»Ja, so wird's wohl sein.«

»Komm, sehen wir uns den großen Künstler Armando an.«

Um halb sechs waren die jungen Gäste sämtlich verschwunden, und Annie schien vollauf damit beschäftigt, ihre Geschenke zu sichten.

Mel, Susan und Donna saßen bequem in Mels Wohnzimmer bei einem Cocktail.

»Also, ich weiß wirklich nicht, was ich tun soll«, sagte Donna nervös. »Soll ich hierbleiben und warten, ob Victor vielleicht doch noch auftaucht – oder soll ich nach Hause zurückkehren?«

»Wie läuft denn das gewöhnlich?« fragte Susan.

»Nun, gewöhnlich bringt er die Kinder zwischen sechs und halb sieben zurück.«

»Zu deinem Haus?«

»O ja. Hierher kommt er nie.«

»Und wieso hätte er heute damit anfangen sollen?«

Donna spürte die Übelkeit im Magen. »Ich muß zusehen, daß ich nach Hause komme.«

Mel erhob sich. »Ich fahre dich.«

»Nein«, sagte Donna. Sie war gleichfalls aufgestanden. »Du hast Annie versprochen, mit ihr heute abend ›Krieg der Sterne‹ anzusehen. Susan kann mich fahren.«

Schon stand Susan auf den Füßen, leerte rasch noch ihren Drink, sprach in Mels Richtung. »Klar doch. Ich bleibe bei ihr, bis Victor die Kinder nach Hause bringt.«

Nach etlichen Minuten gab Mel widerstrebend nach. »Willst du ihn nicht anrufen, bevor er losfährt?«

»Nein!« sagte Donna, und ihre Stimme klang viel lauter, als sie das eigentlich wollte. Annie drehte den Kopf und blickte in ihre Richtung. »Oh, Entschuldigung«, fuhr Donna fort und versuchte, ihre Stimme zu dämpfen, der aufsteigenden Panik zum Trotz. Was, um Gottes willen, fürchtete sie eigentlich? »Ich möchte ihn einfach nicht belästigen. In letzter Zeit ist zwischen uns alles so gut gelaufen, und er könnte verärgert reagieren, wenn er glaubt, daß ich ihm sozusagen im Genick sitze. Er soll nicht das Gefühl haben – ich meine, er hat sich in letzter Zeit so sehr geändert...«

»Donna, was hast du?« fragte Mel. Sekundenlang herrschte ein erstarrtes Schweigen.

»Menschen ändern sich nicht«, murmelte Donna wie gelähmt.

»Wovon sprichst du?« fragte Susan.

»Menschen ändern sich nicht. Das habe ich vorhin zu dir gesagt, erinnerst du dich? Nein, Victor hat sich nicht geändert.« Verstört bewegte sie sich hin und her. Ihre Augen schienen in eine Leere zu starren. »Mein Gott, er hat sich überhaupt nicht geändert. Ich weiß es, ich kann's fühlen. Mel, mein Gott, Mel, Victor hat sich nicht im geringsten geändert!«

Susan versuchte, Donna zum Sofa zu drängen. »Komm, Donna, setz dich einen Augenblick.«

»Nein!« Donna schob Susan zurück. Noch immer wirkten ihre Augen sehr starr. Doch sie sahen Victor, und in ihren Ohren klang der Satz, den er zu Sharon gesagt hatte: »Sag Mami Goodbye.« Und sie wiederholte: »Nein!«

»Schon gut«, sagte Mel mahnend zu Susan. Er blickte zu Donna. »Ich werde Victor anrufen«, erklärte er.

»Er ist nicht da!« rief Donna, und die entsetzliche Angst, die sie schon den ganzen Nachmittag gequält hatte, artikulierte sich plötzlich. »Er ist nicht da, ich weiß es. Er ist fort. Mit meinen Kindern.«

»Papi«, begann Annie, die sich inzwischen genähert hatte. Ihre Stimme klang bedrückt, ängstlich. »Papi...«

»Augenblick, Liebes«, sagte Mel und blickte dann wieder zu Donna. »Schau, Donna, es hat keinen Sinn, daß wir hier herumstehen und uns Sorgen machen. Fahren wir hin und überzeugen wir uns.«

»Hin – wohin?«

»Zu Victor.«

»Du kannst nicht fort«, widersprach Donna, wie in eine fixe

Idee verkrallt. »Du hast Annie doch versprochen, mit ihr diesen Film...

»Der Scheißfilm kann warten.« Mel blickte zu Annie. »Habe ich nicht recht?«

»Klar«, sagte Annie, gleichzeitig geängstigt und enttäuscht.

»Der Scheißfilm kann warten.«

»Braves Mädchen«, lobte er und wuschelte ihr Haar. »Susan, würde es dir was ausmachen, bei Annie zu bleiben, bis wir wieder hier sind?«

»Natürlich nicht«, erwiderte Susan, während Mel Donnas Arm nahm und mit ihr zur Eingangsdiele ging. »Ruft mich an, sobald alles geklärt ist, ja?«

»Machen wir«, versicherte er und führte Donna hinaus.

Während der gesamten Fahrt sprach sie ununterbrochen. Ein Plappern, ein Schwatzen, bei dem sie einfach nicht innehalten durfte, weil dann – diesen Gedanken gab ihr die Furcht ein – ihre schlimmsten Ängste akzeptierte Wirklichkeit werden würden.

»Er ist nicht da, Mel. Er ist fort. Die Nummer, die ich vorhin wählte, war die richtige. Ich hatte mich nicht verwählt. Das wußte ich die ganze Zeit, aber ich wollte es einfach nicht wahrhaben. Als er um vier nicht kam, redete ich mir ein, das hätte nichts zu bedeuten, es sei ja noch genügend Zeit. Ich erfand alle möglichen Erklärungen, doch tief drinnen wußte ich's. Ich hatte dieses komische Gefühl in der Magengrube. Schon als ich mit Susan sprach und zu ihr sagte, daß Menschen sich nicht ändern. In Wirklichkeit versuchte ich, etwas zu mir selbst zu sagen, doch hörte ich mir nicht zu. Warum tat ich's nicht? Warum hörte ich mir selbst nicht zu, während ich doch Victor zuhörte!? Guter Gott, ich mußte ihn ja geradezu davon überzeugen, daß es sein gutes Recht sei, die Kinder übers Wochenende mitzunehmen! Er schien aufrichtig betrübt, daß die Kinder Annies Party versäumen würden.« Donna verstummte einen kurzen Augenblick, um ihren Speichel zu schlucken. »Warum habe ich ihm geglaubt? Ich war mit dem Mann sechs Jahre lang verheiratet, und ich erinnere mich noch an seine Worte: daß er sich von keinem Gericht seine Kinder wegnehmen lassen würde; daß ich verlieren würde, selbst wenn ich gewinnen sollte – daß er gegen mich kämpfen würde, bis von mir nichts mehr übrig sei! Wie konnte ich vergessen, daß er all das gesagt hat? Wie konnte ich vergessen, daß er schon einmal seinem früheren Leben abrupt den Rücken gekehrt hat – seine Siebensachen packte und fort von Connecticut? Wie konnte ich annehmen, er würde so etwas nie wieder tun?«

Mel warf Donna einen traurigen Blick zu. »Was hättest du tun können?« fragte er. »Du konntest so etwas nicht voraussehen, Donna. Und selbst wenn du es vorausgesehen hättest, du hättest es nicht verhindern können.«

Donna fühlte, wie ihr die erste Träne auf die Wange tropfte. »Du weißt, daß ich recht habe, nicht?« fragte sie.

»In ein paar Minuten wissen wir mehr.«

Er preßte den Fuß aufs Gaspedal, Donna setzte ihren Monolog fort. »Wie konnte ich mich nur so täuschen lassen? Ich begreife das nicht. Ich weiß noch, mit welchen Worten er mir seinerzeit vorgestellt wurde – ›Dies ist Victor Cressy, der beste Versicherungsagent der südlichen Hemisphäre.‹ Wie oft, guter Gott, hat er mir erzählt, er könne den Arabern Sand verkaufen!? Begreifst du nicht, Mel? Er hat mir eine ganze Wüste voll Sand verkauft! Sein verändertes Verhalten war nur gespielt. Er wollte bei uns den Eindruck erwecken, er sei sanftmütiger geworden – ganz allmählich, natürlich, darum sind wir auch darauf reingefallen. Zuerst zeigte er sich verbittert und zornig, doch von Woche zu Woche nahm er ein bißchen mehr davon zurück. Immer grad so viel, daß es glaubwürdig wirkte und daß wir ihn akzeptierten. Und ich hab's getan. Genau wie von ihm geplant. Genau wie von ihm vorausgesehen. Oh, Gott, Mel, was glaubst du, wie lange er dies schon geplant hat?«

Mel schwieg. Sie kannten die Antwort beide. Spätestens am Tag des Gerichtsentscheids mußte Victor diesen Plan konkret ins Auge gefaßt haben; vielleicht auch schon früher. Und er hatte die Zeit zu nutzen verstanden: um alle ihm notwendig erscheinenden Vorkehrungen zu treffen, um ihnen Sand in die Augen zu streuen und sie in völliger Sicherheit zu wiegen.

»Annies Geburtstag kam ihm gerade recht«, sagte Donna ruhig. »Das Salz in der Wunde.«

Sie kamen zu Donnas Haus in Lake Worth, doch es wirkte unberührt, und Victors Auto war nirgends zu sehen. ›Hier ist er nicht«, sagte sie, als sie nach einem kurzen Blick ins Haus wieder ins Auto stieg. Sie fuhren weiter, in Richtung Lantana.

Plötzlich klang aus ihrer Stimme tiefes Entsetzen. »Er wird ihnen doch nichts angetan haben, Mel, wie? Oh, Gott, hältst du's für möglich, daß er irgend etwas Furchtbares mit ihnen gemacht hat?« Sie begann zu zittern.

Rasch fuhr Mel an den Straßenrand und hielt. Dann zog er sie an sich. Schließlich schob er sie auf Armeslänge zurück und zwang sie, ihm tief in die Augen zu blicken. »Sieh mich an«, forderte er sie auf. »Du läufst Gefahr, völlig der Panik zu erliegen. Versuche, ruhiger zu werden. Bis jetzt wissen wir nicht einmal, ob sich überhaupt etwas Ungewöhnliches abgespielt hat. Schließlich könnte es durchaus sein, daß er praktisch gerade im Begriff ist, die Kinder bei dir abzuliefern. Es ist wirklich Unsinn, sich vorzustellen, daß er ihnen irgend etwas angetan hat. Was für ein Mensch Victor auch sein mag, und was immer er womöglich täte, um dir weh zu tun, in einem Punkt bin ich mir absolut sicher – nie, niemals würde er seinen Kindern etwas Böses tun. Er liebt sie, Donna. Vielleicht ist er nicht immer ein besonders netter Mensch, aber er ist jedenfalls kein Unmensch.«

Donna, den Kopf an Mels Brust, brach in Tränen aus. »Wein nur, Liebling«, sagte er. »Heul es nur heraus.«

Nach einigen Minuten hob Donna den Kopf und setzte sich

auf ihrem Sitz wieder zurecht. Mel ließ den Motor an, und sie fuhren weiter. Donna wischte sich mit einem Papiertaschentuch die Augen. »Wenn ich mir vielleicht wirklich alles nur zurechtgesponnen hätte, von A bis Z...!?« Sie begann zu lachen. »Da rege ich mich wegen nichts und wieder nichts auf, völlig ohne Grund – hat Victor immer gesagt, daß ich das täte: mich wegen nichts und wieder nichts aufregen, ohne jeden Grund. Na, und wir kommen dort an, und da ist er mit Adam und Sharon und hat eine ganz simple Erklärung dafür, daß er's mit den Kleinen nicht zu Annies Geburtstagsparty hat schaffen können, auch wenn sie dadurch um den Film gekommen ist.«

»Hör auf, dir wegen des Films Gedanken zu machen.«

»Und er wird dort sein. Und er wird sagen: ›Was ist denn mit deinen Augen? Dein Augen-Make-up ist ja ganz zerlaufen.‹« Sie lachte wieder, ein Lachen der Verzweiflung; hoffte, daß sie mit ihrer neuen Hoffnung recht hatte; betete darum, daß er dort sein möge. Bitte, lieber Gott, gib, daß er dort ist.

Das Haus war dunkel.

»Oh, Gott.«

»Nur mit der Ruhe, Donna. Sie können im hinteren Teil des Hauses sein. Oder aber wir haben sie um ein paar Minuten verfehlt.«

Gleichzeitig öffneten Donna und Mel ihre Türen. Schon hatten sie sich von den Sicherheitsgurten befreit. Sie schwangen sich aus dem Auto und liefen auf das Haus zu. Verzweifelt rüttelte Donna an der Tür. Sie war verschlossen, und einen Schlüssel besaß Donna nicht mehr. »Gottverdammt«, schrie sie und warf sich mit ihrem ganzen Gewicht gegen die Tür. Während Mel um das Haus lief, um dort nachzusehen, versuchte Donna, durch verschiedene Fenster zu spähen.

»Hinten ist niemand«, sagte Mel, als er zurückkam.

»Hier ist auch niemand«, erklärte Donna mit ruhiger Resignation.

Mel trat zum vorderen Fenster und blickte hinein. »Die Möbel sind offenbar noch alle da.«

»Das hat nichts zu bedeuten«, sagte Donna. »Er würde sie dalassen.« Reglos stand sie vor der Tür. »Er ist fort. Er hat mir meine Kinder genommen.«

»Wir werden ihn finden, Donna. Ich verspreche dir, daß wir ihn finden werden.«

»Donna?« Der Ruf kam so unerwartet, daß beide unwillkürlich herumfuhren. Sie hatten die weibliche Gestalt nicht gesehen, hatten sie auch nicht kommen hören. »Ich habe Sie von meinem Garten aus gesehen und mir gleich gedacht, daß Sie das waren. Obwohl's mit meinen alten Augen ja nicht mehr weit her ist.« Donna drehte sich hastig um und sah sich Arlene Adilman gegenüber.

»Wo ist Victor?« fragte Donna, und sie hörte die Panik in ihrer eigenen Stimme.

»Oh, er ist gestern fort«, erwiderte die Frau eher beiläufig. »Hat für das Haus fünfundachtzigtausend bekommen. Verkauft samt Mobiliar und allem Drum und Dran. An irgend so ein nettes junges Paar. Die ziehen morgen ein. Haben's wohl schon vor drei Monaten gekauft. Alles bar bezahlt, wenn ich das richtig verstanden habe. Wußte gar nicht, daß er's zum Verkauf angeboten hatte, bis er herüberkam und mir dies gab.« Sie hielt ein kleines, weißes Kuvert in die Höhe. »Er sagte, daß Sie wahrscheinlich heute abend kommen würden.«

Donna riß der überraschten Frau den Umschlag aus der Hand. Sekundenlang versuchte sie vergeblich, ihn zu öffnen. Ihre Hände zitterten, ihre Finger flatterten; und sie schien völlig außerstande, ihre Bewegungen unter Kontrolle zu bringen.

Mel nahm ihr das Kuvert ab, riß es rasch auf und reichte es dann Donna, ohne einen Blick hineinzuwerfen. »Wo ist Victor hin?« fragte Mel, während Donna hastig die wenigen kurzen Worte überflog, die Victor geschrieben hatte.

»Ich habe keine Ahnung«, erwiderte Mrs. Adilman. »Wissen Sie denn das nicht?«

Es begann wie ein leiser Klagelaut, der immer mehr die Luft füllte. Zunächst schien es fast eine Art Summen zu sein, doch wurde es lauter und immer lauter, schriller und immer schriller, bis es geradezu in einem Gellen explodierte.

Sofort schlang Mel seine Arme um Donna und hielt ihren Kopf und preßte ihn an sich. Doch nichts half. Nichts konnte das schrille, durchdringende Gellen zum Verstummen bringen oder auch nur dämpfen. Es war wie der letzte, der allerletzte Todesschrei eines Tieres, gefangen in der Falle eines Jägers. Es schien ohne Ursprung und ohne Ende. Wie aus dem Bauch eines Neugeborenen stieg es auf und entlud sich in die Luft – schien sich in ein eigenständiges Wesen zu verwandeln, in eine Art Dämon.

Mel tastete mit einer Hand nach unten. Mit viel Geduld gelang es ihm, das Stück Papier aus Donnas verkrampfter Faust zu lösen. Hinter ihrem Rücken hielt er den Zettel in die Höhe, so daß er Victors Worte lesen konnte.

Man muß lernen, damit zu leben.

Mel zerknüllte den Zettel und schleuderte ihn voll Zorn auf den Boden.

16

»Wie waren sie gekleidet, als Sie sie zum letzten Mal sahen?«

Donna blickte in die goldgesprenkelten Augen des Polizeibeamten. Er war ein kurzwüchsiger, kraftvoll gebauter Mann mit einem fast kreisrunden Gesicht, und die vollen Wangen und das breite Kinn trugen noch dazu bei, daß man sich kein wirklich individuelles Merkmal einprägen konnte. Es war ein irgendwie undurchdringliches Gesicht. Ein Gesicht, das nichts verriet. Vermutlich (so ging es Donna flüchtig durch den Kopf) das ideale Gesicht für einen Polizei-Lieutenant.

Sie fühlte sich völlig zerschlagen. Die ganze Nacht hatten beide kein Auge zubekommen. Natürlich war die Polizei von ihnen sofort verständigt worden, doch die Beamten hatten sie gebeten, am Morgen wiederzukommen: In der Nacht vom Sonntag auf den Montag sei für solche Dinge einfach keine Zeit, da habe man alle Hände voll zu tun, um mit den »üblichen« Notfällen fertig zu werden.

Auch die Anrufe – bei Danny Vogel und weiteren Freunden oder Bekannten von Victor – hatten nichts eingebracht. Keiner wußte etwas, und Donna nahm an, daß dies den Tatsachen entsprach. Victor hatte nie dazu geneigt, sich seinen Freunden anzuvertrauen. In diesem Fall würde er es um so weniger getan haben, als das Risiko recht groß war. Oh, nein, er hatte die Sache in aller Heimlichkeit geplant und durchgeführt. Sehr sorgfältig geplant, bis ins letzte Detail.

Im übrigen hatten sie auch Mr. Gerber und Mr. Stamler angerufen. Von irgendwelchem Nutzen konnten die beiden Anwälte kaum sein. Dennoch hatten sie mit dem einen wie mit dem anderen für heute Termine ausgemacht.

»Adam trug ein weiß-blau gestreiftes T-Shirt«, sagte Donna leise – und sah wieder ihren kleinen Sohn vor sich, wie er stolz auf der Toilette thronte und sie anstrahlte. »Außerdem weiße Shorts. Keine Söckchen. Blaue Sandalen.«

»Und das kleine Mädchen?«

Sofort begannen die Tränen zu fließen. Aus Augen, die fast zugeschwollen waren vom vielen Weinen. »Sie trug ein rot und weiß kariertes Kleidchen«, sagte sie langsam, um nicht die Kontrolle über ihre Stimme zu verlieren. »Dazu ein passendes Höschen mit so Rüschen. Und weiße Sandalen.« Unwillkürlich brach sie ab. Sie hatte das Gefühl, Sharons Ärmchen um ihren

Hals zu spüren. Mmm, du bist eine Süße, hatte sie zu dem Kind gesagt. »Und eine weiße Schleife im Haar«, fügte sie hinzu. »Sie hat einen richtigen Lockenkopf.«

»Ja, wir haben ja von beiden Fotografien«, erklärte der Beamte, indem er die Bilder hochhob, die Donna mitgebracht hatte. »Bildhübsche Kinder.«

»Ja, das sind sie.« Donna griff nach Mels Hand. Seite an Seite saßen sie dem Mann gegenüber. Auf einem kleinen Schild auf seinem Schreibtisch stand sein Name: Stan Robinson. Sein Alter schätzte Donna auf etwa fünfzig. Er musterte sie eingehend. Augenscheinlich überlegte er sich, was er als nächstes sagen wollte. Aber welcher Art seine Gedanken waren, verriet sein Gesicht nicht. Dennoch war in ihr eine Art Witterung: Er stand im Begriff, irgend etwas zu sagen, das ihr wenig gefallen würde.

»Ich hasse Fälle wie diesen«, begann er. Donna hielt unwillkürlich den Atem an. »In letzter Zeit gibt's davon immer mehr. Ist wie eine Epidemie. Dem einen Elternteil werden die Kinder zugesprochen, und der andere Elternteil brennt dann mit ihnen durch.« Er schüttelte den Kopf. »Ist das Gemeinste, was man einem antun kann.« Er schwieg einen Augenblick.

»Und es gibt nicht viel, was wir da tun können.«

»Was soll das heißen: Es gibt nicht viel, was Sie da tun können?« wollte Donna wissen.

»Für das, was Ihr Mann getan hat, gibt es eine ganz bestimmte Bezeichnung«, erwiderte Lieutenant Robinson ruhig. »Man nennt es legales Kidnapping. Ein Elternteil kidnappt seine eigenen Kinder. Es ist kein wirkliches Kidnapping, weil es ja ein Elternteil ist, der seine eigenen Kinder entführt. Es gibt keine Forderung nach Lösegeld. Ziel der Aktion ist es auch nicht, dem Kind oder den Kindern irgendwelchen Schaden zuzufügen. Es gibt kein Gesetz dagegen. Zwar heißt es dauernd, daß der Antrag auf ein solches Gesetz eingebracht werden soll, doch...« Er zuckte die Achseln.

»...selbst wenn es ein solches Gesetz einmal geben sollte, es wäre ungeheuer schwierig, ihm Geltung zu verschaffen. Viel Gutes, fürchte ich, käme dabei kaum heraus.«

»Aber er widersetzt sich doch der gerichtlichen Entscheidung«, argumentierte Mel.

»Sicher, stimmt schon. Da hätten wir eine Handhabe. Spüren Sie ihn auf, und wir klatschen ihm eine gerichtliche Verfügung um die Ohren.«

In Donnas Ohren scholl es lauter und lauter, ein unerträgliches Dröhnen. »Sie werden uns also nicht helfen?« fragte sie wie betäubt.

»Wir werden Ihnen helfen, so gut wir können«, sagte der Beamte, »aber ich glaube kaum, daß Ihnen das allzuviel nützt. Denken Sie nur, für wie viele Jahre Patty Hearst verschwunden war. Dabei fahndete man im ganzen Land ungeheuer intensiv nach ihr. Sie sprechen von einem Mann und zwei Kindern, die niemand kennt und die auch niemanden kümmern, von Ihnen mal abgesehen. Der kann sich in jedem Winkel verstecken, auf dem gesamten Globus. Haben die Kinder Pässe?«

»Was?«

»Ich meine, sind die Kinder eingetragen entweder im Paß Ihres Exmannes oder in Ihrem eigenen?«

Donna warf einen hilfesuchenden Blick zur Zimmerdecke. Dann sah sie wieder zum Lieutenant. »Sie sind in meinen eingetragen«, sagte sie mit einiger Erregung. »Als letztes Jahr mein Paß erneuert wurde, ließ ich sie eintragen – weiß selbst nicht, warum.«

Sie spürte den sachten Druck von Mels Hand, beschwichtigend, anerkennend.

Stan Robinson erhob sich und kam hinter seinem Schreibtisch hervor. »Nun, dann wissen wir wenigstens, daß er mit ihnen nicht ins Ausland kann.« Donna atmete tief durch. »Bleiben unsere fünfzig Staaten und außerdem Kanada«, fuhr er fort. »Wir könnten für alle Fälle bei der Einwanderungsbehörde nachfragen, aber ich glaube kaum, daß sich da irgendwas ergeben wird.«

»Was könnten Sie sonst noch tun?« fragte Mel.

»Nun, im Grunde nur noch – Ihnen sagen, was Sie tun können.«

»Nämlich?«

»Sämtliche Luftverkehrsgesellschaften anrufen und sich erkundigen, ob dort kürzlich irgendwelche Flüge für Mr. Cressy und Kinder gebucht wurden. Auch bei den Tampa- und Miami-Flughäfen würde ich anrufen. Ist eine ganz verteufelte Arbeit, wo's so viele Fluggesellschaften gibt – und praktisch Tausende von Flügen, die er genommen haben könnte. Falls er überhaupt ein Flugzeug genommen hat. Spricht allerdings so manches dafür. Aber dann wird er wohl einen falschen Namen benutzt haben. Auch dürfte ihm, um keine Spuren zu hinterlassen, Barzahlung lieber gewesen sein. Sie könnten bei Mr. Cressys Banken nachfragen, ob er irgendwelche Konten aufgelöst oder aber transferiert hat. Allerdings bezweifle ich, daß man Ihnen dort irgend etwas sagen wird. Fragen Sie bei seiner bisherigen Arbeitsstelle nach. Vielleicht ist er versetzt worden. Rufen Sie Ihren Anwalt an. Rufen Sie alle an, die ihn kannten. Irgendwelche Verwandte. Schicken Sie all Ihren Freunden und deren Familien, die nicht in diesem Staat leben, sämtliche verfügbaren Fotos. Sie könnten auch einen Privatdetektiv engagieren, aber das wird ziemlich teuer. Und für gewöhnlich bringt's nicht viel – es sei denn, Sie könnten denen konkrete Anhaltspunkte liefern, und das nicht zu knapp. Versuchen Sie mal, sich zu erinnern. Hat er von irgendwelchen Orten gesprochen, wo er gern leben würde? Was treibt er mit Vorliebe? Irgendeine besondere Sportart?« Er lehnte sich gegen den Schreibtisch. »Vor gar nicht langer Zeit hatten wir hier einen Fall, wo die Kinder der Mutter zugesprochen worden waren. Nein, *das* Kind. Ein Mädchen war's. Ganze sechs Jahre alt, glaube ich. Und mit dem brannte der Vater dann durch. Die Mutter engagierte Anwälte, Detektive, was nicht noch. Keine Spur. Etwa ein Jahr lang nicht. Und dann fand man sie doch. In Colorado. Der Herr Exgatte lief leidenschaftlich gern Ski. Aber es waren weder die Anwälte noch die Detektive oder auch die Frau, die auf die Spur stießen. Vielmehr kam eines Tages ein Anruf von einem Freund, der in Südafrika lebte, ausgerechnet. Er war im Urlaub zum Skifahren nach Aspen gereist, und dort sah er den Kerl – in einer Schlange an einem der Hänge.«

»Victor mag Skilaufen nicht«, murmelte Donna wie benommen, und wieder erklang in ihren Ohren jenes eigentümliche Dröhnen.

»Die Sache ist die…«, begann Lieutenant Robinson.

Mel fiel ihm ins Wort. »Sie hat schon verstanden, Lieutenant.« Stan Robinson trat wieder hinter seinen Schreibtisch. »Ja, nun, tut mir leid. Ich wünschte wirklich, wir könnten mehr tun.«

»Das wünschten wir auch«, sagte Mel, und er stand auf und half Donna auf die Füße.

Dieses Summen, Surren, Dröhnen in Donnas Ohren, es wurde immer lauter. Und sie waren nur wenige Schritte gegangen, als Donna fühlte, wie ihre Knie einknickten. Einer einer einzigen – Sache war sie sich bewußt: daß es Mels Arm war, der sie vor dem Fallen bewahrte. Weiter wußte sie nichts. Nur dieses furchtbare Summen, Surren, Dröhnen war da. Dann verlor sie das Bewußtsein, und diese entsetzlichen Geräusche hörten auf.

Die Frau hatte Victors Augen und seinen vollippigen Mund. Doch im übrigen schienen Leonore Cressy und ihr Sohn, zumindest äußerlich, wenig miteinander gemein zu haben. Im Gegensatz zu Victor war sie blond (allerdings gefärbt) und ziemlich klein.

Ihre Kleidung verriet einen guten, ja ausgesuchten Geschmack, und ihr Make-up mußte man geschickt, fast schon kunstvoll nennen: Von unerwünschten Alterszeichen – Falten und Runzeln – war wenig zu sehen. Sie mußte an die siebzig sein, sah jedoch mindestens zehn Jahre jünger aus. Noch immer war sie eine erstaunlich attraktive Frau, und getrübt wurde dieser Eindruck nur durch die Traurigkeit, die aus ihren Augen zu sprechen schien.

»Ich habe meinen Sohn seit über acht Jahren nicht gesehen«, erklärte sie ohne Umschweife.

Wieder war da dieses Gefühl, wie ein Schlag in die Magengrube: die unablässigen Enttäuschungen.

Seit fünf Tagen ging das nun schon so.

Nichts hatten sie unversucht gelassen. Anrufe überall. Bei sämtlichen Freunden und Bekannten, deren Namen – soweit Donna sich erinnern konnte – Victor irgendwann einmal beiläufig erwähnt hatte. Niemand wußte etwas, niemand konnte irgendwie helfen. In seinem Büro war man über sein plötzliches Verschwinden verblüfft gewesen. Wohin er sich gewandt haben mochte? Keine Ahnung.

Dann die Fluggesellschaften. Dort zeigte man sich zunächst alles andere als hilfsbereit. Erst als die Polizei auf dem Plan erschien, erklärte man sich bereit, die Passagierlisten vom vergangenen Samstag durchzugehen. Nach etlichen Tagen meldeten die verschiedenen Fluggesellschaften: Fehlanzeige überall. Nirgends sei ein Victor Cressy verzeichnet. Im übrigen reisten so viele Väter allein mit ihren Kindern, daß gar keine Möglichkeit bestehe, einen vollständigen Überblick zu gewinnen. Was Sharon betraf, so brauchte sie in ihrem Alter ja noch nicht einmal ein Ticket. Und noch etwas: Wenn Victor nicht unter seinem richtigen Namen reiste (und das würde er wohl kaum tun), so war die Sache ohnehin hoffnungslos, jedenfalls bei den Fluggesellschaften.

Auch die Bank, bei der Donna und Victor ein gemeinsames Konto gehabt hatten, war keine Hilfe. Diesbezügliche Informationen dürfe man ihr nicht erteilen, wurde ihr erklärt. Doch war da ein mitfühlender Kassierer gewesen, der ihr verstohlen mitteilte, Mr. Cressy habe sein Konto bereits vor einem Vierteljahr aufgelöst.

Nein, überrascht war Donna in keinem einzigen Fall. Und dennoch war sie jedesmal von neuem enttäuscht. Ed Gerber zeigte sich viel freundlicher, als Donna erwartet hatte – Victors Handlungsweise schien ihn in der Tat zu verblüffen. Aber er behauptete, nichts zu wissen, was für Donna von irgendwelchem Nutzen sein mochte. Was Mr. Stamler betraf, so erklärte er, daß er über diverse Kontakte in diversen Staaten verfüge, mit denen er sich umgehend in Verbindung setzen werde. Überdies sorgte er dafür, daß ein Privatdetektiv engagiert wurde, ohne daß es diesem bisher gelungen wäre, etwas ausfindig zu machen außer der Tatsache, daß Victor sein Auto verkauft hatte, auf Bens Gebrauchtwagenplatz, gegen Bargeld. Außerdem hatte der Privatdetektiv bei den entsprechenden Bussen und Taxis nachgeforscht. Ein Taxifahrer glaubte, sich zu erinnern, daß er – am Samstag oder Sonntag – einen Mann und zwei Kinder zum Flughafen gefahren habe; doch zu welcher Fluggesellschaft, das wußte er nicht mehr. Und was hätte es auch genützt? Victor hätte in Wirklichkeit ja eine andere Linie benutzen können, und überhaupt – da der Name Victor Cressy nirgends verzeichnet zu sein schien, war jede Mühe umsonst. Vermutlich hatte Victor noch ein übriges getan; war in allen möglichen Städten immer wieder in andere Maschinen umgestiegen, um mögliche Spuren zu verwischen – und den gelungenen Spaß zu genießen.

Donna und Mel ihrerseits hatten weiteres unternommen. Sie hatten Fotos von Victor und den Kindern an jeden geschickt, den sie kannten und der nicht in diesem Staat wohnte. Dazu gehörten Mels vier Schwestern, von denen zwei im Gebiet von Los Angeles wohnten und zwei an der Ostküste; und dazu gehörten auch seine zwei Brüder, der eine im Staat Washington ansässig, der andere in Hawaii. Ähnliche Fotos samt Information gingen an Donnas Schwester Joan in England; einfach für den Fall, daß es Victor womöglich doch gelungen war, mit den Kindern Amerika zu verlassen.

Und schließlich waren sie hierhergereist, nach Connecticut. Um Leonore Cressy aufzusuchen.

Deren Augen füllten sich mit Tränen, während Donna berichtete, was es zu berichten gab. Von Satz zu Satz wirkte die alte Frau zerbrechlicher. Als sie schließlich sprach, war ihre Stimme kaum zu verstehen. »Ich wußte ja gar nicht, daß ich Enkelkinder habe«, sagte sie und versuchte nicht, ihren Schmerz zu verbergen.

»Es tut mir so leid, Mrs. Cressy«, versicherte Donna aufrichtig. »In den ersten Jahren unserer Ehe habe ich Victor oft gebeten, mir zu erlauben, Sie anzurufen; doch er blieb unerbittlich. Ich hoffte immer, Sie würden anrufen...«

»Fast zwei Jahre lang habe ich immer wieder angerufen, aber er weigerte sich, mit mir zu sprechen. Schließlich gab ich auf.«

Mels Stimme erklang, zu Donnas leichter Verblüffung – sie hatte fast vergessen, daß auch er hier war. »Wie erfuhren Sie, daß Victor nach Florida gegangen war, Mrs. Cressy?« fragte er. »Durch eine Freundin – Mrs. Jarvis, eine Witwe... Sie reiste einmal im Winter nach Palm Beach. Eines Abends sah sie Victor, in einem Kino. Er schien sie nicht zu erkennen, tat jedenfalls so. Aber sie erkannte ihn.«

Donna senkte unwillkürlich den Kopf. Eine rein zufällige Begegnung. So wie mit dem Mann, der in Aspen, Colorado, beim Skifahren war. Wie lange war es her, daß sie etwas Ähnliches erlebt hatte? Einen Monat? Ein Jahr, Fünf Jahre? Hatte sie *jemals* einen derartigen Zufall erlebt? Der Gedanke löste ein Zittern in ihr aus. Sie blickte sich im Wohnzimmer um. Das Mobiliar war zwar alt, doch wirkte alles genauso gepflegt wie die Eigentümerin.

»Mrs. Cressy«, fragte Donna und beugte sich von ihrem Sitz zu der Frau, die ihr gegenübersaß, »können Sie mir irgend etwas über Victor sagen, das mir helfen könnte, ihn zu finden?«

Die Frau schüttelte den Kopf. »Er nahm sich alles immer so zu Herzen«, erklärte sie. »Ich meine, schon als Kind. Wie leicht war er gekränkt. Wenn man etwas zu ihm sagte, mußte man sich jedes Wort zweimal überlegen, damit er es auf keinen Fall falsch auffaßte. Er war ja so verletzlich. Und man mußte so ungeheuer vorsichtig sein.« Sie verstummte für einen Augenblick, fuhr dann fort. »Stets war er darauf bedacht, alles hundertprozentig richtig zu tun. Ging irgend etwas schief, so wollte er dafür keinesfalls verantwortlich sein. Da war dann immer jemand anders schuld. Und in jedem neuen Schuljahr war es das gleiche – er hat sich geradezu krankgesorgt, daß er auch ja nicht die richtige Tür verpassen würde; ausgerechnet. Machte sich eine Menge Gedanken darüber, daß er womöglich nicht die richtige Tür finden würde.« Abermals brach sie ab.

Donna starrte die Frau an, die jetzt völlig in Erinnerungen verloren schien. »Mrs. Cressy«, sagte sie, »würden Sie mich bitte anrufen, sofern Sie irgend etwas von Victor hören? Bitte.«

Leonore Cressys Stimme klang sehr ruhig. »Nein«, erwiderte sie ebenso leise wie entschieden.

Donna glaubte, nicht richtig gehört zu haben. Hatte die alte Dame sie falsch verstanden? Das schien die einzige Erklärung zu sein. Leonore Cressy bemerkte die Verwirrung in Donnas Augen. »Sie müssen verstehen«, sagte sie zögernd, »daß ich vor acht Jahren meinen einzigen Sohn verlor – wegen einer Dummheit von meiner Seite. Und ich denke nicht daran, den gleichen Fehler ein zweites Mal zu begehen.« Wieder schwieg sie.

»Sie werden mir also nicht helfen?« frage Donna, noch immer ungläubig.

»Seit acht Jahren«, erwiderte die Frau, »bete ich, daß ich noch einmal eine Chance bekommen möge. Ich will Ihnen nichts vorlügen. Sollte Victor sich bei mir melden, sollte ich die Chance erhalten, so würde ich nie wieder Verrat an ihm üben.«

»Aber das haben Sie doch nie getan!«

»Er glaubt, daß ich's getan habe.« Sie brach ab, drehte ihren Kopf langsam hin und her. »Komisch, wie das manchmal ist – je mehr man sich bemüht, das Richtige zu tun, desto stärker bewirkt man das Gegenteil. Ich gab mir solche Mühe, mich nie in Victors und Janines Leben einzumischen. Und kamen sie mit einem Problem, so hörte ich mir immer beide Seiten an – und keinesfalls, um zu richten. Stets habe ich versucht, fair zu sein. Sie sehen ja, was mir das eingebracht hat.« Sie blickte zu Donna. »Tut mir leid«, sagte sie mit aller Entschiedenheit. »Ich werde Ihnen nicht helfen können.«

Donna spürte den Stachel der Enttäuschung. In ihrer Stimme war ein leichtes Zittern, nur mit Anstrengung hielt sie die Tränen zurück. »Aber es sind doch meine Kinder!«

Die Stimme der Frau klang ganz ruhig. »Er ist mein Sohn.«

»Er ist ein Scheißkerl, was kann ich Ihnen sonst noch sagen?« Aufmerksam musterte Donna die junge Frau, die ihr gegenüber – inmitten einer unglaublichen Kissenfülle – auf einem rötlich geblümten Sofa saß. Janine Gauntley-Cressy-McCloud mochte ein oder zwei Jahre älter sein als Donna. Ihr Gesicht wirkte in vielerlei Hinsicht recht interessant. Im übrigen war sie zweifellos schwanger, wenn auch noch in einem frühen Stadium.

»Drei Jahre habe ich auf der Psychiater-Couch zugebracht wegen diesem Lumpenhund«, sagte die junge Frau. »Und weitere drei Jahre hat's gedauert, bis ich Männer wieder genügend mochte, um einen von ihnen zu heiraten. Und hier bin ich nun, fast schon sechsunddreißig und endlich im Begriff, mein erstes Baby zu kriegen. Wissen Sie, wenn ich – nach all diesen Jahren – auch nur den Namen von diesem Mistkerl höre, kommt's mir buchstäblich hoch.«

Unwillkürlich verglich Donna sich mit Victors erster Frau. Äußerlich bestand zwischen ihnen eine gewisse – wenn auch oberflächliche Ähnlichkeit; gleiche Größe, gleiche Haarfarbe, ähnlicher Teint. Doch im übrigen? Was Janine McClouds Intelligenz betraf, so schien diese in weit stärkerem Maße aufs Praktische, aufs Handfeste gerichtet, als dies bei Donna der Fall war. Und emotionell gesehen wirkte sie härter und rauher. In der Tat: alles andere als das, was Donna erwartet hatte.

»Zwei Jahre waren wir verheiratet. Die miesesten Jahre meines Lebens. Fragen Sie mich nicht, wieso. Denn – bei Gott – ich weiß es nicht. Ich habe mir alle Mühe gegeben, echt. War ja schließlich kein Kind mehr. Ich hatte schon so einiges erlebt. Allerdings – jemand wie Victor war mir noch nie begegnet. Ich wußte einfach nicht, was tun – um ihn glücklich zu machen. Denn was ich auch versuchte, es war alles falsch. Dabei riß ich mir fast ein Bein aus, um ihn zufriedenzustellen. Und was tut er? Schiebt kurzerhand ab. Verkündet, daß er sich scheiden lassen will. Ich dachte, ich spinne.«

»Und Leonore?«

Janine McCloud erhob sich und trat zum Fenster. Ihr Mann spielte an diesem Abend beim Ortsverein Basketball. »Ach, die. Ein Fall für sich. Genauso schlimm wie er.«

Donna hob überrascht den Kopf. Sehr genau erinnerte sie sich, wie Victor selbst das Verhältnis zwischen seiner Mutter und seiner früheren Frau gesehen hatte.

»Will Ihnen mal was sagen«, fuhr die Frau fort. »Das liegt wohl bei denen in der Familie. Jedenfalls sind das beide Spinner. Ich hatte mir wirklich Mühe gegeben, mich mit der Frau freundschaftlich zu stellen. Zwischen meiner Mutter und mir war's nie so toll gelaufen, aber Leonore schien ja eine nette Lady zu sein, obwohl – also zuerst war sie ja der Meinung, ich sei für ihr Bübchen nicht gut genug; das machte sie unmißverständlich klar. Eins muß man ihr immerhin lassen. Sie ist aufrichtig. Nun, was mich betrifft, so blieb ich ziemlich hartnäckig, weil's für Victor wichtig schien – und ich wollte ihn doch glücklich machen. Also meldete ich mich jeden Tag bei ihr, führte sie zum Lunch aus, besuchte sie dauernd. Richtig akzeptiert hat sie mich wohl nie, immerhin versuchte sie's – ihr lag nämlich gleichfalls daran, Victor glücklich zu wissen. Das war die Hauptsache – Victor glücklich zu machen. Er war doch ihr über alles geliebter Junge, na schön. Irgendwas Unrechtes konnte Victor Cressy ja nicht tun. Immer nahm sie für ihn Partei, ganz egal, worum's ging. Ganz egal, wie unmöglich er sich verhielt. Sie hatte dafür stets irgendwelche Erklärungen zur Hand. Er arbeite zu hart, er stehe zu sehr unter Streß – und was nicht sonst. Ich solle, was er sagte, doch auf gar keinen Fall überbewerten. Was ihren Herrn Sohn betraf, war sie ganz einfach blind. Sie tat, was immer er von ihr verlangte. Der Grund dafür war wohl, daß er schon frühzeitig seinen Vater verloren und von da an sozusagen das Kommando übernommen hatte. Ihr gefiel es, daß er die Entscheidungen traf. Doch war sie ihrerseits eine nicht zu unterschätzende zähe Frau. Wissen Sie, wie ich sie bei mir nannte? ›Mächtige Maus‹.« Sie brach ab, schnitt eine Art Grimasse, schüttelte dann den Kopf. »Versprühe wieder mal Charme, wie? So schlimm ist es nun auch wieder nicht gemeint. Sie war sogar echt lieb zu mir, als Victor sich davonmachte. Ich befand mich in einem bösen Zustand. Und Leonore war immer für mich da. Plötzlich stellte Victor ihr so eine Art Ultimatum. Sie war wohl ziemlich perplex und ließ sich mit ihrer Antwort ein bißchen Zeit – ich weiß nicht genau. Jedenfalls war er auf einmal völlig von der Bildfläche verschwunden. Bumms! Hat sie ganz schön fertiggemacht.« Sie hielt inne. Dann drehte sie sich vom Fenster fort und trat auf Donna und Mel zu, die dicht nebeneinander auf dem zweisitzigen Sofa saßen. »Was tut sie also? Sie kappt jede Verbindung zu mir. So wie er's getan hat. Genau. Einfach für den Fall, daß er zurückkehrt. Und dann sofort sieht, daß sie nicht mehr mit dem Feind paktiert. Oder so ähnlich. Hat mich echt umgehauen.«

Donna erinnerte sich. Zumindest sinngemäß hatte Victor genau dasselbe gesagt, als sie seinerzeit jenen verrückten »Dinner-Flug« nach New York unternahmen.

»Ich kann Ihnen wirklich nicht helfen«, erklärte Janine Cressy-McCloud. »Das einzige, was sich bei Victor voraussagen läßt, das ist, daß sich bei ihm nie was voraussagen läßt.« Sie setzte sich. »Puh – fühl mich richtig geschlaucht. Über ihn reden ist fast so schlimm, wie mit ihm leben.« Sie strich sich mit der Hand durchs schulterlange Haar und sah Donna an. »Ich kann kaum glauben, wieviel Wut noch in mir ist nach all diesen Jahren.«

Ich kann's, dachte Donna und stand auf. Länger hier zu bleiben wäre sinnlos gewesen.

Donna saß ein oder zwei Minuten stumm. Dann sagte sie: »Er wird nicht hierherkommen. War eine blöde Idee.«

Mel blickte sich in dem New Yorker Restaurant um. Es war mäßig beleuchtet und klein, doch überfüllt. »Immerhin, das Essen ist ganz ausgezeichnet«, sagte er und versuchte, sie aus ihrer zunehmend düsteren Stimmung zu lösen. »Du solltest irgendwas zu dir nehmen.«

»Ich habe keinen Hunger. Bitte, hör auf, mich zu bevormunden.«

Mel entschuldigte sich sofort. »Tut mir leid. War wirklich nicht meine Absicht.«

Donna zuckte mit den Achseln. Sie scheute sich, ihn anzusehen. »Wir werden sie finden«, versicherte Mel. »Das verspreche ich dir.«

»Wie? Wann?« Bitte, gebt mir eine konkrete Antwort – wer auch immer.

»Irgendwer wird ihn irgendwann sehen. In einer Woche, in einem Monat...«

»In einem Jahr...«

»Schon möglich. Sogar möglich, daß es noch eine Weile länger dauert...«

»Oh, Gott, Mel.« Donna hatte das Gefühl, daß die Panik auf sie losstach wie mit spitzen Messern.

»Die Hauptsache – soweit es dich betrifft – ist ganz einfach, daß du gut beieinander bleibst. Nicht krank werden und die Situation, soweit irgend möglich, im Griff haben. Du darfst dich hierdurch auf gar keinen Fall unterkriegen lassen. Du mußt weitermachen, mußt unbedingt versuchen, ein normales Leben zu führen.«

Wütend starrte Donna ihn an. Ihre Hand stieß gegen einen Löffel. Er rutschte von der Tischplatte, fiel mit geräuschvollem Klirren zu Boden. Was, um alles auf der Welt, war nur mit Mel auf einmal los? Wovon sprach er überhaupt? Von einem *normalen* Leben!? Ja, guter Gott, ihre Kinder waren fort. »Was für eine Art von normalem Leben denn...«

Er unterbrach sie. »Du reagierst genauso, wie ihm das in den Kram passen würde, Donna. Und ich verstehe das. Glaube mir, daß ich's verstehe. Aber du mußt stark bleiben. Denn dies – darüber darfst du dich auch nicht eine Sekunde täuschen – wird ein langer Kampf werden. Nie darfst du die Hoffnung aufgeben. Immer und immer wieder mußt du spüren, nachspüren. Doch zuallererst – du mußt leben, weiterleben!«

»Wovon sprichst du?« Ihre Frage klang wie ein Zischen, und eine Reihe von Köpfen fuhr zu ihnen herum. »Mein Exmann entführt meine Kinder! Die Polizei wird nicht helfen. Niemand kann helfen. Wir fliegen nach Connecticut und vergeuden einen Tag, indem wir mit zwei Frauen sprechen, die Victor seit mindestens acht Jahren nicht gesehen haben. Und hoffen trotzdem, daß wir von ihnen etwas erfahren können...«

»Hast du wirklich damit gerechnet, die würden etwas Konkretes wissen?«

»Ja!« platzte Donna heraus, und es war das erstemal, daß sie sich dies selbst eingestand. »Ja, ich habe tatsächlich darauf gehofft. Jedesmal, wenn wir irgendwohin reisen, irgendwohin fahren oder gehen, rechne ich damit, ihn zu sehen – oder hoffe doch wenigstens, daß da jemand ist, der ihn gesehen hat und der mir genau das sagt, was ich wissen will!«

Mel streckte seine Hände aus, quer über den Tisch, und er schob sie über ihre Hände. »Oh, Liebling…«

»Ich kann nun mal nicht anders, Mel. Nach wie vor vermag ich einfach nicht zu glauben, daß irgend etwas hiervon überhaupt *wahr* ist.«

Unvermittelt tauchte ein Kellner auf und ersetzte den zu Boden gefallenen Löffel durch einen anderen. Donna musterte ihn aus blitzenden Augen. »Schau, Donna,« hörte sie Mels Stimme sagen. Himmelherrgott, warum hielt er denn nicht endlich den Mund? Sie wollte sie nicht mehr, diese Worte – Worte der Ermutigung, Worte der Hoffnung, der Verzweiflung. Worte, Worte, Worte. »Wir tun alles, was in unserer Macht steht. Wir haben Detektive engagiert, wir haben Annoncen in Zeitungen einrükken lassen…«

»Das weiß ich alles«, erwiderte sie kurz angebunden.

Wieder entschuldigte er sich. »Tut mir leid. Natürlich weißt du das.«

»Auch ohne, daß du's mir noch einmal bis ins einzelne erklärst, bin ich durchaus im Bilde über das, was unternommen wird.« Abrupt hielt sie inne. »Oh, Mel, verzeih mir. Bitte, verzeih mir! Und, um Gottes willen, hör mir jetzt zu! Der einzige Mensch, der mich niemals im Stich läßt, der immer da ist, wenn ich dich brauche…«

»Du brauchst dich für nichts zu entschuldigen.«

»Du läßt dich in deiner Praxis vertreten, du überläßt Annie der Obhut der Haushälterin, du krempelst dein ganzes Leben um, um mit mir nach Connecticut zu reisen; du fährst mich nach

New York, weil ich noch immer nicht dem Mumm aufbringe, mich selbst hinter das Lenkrad eines Autos zu setzen...«

»Donna...«

»Du begleitest mich in irgendein dämliches Restaurant, wo Victor sich vermutlich nie wieder hat blicken lassen seit dem Tag, als er mich – vor nunmehr soundsovielen Jahren – hingeführt hat; und nun hocke ich hier und kreische dich zu allem auch noch an.«

»Die Idee hierherzukommen war keineswegs so dumm, Donna. Könnte durchaus sein, daß Victor eines Tages hier auftaucht, um zu essen. Wir werden dem Oberkellner ein Bild von ihm geben. Vielleicht ergibt sich irgendwas.«

Donna schloß die Augen. Dennoch sah sie Mel deutlich vor sich. »Ein Leben ohne dich – unvorstellbar«, sagte sie.

»Brauchst du dir ja auch nicht vorzustellen.«

»Du wirst mich nie verlassen, versprichst du's?«

»Ich verspreche es.« Sekundenlang herrschte Schweigen. Dann sagte er: »Laß uns heiraten, Donna.«

Donna starrte ihn ungläubig an. Er machte ihr einen Antrag? Jetzt? Ausgerechnet jetzt, wo ihre Kinder das einzige waren, das sie wirklich kümmerte. Was war nur in ihn gefahren?

»Heiraten?«

»Es scheint mir klar, daß der Zeitpunkt dafür absolut irre scheint...«

»Absolut irre«, wiederholte sie und spürte, wie der Zorn in ihr immer größer wurde. Instinktiv fühlte sie, daß jeder Gedanke an die Zukunft sie ihrer Vergangenheit – und ihren Kindern – weiter entfernen würde.

»Ich liebe dich, Donna, das weißt du.«

»Weshalb machst du mir grad *jetzt* einen Antrag?« fragte sie fast verzweifelt.

»Weil ich meine, daß gerade *jetzt* der richtige Zeitpunkt für

Bindungen ist. Für dich an mich, an dich selbst. Ans Leben. Punkt.«

»Ein Leben ohne meine Kinder?« Ihre Stimme klang schrill.

»Das habe ich nicht gesagt.«

»So. Und was *willst* du mir sagen?« Dies war keine Frage oder Feststellung. Dies war eine Anklage.

»Nur, daß das Leben weitergeht.«

Panik stieg in ihr auf. »Ich möchte nicht mehr reden, Mel. Könnten wir jetzt bitte gehen?«

Mel winkte dem Kellner. Wenige Minuten später hatte er die Rechnung beglichen und ging zu Donna, die schon dicht beim Ausgang stand. »Mal ganz davon abgesehen, ob du mich nun heiraten wirst oder nicht«, sagte Mel, während sie das Restaurant verließen, »– wenn wir wieder in Palm Beach sind, meine ich, du solltest zu mir ziehen. Du solltest nicht allein sein.«

Donna blieb stumm. Doch sie war Mel für das Angebot dankbar, sehr dankbar sogar. Sie brauchte Mel, grad jetzt. Nein, dachte sie, nicht nur jetzt. Immer.

»Du wirst mich niemals verlassen?« fragte sie wieder, fast klagend, während sie in den gemieteten grauen Thunderbird stieg. »Ich werde dich niemals verlassen«, erwiderte er. »Und das ist so was wie ein Schwur.«

17

»Sie wird gleich herunterkommen«, sagte Donna zu der überaus attraktiven Frau in der legeren hellen Sommerkleidung. »Sie packt nur noch was von ihrem Lieblingsspielzeug ein.«

Behaglich ließ sich die Frau in einem der dickgepolsterten beigefarbenen Sessel nieder, und Donna dachte unwillkürlich: sozusagen in ihrem eigenen. Denn Mels geschiedene Frau hatte einmal die ganze Einrichtung ausgesucht, und nach der Trennung war – wie Donna wußte – nichts geändert worden.

»Darf ich Ihnen etwas zu trinken anbieten?« fragte sie.

Flüchtig schossen ihr ein paar Gedanken durch den Kopf. Erstens: Warum kommt Annie nicht endlich? Zweitens: Vor kurzem schon eine Exgattin, und nun also die nächste – ist mir irgendwie zuviel; und wenn sie noch so attraktiv wirken.

»Nein, danke.«

»Mel wird wohl durch einen Patienten aufgehalten werden. Er sagte, daß er hier sein wollte, wenn Sie kommen.«

»Das ist nichts Ungewöhnliches«, sagte die Exgattin namens Kate in unbehaglich familiärem Ton. »Im übrigen gibt uns das Gelegenheit, ein wenig miteinander zu plaudern«, fügte sie hinzu. Und dann schwiegen beide vor sich hin.

»Annie ist ein reizendes kleines Mädchen«, sagte Donna schließlich, und ihr Blick glitt vom Wohnzimmer durch die Diele zur Treppe. Ja, ganz reizend. Aber so verflixt saumselig, jedenfalls heute.

»Danke. Mel ist aber offenbar auch ein ganz wunderbarer Vater.«

Obwohl das Kompliment nicht ihr galt, reagierte Donna unwillkürlich mit einem Lächeln. »Ist schon hart für mich«, fuhr Kate nachdenklich fort, »daß ich nur im Sommer und in den Ferien dazu komme, sie zu sehen. Und manchmal, wenn ich über irgendwelchen Paragraphen brüte, stelle ich mir vor, wie schön es wäre, sie dauernd bei mir zu haben ...« Donna hielt unwillkürlich den Atem an. »Oh, tut mir leid«, sagte Kate aufrichtig. »Das war dumm von mir, völlig unbedacht.« Jetzt war sie es, die erwartungsvoll zur Diele blickte. Doch Annie ließ sich noch immer nicht sehen. »Von Mel weiß ich, was geschehen ist«, fuhr sie zögernd fort. »Neues hat sich inzwischen wohl nicht ergeben?«

»Nein«, erwiderte Donna scharf und zog damit einen Schlußstrich unter dieses Thema.

Sie stand auf, ging hinaus in die Diele, trat an die unterste Stufe der Wendeltreppe. Laut rief sie nach oben: »Annie, so beeil dich doch.«

»Komm ja schon«, rief das Kind zurück, ließ sich jedoch immer noch nicht sehen. Guter Gott, dachte Donna, warum treibe ich das Mädchen nur so an? Bevor Mel nicht hier ist, fahren die beiden ohnehin nicht fort. Wo blieb Mel denn bloß? Sie ging ins Wohnzimmer zurück und trat zum Telefon.

»Will nur mal kurz anrufen, um zu sehen, ob er schon fort ist«, erklärte sie.

Ja, er war schon fort, wie sich herausstellte, und so saßen die beiden Frauen einander gegenüber, und jede wartete darauf, daß die andere das Schweigen brechen möge.

»War mir gar nicht bewußt, daß Sie wirklich mit Mel zusammenleben«, sagte Kate nach etlichen Sekunden – in einem Tonfall, der nichts weiter als Interesse zu bekunden schien. »Natürlich wußte ich von ihm, daß da eine ernste Bindung besteht und er auf eine eventuelle Heirat hoffte...«

»Ich bin vor ein paar Monaten eingezogen.« Donna zögerte. Sie wußte nicht recht, was sie sagen sollte. »Ist kürzlich hier recht hektisch zugegangen. Mel mag das im Augenblick nicht so ganz bewußt sein.« Ja, wie denn? Weshalb sprach sie jetzt gleichsam für Mel? Wo blieb er bloß? Wieso sollte ausgerechnet sie dieser fremden Frau irgendwelche Erklärungen oder Rechtfertigungen geben? Andererseits: Kate war Annies Mutter, und insofern standen ihr gewisse Auskünfte zu. Verbittert dachte Donna: Du weißt wenigstens, wo sich deine Tochter befindet. Es war ein inzwischen vertrautes Ressentiment.

Kate schien Donna geradezu anzustarren. Für Augenblicke fühlte Donna sich zurückversetzt in den Zeugenstand im Gericht. Als Kate sprach, klang ihre Stimme jedoch eher sanft. »Sie mögen Annie, nicht wahr?«

»Oh, ich habe sie sehr gern«, erwiderte Donna hastig – und

hoffte, daß aus ihren Worten mehr Überzeugung klang, als sie selbst empfand. Sie mochte das frühreife oder altkluge kleine Mädchen wirklich, und sie hatte sogar angefangen, Annie zu lieben – bis ihr dann der ziemlich irrationale Gedanke kam, die Liebe zu Annie bedeute so etwas wie Treulosigkeit gegenüber ihren eigenen Kindern. Eine wahrhaft enge innere Bindung zu Annie – lief das nicht darauf hinaus, daß sie ihr eigen Fleisch und Blut gleichsam verlorengab?

Und so glichen ihre Empfindungen Mels Tochter gegenüber einem unablässig wachsenden Bündel von Widersprüchen. Zwar freute sie sich, Annie um sich zu haben: Da war jemand, für den sie sorgen, mit dem sie sich beschäftigen konnte. Andererseits verübelte sie dem Mädchen eben dies – sein bloßes Dasein. Ein Blick in Annies Augen erinnerte sie an die Augen ihres Töchterchens, das sie vielleicht nie wiedersehen würde. Und beanspruchte Annie von sich aus ein paar Minuten ihrer Zeit, so fühlte sie sich an die Bitte ihres Sohnes erinnert: noch eine Geschichte. »Erzähl mir eine Geschichte von einem kleinen Jungen namens Roger und einem kleinen Mädchen namens Bethanny...«

Ein unaufhörlich zunehmendes Schuldgefühl bedrückte sie, wenn sie versuchte, Teil ihrer neuen Familie zu sein; wenn sie es unternahm, ihr Leben weiterzuleben, *irgend etwas daraus zu machen.* Wie hätte sie einfach über das hinweggehen können, was geschehen war? Kinder, das waren doch keine Zähne, die einem gezogen wurden. Zunächst der Schmerz, dann ein Gefühl der Taubheit – und schließlich das Nicht-mehr-Wahrnehmen der Lücke.

»Verzeihung, ich habe Sie eben nicht verstanden«, sagte Donna. Plötzlich war ihr bewußt geworden, daß Kate gesprochen hatte.

»Ich habe gefragt, ob Sie arbeiten... ich meine, außer als Hausfrau.«

»Oh. Oh, nein. Tu ich nicht.«

»Oh.«

Peinlicher, beklemmender Augenblick. Einer jener Momente, wo Donna wünschte, sie wäre Raucherin: sich eine Zigarette anstecken, drauflospaffen, etwas zu tun haben. Nun, wenn sie irgend etwas tun wollte, konnte sie ja hinaufgehen, um Annie zu helfen. Halt, nein, das ging nicht. Annie wollte sie dort oben nicht haben. Das hatte das Mädchen eindeutig klargestellt: Heute käme ihre Mutter – ihre *wirkliche* Mutter, wie sie betonte – um sie für den Sommer mitzunehmen. Und für zwei Mütter war da kein Platz. Zumal für Donna nicht.

Konnte man es dem Kind übelnehmen? Schließlich hatte Donna sie von Mal zu Mal unfreundlicher und unduldsamer behandelt, immer reizbarer, immer leichter irritiert. Zunächst gab Annie sich alle Mühe, Verständnis zu zeigen. Doch unausbleiblich reagierte sie dann mit eigenen Ressentiments.

»Glauben Sie, daß Ihnen die juristische Laufbahn Spaß machen wird?« fragte Donna, um ihren eigentlichen Gedanken zu entkommen. Doch sofort bedauerte sie die Frage. Klang ja wahrhaftig wie ein Passus aus einem Amtsformular. Einfach zu dämlich. Könnte sie genausogut fragen, was ihre Lieblingsfarbe ist. Und ähnlichen Blödsinn.

»Werden Sie sich spezialisieren?« fragte sie weiter, ohne recht zu wissen, ob Kate die erste Frage überhaupt beantwortet hatte. Auch nicht viel intelligenter. Aber was hätte sie sonst fragen sollen? Gab es vielleicht irgendwo einen amtlichen Leitfaden für solche Gespräche mit geschiedenen Frauen? Sie hätte das sehr begrüßt.

Kate murmelte etwas von Familienrecht. Wo im ganzen Land die Scheidungsrate ein geradezu epidemisches Ausmaß annahm, könnte die Regierung wahrhaftig ein Mindestmaß an Maßnahmen treffen. In der Tat schien der Gedanke an einen handlichen kleinen Leitfaden, der den Geschiedenen – zugleich mit den

Scheidungsdokumenten – über den künftigen Umgang miteinander ausgehändigt würde, eine recht naheliegende Idee zu sein.

Wieder herrschte großes Schweigen zwischen Kate und Donna, während man einander eingehend betrachtete. Und plötzlich fühlte Donna sich den Blicken der anderen ausgesetzt, als stünde sie in gleißendem Rampenlicht. Weiße Shorts und ein rosafarbenes Oberteil trug sie, und schon seit mehreren Wochen saß beides nicht mehr so recht. Die Sachen hatten auf geradezu alberne Weise ihre Form verloren. Halt, nein! Wenn jemand seine Form verloren hatte, dann war es Donna. In letzter Zeit aß sie nur wenig, verspürte kaum Appetit – und die Pfunde, die sie seit ihrer Scheidung wieder angesetzt hatte, sie verschwanden so nach und nach. Wohin bloß? dachte Donna unwillkürlich. Kate mit ihrem hübschen Busen und ihrer prachtvollen Figur muß mich ja für eine Art Asketin halten oder so.

Kate ihrerseits sah ungeheuer fit und gesund aus, und das dunkle Haar, das sie zum Pferdeschwanz gebunden hatte, verlieh ihr ein wenig das Aussehen von Ali McGraw in »Love Story«. Ich nehme mich in ihren Augen vermutlich wie die Verkörperung eines Handfegers aus, dachte Donna.

Kate schien im Begriff, etwas zu sagen, und Donna wandte ihre Aufmerksamkeit den Lippen ihres Gegenübers zu.

»Mami!« kreischte es aus der Diele. Gott sei Dank, dachte Donna. Kate war sofort aufgesprungen und breitete die Arme aus, um ihre Tochter aufzufangen. Mit fliegenden dunklen Zöpfen eilte Annie auf sie zu, in der rechten Hand jene weißrosa »Schmusedecke«, von der sie sich nie trennen mochte.

»Oh, wie *schön,* dich zu sehen«, sagte Kate und gab ihrem Kind einen lauten Kuß. Donna erhob sich. Wenn sie jetzt doch bloß irgendwo anders sein könnte! Annie umschlang den Hals ihrer Mutter. Erst nach langen Minuten lösten sich die beiden voneinander. »Du siehst prächtig aus.«

Annie strahlte. »Du siehst wunderschön aus.« Instinktiv gab sie das Kompliment zurück.

»Du hast immer noch die Schmusedecke, wie ich sehe.«

Donna schaltete sich ein. »Sie nimmt sie überall mit.«

»Stimmt nicht«, fuhr Annie schroff dazwischen. »In die Schule nehme ich sie nicht mit.«

»Sei höflich, Annie«, mahnte ihre Mutter.

»Ist doch wahr – ich nehme sie nicht zur Schule mit«, beharrte das Kind.

Kate blickte zu Donna. »Jemand, mit dem ich befreundet bin, schenkte Annie die Decke bei ihrer Geburt.«

»Ja, ich weiß. Mel hat's mir erzählt.«

»Erstaunlich, wie gut die Schmusedecke noch aussieht«, fuhr Kate fort.

»Ja.« Wo *blieb* denn nur Mel?

Annie blickte von Kate zu Donna, und dann wieder zu ihrer Mutter. »Donnas früherer Mann hat ihre Kinder mit sich genommen«, sagte sie plötzlich.

Kates Augen richteten sich hastig auf Donna. »Ja. Das weiß ich, Liebling.«

Donna drehte sich unwillkürlich zur Seite. Sie versuchte, sich nichts anmerken zu lassen: von ihrem plötzlichen Zorn über das kleine Mädchen.

»Papi sagt, sie werden den Scheißkerl schon aufspüren – und wenn's das letzte ist, was sie tun.«

Wo blieb bloß Mel? Mußte sie all dies jetzt wirklich über sich ergehen lassen?

»Papi sagt, er ist ein Schweinehund...«

»Das genügt, Annie«, fiel ihre Mutter ihr scharf ins Wort. »Du weißt, daß ich solche Wörter nicht mag.«

»Was für Wörter?«

Kate blickte lächelnd zu Donna. »Sie probieren's doch immer.«

»Ja.« Wenn doch bloß Mel hier wäre.

Er war's. Kaum hatte Donna den Wunsch unhörbar ausgesprochen, so öffnete sich die Eingangstür, und Mel trat ein – voller Entschuldigungen. »Tut mir leid«, sagte er. Zunächst küßte er Donna, sodann trat er auf seine Exfrau zu und küßte auch sie. Eine säuberlich gegliederte Rangfolge in der Hackordnung.

Er zog eine kleine, braune Papiertüte aus der Tasche, öffnete sie. »Hatte diese Salbe nicht mehr vorrätig«, erklärte er, »und so mußte ich sie erst kaufen.« Er reichte sie Donna. »Gegen deinen Ausschlag.«

Donna nahm die Salbe und blickte schuldbewußt auf ihre Handrücken. »Danke«, sagte sie.

»Sieht Mami nicht wunderschön aus?« fragte Annie.

»Deine Mutter sieht immer schön aus«, erklärte Mel, und er schien es aufrichtig zu meinen. »Wie war die Reise hierher?«

»Gut. Ereignislos«, erwiderte Kate.

»Hast du alles gepackt?« fragte Mel Annie.

»Meine Koffer stehen oben.«

»Werde sie sofort holen«, versicherte er.

»Ich habe mir gedacht, wir fahren erst mal für ein paar Tage nach Disneyland«, sagte Kate zu ihrer Tochter, die vor lauter Vorfreude buchstäblich zu beben schien. »Bevor's nach New York geht. Habe extra einen Wagen gemietet.«

»Ließ sich ja denken, daß du Bonbons austeilst – zumal aufreizend rote«, sagte Mel nachdenklich.

»Nun, ich hatte für aufreizendes Rot schon immer was übrig.« Sofort mußte Donna an Mels und ihr Schlafzimmer denken: rotweiß gemusterte Tapete, entsprechend gemustertes Bettzeug – und so weiter und so fort. Der gesamte Raum, beschloß sie auf der Stelle, würde sofort umgestaltet werden müssen.

»Los doch!« rief Annie.

»Ich werde Annies Sachen holen«, erbot sich Donna. Mrs. Harrison hatte ihren freien Tag; überdies gab ihr das die Möglichkeit, einer langen Abschiedsszene in der Eingangstür aus dem Wege zu gehen. Als sie mit Annies beiden Koffern (sowie der Tasche voller Spielzeug) erschien, näherten sich die wechselseitigen Umarmungen und Küsse gerade ihrem Ende. Mel nahm ihr die Koffer ab; Kate griff nach der Tasche mit dem Spielzeug.

»Willst du Donna keinen Abschiedskuß geben?« fragte Mel.

»Nein!« erwiderte das Kind prompt.

»Annie!« Ihre Mutter.

»Annie!« Ihr Vater.

»Nein!« Annie.

»Schon gut.« Donna. »Wirklich.«

Mel ging voraus, ging auf den roten Plymouth zu. Kate und Annie folgten ihm. Donna blieb in der Tür zurück. »Einen schönen Sommer wünsche ich«, rief sie hinter ihnen her. Niemand drehte auch nur den Kopf. Sie trat in die Diele zurück. Verdammtes Gör, dachte sie aufgebracht. Hättest mir ruhig einen Abschiedskuß geben können! Warst bestimmt nicht dran gestorben!

Rund fünf Minuten dauerte es, bevor Donna hörte, wie das Auto auf die Straße fuhr. Zweifellos winkte Mel hinterher, bis der Plymouth entschwand. Eine Minute später trat er dann ein. Inzwischen hatte sich Donnas Verärgerung zum Zorn gesteigert.

»Ich muß in die Klinik zurück...«

»Mach so was nie wieder mit mir!« schrie sie.

»Was?«

»Ich brauchte diese blöde Salbe nicht! Jedenfalls nicht gerade jetzt. Damit hätte es Zeit gehabt!« Sie schleuderte den kleinen Behälter auf die weißen Keramikfliesen. Mel schwieg, ließ sie aussprechen. »Was ist bloß in dich gefahren?« fuhr sie fort. »Hast du nicht das Gefühl, ich hätte in letzter Zeit schon genug durchgemacht? Warst du der Meinung, es würde mich aufmuntern, mit deiner geschiedenen Frau ein halbes Stündchen zu plaudern!? Warum hast du ihr nicht gesagt, daß ich hier wohne? Was hat dir das Recht gegeben, mit ihr über Adam und Sharon zu sprechen? Machst du dir denn keinen Begriff davon, wie mir so etwas zusetzt? Wie konntest du mir das nur antun!?«

Mel wartete, bis die Zornesröte aus ihrem Gesicht entwich. Dann trat er auf sie zu und nahm sie in die Arme. »Es tut mir leid«, sagte er leise und drehte den Kopf hin und her. »Es war gedankenlos von mir. Es tut mir wirklich sehr leid.«

Donna, den Kopf an seiner Brust, brach in Tränen aus. »Warum wollte sie mir keinen Abschiedskuß geben, Mel?« fragte sie mit brüchiger Stimme. »Warum wollte sie mir keinen Abschiedskuß geben?«

Der erste Telefonanruf kam um genau drei Minuten nach zwei: an einem Freitag nachmittag, vierzehn Wochen nach Victors Verschwinden.

»Für Sie«, sagte Mrs. Harrison und hielt den Telefonhörer hoch.

In aller Ruhe trat Donna auf den Apparat zu. Schon Wochen zuvor hatte sie jegliche Hoffnung aufgegeben, daß sich am anderen Ende der Leitung jemand melden würde mit einer brauchbaren Information. Der Detektiv, den ursprünglich Mr. Stamler engagiert hatte, war von Mel schließlich »abberufen« worden. Seit Monaten gab es keinen neuen Anhaltspunkt. Alle Straßen führten – ins Nichts. »Hallo.«

»Dachte ich mir doch, daß ich dich dort erreichen würde.«

Donna hatte das Gefühl zu erstarren. Deutlich spürte sie, wie alle Farbe aus ihrem Gesicht entwich und wie sich, in ihrem Magen, eine Art Knoten zu bilden schien. Sie zwang sich zum Sprechen. »Victor?«

»Du erinnerst dich. Ich fühle mich geschmeichelt.«

»Um Gottes willen, wo bist du?«

»Verlangst immer mehr, als ich dir geben kann«, sagte er resigniert.

»Wo bist du?«

»Wenn du mich das noch einmal fragst, lege ich auf!«

Donna geriet in Panik. »Bitte nicht, leg nicht auf!«

»Du hast genau sechzig Sekunden, um zu fragen, wie es deinen Kindern geht.« Donna konnte geradezu sehen, wie er einen Blick auf seine Armbanduhr warf.

Sie versuchte, ihre Stimme unter Kontrolle zu halten. »Wie geht es Adam, wie geht es Sharon?« fragte sie, sich genau an seine Anweisungen haltend.

»Ausgezeichnet«, erwiderte er kalt. »Sharon vermißt dich überhaupt nicht.« Donna dachte an ihr Töchterchen, sah die braunen Locken vor sich, die hellblauen Augen. Jene so ungewöhnlichen Augen, die alles in sich aufzunehmen schienen wie eine Instamatic-Kamera. Sie wird mich nicht vergessen, dachte Donna, sie wird mich nicht vergessen. »Adam hat nach dir gefragt.«

Donnas Herz begann zu hämmern. »Und was hast du zu ihm gesagt?«

»Daß du ihn nicht mehr sehen möchtest. Daß du eine andere Familie gefunden hast, die du mehr magst.«

»Victor, das kannst du nicht gesagt haben! Mein Gott, das hast du ihm doch nicht wirklich gesagt!« Doch er hatte ein Gespür dafür. Ein Gespür für ihre schlimmsten Ängste. Schon immer hatte er das gehabt. Wenn sie innerlich bereit war, Mel zu lieben, auch seine Tochter – eine andere Familie gefunden hast, die du mehr magst –, dann würde sie ihre Kinder verlieren, für immer.

»Deine sechzig Sekunden sind vorbei, Donna. Adieu.«

Die Leitung war tot. »Nein!« rief sie. »Victor! Victor.« Sein Lächeln, aus irgendeiner unbestimmten Ferne, schien körperlich spürbar. Sie knallte den Hörer auf die Gabel. Mrs. Harrison kehrte ins Zimmer zurück, und auf ihrem sanften schwarzen Gesicht erschien ein angemessener Ausdruck von Beunruhigung. Donna drängte an ihr vorbei, ließ sich in einen der wuchtigen

Sessel mit den wulstigen Lehnen fallen. Und dort saß sie dann, reglos und stumm, bis Mel von seiner Arbeit heimkehrte.

Sie baten die Polizei, am Telefon eine Fangschaltung anzubringen: ein Gerät, mit dessen Hilfe man einem Anrufer eventuell auf die Spur kommen konnte. Doch erneut erhielten sie den Bescheid, dies sei keine »polizeiliche Angelegenheit«. Außerdem handele es sich um ein sehr kostspieliges Verfahren, das zudem nur dann Erfolg verspräche, wenn es Donna gelänge, den Anrufer für mindestens mehrere Minuten am anderen Ende der Leitung festzuhalten. Ein derartiges Risiko, das war Donna klar, würde Victor niemals eingehen. Sofern er überhaupt je wieder anrief. Allerdings: Irgendein Instinkt in ihr sagte ihr – ja, er würde es wieder tun. Offenkundig hatte er den »Spaß« viel zu sehr genossen, um einer weiteren Versuchung widerstehen zu können.

Enttäuscht und deprimiert verließen sie die Polizeistation.

»Wenigstens wissen wir, daß sie nicht im Ausland sind«, sagte Mel, während sie zum Auto gingen.

»Das wußten wir auch so.«

»Sicher, eigentlich schon.« Für einen Augenblick schwiegen beide. »Wie fandest du Annies Brief?« fragte er dann, und Donna spürte sein krampfhaftes Bemühen, ihre Gedanken in eine andere Richtung zu lenken. Mochte ja gut gemeint sein. Dennoch nahm sie's ihm übel. Sie wollte nicht, daß ihre Gedanken in eine andere Richtung gelenkt wurden. Sie war dazu nicht bereit.

»Hatte noch keine Zeit, ihn zu lesen.«

»Zwei Tage hattest du«, sagte er lächelnd.

»Hatte keine Zeit.«

»Klingt ungeheuer ›erwachsen‹, was sie da schreibt«, fuhr er fort und ignorierte die Schärfe in ihrer Stimme.

»Gut für sie.«

»Kate hat sich zusammen mit ihr offenbar ein paar Stücke am Broadway angesehen.«

»Das ist nett.«

»Scheint dich nicht sehr zu interessieren.«

»Ich höre doch zu, oder?«

Sie kamen zu der Parkuhr, wo der weiße MG stand. Ein gelber Strafzettel klebte am Fenster. »Die Parkzeit war abgelaufen«, sagte Mel nach einem Blick auf die Uhr. »Na, prächtig.« Er nahm den Zettel, steckte ihn in die Tasche seiner marineblauen Hose, zog in ein und derselben Bewegung die Autoschlüssel heraus. Zunächst schloß er die Tür für Donna auf, dann ging er um den Wagen herum und öffnete die Tür für sich. Donna war bereits angeschnallt, als er sich hinter das Lenkrad schob. »Wohin?« fragte er.

Sie zuckte die Achseln.

»Eine Art Spritztour vielleicht?«

»Warum nicht?«

»Wir könnten nach Lauderdale fahren, auf ein Sandwich.«

»Eine ziemlich weite Strecke für ein Sandwich.«

»Jedenfalls eine schöne Fahrt. Am Ozean entlang.«

Wieder zuckte Donna die Achseln. »Ganz wie du willst.«

Er ließ den Motor an. Wortlos fuhren sie, bis sie das Meer erreichten. Dann nahm Mel die Abbiegung in Richtung Süden. »Möchtest du über das sprechen, was dir zusetzt?«

Donna mochte ihren Ohren nicht recht trauen. Wo hatte Mel, in den letzten Wochen, nur seinen Verstand gelassen? »Was mir *zusetzt?* Ja, was glaubst du denn, was mir zusetzt, Himmelherrgott? Das Wetter?«

»Nicht gleich so aufgeregt, Donna.«

»Ja, was für eine Frage ist denn das? Ich bekomme einen Anruf von Victor, die Polizei sagt uns, wo der herkam, läßt sich nicht feststellen, und das wird praktisch hundertprozentig auch in Zukunft so sein – und du fragst mich, was mir *zusetzt!* Du erwartest von mir, daß ich mich mit dir über Annies Briefe unterhalte! Dabei sind wir genauso weit davon entfernt, meine Kinder zu finden wie an dem Tag, an dem Victor mit ihnen fort ist. Nur – von mir wird erwartet, daß ich mich so verhalte, als befänden sie sich in einem Schulheim oder einem Pensionat oder so! Ich soll reagieren wie eine Superdoofe oder wie *die* Superfrau. Ich bin weder das eine noch das andere, Mel.«

»Verlangt ja auch niemand von dir.«

»So? Und was verlangst du sonst!?«

Er schüttelte den Kopf. »Nichts, lassen wir das Thema fallen. Tut mir leid, daß ich so ins Fettnäpfchen getreten bin.«

»Du bist enttäuscht, weil ich Annies Briefe nicht gelesen habe?«

»Ich meinte, du hättest die Zeit dafür finden können.«

»Die Briefe sind sämtlich an dich gerichtet.«

»Sie weiß doch, daß du sie lesen wirst.«

»Wenn sie möchte, daß ich sie lese, dann könnte sie sie auch an uns beide adressieren.«

»Du weißt doch, wie Kinder sind.«

Abrupt drehte Donna ihm den Kopf zu, und die Blicke, die sich kreuzten, waren eisig. »Entschuldige«, sagte er hastig. »Ich meinte nur, daß sie die Briefe genauso für dich schreibt wie für mich.«

»Eben das ist *nicht* der Fall, Mel. Hat sie in irgendeinem ihrer Briefe auch nur ein einziges Mal meinen Namen erwähnt? Wenigstens – ›liebe Grüße an Donna‹ oder so?«

»Nein.«

Donna lachte – ein sonderbar stockendes Lachen.

»Hast du ihr jemals geschrieben?« fragte er.

»Du erwartest, daß ich ihr schreibe?«

»Ich habe dich nur gefragt, ob du's getan hast.« Er schwieg. »Schau, Donna, wir beide haben ganz einfach einen miesen Start gehabt. Halt, nein. Der Anfang als solcher war an sich ganz ausgezeichnet. Während der ersten fünf Monate warst du noch du selbst. Bloß als es dann losging – so richtig zwischen euch beiden –, als alles auseinanderzufallen begann… Annie begreift durchaus, was du durchmachst; aber vergiß nicht – sie ist ein Kind. Und sie bekommt sehr genau mit, daß du ihr nicht allzuviel Aufmerksamkeit zuwendest; daß du dich in Gedanken mit ganz anderem beschäftigst; daß sie eine Nebensache für dich ist, ein Nebengedanke…«

»Geschickt formuliert, Herr Doktor«, warf Donna ein.

Er ignorierte die Unterbrechung. »Sie ist sehr sensibel, Donna. *Eine* Mutter hat sie bereits verloren. Naturgemäß widerstrebt es ihr, allzu viele Gefühle in jemanden zu investieren, bei dem – bei der – sie sich nicht sicher ist, daß es sich – nennen wir es ruhig so – für sie auszahlt. Sie besitzt ein starkes Eigenbewußtsein. Und im Augenblick weiß sie genau, daß du sie zwanzigmal hingeben würdest, um deine eigenen Kinder zurückzuerhalten.«

Donna atmete langsam aus. Alles, was er sagte, war wahr. »Was sollte ich nach deiner Meinung tun?« fragte sie, und sie meinte es aufrichtig. Was, um Himmels willen, war nur mit ihr los? Sie liebte diesen Mann doch. Und es würde für sie ein leichtes sein, auch seine kleine Tochter zu lieben. Hätte es jedenfalls sein sollen.

Warum verhielt sie sich Annie gegenüber so – so reserviert, fast gemein? An sich verlangte es sie doch danach, dieses kleine Mädchen zu lieben. Ja, ganz gewiß. Doch da war dieser verfluchte, nur halbformulierte Gedanke in ihr: Daß sie, indem sie Annie die Tür öffnete, eben diese Tür vor ihren eigenen Kindern zuschlug. Wie hatte Victor doch noch gesagt? »Du hast eine andere Familie gefunden, die du mehr magst.« Sie schüttelte den Kopf – versuchte, den Gedanken zu verbannen. Nie werde ich euch vergessen, meine Kinder, dachte sie, und sah Adam und Sharon vor sich, nie, niemals.

»Wäre nett, wenn du ihr schreiben würdest. Ich bin sicher, daß sie sich darüber freuen würde.«

Donna nickte. »Okay, ich werde ihr schreiben.« Sie lehnte sich zurück. Wild blies der Wind durch die geöffneten Fenster, zauste in Donnas Haar, erfüllte den winzigen Raum mit Brandungsgeräuschen und Meeresgeruch. Donna versuchte, ihren Körper zu entspannen – gleichsam zum Rhythmus der Brandung. Es war besser als irgendeine dieser komischen Massagen, die man über sich ergehen ließ. Wie, so fragte sie sich unwillkürlich, konnte jemand, der einmal am Meer gelebt hatte, es ertragen, irgendwo anders zu leben?

»Fühlst du dich jetzt besser?« Nach fast einer halben Stunde Schweigen brach Mel die Stille.

Mit einem Lächeln blickte sie zu ihm. »Ja.« Er hatte noch immer gewußt, wann es vernünftig war, sie in Ruhe zu lassen.

»Sind wir bald da?« fragte sie mit kindlicher Stimme.

»Noch fünf Minuten.«

Donna streckte die Hand aus und legte sie auf Mels Oberschenkel. »Bin wohl ziemlich mit mir selbst beschäftigt gewesen in deinen Augen, oder?«

»Ich kann warten.«

Donna schüttelte verwirrt den Kopf. »Wie kommt's, daß du so ein netter Mensch bist?«

»Gute Erbmasse.«

Donna lachte, und zum erstenmal seit Wochen dachte sie wieder an ihre Mutter. Wie hätte die sich wohl unter all diesen Umständen verhalten? fragte sie sich unwillkürlich.

Sie bogen vom Highway ab und fuhren nun in westlicher Richtung. »Sobald wir wieder zu Hause sind, schreib ich an Annie«, versicherte sie entschlossen. Genau das würde ihre Mutter getan haben.

Aber als sie dann, gegen fünf Uhr nachmittags, daheim anlangten, blickte sie zum Telefon im Wohnzimmer, und plötzlich fühlte sie sich sehr müde. Sie werde sich einen Augenblick ausruhen, sagte sie zu Mel; und er möge sie aufwecken, wenn er sein Abendessen wünsche.

Natürlich tat er's nicht. Als sie dann von selbst wach wurde, war es bereits drei Uhr früh, und er lag in tiefem Schlaf neben ihr.

Leise stieg Donna aus dem Bett. Jetzt erst wurde ihr bewußt, daß Mel sie bereits entkleidet hatte. Sie warf sich einen Morgenmantel über und stieg die Treppe hinunter, zur Küche. Dort schaltete sie das Radio an, das Mel vor kurzem für sie gekauft hatte, und begann, gleichsam automatisch, an der Arbeitsplatte herumzuwischen. Nach etwa einer Viertelstunde holte sie zielstrebig Fantastik und andere diverse Reinigungsmittel hervor. Erst gegen halb fünf schaltete sie das Radio aus, löschte das Licht – und kehrte zurück nach oben, ins Bett.

18

Donna saß in dem Schlafzimmer, das sie mit Mel teilte, und starrte die rot-weiße Tapete an. Sie könne mit dem Raum machen, wozu sie Lust habe, hatte Mel zu ihr gesagt, und so ging Donna jeden Nachmittag, gleich nach Annies Rückkehr von der Schule, hinauf ins Schlafzimmer, wo sie sich auf dem Fußboden niederließ und auf hübsche Einfälle hoffte. Allmählich wurde dies zu einer Art Ritual. Allerdings: In den letzten Tagen überließ sie sich einfach der Monotonie des Musters. Und wenn ihr überhaupt irgendwelche Gedanken kamen, so hatten sie mit der Umgestaltung des Zimmers nichts zu tun.

Das Telefon läutete mehrmals, bevor Donna es wahrnahm. Hastig erhob sie sich und lief zum Nachttisch, um den Hörer abzuheben.

»Hallo.«

Die Stimme klang sehr ruhig. »Du bist außer Atem.«

»Victor?«

»Sharon weint.«

Er legte auf.

»Victor? Victor? Hallo! Hallo!« Verzweifelt tippte Donna mehrmals auf die Gabel; doch es war hoffnungslos, sie wußte es. Langsam legte sie auf und stand dann wie erstarrt.

»Wieder ein Anruf?« fragte, von der Tür her, die Kinderstimme.

Donna drehte den Kopf und sah, wie Annie ins Zimmer trat. Sie nickte. In den letzten drei Monaten hatte Victor viermal angerufen.

»Was hat er diesmal gesagt?« fragte das Kind.

»Nichts.«

»Kannst es mir doch sagen.« Eine Art Vortasten.

»Hast du keine Schularbeiten?« Schroffes Zurückweisen.

»Ich bin doch erst acht, verdammt.«

»Fluch nicht.«

»Kommandier mich nicht rum.«

»Laß mich zufrieden, Annie. Ich bin wirklich nicht in der Stimmung.«

»Du bist ja nie in der Stimmung – egal in welcher.«

»Wo ist Mrs. Harrison? Vielleicht ist sie in Stimmung für deine Frechheiten.«

Über die Augen des Kindes glitt es wie ein dünner Nebelschleier. »Sie ist einkaufen«, sagte Annie, während ihre Unterlippe zu zittern begann.

Unwillkürlich wandte Donna den Blick ab. Ein intensives Schuldgefühl überkam sie. Annie hatte Mels große braune Augen, und die Art, wie sie ihren Körper geradehielt, erinnerte Donna an ihre eigene Mutter. Verdammt noch mal! dachte sie. Wie schafft sie's nur, daß ich mich auf einmal so ungeheuer schuldig fühle? Sie ist doch bloß ein Kind. Mels Kind. Jawohl,

Mels Kind. Nicht *mein* Kind. Mein kleines Mädchen ist Gott-wer-weiß-wo. Victor hat gesagt, daß sie weint. Und wenn Sharon weint, kannst du von mir aus auch ruhig weinen, verdammt! Sie blickte wieder zu Annie.

Annie stand bewegungslos. Und mit aller Selbstbeherrschung, derer sie fähig war, hielt sie die Träne zurück, die sich im Winkel ihres linken Auges gebildet hatte: ließ nicht zu, daß sie hinabrollte über die Wange. Donna fiel in die Knie, streckte dem Kind die Arme entgegen. »Tut mir leid, Annie«, sagte sie leise. »Tut mir aufrichtig leid. Aber wenn Victor anruft, bin ich immer so durcheinander, daß ich Minuten brauche, bis ich wieder einigermaßen zu mir komme. Bitte, Liebling, komm zu mir, in meine Arme.«

Annies Reaktion war so heftig, daß Donna unwillkürlich zusammenfuhr. »Hör auf, mich rumzukommandieren!« schrie sie und ließ ihren Tränen jetzt freien Lauf. »Du bist nicht meine Mutter! Du bist eine ganz schlechte Mutter! Kein Wunder, daß Victor dir deine Kinder weggenommen hat! Ich hasse dich!«

Und sie hastete hinaus, während Donna ihre Hände sinken ließ und auf den Fußboden stützte.

»Du bist noch nicht umgekleidet?« fragte Mel, während er ins Schlafzimmer trat, dessen Wände absolut kahl waren, seit drei Wochen schon. Mit ungeheurer Sorgfalt hatte Donna die alte Tapete entfernt, bis zum letzten Fetzen. Und bislang machte sie nicht die leisesten Anstalten, den jetzigen Zustand zu beheben. Sie saß auf dem Bettrand und beobachtete, wie Mel zum Frisiertisch trat, um sich im Spiegel zu betrachten.

»Ich weiß nicht, was ich anziehen soll«, sagte sie tonlos.

»Irgendwas. Rod hat gesagt, es wird eine ganz zwanglose Angelegenheit.«

»Auf meine weiße Hose habe ich Kaffee geschüttet.«

»Dann zieh die blaue an.«

»Welche blaue?«

»Welche du willst.«

»Du bist eine große Hilfe.«

»Tut mir leid, aber ich weiß einfach nicht, was ich sagen soll.«

»Ich bitte dich um einen kleinen, ganz kleinen, klitzekleinen Rat, doch das ist schon zuviel verlangt.«

»He...«

»Ich bin mir einfach nicht sicher, was ich anziehen soll. Immerhin handelt es sich um eine Party, die dir wichtig genug erscheint, um darauf zu bestehen, daß ich mitkomme...«

»Ich glaube, daß es wichtig ist, daß wir häufiger unter Menschen kommen.«

»Du unterbrichst mich – ich hatte dich um einen einfachen Rat gebeten, um einen Rat, der mir bei der Entscheidung hilft, was ich anziehen soll. Doch das ist dir die Mühe nicht wert – einfach nicht wichtig genug.«

»Ganz gewiß nicht wichtig genug, um sich deshalb zu zanken.«

»Vielleicht bin ich da anderer Meinung.«

»Bist du's?«

Donna bedeckte ihr Gesicht mit beiden Händen.

Rasch trat Mel zu ihr, setzte sich neben sie, legte einen Arm um ihre Schultern. »Was ist denn? Hat Victor heute angerufen?«

Sie schüttelte den Kopf. »Nein.« Fünf Wochen waren seit dem letzten Telefonanruf vergangen. »Aber ich dachte, er würde es vielleicht tun. Ein paar Stunden lang saß ich buchstäblich neben dem Apparat und wartete.«

»Das ist nicht gut.«

»Gib mir etwas zu tun.«

Ein kurzes Schweigen. »Du kannst nicht so herumsitzen, Monat für Monat. Das ist für dich nicht gut. Es ist für keinen von uns gut.«

»Ich kann nicht fort. Victor könnte anrufen.«

»Könnte aber auch sein, daß er nie wieder anruft. Du kannst hier nicht herumsitzen und darauf warten, daß das Telefon läutet.«

»Was schlägst du vor?«

»Warum suchst du dir nicht einen Job? Fängst wieder an zu arbeiten.«

»Als ob das so leicht wäre. Ich bin ja schon eine Ewigkeit aus dem Beruf raus.«

»Ich weiß.«

»Sieben Jahre lang habe ich nicht gearbeitet.«

»Sagt ja keiner, daß es so leicht wäre. Aber versuchen könntest du's doch. Das dürfte doch nicht zu schwierig sein.«

»Was du nicht sagst. Ich hebe einfach den Telefonhörer ab und rufe Steve McFaddon an.«

»Warum nicht?«

»Oh, Mel, sei nicht so naiv.«

»Oh, Donna, sei nicht so negativ.«

»Rutsch mir doch den Buckel runter«, sagte sie, und sie sagte es ganz ruhig, gleichsam beiläufig. Zu ihrer Überraschung nahm er es auch genauso auf. Er zuckte kurz die Achseln, löste den Arm von ihrer Schulter. Dann stand er auf und ging zum Frisiertisch. »Im übrigen«, fügte sie hastig hinzu, »dachte ich immer, es sei dir angenehm, wenn ich zu Hause bin, Annies wegen.«

»Das war eine gute Idee.« Er betonte das Wort »Idee«.

»Was soll das heißen?«

»Das soll heißen, es wäre für alle – Annie miteingeschlossen – besser, wenn du häufiger aus dem Haus kämst.«

»Hat Annie irgendwas zu dir gesagt?«

»Annie hat im vergangenen Monat kaum zehn Sätze von sich gegeben.«

»Du meinst, das ist meine Schuld?«

»Ich meine, du solltest dich anziehen, damit wir aufbrechen können.«

Donna blieb auf dem Bettrand sitzen. »Ich habe dir gesagt, daß ich nicht weiß, was ich anziehen soll.«

Mel trat zum Schrank und nahm eine blaue Hose heraus sowie ein dazu passendes gestreiftes Oberteil. »Warum nicht dies hier?«

Donna zuckte die Achseln. »Ginge schon.«

»Nun?« fragte er.

»Müssen wir denn wirklich dort hin?«

»Ja«, erwiderte er kurz. »Wir müssen.« Er warf einen Blick auf seine Armbanduhr. »Jetzt gehe ich noch auf ein paar Minuten zu meiner Tochter. Wenn du fertig bist, komm in ihr Zimmer und sage gute Nacht.«

Donna salutierte. »Jawohl, Sir.«

Mel sah sie an. »Das war kein Befehl, Donna.« Er ging zur Tür, wandte sich dort abrupt herum. »Schau, wenn dir die Party so sehr gegen den Strich geht, dann solltest du's vielleicht besser bleiben lassen.«

»Und du – du bliebest zu Hause?«

»Nein, ich gehe zur Party.«

»Du möchtest nicht, daß ich mitkomme?«

»Ich möchte, daß du tust, was dir das liebste ist.« Er ließ ihr keine Zeit zur Antwort. »Ich bin in Annies Zimmer zu finden.« Minutenlang blieb Donna auf dem Bettrand sitzen. Dann erhob sie sich und begann sich zum Ausgehen anzukleiden.

Deutlich registrierte Donna Mels Verblüffung, als er die Autotür öffnete und sie im Wagen sitzen sah. Minutenlang schwieg er, obwohl ihm deutlich anzumerken war, daß er nur zu gern etwas gesagt hätte. Statt dessen biß er die Zähne aufeinander, starrte angestrengt geradeaus und ließ den Motor an. Ohne auch nur einmal zu ihr zu blicken, manövrierte er das Auto von der Einfahrt auf die Straße. Noch nie hatte sie auf seinem Gesicht einen solchen Ausdruck von – von Verstörtheit gesehen. Tut mir so leid,

Mel, wollte sie sagen. Wollte die Hand ausstrecken und seine Wange berühren. Um jene Wärme wiederzugewinnen, die, wie sie wußte, durch ihre Schuld verlorenzugehen drohte. Wie wunderschön wär's, wenn ich das könnte: deine Tochter lieben – und dir all die Liebe zeigen, die ich, wie du weißt, für dich empfinde. Bitte, verstehe. Verstehe, wie es für mich ist. Er hat mir meine Kinder genommen. Und nie, niemals verläßt mich dieses Bewußtsein, egal was ich sage oder tue oder unternehme. Überall sehe ich Victors Gesicht, wie er mich verhöhnt, über mich lacht. Und ich sehe meine Kinder, die nach mir verlangen, sich weinend nach mir sehnen. Immer, wenn ich Annie anblicke, so … so sehe ich nur mein kleines Mädchen, das einmal, wenn sie in Annies Alter ist, irgendwo in der Fremde sein wird – eine Fremde für mich, wie ich für sie. Das ist der Grund dafür, daß ich Annie meide. Deshalb bin ich nicht in ihr Zimmer gekommen, um ihr gute Nacht zu sagen. War dazu einfach nicht fähig. Kannst du verstehen, wie das für mich ist? Tag für Tag warte ich auf einen Anruf von Victor. Und das Warten darauf ist schlimmer als der eigentliche Anruf. Klingt irgendwie verrückt, nicht? Aber wenn er sich telefonisch meldet, habe ich das Gefühl, meinen Kindern auf irgendeine Weise näher zu sein. Bitte, Mel, sag mir, daß du verstehst.

»Du solltest dich lieber anschnallen«, sagte er, nachdem sie etwa fünf Minuten unterwegs waren.

Sie tat es. Warum fuhren sie nur zu dieser blöden Party? Was für einen Sinn hatte das? Falls Victor anrief, war sie nicht zu Hause. Mrs. Harrison würde sagen, Mrs. Cressy ist für den Abend ausgegangen; und Victor würde auflegen – und vielleicht niemals wieder anrufen. Warum hatte sie sich für die Party umgekleidet? Weshalb war sie nicht zu Hause und wartete für den Fall, daß Victor anrief? Für den Fall, daß er ihr sagte, wo sich ihre Kinder befanden.

»Fährst du nicht furchtbar schnell?«

Mel warf einen Blick auf den Tachometer. »Vielleicht ein bißchen«, sagte er und verlangsamte das Tempo.

Donna ruckte unruhig auf ihrem Sitz. »Wie weit ist es noch?«

»Nicht sehr weit. Drüben in Boynton.«

»Sind dort lauter Ärzte?«

»Ein paar schon, glaube ich. Wieso? Klingt fast, als könntest du Ärzte nicht ausstehen.«

»Na, du weißt doch, wie die auf Partys sind – reden nur mit anderen Ärzten. Lauter Fachsimpelei.«

Aus Mels Stimme klang unverkennbar Ungeduld. »Nun«, sagte er, »verschaffen wir uns doch mal einen kurzen Überblick. Das Thema Medizin bedeutet für dich von vornherein öde Fachsimpelei. Das Thema Kinder scheidet aus, weil es Wunden aufreißt. Das Thema Filme kommt nicht in Frage, weil wir seit Monaten nicht im Kino waren. Ein Buch oder auch nur eine Illustrierte hast du in demselben Zeitraum ebensowenig gelesen, können wir also gleichfalls streichen. Was irgendwer über irgend etwas zu sagen hat, interessiert dich nicht. Somit bliebe nur ein einziges Gesprächsthema – du. Doch über *dich* können wir ja nicht reden, da du ja nichts tust…«

In einer Mischung aus Verblüfftheit und Wut starrte Donna zu Mel. »Da hat sich bei dir ja wohl eine Menge aufgestaut, wie?« fragte sie.

Sehr langsam atmete Mel aus. Dann nickte er mehrmals, als sei er mit sich selbst zu einer inneren Übereinkunft gelangt. »Dies ist nicht der Zeitpunkt«, entschuldigte er sich. »Tut mir leid. War falsch von mir.«

»Da hast du verdammt recht«, erklärte Donna, jetzt noch wütender – weil er sich entschuldigt hatte und das Thema damit praktisch beendet war.

Plötzlich faßte sie nach dem Türgriff auf ihrer Seite.

»Was ist denn?« fragte Mel, und zum erstenmal, seit sie losgefahren waren, blickte er zu ihr.

»Nichts weiter«, erwiderte Donna. »Macht mich nur ein bißchen nervös, wie scharf du die Kurven nimmst, das ist alles.«

»Nur mit der Ruhe, Donna. Was kann uns schon Schlimmeres passieren, als daß ich uns in den Tod fahre.«

»Großartig.«

»Dachte mir, daß dir das gefällt.«

»Was soll das heißen?«

»Nichts weiter.«

»Nein, erklär mir, was du damit sagen wolltest.«

»Lassen wir das Thema fallen, Donna.«

»Ich will's nicht fallenlassen.«

»Aber ich.«

»Und es geht immer nach deinem Willen, wie?«

»Klingt in meinen Ohren gar nicht so übel.«

»Und wie's in meinen Ohren klingt, danach fragst du nicht?«

Mel, die Fäuste am Lenkrad, den Blick starr geradeaus durch die Windschutzscheibe gerichtet, gab keine Antwort. »Ich habe gefragt, ob's dich interessiert, wie das in meinen Ohren klingt«, hakte sie nach.

»Und ich habe dich gebeten, das Thema fallenzulassen. Ist einfach lächerlich, dies Gespräch.«

Noch etwa eine Viertelstunde fuhren sie. Dann bog Mel in die Einfahrt zu einem riesigen Gebäude in Boynton Beach ein. Er hielt in jenem Bereich, der als Parkraum für Gäste markiert war, und löste seinen Sicherheitsgurt.

»Ich meine, wir sollten dies klären, bevor wir hineingehen«, sagte Donna.

Mel sah sie an. »Donna, weißt du überhaupt wirklich noch, warum du dir soviel Mühe gibst, dich in Rage zu bringen?« Unwillkürlich wich sie seinem Blick aus. »Also was ist? Kommst du mit hinein, oder möchtest du lieber, daß ich dich nach Hause zurückfahre?« Ohne ein Wort zu sagen, schnallte Donna sich los und glitt rasch aus dem Auto. »Du kommst also doch mit«, hörte sie Mel gleichsam zu sich selbst sagen, bevor sie die Autotür zuwarf.

Donna stand allein in irgendeinem Winkel des Raums und beobachtete Mel. Er stand auf der Terrasse mit Ausblick auf den Ozean und hatte seinen Arm um eine hochgewachsene, üppige Rothaarige geschlungen. Seit einer Viertel-, wenn nicht halben Stunde »plauschten« die beiden miteinander auf echt intime Weise. Im Spiegel über der Bar sah Donna sich selbst. Hatte Mel nicht immer gesagt, ihr Haar gefiele ihm am besten, wenn es rot war...?

Sie ließ ihren Blick durch den Raum gleiten, der ganz in Beige und Gelb gehalten war. Warme Farbtöne. Doch sie wies sie sofort zurück. Genauso wie sie zuvor die höflichen Gesprächsansätze zurückgewiesen hatte, die in ihrer Richtung unternommen wurden. Im übrigen hatte sie in ähnlicher Weise auch Mel zurückgewiesen. Sie blickte wieder zur Terrasse. Die Rothaarige drängte sich enger an Mel; lachte über irgend etwas, das er gesagt hatte. Oh, Mel, dachte sie, warum hast du mich hierher mitgeschleppt?

»Entschuldigen Sie«, sagte sie, während sie auf den Gastgeber zutrat. »Dürfte ich Ihr Telefon benutzen?«

»Selbstverständlich. Da ist eins im Schlafzimmer, wo Sie ungestörter sind.«

Er deutete nach rechts, und Donna drängte sich zwischen den Gruppen und Grüppchen durch und gelangte in das besagte Schlafzimmer, wo sie sich aufs Bett setzte, das Telefon in bequemer Reichweite. Kaum hatte sie die Nummer gewählt, meldete sich am anderen Ende der Leitung auch schon Mrs. Harrison.

»Hat irgendwer angerufen, Mrs. Harrison?«

»Nein, Ma'am. Ist alles ruhig hier. Annie hat ein Weilchen gelesen und ist dann eingeschlafen.«

»Aber niemand hat angerufen?«

»Niemand.«

Langsam legte Donna den Hörer wieder auf die Gabel. »Niemand«, wiederholte sie. »Niemand.« Dann stand sie auf und ging in den großen Raum zurück. Die Türen zur Terrasse waren geöffnet, und selbst hier, sechs Stockwerke über dem Boden, drang das Rauschen der Brandung herauf: das einzige Geräusch, das Bestand zu haben schien.

Sie hielt Ausschau nach Mel, konnte ihn jedoch nicht sehen. Die Rothaarige stand noch immer dort. Vermutlich holte er ihr einen neuen Drink. Wo steckte er nur? Es war fast elf. Sie wollte nach Hause.

»Bist du bereit heimzufahren?« fragte er, unversehens hinter ihr auftauchend, und seine Stimme klang anders als sonst.

»Ich bin schon den ganzen Abend dazu bereit«, erwiderte sie.

»Das ist mir nicht entgangen. Fehlte eigentlich nur, daß du die Autoschlüssel klirrend in meine Richtung geschwenkt hättest.« Ihre Augen blitzten zu ihm herum. »Frag mich nicht, wie ich das meine, denn es könnte glatt sein, daß ich's dir diesmal sage.«

Er nahm sie beim Arm und steuerte mit ihr zornig auf den Ausgang zu. »Warum bist du so wütend?« flüsterte sie. »Ich bin's doch nicht gewesen, die den ganzen Abend mit so einem sexy Rotschopf rumgeflirtet hat.«

»Nein, das war ich«, sagte er, während er zum Abschied in Richtung des Gastgebers winkte. »Und sofern dir das bisher nicht aufgefallen sein sollte – das ist für gewöhnlich nicht mein Stil. Um dir die Wahrheit zu sagen – die Person, von der ich wirklich enttäuscht und auf die ich wirklich zornig bin, die bin ich selbst. Zu einem solchen Trick habe ich seit meiner Highschool-Zeit nicht mehr gegriffen – damals hatte mir meine Freundin ziemlich mitgespielt, also ging ich mit ihrer besten Freundin aus.«

»Soll das heißen, ich war schuld daran, daß du dich heute abend so benommen hast?« Sie warteten auf den Fahrstuhl, der sofort herbeiglitt. Sie stiegen ein, standen an entgegengesetzten Seiten.

»Das soll heißen, daß es meine Schuld war«, sagte er. »Du kannst für meine Handlungsweise nicht verantwortlich sein.«

Der Fahrstuhl hielt, sie stiegen aus und gingen zu ihrem Auto. Mel strebte sofort seiner Seite zu, öffnete die Tür, stieg ein. Eine Sekunde lang dachte Donna, er werde einfach losfahren und sie stehenlassen. Doch dann streckte er den Arm aus und öffnete ihre Tür von innen, wenn auch nur einen winzigen Spalt. Sie ließ die Tür ganz aufschwingen und stieg ein. Irgendwie hatte sie das Gefühl, dies sei praktisch alles, was sie in letzter Zeit tat: in Autos steigen, aus Autos steigen.

»Nun, was ist es, was du sagen möchtest?« fragte sie, als er in den Highway einbog.

»Lassen wir die Sache ruhen, bis wir zu Hause sind, okay?« Es war eher eine Feststellung als eine Frage. »Im Augenblick koche ich so sehr vor Wut, daß ich meine ganze Konzentration brauche, nur um dieses Auto zu lenken.«

»Möchte mal wissen, weshalb *du* wütend bist.«

»Das wirst du schon erfahren«, erklärte er.

Als sie daheim ankamen, lag das Haus im Dunkeln, vom Außenlicht abgesehen. Sie traten ein, und Mel knipste die Lampe an, löschte sie sofort wieder aus. Für ein, zwei Sekunden erschien alles, wie von einer »blitzenden« Kamera auf ein Foto gebannt. Dann gewöhnten sich die Augen ans Halbdunkel. Durch das Fenster oberhalb der Tür fiel Mondlicht ein. Es war jetzt halb zwölf.

Beide schwiegen. Und mit leisem Schrecken wurde Donna bewußt, daß sie sich scheute, etwas zu sagen. Noch nie hatte sie Mel in einem solchen Zustand erlebt. Für gewöhnlich dauerte es lange, bis er in Harnisch geriet. Donna betrachtete sein Gesicht. Es wirkte fast maskenhaft und sehr ernst. Im Halbdunkel sah sie sein Profil, und im ungewissen Licht war nicht zu erkennen, wo der Bart aufhörte und die glatte Wange begann – die Wange, die sie jetzt gern gestreichelt hätte. Doch sie fühlte sich gehemmt. Und so hob sie nicht den Arm, streckte nicht die Hand aus.

»Gehen wir ins hintere Zimmer«, sagte er. Ohne Donna einen Blick zuzuwerfen, setzte er sich in Bewegung. Sie folgte wortlos.

Der Raum hatte ursprünglich Kate als Nähzimmer dienen sollen, war in den letzten Jahren jedoch kaum benutzt worden. Als Donna ihn zum erstenmal sah, dachte sie sogleich: ein prächtiges Spielzimmer für die Kinder.

Warum führte er sie ausgerechnet dorthin? Er wußte doch, daß sie diesen Raum als Spielzimmer für Adam und Sharon vorgeplant hatte.

»Wieso können wir nicht im Wohnzimmer miteinander sprechen?« fragte sie von der Türöffnung her.

Mel, bereits in der Mitte des Raums, drehte sich zu ihr um, und zum erstenmal, seit sie die Party verlassen hatten, blickte er ihr in die Augen. »Weil ich vermeiden möchte, daß Annie oder Mrs. Harrison wach werden.«

»Hast du vielleicht vor, ein bißchen herumzubrüllen?« fragte sie in einem bemüht scherzhaften Ton – und hoffte, daß ihr die Szene erspart bleiben würde, für die fast ausschließlich sie selbst verantwortlich war. Schon seit Monaten, das wurde ihr jetzt bewußt, braute sich da etwas zusammen. Und am liebsten hätte sie zweierlei zugleich getan: in wilder Flucht davonstürzen, in wildem Angriff voranpreschen.

»Ich bin mir nicht sicher, was ich vorhabe.« Keine Zeit für Scherze. Für Scherze viel zu spät.

»Ich möchte dieses Zimmer nicht betreten.«

»Was du nicht sagst.« Kurze Pause. »Und warum nicht?«

Sie zögerte. »Du weißt, wie ich dieses Zimmer verwenden wollte.« Sie hielt ihm den Schwarzen Peter hin.

Er ging auf ihr Spiel nicht ein. »Lassen wir solche Albernheiten, Donna. Komm herein und mach die Tür hinter dir zu. Du kannst doch keine Erinnerungen haben an etwas, das in dieser Weise nie existiert hat.«

»Meine Kinder haben existiert!«

»Und sie existieren noch! Wenn es in diesem Zimmer irgendwelche ›Geister‹ gibt, Donna, dann stehen sie in deinen Schuhen!«

Donna spürte, wie sich der Zorn in ihr zu stauen begann. Und dieser Zorn war es auch, der sie gleichsam vor sich her schob und die Tür hinter ihr schloß. Sie blickte sich im Zimmer um. Es war ziemlich groß. Regale voller Bücher, zwei gleichartige Liegen und ein langer, niedriger Tisch. »Wie wär's mit ein wenig Klartext, Herr Doktor?«

»Muß ich's dir wirklich vorbuchstabieren, Donna?«

»Ja, mußt du wirklich.«

»Du hast keine Ahnung, worauf ich hinauswill?«

»Hör auf, in Rätseln zu sprechen, verdammt noch mal. Du bist es doch, der reden will!«

Mel setzte sich in Bewegung. Ging zornig auf und ab.

»Ich begreife immer noch nicht, weshalb du so wütend bist«, fuhr Donna fort, und eigentlich sprach sie nur, um ihn nicht zum Reden kommen zu lassen. »Ich bin doch mitgekommen zu deiner blöden Party, oder? Wo ich dann beobachten durfte, wie du spätestens nach einer Stunde so richtig in Aktion warst – um mit jedem greifbaren weiblichen Wesen zu flirten. Bis du dich dann am Schluß ausschließlich deiner Rothaarigen widmetest, der mit dem dicken Busen. Ich meinerseits habe mich auf keinen der verfügbaren Herren gestürzt. Habe dir keine peinliche Szene bereitet.«

»Oh, nein, du hast dich absolut korrekt verhalten! Du hast mich zu der Party begleitet. Du hast zu Rod und Bessie ›Hallo‹ gesagt. Mag sogar sein, daß du gelächelt hast. Ich bin mir da nicht sicher – könnte sich um reines Wunschdenken meinerseits handeln. Mehr hast du allerdings auch nicht getan

– außer alle drei Minuten einen Blick auf deine Armbanduhr zu werfen.«

»So nach und nach werden das für mich richtig altvertraute Töne«, unterbrach Donna. »Und in einer Minute wirst du mir sicher erklären wollen, es sei samt und sonders meine Schuld, daß du dich so verhalten hast...«

»Nein!« Mit der Wucht eines Hammerschlags knallte die Antwort zwischen beide. »Ich habe dir bereits gesagt, daß ich ausschließlich selbst für mein Verhalten verantwortlich bin. Und wenn du's wirklich wissen willst – mein Verhalten heut abend kotzt mich an. Ich habe Menschen benutzt. Es ist lange her, seit ich Menschen so schamlos benutzt habe.«

»Highschool«, erklärte Donna kurz. »Du hast mir's erzählt.«

»Ich kapiere jetzt, wieso es für mich so wichtig war, daß wir zu dieser Party fuhren. Sicher, ich meinte, es sei notwendig, daß wir beide mal von zu Hause fortkämen. Aber das war nicht der Hauptgrund. Der Hauptgrund für mich bestand darin, eben der Szene aus dem Wege zu gehen, die wir jetzt haben – wenigstens für ein paar Minuten oder für ein paar Stunden. Doch es klappte nicht so, wie ich es mir erhofft hatte. Allzu lange schon hatte sich's in mir aufgestaut. Und wenn es nicht auf die eine Weise hervorbrach, dann auf die andere. Und so verwandelte sich der Dr. Mel Segal urplötzlich in einen höchst begehrenswerten Dr. Mel Segal. Auf der Party heute abend gab's wohl keine einzige Frau, die nicht meinen Arm um sich gespürt hätte. Und ein paar davon reagierten durchaus. An der Rothaarigen war durchaus mehr dran als nur ein Paar üppige Titten, und es ist eine sehr einfache Sache...« Er brach ab, schluckte kurz; bewegte sich dann langsam um den Tisch herum. Donna beobachtete ihn, wortlos. »Ich hab ihn mal gehabt«, fuhr er fort, »ja, ich erinnere mich noch.« Er legte eine Pause ein, der Wirkung halber. »Einen Sinn für Humor«, ergänzte er. »Einen Sinn für Komik, selbst wenn rundum so ziemlich alles in die Brüche ging.« Er hob beide Arme empor, als müsse er sich ergeben, weil ein geladenes Schießeisen auf ihn gerichtet war. »Das ist's. Nur ein bißchen… Leben.« Er schwieg einen Augenblick, fuhr dann fort. »Ich unterhielt mich mit ihr, und zum erstenmal seit Monaten wurde mir bewußt, daß ich mich für nichts entschuldigte. Ich hörte ihr zu, und – Wunder aller Wunder – sie hörte mir zu, hörte mir richtig zu. Sie meinte, ich könne vielleicht etwas sagen, das interessant sei. Sie lachte sogar über ein paar von meinen Witzen. Ich erwähnte, ich hätte eine Tochter, und die Reaktion dieser Rothaarigen war ein Lächeln. Sie bekundete sogar Interesse an dem Kind. Natürlich kapiere ich sehr wohl, daß dieses Interesse nur ein Teil ihres Interesses an mir war – ein Interesse, das ich nicht erwiderte und nicht erwidern konnte, weil ich nämlich immer noch dich liebe…« Er brach ab, und Donna sah seine Tränen. Er versuchte nicht, sie zu verbergen oder zurückzuhalten. »Auch wurde mir bewußt, daß ich mich wie ein Schwein benahm – dir gegenüber, Caroline, der Rothaarigen, gegenüber; und nicht zuletzt gegen mich selbst.« Wieder schwieg er, umkreiste abermals den Tisch. »Tinka Segal – du erinnerst dich, daß ich dir von ihr erzählt habe: Sie war eine reizvolle Dame; und natürlich vollgepropft mit jeder Menge Hausmanns-, nein Hausfrauensprüchen. Aber so was gehört nun mal zum mütterlichen Wesen. Einer ihrer Lieblingssprüche stammte von Shakespeare, dem wir ja so manches ›geflügelte Wort‹ verdanken. Mal sehen, ob ich's noch zusammenkriege. ›Vor allem sei dir selber treu‹, pflegte sie zu sagen.« Unwillkürlich hielt Donna den Atem an. Es war einer jener Sprüche, den auch ihre Mutter gebraucht hatte. »Nun«, fuhr er fort, »augenscheinlich war ich in unserem Verhältnis an einem Punkt angelangt, wo ich nicht länger mir selber treu war. Oder zumindest nicht mehr mir selber treu und zugleich Teil dieses Verhältnisses bleiben konnte.«

Donna spürte plötzlich die Kälte in ihrem Körper. Nein, nein, dies träumte sie nur. In ihrer Kehle begann es zu würgen.

»Ich liebe dich, Donna. Ich liebe dich wirklich. Glaub mir, daß ich sehr wohl weiß, was du durchgemacht hast und noch immer durchmachst. Wenn's nur um mich ginge, könnte ich's vielleicht noch ein bißchen länger aushalten. Ich bin mir da nicht sicher. Ich weiß es wirklich nicht. Doch das ist eine müßige Frage, denn es geht nicht nur um mich. Da ist ein achtjähriges Mädchen, das bald schon, wenn ich nicht höllisch aufpasse, ihren vierzigsten Geburtstag feiern wird. Vor einem halben Jahr war sie das glücklichste Kind in der ganzen Gegend. Inzwischen ist sie völlig verkrampft. Als sie neulich abends ihre Milch verschüttete, bist du auf sie los, als hätte sie's aus purer Gemeinheit gegen dich getan. Sie traut sich nicht mehr, in deiner Gegenwart etwas zu sagen, weil's ja doch unweigerlich was Falsches ist! Donna, hör genau zu, dämmert dir da nicht was? Klingt da nicht irgendwas geradezu schmerzlich vertraut?«

Sie wollte sprechen, brachte jedoch kein Wort hervor.

»Überlege doch mal, Donna«, fuhr Mel fort. »Überlege doch mal einen Augenblick, was du meinem Kind antust.« Wie hilflos sah er sich im Zimmer um. »Und auch mir!« Plötzlich begann er zu brüllen. »Ja, wenn wir schon dabei sind, ist es wohl das beste, wir schaffen uns richtig Luft. Weißt du, wie ich mir immer vorkomme? Als ob ich über ein Minenfeld stakse, und – wumm! – jeden Moment kann so ein verdammtes Ding in die Luft gehen und uns sozusagen in Stücke reißen. Bei jedem Satz, jedem Sätzchen, das ich von mir gebe, schalte ich vorher die innere Zensur ein. Vielleicht wäre was über einen interessanten Fall in der Klinik zu berichten, doch sofern das was mit Kindern zu tun hat – *schnipp!* schon ist die Schere des Zensors am Werk. Mir fällt so etwas doppelt schwer. Es macht mir nämlich Spaß, über Kinder zu sprechen, weil ich nämlich – Himmelherrgott noch mal – an meinem eigenen Kind soviel Freude habe. Allem Anschein nach bin ich in den letzten Monaten von einer falschen Voraussetzung ausgegangen. Von der Voraussetzung nämlich, daß die Donna, in die ich mich verliebte, nach einer gewissen Zeit wieder zu sich finden würde. *Die* Donna hatte ich in Erinnerung, verstehst du. Genau erinnere ich mich daran, wie ich sie zum erstenmal sah, wie ich sie zum erstenmal küßte, wie wir uns zum erstenmal liebten – als sie noch wie eine Art Pfadfinder aussah. Ich weiß noch, wie es war in den ersten Monaten nach ihrer Scheidung. Und ich erinnere mich auch noch voller Zärtlichkeit an die Zeit, wo sie eine verzweifelt unglücklich verheiratete Frau war; denn damals steckte in ihr zumindest eine Menge Kampfgeist. Nichts von der Tücke, die man jetzt bei ihr findet – nein, sie war jemand, der kämpfte, um zu überleben, nicht, um zu zerstören.« Seine Stimme klang plötzlich sehr müde. »Victor hat genau das getan, was er dir androhte – er hat dich ausgelöscht. Du bist nirgends mehr zu sehen.« Er brach ab, sprach dann unvermittelt weiter, hastiger, drängender. »Was ich nicht verstehe – wieso läßt du's geschehen? In der Ehe mit ihm strebtest du von ihm fort, um nicht zerstört zu werden. Jetzt kannst du offenbar gar nicht schnell genug in die entgegengesetzte Richtung rennen.« Er schüttelte den Kopf. »Weißt du, meine Mutter sagte noch etwas, bei einer bestimmten Gelegenheit. Das war, als ich ihr sagen mußte, daß Kate und ich uns trennen würden – so etwa vier Monate vor ihrem Tod, glaube ich. Ich versuchte, ihr zu erklären, daß Kate sich selbst finden müsse und all das; und weißt du, was sie mir erwiderte? Dies moderne Zeug, von wegen sich selbst finden, sei ein Haufen Blech. Du bist, was du tust, sagte sie; du bist, wie du dich verhältst.« Er hielt einen Augenblick inne. »Und sie hatte recht.« Müde strich er sich mit der Hand durch das Haar. »Du warst sechs Jahre lang mit Victor verheiratet, Donna. Ich meine, das sollte uns beiden genügen.«

Donna stand wie betäubt. Minutenlang herrschte absolutes Schweigen. »Du sagst mir, daß du mich nicht mehr hierhaben willst?« Ihre Stimme war die eines Kindes.

»Ich sage dir, daß ich Donna Cressy liebe. Aber daß ich mit der

Frau, zu der sie sich hat werden lassen, nicht mehr leben kann.« Hektisch drehte Donna ihren Kopf hin und her. »Also auch du verläßt mich? Na schön, meine Kinder sind verschwunden; warum ich nicht gleich mit? Schlußstrich unter allem, inklusive Donna – ja?«

»Ich wollte es nicht – nicht so.«

»Du bist, was du tust, Doktor!« fauchte sie ihn an. Mel senkte unwillkürlich seinen Blick. »Du hast gesagt, du würdest mich niemals verlassen. Du hast es geradezu geschworen!«

Langsam hob er den Kopf, sah sie an; doch er sprach nicht. Sie gewahrte nur Schmerz, Qual.

»Du hast versprochen, mir bei der Suche nach meinen Kindern zu helfen!«

»Wir haben's doch versucht, Donna. Wir haben alles Menschenmögliche versucht. Doch wie lange kannst du dein Leben leben, indem du auf das Läuten des Telefons wartest? Und dann - willst du ewig hinter kleinen Jungen herrennen in der Hoffnung, es könnte Adam sein? Oder hinter so winzigen Püppchen, weil du hoffst, womöglich sei das Sharon? Ich sage ja wahrhaftig nicht, daß du völlig resignieren sollst...«

»Nein!« Es war ein Schrei, und sie hörte ihm ganz einfach nicht mehr zu.

Aber er sprach weiter. »Ich versuche doch nur, dir klarzumachen – ob du deine Kinder nun findest oder nicht – *du*, Donna Cressy, hast dein eigenes Leben zu leben.«

Sie war hysterisch, nicht mehr zu beruhigen. »Du hast mich angelogen«, schrie sie. »Du hast gelogen!«

»Donna...« Er trat auf sie zu.

»Lügner! Lügner!«

»Donna...« Er hob die Arme, schien sie an sich ziehen zu wollen, um sie zu trösten.

»Nein!« schrie sie.

»Versuche doch, dich zu beruhigen.« Er bewegte sich in Richtung Tür. »Ist wohl das beste, wir kühlen uns für ein paar Minuten ab. Ich werde irgendeinen Drink für dich holen.«

»Ich will nichts von dir! Ich will nur hier raus!« Sie bewegte sich gleichfalls in Richtung Tür.

»Du kannst heute nacht nirgends hin!«

»Und ob ich kann, Teufel noch mal!«

»Donna, es kommt unter keinen Umständen in Frage, daß du um diese Zeit noch irgendwohin... Laß uns jetzt versuchen, ein wenig zu schlafen – wir werden uns morgen früh weiterunterhalten.«

Sie versuchte, an ihm vorbei zur Tür zu drängen. »Ich schlafe nicht hier! Und du kannst mich nicht zum Bleiben zwingen!« Ihr Körper drängte gegen seinen Körper.

»Donna...«

»Geh mir aus dem Weg. Ich brauche dich nicht. Du bist nichts als ein Lügner! Laß mich raus, oder ich schlage einen solchen Krach, daß hier alle aufwachen; das verspreche ich dir!«

Wieder streckte Mel ihr seine Arme entgegen, doch sie klatschte mit ihren Händen dagegen. »Geh mir aus dem Weg! Rühr mich nicht an!« Und dann verwandelten sich die Laute in ein gutturales Geheule, das direkt aus ihrem Herzen zu dringen schien. Sie kreischte, als sei er im Begriff, ihr, dem waidwunden Tier, den Todesstoß zu geben.

Und plötzlich hob Mel die Hand, preßte sie gegen ihre Lippen, um das Schreien zu ersticken, wenigstens zu drosseln. Donna empfand tiefen Schrecken. Der Atem ging ihr aus. Mit aller Kraft biß sie ihm in die Hand. Jetzt schrie er auf, im unerwarteten Schmerz. Und er versuchte, ihren Körper mit seinem größeren und schwereren Körper unter Kontrolle zu bringen. Doch sie schlug und stieß und kratzte. »Geh mir aus dem Weg!«

Er gab nicht nach. »Ich hasse dich, gottverdammt noch mal!« schrie sie. Und schlug ihm mit der Hand ins Gesicht.

Instinktiv hob er seine rechte Hand und schlug mit gleicher

Kraft zurück. Und dann fuhren beide gleichzeitig auseinander, entsetzt über das, was sie getan hatten.

Als erster fand er zur Sprache zurück. »Donna, es tut mir so leid...«

»Nein«, schnitt sie ihm das Wort ab, »ich will nichts weiter hören.« Sie blickte ihm in die müden braunen Augen. »Du bist schlimmer als Victor«, sagte sie mit ruhiger Stimme. »Victor hat vieles getan, aber geschlagen hat er mich nie.«

Während Donna zur Tür ging, trat Mel beiseite. Hinter ihr erklang leise seine Stimme. »Manchmal ist es leichter, jemanden umzubringen, als Hand an ihn – oder sie – zu legen.«

Donna öffnete die Tür und trat hinaus, ohne auch nur einen einzigen Blick zurückzuwenden.

19

Seit einem Monat kam sie Tag für Tag zu diesem Spielplatz. Zuerst nur ein Zufall, war es inzwischen zum festen Ritual geworden: Jeden Nachmittag von drei bis fünf saß Donna auf derselben niedrigen grünen Bank bei dem kleinen Spielplatz in der Nähe des Flagler Boulevard und sah den Kindern beim Spielen zu.

Irgendwie erschien es ihr als passendes Ende für jeden Tag: für all die Tage, die sie mit leeren Gedanken füllte, bis es dunkel genug wurde, um wieder zu Bett zu gehen, um wieder zu schlafen. Morgens wachte sie zwischen sieben und acht Uhr auf und verbrachte eine kleine Ewigkeit mit Waschen und Zähneputzen und was sonst noch, bevor sie sich anzog. Sie schlüpfte in die Kleidung, die gerade in ihrer Reichweite lag, bis sie schließlich so schmutzig war, daß sie das unmöglich noch länger tragen konnte. Dann unternahm sie lange Spaziergänge, manchmal am Meer entlang, mitunter auch bis zur Worth Avenue, wobei sie den gutgekleideten Touristen nach Möglichkeit aus dem Wege ging. Gelegentlich führten ihre Schritte sie zur Palm Beach Mall oder in Richtung Southern Boulevard. Dann und wann aß sie irgendwo eine Kleinigkeit; meistens verzichtete sie darauf. Regelmäßig jedoch kam sie am Ende zu diesem kleinen Spielplatz. In welche Richtung sie zuerst auch aufgebrochen sein mochte: Alle Wege führten schließlich hierher.

Es war einer von Adams Lieblingsspielplätzen gewesen, vermutlich wegen der vielen Wippen und Rutschbahnen usw. in Tiergestalt. Natürlich rechnete sie nicht wirklich damit, ihn hier zu sehen. Andererseits (dies ihre vagen Gedanken) konnte man ja nie wissen. Schien es nicht wenigstens denkbar, daß Victor mit den Kindern Palm Beach überhaupt nicht verlassen hatte? Oder eher noch: daß er mit ihnen nach kurzer Abwesenheit wieder zurückgekehrt war? Sie versuchte, sich von diesen unsinnigen Überlegungen zu befreien. Nein, nein, nein. Palm Beach war ein viel zu kleiner Distrikt. Es gab zahlreiche Menschen, die ihn und die Kinder erkennen konnten, erkennen würden. Überdies hatte der Detektiv den gesamten Staat durchkämmt, hatte alle möglichen Agenturen abgeklappert: für Immobilien, für Hauspersonal, selbst für Kinderschwestern. Victor befand sich garantiert nicht in Florida. Oder hatte sich hier jedenfalls nicht befunden, flüsterte es aus irgendeinem Winkel ihres Gehirns. Denn es *konnte* doch sein, daß er inzwischen zurückgekehrt war.

Sie sah, wie ein kleiner, dunkelhaariger Junge vom Parktor her auf ein grellbemaltes Klettergestänge zulief. Im Nu hatte er sich emporgeturnt und hing dann ganz oben, Kopf nach unten. Wo blieb seine Mutter? fragte Donna sich gereizt. Kleine Kinder läßt man auf gar keinen Fall unbeaufsichtigt – wie leicht können sie sich was tun!

Der Junge war nicht älter als Adam. Ja, er hatte sogar ein wenig Ähnlichkeit mit ihm, zumindest aus dieser Entfernung. Außerdem blickte sie gegen die Sonne, und wenn sie ihre Augen ein wenig verengte, konnte sie sich fast vorstellen...

»Todd, wo bist du?« rief eine helle Frauenstimme. Und dann sah Donna die Frau selbst. Sie hastete auf den Spielplatz, näherte sich mit zornigen Blicken dem kleinen Jungen. »Wie oft habe ich dir schon gesagt, daß du auf mich warten und nicht so weit vorauslaufen sollst? Du weißt doch, daß ich mich jetzt nicht so schnell bewegen kann.«

Die Frau, rund ein Halbdutzend Jahre jünger als Donna, mußte im sechsten oder siebten Monat sein. Unwillkürlich blickte Donna an sich hinab. Sie war so dünn wie nie zuvor, und ihre Magerkeit wurde noch betont durch das Haar, das sie eine Idee zu lang trug, als daß es attraktiv wirken konnte.

»Allmächtiger, wie ich mit zweien fertig werden soll, weiß ich beim besten Willen nicht«, sagte die Frau, während sie schwerfällig auf die Bank zuschritt, auf der Donna saß, und neben ihr Platz nahm. Zu ihrer eigenen Verwunderung freute Donna sich darüber: über die Gelegenheit, mit einem anderen Menschen zu sprechen. Es war schon ziemlich lange her, daß sie mehr Worte gewechselt hatte als die unerläßlichen Floskeln wie »Guten Tag« und »Auf Wiedersehen«.

»Sie werden schon zurechtkommen«, erwiderte sie lächelnd. »Zuerst ist es schwer, und man glaubt, man schafft es nie. Aber man schafft es doch, und dann ist es wunderschön.«

»Wirklich?« fragte die Frau und strich sich das von einem Stirnband gehaltene Haar glatt. Es war blond, doch im Sonnenlicht sah man deutlich den schwarzen Haaransatz, etwa einen Zentimeter lang. »Na, hoffentlich. Wir können uns nämlich keine Hilfe leisten. Und Todd – also als Baby war's mit ihm nicht zum Aushalten. Schrie unentwegt. Noch mal könnte ich das wohl kaum durchmachen.«

»Mit meinem ersten war es das gleiche«, sagte Donna. »Ein ganzes Vierteljahr lang schrie er, mein kleiner Adam. Aber dann hörte er damit auf, und er war sehr lieb. Sharon hat überhaupt nie geschrien. Vielleicht haben Sie mit Ihrem zweiten ebensoviel Glück.«

»Na, hoffentlich.« Die Frau blickte zu den spielenden Kindern, ein knappes Dutzend insgesamt. »Welche sind Ihre?«

Die Frage traf Donna völlig unvorbereitet. Unwillkürlich geriet sie in ein Stammeln. »Sie – sie sind nicht hier.« Die Frau musterte sie überrascht. Am liebsten hätte Donna gefragt: Muß man denn Kinder haben, wenn man bei einem Spielplatz auf einer Bank sitzt? Statt dessen sagte sie: »Sie sind mit ihrem Vater unterwegs. Er macht mit ihnen einen Abstecher nach Disneyland.«

»Oh, wie schön. Wir waren voriges Jahr dort. Mir hat's besser gefallen als Todd.« Donna lächelte. Die Frau sah sie fragend an. »Sie verbringen Weihnachten nicht zusammen?«

Donna starrte verblüfft. Wie hatte sie nur vergessen können, daß es nur noch wenige Tage bis Weihnachten war? Unwillkürlich drehte sie den Kopf. Sah die Palmen, das grüne Gras, spürte die warme Dezemberluft. In einer solchen Umgebung war es wahrhaftig keine Kunst, Weihnachten zu vergessen, ging es ihr durch den Kopf. Das Wetter blieb mehr oder minder stets gleich, mal ein bißchen heißer, mal ein bißchen weniger heiß. Geschenke brauchte sie für niemanden zu kaufen. Auch war keiner da, der Tag für Tag fragte: Ist denn immer noch nicht Weihnachten? Niemand hatte ihr eine Weihnachtskarte geschickt – wie denn auch, da keiner wußte, wo sie sich befand? Im Mt. Vernon Motel hatte sie eine Art Dauerquartier bezogen. Ursprünglich was das als Übergangslösung gedacht gewesen, bis sie irgendwo ein geeignetes Appartement fand. Der Mietvertrag für das Haus, in dem sie seinerzeit mit den Kindern gewohnt hatte, war inzwischen abgelaufen, die Eigentümer zurückgekehrt. So hatte sie einen Teil ihrer beweglichen Habe ins Mt. Vernon Motel geschafft und den Rest eingelagert. Sobald die Touristen-Saison vorüber war, würde sie sich auf die Suche nach einem Appartement machen. Wahrscheinlich.

»Ich hatte ganz vergessen, daß Weihnachten vor der Tür steht«, sagte Donna – und bedauerte den Satz, kaum daß er ihr rausgerutscht war.

Die jüngere Frau schien sich buchstäblich zurückzuziehen. In ihren Augen zeigte sich ein eigentümlicher, fast furchtsamer Ausdruck. Und plötzlich erinnerte Donna sich an den riesigen Weihnachtsbaum am Ende der Worth Avenue. Sie sah ihn im Lichterglanz, vor dem Hintergrund des dunklen Abendhimmels; sie sah die erleuchteten Schaufenster, weihnachtlich geschmückt. Es war schon erstaunlich, wie das funktionierte mit dem Verdrängungsmechanismus (so nannte man das ja wohl). Sie hatte es tatsächlich fertiggebracht, Weihnachten für sich *nichtexistent* zu machen. Eine beachtliche Leistung, wenn man so wollte.

Die jüngere Frau ließ ein gezwungenes Lächeln sehen. Dann erhob sie sich nicht ohne Mühe, murmelte irgend etwas: Sie müsse ihrem Söhnchen helfen oder so. Mit erstaunlich schnellen Schritten (zumindest für eine Frau in ihrem Zustand) näherte sie sich ihrem kleinen Sohn, der fröhlich herumturnte, sagte irgend etwas zu ihm – und setzte sich dann auf eine Bank auf der anderen Seite des Spielplatzes. Sie zog ein Buch aus ihrer Handtasche und vermied jeden Blick in Donnas Richtung.

Wer kann auch Weihnachten vergessen, dachte Donna für sich. Doch nur jemand, der nicht ganz richtig im Kopf ist. Sie stand auf und ging langsam in Richtung Parkausgang.

Der Mann war schlank, fast knochig. Mit John Travolta besaß er überhaupt keine Ähnlichkeit, fand Donna, und sie fragte sich, wie es nur kam, daß sie zunächst diesen Eindruck gewonnen hatte. John Travolta war dunkelhaarig und hatte elastische Hüften. Dieser Junge – denn mehr als ein Junge war er kaum, wie sie jetzt trotz des trüben Lichts sehen konnte – hatte absolut durchschnittliches braunes Haar, besaß einen eher mäßigen Sex-Appeal, und was seine Hüften betraf, so *bemühten* sie sich um Elastizität.

Was hatte er hier zu suchen? Nein, das war falsch formuliert. Was suchte *er* hier? Schließlich befanden sie sich in ihrem Motelzimmer. Donna saß auf ihrem Bett; er stand drüben beim Toilettentisch vorm Spiegel und kämmte sich das Haar. Hautenge schwarze Jeans und Stiefel mit hohen Absätzen trug er. Kein Hemd. Rasch blickte Donna an sich hinab – sie hatte noch die hellblauen Veloursshorts mit dem passenden Oberteil an, die sie nun schon seit mehreren Tagen trug. Hatten sie sich bereits geliebt? War sie schon wieder angekleidet und wartete darauf, daß er endlich fertig wurde und ging?

Sie blickte zu dem Jüngling. Ja, das war wohl das richtige Wort, so altmodisch es auch klingen mochte. Jüngling. Kein Junge mehr, aber auch noch kein Mann. Er war mindestens zehn Jahre jünger als sie. Was suchte er in ihrem Motelzimmer? Wo hatte sie ihn – aufgegabelt?

»Welcher Tag ist heute?« fragte sie ihn plötzlich.

Langsam drehte er sich zu ihr um. Auf seinem Gesicht spiegelte sich Verwunderung. »Freitag«, erwiderte er. Seine Stimme klang für sie fremd. Hatte sie ihn schon einmal sprechen hören, oder war dies das erstemal? »Bin in ein paar Sekunden bei dir, Baby.« Im Spiegel betrachtete er sein Profil. Gar kein Zweifel: Er war weit mehr an seiner eigenen Vollkommenheit interessiert als an ihr.

»Welches Datum haben wir?« Auch ihre eigene Stimme klang ihr fremd. Als hörte sie sich auf einer Tonbandaufnahme zu. Mehr noch: Bei der ganzen Szene schien sie Zuschauerin zu sein, alles von der anderen Seite des Raums beobachtend: zwei Fremde, der Mann – oder Jüngling – halbbekleidet vor dem Spiegel, in die Betrachtung seines eigenen Spiegelbildes versunken, die Frau auf dem Bett sitzend, noch vollständig angekleidet und wartend. Wartend worauf? Daß er ging? Daß er sich ihr näherte? Daß er sie liebte? Wer war dieser Junge? Wie war er in ihr Motelzimmer gelangt?

»Welches Datum haben wir?« fragte die Stimme wieder, fast fieberhaft.

»He, Baby, das fragst du mich nun dauernd. Was ist denn los? Stimmt irgendwas nicht mit dir?«

»Welches Datum haben wir?« Sie hatten also schon miteinander gesprochen.

»Es ist noch immer Freitag, der 31. Dezember.« Er wandte sich wieder dem Spiegel zu, warf dann einen Blick auf seine Armbanduhr, die er auf den Toilettentisch gelegt hatte. »Wie ich dir schon im Park gesagt habe – lange kann ich nicht bleiben. Hab 'ne Verabredung für heute abend.« Er lächelte dümmlich. »Is ja klar, nich? Silvester und so.«

Hatten sie sich bereits geliebt? War er deshalb hier? Wieder fühlte sie sich wie eine Beobachterin außerhalb – oder doch am Rande – der Szene. Geschickt streifte er seine Stiefel ab und näherte sich dann bis auf einen halben Meter der verwirrten Frau auf dem Bettrand. Jetzt sahen gleichsam beide Frauen zu, während er aufreizend seinen Gürtel löste und die schwarzen Jeans Zentimeter für Zentimeter seine Hüften hinabgleiten ließ. Unterwäsche trug er nicht.

»Sie haben eine hübsche Figur«, hörte sie die Frauenstimme sagen. Er streifte die Jeans ab und tänzelte dann wieder in Richtung Spiegel, um sich von allen Seiten zu betrachten.

»Phantastisch, was?« sagte er. Es war weniger eine Frage als eine Feststellung. »Ich trainiere auch jeden Tag in einer Sporthalle. Sozusagen gleich um die Ecke vom Park. Muß mich doch in Form halten«, sagte er und näherte sich wieder der Frau, »für die Weiber, weißt schon.«

Mit atemberaubender Geschwindigkeit spult das ab, dachte Donna, die Beobachterin auf der anderen Seite des Zimmers.

Bitte, Herr Filmvorführer, hätten Sie vielleicht die Freundlichkeit, den Film zu stoppen, zurückzuspulen und von vorn zu beginnen? Ich weiß überhaupt nicht, worum's geht. Diese Leute sind mir unbekannt, ich habe keine Ahnung, wie der Titel lautet – und so weiter und so fort. Was, um alles in der Welt, suchte dieser Junge im Zimmer dieser Frau? Warum sieht sie so verwirrt aus? Ich habe keine Ahnung, worum sich das Ganze dreht. War mir schon immer zuwider, mitten in einen laufenden Film zu platzen. Bitte, Herr Vorführer, hätten Sie die Güte, den Streifen von vorn zu starten, damit ich mir ein Bild machen kann, wer diese Leute sind.

»Für so was sind Sie doch ein bißchen alt, finden Sie nicht?« hörte sie die Frauenstimme fragen. Er hing, die Knie über die oberste – grüne – Stange des Klettergerüsts gehakt, mit dem Kopf nach unten. Schwarze Jeans, schwarzes T-Shirt – das ein ganzes Stück verrutschte, so daß sie seinen nackten Leib oberhalb des Bauchnabels sehen konnte – und dieser Bauchnabel schien sie geradezu anzulächeln. Rasch schwang er herum, herunter, stand dann vor ihr und blickte sie an. Irgendwie sah er wie John Travolta aus, fand sie.

»Sind Sie eine Parkaufseherin oder was?« fragte er, während er heftig auf seinem Kaugummi herumkaute.

Sie schüttelte den Kopf. »Nein. Nein. Ich komme nur manchmal hierher.«

»So?« fragte er, uninteressiert. »Haben Sie Kinder hier?«

»Nein«, erwiderte sie und schüttelte den Kopf.

Er nickte und schaute sich um. In der Nähe spielten ein paar Kinder. Als er wieder zu der Frau blickte, starrte sie ihn noch immer an.

»Sie kommen, äh, nur mal so hierher, wie?«

»Ganz recht.«

»Ja. Weiß schon, wie es ist.«

»Wie was ist?«

Er zuckte die Achseln. »Weiß nicht.« Er blickte zu dem Klettergerüst.

»Ich heiße Donna.«

»Ja?«

»Ja.«

Er zeigte ein vorsichtiges Lächeln. »Nett, Sie kennenzulernen, Donna.«

»Welchen Tag haben wir heute?«

»Welchen Tag? Ah, Freitag. Es ist Freitag.«

»Freitag der wievielte?«

Das Lächeln begann zu verblassen. »Freitag, der 31. Dezember, Silvester.«

»Jetzt?«

»Wie meinen Sie das – *jetzt?* Es ist kurz nach drei Uhr nachmittags. Später. Ich meine, in ein paar Stunden ist es dann wirklich soweit – Silvester. Möchten Sie vielleicht wissen, welches Jahr wir haben?« Die Stimme klang sarkastisch – aber kaum weniger verwirrt.

Sie schüttelte den Kopf. Das Jahr war unwichtig. Unausgesetzt starrte sie den jungen Mann an.

»Hören Sie, ich muß jetzt gehen. Hab für heute abend 'ne große Verabredung. Sie wissen, wie so was ist.«

»Wie was ist?«

Er drehte sich langsam von ihr fort. »Nun, ein glückliches neues Jahr.« Er begann, sich von ihr zu entfernen.

Die Frau folgte ihm mit zaudernden Schritten. »Warten Sie!«

»Ich kann wirklich nicht bleiben«, sagte er und blickte zu ihr zurück.

»Hätten Sie Lust, mit mir ins Bett zu gehen?«

Donnerwetter, dachte Donna, während sie das »Replay« beobachtete. Diese Frau hat wirklich eine Menge Mumm.

»Soll das ein Scherz sein?« Er hatte sich umgedreht, kam zurück.

»Überhaupt kein Scherz. Willst du mit mir ins Bett gehen? Ich wohne drüben am Belvedere.«

»Bist schon ’n tolles Weib«, sagte er lachend. »Aber klar – ich mach mit dir ’ne Nummer. Bloß lange bleiben kann ich nicht.«

»Hast du ein Auto?«

»Ein Stück die Straße abwärts geparkt.«

Donna beobachtete den Jungen – oder Jüngling – und die Frau. Während sie gemeinsam den Park verließen, glitt seine Hand über ihr Hinterteil.

Und jetzt befanden sie sich in dem Motelzimmer. »Meinst du nicht, du solltest dir dies ausziehen?« fragte er und zupfte an ihrem hellblauen Velouroberteil. Donna, die Beobachterin von der anderen Zimmerseite, sah genau zu. Wie ein Kind hob die Frau auf dem Bettrand die Arme in die Höhe, und der junge Mann – der Jüngling – zog ihr das Oberteil über den Kopf. »He, ein BH!« sagte er lachend. »Hab so ’n Ding schon seit Jahren nicht mehr gesehen.« Er betrachtete das »Objekt«, als handle es sich um einen Gegenstand von einem anderen Planeten – sodann glitten seine Hände auf ihren Rücken, um den BH aufzuhaken.

»Der wird vorne aufgehakt«, murmelte sie.

»Wirklich? Na, was sagt man. Habe dir ja gesagt, daß ich mit so was schon eine Ewigkeit nicht mehr zu tun hatte.« Er fand den Haken, löste ihn mühelos. »Na, das Gefühl dafür habe ich wohl noch immer«, stellte er fest, während er unablässig den Kaugummi in seinem Mund herumwälzte. Er löste den BH, ließ ihn auf den Boden fallen. »Ist wohl wie eine dieser Fick-Phantasien, bei denen einem kein verklemmter Reißverschluß in die Quere kommt, wie?« fragte er, während er sie aufs Bett zurückdrängte, um ihr – in ein und derselben Bewegung – sowohl ihre Shorts als auch ihr Höschen abzustreifen.

»Solche Phantasien habe ich schon längst aufgegeben«, sagte die Stimme der Frau. Donna, auf ihrer Beobachterposition auf der anderen Seite des Zimmers, bewegte sich unruhig. Irgendwie klang die Stimme jetzt allzu vertraut. »Ich war einmal in einem Flugzeug«, fuhr die Stimme fort. »Ist schon lange her. Eine Nonne beschlagnahmte den Sitz, den ich eigentlich für Warren Beatty reserviert hatte. Soviel zum Thema Phantasien.«

Donna lachte. Dieser Junge oder Jüngling lachte nicht. Er stellte das Kaugummikauen ein, richtete seinen (bislang über die Frau gebeugten) Körper auf. Starr war sein Blick auf sie geheftet, geradezu klinisch betrachtete er sie. Donna bemerkte, daß es mit seiner Erektion abwärts ging.

»Stimmt irgendwas nicht?«

»Was ist das hier?« fragte er.

»Was?«

»Dies. Sieht wie 'ne Narbe aus.« Seine Finger zogen eine Line nach, die von ihrem Nabel bis zum Schamhaar reichte.

Donna, die Beobachterin, hatte das Gefühl, daß die Frau sie zu sich zog, zu ihrem Bett. »Meine Babys«, sagte die Stimme, und sie sagte es zögernd.

»Babys? Du hast Babys?«

»Zwei«, erwiderte sie langsam. »Beide durch Kaiserschnitt.«

Der Jüngling setzte sich, ein Stück von der Frau entfernt. »Ist echt schade. Nichts, was man gegen die Narbe tun kann, oder?«

Urplötzlich befand sich Donna wieder ganz im Körper der Frau. Doch irgendwie schien nichts richtig zu passen. Sie wollte weg von hier, fort von diesem Jungen oder Jüngling, wer immer er auch sein mochte. Albernes Gespräch, von dem sie sich befreien wollte. Doch schien sie festzustecken in der Haut dieser fremden Frau: eine Art Gefangene im Leib eines weiblichen Wesens, das der Situation kaum gewachsen schien. »Ich habe noch nie viel darüber nachgedacht«, sagte sie. Und dies war ihre eigene Stimme. Und es war wahr. Victor hatte ihre Narbe stets als etwas behandelt, das sozusagen eine besondere Auszeichnung verdiente. Was Mel betraf, so hatte er überhaupt nicht davon gesprochen – außer daß es ausgezeichnet »gemacht« sei, wozu dann noch zarte Küsse kamen, aufwärts wie abwärts. Sie hielt inne. Nein, an Mel konnte, wollte sie nicht denken. Sie blickte wieder zu dem Jungen, dem Jüngling – und gewahrte sehr deutlich das Unbehagen in seinen Augen. »Du hast etwas gegen Narben, oder?«

Er schüttelte den Kopf. »Sie machen mich nicht direkt an, soviel ist klar. Aber, wie mir scheint, kümmert euch moderne Frauen so was herzlich wenig...«

»Moderne Frauen?« Wovon sprach er überhaupt?

»Nun, ihr rasiert euch nicht mehr die Achselhöhlen aus, ihr rasiert euch nicht mehr die Beine...«

Donna blickte auf ihre Beine, tastete nach ihren Achselhöhlen.

Er hatte recht. Wie lange war es her, daß sie daran gedacht hatte, sich dort zu rasieren? Sie wußte es einfach nicht. »Da biete ich wohl einen erstaunlichen Anblick«, sagte sie.

Er lachte. »Hör mal«, sagte er, während er aufstand und wieder zum Spiegel zurückschritt, »vielleicht tun wir es ein andermal. Ist schon ziemlich spät. Und ich habe diese Verabredung, weißt du...«

Donna nickte wortlos. Selbst mit »zufälligen« Parkbekanntschaften wollte es nichts werden.

»Bist du geschieden?« fragte er, während er sich wieder seine schwarzen Jeans überstreifte.

»Ja.«

»Ja, nun... –« Er zog sein T-Shirt über den Kopf. »Könnte ja sein, daß ihr beide bald schon wieder zueinanderfindet.« Wer sonst sollte verrückt genug sein, um zu...

»Vielleicht«, sagte Donna, und ihre Stimme nahm wieder diesen angenehm fremden Klang an. »Vielleicht war alles gar nicht so schlimm, wie ich glaubte.« Langsam drehte sie den Kopf, blickte sich im Zimmer um. »War's denn wirklich so schlimm?« fragte sie sich selbst. Zumindest würde sie ihre Kinder wiederhaben.

Als sie erneut zum Toilettentisch blickte, war der Junge verschwunden. Und während sie in Schlaf sank, fragte sie sich, ob es da überhaupt jemanden gegeben hatte.

Zwanzig Minuten später wachte sie abrupt wieder auf und ging ins Badezimmer. Dort öffnete sie das Arzneischränkchen, nahm den Lady Shave heraus, ersetzte die alte Klinge durch eine neue. Dann seifte sie sich die Achseln ein und rasierte sich sämtliche Spuren der »modernen Frau« fort.

Hier und dort versuchte sie ihre Haut zu verschönern, wobei sie die nicht zu beseitigenden Narben ignorierte; dann widmete sie sich ihren Beinen. Sie hob ein Bein ins Waschbekken, rieb mit einem nassen Lappen darüber, trug Seifenschaum auf. Anschließend ließ sie den Rasierer mit ruhigen, gleichmäßigen Bewegungen auf und ab gleiten.

Trotzdem schnitt sie sich, zuerst rein zufällig. Es handelte sich um eine neue Klinge, und Donna hatte offenbar zu fest aufgedrückt. Dann passierte es wieder, diesmal aus Unachtsamkeit. Doch beim dritten Mal war es Absicht. Genauso beim vierten, fünften und sechsten Mal. Anschließend rasierte sie sich das andere Bein, wiederholte dort die Prozedur und beobachtete, wie sich die schmalen roten Rinnsale zu breiteren vereinigten. Eigentümliche Gebilde schlängelten sich dahin, den Flüssen auf einer Landkarte gleich – rote statt blaue Flüsse. In den Schnittwunden spürte sie ein Stechen, von der Seife. Doch der Schmerz tat – sonderbarerweise – gut. Victor allerdings würde so etwas niemals gutheißen, und er hätte natürlich recht. Wie gewöhnlich. In allem. Wenn sie ihn doch nur finden und es ihm sagen könnte. Vielleicht würde er sie wieder aufnehmen. Denk drüber nach, Donna, sagte sie zu sich selbst, während sie das Bad verließ und wieder in ihre blauen Shorts und das dazugehörige Oberteil schlüpfte. So schlimm, wie du's immer hingestellt hast, war's doch auch wieder nicht. Sei aufrichtig gegen dich selbst. War's wirklich so schlimm?

»Allmächtiger, was ist denn mit Ihren Beinen?«

Donnas Blick löste sich vom Gesicht der verblüfften Friseuse. Sie ließ ihre Augen an sich hinabgleiten. »Hab mich geschnitten, als ich sie rasierte.«

»Womit haben Sie sich denn rasiert, mit einer Axt?« fragte die Frau.

»Wann können Sie mich drannehmen?«

Die junge Frau mit den purpurfarbenen Strähnen im vorderen Teil ihres Haares blickte sich ratlos in dem Frisiersalon um, in dem es sehr geschäftig zuging. »Ich weiß nicht, Mrs. Cressy«, sagte sie. »Heute ist ja Silvester. Und da haben wir schon seit Wochen für praktisch jede Minute Voranmeldungen.«

»Bitte...«

»Also schön, kommen Sie in einer Stunde wieder. Will mal sehen, ob ich Sie irgendwie dazwischenschieben kann.« Sie sah Donna an. »Was genau möchten Sie denn gemacht haben?«

Donna betrachtete die Frau, in deren Salon sie im Jahr nach Sharons Geburt so häufig zu finden gewesen war. Die Friseuse trug ihr Haar ziemlich kurz. In der Form wirkte es geometrisch, und die Farben – eine rötliche Messingtönung mit breiten purpurnen Strähnen vorn. »Gefällt mir, so wie Sie's haben«, sagte Donna.

Was sie hierhergeführt hatte, wußte sie nicht. Gewiß, ihr blieb eine Stunde Zeit, bevor sie wieder zu Lorraine, der Friseuse mußte. Aber das beantwortete noch lange nicht die Frage nach dem Warum. Seit dem Begräbnis war sie nicht mehr hier gewesen, und nie hatte sie das Gefühl gehabt, daß der Friedhof – oder Grabstein – sie ihrer Mutter irgendwie näherbingen könnte. Weshalb kam sie jetzt hierher?

Donna ging zwischen den Reihen der Gräber entlang, die mit frischen Blumen geschmückt waren – Bitte, keine künstlichen Blumen, stand auf dem Schild. Wie friedlich es hier war. Ein Scherz aus Kindertagen fiel ihr ein: Du, da gibt's einen neuen Friedhof, und die Leute bringen sich um, bloß um dorthin zu kommen! Sie beschleunigte unwillkürlich ihre Schritte und fand dann die Reihe, die sie suchte, und den Grabstein.

Sharon Edmunds
1910 – 1963
geliebte Gattin von Alan
geliebte Mutter von Donna und Joan
»Eine sanfte Seele; ein gütiger Geist«

Lange Sekunden verharrte Donna vor dem Grabstein. Mit den Fingerkuppen zog sie ganz langsam die Furchen der gravierten Buchstaben nach, fast als lese sie die Worte in Blindenschrift. Und sie tat es mehrmals, ehe sie mit der ganzen Hand über die glatte Oberfläche strich. Ich weiß nicht, was ich sagen soll, dachte sie. Ich weiß nicht, wie ich zu dir sprechen soll. Dann ließ sie sich langsam zu Boden sinken, saß auf der Erde neben dem Grab ihrer Mutter und blickte mit gleichsam leeren Augen zum Grabstein. Ich weiß nicht, was ich zu dir sagen soll, wiederholte sie für sich und wußte: Wenn es irgendeine Möglichkeit gab, daß ihre Mutter sie hörte, so würde ebendies geschehen, auch ohne ein gesprochenes Wort. Bitte, sag mir, was ich tun soll. Bitte, sag mir, wer ich bin. Was habe ich aus meinem Leben gemacht? Was habe ich fortgeschleudert? Angestrengt starrte sie auf die eingemeißelten Buchstaben. War mein Leben mit Victor wirklich so schlimm? Bitte, hilf mir. Mutter. Ich brauche eine Antwort. Ich brauche dich, damit du mir sagst, was ich tun soll!

Doch es kamen keine Stimmen, kein abgründiges Raunen, keine geheimnisvollen Zeichen, die von übernatürlichen Kräften kündeten. Nichts. Nur Stille. Donnas Blick glitt über die geometrischen Reihen. Ungestört lagen sie. Keine Geister erhoben sich, keine schlanken, durchsichtigen Gestalten in weißen, flutenden Gewändern. Nichts. Plötzlich hörte sie Mels Stimme. »Wenn es in diesem Zimmer irgendwelche ›Geister‹ gibt, Donna, dann stehen sie in deinen Schuhen!«

Sie verdrängte die Gedanken an Mel, wie sie es stets zu tun pflegte. Diesmal jedoch kehrten sie hartnäckig zurück.

»Bist du bereit heimzufahren?« Mel.

»Ich bin schon den ganzen Abend dazu bereit.« Donna.

»Das ist mir nicht entgangen. Fehlte eigentlich nur, daß du die Autoschlüssel klirrend in meine Richtung geschwenkt hättest.«

Geh fort, Mel.

»Du sagst mir, daß du mich nicht mehr hierhaben willst?«

»Ich sage dir, daß ich Donna Cressy liebe. Aber daß ich mit der Frau, zu der sie sich hat werden lassen, nicht mehr leben kann.«

Donna lehnte sich gegen den Grabstein ihrer Mutter. Unmittelbar hinter ihr erklang Mels Stimme.

»Du warst sechs Jahre lang mit Victor verheiratet, Donna. Ich meine, das sollte uns beiden genügen.«

Mit rasender Geschwindigkeit schien in Donnas Gehirn ein Film abzuspulen. Rückwärts zunächst. Dann vorwärts. Die sechs Jahre mit Victor. Wörter. Mehr Wörter. Endlose Folgen von Wörtern. Ermahnungen. Anweisungen. Befehle. Halbwahrheiten. Aber auch Fast- oder Ganzwahrheiten. Genügend zum Schlingenlegen, Fallenstellen. Genug, um sie von einer Erwachsenen in ein Kind zurückzuverwandeln – in ein unselbständiges Geschöpf, von dem so etwas wie Wundergläubigkeit erwartet wurde.

Ein Gedicht von Margaret Atwood ging ihr plötzlich durch den Sinn, und die Worte schienen zu erstarren. Noch mehr Worte.

du fügst dich in mich
wie ein Haken in ein Auge
ein Fischhaken
in ein offenes Auge

Die richtigen Worte. Plötzlich mußte sie an Victors Mutter denken; vergeudete Hoffnung, verschwendetes Warten, über ein Dutzend Jahre. Und Victors erste Frau. Drei Jahre habe ich auf der Psychiater-Couch zugebracht wegen diesem Lumpenhund, hatte die Frau gesagt. Noch immer voll Zorn nach all den Jahren. Und sie – Donna – ihrerseits? Die Melodie von Paul Simons Song klang wie von fern an ihre Ohren. Was ließ sie sich von Victor antun?

SHARON EDMUNDS

Donna starrte auf den Namen ihrer Mutter. »Ja«, sagte sie laut, während die letzten Bilder ihres Lebens mit Victor an ihrem inneren Auge vorüberglitten und der Film plötzlich zu Ende war. »Es war so schlimm.«

Sie erhob sich. Meinte, Mel neben sich zu spüren.

»Soll das heißen, ich war schuld daran, daß du dich heute abend so benommen hast?« Donna. An jenem Abend, wo sie ihn geohrfeigt und dann verlassen hatte.

»Das soll heißen, daß es *meine* Schuld war. Du kannst für meine Handlungsweise nicht verantwortlich sein.« Mel. Kannst du nicht verstehen, was ich dir die ganze Zeit über zu sagen versuche?

Sie verstand. Warum nur waren die einfachsten Wahrheiten immer am schwersten zu verstehen?

Victor war längst nicht mehr für ihr Leben verantwortlich. Und niemand sonst würde ihr irgendwelche Antworten geben. *Konnte* ihr irgendwelche Antworten geben. Die Antworten mußten aus ihr selbst kommen. Sie war als einzige für sich verantwortlich – für alles, was sie damit tat. Für den fremden Jungen oder Jüngling in ihrem Motelzimmer, für die Schnitte an ihren Beinen; für alles, was sie – und niemand sonst – mit sich geschehen ließ.

Ihr Blick glitt über den Friedhof. »Nichts als ein Haufen Tote hier«, sagte sie laut und hatte das Gefühl, daß ihre Mutter ihr prompt zustimmte.

Nein, hier gibt es keine Antworten, dachte sie, während ihre Augen über die Gräber streiften. Hier sind bloß Tote. Aber es gilt einzig das Leben. Und es kommt darauf an, daß man lernt, das Leben zu leben.

Mel arbeitete noch spät, um sich den nächsten Tag frei nehmen zu können.

Als Donna die Stufen zu seiner Praxis hochstieg, fühlte sie, wie ihr Herz zu rasen begann; wie bei einem Teenager, dachte sie. Und sie begriff auch, wie groß die Möglichkeit – wenn nicht gar Wahrscheinlichkeit – war, daß er sie gar nicht mehr haben wollte. Allzuviel Zeit war verstrichen, allzuviel hatte sie ihm zugemutet.

Sie verhielt mitten auf der Treppe. Die Luft war ihr knapp geworden, sie atmete tief. Wenn er sie nun nicht mehr haben wollte, was dann? Weitere endlose Spaziergänge ins Irgendwo? Wieder irgend so ein Fremder, den sie auf einem Kinderspielplatz auflas? Wieder Blut im Waschbecken des Badezimmers? Nein, beschloß sie, während sie die Treppe weiter emporstieg. Sie hatte sich zur Genüge selbst gestraft. Keine Blasen mehr. Kein Blut mehr. Sie hatte bereits bezahlt.

»Komme gleich«, rief er aus seinem Zimmer, nachdem sie das Wartezimmer betreten hatte. Keine Sprechstundenhilfe mehr, niemand. »Muß nur noch was fürs Laboratorium fertig machen. Dauert nicht lange.«

Donna stand in der Mitte des Raums und wartete. Ich werde überleben, sagte sie zu sich selbst. Wenn du mich von dir fortschickst, werde ich überleben, trotzdem. Und ich bin auch die einzige, die's schaffen kann – für mich.

»Bitte um Entschuldigung. Wußte nicht, daß noch jemand angemeldet war...« Kaum, daß er sie erkannte, brach er ab. Und Donna sah, wie in seinen Augen Tränen aufstiegen, fühlte aufsteigende Tränen auch in ihren Augen.

Doch ihre Stimme klang sehr klar, und es war ganz und gar ihre eigene Stimme. »Bitte, laß mich alles sagen, das zu sagen ich hergekommen bin, bevor du irgend etwas sagst.« Er nickte wortlos. »Ich bin ein Dummkopf gewesen, oder wie immer du mich nennen möchtest. Die letzten neun Monate meines Lebens habe ich damit vergeudet, den verdammten Felsbrocken über den Gipfel hinwegrollen zu wollen, obwohl doch jeder weiß, daß das absolut unmöglich ist. Der rollt einfach zurück, über mich hinweg – und auch über jeden, der zufällig in meiner Nähe steht.« Er schwieg, weil er wußte, daß da noch mehr war, was sie sagen wollte.

»Ich habe heute einen ganz enormen Tag hinter mir«, fuhr sie fort. »Ich las irgendeinen Jüngling im Park auf und nahm ihn mit auf mein Motelzimmer. Dann amputierte ich mir beim Abrasieren der Beine diese sozusagen ums Haar. Auch hätte ich mir fast das Haar purpurn gefärbt.« Sie hielt für einen Augenblick inne. »Und ich ging meine Mutter besuchen, auf dem Friedhof.« Wieder schwieg sie für einen Moment. »Auf dem Weg hierher mußte ich ununterbrochen an das Buch denken. An das Buch von Albert Camus über Sisyphos. Und ich glaube, so wird's wohl sein müssen. Nur auf diese Weise werde ich überleben können. Ich meine, was Victor getan hat, ich muß es als Tatsache hinnehmen. Muß mir richtig klarmachen, daß es praktisch keine Hoffnung gibt, meine Kinder jemals zurückzubekommen. Je mehr ich hoffe, desto mehr verzweifle ich. Und für Verzweiflung ist in mir einfach kein Platz mehr.«

Sie weinten nun beide. Weinten ohne Scheu, fast hemmungslos. »Wie du mir gegenüber jetzt empfindest, weiß ich natürlich nicht. Ich weiß nur, daß ich dich liebe. Daß ich mich sehr danach sehne, mit dir zusammen zu sein. Deine Frau zu sein und Annies Mutter. Aber ich weiß auch, daß ich nicht zerbrechen werde, falls du mir sagst, es sei zu spät.« Sie lachte, unter Tränen. »Es würde mir ganz verteufelt zusetzen«, erklärte sie. »Aber zusammenbrechen – nein, zusammenbrechen würde ich nicht. Das verspreche ich dir.« Sie ließ eine Pause eintreten. »Das ist alles, was ich zu sagen habe. Nun bist du an der Reihe.«

Er lächelte traurig. Und bevor er sprach, verging eine geraume Zeit. »Purpurfarbenes Haar?«

Sie zuckte mit den Schultern. »Heißt das, daß du mich liebst?«

»Das heißt, daß ich dich irrsinnig liebe.«

Im nächsten Bruchteil einer Sekunde gab es zwischen ihnen keine räumliche Entfernung mehr, und Worte – Worte waren ohnehin überflüssig.

20

Donna saß über einem gewaltigen Stapel von Quittungen und unbezahlten Rechnungen, die sie alphabetisch einzuordnen versuchte. Welche junge oder auch nicht so junge Dame hierfür als letzte verantwortlich gewesen war – kein Wunder, daß man sich an »Kelly Girl« gewendet hatte, um sie zu ersetzen.

Das Telefon schrillte. Nein, natürlich, hier *schrillte* es nicht. Es spielte irgendeine kaum erkennbare Melodie. Warum nur läutete es nicht so wie überall? Sie hob den Hörer ab. »Tut mir leid, der Apparat ist besetzt. Wenn Sie bitte eine Minute warten würden. Fein, ich werde Sie sobald wie möglich verbinden.« Sie drückte die entsprechenden Tasten und wandte ihre Aufmerksamkeit wieder dem gigantischen Stapel von Quittungen und unbezahlten Rechnungen zu. Doch schon wieder erklang jenes melodische Gezirp. Nicht ganz das gleiche. Diesmal war es nicht das Telefon, diesmal war es die Tür. Ein hochgewachsener, gutgekleideter, tiefgebräunter Mann von etwa fünfundvierzig Jahren näherte sich ihr.

»Mr. Wendall?«

»Einen kleinen Augenblick, bitte.« Sie drückte eine Taste. Dies war es, was sie immer und ewig tat: Tasten drücken. »Ihr Name, bitte?«

»Ketchum.«

»Mr. Wendall, hier ist ein Mr. Ketchum, der Sie sprechen möchte. Ja. Gut. Werde ich tun. Nehmen Sie bitte Platz, Sir. Er wird Ihnen gleich zur Verfügung stehen.« Sie ließ die Taste los. Abermals zirpte es. Diesmal war es wieder das Telefon. Und dann kam jemand durch die Tür herein und näherte sich ihr. Noch mehr Tasten. Noch mehr Gezirp. Guter Gott, kein Wunder, daß ihre Vorgängerin alles in einer solchen Unordnung hinterlassen hatte – ihr war nie eine Chance geblieben, irgendwas in Ordnung zu bringen. In den zwei Stunden, seit Donna hier arbeitete, hatte sie kaum Gelegenheit gehabt, die A's von den B's zu scheiden. Ein wenig verheißungsvoller Auftakt.

Inzwischen warteten drei Leute an den Enden irgendwelcher Telefonleitungen und zwei hier auf Stühlen, während ein Schreibtisch voller unerledigter Quittungen und unbezahlter Rechnungen der Erledigung harrte. Erneut erklang das Telefon. »Household Finance«, meldete sie sich mit freundlicher Stimme und ließ dann ein breites Lächeln sehen, als sich der »Teilnehmer« vom anderen Ende meldete. »Ist das reine Tollhaus hier. Dabei haben wir schon fast Mittagszeit, und geschafft – geschafft habe ich überhaupt noch nichts. Wie läuft's bei dir? Oh, nur einen Augenblick, Mel, ist gerade noch jemand eingetreten.« Sie erledigte, was zu erledigen war. »Inzwischen warten hier drei Leute, die zu Mr. Wendall wollen. Keine Ahnung, was er dort hinten treibt. Ja, es macht mir Spaß. Ist irgendwie ganz lustig. Anders als auf der Bank.«

Seit sie, inzwischen waren es drei Wochen, zu »Kelly Girl« gehörte, hatte Donna für Savings and Loan gearbeitet, für eine Bank. Für ein oder gar zwei Wochen würde sie hier tätig sein: in einer Art Personalunion als Empfangsdame und Buchhalterin in diesem Büro mit der Bezeichnung Household Finance. Als ein »Kelly Girl« mußte sie meist bei Jobs einspringen, die wenig Eigenverantwortlichkeit und -initiative verlangten, dafür aber um so mehr Frondienst. Doch erfüllte dies, für den Augenblick, seinen Zweck: Donna gewöhnte sich wieder ein in die alltägliche Arbeitswelt, und während sie dort bereits aktiv war, konnte sie sich in aller Ruhe überlegen, welche Art Job ihr für die Zukunft wünschenswert schien. Ihre Freundin Susan hatte ihr bereits erklärt, sie habe da ein paar neue Ideen für Donna. Bei der Party am Samstag abend wollten sie darüber sprechen.

»Okay, schönen Dank für den Anruf, Liebling. Übrigens – du weißt doch, daß ich später mit Annie bei Saks verabredet bin. Anschließend werden wir noch eine Kleinigkeit essen. Nein, du bist nicht eingeladen. Annie meinte, es handle sich um eine ausschließlich weibliche Gesprächsrunde. Ich bin ein Nervenwrack. Ja, mach ich. Okay, Schatz. Bis später dann, tschüß.«

Kaum hatte sie aufgelegt, läutete – oder zirpte – das Telefon schon wieder. Um die Mittagszeit warteten dann: vier Leute an den Enden diverser Telefonleitungen und sechs weitere hier im Büro. Alle hofften darauf, endlich zu Mr. Wendall »vorzudringen«, doch hatte dieser Donna gerade über die Sprechanlage verkündet, er werde jetzt zum Lunch gehen. Vor sich auf dem Schreibtisch sah sie die nach wie vor unsortierten Haufen von Quittungen und unbezahlten Rechnungen, und an ihren Schläfen spürte sie so etwas wie einen sich steigernden Trommelwirbel.

Annie wollte mit ihr sprechen. Worüber wohl?

Bislang harmonierten sie wunderbar miteinander. Zwischen beiden herrschte ein Verhältnis gegenseitigen Vertrauens und wechselseitiger Achtung wie noch nie zuvor. Gewiß, in den ersten Tagen nach Donnas Rückkehr hatten sich beide verhalten wie wachsame Katzen mit aggressionsbereiten Krallen: eine Art Ausbalancieren »territorialer Anprüche«. Doch das gab sich schon bald. Sie waren froh, einander wiederzuhaben – zu altvertrauten Umarmungen, zu herzhaftem Lachen.

Allem Anschein nach war Annie wirklich glücklich darüber, daß Donna und Mel heiraten wollten; und als Donna sie aufgefordert hatte, bei Saks gemeinsam mit ihr ein Kleid für die bevorstehende Verlobungsparty auszusuchen, war das Mädchen sogleich Feuer und Flamme.

Aber dann hatte sie so etwas wie eine kleine Bombe geworfen: Sie würde mit Donna gern unter vier Augen sprechen, ohne daß ihr Vater dabei war. Zu welchem Zweck? Wollte sie Donna vielleicht mehr oder minder deutlich sagen: Bitte tu, was du willst, aber laß um Gottes willen die Finger von meinem Pa – verschwinde!

Ehe Donna auf ihre eigene Frage eine plausible Antwort finden konnte, zirpte schon wieder das Telefon; überdies traten noch zwei Leute ein.

»War ein irrer Nachmittag, kann ich dir nur sagen.«

»Erzähl mal.«

Donna blickte lächelnd zu dem Mädchen, das ihr in Dohertys Restaurant gegenübersaß und eifrig bemüht war, sich ein komplettes Sandwich auf einmal in den Mund zu schieben. In Annies Augen spiegelte sich die Neugier des Kindes. Und von Tag zu Tag schien sich jene altkluge skeptische Haltung um ein weniges zu verringern. Was Donna betraf, so war sie von Mal zu Mal glücklicher, daß sie diese zweite Chance erhalten hatte. Deutlich bemerkte sie, wieviel es dem Kind bedeutete, von ihr ins Vertrauen gezogen zu werden. Wenn sie Annie etwas über ihr Alltagsleben mitteilte, so hieß das für das Mädchen, daß sie dieses Leben gleichsam mit Donna teilte – mit ihr teilen durfte. »Also da geht es ganz schön rund«, sagte Donna. »Ich hatte ja nicht die leiseste Ahnung, daß es in diesem Nest so viele Leute gibt, die so tief in der Kreide stecken.«

»Was heißt das – in der Kreide stecken?«

»Schulden haben. Sie leihen sich Geld und müssen's dann zurückzahlen.« Annie nickte; jetzt hatte sie verstanden. »Und dieser Mr. Wendall ist schon eine echte Type. Scheint mir fast, daß er sich ein paar fremde Gehirne ausgeliehen hat, um diesen Posten zu ergattern – und sie dann allzu früh zurückgab.« Annie lachte. »Er ist so langsam – bewegt sich wie eine Schnecke. Mit seinen Terminen gerät er völlig durcheinander. Und so sitzen da Leute und warten stundenlang auf ihn. Natürlich fragen sie mich dauernd, wie lange es denn noch dauern wird. Ich bin diejenige an der Front, und so kriege ich sie ab, die ganze...«

»Scheiße?«

»Ja. Das trifft's. Danke.« Sie lachte.

Sie bissen beide in ihre Sandwiches, dann fuhr Donna fort: »Heute nachmittag wurde es dann total albern. So etwa zehn Leute warteten auf ihn, darunter auch ein paar, die sich vorher nicht angemeldet hatten. Also versuchte ich dauernd, über die Sprechanlage zu ihm durchzukommen. Keine Antwort. Schließlich stand ich auf und ging in sein Büro. Er ist nicht dort. Niemand ist dort. Ich gehe zu meinem Schreibtisch zurück, und da höre ich plötzlich seine Stimme: »Mrs. Cressy?« Ich bleibe stehen, drehe den Kopf. Niemand. Ich will weitergehen, da höre ich wieder diese Stimme: »Mrs. Cressy?« Also erwidere ich: »Mr. Wendall?« Und die Stimme sagt: »Ja.« Aber er ist nirgends zu sehen. Möchtest du wissen, wo er gesteckt hat?«

Annie kicherte bereits. »Wo?«

»Im Schrank. Dort hatte er sich versteckt!« Donna schüttelte wie fassungslos den Kopf. »Da war eine Frau, die unangemeldet eingedrungen war. Offenbar nicht zum erstenmal. Er hatte sie dauernd auf dem Hals, und sie war schon häufiger in sein Büro gestürmt, um ihn sich dort direkt vorzuknöpfen. Als er sie diesmal kommen sah, verschwand er sofort im Schrank. Eine geschlagene halbe Stunde hatte er dort drin gestanden.«

»Kam er heraus?«

»Ja. Und kaum hatte er's getan, platzte sie auch schon durch die Tür herein und stellte ihn. Es war einfach herrlich. Ich bin schon auf morgen gespannt. Mal sehen, was er da anstellt.«

Das Kind lachte, doch dann wurde sein Gesicht ernst. »Bist du jetzt glücklich, Donna?«

Donna betrachtete Annie mit zärtlichem Blick. »Ich komme dem immer näher.«

»Hast du mich jetzt lieber?«

»Ich habe *mich selbst* lieber. *Dich* habe ich immer lieb gehabt.«

Annie lächelte. »Fehlen dir Adam und Sharon?«

»Ja.«

»Denkst du viel an sie?«

»Möglichst nicht zu oft. Ich versuch es jedenfalls.«

Annie blickte auf den Rest ihres Sandwiches, dann zu Donna, dann wieder auf ihren Teller. »Du gehst doch nicht wieder fort, nicht?« fragte sie leise.

Donna streckte ihren Arm über den Tisch, schob ihre Hand über die Hand des Kindes. Sie schüttelte den Kopf. »Wer sollte mir dann beim Aussuchen meiner Kleider helfen?«

»Im Ernst.« Aus Annies Stimme klang leiser Tadel.

Und aus Donnas Antwort klang der Ernst, den das Kind forderte. »Ich bin hier und werde hier bleiben, Annie.«

Auf dem Gesicht des Mädchens erschien ein strahlendes Lächeln.

»War es das, worüber du mit mir sprechen wolltest?«

Annie schüttelte den Kopf. »Nicht direkt. Ich wollte nur sicher sein, daß du wirklich bleibst – und dir dann erst die Fragen stellen.«

»Fragen – worüber?«

»Über Sex.«

»Sex?«

»Ja, du weißt schon.«

»Oh, ja, natürlich weiß ich. Was ist damit?«

Annie drehte den Kopf, um sich zu vergewissern, daß niemand sie hören konnte. »Nun ja, mein Pa hat mir alles erklärt und so, und meine Mutter auch. Ich weiß Bescheid über Penis und Vagina und so weiter...« Angestrengt starrte Donna auf Annies Mund. Sie hatte ganz einfach Angst – Angst, daß sie loslachen würde, wenn sie in die ernsten Augen des kleinen Mädchens blickte. »Was ich nicht verstehe ist – wie kommt der Penis überhaupt in die Vagina?«

»Du möchtest wissen, wie der Penis in die Vagina gelangt?«

»Und erzähl mir nicht, daß Mann und Frau ganz dicht beieinander liegen, denn das weiß ich bereits; doch das beantwortet die Frage nicht.«

Nunmehr war sozusagen Donna an der Reihe: den Kopf zu drehen, um sich zu vergewissern, daß niemand zuhörte. »Mußt du darauf auf der Stelle eine Antwort haben? Ich meine, mir scheint, daß du nicht bis zu den Sommerferien warten möchtest, um dann deine Mutter zu fragen?«

»Du bist für mich jetzt doch auch eine Art Mutter, oder nicht?«

Donna zeigte ein strahlendes Lächeln. »Ich liebe dich, Annie.«

»Würdest du mir jetzt bitte sagen, wie der Penis in die Vagina kommt? Benutzt der Mann seine Hand, um ihn hineinzuschieben?«

Vor Donnas innerem Auge tauchte eine wahre Flut überaus präziser Bilder auf. Sie gab sich alle Mühe, korrekt zu antworten, ohne den leisesten Hauch von Spott oder Herablassung.

»Nun, wenn er das will, kann er es sicher tun. Aber es ist eigentlich nicht nötig. Der Penis füllt sich nämlich mit Flüssigkeit aus den Hoden. Du weißt, was Hoden sind?«

»Natürlich.« Souveräne Gebärde einer Achtjährigen – eine Demonstration ganz besonderer Art, dachte Donna unwillkürlich.

»Nun, diese Flüssigkeit läßt den Penis steif werden, so daß ihn der Mann einfach...«

»...hineinschieben kann?«

»Das beschreibt es so ziemlich genau.« Donna nahm einen großen Schluck Wasser.

»Tut es weh?«

Donna schüttelte den Kopf. »Es ist ein schönes Gefühl.«

Wieder blickte Annie sich vorsichtig um. Eine leichte – wie schuldbewußte – Röte überhauchte ihre Wangen. »Das habe ich alles schon gewußt«, gestand sie, nachdem Donna für sie einen Schokoladen-Sundae bestellt hatte.

»Du hast es gewußt? Weshalb hast du mich dann gefragt?«

»Ich wollte hören, was du sagen würdest«, erwiderte Annie verschmitzt.

»Ich habe den Test doch bestanden, oder?«

Das Mädchen ignorierte Donnas Frage. »Was du da gesagt hast über das schöne Gefühl, also, das wußte ich noch nicht.« Eine lange Pause trat ein. »Ich habe dich lieb, Donna.«

Ich habe den Test bestanden, dachte Donna fast verwundert, und ihre Augen füllten sich mit Tränen. Diesen jedenfalls. Wie viele erwarten mich noch?

»Du siehst phantastisch aus.«

Mit gleitenden Bewegungen drehte Donna sich einmal um sich selbst. »Ist wirklich hübsch, nicht?«

»Hinreißend. Ist dies das Kleid, wo Annie dir beim Aussuchen geholfen hat?«

»Sie war mit sich selbst hochzufrieden.«

Mel trat zu Donna, nahm sie in die Arme. »Sie hat einen ausgezeichneten Geschmack bewiesen.« Sie küßten sich. »Und was wirst du anziehen?« fragte sie ihn.

»Keine Ahnung. Wie wär's, wenn du etwas für mich heraussuchst?«

»Okay.« Mel wandte sich zur Tür. »Wo willst du hin?« fragte sie.

»Ich habe Mrs. Harrison versprochen, noch die Feinabstimmung am Fernseher einzustellen, für den Samstagabendfilm.«

Er begann, die Treppe hinunterzusteigen. »Mach nicht zu lange«, rief sie hinter ihm her. »Wir sind schließlich die Ehrengäste, vergiß das nicht.«

»Bin gleich wieder da«, rief er zurück.

Donna betrachtete sich noch einmal im Spiegel. Ja, sie konnte wirklich zufrieden sein. Sie setzte sich auf den Bettrand. Die neuen Bezüge, ganz in sanftem Blau und Creme gehalten, paßten gut zu den frischtapezierten Wänden. Überhaupt schien alles ins Lot zu kommen – in diesem Zimmer, in ihr selbst, in ihrem Leben. Nur daß etwas fehlte. Zweimal etwas, wenn man so wollte. Sie erhob sich und warf einen Blick auf die Uhr. Sieben Uhr abends – Mütter, wißt ihr, wo eure Kinder sind?

Sie trat zum Toilettentisch und griff nach der Haarbürste, die sie bei ihrem letzten Besuch im Frisiersalon gekauft hatte. (Nur ein wenig kürzen, bitte. Nichts Drastisches.) Wild begann sie, sich das Haar zu bürsten, aus Zorn auf sich selbst. Weil sie es zugelassen hatte, daß ein Funke Hoffnung in ihre Gedanken eindrang. Sie durfte nicht an Adam und Sharon denken. Auf gar keinen Fall würde sie es sich gestatten, in innere Unruhe zu geraten. Heute abend war ihre Verlobungsparty. Donna Cressy, dies ist ihr Leben! hörte sie den Moderator sagen, während ringsum Trompeten schmetterten und triumphales Glockengeläut ertönte. Lauter. Lauter.

Es war das Telefon. Das normale Schrillen kannte sie kaum noch, nur dieses Gezirpe. Sie trat zum Apparat, hob ab. »Hallo?«

»Wie geht's dir denn so?«

Mit einem Anruf von *ihm* hatte sie nicht gerechnet. Sie war nicht darauf vorbereitet, daß er sich einmischen würde in diesen neuen Anfang, zu dem sie sich entschlossen hatte. Ein neuer Anfang, ein neues Leben – seine sadistischen Anrufe durften einfach nicht mehr dazugehören.

»Ruf mich nicht mehr an, Victor«, sagte sie und wollte auflegen.

»Moment, Donna – hier ist jemand, dem du vielleicht einen kurzen Gruß sagen möchtest. Sharon, komm doch mal her. Da ist eine Lady, die zu dir ›hallo‹ sagen will.«

Donna glaubte fast, ihn vor sich zu sehen – wie er dem Kind den Telefonhörer entgegenstreckte; und so gern sie auch ihren eigenen Hörer auf die Gabel geknallt hätte, ihm gleichsam ins Ohr, sie konnte sich einfach nicht bewegen. Mein Baby, dachte sie. Ich kann mit meinem Kind sprechen. Vielleicht – sie hörte das Lachen spielender Kinder und im Hintergrund ein vertrautes Geräusch, das die Entfernung zwischen ihnen, über die Leitung hinweg, sozusagen überbrückte.

»Sie will nicht mit dir sprechen«, sagte Victors Stimme – ein unangenehmer Klang in ihrem Ohr. Es war, als spüre sie den Ruck einer Angelschnur – zu spät wurde dem dummen Fisch bewußt, daß er nach einem Köder geschnappt hatte, in dem sich ein mörderischer Haken verbarg. Und während sie sich energisch zu befreien versuchte, schlitzte dieser Haken ihr Fleisch auf. Doch sie spie ihn aus; legte den Telefonhörer hastig auf. Alles schien wieder im Lot. Im altgewohnten Lot?

Als Mel Sekunden später die Treppe heraufgestürmt kam, saß sie ruhig auf dem Bett.

»Ich habe unten abgehoben«, erklärte er, »und dann mitgehört.«

»Er wird nicht mehr anrufen.«

»Bist du soweit okay?«

Sie nickte.

»Was ist mit deinem Mund? Da ist ja Blut!«

Er griff nach einem Kleenex und eilte auf sie zu.

Donna tastete mit der Zunge ihre Mundhöhle ab. »Hab mir in die Wange gebissen«, sagte sie. »Ist schon gut. Tut nicht weh«.

»Möchtest du am liebsten schreien, um dich schlagen?«

Donna nahm das Papiertuch und tupfte damit über ihren Mundwinkel. »Nein«, sagte sie und stand auf.

»Du solltest es ruhig tun, falls dir danach ist, Donna. Es wäre nur eine natürliche...«

»Ist schon gut«, versicherte Donna benommen und in Gedanken noch bei dem Telefonanruf. Dann ging sie zu Mels Schrank, um für ihn etwas Passendes zum Anziehen herauszusuchen, für diesen besonderen Abend.

Es regnete sozusagen Glückwünsche, Donna schüttelte Hände, empfing Küsse auf beide Wangen – und zahllose Komplimente: über ihr Kleid, ihre Frisur, ihre ganze Erscheinung. Wirklich wunderschön, hallte ein wahrer Chor von Stimmen. Doch all dies nahm sie nur verschwommen wahr.

»Moment, Donna – hier ist jemand, dem du vielleicht einen kurzen Gruß sagen möchtest. Sharon, komm doch mal her. Da ist eine Lady, die zu dir ›hallo‹ sagen will.«

Verdammt sollst du sein, Victor, dachte sie und versuchte ihren eigenen Zorn unter ihren Füßen zu zertreten. Du sollst mir den Spaß an Partys nicht länger verderben. Ich werde nicht an dich denken.

Sharon.

Adam.

Meine Kinder.

»Meinen herzlichen Glückwunsch, Donna. Du siehst zauberhaft aus.«

»Oh. Oh, danke.«

»Du kriegst einen guten Mann.«

»Ja. Ja. Ich weiß.«

Das Geräusch spielender Kinder.

»Die allerbesten Glückwünsche.«

Jemand anders.

»Ja, hat sich hier denn noch nicht herumgesprochen, daß man nicht der Frau gratuliert? Sondern nur dem Mann? Er gilt als der Glückliche, weil er sie – Donna – gefunden hat.«

Donna blickte zu der Sprecherin, die auch die Gastgeberin war. Bessie Milford, da gab es keinen Zweifel, war eine reizende Dame. Und Rod, ihr Mann, stand ihr in puncto Nettigkeit wahrhaftig nicht nach. Es war schon wunderbar von ihnen, daß sie als Gastgeber fungierten bei dieser Verlobungsparty für Donna und Mel, zumal Donna sich ja bei der letzten Party hier, an der sie teilgenommen hatten, recht merkwürdig aufgeführt hatte.

Unwillkürlich blickte Donna zu dem Balkon, als sie sich diese letzte Party ins Gedächtnis zurückrief. Eine Rothaarige war heute abend jedenfalls nicht anwesend. Nur ein kleiner Kreis ausgewählter enger Freunde. Schade nur, dachte Donna, daß ich nicht wirklich daran teilhaben kann, nicht jetzt.

All ihren guten Vorsätzen und ihren Versuchen zum Trotz war sie mit ihren Gedanken woanders. Wieder dachte sie an den Anruf.

Da war noch etwas gewesen. Das Geräusch spielender Kinder, ja. Aber zusätzlich etwas anderes.

Etwas Vertrautes.

»Donna, wie fühlst du dich?«

Donna drehte den Kopf, sah ihre Freundin Susan. »Gut«, erwiderte sie, nur halb bei der Sache.

»Du siehst hinreißend aus.«

»Danke.«

»Und außerdem scheinst du woanders zu sein.«

»Wie meinst du das?«

»Ich meine, du bist nicht hier. Wo bist du?«

»Wie spät ist es, Susan?«

Susan blickte auf ihre Uhr. »Neun. Zehn nach neun, um genau zu sein. Warum willst du das wissen? Hast du einen Kuchen im Backofen?«

»Er rief um sieben an.«

»Wer?«

»Er rief um sieben an und sagte, die Kinder seien beim Spielen.«

»Victor hat angerufen?«

»Er hielt den Hörer so, daß ich die Geräusche hören konnte.«

»War es Victor, der anrief?«

»Sieben Uhr, und sie waren beide noch auf und spielten? Da stimmt doch irgendwas nicht. Ich meine, um sieben steckt Sharon immer schon im Bett, Licht aus und so weiter. Victor nimmt's damit pedantisch genau.«

Susan schwieg.

»Es sei denn, es war noch gar nicht sieben.«

»Ich versteh nicht.«

»Ergibt nur einen Sinn, wenn sie sich in einer anderen Zeitzone befinden.«

»An der Westküste?«

Das Geräusch spielender Kinder. Und noch etwas.

Etwas Vertrautes.

Donna entfernte sich von Susan, trat auf die Terrassentür zu. »Könnten wir sie bitte öffnen?« fragte sie.

Plötzlich war Mel an ihrer Seite. »Brauchst du frische Luft, Liebling?«

Die Doppeltür ging auf – schien sich zu teilen wie die Fluten des Roten Meeres, ging es Donna durch den Kopf. Sie trat auf die sonnenfarbenen Fliesen und lehnte sich dann gegen das dunkle, schmiedeeiserne Geländer.

Etwas Vertrautes.

Sie starrte in die Finsternis. Eine sternenlose Nacht. Laut Wettervorhersage standen die Chancen für morgen sechzig zu vierzig. Für Regen. Und während sie noch stand, nahm sie den Ozean wahr. Sie brauchte ihn gar nicht zu sehen, um seine Nähe und seine Gewalt zu spüren – zu hören. Hintergrundgeräusche. Und doch so viel mehr als nur das, als nur Hintergrund. Etwas, das man als so selbstverständlich nahm wie die Luft, die man atmete. Eine Gewalt. Eine Urgewalt. Eine lebendige Kraft.

Und diese Kraft hatte sich ihr, in einem sehr nüchternen Sinne, mitgeteilt – über eine Telefonleitung hinweg, mehr als viertausend Kilometer. Jenes vertraute Geräusch. Jenes *andere* vertraute Geräusch. Jenes altvertraute Rauschen. Der Ozean.

Sie blickte zu Mel, der jetzt neben ihr stand. »Sie sind in Kalifornien«, sagte sie.

Annie saß auf ihrem Bett und starrte aus leeren Augen. Sie weigerte sich, Donna anzusehen, und wenn sie sprach, dann nur zu ihrem Vater.

»Es ist doch nur für vier Wochen, Annie«, wiederholte Donna zum soundsovielten Mal. »Wenn wir innerhalb dieser Zeit auf keine Spur stoßen, kehren wir zurück. Das verspreche ich.«

Annie blieb stumm. Und Donna, die Tränen niederkämpfend, fuhr fort – um vielleicht doch noch die Sperrmauer zu durchdringen, die das Kind um sich errichtet hatte. »Dies hat nichts mit meiner Liebe zu dir zu tun. Verstehst du das?« Sie kniete vor dem Kind nieder. »Ich liebe dich, Annie. Ich liebe dich wirklich. Du bist mein kleines Mädchen.«

»Ich bin ein großes Mädchen.«

Donna nickte. »Mein großes Mädchen«, stimmte sie zu. »Ich liebe dich.«

Zum erstenmal seit über einer Stunde blickte Annie in Donnas Richtung. »Und warum verläßt du mich dann?«

»Nur für vier Wochen«, warf Mel ein. »Und Mrs. Harrison wird bei dir sein...«

»Weil auch Sharon und Adam meine Kinder sind, und weil ich sie wieder bei mir haben möchte«, erwiderte Donna, gleichsam durch Mels Stimme hindurch; denn sie begriff nur zu genau, daß solche Dinge für das Kind kaum eine Rolle spielten: die Länge der Abwesenheit, die Tatsache, daß Mrs. Harrison inzwischen für sie »da« sein werde. »Ich habe alles versucht, doch es geht einfach nicht. Ich meine, ich kann meine Kinder nicht einfach vergessen – aus meinem Leben streichen. Sie existieren. Ich liebe sie. Ich möchte sie wiedersehen. Ich kann nicht ohne die Hoffnung leben, daß mir das vielleicht gelingen wird. Ich habe es versucht, aber so bin ich wohl einfach nicht – gebaut.« Sie schwieg, atmete tief durch. »Es wird nicht mehr so sein, wie's vorher war, Annie. Ich meine, damals war ich ja blind für alles andere. Ich hatte nur den einen Gedanken – wie ich sie wiederfinden könnte. Außer dieser Idee gab es in meinem Leben praktisch nichts und niemanden. Das soll nie wieder geschehen. Das schwöre ich dir.« Annie starrte auf den Fußboden. Deutlich bemerkte Donna, welch übergroße Anstrengung es das Mädchen kostete, nicht in Tränen auszubrechen. »Ich liebe dich. Ich liebe deinen Vater. Nie werde ich euch – oder einen von euch – gehen lassen...«

Annie schlang ihre Arme um Donnas Hals, und die beiden drückten sich so fest aneinander, daß ihnen fast der Atem ausging. Jede vergrub ihr Gesicht im Haar der anderen.

»Hoffentlich findet ihr sie, Donna«, sagte das Kind, als sie sich schließlich voneinander lösten.

»Das hoffe ich auch«, erklärte Donna.

Mel bewegte sich in Richtung Tür. »Wir müssen los. Das Flugzeug fliegt in knapp einer Stunde.«

Und als sie dann im Auto die Straße entlangjagten, winkte Annie ihnen nach.

»Woran denkst du?« fragte er sie, als sie sich in gut zehntausend Meter Höhe befanden.

»Daß sich diese ganze Sache entpuppen könnte als eine buchstäblich ›irre Jagd‹«, erwiderte sie. »Guter Gott, da steht ja schon wieder ›Bitte anschnallen‹! Wie kommt es, daß es immer grad dann irgendwelche Turbulenzen gibt, wenn die anfangen, das Essen zu servieren?«

Mel schüttelte den Kopf. »Vermutlich torkelt irgendein Betrunkener im Gang herum.«

»Was willst du damit sagen?«

Er beugte sich dichter zu ihr. »Ein Freund von mir«, begann er zu erzählen, »machte mal so einen Flug, und der Zufall wollte es, daß er den Piloten kannte. Plötzlich kam die Ankündigung, man müsse mit schweren Turbulenzen rechnen, und jeder möge sich anschnallen und auf seinem Platz bleiben. Wenige Minuten später tauchte die Stewardeß auf. Ob mein Freund Lust habe, das Cockpit zu besichtigen – er sei vom Piloten herzlichst dazu eingeladen. Er brachte eine Art Protest vor. Angesichts der herrschenden Turbulenzen sei es doch wohl ratsam, wenn er auf seinem Sitz bliebe. Die Stewardeß schien ziemlich hartnäckig zu sein, und so begab er sich schließlich zum Cockpit. Sein Freund, der Pilot, machte einen absolut vergnügten Eindruck. Er führte ihn herum und fragte ihn schließlich, ob er nicht Lust habe, sozusagen mal auf dem Fahrersitz Platz zu nehmen, so mit allem Drum und Dran. Mein Freund konnte es nicht recht fassen. Was ist mit der Turbulenz? wollte er wissen. Ach, das, erwiderte man ihm. Es gibt überhaupt keine Turbulenz. Das sagen wir nur, damit die Gänge frei werden und die Stewardessen mit ihren Karren durchrollen können.«

»Soll das ein Witz sein?«

»Zu diesem Trick greift man offenbar auch, wenn jemand betrunken ist oder randaliert oder so. Damit sich die Lage erst mal ein bißchen abkühlt.«

»Und dieses Kribbeln in meinem Magen ist also für nichts und wieder nichts?«

»Zum Teil jedenfalls.«

Sie lächelte. »Warum bin ich so sicher, daß sie sich in Kalifornien befinden?«

»Deduktives Denken. Ehrlich, ich bin ziemlich stolz auf dich; eine Art weiblicher Sherlock Holmes…«

»Kalifornien ist ein riesiger Staat.«

»Wir brauchen uns nur um die Küste zu kümmern.«

»Die Küste – umfaßt ja wohl noch immer eine *ziemliche* Menge Quadratkilometer.«

»Willst du umkehren?«

»Wie soll es nach unserer Ankunft weitergehen?« fragte sie, ohne eine Antwort zu geben.

»Wir mieten uns ein Auto.«

»Da habe ich ein ziemlich schlechtes Gewissen.«

»Inwiefern?«

»Weil du dauernd am Lenkrad sitzen mußt.«

»Soll sich dort ja sehr hübsch fahren.«

»Das meine ich nicht.«

Die Stewardeß kam mit dem Lunch. Donna und Mel reagierten wie die berühmten »konditionierten« Pawlowschen Hunde. Schon hatten sie das Tischchen herabgeklappt, schon löste Donna das Zellophan, stocherte mit der Plastikgabel im Salat.

»Nach unser Rückkehr«, sagte sie entschlossen, »fange ich wieder mit dem Autofahren an. Ein verspäteter Neujahrsvorsatz, wenn du so willst. Und ich tu's, egal, was wir in Kalifornien erreichen.«

»Gut.« Mel biß in das feste Brötchen. »Inzwischen kannst du ja die ›Behüterin der Schlüssel‹ spielen.«

»Wie ist deine Schwester?«

»Nette Frau. Wird dir gefallen.«

»Es ist wirklich reizend von ihr, daß wir bei ihr wohnen können.«

»Na, die ist doch vor lauter Erwartung schier aus dem Häuschen. Ich habe meine Neffen zwei Jahre lang nicht gesehen. Ist für alle ein Riesending.«

»Hoffentlich gefalle ich ihnen.«

»Da würde ich mir nun wirklich keine Sorgen machen.«

Donna legte ihre Gabel auf das Tablett zurück und blickte starr geradeaus. »Nichts mehr von ›Anschnallen‹«. Offenbar keine Turbulenzen mehr.«

»Da wird der Betrunkene wohl wieder auf seinem Sitz sitzen.«

»Mel...«

»Was?«

Sie zögerte. »Ich weiß nicht.«

Er drehte den Kopf, sah Donna an. »Du fragst dich, was werden wird, wenn wir sie nicht finden.«

Sie erwiderte seinen Blick, sehr direkt. »Es ist inzwischen elf Monate her«, sagte sie. »Adam wird bald sechs. Sharon ist fast schon drei. Sie werden sich womöglich überhaupt nicht mehr an mich erinnern. Sie wollen mich vielleicht gar nicht mehr. Und Victor. Seit fast einem Jahr habe ich Tag für Tag gebetet, daß dieser Mann krepieren möge. Alles nur denkbar Böse habe ich ihm an den Hals gewünscht, jede Krankheit, jeden Unfall. Je schrecklicher, desto besser. Wie wird es sein, wenn ich ihn wiedersehe? Was sage ich? Was tue ich? Mel...«

»Was?«

»Es ist wirklich verrückt. Ich mache mir weniger Sorgen über das, was geschehen wird, wenn wir sie nicht finden. Ich mache mir vielmehr Sorgen, was passiert, *wenn* wir sie finden.«

Gleichsam auf dieses Stichwort hin machte das Flugzeug einen plötzlichen Hüpfer, und über Lautsprecher erklang die Stimme des Piloten: eine weitere Turbulenz; und würde sich bitte jeder anschnallen und auf seinem Platz bleiben.

21

Die Landschaft war eigentlich noch schöner, als man sie in Büchern beschrieben fand: auf der einen Seite der Pazifische Ozean, auf der anderen Seite die Santa Lucia Mountains, die sich immer näher und mächtiger heranzuschieben schienen.

Durch das Autofenster genoß Donna der Blick auf die Küste. Eine rauhe Küste war es, ein Streifen von wilder Schönheit, insgesamt rund einhundertfünfzig Kilometer lang: Big Sur – von San Simeon im Süden bis nach Carmel im Norden. Ein so atemberaubender Anblick, wie sie ihn nur je gesehen. Rauh und wild, ja, und dennoch gleichzeitig irgendwie immateriell, unkörperlich. Ein schmaler Küstenstreifen, im wirklichen Sinne dieses Wortes sperrig: in diesem ansonsten so stark bevölkerten Staat war es ihm gelungen, abseits des anderen zu bleiben; und wer hier entlangfuhr, mochte sich sehr wohl daran erinnert fühlen, daß es auf dieser Erde noch immer so etwas wie unberührte Flekken gab, wo der Mensch keine – oder doch keine sichtbaren – Spuren hinterlassen hatte.

In den Reiseführern konnte man nachlesen, daß sich der Name Big Sur vom Spanischen herleitete: *el pais grande del sur* – das große Land des Südens. Aber Donna ließ diese Interpretation für sich nicht gelten. Der Name (so ihre eigene Erklärung) entsprang und entsprach einem Gefühl, einer gesteigerten Empfindung, fast als sei man durch eine Droge berauscht – die Klippen, das Meer, die Berge. Gar kein Zweifel: Sur kam von Surf – Brandung. Und Big Surf bedeutete Riesenbrandung, optisch ebenso überwältigend wie akustisch.

Ja, es *war* atemberaubend. Langsam blies Donna die in ihrer Lunge gestaute Luft von sich. Mel warf ihr einen kurzen Blick zu.

»Alles okay?«

»Ja«, erwiderte sie. »Es ist wunderschön hier.«

»Das kann man wohl sagen«, stimmte er zu. »Spürst du noch keinen Hunger?«

»Doch, ein bißchen.« Durch die Windschutzscheibe blickte sie auf das schmale Band des Highways, auf dem sie fuhren, und lächelte. »Meinst du, daß es hier in der Nähe irgendwelche guten Restaurants gibt?«

»Wir dürften eigentlich nicht mehr weit von jener kleinen Galerie sein – erinnerst du dich?« Bei ihren Nachforschungen hatten sie in San Simeon unter anderem mit einer Dame aus einem Immobiliengeschäft gesprochen. Diese riet ihnen, zwischendurch in einer kleinen Kunstgalerie Station zu machen. Diese befinde sich irgendwo in den Wäldern an der Küste. Die Leute dort seien sehr freundlich, auch könne man von ihnen jederzeit ein Sandwich als Imbiß haben. Im übrigen hätten sie ein ausgezeichnetes Gedächtnis für Gesichter sowie für das, was sie zufällig an Gesprächen aufschnappten.

Jetzt hielten Donna und Mel Ausschau nach dieser kleinen rustikalen Galerie. Viel erwarteten sie sich davon wirklich nicht. Im Grunde nur irgendeinen kleinen Happen sowie die Möglichkeit, das Telefon zu benutzen. Es wurde für sie Zeit, sich vereinbarungsgemäß mit Los Angeles in Verbindung zu setzen. Die Galerie lag noch versteckter, als sie gedacht hatten. Um ein Haar wären sie daran vorbeigefahren. Eigentlich war es nur der Geruch von Rauch, der ihnen den richtigen Weg wies – hier wurde im Ofen oder im Herd Holz verbrannt. Mel bog mit dem Mietwagen, einem weißen Buick, in die kiesbestreute Anfahrt ein, die zwischen üppigem Laub fast zu verschwinden schien. Sie stiegen aus, und unwillkürlich zog Donna ihren Sweater straffer an ihren

Körper. Daß es in der Bergregion so kühl sein konnte! Damit hatte sie in Los Angeles nicht gerechnet. Dort war es warm gewesen, ähnlich wie in Florida. Daß sie überhaupt warme Kleidung mitgenommen hatte, verdankte sie Brenda, Mels Schwester. Zumal am frühen Morgen, hatte diese gesagt, werde sie ganz gewiß so etwas brauchen. Nicht ohne ein Gefühl zärtlicher Sympathie dachte Donna an Brenda zurück (inzwischen war es schon eine Woche her, daß sie von ihr Abschied genommen hatten). Eine wirklich hilfsbereite Frau, stets mit einem guten Wort und einer warmen Mahlzeit zur Stelle, wenn Donna und Mel am Ende eines weiteren erfolglosen Tages entmutigt zurückkehrten.

Zehn Tage hatten sie sich in Los Angeles aufgehalten; waren durch jeden Bezirk und jeden winzigen Ort gefahren; hatten die Strände von Malibu und Pacific Pallisades durchkämmt; waren die Straßen von Newport Beach und Long Beach zu Fuß entlanggegangen; hatten endlose und recht mühselige Gespräche mit den Einwohnern von Palos Verdes und anderen Küstenorten geführt. Es war praktisch hoffnungslos. Es gab einfach zu viele Möglichkeiten, zu viele »Variablen«. Da Victor an einem Samstag angerufen hatte, schien es durchaus denkbar, daß er mit den Kindern nur für einen Tag – oder übers Wochenende – an den Strand gefahren war; vielleicht auch, um dort Freunde zu besuchen. Und wo deren Haus zu suchen war – guter Gott, es konnte ebensowohl Westwood sein wie Beverly Hills, ja, selbst das San Fernando Valley.

Sie hatten sich bei sämtlichen bedeutenden Immobilienhändlern im Großraum Los Angeles umgetan: War bei ihnen im Laufe des letzten Jahres jemand erschienen, auf den Victors Beschreibung paßte, und hatte ein Haus gekauft oder gemietet? Und erneut gab es zu viele Möglichkeiten – zu viele Agenten, zu viele Häuser; doch zu wenig Zeit und zu wenig Interesse. Auch bei sämtlichen Versicherungsgesellschaften in Los Angeles prüften sie nach – arbeitete dort in irgendeinem Büro irgend jemand, auf den Victors Beschreibung paßte?

Zehn Tage verbrachten sie auf diese Weise, ließen auch Kindergärten, selbst Grundschulen nicht aus, besuchten Parks, Spielplätze, lokale Touristenattraktionen. Nichts.

Mitunter glaubte Donna ein Kind zu erblicken, das Adam sein *mußte*. Oder Sharon. Natürlich irrte sie sich jedesmal. Auf Brendas Drängen engagierten sie schließlich wieder einen Privatdetektiv, der ihnen bei ihrer Suche helfen mochte. Was sie selbst betraf, so nahmen sie sich die Küste in Richtung Norden vor, ließen dabei keinen auch noch so kleinen Ort aus. Im übrigen setzten sie sich tagtäglich mit dem Detektiv, einem gewissen Marfleet, in Verbindung. War er inzwischen auf eine Spur gestoßen? Und natürlich setzten sie ihn ihrerseits ins Bild – zumindest über ihre nächsten Ziele. Denn was »Spuren« betraf, so gab es bislang bei allen Fehlanzeige, bei Mr. Marfleet ebenso wie bei Dr. Segal und Mrs. Cressy.

»Hmm, riecht gut hier«, sagte Donna, während sie die Autoschlüssel, die Mel ihr reichte, in ihre Handtasche steckte. Deutlich spürte sie die Feuchtigkeit, spürte sie durch ihre wollene Bekleidung. Mel schritt schon voraus, auf das Blockhaus zu. »Oh, schau nur, Mel«, rief Donna. Er drehte den Kopf und sah, wie ein großer Schäferhund herbeitrottete und seine Schnauze gegen ihre Handfläche drängte. Augenscheinlich wollte er gestreichelt werden. Donna tat ihm sofort den Gefallen. »Na, so ein lieber Hund«, schmeichelte sie ihm. Einige Sekunden später gab sie ihm einen abschließenden Klaps und folgte Mel ins Haus.

Es war genauso, wie Donna sich diese Häuser immer vorgestellt hatte – ein echtes Blockhaus innen wie außen. Da war ein Bretterfußboden, da war eine balkengestützte Decke, und von dieser hingen verschiedene große und runde Lampen aus Holz herab. Die diversen Teppiche (oder Brücken) waren handgewebt und besaßen eine ovale Form. Das Mobiliar, sämtlich aus Kiefernholz, gehörte in die sogenannte koloniale Stilrichtung. Vielleicht, dachte Donna unwillkürlich, wäre es noch interessanter gewesen, in diese urtümliche Umgebung etwas aus Chrom und Plexiglas zu setzen, als Kontrast sozusagen – der moderne Mensch gegen die Elemente und so weiter und so fort. Allerdings: innenarchitektonisch hätte das doch wohl eher störend gewirkt – würde die Aufmerksamkeit abgelenkt haben von den Gemälden und Zeichnungen, die gutverteilt rings in diesem Raum hingen. Überall waren die Preise angegeben, und sie betrugen zwischen sechzig und zweihundert Dollar. Was die Bilder als solche betraf, so schienen sie samt und sonders Durchschnitt zu sein. Ihren Reiz bezogen sie aus ihrer Umgebung.

»Hätten Sie gern etwas?«

Die Stimme klang freundlich, fast derb. Und genauso wirkte auch die Frau, zu der sie gehörte: eine ziemlich große Frau von etwa vierzig Jahren mit fast männlichem Körperbau und langen braunen Haaren, nachlässig zum Pferdeschwanz gebunden. Ein Make-up trug sie nicht, und ihre Haut war übersät mit Sommersprossen sowie späten Spuren jugendlicher Akne. Es war ein freundliches, aber auch entschlossenes Gesicht. In ihm spiegelte sich gleichsam die halbe Wildnis wider, in der man sich hier befand – einerseits. Andererseits aber auch die anheimelnde Wärme dieses Blockhauses. Im Hintergrund nahm Donna einen Mann wahr. Er mußte etwa im gleichen Alter sein, und er trug Jeans und Cowboystiefel – eine Art verkörperter Mythos des freien, wilden Westens.

»Ist wirklich ganz reizend hier«, sagte Mel, und Donna war froh, daß er sprach. Für sie wurde es von Mal zu Mal schwieriger, irgend etwas Vernünftiges von sich zu geben. Wie wohltuend, ihn bei sich zu wissen, mit seiner ruhigen, fast sanften Art. Sie, Donna, neigte manchmal dazu, überhastet in etwas hineinzustolpern, was es vorsichtig zu erforschen galt. Die Menschen waren Fremden gegenüber mißtrauisch, und viele Fragen stimmten sie nur skeptischer. Man mußte ihnen zunächst einmal ein wenig näherkommen, und sei es auch noch so oberflächlich. Es kam weniger auf das an, was man tat (ging es Donna durch den Kopf), als auf das, was man zu tun schien.

»Gibt nicht viele, die bei uns einkehren«, sagte die Frau. »Ist sicher unsere eigene Schuld. Ich meine, wir liegen ziemlich abseits. Möchten Sie etwas zu essen haben? Sandwiches? Kaffee?« Bei Sandwiches und Kaffee erfuhren Donna und Mel dann, daß dieses Paar, David und Kathy Garratt, die kleine Galerie schon seit über fünfzehn Jahren in ihrem Haus hatten; ihr Schlafzimmer und die sonstigen Privaträume befanden sich im oberen Stockwerk. Was die Bilder betraf, so handelte es sich entweder um Eigenproduktionen oder um die Arbeiten von Freunden; und sie verdienten gerade genug für ihren Lebensunterhalt. Im übrigen nahm David in der Umgegend mal diesen, mal jenen Job an – von Beruf war er Zimmermann. Irgendwann war ihnen die Idee gekommen, ihr Haus interessierten Touristen zugänglich zu machen. Sie mochten Menschen, und so hatten sie Gelegenheit zum täglichen Kontakt mit der Außenwelt. Und war es ihnen einmal zuviel, wollten sie allein sein, so hängten sie an die Eingangstür ganz einfach ein Schild: Heute geschlossen. Donna hörte mit einer Mischung aus Ungeduld und Interesse zu. Und als die Ungeduld schließlich überhand nahm, unterbrach sie: »An die Leute, die hier einkehren, würden Sie sich an die wohl erinnern?«

Kathy Garratt warf ihr einen neugierigen Blick zu. »Haben Sie jemand Besonderen im Sinn?« fragte sie, wohl wissend, daß dem so sein mußte.

»Einen Mann. Er heißt Victor Cressy. Er ist neununddreißig, ziemlich groß, dunkelhaarig...«

»Gutaussehend?«

Donna nickte, wenn auch widerstrebend. Aus ihrer Handtasche holte sie ein Bild von Victor. »Hier ist er. Das Bild ist schon mehrere Jahre alt. Mag sein, daß er inzwischen einen Schnurrbart oder Vollbart trägt...«

Kathy und David Garratt steckten die Köpfe zusammen, starrten beide auf das Foto. Währenddessen fuhr Donna fort: »Er hatte wahrscheinlich zwei Kinder bei sich. Einen kleinen Jungen, Adam, ungefähr fünf Jahre alt, sowie ein kleines Mädchen, Sharon, etwa zwei. Allerdings spreche ich von einem Zeitpunkt, der fast ein Jahr zurückliegt.«

Kathy Garratt erhob sich und trat zu einer Art Pult. »Na, sehen wir doch mal im Gästebuch nach. Falls er hier war, hat er sich auch eingetragen. Wann, haben Sie noch gesagt...«

Donna spürte, wie ihr Herz schneller zu schlagen begann; und als sie aufstand, hatte sie eigentümlich weiche Knie. »Im letzten April – aber prüfen Sie bitte auch Mai und Juni. Könnten wir nicht die ganze Zeit seit dem vergangenen April durchgehen?«

Die Frau machte hinter dem Pult für Donna Platz. »Bitte, sehen Sie selbst«, sagte sie.

»Darf ich Ihr Telefon benutzen?« fragte Mel. »Gespräch nach Los Angeles. Die von der Vermittlung können uns dann ja die Gebühren nennen.«

Ohne ein weiteres Wort führte David Garratt seinen Gast zu dem altmodischen Telefon an der Holzwand. Währenddessen suchten Donnas Augen im Gästebuch hastig nach Victors Namen.

»Ist hier nicht zu finden«, erklärte sie eine Viertelstunde später, als Mel an ihrer Seite auftauchte.

»Ich habe gerade mit Marfleet gesprochen«, sagte er, und aus seiner Stimme klang ein Hauch von Ermutigung. »Er versichert, daß er womöglich auf etwas gestoßen ist. Augenscheinlich in Carmel. Er wartet auf Informationen von einer seiner Quellen. Ich habe ihm gesagt, wir werden heute abend dort sein - und ihn dann anrufen.«

Kathy Garratt schritt vor ihnen auf und ab. »Ich versuche,

mich zu erinnern«, sagte sie, mehr für sich als für jemanden sonst. »Und ich weiß noch, daß im letzten April oder Mai ein Mann mit zwei Kindern hier war...« Sie blickte zu ihrem Mann. »Erinnerst du dich nicht mehr, David? Das kleine Mädchen hatte so eine Riesenangst vor Muffin, das ist unser Hund da draußen.«

Donna dachte an den großen Schäferhund vor dem Blockhaus. Und sie erinnerte sich – Sharon hatte gerade in letzter Zeit Angst vor Hunden gezeigt, zumal vor großen.

»O ja, ich erinnere mich an ihn. Er hat ein Bild gekauft!«

»Hatte er nicht zwei Kinder bei sich?«

»Ja, scheint so. Aber ich weiß nicht mehr, ob es sich um einen Jungen und ein Mädchen handelte.«

Mel schaltete sich ein. »Moment. Sie sagen, er hat ein Bild gekauft. Haben Sie darüber Unterlagen?«

»Natürlich haben wir darüber Unterlagen«, entgegnete Kathy Garratt ziemlich spitz. »Damit nehmen wir es sehr genau. Uns liegt nicht daran, das Finanzamt um die paar Extrapennys zu betrügen. Bei uns geht alles ordnungsgemäß über die Bühne.«

Mel entschuldigte sich prompt. »Tut mir leid. Ich wollte damit wirklich nicht sagen...«

»Es ist nur, daß wir schon so lange suchen«, schaltete Donna sich ein.

»Denken Sie sich nichts weiter dabei«, verkündete David Garratt. Mit einem Buch, das offenbar so etwas wie sein Geschäftsbuch war, ging er zum Sofa. »Das ist nämlich so ein wunder Punkt zwischen Kathy und mir. Hat mit Ihnen überhaupt nichts weiter zu tun, verstehen Sie«, fuhr er fort, während er das Buch aufschlug. »Wenn's nach mir ginge, wären wir nämlich nicht so überehrlich bei der ganzen Sache...«

»Und du würdest im Kittchen sitzen«, erklärte Kathy, während sich alle um ihren Mann versammelten. »Und wir könnten diesen Menschen ganz und gar nicht helfen.« Ihre Stimme klang wieder ziemlich derb. Sie wendete ein paar Seiten, fünf oder sechs. »Hier«, sagte sie, und der Triumph war unüberhörbar. »›Einsamkeit‹, das war der Name des Gemäldes, das er gekauft hat – bezahlte achtzig Dollar dafür, am 21. Mai.« Sie legte das Buch zurück. »Aber der Name ist nicht derselbe. Victor Cressy, haben Sie gesagt?« Donna nickte. »Nein, der Name dieses Mannes war Mel Sanders.«

»Mel?« fragte Donna. »*Mel* Sanders?« Sie blickte zu Mel. »Meinst du, daß er so etwas tun würde? Deinen Namen verwenden? S – Sanders statt Segal? Ein abschließender grausamer Scherz?«

»Spaß würde ihm so etwas wohl schon machen«, stimmte Mel zu. »Selbst wenn er der einzige wäre, der eine solche Ironie genießen könnte.«

»Um so mehr sogar in einem solchen Fall.« Donna kehrte zu Pult und Buch zurück. »Am 20. Mai?«

»Am einundzwanzigsten.«

Rasch fand Donna im Gästeregister die entsprechende Stelle. »Hier ist es. Mel Sanders.«

»Sieht das nach seiner Handschrift aus?«

»Schwer zu sagen. Ist ziemlich gekritzelt. Könnte sein.«

Mel trat zu ihr und betrachtete eingehend die Eintragung. »Mel Sanders, 1220 Cove Lane, Morro Bay. ›Großartige Szenerie, wunderbare Gastfreundlichkeit‹.«

»Aus Morro Bay sind wir doch gerade gekommen«, murmelte Donna.

»Es würde nur eine Stunde dauern, um zurückzufahren und nachzuprüfen.«

»Ich dachte, wir hätten da so ziemlich jeden Quadratzentimeter abgesucht.«

»Es ist deine Entscheidung.«

»Nun ja, es ist eine Chance. Und wir müssen sie wohl wahrnehmen.«

»Eine ziemlich schwache Chance«, warnte Mel. »Ein Mann

mit zwei Kindern, wobei nicht mal sicher feststeht, daß eines von beiden ein Bub war; der sich hier etwa einen Monat nach dem Verschwinden sehen läßt...«

Donna blickte zu David Garratt. »Hat er bar bezahlt oder per Scheck?«

David Garratt sah im Buch nach. »Bar.«

»Er sah wie auf dem Foto aus«, sagte Kathy Garratt, und ihre Erinnerung schien von Minute zu Minute stärker zu werden. »Und ich weiß auch noch, daß das kleine Mädchen weinte, wegen dem Hund. Sie fing an, nach ihrer Mami zu rufen. Entsinnst du dich nicht mehr, David?«

Er schüttelte den Kopf. »Nein, überhaupt nicht mehr.«

»Aber so war's«, beharrte die Frau. »Und er versuchte, sie zu beruhigen, und er hielt sie in seinen Armen und sagte, die Mami könne nicht mehr helfen, weil sie nicht mehr da wäre, und alles würde schon wieder gut werden. Erinnerst du dich daran nicht mehr?«

»Nein«, wiederholte er – und blickte dann zu Donna und Mel. »Aber was mein Gedächtnis betrifft, so kann ich mich mit Kathy wirklich nicht vergleichen. Die erinnert sich ja an alles, was jemand jemals gesagt oder getan hat. Über solche Sachen streitet man mit ihr besser nicht, soviel steht fest.«

Donna und Mel bezahlten die Garratts für die Sandwiches und den Telefonanruf; dann trugen sie sich ins Gästebuch ein (mit angemessenen Superlativen) und gingen zu ihrem Auto. Donna reichte Mel die Schlüssel. Es wurde jetzt wärmer. Bevor sie die Tür öffnete, warf Donna einen letzten Blick zurück und streifte sich dann den Sweater über den Kopf.

Das Haus war weder groß noch klein. Es war weiß, bedurfte jedoch dringend einer Renovierung. Im übrigen stand es auf einem kleinen Stückchen Land wie praktisch alle Häuser in Cove Lane. Fast hätte man meinen können, daß jeder Hausbesitzer dort eine

Art Gelübde geleistet habe, das ihn dazu verpflichtete, nichts, aber auch gar nichts zu tun, was die äußerliche Symmetrie der Siedlung in irgendeiner Weise stören könne. Ihr Charme, ihr Appeal, ihre Einzigartigkeit lag in ihrer Uniformität. Überall die gleichen kleinen Blumenkästen an den vorderen Fenstern, sämtlich gefüllt mit den gleichen roten und weißen Blumen. Und natürlich war auch alles andere praktisch völlig identisch, von den Hecken bis zu den Briefkästen. Ganz nebenbei fragte sich Donna, ob es nicht ratsam sei, über sämtliche Häuser der Straße mit ein und demselben weißen Pinsel hinwegzustreichen.

»Nun, was meinst du?« fragte Mel.

»An sich ist es ein Haus, wie er sich's kaufen würde...«

»Aber?«

»Aber?« wiederholte sie.

»Klang mir ganz so, als ob du mit einem Aber fortfahren wolltest.«

Sie lachte. »Mag schon sein.« Sie schwieg und rutschte ein kleines Stück auf ihrem Sitz vor. Das Auto, in dem sie saßen, stand auf der Südseite der Straße, schräg gegenüber von 1220 Cove Lane. »Aber«, betonte Donna, »ich kann mir Victor in einer solchen Nachbarschaft nicht vorstellen. Es ist so – ruhig.«

»Na, Palm Beach ist aber auch nicht gerade eine besonders laute Stadt«, hielt er ihr entgegen.

»Ich weiß, aber – ich kann's nicht erklären. Irgendwie sagt mir mein Gefühl, daß dies kaum was für Victor wäre.«

Mel warf einen Blick auf seine Armbanduhr. »Es ist jetzt zwei. In etwa einer Stunde müßten die Kinder von der Schule heimkommen. Kann auch sein, daß es noch zwei Stunden dauert, falls sie nicht direkt heimkommen. Wir können ganz einfach warten – oder aber zu den Nachbarn gehen und ihnen Fotos zeigen.«

»Nein. Könnte doch sein, daß er sich mit irgendwem angefreundet hat. Und der oder die würden ihn dann womöglich warnen. Laß uns ganz einfach warten. Falls es eine falsche Spur ist, haben wir nichts weiter verloren als ein paar Stunden.«

»Möchtest du dir ein bißchen die Beine vertreten?«

Donna lehnte sich gegen die rote Polsterung zurück. »Nein. Ich fühle mich etwas müde. Ehrlich gesagt, mir ist nicht besonders gut. Muß an der inneren Anspannung liegen.«

Mel legte seinen Arm um sie. »Du wirst dich schon wieder besser fühlen. Nur – schraub deine Hoffnungen nicht zu hoch.«

Donna schloß die Augen. Minutenlang herrschte Schweigen.

»Schläfst du?« fragte Mel leise.

»Nein«, erwiderte sie, ohne die Augen zu öffnen. »Ich habe nur nachgedacht. Über das, was ich mit meinem Leben anfangen möchte, wenn wir wieder zu Hause sind. In beruflicher Hinsicht, meine ich.«

»Und was wäre das?« Sie spürte, wie er sie auf die Stirn küßte. »Nun, es hat mir soviel Spaß gemacht, unser Schlafzimmer umzugestalten«, begann sie verträumt. »Und als wir dann in dieser Galerie waren – also, kaum hatte ich den ersten Blick in dieses Blockhaus geworfen, schon kamen mir alle möglichen Prachtideen.« Sie öffnete die Augen und sah Mel an. »Ich glaube, für so was hätte ich ein ganz gutes Auge, allerdings habe ich da nie irgendwelche Übung gehabt. Ich meine, irgendwie brachten es die Umstände immer mit sich, daß dort, wo ich wohnte, alles bereits eingerichtet war. Was ich sicher nicht mal als unangenehm empfand. Ich meine, es ersparte mir allerlei Entscheidungen.« Sie setzte sich gerade auf. »Und jetzt beginne ich zu begreifen, daß es mir Spaß macht, Entscheidungen zu treffen.« Mel lächelte. »Und so habe ich den Entschluß gefaßt, in eben dieser Minute habe ich ihn gefaßt, daß – ob wir meine Kinder nun finden und mit uns nach Hause nehmen oder nicht – ich in Florida die entsprechenden Kurse absolvieren werde, um mich im Fach Innenausstattungen betätigen zu können. Wie findest du das?«

»Ich finde, daß du die schönste Frau bist, die ich je gesehen habe.«

Donna lachte. Dann verzerrte sich ihr Gesicht. »Was ist denn?« fragte Mel hastig.

»Ich weiß nicht. Als ich eben lachte, hatte ich so einen Seitenschmerz.« Sie drehte sich, lachte beklommen. »Und jetzt scheint er nicht weggehen zu wollen.«

»Wo?«

»Hier.« Donna deutete auf einen Punkt: links, knapp oberhalb ihrer Taille. »Ich werde doch hoffentlich keinen Herzanfall haben, oder?«

»Das ist das Faszinierende an dir, Donna«, sagte Mel, während er sich in die entsprechende Position brachte, um die Sache besser unterscheiden zu können. »Du denkst immer gleich in bedeutenden Kategorien. Was für eine Art Schmerz ist es denn?«

»So eine Art Brennen. Wie von einem Stich oder so.«

»Laß mich mal sehen.«

»Wie meinst du das?«

»Schieb deinen Sweater hoch.«

Donna tat es. »Nun? Siehst du irgendwas?«

»Nur so eine Art Muttermal«, sagte er, während er den Sweater wieder über ihren Bauch zog und sich auf seinem Sitz zurücklehnte.

»Was soll das heißen: nur so eine Art Muttermal?«

»Ein Muttermal, was kann ich sonst noch sagen?«

»Dort habe ich doch so was gar nicht.«

»Hast du doch. Hab's ja grad gesehen.«

»Hast du's je zuvor gesehen?«

Aufmerksam beobachtete sie seine Augen. »Nein«, erwiderte er und schob den Sweater wieder hoch und betastete den runden schwarzen Fleck.

»Au!« sagte sie unwillkürlich, während seine Finger sie zu zwicken schienen.

»Sieht aus wie eine Zecke!« erklärte er verwundert.

»Eine Zecke!? Wie sollte ich zu einer Zecke kommen?«

»Keine Ahnung. Aber genauso sieht's aus.«

»Und wie werde ich das los?«

»Da gibt es verschiedene Möglichkeiten. Eine sterilisierte Nadel und kochendes Wasser oder ein Streichholz. Doch leider gehört nichts davon zur Ausrüstung dieses Autos.«

»Dann muß die Sache eben warten.«

»Aber nicht zu lange. Diese Zecken können verdammt gefährlich werden. Winzige Biester, aber sie haben's in sich. Bohren sich tiefer und tiefer, je länger man wartet.«

»Willst du, daß ich mich übergebe?«

»Ich möchte, daß du begreifst, wie wichtig es ist, daß du dieses Dreckding möglichst bald los wirst.«

»Woher kann ich diese Zecke nur haben?« fragte sie entmutigt. »Der Hund! Der elende Hund! Muffin!« rief sie dann, die Wörter geradzu von sich speiend.

Mel schob sich wieder hinters Lenkrad und drehte den Zündschlüssel.

»Was tust du?«

»Ich will zu einer Apotheke fahren. Dort können wir eine Salbe oder sonstwas bekommen, damit du möglichst rasch diese verdammte Zecke los wirst.«

»Nein!«

»Donna...«

»Nicht jetzt.«

»Du begreifst nicht...«

»Ich weiß, daß solche Sachen sehr gefährlich sein können. Ich begreife durchaus, Mel. Aber ein oder zwei Stunden – ich werde schon nicht sterben, wenn wir ein oder zwei Stunden warten, oder?«

»Sterben wirst du nicht.«

»Bitte, Mel.«

»Also gut«, gab er widerstrebend nach. »Aber wenn du dich wirklich mies fühlst – bitte, sag's mir.«

»Okay.« Sie küßte ihn auf die Wange. »Danke.«

»Zwei Stunden«, erklärte er. »Äußerstenfalls.«

»Zweieinhalb«, konterte sie mit einem hartnäckigen Lächeln.

»Zwei«, wiederholte er mit Nachdruck. »Schluß der Diskussion.«

Sie warteten zwei Stunden und zwanzig Minuten. Dann erschien der braune Ford-Kombi und bog in die seitliche Einfahrt zu 1120 Cove Lane ein.

»Jetzt ist jemand gekommen«, sagte Mel, während er Donna wachrüttelte. In der letzten Stunde war sie immer mehr in Lethargie versunken. Augenscheinlich fühlte sie sich ganz und gar nicht wohl. Dennoch weigerte sie sich, ihren »Posten« zu verlassen.

»Ist es Victor?«

»Kann's nicht sagen.« Er öffnete die Autotür auf seiner Seite. »Willst du hier warten?«

»Soll das ein Scherz sein?« Sie öffnete die Tür auf ihrer Seite.

»Wirst du's auch durchstehen?«

»Aber sicher.«

Doch kaum hatten ihre Füße den Boden berührt, so wurde ihr auch schon bewußt, wie schwach sie sich fühlte, wie ungeheuer nervös sie war; und bitte, lieber Gott – so in etwa klang ihr Gebet – laß mich nicht ohnmächtig werden, bevor wir zum Haus gelangen.

In genau demselben Augenblick, da die Bewohner von 1120 Cove Lane aus der Garage kamen und zum Haus gingen, trafen auch Mel und Donna dort ein.

Ein Mann. Ziemlich groß, dunkelhaarig, Victor nicht unähnlich. Aber nicht Victor.

Irgendein anderer Mann.

Und seine zwei Kinder – irgendwelche Kinder.

Donna sackte zusammen. Fiel auf die frischgemähte vordere Rasenfläche.

Noch nie hatte sie solche Farben gesehen, soviel war Donna klar. Intensiv betrachtete sie alles. Und flüchtig ging ihr die Frage durch den Kopf: Wo befand sie sich eigentlich? Und wie war sie hierhergelangt? Grün, üppiges Grün; und regendunkle Braun- und Schwarztöne. Wie auf einem Gemälde von Georges Rousseau. *Mußte* sich wohl um ein Bild von Rousseau handeln. Bloß, daß es schlicht unmöglich war. Was, um alles auf der Welt, hatte sie auf einem Gemälde von Georges Rousseau zu suchen?

Sie trat ins Moos, und sofort spürte sie, wie ihr Fuß einzusinken begann. Irgendein Schleim schob sich empor an ihrer Haut. Kalt und fremd umhüllte es ihre Beine, schien daran zu haften wie Dutzende gieriger Blutegel. Sie zog den Fuß wieder hoch und fand zu ihrem Entsetzen eine leuchtend königsblaue Schlange um ihr Fußgelenk geringelt. Mit aller Kraft versuchte sie, diese Schlange von sich abzuschütteln. Doch diese haftete an ihr fest, als sei das leuchtende Königsblau ein Stück ihrer eigenen Haut.

Der Dschungel – es war ein Dschungel, das erkannte sie jetzt deutlich – schloß sich immer enger um sie. Von allen Seiten streckten sich Äste und Zweige nach ihr, und an ihren alleräußersten Spitzen hatten sie auf einmal Saugnäpfe, die wie gierige Mäuler nach ihr zu schnappen schienen.

Als Donna wieder an sich herabblickte, zu den Füßen, war die königsblaue Schlange fort. Und die Oberfläche des Bodens erschien klar, geradezu durchsichtig. Deutlich konnte sie unter sich Fische schwimmen sehen, Aale schlängelten sich unmittelbar unter ihren Zehen dahin, und Wasserpflanzen schwankten geradezu aufreizend hin und her, schienen sie zum Bade zu laden. Plötzlich befand sie sich bis zum Hals im Wasser, schwamm durch den Dschungel, betrachtete die untere Hälfte ihres Körpers, als gehöre diese einem anderen Menschen; und sie sah, wie ihre bloßen Beine in der Stille Wasser traten, sah auch das wie vibrierende, fleischfarbene Tier – was für eine Art Tier war das nur? fragte sie sich flüchtig und beobachtete, wie der schneckengleiche Körper und die menschenartigen Hände sich ihr näherten – sich um sie schlangen und sie tiefer zogen. Hinab. Hinab.

Unter die Oberfläche. Ihr Kopf verschwand in dem, was nun wieder Schleim oder Schlamm zu sein schien. Ihre Nasenlöcher verstopften sich mehr und mehr mit Morast. Ich bekomme keine Luft, ich bekomme keine Luft.

Stimmen. Sie wurde sich bewußt, daß da Stimmen waren, ferne Stimmen. Aber Stimmen, die bereit waren, ihr zu Hilfe zu eilen. Ist alles in Ordnung, ist doch bloß ein Traum.

Sie öffnete die Augen. Eine große blaue Schlange – dort über ihr, zusammengeringelt und angriffsbereit. Und sie griff an. Wand sich um ihren Hals, ließ den Druck auf die Kehle von Sekunde zu Sekunde unerträglicher werden.

»Nein!« Schreiend stützte sie sich hoch, zerrte an der Schlange.

»Donna! Donna!«

Wieder öffnete Donna die Augen. Und jetzt sah sie Mels Gesicht vor sich, spürte, wie seine Hände ihre Arme zu bändigen versuchten, die wild um ihren Körper schlugen. »Oh, Gott«, schluchzte sie. »Was ist denn? Was ist denn nur?«

Sie ließ sich von Mel gegen die Kissen stützen und fühlte, daß ihr ganzer Körper von Schweiß überströmt war. Sie befand sich in einem fremden Bett in einem fremden – jedoch keineswegs ungemütlichen Zimmer. In ihrem Blickfeld war ein eingeschalteter Fernsehapparat.

»Du bist jetzt wieder in Ordnung«, erklärte er. »Allerdings warst du für ein paar Stunden nicht so ganz auf der Höhe.«

»Für ein paar Stunden? Wie spät haben wir's denn jetzt?« Sie atmete mehrmals tief durch.

»Kurz nach Mitternacht.« Donna blickte zum Fernseher. Sie erkannte Johnny Carson. Aha, die späte und sehr populäre Talk-Show. Eine junge und hübsche Blondine war damit beschäftigt, eine riesige Boa Constrictor in einem Kasten zu verstauen. Mel beobachtete Donna, während sie zum Fernseher blickte. »Ist eine ganz interessante Show«, lachte er. »Eine Dame aus dem Zoo. Irgend so ein Starlet, das sagte, sie sei in Pat Boones Swimmingpool getauft worden. Und er habe ihren Kopf so lange unter Wasser gedrückt, daß sie schon fürchtete zu ertrinken, statt wiedergeboren zu werden.« Er befühlte ihre Stirn. »Du hattest die Augen zwar immer wieder mal offen, doch dann warst du auch bald wieder weg. Das Fieber bist du los.«

Hastig tastete sie nach ihrer linken Seite.

»Vorsicht. Da ist ein Verband.«

»Die Zecke?«

»Von der bist du längst befreit.«

Sie strich sich mit der Hand durch das feuchte Haar. »Und wieviel von meinem Leben habe ich verpaßt?«

»Bevor oder nachdem du den armen Mr. Sanders halb zu Tode erschrecktest, indem du inmitten seiner Begonien in Ohnmacht sankst?«

»Oh, Gott. Erzähle.«

»Er hat sich im Grund ganz reizend verhalten. An meiner Stelle rief er die Ambulanz herbei, und dann schafften wir dich ins Krankenhaus.«

»Ins Krankenhaus? Befinden wir uns hier in einem Krankenhaus?«

»Nein. Dies ist ein Motel. Im Krankenhaus behielt man dich nur gerade so lange, um die Zecke zu entfernen und dich entsprechend medikamentös zu behandeln.«

»Mr. Sanders war also...«

»Mr. Sanders war Mr. Sanders. Punkt. Hatte vor anderthalb

Jahren seine Frau verloren und muß sich nun um die beiden kleinen Mädchen kümmern.«

»Beides Mädchen?«

»Alle beide.«

»Na, was für ein überzeugendes Beispiel für Kathy Garratts untrügliches Gedächtnis...«

»Muffin, den Schäferhund nicht zu vergessen!«

»Wer hat uns das überhaupt erzählt, von dieser blöden Galerie? Jene Dame aus San Simeon – stand vermutlich in Victors Diensten.«

Mel lachte. »Du fühlst dich besser, soviel steht fest.« Er schaltete den Fernseher aus. »Möchtest du Tee oder etwas anderes?«

Sie schüttelte den Kopf. »Ich bin bloß müde. Werde ich morgen früh weiterreisen können?«

»Ich glaube schon. Und irgendwie habe ich das Gefühl, daß du ohnehin nicht zurückzuhalten wärst.« Er legte eine dramatische Pause ein. »Ich habe mit Marfleet telefoniert. Er meinte, es könnte durchaus sein, daß dort in Carmel etwas wirklich Konkretes ist. Ein Mann mit zwei Kindern – auf welche die allgemeine Beschreibung von Victor sowie Adam und Sharon paßt – hat da vor ungefähr einem halben Jahr ein Haus gekauft. Marfleet wollte heute abend hinfahren und mal nachprüfen. Morgen sollen wir ihn dort treffen.«

»Oh, Mel...«, sagte Donna, und sie spürte dieses Kribbeln an ihrem ganzen Körper.

»Kann durchaus sein, daß sie's überhaupt nicht sind, Donna.«

»Ich weiß. Ich weiß«, sagte sie, während sie unter die Bettdecke glitt und Mel dicht neben sich spürte. »Ich weiß.«

22

Als der U. S. Highway sich Carmel entgegenzuwinden begann, spürte Donna deutlich, wie plötzlich all ihre Lebensgeister geweckt wurden. Ihre Nasenlöcher weiteten sich, nahmen den allgegenwärtigen Geruch des Ozeans in sich auf. Und es weiteten sich auch ihre Augen, versuchten, alles wahrzunehmen, was es wahrzunehmen gab: die Häuser, die Cottages (mitunter reine Puppenhäuschen). Und – wenn man so wollte – weiteten sich sogar ihre Ohren: für das Geräusch der Brandung sowie jenes ganz Andersartige – die Stille, die dennoch keineswegs leer zu sein schien, sondern vielmehr recht geschäftig. Jede Sehne, jeder Muskel in ihrem Körper schien sich zu spannen. Gleichsam im Alarmzustand. Er war hier. Sie konnte es spüren. Dies war der Ort, zu dem er ihre Kinder gebracht hatte.

»Nur nicht verkrampfen, Donna«, mahnte Mel.

»Ich weiß, daß sie hier sind, Mel. Mein ganzer Körper sagt mir, daß es so ist.«

»Dein ganzer Körper, so schön er auch ist, hat sich bereits zuvor geirrt. Erinnere dich, daß er es war, der dich dazu bewog, Victor zu heiraten.«

»Sie sind hier, Mel«, wiederholte sie, während das Auto östlich in die Ocean Avenue einbog. Donna blickte zu den Schildern mit den vorbeihuschenden Namen der Seitenstraßen – Carpender, Guadalupe, Santa Rita, Santa Fe, Torres, Junipero. Und von Mal zu Mal wurde sie sich ihrer Schlußfolgerungen sicherer. Sie fuhren an einem großen Gebäude im spanischen Stil vorbei. Auf einem Schild las man: Carmel Plaza. Siebenundsechzig Läden gab es dort. Sie fuhren die Dolores Street hinunter, bogen dann nach links ab.

»Wo genau sollen wir uns mit Marfleet treffen?«

»In einem Restaurant namens ›Kleiner Pizza-Himmel‹.«

»Pizza um diese Stunde?«

»Es ist Lunch-Zeit«, erklärte Mel nach einem kurzen Blick auf seine Armbanduhr.

»Warum hast du mich so lange schlafen lassen?«

»Ich wollte dich in bester Kampfkondition.« Er zwinkerte.

Sie lächelte. »Ich weiß, daß sie hier sind. Kannst du's nicht spüren?«

»Was du fühlst – und, jawohl, ich fühle es auch –, ist eine gewisse Vertrautheit. Dieser Ort ist, in einem gewissen Sinn, gar nicht viel anders als Palm Beach. Er hat den gleichen – Rhythmus.«

Donna nickte. Das war genau das richtige Wort. »Nur noch besser«, fügte sie hinzu. »Und Victor war ja stets auf der Suche nach etwas Besserem.« Dann erspähte sie plötzlich das Schild, auf der rechten Seite: die Pizzeria. »Dort ist es, Mel.«

Mel manövrierte das Auto auf den Parkplatz. Dann stiegen sie aus. Er reichte ihr die Wagenschlüssel, damit sie sie in ihrer Handtasche verstaute. Sie sei so etwas wie die Schlüsselwärterin, hatte er im Flugzeug gesagt, und offenbar war es ihm damit sogar ernst gewesen.

»Bitte, vergiß nicht, daß Victor den größten Teil seines Lebens in Connecticut zugebracht hat.«

»Sicher, ich weiß«, sagte Donna und hakte sich bei Mel ein. »Aber wenn man sich von Sonne und Meer erst einmal hat verwöhnen lassen, fällt es einem nicht gerade leicht, zu Eis und Schnee zurückzukehren.«

Sie wollten gerade ins Restaurant eintreten, als Mel plötzlich stehenblieb und sich zu Donna herumdrehte. Sie sah ihn fragend an. »Hör mal«, begann er zögernd,«nur für den Fall, daß Marfleet einen Bock geschossen hat und wir die Kinder nicht hier finden – vergiß nicht, daß ich dich liebe und daß immer noch Monterey bleibt.«

Sie lachte. »Noch etwas, das du sagen möchtest?«

»Ja«, erwiderte er ernst. »Wie viele Psychiater sind nötig, um in eine Lampe eine neue Glühbirne einzusetzen?«

»Na, wie viele?« fragte sie mit einem eigentümlichen Lächeln.

»Nur einer«, lautete seine Antwort. »Aber nur, wenn sich die Lampe absolut nicht dagegen sperrt.«

Sie lachte noch immer leise, als der Kellner beide durchs Restaurant geleitete und hinaus auf die windgeschützte Terrasse, wo Mr. Marfleet wartete.

»Sie sind uns entgangen«, meldete Marfleet, kaum daß sie sich gesetzt hatten. Donna wollte ihren Ohren nicht trauen.

»Was!? Wie meinen Sie das?«

»Ich meine damit: Sie waren hier. Aber wir haben sie verloren.«

»Verloren – was soll das heißen!?« Donna hörte, daß ihre Stimme von Wort zu Wort schriller klang. Nein, bitte, nein. Dies konnte nicht wahr sein.

»Ich hatte einen meiner Leute hier«, erklärte der Detektiv. »Sollte sich umhören. Davon hat Mr. Cressy – oder Mr. Whitman, wie er sich nannte – vermutlich Wind gekriegt und ist ab durch die Mitte. Jedenfalls ist er verschwunden. Ich hatte sogar jemanden zur Observierung des Hauses eingesetzt, doch er ist offenbar mitten in der Nacht fort.«

Wie abwehrend schüttelte Donna den Kopf. Sie weigerte sich zu akzeptieren, was durch die Ohren in ihr Gehirn drang. Eine so weite Reise und dann dem Ziel so nah – sozusagen um eine Nacht verpaßt; um jene Nacht, die sie in irgendeinem Motelzimmer in Morro Bay verschlief, weil sie von einer Zecke gebissen worden war. Nein, nein, nein, das durfte nicht wahr sein. »Was ist mit seinem Auto?« fragte Mel. Gar kein Zweifel, daß Victor eins hatte – oder gehabt hatte. »Läßt sich da keine Spur aufnehmen?«

»Dem sind wir bereits nachgegangen. Hat ihn – den Wagen,

meine ich – am Flugplatz von Los Angeles stehenlassen, irgendwann heute früh. Wo Mr. Cressy – oder Mr. Whitman oder wie immer – sich jetzt befindet: keine Ahnung. Aber wir werden die Augen offenhalten, das verspreche ich Ihnen. Wir haben ihn einmal gefunden, wir werden ihn wieder finden.«

Er brach ab. Donna faßte ihn, zum erstenmal eigentlich, genauer ins Auge. Er war ein großer Mann, dessen Oberkörper eine überproportionale Länge besaß. Wenn etwas sein Erscheinungsbild kennzeichnete, so war es Eckigkeit: eckige Kinnlade, eckige Schultern, eckig vorstehender Adamsapfel, der aus dem offenen Hemd geradezu herausragte. Bleiche Hauttönung; schien nicht oft an die frische Luft zu kommen – und wenn, dann bekam sie ihm offenbar nicht besonders. Inmitten der Aktenstapel in seinem ansonsten spärlich möblierten Büro in Los Angeles fühlte er sich augenscheinlich wohler. Zumindest war das eine Umgebung, mit der er zu verschmelzen schien.

»Er hat die Namen der Kinder geändert«, sagte er plötzlich.

»Was?«

»Das kleine Mädchen – er rief sie Carol, nicht Shannon.«

»Sharon«, korrigierte Donna ihn.

»Ja, Sharon. Und den kleinen Jungen, den rief er...« Der Detektiv warf einen Blick in sein Notizbuch. »...rief er Tommy.«

»Sind Sie sicher, daß es sich um die von uns Gesuchten handelt?« fragte Mel.

Der Detektiv zuckte mit den Achseln. »Die Beschreibungen passen hundertprozentig. Und dann – hören Sie, wieso geht's so mir nichts, dir nichts ab über alle Berge, wenn's nicht die sind, nach denen wir suchen?«

Donna nickte. »Wo haben sie gewohnt?« fragte sie mit dumpfer, tonloser Stimme. Was für eine unsinnige Frage. Was kam's darauf an, wo sie gewohnt hatten? Jetzt zählte nur noch, daß sie dort nicht mehr wohnten. Waren verschwunden. Mitten in der Nacht. Waren davon. Erneut. Für wie lange dieses Mal? Wieder elf Monate? Oder elf Jahre?

»Nicht weit von hier.« Marfleet ließ ein Lachen hören, das unverkennbar eine Leere ausfüllen sollte. »Aber von hier ist im Grunde nichts sehr weit. Das Haus ist in Monte Verde.« Wieder blickte er in sein Notizbuch. »147 Monte Verde.«

Donna erhob sich. »Ich möchte es sehen. Zeigen Sie es mir«.

»Es ist leer«, sagte Marfleet. »Und verschlossen.« Er machte keine Anstalten aufzustehen.

Mel hatte sich erhoben. »Ich werde Donna hinfahren. Wir können uns dort ja mal umschauen.«

»Klar doch«, sagte der Detektiv, während ihm seine Pizza – eine Pizza mit allem Drum und Dran – serviert wurde. »Sie haben doch nichts dagegen, wenn ich mich erst mal stärke?«

»Lassen Sie sich nur Zeit«, sagte Donna, und sie haßte diesen Mann. Haßte ihn wegen seiner Gefühllosigkeit und mehr noch, weil er ihr diesen Hoffnungsstrohhalm hingehalten hatte, um ihn sogleich wieder fortzuziehen.

Nein, nein, dachte sie, während sie mit Mel das Restaurant verließ. Es war wirklich nicht Marfleets Schuld, daß sie sich in einem solchen Zustand hochgespannter Erwartungen befunden hatte. Dafür hatte sie ganz allein gesorgt. Mit Hilfe der Zecke war der ganze Zeitplan durcheinandergeraten. Sie warf Mel die Autoschlüssel zu. Nein, viel mehr ließ sich wohl kaum ertragen. Sie waren fort. Und sie, Donna, hatte das ihre dazu beigetragen, daß es dazu kommen konnte. Allmächtiger Gott. Und aus irgendeiner Verdrehtheit heraus trieb es sie jetzt, jenes Haus in Augenschein zu nehmen, wo ihre Kinder während des letzten halben Jahres gewohnt hatten – Carol und Tommy, wie er sie umbenannt hatte; sonderbare, in Donnas Ohren geradezu fremdartige Namen. Es sollte ja Leute geben, die innerlich bestimmte psychische Wellen empfingen, wenn sie ein Kleidungsstück oder ähnliches berührten. Nun, vielleicht würde auch sie, Donna, irgend etwas spüren, mochte es auch noch so vage sein.

Sie stieg ins Auto. Genug ist genug, dachte sie. Von nun an würde sie die Detektivarbeit den Profis überlassen: Bitte, meldet euch erst bei mir, wenn ihr meine Familie dingfest habt.

Ja, dieser Entschluß stand so gut wie fest: Sobald sie sich davon überzeugt hatte, daß Victor und ihre Kinder wirklich nicht mehr hier waren, würde sie heimkehren. Nach Florida. Zurück zu Annie. Zurück zu jenen Felsblöcken, die es eine unablässig wachsende Anzahl von Hügeln hinaufzuwälzen galt.

Sie beschlossen, über Nacht zu bleiben. Am folgenden Morgen wollten sie dann ausgeruht zurückfahren nach Los Angeles. Den ganzen Nachmittag über sprach Donna kaum ein Wort. Auf Mels Vorschläge reagierte sie mit einem stummen Nicken. Und fast unentwegt ging es ihr durch den Kopf: Alles wäre besser gewesen als dies; überhaupt keine Spur zu finden; aber um einen Tag zu spät zu kommen, das schien geradezu unmenschlich. Es war eine Tatsache, die sie innerlich einfach nicht akzeptieren konnte. Wir stehen wieder ganz am Anfang, dachte sie. Nein, noch ein gehöriges Stück dahinter. Denn jetzt ist Victor ja gewarnt.

Eine Stunde hatten Mel und sie bei dem Haus in Monte Verde zugebracht. Es stand offensichtlich leer – sie hatten durch sämtliche Fenster gespäht, hatten umsonst darauf gewartet, daß irgendeiner der Nachbarn heimkommen möge. Alles deutete darauf hin, daß hier in aller Hast »das Feld geräumt« worden war. Im übrigen lag das Haus zwar nicht unmittelbar am Meer, doch der Ozean war recht nah. Wie hatte Marfleet noch gesagt? »Von hier ist nichts sehr weit.« Victor hatte sie aus Carmel angerufen, davon war sie fest überzeugt. Und jetzt hatte er sich davon gemacht. Mit ihren Kindern – wieder.

»Wo sind wir?« fragte sie und blickte durch das Autofenster – zum erstenmal seit Stunden, wie ihr schien.

»Im Carmel Valley«, erwiderte er. »Dachte mir, es könnte ganz hübsch sein, sich das anzusehen. Laut Reiseführer gibt's hier ein nettes, kleines Motel, die Hacienda. Außerdem, so hab ich mir überlegt, könnten wir uns erst mal Steaks besorgen – und überdies ein paar Flaschen Wein in diesem Geschäft, das sich Yavor's Deli and Wines nennt. Dann fahren wir wieder zum Motel, essen und trinken – und heulen vielleicht ein bißchen Rotz und Wasser.«

Sie lächelte erschöpft. »Klingt nicht schlecht. Wie spät haben wir's jetzt?«

»Fast vier«, sagte er nach einem Blick auf seine Armbanduhr. »Und da sind wir auch schon.«

Er bog in den Parkplatz des Motels ein. »Möchtest du im Auto bleiben?« Sie nickte. »Mal sehen, ob die was für uns frei haben.« Er verschwand, kehrte wenige Minuten später zurück, schwenkte einen langen Zimmerschlüssel in der Hand. Plötzlich wurde Donna bewußt, daß sie mit gleichsam total leerem Gehirn dagehockt hatte. »Zimmer 112«, verkündete er, »gleich um die Ecke dort, mit einer kleinen Terrasse und einem Hibachi ganz für uns.«

»Gut.« Ihre Stimme war kaum mehr als ein Hauchen.

»Möchtest du dich hinlegen, während ich den Wein und die Steaks besorge?«

Sie schüttelte den Kopf. »Nein, ich komme mit.«

»Okay. Dieses Weingeschäft befindet sich ein paar Kilometer von hier. Und da ist auch ein Einkaufszentrum, wo wir die Steaks bekommen können.« Sie verstaute den Zimmerschlüssel in ihrer Handtasche.

»Großartig.« Es klang nur um ein oder zwei Grad intensiver als zuvor das »Gut.«

»Ich liebe dich«, sagte Mel ruhig. »Ich bin sehr stolz auf dich.«

»Wieso? Weil ich mich nicht wie eine totale Idiotin aufführe?«

»Wer sagt, daß du das nicht tust?«

Sie lächelte; und plötzlich flossen die Tränen, die sie bislang zurückgehalten hatte. »Verdammt«, sagte sie und verbarg ihr Gesicht an Mels Brust. »Gottverdammt.«

»Recht so, Mädchen«, versicherte er beschwichtigend. »Daß du's bloß nicht zurückhältst. Laß es alles raus, Schatz.«

Der Parkplatz im Einkaufszentrum war fast vollbesetzt, aber Mel fand noch eine Lücke. Er manövrierte das Auto hinein, zog die Schlüssel ab und reichte sie Donna, bevor er ausstieg. »Kommst du?«

Auch sie stieg aus. Draußen fragte sie ihn: »Sag mal, während du den Wein besorgst, könnte ich doch die Steaks kaufen.«

»Sicher. Hast du Geld?«

Sie prüfte kurz nach. »Genug«, erwiderte sie.

»Okay, dann treffen wir uns wieder hier.« Sie gaben sich einen zärtlichen Kuß. »Fühlst du dich einigermaßen?«

Sie nickte. »Ich bin okay.«

Und dann trennten sie sich, gingen in entgegengesetzte Richtungen. Als Donna sich umdrehte, war er bereits in dem Weingeschäft verschwunden. Flüchtig zuckte ein Gedanke durch ihr Hirn: Wenn sie wieder aus dem Lebensmittelgeschäft kam, würde er nicht mehr dasein; verschwunden – wie alle, die sie zu einem Teil ihres Lebens hatte werden lassen. Tot – oder einfach nicht mehr vorhanden. Nein, sagte sie zu sich selbst und tippte unwillkürlich gegen ihre Handtasche. Wenn er wieder zurückwill nach Florida – nun, ich bin die Hüterin der Schlüssel. So hatte er's gesagt. So hatte er's gemeint. Er würde dort sein. Er würde immer dort sein.

Das Geschäft war prachtvoll eingerichtet. An den Wänden sah man die Bilder von Obstbäumen, die ihre farbenprächtigen Früchte buchstäblich in jene Einkaufskörbe zu schütten schienen, die unmittelbar vor ihnen standen. In diesem Stil war hier alles aufgezogen. Stil und Substanz schienen einander wechselseitig zu durchdringen. Die beste aller Welten. Und während sie durch die Gänge schritt, dachte sie: Gehört schon eine ganze Menge Talent dazu, den Leuten das, was sie ohnehin tagtäglich brauchen, als etwas Besonderes zu verkaufen. Augenscheinlich kam man von ganz Carmel hierhergeströmt. Kauflustige *en masse* – eine ganze Menge Frauen, erstaunlich viele Männer, auch eine ganze Anzahl von Kindern.

Was das kleine Mädchen betraf – das nahm sie zum erstenmal wahr, als sie mehr oder minder ziellos einen der Gänge entlangging und das Kind auf dem kleinen Vordersitz des Einkaufskarrens sitzen sah. Das Mädchen starrte Donna an, bereits seit Sekunden. Selbst aus der Entfernung ließ sich erkennen, daß an den Augen des Kindes etwas Besonderes war.

Donna spürte, wie ihr Herz zu hämmern begann. Ihre Beine schienen auf einmal wie festgefroren am Boden. Halt mal, sagte sie zu sich selbst. So etwas haben wir doch schon oft genug gehabt. Häufig genug habe ich mir eingebildet, Kinder zu sehen, die wie Adam aussahen oder wie Sharon. Und jedesmal habe ich mich geirrt. Lauter Wunschdenken, weiter nichts – genau wie diesmal. Victor befand sich nicht mehr in Carmel. Mitten in der Nacht war er mit ihren Kindern geflüchtet.

»Bitte um Verzeihung.«

»Wie bitte?« fragte Donna zurück, und als sie sich umdrehte, blickte sie in das Gesicht einer jungen, sympathischen Frau.

»Darf ich vorbei?« fragte die Frau.

»Aber natürlich. Tut mir leid.« Donnas Stimme klang plötzlich ziemlich leise. »War mir gar nicht bewußt, daß ich den Gang versperre.«

Vielleicht, ging es ihr auf einmal durch den Sinn, war es gar nicht Victor gewesen, der sich so mir nichts, dir nichts davonmachte. Es konnte sich doch um jemanden handeln, der sich in einer ähnlichen Lage befand wie Victor; jemand, der in dieser

Hinsicht seine eigenen Probleme hatte. Aber das war nicht weiter wichtig. Was einzig ins Gewicht fiel, war dies: Marfleet konnte sich irren! Was ins Gewicht fiel, war jenes Kind, das an ihren Augen vorbeigerollt wurde!

Plötzlich lösten sich ihre erstarrten Füße vom Boden; sie schob sich, wenn auch nur mit Mühe, an jener jungen Frau vorbei, die sie vor wenigen Sekunden vorübergelassen hatte. »Verzeihung«, murmelte sie und gelangte zum Ende des Ganges, bog sodann, möglichst unauffällig und in langsamem Tempo, in den nächsten ein. Das Kind auf dem Einkaufskarren konnte sie nirgends erspähen. War das Ganze nur eine Illusion gewesen? Donna wies den Gedanken von sich und ging zur nächsten Reihe mit aufgestapelten Konserven.

Dort waren sie. Das Kind hielt etwas an sich gepreßt, als handle es sich dabei um einen heißgeliebten Teddybären (in Wirklichkeit war es ein Päckchen Instant-Pudding), und die Frau... Während Donna scheinbar konzentriert in den Regalen suchte, betrachtete sie voll Aufmerksamkeit die Frau. Schwarze Haare, Sonnenbräune (wenn auch nicht allzu stark). Nein, diese Frau hatte Donna nie zuvor gesehen. Sie mußte so Mitte Fünfzig sein. Als Mutter des Kindes kam sie praktisch nicht in Frage. Aber womöglich als Großmutter. Oder als Haushälterin.

Donna richtete ihre Aufmerksamkeit auf das kleine Mädchen. Elf Monate war es her, seit sie Sharon gesehen hatte. Doch innerhalb eines knappen Jahres verändert sich selbst ein so kleines Kind äußerlich nur innerhalb gewisser Grenzen. Das kleine Mädchen dort wirkte zwar weniger »pummelig« (in gewisser Weise erschien sie Donna geradezu gereift – ein irgendwie komisches Wort für ein noch nicht einmal dreijähriges Kind), aber die wesentlichen Merkmale blieben unverwechselbar – kleine Stupsnase, ein Schmollmündchen (das hatte sie von ihrem Vater), lokkiges Haar, inzwischen länger geworden, und dann die riesigen »Hexenaugen«, die durch einen hindurchzublicken schienen.

Unwillkürlich hielt Donna den Atem an, als das Kind sein Gesicht in ihre Richtung drehte. Nein, nein, nein, da konnte es keinen Irrtum geben. In dem knappen Jahr, das inzwischen vergangen war, hatte das Mädchen noch mehr Ähnlichkeit bekommen mit der Frau, nach der es benannt worden war. Meine Mutter, dachte Donna. Meine Mutter – meine Tochter.

»Ach, verflixt«, sagte die Frau zu dem Kind. »Ich habe ja die Kartoffeln vergessen.«

»Kartoffeln?« fragte das Kind.

»Dauert nur einen Augenblick«, sagte die Frau. »Keine Angst. Bin gleich wieder da.«

Donna hielt den Kopf gesenkt. Während die Frau an ihr vorüberging, schien sie eingehend sämtliche Schildchen auf sämtlichen Konservendosen zu studieren. Doch kaum war die Frau verschwunden, stürzte Donna auf das Kind zu. Was soll ich tun? fragte sie sich verwirrt. Was soll ich tun? Nehme ich Sharon und laufe einfach mit ihr fort? Was ist, wenn sie sich wehrt? Was soll ich tun? Und mein Sohn? Wo ist er, wo ist Adam?

»Hallo«, sagte sie mit ruhiger Stimme.

Das Kind warf ihr einen prüfenden Blick zu – einen Blick, der direkt in Donnas Hirn zu dringen schien. Kannst du mich sehen? fragte Donna stumm. Kannst du sehen, wer ich bin? Erinnerst du dich an mich?

Das kleine Mädchen lächelte. »Hallo.«

Ich habe dich gefunden, dachte Donna fassungslos. Ich habe mein Töchterchen gefunden!

»Sharon?« fragte sie, gleichsam vortastend.

Das Gesicht des Kindes schien sich zu verdüstern. Die kleine Stirn war tief gekraust. Und aus dem Schmollmündchen klang es: »Ich bin nicht Sharon.« Donna spürte, wie ihr das Herz sank. »Ich bin Big Bird.«

»Was?«

»Ich bin Big Bird.«

Donna fühlte, daß sie unwillkürlich am ganzen Körper zu zittern begann.

»Oh, ich verstehe. Big Bird – Großer Vogel.«

»Bitte, darf ich Big Bird sein?« bat das kleine Mädchen, und ihre Stimme klang plötzlich weich.

»Natürlich darfst du das. Big Bird ist ein wunderhübscher Name.« Sacht strich sie über das Haar des Kindes. »Du hast schönes lockiges Haar, Big Bird.«

»Nein«, protestierte das Kind mit weinerlicher Stimme und schien den Tränen nah. »Nicht Haare. Federn!«

»Äh, Federn, natürlich. Es sind Federn.« In Donnas Schädel drehte es sich wie ein Kreisel. Sie wollte das Kind nicht in Angst versetzen; sie wollte keine Szene verursachen; die Leute hier, die Kassiererinnen und so weiter, vielleicht kannten sie diese Frau, die sich um das Kind kümmerte; womöglich kam sie oft mit Sharon hierher. Und wenn Donna jetzt nach ihrer Tochter griff und Sharon sich wehrte, so würden die anderen Donna vielleicht zurückhalten: diese Wahnsinnige zu bändigen versuchen, während die andere Frau mit dem Kind davonflüchtete. Nein, dazu durfte es auf gar keinen Fall kommen. Viel besser war es, die Frau außerhalb des Geschäfts zu stellen (inzwischen würde hoffentlich auch Mel zur Stelle sein), um von ihr eine Antwort zu fordern auf die Frage: Wo befand sich Adam? Dann würde sie beide Kinder wiederhaben.

Donna hörte die sich nähernden Schritte. Sofort zog sie sich zurück, widmete ihre ganze Aufmerksamkeit scheinbar wieder irgendwelchen Ananaskonserven. Doch aus dem Augenwinkel beobachtete sie die Frau, die zum übrigen Eingekauften einen Fünfpfundbeutel Kartoffeln tat.

»Da wäre dein Vater wohl ganz schön böse, wenn wir wieder die Kartoffeln vergessen hätten«, sagte die Frau und prüfte nach, was sich im Einkaufswagen befand. »Ich glaube, das ist alles.« Sie zog einen Zettel hervor und überflog, was dort notiert war. Eine

Liste, dachte Donna fast ungläubig, eine Liste. »Okay, das ist's. Jetzt werden wir deinen Bruder abholen, und dann geht's nach Hause.

»Ich will Eiscreme.«

»Nach dem Essen.«

»Rosa Eiscreme.«

»Nach dem Essen.«

Donna folgte der Frau im Abstand von wenigen Metern. Die Frau mußte sich an der Kasse anstellen. Da Donna nichts gekauft hatte, ging sie sogleich zum Ausgang und wartete draußen. Von dort, wo sie stand, konnte sie zum Weingeschäft blikken. War Mel noch in dem Laden? War er inzwischen zum Auto zurückgekehrt? Oh, bitte, Mel, sei dort. Sie schaute wieder zu der Frau. Sie war die dritte in der Schlange, doch schien eine weitere Kasse besetzt zu werden; und so wagte Donna nicht, sich zu entfernen, um nach Mel zu suchen. Auf gar keinen Fall durfte sie ihr Kind wieder aus den Augen verlieren. Lieber Gott, dachte sie, ich habe sie gefunden. Ich habe mein kleines Mädchen tatsächlich wiedergefunden! Es ist vorbei. Der Alptraum ist vorbei.

Noch nicht ganz, dachte sie dann. Alpträume sind erst vorüber, wenn man aufgewacht ist. Und wach – voll wach – würde sie erst sein, wenn sie beide Kinder unter ihren schützenden Fittichen wußte und im Flugzeug saß, fort von Kalifornien.

Inzwischen war die andere Kasse besetzt, und die Frau schob ihren Karren sofort dorthin und legte die gekauften Waren auf das Laufband. Hastig drehte Donna den Kopf hin und her. Wo war Mel?

Ihr Blick glitt über das Labyrinth der geparkten Autos. Nach etlichen Sekunden entdeckte sie den weißen Buick, den sie in Los Angeles gemietet hatten. Nein, dort befand sich Mel nicht. Sie spähte wieder zum Weingeschäft. Nichts. Blickte durch die Scheibe zu der Frau. Die Kassiererin war noch immer mit dem

Eintippen der Preise beschäftigt. Beeil dich, Mel. Du mußt mir helfen!

Und was sollte werden, falls Mel nicht rechtzeitig zurückkehrte? In jenem Weingeschäft gab es zweifellos alle möglichen seltenen und exotischen Weine, und vielleicht fiel es ihm schwer, sich von einer eingehenden Inspektion loszureißen. Daß so etwas wie ein Notstand eingetreten war, konnte er nicht einmal ahnen – soweit er wußte, war Victor mit den Kindern in aller Herrgottsfrühe zum Flughafen von Los Angeles gefahren!

Aber wer immer sich am frühen Morgen davongemacht haben mochte, um Victor handelte es sich nicht. Und Carol und Tommy, oder wie sie hießen, waren garantiert nicht ihre, Donnas, Kinder. Ihre Kinder befanden sich hier in Carmel. Eines sogar in diesem Lebensmittelgeschäft. Ganz in der Nähe. Und sie würde Sharon nicht mehr aus den Augen lassen. Mochte da kommen, was wollte. Mochte Mel zur Stelle sein, um ihr zu helfen, oder nicht. Wenn es sein mußte, würde sie es allein mit dieser Frau aufnehmen, würde nach der Polizei rufen. Auf gar keinen Fall durfte sie es zulassen, daß diese fremde Frau ihr entwischte. Sie mußte ihr auf der Spur bleiben, gleichgültig wer sich ihr in den Weg zu stellen versuchte – womöglich das ganze Personal und sämtliche Kunden.

Die Hilfskraft bei der Kasse verstaute die gekauften Waren in vier Tragtaschen.

»Könnte mir jemand dabei behilflich sein, dies zu meinem Auto zu bringen?« fragte die Frau.

Bei aller Entschlossenheit spürte Donna, wie neuer Schrecken in ihr aufstieg. Daran hatte sie nicht gedacht. Daß von vornherein jemand dabei sein werde, wenn sie die Frau stellte. Wieder drehte sie den Kopf. Mel war nirgends zu sehen.

Die Frau ging an ihr vorbei. Fest hielt sie das kleine Mädchen bei der Hand. Als sie das Geschäft verließen, blickte das Kind plötzlich zu Donna und starrte wortlos zu ihr empor.

»Komm, trödel nicht«, sagte die Frau und zog das Kind weiter, während unmittelbar hinter den beiden die Hilfskraft den vollgepackten Einkaufswagen schob. Donna warf noch einen letzten, wie hilfesuchenden Blick in die Runde und folgte dann dem Lehrling – gleichsam als Nachzüglerin dieser sich eher bedächtig dahinbewegenden Miniprozession.

Die Frau ging langsam, Schritt für Schritt. Sie richtete sich nach dem Tempo des Kindes. Normalerweise wäre sie zweifellos wesentlich zügiger ausgeschritten, das schien viel eher ihrer Art zu entsprechen. Dennoch wirkte sie nicht ungeduldig. Vielmehr betrachtete sie das Kind mit unverkennbarer Zärtlichkeit. Nein, um eine gewöhnliche Haushälterin oder dergleichen konnte es sich bei ihr kaum handeln. Dies war keine Frau, die einfach einen »Job« erledigte. Sie hatte das kleine Mädchen zweifellos gern. Und dafür, wenigstens dafür, war Donna dankbar.

Das Auto der Frau stand nicht sehr weit von der Stelle entfernt, wo Mel den weißen Buick geparkt hatte: eine Reihe und sechs Parkplätze weiter. Aus sicherer Entfernung beobachtete Donna, wie der Lehrling die vier prallen Tragetaschen im Kofferraum des beige-grünen Plymouth verstaute. Auf dem Nummernschild stand: NKF 673. Sie versuchte, sich die Nummer einzuprägen – NKF. NKF, wiederholte sie für sich: *N*ur *K*eine *F*eigheit, erfand sie behende, um ihrem Gedächtnis die nötigen Schlüsselwörter zu liefern.

Die Schlüssel. Hüterin der Schlüssel. Sie hatte doch die Autoschlüssel.

Die Frau drückte dem Jungen ein Trinkgeld in die Hand, und dieser hielt eilfertig die Tür auf, während die Frau Sharon hinten in ihren Kindersitz setzte. Lieber Gott, dachte Donna, sie fahren fort, fahren davon! Und während der Lehrling für die Frau die vordere Tür aufhielt, schlich Donna sich ein Stück näher heran. Sie sah, wie die Frau sich hinters Lenkrad schob und der Lehrling die Tür zuwarf. Lieber Gott, sie fahren davon! Was stehe ich hier herum und lasse sie einfach fort?

Abermals warf Donna einen verzweifelten Blick in Richtung Weingeschäft. Wo war Mel? Nirgends zu sehen. Gottverdammt! Die Frau ließ den Motor an.

Nein! dachte Donna und griff plötzlich nach den Schlüsseln in ihrer Handtasche. Sie würde sie auf gar keinen Fall so einfach davonfahren lassen. Auf gar keinen Fall würde sie diese Spur verlieren. Durch die Reihen der geparkten Autos lief sie zurück, ohne den grün-beigefarbenen Wagen aus den Augen zu verlieren. Sie fand ihre Reihe, fand das Auto, warf einen letzten verzweifelten Blick in die Runde, auf der Suche nach Mel. Vergeblich. Dann schloß sie die Tür auf, sprang geradezu ins Auto.

Die andere Frau hatte augenscheinlich einige Mühe, ihr Auto aus der Parklücke herauszumanövrieren. Donna zitterte am ganzen Körper. Sie hatte das Gefühl, von Tausenden von Zecken angefallen worden zu sein. Und zu ein und derselben Zeit war ihr irgendwie übel zumute, aber gleichzeitig auch euphorisch. Was das Zittern betraf, sie konnte es einfach nicht unterdrücken.

Es war, als habe sich alles an diesem Nachmittag abgespielt und nicht schon vor fast vier Jahren. Der Abend jener Party. Ausgehbereit waren sie. Ein Wort ergab das andere. Ein Alptraum mündete in den nächsten. Und alles so dicht ineinander verwoben, daß kein einzelner Faden sich aus dem Gesamtmuster herauslösen ließ. Dein Gesicht, Donna, also das Make-up sieht so billig aus, als wolltest du dafür einen Sonderpreis gewinnen – echt Ausverkauf. Allmächtiger Himmel, ums Haar hättest du die Mülltonne umgefahren; ja, wo willst du denn hin, Donna? Die richtige Abbiegung hast du drei Häuserblöcke zuvor verpaßt; und jetzt hättest du beinahe das Haltesignal überfahren; ja, Teufel noch mal, versuchst du, uns umzubringen; bist ja bei Rotlicht stramm weiter; steig aus, Donna; weiß ja nicht, was du vorhast; aber ich will auf jeden Fall zur Party und mich dort vergnügen;

und was du da vorhast, von wegen Scheidung und so, Trennung auch von Adam; hab eigentlich nur ein Anliegen an dich; putz dir die Nase und halte den Mund; halte *ausnahmsweise* mal den Mund; halt den Mund; halt den Mund; während sie spürte, wie er in ihren Körper eindrang, tiefer und immer tiefer; und sie, völlig verwirrt, dachte: Ich bin eine tote Frau, ich bin eine Tote; ich werde nicht mehr gegen dich ankämpfen. Sie beobachtete den grün-beigefarbenen Plymouth, der sich aus seiner Parklücke herauslöste. Jetzt kurvte das Auto herum, fuhr langsam den freien Gang entlang, sehr vorsichtig, sehr behutsam.

Durch die Windschutzscheibe schien Victors Gesicht zu ihr hereinzugrinsen, ebenso höhnisch wie grotesk. Von Sekunde zu Sekunde entfernte sich das Kind weiter von ihr, von Donna. Das andere Auto befand sich fast schon an der Ausfahrt.

Ich bin nicht tot, vernahm Donna eine Stimme von tief innen. Unwillkürlich tasteten ihre Finger nach dem Verband an ihrer Seite. *Noch* bin ich nicht tot, und du – du bist lange genug in mir gewesen! Victors Abbild heuchelte so etwas wie Verblüffung. »Raus mit dir, Victor Cressy!« schrie sie auf einmal, während ihre Hand den Schlüssel ins Zündschloß stieß und dann den Rückwärtsgang einlegte. Schon war sie dabei, das Auto herauszumanövrieren. Sehr geschickt und erstaunlich rasch bugsierte sie den weißen Buick aus der Parklücke heraus. Wenig später kam sie unmittelbar hinter dem beige-grünen Plymouth zum Stehen.

Währenddessen sah sie im Rückspiegel Mel, beide Arme vollgeladen mit irgendwelchen phantastischen Weinen – absolut erlesenen Weinen.

Auf seinem Gesicht zeigte sich ein ebenso verwirrter wie fragender Ausdruck. Ich werd's dir später erklären, dachte sie, während sie ihren Blick wieder auf das Auto vor sich richtete. Im Augenblick bleibt mir einfach keine Zeit, noch länger zu warten.

Kaum eine Sekunde später, auf der Spur des Wagens vor ihr,

bog sie mit ihrem weißen Buick in die Carmel Valley Road ein, in westlicher Richtung, zurück zum U. S. Highway I.

23

Sobald die Frau den Highway erreicht hatte, fuhr sie in nördlicher Richtung. Donna folgte in kurzem Abstand. Mehrmals warf die Frau einen Blick in den Rückspiegel, und jedesmal senkte Donna den Kopf und hielt den Atem an. Merkte die Frau, daß ihr jemand folgte? Erinnerte sie sich an Donna, vom Supermarkt her? Hatte ihr womöglich Victor einmal ein Bild von ihr gezeigt? Damit sie im Fall des Falles sofort auf der Hut sein konnte?

Donna warf einen Blick in ihren eigenen Rückspiegel. Das Tempo, das sie fuhr, lag knapp über der zugelassenen Geschwindigkeit. Dennoch versuchte der chromfarbene Sportwagen hinter ihr, sie auf Teufel-komm-raus zu überholen. Sekundenlang gab es eine Art Katz-und-Maus-Spiel. Dann machte Donna eine wütende Geste. Zu ihrer Überraschung verlangsamte der Fahrer sofort das Tempo. Doch als sie gerade aufatmen wollte, sah sie, daß er zum zweiten Anlauf ansetzte: Nun erst recht, und wenn er sie praktisch über den Haufen fahren mußte. Auf der linken Spur jagte er an ihr vorbei und schob sich mit seinem kleinen kompakten Sportwagen vor ihren Buick: schob sich zwischen sie und ihr Kind. Scheißkerl, fluchte sie innerlich. Doch der eigentliche Ärger begann erst jetzt.

Denn nun drosselte der Herr Sportwagenfahrer das Tempo. Drosselte es ganz bewußt. Drosselte es so stark, daß sie glaubte, sich auf der Kriechspur zu befinden.

Donna fluchte, erst leise, dann laut. Am liebsten hätte sie auf die Hupe gedrückt. Doch fürchtete sie, die Aufmerksamkeit der Frau im Plymouth auf sich zu lenken. Immerhin konnte sie das

Auto noch sehen, und solange es sich in Sichtweite befand... Aber je länger der Sportwagen vor ihr dahinkroch, desto mehr vergrößerte sich der Abstand. »Scher dich da weg, du Schweinehund!« Donna schrie es geradezu.

Fast hätte man meinen können, der Fahrer des Sportwagens habe sie gehört. Urplötzlich erhöhte er die Geschwindigkeit, schoß an dem Plymouth vorbei und gab Donna, bevor er in einer Staubwolke verschwand, ihren »Gruß« zurück. »Mistkerl!« murmelte Donna und rückte wieder zu dem Wagen vor ihr auf.

Eine Weile später bog das Auto links ab, und Donna blieb ihm auf der Spur. Es ging die inzwischen vertraute Ocean Avenue entlang. Abermals nahm die Frau eine Abzweigung nach links. Wieder folgte Donna, hielt jetzt jedoch einen größeren Abstand ein, etwa die Länge eines halben Häuserblocks. Dann fuhr die Frau in die Einfahrt zu einem größeren, doch eher unauffälligen Gebäude.

Wohnten sie hier?

Die Frau hupte. Einmal. Gleich darauf, ziemlich ungeduldig, ein zweites Mal. Nein, hier wohnten sie nicht, soviel stand fest, und Donna erinnerte sich an das, was die Frau im Supermarkt zu dem Kind gesagt hatte: »Jetzt werden wir deinen Bruder abholen, und dann geht's nach Hause.«

Auf das Hupen regte sich nichts. Die Frau stieg aus und näherte sich der Vorderveranda des Hauses. Im selben Augenblick schwang die Eingangstür auf, und mehrere Kinder wirbelten hervor, sämtlich Buben, etwa gleichaltrig. Sie schienen übereinanderzupurzeln, lachend, sich balgend.

Entschlossen drang die Frau zum Zentrum des »Knäuels« vor und zerrte einen der Jungen heraus.

Angestrengt versuchte Donna, sein Gesicht deutlicher zu erkennen, doch sie war ganz einfach zu weit entfernt. Sie beobachtete, wie er sich von der Hand der Frau losriß, um noch ein paar »Abschiedspüffe« auszuteilen. Aber dann hatte ihn die Frau wieder eingefangen, und sie verstaute ihn auf dem Rücksitz neben seiner Schwester. Jetzt saß sie wieder hinter dem Lenkrad und winkte einer Frau zu, die wenige Sekunden zuvor auf der Veranda aufgetaucht war. Donna, viel zu weit entfernt, um irgend etwas zu verstehen, improvisierte für sich eine Art Kurzgespräch zwischen den beiden Frauen. »Auf Wiedersehen, Mrs. Smith, und schönen Dank, daß Adam nach der Schule hier spielen durfte.« »Ist mir ein Vergnügen, Mrs. Jones. Stehe jederzeit gern zur Verfügung.«

Nein, danke, Mrs. Smith, dachte Donna. Nein, danke, Mrs. Jones. Wird nicht mehr nötig sein. Zu *keiner* Zeit.

Die Frau lenkte das Auto auf die Straße zurück, und Donna folgte in sicherem Abstand. Jetzt befanden sich ihre beiden Kinder in dem Plymouth dort vorn. Nur eine relativ kurze Entfernung trennte Donna von ihnen. Vielleicht zehn oder zwanzig oder dreißig Meter. Und Wände aus Blech und Glas. Wie lange würde es noch dauern, bis sie wieder ganz mit ihnen vereint war? Nun, höchstens bis zum Abend. Nur noch ein paar Stunden, dann war alles überstanden. Und alles, was sie gequält hatte und noch immer quälte, würde der Vergangenheit angehören, all die Angst, all die Sehnsucht.

Bei der 13. Avenue bog die Frau rechts ab und fuhr in Richtung Ozean. Gleich darauf gelangte sie zu einer Straße mit dem Namen San Antonio. Von dort hatte man einen Ausblick auf Carmel Bay. Es war atemberaubend. Kaum einen Steinwurf entfernt: der Strand im Schein der allmählich untergehenden Sonne. Die Frau fuhr noch ein kurzes Stück, um dann in die Einfahrt eines dieser Cottages mit »Meeresblick« einzubiegen.

Donna fuhr ein paar Häuser weiter. Dann hielt auch sie und stieg rasch aus, drückte leise die Autotür zu, nahm sich nicht die Zeit, sie abzuschließen. Jetzt strebte sie einer Stelle zu, wo sie die Frau und die Kinder beobachten konnte, ohne selbst gesehen zu werden.

Die Frau schloß ein schmiedeeisernes Tor auf, und schon drängten die Kinder hinein. »Ihr könnt hinten auf dem Hof spielen, bis das Dinner fertig ist«, rief die Frau hinter ihnen her, öffnete dann den Kofferraum und zog eine der braunen Tragtaschen hervor.

Dinner! dachte Donna. Erst jetzt wurde ihr so richtig bewußt, daß es bereits nach fünf Uhr sein mußte. Vermutlich würde Victor jeden Augenblick nach Hause kommen. Zur Zeit schien er jedenfalls noch nicht hier zu sein. Donna beobachtete zwei oder drei Autos, die an ihr vorüberfuhren, und kurz dachte sie an Mel, der sich irgendwo in Carmel Valley wie ausgesetzt fühlen mußte; doch schon richtete sie ihre Aufmerksamkeit wieder auf die Frau, die jetzt die zweite Tragtasche aus dem Kofferraum hob.

Beeil dich! hätte sie ihr am liebsten zugerufen. Wir haben nicht so unendlich viel Zeit.

Aber die Frau hatte keine besondere Eile. Eine nach der anderen zog sie die braunen Tragetaschen aus dem Kofferraum und trug sie ins Haus: in das bräunlich gestrichene Holzhaus mit den hellen Fensterläden. Kaum war sie mit dem letzten Plastikbeutel verschwunden, bewegte Donna sich hastig in Richtung auf das Haus. Sie war fast beim Tor, als sich die Vordertür öffnete und die Frau abermals erschien. Atemlos stürzte Donna auf den nächsten Busch zu, verbarg sich dahinter. Irgendwie kam sie sich vor wie der Fernsehdetektiv Jim Rockford. Um Gottes willen, dachte, nein, betete sie: daß die mich jetzt bloß nicht sieht. Nein, nicht jetzt. Noch nicht.

Die Frau ging zu ihrem Auto, stieg ein, öffnete per Fernbedienung die Garagentür. Dann fuhr sie das Auto in die Garage. Sekunden später tauchte sie wieder auf und ging, durch das Tor, zum Haus zurück. Donna verharrte noch eine kleine Ewigkeit hinter ihrem Busch. Dann richtete sie sich auf. Doch sofort befiel sie wieder Furcht. Irgendwie schien es, als sei sich die Frau - nunmehr im Haus – Donnas Anwesenheit sehr wohl bewußt. Geräuschvoll schloß sich jetzt die Garagentür, sozusagen genau abgepaßt. Wie hatte Mel sie, Donna, noch genannt? Nancy Drew. Das war diese blutjunge Detektivin aus dem Fernsehen. Na, mit der durfte sie keinesfalls im selben Atemzug genannt werden, von Jim Rockford ganz zu schweigen. Sie gehörte vielmehr in die Kategorie des Stolperdetektivs Sherlock Hemlock aus »Sesamstraße«. Sonderbarerweise nahm ihr eben dieser Gedanke jegliche Furcht. Dort hinten auf dem Hof befand sich ihr kleiner Big Bird und wartete sozusagen auf sie. Es blieb einfach keine Zeit, noch länger Angst zu haben.

Langsam und voll Vorsicht näherte sie sich dem vorderen Tor. Hoffentlich tauchte Victor nicht gerade in diesem Augenblick auf. Was würde geschehen, wenn er im Auto plötzlich heranjagte, nur wenige Meter von ihr entfernt hielt? Sie hörte Schritte. Nein, dachte sie, um Gottes willen, nein. Victor – das durfte doch nicht wahr sein. Abrupt drehte sie den Kopf. Ein junger Mann ging vorbei, beachtete sie nicht weiter. Vielleicht befand sie sich in Wirklichkeit gar nicht hier. Vielleicht war all dies ein Traum, so wie jener mit dem Dschungel und der Schlange. Aber wenn es ein Traum ist, dachte sie, dann will ich ihn auch zu Ende träumen. Sie blickte wieder zur Pforte, trat näher. Das Tor war unverschlossen und ließ sich mühelos öffnen. Donna war jetzt im Vordergarten. Sie schloß hinter sich die Pforte und stand dann wie angewurzelt. Hinter dem Haus spielten Kinder, das verrieten Stimmen und Geräusche: ihre Kinder.

Fast eine Minute lang starrte Donna auf die große, verglaste Vorderveranda, während sie angestrengt überlegte: Was tun? Wie vorgehen? Es gab wohl nur eine Möglichkeit. Sie würde sich nach hinten zu ihren Kindern schleichen, ihnen sagen, wer sie war, und mit ihnen zu ihrem Auto eilen. Sie blickte durch die Scheiben der Vorderveranda. Wo mochte sich jetzt bloß die Frau aufhalten? Wenn sie das nur wüßte! Nun, alles sprach dafür, daß sie die eingekauften Lebensmittel auspackte und alles fürs Dinner vorbereitete. Folglich mußte sie sich in der Küche befinden, und die Küche lag höchstwahrscheinlich im rückwärtigen Teil des Hauses – mit Blick auf den Platz, wo die Kinder spielten? Vermutlich.

Verdammt, dachte Donna, ist denn niemand da, der mir helfen könnte? Nein, lautete die Antwort, du mußt es allein schaffen. Wie eine fremde Stimme schien es in ihrem Kopf zu klingen. Aber es war keine fremde Stimme, es war ihre eigene. Und sie klang stärker und lauter von Mal zu Mal, seit Monaten schon. Los, Donna! sagte die Stimme. Donna machte zwei zögernde Schritte zur Seite des Hauses, und schon stolperte sie über einen großen, gelben Strandball, den sie übersehen hatte. Doch fing sie sich sofort, stieß den Ball beiseite und sah, wie er unmittelbar vor den Eingangsstufen zum Stillstand kam.

Ein relativ breiter, betonierter Weg führte direkt hinter das Haus. Langsam bewegte Donna sich voran, hielt Ausschau nach Fenstern an der Seite des Hauses. Vom Meer kam das Dröhnen der Brandung: fast wie ein anfeuerndes Gebrüll. Irgendwie geriet Donna in einen beschwingten, fast rauschhaften Zustand.

Das erste Fenster. Sie spähte hinein. Ein Wohnzimmer, recht konservativ ausgestattet, mit einigem herumliegenden Spielzeug. Doch schien selbst dieses bißchen Unordnung dekorativ hineingestreut in den Gesamtrahmen: Ordnung! Donna bewegte sich weiter. Wieder Fenster. Sie spähte in ein Schlafzimmer, vermutlich das der Frau (der Haushälterin?). Und jetzt – die Küche. Donna spürte, wie sich ihr Magen verkrampfte. Ja, dort befand sich die Frau, und ganz gewiß würde sie Donna sehen. Vorsichtig glitt Donna vorbei.

Die Frau stand am anderen Ende der Küche. Sie war noch mit dem Auspacken der Lebensmittel beschäftigt. Es handelte sich um einen ziemlich großen Raum, mit Fenstern nach zwei verschiedenen Seiten – auch mit Blick zum hinteren Teil des Grundstücks und zum Meer.

Allerdings: diesen Blick hatte man nur von der Eßecke aus, und falls die Frau nicht aus irgendeinem Grund dort hinging, hatte Donna eine gute Chance, unauffällig zu ihren Kindern zu gelangen.

Sekundenlang blieb Donna reglos an der Hauswand stehen. Dann straffte sie unwillkürlich die Schultern. Los! dachte sie. Willst du etwa mit leeren Händen zurückkehren!? Vorsichtig bewegte sie sich bis zur Hausecke.

Und von dort konnte sie ihre Kinder sehen.

Sie spielten mit einem kleinen, bunten Ball. Warfen ihn hin und her. Genauer gesagt: Adam warf ihn, wieder und wieder, und Sharon versuchte, den Ball zu fangen.

»Nein!« rief der Junge seiner kleinen Schwester zu. »Nein, ich sag's dir doch dauernd – beide Hände hochhalten – doch nicht *so!*«

Donna starrte. Ihr kleiner Sohn. Gar nicht mehr so klein. Recht groß für sein Alter. Und so schlank. Wunderhübsches Kerlchen. Ein richtiggehender kleiner Mann. *Ihr* Sohn, gar kein Zweifel. Adam, rief sie lautlos. Mein Baby.

»Kannst du denn nicht hören?« fragte der Junge ungeduldig.

»Glaub ja nicht, daß ich dir das immer und immer wieder sage.«

Er lief auf seine Schwester zu und packte ihre Hände. »So, verstehst du. Und *laß* sie auch so.« Er hob den Kopf und brach ab. Er hatte Donna erblickt. Starrte sie an. Bewegte sich nicht.

Das kleine Mädchen drehte sich langsam um, sah gleichfalls zu Donna.

Sie blickten einander an, Donna die Kinder, die Kinder Donna.

»Hallo«, sagte Sharon.

»Papi hat gesagt, wir sollen nicht mit Fremden sprechen«, tadelte Adam. Donna spürte die aufsteigenden Tränen. Heulen? Nein, das kam verdammt noch mal nicht in Frage. Adam spähte beklommen zur Hintertür des Hauses.

»Ich bin keine Fremde«, sagte Donna leise und eindringlich.

»Wie?« fragte er. »Ich versteh nicht, was du sagst.«

Donna sprach ein wenig lauter. »Weißt du nicht, wer ich bin?«

Er war doch alt genug. Ganz bestimmt erinnerte er sich an sie, wenigstens ein bißchen.

»Wer bist du denn?« fragte er und legte wie schützend einen Arm um die Schultern seiner kleinen Schwester.

Donna schluckte hart. Dann kauerte sie nieder, bis sie sich mit den Kindern etwa in gleicher Augenhöhe befand. »Ich bin eure Mutter«, sagte sie. »Ich bin eure Mami.«

Sharons Augen weiteten sich, vor Neugier; Adams Augen hingegen weiteten sich vor Furcht. Unwillkürlich wich er ein Stück zurück. Sharon hingegen blieb, wo sie war.

»Du bist nicht unsere Mami!« sagte Adam abwehrend, trotzig. »Unsere Mami hat uns verlassen. Sie wollte uns nicht mehr haben!«

Donna starrte in seine verängstigten Augen. Wie konnte Victor ihnen so etwas sagen? dachte sie. Wie kann ein Mensch nur so gemein sein? Wie kann ein Mensch nur soviel Haß in sich haben?

»Das ist nicht wahr. Ich habe euch niemals verlassen. Ich habe euch immer haben wollen. Und ich habe euch gesucht, seit euer Vater mir euch fortgenommen hat.«

»Gelogen!« rief der kleine Junge. Sofort blickte Donna zu dem Fenster. Dort befand sich irgendwo die Frau. Doch sie schien noch beschäftigt. Und an die Schreierei der ihr Anvertrauten war sie inzwischen wohl längst gewöhnt.

»Du weißt, daß ich nicht lüge, Adam«, sagte Donna leise. »Du bist alt genug, um dich zu erinnern. Du kannst mich nicht vollkommen vergessen haben. Du weißt, daß ich deine Mami bin.«

»Du bist nicht meine Mami!« Jetzt begann er zu weinen.

»Oh, bitte, Liebling, ich möchte doch nicht, daß du weinst.

Ich möchte dich in meinen Armen halten. Möchte dich küssen. Möchte dich mit mir nehmen. Nach daheim. Nach Florida.«

»Ich lebe hier! Du bist nicht meine Mami!«

»Ich *bin* deine Mami. Und ich möchte dich mehr als irgendwas sonst auf der Welt.«

Adam starrte Donna stumm an, durch seine Tränen, die ihm jetzt die Wangen hinabrannen. Und plötzlich wurde Donna bewußt, daß Sharon nicht mehr reglos auf ihrer Stelle verharrte. Vielmehr bewegte sie sich langsam, doch mit großer Entschlossenheit auf Donna zu. Kam näher und näher, während ihre großen Augen sich in Donnas Augen einzubrennen schienen.

Ganz dicht trat sie zu Donna, die noch immer tief niederkauerte. Langsam hob sie ihre rechte Hand und strich Donna sacht über die Wange. »Mami?« fragte sie leise.

Donna schloß das kleine Mädchen mit wahrer Inbrunst in die Arme. »Oh, mein Baby!« rief sie. »Mein wunder-, wunderschönes Baby!« Sie bedeckte Sharons Gesicht mit Küssen. »Oh, Gott, ich liebe dich. Ich liebe dich so sehr.«

»Sie ist nicht unsere Mami!« kreischte Adam, und aus seiner Stimme klang jetzt geradezu Hysterie. »Unsere Mami wollte uns nicht haben! Sie hat uns nicht haben wollen!«

Plötzlich hörte Donna, von der Vorderseite des Hauses her, das Knallen einer Autotür. Allmächtiger Gott, Victor! Sie schlang einen Arm um Sharon – und eilte zu Adam, um ihm die Hand auf den Mund zu pressen, in genau dem Augenblick, wo dieser sich zum Schreien öffnete. Er wehrte sich, strampelte, biß ihr sogar in die Hand.

Donna hörte, wie die Vordertür des Hauses sich öffnete, zugeworfen wurde. Allmächtiger Himmel, Victor, wirklich Victor. Er war jetzt im Haus.

Für sie, Donna, gab es nur eine Hoffnung: während Victor sich durch das Haus nach hinten bewegte, mußte sie so rasch wie möglich nach vorne eilen.

Daß sie die Kraft dazu besaß, begriff sie selber nicht. Aber sie rannte, mit dem Jungen im einen Arm, mit dem Mädchen im anderen, zur Straße.

»Papi!« schrie Adam. »Mrs. Wilson!«

Mrs. Wilson hörte den Schrei, und sie hörte auch, daß es eine Art Hilferuf war. Als sie durchs Fenster blickte, sah sie Donna, unter jedem Arm ein Kind – in ebendem Augenblick, als Victor in die Küche trat. Victor wandte sich dem Fenster zu, und alles schien für einen Augenblick zu erstarren. Im Bruchteil einer Sekunde bohrten sich Victors Augen in Donnas Augen, blaue Augenlichter auf seiner Seite, doch bösartig jetzt, zu schierem Haß entbrannt.

Donna jagte den Weg entlang. Drinnen im Haus, praktisch parallel zu ihr, lief Victor – das spürte, das wußte sie. Adam wehrte sich wild strampelnd, während Sharon, im anderen Arm, ganz ruhig blieb.

Ein kurzes Stück vor sich sah sie das Gartentor. Gleichzeitig hörte sie Victors Schritte. Die Eingangstür flog auf, und schon streckte er die Arme nach ihr aus. Sie fühlte seine Hände an ihren Schultern, spürte, wie sich seine Finger in ihrer Bluse festzukrallen versuchten. Doch er bekam sie nicht zu packen. Denn plötzlich wurde er von ihr wegkatapultiert.

Er war auf den gelben Strandball getreten, der unter seinem Gewicht davonschoß. Victor selbst fiel längelang auf den Rasen. Während Donna das Tor erreichte und aufstieß, raffte er sich, noch leicht benommen, wieder hoch.

Sie befand sich auf dem Gehsteig. Adam kreischte wie verrückt. Waren irgendwelche Passanten da, die das hörten, die die ganze Szene beobachteten? Donna wußte es nicht. Sie hatte nur einen Gedanken: ins Auto und fort – fort! Hinter sich hörte sie ein Geräusch, das Knallen des Tores. Victor war ihr unmittelbar auf den Fersen.

Das Auto schien unendlich weit entfernt. Donna spürte die

Erschöpfung, die aufsteigende Atemlosigkeit. Dennoch: Sie würde es schaffen; nichts und niemand sollte sie aufhalten.

Sie gelangte zum Auto, öffnete die Tür, setzte, nein, schleuderte ihre Kinder hinein, erst Sharon, dann Adam. Gleich darauf saß sie hinter dem Lenkrad, riß die Tür zu – im selben Augenblick, wo Victor von außen die Hand nach dem Griff streckte. Wieder trafen sich ihre Blicke. Sie bohrten sich ineinander, rissen sich dann los. Donna hatte genug von seinem Haß gesehen. Sie ließ den Motor an, während Victors Fäuste gegen die Windschutzscheibe trommelten, während Adams kleine Fäuste gegen ihren Kopf, gegen ihr Gesicht schlugen.

»Adam, bitte, Liebling...«

»Du bist nicht meine Mami! Du bist nicht meine Mami!«

Victor stand jetzt direkt vor dem Auto. Wenn sie losfahren wollte, dann mußte sie ihn überfahren.

Lautlos bewegten sich ihre Lippen. Provozier mich nicht, sagten sie, ohne daß es jemand hören konnte. Donna sah fast unmittelbar vor sich sein Gesicht. Und sie kannte den Ausdruck, *diesen* Gesichtsausdruck nur zu gut: Keinen Schritt würde er weichen, würde tatsächlich hier vor seinen Kindern sterben, statt sich auch nur ein Stück von der Stelle zu rühren. Unauffällig und doch blitzschnell warf sie einen Blick in den Rückspiegel. Dort war die Straße frei. Wieder sah sie zu Victor, wehrte Adams Hände von sich ab und legte den Rückwärtsgang ein und stieß in höchster Geschwindigkeit zurück, in Richtung 13. Avenue.

Für einen winzigen Augenblick fühlte sie sich erleichtert. Doch gewonnen hatte sie noch längst nicht. Während sie bremste und den Wagen so wendete, war er in sein Auto gesprungen – einen braunen quasi halbsportlichen Wagen. Nein, ihr Vorsprung war wirklich nicht groß. Durch eine ganze Reihe von Straßen mußte sie sich schlängeln. Endlich erreichte sie die Ocean Avenue. Und dieser vertraute Name gab ihr das Quentchen Zuversicht, das sie dringend brauchte. Scharf bog sie nach rechts ab und strebte in östlicher Richtung dem Highway entgegen. Aber was dann? fragte sie sich verzweifelt.

Denn rasch schloß Victor zu ihr auf. (Zwischen ihnen war eine Zeitlang ein blaues Auto gefahren, das inzwischen jedoch längst abgebogen war.) Sie trat voll aufs Gaspedal. Victor reagierte entsprechend. Und während sie ihm zu entkommen versuchte, mußte sie sich immer wieder Adams erwehren, dessen Angst- und Wutgeschrei eine verblüffende Ähnlichkeit mit Punk-Rock-Konzerten hatte.

Sie versuchte, die Geschwindigkeit noch zu erhöhen. Bog unversehens an einer Ecke ab. Hinter sich hörte sie das Quietschen schleifender Autoreifen. Victor blieb ihr unmittelbar auf der Spur. Mit einem flüchtigen Blick erhaschte sie die entsetzten Gesichter von Passanten, die sich vor den heranjagenden Autos in Sicherheit zu bringen versuchten.

Adams Geschrei drohte ihr das Trommelfell zu sprengen. Gab's in dieser Stadt denn keine Polizisten? fragte Donna sich verzweifelt. Ist denn niemand da, der diesem Wahnsinn Einhalt gebietet? Guter Gott, sollte das bis in alle Ewigkeit so weitergehen? Während sie wie um ihr Leben fuhr, trommelten die Fäustchen ihres Sohnes auf ihr herum; Sharon dagegen schien von der vorübergleitenden Landschaft verzaubert. Fast hatte sie das Gefühl, wie in einem endlosen Labyrinth herumzukutschieren, in einem gemieteten weißen Buick. Nun ja, soweit es das Höllendasein betraf, war dies wohl noch eine Steigerung gegenüber dem endlosen Geschirrspülen!

Sonderbarer, fast absurder Gedanke. Doch irgendwie wirkte er beschwichtigend. Wird schon alles gutgehen, ging es Donna durch den Kopf.

Und zum erstenmal seit vielen Jahren fühlte Donna Cressy sich in völligem Einklang mit sich selbst.

»Alles geht gut, Kinder«, sagte sie laut. »Alles geht für uns alle gut. Alles.«

Plötzlich krachte es, und nur mit großer Mühe hielt Donna das Auto auf Kurs. »Verdammt noch mal«, fluchte sie, während sie im Rückspiegel sah, daß Victor abermals näher rückte. »Bist du wahnsinnig geworden!?« schrie sie. »Die Kinder sind doch hier drin!«

Doch wieder ließ Victor sein Auto gegen den Buick knallen. Bei dem Aufprall kippten Sharon und Adam nach vorn, und Donna hatte alle Mühe, sie mit einem ausgestreckten Arm vor Schaden zu bewahren. Ein weiterer Stoß dieser Art, und sie würde die Kinder wohl kaum noch schützen können. Beide begannen zu weinen, Adam wie Sharon. Und zum erstenmal ließ Adam davon ab, sich gegen seine Mutter zu wehren, und blickte zum Auto seines Vaters.

Donnas Stimme klang ebenso laut wie verzweifelt.

»Schnallt euch doch endlich an, Kinder!« schrie sie.

Sharon schluchzte. »Ich habe Angst.«

»Ich weiß, Liebes. Aber bitte, weißt du, wie du dich anschnallen mußt?«

»Nein, weiß ich nicht«, schluchzte die Kleine.

Donna blickte zu ihrem Töchterchen. Unwillkürlich maß sie die Entfernung ab. Nein, sie hatte nicht die geringste Möglichkeit, sich über Adam hinwegzulehnen, um Sharon zu sichern, und gleichzeitig das Auto zu lenken.

Ihre einzige Hoffnung war ihr Sohn. Sie sah sein wie erstarrtes Gesicht. Er kniete auf dem Sitz, blickte durch das Rückfenster verzweifelt zum Auto – und zum Gesicht – seines Vaters.

»Adam«, sagte sie mit all dem sanften Drängen, das sie in ihre Stimme zu legen vermochte. »Bitte, Schatz, kannst du uns helfen? Schnall dein Schwesterchen an – und dich selbst auch, bitte.«

Deutlich sah sie, wie Adams Augen sich vor Furcht weiteten. Victor stand im Begriff, abermals ihr Auto zu rammen. Donna trat fest aufs Gaspedal, konnte den Abstand zumindest vorübergehend vergrößern – und blickte dann zu ihrem kleinen Sohn.

»Nein, Papi, nein!« schrie er. »Hör auf! Hör auf!«

»Adam, bitte!« überschrie Donna ihn. »Setz dich. Hilf uns. Bitte, hilf uns.«

Abrupt drehte sich der Junge auf seinem Sitz herum, schnallte sodann seine kleine Schwester fest, anschließend sich selbst. Donna schluckte hart. Deutlich spürte sie, wie ihr der Schweiß ausbrach. Wieder ging es um eine Ecke. Wo, um alles auf der Welt, befand sie sich nur? Sie hatte jegliche Orientierung verloren. Weiter, weiter – einfach die Straße entlang. Die Kinder wimmerten vor Angst, die Hände, wie Donna bei einem kurzen Seitenblick bemerkte, eng ineinander verschlungen.

Mehrmals noch bog Donna in irgendwelche Straßen ein. Und plötzlich fand sie sich auf dem Highway wieder, auf einem Abschnitt, der ihr allerdings ganz und gar nicht vertraut vorkam. Guter Gott, gab's denn hier nicht einen einzigen Polizisten? Der Gerichtsbescheid steckte in ihrer Handtasche. Wäre da doch nur irgend jemand, der uns anhalten würde – uns stoppen, bevor Victor uns alle umbringt.

Wieder hörte und spürte sie einen Aufprall, diesmal nicht von hinten, sondern von der Seite. Er hatte aufgeholt, befand sich mit seinem Wagen neben ihr.

Adams Stimme klang immer hysterischer. »Hör auf, Papi«, kreischte er. »Bitte, Papi, hör auf!«

Donnas Hände hielten das Lenkrad umklammert, als seien sie daran festgeschweißt. Was war nur mit Victor? Wie konnte er seine Kinder bloß so gefährden? Ihr Leben aus Spiel setzen!?

Durch das Seitenfenster blickte sie zu Victors Auto, sah sein Gesicht – und begriff, daß es in diesem Augenblick für ihn nur eines gab: seinen Haß gegen sie.

»Papi, hör auf!« schrie Adam, als Victor mit seinem Auto abermals gegen den weißen Buick krachte.

Für Sekunden – oder doch Sekundenbruchteile – verlor Donna die Kontrolle über das Lenkrad, und das Auto schien meterweit zur Seite zu schleudern. Beide Kinder kreischten vor Angst. »Stop! Anhalten!« schrie Adam, und er schluchzte jetzt genauso wie seine kleine Schwester. »Aufhören, bitte! Mami, Mami! Bitte, aufhören!«

Abrupt drehte Donna den Kopf, und sie blickte in die tränenüberströmten Gesichter ihrer Kinder.

»Oh, mein Gott, meine Kleinen!« rief sie. »Was tue ich euch nur an?«

So rasch es irgend ging, verlangsamte sie die Fahrt, lenkte das Auto an den Rand des Highways – und hielt dann, während sie beide Kinder fest in ihre Arme schloß.

Wenige Sekunden später bremste auch Victor, in unmittelbarer Nähe. Und schon stürzte er aus seinem Auto und rannte zu dem weißen Buick, in dem die drei saßen, eng umschlungen und gemeinsam heulend.

24

Donnas Gesicht war verschwollen und zerkratzt – blutig gekratzt von den Fingernägeln ihres Sohnes, fast grün und blau getrommelt von seinen wütenden Fäusten. Ähnlich sahen ihre Beine aus, gegen die er mit aller Kraft getreten hatte. Und welcher Körperteil tat ihr eigentlich nicht weh? Ihre Arme schmerzten. Ihre Finger ließen sich kaum noch bewegen. Ihr Magen schien ein Knoten zu sein, und ihre Kehle war heiser vom vielen Schreien.

»Bist du okay?« fragte er sie.

Donna blickte zu Mel. »Besser denn je«, lächelte sie.

Mel erhob sich. Er hatte an der Wand gesessen. Jetzt näherte er sich der Stelle, wo Donna saß, inmitten des großen Raums. »Also, ich muß schon sagen, meine liebe Lady«, begann er, »für jemanden, der seit Jahren kein Auto gefahren hat, schlägst du dich nicht schlecht. Könntest vielleicht sogar beim Rennen von Indianapolis mitmachen – vorausgesetzt allerdings, daß man dir nicht den Führerschein wegnimmt.«

»Du meinst, das werden die tun?«

»Nun ja, sie müssen ihn wohl erst finden, fürchte ich.«

Donna strich sich durchs Haar. »Was für ein Durcheinander! Kann's gar nicht glauben! Aber wo ich so lange nicht gefahren war – guter Gott, wieso hätte ich da meinen Führerschein erneuern sollen?«

»Genau.«

Sie strich sich mit der Hand über die Stirn, blickte zu Mel. »Glaubst du, daß ich mit einer Anzeige rechnen muß?«

Mel schüttelte den Kopf. »Weshalb? Wegen Fahrens ohne Führerschein? Dazu noch in einem gestohlenen Auto? Und das mit gut hundertzwanzig Sachen bei einer zugelassenen Höchstgeschwindigkeit von vierzig? Wegen Erregung öffentlichen Ärgernisses? Wegen rücksichtsloser Fahrweise? Mit solchen Lappalien geben die sich nicht ab.« Er kauerte neben ihr nieder und lächelte.

»Na, besten Dank.«

»Von Kidnapping ganz zu schweigen...«

»Ich habe ihnen das Gerichtsurteil gezeigt, wonach die Kinder mir...«

»Ich glaube, die interessierten sich mehr für die Papiere, die du *nicht* hattest.«

»Was tut's, daß auf dem Papier für den Leihwagen nicht mein Name stand!«

»Na, das mußt du denen erst mal klarmachen, Schatz.«

»Oh, Mel.«

»Ich liebe dich.«

Zum erstenmal, seit Mel von zwei riesigen Polizisten in den großen »Amtsraum« geführt worden war, umarmten sie sich.

»Ich hatte ja solche Angst, daß du nicht dort sein würdest«, sagte sie und lehnte sich gegen ihn. »Ich dachte nämlich, diesen einen Telefonanruf erlauben sie dir – und Mel wird nicht dort sein.«

»Wo sonst hätte ich wohl sein sollen?«

»Ich hatte den Zimmerschlüssel.«

»In so einem Motel hat man Zweitschlüssel.«

»Warst du überrascht, als ich so plötzlich im Auto lossauste?«

»Überrascht ist eine *absolut* gelungene Untertreibung.«

Sie lächelte. »Hast du den Beamten alles erklärt?.«

»Ich hab's versucht.«

»Ich auch. Meinst du, sie haben verstanden?«

»*Die* haben's versucht.«

Sie musterte ihn eindringlich. »Hast du die Kinder gesehen?«

»Ja, aber nur kurz. Schien soweit alles in Ordnung zu sein. Nur müde sahen sie aus. Bei ihnen ist die Haushälterin, eine gewisse Mrs. Wilson.«

»Und Victor?«

»Den habe ich nicht gesehen.«

Unruhig schritt Donna auf und ab. »Wenn die bloß endlich zurückkommen wollten. Und uns sagen, was los ist.« Sie hielt inne, dachte zurück: Kaum zwei Stunden war es her. »Weißt du, wie aus dem Nichts tauchten die auf. Eben noch schien es nur Victor und mich zu geben. Doch im nächsten Augenblick stürzte sich sozusagen die gesamte Polizeistreitmacht von Carmel auf uns.« Sie machte kehrt, näherte sich wieder Mel. »Und jetzt sind sie wie von der Bildfläche verschwunden. Wie spät ist es?«

»Fast acht.«

»Seit einer Stunde hocke ich hier. Die Kinder sollten um diese Zeit im Bett sein.«

Mel strich ihr durchs Haar. »Du hast es geschafft!« sagte er stolz. Donna lächelte.

Die Tür schwang auf, und plötzlich schien der Raum voller Polizisten zu sein. Dabei waren es insgesamt nur vier, zwei in Uniform, zwei in Zivil.

»Tut mir leid, daß es so lange gedauert hat«, erklärte der Mann, der hier offenbar das Sagen hatte, während er hinter seinem Schreibtisch Platz nahm. »Es war eine ungünstige Zeit, um das Notwendige nachzuprüfen – zumal wegen des Zeitunterschieds zwischen unserer Zone und Florida. Um diese Zeit arbeitet kaum noch jemand...« Er unterbrach sich. »Ist alles in Ordnung«, sagte er schließlich. »Sie können Ihre Kinder haben. Können sie mit nach Hause nehmen.«

Donna brach in Tränen aus. Sofort spürte sie Mels Arm um sich – eine Art stummer Glückwunsch. »Mit irgendwelchen Strafanzeigen brauche ich also nicht zu rechnen?« fragte sie und wischte sich die Augen.

»Glauben Sie, ich hätte Lust, mich von sämtlichen Zeitungen im Land als Ungeheuer abstempeln zu lassen?« fragte er zurück. Und fuhr mit entwaffnender Offenheit fort: »Wenn ich irgendwas gegen Sie zu unternehmen versuchte, so würden die Gerichte am Ende wohl *mich* verdonnern. Ganz abgesehen davon, daß mich mein trautes Weib höchstwahrscheinlich im Schlaf ermorden würde. Gehen Sie, nehmen Sie Ihre Kinder und ziehen Sie ab. Einem geschenkten Gaul schaut man – nirgendwohin.«

Donna und Mel gingen zum Ausgang. Plötzlich blieb Donna stehen. »Was ist mit Victor?« fragte sie zögernd.

»Der? Den können wir vor den Kadi bringen«, erwiderte der Mann.

»Kann ich ihn sehen?« fragte Donna, über ihre eigene Frage überrascht.

»Wenn Sie wollen.«

Donna nickte. Einer der uniformierten Beamten führte sie

durch die Tür und hinaus in den Korridor. Mel bedeutete ihr mit einer kurzen Handbewegung, er werde auf sie warten. Nach wenigen Metern stand der Polizist vor einer weiteren Tür, die zu einem wesentlich kleineren Raum führte.

Victor befand sich am anderen Ende. An einem Fenster stehend, starrte er hinaus auf die Straße. Als er hörte, daß die Tür aufging, drehte er sich sofort herum. Deutlich konnte Donna sehen, daß er geweint hatte.

»Bist du gekommen, um deinen Triumph auszukosten?« fragte er.

Unwillkürlich senkte Donna den Kopf. Weshalb war sie gekommen? Was hatte sie sich von einem Wiedersehen mit ihm erhofft? Was eigentlich *wollte* sie von ihm? Sein Versprechen, sie in Zukunft in Frieden zu lassen? Endlich Ruhe zu geben? Ruhe für sie, Ruhe für die Kinder. Es war unsinnig, ihn darum zu bitten. Diese Wiederbegegnung hätte sie sich ersparen können. Sie wandte sich zum Gehen.

»Donna...«

Sie blickte zurück, sah ihn an. Seine Stimme klang unendlich traurig.

»Würdest du den Kindern bitte sagen – würdest du ihnen bitte sagen, wie leid es mir tut, daß ich ihnen soviel Angst eingejagt habe.« Sie nickte. »Ich liebe meine Kinder wirklich, weißt du.« Donna erinnerte sich an eine Zeit, die inzwischen weit zurücklag, an eine Zeit, wo er das gleiche gesagt hatte. Als sie sprach, klang ihre Stimme ruhig, sehr beherrscht. »Ich meine, du wirst entscheiden müssen, was für dich mehr ins Gewicht fällt – deine Liebe zu deinen Kindern oder dein Haß gegen mich.« Sie schwieg einen Augenblick. »Ich nehme sie jetzt mit nach Hause.«

Victor senkte den Kopf; Donna blickte wieder zur Tür und verließ das Zimmer.

Als Donna und Mel eintraten, saßen beide Kinder an Mrs. Wilson geschmiegt, schläfrig, todmüde. Doch richtete Adam sich sofort auf, suchte Zuflucht im Arm der Haushälterin.

»Wenn Sie wollen«, sagte die Frau ruhig, »so kann ich die Sachen der beiden packen und den Koffer noch heute zu Ihrem Motel bringen.«

»Danke«, erwiderte Donna. »Das wäre sehr nett. Wir möchten nämlich morgen in aller Frühe aufbrechen.«

Beide sprachen eigentümlich leise. Fast als fürchteten sie, die Ruhe zu stören – den plötzlichen Frieden.

Donna trat näher und hob ihre Tochter hoch. Sharon, eben noch im Halbschlaf, wurde für einen Augenblick wach. Ein Lächeln huschte über ihr kleines Gesicht, ein Lächeln des Wiedererkennens. Sie hob die Hand und strich ihrer Mutter über die Wange. Dann ließ sie ihr Köpfchen auf Donnas Schulter sinken, die Augen fielen ihr zu – sie war auf der Stelle eingeschlafen.

Donna blickte zu ihrem kleinen Sohn. »Adam?« Er schien vor ihr noch weiter zurückzuweichen. Donna trat zu Mel und reichte ihm Sharon. Von ihrer Schulter wechselte das Mädchen über zu seiner Schulter. Dann kehrte Donna zu Adam zurück und kniete vor ihm nieder.

»Es war einmal«, begann sie, ohne genau zu wissen, was sie eigentlich sagen wollte, »es war einmal ein kleiner Junge namens Roger und ein kleines Mädchen namens Bethanny, und sie gingen zum Zoo, um sich die Giraffen anzuschauen. Und sie nahmen ein paar Erdnüsse mit. Aber auf einem Schild stand…«Sie brach ab, spürte das Würgen in ihrem Hals.

Mit weitaufgerissenen Augen und wie atemlos starrte Adam sie an.

»Auf dem Schild stand: ›Tiere füttern verboten‹ «, murmelte er und verstummte dann.

»Oh, Adam, ich liebe dich so sehr. Bitte komm mit mir heim!«

Plötzlich war er in ihren Armen, seine Hände schlangen sich

um ihren Hals, während hemmungsloses Schluchzen seinen Körper erschütterte.

»Oh, mein Liebling. Mein allerliebster kleiner Junge. Wie ich dich liebe!«

Langsam erhob sie sich. Nicht nur mit den Armen klammerte Adam sich an sie. Auch seine Beine umschlangen ihren Körper. So dicht wie nur möglich drückte er sich an sie. Sein Murmeln drang an ihr Ohr. Unverständlich zunächst, nichts als Geräusch, doch dann immer deutlicher. Ein Wort. Wieder und wieder. Mami.

Donna und Mel, jeder von ihnen ein Kind in den Armen, gingen zum Ausgang. Donna blickte zu Mel, lächelte ihm zu, durch Tränen. »Laß uns heimkehren«, sagte sie.

Schau dich nicht um

Roman

Aus dem Amerikanischen
von Mechtild Sandberg-Ciletti

Die Originalausgabe von »Schau dich nicht um«
erschien unter dem Titel »Tell Me No Secrets«
bei William Morrow, New York

1

Er wartete auf sie, als sie zur Arbeit kam. So schien es Jess jedenfalls, die ihn sofort sah. Er stand reglos an der Ecke California Avenue und 25. Straße. Sie spürte, daß er sie beobachtete, als sie aus der Parkgarage kam und über die Straße zum Administration Building lief. Seine dunklen Augen waren kälter als der Oktoberwind, der in seinem strähnigen hellen Haar spielte, seine bloßen Hände waren über den Taschen seiner abgetragenen braunen Lederjacke zu Fäusten geballt. Kannte sie ihn?

Seine Haltung veränderte sich leicht, als Jess näherkam, und sie sah, daß sein voller Mund zu einem halben Lächeln verzogen war, bei dessen Anblick es sie kalt überlief; als wüßte er etwas, das sie nicht wußte. Es war ein Lächeln ganz ohne Wärme, das Lächeln eines Mannes, dem es als Kind Spaß gemacht hatte, Schmetterlingen die Flügel auszureißen, dachte sie schaudernd und ignorierte das kaum wahrnehmbare Kopfnicken, mit dem er sie grüßte, als ihre Blicke sich trafen. Ein Lächeln voller Geheimnisse, begriff sie. Sie wandte sich hastig ab und hatte plötzlich Angst, als sie die Treppe hinauflief.

Sie spürte, wie der Mann hinter ihr sich in Bewegung setzte, wußte, ohne sich umzusehen, daß er hinter ihr die Treppe hinaufging. Als sie oben ihre Schulter gegen die schwere Drehtür aus Glas drückte, sah sie, daß der Fremde auf der obersten Stufe stehengeblieben war. Sein Gesicht spiegelte sich in den rotierenden Glasflächen, erschien, verschwand und erschien von neuem, und das wissende Lächeln wich nicht von seinen Lippen.

Ich bin der Tod, hauchte das Lächeln. *Ich bin gekommen, dich zu holen.*

Jess hörte sich nach Luft schnappen und merkte am Füßescharren hinter sich, daß sie die Aufmerksamkeit eines der Wächter auf sich gezogen hatte. Mit einem Ruck drehte sie sich herum und sah dem Mann entgegen, der sich ihr vorsichtig näherte und dabei zum Holster seiner Dienstwaffe griff.

»Stimmt was nicht?« fragte er.

»Ich weiß nicht«, antwortete Jess. »Da draußen ist ein Mann, der –« Der was? fragte sie sich stumm, während sie dem Wächter in die müden blauen Augen sah. Der ins Warme möchte, weil es draußen so kalt ist? Der ein Grinsen hat, daß man Gänsehaut bekommt? War das in Cook County neuerdings ein Verbrechen? Der Wächter sah an ihr vorbei zur Tür, und sie folgte mit den Augen langsam seinem Blick. Dort war niemand.

»Ich seh anscheinend Gespenster«, sagte Jess entschuldigend und fragte sich, ob das zutreffe, war froh, daß der junge Mann, wer immer er sein mochte, fort war.

»So was kann schon mal vorkommen«, sagte der Wächter und ließ sich Jess' Ausweis zeigen, obwohl er wußte, wer sie war. Dann winkte er sie durch den Metalldetektor, wie er das seit vier Jahren jeden Morgen gewohnheitsmäßig tat.

Jess mochte feste Gewohnheiten. Sie stand jeden Morgen Punkt Viertel vor sieben auf und zog nach einer hastigen Morgentoilette die Sachen an, die sie am Abend zuvor sorgfältig zurechtgelegt hatte. Zum Frühstück schlang sie ein gefrorenes Stück Kuchen direkt aus der Tiefkühltruhe hinunter und saß eine Stunde später vor ihrem aufgeschlagenen Terminkalender und ihren Akten am Schreibtisch. Wenn sie gerade an einem Fall arbeitete, gab es immer etwas mit ihren Mitarbeitern zu besprechen, Strategien mußten entworfen, Fragen formuliert, Antworten abgestimmt werden. (Eine gute Staatsanwältin stellte niemals eine Frage, auf die sie die Antwort nicht schon wußte.) Wenn sie sich auf einen bevorstehenden Prozeß vorbereitete, galt es, Informationen zu sammeln, Spuren nachzugehen, Zeugen zu vernehmen, mit Polizeibeamten zu sprechen, Konferenzen abzuhalten, Pläne zu koordinieren. Alles mußte klappen wie am Schnürchen. Jess Koster liebte Überraschungen im Gerichtssaal so wenig wie außerhalb.

Hatte sie sich von dem vor ihr liegenden Tag ein vollständiges Bild gemacht, so pflegte sie bei einer Tasse schwarzen Kaffee und einem Krapfen eine kleine Pause einzulegen, um die Morgenzeitung zu lesen. Mit den Todesanzeigen fing sie an. Immer las sie zuerst die Todesanzeigen. *Ashcroft, Pauline, im Alter von siebenundsechzig Jahren ganz plötzlich verstorben; Barrett, Ronald, neunundsiebzig Jahre alt, nach längerer Krankheit friedlich entschlafen; Black, Matthew, geliebter Ehemann und Vater... statt Kränzen Spenden an die Herzforschung von Amerika.* Jess wußte selbst nicht mehr, wann sie angefangen hatte, die Todesanzeigen zur Routinelektüre zu machen, und sie wußte auch nicht, warum. Es war eine ziemlich ausgefallene Gewohnheit für jemanden, der knapp dreißig Jahre alt war, selbst für eine Anwältin bei der Staatsanwaltschaft von Cook County in Chicago. »Na, jemand gefunden, den Sie kennen?« hatte einer ihrer Kollegen einmal gefragt. Jess hatte den Kopf geschüttelt. Es war nie jemand darunter, den sie kannte.

Suchte sie nach ihrer Mutter, wie ihr geschiedener Mann einmal unterstellt hatte? Oder erwartete sie vielleicht, ihren eigenen Namen zu sehen?

Der Fremde mit dem strähnigen blonden Haar und dem bösen Lächeln drängte sich rücksichtslos in ihre Gedanken. *Ich bin der Tod*, sprach er höhnisch, und seine Stimme brach sich an den nackten Bürowänden. *Ich bin gekommen, dich zu holen.*

Jess senkte die Zeitung und ließ ihren Blick langsam durch das Zimmer wandern. Drei Schreibtische aus mehr oder weniger zerkratztem Walnußholz standen willkürlich verteilt vor mattweißen Wänden. Bilder waren keine da, weder Landschaften noch Porträts, nichts außer einem alten Poster von *Bye Bye Birdie*, das mit mittlerweile vergilbtem Tesafilm festgeklebt an der Wand gegenüber ihrem Schreibtisch hing. Die durch und durch zweckmäßigen Metallregale waren mit juristischen Fachbüchern vollgestopft. Die ganze Einrichtung wirkte so, als könnte sie jederzeit zusammengepackt und abtransportiert werden. Und so war es auch. Es kam häufig genug vor. Die Mitarbeiter der Staatsanwaltschaft wurden turnusmäßig von Abteilung zu Abteilung versetzt. Es war nicht empfehlenswert, sich irgendwo zu heimisch zu fühlen.

Jess teilte sich das Büro mit Neil Strayhorn und Barbara Cohen, die ihr als Vertreter beziehungsweise Vertreterin beigeordnet waren. Jess war als Leiterin ihrer Gruppe für alle größeren Entscheidungen über Arbeits- und Vorgehensweise der Gruppe zuständig. In Cook County gab es siebenhundertfünfzig Staatsanwälte, über zweihundert waren allein in diesem Gebäude untergebracht; zu jeder Abteilung gehörten achtzehn Staatsanwälte, drei pro Zimmer, und alle waren sie Abteilungsleitern unterstellt. Spätestens um halb neun pflegte es in dem Labyrinth von Büros im zwölften und dreizehnten Stockwerk des Administration Building so lebhaft und laut zuzugehen wie auf dem Wrigley Field, so schien es Jess jedenfalls meistens, die diese kurzen Augenblicke des Friedens und der Ruhe vor der Ankunft der anderen im allgemeinen sehr genoß.

Heute allerdings war das anders. Der junge Mann hatte sie verstört, sie aus ihrem gewohnten Rhythmus geworfen. Was war es nur an ihm, das ihr so vertraut erschien, fragte sie sich. In Wahrheit hatte sie sein Gesicht ja gar nicht richtig gesehen, hatte über dieses schaurige Lächeln hinaus kaum etwas wahrgenommen, wäre niemals fähig gewesen, ihn einem Polizeizeichner zu beschreiben, hätte ihn bei einer Gegenüberstellung niemals erkannt. Er hatte sie ja nicht einmal angesprochen. Weshalb ging er ihr nicht aus dem Kopf?

Sie wandte sich wieder den Todesanzeigen zu. *Bederman, Marvin, 74, nach langer Krankheit in Frieden heimgegangen; Edwards, Sarah, im einundneunzigsten Lebensjahr verschieden...*

»Du bist aber früh da!« sagte jemand von der Tür her.

»Ich bin immer früh da«, antwortete Jess, ohne aufzusehen. Die Mühe konnte sie sich sparen. Hätte nicht der aufdringliche Duft des Aramis Eau de Colognes Greg Oliver verraten, so hätte es auf jeden Fall der selbstbewußte, schwadronierende Ton seiner Stimme getan. Im Amt hieß es allgemein, Greg Olivers hohe Erfolgsquote im Gerichtssaal werde nur von seinen Rekorden im Schlafzimmer übertroffen. Aus eben diesem Grund achtete Jess stets darauf, daß ihre Gespräche mit dem vierzigjährigen Staatsanwalt von nebenan streng sachlich und unpersönlich blieben. Nach ihrer gescheiterten Ehe mit einem Anwalt stand für sie fest, daß eine neue Beziehung zu einem Kollegen nicht in Frage kam.

»Kann ich was für dich tun, Greg?«

Greg Oliver durchmaß den Raum zwischen der Tür und ihrem Schreibtisch mit drei schnellen Schritten. »Zeig mal, was du da liest.« Er beugte sich vor, um ihr über die Schulter zu sehen. »Die Todesanzeigen? Du lieber Himmel, was die Leute nicht alles tun, um ihren Namen in die Zeitung zu kriegen.«

Jess mußte wider Willen lachen. »Greg, ich hab einen Haufen zu tun...«

»Das sehe ich.«

»Nein, wirklich«, behauptete Jess mit einem raschen Blick in sein auf konventionelle Weise gutaussehendes Gesicht, das die flüssige Schokolade seiner Augen bemerkenswert machte. »Ich muß um halb zehn im Gerichtssaal sein.«

Er sah auf seine Uhr. Eine Rolex. Aus Gold. Sie hatte läuten hören, daß er vor kurzem Geld geheiratet hatte. »Da hast du noch massenhaft Zeit.«

»Die Zeit brauch ich, um Ordnung in meine Gedanken zu bringen.«

»Oh, ich wette, die sind schon längst in Ordnung«, entgegnete er und richtete sich auf, aber nur, um sich seitlich an ihren Schreibtisch zu lehnen und ganz offen sein Spiegelbild im Glas des Fensters hinter ihr zu prüfen, während er mit der Hand flüchtig über einen Stapel säuberlich geordneter Papiere strich. »Ich bin überzeugt, daß es in deinem Kopf genauso ordentlich zugeht wie auf deinem Schreibtisch.«

Er lachte, und dabei verzog sich der eine Winkel seines Mundes leicht nach unten. Jess fiel sofort wieder der Fremde mit dem unangenehmen Lächeln ein.

»Schau dich doch an«, sagte Greg, der ihre Reaktion falsch verstand. »Du bist total nervös und angespannt, nur weil ich versehentlich ein paar von deinen Papieren verschoben habe.« Er rückte sie demonstrativ wieder zurecht und wischte dann ein imaginäres Stäubchen von ihrer Schreibtischplatte. »Du magst es gar nicht, wenn jemand deine Sachen anrührt, nicht?«

Mit den Fingern strich er in kleinen Kreisen wie liebkosend über das Holz der Schreibtischplatte. Die Bewegung hatte eine beinahe hypnotische Wirkung. Ein Schlangenbeschwörer, dachte Jess, und fragte sich flüchtig, ob er der Beschwörer war oder die Schlange.

Sie lächelte, höchst verwundert über die seltsamen Gedanken, die ihr an diesem Morgen durch den Kopf gingen, und stand auf. Zielstrebig ging sie zu den Bücherregalen, obwohl sie in Wirklichkeit dort gar nichts zu tun hatte.

»Ich glaube, du gehst jetzt besser, damit ich hier noch etwas geschafft bekomme. Ich muß heute morgen mein Schlußplädoyer im Fall Erica Barnowski halten und –«

»Erica Barnowski?« Er mußte einen Moment überlegen. »Ach so, ja. Das Mädchen, das behauptet, es sei vergewaltigt worden…«

»Die *Frau*, die vergewaltigt *wurde*«, korrigierte Jess.

Sein Lachen füllte den Raum zwischen ihnen. »Du lieber Himmel, Jess, die hat doch nicht mal einen Schlüpfer angehabt! Glaubst du etwa, daß irgendein Gericht im ganzen Land einen Mann wegen Vergewaltigung verurteilen wird, weil er es mit einer Frau getrieben hat, die er in einer Kneipe aufgegabelt hatte und die nicht mal einen Schlüpfer anhatte?« Greg Oliver verdrehte kurz die Augen zur Decke, ehe er Jess wieder ansah. »Ich weiß nicht, aber die Tatsache, daß die Dame ohne Schlüpfer in ein bekanntes Aufreißerlokal ging, riecht mir doch stark nach stillschweigendem Einverständnis.«

»Ach, und ein Messer an der Kehle gehört dann wohl deiner Meinung nach zum Vorspiel?« Jess schüttelte den Kopf, eher bekümmert als angewidert. Greg Oliver war bekannt für seine zutreffenden Prognosen. Wenn es ihr nicht einmal gelang, ihren Kollegen davon zu überzeugen, daß der Angeklagte schuldig war, wie konnte sie da hoffen, die Geschworenen zu überzeugen?

»Es zeichnet sich gar nichts ab unter diesem kurzen Rock«, sagte Greg Oliver. »Verraten Sie mir mal, ob Sie ein Höschen tragen, Frau Anwältin?«

Jess strich sich unwillkürlich mit beiden Händen über den grauen Wollrock, der oberhalb ihrer Knie endete. »Hör auf mit dem Quatsch, Greg«, sagte sie nur.

Greg Olivers Augen blitzten mutwillig. »Was würde es denn brauchen, in dieses Höschen reinzukommen?«

»Da muß ich dich leider enttäuschen, Greg«, sagte Jess ruhig. »In diesem Höschen ist nur für *ein* Arschloch Platz.«

Die flüssige Schokolade von Greg Olivers Augen gefror einen Moment zu braunem Eis, dann jedoch schmolz sie sofort wieder, als sein Lachen erneut das Zimmer erfüllte. »Das liebe ich so an dir, Jess. Du bist so verdammt frech. Du nimmst es mit jedem auf.« Er ging zur Tür. »Eines muß ich dir lassen – wenn jemand diesen Fall gewinnen kann, dann du.«

»Danke«, sagte Jess zu der sich schließenden Tür. Sie ging zum Fenster und blickte geistesabwesend zur Straße hinunter. Riesige Plakatwände schrien zu ihr hinauf. *Abogado*, verkündeten sie. »Rechtsanwalt« auf Spanisch, gefolgt von einem Namen. Auf jedem Schild ein anderer Name. Rund um die Uhr geöffnet.

Es gab in diesem Viertel sonst keine Hochhäuser. Das Administration Building mit seinen vierzehn Stockwerken überragte alles, häßlich und hochmütig. Das anschließende Gerichtsgebäude war bloß sieben Stockwerke hoch. Dahinter stand das Gefängnis von Cook County, wo des Mordes und anderer Verbrechen Angeklagte, die entweder die Kaution nicht aufbringen konnten oder denen Sicherheitsleistung nicht zugestanden worden war, eingesperrt blieben, bis ihnen der Prozeß gemacht wurde. Ein finsterer, unheilvoller Ort, dachte Jess oft, für finstere, unheilvolle Menschen.

Ich bin der Tod, flüsterte es von den Straßen herauf. *Ich bin gekommen, dich zu holen.*

Sie schüttelte energisch den Kopf und sah zum Himmel hinauf, aber selbst der war stumpf und grau, von Schneewolken schwer. Schnee im Oktober, dachte Jess. Sie konnte sich nicht erinnern, wann es das letzte Mal vor Allerheiligen geschneit hatte. Trotz der Wettervorhersage hatte sie ihre Stiefel nicht angezogen. Sie waren nicht mehr wasserdicht und hatten rund um die Kappen häßliche Salzringe, wie die Jahresringe eines Baums. Vielleicht würde sie später kurz in die Stadt gehen und sich ein paar neue kaufen.

Das Telefon läutete. Gerade mal acht Uhr, und schon ging es los. Sie hob den Hörer ab, ehe es ein zweites Mal läuten konnte.

»Jess Koster«, sagte sie.

»Jess Koster, Maureen Peppler hier.« In der Stimme schwang mädchenhaftes Gelächter. »Störe ich dich?«

»Du störst nie«, versicherte Jess ihrer älteren Schwester und sah dabei Maureens vergnügtes Lächeln und ihre warmen grünen Augen vor sich. »Ich bin froh, daß du angerufen hast.«

Jess hatte Maureen immer mit den zart gezeichneten Ballettänzerinnen Edgar Degas' verglichen, weich und verschwommen in den Konturen. Selbst ihre Stimme war weich. Die Leute sagten oft, die Schwestern sähen einander ähnlich. Das stimmte in gewisser Hinsicht, beide hatten sie das gleiche ovale Gesicht, beide waren sie groß und schlank, doch nichts an Jess war verschwommen. Ihr braunes schulterlanges Haar war dunkler als das Maureens, ihre Augen hatten einen tieferen, eindringlicheren Grünton, ihr zierlicher Körper war weniger gerundet, kantiger. Es war, als hätte der Künstler zweimal die gleiche Skizze angefertigt, die eine dann in Pastell ausgeführt, die andere in Öl.

»Was gibt's?« fragte Jess. »Wie geht's Tyler und den Zwillingen?«

»Den Zwillingen geht's prächtig. Tyler ist immer noch nicht begeistert. Er fragt dauernd, wann wir sie endlich zurückschicken. Du hast dich nicht nach Barry erkundigt.«

Jess kniff einen Moment die Lippen zusammen. Maureens Mann, Barry, war ein erfolgreicher Wirtschaftsprüfer, und für seinen brandneuen Jaguar hatte er sich Nummernschilder mit der Aufschrift EARND IT pressen lassen. Mußte sie wirklich noch mehr von ihm wissen? »Wie geht es ihm?« fragte sie trotzdem.

»Gut. Das Geschäft läuft phantastisch trotz der Wirtschaftskrise. Oder vielleicht deswegen. Na, egal, er ist jedenfalls sehr zufrieden. Ich wollte dich für morgen abend zu uns zum Essen einladen. Bitte sag jetzt nicht, du bist schon verabredet.«

Jess hätte beinahe gelacht. Wann hatte sie das letzte Mal eine Verabredung gehabt? Wann war sie das letzte Mal ausgegangen, ohne daß berufliche Gründe dahintergesteckt hätten? Wie war sie auf den Gedanken gekommen, nur Ärzte seien vierundzwanzig Stunden am Tag im Dienst?

»Nein, ich bin nicht verabredet«, antwortete sie.

»Gut, dann kommst du also. Ich seh dich dieser Tage viel zu selten. Ich glaube, ich hab dich öfter zu Gesicht bekommen, als ich noch gearbeitet habe.«

»Dann fang doch wieder an zu arbeiten.«

»Nie im Leben. Also, morgen um sechs. Dad kommt auch.«

Jess lächelte. »Schön, wir sehen uns morgen.« Kurz bevor sie den Hörer auflegte, hörte sie aus der Ferne noch Babygeschrei. Sie stellte sich vor, wie Maureen vom Telefon ins Kinderzimmer lief, sich über die Bettchen ihrer sechs Monate alten Zwillinge beugte, die Kleinen wickelte und fütterte und dabei darauf achtete, daß auch der Dreijährige, der ihr nicht von der Seite wich, die Aufmerksamkeit bekam, die er sich so dringend wünschte. Welten entfernt von den heiligen Hallen der Harvard Business School, an der sie ihren Magister in BWL gemacht hatte. Jess zuckte die Achseln. Jeder von uns muß seine Entscheidung treffen, dachte sie. Maureen hatte ihre offensichtlich getroffen.

Sie setzte sich wieder an ihren Schreibtisch und versuchte, sich auf das bevorstehende Stück Arbeit zu konzentrieren. Sie hoffte inständig, sie könnte Greg Oliver beweisen, daß er sich geirrt hatte. Sie wußte allerdings, daß es nahezu unmöglich war, in diesem Fall eine Verurteilung zu erreichen. Sie und ihr Kollege würden schon sehr überzeugend sein müssen.

Bei einem Prozeß vor dem Geschworenengericht arbeiteten die Staatsanwälte immer paarweise. Ihr Vertreter, Neil Strayhorn, würde zunächst ein erstes Schlußplädoyer halten, in dessen Rahmen er den Geschworenen noch einmal die nackten, häßlichen Tatsachen des Falls ins Gedächtnis rufen würde. Dem würden die abschließenden Bemerkungen des Verteidigers folgen, und danach würde Jess selbst das replizierende Schlußplädoyer halten, das reichlich Gelegenheit zu kreativer moralischer Entrüstung bot.

»Jeden Tag werden in den Vereinigten Staaten 1871 Frauen vergewaltigt«, begann sie laut, um in der Geborgenheit ihres Büros ihren Vortrag noch einmal zu üben. »Das heißt, daß etwa alle 46 Sekunden eine erwachsene Frau vergewaltigt wird, was sich im Laufe eines Jahres zu 683 000 Vergewaltigungen summiert.« Sie holte tief Atem und wendete die Sätze in ihrem Kopf wie Salatblätter in einer großen Schüssel. Sie wendete sie immer noch hin und her, als zwanzig Minuten später Barbara Cohen kam.

»Wie läuft's?« Barbara Cohen, mit knallrotem Haar, das ihr in krausen Locken fast bis zur Rückenmitte herabfiel, war beinahe einen Kopf größer als Jess und sah mit ihren langen, dünnen Beinen aus, als ginge sie auf Stelzen. Jess mochte noch so schlecht gelaunt sein, sie brauchte Barbara, ihre zweite Mitarbeiterin, nur anzusehen, und schon mußte sie lächeln, ob sie wollte oder nicht.

»Ich bemühe mich, die Ohren steifzuhalten.« Jess sah auf ihre Uhr, eine schlichte Timex mit einem schwarzen Lederband. »Hör mal, Barbara, ich möchte gern, daß du und Neil diese Drogensache, den Fall Alvarez, übernehmt, wenn es zum Prozeß kommt.«

Barbara Cohens Gesicht zeigte eine Mischung aus freudiger Erregung und Unsicherheit. »Ich dachte, das wolltest du selbst machen.«

»Ich kann nicht. Mir schlägt die Arbeit über dem Kopf zusammen. Außerdem schafft ihr beide das bestimmt. Ich bin ja hier, wenn ihr Hilfe brauchen solltet.«

Barbara Cohen bemühte sich ohne Erfolg, das Lächeln zurückzuhalten, das sich auf ihrem Gesicht ausbreitete und alle professionelle Nüchternheit verdrängte.

»Soll ich dir einen Kaffee holen?« fragte sie.

»Wenn ich noch mehr Kaffee trinke, muß ich nachher im Gerichtssaal alle fünf Minuten raus. Glaubst du, daß mir das bei den Geschworenen viel Sympathie einbringen würde?«

»Wohl kaum.« Barbara lachte.

Neil Strayhorn traf ein paar Minuten später mit der frohen Botschaft ein, daß er das Gefühl habe, er brüte eine Erkältung aus. Er setzte sich unverzüglich an seinen Schreibtisch. Jess konnte sehen, wie sich seine Lippen bewegten, während er lautlos den Text seiner Schlußbemerkung hersagte.

In den sie umgebenden Büros der Staatsanwaltschaft von Cook County wurde es langsam lebendig. Jess registrierte automatisch jede neue Ankunft, während in den Nachbarräumen Stühle gerückt, Schubladen geöffnet und geschlossen, Computer eingeschaltet wurden, während Faxgeräte zu summen begannen und Telefone läuteten. Ohne sich dessen bewußt zu sein, vermerkte sie das Eintreffen jeder der vier Sekretärinnen, die den achtzehn Anwälten dieser Abteilung zur Verfügung standen, erkannte, ohne sich zu bemühen, den schweren Schritt Tom Olinskys, ihres Abteilungsleiters, als er zu seinem Büro am Ende des langen Korridors ging.

»Jeden Tag werden in den Vereinigten Staaten 1871 Frauen vergewaltigt«, begann sie von neuem, in dem Bemühen, ihre Konzentration wiederzufinden.

Eine der Sekretärinnen, eine Schwarze, die ebensogut zwanzig wie vierzig hätte sein können, schaute zur Tür herein. Ihre langen tropfenförmigen roten Ohrringe fielen ihr fast bis auf die Schultern.

»Connie DeVuono ist hier«, sagte sie und trat einen Schritt zurück, als befürchte sie, Jess würde den nächstbesten Gegenstand nach ihr werfen.

»Was soll das heißen, sie ist hier?«

»Das heißt, sie steht draußen vor der Tür. Sie ist anscheinend einfach am Empfang vorbeimarschiert. Sie behauptet, sie müßte unbedingt mit Ihnen reden.«

Jess warf einen Blick auf ihren Terminkalender. »Wir sind erst für vier Uhr verabredet. Haben Sie ihr gesagt, daß ich in ein paar Minuten bei Gericht sein muß?«

»Ja. Sie läßt sich nicht abwimmeln. Sie ist sehr erregt.«

»Das ist nicht weiter verwunderlich«, sagte Jess bei dem Gedanken an die junge Witwe, die auf brutalste Weise von einem Mann geschlagen und vergewaltigt worden war, der ihr danach gedroht hatte, sie zu töten, falls sie gegen ihn aussagen sollte. Der Termin für die Verhandlung des Falls war noch zehn Tage entfernt. »Führen Sie sie doch bitte ins Besprechungszimmer, Sally. Ich komme sofort.«

»Soll ich mit ihr reden?« erbot sich Barbara.

»Nein, nein, ich mach das schon.«

»Was meinst du, kann das Ärger bedeuten?« fragte Neil Strayhorn, als Jess in den Korridor hinausging.

»Was sonst?«

Das Besprechungszimmer war ein kleiner, fensterloser Raum, in dem der lange braune Walnußtisch und die acht Stühle um ihn herum gerade Platz hatten. Die Wände hatten den gleichen mattweißen Anstrich wie die in den übrigen Räumen, der beigefarbene Teppich war alt und abgetreten.

Connie DeVuono stand gleich an der Tür. Sie schien geschrumpft zu sein, seit Jess sie das letzte Mal gesehen hatte, ihr schwarzer Mantel fiel weit und formlos um ihren Körper. Ihr Gesicht war so weiß, daß es einen grünlichen Schimmer zu haben schien, und die Haut unter ihren Augen war schlaff und runzlig, trauriges Indiz dafür, daß sie vermutlich seit Wochen nicht mehr richtig geschlafen hatte. Allein die dunklen Augen sprühten in einem Feuer zorniger Energie und ließen von der früheren Schönheit dieser Frau ahnen.

»Bitte entschuldigen Sie die Störung«, begann sie.

»Es ist einfach so, daß wir im Moment nicht viel Zeit haben«, sagte Jess gedämpft, aus Sorge, der Frau, die unter starker Spannung zu stehen schien, könnten beim ersten lauteren Wort die Nerven durchgehen. »Ich muß in einer halben Stunde bei Gericht sein.« Jess schob ihr einen der Stühle hin. Die Frau brauchte keine weitere Aufforderung. Als versagten ihr ihre Beine plötzlich den Dienst, ließ sie sich auf den Stuhl hinunterfallen. »Geht es Ihnen nicht gut? Möchten Sie vielleicht eine Tasse Kaffee? Oder ein Glas Wasser? Kommen Sie, geben Sie mir Ihren Mantel.«

Connie DeVuono winkte bei jedem der Vorschläge mit zitternden Händen ab. Jess bemerkte, daß ihre Fingernägel bis zum Fleisch hinunter abgeknabbert waren, die Nagelhaut an allen Fingern blutig gerissen war. »Ich kann nicht aussagen«, sagte sie. Ihre Stimme war so leise, daß sie kaum zu hören war, und sie wandte sich ab, als sie sprach.

Dennoch wirkten die Worte wie ein Schlag. »Was?« fragte Jess, obwohl sie genau verstanden hatte.

»Ich habe gesagt, ich kann nicht aussagen.«

Jess setzte sich auf einen der anderen Stühle und rückte so nahe an Connie DeVuono heran, daß ihre Knie sich berührten. Sie nahm die Hände der Frau, die eiskalt waren, und umschloß sie mit den ihren.

»Connie«, begann sie langsam, während sie versuchte, die kalten Hände zu wärmen, »unsere ganze Beweisführung steht und fällt mit Ihnen. Wenn Sie nicht aussagen, kommt der Mann, der Sie überfallen hat, ungeschoren davon.«

»Ich weiß. Es tut mir wirklich leid.«

»Es tut Ihnen leid?«

»Ich kann nicht aussagen. Ich kann nicht. Ich kann nicht.« Sie begann zu weinen.

Jess zog hastig ein Papiertuch aus der Tasche ihrer grauen Jacke und hielt es Connie hin, doch die ignorierte es. Ihr Weinen wurde lauter. Jess dachte an ihre Schwester, wie mühelos es ihr zu gelingen schien, ihre weinenden Säuglinge zu beruhigen und zu trösten. Jess besaß keine solchen Talente. Sie konnte nur hilflos dabeisitzen, ohne etwas zu tun.

»Ich weiß, daß ich Sie im Stich lasse«, sagte Connie DeVuono schluchzend. »Ich weiß, daß das für alle eine kalte Dusche ist…«

»Machen Sie sich unseretwegen keine Sorgen«, sagte Jess. »Sorgen Sie sich um sich selbst. Denken Sie daran, was dieses Ungeheuer Ihnen angetan hat.«

Connie DeVuono hob den Kopf und sah Jess mit zornigem Blick an. »Glauben Sie, das könnte ich je vergessen?«

»Dann müssen Sie dafür sorgen, daß er so etwas nie wieder tun kann.«

»Aber ich kann nicht aussagen! Ich kann es einfach nicht. Ich kann nicht.«

»Okay, okay, beruhigen Sie sich. Es ist ja gut. Weinen Sie sich erst mal aus.«

Jess lehnte sich an die harte Stuhllehne und versuchte sich in Connie hineinzuversetzen. Seit dem letzten Mal, als sie miteinander gesprochen hatten, war offensichtlich etwas geschehen. Bei jeder ihrer früheren Zusammenkünfte hatte sich Connie trotz aller Angst fest entschlossen gezeigt auszusagen. Sie war die Tochter italienischer Einwanderer und im unerschütterlichen Glauben ihrer Eltern an das amerikanische Rechtssystem aufgewachsen. Jess war von diesem festen Glauben sehr beeindruckt gewesen. Sie hielt es durchaus für möglich, daß er stärker war als ihr eigener, der nach vier Jahren bei der Staatsanwaltschaft doch etwas gelitten hatte.

»Ist etwas passiert?« fragte sie und beobachtete Connie scharf.

Connie hob den Kopf und straffte die Schultern. »Ich muß an meinen Sohn denken«, sagte sie mit Nachdruck. »Er ist erst acht. Sein Vater ist vor zwei Jahren an Krebs gestorben. Wenn mir jetzt auch noch etwas passiert, hat er keinen Menschen mehr.«

»Aber Ihnen wird nichts passieren.«

»Meine Mutter ist zu alt, um sich um ihn zu kümmern. Außerdem spricht sie sehr schlecht Englisch. Was soll denn aus Steffan werden, wenn ich sterbe? Wer soll sich um ihn kümmern? Sie vielleicht?«

Jess verstand, daß die Frage rhetorisch gemeint war, antwortete aber dennoch. »Mit Männern hab ich's leider nicht besonders«, sagte sie leise, in der Hoffnung, Connie zum Lächeln zu bringen. Die bemühte sich, wie sie sah, aber ohne Erfolg. »Aber, Connie, wenn wir Rick Ferguson erst hinter Schloß und Riegel haben, kann Ihnen gar nichts mehr passieren.«

Connie DeVuono zitterte. »Es war schlimm genug für Steffan, daß er seinen Vater so früh verlieren mußte. Gibt es etwas Schlimmeres, als dann auch noch die Mutter zu verlieren?«

Jess spürte, wie ihr die Tränen in die Augen schossen. Sie schüttelte den Kopf. Nein, es gab nichts Schlimmeres.

»Connie«, begann sie und war selbst überrascht, als sie das Zittern in ihrer Stimme wahrnahm. »Glauben Sie mir, ich verstehe Sie. Ich kann mir vorstellen, wie Ihnen zumute ist. Aber wie kommen Sie auf den Gedanken, Sie seien sicher, wenn Sie nicht aussagen? Rick Ferguson ist schon einmal in Ihre Wohnung eingebrochen. Er hat Sie so brutal zusammengeschlagen, daß Sie einen ganzen Monat lang kaum die Augen öffnen konnten. Er wußte nicht, daß Ihr Sohn nicht zu Hause war. Das war ihm völlig gleichgültig. Wieso glauben Sie, daß er es nicht wieder versuchen wird? Besonders wenn er weiß, daß er nichts zu fürchten hat, weil Sie zu große Angst haben, um ihm das Handwerk zu legen. Wieso glauben Sie, daß er nicht das nächste Mal auch Ihren Sohn mißhandeln wird?«

»Das wird er nicht tun, wenn ich nicht aussage.«

»Aber das wissen Sie doch gar nicht.«

»Ich weiß nur, daß er gesagt hat, er würde mich umbringen, ehe ich aussagen könnte.«

»Aber damit hat er Ihnen doch schon vor Monaten gedroht, und das hat Sie nicht von Ihrem Entschluß abbringen können.« Einen Moment war es still. »Was ist passiert, Connie? Wovor haben Sie Angst? Hat er irgendwie mit Ihnen Kontakt aufgenommen? Wenn das der Fall ist, können wir seine Freilassung auf Kaution aufheben lassen –«

»Sie können gar nichts tun.«

»Wir können eine ganze Menge tun.«

Connie DeVuono griff in ihre große schwarze Ledertasche und entnahm ihr eine kleine weiße Schachtel.

»Was ist das?«

Ohne ein Wort zu sagen reichte Connie Jess die Schachtel. Jess öffnete sie und zog vorsichtig die Schichten von Seidenpapier weg, unter denen sie etwas Kleines, Hartes spürte.

»Das Kästchen stand vor meiner Tür, als ich sie heute morgen aufmachte«, sagte Connie, während sie zusah, wie Jess das letzte Papier wegzog.

Jess drehte sich der Magen um. Der Schildkröte, die leblos und nackt in ihren Händen lag, fehlten der Kopf und zwei Beine.

»Sie hat Steffan gehört«, sagte Connie tonlos. »Als wir vor ein paar Tagen abends nach Hause kamen, war sie nicht in ihrem Glas. Wir konnten nicht begreifen, wie sie da herausgekommen sein sollte. Wir haben sie überall gesucht.«

Jess begriff augenblicklich Connies Entsetzen. Vor drei Monaten war Rick Ferguson in ihre Wohnung eingebrochen, hatte sie geschlagen und vergewaltigt und ihr dann mit dem Tod gedroht. Jetzt wollte er ihr offenbar zeigen, daß es ihm ein leichtes sein würde, seine Drohungen wahrzumachen. Wiederum hatte er sich Zugang zu ihrer Wohnung verschafft, so mühelos, als hätte man ihm den Schlüssel gegeben. Er hatte das Haustier ihres Kindes getötet und verstümmelt. Niemand hatte ihn beobachtet. Niemand hatte ihn daran gehindert.

Jess hüllte die tote Schildkröte wieder in ihren Kokon aus Seidenpapier und legte sie zurück in ihren kleinen Sarg.

»Ich hab zwar wenig Hoffnung, daß uns das etwas bringen wird, aber ich möchte das doch mal im Labor untersuchen lassen.« Sie ging zur Tür und winkte Sally. »Würden Sie mir das bitte ins Labor bringen lassen.«

Sally nahm das Kästchen so vorsichtig entgegen, als hätte sie es mit einer Giftschlange zu tun.

Plötzlich sprang Connie auf. »Sie wissen doch so gut wie ich, daß Sie es nicht schaffen werden, da eine Verbindung zu Rick Ferguson herzustellen. Man kann ihm nichts nachweisen. Man kann ihm nie etwas nachweisen. Er kann sich alles erlauben.«

»Nur wenn Sie es zulassen.« Jess kehrte zu Connie zurück.

»Was hab ich denn für eine Wahl?«

»Sie *haben* eine Wahl«, entgegnete Jess, die wußte, daß ihr nur wenige Minuten blieben, um Connie umzustimmen. »Sie können sich weigern auszusagen und auf diese Weise dafür sorgen, daß Rick Ferguson ungestraft davonkommt und für das, was er Ihnen angetan hat, was er Ihnen noch immer antut, niemals zur Rechenschaft gezogen werden wird.« Sie machte eine Pause, um ihre Worte wirken zu lassen. »Oder Sie können vor Gericht gehen und dafür sorgen, daß dieser Mensch bekommt, was er verdient, und für lange Zeit ins Zuchthaus wandert, wo er niemandem mehr etwas antun kann.« Sie sah den Schimmer der Unschlüssigkeit in Connies Augen und wartete einen Augenblick. »Machen Sie sich nichts vor, Connie. Wenn Sie nicht gegen Rick Ferguson aussagen, helfen Sie niemandem, am wenigsten sich selbst. Sie geben ihm nur die Erlaubnis, es wieder zu tun.«

Die Worte hingen zwischen ihnen im Raum wie Wäsche, die jemand vergessen hatte von der Leine zu nehmen. Jess wartete mit angehaltenem Atem. Sie sah, daß sie Connie schwankend gemacht hatte, und wollte jetzt auf keinen Fall etwas sagen oder tun, was sie womöglich veranlassen würde, einen Rückzieher zu machen. Doch sie hatte schon die nächste Ansprache auf der Zunge. Es gibt die bequeme Tour, begann sie, oder es gibt die harte Tour. Die bequeme Tour ist, wenn Sie sich bereit erklären auszusagen wie vereinbart. Die harte Tour ist, wenn ich Sie zur Aussage zwingen muß. Ich erwirke einen Haftbefehl gegen Sie, zwinge Sie, vor Gericht zu erscheinen und als Zeugin auszusagen. Wenn Sie sich dann immer noch weigern, eine Aussage zu machen, wird der Richter Ihnen Mißachtung des Gerichts vorwerfen und Sie in Beugehaft nehmen. Wäre das nicht wirklich bitter – statt des Mannes, der Sie überfallen hat, Sie selbst hinter Gittern?

Jess wartete. Sie war entschlossen, diese Worte zu gebrauchen, wenn es sein mußte, aber im stillen betete sie darum, sie könnten ungesagt bleiben.

»Kommen Sie, Connie«, sagte sie schließlich, einen letzten Versuch machend. »Sie sind doch eine Kämpfernatur. Nach dem Tod Ihres Mannes haben Sie nicht klein beigegeben; im Gegenteil, Sie sind auf die Abendschule gegangen und haben sich eine Stellung gesucht, um für Ihren Sohn sorgen zu können. Sie sind eine Kämpfernatur, Connie. Lassen Sie sich das nicht von Rick Ferguson rauben. Schlagen Sie zurück!«

Connie sagte nichts, doch ihre Haltung wurde ein wenig aufrechter, ihre Schultern strafften sich. Schließlich nickte sie.

Jess drückte ihr die Hände. »Sie sagen aus?«

Connies Stimme war nur ein Flüstern. »Ja. Mit Gottes Hilfe.«

»Uns ist jede Hilfe willkommen.« Jess warf einen raschen Blick auf ihre Uhr und stand auf. »Kommen Sie, ich bringe Sie hinaus.«

Neil und Barbara waren bereits gegangen, um pünktlich zur Verhandlung zu kommen. Jess führte Connie durch den Korridor, an der Wand mit der langen Reihe voll abgeschnittener Krawatten vorbei, von denen jede den ersten Sieg eines Staatsanwalts vor einem Geschworenengericht symbolisierte. Die Gänge waren mit Blick auf Halloween schon mit großen orangefarbenen Papierkürbissen und Papphexen, die auf ihren Besen die Wände entlangritten, dekoriert. Wie in einem Kindergarten, dachte Jess, nahm nickend Greg Olivers gute Wünsche entgegen und ging weiter durch die Empfangshalle zu den Aufzügen draußen vor der Glastür. Durch das große Fenster am hinteren Ende der Vorhalle konnte man die ganze West- und Nordwestseite der Stadt sehen. An einem schönen Tag konnte man sogar ganz leicht den O'Hare-Flughafen ausmachen.

Die Frauen sprachen nichts, während der Aufzug sie nach unten trug. Alles Wichtige war bereits gesagt. Im Erdgeschoß verließen sie den Aufzug und bogen um die Ecke, auf dem Weg zu der verglasten Passage, die das Administration Building mit dem anschließenden Gerichtsgebäude verband.

»Wo haben Sie geparkt?« fragte Jess, die Connie noch hinausbringen wollte.

»Ich bin mit dem Bus gekommen«, begann Connie DeVuono. Sie brach plötzlich ab und drückte die Hand auf den Mund. »O Gott!«

»Was denn? Was ist los?« Jess folgte mit den Augen dem entsetzten Blick der Frau.

Der Mann stand am gegenüberliegenden Ende des Korridors, lässig an die kalte Glaswand gelehnt. Die Haltung seines schlaksigen mageren Körpers hatte etwas Bedrohliches. Sein Gesicht war teilweise von den langen ungekämmten Strähnen dunkelblonden Haars verdeckt, die auf den Kragen seiner braunen Lederjacke herabfielen. Als er sich langsam herumdrehte, um sie zu grüßen, sah Jess, wie sein Mund sich zu dem gleichen beklemmenden Lächeln verzog, mit dem er an diesem Morgen auf sie gewartet hatte.

Ich bin der Tod, sagte es.

Jess fröstelte unwillkürlich und versuchte dann so zu tun, als käme es von dem kalten Windstoß, der durch die Drehtür ins Foyer fegte.

Rick Ferguson.

»Ich möchte, daß Sie ein Taxi nehmen, Connie«, sagte sie auf dem Weg zur California Avenue hinaus, wo gerade eines vorgefahren war und jemanden absetzte. Sie drückte Connie zehn Dollar in die Hand. »Ich kümmere mich schon um Rick Ferguson.«

Connie sagte nichts. Es war, als hätte sie ihre ganze Energie bei dem Gespräch mit Jess verbraucht und hätte jetzt keine Kraft mehr zu widersprechen. Die Zehn-Dollar-Note in der zur Faust geballten Hand, ließ sie sich von Jess in das Taxi schieben und warf keinen Blick zurück, als der Wagen anfuhr. Jess blieb noch einen Moment auf dem Bürgersteig stehen und versuchte innerlich zur Ruhe zu kommen, dann machte sie kehrt und ging durch die Drehtür wieder ins Gebäude.

Er hatte sich nicht von der Stelle gerührt.

Durch den langen Flur ging Jess auf ihn zu. Die Absätze ihrer schwarzen Pumps klapperten auf dem harten Granitboden. Mit jedem Schritt, den sie machte, bekam sie seine Gesichtszüge schärfer in den Blick. Die vage Drohung, die von ihm ausging – ein junger Weißer Anfang Zwanzig, vielleicht einen Meter fünfundsiebzig groß, fünfundsiebzig Kilo schwer, blondes Haar, braune Augen –, wurde konkreter, persönlicher – leicht nach vorn gebeugte Schultern, ungepflegtes langes Haar, stechende Augen unter schweren Lidern, eine mehrmals gebrochene Nase, die niemals richtig behandelt worden war, und immer dasselbe schreckliche Lächeln.

»Ich verbiete Ihnen, sich Mrs. DeVuono zu nähern«, sagte Jess mit scharfer Stimme, als sie ihn erreichte, und fuhr zu sprechen fort, ehe er sie unterbrechen konnte. »Wenn Sie sich noch einmal in ihrer Nähe blicken lassen, und sei es nur rein zufällig, wenn Sie versuchen sollten, mit ihr zu sprechen oder auf andere Weise mit ihr Verbindung aufzunehmen, wenn Sie es noch einmal wagen sollten, ihr so ein grausiges kleines Geschenk vor die Tür zu legen, lasse ich Ihre Haftverschonung aufheben. Dann finden Sie Ihren Arsch im Knast wieder. Haben Sie mich verstanden?«

»Wissen Sie eigentlich«, sagte er sehr lässig und ohne Eile, so als befände er sich mitten in einem ganz anderen Gespräch, »daß es keine gute Idee ist, mir auf die Zehen zu treten.«

Jess hätte beinahe gelacht. »Was soll das heißen?«

Rick Ferguson verlagerte sein Gewicht von einem Fuß auf den anderen, zuckte die Achseln, machte ein gelangweiltes Gesicht. Er sah sich um, kratzte sich bedächtig an der Nase. »Na ja, Leute, die mir in die Quere kommen, neigen dazu... zu verschwinden.«

Jess wich unwillkürlich einen Schritt zurück. Ein eisiger Schauder durchfuhr sie und schien sich in ihrem Magen festzusetzen. Einen Moment wurde ihr so übel, daß sie sich beinahe übergeben hätte. Als sie sprach, klang ihre Stimme dumpf und tonlos.

»Wollen Sie mir drohen?«

Rick Ferguson stieß sich von der Wand ab. Sein Lächeln wurde breiter. *Ich bin der Tod*, sagte das Lächeln. *Ich bin gekommen, dich zu holen.*

Dann ging er davon, ohne sich noch einmal umzusehen.

2

Jeden Tag werden in den Vereinigten Staaten 1871 Frauen vergewaltigt«, begann Jess. Ihr Blick glitt langsam über die sechs Männer und sechs Frauen hin, die in zwei Reihen in der Geschworenenbank im Gerichtssaal 706 des *State Court House* in der California Avenue saßen. »Das heißt, daß etwa alle 46 Sekunden eine erwachsene Frau vergewaltigt wird, was sich im Laufe eines Jahres zu 683 000 Vergewaltigungen summiert.« Sie machte eine kurze Pause, um die ungeheuerliche Zahl wirken zu lassen. »Manche Frauen werden auf der Straße überfallen; andere in der eigenen Wohnung. Manchen wird von dem viel zitierten Wildfremden in einer dunklen Gasse Gewalt angetan, weit häufiger jedoch werden Frauen von Menschen vergewaltigt, die sie kennen: von einem wütenden abgewiesenen Verehrer, einem Freund, dem sie vertraut haben, einem Bekannten. Vielleicht, wie Erica Barnowski«, sagte sie, mit dem Kopf auf die Klägerin deutend, »von einem Mann, den sie in einer Bar kennengelernt haben. Es trifft Frauen jeden Alters und jeder Hautfarbe, jeder Konfession und jeder Bildungsstufe. Das einzige, was sie alle gemeinsam haben, ist ihr Geschlecht. Es geht also um Sexualität, sollte man meinen, aber so ist es nicht. Bei der Vergewaltigung geht es nicht um Sexualität. Vergewaltigung ist ein Gewaltverbrechen. Da geht es nicht um Leidenschaft, nicht einmal um Lust. Es geht um Macht. Es geht um Herrschaft und Unterdrükkung. Um Erniedrigung. Um das Zufügen von Schmerz. Die Vergewaltigung ist ein Akt der Wut, ein Akt des Hasses. Mit Sexualität hat sie nichts zu tun. Die Sexualität benutzt sie nur als Waffe.«

Jess sah sich in dem ehrwürdigen alten Gerichtssaal um, ließ ihren Blick zur hohen Decke und den hohen Fenstern schweifen, über die dunkle Holztäfelung an den Wänden, die schwarze Marmorumrandung der großen Flügeltüren. Rechts vom Richter verbot über einer

Tür ein Schild alle Besucher im Gerichtssaal und Zellentrakt. Linker Hand verkündete ein zweites Schild: »Ruhe! Rauchen, Essen, das Mitbringen von Kindern verboten!«

Der Zuschauerraum mit den acht Sitzreihen, deren Holz von Graffiti zerkratzt war, hatte einen alten schwarz-weißen Fliesenboden. Genau wie im Film, dachte Jess, froh und dankbar, daß sie seit achtzehn Monaten der Kammer von Richter Harris zugeteilt war und nicht einer der anderen Kammern, zu denen die kleineren, neueren Säle in den unteren Stockwerken gehörten.

»Die Verteidigung möchte Sie etwas anderes glauben machen«, fuhr Jess fort und nahm ganz bewußt mit jedem einzelnen Geschworenen Blickkontakt auf, ehe sie ihre Aufmerksamkeit langsam auf den Angeklagten richtete. Douglas Phillips, weißer Mittelstand, ein Durchschnittstyp, recht ehrbar aussehend in seinem dunkelblauen Anzug mit der gedeckten Paisley-Krawatte, verzog beleidigt den Mund, ehe er den Blick zu Boden senkte. »Die Verteidigung möchte Sie glauben machen, daß das, was sich zwischen Douglas Phillips und Erica Barnowski abspielte, ein Geschlechtsakt war, der mit dem Einverständnis der Klägerin vollzogen wurde. Die Verteidigung hat Ihnen berichtet, daß Douglas Phillips Erica Barnowski am Abend des dreizehnten Mai 1992 in der Singles-Bar *Red Rooster* kennenlernte und sie zu mehreren Drinks einlud. Wir haben mehrere Zeugen gehört, die aussagten, die beiden zusammen gesehen zu haben, trinkend und lachend, wie sie sagten, und die unter Eid bezeugt haben, daß Erica Barnowski aus freien Stücken und ganz ohne Zwang die Bar gemeinsam mit Douglas Phillips verließ. Erica Barnowski selbst hat das bei ihrer Vernehmung zugegeben.

Aber die Verteidigung möchte Sie nun weiter glauben machen, daß das, was sich zwischen den beiden zutrug, nachdem sie die Bar verlassen hatten, ein Akt überwältigender Leidenschaft zwischen zwei erwachsenen Menschen war. Douglas Phillips behauptet, die Blutergüsse an Armen und Beinen der Klägerin seien die bedauerlichen Nebenwirkungen des Geschlechtsverkehrs in einem kleinen Auto europäischer Herkunft. Die nachfolgende Hysterie des Opfers, die von mehreren Leuten auf dem Parkplatz wahrgenommen und später von Dr. Robert Ives im Grant Hospital beobachtet wurde, tut er schlicht als Tobsuchtsanfall einer Frau ab, der es nicht paßte, nach Gebrauch weggeworfen zu werden wie – in seinen einfühlsamen Worten – ›ein benutztes Kleenex‹.«

Jess konzentrierte jetzt ihre ganze Aufmerksamkeit auf Erica Barnowski, die neben Neil Strayhorn am Tisch der Staatsanwaltschaft saß, der Geschworenenbank direkt gegenüber. Erica Barnowski war siebenundzwanzig Jahre alt, sie war sehr blaß und sehr blond und saß völlig unbewegt in dem braunen Ledersessel mit der hohen Lehne. Nur ihre Unterlippe bewegte sich, sie hatte während des ganzen Prozesses unaufhörlich gezittert, so daß ihre Zeugenaussage bisweilen beinahe unverständlich gewesen war. Dennoch hatte die Frau kaum etwas Weiches an sich. Das Haar war zu gelb, die Augen waren zu klein, die Bluse zu blau, zu billig. Sie hatte nichts Mitleiderregendes an sich, nichts, das war Jess klar, was den Geschworenen automatisch ans Herz gegangen wäre.

»Die Schnitte an der Kehle der Klägerin zu erklären, bereitete ihm etwas mehr Mühe«, fuhr Jess fort. »Er habe sie nicht verletzen wollen, behauptet er jetzt. Es sei ja nur ein kleines Messer gewesen, gerade einmal zehn Zentimeter lang. Und er habe es ja nur zum Spaß herausgezogen. Er habe den Eindruck gehabt, daß es sie errege, hat er Ihnen erzählt. Er glaubte, ihr gefiele das. Woher hätte er wissen sollen, daß es ihr nicht gefiel? Woher hätte er wissen sollen, daß sie nicht das gleiche wollte wie er? Woher hätte er wissen sollen, *was* sie wollte? War sie nicht schließlich in die Kneipe gekommen, weil sie einen Mann suchte? Hatte sie sich nicht von ihm einladen lassen? Hatte sie nicht über seine Witze gelacht und sich von ihm küssen lassen? Und vergessen Sie nicht, meine Damen und Herren, sie hatte keinen Schlüpfer an!«

Jess holte einmal tief Atem und richtete ihren Blick wieder auf die Geschworenen, die ihr jetzt mit gespannter Aufmerksamkeit zuhörten.

»Die Verteidigung hat die Tatsache, daß Erica Barnowski keine Unterwäsche trug, als sie an jenem Abend in das *Red Rooster* ging, ungeheuer hochgespielt. Eine eindeutige Aufforderung, möchte sie Sie glauben machen. Stillschweigendes Einverständnis. Einer Frau, die ohne Höschen in eine Aufreißerkneipe geht, geschieht nur recht, wenn ihr das Schlimmste widerfährt. Erica Barnowski wollte etwas erleben, behauptet die Verteidigung, und der Wunsch ist ihr erfüllt worden. Na schön, kann sein, daß das Erlebnis ein bißchen krasser war, als sie es sich vorgestellt hatte, aber hey, das hätte sie doch besser wissen müssen.

Gut, vielleicht hätte sie es tatsächlich besser wissen müssen. Vielleicht war es wirklich nicht sehr klug von Erica Barnowski, in eine Kneipe wie das *Red Rooster* zu gehen und ihren Schlüpfer zu Hause zu lassen. Aber glauben Sie doch bitte ja nicht, daß mangelnde Klugheit des einen einem anderen das Recht gibt, seine Menschenwürde mit Füßen zu treten. Glauben Sie ja nicht, daß Douglas Phillips die Signale mißverstanden hat. Lassen Sie sich nicht einreden, daß dieser Mann, der von Berufs wegen Computer repariert, der keinerlei Schwierigkeiten hat, komplizierte Softwareterminologie zu dechiffrieren, unfähig ist, zwischen einem einfachen Ja und Nein zu unterscheiden. Was an einem Nein ist für einen erwachsenen Mann so schwer zu verstehen? Nein heißt schlicht und einfach Nein!

Und Erica Barnowski hat an jenem Abend laut und deutlich Nein gesagt, meine Damen und Herren. Sie hat Nein nicht nur *gesagt*, sondern sie hat Nein *geschrien*. Sie hat es so laut und so oft geschrien, daß Douglas Phillips ihr ein Messer an die Kehle halten mußte, um sie zum Schweigen zu bringen.«

Jess merkte plötzlich, daß sie ihre Worte insbesondere an eine Geschworene richtete, die in der zweiten Reihe saß, eine Frau Ende

Fünfzig mit kastanienbraunem Haar und kräftigen, dennoch seltsam zarten Zügen. Es war etwas am Gesicht dieser Frau, das sie faszinierte. Sie war schon zu Beginn des Prozesses auf sie aufmerksam geworden und hatte sich bereits früher gelegentlich dabei ertappt, daß sie das Wort beinahe ausschließlich an sie richtete. Vielleicht lag es an der Intelligenz, die sich in den weichen grauen Augen spiegelte. Vielleicht lag es an der Art, wie sie den Kopf leicht zur Seite zu neigen pflegte, wenn sie sich bemühte, einen schwierigen Punkt zu erfassen. Vielleicht lag es auch einfach an der Tatsache, daß sie besser gekleidet war als die meisten anderen Geschworenen, von denen mehrere Bluejeans anhatten und billige, schlecht sitzende Pullover. Oder vielleicht lag es daran, daß Jess das Gefühl hatte, zu dieser Frau durchzudringen, und hoffte, über sie auch die anderen zu erreichen.

»Es liegt mir fern zu behaupten, ich würde mich auskennen, was Männer angeht«, fuhr Jess fort und hörte das Lachen ihrer inneren Stimme, »aber es fällt mir ausgesprochen schwer zu glauben, daß ein Mann, der einer Frau ein Messer an die Halsschlagader halten muß, ehrlich davon überzeugt ist, sie wolle mit ihm schlafen.« Jess machte eine Pause und sprach ihre nächsten Worte mit sorgfältiger Betonung. »Ich behaupte hingegen, daß selbst in unserem angeblich so aufgeklärten Zeitalter die doppelte Moral blüht und gedeiht, jedenfalls hier, in Cook County. Der beste Beweis dafür ist das Bemühen der Verteidigung, Ihnen einzureden, daß Erica Barnowskis Versäumnis, an jenem Abend Unterwäsche zu tragen, weit verwerflicher sei als die Tatsache, daß Douglas Phillips ihr ein Messer an die Kehle hielt.«

Wieder ließ Jess ihren Blick langsam von einem Geschworenen zum anderen wandern. »Douglas Phillips«, fuhr sie dann fort, »behauptet, er habe geglaubt, Erica Barnowski sei einverstanden und wolle den Geschlechtsverkehr genau wie er. Aber ist es nicht Zeit, daß wir aufhören, die Vergewaltigung aus der Perspektive des Täters zu sehen? Ist es nicht Zeit, daß wir aufhören zu akzeptieren, was Männer *glauben*, und endlich anfangen, auf das zu hören, was Frauen *sagen*? Einvernehmen ist keine einseitige Sache, meine Damen und Herren. Einvernehmen erfordert beiderseitige Zustimmung. Das, was am Abend des dreizehnten Mai zwischen Erica Barnowski und Douglas Phillips geschah, geschah entschieden *nicht* in beiderseitigem Einvernehmen.

Erica Barnowski mag einer Fehleinschätzung der Lage schuldig sein«, sagte Jess abschließend. »Douglas Phillips ist der Vergewaltigung schuldig.«

Sie kehrte an ihren Platz zurück und tätschelte Erica Barnowski flüchtig die überraschend warmen Hände. Die junge Frau dankte ihr mit einem kurzen Lächeln.

»Gut gemacht«, flüsterte Neil Strayhorn.

Vom Verteidigungstisch kam kein solches Lob; dort saßen Douglas Phillips und seine Anwältin, Rosemary Michaud, kerzengerade, den Blick starr geradeaus gerichtet.

Rosemary Michaud war fünf Jahre älter als Jess, hätte aber ihrem Aussehen nach gut um das Doppelte älter sein können. Sie trug das dunkelbraune Haar in einem strengen Knoten, und wenn sie geschminkt war, dann so dezent, daß es nicht zu bemerken war. Jess fühlte sich jedesmal, wenn sie sie sah, an das Stereotyp der alten Jungfer erinnert, obwohl diese alte Jungfer dreimal verheiratet gewesen war und derzeit, so wurde gemunkelt, eine Affäre mit einem hohen Polizeibeamten hatte. Aber wie im Leben, so zählte im Gerichtssaal weniger das, was war, als das, was wahrgenommen wurde. Image war alles, wie in der Werbung behauptet wurde. Und Rosemary Michaud, in ihrem konservativen blauen Kostüm, mit dem ungeschminkten Gesicht und der schlichten Frisur, vermittelte genau das Bild einer Frau, die einen Mann, den sie einer so niedrigen Tat wie einer Vergewaltigung für schuldig hielt, niemals verteidigen würde. Es war von Douglas Phillips ein kluger Schachzug gewesen, ihr seine Verteidigung anzuvertrauen.

Rosemary Michauds Motive, Douglas Phillips' Mandat zu übernehmen, waren schwerer zu ergründen, wobei Jess natürlich völlig klar war, daß es nicht Aufgabe des Anwalts war, Schuld oder Unschuld festzustellen. Dafür gab es die Geschworenen. Wie oft hatte sie das Argument gehört, hatte sie *selbst* das Argument vorgebracht, daß die Justiz einpacken könnte, wenn Anwälte begännen, sich als Richter und Geschworene aufzuspielen. Es war schließlich von der Unschuldsvermutung auszugehen; jeder hatte ein Recht auf bestmögliche Verteidigung.

Richter Earl Harris räusperte sich zum Zeichen, daß er sich anschickte, die Geschworenen zu belehren. Er war ein gutaussehender Mann Ende Sechzig, ein Schwarzer mit bronzebrauner Haut und krausem grauen Haar. Die Güte seines Gesichts, der weiche Glanz seiner dunklen Augen betonten die Ernsthaftigkeit seines Engagements für Recht und Gerechtigkeit.

»Meine Damen und Herren Geschworenen«, begann er und schaffte es irgendwie, selbst diese Worte frisch und lebendig klingen zu lassen, »ich möchte Ihnen für die Aufmerksamkeit und den Respekt danken, die Sie diesem Gericht in den vergangenen Tagen gezeigt haben. Fälle wie dieser sind niemals einfach zu behandeln. Die Emotionen schlagen da hohe Wellen. Aber Ihre Pflicht als Geschworene ist es, Ihre Emotionen auszuklammern und sich einzig auf die Fakten zu konzentrieren.«

Jess konzentrierte sich weniger auf die Worte des Richters als auf die Reaktion der Geschworenen auf sie. Alle saßen sie vorgebeugt auf ihren braunen Lederstühlen und hörten aufmerksam zu.

Welcher Auffassung würden sie sich anschließen, fragte sie sich, wohl wissend, wie schwierig es war, die Reaktionen der Geschworenen zu deuten, ihre Entscheidungen vorauszusagen. Als sie vor vier Jahren bei der Staatsanwaltschaft angefangen hatte, hatte sie kaum glauben können, daß sie sich in ihren Beurteilungen so oft und so gründlich irren konnte.

Die Geschworene mit den intelligenten Augen hustete hinter vorgehaltener Hand. Jess wußte, daß in Vergewaltigungsprozessen die Frauen unter den Geschworenen oft schwerer zu überzeugen waren als die Männer. Dahinter steckte wahrscheinlich ein Verleugnungsmechanismus. Wenn die Frauen sich einreden konnten, daß das Opfer das, was geschehen war, selbst verschuldet hatte, konnten sie sich beruhigt sagen, daß ihnen selbst niemals etwas Ähnliches widerfahren würde. *Sie* würden schließlich niemals so leichtsinnig sein, nach Einbruch der Dunkelheit allein durch den Park zu gehen, sich von einem flüchtigen Bekannten im Auto mitnehmen zu lassen, sich in einer Bar von einem Fremden ansprechen zu lassen, *ohne Schlüpfer herumzulaufen*. Nein, dazu waren sie zu klug. Sich der Gefahren allzusehr bewußt. Sie würden niemals vergewaltigt werden. Sie würden sich ganz einfach niemals in eine so riskante Situation begeben.

Die Geschworene wurde auf Jess' forschend auf sie gerichteten Blick aufmerksam und wandte sich verlegen ab. Sie straffte ihre Schultern und stand kurz von ihrem Sitz auf, ehe sie es sich wieder bequem machte und ihren Blick auf den Richter konzentrierte. Im Profil wirkte die Frau imposanter, ihre Nase wirkte schärfer, die einzelnen Gesichtszüge stärker ausgeprägt. Sie hatte etwas Vertrautes, das Jess vorher nicht aufgefallen war; die Art, wie sie sich hin und wieder mit einem Finger leicht auf die Lippen klopfte; die Wölbung ihres Nackens, wenn sie sich bei gewissen Schlüsselsätzen vorbeugte, die schräge Fläche ihrer Stirn; die schmalen Augenbrauen. Jess wurde sich plötzlich bewußt, daß die Frau sie an jemanden erinnerte, und sofort versuchte sie, die Gedanken auszublenden, die sich formen wollten, versuchte, das Bild zu verbannen, das sich entfalten wollte. Nein, kommt nicht in Frage, dachte Jess, während ihr Blick gehetzt durch den Gerichtssaal flog und sie in Armen und Beinen das gefürchtete Kribbeln spürte. Sie kämpfte gegen den Impuls zu fliehen.

Beruhige dich doch, fuhr sie sich im stillen ungeduldig an, als sie fühlte, wie es ihr den Atem abschnürte, ihre Hände klamm wurden, ihre Unterarme feucht. Warum gerade jetzt? fragte sie sich, während sie gegen die wachsende Panik kämpfte und versuchte, sich zur Ruhe zu zwingen. Warum geschah ihr das gerade jetzt?

Sie zwang sich, wieder die Geschworene anzusehen, die vorgebeugt in ihrem Sessel saß. Als spürte sie Jess' neuerliches Interesse und sei fest entschlossen, sich davon nicht einschüchtern zu lassen, drehte die Frau sich halb herum und sah ihr direkt in die Augen.

Jess wich dem Blick der Frau nicht aus, sondern erwiderte ihn, bis die Frau wegsah. Dann schloß sie voller Erleichterung die Augen. Was hatte sie da nur gesehen? Sie spürte, wie die Muskeln in ihrem Rücken sich entspannten. Wodurch konnte eine solche Assoziation ausgelöst worden sein? Die Frau besaß keinerlei Ähnlichkeit mit irgend jemand, den sie kannte oder je gekannt hatte. Ganz gewiß nicht mit der Frau, die sie flüchtig in ihr zu sehen gemeint hatte. Jess fand sich töricht und schämte sich ein wenig.

Nein, da war nicht einmal die entfernteste Ähnlichkeit mit ihrer Mutter.

Jess senkte den Kopf, so daß ihr Kinn beinahe im Kragen ihrer Bluse verschwand. Acht Jahre waren vergangen, seit ihre Mutter verschwunden war. Acht Jahre, seit ihre Mutter aus dem Haus gegangen war, um einen Arzttermin einzuhalten, und nie wieder gesehen worden war. Acht Jahre, seit die Polizei die Suche nach ihr mit der Begründung aufgegeben hatte, sie sei vermutlich das Opfer eines Verbrechens geworden.

In den ersten Tagen, Monaten, selbst Jahren nach dem Verschwinden ihrer Mutter hatte Jess oft geglaubt, ihr Gesicht irgendwo in einer Menge gesehen zu haben. Es geschah immerzu: Sie war im Supermarkt und sah plötzlich ihre Mutter, die einen überquellenden Einkaufswagen den Nachbargang hinunterschob; sie war bei einem Baseballspiel und hörte plötzlich die Stimme ihrer

Mutter, die, drüben auf der anderen Seite des Wrigley Field sitzend, die Chicago Cubs anfeuerte. Ihre Mutter war die Frau hinter der Zeitung hinten im Bus; die Frau vorn im Taxi, das in der entgegengesetzten Richtung fuhr, die Frau, die mit ihrem Hund unten am Seeufer um die Wette joggte.

Im Laufe der Jahre waren diese Erscheinungen seltener geworden. Aber lange Zeit hatte Jess unter Alpträumen und Angstanfällen gelitten, die sie ganz plötzlich, wie aus heiterem Himmel zu packen pflegten, so bösartig und gewaltsam, daß sie sie allen Gefühls in ihren Gliedern, aller Kraft in ihren Muskeln beraubten. Im allgemeinen begannen sie mit einem leichten Kribbeln in Armen und Beinen und entwickelten sich dann zu einer richtiggehenden Lähmung, die von Wellen von Übelkeit begleitet wurde. Und wenn sie vorüber waren – manchmal nach Minuten, manchmal erst nach Stunden –, war sie völlig erschöpft, ausgelaugt, ein in Schweiß gebadetes Häufchen Elend.

Ganz langsam und unter Mühen, wie jemand, der nach einem Schlaganfall das Laufen wieder lernt, hatte Jess ihr inneres Gleichgewicht, ihr Selbstvertrauen, ihre Selbstachtung wiedergewonnen. Sie erwartete nicht mehr, daß ihre Mutter plötzlich zur Tür hereinkommen würde; fuhr nicht mehr jedesmal zusammen, wenn das Telefon läutete, weil sie erwartete, die Stimme am anderen Ende würde die ihrer Mutter sein. Die Alpträume hatten aufgehört. Sie hatte keine Panikattacken mehr. Jess hatte sich geschworen, sich nie wieder in solchem Maß auszuliefern.

Und nun hatte das vertraute, gefürchtete Kribbeln von neuem ihre Glieder befallen.

Warum gerade jetzt? Warum gerade heute?

Sie wußte, warum.

Rick Ferguson.

Jess beobachtete, wie er die Tür zu ihrem Gedächtnis aufstieß; sein grausames Lächeln umfing sie wie eine Schlinge um ihren Hals.

»Es ist keine gute Idee, mir auf die Zehen zu treten«, hörte sie ihn sagen; seine Stimme klang belegt, seine Hände ballten sich zu Fäusten. »Leute, die mir in die Quere kommen, neigen dazu... zu verschwinden.«

Verschwinden.

Wie ihre Mutter.

Jess versuchte, sich zu sammeln, ihre ganze Aufmerksamkeit auf das zu richten, was Richter Harris sagte. Aber Rick Ferguson schob sich immer wieder zwischen sie und den Richter, und seine braunen Augen reizten sie mit höhnischem Blick, ihn doch nur herauszufordern.

Was ist das nur zwischen mir und Männern mit braunen Augen? fragte sich Jess, die plötzlich eine Collage aus braunäugigen Männergesichtern vor sich sah: Rick Ferguson, Greg Oliver, ihr Vater, ihr geschiedener Mann.

Das Bild ihres geschiedenen Mannes drängte die anderen Gesichter rasch in den Hintergrund. Wie typisch für Don, dachte sie, selbst wenn er nicht da war, so dominant zu sein, daß niemand neben ihm Platz hatte. Er war, elf Jahre älter als sie, ihr Mentor, ihr Geliebter, ihr Förderer und ihr Freund gewesen. Er wird dir keinen Raum zur Entfaltung lassen, hatte ihre Mutter gewarnt, als Jess damit herausgerückt war, daß sie beabsichtigte, diesen ungeheuer von sich überzeugten Mann zu heiraten, der im ersten Jahr ihres Studiums ihr Dozent gewesen war. *Sieh dich doch erst mal um*, hatte ihre Mutter gebeten. *Es eilt doch nicht.* Aber je mehr Einwände ihre Mutter vorgebracht hatte, desto mehr Entschlossenheit hatte Jess, die rebellische Tochter, an den Tag gelegt, bis am Ende die Opposition gegen ihre Mutter zum stärksten Band zwischen ihr und Don geworden war. Sie heirateten sehr bald nach dem Verschwinden von Jess' Mutter.

Von Anfang an hatte Don in ihrer Ehe das Sagen. In den vier Jahren ihres Zusammenlebens bestimmte er alle ihre Unternehmungen;

er suchte die Wohnung aus, in der sie lebten, die Möbel, mit denen sie sich einrichteten, er bestimmte, mit wem sie verkehrten, was sie unternahmen, ja, selbst was sie aß, wie sie sich kleidete.

Vielleicht war es ihre Schuld gewesen. Vielleicht hatte sie in den Jahren unmittelbar nach dem Verschwinden ihrer Mutter genau das gewollt und gebraucht: jemanden, der ihr alle Entscheidungen abnahm, sie umsorgte und verwöhnte. Vielleicht hatte sie die Möglichkeit gebraucht, selbst in einem anderen zu verschwinden.

Anfangs hatte Jess nichts dagegen gehabt, daß Don ihr Leben in die Hand nahm. Er wußte, was für sie am besten war. Er meinte es gut. Er war immer für sie da, trocknete ihre Tränen, half ihr über die schrecklichen Panikanfälle hinweg. Wie hätte sie ohne ihn überleben können?

Aber dann hatte sie in zunehmendem Maß, vielleicht sogar ohne bewußte Absicht, versucht, sich selbst zu behaupten; sie fing an, sich mit ihm zu streiten, trug plötzlich Farben, von denen sie wußte, daß er sie nicht mochte, stopfte sich, kurz bevor er sie in sein Lieblingsrestaurant führte, mit Süßigkeiten und Chips voll, weigerte sich, seine Freunde zu treffen, bewarb sich um einen Posten bei der Staatsanwaltschaft, anstatt zu Don in die Kanzlei zu gehen, zog schließlich aus der gemeinsamen Wohnung aus.

Jetzt wohnte sie in der obersten Etage eines dreistöckigen Stadthauses in einem alten Viertel und nicht im Penthaus eines Wolkenkratzers im Zentrum, und ihr bester Freund war, abgesehen von ihrer Schwester, ein leuchtend gelber Kanarienvogel namens Fred. Und wenn sie auch nicht mehr das unbeschwerte junge Ding war, das sie vor dem Verschwinden ihrer Mutter gewesen war, so war sie doch wenigstens auch nicht mehr die Kranke, zu der sie sich während ihrer Ehe mit Don hatte reduzieren lassen.

»Ihre Aufgabe ist es, dafür zu sorgen, daß hier die Gerechtigkeit zu Wort kommt«, schloß Richter Harris. »Indem Sie gerecht und unparteiisch urteilen und sich nicht von persönlichen Sympathien für das Opfer oder den Angeklagten beeinflussen lassen, sondern den Fall einzig nach den Tatsachen bewerten, werden Sie dieses dunkle, alte Gebäude in einen helleuchtenden Tempel der Gerechtigkeit verwandeln.«

Viele Male hatte Jess in den vergangenen Jahren diese Worte aus Richter Harris' Mund gehört, und sie ergriffen sie stets von neuem. Sie beobachtete ihre Wirkung auf die Geschworenen. Die Männer und Frauen marschierten aus dem Gerichtssaal, als folgten sie einem hellen Stern.

Erica Barnowski schwieg, während der Saal sich langsam leerte. Erst nachdem der Angeklagte und sein Anwalt hinausgegangen waren, stand sie auf und nickte Jess zu. Neil Strayhorn erklärte ihr, daß sie Bescheid bekommen würde, sobald die Geschworenen sich auf ein Urteil geeinigt hätten; das könnte Stunden dauern oder auch Tage, sie müsse sich auf jeden Fall zur Verfügung halten.

»Ich melde mich bei Ihnen, sobald ich etwas höre«, sagte Jess abschiednehmend und sah der jungen Frau nach, die mit raschem Schritt durch den Korridor zu den Aufzügen ging. Unwillkürlich glitt ihr Blick zu Erica Barnowskis vollen Hüften. »Es zeichnet sich gar nichts ab unter diesem Rock«, hörte sie Greg Oliver sagen. Mit einer heftigen Bewegung warf sie ihren Kopf zurück und schüttelte ihn, als wollte sie ihn von solch unerfreulichen Gedanken befreien.

»Du hast ausgezeichnet gesprochen«, sagte sie zu Neil Strayhorn. »Du hast dich klar und prägnant ausgedrückt; du hast den Geschworenen sämtliche notwendigen Fakten ins Beratungszimmer mitgegeben. Geh jetzt und iß eine schöne warme Suppe gegen deine Erkältung«, fuhr sie fort, ehe Neil etwas erwidern konnte. »Ich glaub, ich gehe ein bißchen an die frische Luft. Das kann ich jetzt gebrauchen.«

Sie nahm trotz der sieben Stockwerke die Treppe und nicht den Aufzug. Die Bewegung konnte ihr nur guttun. Vielleicht würde sie einen langen Spaziergang machen, sich die Winterstiefel kaufen, die sie brauchte. Vielleicht würde sie sich sogar ein Paar neue Pumps leisten.

Vielleicht würde sie sich aber auch nur beim Stand an der Ecke einen Hot Dog holen und dann wieder in ihr Büro hinaufgehen und mit der Arbeit am nächsten Fall beginnen, während sie auf die Entscheidung der Geschworenen wartete.

Die Oktoberluft schlug ihr unangenehm kalt ins Gesicht, als sie ins Freie trat. Sie zog die Schultern bis zu den Ohren hoch und eilte mit gesenktem Kopf die Treppe zur Straße hinunter, warf einen verstohlenen Blick zur Straßenecke und stellte aufatmend fest, daß Rick Ferguson nirgends zu sehen war.

»Einen Hot Dog mit allem«, rief sie dem Verkäufer am Stand erleichtert zu und sah zu, wie er eine riesige koschere Bockwurst in ein Sesambrötchen schob und Ladungen von Ketchup, Senf und *relish* darübergab. »Wunderbar, vielen Dank.« Sie drückte ihm das Geld abgezählt in die Hand und biß mit Appetit in ihren Hot Dog.

»Wie oft muß ich dir noch sagen, daß diese Dinger das reine Gift sind?« Die männliche Stimme, sonor und gutgelaunt, drang irgendwo von rechts zu ihr. Jess drehte sich um. »Sie bestehen doch nur aus Fett. Total ungesund!«

Jess riß ungläubig die Augen auf. »Du lieber Gott, eben hab ich an dich gedacht.«

»Nur das Beste, hoffentlich«, sagte Don Shaw.

Jess starrte ihren geschiedenen Mann an, als sei sie nicht sicher, ob er aus Fleisch und Blut sei oder eine Ausgeburt ihrer Phantasie. Was für eine unglaublich starke Ausstrahlung er hat, dachte sie, während das Straßenbild um ihn herum in grauer Konturlosigkeit zu verschwimmen schien. Obwohl er nur mittelgroß war, schien alles an ihm ein paar Nummern zu groß zu sein: seine Hände, seine Brust, seine Stimme, seine Augen, deren Wimpern den Neid aller Frauen erregten.

Was hat er hier zu tun? fragte sie sich. Obwohl sie sich beruflich in den gleichen Kreisen bewegten, war es bisher nicht ein einziges Mal vorgekommen, daß sich ihre Wege zufällig gekreuzt hatten. Sie hatte ihn seit Monaten nicht mehr gesprochen. Und jetzt brauchte sie nur an ihn zu denken, und schon war er hier.

»Du weißt doch, ich kann es einfach nicht sehen, wenn du dieses ungesunde Zeug ißt«, sagte er, nahm ihr das Brötchen mit der Wurst einfach aus der Hand und warf es in den nächsten Abfalleimer.

»Was soll das?«

»Komm, ich lad dich zu einem anständigen Mittagessen ein.«

»Was fällt dir eigentlich ein?« Jess gab dem Mann am Stand mit einer Handbewegung zu verstehen, daß sie einen neuen Hot Dog wollte. »Wenn du den anrührst, riskierst du deine Finger«, sagte sie, nur halb im Scherz.

»Eines Tages wirst du als Dickmadam aufwachen«, versetzte er warnend. Dann lächelte er dieses irgendwie närrische Lächeln, das man erwidern mußte, ob man wollte oder nicht.

Jess biß von ihrem neuen Hot Dog ab und fand ihn nicht so gut wie den ersten.

»Und – wie geht's so?« fragte sie. »Ich hab was von einer neuen Freundin läuten hören.« Sofort war ihr die Bemerkung peinlich, und sie fegte sich in ihrer Verlegenheit ein paar imaginäre Krümel vom Revers ihrer Jacke.

»Wo hast du denn das gehört?« Sie setzten sich zu gleicher Zeit in Bewegung und gingen langsam in Richtung 26. Straße, fanden so schnell und mühelos in einen gemeinsamen Rhythmus, als wären ihre Schritte im voraus geplant gewesen. Rund um sie herum wogte eine gleichgültige Menge von Polizisten, Zuhältern und Drogenhändlern.

»So was spricht sich herum, Herr Rechtsanwalt«, erwiderte sie, selbst überrascht festzustellen, daß sie tatsächlich neugierig war, vielleicht sogar ein wenig eifersüchtig. Sie hatte nie damit gerechnet, daß er sich ernsthaft für eine andere Frau interessieren würde. Don war schließlich ihr Rückhalt, der Mann, der, wie sie glaubte, immer für sie dasein würde. »Und wie heißt sie? Was ist sie für ein Mensch?«

»Sie heißt Trish«, antwortete er unbefangen. »Sie ist sehr intelligent, sehr hübsch, hat sehr kurzes, sehr blondes Haar und ein sehr verführerisches Lachen.«

»Das sind aber viele sehr auf einmal.«

Don lachte, ohne mehr zu verraten.

»Ist sie Anwältin?«

»Da sei Gott vor.« Er schwieg einen Moment. »Und wie geht's dir? Gibt es einen Mann in deinem Leben?«

»Nur Fred«, antwortete sie, dann schlang sie den letzten Rest ihres Hot Dogs hinunter und zerknüllte das Papier in ihrer Hand.

»Du mit deinem verrückten Kanarienvogel!« Sie hatten die Straßenecke erreicht, warteten, während die Ampel von Rot auf Grün schaltete. »Ich muß dir ein Geständnis machen«, sagte er, während er ihren Ellbogen nahm und sie über die Straße führte.

»Du heiratest?« fragte sie hastig, obwohl sie diese Frage gar nicht hatte stellen wollen.

»Nein«, antwortete er leichthin, aber seine Stimme verriet ihn. Sie hatte Untertöne, die so beunruhigend waren wie eine gefährliche Unterströmung unter einem trügerisch glatten Wasserspiegel. »Es handelt sich um Rick Ferguson.«

Jess blieb mitten auf der Straße stehen, und das zusammengeknüllte Einwickelpapier fiel ihr aus der Hand. »Was?«

»Komm weiter, Jess«, drängte Don und zog sie mit sich. »Sonst werden wir hier noch überfahren.«

Sobald sie den Bürgersteig auf der anderen Straße erreicht hatten, blieb sie erneut stehen. »Was weißt du von Rick Ferguson?«

»Ich vertrete ihn.«

»Was?«

»Es ist kein Zufall, daß wir uns heute hier getroffen haben, Jess«, gestand Don einigermaßen verlegen. »Ich hab in deinem Büro angerufen. Man sagte mir, du seist bei Gericht.«

»Seit wann vertrittst du Rick Ferguson?«

»Seit vergangener Woche.«

»Ich kann's nicht fassen. Warum?«

»Warum? Weil er mich beauftragt hat. Was ist das für eine Frage?«

»Rick Ferguson ist schlimmer als ein Stück Vieh. Ich kann nicht glauben, daß du dich dazu hergibst, ihn zu vertreten.«

»Jess«, sagte Don geduldig, »ich bin Strafverteidiger. Es ist mein Beruf.«

Jess nickte. Es stimmte, daß ihr geschiedener Mann sich mit der Verteidigung solcher Leute eine lukrative Praxis aufgebaut hatte, aber sie würde nie verstehen, wie ein so gütiger und rücksichtsvoller Mensch ausgerechnet für die Rechte jener eintreten konnte, denen Güte und Rücksichtnahme nichts bedeuteten; wie er seine scharfe Intelligenz ausgerechnet für jene einsetzen konnte, die glaubten, die Intelligenz mit Füßen treten zu können.

Sie wußte natürlich, daß die Randgruppen der Gesellschaft Don immer schon fasziniert hatten, doch in den Jahren seit ihrer Scheidung hatte sich diese Faszination wesentlich verstärkt. Immer häufiger übernahm er die scheinbar aussichtslosen Fälle, vor denen andere Anwälte zurückschreckten. Und gewann diese Prozesse meistens, wie sie unter anderem auch aus eigener Erfahrung wußte. Zweimal hatten sie sich in den letzten vier Jahren vor Gericht gegenübergestanden. Beide Male hatte er den Sieg davongetragen.

»Jess, ist dir schon mal der Gedanke gekommen, daß der Mann unschuldig sein könnte?«

»Der Mann, wie du ihn so freundlich nennst, ist von der Frau, die er überfallen hat, eindeutig identifiziert worden.

»Und es ist nicht möglich, daß sie sich irrt?«

»Er ist in ihre Wohnung eingebrochen und hat sie fast bis zur

Bewußtlosigkeit geprügelt. Dann hat er sie gezwungen, sich auszuziehen, ganz langsam, Stück für Stück, so daß sie mehr als genug Zeit hatte, sich sein Gesicht anzusehen, bevor er sie vergewaltigte.«

»Rick Ferguson hat für die Zeit des Überfalls ein unwiderlegbares Alibi«, sagte Don.

Jess prustete verächtlich. »Ich weiß – er war zu Besuch bei seiner Mutter.«

»Die Frau hat ihr Haus als Sicherheit für seine Kaution aufgeboten. Sie ist bereit, vor Gericht für ihn auszusagen. Ganz zu schweigen davon, daß es in dieser Stadt Tausende von Männern gibt, auf die Rick Fergusons Beschreibung ebenfalls paßt. Wieso bist du sicher, daß Rick Ferguson dein Mann ist?«

»Ich bin eben sicher.«

»Einfach so?«

Jess erzählte ihm von der Begegnung mit Rick Ferguson am Morgen, als sie zur Arbeit gekommen war, und von der nachfolgenden kurzen Auseinandersetzung im Foyer des Gerichtsgebäudes.

»Du sagst, er hat dir gedroht?«

Jess sah, daß Don sich bemühte, neutral zu bleiben, vorzugeben, sie wäre nur eine unter vielen Staatsanwältinnen und nicht eine Frau, die ihm offensichtlich noch immer sehr viel bedeutete.

»Ich sage, ich verstehe nicht, wieso du deine kostbare Zeit an solche Leute verschwendest«, entgegnete sie ruhig. »Du warst doch derjenige, der mir erklärt hat, daß die Praxis eines Anwalts letztlich seine eigene Persönlichkeit spiegelt.«

Er lächelte. »Schön zu wissen, daß du zugehört hast.«

Sie neigte sich zu ihm und küßte ihn leicht auf die Wange. »Ich muß zurück ins Büro.«

»Das heißt wohl, daß du nicht daran denkst, die Anklage zurückzunehmen?«

»Bestimmt nicht.«

Er quittierte ihre Worte mit einem bekümmerten Lächeln. Dann nahm er sie bei der Hand und führte sie zum Administration Building zurück, wo er ihr noch einmal kurz die Hand drückte, ehe er sie freigab.

Bitte bleib hier und warte, bis ich sicher und wohlbehalten drinnen bin, flehte sie stumm, während sie die Treppe hinaufeilte.

Aber als sie oben war und sich umdrehte, war er schon weg.

3

Der Alptraum begann immer auf die gleiche Weise: Jess saß im sterilen Empfangsraum einer Arztpraxis und blätterte in einer alten Zeitschrift, während irgendwo in ihrer Nähe ein Telefon läutete. »Es ist Ihre Mutter«, sagte der Arzt dann zu ihr und zog aus seinem großen schwarzen Aktenkoffer einen Telefonapparat, den er ihr reichte.

»Mutter, wo bist du?« fragte Jess. »Der Doktor wartet auf dich.«

»Komm in einer Viertelstunde ins John Hancock Building. Ich erwarte dich dort. Dann erkläre ich dir alles.«

Plötzlich stand Jess vor einer Reihe von Aufzügen, doch ganz gleich, wie oft sie den Knopf drückte, es kam kein Aufzug. Sie suchte die Treppe, fand sie, raste wie von Furien gehetzt die sieben Stockwerke hinunter, nur um unten zu entdecken, daß die Haustür abgesperrt war. Sie drückte, sie zog, sie rüttelte, sie weinte, sie schrie. Die Tür gab nicht nach.

Im nächsten Augenblick stand sie vor dem Art Institute in der Michigan Avenue, und das Sonnenlicht, das vom Bürgersteig reflektiert wurde, blendete sie. »Kommen Sie herein«, rief eine Frau mit kastanienbraunem Haar und grauen Augen von der obersten Stufe des imposanten Gebäudes herunter. »Die Besichtigung fängt jetzt an, und Ihretwegen müssen alle warten.«

»Ich kann wirklich nicht bleiben«, erklärte Jess den Leuten, deren Gesichter in einem Durcheinander brauner Augen und roter Münder verschwammen. Die Gruppe blieb mehrere Minuten vor Seurats Bild *Sonntag nachmittag auf der Île de la Grand Jatte* stehen.

»Spielen wir Punkte verbinden«, rief Don, als Jess sich aus der Gruppe löste und hinausrannte, um gerade noch auf einen Bus aufspringen zu können, der eben abfuhr. Doch der Bus fuhr in die falsche Richtung, und sie landete am Union-Bahnhof. Sie winkte einem Taxi, aber der Fahrer mißverstand ihre Anweisungen und fuhr sie in die Roosevelt Road.

Er erwartete sie, als sie aus dem Taxi stieg, eine gesichtslose Gestalt ganz in Schwarz, die reglos am Straßenrand stand. Jess wollte sofort wieder in den Wagen zurückspringen, aber das Taxi war schon verschwunden. Langsam und drohend ging die Gestalt in Schwarz auf sie zu.

Der Tod, begriff Jess und stürzte auf die offene Straße hinaus. »Hilfe!« schrie sie. »Helft mir doch!« Der Schatten des Todes jedoch kam mühelos immer näher, während sie die Treppe zum Haus ihrer Eltern hinaufstolperte. Sie riß die Fliegengittertür auf, schlug sie hinter sich zu und versuchte mit fliegenden Fingern, den Riegel vorzuschieben, als der Tod die Hand nach der Tür ausstreckte und sein Gesicht deutlich sichtbar wurde.

Rick Ferguson.

»Nein!« schrie Jess in höchstem Entsetzen und fuhr mit hämmerndem Herzen in die Höhe. Ihr Bettzeug war schweißnaß.

Kein Wunder, daß er ihr so vertraut erschienen war, sagte sie sich, schluchzend und keuchend mit hochgezogenen Knien in ihrem Bett kauernd. Eine Ausgeburt ihrer finstersten Phantasien war im wahrsten Sinne des Wortes aus ihren Träumen in ihr Leben eingedrungen. Die Alpträume, die sie früher so häufig gequält hatten, waren wieder da, und die schwarze Gestalt hatte einen Namen – Rick Ferguson.

Jess warf die feuchte Bettdecke zurück und stand auf. Aber kaum hatte sie die Füße auf den Boden gesetzt, da spürte sie, wie ihre Beine unter ihr nachgaben. Sie fiel neben dem Bett zusammen, keuchend, voll Angst, sich übergeben zu müssen.

»O Gott, o Gott«, stöhnte sie und sprach die Panik an, als wäre sie körperlich im Zimmer anwesend. »Bitte, hör doch auf. Bitte geh weg.«

Sie streckte sich zu der weißen Porzellanlampe hinauf, die auf dem Nachttisch neben ihrem Bett stand, und knipste das Licht an. Das Zimmer zeigte sich ihrem Blick: weiche Rosétöne mit zarten Nuancen von Grau und Blau kombiniert, ein Doppelbett, ein heller Teppich, ein weißer Korbstuhl, über dem ihre Sachen für den nächsten Tag hingen, eine Kommode, ein kleiner Spiegel, ein Poster von Niki de Saint Phalle und eines von Henri Matisse. Sie versuchte in die harmlose Alltäglichkeit ihres Lebens zurückzufinden, indem sie sich auf die Maserung der hellen Holzdielen konzentrierte, die langen pfirsichfarbenen Vorhänge, die hohe weiße Zimmerdecke. Das war das Schöne an diesen alten Häusern, versuchte sie sich abzulenken, daß man Luft zum Atmen hatte. Hohe Räume dieser Art gab es in modernen Glaspalästen nicht.

Die Strategie half nicht. Ihr Herz raste weiter wie verrückt, und die Brust war ihr so eng, daß sie kaum Luft bekam. Sie zwang sich aufzustehen, torkelte auf unsicheren Beinen, die dauernd unter ihr wegzusacken drohten, in das winzige, funktionelle Badezimmer. Sie drehte den Hahn auf und warf sich kaltes Wasser ins Gesicht und auf die Schultern, ließ das Wasser unter ihrem Nachthemd auf Busen und Bauch rinnen.

Sie setzte sich auf den Rand der Badewanne und starrte in die Toilettenschüssel. Nichts war ihr unangenehmer, als sich übergeben zu müssen. Seit ihr als kleines Mädchen nach der Geburtstagsfeier bei Allison Nichol nach zu viel Lakritze und Bananensplits übel geworden war, graute ihr davor, sich übergeben zu müssen. Jahrelang hatte sie danach ihre Mutter Abend für Abend vor dem Zubettgehen gefragt: »Muß ich auch nicht spucken?« Und jeden Abend hatte ihre Mutter geduldig versichert, daß sie ganz bestimmt nicht würde spucken müssen. »Versprichst du mir, daß nichts passiert?« hatte Jess beharrt. »Ich verspreche es dir«, hatte ihre Mutter jedesmal geantwortet.

Man konnte es unter diesen Umständen schon ironisch nennen, daß schließlich nicht dem Kind, sondern der Mutter etwas passiert war.

Und nun war der Alptraum, der sie nach dem Verschwinden ihrer Mutter gepeinigt hatte, wiedergekehrt, begleitet wie damals von der Kurzatmigkeit, dem Zittern der Hände, der lähmenden, namenlosen Angst, die jede Faser ihres Körpers ergriff. Wie gemein, dachte Jess, mit zusammengebissenen Zähnen über die Toilette gebeugt, und drückte eine Hand auf ihre Brust, als könnte sie so den Schmerz abfangen, der ihr durchs Herz stach wie die stumpfe Klinge eines langen Messers.

Ich könnte Don anrufen, dachte sie, die Wange auf den kühlen Rand der Toilette gedrückt. Er weiß immer, was zu tun ist. So oft hatte er sie nachts, wenn sie zitternd aus dem Schlaf gefahren war, tröstend an sich gedrückt, ihr mit sanften Händen das feuchte Haar aus der Stirn gestrichen und ihr, genau wie früher ihre Mutter, versichert, daß ihr nichts passieren würde. Ja, sie konnte Don anrufen. Er würde ihr helfen. Er würde genau wissen, was zu tun war.

Jess stemmte sich mühsam in die Höhe und tappte ins Schlafzimmer zurück. Schwankend auf der Bettkante sitzend, griff sie zum Telefon und hielt plötzlich inne. Sie wußte, daß sie Don nur anzurufen brauchte. Er würde alles stehen- und liegenlassen, ohne Rücksicht darauf, was er gerade tat, mit wem er gerade zusammen war, und zu ihr eilen, bei ihr bleiben, solange sie ihn brauchte. Sie wußte, daß Don sie immer noch liebte, nie aufgehört hatte, sie zu lieben. Das wußte sie, und darum konnte sie ihn nicht anrufen.

Er hatte jetzt eine ernstzunehmende Beziehung zu einer anderen Frau. Trish, wiederholte sie sich und dachte über den Namen nach. Wahrscheinlich eine Abkürzung von Patricia. Trish mit dem verführerischen Lachen. Dem sehr verführerischen Lachen, wie er gesagt hatte. Sie erinnerte sich an das Aufblitzen des Stolzes in seinen Augen. Hatte die Vorstellung, Don möglicherweise an eine andere zu verlieren, ausgereicht, um diesen Angstanfall auszulösen?

Die Attacke war vorbei, merkte sie plötzlich überrascht. Ihr Herz hatte sich beruhigt; ihr Atem ging wieder normal; der Schweiß auf ihrem Körper trocknete. Sie ließ sich dankbar in ihr Kissen zurücksinken und genoß das Gefühl neuen Wohlbefindens. Erstaunt entdeckte sie, daß sie hungrig war.

Sie ging durch den dunklen Flur in die Küche direkt zum Tiefkühlschrank. Sie machte ihn auf und schreckte vor dem plötzlich aufflammenden Licht zurück, nahm dann einen Karton mit gefrorenen Pizzas heraus, riß hastig die Zellophanverpackung einer davon auf und schob das steife Ding in den Mikrowellenherd. Sie drückte die notwendigen Knöpfe und lauschte dem leisen Summen der Mikrowellen, während sie darauf achtete, sich nicht direkt vor den Herd zu stellen.

Don hatte ihr das ans Herz gelegt. Aber das ist doch bestimmt nicht gefährlich, hatte sie widersprochen. Warum ein Risiko eingehen? hatte er augenblicklich gekontert, und sie hatte sich gesagt, daß er wahrscheinlich recht hatte, und sich seine Vorsicht zu eigen gemacht. Man konnte ja nie wissen, was für bösartige Strahlen in der Luft herumschwirrten und darauf warteten, einen anzugreifen.

Jess behielt die Uhr am Herd im Auge, die eine Sekunde nach der anderen heruntertickte, und stellte sich dann trotzig direkt vor das Gerät. »Na kommt doch und holt mich«, rief sie und lachte beinahe übermütig. Verrückt, verrückt, da stand sie um drei Uhr morgens in ihrer winzigen Küche und forderte die Mikrowellen zum Kampf.

Die Uhr piepte fünfmal zum Zeichen, daß die Pizza fertig war.

Jess nahm das inzwischen heiße Stück vorsichtig heraus und trug es hinüber in den großen Wohnraum. Sie liebte ihre Wohnung, war von dem Moment an, als sie sie zum ersten Mal betreten hatte, von ihr hingerissen gewesen. Sie war alt und voller unerwarteter Ecken und Nischen. Das Erkerfenster im Westen blickte auf die Orchard Street hinunter, ganz nah dem Haus, in dem sie ihre Kindheit verbracht hatte, und weit, weit entfernt von der modernen Luxuswohnung am Lake Shore Drive, die sie mit Don geteilt hatte.

Das Alleinsein fiel ihr oft schwer; niemanden zu haben, mit dem sie reden, an den sie sich ab und zu anlehnen, bei dem sie sich am Ende des Tages ausruhen konnte. Es war schön gewesen, große Pläne, kleine Triumphe, unnötige Sorgen teilen zu können. Es hatte ihr ein Gefühl der Sicherheit gegeben, Teil eines Paares zu sein, Teil der Konstellation *JessundDon*.

Jess schaltete die Stereoanlage ein, die an der Wand gegenüber dem alten Plüschsofa stand, das sie in einem Second-Hand-Laden in der Armitage Avenue entdeckt hatte, und ließ sich von den Klängen von César Francks Konzert für Geige und Klavier berauschen. Neben ihr begann der Kanarienvogel, dessen Käfig sie für die Nacht zugedeckt hatte, zu singen. Jess ließ sich tiefer in die weichen Polster ihres Plüschsofas sinken und aß, während sie den süßen Klängen lauschte, im Dunklen ihre Pizza.

»Meine Damen und Herren Geschworenen, sind Sie zu einem Urteil gekommen?« fragte der Richter.

Eine Welle der Erregung überschwemmte Jess. Fast vierundzwanzig Stunden waren vergangen, seit sie ihr Schlußplädoyer gehalten hatte. Die Geschworenen hatten sich beinahe acht Stunden beraten, ehe sie festgestellt hatten, daß eine Einigung so bald nicht zu erwarten war. Richter Harris hatte sie ungeduldig für die Nacht in ein Hotel eingewiesen, nachdem er sie streng ermahnt hatte, mit keinem Außenstehenden über den Fall zu sprechen. Heute morgen um neun Uhr hatten sie ihre Beratungen wieder aufgenommen. Überraschenderweise waren sie schon eine Stunde später bereit, ihr Urteil zu verkünden.

Ja, sagte der Obmann, sie seien zu einem Spruch gekommen, und Richter Harris forderte den Angeklagten auf, sich zu erheben. Jess lauschte mit angehaltenem Atem, als der Obmann in feierlichem Ton sagte: »Wir, die Geschworenen, halten den Angeklagten, Douglas Phillips, für nicht schuldig.«

Nicht schuldig.

Jess hatte ein Gefühl, als hätte man ihr den Boden unter den Füßen weggezogen.

Nicht schuldig.

»Mein Gott, sie haben mir nicht geglaubt«, flüsterte Erica Barnowski neben ihr.

Nicht schuldig.

Doug Phillips umarmte seine Anwältin. Rosemary Michaud warf Jess einen Blick diskreter Siegesfreude zu.

Nicht schuldig.

»Verdammt noch mal«, sagte Neil Strayhorn. »Ich hab wirklich gedacht, wir hätten eine Chance.«

Nicht schuldig.

»Soll das Gerechtigkeit sein?« fragte Erica Barnowski scharf. Ihre Stimme gewann durch die Entrüstung an Kraft. »Der Mann hat zugegeben, daß er mir ein Messer an den Hals gehalten hat, und da sind die Geschworenen der Ansicht, daß er nicht schuldig ist?«

Jess konnte nur nicken. Sie war schon zu lange eines der vielen Rädchen in dieser Maschinerie, um sich noch irgendwelchen Illusionen hinsichtlich der sogenannten Gerechtigkeit hinzugeben. Schuld war ein relativer Begriff, ein Gebilde aus Schatten und Gespenstern. Wie die Schönheit war sie im Auge des Betrachters. Wie die Wahrheit unterlag sie der Interpretation.

»Und was soll ich jetzt tun?« fragte Erica Barnowski. »Ich hab meine Stellung verloren, meinen Freund und meine Selbstachtung. Was soll ich jetzt tun?« Sie wartete nicht auf eine Antwort, sondern floh aus dem Gerichtssaal, ehe Jess Zeit hatte, sich eine passende Erwiderung zu überlegen.

Was hätte sie da sagen können? Machen Sie sich keine Sorgen, morgen ist auch noch ein Tag? Schlafen Sie drüber, morgen sieht alles ganz anders aus? Vor der Morgendämmerung ist es immer am finstersten? Oder vielleicht, er wird seine Strafe schon bekommen? Wenn es so sein soll, soll es eben so sein? Man konnte natürlich auch immer sagen, Pech gehabt, nächstes Mal läuft's bestimmt besser, wer sich selbst hilft, dem hilft Gott. Und zum weiteren Trost, vertrauen Sie auf die Zeit, Sie haben richtig gehandelt, die Zeit heilt alle Wunden, das Leben geht weiter.

Genau, dachte sie, das ist es: Die Weisheit der Jahrhunderte in vier kleine Worte gefaßt – das Leben geht weiter.

Jess sammelte ihre Unterlagen ein und beobachtete aus dem Augenwinkel, wie der Angeklagte jedem der Geschworenen dankbar die Hand schüttelte. Die Geschworenen vermieden es tunlichst, sie anzusehen, als sie wenige Minuten später den Gerichtssaal verließen. Die Geschworene mit dem intelligenten Gesicht und den weichen grauen Augen war die einzige, die sich von Jess verabschiedete. Jess nickte ihr zu. Es hätte sie interessiert, welche Rolle diese Frau bei der Urteilsfindung der Geschworenen gespielt hatte. War sie von Anfang an von Douglas Phillips' Unschuld überzeugt gewesen, oder war sie daran schuld gewesen, daß sich die Beratungen so in die Länge gezogen hatten, hatte sie vielleicht auf einem Schuldspruch beharrt und erst nachgegeben, als ihre Hartnäckigkeit ein Patt zu verursachen drohte, einen Prozeß ohne Ergebnis? Oder hatte sie vielleicht dagesessen und ungeduldig mit den Fingern auf den Tisch getrommelt, während sie darauf gewartet hatte, daß die anderen endlich zur Vernunft kommen und sich ihrer Auffassung anschließen würden?

Nicht schuldig.

»Möchtest du darüber reden?« fragte Neil.

Jess schüttelte den Kopf, nicht sicher, ob sie eher zornig oder traurig war. Später war noch Zeit genug, die Vorgänge zu analysieren und darüber zu debattieren, ob sie die Sache anders hätten anpacken können. Aber im Augenblick konnte man gar nichts tun. Es war vorbei. Sie konnte den Ausgang des Prozesses so wenig ändern, wie sie die Tatsachen ändern konnte, und Tatsache war, wie Greg Oliver am Tag zuvor klipp und klar gesagt hatte, daß kein Geschworenengericht im ganzen Land einen Mann wegen Vergewaltigung verurteilen würde, wenn das Opfer kein Höschen angehabt hatte.

Jess wußte, daß sie jetzt nicht gleich in ihr Büro zurückkehren konnte. Ganz abgesehen davon, daß es sie ärgerte, Greg Olivers überlegene Menschenkenntnis anerkennen zu müssen, brauchte sie jetzt Zeit für sich, um sich mit der Entscheidung der Geschworenen auseinanderzusetzen und sie zu akzeptieren; sie brauchte Zeit, um ihren Zorn und ihre Frustration zu verarbeiten. Und ihre Niederlage. Sie brauchte Zeit, um den Ballast abzuwerfen und sich innerlich freizumachen für die Arbeit an ihrem nächsten Fall.

Sie fand sich auf der California Avenue wieder, ohne sich klar erinnern zu können, daß sie das Gerichtsgebäude verlassen hatte. Sie war verblüfft, es war ganz untypisch für sie, nicht genau zu wissen, was sie tat. Sie fühlte die Kälte, die durch ihre dünne Tweedjacke drang. Die Meteorologen sagten immer noch möglichen Schneefall voraus. Eine Möglichkeit voraussagen, dachte sie und fand das ein interessantes Konzept. Sie zog ihre Jacke fester um sich und begann zu gehen. »Ich könnte ebensogut nackt sein«, sagte sie laut, wohl wissend, daß niemand darauf achten würde. Nur eines von vielen Opfern unseres Rechtssystems, dachte sie und stieg, einem plötzlichen Impuls folgend, in einen Bus der Linie 60, der in die Innenstadt fuhr.

»Was tu ich da?« murmelte sie vor sich hin. Sie setzte sich auf einen Platz in der Nähe des Fahrers. Impulshandlungen waren gar nicht ihre Art. Impulshandlungen waren Sache von Leuten, die ihr Leben nicht in der Hand hatten, dachte sie. Das eintönige Dröhnen des Busses fing sich vibrierend in ihrem Körper, und sie schloß die Augen.

Sie hätte nicht sagen können, wie lange der Bus schon unterwegs war, ehe sie die Augen wieder öffnete, oder wann sie zum ersten Mal bemerkte, daß die Geschworene mit dem kastanienbraunen Haar und den weichen grauen Augen hinten im Bus saß. Noch weniger hätte sie sagen können, in welchem Augenblick sie beschlossen hatte, ihr zu folgen. Bewußt geplant hatte sie das gewiß nicht. Und doch stieg sie etwa eine halbe Stunde später mit der Frau aus dem Bus und folgte ihr in die Michigan Avenue, ging mit einem Abstand von vielleicht fünf bis sechs Metern hinter ihr her.

Mehrere Straßen weiter blieb die Frau vor einem Schmuckgeschäft stehen, um sich das Schaufenster anzusehen, und Jess tat es ihr nach. Doch sie sah über die wertvollen Steine und goldenen Armbänder hinweg und fand im Glas den verwundert fragenden Blick ihres fröstelnden Abbilds, das ergründen zu wollen schien, wer sie war. An Schmuck hatte ihr nie etwas gelegen. Der einzige Schmuck, den sie überhaupt getragen hatte, war der einfache goldene Trauring. Don hatte aufgehört, ihr Schmuckstücke zu kaufen, als er feststellte, daß sie unweigerlich ganz hinten in ihrer Kommodenschublade landeten und dort blieben. Es sei nun einmal nicht ihr Stil, hatte sie erklärt. Mit Schmuck fühle sie sich immer wie ein kleines Mädchen, das in Mutters Sachen feine Dame spiele.

Bei dem Gedanken an ihre Mutter blickte sie auf und bemerkte, daß die Frau, die ihr heute in der Geschworenenbank gegenübergesessen hatte, weitergegangen war. Wie hatte sie sich auch nur einen Moment lang einbilden können, daß diese Frau Ähnlichkeit mit ihrer Mutter habe? Ihre Mutter war größer und schlanker gewesen, ganz zu schweigen von dem Unterschied in Haar- und Augenfarbe. Und niemals, dachte Jess, hätte ihre Mutter pinkfarbenen Lippenstift benutzt, niemals hätte sie das Rouge so dick aufgetragen. Diese Frau war im Gegensatz zu ihrer Mutter ganz offensichtlich wenig selbstsicher und eher scheu, und das dicke Make-up wohl eine Maske, die die Spuren der Zeit verdecken sollte. Nein, es bestand nicht die geringste Ähnlichkeit zwischen den beiden Frauen.

Wieder blieb die Frau vor einem Laden stehen, einem Schaufenster voll häßlicher Ledertaschen und Koffer, wie Jess sah. Würde sie in das Geschäft hineingehen? Sich ein kleines Geschenk machen? Zur Belohnung für gute Arbeit? Nun ja, warum nicht? dachte Jess und wandte sich ab, als die Frau die Tür aufstieß und zielstrebig zur Mitte des Ladens ging.

Jess fragte sich, ob sie ihr folgen sollte. Ich könnte eine neue Aktentasche gebrauchen, dachte sie. Ihre war sehr alt; Don hatte sie ihr zum bestandenen Examen gekauft und sich bei diesem Geschenk, anders als bei dem Schmuck, nie darüber beklagen müssen, daß sie es nicht verwendete. Das früher einmal glänzende schwarze Leder war mit der Zeit stumpf und fleckig geworden, die Nähte waren ausgefranst, der Reißverschluß klemmte dauernd, weil irgendwelche lose hängenden Fäden dazwischenkamen. Vielleicht war die Zeit gekommen, sich von der Tasche zu trennen und eine neue zu kaufen. Sich ein für allemal aus den Bindungen an die Vergangenheit zu lösen.

Die Frau kam mit nichts anderem als der braunen Handtasche aus dem Laden, die sie bei sich gehabt hatte, als sie hineingegangen war. Sie stellte den Kragen ihres dunkelgrünen Mantels auf und schob die behandschuhten Hände in ihre Manteltaschen. Jess ertappte sich dabei, daß sie das gleiche tat, während sie der Frau mit mehreren Schritten Abstand folgte.

Sie überquerten den Chicago River. Auf der einen Seite der breiten Straße ragte das Wrigley Building in die Höhe, auf der anderen der Tribune Tower. Das Zentrum von Chicago bot mit Bauten von Künstlern wie Mies van der Rohe, Helmut Jahn und Bruce Graham einen seltenen Reichtum an architektonischer Pracht. Jess hatte oft daran gedacht, an einer Besichtigungsfahrt auf dem Lake Michigan und dem Chicago River teilzunehmen. Aber irgendwie war sie nie dazu gekommen.

Die Frau ging noch einige Schritte weiter, dann blieb sie plötzlich stehen und drehte sich herum. »Warum verfolgen Sie mich?« fragte sie scharf und zornig und klopfte dabei mit den Fingern der einen Hand auf den Ärmel ihres Mantels wie eine ungeduldige Lehrerin, die ein unartiges Kind verhört.

Jess fühlte sich prompt tatsächlich wie ein kleines Mädchen, das große Angst hat, eins auf die Finger zu bekommen. »Entschuldigen Sie«, stammelte sie, während sie sich wieder fragte, was eigentlich mit ihr los war. »Ich wollte nicht...«

»Ich hab Sie schon im Bus gesehen, aber da habe ich mir weiter nichts gedacht«, erklärte die Frau, offenkundig erregt. »Dann habe ich Sie bei dem Juweliergeschäft gesehen, aber ich sagte mir, nun ja, jeder hat das Recht, sich ein Schaufenster anzusehen, es ist sicher nur ein Zufall. Aber als Sie dann immer noch hier waren, als ich aus dem Ledergeschäft kam, hab ich gewußt, daß Sie mich verfolgen. Nur, warum? Was wollen Sie von mir?«

»Ich will gar nichts. Wirklich, ich habe Sie nicht verfolgt.«

Die Frau kniff die Augen zusammen und sah Jess herausfordernd an.

»Ich – ich weiß selbst nicht, warum ich Ihnen gefolgt bin«, bekannte Jess nach einer kurzen Pause. Sie konnte sich nicht erinnern, sich je törichter vorgekommen zu sein.

»Es lag wirklich nicht an Ihnen«, bemerkte die Frau, jetzt etwas entspannter. »Ich meine, wenn es das ist, was Sie beschäftigt. Es hat nicht an irgend etwas gelegen, was Sie gesagt oder getan haben.«

»Was meinen Sie?«

»Wir fanden Sie großartig«, fuhr sie fort. »Die Geschworenen... wir fanden Ihre Bemerkung, daß mangelnde Klugheit niemandem das Recht gibt, die Menschenwürde mit Füßen zu treten, die fanden wir wirklich ganz großartig. Wir haben lange darüber debattiert. Sehr heftig sogar.«

»Aber Sie haben sie nicht akzeptiert«, stellte Jess fest, überrascht, wie sehr ihr daran lag zu verstehen, wie die Geschworenen zu ihrem Urteil gelangt waren.

Die Frau senkte den Blick. »Es war keine leichte Entscheidung. Wir haben das getan, was wir für richtig hielten. Uns war klar, daß Mr. Phillips Unrecht getan hatte, aber schließlich waren wir uns alle einig, daß es zu hart wäre, den Mann wegen einer Fehleinschätzung, wie Sie sagten, jahrelang ins Gefängnis zu schicken und –«

»Aber ich habe doch nicht von einer Fehleinschätzung des Angeklagten gesprochen!« Jess hörte selbst das Entsetzen in ihrer Stimme. Wie hatten sie sie nur so mißverstehen können?

»Ja, das wußten wir«, erklärte die Frau hastig. »Aber wir fanden eben, es könnte auch für ihn gelten.«

Wunderbar, dachte Jess und holte einmal tief Luft. Sie hatte Mühe, die Ironie der Situation zu würdigen.

»Wir waren alle ganz hingerissen von Ihren Sachen«, fuhr die Frau fort, als wollte sie sie trösten.

»Von meinen Sachen?«

»Ja. Besonders von der hübschen grauen Kombination. Eine der Frauen hat sich sogar überlegt, ob sie Sie fragen sollte, wo Sie sie gekauft haben.«

»Sie haben sich mit meinen Kleidern beschäftigt?«

»Die äußere Erscheinung ist sehr wichtig«, erklärte die Frau. »Das sage ich meinen Töchtern immerzu. Sie wissen schon, der erste Eindruck und so.« Sie streckte den Arm nach Jess aus und tätschelte ihre Hand. »Sie machen einen sehr angenehmen Eindruck, meine Liebe.«

Jess wußte nicht, ob sie lachen oder weinen sollte. Sie spürte, wie ihr Herz zu rasen anfing.

»Ganz gleich, wie es ausgegangen ist«, sagte die Frau, »Sie haben Ihre Sache sehr gut gemacht.«

Wie konnte jemand mit so klugen Augen so dumm sein? Jess hatte Mühe, Luft zu holen.

»Aber ich muß jetzt wirklich gehen«, sagte die Frau, der Jess' Schweigen sichtlich Unbehagen einflößte. Sie ging ein paar Schritte, dann blieb sie stehen. »Alles in Ordnung? Sie sehen ein bißchen blaß aus.«

Jess wollte sprechen, konnte aber nur nicken, verzog ihre Lippen mit Anstrengung zu einem, wie sie hoffte, beruhigenden Lächeln. Die Frau erwiderte das Lächeln kurz, dann ging sie in flottem Tempo die Straße hinunter davon, wobei sie mehrmals rasch über die Schulter zu Jess zurücksah. Sie will sich wahrscheinlich vergewissern, daß ich ihr nicht wieder folge, dachte Jess, und fragte sich erneut, was in sie gefahren war. Wie war sie auf die Schnapsidee gekommen, dieser Frau hinterherzulaufen, Herrgott noch mal? Und was war jetzt wieder mit ihr los?

Sie hatte wieder einmal einen ihrer verdammten Angstanfälle, stellte sie fest. »Mein Gott«, stöhnte sie und kämpfte verzweifelt gegen die Angst an, die ihren Kopf schwimmen machte und ihre Beine lähmte. »Das ist ja lächerlich. Was soll ich tun?«

Die Tränen schossen ihr in die Augen, und sie wischte sie zornig weg. »Da stehe ich mitten auf der verdammten Michigan Avenue und heule«, beschimpfte sie sich selbst. »Mitten auf der verdammten Michigan Avenue und halte Selbstgespräche!« Dem betuchten Publikum in der Michigan Avenue würde so etwas viel eher auffallen als den Dealern und Pennern in der California Avenue, auch wenn sich hier genausowenig jemand um sie kümmern würde wie dort.

Sie schleppte sich Schritt für Schritt zu einer Bushaltestelle und lehnte sich gegen die Seitenwand. Selbst durch ihre Jacke fühlte sie die Kälte auf der Haut. Ich gebe nicht klein bei, dachte sie zornig. Ich laß mich von diesen blöden Anfällen nicht unterkriegen.

Denk an schöne Dinge, sagte sie sich. Stell dir vor, du wirst massiert, denk an einen Urlaub in Hawaii; denk an deine kleinen Nichten. Sie stellte sich vor, ihre weichen warmen Köpfchen lägen an ihren kalten Wangen, und erinnerte sich plötzlich, daß sie um sechs zum Abendessen bei ihrer Schwester sein sollte.

Unmöglich. Sie konnte doch nicht so zu ihrer Schwester hinausfahren. Was, wenn sie immer noch in diesem Zustand war? Oder vor versammelter Mannschaft wieder so einen Anfall bekam? Wollte sie denn gerade den Menschen, die ihr die liebsten waren, ihre Neurosen zumuten?

Wozu ist denn die Familie da? hätte Maureen zweifellos gefragt.

Gallebitterer Geschmack stieg in Jess' Kehle auf. Du lieber Gott, würde sie sich etwa übergeben? Mitten auf der verdammten Michigan Avenue? Sie zählte bis zehn, dann bis zwanzig, schluckte hastig, einmal, zweimal, dreimal, ehe der Reiz sich endlich legte. Tief atmen, hatte Don in solchen Fällen immer zu ihr gesagt, und sie tat es, füllte ihre Lunge mit kalter Luft und hielt sich eisern aufrecht, obwohl sie sich am liebsten vor Schmerzen zusammengekrümmt hätte.

Niemand bemerkte ihre Qualen. Achtlos eilten die Fußgänger an ihr vorüber, einer fragte sie sogar, wie spät es sei. Doch nicht so anders als in der California Avenue, dachte sie, als ein Bus vor ihr anhielt und mehrere Leute sich durch die geöffnete Tür an ihr vorbeidrängten, als wäre sie gar nicht vorhanden. Der Fahrer wartete einige Sekunden darauf, daß sie einsteigen würde, zuckte die Achseln, als sie es nicht tat, schloß die Türen und fuhr weiter. Jess spürte die warme Wolke schmutziger Luft aus dem Auspuff des Busses in ihrem Gesicht, als das Fahrzeug sich entfernte. Sie fand es merkwürdig beruhigend.

Bald normalisierte sich ihr Atem. Sie fühlte, wie die Farbe in ihre Wangen zurückkehrte, die Lähmung nachließ. »Alles in Ordnung«, sagte sie leise zu sich selbst, schob einen Fuß vor den anderen und trat so vorsichtig, als steige sie in eine heiße Wanne, vom Bordstein hinunter. »Alles okay. Es ist vorbei.«

Das Auto kam aus dem Nichts.

Es ging so schnell, geschah so unerwartet, daß Jess, noch während es geschah, das merkwürdige Gefühl hatte, es widerführe einer anderen. Sie stand irgendwo neben sich und beobachtete die Ereignisse zusammen mit dem halben Dutzend Gaffer, die sich rasch am Ort des Geschehens einfanden.

Jess spürte einen Luftzug neben sich, sah, wie ihr Körper sich drehte wie ein Kreisel, nahm flüchtig den weißen Chrysler wahr, der um die Straßenecke verschwand. Erst dann kehrte sie in den Körper zurück, der am Straßenrand auf den Knien lag. Erst dann fühlte sie die brennenden Schrammen an Händen und Knien. Erst dann hörte sie die Stimmen.

»Ist Ihnen was passiert?«

»Mein Gott, ich dachte, er hätte Sie erwischt.«

»Er hat Sie nur um Haaresbreite verfehlt!«

»Mir ist nichts passiert«, sagte jemand, und Jess erkannte ihre eigene Stimme. »Ich hab anscheinend nicht aufgepaßt.« Sie fragte sich flüchtig, wieso sie die Schuld für etwas auf sich nahm, das ganz eindeutig nicht ihre Schuld war. Sie wäre beinahe von einem Verrückten in einem weißen Chrysler überfahren worden, der mit viel zu hoher Geschwindigkeit vorbeigerast war und nicht einmal angehalten hatte; sie hatte sich Hände und Knie aufgeschlagen, als sie aufs Pflaster gestürzt war; ihre Tweedjacke war voller Schmutz; ihre Strumpfhose an den Knien kaputt. Und ihr war es peinlich, Aufsehen erregt zu haben. »Ich war anscheinend mit meinen Gedanken woanders«, sagte sie entschuldigend und stand unsicher auf. »Aber mir ist nichts passiert. Es geht schon wieder.«

»Es geht schon wieder«, wiederholte sie, während sie zur gegenüberliegenden Ecke hinkte, einem vorüberfahrenden Taxi winkte und in den Wagen kroch. »Es geht schon wieder.«

4

Genau drei Minuten vor sechs bog Jess in ihrem roten Mustang in die Auffahrt vor dem großen, weißen Haus ihrer Schwester in der Sheraton Road in Evanston ein. »Es wird schon alles gutgehen«, versicherte sie sich selbst, während sie den Motor ausschaltete und vom Sitz neben sich den Wein und die Geschenke nahm. »Du brauchst nur ruhig und gelassen zu bleiben und dich von Barry nicht in irgendwelche albernen Diskussionen hineinziehen zu lassen.« Sie rutschte aus dem Wagen und ging den Fußweg hinauf zur Haustür. »Immer mit der Ruhe, es wird schon alles gutgehen.«

Die Tür wurde geöffnet, noch ehe sie läuten konnte.

»Ah, Jess«, sagte Barry, und seine Stimme fegte die baumbestandene Straße hinunter wie ein Windstoß. Welkes Laub wirbelte zu ihren Füßen. »Pünktlich wie immer.«

»Wie geht es dir, Barry?« Jess trat in das große Foyer mit dem cremefarbenen Marmorboden.

»Könnte nicht besser sein«, antwortete Barry prompt. Er sagte immer, »könnte nicht besser sein«. »Und wie schaut's bei dir aus?«

»Mir geht es gut.« Sie holte tief Atem, hielt ihm die Flasche Wein hin. »Ein chilenischer Wein. Der Mann im Spirituosengeschäft sagte, er wäre sehr zu empfehlen.«

Barry musterte das Etikett aufmerksam, unverkennbar skeptisch. »Vielen Dank. Ich hoffe, du hast nichts dagegen, wenn wir ihn für ein andermal aufheben. Ich habe schon ein paar Flaschen teuren französischen kalt gestellt. Komm, gib mir deinen Mantel.«

Er stellte die Flasche auf einen kleinen Tisch an der Wand und fing an, ungeschickt an ihrem Ärmel zu ziehen.

»Laß nur, Barry. Ich schaff das schon allein.«

»Na gut, aber dann laß mich ihn wenigstens für dich aufhängen.«

Jess wollte keinesfalls ein Tauziehen mit Barry und reichte ihm den Mantel. »Ist Maureen oben?«

»Sie bringt gerade die Zwillinge zu Bett.«

Er hängte ihren Mantel in den Schrank und führte sie zum Wohnzimmer, in dem Weiß und Rosenholztöne vorherrschten und einige kräftige schwarze Blöcke besondere Akzente setzten: ein schwarzer Konzertflügel, der den vorderen Teil des großen Raums dominierte, obwohl niemand im Haus Klavier spielte; ein schwarzer Marmorkamin, in dem bereits ein Feuer brannte.

»Ich geh rasch nach oben und sag den Kindern guten Tag. Ich habe ihnen etwas mitgebracht.« Jess wies auf die Einkaufstüte in ihrer Hand.

»Sie werden sowieso in ein paar Stunden wieder wach. Da kannst du es ihnen dann geben.«

»Jess, bist du das?« rief Maureen von oben.

»Ich komm rauf«, antwortete Jess und wandte sich schon zur Treppe.

»Untersteh dich!« rief Maureen zurück. »Gerade hab ich sie alle ins Bett gepackt. Bleib unten und unterhalte dich mit Barry. Ich komme in zwei Minuten.«

»Sie kommt in zwei Minuten«, wiederholte Barry wie ein Papagei. »Also, was meinst du? Schaffst du's, dich zwei Minuten mit deinem Schwager zu unterhalten?«

Jess lächelte und setzte sich in einen der beiden weißen Sessel gegenüber von Barry, der vorgebeugt auf der Kante des rosenholzfarbenen Sofas hockte, als sei er ganz Aufmerksamkeit. Eher als wollte er sich auf mich stürzen, dachte Jess, die bis heute nicht verstand, wieso sie und Barry es nicht geschafft hatten, Freunde zu werden. Was an diesem Mann geht mir nur so gegen den Strich? fragte sie sich; sie war sich bewußt, daß er mit seinen klaren blauen Augen jede einzelne ihrer Gesten registrierte. Er ist nicht häßlich. Er ist nicht dumm. Er ist nicht unfreundlich, jedenfalls nicht offen unfreundlich.

Sie hatte sich bemüht, ihn positiv zu sehen. Als er vor gut sechs Jahren ihre Schwester geheiratet hatte, hatte Jess angenommen, sie würde automatisch jeden mögen, der ihre Schwester glücklich machte. Aber sie hatte sich getäuscht.

Vielleicht störte sie die verstohlene Art und Weise, wie er versuchte, seine beginnende Glatze zu verbergen, indem er sein schütteres Haar von der einen Kopfseite zur anderen kämmte. Oder die Tatsache, daß seine Fingernägel gepflegter waren als ihre eigenen, daß er sich damit brüstete, nach jeder Mahlzeit seine Zähne mit Zahnseide zu säubern. Vielleicht störte sie auch seine Gewohnheit, stets Hemd und Krawatte zu tragen, selbst, wie heute abend, unter einem sportlichen Pullover.

Wahrscheinlicher war, dachte sie, daß sie den kaum verhüllten Chauvinismus, der in seinen Bemerkungen steckte, nicht ausstehen konnte, seine lässig herablassende Art, die Tatsache, daß er nie zugeben konnte, im Unrecht zu sein. Oder vielleicht nahm sie ihm auch übel, daß er aus einer intelligenten, interessierten Absolventin der Harvard Business School die perfekte Frau und Mutter gemacht hatte, die so eifrig damit beschäftigt war, ihm ein gemütliches Zuhause zu schaffen und Kinder in die Welt zu setzen, daß sie gar keine Zeit hatte daran zu denken, ihre vielversprechende berufliche Laufbahn wiederaufzunehmen. Was hätte ihre Mutter davon gehalten?

»Du siehst gut aus«, sagte Barry zu ihr. »Das ist ein sehr schöner Pulli. Du solltest häufiger Blau tragen.«

»Er ist grün.«

»Grün? Nein, er ist blau.«

Stritten sie sich jetzt allen Ernstes über die Farbe ihres Pullovers?

»Können wir uns auf Türkis einigen?« fragte sie.

Barry machte ein skeptisches Gesicht und schüttelte den Kopf. »Er ist blau«, erklärte er und warf einen Blick zum Feuer. Barry verstand wie kein anderer, ein gutbrennendes Feuer zu machen.

Jess holte tief Luft. »Und wie läuft das Geschäft, Barry?«

Er fegte ihre Frage mit einer lässigen Handbewegung weg. »Du willst doch nicht im Ernst von meinen Geschäften hören.«

»Nein?«

»Doch?«

»Barry, ich hab dir eine simple Frage gestellt. Wenn es zu kompliziert ist –«

»Die Geschäfte laufen hervorragend. Könnten gar nicht besser laufen.«

»Gut.«

»Nicht nur gut.« Er lachte. »Hervorragend. Könnten nicht besser sein.«

»Könnten nicht besser sein«, wiederholte Jess und sah zur Treppe. Wo blieb ihre Schwester?

»Gerade heute«, sagte Barry, »hatte ich einen sehr gelungenen Tag.«

»Und wieso war er so gelungen?« fragte Jess.

»Ich habe meinem ehemaligen Partner einen sehr wichtigen Kunden abspenstig gemacht.« Barry lachte befriedigt. »Und der Saukerl hat's überhaupt nicht kommen sehen.«

»Ich dachte, ihr beide wärt Freunde.«

»Das dachte er auch.« Jetzt lachte er schallend. »Der Kerl hat sich eingebildet, er kann mich ungestraft in die Pfanne hauen.« Er tippte sich mit dem Zeigefinger an den Kopf. »Ich vergesse nie was. Ich vergelte Gleiches mit Gleichem.«

»Du vergiltst Gleiches mit Gleichem«, wiederholte Jess.

»He, ich hab nichts Verbotenes getan.« Er zwinkerte. »Übrigens hab ich heute nachmittag ein Informationsblatt über eine neue Art privater Lebens- und Rentenversicherung auf den Schreibtisch bekommen. Ich finde, du solltest dir so was mal ansehen. Wenn du möchtest, kann ich dir die Daten zuschicken.«

»Ach ja«, sagte Jess. »Das wäre nett.«

»Ich werd's auch deinem Vater mal sagen.«

Sie sahen beide auf ihre Uhren. Wieso war ihr Vater noch nicht gekommen? Er wußte doch, wie sehr es sie stets beunruhigte, wenn er sich verspätete.

»Und wie war dein Tag?« erkundigte sich Barry und schaffte es, ein Gesicht zu machen, als interessierte es ihn wirklich.

»Hätte besser sein können«, antwortete Jess ironisch und war eigentlich nicht überrascht, als ihm das gar nicht auffiel. Ich hab einen Prozeß verloren, den ich unbedingt gewinnen wollte, ich hatte mitten in der Michigan Avenue eine Angstattacke und ich wäre beinahe überfahren worden, aber dafür hat mir eine Frau ein Kompliment über meine Kleidung gemacht, der Tag war also nicht ganz zum Heulen, fuhr sie im stillen fort.

»Ich weiß nicht, wie du das aushältst«, sagte Barry.

»Was denn?«

»Dich Tag für Tag mit diesem Gesindel herumschlagen zu müssen«, erläuterte er.

»Ich bin diejenige, die das Gesindel ins Gefängnis bringen darf«, entgegnete sie.

»Ja, wenn du gewinnst.«

»Richtig, wenn ich gewinne«, stimmte sie bekümmert zu.

»Eins muß ich dir lassen, Jess«, sagte er und sprang auf. »Ich hätte nie gedacht, daß du so lange durchhalten würdest. Was möchtest du trinken?« Er verband die beiden Sätze miteinander, als ob einer sich ganz natürlich aus dem anderen ergäbe.

»Wie meinst du das?«

»Ich meine, möchtest du ein Glas Wein oder etwas Härteres?«

»Wieso hättest du nie gedacht, daß ich durchhalten würde?« fragte Jess, ehrlich verwundert über seine Bemerkung.

Er schüttelte den Kopf. »Ich weiß auch nicht. Ich dachte vermutlich, du würdest dich bald für etwas Lukrativeres entscheiden. Ich meine, mit deinen Noten hättest du doch nach Belieben wählen können.«

»Das habe ich getan.«

Jess sah die Verwirrung in Barrys Blick. Ihre beruflichen Entscheidungen gingen offensichtlich über sein Begriffsvermögen hinaus.

»Also, was möchtest du trinken?« fragte er wieder.

»Am liebsten eine Cola.«

Er reagierte nicht gleich. Dann sagte er: »Cola und Limonade gibt es bei uns nicht mehr. Wenn wir dieses süße Zeug nicht im Haus haben, kommt Tyler auch nicht in Versuchung. Außerdem bist du die einzige, die so was trinkt.«

Jetzt war Jess diejenige, die ein verdutztes Gesicht machte.

Auf der Treppe und dann im Flur waren schnelle Trippelschritte zu hören. Jess sah fliegendes dunkles Haar, große blaue Augen und aufgeregt gestikulierende kleine Hände. Im nächsten Augenblick warf sich ihr dreijähriger Neffe in ihre Arme. »Hast du mir was mitgebracht?« fragte er statt einer Begrußung.

»Ich bring dir doch immer was mit.« Jess griff in die Einkaufstüte, die neben ihr stand, und bemerkte gleichzeitig unangenehm berührt, daß ihr Neffe Hemd und Krawatte trug wie sein Vater.

»Augenblick.« Barrys Stimme war streng. »Solange wir nicht richtig guten Tag gesagt haben, gibt's keine Geschenke. Hallo, Tante Jess«, sagte er seinem Sohn vor.

Tyler sagte nichts. Ohne Barry weiter zu beachten, nahm Jess ein Modellflugzeug aus der Tüte und drückte es ihrem Neffen in die empfangsbereiten Hände.

»Super!« Tyler ließ sich von ihrem Schoß zu Boden fallen, um das kleine Flugzeug von allen Seiten zu mustern und es schließlich durch die Luft sausen zu lassen.

»Wie sagt man?« versuchte es Barry noch einmal in mühsam beherrschtem Ton. »Willst du dich nicht bei Tante Jess bedanken?«

»Ach, laß doch, Barry«, mischte Jess sich ein. »Er kann sich später bei mir bedanken.«

Barry wurde so rot im Gesicht, als sei sein Hemdkragen plötzlich zwei Nummern geschrumpft. »Mir gefällt das nicht, wie du versuchst, meine Autorität zu untergraben«, erklärte er wütend.

»Wie ich was versuche?« fragte Jess, die ihren Ohren nicht trauen wollte.

»Du hast gehört, was ich gesagt habe. Und sieh mich nicht so unschuldig an. Du weißt ganz genau, wovon ich rede.«

Tyler rannte mit seinem neuen Flugzeug in der Hand lachend zwischen seinem Vater und seiner Tante hin und her, ohne etwas von der Spannung im Raum zu bemerken.

Weder Barry noch Jess rührten sich von der Stelle. Beide standen wie angewurzelt, Barry am Sofa, Jess vor ihrem Sessel, als warteten sie darauf, daß etwas geschehen würde, plötzlich jemand erscheinen und die Szene auflösen würde.

»Müßte es jetzt nicht eigentlich draußen läuten?« fragte Jess und war froh, als Barrys verkniffener Mund sich entspannte und beinahe ein Lächeln zeigte. Wenn es schon zu einem Streit kommen sollte, und es kam immer zu einem Streit, wenn sie und Barry zusammen waren, sollte es nicht ihre Schuld sein. Das hatte sie sich auf der Fahrt von ihrer Wohnung hierher fest vorgenommen.

»Ach, wie schön«, sagte Maureen plötzlich von der Tür her. »Ihr zwei vertragt euch.«

Barry lief augenblicklich zu seiner Frau und gab ihr einen Kuß auf die Wange. »Eine meiner leichtesten Übungen«, versicherte er ihr.

Maureen lächelte strahlend. Obwohl sie sicherlich todmüde war, wirkte sie frisch und lebhaft. Sie hatte schon fast wieder ihre normale Figur, wie Jess bemerkte. Es hätte sie interessiert, ob Barry sie überredet hatte, wieder mit ihrer Gymnastik anzufangen. Als hätte sie mit dem großen Haushalt und drei kleinen Kindern nicht genug zu tun.

»Du siehst unheimlich gut aus«, sagte Jess aufrichtig.

»Und du siehst müde aus«, erwiderte Maureen und nahm Jess in den Arm. »Bekommst du auch genug Schlaf?«

Jess zuckte die Achseln, dachte flüchtig an den letzten Alptraum.

»Schau mal, was Tante Jess mir mitgebracht hat«, sagte Tyler, der auf dem Boden hockte, und zeigte stolz sein neues Flugzeug.

»Das ist ja toll! Du hast dich hoffentlich richtig bedankt.«

»Deine Schwester hält nichts davon, danke zu sagen«, sagte Barry und ging hinüber zum Barschrank, wo er sich einen Scotch mit Wasser einschenkte. »Möchte sonst jemand etwas?«

»Ich nicht«, sagte Maureen. »Du hast einen wunderschönen Pullover an, Jess. Du solltest öfter Blau tragen. Die Farbe steht dir glänzend.«

»Er ist grün«, verbesserte Barry und sah mit hochgezogener Augenbraue Jess an. »Das sagtest du doch, nicht wahr, Jess?«

»Aber nein, er ist eindeutig blau«, erklärte Maureen kategorisch. »Gar keine Frage.«

»Schlafen die Zwillinge schon?« fragte Jess.

»Jedenfalls für den Augenblick. Aber das hält nie lange an.«

»Ich habe ihnen auch eine Kleinigkeit mitgebracht.«

»Aber Jess, du sollst nicht jedesmal, wenn du zu uns kommst, etwas kaufen.«

»Aber ich will es. Wozu sind Tanten sonst da?«

»Na schön, vielen Dank.« Maureen nahm die Einkaufstüte, die Jess ihr hinhielt, und sah hinein.

»Es sind nur zwei Lätzchen. Ich fand sie so niedlich.«

»Wundervoll.« Maureen hielt die buntbestickten Lätzchen hoch. »Ach, schau sie dir doch mal an, sind sie nicht süß, Barry?«

Jess hörte Barrys Erwiderung nicht. War das wirklich ihre Schwester? Sie bemühte sich, Maureen nicht anzustarren. Hatten sie wirklich dieselbe Mutter gehabt? Konnte diese Frau, die an einer der besten Universitäten des Landes ein hervorragendes Examen abgelegt hatte, von zwei Fünf-Dollar-Lätzchen aus dem Kaufhaus wirklich so entzückt sein? Und so auf die Billigung ihres Mannes angewiesen, daß sie ihm die Dinger zur Begutachtung vorlegen mußte? Von *summa cum laude* zum Hausmütterchen?

»Und wie ist es heute bei Gericht ausgegangen?« fragte Maureen, als spürte sie Jess' Unbehagen. »Ist das Urteil gesprochen?«

»Ja, aber das falsche.«

»Na ja, das hast du doch fast erwartet, nicht wahr?« Maureen nahm Jess bei der Hand und zog sie mit sich zum Sofa, ließ die Hand ihrer Schwester auch nicht los, nachdem sie beide sich gesetzt hatten.

»Aber ich hatte mir etwas anderes erhofft.«

»Ja, das ist sicher hart.«

»Genau wie deine Schwester«, warf Barry ein. Er führte sein Glas zum Mund und setzte es erst wieder ab, als es fast leer war. »Das stimmt doch, nicht wahr, Jess?«

»Und – gibt's daran etwas auszusetzen?« Jess hörte den Ton der Herausforderung, der sich in ihre Stimme geschlichen hatte, obwohl sie es nicht gewollt hatte.

»Nein, solange es sich auf den Gerichtssaal beschränkt, sicher nicht.«

Nicht anbeißen, warnte sie sich. Laß dich nicht von ihm ködern. »Ah, ich verstehe«, entgegnete sie scharf trotz ihrer guten Vorsätze. »Für andere darf ich kämpfen, aber nicht für mich selbst.«

»Wer sagt denn, daß du immer kämpfen mußt?«

»Ich finde Jess gar nicht hart«, bemerkte Maureen mit einem fragenden Unterton in der Stimme.

»Kannst du mir mal verraten, Jess«, sagte Barry, »wie es kommt, daß Frauen sofort den ganzen Humor verlieren, wenn sie ein bißchen Macht bekommen?«

»Und wie kommt es, daß Männer einer Frau sofort mangelnden Humor vorwerfen, wenn sie nicht über ihre Witze lacht?« schoß Jess zurück.

»Zwischen stark sein und hart sein ist ein großer Unterschied«, erklärte Barry zum Ausgangspunkt zurückkehrend und unterstrich seine Feststellung mit emphatischem Kopfnicken, als handelte es sich um eine jener grundlegenden Wahrheiten, die sich angeblich von selbst verstehen. »Ein Mann kann es sich leisten, beides zu sein; eine Frau nicht.«

»Jess«, bemerkte Maureen behutsam, »du weißt doch, daß Barry dich nur neckt.«

Jess sprang auf. »Scheiße, von wegen necken!«

Tyler drehte sich mit aufgerissenen Augen nach seiner Tante um.

»Achte bitte in diesem Haus auf deine Ausdrucksweise«, sagte Barry spitz.

Jess empfand seine Zurechtweisung wie eine Ohrfeige. Sie hatte Angst, sie würde gleich zu weinen anfangen. »Ach, Kraftausdrücke sind bei euch auch nicht erlaubt«, entgegnete sie, nur um etwas zu sagen und nicht in Tränen auszubrechen. »Wir trinken keine Cola, und wir gebrauchen keine Kraftausdrücke.«

Barry sah seine Frau an und warf die Hände in die Luft, als wollte er sagen, ich kapituliere.

»Jess, bitte«, sagte Maureen flehentlich. Sie faßte die Hand ihrer Schwester fester und versuchte, sie aufs Sofa zurückzuziehen.

»Ich möchte nur sicher sein, daß ich sämtliche Regeln dieses Hauses verstanden habe.« Jess funkelte ihren Schwager wütend an, der plötzlich Vernunft und Gelassenheit in Person war. Er hatte es wieder geschafft, sie auf die Palme zu treiben, gestand sie sich ärgerlich und beschämt ein. »Ich weiß nicht, wie du es machst«, murmelte sie niedergeschlagen. »Du mußt schon ein besonderes Talent haben.«

»Weshalb rastest du denn jetzt schon wieder aus?« fragte Barry, einen Ausdruck echter Verwirrung im Blick.

»*Ausrasten*?« rief Jess empört und gab alle Bemühungen sich zu beherrschen auf. »Ausrasten nennst du das?«

»Tyler«, sagte Maureen und stand auf, um ihren Sohn sachte aus dem Zimmer zu schieben, »nimm doch dein neues Flugzeug mit nach oben, hm?«

»Ich will aber hier bleiben«, protestierte der Junge.

»Tyler, spiel oben in deinem Zimmer, bis wir dich zum Essen rufen«, befahl ihm sein Vater.

Der Junge gehorchte augenblicklich.

»Die Stimme seines Herrn«, bemerkte Jess ironisch, als das Kind die Treppe hinaufrannte.

»Jess, bitte!« sagte Maureen.

»Ich hab nicht angefangen.« Jess hörte das verletzte Kind in ihrer Stimme, war zornig und verlegen, daß sie es auch hören konnten.

»Es spielt keine Rolle, wer angefangen hat«, entgegnete Maureen, als hätte sie es mit zwei Kindern zu tun, jedoch ohne einen von ihnen anzusehen. »Wichtig ist, daß Schluß ist, bevor es ausufert.«

»Okay, es ist Schluß.« Barrys Stimme füllte den großen Raum.

Jess sagte nichts.

»Jess?«

Jess nickte nur, unfähig etwas zu sagen vor Zorn und Schuldgefühlen. Schuldgefühle wegen ihres Zorns, Zorn über ihre Schuldgefühle.

»Also, was hat die Frau Staatsanwältin als nächstes auf der Tagesordnung?« Maureen sprach mit so penetrant künstlicher Heiterkeit, als hätte sie eine auf den Tod kranke Patientin vor sich. Ihre normalerweise weiche und melodiöse Stimme war schrill und mehrere Töne höher als sonst. Sie kehrte zum Sofa zurück und klopfte fast verzweifelt neben sich auf den Sitz. Weder Jess noch Barry rührten sich.

»Mehrere Drogenprozesse, die wir hoffentlich durchbringen werden«, antwortete ihr Jess. »Und übernächste Woche hab ich den nächsten Vergewaltigungsprozeß. Ach, und am Montag treff ich mich mit dem Anwalt dieses Mannes, der seine Frau mit der Armbrust erschossen hat, weil sie sich von ihm trennen wollte.« Jess rieb sich die Nase, sie war betroffen über die Sachlichkeit ihres Tons.

»Mit einer Armbrust, um Gottes willen!« Maureen schauderte. »Das ist ja barbarisch!«

»Du mußt es doch vor ein paar Monaten in der Zeitung gelesen haben. Es war überall in den Schlagzeilen.«

»Ach, darum hab ich es nicht mitbekommen«, sagte Maureen. »Ich lese in letzter Zeit in der Zeitung nur noch die Kochrezepte.«

Jess gab sich alle Mühe, ihre Bestürzung zu verbergen, und wußte, daß es ihr nicht gelang.

»Alles übrige ist einfach deprimierend«, behauptete Maureen, ihr Ton so sehr Rechtfertigung wie Erklärung. »Und mir fehlt die Zeit.« Ihre Stimme versickerte in einem Flüstern.

»Was hast du denn heute abend Schönes für uns gekocht?« Barry setzte sich zu seiner Frau auf die Couch und nahm ihre Hände.

Maureen atmete einmal tief durch und sah gerade vor sich hin, als läse sie von einer unsichtbaren Tafel ab. »Zuerst gibt es eine Mockturtlesuppe, danach Hühnchen in Honigglasur mit Sesamkörnern, Süßkartoffeln und gegrilltes Gemüse, hinterher grünen Salat mit Nüssen und Gorgonzola und zum Abschluß eine Birnenmousse mit Himbeersoße.«

»Das klingt ja fabelhaft.« Barry drückte Maureen die Hand.

»Das klingt, als hättest du die ganze Woche in der Küche gestanden.«

»Es klingt aufwendiger, als es in Wirklichkeit ist«, sagte Maureen bescheiden.

»Mir ist schleierhaft, wie du das machst«, sagte Jess und stolperte beinahe über das »wie«, weil sie eigentlich »warum« sagen wollte.

»Ich finde es sehr entspannend.«

»Du solltest es auch mal versuchen, Jess«, sagte Barry.

»Und du solltest endlich die Klappe halten, Barry«, gab Jess zurück.

Wieder standen sich Jess und Barry wie die Streithähne gegenüber.

»Das war's«, rief er. »Ich hab genug.«

»Ja du, du hast mehr als genug«, sagte Jess. »Und schon viel zu lange. Alles auf Kosten meiner Schwester.«

»Jess, du irrst dich.«

»Ich irre mich nicht, Maureen.« Jess begann im Zimmer hin und her zu laufen. »Was ist nur aus dir geworden? Du warst mal diese tolle, unglaublich gescheite Frau, die die Zeitung von vorn bis hinten kannte. Und jetzt liest du nur noch die Kochrezepte? Herrgott noch mal, du hattest eine Riesenkarriere vor dir! Und jetzt hast du nur noch Kochtöpfe und schmutzige Windeln vor dir! Dank diesem wunderbaren Mann hier. Und du willst mir weismachen, daß dir das Spaß macht?«

»Sie hat es nicht nötig, dir irgend etwas weiszumachen«, fuhr Barry sie wütend an.

»Ich glaube, meine Schwester ist fähig, für sich selbst zu sprechen. Oder gehört das zu den neuen Regeln hier im Haus? Daß du für sie sprichst.«

»Soll ich dir mal sagen, was ich glaube, Jess?« fragte Barry und wartete gar nicht auf eine Antwort. »Ich glaube, du bist eifersüchtig.«

»Eifersüchtig?«

»Ja, eifersüchtig. Weil deine Schwester einen Mann und eine Familie hat und glücklich ist. Und was hast du? Einen Tiefkühlschrank voll Gefrierpizza und einen verfluchten Kanarienvogel.«

»Gleich wirst du mir sagen, daß ich nur mal richtig durchgebumst werden muß.«

»Jess!« Maureen fing an zu weinen.

»Nein, richtig versohlen müßte dich mal einer«, sagte Barry. Er ging zum Flügel vor dem großen Panoramafenster und schlug mit geballter Faust auf die Tasten. Das Geräusch schriller Disharmonie klang laut durch das Haus. Oben begannen die Zwillinge zu weinen.

Maureen senkte ihren Kopf auf ihre Brust und weinte lautlos in den gestärkten weißen Kragen ihrer Bluse. Dann rannte sie, ohne Jess oder Barry anzusehen, aus dem Zimmer.

»Verdammt!« flüsterte Jess, selbst den Tränen nahe.

»Eines Tages«, sagte Barry leise, »wirst du zu weit gehen.«

»Ich weiß.« Jess' Stimme triefte vor Sarkasmus. »Du vergißt nie etwas. Du vergiltst Gleiches mit Gleichem.« Im nächsten Augenblick rannte sie ihrer Schwester hinterher die Treppe hinauf. »Maureen, bitte warte! Ich muß mit dir reden.«

»Es gibt nichts zu reden«, sagte Maureen und öffnete die Tür zum Kinderzimmer rechts von der Treppe. Der Geruch nach Babypuder stieg Jess in die Nase wie schweres Betäubungsmittel. Erneut überfielen sie Schwindel und Übelkeit, und sie wich zurück, blieb an den Türpfosten gelehnt stehen und sah zu, wie Maureen ihre beiden kleinen Töchter versorgte.

Die Kinderbetten standen im rechten Winkel an der gegenüberliegenden Wand, über ihnen drehten sich sachte zwei Mobiles mit kleinen Tieren. Neben einem großen Schaukelstuhl, der in der Mitte des Zimmers stand, gab es einen bequemen Sessel mit einem Bezug in weißen und kardinalroten Streifen, und an der Seitenwand stand der Wickeltisch. Maureen neigte sich über die kleinen Bettchen und redete einen Moment beruhigend auf ihre Kinder ein, ehe sie über die Schulter hinweg zu Jess sprach, energische Worte mit einer Sanftheit in der Stimme, die täuschte.

»Ich verstehe dich nicht, Jess. Wirklich nicht. Du weißt doch genau, daß Barry das alles nicht so meint. Er frotzelt dich einfach gern ein bißchen. Warum springst du jedesmal darauf an?«

Jess schüttelte den Kopf. Rechtfertigungen und Erklärungen wollten ihr auf die Zunge, aber sie schluckte sie alle hinunter und gestattete sich nur eine Entschuldigung. »Es tut mir leid. Wirklich. Ich hätte mich besser beherrschen müssen. Ich weiß auch nicht, was passiert ist«, fuhr sie fort, als die Entschuldigung nicht auszureichen schien.

»Das gleiche, was immer passiert, wenn ihr zusammen seid, du und Barry. Nur war's diesmal noch schlimmer als sonst.«

»Er schafft es aber auch jedesmal, mich auf die Palme zu bringen, ganz gleich, wie sehr ich mich bemühe, friedlich zu sein.«

»Du bringst dich selber auf die Palme.«

»Ja, vielleicht.« Jess lehnte den Kopf an den Türpfosten zurück und lauschte dem Quengeln der beiden Säuglinge, die beim Klang der mütterlichen Stimme allmählich ruhiger wurden. Vielleicht sollte sie Maureen von Rick Fergusons Drohung erzählen, von ihrem Alptraum und den Angstanfällen, die diese Drohung ausgelöst hatte. Vielleicht würde Maureen sie in die Arme nehmen und ihr sagen, daß alles gut werden würde. Sie sehnte sich so sehr danach, daß jemand sie in die Arme nahm und tröstete. »Ich hab wirklich einen scheußlichen Tag hinter mir.«

»Scheußliche Tage haben wir alle mal. Das gibt einem noch lange nicht das Recht, ekelhaft und gemein zu sein.«

»Ich hab doch gesagt, daß es mir leid tut.«

Maureen hob eines der kleinen Mädchen aus dem Bett. »So, Carrie, geh mal zu deiner bösen Tante Jessica.« Sie legte Jess den Säugling in die Arme.

Jess drückte das kleine Bündel an ihre Brust. Sie fühlte die Weichheit des kleinen Köpfchens unter ihren Lippen und atmete den süßen Duft ein. Ach, hätte sie doch umkehren, noch einmal von vorn anfangen können. So vieles würde sie heute anders machen.

»Komm zu Mami, Chloe.« Maureen nahm den anderen Zwilling aus dem Bettchen. »Es gibt doch auch noch andere Möglichkeiten als die Konfrontation«, sagte sie zu Jess, während sie das Kind in ihren Armen wiegte.

»Davon haben wir beim Jurastudium nichts gehört.«

Maureen lächelte, und Jess wußte, daß alles vergeben und vergessen war. Maureen konnte niemals lange zornig sein. So war sie schon als Kind gewesen, immer auf Harmonie bedacht, ganz im Gegensatz zu Jess, die unglaublich nachtragend sein konnte, eine Eigenschaft, die ihre Mutter fast verrückt gemacht hatte.

»Geht's dir auch manchmal so, daß du glaubst...«, begann Jess und zögerte dann, unsicher, ob sie fortfahren sollte. Sie hatte nie zuvor mit Maureen über dieses Thema gesprochen.

»Daß ich was glaube?«

Jess begann das Kind in ihren Armen hin und her zu wiegen. »Glaubst du manchmal, du hättest Mama gesehen?« fragte sie leise.

Ein Ausdruck der Bestürzung flog über Maureens Gesicht. »Was?«

»Bildest du dir manchmal ein, du hättest – Mutter gesehen?« wiederholte Jess. Sie bemühte sich, ruhig und förmlich zu sprechen, und wich dem Blick ihrer Schwester aus. »Ich meine, in einer Menschenmenge zum Beispiel. Oder auf der anderen Straßenseite.« Sie verstummte. Klang das auch so lächerlich, wie sie sich fühlte?

»Unsere Mutter ist tot«, sagte Maureen mit Entschiedenheit.

»Ich meinte ja nur...«

»Warum tust du dir das an?«

»Ich tue mir doch gar nichts an.«

»Sieh mich an, Jess«, befahl Maureen, und Jess drehte sich widerstrebend nach ihrer Schwester herum. Einen Moment standen sich die beiden Schwestern schweigend gegenüber, jede einen Säugling in den Armen, und sahen einander an. »Unsere Mutter ist tot«, wiederholte Maureen dann, und Jess merkte, wie sie am ganzen Körper steif und gefühllos wurde.

Sie hörten die Türklingel.

»Das ist Dad«, sagte Jess, die nur dem forschenden Blick ihrer Schwester entrinnen wollte.

Maureens Blick ließ sie nicht los. »Jess, ich finde, du solltest mal zu Stephanie Banack gehen.«

Jess hörte, wie unten die Haustür geöffnet wurde, wie ihr Vater und Barry im Vorsaal miteinander sprachen. »Stephanie Banack? Was soll ich denn bei ihr? Sie ist doch *deine* Freundin.«

»Sie ist außerdem Psychotherapeutin.«

»Ich brauche keine Psychotherapeutin.«

»Da bin ich anderer Meinung. Ich schreib dir ihre Telefonnummer auf, ehe du gehst. Ich finde, du solltest sie anrufen.«

Jess wollte widersprechen, unterließ es aber, als sie ihren Vater die Treppe heraufkommen hörte.

»Na, sieh sich das einer an!« rief ihr Vater vergnügt, als er an die Tür kam. »Alle meine süßen Mädchen in einem Raum versammelt.« Er nahm Jess in die Arme und küßte sie auf beide Wangen. »Wie geht's dir, Schatz?«

»Mir geht's gut, Dad«, antwortete Jess und hatte zum ersten Mal an diesem Tag das Gefühl, daß es vielleicht wirklich so war.

»Und wie geht es meinem anderen Schatz?« fragte er Maureen und drückte sie an sich. »Und meinen kleinen Schätzen?« fragte er weiter und umschloß sie alle mit seinen beiden Armen. Er nahm Chloe aus den Armen ihrer Mutter und bedeckte ihr Gesicht mit Küssen. »Ach, du kleine Süße. Du kleine Süße«, rief er im Singsang. »Ich liebe dich. Ja, wirklich, ich liebe dich von ganzem Herzen.« Er hielt inne und sah lächelnd von einer Tochter zur anderen. »Das hab ich gestern abend zu einem größeren Mädchen gesagt«, verkündete er, trat einen Schritt zurück und wartete auf ihre Reaktion.

»Was hast du gesagt?« fragte Maureen.

Jess sagte nichts. Maureen hatte ihr die Worte aus dem Mund genommen.

5

In der ersten Stunde nach dem Besuch bei ihrer Schwester fuhr Jess nur ziellos durch die Straßen von Evanston und versuchte angestrengt nicht an das zu denken, was ihr Vater beim Abendessen erzählt hatte. Aber natürlich konnte sie an nichts anderes denken.

»Das habe ich gestern abend zu einem größeren Mädchen gesagt«, hatte er verkündet, und seine Stimme hatte absolut sicher und ruhig geklungen. Als wäre es nichts Besonderes, sich zu verlieben, als gäbe er jeden Tag eine solche Erklärung ab.

»Erzähl uns was von ihr«, drängte Maureen bei Tisch, während sie die Mockturtlesuppe auf die Teller verteilte und Jess verzweifelt das Bild einer enthaupteten Schildkröte aus ihren Gedanken zu vertreiben suchte. »Am besten gleich alles. Wie heißt sie? Wie ist sie? Wo habt ihr euch kennengelernt? Wann stellst du sie uns vor?«

Nein, dachte Jess. Hör auf. Sag nichts. Erzähl uns gar nichts. Bitte, sag kein Wort.

»Sie heißt Sherry Hasek«, erklärte ihr Vater und schaute voller Stolz in die Runde. »Sie ist ein kleines Persönchen, zierlich, ein bißchen mager, dunkles Haar, fast schwarz. Ich glaube, sie färbt es...«

Jess schob mit Anstrengung einen Löffel voll Suppe in ihren Mund, spürte, wie die heiße Flüssigkeit ihre Zunge pelzig machte und ihren Gaumen verbrannte. Ihre Mutter war groß gewesen, mit viel Busen, das braune Haar von ersten grauen Strähnen durchzogen. Sie hatte gefärbtes schwarzes Haar immer häßlich gefunden, gesagt, es sähe so unecht aus. Ihr Vater hatte ihr zugestimmt. Konnte er das wirklich vergessen haben? Sie schluckte den Wunsch, ihn daran zu erinnern, hinunter, während die Suppe brennend zu ihrem Magen hinunterrann. Bilder von verstümmelten Schildkröten drängten sich ihr wiederum auf.

»Wir haben uns vor ungefähr sechs Monaten im Zeichenkurs kennengelernt«, fuhr ihr Vater fort.

»Sag bloß nicht, daß sie da Modell gestanden hat.« Barry lachte in seine Suppe.

»Nein, sie wollte auch lernen, genau wie ich. Sie hat immer gern gezeichnet, aber nie die Zeit dazu gehabt. Genau wie ich.«

»Ist sie Witwe?« fragte Maureen. »Was ist denn los mit dir, Jess? Schmeckt dir die Suppe nicht?«

Sie war keine Witwe. Sie war geschieden. Seit beinahe fünfzehn Jahren. Sie war achtundfünfzig Jahre alt, Mutter dreier erwachsener Söhne, und sie arbeitete in einem Antiquitätengeschäft. Sie liebte leuchtende Farben, trug am liebsten lange wehende Röcke und Birkenstocksandalen und war diejenige, die eines Tages die Initiative ergriffen und vorgeschlagen hatte, nach dem Kurs noch gemeinsam eine Tasse Kaffee zu trinken. Sie war offensichtlich eine zielstrebige Person. Und Art Koster war ein Ziel, das anzupeilen sich lohnte.

Jess bog um eine Ecke und fand sich wieder in der Sheridan Road, stattliche Häuser auf der einen Seite, den Lake Michigan auf der anderen. Wie lange fuhr sie jetzt schon in den dunklen Straßen von Evanston im Kreis herum? Jedenfalls so lange, daß der Regen sie überrascht hatte. Sie schaltete die Scheibenwischer ein, sah, daß einer von ihnen klemmte und sich so mühsam über die Windschutzscheibe bewegte, als sei es eine Herkulesarbeit. Also Regen und nicht Schnee, dachte sie, nicht sicher, was ihr eigentlich lieber war. Vom See wälzte sich Nebel herein.

Der Oktober ist der unberechenbarste Monat, dachte sie, voller Geister und Schatten.

Die Leute schwärmten immer von den prachtvollen Herbstfarben, den vielfältigen Tönen von Rot, Orange und Gelb, die das allgegenwärtige Grün des Sommers zuerst aufbrachen und dann verdrängten. Jess hatte diese Begeisterung nie geteilt. Für sie bedeutete der Farbenwechsel nur, daß die Blätter welk wurden. Und jetzt waren die Bäume beinahe kahl. Die wenigen Blätter, die noch übrig waren, hatten Farbe und Kraft verloren. Nur noch traurige Erinnerung an einst sprühendes Leben. Wie Menschen, die in Altersheime abgeschoben waren, wo der Tod der einzige Besuch war, auf den sie sich verlassen konnten. Einsame Menschen, die allzu lange ohne Liebe hatten leben müssen.

Natürlich war ihrem Vater die Liebe zu gönnen, dachte Jess, während sie nach rechts abbog. Sie fand sich in einer Straße, die sie nicht kannte. Sie hielt nach einem Schild Ausschau, sah keines, bog an der nächsten Ecke nach links ab. Immer noch kein Straßenschild. Was war los mit den Leuten, die in den Vororten lebten? Wollten sie niemanden wissen lassen, wo sie zu finden waren?

Sie hatte stets im Herzen der Stadt gelebt, immer im Umkreis derselben drei Häuserblocks, außer während ihrer Ehe mit Don. Als sie noch ein Kind war und ihr Vater für eine Kette von Damenoberbekleidungsgeschäften als Einkäufer gearbeitet hatte, hatten sie in einem Doppelhaus in der Howe Street gewohnt. Als sie zehn Jahre alt war, ihr Vater mittlerweile mit Erfolg sein eigenes Geschäft leitete, waren sie umgezogen, in ein alleinstehendes Einfamilienhaus in der Burling Street, nur einen Häuserblock entfernt. Nichts Besonderes. Nichts irgendwie Avantgardistisches oder architektonisch Zwingendes. Entschieden kein Mies van der Rohe oder Frank Lloyd Wright. Es war einfach gemütlich. Ein Haus, in das man gern zurückkam. Sie liebten es, hatten vor, dort für immer zu bleiben. Bis ihre Mutter eines Nachmittags im August zu einem Arzttermin aus dem Haus ging und niemals zurückkehrte.

Danach gingen sie alle getrennte Wege – Maureen kehrte nach Harvard zurück, Jess beendete ihr Jurastudium und heiratete Don, ihr Vater unternahm ausgedehnte Geschäftsreisen nach Europa.

Das einst geliebte Haus stand leer. Schließlich fand ihr Vater die Kraft zu dem Entschluß, es zu verkaufen. Er hielt es nicht mehr aus, allein in diesem Haus zu leben.

Und jetzt hatte ihr Vater eine neue Frau gefunden.

Eigentlich, dachte Jess, die abbog und schon wieder in der Sheridan Road landete, war das doch gar nicht so überraschend. Das Überraschende war vielmehr, daß er acht lange Jahre gewartet hatte. Frauen hatten ihn immer attraktiv gefunden. Gewiß, er war kein Adonis, und viel Haar hatte er auch nicht mehr, aber seine braunen Augen besaßen immer noch einen humorvollen Schimmer, und seiner Stimme hörte man an, daß er gern lachte.

Lange Zeit war alles Gelächter verstummt geblieben.

Tage-, ja monatelang hatte Art Koster nach dem Verschwinden seiner Frau den Ermittlern als Hauptverdächtiger, als einziger Verdächtiger gegolten. Obwohl er zur Zeit ihres Verschwindens auf Geschäftsreise gewesen war, hielt die Polizei beharrlich an ihrer Theorie fest, er könnte bei der Sache die Hand im Spiel gehabt haben. Er könnte ja jemanden angeheuert haben, hielt man ihm vor und beschäftigte sich nun gründlich mit der Ehe des Paares, verhörte Freunde und Nachbarn, zog Erkundigungen über Art Kosters Geschäfte und finanzielle Angelegenheiten ein.

Wie hatte das Ehepaar miteinander gelebt? Hatte es Streit gegeben? Wie oft? Wegen des Geldes? Wieviel Zeit hatte Art Koster außer Haus verbracht? Hatte es andere Frauen gegeben?

Natürlich habe es Streit gegeben, erklärte Art Koster. Nicht häufig, aber möglicherweise häufiger, als ihm bewußt war. Wegen Kleinigkeiten. Nicht wegen des Geldes. Nicht wegen seiner gelegentlichen Geschäftsreisen. Und ganz gewiß nicht wegen anderer Frauen. Andere Frauen habe es nie gegeben, erklärte er der Polizei. Er bestand darauf, sich einem Lügendetektortest zu unterziehen. Bestand ihn. Die Polizei schien enttäuscht zu sein. Schließlich war ihnen nichts anderes übriggeblieben, als ihm zu glauben.

Für Jess hatte es nie einen Zweifel gegeben. Ihr Vater war unschuldig. So einfach war das. Ganz gleich, was ihrer Mutter zugestoßen war, ihr Vater hatte damit nichts zu tun.

Art Koster hatte Jahre gebraucht, um wieder in den Rhythmus seines täglichen Lebens hineinzufinden. Eine Zeitlang stürzte er sich in die Arbeit. Er entfernte sich immer weiter von alten Freunden, bis keine Verbindung mehr bestand. Er ging selten unter Menschen, interessierte sich nicht für Frauen. Er zog in eine Wohnung am Wasser und brachte Stunden damit zu, auf den See hinauszustarren. Nur Jess und Don und Maureen sah er regelmäßig. Einer redete dem anderen gut zu. Na komm schon, es tut dir bestimmt gut. Du mußt nur raus. Wir wollen dich sehen.

Erst Maureens Heirat und Jess' Scheidung hatten Art Koster wahrscheinlich aus seiner Lethargie gerissen und veranlaßt, sein normales Leben wiederaufzunehmen. Die Nachricht von Jess' Trennung von Don hatte ihn genauso außer Fassung gebracht wie damals ihre Verlobung. Es war nicht etwa so, daß er Don nicht mochte. Im Gegenteil, er mochte ihn sehr. Er hatte nur gewünscht, Jess würde noch ein wenig warten. Sie war noch so jung. Sie fing gerade erst mit dem Studium an. Don war elf Jahre älter als sie, schon so etabliert. Jess brauchte Zeit für sich selbst, fand er und sagte das seiner Tochter auch, die Auffassung seiner Frau bestätigend, wie er das meistens tat.

Dennoch gestand er später, er sei froh gewesen, daß sie nach dem Verschwinden ihrer Mutter eine Stütze gehabt habe. Das habe ihn selbst etwas entlastet. Und Don hatte gut für Jess gesorgt. Art Koster war ehrlich bekümmert gewesen, als die Ehe in die Brüche gegangen war. Aber er hatte seine Tochter unterstützt. Wie immer. Er war für Jess da, als sie ihn brauchte, war wieder in die Vaterrolle hineingeschlüpft, hatte sich um sie gekümmert, sie ausgeführt, zum Essen, ins Theater, in die Oper. Hatte dafür gesorgt, daß sie sich nicht verkroch, in ihrer Arbeit vergrub, wie er das getan hatte.

Dann hatte Maureen ihr erstes Kind geboren, sein erstes Enkelkind, und plötzlich schien sich alles von selbst zu ordnen. Vielleicht war es nur eine Frage der Zeit, dachte Jess, während sie weiter in Richtung Norden fuhr, weg von der Stadt, weg von ihren Problemen. Nicht etwa, daß die Zeit alles heilte, wie man allseits hörte. Aber sie hatte eben tatsächlich die Eigenschaft, einfach weiterzulaufen. Letztlich blieb einem nichts anderes übrig, als mitzulaufen. Und jetzt hatte ihr Vater sich verliebt.

Das Campus der Northwestern University tauchte plötzlich zu ihrer Rechten auf. Sie fuhr an dem Observatorium mit dem riesigen Teleskop vorbei, das in den Weltraum gerichtet war, an den Wohnheimen, der Studio-Bühne, dem Art-Center, den vom Regen durchweichten Tennisplätzen. Sie fuhr weiter, am Lighthouse Beach vorbei, und blickte durch den strömenden Regen zu dem alten Leuchtturm hinüber, der früher einmal die Schiffe vor gefährlichen Felsriffen gewarnt hatte. An der Central Street bog sie nach links ab und fuhr zur Ridge Road. Langsam kroch sie die steile Steigung hinauf, an der Haltestelle der Hochbahn vorbei, die, wie Barry behauptete, das Verbrechen in die Vororte trug, dann vorbei am Krankenhaus, dem städtischen Golfplatz und über die Brücke, die hier den Chicago River überspannte. Nachdem sie das Dyche-Stadion passiert hatte, wo das Football-Team der Northwestern University den Gastmannschaften die Punkte abzuliefern pflegte, erreichte sie schließlich das Evanston-Kinozentrum, alles in allem ein Weg von nicht einmal einer Meile.

Auf der Straße war alles vollgeparkt. Jess mußte einmal um den Block fahren, ehe sie eine Parklücke fand. Es war fast zehn Uhr. Die Pizzeria war fast leer, die Eisdiele verlassen. Nicht gerade ein Abend für Eiscreme, dachte sie und erinnerte sich des Geschmacks von Maureens Birnenmousse mit Himbeersauce.

Nein, sie würde jetzt nicht an Maureen denken. Sie sprang aus dem Wagen und lief zu den Kinos. Sie hatte keine Ahnung, welche

Filme gerade liefen. Es war ihr auch gleich. Lieber sich den größten Mist ansehen, als nach Hause zu fahren und den Enthüllungen des Abends ins Auge sehen zu müssen. Ihre Schwester hatte ein Recht auf ihr eigenes Leben und ebenso ihr Vater. Dieselbe Freiheit, die sie in Anspruch genommen hatte, ihr Leben so zu führen, wie sie es für richtig hielt, mußte sie auch ihnen zugestehen.

»Welches Kino?« fragte das junge Mädchen an der Kasse, als Jess ihr Geld hinlegte.

Jess versuchte, sich auf die Liste von Filmen zu konzentrieren, die hinter dem Mädchen hing, aber die Titel verschwammen und verwischten sich, wurden unleserlich, ehe ihr Gehirn sie registrieren konnte.

»Das ist mir gleich«, sagte sie zu dem Mädchen. »Geben Sie mir einfach eine Karte für den Film, der als nächstes anfängt.«

»Sie haben alle schon angefangen.« Das Mädchen schaffte es, gelangweilt und verwundert zugleich auszusehen.

»Dann suchen Sie eben einen aus. Ich hab Schwierigkeiten...« Sie ließ den Satz in der Luft hängen.

Das Mädchen zuckte die Achseln, nahm das Geld, tippte ein paar Zahlen in ihre Registrierkasse ein und reichte Jess eine Karte. »*Höllenhunde*. Kino eins, gleich links«, erklärte sie. »Der Film hat vor zehn Minuten angefangen.«

Eine Platzanweiserin war nicht da, niemand, der darauf achtete, daß sie nicht in den falschen Vorführsaal ging, niemand, den interessierte, was sie tat.

Sie öffnete die Tür zu Kino eins und tauchte augenblicklich in schwarze Finsternis. Was immer sich auch in diesem Moment auf der Leinwand ereignete, spielte sich offensichtlich mitten in der Nacht ab. Sie sah überhaupt nichts.

Sie wartete ein paar Minuten, um sich an die Dunkelheit zu gewöhnen, und war erstaunt, wie wenig sie vom Zuschauerraum erkennen konnte, selbst nachdem die Leinwand hell geworden war.

Langsam ging sie auf der Suche nach einem Sitzplatz den Gang hinunter.

Ein paar Minuten lang sah es so aus, als gäbe es keine freien Plätze mehr. Na klar, dachte Jess, sie dreht mir eine Karte für einen Film an, der total ausverkauft ist. Aber dann entdeckte sie doch einen freien Platz – in der Mitte der vierten Reihe. Natürlich, es ist ja Freitagabend, sagte sie sich. Da geht man mit der Freundin ins Kino. Lauter Pärchen, dachte sie und fühlte sich in ihrem Alleinsein so auffallend wie eine Neonreklame, während sie sich an unwilligen Zuschauern vorbei zu dem freien Platz durchdrängte.

»Setzen Sie sich doch endlich«, zischte hinter ihr jemand ärgerlich.

»Mensch, wie lange brauchen Sie denn noch, Lady?«

»Entschuldigen Sie«, flüsterte Jess und stieg über ein Knie, das stur vorgeschoben blieb.

Im nächsten Augenblick sank sie auf den freien Platz. Aus Angst, neuerlichen Unwillen zu erregen, zog sie ihren Mantel nicht aus. Rund um sie herum tuschelte es ungehalten, dann wurde es wieder still.

Auf der Leinwand floh ein junger Mann, dessen blaue Augen vor Angst weit aufgerissen waren, vor einem wütenden Mob. Die Menschen verfolgten ihn mit wutverzerrten Gesichtern und drohenden Fäusten, beschimpften ihn, lachten, als er stolperte und stürzte, hetzten ihre zähnefletschenden Bullterrier auf ihn. Sekunden später stürzten sich die Hunde auf den unglücklichen jungen Mann, noch ehe er wieder richtig auf den Beinen war, und rissen ihn erneut zu Boden. Krallen schlugen sich in den Hals des jungen Mannes, und das Blut sprudelte aus der Wunde und tränkte die Leinwand. Die Zuschauer johlten.

Was, zum Teufel, sah sie sich da an?

Sie schloß die Augen, öffnete sie wieder und sah denselben jungen Mann im Bett mit einer sehr schönen Frau, deren lockiges blondes Haar verführerisch auf ihrem bloßen Busen ausgebreitet lag. Entweder eine Rückblende oder eine sehr schnelle Erholung, dachte Jess und sah zu, wie ihre Zungen im Mund des jeweils anderen verschwanden.

Was ist eigentlich mit dem Dialog? fragte sie sich. Seit sie hier saß, hatte kein Mensch auf der Leinwand auch nur ein Wort gesprochen. Man floh, man tötete, man küßte sich und man kopulierte. Aber niemand sprach.

Vielleicht ist es besser so, sagte sie sich. Stell dir nur vor, wie schön und angenehm es wäre, wenn kein Mensch redete. Ihre Arbeit als Staatsanwältin würde das ganz gewiß ungeheuer erleichtern. Sie würde die Bösewichte einfach erschießen anstatt zu versuchen, launische Geschworene von ihrer Schuld zu überzeugen. Was die Familienschwierigkeiten anging, so würde ein wohlgezielter Kinnhaken dem lästigen Schwager ein für allemal den Wind aus den Segeln nehmen. Und die beunruhigende Ankündigung ihres Vaters hatte sie niemals hören müssen.

Vater verliebt, dachte sie und sah plötzlich sein Bild auf der Leinwand erscheinen, überlebensgroß, als er den Platz des jungen Mannes einnahm und in dessen Rolle schlüpfte. Ihr Vater war es, der jetzt die nackte junge Frau umschlang, ihre vollen Lippen küßte, ihr seidiges blondes Haar um seine Finger wickelte. Jess wollte sich abwenden, aber sie konnte nicht, sie saß wie gebannt, machtlos, Gefangene ihrer eigenen Phantasiebilder. Sie sah, wie ihr Vater das Gesicht der jungen Frau mit seinen großen Händen umschloß, wie das Blond ihres Haares sich in ein von Grau gesprenkeltes Braun färbte. Fältchen von Lebensweisheit zeigten sich um Mund und Augen der jungen Frau. Die Farbe ihrer Augen vertiefte sich, wandelte sich vom hellen Blau zum dunklen Seegrün. Sie drehte den Kopf und sah von der Leinwand zu Jess herunter.

Es war ihre Mutter, wie Jess erkannte, als das träge Lächeln der Frau sie einhüllte. Ihre wunderschöne Mutter.

Sie beugte sich in ihrem Sitz nach vorn, schlang die Arme um ihren Körper und hielt sich ganz fest.

Eine zweite Frau, kleiner, zierlicher, mit rabenschwarzem Haar, in wehendem Chiffon und Birkenstocksandalen gekleidet, tänzelte plötzlich ins Bild und in die Arme ihres Vaters. Ihr Vater merkte nichts von dem Wechsel, während ihre Mutter immer weiter nach außen gedrängt wurde und ihr Bild verblaßte und schließlich verschwand.

Jess schrie unterdrückt auf und krümmte sich vornüber, die Hände auf den Magen gedrückt, als hätte ein Schuß sie getroffen.

»Was ist denn jetzt los?« murmelte jemand.

Jess versuchte, sich wieder aufzusetzen, trotz der Beklemmung, die sie in ihrer Brust spürte. Sie straffte ihre Schultern, drückte ihren Rücken durch, überlegte, ob sich nicht ihr Büstenhalter irgendwie unauffällig öffnen ließ, stellte fest, daß es keine Möglichkeit gab. Ihr war heiß und flau.

Aber ja, kein Wunder, daß ihr flau war. Kein Wunder, daß ihr heiß war. Sie hatte ja ihren Mantel noch an. Das Kino war voll. Sie saßen hier zusammengedrängt wie die Sardinen in der Dose. Kein Wunder, daß sie kaum atmen konnte. Sie konnte froh sein, daß sie nicht ohnmächtig geworden war. Jess krümmte ihre Schultern nach vorn und zog an ihren Ärmeln, riß sich den Mantel herunter, als stünde er in Flammen.

»Herrgott noch mal«, beschwerte sich jemand hinter ihr. »Können Sie nicht mal stillsitzen?«

»Entschuldigen Sie«, flüsterte Jess. Ihr war immer noch heiß, immer noch flau. Das Ablegen des Mantels hatte nichts bewirkt. Sie begann, an ihrem Pullover zu zerren. Blau, grün, türkis – welche Farbe auch immer das verdammte Ding hatte, es war zu warm. Sie erstickte ja fast darin. Wieso konnte sie nicht atmen?

Verzweifelt sah sich Jess nach dem Ausgangsschild um. Ihr Kopf schwang von rechts nach links, während ihr Blick gleichzeitig in alle

Richtungen flog und ihr Magen rumorte. Die Schildkrötensuppe, dachte sie und riß am Rollkragen ihres Pullovers, sah sich plötzlich von einem Meer enthaupteter Schildkröten umgeben.

Gleich würde ihr übel werden. Nein, nein, übergib dich jetzt bloß nicht. Reiß dich zusammen. Sie richtete den Blick wieder auf die Leinwand. Der junge Mann lag tot auf dem Boden, sein Gesicht von den Hunden zerfleischt, so daß er nicht mehr zu erkennen war. Kaum noch ein Mensch. Der Mob, der seine Wut gestillt hatte, ließ ihn auf der verlassenen Landstraße liegen.

War ihrer Mutter ein ähnliches Schicksal widerfahren? Hatte sie mißhandelt und allein gelassen irgendwo auf einer einsamen Straße geendet?

Oder saß sie vielleicht irgendwo in einem Kino wie diesem hier, sah sich irgendein ähnlich groteskes Rührstück an und fragte sich, ob sie je nach Hause zurückkehren könnte, ob ihre Töchter ihr jemals vergeben könnten, daß sie sie verlassen hatte.

»Das habe ich nicht nötig, Jess«, hatte sie am Morgen ihres Verschwindens gerufen. *»Das muß ich mir von dir nicht gefallen lassen!«*

Jess spürte, wie sich ihr der Magen umdrehte. Sie schmeckte Schildkrötensuppe gemischt mit Hühnchen und Gorgonzola. Nein, bitte nicht, flehte sie lautlos, biß die Zähne zusammen und preßte die Lippen aufeinander.

Atme tief durch, ermahnte sie sich, wie Don sie immer ermahnt hatte. Tief durchatmen, aus dem Zwerchfell. Ein. Aus. Ein. Aus.

Es half nichts. Gar nichts half. Sie spürte, wie ihr auf der Stirn der Schweiß ausbrach und seitlich an ihrem Gesicht hinunterlief. Ihr war speiübel. Gleich würde sie sich übergeben, mitten in einem Film, mitten in einem randvollen Kino. Nein, unmöglich. Sie mußte hinaus. Sie mußte Luft haben.

Sie sprang auf.

»Hey! Hinsetzen!«

»Was, zum Teufel, soll das nun wieder?«

Jess packte ihren Mantel, drängte sich durch die Reihe zum Gang, ohne darauf zu achten, wem sie auf die Füße trat, wem sie ihre Schulter in den Rücken stieß.

»Entschuldigen Sie«, flüsterte sie immer wieder.

»Pscht!«

»Kommen Sie bloß nicht wieder zurück.«

»Entschuldigen Sie«, wiederholte sie und stürzte ins Foyer hinaus, wo sie gierig die Luft einatmete. Das Mädchen an der Kasse musterte sie mißtrauisch, sagte aber nichts. Jess rannte die Straße hinunter zu ihrem Wagen. Es regnete immer noch, stärker jetzt als vorher.

Sie kramte in ihrer Handtasche nach dem Wagenschlüssel, ließ ihn beinahe fallen, als sie versuchte, die Tür aufzusperren. Als sie endlich hinter das Steuer rutschte, war sie völlig durchnäßt, das Wasser lief ihr aus den Haaren in die Augen, ihr Pullover klebte klamm wie kalter Schweiß an ihrem Körper. Sie warf ihren Mantel auf den Rücksitz, dann legte sie sich quer über die Vordersitze, um sich von der Feuchtigkeit abkühlen zu lassen. Sie atmete tief die kalte Nachtluft ein, kostete sie wie einen edlen Wein. So blieb sie liegen, bis allmählich ihr Atem wieder ruhiger wurde.

Die Panik ließ nach, hörte auf.

Jess setzte sich auf und schaltete den Motor ein. Augenblicklich begannen die Scheibenwischer zu arbeiten. Oder, genauer gesagt, einer von ihnen begann zu arbeiten. Der andere schleppte sich stokkend über das Glas wie Kreide über eine Schiefertafel. Sie mußte das unbedingt schnellstens richten lassen. Sie konnte ja kaum genug sehen, um zu fahren.

Sie lenkte den Wagen aus der Parklücke auf die Straße und fuhr in südlicher Richtung. Sie schaltete das Radio ein und hörte Mariah Carey zu, deren hohe dünne Stimme sich in dem kleinen Wagen fing und von Türen und Fenstern abprallte. Sie sang irgend etwas vom

Fühlen von Gefühlen, und Jess fragte sich geistesabwesend, was man sonst fühlen sollte.

Sie sah den weißen Wagen erst, als er direkt auf sie zukam. Instinktiv riß sie ihr Auto zur Seite, die Reifen verloren die Haftung auf dem nassen Asphalt, und der Wagen drehte sich, ehe sie ihn zum Stehen bringen konnte.

»Du Wahnsinniger!« schrie sie wütend. »Du hättest uns beide umbringen können.«

Aber der weiße Wagen war verschwunden. Sie schrie ins Leere.

Das war schon das zweite Mal an diesem Tag, daß sie beinahe von einem weißen Auto umgebracht worden wäre, erst von einem Chrysler, dann – sie war nicht sicher, was es diesmal für ein Auto gewesen war. Vielleicht auch ein Chrysler, dachte sie, während sie versuchte, sich den Wagen ins Gedächtnis zu rufen. Aber er war zu rasch an ihr vorbei gewesen, außerdem regnete es, und es war dunkel. Und einer ihrer Scheibenwischer tat es nicht mehr. Was spielte es auch für eine Rolle? Es war wahrscheinlich ihre Schuld. Sie konzentrierte sich nicht auf das, was sie tat. Sie war zu beschäftigt mit anderen Dingen. So beschäftigt damit, nicht nachzudenken. Über ihre Schwester. Ihren Vater. Ihre Angstattacken.

Vielleicht sollte sie Maureens Freundin Stephanie Banack wirklich einmal anrufen. Jess griff in die Tasche ihrer schwarzen Hose und tastete nach dem Zettel, auf dem ihre Schwester ihr Adresse und Telefonnummer der Therapeutin aufgeschrieben hatte. Sie erinnerte sich Stephanie Banacks als einer strebsamen, ernsthaften Person mit leicht nach vorn gekrümmten Schultern und einer Nase, die für ihr schmales Gesicht zu breit war. Stephanie und Maureen, ihre Schwester, waren seit der High School miteinander befreundet und hatten die Verbindung nie abreißen lassen. Jess hatte sie seit Jahren nicht mehr gesehen, hatte vergessen, daß sie Psychotherapeutin geworden war, und beschloß jetzt, sie nicht aufzusuchen. Sie brauchte keine Therapeutin; sie brauchte einfach Schlaf.

Jess' Anspannung lockerte sich allmählich, sie fühlte sich wesentlich besser, als sie sich dem Lincoln Park näherte, fast normal, als sie nach rechts in die North Avenue einbog. Gleich zu Hause, dachte sie und sah, daß der Regen in Schnee überzugehen begann.

Ihr Zuhause war die oberste Etage eines dreistöckigen alten Stadthauses in der Orchard Street. Man hatte begonnen, das alte Viertel zu sanieren, und die meisten der schönen alten Häuser waren im vergangenen Jahrzehnt umfassenden Renovierungsarbeiten unterzogen worden. Die Häuser bildeten eine bunte Mischung: groß und klein, Backstein und Holzschindeln, eine Vielfalt von Formen und Stilarten, Mietshäuser neben Einfamilienhäusern, wenige mit einem Vorgarten, noch weniger mit angebauten Garagen. Die meisten Anwohner parkten auf der Straße, ihre Parkgenehmigungen deutlich sichtbar auf den Armaturenbrettern ihrer Autos.

Die Klinkerfassade des Hauses, in dem Jess wohnte, war im Sommer gereinigt worden, die hölzernen Fensterläden waren mit glänzendem schwarzen Lack frisch gestrichen worden. Jess gefiel das alte Haus jedesmal von neuem, und sie wußte, daß sie sich glücklich preisen konnte, diese Wohnung gefunden zu haben. Nur schade, dachte sie, daß es keinen Aufzug gab, obwohl ihr sonst die drei Treppen überhaupt nichts ausmachten. Heute abend jedoch fühlte sie sich so schlapp, als hätte sie eine lange Joggingrunde hinter sich.

Dabei war sie seit ihrer Scheidung nicht mehr gelaufen. Sie und Don waren, als sie am Lake Shore Drive gewohnt hatten, regelmäßig das Stück Strand von der North Avenue bis zur Oak Street gelaufen, aber das Joggen war Dons Idee gewesen, und sie hatte es nach der Trennung ebenso aufgegeben wie die Gewohnheit, jeden Tag drei anständige Mahlzeiten zu essen und jede Nacht ihre acht Stunden zu schlafen. Es sah fast so aus, als hätte sie alles aufgegeben, was ihr guttat. Don eingeschlossen, dachte sie. Gerade heute abend wäre es schön gewesen, nicht in eine leere Wohnung heimzukehren.

Jess parkte ihren alten roten Mustang hinter dem nagelneuen

grauen Lexus der Frau, die gegenüber wohnte, und rannte durch den leichten Nieselregen – oder war es schon Schnee? – zur Haustür. Sie sperrte auf, trat in das kleine Foyer, knipste das Licht an und sperrte die Tür hinter sich ab. Rechts von ihr war die geschlossene Tür der Parterrewohnung. Unmittelbar vor ihr befand sich die mit dunkelrotem Teppich bespannte Treppe nach oben. Die Hand leicht auf dem Geländer, begann sie den Weg nach oben. Aus der Wohnung in der ersten Etage drang Musik, als sie vorüberkam.

Sie sah die anderen Mieter selten. Der eine war Architekt bei der Baubehörde, zweimal geschieden, der andere ein Systemanalytiker, schwul. Was genau ein Systemanalytiker war, würde sie niemals verstehen, ganz gleich, wie oft und wie eingehend man es ihr erklärte.

Der Systemanalytiker war ein Jazzfan, und das Wimmern eines Saxophons begleitete sie zu ihrer Wohnungstür. Das Flurlicht ging aus, als sie den Schlüssel ins Schloß schob. Sobald sie drinnen war und die Tür geschlossen hatte, verdrängte der fröhlichere Gesang ihres Kanarienvogels das Klagelied des Saxophons.

»Hallo, Fred«, rief sie. Sie ging gleich zum Käfig und drückte ihr Gesicht an die dünnen Metallstangen. Als besuchte man einen Freund im Gefängnis, dachte sie. Hinter ihr spielte das Radio, das sie am Morgen eingeschaltet gelassen hatte, ein altes Tom Jones-Lied. »Why, why, why, Delilah…?« sang sie mit ihm, als sie zur Küche ging.

»Tut mir leid, daß ich so spät komme, Freddy. Aber glaub mir, du kannst froh sein, daß du zu Hause geblieben bist.« Jess öffnete den Tiefkühlschrank und nahm einen Vanillekuchen im Karton heraus. Sie schnitt sich ein breites Stück herunter und stellte den Karton wieder zurück. Den Kuchen hatte sie schon zur Hälfte gegessen, als sie die Tür zuschlug. »Mein Schwager war in Hochform, und ich bin ihm wieder mal auf den Leim gegangen«, erzählte Jess auf dem Rückweg ins Wohnzimmer. »Mein Vater hat sich verliebt, und ich kann mich einfach nicht für ihn freuen. Draußen fängt's jetzt an zu schneien, und aus irgendeinem Grund nehm ich das als persönliche Beleidigung. Ich glaub, ich kriege einen Nervenzusammenbruch.« Sie schluckte den Rest des Kuchens hinunter. »Was meinst du, Fred? Glaubst du, daß ich langsam verrückt werde?«

Der Kanarienvogel flatterte zwischen seinen Stangen hin und her, ohne auf sie zu achten.

»Ganz recht«, sagte Jess. Sie ging zum großen Fenster und sah zur Orchard Street hinunter.

Direkt gegenüber stand ein weißer Chrysler auf der Straße. Jess fuhr vom Fenster zurück und drückte sich an die Wand. Schon wieder ein weißer Chrysler. Hatte der schon dagestanden, als sie nach Hause gekommen war?

»Mach dich nicht lächerlich«, sagte sie, um ihr lautes Herzklopfen zu übertönen, während der Kanarienvogel eine neue Strophe begann. »Hier in der Stadt gibt's bestimmt eine Million weiße Chrysler.« Wenn im Laufe eines einzigen Tages einer sie beinahe überfahren hatte, ein zweiter beinahe ihren Wagen gerammt hatte und ein dritter jetzt draußen vor ihrem Haus auf der Straße stand, so konnte das noch immer reiner Zufall sein. Klar, und es schneit niemals vor Allerheiligen, dachte sie und hielt sich vor, daß sie nicht einmal mit Sicherheit sagen konnte, ob der Wagen, der in Evanston beinahe mit ihr zusammengestoßen wäre, wirklich ein Chrysler gewesen war.

Vorsichtig näherte sie sich wieder dem Fenster und spähte hinter dem Vorhang verborgen hinaus. Der weiße Chrysler stand immer noch da. Ein Mann saß reglos am Steuer. Sein Gesicht war im Schatten. Sie konnte ihn nur im Profil sehen. Er blickte geradeaus durch die Windschutzscheibe. Dunkelheit und Regen warfen einen Schleier über seine Gesichtszüge.

»Rick Ferguson?« fragte sie laut.

Der Klang seines Namens von ihren Lippen erschreckte Jess. Sie rannte aus dem Wohnzimmer durch den Flur in ihr Schlafzimmer. Sie riß die Schranktür auf, fiel auf die Knie und wühlte in ihren Schuhen, von denen viele noch im Originalkarton waren. »Wo, zum Teufel, hab ich das Ding hingetan?« schimpfte sie, sprang auf und streckte sich nach dem obersten Bord, auf dem auch noch Schuhe standen, alte Lieblingsschuhe, die augenblicklich nicht in Mode waren, von denen sie sich aber nicht trennen konnte. »Wo, zum Teufel, hab ich die verdammte Knarre versteckt?«

Sie fegte die Kartons mit einer einzigen großen Bewegung vom Bord und hielt schützend beide Hände über ihren Kopf, als es Schuhe zu regnen begann. »Wo ist sie?« rief sie und entdeckte dann etwas Glänzendes, Schwarzes unter zerknülltem weißen Seidenpapier.

Schwarze Lacklederpumps, stellte sie fest und fragte sich, wie sie auf die Schnapsidee gekommen war, sich Schuhe mit zehn Zentimeter hohen Absätzen zu kaufen. Sie hatte die Dinger genau ein Mal getragen.

Sie entdeckte den kleinen stupsnasigen Revolver schließlich unter den großen Stoffblumen, die ein Paar grauer Pumps zierten. Die Patronen steckten in den Schuhspitzen. Mit zitternden Händen steckte Jess sechs Patronen in die Trommel des Smith & Wesson Kaliber .38, den Don ihr aufgedrängt hatte, als sie sich ihre eigene Wohnung genommen hatte. »Nenn es mein Scheidungsgeschenk«, hatte er gesagt und sich auf keine weitere Diskussion eingelassen.

Vier Jahre hatte die Waffe in der Schuhschachtel gelegen. Funktionierte sie überhaupt noch? Oder gab es bei Waffen genau wie bei Molkereiprodukten und anderen verderblichen Waren ein. Verfallsdatum? Mit dem Revolver in der Hand kehrte sie ins Wohnzimmer zurück, schlug mit dem kurzen Lauf leicht auf den Lichtschalter und tauchte das Zimmer in Finsternis. Der Kanarienvogel hörte abrupt zu singen auf.

Mit der Waffe in der Hand näherte sich Jess dem Fenster. »Schieß dich nur nicht selber in den Fuß«, warnte sie sich und kam sich ausgesprochen albern vor. Aber die Angst war stärker. Mit zitternden Händen schob sie den dünnen Spitzenvorhang zur Seite.

Es war nichts zu sehen. Kein weißer Chrysler. Überhaupt kein weißes Auto. Nur der weiße Schnee, der Rasen und Pflaster sprenkelte. War überhaupt ein weißes Auto hier gewesen?

»Dein Frauchen ist eindeutig kurz vor dem Überschnappen«, erklärte Jess ihrem Kanarienvogel. Sie machte das Licht nicht wieder an. Sie breitete ein dunkelgrünes Tuch über den Vogelkäfig, schaltete das Radio aus und brachte die Waffe in ihr Schlafzimmer zurück, in dem jetzt überall Schuhe herumlagen. Warum sammle ich nicht lieber Briefmarken? dachte sie beim Anblick der Bescherung. Briefmarken waren leichter unterzubringen und nicht dem Diktat der Mode unterworfen. Bestimmt hätte kein Mensch Imelda Marcos kritisiert, wenn sie dreitausend Paar Briefmarken gesammelt hätte.

Sie kniete auf dem Teppich nieder und machte sich daran aufzuräumen. Niemals hätte sie schlafen können, wenn es in ihrem Schlafzimmer aussah wie auf einem Schlachtfeld. Falls sie überhaupt schlafen konnte.

Seufzend starrte sie auf die Waffe in ihrer Hand. Wäre sie tatsächlich fähig gewesen zu schießen? Sie zuckte die Achseln, froh, nicht auf die Probe gestellt worden zu sein, und legte den Revolver wieder in den Karton unter die alten Pumps.

Dann aber überlegte sie es sich anders und nahm die Waffe wieder heraus. Es war vielleicht gescheiter, sie irgendwo zu verstecken, wo man leichter an sie herankam. Auch wenn sie sie wahrscheinlich niemals benützen würde. Nur damit sie sich besser fühlte.

Sie zog die oberste Schublade ihres Nachttischs auf und schob den Revolver in die hintere Ecke hinter ein altes Fotoalbum. »Nur für heute nacht«, sagte sie laut und stellte sich vor, wie sie versuchte, einer Meute blutrünstiger Bullterrier zu entkommen.

Nur für heute Nacht.

6

Von den anderen war noch niemand da, als Jess im *Scoozi* in der Huron Street in River West eintraf. Anders als die kleinen dunklen Bars in der California Street, in denen sich Jess und ihre Kollegen normalerweise zu treffen pflegten, war das *Scoozi* ein riesiges altes Lagerhaus, das man in ein Restaurant mit Bar umgewandelt hatte. Von der hohen Decke hing ein gigantischer Art Deco Leuchter in die Mitte des Raumes herab, der in einer Art toskanischem Landhausstil eingerichtet war. Hinten stand ein großer Terracottatopf voll leuchtender künstlicher Blumen, vorn war die stets gut besuchte Bar. Nach Jess' Schätzung hatten an den Tischen im großen Speisesaal des Restaurants leicht dreihundert Leute Platz. Aus unsichtbaren Lautsprechern strömte etwas aufdringlich italienische Musik. Insgesamt bot das Restaurant genau die richtige Kulisse, um Leo Pameters einundvierzigsten Geburtstag zu feiern.

Jess hatte Leo Pameter seit dem Jahr, als er von der Staatsanwaltschaft weggegangen war, um in eine private Anwaltskanzlei einzusteigen, nicht mehr gesehen. Ihr war klar, daß sie zu dieser Geburtstagsfeier nur eingeladen war, weil die gesamte zehnte und elfte Etage aufgefordert worden war. Warum sie angenommen hatte, war ihr weniger klar.

Um wieder einmal etwas vorzuhaben vermutlich. Sie nickte lächelnd, als der Ober ihr sagte, daß von ihrer Gesellschaft noch niemand hier sei, und fragte, ob sie an der Bar warten wolle. An der Bar war bereits Hochbetrieb, obwohl es gerade erst sechs Uhr war. Jess sah auf ihre Uhr, aber im Grunde nur, weil sie nichts Besseres zu tun hatte, und fragte sich zum zweiten Mal, warum sie hierhergekommen war.

Ich bin gekommen, sagte sie sich, weil ich Leo Pameter immer gern gehabt habe. Sie hatte es bedauert, als er gegangen war. Im

Gegensatz zu vielen anderen ihrer Kollegen, unter ihnen Greg Oliver, war Leo Pameter ruhig und höflich, ein Mensch, der auf seine Umgebung ausgesprochen beruhigend wirkte, vielleicht weil er über seinem Ehrgeiz nie seine gute Erziehung vergaß. Alle mochten ihn, einer der Gründe, weshalb heute abend alle kommen würden. Jess hätte gern gewußt, wie viele Leute kommen würden, wenn es ihren Geburtstag zu feiern galt.

Sie nahm sich eine Handvoll kleiner Salzbrezeln und Käsecracker in Form kleiner Fische und schob sie in den Mund, wobei mehrere Fische ihr aus der Hand fielen und vorn auf ihrem braunen Pullover landeten.

»Warten Sie, ich mach das schon«, sagte ein Mann neben ihr in scherzhaftem Ton.

Hastig griff Jess sich mit beiden Händen an die Brust. »Danke, das mache ich lieber selber.«

Der junge Mann hatte einen dicken Hals, kurzgeschorenes blondes Haar und eine breite, gewölbte Brust, über der das grüne Seidenhemd spannte. Er sah aus wie ein Footballspieler.

»Sind Sie Footballspieler?« fragte Jess unwillkürlich.

»Darf ich Sie zu einem Drink einladen, wenn ich ja sage?« fragte er zurück.

Sie lächelte. Er war ganz nett. »Ich erwarte jemanden«, antwortete sie und wandte sich ab. Sie hatte in ihrem Leben keinen Platz für ganz nett.

Was ist eigentlich mit mir los? fragte sie sich und nahm sich noch eine Handvoll Cracker. Jeder sagte ihr, was für eine attraktive Frau sie sei, wie schick, wie klug, wie begabt. Sie war jung. Sie war gesund. Sie war ungebunden.

Sie war seit Monaten nicht mehr mit einem Mann ausgegangen. Sex war ein Fremdwort für sie. Ein Leben außerhalb des Büros gab es nicht für sie. Und da saß dieser nette Junge neben ihr, ein bißchen gigantisch vielleicht für ihren Geschmack, aber dennoch gutaussehend, und fragte sie, ob er sie zu einem Drink einladen könne, und sie lehnte ab.

Sie drehte sich wieder nach dem jungen Mann um, aber der unterhielt sich bereits angeregt mit einer Frau auf seiner anderen Seite. Na, das ist aber schnell gegangen, dachte Jess und hüstelte hinter vorgehaltener Hand, damit niemand ihr Erröten sah. Was hatte sie sich denn eingebildet? Hatte sie im Ernst daran gedacht, sich von einem wildfremden Kerl anquatschen zu lassen, nur weil er »ganz nett« war und sie ein bißchen einsam? »Eher ein bißchen blöd«, murmelte sie vor sich hin.

»Bitte?« fragte der Barkeeper, aber es war eigentlich gar keine Frage. »Sagten Sie, Sie wollten etwas trinken?«

Jess blickte dem Barkeeper in die unfreundlichen blauen Augen. »Ich nehme ein Glas Weißwein.« Sie stopfte sich noch einmal eine Handvoll Cracker in den Mund.

»Du lieber Gott, wie kannst du nur dieses Zeug essen!« Die Stimme hinter ihr war ihr vertraut.

Mit einem Ruck drehte sie sich herum, ließ einen kleinen Schwarm Fische in den Schoß ihres braunen Rocks fallen und sprang vom Barhocker. »Don! Das ist ja nicht zu fassen.«

Er nahm sie in die Arme und drückte sie an sich. Sie war enttäuscht, als er sich gleich wieder von ihr löste.

»Aber es ist auch diesmal kein Zufall, falls du das glauben solltest«, bemerkte er. »Leo und ich haben zusammen studiert. Weißt du noch?«

»Nein, das hatte ich ganz vergessen«, bekannte Jess. Wirklich? Hatte sie nicht vielleicht vermutet, daß Don heute abend hier sein würde? War das nicht wenigstens teilweise ein Grund für ihr Kommen? War er der Mann, auf den sie, wie sie dem vermeintlichen Footballspieler erklärt hatte, gewartet hatte?

»Ich hab gewußt, daß du als erste hier sein würdest. Darum sind wir extra pünktlich gekommen. Um dir Gesellschaft zu leisten.«

Wir? Das Wort traf Jess wie ein Keulenschlag.

»Jess, das ist Trish McMillan«, sagte Don und zog eine hübsche Frau mit kurzem blonden Haar und einem angenehmen Lächeln an seine Seite. »Trish, das ist Jess.«

»Hallo, Jess«, sagte die Frau. »Es freut mich, Sie kennenzulernen. Ich habe schon eine Menge von Ihnen gehört.«

Jess murmelte irgendeine Floskel. Sie sah nur, daß die Frau Don den Arm um die Taille gelegt hatte.

»Was trinkst du?« fragte Don.

Jess griff hinter sich nach ihrem Glas. »Weißwein.« Sie trank einen tiefen Schluck, schmeckte nichts.

Trish McMillan lachte, und Don strahlte. Jess war verwirrt. Sie hatte nichts Komisches gesagt. Verstohlen blickte sie auf ihren Pullover hinunter, um festzustellen, ob noch irgendwelche verirrten Fische an ihrem Busen hingen. Aber da war nichts. Vielleicht gehörte Trish McMillan zu diesen widerwärtig glücklichen Menschen, die keinen Grund brauchten, um laut heraus zu lachen. Don hatte die Wahrheit gesagt. Ihr Lachen klang wirklich verführerisch und außerdem so, als wüßte sie etwas, von dem der Rest der Welt keine Ahnung hatte; als wüßte sie etwas, von dem *Jess* keine Ahnung hatte. Wieder hob Jess ihr Glas zum Mund.

»Zweimal den Hauswein«, sagte Don zum Barkeeper. »Ich lade dich ein«, sagte er, als Jess in ihrer Handtasche nach ihrer Geldbörse kramte. »Bist du allein hier?«

Jess zuckte die Achseln. Die Frage erforderte keine Antwort. Warum hatte er sie überhaupt gestellt?

»Ich habe Leo nicht mehr gesehen, seit er bei uns weggegangen ist«, sagte sie, weil sie glaubte, etwas sagen zu müssen.

»Er ist sehr erfolgreich«, sagte Don. »Er ist zu Remington, Faskin gegangen, wie du weißt.« Remington, Faskin, Carter und Bloom war eine kleine, aber sehr wohlangesehene Kanzlei. »Er scheint sich dort sehr wohl zu fühlen.«

»Was machen *Sie* denn?« fragte Jess Trish McMillan und bemühte sich zu übersehen, daß ihr Arm noch immer Dons Taille umfangen hielt.

»Ich bin Lehrerin.«

Jess nickte. Na, das war wenigstens nicht allzu beeindruckend.

»Ja, aber keine Lehrerin im landläufigen Sinn«, fügte Don stolz hinzu. »Trish unterrichtet drüben im Kinderkrankenhaus. In der Gehirnchirurgie und der Dialyseabteilung.«

»Das verstehe ich nicht«, sagte Jess. »Was unterrichten Sie denn da?«

»Alles«, antwortete Trish und lachte.

Alles, dachte Jess. Natürlich.

»Ich unterrichte Kinder aller Altersstufen, die an der künstlichen Niere hängen und nicht zur Schule gehen können, oder Kinder, die Gehirnoperationen hinter sich haben. Diejenigen, die für lange Zeit im Krankenhaus sind.«

»Das klingt ziemlich bedrückend.«

»Ja, es kann bedrückend sein. Aber ich bemühe mich, meine gute Laune nicht zu verlieren.« Sie lachte wieder. Ihre Augen blitzten. Ihre Wangen bekamen Grübchen. Jess mußte sich anstrengen, sie nicht zu hassen. Mutter Teresa mit kurzem blonden Haar und einem verführerischen Lachen.

Jess griff wieder nach ihrem Glas, stellte überrascht fest, daß es leer war, winkte dem Barkeeper, um sich noch einen Wein zu bestellen, bestand darauf, ihn selbst zu bezahlen.

»Ich höre, du hattest heute nachmittag eine ziemlich hitzige Auseinandersetzung«, sagte Don.

»Wo hast du das gehört?«

»So was spricht sich herum.«

»Dieser Hal Bristol hat wirklich Nerven! Zwei Wochen vor dem Prozeß versucht er mich zu fahrlässiger Tötung rumzukriegen.« Jess hörte den Zorn in ihrer eigenen Stimme. Sie wandte sich Trish so plötzlich zu, daß die Frau zusammenfuhr. »Da schießt so ein Kerl seiner Frau mit der Armbrust mitten ins Herz, und sein Anwalt will mir weismachen, es sei ein Unfall gewesen.«

Trish McMillan sagte nichts, starrte sie nur mit großen dunklen Augen an.

»Bristol will auf Unfall hinaus?« Sogar Don schien überrascht zu sein.

»Ja, er behauptet, sein Mandant habe nicht die Absicht gehabt, sie zu erschießen, er habe ihr nur einen kleinen Schrecken einjagen wollen. Das ist doch schließlich ganz verständlich, oder? Ich meine, sie hat den armen Kerl ja über alles vernünftige Maß hinaus herausgefordert. Richtig? Was blieb ihm da anderes übrig, als sich eine Armbrust zu kaufen und sie mitten auf einer Straßenkreuzung abzuknallen?«

»Du weißt, daß Bristol wahrscheinlich nur versuchte, sich auf halbem Weg mit dir zu treffen.«

»Es gibt keinen halben Weg.«

Don lächelte bekümmert. »Nein, bei dir nicht.« Er drückte Trish McMillan fester an sich.

Jess leerte ihr zweites Glas Wein. »Ich bin froh, daß du hier bist«, verkündete sie in möglichst geschäftsmäßigem Ton. »Ich wollte dich etwas fragen.«

»Schieß los.«

Jess sah sich wieder am Fenster ihrer Wohnung, wie sie mit der Waffe in der Hand hinter den dünnen Vorhängen verborgen zur Orchard Street hinunterblickte. Sie wünschte, Don hätte ein anderes Wort gewählt.

»Was für einen Wagen fährt Rick Ferguson?«

Don hielt eine Hand hinter sein Ohr. »Bitte? Ich habe dich nicht verstanden.«

Jess sprach lauter. »Fährt Rick Ferguson einen weißen Chrysler?«

Don bemühte sich nicht, seine Verwunderung zu verbergen. »Wieso?«

»Ja oder nein?«

»Ich glaube, ja«, antwortete Don. »Aber noch mal, warum?«

Jess merkte, wie das leere Glas in ihrer Hand zu zittern begann. Sie führte es an ihre Lippen und hielt es mit den Zähnen fest. Es wurde plötzlich laut, Stimmengewirr und Gelächter schallten durch den Raum, Begrüßungsworte und Glückwünsche, allgemeines Schulterklopfen und Händeschütteln, und im nächsten Augenblick fand Jess sich mit einem frischen Drink in der Hand mitten in einer lebhaften Gesellschaft wieder.

»Ich habe gehört, du hast es dem alten Bristol kräftig gegeben«, brüllte Greg Oliver durch das Getöse.

Jess sagte nichts, suchte in der Menge nach Don, hörte irgendwo aus der Ferne Trishs verführerisches Lachen, das sie zu verspotten schien.

»So was spricht sich anscheinend herum«, sagte sie, Dons Worte gebrauchend, sah dann ihren geschiedenen Mann, der gerade seine neue Herzensdame mit den anderen Gästen bekannt machte.

»Und – was hast du beschlossen? Wirst du dich mit Totschlag zufriedengeben? Und dem Steuerzahler die Kosten für ein Geschworenengericht sparen, das sich nicht entscheiden kann?«

»Du glaubst offensichtlich nicht, daß ich eine Verurteilung erreichen werde«, stellte Jess fest und kämpfte gegen die aufkommende Hoffnungslosigkeit. Mußte er ihr denn immer sagen, was sie nicht hören wollte?

»Für Totschlag vielleicht, aber für Mord niemals.«

Jess schüttelte angewidert den Kopf. »Der Mann hat seine Frau kaltblütig ermordet.«

»Er war nicht bei Sinnen. Seine Frau ist fremdgegangen. Wochenlang hatte sie ihn als Versager verhöhnt. Es wurde einfach zuviel. Es kam zu einem Riesenkrach. Sie sagte, sie würde ihn verlassen, er würde seine Kinder nie wiedersehen, sie würde ihn zum armen Mann machen. Und da ist er ausgerastet.«

»Der Mann war ein brutaler Tyrann, der es nicht ertragen konnte, daß seine Frau endlich den Mut aufbrachte, ihn zu verlassen«, konterte Jess. »Versuch nicht, mir einzureden, es sei ein Verbrechen aus Leidenschaft gewesen. Es war Mord, schlicht und einfach Mord.«

»Alles andere als einfach«, widersprach Greg Oliver. Er machte eine Pause, wartete vielleicht darauf, daß Jess etwas sagen würde, und fuhr fort, als sie es nicht tat. »Sie hat sich über ihn als Mann lustig gemacht, vergiß das nicht. Viele von den männlichen Geschworenen werden seine Reaktion verstehen.«

»Das wollen wir doch mal festhalten«, sagte Jess. Sie trank ihr Glas mit einem Schluck leer und nahm sich vom Tablett eines vorüberkommenden Kellners ein frisches. »Du findest es akzeptabel, daß ein Mann seine Frau dafür umbringt, daß sie ihn in seiner Männlichkeit kränkt?«

»Ich halte es für möglich, daß es Bristol gelingen wird, die Geschworenen davon zu überzeugen, ja.«

Jess schüttelte angewidert den Kopf. »Was ist das eigentlich – sind Frauen Freiwild?«

»Ich will dich nur warnen. Beim Fall Barnowski hab ich auch recht gehabt, wenn du dich erinnerst.«

Jess sah sich verzweifelt im Saal um, wünschte, sie würde jemand entdecken, zu dem sie sich stellen konnte. Irgend jemanden. Aber es war niemand da. Jeder Topf schien hier bereits seinen Deckel gefunden zu haben. Kein Mensch warf auch nur einen Blick nach ihr.

Es war ihre eigene Schuld, das war ihr klar. Sie hatte noch nie leicht Freundschaften geschlossen. Sie war zu ernst, nicht spielerisch genug. Sie machte den Leuten angst, schreckte sie ab. Sie mußte hart arbeiten, um Freundschaften anzuknüpfen, noch härter, sie aufrechtzuerhalten. Sie hatte es aufgegeben. Sie arbeitete schon im Büro hart genug.

»Du siehst heute abend sehr verlockend aus«, sagte Greg Oliver und neigte sich so nahe zu ihr, daß seine Lippen ihr Haar streiften.

Jess drehte sich so ruckartig herum, daß ihr Haar Greg Oliver ziemlich unzart ins Gesicht flog. Sie sah, wie er zurückschreckte. »Wo ist deine Frau, Greg?« fragte sie so laut, daß sie von den Leuten in unmittelbarer Nähe gehört werden konnte. Dann wandte sie sich ab und ging davon, obwohl sie keine Ahnung hatte, wohin sie eigentlich wollte.

Die nächsten fünfzehn Minuten brachte sie in ernsthaftem Gespräch mit einem der Kellner zu. Das meiste, was er sagte, verstand sie nicht – der Saal begann ein wenig zu schwanken –, aber sie schaffte es, ein interessiertes Gesicht zu machen und zu nicken, wann immer ihr es angemessen schien.

»Trink nicht so viel«, flüsterte Don plötzlich hinter ihr.

Jess lehnte sich nach rückwärts an seine Brust. »Wo ist Mutter Teresa?« fragte sie.

»Wer?«

»Teresa«, wiederholte Jess hartnäckig.

»Du meinst Trish?«

»Natürlich, Trish. Entschuldige.«

»Sie mußte mal verschwinden. Jess, warum hast du mich vorhin nach Rick Fergusons Wagen gefragt?«

Jess erzählte. Von ihrem knappen Entkommen in der Michigan Avenue, dem beinahe erfolgten Zusammenstoß in Evanston, dem weißen Wagen vor ihrer Wohnung. Dons Gesicht spiegelte Interesse, Besorgnis, dann Zorn, alles in rascher Folge. Seine Reaktion war pragmatisch, wie typisch für ihn.

»Hast du dir das Kennzeichen aufgeschrieben?«

Jess wurde sich bestürzt bewußt, daß sie daran nicht einmal gedacht hatte. »Es ging alles so schnell«, erklärte sie, doch die Entschuldigung klang sogar in ihren eigenen Ohren ziemlich lahm.

»In Chicago gibt es viele weiße Chrysler«, sagte Don, und sie nickte. »Aber ich prüfe das nach, ich werde mit meinem Mandanten sprechen. Ich kann mir nicht vorstellen, daß er so kurz vor dem Prozeß so etwas Dummes tun würde.«

»Ich kann nur hoffen, du hast recht.«

Jess hörte Trishs Lachen, sah, wie sie ihren Arm um Dons Mitte legte, ihn wieder für sich beanspruchte. Sie wandte sich ab, und der Saal drehte sich mit ihr. Eine junge Frau mit einem großen Kassettenrecorder in den Händen näherte sich zielstrebig der Geburtstagsgesellschaft. Irgend etwas stimmte nicht an ihr. Sie wirkte unecht, fehl am Platz. Das dickaufgetragene Make-up hatte etwas Verzweifeltes, als wollte sie verbergen, wer sie wirklich war. Ihre Beine wakkelten unsicher auf den viel zu hohen Absätzen. Ihr Trenchcoat war abgetragen und paßte ihr nicht richtig. Und noch etwas glaubte Jess zu sehen, während sie die junge Frau beobachtete, die auf Leo Pameter zuging. Sie sah aus, als hätte sie Angst.

»Leo Pameter?« fragte die Frau. Ihre Stimme klang wie die eines Kindes, das sich verirrt hat.

Leo Pameter nickte mißtrauisch.

Die junge Frau, deren Gesicht von einer Mähne krauser schwarzer Locken umgeben war, schaltete ihren Kassettenrecorder ein, und plötzlich füllte die aufdringlich schwüle Musik einer Stripteaseshow den Raum.

»Alles Gute zum Geburtstag, Leo Pameter!« rief das junge Mädchen. Sie warf ihren Trenchcoat ab und drehte sich hüftewackelnd in Büstenhalter und Höschen, komplett mit Strumpfhalter und Strümpfen zwischen den Tischen.

Die Männer johlten laut, die Frauen lachten peinlich berührt, als die junge Frau aufreizend ihre großen Brüste schüttelte und dann ihre ganze Energie auf das unglückliche Geburtstagskind konzentrierte.

»Du lieber Gott«, stöhnte Jess und senkte ihren Blick in ihr Glas Wein.

»Die sind doch nie im Leben echt«, rief Trish irgendwo neben ihr.

Jess sah erst wieder auf, als die Musik aufhörte. Nackt bis auf ein Tangahöschen stand die junge Frau vor Leo Pameter, der reichlich verlegen aussah. Sie neigte sich ihm zu und drückte ihm einen schallenden Kuß auf die Stirn. »Von Greg Oliver«, sagte sie, dann sammelte sie rasch ihre Sachen ein, warf sich den Mantel um die Schultern und eilte unter dünnem Applaus davon.

»Einfach umwerfend«, murmelte Jess, als Greg Oliver zu ihr trat.

»Nein, umwerfen sollte dich das nicht gleich.« Oliver sah sie herausfordernd an. »Du nimmst das alles viel zu ernst. Du solltest lernen, ein bißchen Spaß zu haben, dich ab und zu mal gehenzulassen, auch mal einen Witz zu erzählen.«

Jess trank den Rest ihres Weins, holte tief Atem und kämpfte gegen das Schwindelgefühl. »Hast du schon von dem Wunderkind gehört, das im Northwestern Memorial Hospital zur Welt gekommen ist?« fragte sie und merkte, daß alle Blicke sich auf sie richteten.

»Wunderkind?« wiederholte Greg, der offensichtlich nicht verstand, was das mit ihm zu tun hatte.

»Ja«, antwortete Jess laut. »Es hat einen Penis *und* ein Gehirn.«

Der Saal begann sich plötzlich wie wild zu drehen, und Jess ging zu Boden.

»Wirklich, Don, das ist nicht nötig«, beteuerte Jess. »Ich kann mir ein Taxi nehmen.«

»Sei nicht albern. Ich laß dich nicht allein nach Hause fahren.«

»Und was ist mit Mutter Teresa?«

»Trish«, sagte Don mit Betonung, »wartet in meiner Wohnung auf mich.«

»Es tut mir leid, ich wollte dir den Abend nicht vermasseln.«

»Es tut dir gar nicht leid, und du hast mir den Abend nicht vermasselt. Zerbrich dir also nicht den Kopf, sondern steig in den Wagen.«

Jess stieg in den schwarzen Mercedes und hörte, wie die Wagentür hinter ihr geschlossen wurde. Sie drückte sich in das weiche schwarze Leder und schloß die Augen. »Es tut mir wirklich leid«, begann sie von neuem, als Don den Motor angelassen hatte und losfuhr. Aber dann verstummte sie. Er hatte ja recht. Es tat ihr gar nicht leid.

Kaum waren sie losgefahren, hielten sie schon wieder an. Sie hörte, wie eine Autotür geöffnet und wieder geschlossen wurde. Was denn jetzt? dachte sie und öffnete die Augen.

Sie standen vor ihrem Haus. Don kam auf ihre Seite des Autos herüber, öffnete ihr die Tür und half ihr hinaus.

»Das ist aber schnell gegangen«, hörte sie sich verwundert sagen.

»Glaubst du, du kannst gehen?« fragte Don.

Jess bejahte, obwohl sie überhaupt nicht sicher war. Sie lehnte sich an Don, spürte, wie er ihr den Arm um die Taille legte, und ließ sich von ihm zur Haustür führen.

»Den Rest schaff ich schon allein«, erklärte sie, während er den Schlüssel aus ihrer Handtasche herauskramte.

»Sicher, sicher. Aber du hast doch nichts dagegen, wenn ich hier stehenbleibe, bis du oben bist?«

»Würdest du mir einen Gefallen tun?« sagte sie, als sie im Haus waren und sie an die drei Treppen dachte, die vor ihr lagen.

»Soll ich gehen?«

»Kannst du mich rauftragen?«

Don lachte. Er legte ihren linken Arm über seine Schultern und stützte sie mit seinem Körper. »Jess, Jess, was soll ich nur mit dir machen?«

»Das sagst du bestimmt zu allen Frauen«, murmelte sie, als sie den langsamen Aufstieg begannen.

»Nur zu Frauen namens Jess.«

Was, zum Teufel, war in sie gefahren, daß sie so viel getrunken hatte, fragte sich Jess, während sie sich Schritt für Schritt die Treppe hinaufschleppte. Sie war Alkohol nicht gewöhnt, trank selten mehr als ein einziges Glas Wein. Was ist eigentlich los mit mir? Ihr fiel plötzlich auf, wie oft sie sich diese Frage in den letzten Wochen gestellt hatte.

»Weißt du«, sagte Jess in Erinnerung an den Spott in Greg Olivers Ton, als er ihr gesagt hatte, sie müßte lernen, Spaß zu haben, »ich habe eigentlich gar nichts gegen Männer. Nur mit Juristen habe ich Probleme.«

»Soll das ein Wink mit dem Zaunpfahl sein?« fragte Don.

»Und mit Wirtschaftsprüfern«, fügte Jess hinzu, als ihr ihr Schwager einfiel.

Den Rest des Wegs schwiegen sie beide. Als sie endlich die letzte Treppe bewältigt hatten, fühlte sich Jess, als hätte sie den Mount Everest bezwungen. Ihr schlotterten die Knie, und ihre Beine waren wacklig. Don schob den Schlüssel in das Schloß ihrer Wohnungstür. Irgendwo läutete ein Telefon.

»Ist das dein Telefon?« fragte Don und stieß die Tür auf.

Das Läuten wurde lauter, fordernder.

»Geh nicht hin«, sagte Jess. Sie schloß vom Licht geblendet die Augen, als er sie sachte zum Sofa hinunterließ.

»Warum nicht?« Er schaute zur Küche, wo das Telefon immer noch läutete. »Es könnte doch was Wichtiges sein.«

»Ist es aber nicht.«

»Weißt du denn, wer es ist?«

»Mein Vater«, antwortete Jess. »Er möchte sich mit mir verabreden, um mir seine neue Freundin vorzustellen.« Aber ich hab für einen Abend genug neue Freundinnen gesehen, dachte sie, sagte es jedoch nicht.

»Dein Vater hat eine Freundin?«

»Scheint so«, antwortete Jess und kuschelte sich tiefer in ihr Sofa. »Ich bin fürchterlich«, klagte sie. »Warum kann ich mich nicht einfach für ihn freuen?«

Immer noch läutete das Telefon. Dann hörte es plötzlich auf. Sie öffnete erleichtert die Augen. Aber wo war Don?

»Hallo«, hörte sie ihn in der Küche sagen und glaubte einen Moment lang, es sei jemand in die Wohnung gekommen. »Tut mir leid«, fuhr er fort. »Ich kann Sie nicht verstehen. Können Sie etwas langsamer sprechen?«

»Ich hab dir doch gesagt, du sollst nicht hingehen«, rief Jess. Sie lief auf wackligen Beinen in die Küche und streckte die Hand nach dem Telefon aus.

Don reichte ihr den Hörer und schüttelte den Kopf. »Es ist eine Frau, aber ich verstehe nicht ein Wort von dem, was sie sagt. Sie hat einen unheimlich starken Akzent.«

Jess fühlte, wie die Nüchternheit an ihrem Bewußtsein zerrte. Aber ich will nicht nüchtern sein, dachte sie. Sie drückte den Hörer ans Ohr, und noch ehe sie hallo sagen konnte, überfiel die Stimme der Frau sie.

»Entschuldigen Sie, ich verstehe nicht. Was sagen Sie? Wer ist am Apparat?« Eine schreckliche Beklommenheit bemächtigte sich Jess'. »Mrs. Gambala? Sind Sie das, Mrs. Gambala?«

»Wer ist Mrs. Gambala?«

»Connie DeVuonos Mutter«, flüsterte Jess, die Hand auf der Sprechmuschel. »Mrs. Gambala, beruhigen Sie sich doch bitte. Ich kann ja nicht verstehen, was – was? Wie meinen Sie das, sie ist nicht nach Hause gekommen?«

Dem Rest des erregten Wortschwalls lauschte Jess stumm, wie vor den Kopf geschlagen. Als sie auflegte, zitterte sie am ganzen Körper. Sie wandte sich Don zu, der in unausgesprochener Frage die Augen zusammenkniff.

»Connie hat heute nach der Arbeit ihren Sohn nicht bei ihrer Mutter abgeholt«, sagte sie, Entsetzen in jedem Wort. »Sie ist verschwunden.«

7

Ich kann nicht verstehen, wie ich so blöd sein konnte!«

»Jess –«

»So blöd und so verdammt egozentrisch!«

»Egozentrisch? Jess, was redest du da überhaupt?«

»Ich hab einfach angenommen, er spräche von mir.«

»Wer denn? Ich frag dich noch mal, wovon redest du?«

»Ich rede von Rick Ferguson.«

»Rick Ferguson? Jetzt mach mal langsam, Jess.« Dons Miene war eine Mischung aus Neugier und Gereiztheit. »Was hat Rick Ferguson denn mit dieser Sache zu tun?«

»Na hör mal, Don!« Jess gab sich keine Mühe, ihre Ungeduld zu verbergen. »Du weißt doch so gut wie ich, daß Rick Ferguson für Connie DeVuonos Verschwinden verantwortlich ist. Behaupte jetzt bloß nicht das Gegenteil. Versuch nicht, mit mir deine Spielchen zu machen. Wir sind hier nicht im Gerichtssaal.«

Jess rannte aus der Küche in ihr Wohnzimmer, wo sie wie gehetzt vor dem Vogelkäfig auf und ab ging. Der Kanarienvogel hüpfte zwischen seinen Stangen hin und her, als wollte er sie nachahmen.

Don war ihr gefolgt. Mit erhobenen Händen redete er auf sie ein. »Jess, wenn du dich doch nur mal eine halbe Sekunde beruhigen würdest...« Er umfaßte mit beiden Händen ihre Schultern. »Wenn du nur mal eine halbe Sekunde aufhören würdest, hier so rumzulaufen.« Der Druck seiner Hände zwang sie stehenzubleiben. Er sah ihr so lange in die Augen, bis ihr gar nichts anderes übrigblieb, als seinen Blick zu erwidern. »Also, kannst du mir jetzt mal erzählen, was eigentlich passiert ist?«

»Rick Ferguson –«, begann sie.

Er fiel ihr augenblicklich ins Wort. »Nicht was deiner *Ansicht* nach geschehen ist, sondern was deines *Wissens* nach geschehen ist.«

Jess holte einmal tief Atem und befreite ihre Schultern mit einer kurzen heftigen Bewegung aus seinen Händen. »Connie DeVuono hat heute nachmittag gegen halb fünf bei ihrer Mutter angerufen, um ihr zu sagen, daß sie jetzt mit ihrer Arbeit Schluß mache und in zwanzig Minuten dasein würde, um ihren Sohn abzuholen. Sie bat ihre Mutter, den Jungen fertig zu machen, damit sie gleich wieder gehen könnten. Der Junge hat jeden Montag um halb sechs Hockeytraining, und da muß es immer schnell gehen.«

»Der Junge wird also von Connies Mutter versorgt?«

Jess nickte. »Er geht nach der Schule zu ihr und wartet dort, bis Connie ihn nach der Arbeit abholt. Connie ruft immer an, bevor sie dort weggeht. Heute hat sie auch angerufen. Aber sie ist nie gekommen.«

Dons Blick sagte Jess, daß er noch mehr erwartete.

»Das ist alles«, sagte sie und hörte Dons spöttisches Prusten, obwohl er in Wahrheit überhaupt kein Geräusch von sich gab.

»Okay. Wir *wissen* also«, sagte Don mit Nachdruck, »daß Connie DeVuono heute nach der Arbeit ihren Sohn nicht abgeholt hat –«

»Nachdem sie angerufen und gesagt hatte, sie ginge jetzt los«, erinnerte Jess ihn.

»Und wir wissen nicht, ob jemand sie hat weggehen sehen, wir wissen nicht, in was für einer Stimmung sie war, als sie ging, oder ob sie vielleicht jemandem gesagt hat, sie hätte noch etwas zu erledigen, oder –«

»Wir wissen gar nichts. Die Polizei fängt erst nach vierundzwanzig Stunden an zu ermitteln. Das weißt du.«

»Wir wissen nicht, ob sie Depressionen oder Ängste hatte«, fuhr Don fort.

»Natürlich hatte sie Depressionen und Ängste. Sie ist vergewaltigt worden. Sie ist geschlagen worden. Der Mann, der sie so brutal überfallen hat, hat einen Richter davon überzeugt, daß er ein vorbildlicher Bürger ist, tief verwurzelt in dieser Gemeinde, einzige Stütze seiner alten Mutter und dergleichen Lügen mehr, also haben sie ihn auf Kaution freigelassen. Connie DeVuono sollte nächste Woche vor Gericht aussagen. Und dein Mandant hat ihr gedroht, er würde sie umbringen, wenn sie das tun wolle. Natürlich hat sie Depressionen und Ängste! Sie hat Todesangst!« Jess hörte, wie schrill ihre Stimme klang. Der Kanarienvogel begann zu singen.

»Angst genug, um einfach zu verschwinden?« fragte Don mit zusammengezogenen Brauen.

Jess wollte antworten, aber dann schluckte sie ihre Worte hinunter, bevor sie ihr über die Lippen kommen konnten. Sie erinnerte sich Connie DeVuonos, wie sie in der vergangenen Woche bei ihrem Gespräch gewesen war; wie stark ihre Angst gewesen war, wie heftig ihre Entschlossenheit, nicht auszusagen. Jess hatte sie umgestimmt. Überredet, wider ihr besseres Wissen zu handeln und ihren Peiniger vor einem Gericht herauszufordern.

Jess mußte die Möglichkeit, daß Connie es sich wiederum anders überlegt, sich entschieden hatte, angesichts des Risikos doch nicht auszusagen, mindestens in Betracht ziehen. Es konnte leicht sein, daß es ihr peinlich gewesen war, Jess ihre Sinnesänderung mitzuteilen, daß sie Angst gehabt hatte, Jess würde es neuerlich gelingen, sie zu überreden, daß sie sich ihrer Feigheit geschamt hatte.

»Sie würde sich niemals von ihrem Sohn trennen«, sagte Jess leise, und der Satz war schon halb zu Ende, ehe sie sich überhaupt bewußt wurde, daß sie sprach.

»Sie braucht wahrscheinlich nur Zeit, um mit sich ins reine zu kommen.«

»Sie würde sich niemals von ihrem Sohn trennen.«

»Wahrscheinlich sitzt sie irgendwo in einem Hotel. In ein, zwei Tagen, wenn sie sich beruhigt hat, die Möglichkeit hatte, in Ruhe nachzudenken und einen Entschluß zu fassen, ruft sie bestimmt an.«

»Du hörst mir überhaupt nicht zu.« Jess ging zum Fenster und blickte zur Straße hinunter. Rasen und Bürgersteige waren mit Schneeflecken gesprenkelt.

Don trat hinter sie und massierte mit seinen kräftigen Händen ihren Nacken. Plötzlich hörte er auf und legte seine Hände auf ihre Schultern. Jess spürte förmlich, wie er überlegte, im Geist formulierte, was er ihr zu sagen beabsichtigte.

»Jess«, begann er langsam und bedacht, »nicht jeder, der nicht rechtzeitig zu einer Verabredung kommt, verschwindet für immer.«

Sie standen beide, ohne sich zu rühren. Im Hintergrund hüpfte Jess' Kanarienvogel zu den Klängen einer alten Beatlesmelodie in seinem Käfig hin und her. Jess wollte etwas sagen, konnte nicht, weil ihr plötzlich die Brust zu eng wurde. Schließlich gelang es ihr doch, die Worte herauszubringen.

»Das hat mit meiner Mutter nichts zu tun«, sagte sie zu ihm.

Wieder Schweigen.

»Nein?«

Jess ging von ihm weg, kehrte zum Sofa zurück, ließ sich wie leblos in seine weichen Polster sinken, vergrub das Gesicht in ihren Händen. Nur ihr rechter Fuß, der unablässig auf und nieder wippte, verriet ihre innere Unruhe. Sie blickte erst auf, als sie spürte, wie das Polster neben ihr einsank, wie Don ihre Hände in seine eigenen nahm.

»Es ist alles meine Schuld«, begann sie.

»Jess...«

»Nein, bitte versuch jetzt nicht, mich vom Gegenteil zu überzeugen. Es *ist* meine Schuld. Ich weiß es. Ich akzeptiere es. Ich habe sie davon überzeugt, daß sie aussagen muß, obwohl sie es in Wirklichkeit nicht wollte; ich habe sie unter Druck gesetzt, ich habe ihr versprochen, daß alles gutgehen würde. Und wer kümmert sich um meinen Sohn? hat sie mich gefragt, und ich hab irgendeinen dummen Scherz gemacht, aber sie meinte es ernst. Sie hat gewußt, daß Rick Ferguson seine Drohung ernst gemeint hat.«

»Jess –«

»Sie hat gewußt, daß er sie umbringen wird, wenn sie ihre Beschuldigungen nicht zurücknimmt.«

»Jess, jetzt bist du wirklich voreilig. Die Frau ist noch keine sechs Stunden verschwunden. Wir wissen doch gar nicht, ob ihr überhaupt etwas passiert ist.«

»Und ich war auch noch so stolz auf mich selbst. So stolz auf meine Fähigkeit, den Dingen eine andere Wendung zu geben, diese arme, verängstigte Frau davon zu überzeugen, daß sie aussagen müsse; daß sie nur sicher sei, wenn sie aussagte. O ja, ich war sehr stolz auf mich. Es ist ja schließlich auch ein großer Prozeß für mich. Ein möglicher Sieg für meine Akte.«

»Jess, du hast getan, was jeder tun würde.«

»Ich hab getan, was jeder *Staatsanwalt* tun würde. Wenn ich auch nur einen Funken echtes Mitgefühl mit dieser Frau gehabt hätte, hätte ich ihr geraten, ihre Klage zurückzunehmen und zu verschwinden. Mein Gott!« Jess sprang auf, obwohl sie nirgendwohin gehen konnte. »Und ich habe mit diesem brutalen Kerl gesprochen! Ich habe ihm gegenübergestanden und ihn aufgefordert, sich von Connie fernzuhalten. Und dieses Schwein sagt mir direkt ins Gesicht, nur war ich leider viel zu sehr mit meiner eigenen Wichtigkeit beschäftigt, um ihn zu hören, daß Leute, die ihm in die Quere kommen, dazu neigen zu verschwinden. Und ich hab mir eingebildet, er wollte mir drohen. Wem sonst hätte er drohen können? Schließlich ist Jess Koster doch der Nabel der Welt.« Sie lachte. Es war ein hartes, kaltes Lachen, das klirrend in der Luft hängen blieb. »Aber er hat nicht von mir gesprochen. Er hat Connie gemeint. Und jetzt ist sie weg. Verschwunden. Genauso, wie er es angedroht hat.«

»Jess –«

»Untersteh dich also ja nicht, mir einreden zu wollen, daß dein Mandant mit ihrem Verschwinden nichts zu tun hat! Untersteh dich ja nicht, mir einreden zu wollen, daß Connie sich von ihrem Sohn trennen würde, und sei es auch nur für ein oder zwei Tage. Ich weiß, daß sie das niemals tun würde. Wir wissen beide, daß Rick Ferguson für das verantwortlich ist, was Connie DeVuono zugestoßen ist. Und wir wissen beide, daß sie, wenn nicht ein Wunder geschehen ist, schon tot ist.«

»Jess –«

»Wissen wir das etwa nicht beide, Don? Wissen wir beide nicht, daß sie tot ist? O doch. Wir wissen es. Und wir müssen sie finden, Don.«

Tränen schossen Jess in die Augen und rannen ihr über die Wangen. Sie rieb sich mit dem Handrücken über das Gesicht, um sie wegzuwischen, aber sie konnte nicht aufhören zu weinen.

Don sprang auf, doch sie trat rasch von ihm weg. Sie wollte nicht getröstet werden. Sie verdiente es nicht.

»Wir müssen ihre Leiche finden, Don«, fuhr sie fort. Sie begann zu zittern. »Denn wenn wir sie nicht finden, wird dieser kleine Junge sich sein Leben lang mit der Frage quälen, was aus seiner Mutter geworden ist. Jahrelang wird er in jeder Menschenmenge nach ihr Ausschau halten, glauben, sie zu sehen, sich fragen, was er denn so Schreckliches getan hat, daß sie fortgegangen und nie wieder zurückgekommen ist. Und selbst wenn er erwachsen ist, wenn er verstandesmäßig die Tatsache akzeptieren kann, daß sie tot ist, wird er niemals ganz daran glauben. Ein Teil von ihm wird immer zweifeln. Niemals wird er Gewißheit haben. Niemals wird er von ihr Abschied nehmen können, so um sie trauern können, wie er um sie trauern muß. Wie er um sich selbst trauern muß.« Sie schwieg und ließ es zu, daß Don sie in die Arme nahm und festhielt. »Es muß eine Lösung geben, Don.«

Mehrere Minuten lang blieben sie so stehen, einander so nahe, daß ihr Atem aus einem Mund hätte kommen können.

»Mir fehlt sie auch«, sagte Don schließlich leise, und Jess wußte, daß er von ihrer Mutter sprach.

»Ich hab immer geglaubt, mit der Zeit würde es leichter werden«, sagte Jess. Sie ließ es sich gefallen, als Don sie zum Sofa zurückführte. Sie setzte sich mit ihm, von seinen Armen umfangen, während er sie sachte hin und her wiegte.

»Es ist nur immer weiter weg«, sagte er.

Sie lächelte traurig. »Ich bin so müde.«

»Leg deinen Kopf auf meine Schulter«, sagte er, und sie tat es, froh, daß ihr jemand sagte, was sie tun sollte. »Und jetzt mach die Augen zu. Versuch zu schlafen.«

»Ich kann nicht schlafen.« Sie machte einen schwachen Versuch aufzustehen. »Ich sollte zu Mrs. Gambala hinüberfahren.«

»Mrs. Gambala ruft dich bestimmt an, sobald sie von Connie hört.« Er drückte ihren Kopf behutsam wieder an seine Schulter. »Schsch. Schlaf ein bißchen.«

»Was ist mit deiner Freundin?«

»Trish ist eine erwachsene Frau. Sie wird das verstehen.«

»Ja, sie ist sehr verständnisvoll.« Jess hörte, wie dünn ihre Stimme klang, wußte, daß sie nahe daran war, das Bewußtsein zu verlieren. Ihre Augen schlossen sich. Sie zwang sich, sie wieder zu öffnen. »Wahrscheinlich weil sie im Krankenhaus arbeitet.«

»Schsch.«

»Sie scheint eine nette Frau zu sein.«

»Ja, das ist sie.«

»Ich mag sie nicht«, sagte Jess, schloß die Augen und blieb so.

»Das weiß ich.«

»Ich bin keine besonders nette Frau.«

»Das warst du nie«, sagte er, und Jess spürte sein Lächeln.

Sie hätte zurückgelächelt, aber ihre Gesichtsmuskeln gehorchten ihr nicht mehr. Sie sackten, der Schwerkraft nachgebend, langsam in Richtung zu ihrem Kinn ab.

In der nächsten Sekunde war sie eingeschlafen, und ein Telefon läutete.

Sie öffnete die Augen und sah, daß sie sich im sterilen Empfangsraum einer Arztpraxis befand. »Der Anruf ist für Sie«, sagte der Arzt und nahm ein schwarzes Telefon aus seinem Köfferchen. »Es ist Ihre Mutter.«

Jess nahm das Telefon. »Mutter, wo bist du?«

»Ich hatte einen Unfall«, teilte ihre Mutter ihr mit. »Ich bin im Krankenhaus.«

»Im Krankenhaus?«

»Ja, in der Gehirnchirurgie. Ich hänge an lauter Schläuchen.«

»Ich komme sofort.«

»Mach schnell. Ich kann nicht lange warten.«

Dann stand Jess plötzlich vor dem Northwestern Memorial Hospital, und wütende Streikposten versperrten ihr den Weg.

»Wogegen protestieren Sie?« fragte Jess eine der Schwestern, eine junge Frau mit sehr kurzem blonden Haar und tiefen Grübchen im Gesicht.

»Gegen die Falschheit«, sagte die Frau schlicht.

»Ich verstehe nicht«, murmelte Jess und sah sich schon in der nächsten Sekunde in ein Schwesternzimmer versetzt. Fünf oder sechs junge Frauen in gestärkten weißen Häubchen und Strumpfhaltern und Strümpfen standen, in ernstes Gespräch vertieft, hinter einem hohen Empfangstisch. Keine von ihnen beachtete sie.

»Ich möchte meine Mutter sehen«, rief Jess.

»Sie haben sie verpaßt«, antwortete eine der Schwestern, ohne daß ihre Lippen sich bewegten.

»Wohin ist sie gegangen?« Jess wirbelte herum und packte einen vorüberkommenden Pfleger beim Ärmel.

Greg Olivers Gesicht blickte sie finster an. »Ihre Mutter ist weg«, sagte er. »Sie ist verschwunden.«

Im nächsten Augenblick stand Jess auf der Straße vor dem Haus ihrer Eltern. An der Ecke wartete eine große weiße Limousine mit laufendem Motor. Jess sah, wie ein Mann die Wagentür öffnete und ausstieg. Es war dunkel, und Jess konnte sein Gesicht nicht erkennen. Aber sie spürte seine langen, langsamen Schritte, als er auf sie zukam, spürte, wie er hinter ihr die Treppe zur Haustür hinaufstieg, die Hand nach ihr ausstreckte, als sie die Tür aufzog und hinter sich zuschlug. Er drückte sein Gesicht an das Fliegengitter, und sein häßliches Grinsen sickerte langsam durch den Maschendraht.

Sie schrie. Ihre Schreie überbrückten die Dimension zwischen Schlafen und Wachen, und sie fuhr so heftig, als habe ein Wecker sie geweckt, aus dem Schlaf. Sie sprang auf und fuchtelte wie eine Wilde in der Dunkelheit herum. Wo war sie?

Don war sofort an ihrer Seite. »Jess, beruhig dich, es ist ja gut. Es war nur ein böser Traum.«

Da erinnerte sie sich an alles: an die Party, den Wein, Trish, Mrs. Gambala, Don. »Du bist noch hier«, sagte sie dankbar. Sie ließ sich wieder in seine Arme fallen und wischte sich die Feuchtigkeit von Schweiß und Tränen von den Wangen, während ihr Herz noch immer wie rasend schlug.

»Atme tief durch«, riet er ihr, als könnte er das Chaos sehen, das sich in ihrem Körper ausbreitete. Seine Stimme war schlaftrunken. »So ist es richtig. Ein und aus. Ganz ruhig. Gut so. So machst du es richtig.«

»Es war derselbe Traum, den ich früher schon immer gehabt habe«, flüsterte sie. »Weißt du noch? Der, in dem der Tod auf mich wartet.«

»Du weißt doch, daß ich niemals zulassen würde, daß dir jemand etwas antut«, versicherte er ihr, seine Stimme schon wieder klar und kontrolliert. »Es wird alles gut. Ich verspreche es dir.«

Wie Mutter, dachte sie und kuschelte sich bequemer in seine Arme.

Ungefähr eine halbe Stunde später führte er sie in ihr Schlafzimmer. »Ich finde, du solltest jetzt zu Bett gehen. Ist es in Ordnung, wenn ich dich allein lasse?«

Jess ließ es sich mit einem schwachen Lächeln gefallen, daß Don sie, vollbekleidet, in ihr Bett steckte und zudeckte. Halb wünschte sie, er würde bleiben; halb wünschte sie, er würde gehen; wie es immer war, wenn sie zusammen waren. Würde sie je dahinterkommen, was sie eigentlich wollte? Würde sie je erwachsen werden?

Wie sollte sie, ohne eine Mutter?

»Natürlich, es ist schon in Ordnung«, versicherte sie ihm, als er sich über sie neigte, um sie auf die Stirn zu küssen. »Don...?«

Er rührte sich nicht.

»Du bist ein netter Mann«, sagte sie.

Er lachte. »Ich bin gespannt, ob du das in ein paar Tagen auch noch so sehen wirst.«

Sie war zu müde, ihn zu fragen, was er meinte.

»Du gemeiner Hund!« schrie sie kaum achtundvierzig Stunden später. »Du Dreckskerl! Du ekelhaftes, gemeines Schwein!«

»Jess, beruhige dich doch!« Bestrebt, sich seine wütende Ex-Frau vom Leibe zu halten, wich Don mit ausgestreckten Armen vor ihr zurück.

»Ich kann einfach nicht glauben, daß du dir so was einfallen lassen würdest!«

»Kannst du nicht wenigstens deine Stimme etwas senken?«

»Du Scheißkerl! Du Ekel! Du – gemeiner Hund!«

»Ja, ich hab's ja schon kapiert, Frau Anwältin. Halten Sie es für möglich, daß Sie sich jetzt ein wenig beruhigen können, damit wir diese Geschichte so sachlich besprechen können, wie sich das für zwei vernünftige Anwälte gehört?«

Jess verschränkte die Arme über der Brust und starrte zu dem blutroten Betonboden hinunter. Sie befanden sich in einem kleinen fensterlosen Raum in der ersten Etage des Polizeireviers im Zentrum von Chicago. Die in die farblosen Dämmplatten der Zimmerdecke eingelassenen Lampen warfen ein starkes Licht. An einer

Wand stand eine Bank; an einer anderen stand ein Resopaltisch, der am Boden festgeschraubt war, neben ihm mehrere unbequeme Stühle. Im anschließenden Raum, der kleiner und noch bedrückender war, saß Rick Ferguson, mürrisch und stumm. Seit die Polizei ihn an diesem Morgen zum Verhör hereingebracht hatte, hatte er nicht ein Wort gesagt. Als Jess versucht hatte, ihn zu vernehmen, hatte er gegähnt und dann die Augen geschlossen. Er hatte sie noch nicht einmal wieder geöffnet, als sie ihm die Hände mit Handschellen an die Wand fesselten. Er hatte erst Gleichgültigkeit vorgegeben, dann Empörung, als sie ihn fragten, was er mit Connie DeVuono gemacht habe. Er hatte erst Interesse an den Vorgängen gezeigt, als sein Rechtsanwalt, Don Shaw, eingetroffen war, einem Tobsuchtsanfall nahe, über die, wie er meinte, bewußte Mißachtung der Rechte seines Mandanten. Er hatte damit gedroht, einfach die Tür aufzubrechen, wenn es ihm nicht erlaubt werden würde, sich mit seinem Mandanten zu beraten.

»Du hast überhaupt kein Recht hierzusein«, sagte Jess zu ihm, bemüht, ruhig zu sprechen. »Ich könnte dich der Anwaltskammer melden.«

»Wenn hier jemand jemanden der Anwaltskammer meldet«, schoß er sofort zurück, »dann ich dich.«

»Du mich?« Jess hätte es beinahe die Sprache verschlagen.

»Du bist diejenige, die hier das Berufsethos verletzt, Jess«, sagte Don. »Du hattest kein Recht, meinen Mandanten festzunehmen. Und du hattest auch kein Recht, ihn in Abwesenheit seines Anwalts vernehmen zu wollen.«

Es kostete Jess einige Mühe, ihre Ruhe zu bewahren. »Dein Mandant ist nicht festgenommen.«

»Ach so. Er sitzt hier mit Handschellen gefesselt in einem abgesperrten Raum, weil ihm das gefällt. Willst du mir das im Ernst erzählen?«

»Ich brauche dir gar nichts zu erzählen. Ich bin völlig im Recht.«

»Und was ist mit Rick Fergusons Rechten? Oder hast du beschlossen, daß er keine hat, weil du ihn nicht magst?«

Jess ballte ihre Hände zu Fäusten und entspannte sie wieder. Sie umfaßte fest die Rückenlehne eines Stuhls, um nicht die Beherrschung zu verlieren, und nahm sich einen Moment Zeit, um wieder einen klaren Kopf zu bekommen. Sie sah ihren geschiedenen Mann wütend an. Er fuhr ungerührt mit seinem Vortrag fort.

»Du hast meinen Mandanten von der Polizei an seiner Arbeitsstätte abholen lassen; du hast ihn nicht auf seine Rechte aufmerksam gemacht; du hast ihm nicht erlaubt, seinen Anwalt anzurufen. Obwohl du genau weißt, daß er einen Anwalt hat. Einen Anwalt, der dir bereits mitgeteilt hat, daß sein Mandant nichts zu sagen hat, sondern sein ihm gesetzlich verbrieftes Recht ausübt zu schweigen. Du weißt bereits, daß das unsere Position ist. Es ist schriftlich niedergelegt. Aber das hindert dich nicht daran, ihn vor seinen Kollegen bloßzustellen, ihn hierher schleppen zu lassen, mit Handschellen an die Wand zu ketten... Herrgott noch mal, Jess, war das wirklich nötig?«

»Ja, ich habe es jedenfalls für nötig gehalten. Dein Mandant ist gefährlich. Und er war nicht sehr kooperativ.«

»Es ist nicht seine Pflicht, kooperativ zu sein. Aber es ist *deine* Pflicht, dafür zu sorgen, daß er fair behandelt wird.«

»Hat er etwa Connie DeVuono fair behandelt?«

»Darum geht es hier nicht, Jess«, entgegnete Don.

»Hast du mich fair behandelt?«

Einen Moment blieb es still.

»Du hast mich benützt, Don.« Jess hörte die Mischung aus Verletztheit und Ungläubigkeit in ihrer Stimme. »Wie konntest du mir das antun?«

»Wie konnte ich dir was antun? Was meinst du überhaupt, daß ich dir angetan habe?« Ein Ausdruck echter Verwirrung zeigte sich in Dons Gesicht.

Jess schüttelte den Kopf. »Du warst an dem Abend, an dem Connie DeVuono verschwunden ist, bei mir«, begann sie. »Du hast gewußt, daß ich Rick Ferguson verdächtige, daß wir vorhatten, ihn festzunehmen...«

»Ich wußte, daß du ihn verdächtigst, ja. Ich hatte keine Ahnung, daß du vorhattest, ihn festnehmen zu lassen«, erwiderte Don.

»Was sonst hätte ich vorhaben sollen?«

»Na, ich dachte, du würdest wenigstens noch ein paar Tage warten. Jess, seit dem Verschwinden der Frau sind keine achtundvierzig Stunden vergangen!«

»Du weißt so gut wie ich, daß sie nicht wieder auftauchen wird«, sagte Jess.

»Ich weiß nichts dergleichen.«

»Bitte! Beleidige nicht meine Intelligenz.«

»Beleidige du nicht die meine«, parierte Don. »Was erwartest du von mir, Jess? Daß ich dir freie Hand gebe, weil du früher einmal meine Frau warst? Ich mache hier sowieso die reinste Gratwanderung, indem ich versuche, so zu tun, als wärst du ein Mitglied der Staatsanwaltschaft wie alle anderen. Soll ich etwa meinen Gefühlen für dich vor meinen Pflichten gegenüber meinem Mandanten den Vorrang geben? Erwartest du das?«

Jess sagte nichts. Sie starrte auf die Wand, die die beiden kleinen Räume voneinander trennte. Sie hatte das höhnische Grinsen auf Rick Fergusons Gesicht gesehen, als sie aus dem Zimmer gegangen war, um sich mit Don auseinanderzusetzen. Sie wußte, daß ihm völlig klar war, was vorging, und daß er sich an ihrem Dilemma weidete.

»Also, entweder stellst du meinen Mandanten unter Anklage, oder du läßt ihn frei.«

»Ihn freilassen! Kommt ja nicht in Frage.«

»Dann willst du ihn also festnehmen? Mit welcher Begründung? Aufgrund von was für Beweisen? Du weißt genau, daß du absolut nichts in der Hand hast, um Rick Ferguson mit dem Verschwinden Connie DeVuonos in Verbindung zu bringen.«

Jess wußte, daß er recht hatte. Sie hatte keine Beweise, die eine Festnahme gerechtfertigt hätten. »Herrgott noch mal, Don, ich will ihn ja gar nicht festnehmen. Ich möchte nur mit ihm reden.«

»Aber mein Mandant möchte nicht mit dir reden.«

»Er würde es vielleicht wollen, wenn sein Anwalt sich nicht dauernd einmischen würde.«

»Aber ich werde nicht aufhören, mich einzumischen, Jess, das weißt du.« Jetzt war es an Don, tief Luft zu holen. »Du hast gegen Zusatzartikel fünf und sechs unserer Verfassung verstoßen, die einem Beschuldigten das Recht auf anwaltschaftliche Vertretung und das Recht zu schweigen garantieren. Ich habe jedes Recht, hierzusein.«

Jess wollte ihren Ohren nicht trauen. »Willst du mich für dumm verkaufen? Du kennst doch die letzte Entscheidung des Obersten Gerichtshofs so gut wie ich. Das Recht auf Belehrung und auf die Anwesenheit eines Anwalts gelten nur bei der ersten Festnahme. Sie gelten nicht bei nachfolgenden Vergehen.«

»Kann sein, kann auch nicht sein. Vielleicht sollten wir die Angemessenheit *deiner* Handlungen von der Anwaltskammer beurteilen lassen und von einem Gericht darüber befinden lassen, was für Rechte mein Mandant noch besitzt. Wenn überhaupt welche. Lassen wir die Gerichte darüber entscheiden, ob die Verfassung im Cook County noch in Kraft ist.«

»Eine echte Bravourrede, Herr Rechtsanwalt«, sagte Jess, wider Willen beeindruckt.

»Wie dem auch sei, Jess«, fuhr Don fort, und seine Stimme wurde etwas weicher, »du mußt dringenden Tatverdacht nachweisen, um meinen Mandanten festnehmen zu können. Und den hast du nicht.« Er machte eine kurze Pause. »Also, kann mein Mandant jetzt gehen?«

Wieder blickte Jess zu der Wand, die die beiden Vernehmungsräume voneinander abtrennte. Selbst durch die geschlossene Tür konnte sie Rick Fergusons Verachtung spüren. »Wie hast du eigentlich erfahren, daß wir ihn festgenommen hatten?« Sie hoffte, man hörte ihrer Stimme die Niederlage nicht allzu deutlich an.

»Seine Mutter hat bei mir in der Kanzlei angerufen. Sie hat Rick anscheinend in der Arbeit angerufen, und sein Vorarbeiter hat ihr erzählt, was passiert war.«

Jess schüttelte den Kopf. War es nicht immer so? Wahrscheinlich hatte die Frau ihren Sohn zum ersten Mal seit Jahren in der Arbeit angerufen, und dann natürlich ausgerechnet heute. »Wieso denn, ist ihr der Alkohol ausgegangen?«

»Ich möchte mit meinem Mandanten sprechen, Jess«, sagte Don, ohne auf ihren Sarkasmus einzugehen. »Also, läßt du mich jetzt mit ihm sprechen oder nicht?«

»Wenn ich dir erlaube, mit ihm zu sprechen, sagst du ihm doch nur, daß er den Mund halten soll«, stellte Jess fest.

»Und wenn du ihn hier festhältst, mußt du ihm einen Anwalt zugestehen.«

»Nennt man das eine Zwickmühle?«

»Das nennt man das Gesetz.«

»Du brauchst mich nicht über das Gesetz zu belehren«, sagte Jess bitter. Sie wußte, daß es keinen Sinn hatte weiterzumachen. Sie ging in den Flur hinaus und klopfte an die nächste Tür. Ein uniformierter Beamter öffnete ihr. Jess und Don traten rasch ein. Ein Kriminalbeamter in Zivil, mit resigniertem Gesicht, als hätte er von Anfang an gewußt, wie das Gespräch ausgehen würde, stand an der hinteren Wand und lutschte auf dem Mundstück einer nicht angezündeten Zigarette. Rick Ferguson, in schwarzen Jeans und brauner Lederjacke, saß auf einem kleinen Holzstuhl. Seine Hände waren an die Wand hinter ihm gekettet.

»Nehmen Sie die Dinger jetzt ab«, befahl Don ungeduldig.

»Ich hab kein Wort gesagt, Herr Rechtsanwalt«, sagte Rick Ferguson und sah Jess herausfordernd ins Gesicht.

Jess gab dem Kriminalbeamten ein Zeichen, der seinerseits dem uniformierten Beamten zunickte. Gleich darauf wurde Rick Ferguson von den Handschellen befreit.

Er rieb sich nicht die Handgelenke und sprang auch nicht auf, was die meisten in seiner Situation getan hätten. Statt dessen erhob er sich langsam, beinahe lässig, und streckte sich, als hätte er es überhaupt nicht eilig; wie eine Katze, die gerade aus einem Nickerchen erwacht ist; als dächte er daran, noch ein Weilchen zu bleiben.

»Ich hab ihr gesagt, daß ich nichts zu sagen habe«, wiederholte er, den Blick immer noch auf Jess gerichtet. »Sie hat's mir nicht geglaubt.«

»Gehen wir, Rick«, sagte Don von der Tür her.

»Wie kommt's eigentlich, daß Sie mir nie glauben, Jess?« Rick Ferguson hielt die zwei S ihres Namens zwischen den Zähnen fest, so daß ein langes Zischen zwischen seinen Lippen hervorkam.

»Das reicht, Rick.« Der scharfe Unterton in Dons Stimme war unüberhörbar.

Rick Ferguson grinste dieses gemeine Grinsen, das sie schon kannte, und ließ seine Zunge obszön zwischen seinen Zähnen hin und her schnellen. Ohne ein weiteres Wort schob Don seinen Mandanten brüsk zur Tür hinaus. Jess hörte das Echo von Rick Fergusons Lachen noch lange, nachdem er den Raum verlassen hatte.

8

Ich möchte, daß er wegen Mordes unter Anklage gestellt wird«, sagte Jess zu ihrem vorgesetzten Staatsanwalt.

Tom Olinsky saß hinter seinem Schreibtisch und sah sie durch die kleinen runden Gläser der Nickelbrille an, die für sein volles Gesicht viel zu klein war. Er war ein wuchtiger Mann, fast zwei Meter groß, mehr als zwei Zentner schwer. Er wirkte überwältigend. Die Nikkelbrille jedoch, ein Relikt aus den sechziger Jahren, in denen er aufgewachsen war, verlieh seinem Gesicht einen sehr menschlichen, vertrauenerweckenden Zug.

Jess rutschte unruhig in dem großen Ledersessel vor Tom Olinskys überdimensionalem Schreibtisch hin und her. Wie der Mann selbst waren alle Möbelstücke in dem kleinen Büro am Ende des langen Flurs zu groß für ihre Umgebung. Immer wenn Jess diesen Raum betrat, fühlte sie sich wie Alice nach dem Genuß des falschen Pilzes. Sie fühlte sich klein, unbedeutend, inadäquat. Und sie kompensierte das unweigerlich, indem sie lauter, schneller und mehr als nötig sprach.

»Jess –«

»Ich weiß, was Sie mir gesagt haben«, fiel sie ihm störrisch ins Wort. »Ohne eine Leiche –«

»Ohne Leiche wird uns das Gericht ins Gesicht lachen.« Tom Olinsky kam hinter seinem Schreibtisch hervor nach vorn, als wollte er mit seinem mächtigen Körper Jess aus dem Zimmer drängen. »Jess, Sie sind überzeugt, daß dieser Mann einen Mord begangen hat, und Sie haben wahrscheinlich recht. Aber wir haben einfach keinerlei Beweise.«

»Wir wissen, daß er sie vergewaltigt und geschlagen hat.«

»Was vor Gericht niemals bewiesen worden ist.«

»Weil er sie getötet hat, ehe sie gegen ihn aussagen konnte.«

»Beweisen Sie es.«

Jess warf den Kopf zurück und starrte zur Decke hinauf. Hatte sie dieses Gespräch nicht schon einmal geführt?

»Rick Ferguson hat Connie DeVuono bedroht. Er hat ihr gesagt, sie würde nicht so lange leben, daß sie gegen ihn aussagen könnte.«

»Dafür haben wir nur ihr Wort.«

»Und das, was er zu mir gesagt hat?« fragte Jess. Zu laut. Zu herausfordernd.

»Nicht ausreichend.«

»Nicht ausreichend? Wie meinen Sie das, nicht ausreichend?«

»Es reicht einfach nicht aus«, wiederholte Tom Olinsky unverblümt. »Wir kämen nicht weiter als bis zu einer Vorverhandlung. Das wissen Sie so gut wie ich.«

»Es gibt doch zahlreiche Fälle, wo Personen wegen Mordes unter Anklage gestellt wurden, obwohl eine Leiche nie gefunden worden war«, beharrte Jess eigensinnig.

»Und wie viele Verurteilungen?« Tom Olinsky schwieg. Er lehnte sich an seinen Schreibtisch. Jess meinte, das Holz ächzen zu hören. »Jess, muß ich Sie erst daran erinnern, daß der Mann für die Zeit von Connie DeVuonos Verschwinden ein Alibi hat?«

»Nein, ich weiß – seine Mutter, die Heilige!« sagte Jess mit Verachtung. »Er sorgt dafür, daß ihr der Alkohol nicht ausgeht; sie sorgt dafür, daß ihm die Alibis nicht ausgehen.«

Tom Olinsky kehrte hinter seinen Schreibtisch zurück und ließ sich langsam in den gewaltigen Ledersessel sinken. Er sagte nichts. Sein Schweigen wirkte einschüchternder als seine Worte.

»Wir lassen ihn also davonkommen«, sagte Jess. »Das heißt es doch, nicht wahr?« Sie warf die Hände hoch und stand auf. Mit einer ruckartigen Bewegung drehte sie den Kopf, so daß er die Tränen in ihren Augen nicht sehen würde.

»Was ist eigentlich los, Jess?« fragte Tom Olinsky, als Jess zur Tür ging.

Sie blieb stehen, wischte sich die Augen, ehe sie sich herumdrehte. »Wie meinen Sie das?«

»Sie sind in diesen Fall tiefer verstrickt, als für alle Beteiligten gut ist. Verstehen Sie mich nicht falsch«, fuhr er fort, ohne auf einen Einwand von ihr zu warten. »Eben die Empathie, die Sie in vielen Fällen für die Opfer einer Straftat entwickeln, macht Sie zu einer Staatsanwältin von besonderem Format. Sie erkennen dadurch Dinge, die wir anderen manchmal übersehen; Sie sind dadurch um so stärker motiviert und kämpfen um so härter. Aber hier spüre ich noch etwas anderes. Habe ich recht? Und werden Sie mir sagen, was es ist?«

Jess zuckte die Achseln und wehrte sich verzweifelt gegen das aufsteigende Bild ihrer Mutter. »Vielleicht mag ich nur nichts Unerledigtes.« Sie versuchte zu lächeln und schaffte es nicht. »Oder vielleicht kämpfe ich einfach gern.«

»Aber selbst Sie brauchen eine Waffe, mit der Sie kämpfen können«, erwiderte Tom Olinsky. »Hier haben wir keine. Ein guter Verteidiger – und Ihr geschiedener Mann ist ein sehr guter Verteidiger – würde uns in Fetzen reißen. Wir brauchen Beweise, Jess. Wir brauchen eine Leiche.«

Jess sah Connie DeVuono vor sich, wie sie ihr mit blitzenden Augen in dem kleinen Besprechungszimmer gegenübergesessen hatte, und versuchte, sich die Frau kalt und leblos auf einer verlassenen Straße liegend vorzustellen. Das Bild ließ sich leichter imaginieren, als Jess vorausgesehen hatte. Es verursachte ihr Brechreiz. Sofort preßte sie die Lippen aufeinander und biß die Zähne zusammen, bis sie schmerzten.

Sie sagte kein Wort, nickte nur bestätigend und ging hinaus. Man hatte die Halloween-Dekorationen abgenommen und die Korridore im Hinblick auf das nahe Erntedankfest mit Darstellungen von Pilgervätern und gerupften Truthähnen neu geschmückt. Jess holte nur ihren Mantel aus ihrem Büro und verabschiedete sich von ihren

Mitarbeitern, die, obwohl es bereits nach fünf war, Erstaunen darüber zeigten, daß sie so früh ging.

Sie wäre gern länger geblieben. An Arbeit mangelte es ihr nicht. Aber sie hatte keine Wahl. Sie hatte ihr Wort gegeben. Nach zehn Tagen ständiger Entschuldigungen: *Ich kann wirklich nicht, ich kann vor Arbeit kaum aus den Augen schauen*, hatte Jess schließlich dem Drängen ihrer Schwester nachgegeben, ein Treffen mit Sherry Hasek zu vereinbaren, der neuen Frau im Leben ihres Vaters. Um sieben zum Essen. Im *Bistro 110*. Ja, ich komme. Ganz bestimmt.

Ihren Schwager und die neue Liebe ihres Vaters an einem Abend zusammen, ein bißchen viel auf einmal. »Genau das was ich brauche«, schimpfte Jess laut und sah mit Erleichterung, daß sie den Aufzug für sich hatte. »Das hat mir als Krönung dieses herrlichen Tages gerade noch gefehlt.«

Im nächsten Stockwerk hielt der Aufzug an, und eine Frau stieg ein, als Jess noch mitten im Satz war. Jess verzog ihren Mund rasch zu einem Gähnen.

»Sie hatten wohl einen langen Tag?« fragte die Frau, und Jess hätte beinahe gelacht.

Die Ereignisse des Tages liefen wie ein auf schnellen Vorlauf geschaltetes Video vor ihrem inneren Auge ab. Sie sah sich vor Richter Earl Harris stehen, Seite an Seite mit ihrem geschiedenen Mann, der im Namen seines Mandanten dessen Recht auf einen schnellen Prozeß über die ihm zur Last gelegte Vergewaltigung Connie DeVuonos geltend machte. »Aufgeschobene Gerechtigkeit ist verweigerte Gerechtigkeit«, erklärte er.

Sie sah Rick Fergusons spöttisches Grinsen, hörte ihre eigene schwache Entgegnung. »Euer Ehren, wir müssen einen Vertagungsantrag stellen, weil unsere Zeugin für eine Verhandlung am heutigen Tag nicht zur Verfügung steht.«

»Welchen Tag wünschen Sie?« fragte Richter Harris.

»Geben Sie uns eine Frist von dreißig Tagen«, bat Jess.

»Da haben wir bald Weihnachten«, erinnerte der Richter sie.

»Ja, Euer Ehren.«

»Gut, dreißig Tage.«

»Na, hoffen wir, daß die gute Frau in dreißig Tagen wieder auftaucht«, sagte Rick Ferguson und gab sich keine Mühe, das Lachen in seiner Stimme zu unterdrücken. »Ich hab keine Lust, immer wegen nichts und wieder nichts hier reinzufahren.«

Jess lehnte sich an die Aufzugwand, prustete verächtlich und tat so, als hätte sie einen Husten.

»Alles in Ordnung?« fragte die Frau neben ihr.

»Ja, danke«, antwortete Jess und erinnerte sich des späteren Ärgers mit der Autowerkstatt, zu der sie gleich am frühen Morgen ihren Wagen gebracht hatte. »Wieso können Sie mein Auto nicht bis heute abend fertigmachen? Es ist doch nur ein Scheibenwischer!« Jetzt mußte sie die Hochbahn nach Hause nehmen, eine unangenehme, lange Fahrt, es würde bestimmt voll sein, und sie würde keinen Sitzplatz bekommen. Außerdem würde sie sich abhetzen müssen, um pünktlich um sieben im Restaurant zu sein.

Ich könnte ja ein Taxi nehmen, dachte sie, obwohl sie wußte, daß nirgends in der Gegend ein Taxi zu finden sein würde. Die Fahrer haßten es, auch nur in die Nähe der Gegend um die 26. Straße und die California Avenue zu kommen, ganz besonders nach Einbruch der Dunkelheit. Sie hätte natürlich von ihrem Büro aus ein Taxi anrufen können, aber das wäre zu einfach gewesen. Oder sie hätte Don anrufen können. Nein, das würde sie niemals tun. Sie war ihm böse, ja, sie war wütend auf ihn. Weshalb? Weil er objektiv war? Weil er glaubte, Rick Ferguson könnte unschuldig sein? Weil er es ablehnte, über seinen Gefühlen für sie die Rechte seines Mandanten zu vergessen? Weil er ein derart guter Anwalt war? Ja, das alles waren Gründe, gestand sie sich ein.

Es ist also gar nicht alles in Ordnung mit mir, dachte sie, als der Aufzug im dritten Stock anhielt und mehrere große Schwarze mit bunten Wollmützen hereinkamen. Sie war frustriert und verdrossen und wütend. »Scheiße«, murmelte einer der Schwarzen, als sich die Aufzugtür im Erdgeschoß öffnete.

Du sprichst mir aus der Seele, dachte Jess und schob ihre Handtasche unter ihren Mantel, als sie durch das Foyer zur Drehtür eilte.

Draußen war es sehr kalt. Die Meteorologen hatten einen ungewöhnlich kalten November vorausgesagt, und bisher hatten sie recht gehabt. Für Dezember hatten sie große Schneemengen angekündigt. Und Jess hatte noch immer keine neuen Winterstiefel gekauft.

Sie ging zur Bushaltestelle an der Ecke und war einen Moment überwältigt von dem, was die Dunkelheit nicht verbergen konnte: die Stadtstreicherinnen, die ihr gesamtes Hab und Gut zum Schutz gegen die Kälte auf dem Leib trugen; die Verrückten, die mit unsichtbaren Dämonen kämpften, mit Flaschen in den Händen und ohne Schuhe an den Füßen ziellos herumstreunten; die jungen Leute, die so vollgepumpt waren mit Drogen, daß sie weder die Energie noch die Neigung besaßen, sich die Nadeln aus den dürren Armen zu ziehen; die Zuhälter; die Prostituierten; die Dealer; die Desillusionierten. Das alles war hier, wie Jess wußte, und breitete sich von Jahr zu Jahr weiter aus. Als sähe man einer Krebsgeschwulst beim Wachsen zu, dachte sie.

Sie fuhr mit dem Bus bis zur 8. Straße, nahm dort die U-Bahn zur State Street, stieg in die Hochbahn um, alles ganz ruhig und selbstverständlich. Ich wollte, Don könnte mich jetzt sehen, dachte sie und hätte beinahe gelacht. Er hätte getobt. »Bist du denn total übergeschnappt?« konnte sie ihn brüllen hören. »Weißt du nicht, wie gefährlich die Hochbahn ist, besonders abends? Was willst du eigentlich beweisen?«

Ich will nur nach Hause, antwortete sie lautlos. Sie war nicht bereit, sich von jemandem einschüchtern zu lassen, der nicht da war.

Auf dem Bahnsteig der Hochbahn war es laut, schmutzig, und es wimmelte von Menschen. Ein junger Mann rammte Jess von hinten, entschuldigte sich nicht einmal, als er an ihr vorbeieilte. Eine ältere Frau trat ihr auf den Fuß, als sie sich an ihr vorbei nach vorn schob, und sah sie dann so wütend an, als müsse sich Jess bei *ihr* entschuldigen. Schwarze Gesichter, braune Gesichter, weiße Gesichter. Kalte Gesichter, dachte Jess und sah sie alle in Eisblau. Fröstelnde Menschen in der Dunkelheit. Jeder mit ein wenig Angst vor dem anderen. Als sähe man einer Krebsgeschwulst beim Wachsen zu, dachte sie wieder und sah plötzlich das Gesicht ihrer Mutter in einem der vorderen Fenster des einfahrenden Zugs.

Der Zug hielt an, und Jess wurde von der Menge zu den Türen gestoßen. Sie war sich kaum bewußt, daß ihre Füße den Boden berührten. Im nächsten Augenblick wurde sie wie von einer Welle hochgetragen und landete auf einer zerschlissenen Kunstlederbank, eingequetscht zwischen einem großen Schwarzen auf ihrer rechten und einer alten Mexikanerin mit einer großen Einkaufstasche am Arm auf ihrer linken Seite. Auf der anderen Seite des Ganges voller Menschen saß eine Filipina, die sich krampfhaft bemühte, ein zappelndes Kind auf ihrem Schoß festzuhalten. Eine Pfeife schrillte. Der Zug setzte sich mit einem Ruck in Bewegung, fuhr weiter. Körper schwankten im Rhythmus mit der Bewegung des Zugs. Wintermäntel versperrten Jess wie dichte Vorhänge die Sicht. Warmer Atem erhitzte die Luft rund um sie herum.

Jess schloß die Augen, sah sich als kleines Mädchen, das fest die Hand der Mutter umklammert hielt, während sie auf einem Bahnsteig standen und auf die Hochbahn warteten. »Es ist doch nur ein Zug, Schatz«, hatte ihre Mutter gesagt und die verängstigte Kleine in die Arme genommen, als der Zug donnernd angefahren kam. »Du brauchst keine Angst zu haben.«

Wo war ich, als *du* Angst hattest? fragte sich Jess jetzt. Wo war ich, als *du* mich gebraucht hast?

»Das muß ich mir von dir nicht gefallen lassen, Jess!« hörte sie ihre Mutter weinend rufen, ihr schönes Gesicht tränenüberströmt.

Der Zug hielt mit quietschenden Bremsen an. Jess ließ ihre Augen weiter geschlossen, hörte, wie sich die Türen öffneten, spürte den Wechsel der Passagiere, den Druck von noch mehr Menschen an ihren Knien. Wieder schrillte die Pfeife. Die Türen schlossen sich. Langsam fuhr der Zug an und legte Geschwindigkeit zu. Jess hielt die Augen geschlossen, während der Zug durch die Stadtmitte raste.

Sie erinnerte sich des Tages, an dem ihre Mutter verschwunden war.

Es war sehr heiß gewesen, selbst für August, schon vor zehn Uhr morgens fast dreißig Grad. Jess war in Shorts und einem alten T-Shirt in die Küche hinuntergekommen. Ihr Vater war auf Geschäftsreise; Maureen in der Bibliothek, um sich auf ihre Rückkehr nach Harvard vorzubereiten. Ihre Mutter stand am Telefon in der Küche. Sie trug ein Kostüm aus weißem Leinen, war sorgfältig geschminkt und frisiert, das Haar aus dem Gesicht gebürstet. Sie wollte offensichtlich ausgehen.

»Wohin gehst du?« hatte Jess gefragt.

Die Stimme ihrer Mutter klang leicht gereizt. »Nirgends«, antwortete sie.

»Seit wann machst du dich so schick, wenn du nirgends hin willst?«

Die Worte wiederholten sich im Rattern des Zuges. Seit wann machst du dich so schick, wenn du nirgends hin willst? Seit wann machst du dich so schick, wenn du nirgends hin willst? Seit wann machst du dich so schick, wenn du nirgends hin willst?

Der Zug ruckte und schlingerte, und jemand fiel über Jess' Knie. Sie öffnete die Augen und sah eine ältere Schwarze, die sich bemühte, wieder auf die Beine zu kommen.

»Entschuldigen Sie vielmals«, sagte die Frau.

»Das macht doch nichts«, sagte Jess und gab ihr die Hand, um sie zu stützen, wollte aufstehen und ihr ihren Platz anbieten.

Da sah sie ihn.

»Mein Gott!«

»Hab ich Ihnen weh getan?« fragte die alte Frau. »Das tut mir wirklich leid. Der plötzliche Ruck vorhin hat mich einfach umgeworfen. Bin ich Ihnen auf den Fuß gestiegen?«

»Nein nein, es ist nichts«, flüsterte Jess. Sie brachte die Worte nur mit Mühe hervor und starrte an der Frau vorbei den höhnisch grinsenden jungen Mann an, der sich mit hängenden Armen störrisch weigerte, sich irgendwo festzuhalten, und nur ein paar Schritte hinter ihr stand, gestützt und aufrechtgehalten von seinem trotzigen Widerstand.

Rick Ferguson starrte zurück. Dann verschwand er hinter einer Woge von Leibern.

Vielleicht hatte sie ihn überhaupt nicht gesehen. Sie sah sich suchend in dem überfüllten Waggon um, um ihn wiederzufinden. Sie fühlte sich an das Erlebnis mit dem weißen Chrysler vor ihrer Haustür erinnert. Vielleicht hatte sie überhaupt nichts gesehen. Vielleicht spielte ihre Phantasie ihr grausame Streiche. Vielleicht aber auch nicht.

Ganz bestimmt nicht, sagte sich Jess; sie war es leid, so zu tun, als wäre Täuschung, was sie wußte. Sie stand auf. Sofort wurde ihr Platz von jemand anderem eingenommen. Sie drängte sich zur anderen Seite des Waggons durch.

Er stand mit dem Rücken an der Tür. Er hatte Blue Jeans und die braune Lederjacke an, die er an jenem Morgen bei Gericht getragen hatte. Das lange, schmutzig-blonde Haar war zu einem Pferdeschwanz gebunden, der Blick seiner stumpfen braunen Augen barg seine ganze Vergangenheit in sich: das zerrüttete Zuhause, den prügelnden Vater, die trunksüchtige Mutter, die vernichtende Armut, die häufigen Zusammenstöße mit dem Gesetz, die Aufeinanderfolge zermürbender Fabrikjobs, die häufigen Entlassungen, die Kette mißlungener Beziehungen zu Frauen, die Wut, die Bitterkeit, die Verachtung. Und immer dieses Lächeln, schmallippig, freudlos, *falsch*.

»Entschuldigen Sie«, sagte Jess zu einem schmächtigen Mann, der ihr den Weg versperrte, und der Mann machte ihr augenblicklich Platz. Rick Fergusons Lächeln wurde breiter, als Jess ihm direkt vor die Augen trat.

»Na so was«, sagte er. »In Fleisch und Blut.«

»Verfolgen Sie mich?« fragte Jess so laut, daß ihre Worte von allen im Wagen gehört werden konnten.

Er lachte. »Ich? Sie verfolgen? Weshalb sollte ich das tun?«

»Genau das sollen Sie mir sagen.«

»Ich brauche Ihnen gar nichts zu sagen«, erwiderte er und blickte über ihren Kopf hinweg zum Fenster hinaus. »Das hat mein Anwalt auch gesagt.«

Der Zug verlangsamte die Fahrt, als er sich der nächsten Haltestelle näherte.

»Was machen Sie in diesem Zug?« fragte Jess scharf.

Keine Antwort.

»Was machen Sie in diesem Zug?« wiederholte sie.

Er kratzte sich an der Nase. »Ich mache eine kleine Fahrt.« Seine Stimme war träge, als wäre der Akt des Sprechens eine beinahe zu große Anstrengung.

»Wohin?« fragte Jess.

Er sagte nichts.

»Wo steigen Sie aus?«

Er lächelte. »Das weiß ich noch nicht.«

»Ich möchte wissen, wohin Sie fahren.«

»Vielleicht fahre ich nach Hause.«

»Ihre Mutter wohnt in der Aberdeen Street. Das ist die andere Richtung.«

»Vielleicht fahr ich gar nicht zu meiner Mutter.«

»Dann verstoßen Sie gegen die Haftverschonungsbestimmungen. Ich kann Sie festnehmen lassen.«

»In meinen Kautionsbedingungen heißt es, daß ich bei meiner

Mutter leben muß, solange ich auf Kaution frei bin. Aber es steht nicht drin, mit welchen Zügen ich fahren darf oder nicht«, versetzte er.

»Was haben Sie mit Connie DeVuono gemacht?« fragte sie in der Hoffnung, ihn mit ihrer Frage zu überraschen.

Rick Ferguson blickte zur Decke hinauf, als überlegte er sich tatsächlich eine Antwort. »Einspruch!« höhnte er dann. »Ich glaube nicht, daß mein Anwalt mit dieser Frage einverstanden wäre.«

Der Zug kam mit einem Ruck zum Stehen. Jess suchte nach einem Halt und fand keinen, sie verlor das Gleichgewicht und fiel vornüber, Rick Ferguson an die Brust. Er packte sie, umfaßte mit beiden Händen ihre Arme so fest, daß Jess förmlich spüren konnte, wie sich die Blutergüsse bildeten.

»Lassen Sie mich los!« schrie Jess. »Lassen Sie mich augenblicklich los!«

Rick Ferguson hob die Hände in die Luft. »Hey, ich wollte Ihnen doch nur helfen.«

»Ich brauche Ihre Hilfe nicht.«

»Aber Sie wären beinahe gestürzt«, sagte er, zog seine Lederjacke gerade und zuckte die Achseln. »Und wir möchten doch nicht, daß Ihnen etwas passiert. Nicht jetzt, wo es gerade anfängt, interessant zu werden.«

»Was soll das heißen?«

Er lachte. »Na so was!« rief er, den Blick an ihr vorbei zum Fenster hinaus gerichtet. »Hier muß ich raus.« Er drängte sich zur Tür durch. »Bis demnächst«, sagte er und glitt zur Tür hinaus, kurz bevor diese sich wieder schloß.

Als der Zug abfuhr, sah Jess Rick Ferguson auf dem Bahnsteig stehen und winken.

Sie saß nackt auf dem Bett, ihre Kleider sorgfältig zurechtgelegt neben sich, und war nicht fähig, eine Bewegung zu machen. Sie war nicht sicher, wie lange sie schon so gesessen hatte, wieviel Zeit verstrichen war, seit sie aus der Dusche gekommen war, wie viele Minuten abgelaufen waren, seit sie gemerkt hatte, daß ihre Beine gefühllos wurden und ihr Atem mühsam und schwer. Das ist doch lächerlich, sagte sie sich. Das geht doch nicht. Alle warten auf dich. Du kommst zu spät. Das kannst du doch nicht machen.

Sie konnte nichts dagegen tun.

Sie konnte sich nicht rühren.

»Los, Jess«, sagte sie laut. »Stell dich nicht an. Setz dich in Bewegung. Du mußt dich anziehen.« Sie blickte zu dem schwarzen Seidenkleid hinunter, das neben ihr lag. »Komm schon! Du hast schon alles zurechtgelegt. Du brauchst es nur noch anzuziehen.«

Sie konnte nicht. Ihre Hände, die in ihrem Schoß lagen, waren wie gelähmt.

Der Anfall von Panik hatte in Form eines Kribbelns in einer Seite begonnen, als sie aus der Dusche gekommen war. Anfangs hatte sie versucht, es mit ihrem Handtuch wegzurubbeln, aber es hatte sich rasch in Magen und Brust, dann in Hände und Füße ausgebreitet. Sie begann sich benommen zu fühlen, ihre Beine wurden taub, sie mußte sich setzen. Bald bereitete jeder Atemzug ihr Schmerzen.

Das Telefon neben dem Bett begann zu läuten.

Jess starrte es an, unfähig, den Hörer abzunehmen. »Bitte hilf mir«, flüsterte sie. Sie zitterte am ganzen Körper vor Kälte. »Bitte, hilf mir doch jemand.«

Das Telefon klingelte einmal, zweimal, dreimal... Nach dem zehnten Mal hörte es auf. Jess schloß die Augen, schwankte, fühlte die Angst in sich aufsteigen wie eine drohende Flut. »Bitte hilf mir«, rief sie wieder. »Hilf mir doch.« Sie starrte in den Spiegel gegenüber vom Bett. Ein kleines verängstigtes Mädchen starrte zurück. »Bitte hilf mir, Mami«, jammerte das kleine Mädchen. »Versprich mir, daß mir nichts passiert.«

»O Gott«, stöhnte Jess. Sie krümmte sich so tief, daß sie mit der

Stirn ihre Knie berührte. »Was ist nur los mit mir? Was ist nur mit mir?«

Wieder begann das Telefon zu läuten. Einmal... zweimal... dreimal.

Mit einer Anstrengung richtete Jess sich auf. Immer noch läutete das Telefon. Viermal... fünfmal. Mit eisernem Willen schob sie ihre Hand zum Telefon, beobachtete sie, als gehörte sie jemand anders, wie sie den Hörer an ihr Ohr führte.

»Hallo, Jess? Jess, bist du da?«

»Maureen?« flüsterte Jess verzweifelt.

»Jess, wo bleibst du denn? Was tust du noch zu Hause? Du müßtest längst hier sein.« Maureens Stimme klang ungeduldig.

»Wie spät ist es denn?«

»Es ist fast acht. Wir warten seit sieben Uhr. Wir sind alle völlig ausgehungert. Außerdem machen wir uns Riesensorgen um dich. Ich rufe seit einer halben Stunde unentwegt an. Was ist denn nur los? Du kommst doch sonst nie zu spät.«

»Ich bin gerade erst nach Hause gekommen«, log Jess, die ihre Beine immer noch nicht fühlen konnte.

»Ja los, dann komm endlich her.«

»Ich kann nicht«, antwortete Jess.

»Was?«

»Bitte, Maureen, ich kann nicht. Es geht mir nicht gut.«

»Jess, du hast es versprochen.«

»Ich weiß, aber...«

»Kein aber!«

»Ich kann nicht. Wirklich nicht.«

»Jess...«

»Bitte sag Dad, es tut mir wirklich leid, aber wir müssen das Treffen verschieben.«

»Das kannst du doch nicht machen, Jess.«

»Ehrlich, Maureen, ich glaube, ich brüte irgendwas aus.«

Sie konnte hören, daß ihre Schwester weinte.

»Wein doch nicht, Maureen. Bitte. Ich hab das doch nicht geplant. Ich hab mir schon meine Sachen alle zurechtgelegt. Aber ich schaff es einfach nicht.«

Eine Sekunde blieb es still. »Na schön, mach was du willst«, sagte ihre Schwester. Und legte auf.

»Mist!« schrie Jess und knallte den Hörer auf die Gabel. Die lähmende Lethargie war plötzlich verschwunden. Sie sprang auf. Was, zum Teufel, hatte das zu bedeuten? Was machte sie eigentlich mit sich selbst? Und mit ihrer Familie?

Haßte sie es nicht, wenn die Leute sich verspäteten? Achtete sie nicht immer darauf, pünktlich zu sein? Kam sie zu einer Verabredung nicht immer als erste? Acht Uhr, du lieber Gott! Anderthalb Stunden hatte sie da auf dem Bett gehockt. Nackt auf ihrem Bett gesessen, ihre Kleider neben sich, unfähig, sie anzuziehen, unfähig, eine Bewegung zu machen.

Anderthalb Stunden. Der schlimmste Anfall bisher. Der längste. Wie sollte das denn werden, wenn so etwas im Gerichtssaal passierte, so ein Anfall sie bei einem wichtigen Kreuzverhör lähmte? Was würde sie dann tun?

Sie konnte dieses Risiko nicht eingehen. Sie durfte so etwas nicht geschehen lassen. Sie mußte etwas unternehmen. Sie mußte sofort etwas unternehmen.

Jess ging zu ihrem Schrank, holte ihre lange schwarze Hose heraus und griff in sämtliche Taschen. Sie fand den Zettel, auf dem ihre Schwester ihr die Telefonnummer ihrer Freundin Stephanie Banack aufgeschrieben hatte.

»Stephanie Banack«, las Jess laut und fragte sich, ob die Therapeutin ihr überhaupt helfen konnte. »Ruf sie an, dann wirst du's schon merken.«

Jess tippte die Nummer ein, und erst da fiel ihr plötzlich ein, wie spät es schon war. Sie würde wahrscheinlich nur den Anrufbeantworter erwischen. Während sie noch überlegte, ob sie eine Nachricht hinterlassen sollte oder nicht, wurde bereits abgehoben.

»Stephanie Banack.« Die Stimme klang angenehm.

Jess war verwirrt. »Oh, Entschuldigung, ist das ein Band?«

Stephanie Banack lachte. »Nein, das bin ich live. Was kann ich für Sie tun?«

»Hier spricht Jess Koster«, sagte Jess. »Maureens Schwester.«

Eine Sekunde blieb es still. Dann sagte Stephanie Banack: »Hallo, Jess, wie geht es dir? Ist alles in Ordnung?«

»Maureen geht es gut, falls du das meinen solltest. Es geht um mich«, fügte sie hastig hinzu, weil sie fürchtete, sie würde überhaupt nicht weitersprechen, wenn sie jetzt zögerte. »Ich wollte dich fragen, ob ich mal zu einem Gespräch zu dir kommen kann – möglichst bald. Natürlich nur, wenn du Zeit hast.«

»Oh, die Zeit nehme ich mir«, antwortete die Therapeutin. »Paßt es dir morgen mittag?«

Jess zögerte, stammelte. Eine so prompte Reaktion hatte sie nicht erwartet.

»Entschließ dich, Jess. Ich opfere meine Mittagspause nicht für jeden.«

Jess nickte. »Morgen mittag«, stimmte sie zu. »Um zwölf, okay?«

9

Stephanie Banack hatte ihre Praxis in der Michigan Avenue, direkt im Zentrum. »Sie ist offensichtlich sehr erfolgreich«, nuschelte Jess in ihren Mantelkragen, während sie auf einen Aufzug wartete, der sie in die dreizehnte Etage hinaufbringen sollte. Sie hatte Stephanie Banack seit Jahren nicht mehr gesehen, hatte auch nie das geringste Verlangen verspürt, sie zu sehen, hatte die andauernde Freundschaft ihrer Schwester mit der Frau nie verstanden. Aber es gab vieles an Maureen, das Jess nicht verstand. Besonders in letzter Zeit. Doch das war eine andere Geschichte. Das hatte mit den Gründen ihres Hierseins nichts zu tun.

Aber warum war sie überhaupt hier?

Jess sah sich in dem großen Foyer mit den Spiegelwänden und dem schwarz-weißen Marmorboden um, während sie nach einer Antwort suchte. Es gab keinen Grund, sagte sie sich sofort. Es gab nicht einen guten Grund für diesen Besuch bei Stephanie Banack. Sie vergeudete wertvolle Zeit und Energie für etwas, was weder das eine noch das andere erforderte. Sie sah auf ihre Uhr und stellte fest, daß es fünf vor zwölf war. Sie hatte noch Zeit, oben anzurufen und den Termin abzusagen, ohne der Freundin ihrer Schwester ernsthafte Ungelegenheiten zu bereiten. Die Frau hatte gesagt, sie würde auf ihre Mittagspause verzichten, um für Jess eine Stunde Zeit zu haben. Nun würde sie das nicht mehr tun müssen. Sie würde ihr also mit ihrer Absage einen Gefallen tun.

Jess sah sich gerade nach einem Telefon um, als sich die Türen des Aufzugs öffneten, dem sie am nächsten stand. Die leere Kabine sah sie an, als wollte sie sagen, nun, was wirst du tun? Ein Telefon ist nicht in der Nähe, und ich warte nicht ewig. Entschließ dich, komm endlich zu Potte. Also, was wirst du tun?

»Ich fahr mit dir rauf«, antwortete Jess, froh, daß niemand im Foyer war, der sie hören konnte. Das ist ja wohl das letzte, dachte sie, jetzt rede ich sogar schon mit Aufzügen. Sie trat in die Kabine, die Türen schlossen sich hinter ihr.

Innen war der Aufzug auf drei Seiten mit Spiegeln getäfelt, genau wie das Foyer, und Jess entdeckte, daß sie, ganz gleich, wie sie den Kopf drehte, unweigerlich ihrem Spiegelbild ins Auge sah. Hatten sich das die Therapeuten, die hier im Haus ihre Praxis hatten, extra ausgedacht? Wollten sie auf diese Weise ihre widerwilligen Patienten zwingen, sich mit sich selbst zu konfrontieren? »Laß mich bloß in Ruhe«, sagte Jess laut, entschlossen, sich nicht von ihrem eigenen Spiegelbild einschüchtern zu lassen.

Die Aufzugtüren öffneten sich im dreizehnten Stock. Jess blieb an die hintere Wand gedrückt stehen. In ihrem Rücken spürte sie das Vibrieren der Kabine. Es schien sie sachte vorwärts zu schubsen. Erst willst du nicht hereinkommen; jetzt willst du nicht aussteigen. Trotzig trat Jess in den Flur hinaus. Sie mußte sich regelrecht auf die Zunge beißen, um dem Aufzug nicht Lebwohl zu sagen. »Du hast soeben die Grenze von der Neurotikerin zur total Bescheuerten überschritten«, sagte sie zu sich, während sie auf dem weichen blaugrauen Teppich zur richtigen Tür am Ende des Korridors ging. STEPHANIE BANACK stand in goldenen Lettern auf dunkler Eiche, gefolgt von einem beeindruckenden Schwanz akademischer Grade.

Viel zu beeindruckend, dachte Jess, die sich des ungraziösen jungen Mädchens erinnerte, das ihrer Schwester zeitweise nicht von der Seite gewichen war. Sie konnte sie sich nicht als eine Frau vorstellen, die fähig war, so viele Buchstaben hinter ihrem Namen zu versammeln: M. A., Dr. phil., Dr. med. Die Frau leidet eindeutig unter einem Mangel an Selbstbewußtsein, sagte sich Jess. All diese kostspieligen akademischen Grade, wo sie doch wahrscheinlich nur eine Nasenkorrektur gebraucht hätte.

Jess streckte gerade die Hand nach dem Türknauf aus, als die Tür geöffnet wurde, und eine junge Frau mit blondem Pferdeschwanz und lila Lidschatten heraustrat. Sie lächelte, so ein unverbindliches Lächeln, das in sämtliche Richtungen zugleich strahlte.

»Sind Sie Jess Koster?« fragte sie.

Jess trat einen Schritt zurück und überlegte im stillen, ob sie sich zu ihrem Namen bekennen sollte. Dann nickte sie stumm.

»Ich bin Dr. Banacks Sprechstundenhilfe. Dr. Banack erwartet Sie. Sie können gleich hineingehen.«

Sie hielt Jess die Tür auf, und Jess trat tapfer, mit angehaltenem

Atem, in die Praxis. Sie brauchte jetzt nur ein paar Sekunden zu warten, bis sie sicher sein konnte, daß die Sprechstundenhilfe weg war, dann konnte sie wieder gehen. Sie würde unten auf der Straße von einer öffentlichen Zelle aus bei Stephanie Banack, M. A., Dr. phil., Dr. med., anrufen und ihr sagen, daß eine Beratung nun doch nicht erforderlich sei. Niemand brauchte ihr zu sagen, daß sie verrückt war; das hatte sie schon ganz allein herausgefunden. Unnötig, Stephanie Banacks Zeit zu verschwenden. Unnötig, daß sie auf ihr Mittagessen verzichtete.

Das Vorzimmer war gar nicht übel, wie Jess feststellte, während sie in den Flur hinaushorchte, um das Öffnen und Schließen der Aufzugtür nicht zu überhören. Wände und Teppich waren in einem weichen Grau gehalten, die beiden Sessel an der einen Wand hatten einen Bezug in frischem Minzgrün mit grauen Streifen. Auf einem niedrigen Glastisch lagen die neuesten Nachrichtenmagazine und Modejournale. Der Schreibtisch der Sprechstundenhilfe, auf dem ein Computerbildschirm stand, war aus hellem Eichenholz. Mehrere Calder- und Miró-Poster zierten die Wände, und neben einem schmalen Wandschrank hing ein langer Spiegel. In der Ecke neben dem Fenster stand eine große Grünpflanze. Alles in allem sehr freundlich und einladend. Sogar beruhigend.

»Ich muß hier raus«, sagte Jess zu sich.

»Jess, bist du das?« Die Stimme aus dem anschließenden Raum war klar, freundlich, bestimmt.

Jess sagte nichts. Ihr Blick war auf die halb geöffnete Tür gerichtet.

»Jess?«

Jess hörte, wie drinnen jemand aufstand, nahm die Präsenz Stephanie Banacks wahr, noch ehe diese sich an der Tür zeigte.

»Jess?« fragte Stephanie Banack und zwang Jess, sie anzusehen.

»Mensch, du bist ja eine Schönheit«, rief Jess, ohne zu überlegen.

Stephanie Banack lachte, ein volles, sattes Lachen, das von seelischer Gesundheit strotzte, dachte Jess und gab Stephanie Banack die Hand.

»Du hast mich wohl nach meiner Nasenoperation nicht mehr gesehen.«

»Du hast dir die Nase operieren lassen?« fragte Jess scheinheilig.

»Ja, und ich hab mir das Haar heller färben lassen. Komm, gib mir deinen Mantel.«

Jess ließ sich von Stephanie Banack aus dem Mantel helfen und wartete, bis sie ihn im Schrank aufgehängt hatte. Sie fühlte sich plötzlich nackt trotz ihres Pullovers und des schweren Wollstoffs ihres Rockes.

Stephanie Banack wies mit einer lockeren Handbewegung auf ihr Zimmer. »Gehen wir hinein.«

Die weichen Grau- und Grüntöne des Vorzimmers wiederholten sich in dem großen, hellen Raum. Am Fenster stand ein großer Schreibtisch mit vielen gerahmten Fotografien dreier lachender Jungen. Davor stand ein Drehsessel. Das beherrschende Möbelstück im Zimmer jedoch war der große, mit grauem Leder bezogene Ruhesessel, der in der Mitte stand.

»Wir haben uns lange nicht mehr gesehen«, sagte Stephanie Banack. »Wie geht es dir?«

»Gut.«

»Bist du noch bei der Staatsanwaltschaft?«

»Ja.«

»Und du fühlst dich dort wohl?«

»Sehr.«

»Du bist hier nicht im Zeugenstand, Jess. Du brauchst deine Antworten nicht auf ein Wort zu beschränken.« Stephanie Banack klopfte auf dem Weg zu ihrem Schreibtisch leicht auf die hohe Rükkenlehne des grauen Ledersessels. Sie setzte sich und drehte ihren Sessel in Jess' Richtung. »Setz dich doch.«

Aber Jess blieb stur stehen. Sie sah die stolze Kopfhaltung Stephanie Banacks, die ruhige Gelassenheit ihrer Bewegungen, die Wärme und die Offenheit ihres Lächelns. Sie konnte nur in die falsche Praxis geraten sein. Oder vielleicht war sie in der richtigen Praxis, aber bei der falschen Therapeutin. Die Stephanie Banack, die Jess zu sehen erwartet hatte, zeichnete sich durch eine schlechte Haltung und muffige Verschlossenheit aus. Sie trug schlecht sitzende geerbte Kleider, keine eleganten Hosenanzüge von Armani. Diese Frau hier mußte eine andere Stephanie Banack sein. Es war nicht völlig ausgeschlossen, daß es im Zentrum von Chicago zwei Psychotherapeutinnen namens Stephanie Banack gab. Vielleicht waren sie *beide* gute Freundinnen ihrer Schwester. Oder vielleicht war diese Frau hier eine Betrügerin, eine Patientin, die die wahre Stephanie Banack ermordet hatte und in ihre Rolle geschlüpft war. Vielleicht war es das klügste, so schnell wie möglich von hier zu verschwinden.

Oder vielleicht sollte sie sich in die nächste Nervenklinik einweisen lassen. Sie war ja offensichtlich total plemplem.

»Es war wahrscheinlich ein Fehler«, hörte sie sich sagen, befremdet sogar vom Klang ihrer eigenen Stimme.

»Was?«

»Hierherzukommen.«

»Warum sagst du das?«

Jess schüttelte den Kopf, ohne zu antworten.

»Jess, nun bist du schon mal da, warum setzt du dich nicht? Du brauchst mir nichts zu sagen, was du nicht sagen willst.«

Jess nickte, aber sie rührte sich nicht von der Stelle.

»Als du gestern abend angerufen hast«, sagte Stephanie Banack vorsichtig, »wirktest du sehr erregt.«

»Ich habe überreagiert.«

»Worauf?«

Jess zuckte die Achseln. »Das weiß ich selber nicht genau.«

»Du hast mir eigentlich nie den Eindruck gemacht, als wärst du jemand, der zu Überreaktionen neigt.«

»Vielleicht war ich damals auch nicht so.«

»Vielleicht war es auch diesmal keine Überreaktion.«

Jess trat zögernd ein paar Schritte weiter in den Raum und berührte das weiche Leder des Ruhesessels. »Hast du mit Maureen gesprochen?«

»Wir telefonieren im allgemeinen jede Woche einmal miteinander.«

Jess zögerte. »Ich meine, hat sie mit dir gesprochen?«

Stephanie Banack neigte den Kopf ein wenig zur Seite. Jess fühlte sich an einen freundlichen Cockerspaniel erinnert. »Ich verstehe die Frage nicht ganz.«

»Über mich«, erklärte Jess. »Hat sie mit dir über mich gesprochen?«

»Sie erwähnte vor einigen Wochen, daß du möglicherweise anrufen würdest«, antwortete Stephanie Banack. »Sie sagte, du hättest einige Probleme.«

»Hat sie dir auch gesagt, was für welche?«

»Ich glaube nicht, daß sie das weiß.«

Jess kam um den großen Ruhesessel herum, ließ sich langsam in das weiche Leder sinken, hatte das Gefühl, daß es sie umschloß wie eine wärmende Hand. Der Sessel folgte ihren Bewegungen, ein Fußpolster kam wunderbarerweise ihren Füßen entgegen, als der Sessel sich nach rückwärts neigte. Jess hob ihre Füße und legte sie dankbar auf dem Polster ab. »Das ist ein toller Sessel.«

Stephanie Banack nickte.

»Und – was für einen Eindruck macht dir meine Schwester dieser Tage?« fragte Jess, die sich sagte, da sie sich nun schon einmal gesetzt habe, könnte sie auch freundlich sein und ein wenig Konversation machen.

»Es scheint ihr blendend zu gehen. Die Mutterrolle paßt zu ihr.«

»Findest du?«

»Du nicht?«

»Ich finde es eigentlich Verschwendung.« Jess sah zum Fenster. »Ich meine, natürlich finde ich nicht, daß es Verschwendung ist, Kinder großzuziehen«, erläuterte sie. »Aber jemand mit Maureens Intellekt und ihren Fähigkeiten, ganz zu schweigen von der Stellung, die sie aufgegeben hat – na ja, so ein Mensch sollte doch mehr aus seinem Leben machen, als den ganzen Tag Säuglinge zu wickeln und nach der Pfeife des Ehemanns zu tanzen.«

Stephanie Banack beugte sich vor. »Du findest, Maureen tanzt nach Barrys Pfeife?«

»Du nicht?«

Stephanie Banack lächelte. »Das ist mein Text.«

»Ich meine, meine Eltern haben ihr doch bestimmt nicht jahrelang das Studium bezahlt – und du weißt ja, wie teuer Harvard ist, auch wenn man einen Zuschuß bekommt –, nur damit sie dann alles hinschmeißt.«

»Glaubst du, euer Vater ist enttäuscht?«

»Ich weiß es nicht.« Jess blickte zu Boden. »Wahrscheinlich nicht. Er ist selig über seine Enkelkinder. Außerdem würde er sich nie was anmerken lassen, selbst wenn er enttäuscht wäre.«

»Und eure Mutter?«

Jess spürte, wie ihr Rücken sich verkrampfte. »Wie meinst du das?«

»Nun ja, du hast doch angedeutet, daß eure Eltern mit Maureens Entscheidung nicht glücklich wären…«

»Ich hab gesagt, ich glaube nicht, daß sie ihr jahrelang das Studium bezahlt haben, damit sie dann zu Hause bleibt und Kinder in die Welt setzt.«

»Was glaubst du, wie eure Mutter es sehen würde?«

Jess drehte den Kopf zur Seite und drückte ihr Kinn zur Schulter hinunter. »Die wäre wütend.«

»Wieso?«

Jess' Füße auf dem Fußpolster zuckten ungeduldig.

»Na hör mal, Stephanie, du warst doch selbst dauernd bei uns. Du hast meine Mutter gekannt. Du weißt, wie wichtig es für sie war, daß ihre Töchter eine gute Ausbildung bekommen, damit sie es im Leben zu etwas bringen und auf eigenen Füßen stehen können.«

»Eine Frau, die ihrer Zeit voraus war. Ja, ich weiß.«

»Na also, dann müßtest du doch wissen, wie sie sich angesichts von Maureens Leben fühlen würde.«

»Wie würde sie sich denn fühlen?«

Jess suchte nach den richtigen Worten. »Sie wäre zornig. Verwirrt. Und sie würde sich verraten fühlen.«

»Sind das auch deine Gefühle?«

»Ich rede davon, wie meine Mutter sich meiner Meinung nach fühlen würde.«

»Du glaubst also nicht, daß deine Mutter gewollt hätte, daß Maureen eine Familie gründet?«

»Das meine ich nicht.«

»Was meinst du denn?«

Jess blickte zur Decke hinauf, dann zum Fenster hinüber, richtete schließlich ihren Blick auf die Frau, die ihr gegenübersaß. »Hör mal, du erinnerst dich doch bestimmt, wie außer sich meine Mutter war, als ich ihr damals sagte, daß ich Don heiraten würde...«

»Das waren aber ganz andere Umstände, Jess.«

»Wieso? Inwiefern waren sie anders?«

»Nun, zum einen warst du noch sehr jung. Don war wesentlich älter als du. Er arbeitete bereits als Anwalt in einer Kanzlei. Und du hattest gerade dein zweites Semester Jura hinter dir. Ich glaube nicht, daß deine Mutter gegen die Heirat an sich war; es war der Zeitpunkt, mit dem sie Probleme hatte.«

Jess begann, den durchsichtigen Lack auf ihren Fingernägeln abzuziehen. Sie sagte nichts.

»Maureen hingegen war fertig mit ihrer Ausbildung«, fuhr Stephanie fort. »Sie stand fest und sicher auf eigenen Füßen, als sie

Barry kennenlernte und dann heiratete. Ich glaube nicht, daß eure Mutter etwas gegen ihre Entscheidung gehabt hätte, dem Berufsleben eine Weile den Rücken zu kehren, um Kinder großzuziehen.«

»Ich sag ja auch gar nicht, daß meine Mutter was dagegen gehabt hätte, daß Maureen heiratet und Kinder bekommt«, stellte Jess ärgerlich fest. »Sie hätte bestimmt nichts dagegen gehabt. Meine Mutter fand es herrlich, Kinder zu haben. Sie war gern verheiratet. Sie hatte es sich zum Ziel gemacht, die beste Ehefrau und Mutter zu sein, die man sich wünschen konnte. Aber –«

»Aber was?«

»Aber für ihre Töchter wollte sie mehr«, sagte Jess. »Ist das so schlimm? Muß man ihr das übelnehmen?«

»Das kommt darauf an, was die Tochter selbst will.«

Jess drückte einen Moment die Finger ihrer rechten Hand auf ihre Oberlippe und wartete, bis ihr Herz sich beruhigte, ehe sie wieder sprach. »Aber ich bin eigentlich nicht hergekommen, um mich über Maureen oder meine Mutter zu unterhalten.«

»Warum bist du denn hergekommen?«

»Das weiß ich eigentlich gar nicht.«

Einen Moment blieb es still. Zum ersten Mal bemerkte Jess die Uhr auf Stephanies Schreibtisch. Sie sah, wie der Minutenzeiger zum nächsten Teilstrich vorrückte. Wieder eine verlorene Minute. Verlorene Zeit. Sie dachte an all die Dinge, die sie zu erledigen hatte. Um halb zwei hatte sie einen Termin in der Gerichtsmedizin; um drei hatte sie einen Augenzeugen des Armbrustmords in ihr Büro bestellt; um vier hatte sie eine Besprechung mit mehreren Polizeibeamten. Sie hätte diese kostbare Mittagsstunde nutzen können, um sich vorzubereiten. Statt dessen saß sie hier und vertat die Zeit.

»Was hast du gestern abend, als du mich anriefst, gerade getan?« fragte Stephanie Banack.

»Wie meinst du das, was ich getan habe?«

Stephanie schien einen Moment verwirrt. »Das ist doch eine ganz klare Frage, Jess. Was hast du gestern abend getan, bevor du mich angerufen hast?«

»Nichts.«

»Nichts? Und da hast du dir aus heiterem Himmel plötzlich gedacht, ach, ich hab Stephanie Banack jahrelang nicht mehr gesehen, ich glaub, ich ruf sie mal an?«

»So ungefähr.«

Wieder Schweigen. »Jess, ich kann dir nicht helfen, wenn du mir nicht einmal eine Chance dazu gibst.«

Jess wollte sprechen und konnte nicht.

»Jess, warum hast du deine Schwester nach meiner Nummer gefragt?«

»Das habe ich gar nicht getan.«

»Also hat sie dir vorgeschlagen, mich anzurufen?«

Jess zuckte die Achseln.

»Warum?«

»Das mußt du schon sie fragen.«

»Jess, vielleicht ist es die Tatsache, daß ich mit deiner Schwester befreundet bin, die dir in dieser Situation Schwierigkeiten macht. Glaub mir, alles, was du hier sagst, wird von mir streng vertraulich behandelt. Aber vielleicht wäre es dir lieber, wenn ich dir jemand anders empfehle...«

»Nein«, sagte Jess schnell. »Es hat nichts mit dir zu tun. Es liegt an mir.«

»Dann erzähl mir von dir«, sagte Stephanie Banack mit freundlicher Aufforderung.

»Ich bekomme manchmal diese Angstanfälle.«

»Was meinst du mit Angstanfällen?«

»Panikgefühle.«

»Wie äußert sich das, wenn du diese Gefühle bekommst?«

Jess senkte den Blick und starrte in ihren Schoß. Die abgeblätterten Nagellackfetzen lagen wie glitzernde Pailletten auf ihrem schwarzen Rock. »Ich kriege Atemnot. Meine Glieder werden taub. Ich kann nicht mehr gehen. Meine Beine werden ganz kribblig und fangen an zu schlottern. Erst wird mir ganz leicht im Kopf, dann wird mir dumpf und schwer. Mein Herz fängt an zu rasen. Ich bekomme Beklemmungen, als drückte mir jemand die Brust zusammen. Ich bin wie gelähmt, kann mich überhaupt nicht mehr bewegen. Und mir wird speiübel.«

»Wie lange hast du diese Attacken schon?«

»Sie haben vor ein paar Wochen wieder angefangen.«

»Wieder?«

»Bitte?«

Stephanie Banack schlug die Beine übereinander. »Du hast gesagt, sie hätten vor ein paar Wochen *wieder* angefangen.«

»Ach ja?«

»Ja.«

»Das nennt man wohl eine Freudsche Fehlleistung.« Jess lachte bitter. War ihr Unterbewußtsein so begierig, all ihre Geheimnisse preiszugeben?

»Diese Anfälle sind also nichts Neues.« Die Bemerkung war mehr Feststellung der Tatsache als Frage.

»Nein.« Jess schwieg einen Moment, dann sprach sie weiter. »Nach dem Verschwinden meiner Mutter hatte ich sie mindestens ein Jahr lang fast jeden Tag, danach mehrere Jahre lang sehr oft.«

»Und dann haben sie aufgehört?«

»Ich habe seit ungefähr vier Jahren keine mehr gehabt.«

»Und jetzt haben sie wieder angefangen.«

Jess nickte. »Und sie kommen immer häufiger. Dauern immer länger. Werden immer schlimmer.«

»Und sie haben also vor ein paar Wochen wieder angefangen?«

»Ja.«

»Und was glaubst du, wodurch diese neuerliche Serie von Attakken ausgelöst worden ist?«

»Da bin ich mir nicht sicher.«

»Folgen diese Anfälle einem Muster?«

»Was meinst du mit einem Muster?«

Stephanie Banack überlegte einen Moment und rieb sich dabei die vollkommen geformte Nase. »Treten sie beispielsweise zu einer bestimmten Tages- oder Nachtzeit auf? Treten sie während deiner Arbeit auf? Oder wenn du allein bist? An einem besonderen Ort vielleicht? Im Beisein bestimmter Menschen?«

Jess ließ sich die einzelnen Fragen nacheinander durch den Kopf gehen. Die Attacken traten zu jeder beliebigen Tages- oder Nachtzeit auf. Sie überfielen sie bei der Arbeit, zu Hause, wenn sie allein war, wenn sie durch eine geschäftige Straße ging, wenn sie im Kino war, wenn sie aus der Dusche kam. »Es gibt kein Muster«, sagte sie resigniert.

»Hattest du gestern abend, ehe du mich anriefst, so einen Anfall?«

Jess nickte.

»Was tatest du da gerade?«

Jess berichtete ihr, daß sie sich zum Ausgehen fertiggemacht hatte. »Ich hatte mir die Kleider, die ich anziehen wollte, schon zurechtgelegt«, sagte sie leise.

»Und du solltest die neue Frau im Leben deines Vaters kennenlernen?«

»Ja«, bestätigte Jess.

»Ich kann mir vorstellen, daß so eine Situation Ängste auslöst.«

»Na ja, ich kann nicht behaupten, daß ich mich auf den Abend gefreut habe. Was nur beweist, daß ich eine ziemlich üble Person bin.«

»Warum sagst du das?«

»Weil ich doch eigentlich wünschen müßte, daß mein Vater glücklich ist.«

»Und das wünschst du nicht?«

»Doch!« Jess spürte, wie ihr die Tränen in die Augen sprangen.

Sie unterdrückte sie krampfhaft. »Das ist es ja, was ich nicht verstehe! Ich möchte, daß er glücklich ist. Ich wünsche es ihm von Herzen. Und was ihn glücklich macht, sollte mich auch glücklich machen.«

»Wieso?«

»Wie bitte?«

»Seit wann muß etwas, das einen anderen Menschen glücklich macht, auch uns glücklich machen? Du verlangst sehr viel von dir, Jess. Vielleicht zuviel.«

»Maureen scheint mit der Situation nicht die geringsten Schwierigkeiten zu haben.«

»Maureen ist nicht *du*.«

»Aber es kann nicht allein mit meinem Vater zu tun haben«, wandte Jess ein. »Die Attacken hatten schon wieder angefangen, ehe ich von dieser neuen Frau hörte.«

»Wann genau haben sie denn angefangen?«

Jess dachte zurück zu der Nacht, in der sie schweißgebadet und am ganzen Körper zitternd aufgewacht war. »Ich war im Bett und hab geschlafen. Ich hatte einen Alptraum. Davon bin ich aufgewacht.«

»Erinnerst du dich, was das für ein Traum war?«

»Es ging um meine Mutter«, antwortete Jess. »Ich hab dauernd versucht, sie zu erreichen, aber ich konnte nicht.«

»Hattest du an deine Mutter gedacht, bevor du einschliefst?«

»Ich weiß nicht mehr«, log Jess. Der ganze Tag war angefüllt gewesen mit Gedanken an ihre Mutter. Tatsächlich war der erste Anfall gar nicht auf ihren Alptraum gefolgt. Er war schon früher am Tag aufgetreten, im Gerichtssaal, während des Barnowski-Prozesses, als sie geglaubt hatte, im Gesicht einer der Geschworenen ihre Mutter zu erkennen.

Sie wollte nicht mehr über ihre Mutter sprechen.

»Ich glaube, ich weiß, was los ist«, behauptete sie. »Ich glaube, es hat mit einem Mann zu tun, gegen den ich ermittle.« Sie sah plötzlich Rick Fergusons Gesicht im Glas des Bildes, das an der Wand in Stephanie Banacks Zimmer hing. »Er hat versucht, mich mit Drohungen einzuschüchtern…«

»Was waren das für Drohungen?«

Leute, die mir in die Quere kommen, neigen dazu zu verschwinden…

Verschwinden.

Wie ihre Mutter.

Das habe ich nicht nötig, Jess. Das muß ich mir von dir nicht gefallen lassen!

Sie wollte nicht an ihre Mutter denken.

»Weißt du, ich glaube, es ist gar nicht so wichtig zu wissen, *warum* diese Anfälle auftreten; mich interessiert mehr, was ich tun kann, um sie abzustellen.«

»Ich kann dir ein paar einfache Entspannungsübungen empfehlen, mit denen du arbeiten kannst; Techniken, die den Anfällen die schlimmste Wirkung nehmen«, sagte Stephanie Banack, »aber ich denke, wenn du sie wirklich loswerden willst, mußt du dich mit den tieferliegenden Problemen auseinandersetzen, die diese Anfälle auslösen.«

»Du sprichst von einer langen Therapie?«

»Ich spreche von Therapie, ja.«

»Ich brauche keine Therapie. Ich brauch nur diesen Kerl hinter Gitter zu bringen.«

»Wieso kann ich nicht glauben, daß es so einfach ist?«

»Weil du's nicht anders gelernt hast.« Jess sah auf ihre Uhr, obwohl sie bereits wußte, wie spät es war. »Ich muß zurück ins Büro.« Sie stand aus dem bequemen Sessel auf und ging so schnell, als hätte jemand Feueralarm gegeben, zur Tür des Vorzimmers.

»Jess, warte –«

Ohne stehenzubleiben, ging Jess ins Vorzimmer hinaus, nahm ihren Mantel aus dem Schrank und warf ihn sich auf dem Weg zur

Korridortür über die Schultern. »Es war nett, dich wiederzusehen, Stephanie. Paß auf dich auf.« Sie trat in den Korridor hinaus und steuerte auf die Aufzüge zu.

»Ich bin immer hier, Jess«, rief Stephanie Banack ihr nach. »Du brauchst mich nur anzurufen.«

Da rechne mal lieber nicht mit, hätte Jess gern geantwortet, aber sie tat es nicht. Es war gar nicht nötig. Ihr Schweigen sagte alles.

10

Kann ich etwas für Sie tun?«

»Ich schaue mich nur um, danke.«

Was tu ich denn jetzt wieder, fragte sich Jess, während sie ein Paar Bruno-Magli-Slipper aus grünem Wildleder musterte. Was hab ich hier in diesem Laden zu suchen? Schon wieder neue Schuhe sind das letzte, was ich brauche.

Sie sah auf ihre Uhr. Fast halb eins. In einer Stunde war sie mit der Leiterin der Gerichtsmedizin verabredet, die drüben in der Harrison Street saß, mindestens zwanzig Minuten mit dem Wagen, und ihr Auto stand immer noch in der Werkstatt. Die Leute hatten sie in aller Frühe angerufen und ihr etwas von einer weiteren kleineren, aber absolut notwendigen Reparatur erzählt. Sie würde sich ein Taxi nehmen müssen.

»Woran haben Sie denn in etwa gedacht?« Der Verkäufer ließ sich nicht abschütteln.

»Ich habe eigentlich an gar nichts gedacht«, antwortete Jess kurz.

Der kleine ältere Mann mit dem schlecht sitzenden braunen Toupet verneigte sich mit übertriebener Höflichkeit und ging dann eilig auf eine Frau zu, die eben in den Laden getreten war.

Jess ließ ihren Blick langsam über einen langen Tisch mit einer erstaunlichen Auswahl an sportlichen Schuhen in vielen Farben gleiten. Sie nahm ein Paar senfgelber Mokassins vom Tisch und drehte sie in den Händen. Nichts geht über ein Paar neue Schuhe, wenn man seine Probleme loswerden will, dachte sie, während sie über das weiche Wildleder strich. Das war im Grund die ganze Therapie, die sie brauchte. Auf jeden Fall billiger, stellte sie mit einem Blick auf das Preisschild fest, das auf der Sohle klebte. Neunundneunzig Dollar im Vergleich zu...

Im Vergleich wozu?

Über den Preis hatte sie mit Stephanie Banack nicht gesprochen, hatte gar nicht daran gedacht, sich nach den Kosten pro Sitzung zu erkundigen, war einfach gegangen, ohne die Frau auch nur zu fragen, was sie ihr schuldete. Nicht nur war Stephanie Banack um ihr Mittagessen gekommen, sie hatte auch keine Bezahlung erhalten. Zwei Unhöflichkeiten auf einmal.

Mit einem ärgerlichen Kopfschütteln stellte Jess die Schuhe wieder auf den Tisch. Sie war nicht nur unhöflich gewesen, sondern obendrein anmaßend. Sie hatte die Freundin ihrer Schwester sehr schlecht behandelt. Sie würde sich entschuldigen müssen, ihr vielleicht Blumen und einen kurzen Dankesbrief schicken müssen. Und was sollte sie schreiben? Danke für die Erinnerungen? Danke für nichts? Danke, aber nein danke?

Ich denke, wenn du sie wirklich loswerden willst, hörte sie Stephanie Banack sagen, *mußt du dich mit den tieferliegenden Problemen auseinandersetzen, die diese Attacken auslösen.*

Es gibt keine tieferliegenden Probleme, sagte sich Jess eigensinnig, während sie sich dem nächsten Tisch näherte, auf dem die eleganten Schuhe ausgestellt waren. Es gab nur ein Problem, und sie wußte genau, was für ein Problem das war.

Rick Ferguson.

Selbstverständlich war er nicht der erste Verbrecher, der ihr gedroht hatte. Haß, Beschimpfungen und Drohungen gehörten praktisch zu ihrem Beruf. In den letzten beiden Jahren hatte sie eine Weihnachtskarte von einem Mann erhalten, den sie für zehn Jahre hinter Gitter gebracht hatte. Er hatte ihr gedroht, sich an ihr zu rächen, sobald er wieder auf freiem Fuß sei. Mit den Weihnachtskarten, die auf den ersten Blick so harmlos wirkten, wollte er sie auf seine nicht allzu subtile Art daran erinnern, daß er nicht vergessen hatte.

Tatsächlich wurden solche Drohungen selten wahrgemacht. Sie wurden geäußert; sie wurden entgegengenommen; sie wurden früher oder später vergessen. Von beiden Seiten.

Bei Rick Ferguson lag die Sache anders.

Der Mann ihrer Träume, dachte sie ironisch in Erinnerung an den Alptraum, der stets damit begann, daß sie verzweifelt nach ihrer Mutter suchte und am Ende den Tod fand. Irgendwie war es Rick Ferguson gelungen, sie in ihren geheimsten Tiefen zu treffen und lang verdrängte Ängste und Schuldgefühle wieder hervorzurufen.

Ängste, ja, dachte Jess. Sie nahm einen glänzenden schwarzen Lacklederschuh in die Hand und drückte seine Spitze so fest, daß sie spürte, wie das Leder unter ihren Fingern brach. Aber keine Schuldgefühle. Wofür hätte sie sich schuldig fühlen sollen? »Mach dich nicht lächerlich«, murmelte sie unterdrückt, als ihr wiederum Stephanie Banacks Worte ins Gedächtnis kamen. »Es *gibt* keine tieferliegenden Probleme.« Sie begann, mit dem spitzen Pfennigabsatz auf ihre Handfläche zu schlagen.

»He, seien Sie vorsichtig«, rief jemand neben ihr. Eine Hand ergriff die ihre und hielt sie fest. »Das ist ein Schuh, kein Hammer.«

Jess starrte zuerst in ihre mißhandelte Handfläche, dann sah sie den zerknautschten Schuh in ihrer anderen Hand an, und schließlich blickte sie in das Gesicht des Mannes mit dem hellbraunen Haar und den braunen Augen, dessen Hand leicht auf ihrem Arm lag. Auf dem Namensschild am Revers seines dunkelblauen Sakkos stand der Name Adam Stohn. Weißer, Anfang bis Mitte Dreißig, ein Meter achtzig groß, ungefähr achtzig Kilo, faßte sie im stillen zusammen, als läse sie aus einem Polizeibericht ab.

»Oh, das tut mir leid«, sagte sie. »Ich bezahle sie natürlich.«

»Um den Schuh mache ich mir weniger Sorgen.« Er nahm ihn ihr behutsam aus der Hand und stellte ihn wieder auf den Tisch.

Jess sah, wie der hochhackige Schuh einen Moment hin und her wackelte, dann umkippte wie abgeschossen. »Aber ich habe ihn ja offensichtlich ruiniert.«

»Ach, mit ein bißchen Pflegemittel und einem Schuhspanner kriegen wir das schon wieder hin. Was ist mit Ihrer Hand?«

Sie schmerzte, wie Jess feststellte, und in ihrer Mitte war ein kreisrunder roter Fleck. »Die wird schon wieder.«

»Sieht fast aus wie ein kleiner Bluterguß.«

»Ach, lassen Sie nur. Es ist nichts«, versicherte sie, als sie sah, daß er wirklich besorgt war. War der Laden haftbar?

»Möchten Sie vielleicht ein Glas Wasser?«

Jess schüttelte den Kopf.

»Ein Bonbon?« Er zog ein in rot-weiß gestreiftes Papier eingewickeltes Bonbon aus seiner Tasche.

Jess lächelte. »Nein danke.«

»Wie wär's mit einem Witz?«

»Seh ich so verzweifelt aus?« Sie spürte, daß er sie nicht sich selbst überlassen wollte.

»Sie sehen aus, als würde Ihnen ein netter Witz guttun.«

Sie nickte. »Da haben Sie recht. Also erzählen Sie.«

»Etwas Braves oder lieber ein bißchen gewagt?«

Jess lachte. »Na wenn schon, denn schon.«

»Also gut, leicht gewagt.« Er hielt einen Moment inne. »Ein Mann und eine Frau liegen gerade miteinander im Bett, als sie jemanden die Treppe heraufkommen hören. Die Frau ruft erschrokken, ›Mein Gott, das ist mein Mann!‹ Ihr Liebhaber springt augenblicklich zum Fenster hinaus in ein Gebüsch. Und da sitzt er nun, splitterfasernackt, und weiß nicht, was er tun soll. Natürlich fängt es an zu regnen. Plötzlich läuft eine Gruppe Jogger vorbei, der Mann packt die Gelegenheit beim Schopf und springt mitten in die Gruppe, um mit den Männern weiterzulaufen. Nach ein paar Sekunden dreht der Jogger neben ihm den Kopf, schaut ihn von oben bis unten an und sagt: ›Entschuldigen Sie, darf ich Ihnen eine Frage stellen?‹ Der Mann sagt: ›Bitte.‹ ›Joggen Sie immer nackt?‹ fragt der Jogger, und der Mann antwortet: ›Ja, immer.‹ Worauf der Jogger fragt: ›Und tragen Sie beim Joggen immer ein Kondom?‹ ›Nein‹, sagt der Mann, ›nur wenn es regnet.‹«

Jess stellte fest, daß sie laut lachte.

»Na, das ist ja schon viel besser. Kann ich Ihnen jetzt ein Paar Schuhe verkaufen?«

Jess lachte noch heftiger.

»Das sollte nicht komisch sein. Der komische Teil ist vorüber.«

»Tut mir leid. Sind Sie im Schuheverkaufen so gut wie im Witzeerzählen?«

»Stellen Sie mich auf die Probe.«

Jess sah auf ihre Uhr. Sie hatte noch ein wenig Zeit. Gegen ein Paar Schuhe war doch wirklich nichts einzuwenden. Das schuldete sie schon dem Laden, nachdem sie diese schwarzen Lackpumps so übel zugerichtet hatte. Außerdem wollte sie noch nicht gehen. Es war lange her, daß ein Mann sie zum Lachen gebracht hatte. Ein schönes Gefühl, es gefiel ihr.

»Also wenn, dann könnte ich ein Paar neue Stiefel gebrauchen«, sagte sie, froh, einen echten Grund zum Bleiben gefunden zu haben.

»Bitte, kommen Sie mit.« Adam Stohn führte sie zu den Stiefeln. »Nehmen Sie doch Platz.«

Jess setzte sich in einen kleinen rostfarbenen Sessel. Zum ersten Mal nahm sie ihre Umgebung zur Kenntnis. Der Laden war sehr modern, überall Glas und Chrom. Die Schuhe waren auf Glastischen, auf Spiegelborden, auf dem weichen goldfarbenen Teppichboden zur Schau gestellt. Ihr wurde bewußt, daß sie schon mehrmals hier eingekauft hatte, aber an Adam Stohn konnte sie sich nicht erinnern.

»Sind Sie neu hier?« fragte sie.

»Ich hab im Sommer angefangen.«

»Und gefällt es Ihnen?«

»Schuhe sind mein Leben«, antwortete er. In seiner Stimme schwang etwas wie ein verschmitztes Lächeln. »Also, was für Stiefel darf ich Ihnen zeigen?«

»Ich weiß selbst nicht genau. Ich möchte nicht einen Haufen Geld für Lederstiefel ausgeben, die innerhalb von Tagen vom Schnee und vom Salz völlig ruiniert sind.«

»Dann kaufen Sie doch kein Leder.«

»Aber sie sollen auch ein bißchen schick sein. Und ich hab gern warme Füße.«

»Aja, sie sollen schick sein und warm dazu. Ich glaube, ich habe genau das, was Sie suchen.«

»Tatsächlich?«

»Habe ich Sie je belogen?«

»Wahrscheinlich.«

Er lächelte. »Ich sehe schon, ich habe es mit einer Zynikerin zu tun. Also dann, gestatten Sie.« Er trat zu einem kleinen Tisch mit elegant geschnittenen glänzenden schwarzen Stiefeln. »Die hier sind aus Vinyl, mit Webpelz gefüttert, wasserdicht und absolut pflegeleicht. Sie sind schick; sie sind warm; sie halten garantiert auch dem härtesten Winterwetter stand.« Er reichte Jess einen Stiefel.

»Und sie sind sehr teuer«, rief Jess überrascht, als sie sah, daß der Schuh zweihundert Dollar kosten sollte. »Für den Preis kann ich auch echtes Leder kaufen.«

»Aber Sie wollen doch kein echtes Leder. Echtes Leder müssen Sie einsprühen; Sie müssen es sorgfältig pflegen. Echtes Leder ist nicht wasserdicht und bekommt Flecken. Es hat all die Nachteile, die Sie vermeiden wollen. Diesen Stiefel«, sagte er und klopfte leicht auf den glänzenden Kunststoff, »ziehen Sie an und vergessen ihn. Er ist unverwüstlich.«

»Sie sind im Schuheverkaufen tatsächlich so gut wie im Witzeerzählen«, bemerkte Jess.

»Heißt das, daß Sie sie anprobieren möchten?«

»Größe achtunddreißig«, sagte Jess.

»Ich bin gleich wieder da.«

Jess blickte Adam Stohn nach. Ihr gefiel die ruhige Sicherheit seiner Bewegungen, die Geradheit seiner Haltung. Selbstbewußtsein ohne Arroganz, dachte sie, während ihr Blick über die Spiegelwände schweifte.

Gab es denn kein Entkommen vor dem eigenen Spiegelbild? Waren die Menschen wirklich so versessen darauf, sich jede Sekunde des Tages selbst ins Gesicht zu sehen? Jess fing im Spiegel den halb enttäuschten, halb ärgerlichen Blick des kleinen Verkäufers mit dem schlecht sitzenden Toupet auf. Sie schloß die Augen. Ich weiß, dachte sie, auf seinen schweigenden Vorwurf reagierend, ich bin oberflächlich und leicht zu beeinflussen. Auf ein hübsches Gesicht und einen guten Witz bin ich noch jedesmal hereingefallen.

»Sie werden es nicht glauben«, sagte Adam Stohn, als er mit zwei großen Kartons in den Armen zurückkam, »aber es ist kein einziges Paar in Größe achtunddreißig mehr da. Ich habe Größe siebenunddreißig und Größe neununddreißig.«

Sie probierte sie an. Wie vorhergesehen war siebenunddreißig zu klein, neununddreißig zu groß.

»Sie haben wirklich keine Achtunddreißiger mehr da?«

»Ich hab überall nachgesehen.«

Jess zuckte die Achsel, sah auf ihre Uhr und stand auf. Sie hatte keine Zeit mehr.

»Ich kann in einem unserer anderen Geschäfte anrufen«, erbot sich Adam Stohn.

»Ja, gut«, antwortete Jess rasch und fragte sich sogleich, was das nun wieder sollte.

Er ging zum Verkaufstisch vorn im Laden, griff zum Telefon, tippte eine Nummer ein und begann zu sprechen. Sie sah, wie er den Kopf schüttelte. Dann legte er auf und rief unter einer anderen Nummer noch einmal an. Und dann noch einmal.

»Das ist doch nicht zu fassen!« sagte er, als er zu ihr zurückkam. »Ich habe drei Geschäfte angerufen. Sie haben alle keine Achtunddreißiger mehr. Aber«, fuhr er fort und hob den Zeigefinger in die Luft, um seinen Worten Nachdruck zu verleihen, »der eine Laden hat nachbestellt. Sie geben mir Bescheid, sobald sie hereinkommen. Soll ich Sie anrufen?«

»Wie bitte?« Wollte er sich mit ihr verabreden?

»Wenn die Stiefel kommen, soll ich Sie dann anrufen?«

»Ach so, ja, natürlich. Ja, bitte. Das wäre sehr nett.« Jess war sich bewußt, daß sie nur redete, um ihre Verlegenheit zu vertuschen. Was hatte sie sich nur gedacht? Wieso hatte sie sich eingebildet, er wollte sich mit ihr verabreden? Weil er ihr ein Bonbon angeboten und einen Witz erzählt hatte? Weil ihr das gefallen hätte? Aber wenn sie den Mann attraktiv und charmant fand, hieß das noch lange nicht, daß es umgekehrt genauso war.

Bleib auf dem Teppich, Jess, schalt sie sich, während sie ihm nach vorn folgte. Der Mann ist Schuhverkäufer, Herrgott noch mal. Nicht gerade das, was man einen tollen Fang nennt.

Sei nicht so ein Snob, hörte sie eine feine Stimme. Wenigstens ist er kein Anwalt.

»Ihr Name?« fragte er und griff zu Block und Bleistift.

»Jess Koster.«

»Und wo kann man Sie tagsüber erreichen?«

Jess gab ihm ihre Telefonnummer im Büro an. »Vielleicht gebe ich Ihnen am besten auch meine private Nummer«, sagte sie und wollte ihren Ohren kaum trauen.

»Ja, in Ordnung.« Er schrieb die Nummern auf. »Mein Name ist Adam Stohn.« Er deutete auf das Schild an seinem Jackett. »Länger als eine Woche sollte es nicht dauern.«

»Wunderbar. Hoffentlich fängt es nicht schon vorher an zu schneien.«

»Das wäre eine Unverschämtheit.«

Jess lächelte und wartete, daß er noch etwas sagen würde, aber das tat er nicht. Vielmehr sah er an ihr vorbei zu einer Frau, die bewundernd vor einem Paar tomatenroter Charles-Jourdan-Pumps stand.

»Nochmals vielen Dank«, sagte sie, bevor sie ging, aber er war schon auf dem Weg zu der anderen Frau und hatte für Jess nur noch ein kurzes Winken übrig.

»Was hab ich mir denn dabei gedacht«, murmelte Jess vor sich hin, als sie hinten in das gelbe Taxi einstieg. Hätte sie sich überhaupt noch auffälliger benehmen können? Warum trug sie nicht gleich ein großes Schild um den Hals mit der Aufschrift EINSAM UND VERWIRRT?

Im Taxi stank es nach Zigarettenqualm, obwohl an der Rückenlehne des Vordersitzes ein großes Schild hing, mit dem die Fahrgäste gebeten wurden, nicht zu rauchen. Sie nannte dem Fahrer die Adresse des Gerichtsmedizinischen Instituts in der Harrison Street und ließ sich auf dem abgewetzten, teilweise zerrissenen schwarzen Vinyl des Rücksitzes zurücksinken. So werden wahrscheinlich meine neuen Stiefel am Ende des Winters aussehen, dachte sie, während sie die Hand über die rauhe Oberfläche gleiten ließ.

Was war nur in sie gefahren? Das war nun schon das zweite Mal innerhalb eines Monats, daß sie sich beinahe dazu hatte verleiten lassen, mit einem Fremden anzubändeln. Hatte sie aus dem Fall Barnowski überhaupt nichts gelernt? Und diesmal hatte der fragliche Mann nicht einmal Interesse an ihr gezeigt. Er hatte ihr ein Glas Wasser angeboten, ein Bonbon und eine nette kleine Geschichte, aber nur um sich die erhoffte Provision zu verdienen. Er hatte in ihr Portemonnaie und nicht in ihre Hose reinzukommen versucht, als er den Witz von dem nackten Jogger erzählt hatte. Und sie hatte ihn kampflos reingelassen und sich von ihm stinkteure Stiefel andrehen lassen. »Und nicht mal aus Leder«, schimpfte sie vor sich hin und bohrte ihren Finger in einen Riß, der sich wie eine große, klaffende Wunde durch den billigen Kunststoffbezug des Sitzes zog.

»Bitte?« sagte der Fahrer. »Haben Sie was gesagt?«

»Nein, nein«, antwortete Jess und fügte für sich hinzu, ich habe nur mal wieder Selbstgespräche gehalten. Das scheine ich dieser Tage erschreckend häufig zu tun.

Zweihundert Dollar für ein Paar Vinylstiefel. War sie eigentlich völlig verrückt geworden?

Ja, wahrscheinlich, dachte sie. Das hatte sich ja mittlerweile ziemlich klar gezeigt.

»Schöner Tag«, bemerkte Jess, um Normalität bemüht.

»Bitte?«

»Ich hab gesagt, es tut gut, die Sonne mal wieder zu sehen.«

Der Fahrer zuckte die Achseln und sagte nichts. Den Rest der Fahrt herrschte Schweigen, nur unterbrochen vom Knacken und Knistern des Funkgeräts im Wagen und den kurzen Anweisungen aus der Zentrale.

Das Gerichtsmedizinische Institut befand sich in einem unscheinbaren zweistöckigen Gebäude in einer Straße, die nur aus solchen Bauten bestand. Jess bezahlte den Fahrer, stieg aus und ging rasch über den Bürgersteig auf das Gebäude zu. Wie um sich gegen die Kälte drinnen zu wappnen, zog sie ihren Mantel fester um sich.

Anderson, Michael, fünfundvierzig, an den Folgen eines Verkehrsunfalls plötzlich verstorben, ging es Jess durch den Kopf, die sich der Todesanzeigen in der Morgenzeitung erinnerte, als sie durch das Foyer zum Empfangsschalter ging. *Clemmons, Irene, friedlich entschlafen in ihrem hundertzweiten Lebensjahr, unver-*

gessen von ihren Mitbewohnern im Seniorenheim Tannruh. Lawson, David, dreiunddreißig. Er ist in eine bessere Welt hinübergegangen. Um ihn trauern seine Mutter, sein Vater, seine Schwester und sein Hund. Anstelle von Spenden an eine gemeinnützige Organisation dürfen Sie ruhig Blumen und Kränze schicken.

Wie kam es, daß manche Menschen kaum die erste Blüte ihrer Jugend überlebten, während andere bis in ihr zweites Jahrhundert am Leben festhielten? Was war daran fair? fragte sie sich, über sich selbst überrascht. Eigentlich hatte sie den Glauben, das Leben müsse fair sein, längst aufgegeben.

»Ich bin mit Hilary Waugh verabredet«, erklärte sie der gummikauenden jungen Frau hinter dem Schalterfenster.

Die Frau, deren glattes, braunes Haar aussah, als könnte es eine gründliche Wäsche gebrauchen, schnalzte mit ihrem Kaugummi und griff zum Telefon. »Sie sagt, Sie seien zu früh dran«, erklärte sie Jess ein paar Sekunden später in tadelndem Ton. »Sie bittet Sie, noch ein paar Minuten zu warten. Wenn Sie sich setzen möchten…«

»Danke.« Jess ging vom Schalterfenster zu einem verblichenen braunen Cordsofa, das an einer hellen Wand stand, aber sie setzte sich nicht. Nie schaffte sie es in diesem Haus, sich irgendwo zu setzen. Sie konnte kaum ruhig stehen. Sie kreuzte ihre Arme vor der Brust und rieb sich die Oberarme in vergeblichem Bemühen, warm zu werden.

Mateus, Jose, im vierundfünfzigsten Lebensjahr plötzlich von uns gegangen, betrauert von seiner Mutter Alma, seiner Frau Rosa und den beiden Kindern Paolo und Gino, zitierte ihr Gedächtnis. *Nielsen, Thomas, Beamter im Ruhestand, erlag in seinem siebenundsiebzigsten Lebensjahr einem Herzinfarkt. Um ihn trauern seine Ehefrau Linda, seine Söhne Peter und Henry, seine Schwiegertöchter Rita und Susan, seine Enkelkinder Lisa, Karen, Jonathan, Stephen und Jeffrey. Kondolenzbesuche bitte in J. Humphreys Bestattungsinstitut.*

Ohne es zu wollen, hatte Jess plötzlich das Bild jenes Teils des Leichenhauses vor Augen, wo in langen Reihen schwerer grauer Metallschubladen unidentifizierte Tote untergebracht waren, die niemand haben wollte. Die einzigen Menschen, die diese verlorenen Seelen je aufsuchten, waren Leute wie sie, Leute, deren berufliches Interesse sie hierher führte.

Doe, John, schwarze Hautfarbe, des Drogenhandels verdächtig, in seinem zweiundzwanzigsten Lebensjahr an einem Kopfschuß gestorben; Doe, Jane, weiße Hautfarbe, vermutlich Prostituierte, in ihrem achtzehnten Lebensjahr plötzlich verstorben, erdrosselt am Ufer des Chicago River aufgefunden; Doe, John, weiße Hautfarbe, vermutlich Zuhälter, an drei Messerstichen in die Brust gestorben, Alter neunzehn Jahre; Doe, Jane, schwarze Hautfarbe, langjährige Crack-Süchtige, in ihrem achtundzwanzigsten Lebensjahr nach einer Vergewaltigung zu Tode geprügelt. Doe, John…

»Jess?«

Jess fuhr herum.

»Tut mir leid«, sagte Hilary Waugh beim Näherkommen. »Ich wollte Sie nicht erschrecken.«

Jess nahm Hilary Waughs dargebotene Hand. Immer wieder erstaunte es sie, wie frisch und strahlend die Leiterin des Gerichtsmedizinischen Instituts von Cook County trotz ihrer schweren und unerfreulichen Arbeit stets aussah. Hilary Waugh war sicher an die fünfzig, aber sie hatte die Haut einer weit jüngeren Frau und hielt sich kerzengerade. Sie trug das dunkle schulterlange Haar in einem französischen Zopf aus dem Gesicht gekämmt, die Augen hinter den Brillengläsern mit dem dunklen Rahmen waren hellbraun.

»Vielen Dank, daß Sie sich die Zeit genommen haben«, sagte Jess, als sie Hilary durch die Tür vom Foyer zu den Büros folgte.

»Keine Ursache. Was kann ich denn für Sie tun?«

Der lange weiße Korridor roch schwach nach Formaldehyd; Jess hatte allerdings den Verdacht, daß alle Gerüche, die sie hier wahrzunehmen meinte, ihrer lebhaften Phantasie entsprangen. Die Leichenhalle war im Souterrain, außer Reichweite.

»Setzen Sie sich«, sagte Hilary, als sie den kleinen, weiß gestrichenen Raum betraten, der ihr als Büro diente. Sie wies auf einen Sessel vor ihrem Schreibtisch.

»Ich bleib lieber stehen.« Jess sah sich kurz in dem kleinen Raum um. Er war dürftig eingerichtet. Neben dem alten Metallschreibtisch gab es zwei Sessel, deren burgunderrote Bezüge an den Rändern der Sitzflächen schon fadenscheinig waren. Aktenschränke standen an den Wänden, neben ihnen stapelten sich wacklige Aktentürme. Eine hohe Grünpflanze gedieh erstaunlicherweise, obwohl sie in einer düsteren Ecke fast ganz hinter Büchern verborgen stand.

»Sie haben offensichtlich einen grünen Daumen«, bemerkte Jess.

»Oh, die ist nicht echt«, erwiderte Hilary lachend. »Die ist aus Seide, braucht also keine Pflege. Keine echte Pflanze würde sich hier halten, und ich sehe sowieso schon genug Tote. Also, was kann ich für Sie tun?«

Jess räusperte sich. »Ich suche eine Frau Mitte Vierzig, italienische Abstammung, ungefähr einsfünfundsechzig groß, fünfundfünfzig Kilo, vielleicht auch weniger. Moment!« Jess griff in ihre Handtasche. »Das ist ihr Foto.« Sie zeigte Hilary ein altes Foto, das Connie DeVuono an der Seite ihres sechsjährigen Sohnes Steffan zeigte, dem sie stolz die Hand auf die Schulter gelegt hatte. »Das Bild ist ein paar Jahre alt. Sie ist schlanker geworden seitdem. Und ihr Haar ist etwas kürzer.«

Hilary nahm sich ein paar Sekunden Zeit, um das Foto zu studieren. »Eine sehr attraktive Frau. Wer ist sie?«

»Sie heißt Connie DeVuono. Sie wird seit mehr als zwei Wochen vermißt.«

»Ach, das ist die Frau, derentwegen Sie mich letzte Woche schon mal angerufen haben?« fragte Hilary Waugh.

Jess nickte etwas verlegen. »Es tut mir leid, wenn ich Ihnen auf die

Nerven falle. Aber ich muß dauernd an ihren kleinen Sohn denken...«

»Er hat große Ähnlichkeit mit seiner Mutter«, bemerkte Hilary und reichte Jess das Foto zurück.

»Ja. Und es ist sehr schlimm für ihn – diese Ungewißheit, nicht zu wissen, was ihr zugestoßen ist.« Jess schluckte.

»Ja, das kann ich mir vorstellen. Ich wollte, ich könnte helfen.«

»Es ist also niemand hereingebracht worden, auf den Connie DeVuonos Beschreibung paßt?«

»Im Augenblick haben wir hier drei unbekannte weiße Frauen. Zwei sind noch Teenager, wahrscheinlich von zu Hause durchgebrannt. Eine ist an einer Überdosis gestorben; die andere wurde vergewaltigt und dann erdrosselt.«

»Und die dritte?«

»Die ist erst heute morgen gekommen. Wir haben noch keine Untersuchungen gemacht. Aber ihrem Zustand nach zu urteilen ist sie erst seit wenigen Tagen tot.«

»Es ist möglich«, sagte Jess rasch, obwohl sie es für höchst unwahrscheinlich hielt. Rick Ferguson wäre kaum so töricht gewesen, Connie zu kidnappen und dann mehrere Wochen zu warten, ehe er sie tötete. »Wie alt ist die Frau ungefähr? Oder war sie?« korrigierte sich Jess.

»Das ist im Moment unmöglich zu sagen. Sie ist so brutal geprügelt worden, daß sie kaum noch zu erkennen ist.«

Jess drehte sich der Magen um. Sie hatte Mühe, ruhig zu bleiben. »Aber Sie glauben nicht, daß es sich bei der Frau um Connie DeVuono handelt?«

»Nein, die Frau unten hat blondes Haar und ist ungefähr einsfünfundsiebzig groß. Damit kommt sie eigentlich nicht in Frage. Möchten Sie sich wirklich nicht setzen?«

»Nein, ich muß sowieso gleich wieder los«, antwortete Jess und ging ein paar Schritte in Richtung zur Tür. Hilary Waugh schob ihren Sessel zurück und stand auf. »Nein, nein, bleiben Sie ruhig sitzen«, sagte Jess. Sie wußte nicht, ob sie erleichtert oder enttäuscht darüber war, daß die unidentifizierte Frau nicht Connie DeVuono war. »Würden Sie mich anrufen, wenn irgend etwas –« Sie hielt inne, unfähig, den Satz zu vollenden.

»Ich rufe Sie an, ja, wenn jemand hereinkommt, der auch nur die entfernteste Ähnlichkeit mit Connie DeVuono hat.«

Jess trat in den Flur hinaus, zögerte und drehte sich noch einmal nach Hilary Waugh um. »Ich werde mir die Unterlagen von Connies Zahnarzt besorgen und sie hierherschicken«, sagte sie, in Gedanken bei der unbekannten Frau, die bis zur Unkenntlichkeit verprügelt unten in der Leichenhalle lag. »Nur damit Sie sie gleich zur Hand haben, wenn…« Sie hielt inne, räusperte sich, sagte: »Dann geht es vielleicht ein bißchen schneller.«

»Natürlich, das wäre eine Hilfe«, bestätigte Hilary Waugh. »Vorausgesetzt, wir finden ihre Leiche.«

Vorausgesetzt, wir finden ihre Leiche. Die Worte folgten Jess durch den Korridor bis ins Foyer. *Vorausgesetzt, wir finden ihre Leiche.* Sie stieß die Tür zur Straße auf und lief wie gehetzt die Treppe hinunter. Sie warf den Kopf in den Nacken und atmete tief, während sie ihr Gesicht der kalten Sonne entgegenstreckte.

Vorausgesetzt, wir finden ihre Leiche, dachte sie.

11

Vierhundert Dollar?« schrie Jess. »Sind Sie verrückt geworden?«

Der junge Schwarze hinter der hohen Theke blieb ganz ruhig, sein Gesicht unbewegt. Er war solche Ausbrüche offensichtlich gewöhnt. »Auf der Rechnung ist jeder Posten einzeln aufgeführt. Wenn Sie sie sich noch einmal ansehen würden…«

»Ich habe sie mir angesehen. Ich verstehe immer noch nicht, was da mehr als vierhundert Dollar gekostet haben kann!« Jess merkte, daß ihre Stimme gefährlich schrill wurde, daß die anderen Kunden der Autowerkstatt, zu der sie vor nahezu drei Wochen ihren Wagen zur Reparatur gebracht hatte, sie anstarrten.

»Wir mußten eine ganze Menge dran machen«, erinnerte sie der junge Mann.

»Einen Scheibenwischer!«

»Nein, beide Scheibenwischer«, widersprach der junge Mann, dessen Namensschild ihn als Robert auswies. »Sie werden sich erinnern, daß wir Sie angerufen haben und Ihnen gesagt haben, daß beide Scheibenwischer erneuert werden müssen, außerdem verschiedene andere Teile«, erklärte Robert geduldig. »Sie hatten Ihren Wagen lange nicht mehr zur Inspektion.«

»Das war nicht nötig.«

»Tja, ich kann nur sagen, Sie haben großes Glück gehabt. Das Problem bei diesen alten Autos ist, daß da dauernd was gerichtet oder erneuert werden muß...«

»Und dafür brauchen Sie drei Wochen?«

»Wir mußten die Teile erst bestellen. Es hat gedauert, bis sie gekommen sind.«

»Und was ist das hier alles?« fragte Jess und wies zornig auf eine ganze Liste weiterer Posten am Ende der Aufstellung.

»Wir haben den Wagen winterfest gemacht, die Zündung eingestellt, die Kerzen gereinigt und so weiter. Das ist sogar noch billig, wenn man bedenkt, was wir alles gemacht haben.«

»Jetzt reicht's mir aber!« schrie Jess wütend. »Ich will sofort den Chef sprechen.«

Hilflos sah Jess sich um. Ein älterer Mann, der am Nachbarschalter wartete, wandte sich hastig ab; eine junge Frau kicherte; eine Frau mittleren Alters, die neben ihrem Mann wartete, hob die geballte Faust zur Brust in einem heimlichen Salut.

»Er ist noch nicht da«, sagte Robert.

Jess sah zu der großen Uhr an der Wand hinauf. Es war fünf Minuten vor acht. Normalerweise wäre sie schon vor zehn Minuten in ihrem Büro gewesen. Sie säße jetzt über ihrem Terminkalender, machte sich ihre Notizen, träfe letzte Vorbereitungen für ihren Tag bei Gericht. Doch jetzt stritt sie sich, anstatt noch einmal ihr Eröffnungsplädoyer für den bevorstehenden Mordprozeß durchzugehen, mit jemandem namens Robert wegen ihres Autos herum.

»Also, ich habe wirklich keine Zeit für dieses Theater. Was ist, wenn ich mich einfach weigere zu bezahlen?«

»Dann bekommen Sie Ihren Wagen nicht«, antwortete Robert ebenso einfach.

»Ihnen ist natürlich klar, daß Sie mich hier nie wieder sehen werden.«

Robert gab sich keine große Mühe, ein Lächeln zu unterdrücken.

»Nehmen Sie einen Scheck?«

»Nur Bargeld oder Kreditkarte.«

»Natürlich.« Jess nahm ihre Brieftasche heraus und reichte dem jungen Mann eine ihrer Karten. Noch bemerkenswerter als die Anzahl der Morde, die jedes Jahr in Chicago verübt wurden, war die Tatsache, daß nicht noch mehr geschahen, dachte sie.

»Meine Damen und Herren Geschworenen«, begann Jess und nahm mit jeder der sieben Frauen und jedem der fünf Männer, die auf der Geschworenenbank saßen, kurzen Blickkontakt auf. »Am zweiten Juni dieses Jahres hat Terry Wales, der Angeklagte, seine Frau mit einem Pfeil mit Stahlspitze, den er von einer Armbrust abfeuerte, mitten auf der Kreuzung Grand Avenue und State Street ins Herz geschossen. Niemand hier bestreitet das. Es ist eine Tatsache.

Die Verteidigung wird versuchen, Sie davon zu überzeugen, daß nichts an diesem Fall einfach ist«, fuhr sie fort, sich Greg Olivers Kommentar zu eigen machend. »Aber Tatsachen bleiben Tatsachen, meine Damen und Herren, und Tatsache ist, daß Nina Wales, eine hübsche und intelligente Frau von achtunddreißig Jahren, auf grausamste und schrecklichste Weise von ihrem brutalen Ehemann erschossen wurde, nachdem sie kurz zuvor endlich den Mut aufgebracht hatte, sich von ihm zu trennen.«

Jess trat einen Schritt von der Geschworenenbank zurück, um den Geschworenen den Blick auf den Angeklagten, Terry Wales, freizugeben, einen ziemlich unscheinbaren Mann von vierzig Jahren, der etwas von einer Maus hatte. Er war schlank und drahtig, sein Teint blaß, sein schütteres Haar ein fades Blond. Sein Anwalt, Hal Bristol, ein dunkelhaariger, imposanter Mann von vielleicht sechzig Jahren, war es, der alle Blicke auf sich zog. Terry Wales, der neben ihm saß, sah klein und armselig aus, wie überwältigt von den Ereignissen, verwirrt, als könnte er nicht glauben, was er hörte, nicht glauben, daß er sich in diesem Dilemma befand.

Vielleicht kann er das wirklich nicht, dachte Jess, den Blick auf die Bibel gerichtet, die Terry Wales nervös in den Händen drehte. Kriminelle glaubten wie Teenager, sie seien unbesiegbar. Ganz gleich, wie schwer ihr Verbrechen, ganz gleich, wie offenkundig ihre Motive, ganz gleich, wie klar die Spuren, die sie hinterließen. Sie glaubten niemals ernsthaft, daß sie gefaßt würden. Immer glaubten sie, daß sie ungestraft davonkommen würden. Und manchmal war es ja auch so. Manchmal reichten der Beistand eines guten Anwalts und eine Bibel aus. Würden die Geschworenen auf billige Effekthascherei dieser Art hereinfallen? fragte sich Jess zynisch.

»Lassen Sie sich von dem sorgfältig einstudierten Bild frommer Unschuld und Reue, das Sie vor sich sehen, nicht täuschen, meine Damen und Herren«, rief Jess, vorübergehend von ihrer ausgearbeiteten Rede abweichend. Sie sah, wie Hal Bristol den Kopf schüttelte. »Lassen Sie sich nicht weismachen, daß ein Mann, nur weil er eine Bibel in den Händen hält, auch weiß, was sie sagt. Oder sich auch nur für ihren Inhalt interessiert.

Wo war denn diese Bibel, als Terry Wales in elf Ehejahren seine Frau regelmäßig schlug? Wo war sie, als er ihr drohte, sie zu töten, wenn sie versuchen sollte, ihn zu verlassen? Wo war sie, als er am Tag vor dem Mord eine Armbrust kaufte? Wo war diese Bibel, die Terry Wales jetzt in seiner Hand hält, als er diese Armbrust nahm und mit ihr seine Frau niederschoß, als sie auf dem Weg zu ihrem Rechtsanwalt aus einem Taxi stieg? Diese Bibel war nirgends zu sehen, meine Damen und Herren. Terry Wales hatte damals mit der Bibel nichts am Hut. Erst jetzt braucht er sie. Und nur, weil er weiß, daß Sie ihn beobachten.«

Jess kehrte zu ihrem Konzept zurück. »Die Verteidigung wird sich bemühen, Ihnen klarzumachen, daß der kaltblütige, vorsätzliche Mord an Nina Wales in Wirklichkeit ein Verbrechen aus Leidenschaft war. Gewiß, wird man zugestehen, Terry Wales hat die Armbrust und den Pfeil gekauft; gewiß, er hat seine Frau erschossen. Aber verstehen Sie denn nicht? Er hatte niemals die Absicht, ihr etwas anzutun. Er wollte ihr nur einen Schrecken einjagen. Er habe sie geliebt, wird man Ihnen vorhalten. Er habe sie geliebt, und sie habe ihn verlassen. Er habe versucht, vernünftig mit ihr zu sprechen; er habe gebeten und gebettelt, sie angefleht. Er habe sogar gedroht. Er sei ein Mann gewesen, der gelitten habe, ein Mann in Aufruhr und Verwirrung. Er sei außer sich gewesen vor Schmerz bei dem Gedanken, seine Frau zu verlieren.

Man wird Sie ferner davon zu überzeugen versuchen, daß Nina Wales an ihrem eigenen Tod nicht ganz unschuldig sei. Man wird geltend machen, daß sie ihren Mann betrogen habe, obwohl wir dafür nur das Wort des Mannes haben, der sie getötet hat.

Man wird Ihnen erzählen, Nina Wales habe ihren Mann wegen seiner Mängel als Liebhaber verhöhnt, sie habe sich über ihn lustig gemacht, ihn wegen seiner Unfähigkeit, ihre unstillbaren Gelüste zu befriedigen, erbarmungslos verspottet.

Schließlich wird die Verteidigung Ihnen berichten, Nina Wales habe ihrem Mann nicht nur gedroht, ihn zu verlassen, vielmehr habe sie ihm außerdem gedroht, ihn um sein ganzes Vermögen zu bringen, ihm seine Kinder zu nehmen, ihm die Kinder abspenstig zu machen. Kurz, sie habe ihm gedroht, ihm nichts zu lassen, nicht einmal seine Selbstachtung.

Und dennoch, wird man behaupten, habe er sie geliebt. Dennoch habe er sie angefleht zu bleiben. Und dennoch habe sie abgelehnt.

Ich frage Sie«, sagte Jess, den Blick auf die Geschworenen gerichtet, »was kann ein Mann in einer solchen Situation noch tun? Was blieb Terry Wales denn anderes übrig, als seine Frau zu töten?«

Jess machte eine Pause, um ihre Worte wirken zu lassen. Sie drehte langsam den Kopf und nahm den Saal mit einem Blick in sich auf. Sie sah Richter Harris, dessen Gesicht den interessierten und dennoch neutralen Ausdruck zeigte wie bei jedem Prozeß, bei dem er den Vorsitz führte; sie sah Neil Strayhorn leicht vorgebeugt am Tisch der Staatsanwaltschaft sitzen und ihr aufmunternd zunicken; sie sah die Reihen dichtgedrängt sitzender Zuschauer, die Reporter, die eifrig schrieben, die Zeichner vom Fernsehen, die schnelle Porträts des Angeklagten zu Papier brachten.

Sie sah Rick Ferguson.

Er saß in der zweiten Reihe von hinten, drei Plätze vom Mittelgang entfernt. Das schmutzig blonde Haar hing strähnig hinter seinen Ohren herab, sein Blick war starr geradeaus gerichtet, sein verhaßtes Grinsen war ungetrübt. Mit hämmerndem Herzen wandte Jess sich ab.

Was tat er hier? Was wollte er beweisen? Daß er sie einschüchtern konnte? Daß er sie nach Belieben belästigen und quälen konnte? Daß er sich von ihr nicht unter Kontrolle halten ließ? Daß man ihn nicht stoppen konnte?

Laß dich jetzt nicht durcheinanderbringen, sagte Jess sich. Konzentrier dich. Konzentrier dich auf deinen Vortrag für die Geschworenen. Laß dich nicht von dem einen Killer daran hindern, den anderen seiner gerechten Strafe zuzuführen. Kümmere dich jetzt um Terry Wales und später um Rick Ferguson.

Jess wandte sich wieder den Geschworenen zu. Sie sah, daß sie begierig darauf warteten, daß sie fortfuhr.

»Sehen Sie sich den Angeklagten genau an, meine Damen und Herren«, forderte Jess die Geschworenen auf. Wieder wich sie von ihrem vorbereiteten Text ab. »Er sieht nicht aus wie ein kaltblütiger Mörder, nicht wahr? Im Gegenteil, er sieht eigentlich ziemlich harmlos aus. Sanftmütig, demütig fast. Ziemlich schmächtig für einen Mann, der regelmäßig seine Frau geschlagen hat, denken Sie sich wahrscheinlich. Aber noch einmal, meine Damen und Herren, lassen Sie sich vom äußeren Schein nicht täuschen.

Tatsache ist, und die Anklage wird Sie stets von neuem zu den Tatsachen dieses Falls zurückführen, Tatsache ist, daß Terry Wales einen schwarzen Gürtel in Karate hat; Tatsache ist, daß wir Krankenhausunterlagen haben, aus denen hervorgeht, daß Nina Wales im Laufe der Jahre von ihrem Mann immer wieder körperliche Verletzungen beigebracht wurden. Tatsache ist, daß Terry Wales seine Frau geprügelt hat.

Ich möchte Ihnen eine Frage stellen, meine Damen und Herren Geschworenen«, fuhr Jess fort und hielt den Blick eisern auf die Geschworenenbank gerichtet. »Kann man uns ernsthaft glauben machen, daß Terry Wales seine Frau in einem Anfall plötzlich aufflammender Leidenschaft getötet hat, obwohl die beiden einander seit mehreren Tagen nicht mehr gesehen hatten? Kann man uns ernsthaft glauben machen, daß kein Vorsatz vorhanden war, obwohl Terry Wales die Mordwaffe am Tag vor dem Angriff auf seine Frau kaufte? Kann man uns ernsthaft glauben machen, daß er keinen vorgefaßten Plan hatte? Daß er nicht erwartete, daß seine Frau ums Leben kommen könnte, wenn der Pfeil mit der Stahlspitze in ihre Brust eindrang?

So nämlich definiert das Gesetz vorsätzlichen Mord«, erklärte

Jess. Sie fühlte Rick Fergusons durchbohrenden Blick in ihrem Nacken. Sie sprach bewußt langsam, damit die Geschworenen jedes einzelne Wort hören und würdigen konnten, während sie das Gesetz aus dem Gedächtnis zitierte. »›Wenn der Mord kaltblütig, mit Berechnung und vorsätzlich nach einem vorgefaßten Plan oder mit der vorgefaßten Absicht verübt wurde, ein Menschenleben zu vernichten, und das Verhalten des Angeklagten zu der berechtigten Erwartung Anlaß gab, daß daraus der Tod eines Menschen erfolgt.‹ So lautet die Definition des vorsätzlichen Mordes.

Die Verteidigung möchte Sie glauben machen, daß Terry Wales, von seiner Frau seiner Männlichkeit beraubt und dennoch außer sich bei dem Gedanken, sie zu verlieren, ihr lediglich einen Schrekken einjagen wollte, als er mit der Armbrust auf ihr Herz zielte. Die Verteidigung möchte Sie glauben machen, daß er in Wirklichkeit auf ihr Bein zielte. Sie möchte Sie glauben machen, daß Terry Wales, der bereits ein gebrochener Mann war, ›ausgerastet ist‹, nachdem seine Frau ihn einmal zu oft verhöhnt hatte; daß er sie lediglich ein wenig aufrütteln wollte, als er mitten auf einer geschäftigen Straßenkreuzung diesen Pfeil auf sie abfeuerte; daß Terry Wales so sehr Opfer ist wie seine Frau.

Lassen Sie sich nicht täuschen, meine Damen und Herren. Nina Wales ist hier das Opfer. Und Nina Wales ist tot. Terry Wales ist quicklebendig.«

Jess riß ihren Blick von den Geschworenen los und ließ ihn zu den Menschen im Saal zurückkehren. Rick Ferguson sah ihr von seinem Sitzplatz in der vorletzten Reihe mit seinem kalten Lächeln ins Gesicht.

»Die Anklage wird beweisen«, erklärte Jess, sich wieder den Geschworenen zuwendend, »daß Terry Wales seine Frau regelmäßig geschlagen hat. Wir werden beweisen, daß er ihr mehr als einmal gedroht hat, sie zu töten, wenn sie je versuchen sollte, ihn zu verlassen. Wir werden beweisen, daß Terry Wales, nachdem Nina Wales ihren ganzen Mut zusammengenommen hatte und mit ihren Kindern gegangen war, daß Terry Wales da im nächsten Sportgeschäft in seinem Viertel eine Armbrust kaufte. Wir werden beweisen, daß er diese Armbrust benutzt hat, um Nina Wales ins Herz zu schießen, als ob sie ein Stück Rotwild im Wald wäre. Was sie dabei erleiden mußte, darüber machte er sich keine Gedanken; sie *sollte* ja leiden. Von Mitgefühl kann hier keine Rede sein, meine Damen und Herren. Und auch nicht von einem Verbrechen aus Leidenschaft. Wir haben es mit einem Mord zu tun. Daran gibt es nicht den geringsten Zweifel. Mit vorsätzlichem Mord. Ich danke Ihnen.«

Jess sah die sieben Frauen und fünf Männer mit einem traurigen Lächeln an. Drei waren Schwarze, zwei waren spanischer Abstammung, einer asiatischer Herkunft, die übrigen waren Weiße. Die meisten waren in mittlerem Alter. Nur zwei waren noch in den Zwanzigern. Eine der Frauen war vielleicht sechzig. Alle sahen sie ernst und feierlich aus, bereit ihre Pflicht zu tun.

»Mr. Bristol«, sagte Richter Harris, als Jess an den Tisch der Anklage zurückkehrte.

Hal Bristol begann zu sprechen, noch ehe er aufgestanden war. Seine Stimme donnerte durch den Gerichtssaal und zwang die Geschworenen in ihre Gewalt.

»Meine Damen und Herren Geschworenen, Terry Wales ist kein Akademiker. Er ist Vertreter wie einige von Ihnen. Er verkauft Haushaltsgeräte. Er versteht sein Geschäft und verdient gut dabei. Reich ist er gewiß nicht. Aber er ist stolz.

Wie Sie mußte er in diesen Zeiten allgemeiner Rezession den Gürtel enger schnallen. Im Augenblick kaufen die Leute nicht. Man verzichtet auf größere Anschaffungen wie Haushaltsgeräte. Es werden nicht mehr so viele neue Häuser gebaut. Die Leute brauchen nicht mehr so viele neue Herde und Mikrowellengeräte. Die Provisionen schrumpfen. Wir leben in einer unsicheren Zeit. Es gibt nicht viel, worauf man sich verlassen kann.«

Jess setzte sich auf ihren Stuhl. Für diese Taktik also hatte sich die Verteidigung entschieden. Der Mörder, ein Mensch wie du und ich; ein Mensch, mit dem wir uns alle identifizieren können. Der Mörder, den wir verstehen können, weil wir in ihm uns selbst gespiegelt sehen. Der Mörder als Jedermann.

»Terry Wales glaubte, er könnte sich auf seine Frau verlassen. Als er sie vor elf Jahren heiratete, geschah dies unter der Bedingung, daß beide noch einige Jahre weiterarbeiten würden, ehe sie eine Familie gründeten. Aber Nina Wales hielt sich nicht an die Bedingung. Nach der Heirat wollte sie sofort Kinder haben. Sie wollte nicht warten. Sie versicherte ihm, daß sie weiterarbeiten würde. Sie habe keinerlei Absicht, ihre Stellung aufzugeben. Aber schon bald nach der Geburt des ersten Kindes hörte Nina Wales zu arbeiten auf. Sie wollte sich ganz ihren Mutterpflichten widmen, und wie hätte mein Mandant da Widerrede erheben können, besonders als sie sehr bald von neuem schwanger wurde?

Aber Nina Wales war eine Frau, die nicht leicht zufriedenzustellen war. Ganz gleich, wieviel sie hatte, ganz gleich, wieviel ihr Mann ihr geben konnte, Nina Wales wollte immer mehr. Ganz klar, daß es im Laufe der Jahre Streitigkeiten gab. Es kam sogar zu handgreiflichen Auseinandersetzungen. Terry Wales ist nicht stolz auf die Rolle, die er dabei gespielt hat. Aber Gewalt kommt in den besten Ehen vor – besonders wenn die Zeiten hart sind.

Ich halte wahrhaftig nichts davon, dem Opfer die Schuld zu geben«, behauptete Hal Bristol, und Jess konnte nicht umhin, ihn dafür zu bewundern, daß die Worte ihm ohne eine Spur von Ironie über die Lippen kamen, »aber wir wissen alle, daß zu einem Streit zwei gehören. Mein Mandant ist kein gewalttätiger Mensch. Es braucht schon einiges an Druck, um ihn zu einer Gewaltreaktion zu veranlassen.

Und Nina Wales wußte genau, auf welche Knöpfe sie drücken mußte.«

Wieder sah Jess nach hinten in den Saal, und es schüttelte sie innerlich. War Rick Ferguson deswegen hierhergekommen? Um bei ihr auf die Knöpfe zu drücken?

Rick Ferguson blickte starr geradeaus, anscheinend fasziniert vom Vortrag des Verteidigers. Ab und zu nickte er zustimmend. Von Killer zu Killer. Dieser verdammte Mistkerl, dachte Jess. Warum ist er hier?

»Ja, Nina Wales verstand sich hervorragend darauf, die richtigen Knöpfe zu drücken«, fuhr Hal Bristol fort. »Unablässig machte sie ihrem Mann Vorwürfe wegen seines schrumpfenden Einkommens; sie beschimpfte ihn, weil er es nicht schaffte, ihr größeren Luxus zu bieten. Wir haben Zeugen, die bestätigen werden, daß sie gehört haben, wie Nina Wales ihren Mann mehr als einmal öffentlich bloßstellte. Das sind Tatsachen wie die, von denen die Anklage gesprochen hat. Und wir haben Zeugen, die bestätigen werden, daß Nina Wales, wiederum mehr als einmal, ihrem Mann drohte, mit den Kindern aus seinem Leben zu verschwinden, ihm alles wegzunehmen.

Terry Wales ist ein stolzer Mann, meine Damen und Herren, obwohl seine Frau ihn behandelte, als gäbe es kaum etwas, worauf er stolz sein könnte. Und nichts war ihr heilig. Selbst ihr Intimleben machte sie zu einem Ziel ihres Spotts, und das in aller Öffentlichkeit. Nina Wales machte sich über ihren Mann als Liebhaber lustig und verspottete ihn bei jeder Gelegenheit wegen seiner Unfähigkeit, sie zu befriedigen. Sie erzählte ihm sogar, sie habe sich einen Liebhaber genommen, und Terry Wales glaubte ihr, auch wenn es vielleicht gar nicht stimmte.

Dann verließ sie ihn und ließ ihren Mann nicht einmal mit ihren Kindern sprechen. Sie teilte ihm mit, sie habe sich einen Anwalt gesucht und bereite alle notwendigen Schritte vor, um ihm alles zu nehmen, was er besaß; alles, wofür er sein Leben lang gearbeitet hatte. Terry Wales konnte es nicht fassen. Er war niedergeschmettert. Vernichtet. Er konnte nicht mehr klar denken, keinen vernünftigen Gedanken mehr fassen. Er war verzweifelt. Und verzweifelte Menschen greifen manchmal zu verzweifelten Maßnahmen.

Er kaufte sich also eine Armbrust. Eine Armbrust, meine Damen und Herren. Keine Schußwaffe, obwohl er ein geübter Scharfschütze ist. Obwohl es für jemanden, der vorhatte, seine Frau umzubringen, viel logischer gewesen wäre, eine Schußwaffe zu wählen. Sie wäre einfacher zu handhaben gewesen; der Eigentümer wäre nicht so leicht festzustellen gewesen; der Erfolg wäre sicherer gewesen, wenn es tatsächlich darum gegangen wäre, das Opfer zu töten.

Nein, Terry Wales kaufte sich eine Armbrust. Eine Waffe, von der zu erwarten war, daß sie eher Aufsehen erregen als ernsthaften Schaden anrichten würde. Und das entsprach genau seiner Absicht.

Terry Wales wollte seiner Frau einen Schrecken einjagen. Er wollte sie nicht töten.

Wenn Sie die Absicht hätten, einen Menschen zu töten, meine Damen und Herren Geschworenen, würden Sie sich dann eine so altmodische und auffallende Waffe aussuchen wie eine Armbrust? Würden Sie den geplanten Mord mitten am Tag verüben, mitten auf einer verkehrsreichen Straßenkreuzung im Angesicht von mindestens einem halben Dutzend Zeugen, die Sie identifizieren können? Würden Sie sich hinterher schluchzend auf den Bürgersteig setzen und auf die Polizei warten? Handelt so ein vernünftiger, klar denkender Mensch, ein Mensch, von dem die Anklage behauptet, er hätte eiskalt und berechnend die Ermordung seiner Ehefrau geplant?«

Hal Bristol kreuzte mit langen Schritten den Saal und trat an den Tisch der Anklage. »In einem Punkt stimmen die Verteidigung und die Anklage überein«, sagte er und sah Jess direkt an. »Mein Mandant ist für den Tod seiner Frau verantwortlich.« Er machte eine Pause und kehrte mit zielbewußtem Schritt zur Geschworenenbank zurück. »Wir behaupten jedoch, daß Terry Wales nie die Absicht hatte, seine Frau zu töten, sondern daß er ihr lediglich einen Schrekken einjagen wollte, daß er sie zur Vernunft bringen, sie veranlassen wollte, in ihr gemeinsames Haus zurückzukehren. Ganz gleich, wie fehlgeleitet, wie irrational diese Absichten waren, den Tatbestand des kaltblütigen mit Berechnung und Vorsatz verübten Mordes erfüllen sie nicht.

Ich möchte Sie auffordern, sich im Laufe dieses Verfahrens in Terry Wales' Lage zu versetzen. Jeder von uns hat seine Grenzen, meine Damen und Herren. Terry Wales hatte die seinen erreicht.« Hal Bristol legte eine dramatische Pause ein, ehe er abschließend sagte: »Was würde es erfordern, damit Sie an die Ihren stoßen?«

Jess sah sich, wie sie hinter dem dünnen Vorhang am Fenster ihres Wohnzimmers stand und mit der Pistole in der Hand zur Straße hinunterblickte. Wäre sie in der Lage gewesen zu schießen? Wir alle haben unsere Grenzen, meine Damen und Herren, dachte sie und drehte den Kopf, um nach hinten zu blicken. Sie sah, wie Rick Ferguson ein Stäbchen Kaugummi in den Mund schob und zu kauen begann.

»Ist die Anklage bereit fortzufahren?« fragte Richter Harris.

»Die Anklage erbittet eine Pause von zehn Minuten«, sagte Jess schnell.

»Gut, wir machen zehn Minuten Pause«, stimmte Richter Harris zu.

»Was gibt's denn, Jess?« fragte Neil Strayhorn offensichtlich überrascht.

Doch Jess war schon auf dem Weg nach hinten. Wenn sie erwartet hatte, daß Rick Ferguson aufspringen würde, so hatte sie sich getäuscht. Im Gegenteil, er sah nicht einmal zu ihr herüber, so daß sie gezwungen war, über die Köpfe der beiden Personen hinweg zu sprechen, die neben ihm saßen.

»Wir können das auf angenehme Weise regeln«, begann sie, »oder auf unangenehme.«

Noch immer sah er sie nicht an.

»Die angenehme Weise ist, daß Sie jetzt aufstehen und freiwillig den Saal verlassen«, fuhr sie fort.

»Und die unangenehme?« fragte er, den Blick auf den leeren Sessel des Richters gerichtet.

»Dann rufe ich den Gerichtsdiener und lasse Sie rauswerfen.«

Rick Ferguson stand auf, drängte sich an den zwei Männern vorbei zu Jess durch. »Ich wollte nur mal sehen, was mir geblüht hätte, wenn die Alte nicht verschwunden wäre«, sagte er und senkte den Blick, um ihr direkt in die Augen zu sehen. »Sagen Sie mal, Frau Anwältin, sind Sie im Bett so gut wie im Gerichtssaal?«

»Gerichtsdiener!« rief Jess laut.

»He, die angenehme Weise, wissen Sie noch?« Rick Ferguson drehte sich um und ging aus dem Saal.

Jess zitterte immer noch, als der Richter zehn Minuten später die Sitzung wieder eröffnete.

Es war fast sieben Uhr, als ein bewaffneter Hilfssheriff Jess an diesem Abend zur Parkgarage dem Administration Building gegenüber begleitete. Nachdem die Verhandlung geschlossen worden war, hatte sie noch beinahe zwei Stunden mit Neil und Barbara zusammengesessen, um die Ereignisse des Tages zu besprechen und die Strategie für den zweiten Verhandlungstag zu planen. Sie hatte versucht, ihren geschiedenen Mann anzurufen, aber in seiner Kanzlei hatte man ihr gesagt, er sei nicht in seinem Büro und man wisse nicht, um welche Zeit er zurückkehren würde. (»Jess, sind Sie das«, hatte seine Sekretärin höflich gefragt, als sie gerade auflegen wollte. »Wir haben ja lange nichts von Ihnen gehört. Versuchen Sie es doch später bei ihm zu Hause. Haben Sie die Nummer noch?«)

»Ich bin auf Parkdeck drei«, sagte Jess zu dem Mann, der sie begleitete. Alle Staatsanwälte wurden nach Einbruch der Dunkelheit von bewaffneten Beamten des Sheriffs zu ihren Autos begleitet.

»Sie sind sicher froh, daß Sie Ihren Wagen endlich wiederhaben«, sagte der junge Mann mit der dunkelblauen Schirmmütze auf dem blonden Haar. Er hatte die Hand am Holster, als er Jess über den Parkplatz im Freien zum Parkhaus führte. Jess erzählte ihm von ihrem Ärger mit der Autowerkstatt, während sie auf den Aufzug warteten.

»Aber wenigstens haben sie den Wagen gewaschen«, sagte sie, als sich die Aufzugtür öffnete und sie eintraten.

»Man muß versuchen, immer das Positive zu sehen«, meinte der junge Mann philosophisch, und Jess nickte, obwohl ihr das in diesem Fall schwerfiel. »Pfui Teufel, wie riecht's denn hier?« sagte er, als sie in der dritten Etage ausstiegen. »Das stinkt ja fürchterlich.«

Jess schnitt eine Grimasse. Der unangenehme Geruch verursachte ihr Brechreiz. Sie drückte die Hand auf den Mund und deutete mit der anderen an, wo ihr Wagen stand.

»Mann, das wird ja immer schlimmer.«

Sie bogen um die Ecke.

»Um Gottes willen!« rief der junge Mann und zog automatisch seine Pistole.

»Es ist niemand hier.« Jess war selbst überrascht, wie ruhig ihre Stimme klang. Sie starrte ihr Auto an. »Er ist längst weg.«

»Sagen Sie mir bloß nicht, daß das Ihr Wagen ist«, sagte der junge Mann, obwohl Jess sicher war, daß er die Antwort bereits wußte. »Mann, der Kerl, der das gemacht hat, muß ja total krank sein.«

Immer noch starrte Jess ihren Mustang an, der erst an diesem Morgen frisch gewaschen und so gut wie neu aus der Werkstatt gekommen war. Jetzt waren sämtliche Fenster mit Kot verschmiert, die Scheibenwischer waren abgebrochen und verbogen. Jess würgte, drückte beide Hände auf Mund und Nase und wandte sich ab.

Der Mann aus dem Sheriffsamt war schon an seinem Walkie-Talkie, um Hilfe anzufordern. Jess kehrte zum Aufzug zurück und ließ sich neben ihm auf den Betonboden sinken.

»Scheiße«, murmelte sie, fand die Wahl des Wortes ausgesprochen passend und begann hilflos zu lachen. Sie konnte lachen oder weinen, ganz wie sie wollte.

Sie beschloß, sich das Weinen für später aufzuheben.

12

»Walter! Walter, Herrgott noch mal, du hast schon wieder vergessen, die Haustür abzuschließen!« Jess trommelte mit Wucht an die Wohnungstür im ersten Stock ihres Hauses und fragte sich, ob Walter sie bei Miles Davis' Trompete überhaupt hören würde.

»Immer mit der Ruhe, ich komm ja schon«, rief die tiefe maskuline Stimme von drinnen. Einen Augenblick später öffnete sich die Tür, und der kurzbeinige, rundliche Systemanalytiker, der unter ihr wohnte, stand vor ihr. Er hatte einen grünseidenen Morgenrock an und hielt ein Glas Rotwein in der Hand. Mit einem raschen Blick musterte er sie von Kopf bis Fuß. »Jess, du bist wunderschön. Und du bist hysterisch. Komm doch auf ein Glas rein.«

»Nein, ich möchte dich nur bitten, in Zukunft darauf zu achten, daß die Haustür immer abgeschlossen ist«, sagte Jess, die für ein geselliges Glas Wein jetzt nicht in Stimmung war.

»Ach, hab ich wieder vergessen abzuschließen?« Walter Fraser gab sich betont nonchalant. »Weißt du, ich hab meine Einkäufe reingetragen und mußte dauernd hin und her laufen. Da war es einfacher, die Tür einfach offenzulassen.«

»Ja, einfacher und viel gefährlicher.«

»Du hast wohl einen harten Tag gehabt, hm?« fragte Walter.

»Schließ in Zukunft einfach ab«, sagte Jess noch einmal, schon auf dem Weg zur Treppe, die zu ihrer Wohnung hinaufführte.

Das Telefon begann zu läuten, sobald sie die Tür öffnete. Was nun? Sie stieß an den Vogelkäfig, als sie in die Küche lief, und der Kanarienvogel zwitscherte erschrocken.

»Tut mir leid, Fred«, rief sie und griff schon nach dem Telefonhörer. »Hallo!« rief sie laut.

»Oha! Da hat wohl jemand schlechte Laune.«

»Don, bist du das?«

»In der Kanzlei hat man mir gesagt, daß du angerufen hast. Irgendwas nicht in Ordnung?«

»Nichts, was nicht wieder in Ordnung kommt, wenn dein Mandant auf dem elektrischen Stuhl landet.«

»Ich vermute, du sprichst von Rick Ferguson«, sagte Don.

»Du vermutest richtig. Möchtest du hören, was heute passiert ist? Erst erscheint dein Mandant bei mir im Gerichtssaal, und ein paar Stunden später finde ich meinen Wagen, den ich gerade erst für mehr als vierhundert Dollar hab reparieren lassen, total mit Scheiße verschmiert wieder. Was würdest du denn da vermuten?«

»Moment mal. Du sagst, dein Wagen war buchstäblich mit –«

»Kot, ja, wahrscheinlich menschlichem Kot verschmiert. Jedenfalls hält die Polizei es dafür. Sie haben Proben genommen, um sie analysieren zu lassen, und versuchen Fingerabdrücke zu sichern. Ich glaube allerdings nicht, daß dabei viel herauskommen wird. Ich bin sicher, daß da mit Gummihandschuhen gearbeitet worden ist.«

»Das ist ja unglaublich«, murmelte Don.

»Sag du nur deinem Mandanten, wenn er sich noch ein einziges Mal in meinem Gerichtssaal blicken läßt, laß ich ihn verhaften. Es ist mir ganz egal, wofür.«

»Ich habe ihn bereits ermahnt, dich in Ruhe zu lassen.«

»Sieh zu, daß er meinem Gerichtssaal fernbleibt.«

»Da wirst du ihn bestimmt nicht wiedersehen.«

Trotz des ruhigen Tons, in dem Don sprach, hörte Jess aus seiner Stimme deutlich seine Verwirrung heraus. Sie wußte, daß er sich die größte Mühe gab, Beruf und Privatleben voneinander zu trennen, und daß sie ihm das beinahe unmöglich machte.

»Es ist fast neun«, sagte er nach einer längeren Pause. »So wie ich dich kenne, hast du noch nicht gegessen.«

»Ich bin nicht gerade hungrig.«

»Aber du mußt essen. Ich kann in zwanzig Minuten bei dir sein. Wir gehen irgendwohin und essen ein Steak...«

»Don, kannst du dir vorstellen, daß es mir nach so viel Scheiße den Appetit verschlagen hat.« Sie spürte, daß er lächelte. »Tut mir wirklich leid. Ein andermal vielleicht?«

»Natürlich, jederzeit. Schlaf dich aus.«

»Danke.«

»Und, Jess...«

»Ja?«

»Der Staat Illinois tötet Verbrecher nicht mehr auf dem elektrischen Stuhl. Ich glaube, man arbeitet jetzt mit Injektionen.«

Sie lachte. »Vielen Dank für die Information.«

Sie legten auf, ohne Aufwiedersehen zu sagen.

Und prompt begann Jess' Magen zu knurren. »Na wunderbar. Perfektes Timing.« Jess sah zum Telefon, entschied sich aber dann, Don nicht zurückzurufen. Sie war zu müde, zu gereizt, zu verärgert, um auszugehen. Sie würde Don nur den Abend verderben. Und warum sollte sie Steak essen, wenn sie einen ganzen Stapel gefrorener Pizza in ihrem Tiefkühlschrank hatte?

Sie nahm zwei Pizzas aus der Zellophanverpackung und schob sie in den Mikrowellenherd. Dann holte sie sich eine Dose Cola aus dem Kühlschrank, öffnete sie und nahm einen langen Schluck direkt aus der Dose. Ihr Schwager fiel ihr ein, in dessen Haus Limonaden seit neuestem nicht mehr erlaubt waren. (»Ich glaube, du bist eifersüchtig«, hatte Barry gesagt. »Weil deine Schwester einen Mann und eine Familie hat und glücklich ist. Und was hast du? Einen Tiefkühlschrank voll Gefrierpizza und einen verdammten Kanarienvogel!«)

Hatte er recht? War sie wirklich eifersüchtig auf das Glück ihrer Schwester? Konnte sie so kleinlich sein?

Zum ersten Mal seit langem hatte Maureen sie nicht zum Thanksgiving-Essen eingeladen. Sie hatte etwas davon gesagt, daß sie zur Abwechslung einmal bei Barrys Eltern essen würden, aber wahrscheinlich war sie einfach verärgert. Sie waren alle verärgert. Sogar ihr Vater hatte alle Versuche aufgegeben, sie mit der neuen Frau in seinem Leben bekannt zu machen. Er habe den Pressewirbel um ihren gegenwärtigen Prozeß verfolgt und könnte verstehen, daß sie viel zu tun habe, hatte er gesagt. Er werde warten, bis der Prozeß vorbei sei.

Was tat sie ihrem Vater nur an? War sie auch auf sein Glück eifersüchtig? Verlangte sie von den Menschen, die sie liebten, daß sie das gleiche ungesellige, einsame Leben führten, in dem sie selbst sich eingerichtet hatte? Sah sie allen Ernstes im Interesse ihres Vaters an einer anderen Frau einen Verrat an ihrer Mutter? Selbst jetzt noch, nach all diesen Jahren?

Jess stützte ihren Kopf in die Hände. Allmählich wurde ihr klar, daß das nicht der Grund war. Indem ihr Vater sich einer anderen Frau zuwandte, unterzeichnete er in symbolischer, aber dennoch sehr realer Weise den Totenschein ihrer Mutter.

Jess hob ihren Kopf von ihren Händen und blickte zur Decke hinauf. Die Tränen liefen ihr über das Gesicht. War es möglich, daß sie noch immer halb erwartete, ihre Mutter werde eines Tages plötzlich wieder in ihr Leben treten? War es das, worauf sie wartete und hoffte, wonach sie sich sehnte? Selbst jetzt noch, nach acht Jahren? Wartete sie immer noch darauf, daß ihre Mutter plötzlich auf der Schwelle stehen, ihre treue Tochter in die Arme nehmen, ihr Gesicht mit heißen Küssen bedecken und ihr sagen würde, daß sie an ihrem Verschwinden nicht schuld war, daß sie freigesprochen war?

Wartete sie noch immer auf den Moment der Absolution? Konnte sie ihr Leben ohne diese Absolution nicht weiterführen?

Der Wecker am Mikrowellenherd piepte, ihr Abendessen war fertig. Das Geräusch holte Jess in die Realität zurück. Vorsichtig hob sie die beiden dampfenden Pizzas aus dem Rohr und legte sie auf einen Teller. Sie nahm den Teller und die Dose Cola mit ins Wohnzimmer und setzte sich aufs Sofa. Erst jetzt wurde sie auf die Sechziger-Jahre-Musik aufmerksam, die im Radio lief. »*Monday, Monday*« sangen die Mamas and the Papas im schönsten Einklang, und Jess zuckte die Achseln. Wie passend. Was war das für ein Montag gewesen.

»Und du, Freddie, hast du wenigstens einen schönen Tag gehabt?« fragte sie den Kanarienvogel und pustete auf die vor ihr stehenden Pizzas hinunter, um sie abzukühlen. Dann nahm sie sich ein Stück, biß kräftig hinein und zog dabei fast den ganzen Käsebelag in ihren Mund.

Das Telefon läutete.

Jess schob die Pizza in ihrem Mund nach links. »Hallo?«

»Spreche ich mit Jess Koster?« Die Männerstimme kam ihr irgendwie bekannt vor, aber sie konnte sie nicht einordnen.

»Wer ist am Apparat?« fragte sie unruhig und gespannt.

»Adam Stohn.«

»Adam Stohn?«

»Der Verkäufer aus dem Schuhgeschäft. Es geht um die Stiefel, die Sie bestellt haben – sie sind heute am Spätnachmittag eingetroffen. Ich hab versucht, Sie im Büro zu erreichen. Dort sagte man mir, Sie seien bei Gericht. Sie haben mir gar nicht gesagt, daß Sie Anwältin sind.«

Jess merkte, wie ihr Herz zu rasen anfing. »Mir wurde nicht ausgerichtet, daß Sie angerufen haben.«

»Ich hab auch keine Nachricht hinterlassen.«

Schweigen.

»So, meine Stiefel sind also da«, sagte Jess nach einer Pause, die ihr wie eine Ewigkeit vorkam.

»Sie können sie jederzeit abholen.«

»Wunderbar. Danke, daß Sie mir Bescheid gesagt haben.«

»Ich kann sie Ihnen auch vorbeibringen«, erbot er sich.

»Wie?«

»Dann können Sie sich den Weg sparen. Sie brauchen mir nur einen Scheck zu geben, natürlich auf die Firma ausgestellt.«

»Wann?«

»Ich könnte gleich vorbeikommen, wenn es Ihnen paßt.«

»Gleich?« *Wie? Wann? Gleich?* hörte Jess sich sagen. Wirklich brillant, wie sie Konversation machte!

»Für morgen ist Schnee angesagt.«

»Tatsächlich?«

»Übrigens hab ich noch gar nicht gegessen. Sie? Hätten Sie Lust auf eine Pizza?«

Jess spie den durchgekauten Käseklumpen, den sie noch im Mund hatte, auf ihren Teller. »Das ist eine prima Idee.«

»Gut. Sagen Sie mir nur, wo Sie wohnen.«

»Treffen wir uns doch einfach irgendwo«, schlug Jess vor.

»Gut, sagen Sie mir, wo.«

Jess nannte ein kleines italienisches Restaurant in der Armitage Avenue, das sie leicht zu Fuß erreichen konnte.

»In einer Viertelstunde?«

»Gut, bis gleich.«

»Sie sind früh dran«, sagte er, als er sich zu ihr in die rotgepolsterte Nische hinten in dem kleinen Restaurant setzte. Er hatte Blue Jeans an und eine schwarze Bomberjacke über einem grauen Rollkragenpullover.

»Ich komme immer zu früh. Das ist eine schlechte Angewohnheit von mir«, sagte sie, während sie sein Gesicht betrachtete. Sie fand, er sah besser aus, als sie in Erinnerung hatte. Ging es ihm mit ihr ähnlich? Sie wünschte jetzt, sie hätte einen etwas originelleren Anzug gewählt als den einfachen schwarzen Pulli und die dunkelgrauen Jeans. Und eine Spur mehr Make-up hätte wahrscheinlich auch nicht geschadet. Statt dessen hatte sie sich nur ein paar Hände voll kaltes Wasser ins Gesicht geworfen, ihre Zähne geputzt, Lippenstift aufgelegt und war dann losgeflitzt.

»Guten Abend, Signorina«, sagte die Wirtin zu Jess und legte zwei fleckige Speisekarten auf den Tisch. »Freut mich, Sie wieder einmal zu sehen.«

»Und ich freue mich, Sie zu sehen«, gab Jess zurück und lächelte die dunkelhaarige Frau mit dem runden Gesicht an. »Carla macht die beste Pizza der Welt.«

»Jedenfalls in De Paul«, schränkte Carla ein. »Soll ich Ihnen eine Karaffe Chianti bringen, während Sie sich die Speisekarte ansehen?«

»Hört sich gut an«, sagte Adam und warf einen raschen Blick in die Speisekarte.

»Ich weiß schon, was ich will«, sagte Jess. »Ich nehme die Pizza Spezial. Das ist mein absolutes Leibgericht.«

»Dann bringen Sie uns gleich eine große«, warf Adam ein. »Die teilen wir uns.« Carla nahm die beiden Speisekarten wieder an sich und machte sich auf den Weg zur Küche. »Übrigens, Ihre Stiefel liegen im Auto. Erinnern Sie mich daran, sie Ihnen zu geben.«

»Und erinnern Sie mich daran, Ihnen einen Scheck zu schreiben.«

»Du lieber Gott, woran man alles denken muß.« Er lachte. »Sie sind wohl oft hier?«

»Ich wohne nicht weit von hier. Und ich bin keine große Köchin«, fügte Jess hinzu.

»Ich kann mir denken, daß Sie zum Kochen nicht viel Zeit haben.«

»Das stimmt, aber ich würde sowieso nicht kochen.«

Er machte ein erstauntes Gesicht. »Aus Prinzip?«

»Ja, manchmal haben wir Anwälte Prinzipien«, erwiderte sie lächelnd.

»Daran habe ich nie gezweifelt.«

»Meine Mutter hat jeden Tag für uns gekocht«, erklärte Jess. »Sie hat es gehaßt und es uns darum nie beigebracht. Vielleicht meinte sie, wenn meine Schwester und ich nicht kochen können, werden wir nie in der Küche landen.«

»Eine interessante Theorie.«

»Aber gewirkt hat es nicht.«

Er sah sie fragend an.

»Meine Schwester hat sich zu einem wahren Hausmütterchen entwickelt.«

»Und Sie finden das nicht gut?«

»Ich würde lieber nicht über meine Schwester reden.«

Carla kehrte mit dem Chianti und zwei Weingläsern zurück. »Ich hab gerade in der Abendzeitung über den Armbrustmörder gelesen«, sagte sie, während sie ihre Gläser füllte. »Da stand eine ganze Menge über Sie drin. Sehr beeindruckend.«

Jess lachte. »Beeindruckend wäre es, wenn ich den Prozeß gewänne.«

Carla machte eine wegwerfende Handbewegung. »Aber da gibt's doch gar keine Frage. Natürlich gewinnen Sie. Ganz klar.« Sie wischte sich die Hände an der grünen Schürze ab, die sich über ihrem üppigen Busen spannte, und ging dann mit einem Nicken davon, in den vorderen Teil des Restaurants. In dem kleinen Raum waren fünf Nischen und vielleicht zehn Tische, von denen augenblicklich etwa die Hälfte besetzt waren. Die Wände waren mit bunten Szenen aus dem italienischen Alltagsleben bemalt, von der Decke hingen Plastiktrauben herab.

»Aha, ich esse also mit einer Berühmtheit zu Abend«, stellte Adam fest und hob sein Glas, um ihr zuzuprosten.

»Leider nur mit einer überarbeiteten, schlechtbezahlten Staatsanwältin.« Sie stießen an. »Gesundheit und Wohlstand, wie mein Schwager sagen würde.«

»Auf Ihren bevorstehenden Sieg.«

»Darauf trinke ich.« Sie tranken beide. »Und Sie, wie lang arbeiten Sie schon als Schuhverkäufer?«

»Hier, in diesem Laden, seit dem Sommer. Vorher insgesamt ungefähr ein Jahr.«

»Und davor?«

»Ach, alles mögliche. Vertreter auf Achse. Sie wissen schon.«

»Mein Vater war auch mal Vertreter.«

»Ach?«

»Später hatte er seinen eigenen Laden. Genauer gesagt, zwei. Jetzt ist er im Ruhestand.«

»Und treibt Ihre Mutter zum Wahnsinn?«

Jess trank von ihrem Wein. »Meine Mutter ist tot.«

Adam zuckte zusammen. »Oh, das tut mir leid. Das war ein bißchen taktlos, hm? Wann ist sie gestorben?«

»Vor acht Jahren. Seien Sie mir nicht böse, aber könnten wir uns über etwas anderes unterhalten?«

»Natürlich, ganz wie Sie wollen.«

»Erzählen Sie etwas über sich. Kommen Sie aus Chicago?«

»Nein, aus Springfield.«

»Da war ich noch nie.«

»Eine ganz hübsche kleine Stadt.«

»Warum sind Sie dort weggegangen?«

»Es war Zeit für einen Tapetenwechsel.« Er zuckte die Achseln. »Und Sie? In Chicago geboren und aufgewachsen?«

Sie nickte.

»Und Sie haben gar kein Verlangen, mal woanders hinzugehen?«

»Ich bin ein ziemlich seßhafter Typ.«

»Sie haben hier Jura studiert?«

»Ja, an der Northwestern University.«

»Und haben natürlich ein hervorragendes Examen gemacht«, vermutete er.

»Ich war die Viertbeste meines Jahrgangs.«

Er lächelte in sein Glas. »Und danach haben Sie sämtliche Angebote lukrativer Kanzleien abgelehnt, um eine überarbeitete, schlechtbezahlte Staatsanwältin zu werden.«

»Ich wollte nicht in der Rechtsabteilung irgendeines Riesenunternehmens landen, wo ich statt Prozesse höchstens Papierkriege geführt hätte. Außerdem war der Leiter der Staatsanwaltschaft einer meiner Dozenten. Er bewarb sich um das Amt und wurde gewählt und hat mich dann eingestellt. Die einzige Frage, die er mir gestellt hat, war, ob ich fähig sei, die Todesstrafe zu fordern.«

»Sie haben ihm offensichtlich die richtige Antwort gegeben.«

Jess lachte. »Sie mögen keine Liberalen bei der Staatsanwaltschaft.«

»Und wie gefällt es Ihnen nun dort?«

»Ganz ehrlich?«

»Nur wenn es sein muß.«

Sie lachte. »Es gefällt mir unheimlich gut. Jedenfalls jetzt. Anfangs war es ziemlich trocken. Ich mußte beim Verkehrsgericht anfangen. Das war nicht gerade aufregend, aber man muß sich eben seine Sporen erst verdienen, nehme ich an. Da war ich ungefähr ein Jahr, dann wurde ich versetzt, zur *Municipal Division*, einem der unteren Gerichte, wo Vergehen von der Sachbeschädigung bis zum tätlichen Angriff verfolgt werden. Richtige Geschworenenprozesse gibt es da selten, die meisten Sachen werden vor einem Richter verhandelt, und niemand, außer den Opfern natürlich, nimmt sie richtig ernst. Klingt das sehr herzlos?«

»Ich kann mir vorstellen, daß man sich bei Ihrer Arbeit einen ziemlich dicken Panzer zulegen muß.«

Das Bild einer enthaupteten Schildkröte drängte sich Jess unversehens auf. »Bei der *Municipal Division* war ich ein weiteres Jahr«, sagte sie hastig, »dann kam ich zum Untersuchungsgericht. Das war weit interessanter.«

»Wieso war es interessanter?«

»Nun, da muß man richtig ermitteln, da muß man losgehen und mit den Opfern und den Zeugen reden. Man arbeitet ziemlich eng mit der Polizei zusammen. Sehen Sie, die meisten Leute wissen nicht, daß die Polizei niemanden unter Anklage stellen kann. Nur der Staat kann Anklage erheben. Die Polizei ermittelt, aber der Staatsanwalt entscheidet, ob die Beweise ausreichen, um Anklage zu erheben.«

»Da haben Sie zum ersten Mal echte Macht geschmeckt.«

Jess trank wieder von ihrem Wein. »Mein Schwager behauptet, Frauen verlören ihren Sinn für Humor, wenn sie an die Macht kommen.«

»Also, den Eindruck hab ich bei Ihnen wirklich nicht. Wenn Sie Ihren Schwager das nächste Mal sehen, sagen Sie ihm einen schönen Gruß, er soll nicht solchen Scheiß erzählen.«

Jess sah erst das Gesicht ihres Schwagers vor sich, dann ihr kotbeschmiertes Auto. »Würde es Ihnen was ausmachen, wenn wir über etwas anderes sprechen?«

»Sie waren also ein weiteres Jahr im Untersuchungsgericht«, sagte er bereitwillig.

»Sieben Monate genau.«

»Und dann kamen Sie zur *Trial Section*?«

Jess war überrascht. »Woher wissen Sie das?«

»Was ist denn sonst noch übrig?« fragte er.

»Jedem Richter sind drei Staatsanwälte zugeteilt, im allgemeinen für ein Jahr, manchmal auch länger. Derjenige mit der längsten Dienstzeit ist der Gruppenleiter. Das bin ich.« Jess schwieg und trank den letzten Schluck Wein aus ihrem Glas. »Wie sind wir eigentlich auf dieses Thema gekommen?«

»Ich glaube, ich habe Sie gefragt, wie es Ihnen bei der Staatsanwaltschaft gefällt.«

»Na, Sie können jedenfalls nicht behaupten, ich hätte Ihnen keine erschöpfende Antwort gegeben.« Jess senkte die Lider. »Tut mir leid, ich wollte nicht so ins Detail gehen. Das ist ein ziemlich trokkenes Thema.«

»Finde ich gar nicht.« Er schenkte ihr Wein nach. »Erzählen Sie mir noch ein bißchen.«

Jess hob ihr Glas zum Mund, froh, ihre Hände beschäftigen zu können. Sie atmete den schweren Duft des Weins und versuchte hinter das warme Braun von Adams Augen zu sehen. Sie fragte sich, ob er an den Einzelheiten ihrer beruflichen Laufbahn tatsächlich so interessiert war, wie es schien. Sie fragte sich, was er wirklich hier tat. Und sie fragte sich, was sie hier tat.

»Hm«, sie zögerte, ehe sie fortfuhr, »ich bin für meine Gruppe voll verantwortlich. Ich übernehme die wichtigen Fälle. Ich entscheide, welche Prozesse ich meinen beiden Mitarbeitern anvertraue. Ich bin so eine Art Lehrerin oder Beraterin, wenn Sie wollen. Und wenn die beiden Mist bauen, bekomme ich den Rüffel. Wenn etwas nicht klappt, trage ich dafür die Verantwortung.«

»Und wie viele Prozesse führen Sie ungefähr im Jahr?«

»Oh, das kommt darauf an, zwischen zwölf und zwanzig würde ich sagen. Das heißt Geschworenenprozesse. Viele Fälle werden einfach vor dem Richter erledigt.« Sie lachte. »Um diese Zeit geht es immer sehr hektisch zu. Da veranstalten die Richter einen regelrechten Wettstreit, welcher von ihnen bis Weihnachten die meisten Fälle erledigen kann.«

Carla brachte ihnen die dampfend heiße Pizza, die mit einer Vielfalt von Gemüsen und Wurstsorten belegt war.

»Die sieht ja toll aus«, bemerkte Adam und schnitt jedem von ihnen gleich ein Stück ab. Lächelnd sah er zu, wie Jess sofort zugriff und herzhaft in ihr Stück hineinbiß.

»Sie sehen aus wie ein kleines Mädchen.« Er lachte.

»Tut mir leid. Ich hätte Sie warnen sollen. Beim Essen benehme ich mich unmöglich. Ich hab überhaupt keine Manieren.«

»Es ist ein Vergnügen, Ihnen zuzusehen.«

»Ich hab nie verstanden, wie jemand eine Pizza mit Messer und Gabel essen kann«, fuhr sie fort. Dann brach sie plötzlich ab und sah ihn verlegen an. »Jetzt werden Sie mir gleich sagen, daß Sie Pizza immer mit Messer und Gabel essen, stimmt's?«

»Ich würde es nicht wagen.« Adam nahm sein Stück Pizza in beide Hände und führte es zum Mund.

»Schmeckt sie nicht herrlich?«

»Köstlich«, bestätigte er, ohne den Blick von ihr zu wenden. »Erzählen Sie mir noch ein bißchen was über Jess Koster, die Staatsanwältin.«

»Ich finde, ich hab schon mehr als genug erzählt. In den Büchern steht doch immer, daß die Frauen die Männer reden lassen sollen. Um herauszukriegen, was für Interessen der Mann hat. Und dann so zu tun, als hätte man dieselben.« Sie schwieg einen Moment und warf ihm einen scharfen Blick zu. »Oder tun Sie das vielleicht gerade mit mir?«

»Sie halten sich nicht für interessant?«

»Nur weil ich die Juristerei faszinierend finde, muß das doch nicht jedem anderen genauso gehen.«

»Was an der Juristerei fasziniert Sie denn so?«

Jess legte ihr Stück Pizza auf den Teller und dachte einen Moment ernsthaft über seine Frage nach. Sie wählte ihre Worte mit Bedacht. »Ich vermute, die Tatsache, daß sie so eine komplizierte Angelegenheit ist. Ich meine, die meisten Menschen möchten doch gern glauben, daß es in unserem Rechtssystem um Recht und Unrecht geht, um Gut und Böse, um die Wahrheit und nichts als die Wahrheit. Aber so ist es überhaupt nicht. Reines Schwarz oder Weiß gibt es nicht. Nur unterschiedliche Nuancen von Grau. Beide Seiten verdrehen die Wahrheit und versuchen, sie zum eigenen Vorteil auszunützen. Die traurige Wahrheit ist, daß Wahrheit vor einem Gericht beinahe irrelevant ist.« Sie zuckte die Achseln. »Es kann leicht passieren, daß ein Anwalt elementare Grundsätze von Ethik und Moral aus den Augen verliert.«

»Wo ist der Unterschied?«

»Moral ist etwas in mir«, antwortete Jess. »Ethos, und ich meine jetzt das Berufsethos, wird von außen definiert. Das klingt wohl ziemlich gestelzt, wie?«

»Es klingt charmant.«

»Charmant? Ich habe etwas gesagt, das charmant klingt?« Jess lachte.

»Das wundert Sie?«

»Ich glaube, ich habe noch nie gehört, daß jemand mich als charmant bezeichnet hat«, antwortete sie aufrichtig.

»Als was bezeichnet man Sie denn?«

»Oh... zielstrebig, ernsthaft, zielstrebig, konzentriert, zielstrebig. Zielstrebig höre ich sehr häufig.«

»Und diese Zielstrebigkeit macht Sie wahrscheinlich zu so einer guten Staatsanwältin.«

»Wer hat gesagt, daß ich gut bin?«

»Fragt die Frau, die ihr Examen als Viertbeste bestanden hat.«

Jess lächelte verlegen. »Ich bin mir nicht so sicher, daß das eine etwas mit dem anderen zu tun hat. Ich meine, man kann Präzedenzfälle und Verfahrenstechnik auswendig lernen, man kann die Gesetzesbücher und Kommentare von vorn bis hinten durchstudieren, aber man braucht einfach ein *Gefühl* dafür, was das Gesetz eigentlich ist. Es ist ein bißchen wie die Liebe, würde ich sagen.« Sie sah weg. »Eine Frage von Gespenstern und Schatten.«

»Eine interessante Analogie«, bemerkte Adam. »Ich nehme an, Sie sind geschieden.«

Jess griff nach ihrem Weinglas, führte es zum Mund, stellte es wieder ab, ohne zu trinken. »Eine interessante Vermutung.«

»Zwei interessante Menschen«, sagte Adam und berührte ihr Glas mit dem seinen. »Wie lange waren Sie verheiratet?«

»Vier Jahre.«

»Und wie lange sind Sie schon geschieden?«

»Vier Jahre.«

»Sehr symmetrisch.«

»Und Sie?«

»Ich war sechs Jahre verheiratet und bin seit drei Jahren geschieden.«

»Haben Sie Kinder?«

Er trank seinen Wein aus, goß den letzten Rest aus der Flasche in sein Glas und schüttelte den Kopf.

»Bestimmt nicht?« fragte Jess und lachte. »Das war eine sehr bedeutungsvolle Pause.«

»Keine Kinder«, versicherte er. »Und Sie?«

»Nein.«

»Zuviel zu tun?«

»Selbst noch zu sehr Kind, vermute ich.«

»Das bezweifle ich«, widersprach er. »Sie sehen aus, als hätten Sie eine sehr alte Seele.«

Jess verbarg ihr plötzliches Unbehagen hinter einem nervösen Lachen. »Ich brauche wahrscheinlich mehr Schlaf.«

»Sie brauchen gar nichts. Sie sind eine sehr schöne Frau«, sagte er und konzentrierte plötzlich seine ganze Aufmerksamkeit auf seine Pizza.

Jess machte es genauso. Ein paar Sekunden lang sprach keiner von beiden.

»Ich wollte Sie nicht in Verlegenheit bringen«, sagte er, den Blick noch immer auf seinen Teller gerichtet.

»Ich bin nicht verlegen«, antwortete Jess, die gar nicht hätte sagen können, wie ihr zumute war.

»Hatte Ihre Scheidung etwas mit Ihrem Beruf als Staatsanwältin zu tun?« fragte Adam unvermittelt.

»Ich verstehe nicht.«

»Na ja, ein Staatsanwalt hat doch vermutlich eine gewisse Ähnlichkeit mit einem Rennpferd. Sie werden auf Klasse getrimmt. Sie hören die Glocke, und schon laufen Sie los. Sie besitzen eine Menge Selbstbewußtsein, und das brauchen Sie auch, weil es dauernd auf dem Spiel steht. Und das schlimmste ist eine Niederlage. Wenn Sie mitten in einem Prozeß sind, ist es doch wohl sehr schwer abzuschalten. Im Grunde sind Sie mit dem Prozeß verheiratet, solange er dauert. Oder täusche ich mich da?«

Jess schüttelte den Kopf. »Nein, da täuschen Sie sich nicht.«

»Was hat Ihr Mann beruflich gemacht?« Adam schnitt noch einmal zwei Stück Pizza ab.

Jess lächelte. »Er ist Anwalt.«

»Ich gebe auf.«

Jess lachte. »Und was macht Ihre geschiedene Frau?«

»Sie ist Innenarchitektin. Das letzte, was ich hörte, war, daß sie wieder geheiratet hat.« Adam hob die Hände, als wollte er andeuten, daß er zu diesem Thema nichts mehr zu sagen habe. »Genug von der Vergangenheit. Schauen wir lieber vorwärts.«

»Das ging aber schnell.«

»Es gibt nicht viel zu erzählen.«

»Sie sprechen nicht gern von sich, nicht wahr?«

»So ungern wie Sie.«

Jess starrte ihn ungläubig an. »Wie meinen Sie denn das? Seit wir hier sitzen, habe ich praktisch nur von mir geredet.«

»Sie haben über die Juristerei geredet. Sobald die Fragen etwas persönlicher werden, werden Sie so wortkarg wie ein gegnerischer Zeuge vor Gericht.«

»Ich mache Ihnen einen Vorschlag«, sagte Jess, überrascht, sich so leicht durchschaut zu sehen. »Ich erzähle Ihnen meine Geheimnisse nicht, wenn Sie mir Ihre nicht erzählen.«

Adam lächelte. Seine braunen Augen waren unergründlich. »Erzähl mir keine Geheimnisse und ich erzähl dir keine Lügen.«

Seinen Worten folgte ein langes Schweigen.

»Klingt gut«, sagte Jess schließlich.

»Für mich auch.«

Sie aßen weiter, verzehrten den Rest der Pizza schweigend.

»Warum haben Sie mich eigentlich heute abend angerufen?« fragte Jess, nachdem sie ihren leeren Teller weggeschoben hatte.

»Ich wollte Sie gern sehen«, antwortete er. »Warum haben Sie angenommen?«

»Ich wollte Sie wahrscheinlich auch sehen.«

Über den Tisch hinweg lächelten sie einander an.

»Und wie kommt eine ehrgeizige Anwältin wie Sie dazu, mit einem simplen Schuhverkäufer wie mir auszugehen?« Er winkte Carla, um sich die Rechnung bringen zu lassen.

»Ich hab so das Gefühl, daß an Ihnen gar nichts simpel ist.«

»Das kommt daher, daß Sie Anwältin sind. Sie suchen Dinge, die nicht da sind.«

Jess lachte. »Und wie ich hörte, soll es morgen schneien. Da kann ich ein neues Paar Winterstiefel gut gebrauchen.»

»Ich hab genau das Richtige für Sie im Wagen. Kann ich Sie nach Hause fahren?«

Jess zögerte, fragte sich, wovor sie Angst hatte.

Carla kam mit der Rechnung. »Na, war alles in Ordnung? Hat Ihnen die Pizza geschmeckt?« wandte sie sich an Adam.

»Ohne Zweifel die beste Pizza in De Paul.«

Jess sah, wie Adam einen Zwanzig-Dollar-Schein aus der Tasche nahm, erwog, ihm anzubieten, die Kosten zu teilen, überlegte es sich dann anders. Das nächste Mal würde sie bezahlen.

Wenn es ein nächstes Mal gab.

Jess schlief einen tiefen, traumlosen, herrlichen Schlaf, wie er ihr seit Wochen nicht mehr gegönnt gewesen war. Plötzlich war sie hellwach, saß kerzengerade im Bett, und ihre Arme schossen vor, als fiele sie durch die Luft. Überall um sie herum läuteten Glocken, bimmelten Wecker.

Das Telefon, erkannte sie schließlich, griff über das Bett und hob vorsichtig den Hörer an ihr Ohr. Auf dem Leuchtzifferblatt ihrer Digitaluhr sah sie, daß es drei Uhr morgens war. Um drei Uhr morgens kamen niemals gute Nachrichten, das wußte sie. Nur Tod und Verzweiflung dachten sich nichts dabei, Menschen mitten in der Nacht aus dem Schlaf zu reißen.

»Hallo«, sagte sie so klar und kontrolliert, als hätte sie nur auf das Läuten des Telefons gewartet.

Sie erwartete, die Polizei zu hören oder das Gerichtsmedizinische Institut. Aber es kam ihr nur Schweigen entgegen.

»Hallo?« wiederholte sie. »Hallo, hallo?«

Keine Antwort. Nicht einmal das sprichwörtliche keuchende Atmen.

Sie legte auf, und ihr Kopf sank mit leichtem Aufprall wieder ins Kissen. Nur irgendein armer Irrer, dachte sie, nicht bereit, andere Möglichkeiten in Betracht zu ziehen. »Schlaf weiter«, murmelte sie sich selbst zu. Aber der Schlaf hatte sie verlassen, und sie lag wach, während draußen vor ihrem Schlafzimmerfenster lautlos der Schnee auf die Straße fiel, bis es Zeit zum Aufstehen war.

13

Na, wie ist es eurer Meinung nach heute im großen ganzen gelaufen?« Jess sah über ihren Schreibtisch hinweg Neil Strayhorn und Barbara Cohen an, die beide mit Erkältungen in verschiedenen Entwicklungsstadien kämpften. Neils Erkältung schleppte sich nun schon so lange hin, daß man ihn sich ohne das Kleenex, das er ständig zu seiner langen, schmalen Nase führte, gar nicht mehr vorstellen konnte. Barbaras rotgeränderte Augen drohten sich auf ihre geröteten Wangen zu ergießen.

Jess drehte ihren Sessel zum Fenster und sah in den Schneeregen hinaus, der vom dunklen Himmel herabfiel.

»Ich finde, es lief alles ganz gut«, antwortete Neil mit nasaler Stimme. »Wir haben ein paar wichtige Punkte gemacht.«

»Zum Beispiel?« Jess nickte Barbara Cohen zu.

»Ellie Lupino hat ausgesagt, daß sie gehört hat, wie Terry Wales seiner Frau gedroht hat, sie umzubringen, wenn sie je versuchen sollte, ihn zu verlassen.« Barbara hustete, mußte sich räuspern, um fortfahren zu können. »Und sie hat außerdem ausgesagt, daß Nina Wales nicht fremdgegangen ist.«

»Sie hat ausgesagt, daß *ihres Wissens* Nina Wales nicht fremdgegangen ist«, präzisierte Jess.

»Sie war fast zehn Jahre lang Ninas beste Freundin. Nina hat über alles mit ihr gesprochen«, warf Neil ein. »Das wird doch bei den Geschworenen bestimmt einiges Gewicht haben.«

»Ellie Lupino hat aber auch zugegeben, daß sie mitangehört hat, wie Nina Wales in aller Öffentlichkeit mehr als einmal ihren Mann verhöhnt hat, und sie hat bestätigt, daß sie gedroht hat, ihm alles zu nehmen, was er hat«, erinnerte Jess die beiden.

»Na und?« fragte Barbara und begann schon wieder zu husten.

»Das ist Wasser auf die Mühlen der Verteidigung. Wenn sie die Geschworenen davon überzeugen können, daß Nina Wales ihren Mann so heftig provoziert hat, daß er in unkontrollierbare Wut geriet –«

»– dann war sie selbst an ihrer Ermordung schuld!« Barbara nieste entrüstet.

»Dann haben wir es höchstens mit Totschlag zu tun.«

»Na schön, nehmen wir mal an, Nina Wales hat sich über ihren Mann lustig gemacht, weil er ein lausiger Liebhaber war. Nehmen wir an, sie hat ihm gedroht, ihn zu verlassen. Aber er hat sie mit Fäusten geschlagen. Ihre einzige Waffe waren Worte!« Barbara Cohen drückte beide Hände auf ihre Brust, um einen weiteren Hustenanfall zu unterdrücken. Ihre Stimme klang, als wäre sie kurz vor dem Ersticken.

»Wir haben Motiv, wir haben böse Absicht, wir haben eiskalten Vorbedacht«, zählte Neil auf und unterstrich seinen Satz mit einem geräuschvollen Schneuzen.

»Es geht hier schlicht und einfach um eine Frage der Provokation«, erklärte Jess. »In Michigan hat erst vor kurzem ein Geschworenengericht den Ehemann einer Richterin, der seine Frau in ihrem eigenen Gerichtssaal tötete, nachdem sie sich von ihm getrennt hatte, mit einem Spruch auf Totschlag davonkommen lassen. Die Geschworenen waren der Überzeugung, die Trennung habe ihn provoziert, sie zu töten. Bei einem anderen Prozeß, in New York, wurde ein Amerikaner chinesischer Herkunft *auf Bewährung* freigelassen, nachdem er seine Frau mit einem Hammer totgeschlagen hat. Die Ehefrau hatte ihn betrogen, und der Richter entschied, daß die Untreue im Rahmen der kulturellen Zugehörigkeit des Ehemanns eine Provokation darstelle.« Sie machte einen Moment Pause. »Die einzige Frage, die diese Geschworenen sich stellen werden, ist, ob sie selbst unter ähnlichen Umständen fähig wären, ebenso zu handeln.«

»Und was willst du damit sagen?« fragte Barbara.

»Ich will damit sagen, daß es letztendlich nur darauf ankommt, wie gut Terry Wales sich im Zeugenstand hält«, antwortete Jess. »Ich will damit sagen, daß wir am besten schon vor Terry Wales selber genau wissen, was er den Geschworenen erzählen wird, und zwar nicht nur, um ihn zu diesen Punkten gründlich ins Kreuzverhör zu nehmen, sondern um ihn total zu demontieren. Ich will damit sagen, daß es nicht leicht sein wird, diesen Prozeß zu gewinnen. Und ich will damit sagen, daß ihr beide jetzt besser verschwindet und in eure Betten kriecht.«

Neil nieste in schneller Folge dreimal hintereinander.

»Gesundheit«, sagte Jess automatisch.

»Wenn jemand eine Erkältung hat, braucht man nicht Gesundheit zu sagen«, teilte Barbara ihr mit. »Das behauptet jedenfalls meine Mutter«, erklärte sie etwas verlegen, schon auf dem Weg zur Tür.

»Ich fand, Richter Harris hat heute ein bißchen mitgenommen ausgesehen«, sagte Neil, der Barbara folgte.

»Wahrscheinlich hat er an Thanksgiving zuviel gefeiert«, sagte Jess und schloß die Tür hinter ihnen.

An ihren Schreibtisch zurückgekehrt, nahm sie sich die Notizen vor, die sie sich am Nachmittag bei Gericht gemacht hatte. Sie spürte ein Kratzen im Hals und stöhnte. »Bloß nicht«, sagte sie. »Jetzt eine Grippe, das fehlte mir gerade noch! Ich hab keine Zeit, krank zu werden. Fort mit dir, Kratzehals«, befahl sie und griff zu einem Stift. Aber sie konnte sich nicht konzentrieren. Ihr Blick wanderte immer wieder zum Telefon.

Eine Woche, und Adam hatte nicht angerufen. Na und, hatte sie tatsächlich erwartet, daß er sich melden würde? Ihr gemeinsamer Abend hatte ziemlich geschäftlich geendet – er hatte ihr die Stiefel übergeben, sie hatte ihm den Scheck übergeben. Er hatte sie vor ihrem Haus abgesetzt und ihr zum Abschied nicht mal einen Kuß auf die Wange gegeben. Sie hatte ihn nicht hereingebeten; er hatte nicht gefragt, ob er noch auf einen Sprung mit hinaufkommen dürfte. Sie hatten sich voneinander verabschiedet. Kein »Kann ich Sie wiedersehen?«; kein »Ich rufe Sie an«. Nichts. Wieso also hatte sie mehr erwartet?

Hatte sie ernsthaft geglaubt, er würde anrufen und vorschlagen, daß sie Thanksgiving zusammen verbringen sollten? Die Staatsanwältin aus Cook County und der Schuhverkäufer aus Springfield! Was machte ihr eigentlich mehr zu schaffen? Daß er Schuhverkäufer war oder daß er sie nicht angerufen hatte?

Sie hatte Thanksgiving am Ende mit dem schwulen Systemanalytiker in der Wohnung unter ihr und acht seiner Freunde gefeiert und sich selbst vorgemacht, sie spitze nicht dauernd die Ohren, um zu hören, ob bei ihr oben das Telefon läutete. Nach ein paar Gläsern Wein hatte sie sich Charlie Parker und Jerry Mulligan hingegeben und zusammen mit den anderen einem gütigen Schicksal dafür gedankt, daß sie zusammensein konnten, gesund und lebendig waren, wenn so viele ihrer Freunde dran glauben mußten.

Sie hatte zuviel getrunken, und Walter hatte sie nach oben bringen müssen. Wenigstens hatte sie nicht nach Hause *fahren* müssen, dachte sie jetzt.

Jess senkte den Kopf und dachte an ihr Auto, das völlig hinüber war. Ihre Eltern hatten es ihr geschenkt, nachdem sie an der Northwestern University angenommen worden war. Es hatte das Studium, ihre Ehe und Scheidung, vier Jahre Staatsanwaltschaft überstanden. Doch diesem letzten Angriff hatte es nicht standhalten können. Es hatte Rick Ferguson nicht standhalten können.

Jess hatte die aufgeschlitzten Reifen, die zerfetzte Polsterung, aus der die Innereien hervorquollen, das Bremspedal, das aus dem Boden gerissen war, nicht gleich bemerkt. Es dauerte Tage, ehe sie von dem ganzen Ausmaß der Zerstörung erfuhr. Ein Totalschaden natürlich. Sinnlos, da etwas reparieren zu wollen. Viel zu schwierig. Viel zu teuer, auch wenn die Versicherung bezahlte.

Fingerabdrücke hatte man keine gefunden, überhaupt nichts, um Rick Ferguson mit der Hinrichtung ihres Wagens in Verbindung zu bringen. Gewiß, er war genau an diesem Tag in ihrem Gerichtssaal erschienen. Aber was besagte das schon? Niemand hatte ihn im Parkhaus gesehen, niemand in der Nähe ihres Wagens. Niemand hatte ihn überhaupt gesehen. Menschen verschwanden; Eigentum wurde vernichtet; Rick Ferguson lächelte weiter.

Jess griff zum Telefon und rief im Gerichtsmedizinischen Institut an. »Ach, gut, Sie sind noch da«, sagte sie, als sie Hilary Waughs Stimme hörte.

»Ich wollte gerade gehen«, antwortete Hilary, und Jess begriff, was sie damit sagen wollte: Es ist spät, fassen Sie sich kurz.

»Ich nehme an, es ist niemand hereingekommen, der mit Connie DeVuono Ähnlichkeit hat«, begann Jess, als wäre Connie DeVuono vielleicht noch am Leben, wäre plötzlich aus irgendwelchen Gründen aus freien Stücken im Büro der Gerichtsmedizinerin erschienen.

»Nein, niemand.«

»Haben Sie die Unterlagen des Zahnarzts erhalten?«

»Ja, die habe ich. Die liegen hier bereit.«

»Dann geht es schneller, wenn...«

»Ja, auf jeden Fall. Jess, ich muß jetzt wirklich gehen. Mir geht's nicht besonders gut. Ich hab das Gefühl, ich brüte etwas aus.«

»Da sind Sie nicht die einzige«, erwiderte Jess und wünschte Hilary Waugh gute Besserung. Sie legte auf und hob gleich wieder ab. Sie hatte Sehnsucht nach einer freundlichen Stimme. Sie hatte seit den Tagen vor Thanksgiving nichts mehr von ihrer Schwester gehört. Es sah Maureen gar nicht ähnlich, sich nicht zu melden, ganz gleich, wieviel sie zu tun hatte. Jess hoffte, daß alles in Ordnung war, daß Maureen nicht auch ein Opfer der Grippe geworden war, die zur Zeit in der Stadt zu grassieren schien.

»Hallo.« Jess hörte an Maureens Stimme, daß sie lächelte, und war augenblicklich beruhigt.

»Wie geht es dir?« fragte Jess.

»Gut, danke«, antwortete Maureen. Das Lächeln war plötzlich verschwunden, ihre Stimme klang kühl und sachlich. »Tyler läuft die Nase, aber uns anderen geht es gut. Und wie ist es bei dir?«

»Alles in Ordnung. Wie war das Thanksgiving-Essen?«

»Sehr nett. Barrys Mutter kocht phantastisch. Aber das interessiert dich ja eigentlich nicht sonderlich.« Es folgte eine unbehagliche Pause. »Und du hast viel zu tun wie immer?«

»Ja, der Prozeß, den ich zur Zeit führe, ist eine heiße Kiste. Der reinste Sensationsprozeß. Du hast sicher davon gelesen.« Jess hielt inne, als ihr einfiel, daß Maureen schon lange keine Zeitung mehr las.

»Ja, du hast recht, ich hab die Sache verfolgt. Das ist bestimmt beruflich sehr gut für dich, so ein großer Fall.«

»Nur wenn ich den Prozeß gewinne.«

Wieder trat Schweigen ein.

»Du hast lange nichts von dir hören lassen«, sagte Jess, der plötzlich bewußt wurde, daß es immer ihre Schwester gewesen war, die den Kontakt gehalten hatte.

»Ich dachte, du wolltest es so.«

»Ich wollte es so? Wie kommst du denn darauf?«

»Ach, ich weiß auch nicht. Vielleicht weil du immer so viel zu tun hast. Jedenfalls zuviel zu tun, um Dads neue Freundin kennenzulernen. Du hast es ja nicht einmal zum Essen ins Bistro geschafft. Du konntest nicht mal zu Stephanie Banack gehen.«

»Aber ich war doch dort.«

»Ja, einmal, okay. Hör zu, Jess, ich möchte da nicht weiter darüber sprechen. Ich glaube dir, daß du viel zu tun hast. Ich weiß ja selbst, wie es ist, wenn man so viel um die Ohren hat. Aber versuch doch nicht, mir einzureden, du wärst so beschäftigt, daß du nicht einmal für deine Familie Zeit hast. Ich empfinde das als eine Beleidigung meiner Intelligenz. Wenn du mit dieser Familie nichts zu tun haben möchtest, so ist das deine Sache. Und mir bleibt nichts anderes übrig, als es zu akzeptieren.«

»Aber es ist doch nicht wahr, daß ich nichts mit dir zu tun haben will, Maureen...«

»Du willst nur mit meinem Mann nichts zu tun haben.«

»Wir verstehen uns eben nicht. So was gibt's doch. Das ist schließlich nicht das Ende der Welt.«

»Und wie steht es mit Dad? Wie lange willst du ihn ausschließen?«

»Ich schließe ihn doch gar nicht aus.«

»Nein, nur die Frau, die er liebt.«

»Findest du nicht, du siehst das ein bißchen überspitzt?«

»Ich glaube, unser Vater wird diese Frau heiraten, Jess.«

Wieder Schweigen. »Hat er das gesagt?«

»Das war nicht nötig.«

»Na schön, darüber werd ich mir den Kopf zerbrechen, wenn es soweit ist.«

»Warum mußt du dir überhaupt den Kopf darüber zerbrechen?« fragte Maureen. »Warum kannst du dich nicht einfach für ihn freuen? Warum schaffst du es nicht einmal, dich ihm zuliebe mit ihr zu treffen?«

Jess starrte zum Fenster hinaus. Es war noch nicht einmal sechs Uhr und schon so dunkel. »Ich mach jetzt lieber Schluß. Du mußt sicher das Abendessen machen.«

»Natürlich. Das kann ich am besten.«

»Maureen...«

»Tschüs, Jess. Melde dich wieder.«

Sie hatte aufgelegt, noch ehe Jess ihr Aufwiedersehen sagen konnte. »Wunderbar. Einfach wunderbar.« Jess legte den Hörer auf, dachte daran, ihren Vater anzurufen, ließ es dann doch bleiben. Sie wollte nicht noch eine enttäuschte Stimme hören.

Wieder einmal fragte sie sich, was eigentlich mit ihr los war. Warum konnte sie nicht einfach akzeptieren, daß ihr Schwager ein blöder Kerl war, ihre Schwester die perfekte Hausfrau und Mutter, ihr Vater sich verliebt hatte? Seit wann war sie so intolerant und unflexibel? Mußte denn jeder sein Leben nach ihren Vorstellungen leben? Führte sie selbst denn ein so vorbildliches Leben?

Die Tür zu ihrem Büro wurde geöffnet. Greg Oliver stand auf der Schwelle. Der süße Duft von Aramis wehte ihr entgegen.

Das hat mir gerade noch gefehlt, dachte Jess seufzend.

»Wieso bin ich nicht überrascht, dich hier zu finden«, sagte er, und es war weniger Frage als Feststellung.

»Vielleicht, weil du mich beim Telefonieren gehört hast.«

»Ach, das warst du, die da so gequengelt hat?«

Jess seufzte wieder. »Ja, das war ich.«

»Mir scheint, du könntest einen Drink gebrauchen.«

»Ich brauch nur ein Bett.«

»Das ließe sich auch arrangieren.« Er zwinkerte ihr zu.

Jess verdrehte die Augen und stand auf. »Wie läuft der O'Malley-Prozeß?«

»Schon im Sack. Spätestens zum Ende der Woche müßte der Fall abgeschlossen sein. Und was macht der Racheengel mit der Armbrust?«

»Ich hoffe, daß spätestens am Freitag die Geschworenen dran sind.«

»Ich hab gehört, man hat dir ein Angebot gemacht.«

»Totschlag, zehn Jahre Gefängnis? Möglicherweise nach vier Jahren Bewährung? Ein tolles Angebot!«

»Du glaubst im Ernst, daß die Geschworenen anders entscheiden werden?«

»Man wird doch wohl noch träumen dürfen«, sagte Jess.

Greg Olivers Grinsen wurde zu einem echten Lächeln. »Komm, ich fahr dich nach Hause.«

»Nein, danke.«

»Mach dich nicht lächerlich, Jess. Dein Wagen hat es hinter sich; ein Taxi findest du hier nie; wenn du jetzt anrufst, mußt du mindestens noch eine Stunde warten. Und ich biete dir an, dich zu fahren, wohin du willst: Las Vegas, Miami Beach, Graceland.«

Jess zögerte. Sie wußte, daß er recht hatte – es würde ewig dauern, bis sie um diese Zeit ein Taxi bekam. Und nach ihrem letzten Ausflug hatte sie sich geschworen, die Hochbahn nicht mehr zu nehmen. Sie konnte Don anrufen, obwohl sie von ihm nichts mehr gehört hatte, seit sie sein Angebot abgelehnt hatte, Thanksgiving mit ihm und Mutter Teresa zu verbringen. Nein, Don konnte sie nicht anrufen. Es wäre nicht in Ordnung. Er war ihr geschiedener Mann, nicht ihr Chauffeur.

»Na schön«, stimmte sie zu. »Aber direkt nach Hause.«

»Ganz wie du willst. Ihr Wunsch ist mir Befehl, Madame.«

Greg Oliver hielt seinen schwarzen Porsche vor Jess' Haus an. Er schaltete den Motor aus. Die laute Rockmusik, die ihre Fahrt begleitet und zum Glück ein Gespräch fast unmöglich gemacht hatte, brach abrupt ab.

»Hier wohnst du also.«

»Ja, hier wohne ich.« Jess legte die Hand auf den Türgriff, bestrebt, dem aufdringlichen Geruch seines Toilettenwassers zu entkommen. »Vielen Dank, Greg. Das war wirklich nett von dir.«

»Willst du mich denn nicht hereinbitten?«

»Nein«, antwortete Jess unverblümt.

»Aber, Jess! Du willst mir nicht mal eine Stärkung für die lange Fahrt nach Hause anbieten?«

»Greg, ich bin müde. Ich hab Halsschmerzen. Und ich hab eine Verabredung«, fügte sie hinzu. Die Lüge schmeckte bitter.

»Es ist gerade mal halb sieben; nimm zwei Aspirin; und du hast seit fünfzig Jahren keine Verabredung mehr gehabt. Ich komm jetzt mit rauf.«

Im nächsten Augenblick war er aus dem Wagen gesprungen.

Jess warf ärgerlich den Kopf zurück. Was hatte sie anderes erwartet? Sie öffnete die Wagentür, schwang beide Beine gleichzeitig zum Bürgersteig hinaus und stemmte sich mit den Händen aus dem tiefen Sitz in die Höhe.

»Das hast du sehr gut gemacht«, bemerkte Greg. »Viele Frauen haben keine Ahnung, wie sie aus diesen Autos richtig aussteigen müssen. Sie strecken die Beine nacheinander hinaus.« Er lachte. »Das ist natürlich für die, die auf dem Bürgersteig stehen, viel amüsanter.«

»Greg«, sagte Jess, während sie rasch vor ihm her zur Haustür ging. »Ich möchte nicht, daß du mit hinaufkommst.«

»Das kann doch nicht dein Ernst sein«, entgegnete er, nicht bereit, sich abwimmeln zu lassen. »Lieber Gott, Jess, ich möchte doch nur einen kleinen Drink. Wovor hast du solche Angst? Was glaubst du denn, daß ich tun werde?«

Vor der Haustür blieb Jess stehen und kramte in ihrer Handtasche nach dem Schlüssel. Warum hatte sie nicht daran gedacht, ihn vorher herauszuholen?

»Du hast Angst, ich trete dir zu nahe? Ist es das?«

»Ist es das nicht?«

»Mensch, Jess, ich bin glücklich verheiratet. Meine Frau hat mir gerade einen Porsche gekauft. Weshalb sollte ich einer Frau Anträge machen, die mich ganz offensichtlich haßt wie die Pest?«

»Vielleicht, weil sie gerade zur Stelle ist?« Jess fand ihren Schlüssel und sperrte die Tür auf.

»Du bist eine ulkige Person«, sagte er, stieß die Tür auf und trat ins Foyer. »Das gefällt mir, sonst würde ich mich von dir nicht so behandeln lassen. Komm, Jess. Wir sind doch Kollegen, und ich würde gern glauben, daß wir Freunde werden können. Was ist daran so schlimm?« Er bückte sich plötzlich, um einige Briefe aufzuheben, die auf dem Boden unter dem Briefkastenschlitz lagen. »Deine Post.« Er gab ihr die Briefe in die ausgestreckte Hand.

»Also gut, auf einen Drink«, sagte Jess, der Diskussion müde.

Wie ein folgsamer Hund trabte er hinter ihr her die drei Treppen hinauf.

»Das hätte ich mir ja denken können, daß du in der obersten Etage wohnst«, sagte er, als sie oben waren.

Sie sperrte ihre Wohnungstür auf. Greg Oliver war beinahe noch vor ihr in der Wohnung.

»Du läßt den ganzen Tag das Radio laufen?« fragte er, während er mit aufmerksamem Blick ihr Wohnzimmer musterte.

»Für den Vogel.« Jess warf ihre Handtasche und die Post auf das Sofa und überlegte, ob sie Mantel und Stiefel überhaupt ausziehen sollte. Sie befand sich hier zwar in ihrem Zuhause, aber sie wollte nichts tun, was Greg Oliver ermutigen konnte, seinen Besuch auszudehnen.

Greg Oliver näherte sich vorsichtig dem Vogelkäfig und spähte zwischen den Stangen hindurch. »Männchen oder Weibchen?«

»Männchen.«

»Woher weißt du das? Hast du ihm unter die Federn geguckt?«

Jess ging in die Küche, fand hinten im Kühlschrank ein paar Flaschen Bier, machte eine auf und nahm sie mit ins Wohnzimmer. Greg Oliver hatte es sich bereits auf ihrem Sofa bequem gemacht. Seinen Mantel hatte er auf den Eßtisch geworfen, seinen Schlips gelockert und die Schuhe ausgezogen.

»Es ist besser, du machst es dir gar nicht erst bequem«, warnte Jess und reichte ihm das Bier.

»Sei doch nicht so garstig«, konterte er und klopfte auf den Platz neben sich. »Komm, setz dich zu mir.«

Jess hängte ihren Mantel in den Garderobenschrank, aber ihre Stiefel ließ sie an. Eine reizende Situation, sagte sie sich. Sie hatte einem Mann, den sie kaum ausstehen konnte, erlaubt, sie nach Hause zu fahren; einem Mann, der offensichtlich versuchte, sie anzumachen. Und dieser Mann saß jetzt in ihrem Wohnzimmer auf ihrem Sofa und trank das Bier, das sie selbst ihm gebracht hatte. Ich bin doch sonst nicht so doof, dachte sie und hätte beinahe verächtlich gelacht. Wie hatte sie es nur geschafft, sich in diese Situation hineinzumanövrieren?

»Hör mal, Greg«, sagte sie zu ihm, als sie zum Sofa zurückkehrte. »Nur um eines klarzustellen: Ich will keine Szene machen; ich möchte nicht, daß wir womöglich in Zukunft nicht mehr in derselben Abteilung zusammenarbeiten können; ich möchte nicht dein Leben – oder meins – noch komplizierter machen, als es bereits ist.«

»Kommt der springende Punkt noch?« fragte er und nahm einen tiefen Schluck Bier direkt aus der Flasche.

Sie hatte vergessen, ihm ein Glas zu geben. »Der springende Punkt ist, daß ich die Situation ziemlich ungemütlich finde.«

»Ja, wenn du dich setzen würdest, wäre es viel gemütlicher.« Wieder klopfte er auf den Platz neben sich. Ihre Briefe, die sie dort abgelegt hatte, hüpften auf und nieder.

»Ich habe nicht die Absicht, mit dir zu schlafen«, sagte Jess, die es für das beste hielt, den Stier bei den Hörnern zu packen.

»Wer hat was davon gesagt, daß du mit mir schlafen sollst?« Greg Oliver schaffte es, erstaunt und beleidigt zugleich auszusehen.

»Nur damit wir uns verstehen.«

»Das tun wir doch«, versicherte er, obwohl sein Blick etwas anderes sagte.

Jess setzte sich auf die Armlehne des Sofas. »Gut, ich hab nämlich wirklich keine Lust darauf, vergewaltigt zu werden. Ich kenne das System, ich weiß, daß du wahrscheinlich ungeschoren davonkämst, selbst wenn es mir nicht zu peinlich wäre, dich anzuzeigen. Und deshalb sag ich dir gleich, daß ich im Nachttisch neben meinem Bett einen geladenen Revolver habe. Wenn du es wagen solltest, mich anzurühren, schieß ich dir ein Loch in den Kopf.« Sie lächelte ihn zuckersüß an, während ihm die Kinnlade fast bis zu den Knien fiel. »Ich wollte das nur klarstellen.«

Greg Oliver saß da wie vom Donner gerührt. »Das kann doch nur ein Witz sein.«

»Nein, das ist kein Witz. Möchtest du den Revolver sehen?«

»Mein Gott, Jess, kein Wunder, daß du seit fünfzig Jahren keine Verabredung mehr gehabt hast.«

»Trink aus und fahr nach Hause, Greg. Deine Frau wartet.«

Sie stand auf und ging zur Tür.

»Warum, zum Teufel, hast du mich überhaupt eingeladen mitzukommen?« fragte er in einem Ton selbstgerechter Entrüstung.

Jess konnte nur die Achseln zucken. Wieso war sie überrascht? »Für dieses Spielchen bin ich zu alt«, sagte sie nur.

»Verklemmt bist du«, sagte Greg und griff nach seinem Mantel. »Verklemmt und prüde.« Er schob seine Füße in seine Gucci-Slipper und warf ihr die Bierflasche zu. Jess fing sie automatisch auf, kaltes Bier spritzte auf ihre weiße Bluse. »Danke für die Gastfreundschaft«, sagte er, schon an der Tür, und knallte sie hinter sich zu.

»Ein reizender Abend«, sagte Jess zu ihrem Kanarienvogel, der von Stange zu Stange hüpfte. Sie rieb sich die Stirn und fragte sich, an welcher Stelle genau sie die Kontrolle über ihr Leben verloren hatte. Ausgerechnet sie, die mit peinlicher Gewissenhaftigkeit ihre Kleidungsstücke nach Farben geordnet in den Schrank hängte, die die frisch gewaschenen Höschen sorgfältig unter die legte, die noch nicht getragen waren, die sich für alles, von wichtigen Terminen bis zum Fingernägelschneiden, Listen machte, auf denen sie dann gewissenhaft abhakte, was erledigt war. Wann hatte sie die Kontrolle uber ihr Leben verloren?

Sie ging zum Sofa zurück und blätterte ihre Post durch. Der aufdringliche Duft von Gregs Toilettenwasser hing immer noch über dem Sofa. Jess ging mit den Briefen zum Fenster, öffnete es ein wenig, um frische Luft hereinzulassen.

Die Post bestand größtenteils aus Rechnungen. Ein paar Spendenaufrufe mehr als sonst, wie zu erwarten war um diese Jahreszeit. Das Werbeschreiben einer Lebensversicherung. Jess sah die Briefe in aller Eile durch, dann warf sie sie auf den Tisch und konzentrierte sich auf den einen schmutzigen weißen Umschlag, der noch geblieben war. Kein Absender. Ihr Name in ungelenken Druckbuchstaben geschrieben, wie von einem Kind. Vielleicht eine frühe Weihnachtskarte von ihrem Neffen, Tyler. Keine Briefmarke. Also vom Schreiber selbst eingeworfen oder durch Boten gebracht. Sie riß den Umschlag auf, entnahm ihm ein leeres, fleckiges Blatt Papier, drehte es in den Händen, hob es dann vorsichtig zu ihrer Nase.

Der schale Geruch von Urin mischte sich mit dem Duft von Greg Olivers Toilettenwasser.

Hastig schob Jess das Papier wieder in den Umschlag und ließ ihn fallen. Der Luftzug vom Fenster erfaßte ihn, drehte und führte ihn wie ein erfahrener Tänzer seine Partnerin, bis er auf dem Boden landete. Sie sah die kleinen schwarzen Partikel, die aus dem Umschlag rieselten, wie Asche von einer Zigarette, und auf den Holzdielen des Bodens beinahe unsichtbar wurden.

Langsam kniete sie nieder und fegte die Teilchen, die wie kurze, drahtige schwarze Borsten aussahen, in ihre Hand. Haare, erkannte sie mit wachsendem Widerwillen. Schamhaare. Sie schüttete die Haare sofort wieder in den Umschlag.

Schamhaare und Urin. Wirklich charmant.

Draußen klopfte es.

Sie stand auf und schloß das Fenster. Schamhaare, Urin und Greg Oliver. Was konnte eine Frau sich Schöneres wünschen?

»Geh nach Hause, Greg«, rief sie scharf.

»Muß ich auch nach Hause gehen, wenn ich Adam heiße?«

Jess ließ den ekelhaften Brief auf den Eßtisch fallen. Sie war nicht sicher, daß sie richtig gehört hatte. »Adam?«

»Ich sehe, Sie haben Ihre neuen Stiefel an«, sagte er, als sie ihm die Tür öffnete. »Haben Sie mich erwartet?«

»Wie sind Sie reingekommen?« fragte Jess. Sie war ärgerlich und zugleich verlegen darüber, so froh zu sein, ihn zu sehen.

»Unten war offen.«

»Die Haustür war offen?«

Er zuckte die Achseln. »Vielleicht hat Greg sie nicht richtig zugemacht, als er gegangen ist.« Er lehnte sich an den Türpfosten. »Holen Sie Ihren Mantel.«

»Meinen Mantel?«

»Ich dachte, wir könnten vielleicht ins Kino gehen und hinterher irgendwo was essen.«

»Und wenn ich zu müde bin?«

»Dann sagen Sie zu mir, geh nach Hause, Adam.«

Jess sah Adam Stohn einen Moment lang nachdenklich an. Das braune Haar fiel ihm nachlässig in die Stirn, seine Haltung war beneidenswert selbstsicher, sein Gesicht unergründlich, wie das eines Verdächtigen bei einer polizeilichen Gegenüberstellung.

»Ich hole meinen Mantel«, sagte sie.

14

Sie sahen sich *Casablanca* an, obwohl sie beide den Film schon mehrere Male im Fernsehen gesehen hatten. Sie setzten sich ganz nach hinten und, auf Jess' Wunsch, direkt an den Gang. Sie sprachen wenig auf der kurzen Fahrt zum Kino, gar nichts mehr, nachdem sie Platz genommen hatten, nur wenige Worte, als sie danach zu Fuß zu dem Restaurant gingen. Keine Berührungsversuche.

Das Restaurant in der North Lincoln Avenue war klein, schummrig und laut. Sie setzten sich an einen kleinen Tisch für zwei ziemlich weit hinten, und erst nachdem sie bestellt hatten, unternahmen sie ein paar zaghafte Versuche, ein Gespräch in Gang zu bringen.

»Ich hab irgendwo gelesen«, sagte Jess, »daß sie noch gar kein fertiges Drehbuch hatten, als sie anfingen, *Casablanca* zu drehen, und daß die Schauspieler nie genau wußten, wer sie eigentlich waren oder was sie gerade tun sollten. Ingrid Bergman mußte angeblich den Regisseur immer wieder fragen, in welchen Mann sie denn nun eigentlich verliebt sei.«

Adam lachte. »Das ist schon allerhand.«

Schweigen. Adams Blick wanderte durch das Lokal. Jess nahm ein warmes Brötchen aus dem Brotkorb, riß es auseinander, schob sich einen Fetzen nach dem anderen in den Mund.

»Sie haben einen gesegneten Appetit«, bemerkte er, obwohl sein Blick noch in eine andere Richtung ging.

»Ich war immer eine gute Esserin.«

»Ihre Mutter hat Ihnen wohl immer gesagt, Sie müßten alles aufessen, was auf dem Teller ist?«

»Das brauchte sie gar nicht.« Jess schluckte hinunter und riß sich noch ein Stück von dem Brötchen ab.

»Sie müssen einen hohen Grundumsatz haben.«

»Ich habe festgestellt, daß ein hysterischer Anfall dann und wann das Gewicht unten hält«, erwiderte Jess. Sie schob sich das Brot in den Mund und fragte sich, warum sie beide so befangen miteinander waren. Sie waren lockerer miteinander umgegangen, als sie einander praktisch fremd waren. Jedes neue Zusammentreffen schien sie steifer und verkrampfter anstatt lockerer zu machen. Als ob sie einer emotionellen Totenstarre erlägen.

»Ich mag das Wort *hysterisch* nicht«, sagte er nach einer langen Pause.

»Was gibt's daran nicht zu mögen?«

»Es hat so einen negativen Beigeschmack«, erklärte er. »Mir gefällt *energisch* besser.«

»Glauben Sie denn, daß das dasselbe ist?«

»Zwei Seiten derselben Medaille.«

Jess ließ sich das durch den Kopf gehen. »Ich weiß nicht recht. Ich weiß nur, daß mir, seit ich ein kleines Mädchen war, ständig gesagt wurde, ich solle lockerer werden.«

»Und das hat natürlich das negative Bild, das Sie von sich als einer hysterischen Person hatten, nur verstärkt.« Jetzt endlich sah er ihr direkt in die Augen. Die Intensität seines Blicks erschreckte Jess beinahe. »Wenn einem die Leute sagen, man soll lockerer werden, dann heißt das gewöhnlich, daß *sie* diejenigen sind, die mit Ihrer Energie Probleme haben. Aber Ihnen haben sie die Schuld zugewiesen. Geschickt, wie?«

»Wieder eine Ihrer interessanten Theorien.«

»Sie wissen doch, ich bin ein interessanter Bursche.«

»Und wieso verkaufen Sie dann Schuhe?«

Er lachte. »Stört es Sie, daß ich Schuhe verkaufe?«

»Warum sollte es mich stören?«

»Tatsache ist, daß ich gern Schuhe verkaufe«, sagte er. Er schob seinen Stuhl zurück und streckte seine langen Beine neben dem Tisch aus. »Ich fange jeden Morgen um zehn Uhr an und höre um sechs Uhr auf. Außer donnerstags. Donnerstags fange ich um eins an und gehe um neun Uhr nach Hause. Ich brauche keine Arbeit mit nach Hause zu nehmen. Ich brauche mich nicht auf den nächsten Tag vorzubereiten. Keine Hetze, keine Verantwortung. Ich gehe morgens in den Laden; ich verkaufe Schuhe; ich gehe nach Hause.«

»Aber ist es nicht furchtbar frustrierend, wenn jemand sich stundenlang von Ihnen bedienen läßt und dann nur mit einem Paar Schuhe aus dem Laden geht oder vielleicht sogar ohne irgend etwas gekauft zu haben.«

»Das macht mir nichts aus.«

»Arbeiten Sie denn nicht auf Provision?«

»Teils Gehalt, teils Provision, ja.«

»Dann geht es aber doch um Ihren Lebensunterhalt.«

Er zuckte die Achseln und richtete sich auf. »Ich bin ein guter Verkäufer.«

Jess blickte zu ihren Füßen hinunter, die warm in den neuen Winterstiefeln steckten. »Das kann ich bestätigen.« Es tat ihr gut, als er lächelte. »Und was ist mit dem Geist?«

Er schien sie nicht zu verstehen. »Wie meinen Sie das?«

»Sie sind offensichtlich ein sehr intelligenter Mann, Mr. Stohn. Es kann doch geistig nicht sehr anregend sein, den ganzen Tag Schuhe zu verkaufen.«

»Im Gegenteil. Ich habe im Rahmen meiner Arbeit den ganzen Tag mit allen möglichen gescheiten und interessanten Leuten zu tun. Die liefern mir alles, was ich in diesem Abschnitt meines Lebens an geistiger Anregung brauche.«

»Und in welchem Abschnitt Ihres Lebens befinden Sie sich genau?«

Er zuckte die Achseln. »Das weiß ich selbst nicht.«

»Wo haben Sie studiert?«

»Wer sagt, daß ich studiert habe?«

»Ich.«

Er lächelte, eine offensichtliche Anstrengung. »An der Loyola-Universität.«

»Sie haben an der Loyola-Universität studiert und sind jetzt Schuhverkäufer?«

»Ist das in Cook County ein Verbrechen?«

Jess spürte, wie sie rot wurde. »Entschuldigen Sie. Ich wirke wohl ziemlich arrogant.«

»Sie wirken wie eine Staatsanwältin.«

»Autsch.«

»Erzählen Sie mir was von diesem Armbrustmörder«, sagte er, plötzlich das Thema wechselnd.

»Wie?«

»Ich habe Ihre Heldentaten die ganze Woche in der Zeitung verfolgt.«

»Und was meinen Sie?«

»Ich meine, Sie werden gewinnen.«

Sie lachte, offen und vergnügt, glücklich über sein Vertrauensvotum.

»Haben Sie vor, die Todesstrafe zu verlangen?«

»Wenn ich die Möglichkeit dazu bekomme«, antwortete Jess.

»Und wie bringt der Staat dieser Tage die Leute um?«

Der Kellner erschien mit zwei Gläsern rotem Burgunder.

»Per Injektion.« Jess hob hastig ihr Glas an die Lippen.

»Ich würde ihn ein wenig atmen lassen«, empfahl der Kellner.

Gehorsam stellte Jess ihr Glas wieder hin. Die unbeabsichtigte Kombination von atmendem Wein und tödlicher Injektion war von zwingender Ironie.

»Per Injektion also. Wegwerfnadeln für Wegwerfmenschen. Darin liegt wohl eine gewisse Gerechtigkeit.«

»Ich würde Leuten wie Terry Wales keine Träne nachweinen«, sagte Jess.

»Keinerlei Sympathie für die kriminelle Unterklasse?«

»Nicht die geringste.«

»Lassen Sie mich raten – Ihre Eltern waren ihr Leben lang Republikaner.«

»Sind Sie gegen die Todesstrafe?« fragte Jess, nicht sicher, ob sie die Kraft besaß, sich auf eine lange Debatte über Pro und Kontra der Todesstrafe einzulassen.

Schweigen.

»Ich denke, manche Menschen verdienen es zu sterben«, sagte er schließlich.

»Das hört sich an, als hätten Sie jemand Bestimmtes im Sinn.«

Er lachte, aber es klang hohl. »Nein, niemand.«

»Mein Vater ist übrigens Demokrat, immer schon gewesen«, sagte Jess nach einer weiteren langen Pause.

Adam hob sein Glas Wein zur Nase und atmete das Bukett ein, aber er trank nicht. »Richtig, Sie haben mir ja erzählt, daß Ihre Mutter tot ist.«

»Ganz hier in der Nähe ist ein Park«, sagte Jess wie zu sich selbst. »Der Oz Park. Da hat meine Mutter mich früher, als ich noch ein Baby war, im Kinderwagen spazierengefahren.«

»Woran ist Ihre Mutter gestorben?« fragte er.

»Krebs«, antwortete Jess hastig und schluckte ihren Wein hinunter.

Adam machte erst ein überraschtes, dann ein bestürztes Gesicht. »Sie lügen. Warum?«

Das Glas in Jess' Hand begann zu zittern, etwas Rotwein schwappte über den Rand auf das weiße Tischtuch. Es sah aus wie Blut. »Wer sagt, daß ich lüge?«

»Es steht Ihnen im Gesicht geschrieben. Wenn Sie an einen Lügendetektor angeschlossen gewesen wären, wäre die Nadel über die ganze Seite gehüpft.«

»Machen Sie niemals einen Test mit dem Lügendetektor«, sagte Jess, dankbar für die Möglichkeit abzulenken.

»Nein?«

»Diese Maschinen sind viel zu unzuverlässig. Ein Schuldiger kann Sie täuschen, und ein Unschuldiger kann bei der Prüfung durchfallen. Wenn man unschuldig ist und durchfällt, wird automatisch angenommen, man sei schuldig. Wenn man unschuldig ist und den Test besteht, gilt man danach dennoch weiter als verdächtig. Man hat also nichts zu gewinnen und alles zu verlieren, wenn man sich dem Test unterzieht – wenn man unschuldig ist.«

»Und wenn man schuldig ist?« fragte er.

»Dann sollte man es ruhig versuchen.« Jess tupfte sich ihre Lippen mit der Serviette, obwohl sie trocken waren. »Wir bei der Staatsanwaltschaft halten natürlich große Stücke auf den Lügendetektor, Sie haben also nichts von alledem von mir gehört.«

»Nichts von was?« fragte Adam, und Jess lächelte. »Warum wollen Sie mir nicht sagen, was mit Ihrer Mutter war?«

Ihr Lächeln erlosch. »Ich dachte, wir hätten eine Abmachung.«

»Eine Abmachung?«

»Keine Geheimnisse, keine Lügen. Erinnern Sie sich?«

»Gibt es denn um den Tod Ihrer Mutter ein Geheimnis?«

»Es ist nur eine lange Geschichte. Ich will da jetzt lieber nicht einsteigen.«

»Dann lassen wir's.«

Der Kellner kam mit ihrem Essen. »Vorsichtig, die Teller sind heiß«, warnte er.

»Schaut gut aus«, sagte Jess, als er ihr den Teller mit dem rosigen Steak vorsetzte.

»Möchten Sie Butter zur Kartoffel?« fragte der Kellner.

»Ja, bitte, und saure Sahne«, antwortete Jess.

»Für mich das gleiche«, sagte Adam und beobachtete Jess, wie sie von ihrem Steak abschnitt. »Mir gefallen Frauen, die mit Genuß essen«, sagte er und lachte.

Mehrere Minuten lang aßen sie schweigend.

»Wie war Ihre Frau?« fragte Jess und tauchte die Gabel in ihre gebackene Kartoffel.

»Sie hat ständig gehungert.«

»War sie denn zu dick?«

»Meiner Meinung nach nicht.« Er schnitt sich ein großes Stück Fleisch ab und schob es in den Mund. »Aber meine Meinung zählte natürlich nicht viel.«

»Das klingt ja nicht so, als seien Sie gute Freunde.«

»Was denken Sie denn, warum wir uns haben scheiden lassen?«

»Ich versteh mich gut mit meinem geschiedenen Mann«, sagte Jess.

Er machte ein skeptisches Gesicht.

»Doch, wirklich. Sehr gut sogar.«

»Ist das der berühmte Greg? Wie in ›Geh nach Hause, Greg‹?«

Jess lachte. »Nein. Greg Oliver ist ein Kollege. Er hat mich nach Hause gefahren.«

»Sie fahren nicht Auto?«

»Mein Auto hatte einen kleinen Unfall.«

Ein Schimmer von Beunruhigung zeigte sich in Adams Augen.

»Ich hab nicht dringesessen.«

Er schien erleichtert. »Gott sei Dank. Was war das für ein Unfall?«

Jess schüttelte den Kopf. »Darüber möchte ich lieber nicht reden.«

»Uns gehen mit rasender Geschwindigkeit die Gesprächsthemen aus«, konstatierte er.

»Wie meinen Sie das?«

»Na ja, Sie möchten nicht über Ihr Auto reden, nicht über Ihre Mutter, Ihre Schwester, Ihren Schwager, und ich weiß nicht mehr, ob Ihr Vater auch tabu war.«

»Ach so, ich verstehe.«

»Lassen Sie mal sehen. Mit dem geschiedenen Mann scheinen Sie keine Schwierigkeiten zu haben. Vielleicht halten wir uns am besten an ihn. Wie heißt er?«

»Don. Don Shaw.«

»Und er ist Anwalt, und Sie beide sind die dicksten Freunde.«

»Wir sind Freunde, ja.«

»Warum dann die Scheidung?«

»Das ist kompliziert.«

»Und Sie würden lieber nicht darüber reden?«

»Warum haben *Sie* sich denn scheiden lassen?« konterte Jess.

»Gleichermaßen kompliziert.«

»Wie heißt Ihre geschiedene Frau?«

»Susan.«

»Und sie ist wieder verheiratet, ist von Beruf Innenarchitektin und wohnt in Springfield.«

»Und damit fangen wir an, uns zu wiederholen.« Er schwieg einen Moment. »Ist das alles? Wir kratzen nicht an der Oberfläche?«

»Haben Sie was gegen Oberflächen? Ich dachte, das sei der Grund, weshalb Sie so gern Schuhe verkaufen.«

»Na schön, bleiben wir an der Oberfläche. Dann nennen Sie mir doch gleich mal Ihre Glückszahl, Jess Koster.«

Jess lachte, schob einen Bissen Fleisch in ihren Mund und kaute.

»Ich meine es ernst«, sagte Adam. »Was haben Sie für eine Glückszahl?«

»Ich glaube, ich habe gar keine.«

»Nennen Sie irgendeine Zahl zwischen eins und zehn.«

»Na schön – vier«, sagte sie spontan.

»Warum vier?«

Jess kicherte, kam sich vor wie ein kleines Mädchen. »Wahrscheinlich, weil das die Lieblingszahl meines kleinen Neffen ist. Und es ist seine Lieblingszahl, weil es Bibos Lieblingszahl ist. Bibo ist eine Figur aus der Sesamstraße.«

»Ich weiß, wer Bibo ist.«

»Schuhverkäufer schauen sich die Sesamstraße an?«

»Schuhverkäufer sind eine unberechenbare Bande. Lieblingsfarbe?«

»Darüber habe ich eigentlich noch nie richtig nachgedacht.«

»Dann denken Sie doch jetzt mal darüber nach.«

Jess legte ihre Gabel auf den Tellerrand und sah sich in dem kleinen Lokal um, als suchte sie Inspiration. »Ich weiß nicht genau. Grau, würde ich sagen.«

»Grau?« Er sah sie ungläubig an.

»Ist damit etwas nicht in Ordnung?«

»Jess, kein Mensch hat Grau als Lieblingsfarbe!«

»Ach was? Aber dafür ist es eben meine. Und was ist Ihre?«

»Rot.«

»Das wundert mich nicht.«

»Wieso nicht?«

»Na ja, Rot ist eine starke, kräftige Farbe. Dynamisch. Extravertiert.«

»Und das entspricht Ihrer Meinung nach meiner Persönlichkeit?«

»Tut es das denn nicht?«

»Glauben Sie, daß Grau Ihrer Persönlichkeit entspricht?«

»Das wird ja allmählich komplizierter als meine Scheidung«, rief Jess, und sie lachten beide.

»Wie steht's mit einem Lieblingslied?«

»Ich hab kein's. Ehrlich nicht.«

»Es gibt kein Lied, bei dem Sie die Lautstärke aufdrehen, wenn es im Radio kommt?«

»Hm, ja, ich mag diese Arie aus *Turandot*. Sie wissen schon, die, die der Tenor singt, wenn er allein draußen im Garten ist.«

»Tut mir leid, von Opern hab ich keine Ahnung.«

»Kennt Sesamstraße, aber keine Oper«, stellte Jess fest.

»Und was mögen Sie sonst noch?«

»Ich mag meine Arbeit«, antwortete sie; sie war sich bewußt, wie geschickt er das Gespräch immer wieder von sich selbst ablenkte. »Und ich lese gern, wenn ich Zeit habe.«

»Was lesen Sie denn?«

»Romane.«

»Was für welche?«

»Krimis vor allem. Agatha Christie, Ed McBain, so in der Art.«

»Und was tun Sie sonst noch gern?«

»Ich mache gern Puzzles. Und ich mache gerne lange Spaziergänge am Wasser. Und ich kauf gern Schuhe.«

»Wofür ich dem Schicksal ewig dankbar sein werde«, sagte er mit lachenden Augen. »Und Sie gehen gern ins Kino.«

»Und ich geh gern ins Kino, ja.«

»Und Sie sitzen gern am Gang.«

»Ja.«

»Warum?«

»Warum?« wiederholte Jess und bemühte sich, ihr plötzliches Unbehagen zu verbergen. »Warum sitzt man wohl gern am Gang? Vermutlich weil man da mehr Platz hat.«

»Die Nadel ist soeben wieder über die ganze Seite gehüpft«, sagte Adam.

»Was?«

»Der Lügendetektor. Sie sind durchgefallen.«

»Weshalb sollte ich lügen, wenn Sie mich fragen, warum ich im Kino gern am Gang sitze?«

»Das möcht ich auch gern wissen.«

»Das ist doch albern.«

»Also wandern nun auch die Plätze am Gang auf die Liste der verbotenen Themen.«

»Es gibt doch gar nichts über sie zu sagen.«

»Dann verraten Sie mir doch, warum Sie unbedingt am Gang sitzen wollten.«

»Ich wollte ja gar nicht unbedingt.«

Er zog eine Schnute wie ein kleiner Junge. »Wollten Sie doch.«

»Wollte ich nicht.«

Sie lachten beide, aber ganz löste sich die Spannung nicht.

»Ich mag es nicht besonders, wenn man mich eine Lügnerin nennt«, sagte Jess.

»Ich wollte Sie wirklich nicht beleidigen.«

»Für eine Anwältin ist ihre Glaubwürdigkeit schließlich das A und O.«

»Sie sind jetzt nicht bei Gericht, Jess«, sagte Adam. »Und Sie sind nicht im Verhör. Es tut mir leid, wenn ich irgendwie zu weit gegangen bin.«

»Wenn ich es Ihnen sage«, sagte Jess plötzlich, sich und ihn gleichermaßen überraschend, »werden Sie mich für total bescheuert halten.«

»Ich halte Sie sowieso schon für total bescheuert«, sagte Adam. »Ich bitte Sie, Jess, Grau als Lieblingsfarbe...«

»Ich hatte Angst, daß mir schlecht wird«, sagte Jess.

»Schlecht? Sie meinen, Sie hatten Angst, Sie müßten sich übergeben?«

»Ich weiß, das klingt albern.«

»War Ihnen denn nicht gut?«

»Doch. Es ging mir prima.«

»Aber Sie hatten Angst, Sie würden sich übergeben müssen, wenn Sie nicht direkt am Gang sitzen?«

»Fragen Sie mich nicht, warum.«

»Haben Sie sich denn jemals übergeben, wenn Sie nicht am Gang saßen?« fragte er völlig logisch.

»Nein«, bekannte sie.

»Warum glauben Sie dann, Sie könnten jetzt damit anfangen?«

Er wartete. Sie sagte nichts.

»Mach ich Sie etwa so nervös?«

»Sie machen mich überhaupt nicht nervös«, log sie, schränkte dann aber sofort ein. »Nein, das stimmt nicht ganz, ein bißchen nervös machen Sie mich schon. Aber Sie hatten nichts damit zu tun, daß ich Angst hatte, mir könnte da drinnen schlecht werden.«

»Ich versteh das nicht.«

»Ich auch nicht. Können wir nicht über etwas anderes reden?« Sie senkte schuldbewußt den Kopf, wieder ein Thema auf der schwarzen Liste. »Ich meine, wir müssen uns ja nicht gerade beim Essen darüber unterhalten.«

»Warten Sie mal, ich möchte das gern richtig verstehen«, sagte er, ohne auf ihre Bitte einzugehen. »Sie setzen sich gern an den Rand, weil Sie Angst haben, daß Sie sich, wenn Sie, sagen wir, in der Mitte der Reihe sitzen, vielleicht übergeben müssen, obwohl Sie sich noch nie im Kino übergeben haben. Ist das richtig so?«

»Ja.«

»Wie lange haben Sie diese Phobie schon?«

»Wer sagt, daß ich eine Phobie habe?«

»Wie würden Sie das denn nennen?«

»Definieren Sie Phobie«, forderte sie.

»Eine irrationale Furcht«, sagte er. »Eine Furcht, die nicht in der Realität begründet ist.«

Jess hörte ihm aufmerksam zu. »Okay, dann habe ich eine Phobie.«

»Was haben Sie sonst noch für Phobien – Klaustro-, Agora-, Arachno- ?«

Sie schüttelte den Kopf. »Keine.«

»Andere Leute haben Höhenangst oder fürchten sich vor Schlangen; Sie haben Angst, Sie könnten sich im Kino übergeben, wenn Sie nicht direkt am Gang sitzen.«

»Ich weiß, es ist lächerlich.«

»Das ist gar nicht lächerlich.«

»Nein?«

»Es ist nur nicht die ganze Geschichte.«

»Sie glauben immer noch, ich verschweige Ihnen etwas?« fragte Jess. Sie hörte das Zittern in ihrer Stimme.

»Wovor haben Sie wirklich Angst, Jess?«

Jess schob ihren Teller weg. Ihr war plötzlich der Appetit vergangen. Am liebsten wäre sie aufgesprungen und davongelaufen. Sie mußte sich zwingen, auf ihrem Stuhl sitzen zu bleiben.

»Ich habe manchmal solche Angstattacken«, sagte sie nach einer langen Pause leise. »Ich habe sie schon vor Jahren eine Zeitlang gehabt. Sehr häufig. Aber mit der Zeit sind sie weggeblieben. Vor kurzem haben sie wieder angefangen.«

»Aus einem bestimmten Grund?«

»Da könnte alles mögliche dahinterstecken«, antwortete Jess und fragte sich, wohin die Nadel des unsichtbaren Lügendetektors, an den sie angeschlossen war, diesmal springen würde. »Ich bekomme plötzlich wahnsinniges Herzklopfen. Atemnot. Ich kann mich nicht rühren. Mir wird schlecht. Ich versuche, mich dagegen zu wehren …«

»Warum?«

»Warum? Wie meinen Sie das?«

»Warum wehren Sie sich? Hilft das denn?«

Jess mußte zugeben, daß es nicht half. »Aber was soll ich denn sonst tun?«

»Warum gehen Sie nicht einfach mit diesen Anfällen mit?«

»Mit ihnen mitgehen? Das verstehe ich nicht.«

»Ganz einfach. Anstatt so viel Kraft daran zu verschwenden, sich gegen die Angst zu wehren, geben Sie ihr doch einfach nach. Schwimmen Sie mit dem Strom, wie man sagt. Nehmen wir an, Sie sitzen im Kino«, fuhr er fort, als er ihre Verwirrung sah, »und Sie merken, daß einer dieser Anfälle kommt. Anstatt den Atem anzuhalten oder bis zehn zu zählen oder von Ihrem Platz aufzuspringen, oder was Sie sonst tun, gehen Sie einfach mit der Angst mit, geben dem Gefühl nach. Was ist denn das Schlimmste, was passieren kann?«

»Daß ich mich übergebe.«

»Gut, dann übergeben Sie sich eben.«

»Was?«

»Sie übergeben sich. Na und?«

»Ich hasse es, wenn ich mich übergeben muß.«

»Aber das ist es nicht, wovor Sie Angst haben.«

»Nein?«

»Nein.«

Jess sah sich ungeduldig um. »Sie haben recht. Ich kann Ihnen sagen, wovor ich Angst habe – daß ich heute abend nicht mehr zum Arbeiten komme, wenn ich nicht bald nach Hause geh. Ich habe Angst, daß ich nicht genug Schlaf bekomme, wenn ich zu lange ausbleibe, und daß ich dann die Erkältung kriege, die mir schon im Nacken sitzt, und morgen bei Gericht total versage. Ich habe Angst, daß ich diesen Prozeß verlieren werde und ein kaltblütiger Mörder mit einer Strafe von weniger als fünf Jahren Gefängnis davonkommt. Ich glaube, ich muß jetzt wirklich gehen.« Um ihren Worten Nachdruck zu verleihen, sah sie auf ihre Uhr und erhob sich halb von ihrem Platz. Die Serviette rutschte ihr von den Knien und fiel zu Boden.

»Ich glaube, Sie haben Angst vor dem Tod«, sagte Adam.

Jess erstarrte. »Wie?«

»Ich glaube, Sie haben Angst vor dem Tod«, wiederholte er, während sie sich langsam wieder auf ihren Stuhl sinken ließ. »Das ist die Angst, die letztlich hinter den meisten Phobien steckt. Die Angst vor dem Tod.« Er machte eine kleine Pause. »Und in Ihrem Fall ist diese Angst wahrscheinlich gerechtfertigt.«

»Wie meinen Sie das?« Wie oft hatte sie an diesem Abend diese Frage schon gestellt?

»Na ja, ich kann mir vorstellen, daß es unter den Leuten, die Sie hinter Schloß und Riegel gebracht haben, genug gibt, die Ihnen drohen. Sie bekommen wahrscheinlich Drohbriefe, obszöne Anrufe, das übliche eben. Sie haben jeden Tag mit dem Tod zu tun. Mit Brutalität und Mord und der Unmenschlichkeit der Menschen.«

Es hätte Jess interessiert, woher er so viel über »das übliche« wußte.

»Da ist es nur natürlich, daß Sie Angst haben.«

Jess bückte sich, um ihre Serviette aufzuheben, und warf sie achtlos über ihren Teller. Wie ein Leintuch über eine Leiche, dachte sie, während sie zusah, wie die braune Sauce den weißen Stoff durchtränkte.

»Vielleicht haben Sie recht. Vielleicht ist es das, was dahintersteckt.«

Adam lächelte. »Ich mach Sie also nervös, hm?«

»Ja, ein bißchen«, sagte sie. »Oder nein, eigentlich ganz schön.«

»Warum?«

»Weil ich nicht weiß, was Sie denken«, antwortete sie aufrichtig.

Sein Lächeln wurde scheu, zurückhaltend. »Ist es denn nicht interessanter so?«

Jess antwortete nichts. »Ich muß jetzt wirklich gehen«, sagte sie schließlich. »Ich muß mich noch auf morgen vorbereiten. Ich hätte heute abend wahrscheinlich überhaupt nicht ausgehen sollen.« Warum plapperte sie so?

»Ich bringe Sie nach Hause«, sagte er. Aber Jess hörte nur: »Ich glaube, Sie haben Angst vor dem Tod.«

15

Am folgenden Samstag meldete sich Jess bei einem Selbstverteidigungskurs an.

Es war eine seltsame Woche gewesen. Am Dienstag hatte die Anklage ihre Beweisführung gegen Terry Wales abgeschlossen. Eine Reihe von Zeugen – Polizeibeamte, medizinische Gutachter, Psychologen, Augenzeugen, Freunde und Verwandte der Toten – hatte ausgesagt. Aufgrund ihrer Aussagen war der eindeutige Beweis erbracht, daß Terry Wales seine Frau getötet hatte. Die einzige Frage, die blieb – die quälende Frage, die von Anfang an bestanden hatte –, war die, ob es sich um vorsätzlichen Mord oder um Totschlag handelte. Würde es Terry Wales gelingen, die Geschworenen davon zu überzeugen, daß alles nur ein tragisches Mißgeschick gewesen war?

Er hatte jedenfalls einen sehr erfolgreichen ersten Schritt in dieser Richtung getan. Am Mittwoch morgen war er zu seiner eigenen Verteidigung in den Zeugenstand getreten und hatte die wohlbedachten Fragen seines Anwalts bedächtig und überlegt beantwortet. Ja, er neige zum Jähzorn. Ja, er und seine Frau hatten gelegentlich handgreifliche Auseinandersetzungen gehabt. Ja, er hatte ihr einmal das Nasenbein gebrochen und ihr das Auge blau geschlagen. Ja, er hatte ihr gedroht, sie umzubringen, wenn sie je versuchen sollte, ihn zu verlassen.

Aber nein, es war ihm nie wirklich ernst gewesen damit. Nein, er hatte ihr niemals weh tun wollen. Nein, er war gewiß kein gefühlloser, kaltblütiger Killer.

Er habe seine Frau geliebt, sagte er, die blaßblauen Augen auf die Geschworenen gerichtet. Er habe sie immer geliebt. Auch als sie ihn vor seinen Freunden beschimpft und verspottet hatte. Auch als sie sich in blinder Wut auf ihn gestürzt hatte, um ihm die Augen auszukratzen, und er sich aus reiner Notwehr hatte verteidigen müssen. Auch als sie gedroht hatte, ihm alles zu nehmen, was er besaß. Auch als sie gedroht hatte, seine eigenen Kinder gegen ihn aufzuhetzen.

Er hatte ihr nur einen Schrecken einjagen wollen, als er mitten auf der geschäftigen Straßenkreuzung diesen Pfeil abgefeuert hatte. Er hatte keine Ahnung gehabt, daß sein Schuß tödlich sein würde. Wenn er sie hätte töten wollen, so hätte er eine Schußwaffe benützt. Er hatte mehrere, er war ein geübter Schütze, Pfeil und Bogen hingegen hatte er nicht mehr in der Hand gehabt, seit er als kleiner Junge im Sommerlager gewesen war.

Am Ende seiner Vernehmung war Terry Wales in Tränen aufgelöst, seine Stimme war heiser, sein Gesicht bleich, voll roter Flecken. Sein Anwalt mußte ihm vom Zeugenstand herunterhelfen.

Jess und ihre beiden Mitarbeiter waren die halbe Nacht aufgeblieben. Noch einmal hatten sie die Aussage jedes einzelnen Zeugen überprüft, die Polizeiberichte studiert, um vielleicht etwas zu entdecken, was sie zuvor übersehen hatten, was Jess am nächsten Tag bei ihrem Kreuzverhör Terry Wales' von Nutzen sein konnte. Nachdem Neil und Barbara niesend und hustend abgezogen waren, hatte Jess den Rest der Nacht im Büro verbracht und war erst am nächsten Morgen um sechs in ihre Wohnung gefahren, um zu duschen und sich umzuziehen.

Aber als sie am Donnerstag morgen in den Gerichtssaal kam, vertagte Richter Harris den Prozeß bis zum folgenden Montag. Der Angeklagte fühlte sich nicht wohl, so schien es, und die Verteidigung hatte eine Vertagung von mehreren Tagen beantragt. Richter Harris hatte dem Antrag stattgegeben und die Sitzung geschlossen. Jess brachte den größten Teil des Tages damit zu, noch einmal mit den Polizeibeamten zu sprechen, die mit dem Fall befaßt waren, um sie zu motivieren, diesen Aufschub zu nutzen und, wenn möglich, zusätzliches Beweismaterial aufzustöbern, das zur Untermauerung der Beweisführung der Anklage dienen konnte.

Am Freitag erhielt sie ihre alljährliche Weihnachtskarte aus dem Zuchthaus. ALLES GUTE FÜR DIE FEIERTAGE, stand in goldenen Lettern darauf. Und unten hieß es, wie von einem guten Freund, *Ich denke oft an Sie, Jack.*

Jack hatte seine Freundin im Suff ermordet, als er sich mit ihr darüber gestritten hatte, wo er seine Autoschlüssel hingelegt hatte. Jess hatte ihn für zwölf Jahre ins Zuchthaus geschickt. Jack hatte geschworen, er würde sie aufsuchen, sobald er wieder frei war und ihr persönlich für ihre Großzügigkeit danken.

Ich denke oft an Sie. Ich denke oft an Sie.

Am Freitag nachmittag hatte sich Jess über Selbstverteidigungskurse informiert und einen Club in der Clybourn Avenue gefunden, nicht allzuweit von ihrer Wohnung entfernt und direkt an der U-Bahn. Dreimal zwei Stunden am Samstagnachmittag, teilte ihr eine Asiatin mit heller Stimme am Telefon mit. Einhundertachtzig Dollar für den Kurs. Eine Disziplin namens Wen-Do. Sie werde kommen, sagte Jess zu der Frau und dachte wieder an das, was Adam gesagt hatte. War es wirklich der Tod, vor dem sie Angst hatte? Sie sah plötzlich das Gesicht ihrer Mutter vor sich, hörte ihre Mutter mit beruhigender Stimme versichern, es werde schon alles gut werden.

Ich denke oft an Sie. Ich denke oft an Sie.

Dann kam der Samstag, wolkenlos, sonnig und kalt.

Der Unterricht fand in einem alten zweistöckigen Gebäude statt. Wen-Do stand in dicken schwarzen Lettern auf dem Schild über der Tür.

»Bitte geben Sie mir Ihren Mantel. Ziehen Sie dann bitte das hier an und gehen Sie bitte hinein«, sagte die junge Asiatin hinter der Empfangstheke.

Jess tauschte ihren langen Wintermantel gegen einen kurzen dunkelblauen Baumwollkittel mit passender Schärpe. Sie hatte ein loses Sweatshirt und eine Jogginghose an, wie man ihr am Telefon empfohlen hatte. Beide waren grau, wie ihr jetzt auffiel. Meine Lieblingsfarbe, dachte sie lächelnd.

»Sie sind früh dran«, sagte die junge Frau kichernd, und ihr hochgebundener schwarzer Pferdeschwanz schwang im Rhythmus mit den zarten Bewegungen ihrer Schultern. »Sonst ist noch niemand hier.«

Jess lächelte und verneigte sich leicht. Sie hatte keine Ahnung, was das Protokoll verlangte. Die junge Frau wies sie mit einer Geste zu einem Vorhang zu ihrer Rechten, und Jess ging mit einer weiteren Verneigung hindurch.

Der Raum, der sich dahinter befand, war doppelt so lang wie er breit war und leer bis auf eine Menge dunkelgrüner Matten, die in einer Ecke auf dem Holzfußboden gestapelt waren. Die eine Wand des Raums war mit Spiegeln getäfelt, die ihm eine Tiefe verliehen, die er nicht hatte. Jess betrachtete ihr Bild und fand sich lächerlich, eine kulturelle Zwittergestalt in ihrem amerikanischen Jogging-Outfit und dem orientalischen Kittel. Mit einem Achselzucken nahm sie ihr Haar zurück und schnürte es mit einem breiten Gummiband zusammen.

Was tat sie hier überhaupt? Was erhoffte sie sich von diesem Kurs? Glaubte sie im Ernst, es gäbe einen wirksamen Schutz vor – ja, wovor überhaupt? Vor den Elementen? Vor dem Unvermeidlichen?

Sie hörte Schritte hinter sich, und als sie sich umdrehte, sah sie eine Frau, die stark hinkte, hinter dem grünen geblümten Vorhang hervortreten.

»Hallo«, sagte die Frau, die etwa im gleichen Alter war wie Jess. »Ich bin Vasiliki. Nennen Sie mich Vas, das ist einfacher.«

»Jess Koster«, sagte Jess und gab der Frau die Hand. »Vasiliki ist ein sehr interessanter Name.«

»Es ist ein griechischer Name«, erklärte die Frau, während sie sich in der Spiegelwand musterte. Sie war groß und grobknochig, mit einem olivbraunen, kantigen Gesicht, das von sehr dunklem Haar umrahmt war. Eine durchaus respekteinflößende Person, wäre nicht das Hinken gewesen.

»Ich bin vor einem Jahr von einer Bande Jugendlicher überfallen worden. Dreizehnjährige Jungen! Ist das zu glauben?« Ihr Ton sagte, daß sie es noch immer nicht fassen konnte. »Sie hatten es auf meine Handtasche abgesehen. ›Nehmt sie ruhig‹, hab ich gesagt. ›Es ist sowieso nichts drin.‹ Als sie gesehen haben, daß es stimmte und ich nur zehn Dollar bei mir hatte, weil ich nie viel Bargeld mit mir herumtrage, haben sie angefangen, auf mich einzuschlagen, haben mich auf den Boden gestoßen und mich so brutal getreten, daß sie mir die Kniescheibe gebrochen haben. Ich kann froh sein, daß ich überhaupt noch gehen kann. Während ich noch in Therapie war, hab ich mir vorgenommen, daß ich Selbstverteidigung lerne, sobald ich wieder halbwegs gehen kann. Wenn mich das nächste Mal einer angreift, bin ich gewappnet.« Sie lachte bitter. »Obwohl das ein bißchen so ist, als wenn man den Stall zumacht, nachdem das Pferd weggelaufen ist.«

Jess schüttelte den Kopf. Die Jugendkriminalität hatte in Chicago epidemische Ausmaße erreicht. Man war derzeit dabei, ein ganzes neues Gebäude zu errichten, um mit diesen jugendlichen Straftätern fertig zu werden. Als könnte ein Gebäude da helfen.

»Und was hat Sie veranlaßt, hierherzukommen?« fragte Vas.

Die Furcht vor dem Unbekannten, die Furcht vor dem Bekannten, antwortete Jess im stillen. »Das weiß ich selbst nicht so genau«, sagte sie laut. »Ich habe mir einfach gedacht, es wäre wahrscheinlich ganz gut, wenn ich lerne, mich selbst zu verteidigen.«

»Sehr gescheit. Ich sag Ihnen, heutzutage hat man's als Frau wirklich nicht leicht.«

Jess nickte. Sie wünschte, es gäbe eine Sitzgelegenheit.

Wieder teilte sich der Vorhang, und zwei schwarze Frauen traten in den Raum. Mißtrauisch sahen sie sich um.

»Ich bin Vasiliki. Nennen Sie mich einfach Vas«, sagte Vas und nickte ihnen zu. »Und das ist Jess.«

»Maryellen«, sagte die ältere der beiden Frauen, die mit der helleren Haut. »Das ist meine Tochter Ayisha.«

Jess schätzte Ayisha auf ungefähr siebzehn Jahre, ihre Mutter auf etwa vierzig. Beide Frauen waren sehr hübsch. Unter dem rechten Auge der älteren Frau allerdings war noch ein allmählich verblassender großer blauer Fleck zu sehen.

»Das finde ich gut, daß ihr diesen Kurs zusammen macht«, sagte Vas gerade, als noch eine Frau hereinkam, klein und dicklich, nicht mehr ganz jung, mit graugesprenkeltem Haar. Sie zupfte nervös an ihrem blauen Kittel.

»Vasiliki, nennen Sie mich einfach Vas«, begrüßte Vas sie sofort. »Das sind Jess, Maryellen und Ayisha.«

»Catarina Santos«, sagte die Frau zaghaft, als wäre sie sich ihres eigenen Namens nicht sicher.

»Das ist ja hier fast wie bei der UNO«, sagte Vas scherzhaft.

»Stimmt«, bestätigte Jess. »Und alle sind wir hier, um die alte orientalische Kunst des Wen-Do zu erlernen.«

»Ach, alt ist die Kunst nicht«, korrigierte sie Vas. »Wen-Do ist erst vor zwanzig Jahren von einem kanadischen Ehepaar entwickelt worden. Ausgerechnet in Toronto. Ist das nicht urkomisch?«

»Was, wir lernen eine Selbstverteidigungstechnik, die in Kanada entwickelt worden ist?« fragte Jess ungläubig.

»Sie setzt sich anscheinend aus Elementen aus Karate und Aikido zusammen. Weiß jemand von euch, was Aikido ist?« fragte Vas.

Niemand wußte es.

»Das Bestimmende beim Wen-Do sind Bewußtheit, Vermeidung und Handeln«, erklärte Vas und lachte dann verlegen. »Ich hab die Broschüre auswendig gelernt.«

»Für Handeln bin ich immer zu haben«, sagte Ayisha, während Catarina scheu zur Spiegelwand zurückwich.

Noch einmal teilte sich der Vorhang, und ein junger Mann mit einer dunklen Haartolle und ausgesprochen selbstbewußtem Gang trat auf die Frauengruppe zu. Er war nicht sehr groß, die Muskeln seiner kraftvollen Arme waren sogar durch den blauen Kittel hindurch zu erkennen. Sein glattrasiertes Gesicht hatte etwas Jungenhaftes, an der Nasenwurzel, neben der rechten Augenbraue, hatte er eine kleine Narbe, wahrscheinlich das Überbleibsel einer Windpokkenerkrankung in der Kindheit.

»Guten Tag«, sagte er, hörbar aus dem Zwerchfell sprechend. »Ich bin Dominic, Ihr Lehrer.«

»Komisch«, flüsterte Vas Jess zu, »er sieht gar nicht nach Wen-Do aus.«

»Wer von Ihnen glaubt, sie könnte einen Angreifer abwehren?« fragte er, die Hände in die Hüften gestemmt, den Kopf kerzengerade.

Die Frauen schwiegen.

Dominic ging langsam auf Maryellen und ihre Tochter Ayisha zu. »Wie steht's mit Ihnen, Mama? Glauben Sie, Sie könnten einem Kerl die Nase brechen, wenn er Ihre Tochter angreifen sollte?«

»Der kann froh sein, wenn sein Kopf noch an ihm dran ist«, behauptete Maryellen resolut.

»Nun, beim Wen-Do geht es darum«, sagte er, »daß Sie erkennen, daß Sie genauso wertvoll sind wie jedes Kind in Ihrem Leben, das Sie lieben. Wertvoll«, fuhr er fort und legte um der Wirkung willen eine kleine Pause ein, »aber nicht wehrlos. Jedenfalls nicht mehr so leicht wehrlos wie vorher. Sie mögen schwächer sein als Ihre Angreifer«, sagte er und sah die Frauen der Reihe nach an, »aber Sie sind nicht ohn-mächtig, und Ihre Angreifer sind nicht all-mächtig. Es ist sehr wichtig, daß Sie den Angreifer nicht als einen gewaltigen, unerschütterlichen Brocken sehen; Sie müssen ihn vielmehr als ein Wesen mit vielen verletzlichen Angriffspunkten sehen. Und vergessen Sie eines nicht«, sagte er und sah dabei Jess an. »Zorn und Wut sind in den meisten Fällen weit wirkungsvoller als Bitten und Betteln. Fürchten Sie sich also nicht, zornig zu werden.«

Jess begannen die Knie zu zittern, und sie war froh, als er sich einer der anderen Frauen zuwandte. Sie musterte die verschiedenen Gesichter, die den Wandel der Stadt in den vergangenen zwanzig Jahren so deutlich dokumentierten. Mit dem Chicago ihrer Kindheit war diese Stadt kaum noch zu vergleichen, dachte sie und floh vorübergehend in die lilienweiße Vergangenheit. Erst Dominics energische Stimme holte sie in die Gegenwart zurück.

»Sie müssen lernen, Ihrem Gefühl zu trauen, wenn Sie Gefahr wittern«, sagte er gerade. »Selbst wenn Sie nicht genau wissen, wovor Sie eigentlich Angst haben, selbst wenn Sie nicht wissen, was Sie nervös macht, selbst wenn Sie fürchten, einem Mann Unrecht zu tun, bei dem Sie nicht ganz sicher sind, ob er Sie bedroht oder nicht, ist es am besten, wenn Sie sich so schnell wie möglich entfernen. Die Verleugnung der eigenen Gefühle kann einen teuer zu stehen kommen. Vertrauen Sie also Ihren Instinkten«, sagte er, »und verschwinden Sie, so schnell Sie können.«

Wenn Sie können, fügte Jess im stillen hinzu.

»Schnell davonlaufen ist für Frauen in den meisten Fällen das beste«, schloß Dominic. »Okay, stellen Sie sich in einer Reihe auf.«

Die Frauen tauschten nervöse Blicke, bildeten etwas zögernd eine Reihe. »An die Wand mit euch, ihr Säcke«, flüsterte Vas Jess zu und kicherte wie ein kleines Mädchen.

»Lassen Sie viel Platz zwischen sich. Ja, so ist es gut. Gehen Sie noch ein Stück weiter auseinander. Wir werden gleich eine Menge Bewegungsfreiheit brauchen. Rollen Sie die Schultern nach rückwärts. Entspannen Sie sich. Ja, gut so. Schwingen Sie die Arme. Sie sollen richtig locker werden.«

Jess schwang ihre Arme vorwärts und rückwärts, hinauf und hinunter. Sie ließ ihre Schultern kreisen, zuerst rückwärts, dann vorwärts. Sie drehte langsam den Kopf hin und her, hörte es knacken.

»Vergessen Sie nicht zu atmen«, sagte Dominic, und Jess stieß dankbar die Luft aus. »Okay, stellen Sie sich jetzt gerade hin. Und passen Sie gut auf. Die erste Verteidigungsstrategie heißt *Kiyi.*«

»Hat er Kiwi gesagt?« fragte Vas, und Jess mußte sich auf die Zunge beißen, um nicht laut herauszulachen.

»*Kiyi* ist ein lauter Schrei, ein gewaltiges Brüllen aus dem Zwerchfell. *Hohh!*« brüllte er, und die Frauen zuckten zusammen. »*Hohh!*« brüllte er wieder. »*Hohh!*«

Ho, ho, ho, dachte Jess.

»*Kiyi* hat zweierlei Funktionen«, erklärte er. »Einmal soll es das Bild des wehr- und sprachlosen Wesens auslöschen, das der Angreifer von Ihnen hat. Außerdem hilft es zu verhindern, daß Sie vor Furcht erstarren. »*Hohh!*« brüllte er wieder, und die Frauen sprangen erschrocken zurück. »Sie sehen, es enthält das Element der Überraschung. Und Überraschung kann eine sehr nützliche Waffe sein.« Er lächelte. »So, und jetzt versuchen Sie es.«

Keine der Frauen rührte sich. Nach einigen Sekunden fingen Ayisha und Vas zu kichern an. Jess wußte nicht, ob sie lachen oder weinen sollte. Wie, dachte sie, konnte sie ihren Instinkten trauen, wenn sie nicht einmal genau wußte, was ihre Instinkte waren.

»Na los!« ermunterte Dominic. »*Hohh!*«

Wieder Schweigen, dann ein schwaches, zaghaftes »Hohh« aus Maryellens Mund.

»Nicht ›Hohh‹, *Hohh!*«, sagte Dominic mit Nachdruck. »Höflichkeit ist in so einer Situation fehl am Platze. Wir wollen den Angreifer doch erschrecken, nicht ermutigen. Also, kommen Sie, schreien Sie mal kräftig. *Hohh!*«

»Hohh!« rief Jess halbherzig und kam sich absolut lächerlich vor. Die Schlachtrufe der anderen klangen ähnlich erbärmlich.

»Nun machen Sie schon!« drängte Dominic und ballte die Fäuste. »Sie sind jetzt Frauen, keine Damen. Zeigen Sie mir, wie Sie wütend werden. Brüllen Sie mal so richtig los. Ich weiß, daß Sie das können.

Ich bin schließlich mit vier Schwestern aufgewachsen. Erzählen Sie mir bloß nicht, Sie können nicht brüllen.« Er trat zu Maryellen. »Kommen Sie, Mama! Da ist ein Mann, der Ihre Tochter angreift.«

»*Hohh!*« schrie Maryellen.

»Das ist schon besser.«

»*Hohh!*« schrie Maryellen wieder. »*Hohh! Hohh!*« Sie lachte. »Hey, das fängt an, mir zu gefallen.«

»Es ist ein gutes Gefühl, für sich einzutreten, stimmt's?« fragte Dominic, und Maryellen nickte. »Was ist mit euch anderen? Los, macht dem Angreifer mal Beine mit eurem Gebrüll.«

»Hohh!« begannen die Frauen zu rufen, erst noch zaghaft, dann lauter, mit zunehmender Kraft. »*Hohh! Hohh!*«

Jess wollte mitmachen, aber selbst als sie ihren Mund aufriß, kam ihr kein Laut über die Lippen. Was war los mit ihr? Seit wann hatte sie Angst davor, für sich einzutreten? Seit wann war sie so passiv geworden?

Denk Zorn, befahl sie sich. Denk an dein Auto. Denk an Terry Wales. Denk an Erica Barnowski. Denk an Greg Oliver. Denk an deinen Schwager. Denk an Connie DeVuono. Denk an Rick Ferguson.

Denk an deine Mutter.

»*Hohh!*« brüllte Jess in die plötzliche Stille hinein. »*Hohh!*«

»Perfekt!« rief Dominic begeistert und klatschte in die Hände. »Ich wußte ja, daß Sie es in sich haben.«

»Klasse«, sagte Vas und drückte Jess die Hand.

»Wenn sich nun ein möglicher Angreifer mit *Kiyi* nicht abschrekken läßt, müssen Sie bereit sein, sich aller Waffen zu bedienen, die Sie zur Verfügung haben, zum Beispiel Hände, Füße, Ellbogen, Schultern, Fingernägel. Fingernägel sind sehr wirksam. Wenn also welche unter Ihnen an den Nägeln kauen, hören Sie am besten sofort damit auf. Zu den Zielobjekten gehören die Augen, die Ohren und die Nase.« Dominic öffnete seine Faust zu einer Klaue, seine Finger wie Krallen. »Mit Adlerklauen in die Augen«, sagte er und führte es vor. »Mit diesen beinharten Fingerknöcheln auf die Nase... Hammerschläge mit der Faust auf die Nase.« Wieder demonstrierte er. Die Frauen sahen ehrfürchtig zu. »Wie man das macht, zeig ich Ihnen später«, sagte er zu ihnen. »Glauben Sie mir, es ist nicht schwer. Man muß es nur lernen. Sie dürfen nicht erwarten, es an Körperkraft mit Ihrem Angreifer aufnehmen zu können. Da würden Sie immer den kürzeren ziehen. Statt dessen müssen Sie lernen, die Kraft des Angreifers gegen ihn selbst einzusetzen.«

»Das verstehe ich nicht«, sagte Jess, überrascht, daß sie gesprochen hatte.

»Gut. Sagen Sie es laut und deutlich, wenn Sie etwas nicht verstehen. Sagen Sie es auch laut und deutlich, wenn Sie es verstehen.« Er lächelte. »Und vergessen Sie nicht zu atmen.«

Dankbar stieß Jess wiederum die angehaltene Luft aus.

»So ist es richtig, tief aus dem Zwerchfell. Sie dürfen nie vergessen zu atmen, sonst geht Ihnen ziemlich schnell der Dampf aus. Diejenigen unter Ihnen, die hier rauchen, sollten es schnellstens aufgeben. Statt dessen tief atmen. Das tun Sie im Grunde ja sowieso schon, wenn Sie rauchen. Sie atmen tief ein und aus. Sie müssen nur lernen, es ohne Zigarette zu tun. Also, was verstehen Sie nicht?« wandte er sich an Jess, unvermittelt zu ihrer Frage zurückkehrend.

»Sie sagten eben, wir sollten die Kraft des Angreifers gegen ihn einsetzen. Ich verstehe nicht, wie Sie das meinen.«

»Okay, ich werd versuchen, es zu erklären.« Er schwieg einen Moment und kniff nachdenklich die Augen zusammen. »Nehmen wir das Bild des Kreises«, begann er und beschrieb mit dem Zeigefinger in der Luft einen Kreis. »Wenn jemand versucht, uns gewaltsam an sich zu ziehen, neigen wir dazu, Widerstand zu leisten und dagegen zu ziehen. Aber genau das sollten wir nicht tun. Wir sollten uns von der Kraft des Angreifers zu ihm hinziehen lassen, und zuschlagen, wenn wir da angekommen sind.«

Er packte Jess beim Arm. Instinktiv stemmte sie sich dagegen.

»Nein«, sagte er. »Genau falsch.«

»Aber Sie haben doch gesagt, wir sollen unserem Instinkt trauen.«

»Trauen Sie Ihrem Instinkt, wenn er Sie vor einer Gefahr *warnt*. Denken Sie daran, daß es als erstes darauf ankommt, eine Gefahr zu erkennen und so schnell wie möglich vor ihr zu fliehen. Aber wenn Sie bereits in Gefahr sind, sieht die Sache anders aus. Da kann Ihr Instinkt Sie irreführen. Sie müssen daher Ihren Instinkt schulen. So, jetzt kommen Sie noch mal her, damit ich Ihnen und den anderen zeigen kann, was ich meine.«

Widerstrebend trat Jess ein paar Schritte vor.

»Ich werde Sie jetzt an mich heranziehen, und ich möchte, daß Sie Widerstand leisten, wie Sie das eben getan haben.« Dominic sprang plötzlich auf Jess zu, packte sie am Handgelenk und riß sie an sich.

Jess warf sich nach rückwärts, versuchte, ihre Füße in den Boden zu stemmen, um besseren Halt zu bekommen. So einfach würde sie sich nicht unterkriegen lassen, sagte sie sich, als sie den starken Zug an ihrem Arm spürte, den Schmerz, der bis zu ihrem Ellbogen hinaufschoß. Sie wehrte sich noch heftiger, ihr Atem wurde flach.

Im nächsten Moment lag sie auf dem Boden, und Dominic stand über ihr.

»Wie ist das denn passiert?« fragte sie keuchend. Sie hatte keine Ahnung, wie sie so plötzlich aus vermeintlich sicherem Stand flach auf dem Rücken gelandet war.

Dominic half ihr auf die Füße.

»So, und jetzt versuchen wir's mal auf die andere Art. Leisten Sie keinen Widerstand. Wehren Sie sich nicht gegen mich. Lassen Sie sich von meiner Kraft einfach mitziehen, und wenn Sie dann ganz dicht an mir dran sind, nutzen Sie den Schwung aus, um mich wegzustoßen.«

Jess stellte sich wieder auf. Wieder umfaßte Dominic fest ihr

Handgelenk. Diesmal jedoch ließ sie sich, anstatt Widerstand zu leisten, anstatt sich zur Wehr zu setzen, von ihm mitziehen. Erst als ihre Körper miteinander kollidierten, setzte sie unvermittelt ihr ganzes Gewicht ein, um ihn wegzustoßen. Er verlor das Gleichgewicht und stürzte zu Boden.

»So ist's richtig, Jess!« jubelte Vas ihr zu.

»So ist's richtig, Mädchen. Sie haben's geschafft«, fiel Maryellen ein.

»Toll«, stimmte Ayisha zu.

Catarina nickte scheu.

Dominic stand langsam auf. »Ich glaube, jetzt haben Sie verstanden«, sagte er und klopfte seine Kleider ab.

Jess lächelte. »*Hohh!*« sagte sie.

»Hohh, hohh, hohh!« flüsterte Jess vor sich hin, als sie in der Stadtmitte aus dem U-Bahnschacht ans Licht stieg. Sie fühlte sich stärker als seit Wochen, vielleicht seit Monaten. Zu allem fähig. Rundum gut. »Hohh!« lachte sie. Sie zog ihren Mantel fest um sich und machte sich auf den Weg zur Michigan Avenue.

Wer sagte, daß sie warten mußte, bis Adam sie anrief? Dies waren die neunziger Jahre, Herrgott noch mal. Da saßen die Frauen nicht mehr bibbernd am Telefon und warteten auf den Anruf. Sie nahmen den Hörer zur Hand und wählten selbst. Außerdem war Samstag, sie hatte für den Abend keine Pläne, und Adam würde es wahrscheinlich mit Vergnügen sehen, daß sie die Initiative ergriff. »Hohh!« sagte sie lauter als beabsichtigt und fing den nervösen Blick einer vorüberkommenden Frau auf, die sofort ihren Schritt beschleunigte.

Ganz recht, Lady, sagte Jess im stillen zu ihr. Dein Instinkt meldet dir Gefahr, mach dich lieber schleunigst aus dem Staub. »*Hohh!*« sagte sie wieder, sang es beinahe, als sie sich dem Schaufenster des Schuhgeschäfts näherte und hineinspähte.

»Ist Adam Stohn heute da?« fragte sie den Verkäufer mit dem schlecht sitzenden Toupet, der auf sie zukam, sobald sie durch die Tür trat.

Der Mann kniff die Augen zusammen, daß sie ganz schmal wurden. Erinnerte er sich ihrer von ihrem letzten Zusammentreffen?

»Er bedient gerade.« Mit dem Kinn wies er zum rückwärtigen Teil des Ladens.

Adam stand neben einer jungen Frau. Er hatte die Hände voller Schuhe, sie strahlte. Jess näherte sich unauffällig; sie wollte ihn nicht mitten in einem Verkaufsgespräch stören.

»So, von diesen Schuhen gefällt Ihnen also keiner. Hm, lassen Sie mich mal überlegen. Kann ich Sie statt dessen mit einem Glas Wasser beglücken?« sagte Adam.

Die junge Frau lachte. Das lange blonde Haar flog, als sie den Kopf schüttelte.

»Vielleicht mit einem Bonbon?«

Jess sah, wie Adam in seine Jackentasche griff und ein in rot-weiß gestreiftes Papier eingewickeltes Bonbon herauszog. Sie beobachtete, wie die junge Frau es musterte, ehe sie das Angebot ablehnte.

»Und wie wär's mit einem Witz? Sie scheinen mir eine Frau mit Humor zu sein.«

Jess schossen die Tränen in die Augen. Rasch wandte sie sich ab, sie wollte nicht bis zur Pointe bleiben. Der Witz ging ja auf ihre Kosten.

»Haben Sie ihn gefunden?« fragte der Verkäufer mit dem schlecht sitzenden Toupet, als sie wieder nach vorn kam.

»Ich spreche lieber später mit ihm. Vielen Dank«, antwortete Jess und fragte sich, wofür sie ihm eigentlich dankte. Frauen waren mit ihrem Dank immer so schnell bei der Hand. »Entschuldigen Sie«, sagte sie und trat zur Seite, um die hereinkommende Frau vorbeizulassen, die sich ebenfalls entschuldigte. Und wofür entschuldigen wir uns eigentlich dauernd?

Ach verdammt, dachte sie, beschämt und verwirrt, welcher Teufel hat mich geritten, hierherzukommen? Hatte sie ernstlich geglaubt, nur weil sie sich gerade gut fühlte und dieses Gefühl mit jemandem teilen wollte, werde Adam Stohn sich mit Freuden für diese Rolle zur Verfügung stellen? Was ging es ihn an, wenn sie sich zu allem fähig fühlte? Was ging es ihn an, wenn sie gelernt hatte, aus ihrer Faust eine Adlerklaue zu machen? Was interessierte es ihn, ob sie einen Hammerschlag auf die Nase austeilen konnte? Was interessierte ihn *Kiyi*? Er war daran interessiert, Schuhe zu verkaufen, sich seine Provision zu verdienen. Wieso hatte sie geglaubt, sie sei für ihn etwas anderes als all die übrigen Frauen, denen er Tag für Tag die Füße tätschelte? Und weshalb war sie so enttäuscht?

»Hohh!« sagte sie, als sie allein draußen vor dem Laden stand. Aber sie war nicht mit dem Herzen dabei, und das Wort fiel auf den Bürgersteig, um von den Füßen der Vorüberkommenden zertrampelt zu werden.

»Hallo, schöne Fremde«, sagte Don, und selbst am Telefon war seine Stimme eine Oase. »Das ist aber mal eine nette Überraschung. Ich hab schon angefangen zu glauben, du wärst mir immer noch böse.«

»Warum sollte ich dir böse sein?« Jess zog die Tür der öffentlichen Telefonzelle zu.

»Das möchte ich ja eben von dir wissen. Ich weiß nur, daß du seit unserer kleinen Meinungsverschiedenheit auf der Polizei kaum zwei Worte mit mir gesprochen hast.«

»Aber natürlich hab ich das.«

»Na schön, zwei Worte vielleicht, aber beide lauteten nein: einmal, als ich dich zum Thanksgiving einladen wollte, und das andere Mal, als ich mit dir essen gehen wollte.«

»Womit wir schon beim Grund meines Anrufs wären«, versetzte Jess, froh, gleich einhaken zu können. »Ich bin in der Stadt und wollte dich fragen, ob du Lust hast, heute abend mit mir essen zu gehen, wenn du nichts anderes vorhast...« Sie wartete, aber es folgte nur Schweigen. »Du hast schon was vor«, sagte Jess hastig.

»So ein Pech.« Dons Ton war entschuldigend. »Zu jeder anderen Zeit würde ich mir diese Chance nicht entgehen lassen, aber –«

»Aber es ist Samstagabend, und Mutter Teresa wartet.«

Wieder Schweigen. »Nein, Trish ist dieses Wochenende gar nicht da. Sie ist verreist«, entgegnete Don ruhig. »Ich bin bei John McMaster zum Abendessen eingeladen. Du erinnerst dich doch an John.«

»Natürlich.« John McMaster war einer von Dons Partnern. »Grüß ihn von mir.«

»Ich würde dich ja mitnehmen...«

»Ich würde nicht mitkommen.«

»...aber du würdest nicht mitkommen.«

Jess lachte und merkte plötzlich, daß sie mit dem Atmen Mühe hatte. Warum hatte sie angerufen? Erwartete sie im Ernst, daß ihr geschiedener Mann jedesmal sofort springen würde, wenn sie sich einsam oder deprimiert fühlte oder meinte, ein bißchen moralische Unterstützung zu brauchen?

»Ich hab eine Idee«, sagte er.

»Was für eine?« Jess hatte ein Gefühl, als erstickte sie, als erreichte kein Lufthauch ihre Lunge. Sie zog an der Falttür der Telefonzelle, aber sie ließ sich nicht öffnen.

»Ich komm morgen vormittag mit ein paar frischen Brötchen zu dir, und du machst mir Kaffee und erzählst mir, wer gestorben ist.«

Jess kämpfte mit der Tür der Telefonzelle; sie hatte kein Gefühl mehr in ihren Fingern. Sie konnte nicht atmen. Wenn sie nicht bald aus dieser gottverdammten Zelle herauskam, würde sie ohnmächtig werden, vielleicht ersticken. Sie mußte raus. Sie brauchte frische Luft.

»Jess? Jess, bist du noch da? Das war doch nur ein Witz. Liest du die Todesanzeigen nicht mehr?«

»Ich muß jetzt wirklich Schluß machen, Don.« Jess schlug mit der Faust an die Tür.

»Paßt es dir um zehn?«

»Ja, gut. Wunderbar.«

»Also dann, bis morgen vormittag.«

Jess ließ den Hörer einfach aus der Hand fallen. Er baumelte am Kabel hin und her wie ein Erhängter im Wind, während sie völlig außer sich an der Tür riß und schob und in ihrer Verzweiflung zu schreien begann. »Verdammt noch mal, laßt mich hier raus!« schrie sie. Plötzlich öffnete sich die Tür. Eine grauhaarige alte Frau, bestimmt nicht größer als einen Meter fünfzig, stand auf der anderen Seite. Ihre blaugeäderten Hände hielten den Rand der Tür umfaßt. »Diese Türen haben es manchmal wirklich in sich«, sagte sie mit einem nachsichtigen Lächeln, ehe sie die Straße hinunter weiterging.

Jess stürzte aus der Telefonzelle. Der Schweiß lief ihr trotz der Kälte in Strömen über das Gesicht. »Was ist denn nur mit mir passiert?« flüsterte sie in ihre tauben Hände. »Ich habe alles vergessen, was ich heute gelernt habe. Wie soll ich mich gegen irgend jemanden zur Wehr setzen, wenn ich es nicht mal schaffe, aus einer Telefonzelle herauszukommen?«

Es dauerte einige Minuten, bis die Taubheit ihre Hände verließ und sie in der Lage war, sich ein Taxi heranzuwinken, das sie nach Hause brachte.

16

Zum Abendessen machte sie sich Makkaroni mit Käse aus der Tiefkühltruhe warm und gönnte sich zum Nachtisch zwei Stück Vanillekuchen mit Erdbeerguß und eine große Flasche Cola. »Es geht doch nichts über ein gutes Essen«, sagte sie zu ihrem Kanarienvogel, als sie das schmutzige Geschirr in die Küche trug. Sie war zu müde, es jetzt ordentlich in die Maschine zu stapeln, darum stellte sie es einfach in die Spüle.

Zu faul, die Füße zu heben, schlurfte sie wieder ins Wohnzimmer und fühlte sich an die alte Frau erinnert, die sie am Nachmittag aus der Telefonzelle befreit hatte. Die wüßte sich wahrscheinlich bei einem Überfall weit besser zu wehren als ich, dachte sie und überlegte, ob sie mit dem Selbstverteidigungskurs überhaupt weitermachen sollte. Aber ja, sie hatte schließlich dafür bezahlt.

Sie schaltete die Stereoanlage aus und deckte den Vogelkäfig für die Nacht zu. Sie knipste das Licht aus und schlurfte ins Schlafzimmer, zog schon unterwegs ihr graues Sweatshirt aus und stopfte es zusammen mit der Jogginghose in den Wäschepuff, obwohl sie keine Ahnung hatte, wann sie dazukommen würde, die Sachen zu waschen. Sie hatte es sich in letzter Zeit angewöhnt, möglichst nur Kleider zu kaufen, die chemisch gereinigt werden mußten. Das war vielleicht teurer, aber weniger zeitaufwendig.

Sie zog sich das lange rosa-weiße Batistnachthemd an und legte dann ihre Sachen für den nächsten Tag zurecht: Blue Jeans, ein roter Rolli, dicke rote Socken, frische Unterwäsche. Dann brauchte sie morgen nur noch hineinzusteigen. Ihre Tennisschuhe standen auf dem Boden neben dem Stuhl bereit. Die Welt war in Ordnung, dachte sie, auf dem Weg ins Bad, um sich für die Nacht fertigzumachen. Sie konnte es kaum erwarten, ins Bett zu kommen.

Es war erst neun Uhr, stellte sie mit einiger Überraschung fest, als sie die Schlafzimmerlampe anknipste und unter die Decke kroch. Sie hätte wahrscheinlich noch etwas tun sollen, um sich auf die Wiederaufnahme des Wales-Prozesses am Montag vorzubereiten, aber ihr fielen schon die Augen zu. Es war ein langer, anstrengender Tag gewesen. Sie war an einem einzigen Nachmittag von zwei Männern enttäuscht worden. Sie hatte Stärke gefunden und gleich wieder verloren. Das war weiß Gott genug für einen Tag.

Sie streckte sich aus und lauschte den gedämpften Geräuschen, die aus der Wohnung unter ihr heraufdrangen. Walter gibt anscheinend wieder mal eine Party, dachte sie noch, ehe sie einschlief.

In ihrem Traum stand sie in ihrem rosa-weißen Batistnachthemd und ihren abgetragenen rosafarbenen Hausschuhen vor der Geschworenenbank.

»Wir sind ganz hingerissen von Ihrem Pyjama«, sagte eine der Geschworenen und griff über die Balustrade, um den weichen Ärmel von Jess' Nachthemd zu streicheln. Aber ihre Hand war eine Adlerklaue, und die Krallen zerfetzten den Stoff und rissen ihre Haut blutig.

»Warte, ich verbinde es dir«, rief Don und setzte mit einem Sprung über den Tisch der Verteidigung.

Jess erlaubte ihm, sie an sich zu ziehen, spürte, wie ihre Körper einander berührten, und schleuderte sich genau in diesem Augenblick mit ihrem ganzen Gewicht gegen ihn, so daß er das Gleichgewicht verlor und zu Boden ging.

Richter Harris klopfte ungehalten mit seinem Hammer auf den Tisch. »Ich rufe Sie zur Ordnung«, forderte er mit Adam Stohns Stimme. »Ich rufe Sie zur Ordnung.« Dann: »Jess, sind Sie da? Jess? Jess?«

Noch nicht ganz wach, setzte sie sich im Bett auf, erleichtert wie ein Kind, sich in ihrem Schlafzimmer zu sehen und nicht im Gerichtssaal. Typisch für mich, dachte sie, während sie nach den Fetzen ihres Traums haschte, die sich rasch aufzulösen drohten, den einen Menschen zurückzustoßen, der mir helfen möchte.

»Jess!« hörte sie wieder die Stimme aus ihrem Traum. »Jess, sind Sie da?«

Das Klopfen des Hammers ging weiter. Aber es war kein Hammer, wie Jess jetzt erkannte, als sie ganz wach wurde, es war eine Hand, die an ihre Tür klopfte. Sie griff über ihr Bett zum Nachttisch. Sie zog die Schublade auf und tastete nach ihrer Waffe, selbst erschrocken, als sie sie herausnahm, mit welcher Selbstverständlichkeit sie das tat.

»Wer ist da?« rief sie laut, schob die Füße in ihre Hausschuhe und faßte den Revolver fester, als sie zur Tür ging. Der Boden unter ihren Füßen vibrierte von der lauten Musik in der unteren Wohnung.

»Ich bin's, Adam«, rief es von der anderen Seite.

»Was tun Sie hier?« fragte Jess, ohne die Tür zu öffnen.

»Ich wollte Sie sehen.«

»Haben Sie noch nie was vom Telefon gehört?«

»Ich habe genug Telefone gesehen«, rief er lachend zurück. »Ich wollte Sie sehen. Es war ein spontaner Entschluß.«

»Wie sind Sie ins Haus gekommen?«

»Die Haustür war offen. Unten ist anscheinend ein Riesenfest im Gange. Jess, müssen wir uns durch die Tür anbrüllen? Wollen Sie mich nicht hineinlassen?«

»Es ist spät.«

»Jess, wenn Sie Besuch haben...«

Sie öffnete die Tür. »Es ist niemand hier.« Mit dem Revolver winkte sie ihn herein.

»Um Gottes willen, ist das Ding echt?«

Jess nickte. Wunderbar sah er aus, dachte sie und konnte nur hoffen, daß sie nicht so albern aussah, wie sie sich fühlte mit ihrem rosaroten Batistnachthemd, den rosaroten Hausschuhen und dem Smith & Wesson.

»Ich traue Leuten nicht, die mich mitten in der Nacht besuchen«, erklärte sie ihm.

»Mitten in der Nacht? Jess, es ist halb elf.«

»Halb elf?«

»Sie könnten sich ein Guckloch in die Tür machen lassen. Oder eine Sicherheitskette besorgen.« Er blickte nervös auf die Waffe.

»Könnten Sie das Ding jetzt vielleicht wegstecken?« Er zog seine Jacke aus, warf sie über die Armlehne des Sofas, als hätte er jetzt, da er einmal hier war, die Absicht zu bleiben. Im weißen Pullover und Blue Jeans stand er vor ihr. Erst da bemerkte sie die Flasche Rotwein, die er in der Hand hatte. »Ich mache Ihnen einen Vorschlag«, fuhr er fort. »Sie lassen den Revolver verschwinden, und ich mach den Wein auf.«

Jess nickte gehorsam, sie wußte nicht, was sie sonst hätte tun sollen. Wie ein Automat marschierte sie zurück in ihr Schlafzimmer, legte die Waffe in die Schublade des Nachttischs und holte einen pinkfarbenen wattierten Bademantel aus ihrem Schrank. Als sie ins Wohnzimmer zurückkam, hatte Adam den Wein aufgemacht und jedem ein Glas eingeschenkt.

»Châteauneuf-du-Pape«, sagte er, drückte ihr ein Glas in die rechte Hand und führte sie zum Sofa. »Worauf wollen wir trinken?« sagte er. Sie setzten sich, und ihre Knie berührten einander flüchtig, ehe Jess etwas abrückte und ihre Beine hochzog.

Jess erinnerte sich an den Lieblingstoast ihres Schwagers. »Auf Wohlstand und Gesundheit?« schlug sie vor.

»Wie wär's mit Auf die schönen Zeiten?«

»Ja, für schöne Zeiten bin ich immer zu haben.«

Sie stießen miteinander an, prüften das Bukett, hoben dann die Gläser zu ihren Lippen. Aber keiner von beiden trank.

»Es ist schön, Sie zu sehen«, sagte Adam.

Jess konzentrierte sich auf seine Lippen. In seinem Atem nahm sie einen schwachen Geruch nach Alkohol wahr und fragte sich, wo er gewesen war, bevor er bei ihr angeklopft hatte. Mit der Kundin unterwegs, mit der sie ihn am Nachmittag beobachtet hatte? Hatte er vielleicht nach dem vorzeitig zu Ende gegangenen Rendezvous mit der Dame mit zuviel Zeit und einer überflüssigen Flasche Wein dagestanden?

Jess merkte, daß sie mit jedem neuen Gedanken zorniger wurde.

Jetzt, da sie völlig wach war, war sie weniger begeistert von seiner Spontaneität als verärgert über seine Arroganz. Was bildete er sich eigentlich ein, am Samstagabend nach zehn bei ihr zu klopfen und sie halb zu Tode zu erschrecken? Glaubte er im Ernst, er könnte sie die ganze Woche links liegenlassen und dann unangemeldet aufkreuzen, wann immer es ihm beliebte? Glaubte er etwa, sie würde ihn ganz einfach hereinlassen, seinen Wein mit ihm trinken und ihn dann dankbar mit in ihr Bett nehmen? Er konnte von Glück reden, daß sie ihn nicht abgeknallt hatte!

»Was tun Sie hier?« Jess überraschte sie beide durch die Schärfe, mit der sie die Frage stellte.

Adam nahm einen großen Schluck von seinem Wein, schob ihn ein paar Sekunden in seinem Mund hin und her, ehe er ihn hinunterschluckte. »Was glauben Sie denn, warum ich hier bin?«

»Ich weiß es nicht. Deshalb habe ich gefragt.«

Er trank wieder, kippte die Flüssigkeit diesmal hinunter, als wäre es Whisky. »Ich wollte Sie sehen«, sagte er, doch sein Blick ging an ihr vorbei.

»Und wann haben Sie das beschlossen?«

Adam rutschte etwas unbehaglich auf dem Sofa hin und her, trank von neuem, füllte sein Glas bis zum Rand wieder auf, schien es überhaupt nicht eilig zu haben, ihre Frage zu beantworten.

»Ich versteh nicht«, sagte er dann.

»Um welche Zeit haben Sie beschlossen, daß Sie mich sehen wollen?« fuhr Jess ihn jetzt ungeduldig an. »Heute nachmittag um zwei? Um vier? Heute abend um sieben? Oder um zehn?«

»Was ist denn los, Jess? Soll das ein Verhör sein?«

»Warum haben Sie nicht vorher angerufen?«

»Ich hab's Ihnen doch schon gesagt. Es war ein spontaner Entschluß.«

»Und Sie sind eben ein spontaner Mensch.«

»Manchmal. Ja. Wahrscheinlich.«

»Sind Sie verheiratet?«

»Was?«

»Sind Sie verheiratet?« wiederholte Jess. Zum ersten Mal sah sie die Situation klar und ärgerte sich, daß sie nicht schon früher genauer hingesehen hatte. »Die Frage ist doch ganz einfach. Sie erfordert als Antwort nur ein schlichtes Ja oder Nein.«

»Wie kommen Sie auf die Idee, ich könnte verheiratet sein?«

»Sind Sie verheiratet – ja oder nein?«

»Bitte beantworten Sie die Frage, Herr Zeuge«, sagte Adam sarkastisch.

»Sind Sie verheiratet?« fragte Jess wieder.

»Nein!« gab Adam mit lauter Stimme zurück. »Natürlich bin ich nicht verheiratet.«

»Sie sind geschieden.«

»Ich bin geschieden.«

»Von Susan.«

»Ja, von Susan.«

»Die in Springfield wohnt.«

»Die meinetwegen auch auf dem Mars wohnen kann.«

Er kippte den Wein in seinem Glas mit einem langen Zug hinunter.

»Warum rufen Sie dann nie an? Warum kreuzen Sie dann einfach mitten in der Nacht vor meiner Wohnungstür auf?«

»Jess, du lieber Himmel, es ist halb elf!«

»Sie haben doch Ihre Provision schon verdient«, sagte sie. Die Erinnerung an die kleine Szene, die sie am Nachmittag in dem Schuhgeschäft beobachtet hatte, schmerzte immer noch. Sie schämte sich. Hatte der andere Verkäufer Adam von ihrem Besuch erzählt? »Was wollen Sie hier?«

»Glauben Sie etwa, ich möchte Ihnen noch ein Paar Stiefel verkaufen?«

»Ich bin mir nicht sicher, was Sie mir verkaufen wollen.«

Wieder schenkte er sich Wein ein, spülte ihn mit zwei Schlucken hinunter, goß dann den Rest aus der Flasche in sein Glas. »Ich bin nicht verheiratet, Jess. Ehrlich nicht.«

Jess sagte nichts. Ihr Zorn war verflogen. Tiefer erleichtert, als sie sich selbst gern eingestand, starrte sie in ihren Schoß.

»Hatten wir gerade unseren ersten Streit?« fragte er.

»Ich kenne Sie nicht gut genug, um mich mit Ihnen zu streiten«, antwortete Jess.

»Sie kennen mich so gut wie nötig.« Er trank seinen Wein aus und starrte ungläubig in sein leeres Glas, als sei ihm erst in diesem Moment bewußt geworden, daß er in weniger als zehn Minuten beinahe eine ganze Flasche Wein ausgetrunken hatte.

»Nötig für mich oder für Sie?«

»Ich plane eben nicht gern im voraus.«

Jess lachte.

»Was ist daran komisch?« fragte er.

»Ich plane alles.«

»Und was erreicht man damit, daß man alles plant?« Er lehnte sich im Sofa zurück, zog seine Schuhe aus, hob die Beine hoch und streckte sie ganz lässig über Jess' Schoß aus.

»Wahrscheinlich gibt mir das die Illusion, alles unter Kontrolle zu haben«, antwortete Jess. Sie fühlte sein Gewicht auf ihren Oberschenkeln. Im ersten Moment machte sie sich steif, dann entspannte sie sich, erlaubte sich, den Kontakt zu genießen. Es war so lange her, seit sie das letzte Mal mit einem Mann zusammengewesen war; so lange, seit sie sich den Genuß der Liebkosung eines Mannes gegönnt hatte. Hatte er mit seinen unverschämten Vermutungen doch recht gehabt? Würde sie ihn jetzt, nachdem sie ihn hereingelassen und seinen Wein getrunken hatte, dankbar mit in ihr Bett nehmen?

»Und diese Illusion, alles unter Kontrolle zu haben, ist Ihnen wichtig?« fragte er.

»Sie ist das einzige, was ich habe.«

Adam lehnte seinen Kopf an das Polster und rutschte ein wenig abwärts, so daß er beinahe lag. »Ich glaube, ich habe zuviel getrunken.«

»Ich glaube, da haben Sie recht.« Es folgte eine lange Pause. »Warum sind Sie hierhergekommen, Adam?«

»Ich weiß nicht«, antwortete er. Seine Augen schlossen sich schon, das Sprechen fiel ihm schwer. »Ich hätte es wahrscheinlich nicht tun sollen.«

Sag das nicht, entgegnete Jess ihm im stillen. »Vielleicht ist es besser, wenn Sie gehen«, sagte sie laut und kämpfte gegen das Verlangen, ihn in ihre Arme zu nehmen. »Ich rufe Ihnen ein Taxi. Fahren können Sie auf keinen Fall.«

»Ich brauche nur ein kleines Schläfchen, zehn Minuten.«

»Adam, ich rufe ein Taxi an.« Jess versuchte seine Beine hochzuheben, aber sie waren zu schwer. »Wenn Sie nur Ihre Füße ein bißchen wegtun…«

Er tat es. Er zog die Knie an und drehte sich ganz auf die Seite. Und fühlte sich noch schwerer an als vorher.

»Na prächtig«, sagte Jess. Sie kitzelte ihn an den Fußsohlen, weil sie hoffte, er würde dann seine Beine wegziehen. Aber er reagierte überhaupt nicht.

»Adam, ich kann nicht die ganze Nacht so hier sitzen«, sagte sie, den Tränen nahe. »Herrgott noch mal, das ist doch blöd!« rief sie zornig. »Ich laß mich doch nicht in meiner eigenen Wohnung zur Gefangenen machen. Ich werde doch nicht die ganze Nacht auf meinem Sofa sitzen und stillhalten, weil es sich ein besoffener Idiot auf meinem Schoß bequem gemacht hat. Ich brauche meinen Schlaf. Ich muß ins Bett. *Hohh!*« schrie sie, aber Adam rührte sich nicht.

Mit neuer Entschlossenheit riß Jess an Adams Füßen, und nach ein paar Minuten gelang es ihr, sie so hoch zu heben, daß sie aufstehen konnte. Adams Füße fielen mit einem sachten Aufprall wieder auf das Sofa.

Ein paar Minuten lang blieb Jess vor ihm stehen und betrachtete ihn im Schlaf. »Adam, Sie können nicht hier bleiben«, flüsterte sie. Dann lauter: »Adam, ich rufe jetzt ein Taxi für Sie.«

Und was willst du sagen? Daß du hier einen Mann hast, der sinnlos betrunken auf deinem Sofa liegt, und jemanden brauchst, der ihn drei Treppen hinunterschleppt und ihn dann nach Hause bringt, nur leider hast du keine Ahnung, wo er wohnt? Ja, klar, um so einen Fahrgast werden die sich reißen.

Mach dir keine Illusionen, Jess, sagte sie sich, während sie ihn mit seiner Jacke zudeckte. Adam Stohn geht heute nirgends mehr hin. Sie betrachtete sein Gesicht. Alle Spuren von Aufruhr und Verwirrung waren unter der friedlichen Maske des Schlafs verborgen. Was für Geheimnisse hatte er? Sie strich ihm eine Haarsträhne aus den Augen. Was für Lügen hatte er ihr erzählt?

Auf Zehenspitzen ging sie vom Sofa weg, voller Zweifel, ob es richtig war, ihn bleiben zu lassen. Würde sie vielleicht mitten in der Nacht erwachen und ihn mit ihrer Waffe in der Hand über ihr Bett gebeugt stehen sehen? War er vielleicht ein Psychopath, der es auf einsame Staatsanwältinnen abgesehen hatte?

Sie war so müde, daß es ihr beinahe gleichgültig war.

Vertraue deinen Instinkten, hörte sie ihren Wen-Do-Lehrer sagen, als sie wieder ins Bett kroch. Vertrau deinem Instinkt.

Aber nur für den Fall, daß ihre Instinkte sie trogen, nahm sie den Revolver aus der Schublade des Nachttischs und schob ihn unter ihre Matratze, ehe sie sich den Luxus des Schlafs gönnte.

Als sie am nächsten Morgen erwachte, stand er an der Tür zu ihrem Schlafzimmer und sah sie an.

»Legen Sie sich Ihre Sachen immer so säuberlich zurecht?« fragte er. »Sogar sonntags?«

»Wie lange stehen Sie schon da?« Sie ging nicht auf seine Frage ein, zog die Decke bis zum Hals und setzte sich auf.

»Nicht lange. Ein paar Minuten vielleicht.«

Jess sah auf ihre Uhr. »Schon halb zehn!« rief sie.

»Ich hätte nicht so viel trinken sollen«, sagte er mit einem verlegenen Lächeln.

»Ich kann nicht glauben, daß ich bis halb zehn geschlafen habe.«

»Sie waren offensichtlich völlig erschöpft.«

»Ich hab so viel zu tun.«

»Immer schön der Reihe nach«, sagte er. »Das Frühstück ist fertig.«

»Sie haben Frühstück gemacht?«

Er lehnte sich an den Türpfosten. »Leicht war es nicht. Sie haben nicht gelogen, als Sie gesagt haben, daß Sie nie kochen. Ich mußte erst losgehen und Eier und Gemüse kaufen...«

»Wie sind Sie denn wieder reingekommen?«

»Ich hab mir Ihren Schlüssel ausgeliehen«, antwortete er.

»Sie sind einfach an meine Handtasche gegangen?«

»Ich hab ihn wieder reingelegt.« Er trat zu ihr ans Bett und bot ihr die Hand. »Kommen Sie, ich hab den ganzen Morgen in der Küche geschuftet.«

Jess schlug die Bettdecke zurück und stand auf, ohne seine dargebotene Hand zu nehmen. Sie wußte nicht recht, was sie davon halten sollte, daß er einfach in ihrer Handtasche gekramt hatte.

»Ich will mir nur schnell das Gesicht waschen und die Zähne putzen.«

»Später.« Er nahm sie bei der Hand und zog sie durch den Flur in die Eßnische. Der Tisch war gedeckt, der Orangensaft schon eingeschenkt.

»Ich sehe, Sie haben alles gefunden.« In ihren Küchenschränken hatte er also auch herumgewühlt.

»Sie haben kaum Geschirr, das zusammenpaßt«, sagte er und lachte. »Sie sind eine merkwürdige Frau, Jess Koster. Interessant, aber merkwürdig.«

»Das gleiche könnte ich von Ihnen sagen.«

Er lächelte unergründlich. »So interessant bin ich gar nicht.«

Jetzt lachte sie und merkte, wie sie sich dabei entspannte. Wenn er ein Psychopath war, der sie umbringen wollte, so hatte er offensichtlich beschlossen, es erst nach dem Frühstück zu tun.

»Was gibt's denn?« fragte sie mit knurrendem Magen.

»Das beste Bauernomelett in ganz De Paul«, antwortete er und lud eines von zwei perfekt geformten Omeletts auf ihren Teller, das andere auf seinen, garnierte jedes mit etwas Petersilie, und stellte die Teller auf den Tisch.

»Sogar Petersilie haben Sie. Ich bin wirklich beeindruckt.«

»Das war meine Absicht. Lassen Sie es nicht kalt werden«, sagte er und schenkte ihr Kaffee ein. »Sahne? Zucker?«

»Schwarz.«

»Essen Sie.«

»Das sieht alles so köstlich aus. Das haben Sie toll gemacht, wirklich.«

»Nach meinem Benehmen gestern abend war das ja wohl das mindeste, was ich tun konnte.«

»Sie haben doch gestern abend gar nichts gemacht.«

»Eben! Endlich ist mir einmal ein Abend mit einer schönen Frau vergönnt, und was mache ich? Ich betrinke mich bis zur Besinnungslosigkeit und schlafe auf ihrem Sofa ein.«

Jess fuhr sich verlegen mit der Hand durch ihr wirres Haar.

»Nein, nicht«, sagte er und holte ihre Hand auf den Tisch zurück. »Sie sehen hinreißend aus.«

Jess entzog ihm ihre Hand, ergriff die Gabel und nahm etwas von ihrem Omelett.

»Und, wie lautet das Urteil?« Er wartete, während sie kaute.

»Phantastisch«, erklärte Jess. »Ohne Zweifel das beste Omelett in ganz De Paul.«

Ein paar Minuten lang aßen sie schweigend.

»Ich hab die Decke vom Vogelkäfig genommen«, sagte Adam dann, »und die Zeitung mit reingebracht. Sie liegt auf dem Sofa.«

Jess blickte vom Vogelkäfig zum Sofa. »Danke.« Sie sah ihn an. «Haben Sie sonst noch etwas getan, was ich wissen müßte?«

Er beugte sich über den dunklen Mahagonitisch und küßte sie. »Noch nicht.«

Jess rührte sich nicht, als Adam sie noch einmal küßte. Ihre Lippen zitterten; das Herz schlug ihr bis zum Hals. Sie fühlte sich wie ein Teenager. Sie fühlte sich wie eine errötende Braut. Sie fühlte sich wie eine Idiotin.

War sie tatsächlich so leicht rumzukriegen? Brauchte es nur ein Glas Orangensaft, eine Tasse Kaffee und ein Bauernomelett, um sie zu erobern?

Und jetzt küßte er ihre Lippen, ihre Wangen, ihren Hals, kehrte zu ihren Lippen zurück. Er schlang die Arme um sie und zog sie an sich. Wie lange, schoß es ihr durch den Kopf, war es her, seit ein Mann sie so geküßt hatte? Seit sie einen Mann so geküßt hatte?

»Ich sollte das besser nicht tun«, sagte sie, als seine Küsse leidenschaftlicher wurden, als sie entsprechend zu reagieren begann. »Ich muß noch so viel arbeiten, um für morgen gut vorbereitet zu sein.«

»Das schaffst du schon noch«, versicherte er ihr, seine Lippen in ihrem Haar.

»Die meisten Mordprozesse gehen nur über eine Woche oder höchstens zehn Tage«, flüsterte sie, um sich zu ernüchtern, »aber der Angeklagte ist krank geworden...«

Adam bedeckte ihren Mund mit dem seinen und streichelte ihren Busen. Sie wollte protestieren, aber der einzige Laut, den sie zustande brachte, war ein wohliges Stöhnen.

»Tatsächlich gehören Mordfälle zu den Fällen, die am leichtesten zu verhandeln sind«, fuhr sie eigensinnig fort. Was, dachte sie, war verrückter – das, was sie tat, oder das, was sie sagte? »Außer wenn es um die Todesstrafe geht, wie in diesem Fall...«

Wieder verschloß er ihr den Mund mit Küssen. Diesmal sagte sie nichts, sondern gab sich ganz den fast unerträglich angenehmen Empfindungen hin, die seine Lippen auf den ihren, seine Hände auf ihrem Körper hervorriefen.

Plötzlich drang ein Summton in die Stille.

»Was war das?« fragte Adam zwischen den Küssen.

»Die Haussprechanlage«, antwortete Jess und überlegte, wer das sein könnte. »Es ist jemand unten.«

»Er wird schon wieder gehen.«

Wieder der Summton, diesmal dreimal schnell hintereinander. Wer kann das nur sein? fragte sich Jess. Ausgerechnet jetzt. Am Sonntag morgen um zehn!

»Du lieber Gott!« rief sie und riß sich aus Adams Umarmung. »Das ist mein geschiedener Mann. Den hatte ich ganz vergessen. Er hat gesagt, er wolle heute morgen vorbeikommen...«

»Jedenfalls ist Verlaß auf ihn«, stellte Adam fest, als schon wieder der Türsummer ging.

Jess lief hastig zu der Sprechanlage neben der Tur. »Don?«

»Die frischen Brötchen sind da.« Seine Stimme schallte durch die ganze Wohnung.

»Na, da bin ich ja mal gespannt«, sagte Adam. Er nahm seine Kaffeetasse und machte es sich auf dem Sofa im Wohnzimmer bequem, offensichtlich amüsiert über die Situation.

»Da ist er schon«, flüsterte Jess, als sie Dons Schritte auf der Treppe hörte. Sie öffnete die Tür, noch ehe er klopfen konnte. »Hallo, Don.«

Er trug einen dicken Parka über einer dunkelgrünen Cordhose und in den Armen zwei große Tüten mit Brötchen.

»Es ist eiskalt da draußen«, sagte er. »Wieso hast du so lange gebraucht? Sag bloß nicht, du hast noch geschlafen!« Er machte zwei Schritte in die Wohnung und erstarrte, als er Adam auf dem Sofa sitzen sah. »Oh, Entschuldigung«, sagte er sofort. Seine Verwirrung war deutlich zu sehen, als er Adam die Hand hinstreckte. »Ich bin Don Shaw, ein alter Freund.«

»Adam Stohn«, erwiderte Adam, »ein neuer.«

Danach war es still. Alle schienen den Atem anzuhalten.

»Hier ist Kaffee«, bot Jess an.

Don sah zum Eßtisch hinüber. »Du hast anscheinend schon gefrühstückt.«

»Jess hat vergessen mir zu sagen, daß Sie vorbeikommen wollten«, erklärte Adam lächelnd. »Ich mache Ihnen gern auch noch ein Omelett.«

»Danke, aber vielleicht doch lieber ein andermal.«

»Komm, gib mir deinen Mantel.« Jess streckte beide Arme aus.

Don übergab ihr die Tüten mit den Brötchen. »Nein. Ich gehe jetzt lieber. Ich wollte dir nur die Brötchen bringen.« Er wandte sich zur Tür. »Am besten frierst du sie ein.«

Das Telefon läutete.

»Hier geht's zu wie auf dem Bahnhof«, stellte Adam fest.

»Don, warte doch einen Moment. Bitte«, drängte Jess.

Don blieb an der Tür stehen, während Jess in die Küche lief, um den Anruf entgegenzunehmen. Als sie eine Minute später zurückkam, war sie kreideweiß. Sie zitterte am ganzen Körper, und ihr Gesicht war tränenüberströmt. Beide Männer gingen sofort auf sie zu.

»Das war das Gerichtsmedizinische Institut«, sagte sie leise. »Man hat Connie DeVuono gefunden.«

»Was? Wo? Wann?« Don feuerte seine Fragen ab wie Schüsse.

»In Skokie Lagoons. Ein Eisfischer hat die Leiche gestern am späten Nachmittag gefunden und sofort die Polizei angerufen. Sie haben sie mit dem Krankenwagen in die Harrison Street gebracht.«

»Und sie sind sicher, daß es Connie DeVuono ist?«

»Aufgrund der Unterlagen ihres Zahnarztes, ja. Die lügen nicht.« Jess schluckte. »Sie ist mit einem Stück Draht erdrosselt worden. Es war so fest zugezogen, daß es sie beinahe enthauptet hätte. Die Leiche ist anscheinend dank der Kälte gut erhalten.«

»Das tut mir so leid, Jess.« Don zog sie in seine Arme.

Jess weinte leise an seiner Schulter. »Ich muß zu Connies Mutter. Ich muß es ihr sagen.«

»Das kann doch die Polizei tun.«

»Nein«, sagte Jess hastig. Sie sah Adam auf Zehenspitzen zur Tür gehen, seine Jacke über dem Arm. »Das muß ich selbst tun. Mein Gott, Don, was soll ich ihr nur sagen? Was soll ich ihrem kleinen Sohn sagen?«

»Du wirst schon die richtigen Worte finden, Jess.«

Jess sagte nichts, als Adam die Tür öffnete und ihr zum Abschied eine Kußhand zuwarf. Leise schloß sich die Tür hinter ihm.

»Wo wohnt Connies Mutter?« fragte Don. Wenn er Adams Weggehen mitbekommen hatte, so verlor er kein Wort darüber.

»In der Miller Street. Ich habe mir die genaue Adresse irgendwo aufgeschrieben.« Jess wischte sich die Tränen aus den Augen.

»Geh, mach dich fertig. Ich fahr dich.«

»Nein, Don, das brauchst du nicht zu tun.«

»Jess, du hast kein Auto, und auf keinen Fall lasse ich dich das ganz allein durchstehen. Bitte, widersprich mir jetzt ausnahmsweise mal nicht.«

Jess hob die Hand und streichelte ihrem geschiedenen Mann die Wange. »Danke dir«, sagte sie.

17

Alles in Ordnung?« fragte er.

»Nein.«

Jess weinte immer noch. Sie konnte nicht aufhören. Auch als sie sich angezogen hatte, hatten die Tränen nicht nachgelassen. Sie hatte geweint, als sie sich in Dons Mercedes gesetzt hatte; immer noch geweint, als sie vor Mrs. Gambalas bescheidenem Häuschen in Little Italy anhielten.

»Du mußt aufhören zu weinen«, hatte Don sie behutsam ermahnt. »Sonst wird sie es schon wissen, noch ehe du den Mund aufmachst.«

»Sie wird es sowieso gleich wissen«, hatte Jess erwidert, und sie hatte recht gehabt.

Die Haustür wurde geöffnet, noch ehe Jess die kleine, aus Klinker gemauerte Vorderveranda erreicht hatte. Mrs. Gambala war von Kopf bis Fuß schwarz gekleidet. Ihr Enkel stand halb versteckt hinter ihr und spähte hinter ihren ausladenden Hüften hervor.

»Sie haben sie gefunden«, sagte Mrs. Gambala, als hätte sie die schreckliche Wahrheit schon akzeptiert. Aber sie schüttelte dabei verneinend den Kopf.

»Ja«, bestätigte Jess. Die Stimme versagte ihr, sie konnte nicht weitersprechen.

Steffan warf nur einen Blick auf Jess und seine Großmutter, dann rannte er die schmale Treppe zu seinem Zimmer hinauf. Die Tür oben fiel krachend zu.

Sie gingen hinein. Jess erklärte Mrs. Gambala die Einzelheiten, versprach ihr, genauestens zu berichten, sobald der Befund der ärztlichen Leichenschau da sei, versicherte ihr, daß der Schuldige rasch gefaßt und vor Gericht gestellt werden würde. Dabei starrte sie Don an, als wollte sie ihn herausfordern, ihr zu widersprechen.

»Wirst du jetzt einen Haftbefehl gegen Rick Ferguson ausstellen?« fragte Don, als sie zu seinem Wagen zurückgingen.

Nichts hätte Jess lieber getan, aber sie wußte, daß es klüger war, damit zu warten, solange sie nicht über die Umstände von Connie DeVuonos Tod informiert war. Sie mußte genau wissen, was für Beweise – wenn überhaupt – es gab, um eine Verbindung zwischen Rick Ferguson und Connies Tod herzustellen.

»Noch nicht. Wirst du ihn anrufen?«

»Welchen Grund hätte ich, ihn anzurufen, wenn du nicht vorhast, ihn zu verhaften?« fragte er übertrieben unschuldig. »Außerdem ist heute Sonntag. Sonntags arbeite ich nicht.«

»Danke«, sagte Jess und begann wieder zu weinen.

»Alles in Ordnung?« fragte er jetzt.

»Nein.« Sie preßte die Lippen aufeinander, um ihr heftiges Zittern zu unterdrücken.

Don drehte sich halb nach ihr herum und nahm ihre Hand. »Woran denkst du?«

»Ich denke gerade daran, daß Mrs. Gambala alle ihre Möbel mit Plastik zugedeckt hat«, antwortete Jess mit einem tiefen Atemzug.

Don lachte, offensichtlich überrascht. »Das sieht man heute kaum noch«, sagte er.

»Connie hat mir das schon einmal erzählt. Sie sagte, Steffan warte nicht gern bei seiner Großmutter auf sie, weil dort alle Möbel mit Plastik zugedeckt seien und man sich nirgends bequem hinsetzen könne.« Jess schluckte ein Schluchzen hinunter. »Und jetzt wird er da aufwachsen. In einem Haus mit Plastikbezügen.«

»In einem Haus voller Liebe, Jess«, korrigierte Don. »Seine Großmutter liebt ihn. Sie wird gut für ihn sorgen.«

»Connie hat gesagt, ihre Mutter sei zu alt, um mit ihm fertig zu werden, und außerdem spräche sie schlecht Englisch.«

»Na, dann wird er ihr eben Englisch beibringen, und sie wird ihm Italienisch beibringen, Jess«, sagte Don und drückte ihre Hand, »du kannst dich nicht um alles kümmern. Du kannst nicht den Schmerz der Welt auf dich nehmen. Du mußt dich abgrenzen, sonst machst du dich verrückt.«

»Ich habe immer gedacht, es wäre besser, Gewißheit zu haben«, vertraute ihm Jess nach einer langen Pause an. »Ich habe immer gedacht, es wäre besser, die Wahrheit zu wissen, auch wenn sie noch so schrecklich ist. Jetzt bin ich mir da nicht mehr so sicher. Bis heute hat es wenigstens noch Hoffnung gegeben. Auch wenn es eine falsche Hoffnung war, vielleicht ist das besser als gar keine Hoffnung.«

»Du sprichst von deiner Mutter«, sagte Don leise.

»Die ganzen Jahre über habe ich immer wieder gedacht, wenn ich nur gewußt hätte, was ihr zugestoßen ist, dann hätte ich weitergehen können, mich weiterentwickeln...«

»Aber du *bist* doch weitergegangen.«

»Nein, eben nicht. In Wirklichkeit nicht.« Sie sah zum Wagenfenster hinaus und bemerkte zum ersten Mal, daß sie auf der I-94 in östlicher Richtung fuhren.

»Jess, was redest du da? Sieh dir doch an, was du erreicht hast.«

»Ich weiß, was ich erreicht habe. Aber das meine ich nicht«, entgegnete sie.

»Dann sag mir, was du meinst«, bat er.

»Ich meine, daß ich vor acht Jahren stehengeblieben bin. Und ganz gleich, was ich getan habe, ganz gleich, was ich geleistet habe, emotional stehe ich immer noch da, wo ich an dem Tag gestanden habe, als meine Mutter verschwand.«

»Und du glaubst, wenn du gewußt hättest, was ihr zugestoßen ist, wenn damals jemand zu dir gekommen wäre und dir das gesagt hätte, was du heute Connies Sohn mitgeteilt hast, dann wäre es für dich besser gewesen?«

»Ich weiß es nicht. Aber wenigstens hätte ich mich damit auseinandersetzen können. Ich hätte trauern können. Ich hätte weitergehen können.«

»Damit hast du ja deine eigene Frage schon beantwortet«, sagte er.

»Ja, wahrscheinlich.« Jess wischte sich die Tränen aus den Augen, rieb sich mit dem Handrücken über die Nase und starrte zum Wagenfenster hinaus. »Wohin fahren wir?«

»Nach Union Pier.«

»Nach Union Pier?« Augenblicklich sah Jess das Bild der kleinen Ortschaft am See etwa hundertzwanzig Kilometer außerhalb von Chicago vor sich, wo Don ein Wochenendhaus hatte. »Don, ich kann nicht. Ich muß mich für den Verhandlungstag morgen vorbereiten.«

»Du warst schon so lange nicht mehr im Haus«, erinnerte er sie. »Ich habe einiges verändert, zum Teil auch nach früheren Vorschlägen von dir. Komm, ich versprech dir, daß du um fünf wieder zurück bist. Du weißt doch, daß du vorher sowieso keinen klaren Gedanken fassen kannst.«

»Ich weiß nicht.«

»Mach doch mal Pause, Jess. Wir wissen beide, daß du für morgen so gut vorbereitet bist, wie man überhaupt sein kann.«

Schweigend fuhren sie weiter. Jess sah zum Fenster hinaus in die Landschaft und beobachtete, wie der leichte Regen, der zu fallen begonnen hatte, allmählich zu Schnee wurde. Hauser wichen freiem Land. An der Ausfahrt Union Pier bogen sie ab und fuhren in östlicher Richtung zum Lake Michigan weiter. *ELSINOR FERIENRANCH* verkündete ein großes Holzschild über einem hohen schmiedeeisernen Tor. *PONYTREKKING UND REITUNTERRICHT – DRIVING RANGE* hieß es ungefähr einen Kilometer weiter. Jess erinnerte sich, wie ihr Vater ihre Mutter immer damit geneckt hatte, daß er ihr Golfspielen beibringen würde, wenn er erst einmal im Ruhestand war.

Das Schneetreiben wurde dichter, während sie weiter ostwärts fuhren. *SCHÜTZENVEREIN UNION PIER* gab ein weiteres großes Holzschild an der Straße bekannt. Jess richtete sich interessiert auf.

»Was ist denn?« fragte Don.

»Seit wann gibt es hier draußen einen Schützenverein?« fragte Jess.

»Seit Ewigkeiten«, antwortete Don. »Warum? Möchtest du dir gern deine Frustration vom Leibe schießen? Ich bin allerdings ziemlich sicher, daß man da Mitglied sein muß«, fuhr er fort, als sie nicht antwortete.

»Gibt es da auch einen Schießstand für Bogenschützen?«

»Wie?«

»Für Bogenschützen«, wiederholte Jess, ohne selbst genau zu wissen, worauf sie eigentlich hinaus wollte.

»Das glaube ich nicht. Wieso dieses plötzliche Interesse am Bogenschießen?« Er hielt abrupt inne. »Ach, der Armbrustmörder?« fragte er.

»Terry Wales hat im Zeugenstand geschworen, daß er seit seiner Kindheit, als er im Sommerlager war, keinen Bogen mehr in der Hand gehabt hat. Was wäre, wenn ich beweisen könnte, daß er sehr wohl mit Pfeil und Bogen umgegangen ist?«

»Dann, würde ich sagen, hättest du gute Chancen, vorsätzlichen Mord zu bekommen.«

»Darf ich mal telefonieren?«

»Ich bin mit dir hier rausgefahren, weil ich dir Gelegenheit geben wollte, ein bißchen abzuschalten.«

»Ich kann jetzt nicht abschalten. Bitte.«

Don nahm das Autotelefon und reichte es Jess. Sie wählte rasch Neil Strayhorns Privatnummer.

»Neil, ich möchte, daß du sämtliche Bogenschützenvereine ausfindig machst, die es in und um Chicago gibt. Sagen wir in einem Umkreis von circa zweihundert Kilometern«, sagte sie, ohne sich mit einleitenden Bemerkungen aufzuhalten.

»Jess?«

»Ich möchte wissen, ob Terry Wales bei irgendeinem davon Mitglied ist, ob er in den letzten dreißig Jahren Pfeil und Bogen in der Hand gehabt hat. Detective Mansfield kann dir da wahrscheinlich helfen. So viele Bogenschützenvereine wird es hier in der Gegend nicht geben. Sag ihm, daß wir die Information morgen vormittag brauchen. Ich ruf dich später noch mal an.«

Sie legte auf, ehe er Einwände erheben oder Fragen stellen konnte.

»Du bist eine harte Chefin«, sagte Don zu ihr und bog nach links in die Smith Road ein.

»Ich hatte einen guten Lehrer«, erinnerte Jess ihn.

Der Wagen fuhr schwankend über die holprige Schotterstraße. Sommerhäuser standen zu beiden Seiten. Obwohl sich der Wert der Häuser auf der Landzunge in den letzten zehn Jahren etwa vervierfacht hatte, schienen die Bewohner nichts davon zu halten, die Straße reparieren zu lassen. Jess hielt sich am Türgriff fest, während der Wagen von Schlagloch zu Schlagloch sprang, so daß sie Schwierigkeiten hatte, aus dem Fenster zu sehen.

»Man kommt sich vor wie am Ende der Welt«, sagte Jess, in das dichte Schneetreiben hinausblickend.

»Ich zünde uns ein schönes Feuer an, wir machen uns eine Flasche Wein auf, dann sieht es gleich freundlicher aus.«

»Jetzt schneit's aber wirklich.«

»Wer zuerst an der Haustür ist«, sagte Don, und schon sauste Jess los.

»Ich hatte ganz vergessen, wie schön es hier ist.« Jess stand an dem großen Fenster, das fast die ganze Rückwand des Häuschens einnahm, und sah durch das Schneegestöber in den kleinen Garten hinaus, den sie vor vielen Jahren selbst angelegt hatte. Gleich auf der anderen Seite war das Steilufer, von dem eine Treppe, die in den Stein eingehauen war, zum See hinunter führte. Hohe Tannen begrenzten Dons Grundstück und schirmten es von den Nachbarn zu beiden Seiten ab. Hinter ihr knisterte im großen gemauerten Kamin ein warmes Feuer. Don saß auf dem weißen Schafwollteppich zwischen dem Kamin und einem der beiden altmodischen Chesterfieldsofas.

»Wir vermissen dich«, sagte er leise. »Der Garten und ich. Weißt du noch, wie du die Büsche gepflanzt hast?«

»Aber natürlich. Das war kurz nach unserer Trauung. Wir haben uns darüber gestritten, welche Büsche am schnellsten wachsen und welche am schönsten aussehen würden.«

»Wir haben nicht gestritten.«

»Also gut, wir haben *diskutiert.*«

»Und dann haben wir einen Kompromiß geschlossen.«

»Wir haben es so gemacht, wie du es haben wolltest«, sagte Jess und lachte. »Das war ein netter Einfall, hier rauszufahren. Danke dir.« Sie kam zu ihm und setzte sich auf den Boden, den Rücken an das Sofa gelehnt.

»Wir hatten schöne Zeiten hier«, sagte er wehmütig.

»Ja«, bestätigte sie. »Ich glaube, ich war immer im Mai am liebsten hier, wenn alles gerade zu grünen und zu blühen anfing, und ich wußte, daß ich noch den ganzen Sommer vor mir hatte. Wenn es dann Juni wurde, habe ich immer schon angefangen daran zu denken, daß der Sommer bald vorbei sein und der Winter kommen würde.«

»Und ich hatte immer die Winter am liebsten, weil es dann hier so gemütlich war. Ganz gleich, wie kalt es war, ich brauchte nur hier herauszufahren und ein großes Feuer zu machen, und schon war mir warm und behaglich. Was mehr kann man sich wünschen?«

»Es klingt so einfach.«

»Es braucht auch nicht schwierig zu sein.«

»Kommst du oft mit Trish hierher?« fragte sie.

»Nein, nicht oft.«

»Warum nicht?«

»Ich weiß auch nicht.«

»Liebst du sie?« fragte Jess.

»Ich weiß nicht«, antwortete Don wieder. »Und du?«

»Also ich liebe sie ganz bestimmt nicht.«

Don lächelte. »Du weißt genau, was ich meine. Du hast mir heute morgen eine ganz schöne Überraschung bereitet.«

»Es war nicht so, wie es ausgesehen hat«, versicherte Jess hastig.

»Wie hat es denn ausgesehen?«

»Vermutlich, als hätten wir die Nacht miteinander verbracht.«

»Und war es nicht so?«

»Na ja, genaugenommen schon. Adam hatte etwas zu viel getrunken und ist auf meiner Couch eingeschlafen.«

»Reizend.«

»Aber er ist wirklich ein sehr netter Mann.«

»Sicher, sonst würdest du dich ja nicht für ihn interessieren.«

»Ich weiß gar nicht, ob ich mich überhaupt für ihn interessiere.« Jess fragte sich, ob sie zuviel protestierte.

»Wie lange kennst du ihn schon?«

»Noch nicht lang. Vielleicht einen Monat«, antwortete sie. Vielleicht nicht mal einen Monat, dachte sie.

»Aber er fühlt sich bei dir offenbar wohl genug, um auf deiner Couch seinen Rausch auszuschlafen. Und du fühlst dich offenbar wohl genug mit ihm, um ihm das zu erlauben.«

»Was hätte ich denn sonst tun sollen?«

»Das kann ich nicht sagen.«

»Ich auch nicht«, bekannte Jess.

»Was macht er?«

Jess hörte an Dons Stimme, wie sehr er sich anstrengte, locker zu bleiben, und es rührte sie. »Er ist Verkäufer.«

»Verkäufer?« Er bemühte sich nicht, seine Überraschung zu verbergen. »Was verkauft er denn?«

»Schuhe.« Jess räusperte sich. »Sei jetzt bloß kein Snob, Don«, sagte sie hastig. »Schuhe verkaufen ist schließlich nichts Schlechtes. Mein Vater hat auch als Verkäufer angefangen, wie du weißt.«

»Adam Stohn scheint mir ein wenig alt, um jetzt erst anzufangen«, sagte Don.

»Seine Arbeit macht ihm Spaß.«

»Ah, so sehr, daß er sich sinnlos betrinkt und dann auf deinem Sofa einschläft?«

»Ich wüßte nicht, daß das eine was mit dem anderen zu tun hat.«

»Was glaubst denn *du*, warum das passiert ist?«

»Einspruch. Hier wird nach einer Schlußfolgerung gefragt.«

»Einspruch abgelehnt. Die Zeugin wird die Frage beantworten.«

»Ich bin nicht verliebt«, stellte Jess fest.

»Die Zeugin ist entlassen«, sagte Don, und Jess neigte dankend den Kopf.

»Und wie geht's dieser Tage in der renommierten Anwaltskanzlei Rogers, Donaldson, Baker und Shaw zu?« fragte sie und sah Adam Stohn vor sich, wie er ihr an diesem Morgen von der Tür aus zugewinkt hatte, ehe er gegangen war.

»Ganz gut.«

»Das klingt nicht sehr enthusiastisch.«

»Es hat sich allerhand verändert.«

»Tatsächlich? Inwiefern?«

»Na ja, als ich in der Kanzlei angefangen habe, waren wir nur zehn«, erklärte er. »Jetzt sind wir mehr als zweihundert. Das allein ist schon eine Riesenveränderung.«

»Aber du hast doch immer gewollt, daß die Kanzlei sich entwikkelt, daß sie zur größten und zur besten wird«, erinnerte sie ihn.

»Zur besten, ja. Nicht unbedingt zur größten.«

»Ach, größer ist nicht unbedingt gleich besser?«

»Ganz recht. Haben Masters und Johnson dir denn gar nichts beigebracht?«

Sie lachte. »Weißt du, daß die beiden inzwischen geschieden sind?«

»Masters und Johnson?«

»Da bist du schockiert, was?« Jess, die sich fragte, wie sie auf das Thema Sex gekommen waren, starrte zum Fenster hinaus in den ruhigen, stetigen Schneefall. »Und was stört dich außer der Größe noch in der Kanzlei?«

»Es geht viel mehr ums Geld als früher, was heutzutage wahrscheinlich ganz natürlich ist«, begann er. »Im Grunde interessiert sich keiner für irgend etwas, außer, daß er seine Termine vom Tisch bekommt. Ich hab den Eindruck, die ganze Atmosphäre der Kanzlei hat sich im Lauf der Jahre verändert. Und nicht zum Besseren.«

Jess lächelte. Was er in Wahrheit sagte, war, daß die Kanzlei nicht länger seine eigene starke Persönlichkeit widerspiegelte, so wie das zu Beginn gewesen war, als er einer von zehn gewesen war und nicht von zweihundert.

»Und wie willst du daran etwas ändern?«

Don senkte das Kinn auf die Brust, wie er das zu tun pflegte, wenn er ernsthaft nachdachte. »Ich glaube nicht, daß sich da etwas ändern läßt. Die Kanzlei ist zu groß geworden. Sie hat ihre eigene Dynamik entwickelt. Ich könnte nur etwas ändern, indem ich gehe.«

»Und wärst du bereit, das zu tun?«

»Ich denke schon eine ganze Weile darüber nach.«

»Und was würdest du dann tun?«

»Noch einmal von vorn anfangen.« Die Vorstellung schien ihm zu gefallen. Man hörte es seiner Stimme an. »Ein paar wirklich gute Leute würde ich mitnehmen und dann noch ein paar neue dazunehmen. Eine kleine Kanzlei gründen in familiärer Atmosphäre, weißt du, so ein Haus mit gemauerten Wänden und Pflanzen, die von Stuckdecken herunterhängen. Zwei Sekretärinnen, zwei Badezimmer, eine kleine Küche. Würde dich so was interessieren?«

»Wie bitte?«

»Ich habe den Eindruck, ich habe mir da gerade selbst ein sehr interessantes Projekt aufgeschwatzt. Wie wär's, Jess? Wie klingt das für dich, Shaw und Koster?«

Jess lachte, aber nur weil sie nicht recht wußte, was sie sonst tun sollte.

»Überleg es dir.« Don stand auf und ging zum Fenster. »Sieht nicht so aus, als kämen wir heute nachmittag hier wieder weg.«

»Was?« Jess sprang erschrocken auf.

»Es schneit stärker denn je. Und ich hab nicht den Eindruck, daß es besser wird. Im Gegenteil. Da pfeift ein ganz schöner Wind. Ich möchte nicht gern auf dem Highway in einen Schneesturm geraten.«

»Aber ich muß zurück.«

»Ich bring dich schon zurück. Nur eben nicht heute nachmittag. Wir werden vielleicht warten müssen bis nach dem Abendessen.« Er ging zu der großen offenen Küche auf der linken Seite und öffnete den Tiefkühlschrank. »Ich taue ein paar Steaks auf und mache noch eine Flasche Wein auf. Dann ruf ich mal die Straßenpolizei an und erkundige mich, wie es aussieht. Jess, reg dich nicht auf«, sagte er. »Selbst wenn es ganz schlimm kommen sollte und wir heute abend nicht mehr hier wegkommen, bist du morgen früh rechtzeitig zu deinem Prozeß in der Stadt, das verspreche ich dir. Und wenn ich mir Skier anschnallen und dich tragen muß. Okay? Beruhigt dich das?«

»Nicht so richtig«, antwortete sie.

»Na also, so kenn ich dich doch«, sagte er.

Den Rest des Nachmittags hing Jess am Telefon.

Hilary Waugh, die Leichenbeschauerin, hatte nichts Neues zu berichten. Die Autopsie Connie DeVuonos war noch nicht abgeschlossen; es würde einige Tage dauern, die Befunde auszuwerten und zu interpretieren.

Neil Strayhorn hatte sich mit Barbara Cohen und Detective

Mansfield in Verbindung gesetzt. Sie hatten zwei Bogenschützenvereine im Stadtgebiet von Chicago ausfindig gemacht und weitere vier solche Clubs innerhalb eines Umkreises von hundertfünfzig Kilometern. Polizeibeamte waren bereits unterwegs, um mit den Funktionären der Vereine zu sprechen. Zum Glück hatten alle Clubs auch sonntags geöffnet; zwei allerdings hatten wegen des Schneesturms vorzeitig geschlossen, und es war niemand zu erreichen. Man hatte jedoch auf den Anrufbeantwortern Nachricht hinterlassen und um unverzüglichen Rückruf bei der Polizei gebeten. Neil versprach, sich bei Jess zu melden, sobald er etwas Neues wußte.

Im Geist ging Jess noch einmal die Fragen durch, die sie für Terry Wales vorbereitet hatte. Don hat schon recht, dachte sie und sah in die Küche hinüber, wo er das Abendessen richtete. Sie war so gut vorbereitet, wie es überhaupt möglich war. Sie brauchte ihre Notizen nicht. Sie hatte bereits all ihre Fragen im Kopf und ebenso die Antworten, die sie voraussichtlich auf sie erhalten würde. Das einzige, was sie jetzt noch zu tun brauchte, war, rechtzeitig bei Gericht zu erscheinen.

»Im Radio haben sie eben gesagt, daß man damit rechnet, daß es bis Mitternacht aufhört zu schneien«, berichtete Don und drückte ihr ein Glas Rotwein in die Hand, ehe sie sich aufregen konnte. »Ich würde sagen, wir bleiben über Nacht hier, schlafen uns gründlich aus und brechen morgen früh gegen sechs auf. Dann sind wir spätestens um halb acht in der Stadt, und du hast noch mehr Zeit als genug, um zu Gericht zu kommen.«

»Don, das geht nicht.«

»Jess, ich glaube, wir haben gar keine andere Wahl.«

»Aber was ist, wenn es bis Mitternacht doch nicht zu schneien aufhört? Wenn wir morgen früh hier auch nicht wegkommen?«

»Dann wird Neil eben eine Vertagung beantragen«, entgegnete Don ruhig. »Jess, du bist doch nicht am Wetter schuld.«

»Und wenn wir jetzt fahren?«

»Dann werden wir die Nacht wahrscheinlich in einer Schneewehe verbringen. Aber wenn du das möchtest, können wir es riskieren.«

Jess sah durch das hintere Fenster in einen Schneesturm hinaus, der mit voller Stärke wütete. Sie mußte sich eingestehen, daß es Wahnsinn gewesen wäre, bei diesem Wetter die Fahrt zu wagen. »Wann ist das Essen fertig?« fragte sie.

»Das war Detective Mansfield.« Jess schob das Telefon weg und starrte geistesabwesend in die lodernden Flammen im offenen Kamin. Sie erinnerten sie an sich bedrohlich wiegende große Schlangen. »Terry Wales ist bei keinem der vier Bogenschützenvereine, die sie bis jetzt erreicht haben, Mitglied. Jedenfalls steht er nicht in ihrer Liste.«

»Haben sie sein Foto rumgezeigt?«

Jess nickte. »Niemand hat ihn erkannt.«

»Bleiben aber immer noch zwei andere Vereine, nicht wahr?«

»Ja. Aber die können wir erst morgen erreichen.«

»Dann kannst du jetzt nichts weiter tun als abschalten und dich ausruhen.« Don, der neben Jess auf dem weißen Teppich saß, drehte das lange Telefonkabel um seine Finger und stellte den Apparat wieder auf den niedrigen Tisch zwischen den beiden Sofas.

Jess beobachtete wie gebannt die Bewegung seiner Hände. »Hab ich dir eigentlich erzählt«, sagte sie langsam, »daß der Draht um Connie DeVuonos Hals so fest zugezogen war, daß er sie beinahe enthauptet hätte?«

»Versuch jetzt nicht daran zu denken, Jess«, riet Don und nahm sie in die Arme. »Komm, du hast gut gegessen und einen guten Wein getrunken, und jetzt ist es Zeit zu –«

»Es ist meine Schuld«, unterbrach sie ihn. Sie spürte förmlich, wie der dünne Draht in Connies Hals einschnitt.

»Deine Schuld? Jess, was redest du da?«

»Wenn ich Connie nicht überredet hätte, trotz allem auszusagen, wäre sie jetzt noch am Leben.«

»Jess, das ist doch lächerlich. Du konntest das doch nicht wissen. Du darfst dir deswegen keine Vorwürfe machen.«

»Es muß grauenvoll gewesen sein«, fuhr Jess fort. Sie schauderte und drückte sich fester an Don. »Der Schmerz, als der Draht in ihren Hals einschnitt, zu wissen, daß sie sterben würde.«

»Mein Gott, Jess...«

Jess begann wieder zu weinen. Don neigte sich zu ihr hinunter und küßte ihr die Tränen von den Wangen.

»Es ist ja gut, Baby«, sagte er. »Es wird alles gut. Du wirst schon sehen. Es wird alles gut.«

Seine Lippen streichelten sanft und beruhigend ihre Haut, als er ihre Wangen küßte, ihre Mundwinkel, ihre Lippen. Jess schloß die Augen und dachte an Adam, wie er sich über den Eßtisch gelehnt hatte, um sie zu küssen. Sie spürte, wie sie auf Dons Zärtlichkeiten reagierte, und wußte, daß es der falsche Mann war. Aber sie konnte nichts dagegen tun.

Es ist so lange her, dachte sie und hob die Arme, um Adam zu umfangen, als Dons Hände unter ihrem roten Pullover verschwanden, am Reißverschluß ihrer Jeans zogen. Adams Zärtlichkeiten waren es, denen sie sich hingab, als Dons Körper sich auf den ihren senkte; Adam war es, der sie mit wissenden Berührungen seiner Finger und seines Mundes zu einem wohligen Höhepunkt führte, ehe er in sie eindrang.

»Ich liebe dich, Jess«, hörte sie Adam sagen, aber als sie die Augen öffnete, sah sie Don.

18

Der Traum begann wie immer im Wartezimmer einer Arztpraxis. Der Arzt reichte ihr ein Telefon und sagte ihr, ihre Mutter sei am Apparat.

»Ich spiele die Hauptrolle in einem Film«, sagte ihre Mutter. »Ich möchte, daß du kommst und ihn dir ansiehst. Ich hinterlege Karten für dich an der Kasse.«

»Ich komme«, und schon Sekunden später war sie an der Kinokasse und fragte die kaugummikauende Kassiererin nach ihren Karten.

»Es hat niemand Karten für Sie hinterlegt«, erklärte das Mädchen. »Und die Vorstellung ist ausverkauft.«

»Suchen Sie eine Karte?« fragte Mrs. Gambala und gab ihr eine. »Ich kann nicht gehen. Meine Tochter hat eine Schildkröte verschluckt und ist daran gestorben. Darum hab ich jetzt eine Karte übrig.«

Das Kino war dunkel, der Film würde gleich anfangen. Jess fand einen freien Platz am Gang, setzte sich, wartete. »Ich habe einen Knoten in meiner Brust entdeckt«, sagte ihre Mutter, als Jess zur Leinwand blickte. Aber eine mächtige Säule versperrte ihr die Sicht. Ganz gleich, wie verzweifelt sie es versuchte, wie hartnäckig sie sich bemühte, Jess konnte nicht um die Säule herumsehen.

»Es ist meine Schuld«, flüsterte sie Richter Harris zu, der neben ihr saß. »Wenn ich an dem Nachmittag mit ihr zum Arzt gegangen wäre, wie ich's ihr versprochen hatte, wäre sie nicht verschwunden.«

Im nächsten Augenblick stand sie auf der Straße und wollte gerade die Treppe zum Haus ihrer Eltern hinaufgehen, als an der Ecke ein weißes Auto hielt und ein Mann ausstieg. Sein Gesicht war im Schatten, seine Arme waren ausgestreckt, als er auf sie zuging. Er war direkt hinter ihr, als sie wie eine Wahnsinnige die Treppe hinaufraste und die Tür aufriß. Mit fliegenden Fingern suchte sie nach dem Schloß, aber das Schloß war kaputt. Sie spürte, wie an der Fliegengittertür gezogen wurde, wie ihre Finger nachzugeben drohten, und wußte, daß der Tod nur Zentimeter entfernt war.

Mit einem Ruck fuhr Jess in die Höhe. Ihr Körper war schweißgebadet. Sie atmete in unregelmäßigen, schmerzhaften Stößen.

Sie brauchte einen Moment, um sich zu orientieren. »O Gott«, stöhnte sie, als sie Don friedlich neben sich auf dem weißen Teppich schlafen sah. Hinter dem schwarzen Schutzgitter des offenen Kamins flackerten nur noch ein paar winzige Flämmchen. Sie warf die Decke ab, die er offensichtlich über ihnen ausgebreitet hatte. Sie suchte ihre Kleider zusammen und fragte sich, wie sie das, was zwischen ihr und Don geschehen war, hatte zulassen können.

»Ich liebe dich«, hörte sie ihn immer noch sagen.

Ich liebe dich auch, hätte sie ihm jetzt gern gesagt, aber das konnte sie nicht, weil sie ihn nicht liebte, jedenfalls nicht auf die gleiche Weise, wie er sie liebte. Sie hatte ihn benutzt, seine Gefühle für sie ausgenützt, seine tiefe Verbundenheit mit ihr; sie hatte die Liebe, die er ihr entgegenbrachte, die er ihr immer entgegengebracht hatte, schamlos ausgenützt. Warum? Nur, um sich ein paar Minuten lang ein wenig besser zu fühlen? Weniger allein? Weniger verängstigt? Nur, um ihn von neuem zu verletzen? Von neuem zu enttäuschen? So wie sie stets jeden, der sie geliebt hatte, verletzt und enttäuscht hatte.

Mit zitternden Händen begann sie sich anzuziehen. Sie zitterte jetzt vor Kälte, das Atmen fiel ihr so schwer, als hätte sich eine riesige Boa constrictor um sie geschlungen und verstärkte nun allmählich den Druck. Taumelnd stand sie auf und zog sich ihren Pullover über den Kopf, um warm zu werden.

Sie ließ sich auf das Chesterfieldsofa fallen, das hinter ihr stand, zog die Knie bis an die Brust und umfing sie mit beiden Armen. Eine beängstigende Taubheit breitete sich in ihrem Körper aus. »Nein«, flüsterte sie weinend. Sie wollte Don nicht wecken und wünschte doch, daß er von allein aufwachen und sie in die Arme nehmen, die Dämonen vertreiben würde.

Atme tief durch, ermahnte sie sich, während die tödliche Umschlingung der unsichtbaren Schlange immer unwiderstehlicher wurde und alle Hoffnung auf Luft abschnürte. Sie starrte in die kalten glitzernden Augen der Schlange, sah, wie sie gierig das Maul öffnete, verspürte einen Druck, der ihre Rippen zu sprengen drohte.

»Nein«, stieß sie atemlos hervor, während sie gegen den Brechreiz ankämpfte, sich gegen ihren imaginären Peiniger zur Wehr setzte. »Nein!«

Dann sah sie plötzlich Adams Gesicht und hörte seine Stimme »Wehren Sie sich nicht dagegen«, sagte er zu ihr. »Wenn Sie das nächste Mal so eine Attacke haben, gehen Sie einfach mit. Lassen Sie sich gehen.«

Was meinte er damit?

»Was ist das Schlimmste, was geschehen kann?« hatte er gefragt.

»Daß ich mich übergeben muß«, hatte sie geantwortet.

»Gut, dann übergeben Sie sich eben.«

Ich habe Angst, dachte sie jetzt.

»Ich glaube, Sie haben Angst vor dem Tod.«

Hilf mir. Bitte hilf mir.

»Schwimmen Sie mit dem Strom«, sagte er. »Kämpfen Sie nicht dagegen an. Gehen Sie einfach mit.«

Der gleiche Rat, erkannte Jess, den der Wen-Do-Lehrer ihr gegeben hatte.

Wenn Sie angegriffen werden, dann wehren Sie sich nicht gegen den Angreifer, geben Sie ihm nach.

Und dann schlagen Sie zu.

»Gib ihm nach«, wiederholte sie sich immer wieder. »Gib ihm nach. Wehr dich nicht dagegen. Gib ihm nach.«

Was ist das Schlimmste, was geschehen kann?

Dann übergeben Sie sich eben.

Dann sterben Sie eben.

Beinahe hätte sie gelacht. Sie hörte auf, sich zu wehren, ließ sich von der Panik besetzen. Sie schloß die Augen gegen den Schwindel, der sie ergriff und zu Boden zu stürzen drohte. Sie fühlte sich benommen, ihr war übel, sie war sicher, daß sie jeden Augenblick das Bewußtsein verlieren würde.

Aber sie verlor das Bewußtsein nicht.

Sie starb nicht.

Sie würde sich nicht einmal übergeben, wie sie beinahe ungläubig erkannte, als sie staunend spürte, wie die Klammern um ihre Brust sich allmählich lockerten, die gewaltige Schlange das Interesse verlor und sich davonmachte. Wenige Minuten später kehrte das Gefühl in ihre Glieder zurück, und ihr Atem wurde wieder normal. Es war alles wieder in Ordnung. Sie war nicht gestorben. Es war ihr uberhaupt nichts geschehen.

Sie hatte ihrer Panik nachgegeben, war mit ihrer Angst mitgegangen, und es war ihr nichts geschehen. Sie hatte sich nicht übergeben. Sie war nicht gelähmt. Sie war nicht tot.

Sie hatte gesiegt.

Mehrere Minuten lang saß Jess auf dem gestreiften Sofa ohne sich zu rühren und kostete ihren Sieg aus. »Es ist vorbei«, flüsterte sie. Sie war plötzlich voller Zuversicht und glücklichem Überschwang und konnte kaum der Versuchung widerstehen, Don zu wecken und ihm alles zu erzählen.

Nur wußte sie, daß es gar nicht Don war, mit dem sie jetzt sprechen wollte.

Sie stand auf und suchte unter der Decke vorsichtig nach ihren Socken. Als sie sie gefunden hatte, zog sie sie über und schlüpfte dann schnell in ihre Jeans. Sie ging zum Fenster und blickte durch die Finsternis zur Landzunge hinaus.

»Jess?« Dons Stimme klang verschlafen.

»Es hat aufgehört zu schneien«, sagte sie.

»Du bist angezogen.« Er richtete sich auf und stützte sich auf einen Ellbogen. Dann griff er über den Teppich zu seiner Uhr.

»Mir war kalt.«

»Ich hätte dich gewärmt.«

»Ich weiß.« Ein melancholischer Ton schlich sich in ihre Stimme. »Don...«

»Du brauchst nichts zu sagen, Jess.« Er schob die Uhr über sein Handgelenk, drückte den Verschluß zu, massierte sich den Nacken. »Ich weiß, daß du mir nicht die gleichen Gefühle entgegenbringst wie ich dir.« Er versuchte zu lächeln und schaffte es beinahe. »Wenn du willst, können wir einfach so tun, als wäre der vergangene Abend nicht gewesen.«

»Ich wollte dir nicht wieder weh tun.«

»Du hast mir nicht weh getan. Jess, ich bin ein erwachsener Mensch. Ich kann mit dem umgehen, was passiert ist.« Er schwieg einen Moment und sah auf die Uhr. »Es ist erst vier. Willst du nicht versuchen, noch ein paar Stunden zu schlafen?«

»Ich könnte jetzt nicht schlafen.«

Er nickte. »Soll ich dir eine Tasse Kaffee machen?«

»Wie wär's, wenn ich dir zu Hause in meiner Wohnung eine mache?«

»Heißt das, daß du jetzt fahren möchtest?«

»Fändest du das schlimm?«

»Würde das eine Rolle spielen?«

Jess kniete auf dem Teppich neben ihm nieder und streichelte sachte seine Wange, auf der die ersten Bartstoppeln zu spüren waren. »Ich liebe dich doch«, sagte sie.

»Das weiß ich«, erwiderte er und legte seine Hand auf die ihre. »Ich warte nur darauf, daß du es merkst.«

Es war fast sieben Uhr, als sie schließlich die Stadt erreichten. Die Rückfahrt war anstrengend und gefährlich. Ein paarmal geriet der Wagen auf einem vereisten Stück Straße ins Rutschen und wäre beinah in einem Graben gelandet. Aber Don hatte keinen Moment den Kopf verloren. Er hatte nur das Lenkrad fester umfaßt und war entschlossen weitergefahren, obwohl es Jess zeitweise vorkam, als wäre sie zu Fuß schneller nach Chicago zurückgekommen.

In ihrer Wohnung ging sie sofort ans Telefon.

»Habt ihr was gefunden?« fragte sie Neil, anstatt ihm guten Morgen zu sagen.

»Jess, es ist sieben Uhr morgens«, erinnerte er sie. »Diese Clubs machen nicht vor zehn auf.«

Jess legte den Hörer auf und beobachtete Don, der die Überreste des Frühstücks aufräumte, das Adam ihr gestern gemacht hatte. War das wirklich erst gestern gewesen? Jess hatte das Gefühl, es wäre ewig her.

»Laß das doch«, sagte sie und nahm Don einen Teller, den er gerade spülte, aus der Hand. Sie stellte ihn auf die Anrichte.

»Ich muß es aber machen. Du hast nicht einen einzigen sauberen Teller im Haus.« Er nahm den Teller von der Anrichte und hielt ihn unter das fließende Wasser.

»Kaffee ist noch da«, sagte Jess und schüttelte die Kaffeekanne. »Ich stell einfach zwei Tassen in die Mikrowelle.«

Don nahm Jess die Kanne aus der Hand und goß den schmutzigbraunen Kaffee ins Spülbecken. »Du und deine Mikrowelle«, sagte er. »Verschwinde hier. Ich mach den Kaffee, und du kannst inzwischen duschen.«

Jess ging ins Wohnzimmer hinaus. »Hallo, Fred«, sagte sie und trat ganz dicht an den Käfig ihres Kanarienvogels. »Wie geht's dir denn, kleiner Freund? Es tut mir leid, daß ich gestern abend nicht nach Hause gekommen bin und dich zugedeckt habe. Hast du mich vermißt?«

Der Vogel hüpfte von Stange zu Stange, ohne sich um sie zu kümmern.

»Warum schaffst du dir nicht einen Hund oder eine Katze an?« rief Don aus der Küche. »Diesem Vogel ist es doch egal, ob du da bist oder nicht.«

»Aber ich mag Fred. Er ist pflegeleicht«, antwortete sie und dachte an die schwarzen Vinylstiefel, die sie bei Adam gekauft hatte. Entschieden eine Geldanlage, die sich gelohnt hat, dachte sie jetzt, als sie sie neben der Wohnungstür stehen sah. Der Schnee auf ihren Kappen schmolz langsam, und das Wasser tropfte auf die Holzdielen. Keine Salzringe. Keine Wasserflecken. Bei Nichtgefallen Geld zurück.

Sie dachte an Adam, hätte gern gewußt, was er jetzt gerade tat, was er unternommen hatte, nachdem er aus ihrer Wohnung weggegangen war. Was er von den verwirrenden Ereignissen des Morgens hielt. Was er sagen würde, wenn er von der vergangenen Nacht wüßte.

Sie schüttelte den Kopf, als wollte sie sich von solchen beunruhigenden Gedanken befreien, und ging weiter zu ihrem Schlafzimmer. Fast hätte sie den Tag damit begonnen, mit einem Mann ins Bett zu gehen, und beendet hatte sie ihn, indem sie dasselbe mit einem andern machte. Der eine war praktisch ein Fremder, jemand, von dem sie so gut wie nichts wußte; der andere ihr geschiedener Mann, von dem sie so gut wie alles wußte. Der eine war jetzt hier, war immer hier, wenn sie ihn brauchte; der andere kam vorbei, wenn er Lust hatte. Was fand sie so anziehend an Adam Stohn, einem Mann, von dem sie praktisch nichts wußte? War es die Tatsache, daß sie nie sicher sein konnte, wann sie ihn wiedersehen würde, oder ob überhaupt?

Das Zimmer war so, wie sie es verlassen hatte, das Bett nicht gemacht. Jess haßte ungemachte Betten, wie sie alles haßte, was angefangen und nicht fertiggemacht wurde. Rasch ging sie daran, das Bett zu richten, schüttelte das Kissen auf, zog das Leintuch gerade, strich die Decke glatt. Dann ging sie ins Bad und drehte die Dusche auf. Sie zog ihren Pullover und die Jeans aus, legte sie ordentlich in den Schrank, nahm ihr graues Kostüm und eine pinkfarbene Bluse für den Tag heraus, legte alles säuberlich auf den weißen Korbstuhl. Aus der obersten Kommodenschublade nahm sie eine hautfarbene Strumpfhose, dazu frische Unterwäsche, rosa Büstenhalter und Höschen, legte die Sachen auf ihr Kostüm, wollte eben die Unterwäsche ausziehen, die sie anhatte, als sie im Schritt des rosaroten Spitzenhöschens einen Riß bemerkte. »Wie ist denn das passiert?« fragte sie und sah sich den unregelmäßigen Riß, der im Zwickel ihres Höschens klaffte, genauer an.

Dann warf sie es in den Papierkorb, holte sich ein frisches aus der Schublade, nahm es flüchtig in Augenschein und sah diesmal sofort den langen zackigen Riß im Schritt. »Um Gottes willen, was ist denn das?« Mit wachsendem Entsetzen sah Jess den Rest ihrer Unterwäsche durch und stellte fest, daß alle Höschen auf die gleiche Weise aufgeschlitzt worden waren. »Mein Gott!«

»Jess?« rief Don aus dem anderen Zimmer. »Was schimpfst du da vor dich hin?«

»Don!« rief sie zurück, unfähig, irgend etwas anderes zu sagen. »Don! Don!«

Sofort stand er neben ihr. »Was ist denn? Was ist denn los?«

Wortlos reichte sie ihm die zerrissene Unterwäsche.

»Ich verstehe nicht.«

»Sie sind zerrissen. Sie sind alle zerrissen!« Sie zerknüllte den zarten Stoff der Höschen in ihren zitternden Fingern.

Er starrte sie so verwirrt an, wie Jess sich fühlte. »Deine Höschen sind zerrissen?«

»*Alle* sind zerrissen!« rief sie erregt. »Alle ohne Ausnahme. Schau sie dir an. Es sieht doch aus, als wären sie mit einem Messer aufgeschlitzt worden.«

»Jess, das ist ja verrückt. Wahrscheinlich sind sie in der Waschmaschine zerrissen.«

»Ich wasche sie mit der Hand«, fuhr Jess ihn ungeduldig an. »Rick Ferguson war hier, Don. Rick Ferguson hat das getan. Er war hier. Er war in meiner Wohnung und hat meine Sachen durchwühlt.«

Jetzt verlor Don die Geduld. »Jess, ich kann ja verstehen, daß du erregt bist, aber findest du nicht, du bist ein bißchen vorschnell mit deinen Behauptungen?«

»Wer kann es denn sonst gewesen sein, Don? Wer sonst würde so was tun? Es kann nur Rick Ferguson gewesen sein. Kennst du sonst jemanden, der sich hier so leicht Zutritt verschaffen könnte, als hätte er einen Schlüssel?« Sie brach abrupt ab.

»Was ist denn?« fragte Don.

Adam hatte sich ihren Schlüssel geliehen. Als er losgegangen war, um Einkäufe zu machen, während sie noch geschlafen hatte. Hatte er sich dabei einen zweiten Schlüssel machen lassen? Hatte er diesen Schlüssel benutzt, um in ihre Wohnung einzudringen, während sie weggewesen war?

»Es muß Rick Ferguson gewesen sein!« beharrte Jess und schob diese unangenehmen Gedanken auf die Seite. »Er ist völlig ohne Mühe bei Connie DeVuono eingebrochen. Und jetzt ist er bei mir eingebrochen.«

»Wir wissen nicht mit Sicherheit, ob er bei Connie DeVuono eingebrochen ist«, erinnerte Don sie.

»Wie kannst du diesen Kerl noch verteidigen?« fragte Jess empört.

»Ich verteidige ihn nicht. Ich versuche lediglich, dich dazu zu bringen, sachlich zu sein.«

»Er hat früher mal bei einem Schlosser gearbeitet.«

»Das war ein Sommerjob. Da war er noch ein Teenager.«

»Es erklärt aber, wie er es schafft, in fremde Wohnungen einzubrechen, ohne die geringsten Spuren zu hinterlassen.«

»Es erklärt gar nichts, Jess«, entgegnete Don. »Jeder könnte ohne große Anstrengung in diese Wohnung einbrechen.«

»Was redest du da?«

Er ging mit ihr zur Wohnungstür. »Schau dir doch das Schloß an. Es ist völlig nutzlos. Ich könnte es mit meiner Kreditkarte aufmachen. Wieso hast du kein Sicherheitsschloß, Herrgott noch mal? Oder wenigstens eine Kette?«

Hatte Adam sie nicht beinah das gleiche gefragt? Warum lassen Sie sich nicht ein Guckloch machen? Oder besorgen sich eine Kette? hatte er gefragt, als sie mit der Waffe vor ihm gestanden hatte.

Der Revolver! Jess stieß Don beinahe um, als sie kehrtmachte und ins Schlafzimmer zurückrannte. Hatte der Einbrecher, der sich an ihrer Unterwäsche vergriffen hatte, auch ihre Pistole gestohlen?

»Jess, um Himmels willen, was ist denn jetzt wieder los?« rief Don ihr nach.

Die verdammte Kanone, dachte sie, während sie am Laken riß, das sie gerade erst säuberlich unter die Matratze gestopft hatte. Hatte er ihren Revolver gestohlen?

Die Waffe lag genau da, wo sie sie hingelegt hatte. Mit einem Seufzer tiefer Erleichterung zog sie sie unter der Matratze hervor.

»Menschenskind noch mal, Jess! Ist das Ding etwa geladen?«

Sie nickte.

»Du schläfst mit einem geladenen Revolver unter deiner Matratze? Bist du denn wahnsinnig geworden? Du brauchst doch nur eine dumme Bewegung zu machen, und das verdammte Ding geht los. Bist du wahnsinnig?«

»Bitte hör auf, mich anzuschreien, Don. Das hilft überhaupt nichts.«

»Ich möchte jetzt wissen, wieso, zum Teufel, du mit einer geladenen Schußwaffe unter deiner Matratze schläfst?«

»Sonst hab ich sie ja immer in der Schublade.« Sie wies mit dem Kopf auf ihren Nachttisch.

»Warum?«

»Warum? Du bist doch derjenige, der mir das verdammte Ding geschenkt hat. Du wolltest unbedingt, daß ich eine Waffe habe.«

»Und du hast steif und fest behauptet, du würdest sie nie benutzen. Würdest du das verdammte Ding jetzt wegstecken, ehe du einen von uns beiden erschießt!«

Jess legte die Waffe vorsichtig in die oberste Schublade ihres Nachttischs. »Ich bin bedroht worden«, erinnerte sie ihn und schloß die Schublade. »Mein Auto ist völlig demoliert worden. Ich habe widerliche Briefe bekommen...«

»Briefe? Was für Briefe?«

»Na ja, eigentlich war es nur einer«, schränkte sie ein. »Er war in Urin getaucht und voll abgeschnittener Schamhaare.«

»Das gibt's doch nicht! Wann war das? Hast du mit der Polizei gesprochen?«

»Natürlich. Aber die Polizei kann nichts tun. Es gibt keine Möglichkeit festzustellen, wer den Brief geschickt hat. Und ebensowenig wird sich feststellen lassen, wer in meine Wohnung eingebrochen ist und meine Unterwäsche zerfetzt hat. Wie man ja auch nicht feststellen konnte, wer bei Connie DeVuono eingebrochen war und wer die Schildkröte ihres Sohnes verstümmelt und getötet hatte.«

»Jess, wir wissen überhaupt nicht, ob zwischen dem Einbruch bei Connie DeVuono und dem hier eine Verbindung besteht. Wir wissen noch nicht einmal mit Sicherheit, ob hier überhaupt ein Einbruch stattgefunden hat«, sagte er.

»Was soll das denn wieder heißen?« Sie war so wütend, daß es ihr schwerfiel, ruhig zu bleiben.

»Wer ist eigentlich dieser Adam Stohn, Jess?«

»Was?« Konnte er seit neuestem ihre Gedanken lesen? Erzähl mir keine Geheimnisse, dann erzähl ich dir keine Lügen, dachte sie.

»Adam Stohn«, wiederholte Don. »Der Mann, der hier bei dir seinen Rausch ausgeschlafen hat. Der Mann, der dir am Sonntag morgen das Frühstück gemacht hat. Er kann leicht deine Sachen durchwühlt haben, während du geschlafen hast. Vielleicht hat er sich mit einem von deinen Küchenmessern vergnügt.«

»Das ist ja lächerlich«, protestierte Jess. Sie wollte jetzt nicht daran denken, daß er auch an ihre Handtasche gegangen war und sich ihren Wohnungsschlüssel herausgenommen hatte.

»Er ist hier der unbekannte Faktor, Jess. Wer ist dieser Mann?«

»Das hab ich dir doch schon gesagt. Ich hab ihn durch Zufall kennengelernt. Er ist Verkäufer.«

»Schuhverkäufer, ja, ich weiß. Wer hat dich mit ihm bekannt gemacht?«

»Niemand«, bekannte Jess. »Ich hab ihn im Schuhgeschäft kennengelernt.«

»Du hast ihn im Laden kennengelernt? Soll das heißen, du hast ihn beim Schuhkaufen aufgegabelt?«

»Das ist kein Verbrechen, Don, soviel ich weiß.«

»Ein Verbrechen ist es nicht, nein, aber es ist dumm.«

»Ich bin kein kleines Kind, Don.«

»Dann hör auf, dich wie eines zu benehmen.«

»Danke. Das hat mir heute morgen gerade noch gefehlt: daß mir mein geschiedener Mann vorschreibt, wie ich mich zu verhalten habe.«

»Von Vorschreiben kann keine Rede sein, verdammt noch mal. Ich bemühe mich, dich zu beschützen.«

»Das ist nicht deine Aufgabe«, entgegnete sie. »Deine Aufgabe ist es, Männer wie Rick Ferguson zu verteidigen. Oder hattest du das vergessen?«

Don setzte sich mit hängenden Schultern aufs Bett. »Das bringt uns doch nicht weiter.«

»Stimmt.« Jess ließ sich neben ihm aufs Bett fallen. »Es ist so heiß hier drin«, sagte sie und wurde sich plötzlich bewußt, daß sie immer noch in der Unterwäsche war. »Ach verdammt, die Dusche!«

Sie rannte ins Bad und kämpfte sich durch Dampfwolken zu den Wasserhähnen durch, um das heiße Wasser abzudrehen. Mit schweißnassem Gesicht und tropfnassem Haar kehrte sie ins Schlafzimmer zurück.

»Soll ich vielleicht in dieser Aufmachung vor Gericht erscheinen?« fragte sie den Tränen nahe.

»Es ist doch noch nicht mal halb acht«, sagte Don beruhigend. »Du hast noch massenhaft Zeit. Komm, alles schön der Reihe nach. Jetzt rufen wir zuerst mal die Polizei an.«

»Don, ich hab jetzt keine Zeit, mich mit der Polizei herumzuschlagen.«

»Du kannst ihnen doch am Telefon sagen, was passiert ist. Wenn sie es für nötig halten, können sie später herkommen und versuchen, eventuelle Spuren zu sichern.«

»Das bringt bestimmt gar nichts.«

»Nein, ich glaube auch nicht, daß es etwas bringen wird. Aber du mußt die Sache auf jeden Fall melden. Einschließlich deines Verdachts gegen Rick Ferguson.«

»Den du nicht teilst.«

»Den ich sehr wohl teile.«

»Tatsächlich?«

»Natürlich teile ich ihn. Ich bin doch kein Vollidiot. Aber zwischen Verdacht und Behauptung besteht ein Riesenunterschied.« Er unterstrich seine Worte mit einem Nicken. »So«, fuhr er dann fort, »und jetzt gehst du duschen und ziehst dich an. Vergiß die Unterwäsche fürs erste. Ich ruf meine Sekretärin an und bitte sie, dir was vorbeizubringen, ehe du zu Gericht fährst.«

»Don, das ist wirklich nicht nötig.«

»Sobald du fertig bist, packst du einen Koffer. Du ziehst zu mir, bis diese ganze Sache geklärt ist.«

»Aber ich kann doch nicht zu dir ziehen, Don.«

»Wieso nicht?«

»Weil ich hier wohne. Weil alle meine Sachen hier sind. Wegen Fred. Weil – ich kann eben einfach nicht.«

»Du kannst doch deine Sachen mitnehmen. Fred auch. Nimm alles und *jeden* mit, den du brauchst. Getrennte Schlafzimmer«, fügte er hinzu. »Ich werde dir nicht zu nahe kommen, Jess, wenn du es nicht willst. Mir geht es einzig um deine Sicherheit.«

»Das weiß ich doch. Und ich liebe dich dafür. Aber ich kann trotzdem nicht«, sagte sie.

»Na schön, aber dann laß wenigstens das Schloß hier erneuern.« Er hatte offensichtlich eingesehen, daß es keinen Sinn hatte, die Diskussion weiterzuführen. »Laß dir ein Sicherheitsschloß und eine Kette einbauen.«

»In Ordnung.«

»Ich werde gleich heute morgen dafür sorgen, daß jemand herkommt.«

»Don, du brauchst das nicht alles zu tun. Ich schaff das schon selber.«

»Wirklich? Wann denn? Wann bist du bei Gericht? Du hast doch heute das Kreuzverhör von Terry Wales.«

»Aber ich kann's danach erledigen. Wenn ich nach Hause komme.«

»Nichts danach! Heute morgen. Ich schicke meine Sekretärin her, die kann bleiben, solange der Schlosser da ist.«

»Ist das dieselbe Sekretärin, die mir die Unterwäsche bringt?«

»In der Kanzlei ist im Augenblick nicht viel los.«

»Das glaub ich dir aufs Wort.«

»Außerdem solltest du mal über einen Leibwächter nachdenken«, setzte er hinzu.

»Ein Leibwächter? Für wen denn?«

»Für den Weihnachtsmann. Was glaubst du denn, Jess? Für dich natürlich!«

»Ich brauche keinen Leibwächter.«

»Man hat in deine Wohnung eingebrochen, man hat deine Unterwäsche zerfetzt. Es war wahrscheinlich dieselbe Person, die dein Auto demoliert hat und dir diesen widerlichen Brief geschickt hat. Und du bist der Meinung, du brauchst keinen Leibwächter?«

»Ich kann mich doch nicht auf unbestimmte Zeit rund um die Uhr überwachen lassen. Was wäre das denn für ein Leben?«

»Na schön, dann laß ich eben Rick Ferguson von einem Privatdetektiv überwachen.«

»Was? Moment mal. Jetzt komm ich überhaupt nicht mehr mit. Darfst du das denn? Verstößt das nicht gegen das Berufsethos? Ich meine, den eigenen Mandanten von einem Privatdetektiv bespitzeln zu lassen.«

»Ich wollte schon einen Detektiv anheuern, nachdem ich gehört hatte, was mit deinem Wagen passiert war. Ich hätte es tun sollen, verdammt noch mal, dann wäre das hier vielleicht nicht geschehen. Und wenn Ferguson unschuldig ist, braucht er sich ja sowieso keine Sorgen zu machen.«

»Genau meine Rede.«

»Jess, ich liebe ich. Ich würde es mir nie verzeihen, wenn dir etwas passiert.«

»Aber ist denn so ein Privatdetektiv nicht sehr teuer?« fragte sie, um das Gespräch in unpersönlichere Bahnen zu lenken.

»Betrachte es als mein Weihnachtsgeschenk. Tust du mir den Gefallen?« fragte er, und es klang tatsächlich, dachte Jess verwundert, als täte sie ihm einen Gefallen, wenn sie dieses großzügige Angebot annahm.

»Danke«, sagte sie.

»Das eine kann ich dir sagen«, erklärte er ernst. »Wenn tatsächlich Rick Ferguson der Kerl ist, der dich belästigt, dann knalle ich ihn eigenhändig ab, ob er nun mein Mandant ist oder nicht.«

19

Würden Sie den Geschworenen bitte Ihren vollen Namen nennen.«

»Terrence Matthew Wales.«

Jess stand von ihrem Platz hinter dem Tisch der Staatsanwaltschaft auf und ging, die Augen auf den Angeklagten gerichtet, zum Zeugenstand. Terry Wales erwiderte ihren Blick ruhig, sogar respektvoll. Er hielt die Hände im Schoß gefaltet und saß leicht vorgebeugt, als wollte er auf keinen Fall etwas überhören, was sie sagte. In seinem dunkelgrauen Anzug, der farblich wie auf ihr Kostüm abgestimmt schien, bot er das Bild eines Mannes, der sich sein Leben lang bemüht hatte, das Rechte zu tun, und nun so bekümmert und überrascht wie jeder andere darüber war, wie sich alles entwickelt hatte.

»Sie wohnen in Chicago in der Kinzie Street Nummer 2427?«

»Ja.«

»Sie wohnen seit sechs Jahren dort?«

»Das ist richtig.«

»Und vorher haben Sie am Vernon Park Place 16 gewohnt?«

Er nickte.

»Bitte antworten Sie so, daß der Gerichtsstenograph Sie hören kann, Mr. Wales.«

»Ja«, sagte er hastig.

»Warum sind Sie umgezogen?« fragte Jess.

»Wie bitte?«

»Warum sind Sie umgezogen?« wiederholte Jess.

Terry Wales zuckte die Achseln. »Warum zieht man um?«

Jess lächelte und behielt einen leichten Ton bei. »Es interessiert mich nicht, warum man umzieht, Mr. Wales. Es interessiert mich, warum *Sie* umgezogen sind.«

»Wir wollten ein größeres Haus.«

»Sie brauchten mehr Platz? Eine größere Anzahl von Zimmern?«

Terry Wales hustete hinter vorgehaltener Hand. »Als wir in das Haus am Vernon Park Place gezogen sind, hatten wir ein Kind. Als wir in die Kinzie Street umgezogen sind, hatten wir zwei.«

»Ja, Sie haben uns bereits gesagt, daß Ihre Frau es mit dem Kinderkriegen eilig hatte. Sagen Sie mir, Mr. Wales, wie viele Zimmer hatte denn das Haus am Vernon Park Place?«

»Fünf.«

»Und das Haus in der Kinzie Street?«

»Fünf«, sagte er leise.

»Bitte? Sagten Sie fünf?«

»Ja.«

»Ach, die gleiche Anzahl von Zimmern. Dann war wohl das Haus im allgemeinen größer?«

»Ja.«

»Es war genau einen Quadratmeter größer«, sagte Jess sachlich.

»Wie?«

»Das Haus in der Kinzie Street war einen Quadratmeter größer als das Haus am Vernon Park Place. Also ungefähr so viel«, erklärte sie und schritt vor den Geschworenen eine Fläche von einem Quadratmeter ab.

»Einspruch, Euer Ehren«, rief Hal Bristol, der Verteidiger. »Das ist nicht relevant.«

»Ich komme gleich zur Relevanz, Euer Ehren.«

»Aber bitte ein bißchen schnell«, erwiderte Richter Harris.

»Stimmt es nicht, Mr. Wales, daß Sie Ihr Haus am Vernon Park Place aufgegeben haben, weil sich die Nachbarn wiederholt bei der Polizei über Sie beschwert haben?« fragte Jess eilig.

»Nein, das stimmt nicht.«

»Stimmt es nicht, daß die Nachbarn Sie mehrmals bei der Polizei meldeten, weil sie um die Sicherheit Ihrer Frau fürchteten?«

»Wir hatten eine Nachbarin, die die Polizei jedesmal angerufen hat, wenn ich die Stereoanlage zu laut hatte.«

»Und das war zufällig immer dann der Fall, wenn Sie Ihre Frau geschlagen haben«, stellte Jess fest und sah die Geschworenen an.

»Einspruch!« Hal Bristol war aufgesprungen.

»Stattgegeben.«

»Die Polizei wurde am Abend des dritten August 1984«, begann Jess aus ihren Aufzeichnungen zu lesen, obwohl sie die Daten auswendig wußte, »am Abend des siebten September 1984 und wiederum am Abend des zweiundzwanzigsten November 1984 und des vierten Januar 1985 in Ihr Haus am Vernon Park Place gerufen. Ist das richtig?«

»Ich erinnere mich nicht an die genauen Daten.«

»Die sind alle den Akten zu entnehmen, Mr. Wales. Wollen Sie etwas davon bestreiten?«

Er schüttelte den Kopf, dann warf er einen Blick zum Gerichtsstenographen und sagte: »Nein.«

»Bei jeder dieser Gelegenheiten, wenn die Polizei geholt wurde, trug Ihre Frau offenkundige Spuren von Schlägen, die sie erhalten hatte. Einmal mußte sie sogar ins Krankenhaus eingeliefert werden.«

»Ich habe doch bereits ausgesagt, daß unsere Auseinandersetzungen häufig zu weit gegangen sind und daß ich auf meine Rolle dabei wirklich nicht stolz bin.«

»Daß Ihre Auseinandersetzungen zu weit gegangen sind?« wiederholte Jess. »*Sie* sind zu weit gegangen. Mit Ihren Fäusten.«

»Einspruch!«

»Stattgegeben.«

Jess ging kurz zu ihrem Tisch zurück und tauschte einen Polizeibericht gegen einen anderen aus. »Aus diesem Bericht geht hervor, daß Ihre Frau, Nina Wales, als sie am Abend des vierten Januar 1985 ins Krankenhaus eingeliefert wurde, Blutergüsse am ganzen Körper hatte, innere Blutungen, eine gebrochene Nase und zwei gebrochene Rippen, außerdem zwei blaugeschlagene Augen. Sie hingegen hatten mehrere Kratzer im Gesicht und einen großen blauen Fleck am Schienbein. Das sieht mir nicht nach einem fairen Kampf aus, Mr. Wales.«

»Einspruch, Euer Ehren. Wo ist hier die Frage?«

»Ist es nicht richtig, daß Ihre Frau erst kurz zuvor ihr zweites Kind zur Welt gebracht hatte?«

»Doch.«

»Ein kleines Mädchen?«

»Rebecca, ja.«

»Wie alt war das Kind am Abend des vierten Januar 1985?«

Terry Wales zögerte.

»Sie werden sich doch an den Geburtstag Ihrer Tochter erinnern, Mr. Wales«, hakte Jess nach.

»Sie wurde am zweiten Dezember geboren.«

»Am zweiten Dezember 1984? Nur vier Wochen vor der tätlichen Auseinandersetzung, die mit der Einweisung Ihrer Frau in ein Krankenhaus endete?«

»Ja.«

»Das würde heißen, daß all die anderen Angriffe –«

»Einspruch!«

»All die anderen *Zwischenfälle*«, korrigierte sich Jess, »am dritten August 1984, am siebten September 1984, am zweiundzwanzigsten November 1984 – daß sie alle sich abspielten, als Ihre Frau schwanger war. Ist das richtig?«

Terry Wales senkte den Kopf. »Ja«, flüsterte er. »Aber es ist nicht so einseitig, wie Sie es hinstellen.«

»Oh, das weiß ich, Mr. Wales«, sagte Jess. »Wer von uns könnte den blauen Fleck an Ihrem Schienbein vergessen?«

Wieder sprang Hal Bristol auf und rief mit blitzenden Augen: »Einspruch, Euer Ehren!«

»Ich ziehe die Bemerkung zurück«, sagte Jess. Sie holte sich einen weiteren Polizeibericht am Anklagetisch und kehrte dann zum Zeugenstand zurück. »Überspringen wir ein paar Jahre und kommen zum Abend des fünfundzwanzigsten Februar 1988. Da mußte Ihre Frau erneut ins Krankenhaus eingeliefert werden, nicht wahr?«

»Meine Frau war weggegangen und hat die Kinder allein gelassen. Als sie nach Hause kam, hab ich ihr sofort angesehen, daß sie getrunken hatte. Da ist bei mir einfach eine Sicherung durchgebrannt.«

»Natürlich, Mr. Wales, und deshalb mußten Sie Ihrer Frau den rechten Arm brechen«, sagte Jess kalt.

»Sie hatte die Kinder allein gelassen. Es hätte ihnen alles mögliche passieren können.«

»Gibt es Zeugen dafür, daß sie die Kinder allein gelassen hat, Mr. Wales?« fragte Jess.

»Ich bin nach Hause gekommen und habe sie allein vorgefunden.«

»War jemand bei Ihnen?«

»Nein.«

»Also haben wir nur Ihr Wort, daß Ihre Frau wegging und die Kinder sich selbst überließ?«

»Ja.«

»Tja, ich weiß nicht, warum wir Ihnen nicht glauben sollten«, sagte Jess und wappnete sich für den Einspruch, von dem sie wußte, daß er folgen würde.

»Ms. Koster«, mahnte Richter Harris, »könnten wir bitte die sarkastischen Randbemerkungen lassen und bei der Sache bleiben.«

»Entschuldigen Sie, Euer Ehren«, sagte Jess und strich ihren Rock glatt. Sie mußte plötzlich an die neue Unterwäsche denken, die Dons Sekretärin ihr kurz vor Prozeßbeginn gebracht hatte. Die Erinnerung an die Ereignisse des Morgens und des Vortags stürmten auf sie ein. Die Entdeckung von Connie DeVuonos Leiche, der

Einbruch in ihre Wohnung, der Angriff auf ihre Intimsphäre, das alles wirbelte ihr durch den Kopf und befeuerte ihren Zorn, so daß sie beinahe heftig sagte: »Und wie war das an den Abenden des siebzehnten Oktober 1990, des vierzehnten März 1991, des zehnten November 1991, des zwanzigsten Januar 1992?«

»Einspruch, Euer Ehren«, rief Hal Bristol. »Der Zeuge hat über seine Rolle bei diesen häuslichen Streitigkeiten bereits ausgesagt.«

»Abgelehnt. Der Zeuge wird die Frage beantworten.«

»An jedem dieser Abende wurde die Polizei in Ihr Haus gerufen, Mr. Wales«, erinnerte Jess den Angeklagten. »Wissen Sie das noch?«

»Die genauen Daten weiß ich nicht mehr.«

»Und zweimal wurde Ihre Frau bei diesen Gelegenheiten ins Krankenhaus eingewiesen.«

»Ich glaube, wir landeten beide im Krankenhaus.«

»Ja, ich sehe, daß Sie am Abend des zehnten November 1991 im St.-Lukes-Krankenhaus wegen einer blutenden Nase behandelt und dann entlassen wurden. Ihre Frau hingegen blieb bis zum nächsten Morgen. Sie brauchte wohl nur dringend etwas Schlaf.«

»Ms. Koster...«, warnte Richter Harris.

»Tut mir leid, Euer Ehren. Also, Mr. Wales, Sie haben den Geschworenen gesagt, zu den meisten dieser Auseinandersetzungen sei es gekommen, weil Sie provoziert wurden.«

»Das ist richtig.«

»Es braucht wohl nicht viel, um Sie zu provozieren, Mr. Wales?«

»Einspruch.«

»Ich formuliere das um, Euer Ehren. Würden Sie sagen, daß Sie zum Jähzorn neigen, Mr. Wales?«

»Die letzten Jahre waren geschäftlich sehr hart. Das hat natürlich seine Auswirkungen gehabt. Manchmal war ich nicht fähig, mich zu beherrschen.«

»Eher häufig, will mir scheinen. Und auch lange bevor diese harten wirtschaftlichen Zeiten anbrachen. Ich meine, die Jahre 1984 und 85 waren doch geschäftlich gesehen recht gute Jahre, nicht wahr?«

»Geschäftlich gesehen, ja.«

»Ich sehe, daß Sie in diesen Jahren Rekordprovisionen verdient haben, Mr. Wales«, stellte Jess fest und tauschte wiederum ein Blatt Papier gegen ein anderes aus.

»Ich habe sehr hart gearbeitet.«

»Davon bin ich überzeugt. Und Sie wurden reichlich belohnt dafür. Dennoch geht aus den Polizeiunterlagen hervor, daß Sie Ihre Frau geschlagen haben. Es scheint also so, daß der Grad Ihrer Selbstbeherrschung mit Ihrem geschäftlichen Erfolg eigentlich nichts zu tun hatte. Würden Sie mir da nicht zustimmen?«

Terry Wales brauchte ein paar Sekunden, ehe er antwortete. »Ganz gleich, wieviel ich geschafft habe, Nina war es nie genug. Sie hat sich dauernd beschwert, daß ich nicht genug verdiene, auch schon vor der Rezession. Die letzten Jahre waren die Hölle.«

»Ihr Einkommen ist wesentlich gesunken?«

»Ja.«

»Und Ihre Frau war unzufrieden darüber, daß weniger Geld hereinkam?«

»Sehr sogar.«

»Ich verstehe. Wie hat sich denn die Einkommensverminderung genau auf den Haushalt ausgewirkt, Mr. Wales?«

»Nun, genauso wie bei allen anderen Leuten, nehme ich an«, antwortete Terry Wales vorsichtig und warf einen Blick auf seinen Anwalt. »Wir mußten uns einschränken – bei den Einladungen, beim Ausgehen, beim Kleiderkauf und ähnlichen Dingen.«

»Das heißt, vor allem mußte Ihre Frau sparen«, stellte Jess fest.

»Wir mußten alle sparen.«

»Inwiefern mußten Sie denn sparen, Mr. Wales?«

»Ich verstehe nicht.«

»Einspruch. Der Zeuge hat die Frage bereits beantwortet.«

»Kommen Sie zum Kernpunkt, Ms. Koster«, mahnte Richter Harris.

»Sie waren der Alleinversorger Ihrer Familie, nicht wahr? Ich meine, Sie haben uns ja zuvor ausdrücklich darauf hingewiesen, daß Ihre Frau diejenige war, die unbedingt ihre Arbeit aufgeben wollte.«

»Sie wollte zu Hause bei den Kindern bleiben. Ich habe diese Entscheidung respektiert.«

»Das einzige Geld, das Nina Wales also zur Verfügung hatte, war das, das Sie ihr gaben.«

»Soviel ich weiß, ja.«

»Wieviel Geld haben Sie ihr jede Woche gegeben, Mr. Wales?«

»Soviel wie sie brauchte.«

»Wieviel war das ungefähr?«

»Ich bin nicht sicher. Soviel, daß es für Lebensmittel und andere wichtige Dinge reichte.«

»Fünfzig Dollar? Hundert? Zweihundert?«

»Eher so um die hundert.«

»Einhundert Dollar die Woche für Lebensmittel und andere wichtige Dinge für eine vierköpfige Familie. Ihre Frau muß sehr sparsam gewesen sein.«

»Es ging ja nicht anders. Wir hatten einfach kein Geld übrig.«

»Sie sind Mitglied im Eden-Rock-Golf-Klub, nicht wahr, Mr. Wales?«

Eine winzige Pause. »Ja.«

»Wie hoch ist der jährliche Mitgliedsbeitrag?«

»Das weiß ich nicht genau.«

»Soll ich es Ihnen sagen?«

»Ich glaube, er liegt knapp über tausend Dollar«, antwortete er hastig.

»Elfhundertundfünfzig Dollar, um genau zu sein. Haben Sie die Mitgliedschaft aufgegeben?«

»Nein.«

»Und beim Elmwood-Schützenverein sind Sie auch Mitglied, nicht wahr?«

»Ja.«

»Wie hoch ist dort der jährliche Mitgliedsbeitrag?«

»Ungefähr fünfhundert Dollar.«

»Sind Sie dort ausgetreten?«

»Nein. Aber ich habe eine Menge Geld ausgegeben, um überhaupt in diese Klubs eintreten zu können. Ich hätte meine ganze ursprüngliche Geldanlage verloren, wenn ich jetzt wieder ausgetreten wäre.«

»Aber Sie hätten mehr als fünfzehnhundert Dollar im Jahr sparen können.«

»Ja, gut, ich weiß, daß es egoistisch war, aber ich habe auch hart gearbeitet. Ich brauchte –«

»Gehören Sie sonst noch irgendwelchen Vereinen an, Mr. Wales?« fragte Jess und hielt den Atem an. Sie wartete noch immer auf die Auskünfte der Polizei, die sie angefordert hatte.

»Nein«, antwortete Terry Wales, ohne zu zögern.

»Sie gehören also keinem anderen Sportklub an?«

Jess beobachtete Terry Wales, wartete auf Zeichen des Zögerns oder der Unschlüssigkeit, aber er zeigte nichts dergleichen.

»Nein«, sagte er deutlich.

Jess nickte, den Blick zur Saaltür gerichtet. Wo blieb Barbara Cohen? Die Polizei mußte sich doch inzwischen gemeldet haben.

»Kehren wir zum Abend des zwanzigsten Januar 1992 zurück«, sagte Jess, »das letzte Mal, als die Polizei wegen häuslicher Streitigkeiten zu Ihnen gerufen wurde.« Sie wartete ein paar Sekunden, um den Geschworenen Zeit zu geben, sich auf den Themawechsel einzustellen. »Sie haben ausgesagt, das sei der Abend gewesen, an dem Ihre Frau Ihnen eröffnete, sie hätte einen Liebhaber.«

»Ja, das stimmt.«

»Wie genau ist es dazu gekommen?«

»Ich verstehe nicht.«

»Wann hat sie es Ihnen gesagt? Beim Abendessen? Als Sie vor dem Fernseher saßen? Im Bett?«

»Kurz nachdem wir zu Bett gegangen waren.«

»Bitte, fahren Sie fort, Mr. Wales.«

»Ich – wir hatten miteinander geschlafen. Ich wollte sie nur in die Arme nehmen.« Seine Stimme brach. »Ich wollte sie nur in den Armen halten. Ich – ich weiß, daß ich nicht immer ein vorbildlicher Ehemann war, aber ich habe sie geliebt, wirklich, und ich habe mir immer gewünscht, daß zwischen uns alles gut ist.« Die Tränen standen ihm in den Augen. »Ja, also, ich wollte sie in den Arm nehmen, aber sie rückte von mir ab. Ich habe ihr gesagt, daß ich sie liebe, und da hat sie angefangen zu lachen. Sie sagte, ich hätte keine Ahnung, was Liebe bedeutet, und ebensowenig Ahnung hätte ich im Bett. Ich wüßte überhaupt nicht, wie man mit einer Frau umgeht. Ich sei der reinste Witz. Ich hätte keine Ahnung, wie man eine Frau befriedigt, was eine Frau sich wünscht. Und dann sagte sie, aber das spiele keine Rolle mehr, weil sie jemanden gefunden hätte, der genau wüßte, was sie sich wünscht. Sie hätte einen Liebhaber, seit Monaten schon. Er sei ein richtiger Mann, ein Mann, der weiß, wie man eine Frau befriedigt. Vielleicht würde sie mir bei Gelegenheit mal erlauben, ihnen zuzusehen, damit ich was lernen könnte.« Wieder brach seine Stimme. »Da bin ich ausgerastet.«

»Und haben sie geschlagen.«

»Ich habe ihr nur eine Ohrfeige gegeben«, schränkte Terry Wales ein. »Sie ist mit Fäusten auf mich losgegangen, hat mich gekratzt und hat mir immer wieder ins Gesicht geschrien, was für ein Versager ich sei.«

»Und da haben Sie zurückgeschlagen, immer wieder«, sagte Jess.

»Ich bin nicht stolz darauf.«

»Das haben Sie uns bereits gesagt. Wie hieß eigentlich der Liebhaber Ihrer Frau, Mr. Wales?«

»Ich weiß nicht. Das hat sie mir nicht gesagt.«

»Was war er von Beruf?«

»Ich weiß es nicht.«

»Wissen Sie, wie alt er war, wie groß? Ob er vielleicht verheiratet war?«

»Nein.«

»Hatten Sie einen Verdacht, wer es sein könnte? Ein Freund vielleicht?«

»Ich weiß nicht, wer ihr Liebhaber war. So etwas hätte sie mir nicht anvertraut.«

»Aber sie *hat* Ihnen anvertraut, daß sie einen Liebhaber hatte. Schon interessant, daß sie so etwas einem Ehemann anvertraut, der sie häufig mißhandelt, finden Sie nicht?«

»Einspruch, Euer Ehren.«

»Stattgegeben.«

»Hat eine dritte Person das Geständnis Ihrer Frau gehört?«

»Natürlich nicht. Wir waren ja im Bett.«

»Hat sie im Beisein anderer über ihn gesprochen?«

»Nein. Nur wenn wir allein waren.«

»Und da ihre Freundinnen bereits ausgesagt haben, daß sie ihnen von einem Liebhaber nie etwas gesagt habe«, fuhr Jess fort, »haben wir anscheinend wieder einmal nur Ihr Wort dafür.«

Terry Wales sagte nichts.

»Ihre Frau sagte Ihnen also, sie habe einen Liebhaber; Sie haben sie blutig geschlagen, und die Nachbarn haben die Polizei gerufen«, faßte Jess kurz zusammen und hörte schon den Einspruch Hal Bristols, noch ehe dieser den Mund geöffnet hatte. »Ihre Frau *kam* doch an diesem Abend ins Krankenhaus, nicht wahr?« sagte Jess, ihre Frage neu formulierend.

»Ja.«

»Und wann danach hat Ihre Frau Ihnen eröffnet, daß sie Sie verlassen wollte?«

»Sie hat mir dauernd damit gedroht, mich zu verlassen, mir die Kinder wegzunehmen, mich zum armen Mann zu machen.«

»Wann wurde Ihnen klar, daß es ihr ernst war?« fragte Jess.

Terry Wales holte tief Atem. »Ende Mai.«

»Sie haben uns erklärt, Ihre Frau habe Ihnen mitgeteilt, daß sie einen Anwalt aufgesucht und die Absicht habe auszuziehen.«

»Ja, das ist richtig.«

»Sie haben ausgesagt, daß Sie sie angefleht haben, ihre Entscheidung rückgängig zu machen.«

»Ja, das stimmt.«

»Warum?«

»Ich verstehe nicht.«

»Sie haben uns berichtet, daß Ihre Frau Ihnen sagte, sie habe einen Liebhaber; daß sie Sie verhöhnte; Ihnen vorhielt, Sie seien ein schlechter Liebhaber, ein schlechter Ehemann, ein schlechter Versorger; daß sie Ihnen das Leben zur Hölle machte. Wieso flehten Sie sie unter diesen Umständen an, bei Ihnen zu bleiben?«

Terry Wales schüttelte den Kopf. »Ich weiß es nicht. Vielleicht habe ich trotz allem, was wir einander angetan haben, immer noch an die Heiligkeit der Ehe geglaubt.«

»Bis daß der Tod euch scheidet«, zitierte Jess mit grimmigem Spott. »Etwas in der Richtung?«

»Einspruch, Euer Ehren. Das geht wirklich zu weit!«

Richter Harris fegte den Einspruch mit einer ungeduldigen Handbewegung zur Seite.

»Ich wollte meine Frau nicht töten«, beteuerte Terry Wales direkt zu den Geschworenen gewandt.

»Nein, Sie wollten sie nur auf sich aufmerksam machen«, sagte Jess und sah im selben Moment, wie die Saaltür geöffnet wurde und Barbara Cohen eintrat. Selbst auf eine Entfernung von zehn Metern konnte Jess das Blitzen im Auge ihrer Assistentin sehen. »Euer Ehren, kann ich einen Moment unterbrechen?«

Richter Harris nickte, und Jess ging zum Anklagetisch.

»Was haben wir da?« fragte sie, nahm Barbara den Bericht aus den Händen und überflog ihn rasch.

»Ich würde sagen, genau das, was wir brauchen«, antwortete Barbara mit einem breiten Lächeln.

Jess hätte beinahe laut herausgelacht. Sie wirbelte herum, aber dann hielt sie inne, auf keinen Fall wollte sie zu begierig erscheinen. Immer mit der Ruhe, sagte sie sich, während sie zum Zeugenstand zurückging. Pirsch dich langsam heran und dann schlag zu.

»Sie waren also völlig verstört und verzweifelt?« fragte sie den Angeklagten.

»Ja«, bestätigte er.

»Und da beschlossen Sie, etwas zu tun, das Ihre Frau aufrütteln würde; das sie zur Vernunft bringen würde.«

»Ja.«

»Sie gingen also los und kauften eine Armbrust.«

»Ja.«

»Eine Waffe, mit der Sie seit Ihrer Kindheit, als Sie im Sommerlager waren, nicht mehr umgegangen waren – richtig?«

»Ja.«

»Wie hieß das Lager, in dem Sie damals waren?«

»Bitte?«

»Wie hieß das Lager, in dem Sie damals waren, als Sie lernten, mit Pfeil und Bogen zu schießen?«

Terry Wales sah seinen Anwalt an, aber Hal Bristols kaum merkliches Nicken hieß ihn die Frage beantworten.

»Ich glaube, das war Camp New Moon.«

»Wie viele Jahre waren Sie in Camp New Moon?« fragte Jess.

»Drei, glaube ich.«

»Und da hat man Ihnen beigebracht, mit Pfeil und Bogen zu schießen?«

»Ja, das gehörte zu den angebotenen Freizeitbeschäftigungen.«

»Und Sie haben damals mehrere Preise gewonnen, nicht wahr?«

»Das war vor fast dreißig Jahren.«

»Aber Sie haben mehrere Preise gewonnen?«

Terry Wales lachte. »Alle Kinder haben Preise bekommen.«

»Euer Ehren, würden Sie bitte den Zeugen anweisen, die Frage zu beantworten«, sagte Jess.

»Ein einfaches Ja oder Nein reicht, Mr. Wales«, wandte sich Richter Harris an den Angeklagten.

Terry Wales senkte den Kopf. »Ja.«

»Danke.« Jess lächelte. »Und bis zu dem Moment, als Sie am zweiten Juni dieses Jahres Ihre Frau mit einem Schuß ins Herz töteten, waren fast dreißig Jahre vergangen, seit Sie das letzte Mal einen Pfeil abgeschossen hatten?«

»Fünfundzwanzig oder dreißig«, sagte Terry Wales.

Jess warf einen Blick in den Hefter in ihrer Hand. »Mr. Wales, haben Sie schon einmal von den Aurora-County-Bogenschützen gehört?«

»Wie bitte, wovon?« fragte Terry Wales, plötzlich eine leichte Röte in den Wangen.

»Von den Aurora-County-Bogenschützen«, wiederholte Jess. »Das ist ein Bogensportverein etwa fünfundsiebzig Kilometer südwestlich von Chicago. Kennen Sie den Verein?«

»Nein.«

»Aus der Broschüre, die ich hier habe, geht hervor, daß es sich um einen gemeinnützigen Verein handelt, der 1962 mit dem Ziel gegründet wurde, den Bogensport zu fördern und durch die notwendigen Einrichtungen Bogenschützen die Möglichkeit zu geben, ihren Sport auszuüben. ›Ganz gleich, auf welchem Gebiet des Bogensports Ihr Interesse liegt‹«, las Jess vor, »›ob Sie ein Jäger sind, ein Sportschütze oder das Bogenschießen nur zum Vergnügen betreiben, ganz gleich, ob Sie den Langbogen, den Recurve-Bogen, den Compound-Bogen oder die *Armbrust* bevorzugen, die Aurora-

County-Bogenschützen e. V. bieten das ganze Jahr über ideale Trainingsmöglichkeiten.‹«

Hal Bristol war bereits aufgesprungen und auf dem Weg zum Richter. »Einspruch, Euer Ehren. Mein Mandant hat bereits erklärt, daß er diesen Verein nicht kennt.«

»Das ist interessant«, hakte Jess augenblicklich ein, »da aus den Unterlagen des Vereins hervorgeht, daß Terry Wales seit acht Jahren Mitglied ist.« Jess hielt eine gefaxte Kopie der Beitrittserklärung in die Höhe. »Wir möchten diese Erklärung als Beweisstück F aufnehmen lassen, Euer Ehren.«

Jess reichte Richter Harris die Unterlagen. Der sah sie durch, ehe er sie an den ungeduldig wartenden Hal Bristol weitergab. Der Verteidiger prüfte das Material, nickte ärgerlich, kehrte dann mit einem unverhüllt zornigen Blick zu seinem Mandanten an seinen Platz zurück.

»Erinnern Sie sich jetzt an den Verein, Mr. Wales?« fragte Jess pointiert.

»Ich bin dem Verein vor acht Jahren beigetreten und fast nie dort gewesen«, erklärte Terry Wales. »Ich hatte ihn ehrlich gesagt ganz vergessen.«

»Oh, aber die Leute dort haben *Sie* nicht vergessen, Mr. Wales.« Jess gab sich alle Mühe, nichts von ihrer Siegesfreude durchklingen zu lassen. »Wir haben hier eine eidesstattliche Versicherung von einem Mr. Glen Hallam, einem Angestellten der Aurora-County-Bogenschützen e. V., der für die Pflege der Geräte zuständig ist. Die Polizei hat ihm heute morgen Ihr Foto gezeigt, und er erinnert sich sehr deutlich an Sie. Er hat ausgesagt, daß Sie seit Jahren regelmäßig zum Üben kommen; seit dem Frühjahr hätte er Sie allerdings merkwürdigerweise nicht mehr gesehen. Es würde mich interessieren, wie das kommt«, fügte Jess nachdenklich hinzu. »Seiner Aussage zufolge sind Sie ein ausgezeichneter Schütze, Mr. Wales. Fast jedesmal mitten ins Schwarze.«

Von der Geschworenenbank war ein kollektiver Seufzer zu hören. Hal Bristol senkte den Kopf. Terry Wales sagte nichts.

Mitten ins Schwarze, dachte Jess.

20

Ich höre, du hast heute bei Gericht einen tollen Coup gelandet«, sagte Greg Oliver statt einer Begrüßung zu Jess, als sie am Ende des Tages an seinem Büro vorbeiging.

»Sie war genial«, versicherte Neil Strayhorn, der Seite an Seite mit Barbara Cohen einen Schritt hinter Jess folgte. »Sie hat ihre Falle aufgestellt, dann schön abgewartet, bis der Angeklagte hineinspazierte, und peng, die Tür hinter ihm zugeschlagen.«

»Der Prozeß ist noch nicht vorbei«, erinnerte ihn Jess, die sich nicht zu früh freuen wollte. Noch waren Zeugen zu vernehmen, noch mußten die Schlußplädoyers gehalten werden, und immer mußte die Unberechenbarkeit der Geschworenen in Betracht gezogen werden. Man durfte sich seiner Sache nie zu sicher sein.

»Am besten war es«, sagte Neil Strayhorn, als sie in ihr gemeinsames Büro zurückkamen, »als du ihn gefragt hast, ob er je von den Aurora-County-Bogenschützen gehört habe.«

»Ja, und er verzog keine Miene«, stimmte Barbara Cohen ein, »aber man konnte förmlich sehen, wie ihm die Kinnlade runterfiel.«

Jess gestattete sich ein lautes Lachen. Auch sie hatte diesen Moment am meisten genossen.

»Sieh einer an, die Schneekönigin schmilzt.« Greg Oliver stand im Türrahmen, an jedem Pfosten eine Hand, und beugte sich ins Zimmer.

»Was können wir für dich tun, Greg?« Jess spürte, wie ihre gute Stimmung sich trübte.

Greg Oliver ging gemächlich auf Jess' Schreibtisch zu und schüttelte dabei die zu einer losen Faust geballte Hand, als wollte er würfeln. »Ich hab ein Geschenk für dich.«

»Ein Geschenk für mich«, wiederholte Jess wenig geistreich.

»Etwas, das du brauchst. Sehr dringend sogar.« Greg Olivers Ton war voll zweideutiger Anspielung.

»Ist es größer als eine Brotbüchse?« fragte Neil Strayhorn.

»Eine Brotbüchse könnt ich echt gebrauchen«, erklärte Barbara Cohen.

Jess blickte Greg Oliver kühl in die Augen und wartete. Sie sagte nichts.

»Keine Vermutungen?« fragte Greg.

»Keine Geduld«, konterte Jess und begann, ihre Sachen zusammenzupacken. »Greg, du bist mir ja lieb und wert, aber ich muß hier dringend noch was arbeiten, und dann möchte ich nach Hause. Es war ein langer Tag.«

»Soll ich dich fahren?« Greg verzog den Mund zu einem schmallippigen, dünnen Lächeln.

»Ich habe Jess schon angeboten, sie nach Hause zu fahren«, sagte Neil Strayhorn rasch, und Jess lächelte dankbar.

»Aber ich habe das, was du brauchst«, beharrte Greg Oliver. Er öffnete die Faust und ließ einen Schlüsselbund vor Jess auf ihren Schreibtisch fallen. »Die Schlüssel zu Madames Wohnung.«

Jess nahm die neuen Schlüssel. Der abgestandene Duft von Gregs Eau de Cologne wehte ihr in die Nase. »Woher hast du die?«

»Eine junge Frau hat sie heute nachmittag vorbeigebracht. Ganz niedlich, nur ihre Schenkel waren ein bißchen aus der Fasson.«

»Du bist wirklich das letzte«, sagte Barbara Cohen zu ihm.

»Hey, ich bin der neue Mann der neunziger Jahre, weich und sensibel.« Lässig ging er zur Tür zurück, winkte einmal kurz mit zwei Fingern und verschwand.

»Wo ist meine Armbrust?« fragte Barbara Cohen.

»Die ist leider nie da, wenn man sie braucht.« Jess sah die Liste der Zeugen durch, die am nächsten Tag aufgerufen werden sollten, und machte sich noch ein paar Notizen, bis sie das Gefühl hatte, vor Müdigkeit nicht mehr aus den Augen sehen zu können. »Wie läuft der Fall Alvarez?«

»Ich bin fast fertig mit den außergerichtlichen Einvernahmen«, antwortete Barbara Cohen. »McCauliff scheint allerdings nicht in der Stimmung, eine außergerichtliche Vereinbarung zu treffen.«

»Dazu hört sich McCauliff viel zu gerne reden, besonders in einem vollen Gerichtssaal. Seid vorsichtig. Er wird versuchen, euch mit einer Flut großer Worte einzuschüchtern, die kein Mensch versteht«, warnte Jess ihre Mitarbeiter. »Werdet ihr mit ihm fertig?«

»Ich hab mir schon das Fremdwörterlexikon bereitgelegt«, antwortete Neil lächelnd.

Jess wollte das Lächeln erwidern, aber sie war zu müde, um auch nur den Mund zu verziehen. »Ich bin fertig, Leute. Ich mach jetzt Schluß.«

Barbara Cohen sah auf ihre Uhr. »Aber du fühlst dich wohl?«

»Ja ja, ich bin nur hundemüde.«

»Werd uns nur nicht krank«, beschwor Barbara sie. »Wir kommen jetzt auf die Zielgerade.«

»Ich hab gar keine Zeit, krank zu werden«, sagte Jess.

»Komm, du hast gehört, wie ich Oliver gesagt habe, daß ich dich nach Hause fahre«, sagte Neil.

»Das ist doch Quatsch, Neil. Das ist doch eine ganz andere Richtung.«

»Willst du mich zum Lügner machen?«

»Wann willst du endlich nachgeben und dir ein neues Auto kaufen?« fragte Barbara.

Jess sah ihren geliebten roten Mustang vor sich, nur noch ein mit Kot verschmiertes Wrack. »Sobald ich Rick Ferguson hinter Gittern habe«, antwortete sie.

Das Telefon läutete, als sie nach Hause kam. »Augenblick«, rief sie, während sie erfolglos mit dem neuen Schlüssel hantierte. »Verdammt noch mal, mach schon. Herrgott, wieso geht das nicht.«

Drinnen läutete das Telefon weiter, und der Schlüssel ließ sich immer noch nicht drehen. Hatte Greg Oliver ihr die falschen Schlüssel gegeben? Gleich schoß ihr die Frage durch den Kopf, ob ein solcher Irrtum wohl Absicht oder Versehen gewesen wäre. Aber vielleicht war ja auch Dons Sekretärin schuld. Vielleicht hatte sie Jess' Schlüssel mit ihren eigenen verwechselt. Oder vielleicht hatte auch der Schlosser den Fehler gemacht. Vielleicht waren die Schlüssel nicht in Ordnung. Vielleicht würde sie nie in ihre Wohnung hineinkommen. Vielleicht würde sie hier draußen im Flur alt werden und sterben, ohne je wieder das Innere ihrer Wohnung zu sehen.

Vielleicht würde sie aber auch die Tür aufbekommen, wenn sie nur ruhig blieb und es nicht so verbissen versuchte.

Der Schlüssel drehte sich. Die Tür öffnete sich. Das Telefon hörte auf zu läuten.

Na, wenigstens bin ich drinnen, sagte sich Jess und winkte ihrem Kanarienvogel zu. Sie stellte ihre Aktentasche ab, zog die Stiefel aus und ging die Post durch, die sie in der Manteltasche mit nach oben genommen hatte. Nichts Aufregendes, dachte sie dankbar und warf Briefe und Mantel auf das Sofa.

»Das war vielleicht ein Tag, Fred. Eine Frau, die ich kaum kenne, hat mir neue Unterwäsche gekauft, ich habe neue Schlüssel bekommen und nagelneue Schlösser, schau!« Sie ging zur Tür, sperrte mehrmals auf und zu, bis der Schlüssel sich fast wie von selbst drehte. »Und bei Gericht war ich heute große Klasse«, fuhr sie fort. »Du hättest sehen sollen, wie –« Sie brach ab. »Das ist ja zum Heulen«, sagte sie laut. »Jetzt red ich schon mit dem Kanarienvogel.«

Sie ging in die Küche und starrte das Telefon an. »Los, läute, verdammt noch mal!«

Aber das Telefon blieb still. Das ist ja lächerlich, dachte Jess und packte gereizt den Hörer. Das Telefon ist keine Einbahnstraße. Wer sagt, daß ich warten muß, bis jemand mich anruft? Ich kann schließlich auch selbst anrufen.

Nur wen? Sie war nicht mit einem großen Freundeskreis gesegnet. Nach der göttlichen Ruhe in der unteren Etage zu schließen, war Walter Fraser nicht zu Hause. Sie hatte keine Ahnung, wo sie Adam erreichen konnte. Sie hatte Angst, ihren Vater anzurufen. Ihre Schwester stand derzeit nicht auf bestem Fuß mit ihr.

Ich kann Don anrufen, dachte sie, ich *sollte* ihn anrufen, ihm von meinem heutigen großen Erfolg erzählen, ihm dafür danken, daß er mich gestern nach Union Pier mitgenommen hat. Wäre diese Fahrt nicht gewesen, so hätte sie das Schild des Schützenvereins Union Pier nie gesehen, wäre nie auf den Gedanken gekommen, Bogensportvereine in und um Chicago ausfindig zu machen, hätte niemals die Chance bekommen, heute vor Gericht so zu glänzen. Ganz abgesehen davon war sie ihm auch Dank für alles andere schuldig, was er für sie getan hatte – die neue Unterwäsche, die neuen Schlüssel, die neuen Schlösser.

Aber genau das war der Grund, weshalb sie ihn nicht anrufen wollte. Das begriff sie. Wie ein verwöhntes Kind, das zuviel bekommen hat und Gefahr läuft, überwältigt zu werden, war sie es müde, Danke schön zu sagen, war es leid, dankbar sein zu müssen. Ihren heutigen Triumph bei Gericht konnte sie mit Don nicht teilen, ohne seinen Anteil an ihrem Erfolg zu würdigen, und dazu war sie noch nicht bereit.

»Du wirst auf deine alten Tage ganz schön egoistisch«, hielt sie sich vor und dachte dann, daß sie jetzt wahrscheinlich ja nicht egoistischer war als früher. »Es lassen sich bestimmt ein paar Zeugen aus der Vergangenheit ausgraben, die gegen dich aussagen können«, sagte sie zu sich selbst und sah augenblicklich das tränennasse Gesicht ihrer Mutter vor sich.

»Zum Teufel mit dem Quatsch«, schimpfte sie vor sich hin und wählte kurz entschlossen die Nummer ihrer Schwester in Evanston. »Wahrscheinlich hole ich sie gerade von den Zwillingen weg«, murmelte sie, nachdem es sechsmal geläutet hatte und sich nichts rührte.

Dann aber meldete sich eine Stimme, die ihr fremd war, eine Stimme zwischen einem Krächzen und einem Knurren.

»Hallo?« Es klang sehr mühsam.

»Wer ist denn am Apparat?« fragte Jess. »Maureen, bist du das?«

»Nein, Barry«, flüsterte es heiser.

»Barry! Was ist denn mit dir los?«

»Eine grauenhafte Erkältung«, erklärte Barry, den das Sprechen hörbar anstrengte. »Kehlkopfentzündung.«

»Mein Gott. Fühlst du dich so schlecht, wie du klingst?«

»Schlechter. Der Arzt hat mir Antibiotika verschrieben. Maureen ist gerade in die Apotheke gefahren, um sie zu holen.«

»Die Ärmste. Jetzt muß sie sich statt um drei gleich um vier Kinder kümmern«, sagte Jess, ohne nachzudenken.

Einen Moment blieb es still.

»Entschuldige, das tut mir leid«, sagte Jess hastig. Hatte sie diesen Anruf nicht als versöhnliche Geste gemeint? »Das wollte ich nicht sagen.«

»Aber du kannst es dir einfach nicht verkneifen, wie?« fragte Barry heiser.

»Ich hab doch gesagt, daß es mir leid tut.«

Wieder folgte eine lange Pause. Dann eine Stimme wie aus dem Jenseits. Dumpf, gedehnt. »Hast du meinen Brief bekommen?«

Jess erstarrte. Sofort fiel ihr das nach Urin riechende Blatt Papier ein. »Was für einen Brief?« fragte sie und hörte im selben Moment aus der Ferne Babygeschrei.

»Ach Mist, jetzt sind sie aufgewacht«, rief Barry, und seine Stimme klang überraschenderweise fast wieder normal. »Ich muß Schluß machen, Jess. Ich sag Maureen, daß du angerufen hast. Es ist immer ein Vergnügen, mit dir zu reden.«

Stille. Jess legte hastig auf, aber sie rührte sich nicht von der Stelle. Unmöglich. Konnte sie im Ernst denken, was sie dachte? Konnte ihr Schwager, *der Mann ihrer Schwester*, um Gottes willen, der Vater ihres Neffen und ihrer beiden Nichten, ein erfolgreicher *Steuerberater*, konnte er ihr diesen widerlichen Brief geschickt haben?

Gewiß, er mochte sie nicht. Solange sie einander kannten, standen sie miteinander auf Kriegsfuß. Ihr gefielen seine Werte nicht, ihm gefiel ihre Einstellung nicht. Er fand sie verwöhnt und humorlos und bewußt herausfordernd; sie fand ihn kleinlich, tyrannisch und rachsüchtig. Sie hatte ihn beschuldigt, die Autonomie ihrer Schwester zu untergraben; er hatte sie beschuldigt, seine elterliche Autorität zu untergraben. *Eines Tages wirst du zu weit gehen, Jess*, hatte er an jenem Abend beim Essen zu ihr gesagt. War das eine Drohung gewesen oder lediglich eine simple Feststellung? Sie erinnerte sich an Barrys Schadenfreude darüber, seinem ehemaligen Geschäftspartner und angeblichen Freund einen Kunden abspenstig gemacht zu haben. *Ich vergesse nie etwas*, hatte er sich gebrüstet. *Ich revanchiere mich.*

War ein schmutziger Brief, wie sie ihn bekommen hatte, Barrys Revanche? Hatte sie ihn so stark gegen sich aufgebracht, daß er sich veranlaßt sah, zu so gemeinen Mitteln zu greifen?

Aber er war gewiß nicht der einzige Mann, den sie im Laufe ihres kurzen Lebens gegen sich aufgebracht hatte. Jess rieb sich nachdenklich die Nase. Die Kandidatenliste war praktisch endlos. Selbst wenn sie alle Männer, die sie hinter Gitter befördert hatte, unberücksichtigt ließ, blieben die vielen Männer, gegen die sie ermittelt hatte, die Verteidiger, die sie gekränkt hatte, die Kollegen, mit denen sie sich angelegt hatte, die Verehrer, die sie hatte abblitzen lassen. Selbst ihre Verwandten waren vor ihrem besonderen Charme nicht sicher. Jeder beliebige von bestimmt hundert Männern konnte ihr diesen Brief geschickt haben. Sie hatte sich genug Feinde gemacht, um die Post wochenlang auf Trab zu halten.

Irgendwo läutete es. Jess hob automatisch den Telefonhörer ab und erkannte, sobald sie das Amtszeichen hörte, daß nicht das Telefon geläutet hatte, sondern die Türglocke unten. Mißtrauisch ging sie zur Sprechanlage an der Wohnungstür.

»Wer ist da?« fragte sie.

»Adam.«

Sie drückte auf den elektrischen Türöffner. Sekunden später stand er vor ihrer Tür.

»Ich hab versucht, dich anzurufen«, sagte er, sobald er sie sah. »Zuerst hat sich niemand gemeldet, dann war dauernd besetzt. Willst du mich nicht hereinlassen?«

Er ist der unbekannte Faktor, Jess. Wer ist dieser Mann eigentlich? hörte sie Don sagen.

»Du mußt ja ganz in der Nähe gewesen sein.« Jess blieb an der Tür stehen und versperrte ihm den Zutritt. »So lange war ich gar nicht am Telefon.«

»Ich war gleich um die Ecke.«

»Hast du Schuhe ausgeliefert?«

»Ich habe auf dich gewartet. Willst du mich nicht reinlassen?« fragte er wieder.

Er ist der unbekannte Faktor, Jess.

Sie dachte zu dem Tag zurück, als sie Adam Stohn zum ersten Mal begegnet war. Die Zerstörung ihres Autos, das Eintreffen des gemeinen Briefs, der Einbruch in ihre Wohnung, der Angriff auf ihre Intimsphäre – das alles hatte nach ihrer ersten Begegnung stattgefunden. Adam Stohn wußte, wo sie arbeitete. Er wußte, wo sie wohnte. Er hatte sogar eine Nacht auf ihrem Sofa verbracht.

Gut, er hätte die Gelegenheit gehabt, all diese Dinge zu tun, dachte Jess und verlor sich einen Moment im ruhigen, tiefen Blick seiner braunen Augen. Aber welchen Grund sollte er haben, mich zu terrorisieren?

In Gedanken ging sie alte Fälle durch. War es möglich, daß sie einmal gegen ihn ermittelt hatte? Ihn ins Gefängnis gebracht hatte? Vielleicht war er der Bruder von jemand, den sie hinter Gitter befördert hatte. Oder der Freund. Vielleicht war er ein gedungener Killer.

Oder vielleicht ist er die Reinkarnation von Al Capone, verspottete sie sich selbst. Wenn sie es so wollte, konnte sie ohne weiteres den Rest ihres Lebens damit zubringen, die Motive jedes Mannes in Frage zu stellen, der mehr als beiläufiges Interesse an ihr zeigte. Er will dich doch nicht umbringen, dachte sie ungeduldig und trat zur Seite, um Adam Stohn in ihre Wohnung zu lassen. Er will dich ins Bett kriegen.

»Ich war neugierig wegen gestern. Ich wollte gern wissen, was los war«, sagte er, zog seine Jacke aus und warf sie über ihren Mantel auf das Sofa.

Jess erzählte ihm von ihrem Besuch bei Connie DeVuonos Mutter und ihrem kleinen Sohn und dann von ihrem großen Triumph bei Gericht. Daß sie die Nacht zwischen den beiden Ereignissen mit ihrem geschiedenen Mann verbracht hatte, erwähnte sie nicht.

»Er liebt dich immer noch, das weißt du wohl«, sagte Adam, während er an den Knöpfen ihrer Stereoanlage drehte, bis er einen Sender mit Country Music gefunden hatte. Garth Brooks sang ein fröhliches Liedchen davon, wie sein Vater in blindwütiger Eifersucht seine Mutter umgebracht hatte.

»Wer?« fragte Jess, obwohl sie genau wußte, wen er meinte.

»Der Brötchenmann«, antwortete Adam. Er nahm die Tüte mit den Brötchen vom Eßtisch und hielt sie hoch. »Du hast vergessen sie einzufrieren.«

»Ach verflixt. Jetzt sind sie bestimmt steinhart.«

Adam legte die Tüte wieder auf den Tisch und ging langsam zu ihr. »Wie sieht's bei dir aus?«

»Bei mir? Ganz gut, außer daß ich ein bißchen müde bin.«

»Ich meine, wie sieht's bei dir in bezug auf deinen Ex-Mann aus?« erklärte er.

»Ich hab dir schon gesagt, daß wir Freunde sind.«

»Ich glaube, das ist mehr als Freundschaft.«

»Da täuschst du dich.«

»Ich hab dich gestern abend angerufen, Jess«, sagte er, sehr nahe jetzt. »Ich hab's immer wieder versucht. Ich glaube, es war drei Uhr morgens, als ich schließlich aufgegeben habe.«

»Ich wußte nicht, daß ich dir Rechenschaft schuldig bin.«

Adam trat zwei Schritte zurück und hob beide Hände. »Natürlich, du hast recht. Es steht mir nicht zu, dir diese Fragen zu stellen.«

»Warum tust du's dann?«

»Ich weiß nicht genau.« Sein Gesicht zeigte Verwirrung. »Wahrscheinlich möchte ich einfach wissen, wo ich stehe. Wenn du noch an deinem geschiedenen Mann hängst, dann brauchst du's nur zu sagen, und ich verschwinde.«

»Ich hänge nicht mehr an ihm«, sagte Jess rasch.

»Und wie ist es mit ihm?«

»Er kennt meine Gefühle.«

»Aber er hofft, daß er dich umstimmen kann.«

»Er hat eine Freundin.«

»Nur, bis du es dir anders überlegst.«

»Aber das werde ich nicht tun.«

Ein paar Sekunden lang starrten sie einander schweigend an.

Er ist der unbekannte Faktor, Jess.

In der nächsten Sekunde lagen sie sich in den Armen.

Wer ist dieser Mann eigentlich?

Seine Hände glitten über ihren Körper abwärts, und er drückte sie fester an sich, während er ihren Hals küßte.

Wer ist dieser Adam Stohn eigentlich, Jess? hörte sie Don wieder fragen und fühlte immer noch, wie er in ihr war. Wie hatte sie das geschehen lassen können? Wie konnte sie in der einen Nacht mit dem einen Mann ins Bett gehen und in der anderen mit dem anderen? Waren dies nicht die neunziger Jahre? Das Aids-Zeitalter? War

Promiskuität nicht ein überholtes Relikt aus einer unschuldigeren Zeit?

Beinahe hätte sie über diese Kombination von Promiskuität und Unschuld gelacht. Ich bin wirklich eine richtige Juristin, dachte sie. Ich kann alles so drehen, daß es paßt.

»Ich kann nicht«, sagte sie hastig und befreite sich aus seiner Umarmung.

»Was kannst du nicht?« Seine Stimme klang heiser.

»Ich bin noch nicht soweit«, sagte sie. Sie fühlte mißbilligende Blicke aus unsichtbaren Augen auf sich gerichtet. »Ich weiß ja nicht einmal, wo du wohnst.«

»Du möchtest wissen, wo ich wohne? Ich wohne in der Sheffield Street«, sagte er schnell. »Ich habe da eine Zweizimmerwohnung. Fünf Minuten zu Fuß von Wrigley Field entfernt.«

Plötzlich fingen sie beide schallend zu lachen an. Es war ein herrlich befreiendes Gelächter, tief aus dem Bauch. Jess spürte, wie die Spannung der letzten Tage sich löste und verflog. Sie lachte aus reiner Lebensfreude, aus Wonne über die wunderbare Befreiung, die dieses Lachen brachte. Sie lachte so heftig, daß ihr der Magen weh tat und die Tränen aus den Augen sprangen. Adam küßte ihr die Tränen von den Wangen.

»Nein«, sagte sie und entzog sich ihm. »Ich kann wirklich nicht. Ich brauche Zeit zum Nachdenken.«

»Wieviel Zeit?«

»Ich könnte ja beim Abendessen nachdenken«, hörte sie sich sagen.

Er war schon an der Tür. »Wohin möchtest du gehen?«

Wieder lachten sie beide. »Wie wär's, wenn ich uns einfach hier etwas mache?« fragte Jess.

»Ich dachte, du kannst nicht kochen.«

»Folge mir unauffällig«, sagte sie und ging ihm lachend voraus, am Eßtisch vorbei, wo sie die Tüte mit den Brötchen mitnahm, und weiter in die Küche. »Eines oder zwei?« fragte sie und öffnete die Klappe des Mikrowellenherds.

Er hielt zwei Finger hoch. »Ich mach inzwischen den Wein auf.«

»Ich glaube, ich hab gar keinen Wein da«, sagte sie betreten.

»Was, kein Wein?«

Sie öffnete den Kühlschrank. »Und auch keine Limo.«

»Kein Wein?« sagte er wieder.

»Wir können Wasser trinken.«

»Brot und Wasser«, sagte er nachdenklich. »Sag mal, wo hast du denn deine Kochkünste her? Aus dem Zuchthaus vielleicht?«

Jess hörte auf zu lachen. »Warst du schon mal im Gefängnis?« fragte sie.

Er sah erst verblüfft aus, dann erheitert. »Was ist denn das für eine Frage?«

»Ach, ich wollte nur Konversation machen.«

»Das ist deine Vorstellung von Small talk?«

»Du hast die Frage nicht beantwortet.«

»Ich habe nicht gedacht, daß es dir ernst ist.«

»Ist es mir auch nicht«, sagte Jess rasch, während sie vier Brötchen auf einen Teller legte und ihn in den Mikrowellenherd schob.

»Ich war nie im Gefängnis, Jess«, sagte Adam.

Sie zuckte die Achseln, als wäre die Sache völlig belanglos. »Nicht mal, um einen Freund zu besuchen?« Der gezwungen beiläufige Ton tat selbst ihren eigenen Ohren weh.

»Du glaubst, ich verkehre mit Verbrechern? Jess, was tue ich hier?«

»Sag du mir das«, erwiderte Jess, aber Adams einzige Antwort war ein Lächeln.

»Du warst also ein Einzelkind«, sagte Jess. Sie saßen auf dem Boden vor dem Sofa bei ihrem kargen Abendessen.

»Ein sehr verwöhntes Einzelkind«, erläuterte er.

»Meine Schwester behauptet immer, zu viel Liebe könnte ein Kind nie verwöhnen.«

»Das hört sich an, als wäre sie eine sehr gute Mutter.«

»Ich glaube, das ist sie auch.«

»Das scheint dich zu überraschen.«

»Ich hab's nur einfach nicht von ihr erwartet.«

»Was hast du denn von ihr erwartet?«

»Ich weiß nicht genau. Eine brillante Karriere wahrscheinlich.«

»Vielleicht wollte sie die dir überlassen.«

»Vielleicht«, stimmte Jess zu. Irgendwie gelang es Adam immer, das Gespräch wieder auf sie zurückzulenken. »Wolltet ihr nie Kinder, du und deine Frau?«

»Doch, wir haben uns Kinder gewünscht«, sagte er. »Aber irgendwie hat's nie geklappt.«

Sein Ton verriet Jess, daß dies ein Thema war, das er nicht weiterzuverfolgen wünschte. Sie aß das letzte Stück Brötchen, hob das Glas Wasser zum Mund.

»Wie war deine Mutter?« fragte er plötzlich.

»Was?« Jess' Hand begann zu zittern, das Wasser ergoß sich aus dem Glas auf den Boden. Sie sprang auf. »Oh, mein Gott.«

Er griff nach ihrem Arm und zog sie sachte wieder auf den Teppich hinunter. »Beruhig dich doch, Jess, es ist ja nur Wasser.« Mit seiner Serviette tupfte er das verschüttete Wasser auf. »Was ist denn los?«

»Nichts.«

»Warum zitterst du dann wie Espenlaub?«

»Unsinn, ich zittere überhaupt nicht.«

»Was hat deine Mutter dir angetan?«

»Was soll das heißen, was hat sie mir angetan?« fragte Jess ärgerlich. »Sie hat mir gar nichts angetan. Was redest du da?«

»Warum willst du nicht über sie sprechen?«

»Warum sollte ich?«

»Weil du nicht willst«, sagte er ruhig. »Weil du Angst hast, über sie zu sprechen.«

»Ach, auch eine von meinen Phobien?« fragte Jess sarkastisch.

»Das mußt schon du mir sagen.«

»Hat dir schon mal jemand gesagt, daß du einen guten Anwalt abgeben würdest?«

»Was ist mit deiner Mutter passiert, Jess?«

Jess schloß ihre Augen. Sie sah ihre Mutter in der Küche ihres Hauses stehen. Sie weinte. *Das habe ich nicht nötig, Jess,* sagte sie. *Das muß ich mir von dir nicht gefallen lassen.* Jess öffnete hastig die Augen. »Sie ist verschwunden«, sagte sie.

»Verschwunden?«

»Sie entdeckte einen kleinen Knoten in ihrer Brust und hatte ziemlich große Angst. Sie rief den Arzt an, und der gab ihr für denselben Nachmittag einen Termin. Aber zu diesem Termin ist sie nie erschienen. Kein Mensch hat sie je wiedergesehen.«

»Dann ist es möglich, daß sie noch lebt?«

»Nein, das ist nicht möglich«, fuhr Jess ihn an. »Das ist absolut nicht möglich.«

Er wollte sie in die Arme nehmen, aber sie wich vor ihm zurück.

»Sie hätte uns niemals verlassen, nur weil sie Angst hatte«, fuhr Jess fort. Ihr schien, als kämen die Worte tief aus ihrem Inneren. »Ich meine, trotz aller Angst, und ich weiß, daß sie Angst hatte, wäre sie nicht einfach von uns fortgegangen. Sie war nicht so eine Frau, die Mann und Kinder im Stich lassen würde, weil sie der Realität nicht ins Auge schauen kann. So etwas hätte sie nie getan. Ganz gleich, wie sehr sie sich fürchtete, ganz gleich, wie zornig sie war.«

»Zornig?«

»Ich meinte nicht zornig.«

»Aber du hast es gesagt.«

»Ich habe es nicht gemeint.«

»Worüber war sie zornig, Jess?«

»Sie war nicht zornig.«

»Sie war zornig auf dich, nicht wahr? Sie war böse auf dich?«

Jess wandte sich ab und blickte zum Fenster. Das tränenüberströmte Gesicht ihrer Mutter starrte sie durch die alten Spitzenvorhänge an. *Das habe ich nicht nötig, Jess. Das muß ich mir von dir nicht gefallen lassen.*

»Ich kam aus meinem Zimmer nach unten und sah, daß sie sich zum Ausgehen angezogen hatte«, begann Jess. »Ich habe gefragt, wohin sie wollte, und zuerst hat sie es mir einfach nicht gesagt. Aber nach einer Weile kam heraus, daß sie einen Knoten in ihrer Brust entdeckt hatte und am Nachmittag zu ihrem Arzt wollte.« Jess versuchte zu lachen, aber das Lachen blieb ihr in der Kehle stecken. »Das war typisch für meine Mutter – sich schon am Morgen feinzumachen, wenn sie erst am späten Nachmittag irgendwo einen Termin hatte.«

»So ähnlich, als wenn man die Kleider, die man am nächsten Tag anziehen will, schon am Abend vorher herauslegt.«

Jess ignorierte die Anspielung. »Sie hat mich gefragt, ob ich mit ihr zum Arzt gehen würde. Ich habe es ihr natürlich versprochen. Aber dann sind wir irgendwie in Streit geraten. So eine typische Mutter-Tochter-Geschichte. Sie hat mir vorgehalten, ich sei störrisch und eigensinnig. Ich hab ihr vorgeworfen, sie sei eine Glucke. Ich hab gesagt, sie solle sich in mein Leben nicht einmischen. Daraufhin sagte sie, sie könnte auf meine Begleitung zum Arzt verzichten. Na schön, wie du willst, hab ich gesagt und bin aus dem Haus gerannt. Als ich wieder nach Hause kam, war sie schon weg.«

»Und du gibst dir die Schuld an dem, was geschehen ist.« Es war mehr eine Feststellung als eine Frage.

Jess stand auf und ging zum Vogelkäfig. »Hallo, Fred, wie geht's dir?«

»Fred geht es glänzend«, sagte Adam, der hinter sie getreten war. »Bei seiner Eigentümerin bin ich mir da nicht so sicher. Das ist ja eine Riesenladung Schuldgefühle, die du seit Jahren mit dir herumschleppst.«

»Hey, was ist aus unserer Vereinbarung geworden?« fragte Jess. Sie wischte sich die Tränen aus den Augen und vermied es, ihn anzusehen; richtete statt dessen ihre ganze Aufmerksamkeit auf den Kanarienvogel. »Keine Geheimnisse, keine Lügen, erinnerst du dich?« Sie drückte das Gesicht an den Käfig und zwitscherte nicht sonderlich talentiert.

»Läßt du ihn manchmal raus?« fragte Adam.

»Kanarienvögel soll man nicht aus dem Käfig herauslassen«, antwortete Jess laut, weil sie hoffte, mit dem Klang ihrer Stimme das Zittern ihres Körpers beruhigen zu können. »Sie sind anders als Wellensittiche. Wellensittiche sind domestizierte Vögel. Sie sind zahm. Kanarienvögel nicht. Man darf sie nicht aus dem Käfig herauslassen.«

»Du brauchst also niemals Angst zu haben, daß er dir wegfliegt«, sagte Adam leise.

Diesmal war die Anspielung zu deutlich, als daß sie sie hätte ignorieren können. Ärgerlich drehte sie sich herum. »Der Vogel ist ein Haustier, keine Metapher.«

»Jess –«

»Kannst du mir sagen, wann du die Psychologie aufgegeben hast, um Schuhe zu verkaufen?« fragte sie erbittert. »Wer, zum Teufel, bist du überhaupt, Adam Stohn?«

Sie standen einander gegenüber, ohne etwas zu sagen, Jess zitternd, Adam völlig reglos.

»Soll ich gehen?« fragte er schließlich.

Nein, dachte sie. »Ja«, sagte sie.

Er ging langsam zur Tür.

»Adam«, rief sie, und er blieb stehen. »Ich glaube, es ist wahrscheinlich am besten, wenn du nicht wiederkommst.«

Einen Moment lang dachte sie, er würde sich vielleicht herumdrehen, sie in die Arme nehmen, ein Geständnis ablegen. Aber er tat es nicht, und Sekunden später war er fort, und sie stand allein in einem Raum voll von Gespenstern und Schatten.

21

Am Ende der Woche ging der gerichtsmedizinische Bericht über Connie DeVuono ein, und die Geschworenen im Mordprozeß Wales zogen sich zur Beratung zurück.

Connie DeVuono war zuerst vergewaltigt worden, dann geschlagen und mit einem Stück dünnem Magnetdraht erdrosselt worden. Der Draht hatte ihre Halsschlagader durchschnitten und beinahe ihren Kopf von ihrem Rumpf getrennt. Untersuchungen hatten ergeben, daß der Draht, mit dem der Tod herbeigeführt worden war, mit einer Art von Draht identisch war, der in der Fabrik, in der Rick Ferguson arbeitete, Verwendung fand. Daraufhin war Haftbefehl gegen Rick Ferguson erlassen worden.

»Was meinst du, wie lange die Geschworenen brauchen werden?« fragte Barbara Cohen, als das Telefon auf Jess' Schreibtisch läutete.

»Du solltest inzwischen wissen, daß so eine Frage absolut sinnlos ist«, antwortete Jess, während sie nach dem Hörer griff. »Vielleicht Stunden, vielleicht Tage.«

Barbara Cohen sah auf ihre Uhr. »Es sind jetzt schon mehr als vierundzwanzig Stunden.«

Jess zuckte die Achseln. Sie war so ungeduldig wie ihre Assistentin, aber sie wollte es nicht zugeben. Sie hob den Hörer ab und drückte ihn an ihr Ohr. »Jess Koster.«

»Er ist verschwunden«, sagte Don anstelle einer Begrüßung.

Jess fühlte, wie ihr Magen sich zusammenkrampfte. Sie brauchte nicht zu fragen, von wem Don sprach. »Wann?«

»Wahrscheinlich irgendwann in der Nacht. Mein Mann hat mich gerade angerufen. Er hat das Haus die ganze Nacht beobachtet, und als er Ferguson heute morgen nicht zur gewohnten Zeit zur Arbeit weggehen sah, wurde er argwöhnisch. Er wartete noch eine Zeitlang, dann hat er ein bißchen herumgeschnüffelt. Er konnte Fergusons Mutter im Bett liegen sehen, entweder im Schlaf oder im Suff; Ferguson selbst war nirgends zu sehen. Daraufhin hat er im Lagerhaus angerufen und hörte, daß Ferguson tatsächlich nicht zur Arbeit gekommen war. Es scheint, er hat gemerkt, daß er überwacht wird, und sich gedacht, daß die Polizei ihn binnen kurzem verhaften wird. Daraufhin ist er, solange es noch dunkel war, durch eines der Hinterfenster getürmt.«

»Das Ironische ist, daß die Polizei ihn tatsächlich verhaften will«, sagte Jess. »Wir haben heute morgen einen Haftbefehl erlassen.«

Dons Ton wurde augenblicklich geschäftsmäßig. Er war nicht länger der besorgte Ex-Ehemann, sondern nur noch der sachliche Anwalt, der die Rechte seines Mandanten im Auge hat. »Was habt ihr gegen ihn?« fragte er.

»Der Draht, mit dem Connie DeVuono erdrosselt wurde, wird auch in dem Lagerhaus verwendet, wo Rick Ferguson arbeitet.«

»Und sonst?«

»Was brauch ich sonst noch?«

»Auf jeden Fall mehr als das.«

»Aber nicht, um ihn zu verhaften.«

»Fingerabdrücke?«

»Nein«, mußte Jess zugeben.

»Also nichts als ein läppisches Stück Draht?«

»Aber es hat ausgereicht, Connie DeVuono zu töten«, sagte Jess. »Und es wird ausreichen, deinen Mandanten zu verurteilen.«

Es entstand eine kleine Pause. »Okay, Jess, ich möchte da jetzt nicht weiter einsteigen. Wir können uns über die Beweise gegen meinen Mandanten unterhalten, sobald die Polizei ihn gefaßt hat.

Unterdessen hab ich meinen Mann beauftragt, ein Auge auf dich zu haben.«

»Was? Don, ich hab dir doch gesagt, daß ich keinen Babysitter haben will.«

»Aber ich will es«, insistierte Don. »Laß mich doch, Jess. Nur ein oder zwei Tage. Das bringt dich doch nicht um.«

»Aber Rick Ferguson könnte mich vielleicht umbringen?«

Sie hörte, wie er seufzte. »Du wirst nicht mal merken, daß du überwacht wirst.«

»Rick Ferguson hat es aber gemerkt.«

»Tu's mir zuliebe, ja?«

»Hast du eine Ahnung, wo dein Mandant sein könnte?«

»Nein.«

»Ich muß jetzt Schluß machen«, sagte Jess, die bereits daran dachte, was sie der Polizei sagen würde.

»Die Geschworenen im Armbrust-Prozeß beraten sich wohl noch?«

»Seit mehr als vierundzwanzig Stunden schon.«

»Ich hab gehört, dein Schlußplädoyer war ein Klassiker.«

»Geschworene sind, wie allgemein bekannt, für Klassiker völlig unempfänglich«, sagte Jess, die es jetzt eilig hatte, vom Telefon wegzukommen.

»Ich ruf dich später an.«

Jess legte auf, ohne Aufwiedersehen zu sagen.

»Detective Mansfield hat eben angerufen«, berichtete ihr Neil. »Rick Ferguson ist abgehauen. Sie leiten eine Fahndung ein.«

Das Telefon auf Jess' Schreibtisch läutete.

»Das scheint mal wieder einer von diesen ganz verflixten Tagen zu werden«, sagte Barbara. »Soll ich rangehen?«

Jess schüttelte den Kopf und hob ab. »Jess Koster.«

»Jess, ich bin's, Maureen. Hab ich einen ungünstigen Moment erwischt?«

Jess seufzte. »Na ja, der günstigste ist es nicht gerade.« Sie konnte beinahe die Enttäuschung im Gesicht ihrer Schwester sehen. »Aber ein paar Minuten kann ich schon abzwacken.«

»Barry hat mir erst heute morgen gesagt, daß du am Montag angerufen hast«, fuhr Maureen fort. »Entschuldige, das tut mir wirklich leid.«

»Wieso entschuldigst du dich für Barrys Versäumnisse?«

Schweigen.

»Entschuldige«, sagte Jess hastig. Wieso schaffte sie es nicht, ein einziges Mal den Mund zu halten?

»Er war die ganze Woche so krank. Er konnte kaum einen klaren Gedanken fassen vor lauter Kopfschmerzen. Der Arzt hatte Angst, es könnte sich um eine Lungenentzündung handeln, aber die Antibiotika haben dem Virus oder was es sonst war den Garaus gemacht. Barry hat heute morgen wieder zu arbeiten angefangen.«

»Freut mich, daß es ihm wieder bessergeht.« Jess sah augenblicklich den widerlichen Brief vor sich, den sie bekommen hatte, und fragte sich erneut, ob Barry ihn ihr geschickt haben konnte.

»Und als er heute morgen zur Tür hinausmarschierte, fiel ihm plötzlich ein, daß du angerufen hast. Ich hätte ihn umbringen können.«

»Bei euch scheint's ja ganz schön gewalttätig zuzugehen«, sagte Jess zerstreut.

»Was?«

»Und, wie geht es dir?«

»Mir? Ich hab keine Zeit, krank zu werden«, sagte Maureen und hörte sich in diesem Moment sehr wie ihre jüngere Schwester an. »Ich wollte dich nur anrufen, damit du nicht glaubst, ich würde auf deinen Anruf einfach nicht reagieren. Ich bin so froh, daß du dich gemeldet hast...« Ihre Stimme drohte in Tränen zu ersticken.

»Wie geht es Dad?« fragte Jess, der plötzlich bewußt wurde, daß sie ihren Vater seit Wochen nicht gesprochen hatte. Sogleich meldeten sich, wie immer, Schuldgefühle und Zorn. Schuldgefühle über ihr Versäumnis, Zorn über die Schuldgefühle.

»Er ist wirklich sehr glücklich, Jess.«

»Das freut mich.«

»Sherry tut ihm sehr gut. Sie bringt ihn zum Lachen und hält ihn auf Trab. Die beiden kommen nächsten Freitag zum Abendessen zu uns. Wir wollen den Christbaum aufstellen und das Haus schmükken und so.« Sie hielt einen Moment inne. »Möchtest du nicht auch kommen?«

Jess schloß die Augen. Wie lange wollte sie noch ausgerechnet die Menschen verletzen, die ihr am meisten bedeuteten?

»Gern«, sagte sie.

»Bist du sicher?«

»Ich freu mich drauf.«

»Du freust dich?« wiederholte Maureen, als brauchte sie die Bestätigung ihrer eigenen Stimme, um glauben zu können, was sie hörte. »Ja«, sagte sie dann, »es wird bestimmt lustig. Du hast uns gefehlt. Tyler spielt fast nur mit dem kleinen Flugzeug, das du ihm damals mitgebracht hast. Und du kannst dir nicht vorstellen, wie die Zwillinge gewachsen sind.«

Jess lachte. »Also wirklich, Maureen, so lange ist es nun auch wieder nicht her.«

»Fast zwei Monate«, entgegnete Maureen.

Jess war bestürzt. Waren tatsächlich zwei Monate vergangen, seit sie das letzte Mal ihre Familie gesehen hatte?

»Ich muß jetzt Schluß machen«, sagte sie.

»Natürlich, du hast bestimmt wahnsinnig viel zu tun. Ich hab in den Nachrichten gehört, daß die Geschworenen im Armbrust-Prozeß sich gestern zur Beratung zurückgezogen haben. Habt ihr schon was gehört?«

»Nein.«

»Viel Glück.«

»Danke.«

»Also bis nächste Woche«, sagte Maureen.

»Bis nächste Woche«, bestätigte Jess.

»Ist was?« fragte Barbara, als Jess auflegte.

Jess schüttelte den Kopf und tat so, als studierte sie die Akte, die vor ihr auf dem Schreibtisch lag. Fast zwei Monate, dachte sie. Zwei Monate seit ihrem letzten Besuch im Haus ihrer Schwester. Zwei Monate, seit sie ihren kleinen Neffen an sich gedrückt und die Zwillinge im Arm gehalten hatte. Zwei Monate, seit sie ihren Vater das letzte Mal gesehen hatte.

Wie hatte sie das geschehen lassen können? Waren diese Menschen denn nicht das Einzige, was sie noch hatte? Was war nur los mit ihr? War sie so egozentrisch, nahm sie sich selbst so wichtig, daß sie über den Rand ihrer eigenen engen kleinen Welt nicht hinaussehen konnte? War sie so daran gewöhnt, mit Gaunern und Ganoven umzugehen, daß sie mit anständigen Menschen, die sie liebten, deren einziges Verbrechen es war, ihr Leben so leben zu wollen, wie sie es für richtig hielten, nicht mehr zurechtkam? War es denn nicht genau das – ihr Leben zu leben, wie sie es für richtig hielt –, was sie selbst immer gewollt, nein, gefordert hatte?

War sie nicht eben darüber mit ihrer Mutter am Tag ihres Verschwindens in Streit geraten?

Jess warf heftig den Kopf zurück. Sie spürte, wie die Muskeln in ihren Schultern sich verkrampften. Warum drehte sich für sie immer noch alles um ihre Mutter? Warum war sie noch immer die Gefangene von Geschehnissen, die sich vor acht langen Jahren ereignet hatten? Wieso führte immer alles zu dem Tag zurück, an dem ihre Mutter verschwunden war?

Verdammter Adam Stohn, dachte sie, während die Verkrampfungen in den Schultern auf die anderen Muskeln ihres Rückens übergriffen. Er war schuld an diesem Unbehagen. Er hatte sie dazu gebracht, sich zu öffnen, über ihre Mutter zu sprechen. Er hatte all die Ängste, die Traurigkeit und die Schuldgefühle freigesetzt, die sie so lange unterdrückt hatte.

Es war nicht Adams Schuld, das wußte sie. Er hatte ja nicht ahnen können, auf was für ein emotionales Minenfeld er sich begab, als er ihr seine simplen Fragen stellte. Er hatte nicht ahnen können, was für Wunden er bloßlegte. Man kann nicht einfach ein Heftpflaster auf einen Krebs kleben, dachte sie, und erwarten, daß er heilt. Zog man das Pflaster nach Jahren wohlwollender Vernachlässigung ab, so stieß man auf einen vollentwickelten bösartigen Tumor, der außer Kontrolle geraten war.

Kein Wunder, daß er kein Verlangen gehabt hatte zu bleiben; daß er es so eilig gehabt hatte zu gehen. »Soll ich gehen?« hatte er gefragt, und sie hatte gesagt: »Ich glaube, es ist wahrscheinlich am besten, wenn du nicht wiederkommst.« Und das war es dann auch schon, dachte sie jetzt und erinnerte sich, daß sie ihm einmal gesagt hatte, daß für eine Anwältin ihre Glaubwürdigkeit das A und O sei.

Nun, er hatte sie nur beim Wort genommen.

»Verdammter Adam Stohn«, flüsterte sie.

»Hast du was gesagt?« fragte Barbara und sah von ihrem Schreibtisch zu ihr hinüber.

Jess schüttelte den Kopf. Ein schreckliches Gefühl der Beklemmung legte sich auf ihre Brust, trieb sein Spiel mit ihrem Atem, rüttelte an ihrem Gleichgewicht. Ihr war so flau, so schwindlig, daß sie meinte, sie würde jeden Moment aus ihrem Sessel fallen. O Gott nein, dachte sie und verkrampfte sich automatisch, während die Welt um sie herum in Nebeln der Angst verschwamm. Wehr dich nicht dagegen, sagte sie sich hastig. Geh mit. Geh mit. Was ist das Schlimmste, was passieren kann? Na und, dann fällst du eben aus dem Sessel. Dann landest du eben auf dem Hintern. Dann übergibst du dich eben. Na und?

Langsam stieß sie die Luft aus ihrer Lunge aus und ließ sich in das Zentrum des giftigen Nebels tragen. Beinahe augenblicklich begann er sich rund um sie herum aufzulösen. Das Schwindelgefühl ließ nach und das Atmen wurde ihr wieder leichter, ihre Schultermuskeln lockerten sich, die Spannung löste sich. Vertraute Geräusche drangen an ihr Ohr – das Summen des Faxgeräts, das Klappern der Computertastatur, das Läuten des Telefons.

Sie sah, wie Neil Strayhorn an ihren Schreibtisch kam und den Hörer ihres Telefons abhob. Wie lange hatte es schon geläutet?

»Neil Strayhorn«, sagte er, den Blick auf Jess gerichtet. »Sie sind fertig? Jetzt?«

Jess atmete einmal tief durch und stand auf. Sie brauchte nicht zu fragen. Die Geschworenen waren zurück.

»Meine Damen und Herren Geschworenen, sind Sie zu einem Urteil gekommen?«

Jess hielt vor Erregung den Atem an. Sie liebte und sie haßte diesen Augenblick. Liebte ihn wegen seiner Dramatik und seiner Spannung, wegen des Wissens, daß Sieg oder Niederlage nur ein Wort entfernt waren. Haßte ihn aus denselben Gründen. Haßte ihn, weil sie es haßte zu verlieren. Haßte ihn, weil es letztendlich immer nur um Sieg oder Niederlage ging. Die Wahrheit des einen Anwalts gegen die des anderen, die Gerechtigkeit in die Statistenrolle verbannt. Die ganze Wahrheit gab es nicht.

Der Obmann räusperte sich und warf einen Blick auf das Blatt Papier in seiner Hand, bevor er zu sprechen anfing, als fürchtete er, er könnte vergessen haben, wie die Entscheidung der Geschworenen lautete, als wollte er sich noch einmal vergewissern, was auf dem Papier stand. »Wir, die Geschworenen«, begann er, räusperte sich noch einmal, »sprechen den Angeklagten, Terry Wales, des vorsätzlichen Mordes schuldig.«

Im Gerichtssaal war sofort die Hölle los. Reporter rannten hinaus; viele Zuschauer sprangen auf; Freunde und Verwandte der Toten umarmten einander unter Tränen. Richter Harris dankte den

Geschworenen und entließ sie. Jess ließ sich von ihren Mitarbeitern umarmen, nahm ihre Glückwünsche entgegen, sah die Resignation in Hal Bristols Blick, das höhnische Lächeln auf den Lippen des Angeklagten, als er abgeführt wurde.

Draußen vor dem Gerichtssaal umringten sie die Reporter, hielten ihr Mikrofone vor das Gesicht, fuchtelten ihr mit Notizblöcken vor der Nase herum.

»Hat das Urteil Sie überrascht? Haben Sie damit gerechnet, daß Sie siegen würden? Wie fühlen Sie sich?« fragten sie, während die Fernsehkameras surrten und Blitzlichter explodierten.

»Wir haben großes Vertrauen in das Geschworenensystem dieses Landes«, sagte Jess auf dem Weg zu den Aufzügen zu den Reportern. »Wir haben keinen Moment am Ausgang dieses Prozesses gezweifelt.«

»Werden Sie die Todesstrafe fordern?« rief jemand.

»Darauf können Sie sich verlassen«, antwortete Jess. Sie drückte auf den Aufzugknopf und hörte ein paar Schritte weiter Hal Bristol einem anderen Reporter erklären, er werde in die Berufung gehen.

»Was ist es für ein Gefühl, so einen Prozeß zu gewinnen?« rief eine Frau am äußeren Rand des Gedränges.

Jess wußte, sie hätte die Reporter daran erinnern sollen, daß hier nicht der Sieg das Wichtige war, sondern die Wahrheit; daß hier ein Schuldiger für ein gemeines Verbrechen verurteilt worden war, daß der Gerechtigkeit Genüge getan worden war. Sie lächelte strahlend. »Es ist ein herrliches Gefühl«, antwortete sie.

»Hey, das Foto, das ich heut morgen in der Zeitung gesehen habe, waren Sie das?« fragte Vasiliki Jess, die vor dem Spiegel des Wen-Do-Trainingsraums stand und ihr Haar zum Pferdeschwanz zusammenband.

»Ja, das war ich«, bestätigte Jess zurückhaltend. Sie hatte immer noch einen Kater von der ausgiebigen Feier in *Jeans Restaurant* am

Abend zuvor. Im Gegensatz zu vielen Staatsanwälten, für die *Jeans* eine Art zweites Zuhause war, ging Jess normalerweise nach der Arbeit nicht in das Restaurant. Aber gestern abend hatten alle behauptet, der Sieg müßte unbedingt gefeiert werden, und, um der Wahrheit die Ehre zu geben, sie hatte sich nach Lob und Anerkennung gesehnt.

Sobald sie wieder in ihrem Büro gewesen war, hatte sie ihren Vater angerufen, aber der war nicht zu Hause gewesen; danach hatte sie es bei ihrer Schwester versucht, aber die war mit den Kindern beschäftigt gewesen und hatte nur für einen kurzen Glückwunsch Zeit gehabt.

Sie hatte Don angerufen, ihm von ihrem Sieg erzählt, worauf er entschuldigend gesagt hatte, er könnte leider nicht mit ihr feiern, da er bereits verabredet sei. Mit Trish natürlich, dachte Jess, sagte es aber nicht, fragte sich vielmehr, was sie von dem Mann eigentlich erwartete.

Danach hatte sie etwas getan, was sie nie zuvor getan, sich nie zuvor gegönnt hatte: Sie war in die Toilette gegangen, hatte sich in eine Zelle eingeschlossen, sich hingestellt und die Augen zugemacht. »Ich habe gewonnen«, hatte sie leise gesagt und sich vom Schatten ihrer Mutter stolz in die Arme nehmen lassen.

Die Feier in *Jeans Restaurant* war bis in die frühen Morgenstunden gegangen. Ihr vorgesetzter Staatsanwalt, Tom Olinsky, hatte sie nach Hause gefahren. Er hatte sie bis vor die Haustür begleitet und gewartet, bis sie sicher und wohlbehalten im Haus war. Von dem Mann, den Don engagiert hatte, sie zu beschützen, sah Jess keine Spur, aber sie wußte, daß er da war, und war wider Willen froh darüber.

Sie hatte nach dieser langen Nacht so fest geschlafen, daß sie nicht einmal ihren Wecker gehört hatte und beinahe zum Wen-Do-Unterricht zu spät gekommen wäre. Sie hatte nicht einmal mehr Zeit gehabt, sich das Haar zu bürsten.

Und jetzt stand sie hier, mit leerem Magen und dröhnendem Schädel, und man erwartete von ihr, daß sie brüllte wie ein Berserker, mit Adlerklauen kratzte und Hammerfäusten zuschlug.

»Sie haben uns keinen Ton davon gesagt, daß Sie eine berühmte Staatsanwältin sind«, schalt Vasiliki, während die anderen Frauen einen Kreis um sie bildeten.

»So berühmt nun auch wieder nicht.« Jess lächelte verlegen, fühlte sich in ihrer neuen Rolle gar nicht wohl. Die anderen Frauen starrten sie mit unverhüllter Neugier an.

»Ich hab gelesen, daß Sie die Todesstrafe verlangen wollen«, sagte Maryellen. »Glauben Sie, daß Sie damit durchkommen?«

»Ich hoffe es.«

»Ich halte nichts von der Todesstrafe«, erklärte Ayisha.

»Sie ist noch jung«, flüsterte ihre Mutter.

Die Vorhänge teilten sich, und Dominic kam in den Saal. »Einen schönen Nachmittag alle miteinander. Na, seid ihr bereit, alles kurz und klein zu schlagen?«

Die Frauen antworteten mit diversen Drohlauten und erhobenen Fäusten.

»Gut. Verteilen wir uns. Laßt genug Platz. Ja, gut so. Also, was ist die erste Verteidigungsstrategie?«

»*Kiyi*«, rief Vasiliki.

»*Kiyi*, richtig. Und was ist *Kiyi*?« Dominic sah Jess an.

»Ein Schrei«, sagte sie.

»Nein, kein Schrei. Ein Brüllen ist es«, korrigierte er. »Ein gewaltiges Brüllen.«

»Ein Brüllen«, wiederholte Jess.

»Frauen schreien zu leicht. Sie brüllen bei weitem nicht genug«, behauptete er. »Also, was ist *Kiyi*?«

»Ein Brüllen«, antwortete Jess, der das Wort im Schädel zu dröhnen begann.

»Gut, Jess, dann brüllen Sie mal«, sagte Dominic.

»Ich allein?« fragte Jess.

»Die Frauen werden wahrscheinlich nicht bei Ihnen sein, wenn jemand Sie auf einer dunklen Straße anspringt«, sagte er.

»Im Gerichtssaal scheinen Sie doch mit dem Brüllen überhaupt keine Probleme zu haben«, erinnerte Vasiliki sie verschmitzt.

»Kommen Sie«, sagte Dominic. »Ich hab's auf Sie abgesehen. Ich bin groß und stark und sehr gefährlich. Und ich will Ihnen an den Kragen.«

»Hohh!« schrie Jess.

»Lauter.«

»Hohh!«

»Das können Sie besser.«

»*Hohh!*« brüllte Jess.

»Das ist schon viel besser. Jetzt wird mir schon ein bißchen mulmig. Ich überleg mir, ob ich mich mit Ihnen anlegen soll. Und jetzt lassen Sie mal hören.« Dominic wandte seine Aufmerksamkeit Catarina zu.

Jess lächelte, straffte stolz die Schultern und hörte dem Brüllen der anderen Frauen zu.

»Okay, und jetzt die Adlerklaue«, sagte Dominic und wandte sich wieder Jess zu. »Ja, ganz gut so. Ein bißchen ausgeprägter müßte sie noch sein«, erklärte er ihr, während er seine Finger über die ihren legte, um ihnen die Form einer Adlerklaue zu geben. »So, und jetzt gehen Sie auf meine Augen los.«

»Das kann ich nicht.«

»Wenn Sie es nicht tun, mach ich Sie fertig«, warnte er. »Kommen Sie schon. Gehen Sie mir an die Augen.«

Jess krallte nach Dominics Augen und war erleichtert, als er ihr geschickt auswich.

»Nicht schlecht. Aber machen Sie sich meinetwegen keine Sorgen. Ich kann schon auf mich aufpassen. Versuchen Sie es noch einmal.«

Sie tat es.

»Besser. Die Nächste«, sagte er und nahm wiederum eine Frau nach der anderen an die Reihe.

Sie übten sich in ihrer Kampftechnik mit Adlerklauen und Hammerfäusten, bis ihre Bewegungen geschmeidig geworden waren.

»Haben Sie keine Angst, Ihrem Angreifer das Nasenbein bis ins Gehirn zu treiben.«

»Wenn das so ist«, scherzte Vasiliki, »sollten wir vielleicht unter die Gürtellinie zielen?«

Die Frauen lachten.

»He, wie kommt es, daß Frauen kein Hirn haben?« fragte Vasiliki, die Hände in die ausladenden Hüften gestemmt.

»Keine Ahnung«, sagte Jess und begann schon zu kichern.

»Weil wir keinen Penis haben, in dem wir es aufbewahren können.«

»Ich hab noch einen«, fuhr Vasiliki rasch fort. »Warum können die Männer nicht sagen, wann eine Frau einen Orgasmus hat?«

»Warum?« fragten alle.

»Weil sie nie dabei sind.«

Die Frauen johlten.

»Au, das tut weh!« rief Dominic. »Jetzt reicht's aber. Ich gebe auf. Sie haben mich schon geschlagen, meine Damen. Ich bin ein toter Mann. Sie können die Hammerfäuste vergessen. Die brauchen Sie gar nicht.«

»Was ist das für ein kleiner Fetzen Fleisch am Ende eines Penis?« flüsterte Vasiliki Jess zu, während die Frauen sich wieder in gerader Linie aufstellten.

Jess zuckte die Achseln.

»Ein Mann!« rief Vasiliki.

»Okay, okay«, sagte Dominic, »setzen wir doch diese Feindseligkeit und Aggression mal nützlich ein, hm?« Er machte eine Pause, um sich zu vergewissern, daß er ihre ungeteilte Aufmerksamkeit hatte. »Ich werde Ihnen jetzt einige andere Verteidigungsgriffe beibringen, die Ihnen helfen sollen, einen Angreifer abzuwehren. Nehmen wir an, Sie sind allein auf dem Heimweg und plötzlich packt so ein Kerl Sie von hinten. Oder es springt einer aus dem Gebüsch und stürzt auf Sie. Was tun Sie als erstes?«

»*Kiyi*!« antwortete Maryellen.

»*Hohh!*« rief ihre Tochter zu gleicher Zeit.

»Gut«, sagte Dominic. »Schreien Sie. Alles, was Aufmerksamkeit erregt, ist in so einem Fall gut. Es muß nicht ›Hohh‹ sein, aber es muß laut sein. Aber was passiert, wenn es ihm gelingt, Ihnen die Hand auf den Mund zu drücken oder Ihnen ein Messer an die Kehle zu halten! Dann schreien Sie bestimmt nicht. Was tun Sie dann?«

»In Ohnmacht fallen«, sagte Catarina.

»Nein, Sie werden nicht in Ohnmacht fallen«, versicherte Dominic. »Sie werden – na, was?«

»Ihm nachgeben«, sagte Jess. »Keinen Widerstand leisten. Die Kraft des Angreifers gegen ihn selbst einsetzen.«

»Gut. Versuchen wir gleich einmal ein paar dieser Möglichkeiten.« Er winkte Jess. »Ich packe Sie jetzt, und Sie tun so, als gäben Sie mir nach.« Er faßte Jess' Hand und zog sie im Zeitlupentempo zu sich heran. »Ja, gut so, folgen Sie meiner Bewegung. So, jetzt sind Sie an mir dran, jetzt stoßen Sie fest zu. So ist es richtig. Setzen Sie mein eigenes Körpergewicht gegen mich ein. Nutzen Sie die Kraft, die ich gebrauche, um Sie an mich zu ziehen, dazu aus, mich wegzustoßen. Stoßen Sie. Gut.« Er ließ Jess' Hand los. »Wenn Sie den Kerl aus dem Gleichgewicht gebracht haben, dann setzen Sie jede Waffe ein, die Sie zur Verfügung haben, auch Ihre Füße. Treten Sie, beißen Sie, kratzen Sie, schlagen Sie. Einige der Möglichkeiten, die Hände als Waffen einzusetzen, haben wir bereits geübt. Jetzt schauen wir mal, was man mit den Füßen machen kann.«

Jess sah aufmerksam zu, wie Dominic ihnen verschiedene Manöver vorführte.

»Gibt's nicht auch einen Schleudergriff? Damit wir Sie in die Luft werfen können?« fragte Vasiliki.

Sie lernten Schleudergriffe, sie lernten, bei einem Angriff mit den Schultern zu führen, sie lernten, ihr Körpergewicht einzusetzen. Nach knapp zwei Stunden waren die Frauen fast am Ende ihrer Puste, aber nicht am Ende ihrer Kampfeslust.

»Okay, jetzt schauen wir mal, wie Sie das umsetzen«, sagte Dominic. »Bilden Sie Zweiergruppen. Vas, tun Sie sich mit Maryellen zusammen; Ayisha mit Catarina. Und Sie«, sagte er und wies auf Jess, »kommen zu mir.«

Jess ging zaghaft ein paar Schritte auf Dominic zu. Plötzlich packte er sie und zog sie zu sich heran. »*Hohh!*« schrie sie laut und hörte, wie ihr Schrei den Saal füllte, während sie sich instinktiv zurückwarf. Verdammt, dachte sie, wie oft muß man es mir noch sagen? Geh mit ihm. Leiste keinen Widerstand. Gib ihm nach.

Sie ließ sich von ihm vorwärtsziehen, und als ihr Körper gegen den seinen prallte, stieß sie ihn mit aller Wucht von sich, stellte ihm ein Bein und rammte ihm die Schulter in den Leib, um ihn zu Fall zu bringen, ehe sie mit ihm zu Boden stürzte.

Ich habe es geschafft, dachte sie triumphierend. Sie hatte ihrem Angreifer scheinbar nachgegeben, seine überlegene Körperkraft gegen ihn selbst gewendet, ihn flachgelegt. Sie hatte bewiesen, daß sie doch nicht so wehrlos und leicht verletzlich war. Sie warf den Kopf in den Nacken und lachte laut heraus.

Plötzlich tippte ihr jemand an die Stirn. Sie drehte sich herum und sah den lächelnden Dominic, der ihr den Zeigefinger der rechten Hand wie einen Pistolenlauf an die Schläfe drückte. Sein aufgestellter Daumen klappte um und richtete sich wieder auf, als drückte er auf einen unsichtbaren Abzug. »Peng«, sagte er ruhig. »Sie sind tot.«

22

»Verdammt, verdammt, so ein Mist.« Jess schimpfte immer noch vor sich hin, als sie die Willow Street hinunterging. Wie konnte sie nur so blöd sein, ihre Zeit, ihre kostbaren Samstagnachmittage, einen der wenigen freien Nachmittage, die sie überhaupt hatte, wie konnte sie so blöd sein, ihre sauer verdiente Freizeit an einen Selbstverteidigungslehrgang zu verschwenden, nur um sich vormachen zu können, sie sei unverletzlich, obwohl sie doch in Wahrheit keinem gewachsen war, der wirklich entschlossen war, ihr Schaden zu tun. Ein noch so lautes »Hohh!« würde gegen eine Armbrust nichts ausrichten, eine Adlerklaue ins Auge kam gegen eine Kugel in den Kopf nicht an. Da hatte sie sich eins weggebrüllt, hatte sich eingebildet, unbesiegbar und allmächtig zu sein, und dabei genügten zwei Finger, um ihre Illusionen in Fetzen zu reißen. Unbesiegbarkeit und Allmacht gab es nicht. Sie war so verletzlich wie jeder andere.

In der nächsten Woche, hatte Dominic ihnen versprochen, in der nächsten Woche würde er ihnen zeigen, wie man einen mit Messer oder Pistole drohenden Angreifer entwaffnete. Großartig, dachte Jess jetzt. Etwas, worauf man sich freuen konnte.

Sie sah ihn, sobald sie um die Ecke in die Orchard Street einbog. Er kam die Treppe vor ihrem Haus herunter, den Kragen seiner Bomberjacke gegen die Kälte aufgestellt. Sie blieb stehen, unsicher, ob sie weitergehen oder auf dem Absatz kehrtmachen und so schnell sie konnte in der anderen Richtung davonlaufen sollte. Die Gefahr erkennen und sich ihr entziehen, das war erstes Gebot, so hatte man sie gelehrt. Davonlaufen war für Frauen meist das probateste Mittel.

Sie lief nicht davon. Sie blieb einfach stehen, und wartete, bis er sie sah; blieb auch noch stehen, während er auf sie zuging, die Arme nach ihr ausstreckte und sie an sich zog.

»Wir müssen miteinander sprechen«, sagte Adam.

»Ich bin in Springfield aufgewachsen.« Er beugte sich über den kleinen Tisch in dem italienischen Restaurant, in dem sie an ihrem ersten gemeinsamen Abend gewesen waren. Es war noch früh. Das Restaurant war fast leer.

Carla stand in der Nähe, aber sie kam nicht an ihren Tisch, als verstünde sie, daß gewisse Dinge geklärt werden mußten, ehe man überhaupt an Essen denken konnte. »Ich glaube, ich habe dir schon erzählt, daß ich ein Einzelkind war«, fuhr Adam fort. »Meine Familie ist ziemlich wohlhabend. Mein Vater ist Psychoanalytiker«, sagte er und lachte leise, »du warst also gar nicht weit von der Wahrheit entfernt, als du mich gefragt hast, wann ich von der Psychologie auf das Schuheverkaufen umgestiegen sei. Manches vererbt sich wahrscheinlich einfach.

Meine Mutter ist Werbeberaterin. Sie hat ihr eigenes Büro bei uns im Haus. Das Geschäft läuft gut. Ich muß dazu sagen, daß das Haus sehr groß ist, voller Antiquitäten und moderner Gemälde. Von klein auf gab es für mich immer nur das Beste. Ich lernte, immer nur das Beste erwarten. Ich glaubte, ich hätte ein Recht auf das Beste.«

Er hielt inne. Jess sah ihn an und wartete, während er die Hände auf dem Tisch faltete.

»Mir ist eigentlich immer alles zugefallen, ob das nun die guten Noten oder die Mädchen waren. Alles, was ich haben wollte, bekam ich. Und lange Zeit wollte ich ein Mädchen namens Susan Cunningham haben. Sie war hübsch und beliebt und genauso verwöhnt wie ich. Ihr Vater ist H. R. Cunningham, falls du dich im Baugeschäft auskennst.«

Jess schüttelte nur den Kopf; sie konzentrierte sich auf seinen Mund, wenn er sprach.

»Wie dem auch sei, ich wollte sie haben, und ich bekam sie. Ich heiratete sie. Ich brauche wohl angesichts der Tatsache, daß wir jetzt geschieden sind, nicht zu sagen, daß die Ehe nicht glücklich war. Wir hatten überhaupt nichts gemeinsam, außer daß wir beide mit

Vorliebe in den Spiegel sahen. Was soll ich sagen? Wir waren zwei sehr egozentrische Menschen, die sich einbildeten, alles, was sie taten und sagten, verdiene Applaus. Wenn wir den nicht bekamen, schmollten wir und stritten und machten einander das Leben ganz allgemein zur Hölle.

Das einzige, was wir gut gemacht haben, war Beth.«

Jess sah ihn fragend an, aber Adam wich ihrem Blick aus. »Beth?«

»Unsere Tochter.«

»Du hast eine Tochter? Du hast doch gesagt –«

»Ich weiß, was ich gesagt habe. Es war nicht die Wahrheit.«

»Sprich weiter«, sagte Jess leise.

»Beth kam ein paar Jahre nach unserer Heirat zur Welt. Sie war so wunderbar, du kannst es dir nicht vorstellen. So schön und so zart, daß man beinahe Angst hatte, sie anzufassen. Hier«, sagte er und zog mit zitternden Händen seine Brieftasche heraus. Er entnahm ihr ein kleines Farbfoto eines lachenden blonden kleinen Mädchens in einem weißen Kleid, das oben mit roten Rüschen besetzt war.

»Sie ist entzückend«, stimmte Jess zu und legte ihre Hand auf seine, um ihn zu beruhigen.

»Sie ist tot«, sagte Adam. Er legte das Foto wieder in seine Brieftasche und schob diese wieder in die Gesäßtasche seiner Jeans.

»Was? Ach Gott, wie schrecklich! Wie ist das denn passiert? Wann ist sie gestorben?«

Adam sah Jess an, aber sein Blick war leer, und Jess wußte, daß er sie nicht sah. Als er wieder sprach, klang seine Stimme dumpf und fern, als spräche er von einem weit entfernten Ort zu ihr.

»Sie war sechs Jahre alt. Unsere Ehe war so gut wie vorbei. Susan behauptete, ich sei mit meiner Arbeit verheiratet; ich behauptete, sie sei mit ihrer verheiratet. Wir warfen uns gegenseitig vor, nicht genug Zeit für unsere Tochter zu haben. Und darin hatten wir beide recht.

Mein Vater sah, was vorging, und schlug eine Paartherapie vor. Wir versuchten das eine Weile, aber wir waren nicht mit dem Herzen dabei. Susans Eltern entging natürlich auch nicht, was sich abspielte, aber sie versuchten auf andere Art zu helfen. Anstatt uns eine Therapie vorzuschlagen, schenkten sie uns eine Kreuzfahrt zu den Bahamas. Sie glaubten, wenn wir ein paar Wochen miteinander allein sein könnten und Zeit füreinander hätten, würde es uns vielleicht gelingen, unsere Differenzen zu klären. Sie boten uns an, sich in dieser Zeit um Beth zu kümmern. Wir waren einverstanden, warum auch nicht?

Beth wollte nicht, daß wir wegfuhren. Kinder spüren es, wenn etwas nicht stimmt, und ich vermute, sie hatte Angst, wenn wir fortgingen, würde vielleicht einer von uns nicht zurückkehren. Ich weiß nicht.« Er starrte ins Leere und sagte sekundenlang gar nichts. »Sie wurde jedenfalls plötzlich sehr trotzig, bekam Wutanfälle, Bauchweh, lauter solche Dinge. An dem Morgen, an dem wir abreisten, klagte sie über einen steifen Hals. Wir achteten nicht besonders darauf. Sie hatte uns seit Tagen mit allen möglichen Beschwerden auf Trab gehalten. Wir glaubten, sie wollte auf diese Weise versuchen, uns zum Bleiben zu bewegen. Wir maßen Fieber, aber sie hatte keine Temperatur, und Susans Eltern versicherten uns, sie würden gut auf sie aufpassen und beim ersten Anzeichen einer echten Krankheit sofort mit ihr zum Arzt gehen. Wir reisten also ab.

Am Abend bekam Beth etwas Fieber. Susans Eltern riefen den Hausarzt an, der ihnen riet, Beth zwei Tylenol für Kinder zu geben und am nächsten Tag mit ihr zu ihm in die Praxis zu kommen, wenn sich ihr Zustand nicht gebessert haben sollte. In der Nacht stieg das Fieber auf über vierzig Grad, und Beth war im Delirium. Mein Schwiegervater packte sie ins Auto und fuhr mit ihr ins Krankenhaus. Aber es war schon zu spät. Noch vor dem Morgen war sie tot.

Meningitis«, sagte Adam auf Jess' stumme Frage.

»Mein Gott, wie furchtbar.«

»Wir wurden auf dem Schiff benachrichtigt und kehrten nach Hause zurück. Aber es gab natürlich gar kein Zuhause mehr für uns.

Das einzige, was uns noch verbunden hatte, existierte nicht mehr. Wir versuchten es noch einmal mit einer Therapie, um unseren Verlust zu verarbeiten, aber wir waren so böse aufeinander, daß nichts dabei herauskam. Im Grunde wollten wir auch gar nicht, daß etwas dabei herauskam. Jeder von uns wollte nur dem anderen Vorwürfe machen. Wir wollten nur irgend jemandem die Schuld geben.

Ich dachte daran, den Arzt zu verklagen, aber im Grunde konnten wir ihm nichts vorwerfen. Ich dachte sogar daran, meine Schwiegereltern zu verklagen. Statt dessen habe ich auf Scheidung geklagt. Und dann bin ich einfach geflohen. Ich habe meine Arbeit aufgegeben, mein Haus, alles, was mein damaliges Leben ausmachte. Es hatte nach dem Tod meines Kindes alles keinen Sinn mehr für mich. Ich bin weggegangen, wie ich schon sagte. Nach Chicago. Erst hab ich mir einen Job als Krawattenverkäufer gesucht. Dann entdeckte ich Damenschuhe, den Rest der Geschichte kennst du.«

Er sah Jess an. »Ich habe eine Menge Frauen kennengelernt, aber ich bin jeder tieferen Beziehung ausgewichen. Ich habe geflirtet; ich habe herumgespielt, ich habe eine Menge Schuhe verkauft. Aber eine neue Beziehung kam für mich nicht in Frage. Nie im Leben. Von dieser Art Schmerzen hatte ich genug.

Und dann kamst du in den Laden. Du hast dagestanden und dir mit dem spitzen Absatz dieses Schuhs so fest in die Hand geschlagen, daß einem angst werden konnte. Ich hab dir zugesehen, und ich hab dir in die Augen gesehen, und ich dachte, diese Frau ist innerlich genauso tief verletzt wie ich.«

Jess sprangen die Tränen in die Augen, und sie wandte sich kurz ab.

»Ich war entschlossen, dich nicht anzurufen«, fuhr er fort und zog mit seiner Stimme ihren Blick wieder auf sich. »Mich in anderer Leute Probleme verwickeln zu lassen, das war nun das letzte, was ich wollte, obwohl, wer weiß, vielleicht war es genau das, was ich wollte. Zumindest würde das mein Vater wahrscheinlich behaupten. Vielleicht war die Zeit gerade reif, ich weiß es nicht. Aber als diese verdammten Stiefel hereinkamen, wußte ich, daß ich dich wiedersehen mußte. Darum hab ich bei dir angerufen. Aber ich hab mir dabei fest vorgenommen, es würde das erste und das letzte Mal sein. Ich war fest entschlossen, dich nicht wieder anzurufen.

Aber immer wieder bin ich vor deiner Tür gelandet. Und die ganze letzte Woche habe ich fast ständig an dich gedacht. Mir war klar, daß ich dich wiedersehen mußte, obwohl du mir gesagt hattest, ich solle mich nicht mehr blicken lassen. Ich hab nicht ein einziges verdammtes Paar Schuhe verkauft.«

Jess lachte und weinte zu gleicher Zeit. »Und was ist mit deinen Eltern?« fragte sie.

»Ich hab sie nicht mehr gesehen, seit ich aus Springfield weggegangen bin.«

»Das muß schwer sein für dich.«

Er sah sie erstaunt an. »Die meisten Leute hätten gesagt, es müßte für *sie* schwer sein. Aber ja, es ist auch für mich schwer«, bekannte er.

»Warum tust du es dir dann an?«

»Wahrscheinlich bin ich einfach noch nicht soweit, daß ich ihnen gegenübertreten kann«, antwortete er. »Ich telefoniere ab und zu mit ihnen. Sie bemühen sich, mich zu verstehen und mir die Zeit zu lassen, die ich brauche, aber du hast recht, es macht eigentlich keinen Sinn mehr. Aber man fällt eben leicht in einen Trott. Manchmal in einen gefährlichen Trott.«

»In Springfield hast du nicht im Schuhgeschäft gearbeitet, nicht wahr?« fragte sie, obwohl sie die Antwort schon wußte.

Er schüttelte den Kopf.

»Was hast du gearbeitet?«

»Möchtest du das wirklich wissen?«

»Ich habe das schreckliche Gefühl, daß ich es schon weiß«, erwiderte sie. »Du bist Anwalt, nicht wahr?«

Er nickte schuldbewußt. »Ich wollte es dir sagen, aber jedesmal hab ich mir gedacht, was spielt es für eine Rolle, ich melde mich ja doch nicht wieder bei ihr.«

»Und da hab ich dir einen endlosen Vortrag über die Juristerei gehalten, über unser Rechtssystem...«

»Ich fand ihn hervorragend. Es war der reinste Auffrischungskurs. Mir ist dadurch so richtig bewußt geworden, wie sehr ich meinen Beruf vermisse. Dein Enthusiasmus ist ansteckend. Und du bist eine großartige Lehrerin.«

»Ich komme mir vor wie eine Vollidiotin.«

»Der einzige Idiot an diesem Tisch bin ich«, behauptete er.

»Worauf hattest du dich spezialisiert?« Sie fing an zu lachen, noch ehe sie seine Antwort gehört hatte.

»Strafrecht«, lautete die erwartete Antwort.

»Natürlich.« Jess rieb sich die Stirn und dachte, sie hätte davonlaufen sollen, als sie die Chance dazu gehabt hatte.

»Ich wollte dich wirklich nie belügen«, sagte er noch einmal, »ich habe nur nie gedacht, daß es sich so weit entwickeln würde.«

»Wie weit?« fragte Jess.

»So weit, daß mir klar wurde, daß ich dich auf keinen Fall verlieren wollte, und daß ich dir über mich die Wahrheit sagen wollte. So weit, daß ich glaube, ich liebe dich«, sagte er leise.

»Erzähl mir von deiner Tochter«, sagte Jess. Sie griff über den Tisch und nahm seine Hände in ihre.

»Was soll ich dir erzählen?« fragte er mit zitternder Stimme.

»Erzähl mir von schönen Dingen, an die du dich erinnerst.«

Er schwieg lange. Carla näherte sich dem Tisch, fing einen Blick von Jess auf und ging wieder.

»Ich erinnere mich, als sie vier Jahre alt war. Sie war in heller Aufregung, weil sie am nächsten Tag Geburtstag hatte«, begann Adam. »Susan hatte ihr ein neues Kleid gekauft, und sie konnte nicht erwarten, es anzuziehen. Sie hatte eine ganze Horde Kinder zu ihrem Fest eingeladen, und wir hatten Spiele vorbereitet und einen Zauberer engagiert, na ja, was eben so zu einem Kinderfest gehört. In der Nacht vor dem Geburtstag, Susan und ich waren im Bett und schliefen fest, tippte mir plötzlich jemand zaghaft auf den Arm. Als ich die Augen aufmachte, sah ich Beth an meinem Bett stehen. ›Was ist denn, meine Süße?‹ fragte ich, und sie sagte mit ihrem aufgeregten hellen Stimmchen: ›Heute ist mein Geburtstag.‹ Ich sagte: ›Ja, das stimmt, aber geh jetzt wieder ins Bett, Schatz, es ist ja erst drei Uhr morgens.‹ ›Ach‹, sagte sie da, ›ich dachte, es wäre schon Zeit zum Aufstehen. Ich hab mich schon ganz angezogen.‹ Und so war es auch. Sie hatte ganz allein ihr neues Kleid angezogen und Strümpfe und Schuhe und stand nun um drei Uhr morgens fix und fertig für ihr Geburtstagsfest an meinem Bett. Ich weiß noch, wie ich dachte, wie wunderbar solche Vorfreude ist. Ich bin aufgestanden und habe sie in ihr Zimmer zurückgebracht. Sie zog wieder ihren Pyjama an, ich hab sie ins Bett gepackt, und sie ist sofort wieder eingeschlafen.«

»Das ist eine schöne Geschichte«, sagte Jess.

Adam lächelte. Sie sah den feuchten Schimmer in seinen Augen.

»Einmal, als sie gerade in den Kindergarten gekommen war, sie muß eben drei gewesen sein, erzählte sie mir, in ihrer Gruppe sei ein kleiner Junge, der immer gemein zu ihr sei. ›Er sagt immer ganz häßliche Sachen zu mir, und das mag ich überhaupt nicht‹, erklärte sie mir. Als ich fragte, was er denn zu ihr sagte, antwortete sie mir mit ihrem zarten unschuldigen Stimmchen: ›Er nennt mich immer Strichbiene.‹«

Jess lachte schallend.

»Ja, so hab ich leider auch reagiert«, sagte Adam und lachte ebenfalls. »Und das hat sie natürlich noch ermutigt. Sie hat mich mit ihren großen braunen Augen angesehen und gesagt: ›Kommst du heute mit mir in den Kindergarten, Daddy? Sagst du ihm, daß er mich nicht mehr Strichbiene nennen soll?‹«

»Und? Hast du es getan?«

»Nein, ich hab ihr gesagt, ich sei sicher, sie könnte allein mit diesem kleinen Frechdachs fertig werden. Und so war es anscheinend auch, denn wir haben nie wieder etwas über ihn gehört.«

»Ich hab das Gefühl, du warst ein sehr guter Vater.«

»Ich hoffe es.«

»Warst du auch ein guter Anwalt?« fragte Jess nach einer Pause.

»Der beste in Springfield.«

»Denkst du manchmal daran, wieder anzufangen?«

»In Springfield? Niemals.«

»Aber mit der Juristerei?«

Er antwortete nicht gleich. Statt dessen winkte er Carla, die einen Moment zögerte, dann etwas zaghaft an ihren Tisch kam.

»Eine Pizza Spezial bitte und zwei Gläser Chianti.«

Carla nickte und ging gleich wieder, ohne ein Wort zu sagen.

»Du hast meine Frage nicht beantwortet«, erinnerte Jess ihn.

»Ob ich manchmal daran denke, wieder mit der Juristerei anzufangen?« wiederholte er nachdenklich. »Ja, natürlich denke ich daran.«

»Und glaubst du, du wirst es tun?«

»Ich weiß noch nicht. Vielleicht. Meine Knie sind ein bißchen strapaziert vom Schuhverkauf. Wenn ein aufregender Fall daherkäme, ließe ich mich vielleicht breitschlagen. Wer weiß?«

Carla brachte ihnen den Wein. Jess hob ihr Glas und stieß mit Adam an.

»Auf die schönen Erinnerungen«, sagte sie.

»Auf die schönen Erinnerungen«, stimmte er zu.

Sie wußte sofort, als sie vor ihrer Wohnung ankamen, daß etwas nicht stimmte. Wie angewurzelt blieb Jess vor der Wohnungstür stehen, wartete, lauschte.

»Was ist denn?« fragte Adam.

»Hörst du das?« fragte sie.

»Ich höre dein Radio, wenn du das meinst. Läßt du das nicht immer für den Vogel laufen?«

»Ja, aber nicht so laut.«

Adam sagte nichts. Jess schob den Schlüssel ins Schloß und drehte ihn, behutsam stieß sie die Tür auf.

»Mein Gott, hier ist es ja eiskalt!« rief sie sofort. Sie sah, wie die dünnen Spitzenvorhänge des Wohnzimmerfensters sich im Wind bauschten.

»Hast du das Fenster offengelassen?«

»Nein.« Jess lief zum Fenster und schlug es zu. Die Vorhänge fielen um sie herum zusammen und bedeckten ihr Gesicht wie ein Leichentuch, während die Musik anschwoll. Opernmusik. Sie schüttelte die Vorhänge ab und lief zum Stereo, um es leise zu drehen. *Carmen.* »Auf in den Kampf, Torero...«

»Vielleicht sollten wir die Polizei anrufen«, sagte Adam.

Jess drehte sich einmal im Kreis. Abgesehen vom offenen Fenster und der überlauten Musik schien alles in Ordnung zu sein. »Es fehlt nichts, soweit ich sehen kann.« Sie wollte ins Schlafzimmer gehen.

»Geh da nicht hin, Jess«, warnte Adam.

Jess blieb stehen und drehte sich nach ihm um. »Warum nicht?«

»Weil du nicht weißt, was oder wer dich dort vielleicht erwartet«, erklärte er. »Lieber Himmel, Jess, gerade du solltest doch gescheiter sein. Wovor warnt die Polizei die Leute als erstes, wenn sie den Verdacht haben, daß bei ihnen eingebrochen worden ist? Sie warnt davor, ins Haus oder in die Wohnung hineinzugehen«, fuhr er fort, ohne auf ihre Antwort zu warten. »Und warum warnt sie davor?«

»Weil der Einbrecher noch drinnen sein kann«, antwortete Jess leise.

»Also komm, verschwinden wir hier und rufen wir die Polizei an«, sagte er wieder.

Jess ging zwei Schritte auf ihn zu, dann blieb sie wie angewurzelt stehen. »Um Gottes willen!«

Adam fuhr herum, wandte sich dann gleich wieder Jess zu. »Was denn? Was ist denn?«

»Fred«, sagte sie mit zitternder Stimme und wies zum Vogelkäfig.

Einen Moment lang schien Adam völlig verwirrt zu sein und nicht zu begreifen, wovon sie sprach.

»Er ist weg!« rief Jess laut. Sie rannte zum Vogelkäfig, drückte ihr Gesicht an das Gitter, um hineinzusehen, öffnete das Türchen, um sich zu vergewissern, daß der kleine Vogel nicht unter dem Papier versteckt war, mit dem der Boden ausgelegt war. Aber der Vogel war nicht da. »Jemand hat den Käfig aufgemacht und ihn hinausgelassen«, rief Jess. »Er muß zum Fenster hinausgeflogen sein.«

Noch während Jess sprach, erkannte sie, wie unwahrscheinlich es war, daß der Kanarienvogel ohne eine lenkende Hand den Weg zwischen den wehenden Vorhängen hindurch ins Freie gefunden hatte. Und sie erkannte auch, daß er, in die feindliche Nacht hinausgestoßen, mit Sicherheit erfroren war. Sie begann zu weinen. »Warum tut ein Mensch so etwas? Wem kann es denn Spaß machen, einen harmlosen kleinen Vogel zu quälen?« schluchzte Jess in Adams Armen und sah vor sich das unwillkommene Bild einer verstümmelten Schildkröte, die einmal einem kleinen Jungen gehört hatte.

Von Walter Frasers Wohnung aus riefen sie die Polizei an und blieben dort, während zwei Beamte sich oben umsahen.

»Sie finden bestimmt niemanden«, sagte Jess, während Walter ihr eine Tasse Tee machte und darauf bestand, daß sie den Tee auch trank. »Er ist längst weg.«

»Das klingt ja, als wüßtest du, wer es war«, bemerkte Adam.

»Ich weiß es auch.« Jess nickte und erzählte ihm kurz von Rick Ferguson. »Hast du jemanden hinaufgehen hören, Walter?« fragte sie. »Oder hast du vielleicht irgend etwas Verdächtiges bemerkt?«

»Nur deinen Freund hier.« Walter zwinkerte Adam von seinem grünen Plüschsessel aus zu.

Jess sah Adam an.

»Er marschierte draußen auf und ab«, fuhr Walter fort. »Vermutlich hat er auf dich gewartet.«

»Und die Musik?« fragte Adam rasch. »Wissen Sie, wann sie plötzlich laut wurde?«

»Hm, ich war fast den ganzen Nachmittag unterwegs«, sagte Walter mit einem Ausdruck auf dem Gesicht, als ließe er die Ereignisse des Tages noch einmal vor sich ablaufen. »Als ich nach Hause kam, lief die Musik schon volle Pulle. Ich fand das etwas ungewöhnlich, aber dann hab ich mir gedacht, wie komme ausgerechnet ich dazu, mich zu beschweren? Außerdem war es Placido Domingo, da war es nicht allzu schwer auszuhalten.«

»Du hast niemand oben herumgehen hören?« fragte Jess.

»Ich kann mich nicht erinnern. Aber wenn ich etwas gehört habe, dann habe ich sicher automatisch angenommen, das seist du.« Er tätschelte ihr beruhigend die Hand. »Trink deinen Tee.«

Die Polizei stellte die gleichen Fragen, erhielt die gleichen Antworten. Sie hatte niemanden in Jess' Wohnung gefunden. In den anderen Räumen schien nichts angerührt worden zu sein.

»Sind Sie sicher, daß Sie das Fenster nicht selbst aufgemacht hatten?« fragte die junge Beamtin mit dem kurzen roten Haar und zückte Block und Bleistift, um sich Jess' Antworten zu notieren.

»Ich bin absolut sicher.«

»Und die Stereoanlage und der Vogelkäfig, könnte...?«

»Ausgeschlossen«, antwortete Jess ungeduldig.

»Wir können jemanden von der Spurensicherung herüberschikken. Vielleicht hat er Fingerabdrücke hinterlassen«, sagte der Beamte, der älter war und Frank Metula hieß.

»Sparen Sie sich die Mühe, Frank«, lehnte Jess ab, die fand, er habe mehr graue Haare als das letzte Mal, als sie ihn gesehen hatte. »Er hat keine Fingerabdrücke hinterlassen.« Jess berichtete ihnen von ihrem Verdacht und daß bereits ein Haftbefehl gegen Rick Ferguson erlassen sei.

»Soll heute nacht ein Beamter Ihr Haus überwachen?« fragte Frank.

»Ich habe schon einen Schutzengel«, erwiderte Jess. »Einen Privatdetektiv, den mein geschiedener Mann engagiert hat.«

»Der hat das Haus überwacht?« fragte Adam.

»Nein, leider nicht. Er ist mir gefolgt, er wird also nichts gesehen haben.«

»Wir fahren auf jeden Fall alle halbe Stunde oder so hier vorbei«, versprach Frank Metula.

»Er kommt bestimmt nicht zurück«, behauptete Jess. »Wenigstens nicht heute nacht.«

»Ich bleibe bei ihr«, sagte Adam in einem Ton, der keinen Widerspruch duldete.

»Die Schußwaffe in Ihrem Nachttisch«, sagte die junge Beamtin, »für die haben Sie doch wohl einen Waffenschein?«

Jess sagte nichts, und die junge Frau folgte ihrem älteren Partner zur Tür hinaus.

Sie lag auf ihrem Bett, umschlossen von Adams Armen.

Mehrmals glitt sie in einen leichten Schlaf, verfiel in seltsame, beunruhigende Träume, wo alles überlebensgroß war und nicht so, wie es zu sein schien. Die Träume lösten sich auf, sobald sie die Augen öffnete. Jedesmal, wenn sie sich bewegte, fühlte sie, wie Adams Arme sie fester hielten.

Nachdem die Polizeibeamten gegangen waren, hatte sie sich von Adam in ihr Schlafzimmer führen lassen und sie hatten sich beide vollbekleidet auf dem Bett ausgestreckt. Kein hitziger Kampf mit Knöpfen und Reißverschlüssen, keine leidenschaftlichen Zärtlichkeiten. Sie hatten nur dagelegen und einander in den Armen gehalten, Jess hatte ab und zu die Augen zugemacht und immer, wenn sie sie wieder geöffnet hatte, Adam gesehen, der den Blick nicht von ihr zu wenden schien.

»Was ist?« fragte sie jetzt und setzte sich auf. Sie rieb sich den Schlaf aus den Augen und strich sich eine Haarsträhne aus dem Gesicht.

»Ich habe gerade gedacht, wie schön du bist«, sagte er, und Jess hätte beinahe gelacht.

»Ich bin total ungeschminkt«, sagte sie. »Ich laufe schon den ganzen Tag im selben alten Jogginganzug herum, und ich hab die halbe Nacht geheult. Wie kannst du da sagen, daß ich schön bin?«

»Wie kannst du glauben, daß du es nicht bist?« fragte er zurück und massierte sanft ihren Rücken.

Jess wölbte ihren Rücken und drückte ihn gegen seine Hände. »Ich höre ständig diese stolzgeschwellten Toreros durch mein Hirn marschieren«, sagte sie. »Komisch eigentlich, ich habe Carmen nie richtig gemocht.«

»Nein?«

»Auch so eine eigensinnige Frau, die nicht tut, was der Mann gern möchte, und dafür von ihm umgebracht wird. Mit solchen Geschichten hab ich in meiner Arbeit genug zu tun.«

»Versuch jetzt nicht an solche Dinge zu denken. Entspann dich lieber. Versuch, ein bißchen zu schlafen.«

»Du wirst es nicht glauben, aber ich bin hungrig«, sagte Jess, selbst überrascht. »Es ist wirklich nicht zu fassen, ganz gleich, was passiert, den Appetit verschlägt es mir anscheinend nie.«

»Soll ich dir eins von meinen Spezialomeletts machen?«

»Zuviel Aufwand. Ich glaube, ich schiebe einfach ein paar gefrorene Pizzas in die Mikrowelle.«

»Sehr verlockend.«

Sie stand auf und schlurfte in die Küche, hörte ihre Mutter rufen, sie solle beim Gehen die Füße heben. Adam stand direkt hinter ihr, als sie den Tiefkühlschrank öffnete und den Karton mit den gefrorenen Pizzas herausnahm.

»Für mich nur eine«, sagte er.

Während Jess drei kleine gefrorene Pizzas auf einen Teller legte, schlang Adam von hinten die Arme um sie, und sie lehnte sich an ihn, ließ sich einfach zurückfallen, darauf vertrauend, daß er sie halten würde. Er küßte ihr Haar, ihren Hals, ihre Wangen. Langsam, widerstrebend löste sie sich aus seiner Umarmung, ging mit dem Teller mit den Pizzas zum Mikrowellenherd und öffnete ihn.

Eine gigantische Welle des Ekels durchflutete sie augenblicklich, füllte ihren Magen und drohte sie von innen zu ertränken. Sie drückte ihre freie Hand auf ihren Mund, stumm und starr vor Grauen über das, was sie sah.

Der kleine Kanarienvogel lag steif auf der Seite, die dünnen Beinchen gerade ausgestreckt. Sein gelbes Gefieder war schwarz und verkohlt, seine Augen im Tod erloschen.

»O Gott, o Gott«, schluchzte Jess und krümmte sich, während sie nach rückwärts taumelte. Die Übelkeit, die sie überfiel, war so heftig, daß sie sich kaum auf den Beinen halten konnte.

»Was ist denn?« rief Adam und rannte zu ihr, um sie zu halten, ehe sie fallen konnte.

Jess öffnete den Mund, um zu sprechen, aber kein Wort kam über ihre Lippen. Dann übergab sie sich.

23

Als sie erwachte, roch es nach frischgekochtem Kaffee. Adam saß am Fuß ihres Betts und hielt ihr eine volle Tasse hin.

»Ich war mir nicht sicher, ob dir nach Essen zumute sein würde«, sagte er mit einem entschuldigenden Achselzucken. »Darum habe ich nichts gemacht.«

Jess nahm ihm die Tasse aus der Hand, trank einen kräftigen Schluck und schwenkte den Kaffee sachte in ihrem Mund hin und her, um den unangenehmen Geschmack loszuwerden, der sich immer noch hielt. Sie erinnerte sich verschwommen, daß Adam sie abgewaschen, ihr die nassen Kleider ausgezogen und das Nachthemd angezogen und sie dann ins Bett gesteckt hatte.

»Wie fühlst du dich?« fragte er.

»Wie durch die Mangel gedreht«, antwortete Jess. »Als hätte jemand die Füllung aus mir rausgeprügelt.«

»So war's ja auch«, sagte er.

»Ach Gott«, sagte sie und fing schon wieder an zu weinen. »Mein armer kleiner Fred.« Ihre Hände zitterten. Adam hielt sie fest, nahm ihr die Kaffeetasse ab und stellte sie auf den Nachttisch. »War das eine Nacht!« sagte Jess und hätte unter Tränen beinahe gelacht. »Kannst du mir sagen, wann du das letzte Mal so einen Abend erlebt hast? Du führst eine Frau zum Essen aus, und ehe du weißt, wie dir geschieht, wirst du von der Polizei verhört und holst gebratene Kanarienvögel aus der Mikrowelle.« Jess schluchzte. »Ganz zu schweigen davon, daß die Frau deiner Träume dich von oben bis unten vollkotzt.«

»Du hast mich gar nicht getroffen«, sagte er leise.

»Wirklich nicht? Dann mußt du aber schon das einzige gewesen sein, was ich nicht getroffen habe.«

»So ungefähr.«

»Lieber Gott, wenn ich dran denke, daß ich die Schweinerei saubermachen muß…«

»Das ist schon erledigt.«

Jess war einen Moment sprachlos vor Dankbarkeit. »Und Fred?« flüsterte sie dann.

»Ich habe mich um ihn gekümmert«, antwortete Adam ruhig.

Jess sagte ein paar Sekunden lang gar nichts. Ihr Schniefen war das einzige Geräusch in der Wohnung. »Ich bin wirklich unvergleichlich«, sagte sie schließlich und wischte sich die Tränen mit dem Handrücken ab. »Halt dich nur an mich.«

»Genau das habe ich vor«, versetzte Adam, beugte sich vor und küßte Jess sanft auf die Lippen.

Jess rückte verlegen von ihm ab und verbarg ihren Mund hinter ihrer Hand. »Ich muß jetzt erst mal duschen und mir die Zähne putzen.«

Er stand auf. »Ich seh mal, was ich für das Frühstück auftreiben kann. Meinst du, du kannst was essen?«

»Ich schäme mich es zu sagen, aber ja.«

Er lächelte. »Siehst du, es war gar nicht so schlimm, nicht wahr?«

»Was?«

»Dich zu übergeben. Das, was du am meisten gefürchtet hast. Du hast es getan – auf ziemlich spektakuläre Weise, wenn ich das hinzufügen darf – und du hast es überlebt.«

»Trotzdem war es scheußlich.«

»Aber du hast es überlebt.«

»Vorübergehend, ja.«

»Nimm jetzt deine Dusche. Du wirst dich danach gleich viel besser fühlen.« Er küßte sie auf die Nasenspitze und ging aus dem Zimmer.

Jess blieb noch einige Minuten in ihrem Bett sitzen, den Blick zum Fenster gerichtet. Sie stellte sich vor, wie die kalte Luft ihr Gesicht an die Scheiben preßte, ganz wie ein kleines Kind, das sich sehnlich wünscht, ins Haus zu kommen, wo es warm ist. Es sah aus, dachte sie, als würde es ein schöner Tag werden, klar und sonnig, mit nur einem leichten Wind, der in den kahlen Wipfeln der Bäume spielte. Sie fragte sich, was für neue Schrecknisse die kalte Sonne verbarg. Sieh mich nicht so lange an, schien sie zu sagen, als sie durch ihr Schlafzimmerfenster blickte, sonst wirst du blind. Komm mir nicht zu nahe, sonst mache ich dich zu einem Häufchen Asche. »*Hohh!*« schrie sie, aber die Sonne ließ sich nicht einschüchtern.

Ihr war nie zuvor aufgefallen, wie still es in ihrer Wohnung ohne den Gesang ihres Kanarienvogels war. Sein Gesang war immer dagewesen, wurde ihr bewußt, als sie jetzt ins Badezimmer ging, den Wasserhahn der Dusche aufdrehte, ihre Kleider ablegte. Ein so zarter, freundlicher Klang, dachte sie und schloß die Badezimmertür. Sie hörte Adam in der Küche rumoren, als sie in die Wanne stieg und den Duschvorhang zuzog. So beruhigend, so zuverlässig, so lebensbejahend.

Jetzt verstummt.

»Der Teufel soll dich holen, Rick Ferguson«, flüsterte sie.

Er kommt näher und setzt jeden Schritt geschickt in Szene, um den höchsten Effekt zu erreichen, ging es Jess durch den Kopf, als sie sich unter den heißen Strahl der Dusche stellte. Genauso wie er es mit Connie DeVuono gemacht hatte. Die mühelosen, unbeobachteten Einbrüche, der ständig sich steigernde Terror, das sadistische Abschlachten unschuldiger Haustiere, die seelischen Folterqualen, denen er die unglückliche Frau ausgesetzt hatte, ehe er sie schließlich getötet hatte. Er reißt also immer noch den Schmetterlingen die Flügel aus, dachte Jess und erinnerte sich des Lächelns, bei dessen Anblick sie schon beim ersten Mal, als sie ihm begegnet war, die Gänsehaut bekommen hatte. Das Lächeln hatte alles gesagt.

»*Hohh!*« schrie Jess und wirbelte mit einem Ruck herum, die Finger zu Adlerklauen gekrümmt, die durch den Dampf schlugen. Sie rutschte auf dem glitschigen Boden der Wanne aus. Sie verlor das Gleichgewicht, fiel vornüber, versuchte den Sturz mit den Händen abzufangen. Ihr linkes Handgelenk schlug schmerzhaft gegen die gekachelte Wand, mit der rechten Hand packte sie den transparenten Duschvorhang, hielt sich daran fest, hörte, wie er riß, von seinen Haken fiel. Aber dann hielt er wunderbarerweise doch, so daß sie sich fangen und wieder Halt finden konnte.

»Gott verdammich«, sagte sie und warf den Kopf so heftig zurück, daß ihr nasses Haar gegen ihre Schulterblätter schlug. Sie holte ein paarmal tief Atem, dann griff sie zur Seife und rieb sie unsanft über ihren Körper und in ihr Haar. Sie hatte nicht die

Geduld, mit Shampoo zu arbeiten. Seife tut es genauso, dachte sie, als sie spürte, wie der Schaum zwischen ihren Fingern wuchs. Sie mußte plötzlich an die Duschszene aus Alfred Hitchcocks *Psycho* denken.

In ihrer Phantasie sah sie, wie eine unglückselige Janet Leigh arglos mit ihren Waschungen begann, sah, wie die Badezimmertür langsam und vorsichtig aufgestoßen wurde, die fremde schattenhafte Gestalt sich näherte, das große Fleischermesser in die Luft schwang, während gleichzeitig der Duschvorhang aufgerissen wurde, und wie dann das Messer in den Körper der schreienden Frau gestoßen wurde, wieder und wieder und wieder.

»Bist du eigentlich total verrückt?« rief Jess laut und ärgerlich und spülte sich ungeduldig den Seifenschaum aus dem Haar. »Du willst wohl Rick Ferguson die Arbeit abnehmen?«

Und dann hörte sie, wie die Badezimmertür geöffnet wurde, und sah Rick Ferguson hereinkommen. Der Atem stockte ihr. Sie wollte einen Schrei ausstoßen, irgendein Geräusch von sich geben. *Hohh*, dachte sie verzweifelt, aber kein Laut kam ihr über die Lippen. Rick Ferguson blieb mehrere Sekunden an der Tür stehen und beobachtete sie, während sie sich zum Wasserhahn hinunterbeugte und ihn zudrehte. Das Wasser versiegte. Und plötzlich kam er mit ausgestreckten Armen auf die Wanne zu und griff nach dem Vorhang. Wo war Adam? Jess sah sich in wilder Verzweiflung nach einer Waffe um, packte die Seife, zückte sie, um sie Rick Ferguson an den Kopf zu schleudern. Wie war er hereingekommen? Was hatte er mit Adam gemacht?

Hände ergriffen den Duschvorhang, zogen ihn auf. Jess stürzte vorwärts. »*Hohh!*« brüllte sie und donnerte ihrem Angreifer die Seife an den Kopf. Er zuckte zusammen und fiel mit erhobenen Händen, um sein Gesicht zu schützen, gegen das Waschbecken.

»Herrgott noch mal, Jess«, hörte sie ihn schimpfen. »Bist du denn total meschugge? Willst du mich umbringen?«

Jess starrte den Mann an, der mit eingezogenem Kopf vor ihr stand. »Don?« fragte sie kleinlaut.

»Jess, alles okay?« rief Adam und kam schon ins Bad gerannt.

»Ich weiß nicht genau«, antwortete Jess ihm aufrichtig. »Was tust du hier, Don? Du hast mich zu Tode erschreckt.«

»Ich hab *dich* erschreckt?« fragte Don. »Ich hätte beinahe einen Herzinfarkt bekommen, verdammt noch mal.«

»Ich habe Ihnen doch gesagt, Sie sollen warten, bis sie fertig geduscht hat«, sagte Adam, dem es nicht sehr gut gelang, sein Grinsen zu verbergen.

»Was tust du hier?« fragte Jess wieder.

Don sah von Jess zu Adam und dann wieder zu Jess. »Kann ich mal einen Moment mit dir allein reden?«

Jess strich sich das nasse Haar aus dem Gesicht. Sie wurde sich plötzlich bewußt, daß sie nackt vor zwei Männern stand, von denen der eine ihr geschiedener Ehemann war, der andere vielleicht ihr zukünftiger Liebhaber. »Könnte mir vielleicht jemand ein Handtuch geben«, sagte sie bemüht unbefangen.

Adam hüllte sie sofort in ein großes pfirsichfarbenes Badetuch und half ihr aus der Wanne. Jess fand sich zwischen den beiden Männern eingequetscht und fragte sich, wie sie es immer wieder schaffte, sich in solche Situationen hineinzumanövrieren. Vielleicht, dachte sie, ist das nur einer von meinen albernen Träumen.

»Es ist schon in Ordnung, Adam«, versicherte sie ihm.

Adam warf einen Blick auf Don, ließ dann dem Grinsen, das er zu unterdrücken versucht hatte, freie Bahn. »Wir müssen mal aufhören, uns immer auf diese Weise zu begegnen«, sagte er zu Don, ehe er hinausging.

»Was ist denn los, Don?« fragte sie.

»Das würde ich gern von dir wissen.«

»Du bist doch derjenige, der einfach in mein Bad geplatzt ist«, sagte sie.

»Ich bin hier nicht hereingeplatzt. Ich hab dich ein paarmal gerufen. Ich dachte, ich hätte dich etwas sagen hören. Ich dachte, du hättest gesagt, ich solle hereinkommen. Also bin ich reingekommen. Und dann werde ich mit einem Stück Seife fast niedergeschlagen.«

»Ich dachte, du wärst Rick Ferguson.«

»Rick Ferguson?«

»Meine Phantasie arbeitet im Moment auf Hochtouren«, erklärte sie ihm. »Können wir vielleicht ins Schlafzimmer gehen? Ich komm mir ein bißchen lächerlich vor, wenn ich hier in ein Handtuch gewickelt mit dir rede.«

»Jess, wir waren mal verheiratet.«

»Du hast mir immer noch nicht gesagt, was du hier zu tun hast.«

Jess ging an ihm vorbei ins Schlafzimmer, schlüpfte in ihren Bademantel und begann, sich mit dem Frottiertuch die Haare zu trocknen.

»Ich hab mir Sorgen um dich gemacht«, sagte er. »Der Mann, den ich engagiert habe, damit er ein Auge auf dich hat, berichtete mir, es hätte hier einigen Wirbel mit der Polizei gegeben.«

»Das war gestern abend.«

»Ich bin erst heute morgen nach Hause gekommen«, gestand er etwas verlegen.

Jess sah ihn gespielt vorwurfsvoll an. In Wahrheit war sie ungeheuer erleichtert.

»Ich bin sofort herübergefahren. Dein Freund«, sagte er und wäre an dem Wort fast erstickt, »hat mich reingelassen. Er sagte, du seist gerade unter der Dusche, aber –«

»– aber du wolltest es mit eigenen Augen sehen. Na, das hast du geschafft.«

»Was war gestern abend los?« fragte Don.

Jess erzählte. Wie sie bei ihrer Heimkehr Adam vor dem Haus getroffen hatte, wie sie oben in ihrer Wohnung das weit offene Wohnzimmerfenster und der leere Vogelkäfig empfangen hatten.

Sie erzählte, wie sie in der Nacht hungrig erwacht war, in die Küche gegangen war, um sich etwas zu essen zu machen, die Klappe des Mikrowellenherds geöffnet hatte und drinnen ihren toten Kanarienvogel gefunden hatte.

»O Gott, Jess. Das tut mir wirklich leid.«

Jess wischte sich ein paar Tränen ab, erstaunt über ihr schier unerschöpfliches Reservoir. »Er war so ein niedlicher kleiner Vogel. Den ganzen Tag hat er brav in seinem Käfig gesessen und gezwitschert. Was für ein Sadist…?«

»Es gibt unglaublich viele kranke Menschen«, stellte Don bekümmert fest.

»Ich denke besonders an einen.«

»Ich habe dir etwas mitzuteilen«, sagte Don. »Etwas, das dich eigentlich beruhigen müßte. Wenn das möglich ist.«

»Was denn?«

»Rick Ferguson ist heute morgen um acht Uhr auf dem Polizeirevier erschienen und hat sich gestellt.«

»Was?« Jess rannte sofort zu ihrem Schrank und suchte sich etwas zum Anziehen heraus.

»Er behauptet, er hätte keine Ahnung gehabt, daß er von der Polizei gesucht wird. Er war mit einer Frau zusammen, die er gerade kennengelernt hatte –«

»Klar, das glaub ich ihm aufs Wort. Er kann sich nur leider nicht an ihren Namen erinnern.«

»Ich glaube, er hat sie gar nicht danach gefragt.«

Jess schlüpfte in ihre Unterwäsche, dann in Jeans und einen dikken blauen Pullover. »Wie lange weißt du das schon?«

Jess bemerkte die Traurigkeit in Dons Augen. »Als ich heute morgen nach Hause kam, waren zwei Nachrichten auf meinem Anrufbeantworter«, sagte er ruhig. »Die eine betraf dich und das, was gestern abend hier los war; die andere war von Rick Ferguson. Er teilte mir mit, er sei zu Hause gewesen, habe mit seiner Mutter gesprochen und gehört, daß die Polizei ihn suche. Er sei jetzt auf dem Weg zum Revier, um sich zu stellen. Ich fahre jetzt auch hin. Ich glaube, ich werde ihn überzeugen können, daß es in seinem Interesse ist, mit der Staatsanwaltschaft zusammenzuarbeiten.«

»Gut. Ich fahre mit dir.« Jess band ihr nasses Haar zum Pferdeschwanz.

»Und was ist mit dem Küchenchef?«

»Das Frühstück muß eben warten, bis ich wieder da bin.«

»Du willst den Mann allein in deiner Wohnung lassen?« Dons Stimme war ungläubig. »Jess, muß ich dich erst daran erinnern, daß das letzte Mal, als er hier war, deine gesamte Unterwäsche zerschnitten war?«

»Don, mach dich nicht lächerlich.«

»War es nur Zufall, daß er gestern abend hier war, Jess?« fragte Don ungeduldig. »Bist du überhaupt nicht auf den Gedanken gekommen, daß vielleicht Adam der Einbrecher war? Daß vielleicht Adam deinen Kanarienvogel getötet hat? Du hast ihn erwischt, als er sich gerade aus dem Staub machen wollte.«

»Ich hab ihn nicht erwischt, und er wollte sich nicht aus dem Staub machen«, protestierte Jess. »Er war hier, weil er auf mich gewartet hat. Er war gar nicht oben gewesen.«

»Wer sagt das?«

»Er«, antwortete Jess unsicher.

»Und du glaubst alles, was er sagt? Du ziehst die Möglichkeit, daß er lügen könnte, nicht einmal in Betracht?«

»Erzähl du mir keine Geheimnisse, dann erzähl ich dir keine Lügen«, sagte Jess, ohne sich bewußt zu sein, daß sie laut sprach.

»Was?«

Jess kehrte mit einem Ruck in die Gegenwart zurück. »Das ist doch unsinnig, Don. Weshalb hätte Adam diese Dinge tun sollen? Was könnte er für ein Motiv haben?«

»Das weiß ich doch nicht. Ich weiß nur eines: Seit du diesen Burschen kennengelernt hast, passieren dir die merkwürdigsten Dinge. Und sie sind nicht nur merkwürdig, sondern auch gefährlich.«

»Aber Adam hat doch überhaupt keinen Grund, mir etwas antun zu wollen.«

Die Besorgnis auf Dons Gesicht wich Traurigkeit. »Bist du im Begriff, dich in ihn zu verlieben, Jess?« fragte er.

Jess seufzte einmal tief. »Ich weiß nicht.«

»Mein Gott, Jess, er ist Schuhverkäufer! Was willst du mit so einem Mann?«

»Er ist kein Schuhverkäufer«, widersprach Jess leise.

»Wie?«

»Na ja, genaugenommen ist er im Moment natürlich doch einer«, verbesserte sich Jess. »Aber das spielt sowieso keine Rolle.«

»Was willst du eigentlich sagen, Jess?«

»Er ist Anwalt.«

»Was?«

»Er ist Anwalt.«

»Anwalt«, wiederholte Don.

»Aber dann ist etwas passiert. Er wollte sein Leben umkrempeln, deswegen hat er seinen Beruf aufgegeben...«

»Und fand die Erfüllung als Schuhverkäufer. Willst du das allen Ernstes behaupten?«

»Es ist eine sehr lange Geschichte.«

»Und eine sehr unwahrscheinliche. Jess, hast du dich in diesen Kerl so vergafft, daß du nicht mehr erkennst, wenn dir jemand einen Haufen Scheiße erzählt?«

»Es ist alles sehr kompliziert.«

»Nur Lügen sind kompliziert«, entgegnete Don. »Die Wahrheit ist im allgemeinen sehr einfach.«

Jess wich Dons Blick aus, sie wollte nicht einmal daran denken, daß er recht haben könnte.

»Du weißt, daß ich nur dein Bestes will, nicht wahr?« sagte Don.

Jess nickte. Wieder schossen ihr die Tränen in die Augen. Ärgerlich wischte sie sie weg.

»Und ich habe nie etwas anderes gewollt«, fügte er leise hinzu.

Jess nickte wieder. »Fahren wir zum Revier«, sagte sie. »Ich möchte deinem Mandanten ein paar Fragen stellen.«

Rick Ferguson saß in vertraut flegelhafter Haltung auf demselben Stuhl im selben Vernehmungsraum wie beim letzten Mal, als Jess ihn vernommen hatte. Zwei Kriminalbeamte in Zivil hatten in einer Ecke Platz genommen. Einen Augenblick lang hatte Jess das Gefühl, nie weggegangen zu sein.

Er hatte dieselbe braune Lederjacke an, dieselben Blue Jeans, dieselben spitzen schwarzen Stiefel. Dieselbe Arroganz ging von seiner Haltung aus. Sobald Jess ins Zimmer trat, erstarrte er und folgte ihren Bewegungen mit seinen schlangenhaften Augen. Ganz langsam richtete er sich auf, als wollte er gleich zuschlagen. Aber dann sank er wieder lässig in sich zusammen und spreizte weit und herausfordernd seine Beine. »Hey, so gefällt mir Ihr Haar«, sagte er zu Jess und kratzte sich dabei träge an der Innenseite eines Schenkels. »Naß steht Ihnen. Das muß ich mir merken.«

»Halten Sie die Klappe, Rick«, befahl Don, der Jess in den Raum folgte. »Und setzen Sie sich gerade hin.«

Rick Ferguson richtete sich auf, bis er halbwegs gerade saß, ließ jedoch seine Beine weiterhin gespreizt. Das lange Haar hing ihm lose auf die Schulter. Mit einer automatischen Handbewegung strich er es sich hinter die Ohren. Jess bemerkte einen Ohrring in seinem linken Ohr.

»Ist der neu?« fragte sie und wies auf den kleinen goldenen Ring.

»Sie sind echt eine gute Beobachterin, Jess«, stellte Rick Ferguson fest. »Ja, der ist neu. Eine neue Tätowierung hab ich auch. Die Waage der Gerechtigkeit.« Er lachte. »Auf meinem Hintern. Möchten Sie sie sehen?«

»Hören Sie auf mit dem Quatsch, Rick«, fuhr Don ihn ärgerlich an.

Rick Ferguson sah ihn erstaunt an. »Hey, was regen Sie sich so auf? Sie sind *mein* Anwalt, oder wissen Sie das nicht mehr?«

»Nicht mehr lange, wenn Sie so weitermachen.«

»Hey, Mann, was geht hier eigentlich vor?« Sein Blick flog schnell zwischen Don und Jess hin und her. »Haben Sie vielleicht was mit der hübschen Staatsanwältin?«

»Sie haben versprochen, Ms. Koster einige Fragen zu beantworten«, sagte Don in scharfem Ton. »Ich sage es Ihnen, wenn etwas kommt, das Sie meiner Meinung nach besser nicht beantworten sollten.«

»Hey, mein Leben ist ein offenes Buch. Schießen Sie los, Frau Staatsanwältin.«

»Haben Sie Connie DeVuono getötet?« fragte Jess sogleich.

»Nein.«

»Wo waren Sie an dem Tag ihres Verschwindens?«

»Was war das für ein Tag?«

Sie nannte ihm das genaue Datum und die geschätzte Zeit.

Rick Ferguson zuckte die Achseln. »Ich glaub, ich war zu Hause bei meiner Mutter. Der ging's damals gerade nicht so gut.«

»Wo arbeiten Sie?«

»Das wissen Sie doch.«

»Beantworten Sie die Frage.«

»Fragen Sie mich etwas netter.«

Jess warf Don einen Blick zu.

»Beantworten Sie die Frage, Rick. Sie haben versprochen zu kooperieren.«

»Deswegen braucht sie noch lange nicht so unhöflich zu sein.« Rick Ferguson rieb sich mit einer Hand zwischen den Beinen.

»Sie arbeiten bei der Ace Magnetic Wire Factory, einem Unternehmen, das Drähte herstellt, ist das richtig?«

»Bingo!«

»Würden Sie mir Ihre Arbeit beschreiben, Mr. Ferguson?«

»Mr. Ferguson?« wiederholte er und richtete sich hoch auf. »Hey, das gefällt mir, wie Sie das sagen.«

»Erklären Sie Ms. Koster, was Sie da machen, Rick«, befahl Don.

»Sie weiß, was ich da mache. Soll sie es mir doch sagen.«

»Sie fahren einen Gabelstapler, der die Drahtspulen vom Lagerhaus an den Pier befördert, ist das richtig?«

»Das ist richtig.«

»Vorher haben Sie in der Herstellung gearbeitet, an der Ziehbank.«

»Wieder richtig. Sie machen Ihre Hausaufgaben gut, Jess. Ich hatte keine Ahnung, daß Sie sich so sehr für mich interessieren.«

»Was sagen Sie dazu, daß der Draht, den Sie täglich zum Hafen hinunter befördern, von der gleichen Sorte ist wie der, mit dem Connie DeVuono getötet wurde?«

»Beantworten Sie das nicht«, warf Don rasch ein.

Rick Ferguson sagte nichts.

»Was haben Sie in den letzten Tagen getrieben?«

»Nichts Besonderes.«

»Könnten Sie sich präziser ausdrücken?«

»Eigentlich nicht, nein.«

»Warum haben Sie sich mitten in der Nacht aus dem Haus geschlichen?«

»Ich hab mich nicht aus dem Haus geschlichen.«

»Ihr Haus wurde überwacht. Sie wurden gesehen, wie Sie es am Abend des neunten Dezember betraten. Beim Weggehen wurden Sie nicht gesehen. Am nächsten Morgen kamen Sie nicht zur Arbeit.«

»Ich hab ein paar Tage Krankenurlaub genommen. Das steht mir zu. Und wenn Sie nicht gesehen haben, wie ich aus dem Haus gegangen bin, ist das Ihre Schuld, nicht meine.«

»Sie wollten nicht verschwinden?«

»Wenn ich vorgehabt hätte zu verschwinden, weshalb wär ich dann wiedergekommen und hätte mich freiwillig gestellt?«

»Sagen Sie's mir.«

»Da gibt's nichts zu sagen. Ich wollte nicht verschwinden. Mensch, sobald ich gehört hab, daß ihr mich sucht, hab ich mich hier gemeldet. Ich hab keinen Grund zu verschwinden. Sie haben nichts gegen mich in der Hand.«

»Im Gegenteil, Mr. Ferguson«, widersprach Jess. »Ich habe alles: Motiv, Gelegenheit, Zugang zur Mordwaffe.«

Rick Ferguson zuckte die Achseln. »Sie haben gar nichts«, wiederholte er.

»Sie haben meine Frage, was Sie in den letzten Tagen getrieben haben, immer noch nicht beantwortet.«

»Doch, hab ich schon. Es war nur nicht die Antwort, die Sie hören wollten.«

»Was ist mit gestern?«

»Was soll mit gestern gewesen sein?«

»Wo waren Sie gestern? So weit wird Ihr Gedächtnis doch reichen.«

»O ja, so weit reicht mein Gedächtnis. Ich seh bloß nicht ein, daß Sie das was angeht.« Er sah seinen Anwalt an. »Was hat die Frage, wo ich gestern war, mit meiner Verhaftung zu tun?«

»Beantworten Sie die Frage«, befahl Don und Jess dankte ihm mit einem kaum merklichen Kopfnicken.

»Ich war mit einer Frau zusammen, die ich kennengelernt hab.«

»Wie heißt sie?«

»Melanie«, sagte er.

»Und der Nachname?«

»Nach dem Nachnamen hab ich nicht gefragt.«

»Wo wohnt sie?«

»Keine Ahnung. Wir sind in ein Motel gegangen.«

»In welches Motel?«

»Ach, das nächstbeste.«

Jess sandte einen gereizten Blick zur schalldichten Zimmerdecke hinauf. »Mit anderen Worten, Sie können nicht beweisen, wo Sie gestern waren.«

»Na und? Warum sollte ich das nötig haben?« Wieder wandte sich Rick Ferguson Don zu. »Ich möcht wirklich wissen, was das, was ich gestern getrieben hab, mit dem Mord an dieser DeVuono zu tun hat.«

»Gestern ist zwischen vierzehn und neunzehn Uhr bei Ms. Koster eingebrochen worden«, klärte Don ihn auf.

»So ein Pech!« sagte Rick Ferguson, und Jess konnte förmlich das Grinsen in seiner Stimme hören. »Ist was weggekommen?«

Jess sah das offene Fenster und den leeren Vogelkäfig vor sich. »Das möchte ich von Ihnen wissen«, sagte sie mit einer Stimme, in der keine Gefühlsregung schwang.

»Was – glauben Sie vielleicht, ich war das?« fragte Rick Ferguson mit vorwurfsvoller Miene.

»Waren Sie es?« fragte Jess.

»Ich hab's Ihnen doch schon mal gesagt, ich war mit einer Frau namens Melanie zusammen.«

»Wir haben Zeugen, die Sie am Tatort gesehen haben«, log Jess. Sie wartete auf Dons Einspruch, war dankbar, als er nicht erfolgte.

»Dann irren sich Ihre Zeugen«, entgegnete Rick Ferguson seelenruhig. »Weshalb sollte ich bei Ihnen einbrechen? Das wäre ja wohl nicht sehr klug.«

»Niemand hat behauptet, daß Sie sehr klug sind«, entgegnete Jess.

Rick Ferguson griff sich an die Brust. »Au! Wie können Sie einem Mann nur so weh tun, Jess?« Er zwinkerte ihr zu. »Vielleicht kann ich mich ja eines Tages mal revanchieren.«

»Rick«, sagte Don, ehe Jess reagieren konnte, »kennen Sie einen Mann namens Adam Stohn?«

Ruckartig drehte sich Jess nach ihrem geschiedenen Mann um.

»Was war das für ein Name?« fragte Rick Ferguson.

»Adam Stohn«, wiederholte Don.

Jess richtete ihre Aufmerksamkeit wieder auf Rick Ferguson. Widerstrebend wartete sie auf seine Antwort.

»Ist er einer von Ihren angeblichen Zeugen?« fragte Rick Ferguson und schüttelte dann den Kopf. »Tut mir leid, aber der Name sagt mir nichts.« Er grinste. »Aber Sie wissen ja, mit Namen hab ich's nicht so.«

»Das bringt uns hier nicht weiter«, sagte Jess ungeduldig. »Sie behaupten also, über Connie DeVuonos Ermordung nichts zu wissen? Ist das richtig?«

»Das ist richtig.«

»Sie führen uns nur an der Nase herum«, rief Jess ärgerlich.

»Ich sage Ihnen nur die Wahrheit.«

»Dann betrachten Sie sich als verhaftet. Wegen Mordes an Connie DeVuono«, sagte Jess. Sie machte kehrt und ging rasch aus dem Raum.

Don war direkt hinter ihr. »Jess, warte doch mal einen Moment, überleg dir, was du da tust.«

Die Beamten draußen sahen diskret in die andere Richtung.

»Da gibt es nichts zu überlegen.«

»Du hast keinerlei Beweise, Jess.«

»Hör auf mir zu sagen, daß ich keine Beweise habe. Ich habe das Motiv. Ich habe die Gelegenheit. Und ich habe die Mordwaffe. Was willst du eigentlich noch mehr?«

»Ein paar Fingerabdrücke auf der Mordwaffe wären nicht schlecht. Konkrete körperliche Spuren, die eine Verbindung zwischen Connie DeVuono und meinem Mandanten beweisen. Aber ich weiß, die hast du nicht. Ein paar Zeugen, die meinen Mandanten und die Frau etwa zu der Zeit zusammen gesehen haben, als sie verschwand. Irgendeine Verbindung zwischen der Toten und Rick Ferguson, Jess.«

»Die Verbindung werde ich schon herstellen.«

»Ich wünsche dir viel Glück.«

»Wir sehen uns bei Gericht.«

24

Bis unmittelbar vor Beginn der Vorverhandlungen gegen Rick Ferguson am folgenden Freitag stritt Jess sich mit Tom Olinsky, ihrem vorgesetzten Staatsanwalt, herum.

»Und ich glaube immer noch, es war ein Fehler, daß wir den Fall nicht zur Voruntersuchung vor ein Geschworenengericht gebracht haben«, sagte Jess zu Tom Olinsky, als sie an seiner Seite durch die mit Mistelzweigen geschmückten Korridore ging.

»Aber ich hab Ihnen doch gesagt, daß unser Fall für so eine Voruntersuchung auf viel zu schwachen Füßen steht.«

Tom Olinsky hatte für sein Körpergewicht einen sehr flotten Gang. Sie mußte lange Schritte machen, um mithalten zu können.

»Ihr Ex-Mann hat uns mit seinem Antrag auf Beschränkung der Beweisvorlage schon ganz schön eine aufs Haupt gegeben.«

»Ja, ich weiß. Der Teufel soll ihn holen«, murmelte Jess, immer noch verärgert über Dons taktische Maßnahme.

»Er tut nur seine Arbeit, Jess.«

»Und ich bemühe mich, die meine zu tun.«

Sie gingen durch ein Foyer, in dem ein gewaltiger, mit Lametta und Popcorn behangener Weihnachtsbaum stand, zu den Aufzügen hinaus.

»Bei einer Voruntersuchung mit Geschworenen hätten wir sofort einen Anklagebeschluß bekommen«, fuhr Jess fort. »Wir hätten jetzt schon ein Prozeßdatum.« Und sie hätte Don nicht schon zu einem so frühen Zeitpunkt bei Gericht gegenübertreten müssen, da die Verteidigung bei solchen Voruntersuchungen nicht anwesend war und Kreuzverhöre der Zeugen nicht zugelassen waren. Die Anklage trug den dreiundzwanzig Geschworenen lediglich ihre Begründung vor und bat um Eröffnung des Hauptverfahrens.

Wenn ein Fall auf wackligen Füßen stand, und alle außer Jess schienen sich darin einig zu sein, daß der hier wacklig war, ging die Anklage im allgemeinen den Weg über die Vorverhandlung. Dann nämlich hatte der Richter und nicht der Staatsanwalt darüber zu entscheiden, ob die Beweise ausreichten, jemandem den Prozeß zu machen. Es war eine sehr politische Entscheidung, das wußte Jess, eine Methode, den Fall loszuwerden. Die Staatsanwaltschaft führte nicht gern einen Prozeß, wenn viel dafür sprach, daß sie ihn verlor. Durch die Vorverhandlung wurde die Anklage entlastet, da der Richter gezwungen war zu entscheiden, ob hinreichender Grund bestand, jemandem den Prozeß zu machen. Das ganze Verfahren konnte innerhalb von zwanzig Minuten vorbei sein.

Jess mußte an Dons Empfehlung denken, das Strafrechtssystem als ein Spiel zu sehen: In einer Vorverhandlung präsentierte der Staat seine Beweise so allgemein wie möglich, ganz darauf bedacht, nur soviel zu enthüllen, wie notwendig war, um einen hinreichenden Grund zu präsentieren; die Verteidigung ihrerseits versuchte, soviel wie möglich vom Beweismaterial der Anklage aufzudecken.

Wenn die Anklage Erfolg hatte, folgte drei Wochen nach der Vorverhandlung die Verlesung der Anklageschrift, zu der der Beschuldigte vor dem Vorsitzenden Richter der Strafkammer erscheinen mußte. Gemäß den ungeschriebenen Spielregeln verzichtete die Verteidigung im allgemeinen auf dieses Recht, und der Beschuldigte erklärte sich dann entweder schuldig oder nicht schuldig im Sinne der Anklage.

Der Beschuldigte bekannte sich *immer* nicht schuldig, wie Jess wußte. Sie folgte Tom Olinsky in den Aufzug und unterdrückte ein Lächeln, als sie sah, wie die drei Leute, die bereits in der Kabine waren, wie auf Kommando einen großen Schritt zurücktraten, um ihm Platz zu machen.

Der Vorsitzende Richter setzte dann fest, welcher Richter den Fall verhandeln würde. Ein Datum wurde ausgewählt, und der Fall wurde nun zu einem von etwa dreihundert Fällen auf der Liste eines Richters. Bei Mordfällen dauerte es im allgemeinen zwischen mehreren Monaten und einem Jahr, bis sie zur Verhandlung kamen, und da begann das Spiel dann wirklich interessant zu werden.

Die Anklage konnte es sich nun nicht mehr leisten, mit ihren Beweisen hinterm Berg zu halten. Sie mußte nun ihr gesamtes Beweismaterial gegen den Angeklagten offenlegen. Alles Beweismaterial, das dem Beschuldigten hilfreich sein konnte, alle Polizeiberichte, Gutachten, Dokumente, Fotos, Namen und Adressen von Zeugen, Informationen über frühere Verurteilungen und so weiter mußten der Verteidigung übergeben werden. Gleichermaßen war die Verteidigung verpflichtet, die Liste ihrer Zeugen offenzulegen, dazu alle wissenschaftlichen Gutachten, die sie als Beweise vorzulegen gedachte, und ihre Strategie zu offenbaren, ob sie nun ein Alibi ins Spiel brachte, Tötung auf Verlangen, Notwehr oder verschiedene Abstufungen der Unzurechnungsfähigkeit.

Wenn dem Angeklagten Haftverschonung gegen Kaution verweigert wurde, mußte der Staat innerhalb von hundertzwanzig Tagen den Prozeß eröffnen, wenn der Angeklagte dies wünschte. Das wünschte er immer. War der Angeklagte hingegen auf Kaution frei, so mußte der Staat innerhalb von hundertsechzig Tagen den Prozeß eröffnen, wenn der Angeklagte das verlangte. Das tat er fast nie.

Selbst wenn der Angeklagte die sofortige Prozeßeröffnung wollte, brauchte sein Anwalt Zeit, um das gesamte Beweismaterial des Staates zu prüfen. Dennoch gehörte es zu diesem Pokerspiel, daß die Verteidigung den Antrag auf sofortige Prozeßeröffnung stellte. Das führte leicht dazu, daß die Staatsanwaltschaft nervös wurde und den Prozeß eröffnete, ehe sie wirklich bereit war.

Wenn die Anklage nach hundertsechzig Tagen noch immer nicht prozeßbereit war, konnte die Verteidigung Antrag auf Einstellung des Verfahrens stellen, das Schlimmste, wie Jess wußte, was einem Staatsanwalt passieren konnte.

Im Erdgeschoß angelangt, trat sie vor Tom Olinsky aus dem Aufzug, aber der holte sie schnell wieder ein, als sie durch den Korridor gingen, der das Administration Building mit dem Gerichtsgebäude verband.

Aber das alles kam später, sagte sich Jess. Zuerst einmal mußte sie die Vorverhandlung überstehen.

Sie fand in einem der kleineren, moderneren Räume in der ersten Etage statt.

»Nehmen wir gleich die Treppe«, schlug Tom Olinsky vor und ging zwischen den hohen braunen Sälen in dorischem Stil an den zehn Aufzügen vorbei zum Treppenhaus. Erstaunlich, dachte Jess, wie behende dieser Mann ist, ich bin bestimmt erschöpft, bis wir oben ankommen.

Essensgeruch aus den verschiedenen Kantinen hing in den Gängen, und Jess fragte sich, ob Don wohl mit Rick Ferguson in dem Raum, der für die Angeklagten und ihre Anwälte reserviert war, beim Kaffee saß. Sie hatte Don die ganze Woche nicht gesehen, hatte nicht mehr mit ihm gesprochen, seit er seinen Antrag auf Beschränkung der Beweisvorlage gestellt hatte. Sie wußte, wie selbst Adam ihr vorgehalten hatte, daß Don nur seine Arbeit tat, aber es ärgerte sie dennoch. Mußte er denn in seiner Arbeit so verdammt *gut* sein?

Auch Adam hatte sie die ganze Woche nicht gesehen, aber sie hatte jeden Abend mit ihm telefoniert. Er war in Springfield, zum ersten Mal seit drei Jahren zu Besuch bei seinen Eltern. Er würde am Sonntag zurück in Chicago sein. Unterdessen rief er sie jeden Abend um zehn Uhr an, um ihr gute Nacht zu wünschen, und um ihr zu sagen, daß er sie liebte.

Jess hatte von ihren Gefühlen noch nicht gesprochen. Sie war sich ihrer nicht sicher. Sie wußte, daß sie sich stark zu ihm hingezogen fühlte; sie wußte, daß sie ihn sehr gern hatte; sie verstand, was er durchlitten hatte. Aber liebte sie ihn? Das eben wußte sie nicht. Sie hatte zu große Angst vor ihren Gefühlen, um es wissen zu wollen.

Geh mit ihnen, hörte sie ferne Stimmen murmeln. Gib ihnen einfach nach.

Vielleicht nach der Vorverhandlung. Vielleicht wenn es ihr gelungen war, Rick Ferguson unter Anklage stellen zu lassen, vielleicht konnte sie dann die nagenden Zweifel an Adam vergessen, die Don ihr eingepflanzt hatte, und zulassen, daß das, was zwischen ihnen begonnen hatte, eine ganz natürliche Entwicklung nahm.

Vertrau deinem Instinkt, murmelten die Stimmen. Vertrau deinem Instinkt.

»Nach Ihnen«, sagte Tom Olinsky, zog die Tür auf und ließ Jess den Vortritt. Ein seltsamer Moment für Ritterlichkeit, dachte Jess. Sie sah sich in dem runden, fensterlosen Gerichtssaal um.

Die Räume in der dritten, vierten und fünften Etage erinnerten Jess an kleine Raumschiffe, spärlich eingerichtet, vornehmlich in Grau gehalten, mit einer Glaswand, hinter der sich der halbrunde Zuschauerraum befand. Der Richtertisch stand der Tür gegenüber, die Geschworenenbank war entweder rechts oder links vom Richtertisch, je nachdem, in welchem Gerichtssaal man war. In diesem hier war die Geschworenenbank, die bei der Vorverhandlung leer bleiben würde, links vom Richtertisch.

Nach vier Uhr nachmittags wurden in diesen Gerichtsräumen ausschließlich Drogenfälle verhandelt. Immer war Hochbetrieb.

Jess und Tom Olinsky gingen zum Tisch der Anklage, an dem schon Neil Strayhorn wartete. Jess stellte ihre Aktentasche auf den Boden und sah sich um.

»Die Zeugen sind noch nicht hier«, sagte Neil, der wußte, wonach sie Ausschau hielt.

»Habt ihr bei der Polizei nachgefragt und euch vergewissert, daß sie benachrichtigt worden sind?« fragte Tom Olinsky und setzte sich neben Neil.

»Ja, heute morgen um Viertel vor acht«, antwortete Jess. Sie verstand nicht ganz, weshalb er ihr diese Frage überhaupt stellte. Es war doch klar, daß sie sich mit der Polizei abgesprochen hatte, um sicherzustellen, daß die Zeugen erscheinen würden. Genauso wie sie im Labor angerufen hatte, um das Ergebnis der Untersuchungen des gefundenen Beweismaterials durchzusprechen; genauso wie sie mit Hilary Waugh die Fragen abgesprochen hatte, die sie ihr im Zeugenstand stellen würde. Außerdem würden Connies Mutter, Mrs. Gambala, eine Arbeitskollegin Connies und Connies beste Freundin aussagen. Sie würden das Vorbringen des Staatsanwaltes bestätigen, daß Connie DeVuono vor Rick Ferguson Todesangst gehabt hatte, weil der ihr gedroht hatte, sie umzubringen, falls sie ihre Anzeige wegen Vergewaltigung aufrechterhalten und gegen ihn aussagen sollte. Und damit würde das Mordmotiv gegeben sein.

»Tom, Sie brauchen nicht zu bleiben«, sagte Jess. »Neil und ich schaffen das schon.«

»Ich möchte gern sehen, wie es läuft«, sagte er und lehnte sich auf seinem Stuhl, dessen Sitzfläche für sein ausladendes Gesäß viel zu schmal war, zurück.

Jess lächelte. Sie war dankbar für die moralische Unterstützung. Er hatte ihr die ganze Woche die Hölle heiß gemacht, kein Hehl daraus gemacht, daß ihm das Beweismaterial nicht ausreichend erschien, aber am Ende hatte er ihrem dringenden Wunsch nachgegeben.

»Ich habe den Eindruck, die Frau da sucht Sie«, sagte Tom, als die Tür zum Gerichtssaal sich öffnete und eine ältere Frau ganz in Schwarz sich zaghaft umsah.

»Mrs. Gambala«, sagte Jess und ging auf die Frau zu. Sie nahm ihre beiden Hände. »Ich danke Ihnen, daß Sie gekommen sind.«

»Wir bringen dieses Ungeheuer hinter Gitter?« fragte Mrs. Gambala erwartungsvoll.

»Ja, wir bringen dieses Ungeheuer hinter Gitter«, versicherte ihr Jess. »Sie kennen meinen Mitarbeiter Mr. Strayhorn. Und das hier ist Mr. Olinsky, mein vorgesetzter Staatsanwalt. Tom, das ist Connie DeVuonos Mutter, Mrs. Gambala.«

»Guten Tag, Mrs. Gambala«, sagte er und stand auf. »Wir wollen hoffen, daß Sie hier bald wieder herauskommen.«

»Hauptsache, die Gerechtigkeit siegt«, erwiderte Mrs. Gambala.

»Sie müssen draußen warten, bis Sie aufgerufen werden«, erklärte Jess ihr und führte sie wieder in den Gang hinaus. »Sie können sich hier hinsetzen.« Jess wies auf eine Bank an der Wand. Die alte Frau blieb stehen. »Sie wissen, was ich Sie nachher fragen werde? Sie haben keine Angst vor den Fragen, die ich Ihnen stellen werde?«

Mrs. Gambala schüttelte den Kopf. »Ich werde die Wahrheit sagen. Connie hatte Todesangst vor diesem Mann. Er hatte gedroht, sie zu töten.«

»Gut. Also, seien Sie jetzt ganz ruhig. Wenn Sie eine Frage nicht verstehen oder auch wenn Sie nicht verstehen, was vorgeht, was der Verteidiger Sie fragt, dann sagen Sie es einfach. Lassen Sie sich so viel Zeit, wie Sie brauchen.«

»Wir bringen das Ungeheuer hinter Gitter«, sagte Mrs. Gambala wieder und ging zum Fenster am Ende des Korridors. Dort blieb sie stehen und blickte in den kalten grauen Tag hinaus.

Die anderen Zeugen kamen bald danach. Jess sprach kurz mit den Polizeibeamten und dem kriminalwissenschaftlichen Gutachter, dankte Connies Freundin und ihrer Kollegin, daß sie ihrer Aufforderung Folge geleistet hatten. Sie führte sie zu der Bank im Flur und sagte ihnen, daß sie in Kürze aufgerufen werden würden. Dann kehrte sie in den Saal zurück.

Der Zuschauerraum begann sich zu füllen, größtenteils mit Anwälten und ihren Mandanten, die auf ihren Verhandlungstermin warteten. Don und Rick Ferguson waren noch nicht da. War es möglich, daß Don noch in letzter Minute für ein bißchen Wirbel sorgen wollte?

Der Gerichtsdiener räusperte sich laut, ehe er das Gericht zur Ordnung rief und Richterin Caroline McMahon ankündigte. Caroline McMahon war eine Frau Anfang Vierzig, deren rundes Gesicht in Widerspruch zu ihrem kantigen Körper stand. Sie hatte kurzes dunkles Haar und einen hellen Teint, der jedesmal, wenn sie die Geduld verlor, was häufig vorkam, tiefrot anzulaufen pflegte.

Gerade als der Gerichtsdiener Rick Fergusons Namen vorlas, stürmte Don mit angemessener Dramatik in den Saal. »Hier, Euer Ehren«, rief er laut und führte seinen Mandanten zum Tisch der Verteidigung.

»Ist die Verteidigung bereit?« erkundigte sich Caroline McMahon mit einem sarkastischen Unterton in der Stimme und blickte über den Rand ihrer Lesebrille zu dem saumseligen Verteidiger hinüber.

»Ja, Euer Ehren.«

»Und die Anklage?«

»Die Anklage ist bereit, Euer Ehren«, antwortete Jess beinahe begierig.

»Ich werde mir das Urteil über Ihren Antrag vorbehalten, Mr. Shaw«, erklärte Caroline McMahon gleich als erstes, »bis ich sehe, welche Richtung die Argumentation der Staatsanwaltschaft nimmt. Ms. Koster, Sie können beginnen.«

»Danke, Euer Ehren«, sagte Jess und ging zum leeren Zeugenstand. »Wir rufen Detective George Farquharson.«

Detective George Farquharson, groß und hellhäutig, mit schütterem Haar, trat in den Gerichtssaal, kam den Gang zwischen den bereits gefüllten Zuschauerreihen herunter, marschierte durch die

Tür in der Glaswand, die den Raum teilte, zum Zeugenstand. Er wurde vereidigt, setzte sich und nannte laut und deutlich seinen Namen und seinen Dienstgrad, ein Mann, der offensichtlich mit sich und der Aufgabe, die ihm bevorstand, zufrieden war.

»Ist es richtig, daß Sie am Nachmittag des fünften Dezember die Leiche von Mrs. Connie DeVuono fanden?« begann Jess.

»Ja.«

»Können Sie uns das genauer berichten?«

»Mein Partner und ich fuhren nach einem Anruf von einem Mr. Henry Sullivan nach Skokie Lagoons hinaus. Er hatte dort beim Eisfischen Mrs. DeVuonos Leiche gefunden. Sobald wir die Tote sahen, wußten wir, daß sie ermordet worden war.«

»Woran sahen Sie das?«

»Das Stück Draht befand sich noch um ihren Hals«, antwortete Detective Farquharson.

»Und was taten Sie, nachdem Sie die Leiche gesehen hatten, Detective Farquharson?«

»Wir haben das Gebiet abgesperrt und die Gerichtsmedizin benachrichtigt. Dann wurde die Leiche mit einem Rettungswagen in die Harrison Street gebracht.«

»Danke, Detective.«

Don stand kurz auf. »Haben Sie abgesehen von dem Draht, der um Mrs. DeVuonos Hals lag, andere Spuren am Tatort gefunden, Detective Farquharson?«

»Nein.«

»Keine Fußabdrücke? Keine Zigarettenstummel? Keine Kleidungsstücke?«

»Nein, Sir.«

»Es befand sich also nichts am Tatort, was eine Verbindung zwischen meinem Mandanten und der Toten hergestellt hätte?«

»Nein, Sir.«

»Ich danke Ihnen.« Don kehrte an seinen Platz zurück.

»Danke, Detective Farquharson, Sie können gehen«, sagte Richterin McMahon.

»Die Anklage ruft Dr. Hilary Waugh.«

Hilary Waugh trug einen königsblauen Hosenanzug und dazu eine schlichte Perlenkette, das dunkle Haar wie immer in einem französischen Zopf.

»Dr. Waugh«, sagte Jess, nachdem Hilary Waugh sich gesetzt hatte, »wie lautet der Befund der Obduktion, die an Connie DeVuono vorgenommen wurde?«

»Der Tod ist infolge einer Strangulierung mit einem Stück Magnetdraht durch Ersticken eingetreten. Der Draht durchschnitt die Halsschlagader, aber erst nach Eintreten des Todes.«

»Gab es Hinweise darauf, daß Connie DeVuono geschlagen worden war?«

»Ja. Neben einer Fraktur des linken Handgelenks hatte sie mehrere gebrochene Rippen und einen ausgerenkten Kiefer.«

»Gab es Anzeigen dafür, daß sie vergewaltigt worden war?«

»Ja. Die Leiche war nackt, und die Vagina war verletzt.«

»Wie lange war Mrs. DeVuono bereits tot, als man sie fand, Dr. Waugh?«

»Ungefähr sechs Wochen. Wir identifizierten sie aufgrund der Unterlagen ihres Zahnarztes.«

»Ich danke Ihnen.«

Don sprang auf. »Wurde in der Vagina Sperma gefunden?« fragte er.

»Nein, wir haben keine Spuren davon gefunden.«

»Bißspuren?«

»Nur von Tieren.«

»Blut, das nicht von der Toten selbst stammte?«

»Nein.«

»Speichel?«

»Nein, zu diesem Zeitpunkt nicht. Mrs. DeVuono war ja schon

ungefähr sechs Wochen tot. Die Leiche befand sich in einem Zustand fortgeschrittener Verwesung.«

»Aber dank der strengen Kälte war die Verwesung nicht so weit fortgeschritten, wie es normalerweise der Fall gewesen wäre, richtig?«

»Ja, das ist richtig.«

»Dennoch haben Sie kein fremdes Blut gefunden, keine Bißspuren, außer solche von Tieren, keinen Speichel, nichts wahrhaft Signifikantes. Ganz eindeutig nichts, das zu Identifizierung des Täters beitragen würde.«

»Nein«, gab Hilary Waugh zu.

»Ich danke Ihnen, Doktor.«

»Die Anklage ruft Dr. Rudy Wang«, sagte Jess, sobald Hilary Waugh den Zeugenstand verlassen hatte.

Dr. Wang, der kriminologische Experte, war ein kleinwüchsiger Mann mit grauem Haar. Dem Namen nach hätte man ihn vielleicht für einen Asiaten halten können, tatsächlich war er polnischer Abstammung. Seine sorgenvoll gekrauste Stirn und die zusammengekniffenen Augen weckten die Vermutung, er habe seine Brille vergessen.

»Dr. Wang, hatten Sie Gelegenheit, den Draht zu untersuchen, mit dem Connie DeVuono erdrosselt wurde?« fragte Jess.

»Ja.«

»Würden Sie ihn uns bitte beschreiben?«

»Es war ein Magnetdraht, stahlgrau, fünfundvierzig Zentimeter lang, rund, mit einem Umfang von etwa acht Millimetern. Sehr starker, sehr fester Draht.«

»Sie haben ein ähnliches Stück Draht aus der Fabrikation der Ace Magnetic Wire Factory, bei der der Angeklagte arbeitet, untersucht, nicht wahr?«

»Ja, das stimmt. Die beiden Drähte waren identisch.«

»Danke, Dr. Wang.«

Don war bereits aufgesprungen und auf dem Weg zum Zeugenstand, ehe Jess an ihren Tisch zurückgekehrt war. »Dr. Wang, befanden sich Fingerabdrücke auf dem Draht, mit dem Mrs. DeVuono erdrosselt worden war?«

»Nein.«

»Teilabdrücke vielleicht? Etwas in dieser Art?«

»Nein. Nichts.«

»Und was würden Sie sagen, gibt es diesen besonderen Typ von Draht häufig oder selten?«

Wang zuckte die Achseln. »Ziemlich häufig, denke ich.«

»Man könnte ihn in jedem Haushaltsgeschäft kaufen?«

»Ja, man könnte ihn in einem Haushaltsgeschäft bekommen.«

»Ich danke Ihnen.«

Don warf Jess einen lächelnden Blick zu, ehe er an seinen Platz zurückkehrte.

»Ich hasse es, wenn Verteidiger so glücklich aussehen«, flüsterte Tom Olinsky Jess zu.

»Die Anklage ruft Mrs. Rosaria Gambala«, sagte Jess laut und ballte zornig ihre Hände zu Fäusten.

In einem langärmligen schwarzen Pullover über einem langen schwarzen Rock näherte sich Mrs. Gambala langsam dem Zeugenstand. Bei jedem Schritt schwankte sie gefährlich, als drohte sie zu stürzen. Sie hielt sich an der vorderen Umrandung des Zeugenstands fest, als sie vereidigt wurde. Der Blick ihrer dunklen Augen schweifte nervös durch den Saal und schreckte zurück, als er auf den Angeklagten fiel. Sie stieß einen unterdrückten Schrei aus.

»Fühlen Sie sich auch wohl, Mrs. Gambala?« fragte Jess. »Möchten Sie vielleicht ein Glas Wasser?«

»Nein, ich fühle mich ganz wohl«, antwortete die Frau mit erstaunlich kräftiger Stimme.

»Können Sie uns sagen, in welcher Beziehung Sie zu der Toten standen?« fragte Jess.

»Ich bin ihre Mutter«, antwortete Rosaria Gambala. Sie sprach im Präsens von ihrer Tochter.

»Wann haben Sie Ihre Tochter vermißt gemeldet, Mrs. Gambala?«

»Am neunundzwanzigsten Oktober 1992, als sie nach der Arbeit nicht zu mir kam, um Steffan abzuholen.«

»Steffan ist ihr Sohn?«

»Ja. Mein Enkel. Er kommt nach der Schule immer zu mir, bis Connie mit der Arbeit fertig ist. Sie ruft immer an, bevor sie im Büro weggeht.«

»Und am Nachmittag des neunundzwanzigsten Oktober rief Ihre Tochter Sie an und sagte, sie ginge jetzt los. Aber sie ist nie bei Ihnen angekommen, ist das richtig?«

»Ich habe die Polizei angerufen. Dort hat man mir gesagt, ich müßte vierundzwanzig Stunden warten. Dann hab ich bei Ihnen angerufen, aber Sie waren nicht zu Hause.«

»Warum haben Sie bei mir angerufen, Mrs. Gambala?«

»Weil Sie ihre Anwältin sind. Sie wollten ihr doch helfen. Sie haben gewußt, daß ihr Leben in Gefahr war. Sie haben von seinen Drohungen gewußt.« Sie wies mit anklagendem Finger auf Rick Ferguson.

»Einspruch!« rief Don. »Hörensagen.«

»Wir sind in einer Vorverhandlung«, sagte Jess. »Hörensagen ist zugelassen.«

»Ich werde es zulassen«, entschied die Richterin. »Fahren Sie fort, Ms. Koster.«

Jess richtete ihre Aufmerksamkeit wieder auf Rosaria Gambala. »Rick Ferguson hat Ihre Tochter bedroht?«

»Ja. Sie hatte solche Angst vor ihm. Er hat gedroht, er würde sie umbringen.«

»Einspruch!« rief Don wieder. »Euer Ehren, können wir einen Augenblick vortreten?«

Die beiden Anwälte traten vor den Richtertisch.

»Euer Ehren, ich finde, jetzt wäre der geeignete Moment, über meinen Antrag auf Beschränkung der Beweisvorlage zu entscheiden«, begann Don, die Initiative sofort an sich reißend. »Der Antrag ist in der Tatsache begründet, daß fast das gesamte Beweismaterial gegen meinen Mandanten auf Hörensagen beruht und in hohem Grad voreingenommen ist.«

»Was in einer Vorverhandlung zulässig ist«, sagte Jess erneut.

»Euer Ehren, es gibt keinerlei direkte Beweise dafür, daß mein Mandant Mrs. DeVuono je bedroht hat.«

»Die Anklage wird neben Mrs. Gambala zwei weitere Zeuginnen rufen, die aussagen werden, daß Mrs. DeVuono vor dem Angeklagten Todesangst hatte, daß er ihr gedroht hatte, sie zu töten, wenn sie vor Gericht gegen ihn aussagen sollte.«

»Euer Ehren, solche Aussagen, die auf Hörensagen beruhen, sind nicht nur präjudizierend, sondern auch irrelevant.«

»Irrelevant?« rief Jess. Sie hörte, wie ihre Stimme sich an den Glaswänden brach. »Sie belegen das Motiv, Euer Ehren. Mrs. DeVuono hatte Rick Ferguson beschuldigt, sie geschlagen und vergewaltigt zu haben –«

»Was niemals vor einem Gericht bewiesen wurde«, erinnerte Don sie.

»Weil Connie DeVuono nie bis vor Gericht gekommen ist. Sie wurde ermordet, ehe sie aussagen konnte.«

»Euer Ehren«, sagte Don mit Nachdruck, »mein Mandant hat stets seine Unschuld an dem Überfall an Mrs. DeVuono beteuert. Tatsache ist, daß er für die Zeit des angeblichen Überfalls ein hieb- und stichfestes Alibi hat.«

»Ich werde mehrere Polizeibeamte aufrufen, die aussagen werden, daß Mrs. DeVuono Rick Ferguson eindeutig als den Mann identifiziert hat, der sie geschlagen und vergewaltigt hat«, argumentierte Jess.

»Hörensagen, Euer Ehren«, erklärte Don kategorisch. »Die einzige Person, Euer Ehren, die meinen Mandanten als den Angreifer in diesem Fall identifizieren könnte, die einzige Person, die bezeugen könnte, daß er ihr Leben bedroht hat, ist tot. Da niemals nachgewiesen wurde, daß mein Mandant mit dem Überfall auf Mrs. DeVuono zu tun hatte, muß ich verlangen, daß Sie die Vorlage derart reißerischen und präjudizierenden Beweismaterials gegen meinen Mandanten untersagen.«

»Euer Ehren«, sagte Jess rasch, »wir behaupten, daß diese Aussagen, auch wenn sie zugegebenermaßen auf Hörensagen beruhen, beweiserheblich sind. Sie gehören zum Kern der Beweisführung der Anklage gegen Mr. Ferguson.«

»Tatsache ist doch, daß die Anklage außer einer Reihe unbestätigter Behauptungen aus zweiter Hand nichts vorweisen kann, was meinen Klienten mit der Toten verknüpft.«

»Euer Ehren«, sagte Jess, die bemerkte, daß die Wangen der Richterin jetzt hochrot waren, »die Anklage beabsichtigt, Mrs. DeVuonos beste Freundin und eine ihrer Arbeitskolleginnen in den Zeugenstand zu rufen. Beide Frauen werden aussagen, daß Mrs. DeVuono Todesangst vor Rick Ferguson hatte, daß sie ihnen erzählte, wie er ihr gedroht hatte, sie umzubringen, wenn sie gegen ihn aussagen sollte –«

»Euer Ehren, wir drehen uns doch hier nur im Kreis.« Don hob gereizt und ungeduldig die Arme.

»Was ist denn los?« rief Mrs. Gambala vom Zeugenstand herüber. »Ich verstehe das alles nicht.«

Caroline McMahon sah die alte Frau teilnahmsvoll an. »Sie können den Zeugenstand verlassen, Mrs. Gambala«, sagte sie freundlich.

»Ich versteh das alles nicht«, wiederholte Mrs. Gambala.

»Es ist schon in Ordnung«, versicherte ihr Jess und half ihr aus dem Zeugenstand. »Sie haben Ihre Sache sehr gut gemacht, Mrs. Gambala.«

»Müssen Sie mich denn nichts mehr fragen?«

»Im Augenblick nicht, nein.«

»Und der Mann muß mich auch nichts fragen?« Sie wies mit zitterndem Finger auf Don.

»Nein«, sagte Jess leise. Während Neil Strayhorn Mrs. Gambala in den Flur hinausführte, sah sie Tom Olinsky an und sah die Resignation in seinem Gesicht.

»Ich bin jetzt bereit, über Ihren Antrag zu entscheiden, Mr. Shaw«, sagte die Richterin.

Don und Jess traten näher an den Richtertisch.

»Ich neige dazu, in dieser Frage der Verteidigung rechtzugeben, Ms. Koster«, begann sie.

»Aber, Euer Ehren –«

»Die präjudizierende Wirkung der Aussagen überwiegt eindeutig ihren Beweiswert. Ich werde daher der Anklage untersagen, dieses Material bei der Verhandlung vorzutragen.«

»Aber ohne diese Aussagen sind unsere Hände gebunden, Euer Ehren. Die Anklage kann dann kein Motiv nachweisen. Unsere ganze Beweisführung bricht zusammen.«

»Da kann ich nur zustimmen«, erklärte die Richterin. »Sind Sie bereit, Antrag auf Verfahrenseinstellung zu stellen?«

Jess blickte von der Richterin zu ihrem geschiedenen Mann. Immerhin war er so anständig, keine Schadenfreude zu zeigen.

»Die Entscheidung liegt bei dir«, sagte er zu ihr.

Eine Minute später wurde das Verfahren gegen Rick Ferguson eingestellt.

»Wie konntest du nur?« fragte Jess Don zornig, während sie in dem jetzt leeren Korridor vor dem Gerichtssaal auf und ab lief.

Tom Olinsky war ins Büro zurückgekehrt; Neil war am anderen Ende des langen Ganges und versuchte, Mrs. Gambala und den beiden anderen Zeuginnen zu erklären, was geschehen war, warum man Rick Ferguson nicht wegen Mordes unter Anklage stellen würde.

»Wie konntest du zulassen, daß dieser Killer ungeschoren davonkommt?«

»Du hattest nichts in der Hand, Jess.«

»Du weißt, daß er sie getötet hat. Du weißt, daß er schuldig ist!«

»Seit wann zählt so etwas vor Gericht?« fragte Don scharf, aber gleich wurde seine Stimme wieder weich. »Jess, ich weiß ja, wie gern du Rick Ferguson als den Schuldigen sehen möchtest. Ich weiß, wie gern du ihn hinter Gitter befördern möchtest. Ehrlich gesagt, mir wäre auch wohler, wenn er säße, wenigstens bis wir wissen, wer diesen Terror gegen dich veranstaltet. Aber ich bin keineswegs davon überzeugt, daß Rick Ferguson der Mann ist, den wir suchen, und ich kann nicht meine Pflicht als Anwalt meines Mandanten vernachlässigen, nur weil ich dich liebe.« Er schwieg und sah sie forschend an, offensichtlich auf ein Zeichen des Verständnisses wartend. Aber Jess verweigerte es ihm. »Komm, schließen wir einen Waffenstillstand«, bot er ihr an. »Gehen wir zusammen essen. Ich lade dich ein.«

»Ich glaube nicht, daß das unter den gegebenen Umständen eine gute Idee wäre.«

»Aber, Jess«, drängte er, »du kannst doch diese Dinge nicht persönlich nehmen.«

»Aber ich tu's. Tut mir leid, wenn dich das enttäuscht.«

»Du enttäuschst mich nie.«

Jess' Zorn ließ nach. Welchen Sinn hatte es, Don böse zu sein, wenn sie in Wirklichkeit auf sich selbst zornig war?

»Heute abend kann ich nicht, Don. Ich habe schon etwas vor«, sagte sie.

»Adam?«

»Meine Schwester«, entgegnete sie. »Und mein Schwager. Und mein Vater. Und seine neue Frau. Der krönende Abschluß eines perfekten Tages. Bis bald.«

Sie drehte sich auf dem Absatz um und sah sich unerwartet Rick Ferguson gegenüber. »Du lieber Gott!«

»Nein, nein«, sagte er grinsend. »Ich bin's nur. Ich hab eigentlich gehofft, wir würden zur Feier des Tages noch ein Glas zusammen trinken«, sagte er über Jess' Kopf hinweg zu Don.

»Tut mir leid, ich kann nicht«, erwiderte Don kalt.

»Oh, das ist aber schade«, sagte Rick mit einem Lächeln, das ganz im Gegensatz zu seinen Worten stand. »Wie ist es mit Ihnen, Jess? Ich könnte Ihnen einiges zeigen.«

»Sie werden ihr gar nichts zeigen«, sagte Don scharf. »Sie wird nicht mal Ihren Schatten zu sehen bekommen. Ist das klar?«

Rick Ferguson krümmte sich zusammen und drückte die Hand auf sein Herz, als hätte er eine tödliche Wunde empfangen. »Sie sind ein harter Mann, Mr. Shaw«, sagte er und richtete sich rasch wieder auf, »aber, zum Teufel, wenn Sie's so wollen, dann sollen Sie's so haben. Ich fühl mich eben im Moment nur so gut, daß ich's gern weitergeben wollte.«

»Gehen Sie nach Hause, Rick«, sagte Don. Er packte ihn grob beim Ellenbogen und führte ihn zu den Aufzügen, von denen einer gerade seine Türen öffnete, als sie sich näherten. Doch ehe sie in die Kabine treten konnten, riß Rick Ferguson sich von seinem Anwalt los und rannte zu Jess zurück.

Jess hielt den Atem an, als er sich näherte, fest entschlossen, keinen Schritt von der Stelle zu weichen. Er würde es nicht wagen, ihr etwas anzutun, nicht hier im Gerichtsgebäude, im Beisein seines Anwalts, der ihm bereits folgte.

»Wollen Sie wissen, wie ich mich fühle, Frau Staatsanwältin?« fragte er sie. Er starrte ihr direkt in die Augen und sprach so leise, daß nur sie ihn hören konnte. »Ich fühl mich wie die Katze, die den Kanarienvogel gefressen hat.«

Einen Moment lang verschlug es Jess die Sprache und den Atem. »Sie gemeines Schwein«, flüsterte sie.

»Worauf Sie sich verlassen können«, gab Rick Ferguson zurück. »Und machen Sie sich keine Sorgen«, fügte er hinzu, Sekunden bevor Don ihn zu Boden riß. »Sie werden nicht mal meinen Schatten zu sehen kriegen.«

25

Um fünf vor sechs hielt Jess den Wagen, den sie sich gemietet hatte, in Evanston vor dem Haus ihrer Schwester an. Der blaue Buick ihres Vaters stand schon in der Auffahrt. »Pech«, flüsterte sie. Sie hätte sich eine Galgenfrist gewünscht, um wenigstens noch ein Glas trinken zu können, ehe sie die Bekanntschaft der fremden Frau machen mußte. »Bleib jetzt bloß ruhig. Lächle, mach ein fröhliches Gesicht.«

Sie wiederholte sich diese einfachen Sätze, bis sie völlig sinnlos geworden waren. Da änderte sie die Formulierung. »Sei nett. Sei freundlich. Streite dich nicht.«

»Streite dich nicht«, sagte sie wieder. Sie nickte energisch mit dem Kopf, bis sie das Gefühl hatte, er würde gleich herunterfallen, während sie sich bemühte, den Mut aufzubringen, aus dem Wagen zu steigen. »Sei nett.«

Die Haustür wurde geöffnet. Barry erschien, winkte ihr mit großer Bewegung, ins Haus zu kommen. Konnte wirklich ihr Schwager diesen gräßlichen Brief geschickt haben?

Mach dich nicht lächerlich, sagte sie sich und achtete sorgsam darauf, daß ihre Lippen sich nicht bewegten. Barry hat dir diesen Brief nicht geschickt. Rick Ferguson hat ihn geschickt.

Jetzt machst du dich *wirklich* lächerlich, widersprach eine andere Stimme. Rick Ferguson hat gar nichts getan. Er ist nicht schuldig, oder hast du das vergessen? Es gibt einfach keine konkreten Beweise dafür, daß er irgend etwas Unrechtes getan hat. Du konntest nicht nachweisen, daß er schuldig ist. Daher ist er unschuldig.

Ja, er ist unschuldig und lauert nur darauf, dir etwas anzutun, dachte sie. Sie öffnete die Wagentür, stieg aus, schlug die Tür zu, sie würde sich nicht einschüchtern lassen. Morgen, in der letzten Stunde ihres Selbstverteidigungskurses, würde sie lernen, wie man einen Angreifer entwaffnete. Sie zweifelte, daß Rick Ferguson vorher etwas unternehmen würde. Es wäre zu auffällig, selbst für seine Dreistigkeit. Wenn ihr etwas zustoßen sollte, würde man augenblicklich ihn verdächtigen.

Und wenn schon, dachte Jess, die eben merkte, daß sie nicht einmal eine Flasche Wein oder ein paar Kleinigkeiten für die Kinder mitgebracht hatte. Rick Ferguson war auch nach der Ermordung Connie DeVuonos augenblicklich verdächtigt worden; und er war der *einzige* Verdächtige gewesen. Auch hier war der Zusammenhang auffällig gewesen. Und dennoch war es der Anklage nicht gelungen, ausreichendes Beweismaterial zu beschaffen, um ihm den Prozeß zu machen. Zweifellos würde er es genauso clever anstellen, wenn er sie beseitigte, obwohl er eigentlich jetzt, da das Verfahren eingestellt war, keinen Grund mehr hatte, ihr etwas anzutun.

Außer daß es ihm Spaß machen würde, das war Jess klar. Sie wußte, daß Rick Ferguson fest vorhatte, ihr etwas anzutun. Er würde sich Zeit lassen, noch ein wenig mit ihr spielen, wie eine Katze mit ihrer Beute, und dann würde er zuschlagen. Keine Zeugen. Keine Spuren. Nichts, was ihn in irgendeiner Weise belastete. Sie würde wahrscheinlich einfach eines Tages auf Nimmerwiedersehen verschwinden.

Wie die Mutter, so die Tochter, dachte sie. Irgendwie fand sie das Ironische ihrer Situation seltsam tröstlich.

Hinter Barry erschien jetzt ihr Vater an der Tür, und zum ersten Mal war Jess froh, daß er eine neue Frau gefunden hatte. Das würde es ihm leichter machen, wenn das Unvermeidliche geschah.

»Mensch, Jess«, rief Barry. »Kannst du vielleicht noch ein bißchen langsamer gehen? Mach, daß du reinkommst. Es ist eiskalt hier draußen.«

Wie um ihn zu bestätigen, fegte vom Wasser her ein kalter Windstoß durch den Garten und schüttelte die nackten Äste der Bäume. Jess sah die blauen Lämpchen, mit denen die kleinen immergrünen Büsche vor dem Haus geschmückt waren, und fragte sich, ob sie von der Kälte blau geworden waren. Sie wirkten bedrückend, traurig. In der Mitte der Haustür hing ein grüner Papierkranz mit einer großen roten Schleife.

»Tyler hat ihn im Kindergarten gemacht«, sagte Barry stolz, als Jess mit einem Gefühl, als hingen ihr Bleigewichte an den Füßen, die Treppe hinaufging. »Woher hast du den Wagen?«

»Den hab ich heute nachmittag gemietet«, erklärte Jess. Sie trat ins Haus und ließ sich von ihrem Vater in die Arme nehmen. »Hallo, Daddy.«

»Hallo, Kind. Laß dich ansehen.« Er schob sie auf Armeslänge von sich ab, ohne sie loszulassen, zog sie dann wieder in seine Arme. »Du siehst prächtig aus.«

»Was für ein Wagen ist das?« fragte Barry.

»Ein Toyota«, antwortete Jess, froh, ein so banales Gesprächsthema zu haben.

»Du solltest kein japanisches Auto fahren«, schalt Barry. Er half ihr aus dem Mantel und hängte ihn in den Schrank. Jess sah flüchtig einen schwarzen Nerz und fragte sich, da sie wußte, daß er nicht ihrer Schwester gehörte, wie Nerz und Birkenstocksandalen zusammenpaßten. »Die amerikanische Autoindustrie braucht unsere Unterstützung.«

»Darum fährst du einen Jaguar«, sagte Jess und stellte ihre Handtasche auf den Boden.

»Als nächstes kauf ich mir ein amerikanisches Auto«, versicherte Barry. »Ich hab an einen Cadillac gedacht.«

»Ein Cadillac ist ein guter Wagen«, sagte Art Koster mit einem flehentlichen Blick zu seiner Tochter, es dabei bewenden zu lassen.

Jess nickte. »Es tut mir leid, daß ich in letzter Zeit so viel zu tun hatte, Daddy«, entschuldigte sie sich, ihren Eintritt ins Wohnzimmer bewußt hinauszögernd.

»Das verstehe ich doch, Kind«, erwiderte ihr Vater, und Jess sah im teilnahmsvollen Blick seiner braunen Augen, daß er sie wirklich verstand.

»Es tut mir so leid, wenn ich dir weh getan habe«, sagte sie leise. »Du weißt, das ist das letzte, was ich möchte.«

»Natürlich weiß ich das. Und es ist völlig unwichtig. Jetzt bist du ja hier.«

»Seid mir nicht böse, aber ich habe total vergessen, etwas mitzubringen«, entschuldigte sich Jess von neuem, als sie Maureen in den Vorsaal kommen sah. Sie hielt einen der Säuglinge im Arm, und Tyler hing wie eine Klette an ihrem Rockzipfel. Die ganze Familie Peppler, stellte Jess fest, war in weihnachtliches Rot und Grün gekleidet. Maureen und das Baby trugen beinahe identische rote Samtkleider; Tyler und sein Vater waren mit dunkelgrünen Hosen, roten Pullovern mit V-Ausschnitt und breiten grünen Krawatten herausgeputzt. Sie sahen aus, als seien sie eben einer Weihnachtskarte entstiegen. Jess fühlte sich entschieden fehl am Platz in schwarz-weißem Pulli und schwarzer Hose.

»Ich bin so froh, daß du kommen konntest«, sagte Maureen mit feuchten Augen. »Ich hatte dauernd Angst, du würdest in der letzten Minute anrufen und –« Sie brach abrupt ab. »Komm mit rein.«

Art Koster legte seiner jüngeren Tochter den Arm um die Schulter und führte sie ins Wohnzimmer. Das erste, was Jess bemerkte, war die große Tanne, die, noch nicht geschmückt, vor dem Flügel stand. Als nächstes sah sie die Madonnengestalt, die auf dem rosenholzfarbenen Sofa saß und in den Armen ein Kind im roten Samtkleidchen hielt.

»Sherry«, sagte Art Koster und führte seine Tochter zum Sofa, »das ist meine jüngere Tochter, Jess. Jess, das ist Sherry Hasek.«

»Hallo, Jess«, sagte die Frau. Sie reichte das Kind an Jess' Vater weiter und stand auf, um Jess die Hand zu geben. Sie war so schlank, wie ihr Vater sie beschrieben hatte, und noch kleiner, als Jess sich vorgestellt hatte. Ihr schwarzes Haar, das erstaunlich natürlich wirkte, war im Nacken mit einer glitzernden Spange zusammengenommen. Um den Hals trug sie eine lange goldene Kette, an der ein Herz aus schwarzem Onyx hing. Sie hatte eine einfache weiße Seidenbluse an und dazu eine anthrazitgraue Hose und schwarze Lederschuhe. Von Birkenstocksandalen keine Spur. Ihr Händedruck war energisch, ihre Hände allerdings waren trotz der Wärme im Haus eiskalt.

Sie ist genauso nervös wie ich, dachte Jess und unterdrückte die aufsteigenden Tränen, als sie der Frau die Hand gab. »Es tut mir leid, daß ich so lange nicht dazu gekommen bin, Sie kennenzulernen«, sagte sie aufrichtig.

»So was kommt vor«, sagte Sherry Hasek.

»Was möchtest du trinken?« fragte Barry. »Wein? Bier? *Coca Cola*?« fügte er mit Betonung hinzu.

»Kann ich auch eine Cola haben?« rief Tyler sofort.

»Du kannst Milch haben«, antwortete ihm Maureen.

»Ich nehme Wein«, sagte Jess. Sie nahm ihrer Schwester das Kind ab. Maureen hatte recht gehabt – die Zwillinge waren in den letzten zwei Monaten wirklich gewachsen. »Hallo, du kleine Süße. Wie geht's dir denn?«

Die Kleine starrte sie an wie ein Geschöpf vom anderen Stern und begann vor Anstrengung zu schielen.

»Sie sind schon zwei Prachtmädchen, nicht wahr?« sagte Barry stolz, während er Jess ein Glas Wein einschenkte. »Komm, gib mir Chloe«, sagte er, nahm seine kleine Tochter und reichte Jess dafür ihr Glas Wein.

»Ich habe mir immer Zwillinge gewünscht«, sagte Sherry Hasek. »Und Mädchen. Statt dessen hab ich drei Jungen bekommen. Einen nach dem anderen.«

»Meine Freundinnen sagen alle, daß Jungen schwieriger sind, wenn sie klein sind«, sagte Maureen und setzte sich, »und Mädchen dafür in der Pubertät weit mehr Probleme machen.«

»Stimmt das, Art?« fragte Barry. »Wie waren denn deine Töchter als Teenager?«

Art Koster lachte. »Meine Töchter waren immer perfekt«, antwortete er galant, während Jess das tränennasse Gesicht ihrer Mutter vor sich sah.

Das habe ich nicht nötig, Jess. Das muß ich mir von dir nicht gefallen lassen.

»Ich glaube nicht, daß wir perfekt waren«, widersprach Jess und hob rasch ihr Glas. »Prost, alle miteinander.« Sie nahm einen großen Schluck, dann noch einen.

»Auf Gesundheit und Wohlstand«, sagte Barry.

Jess betrachtete Sherry Haseks ovales Gesicht. Sie hatte weit auseinanderliegende dunkle Augen, aber ihre übrigen Gesichtszüge wirkten seltsam gedrängt, als sei auf ihrem Gesicht nicht genug Platz für alles. Wenn sie lebhaft wurde, schien ihr Mund regelrecht auf und ab zu hüpfen. Und sie sprach viel mit den Händen, gestikulierte mit langen gepflegten Fingern, um ihren Worten Nachdruck zu verleihen, wodurch sie den Eindruck eines zwar wachen, aber etwas chaotischen Geists hervorrief.

Ganz anders als Mutter, dachte Jess, und Sherry Haseks kleines Gesicht verschwand, als sie das breitere ihrer Mutter vor sich sah und sich erinnerte; der blaugrünen Augen, der weichen Haut, des Ebenmaßes von Mund und Nase, der hohen, hervorspringenden Wangenknochen. Es war ein Gesicht, das die Illusion von Ruhe hervorrief, das bewirkte, daß man sich in seiner Nähe sicher und geborgen fühlte. Die feine Ausgewogenheit ihrer Züge hatte etwas ungemein Beruhigendes gehabt, so als sei die Gelassenheit, die sie ausstrahlte, die Folge eines tiefen inneren Friedens.

Immer war ihre Mutter so gewesen, hatte sich selbst so wohl gefühlt, daß auch alle anderen sich in ihrer Umgebung wohl gefühlt hatten. Selten hatte sie die Beherrschung verloren, fast nie geschrien. Und doch gab es nie eine Frage, wie sie zu den Dingen stand. Sie kannte keine falsche Bescheidenheit, hatte für Ratespiele nichts übrig. Sie sagte, was sie fühlte, und erwartete die gleiche Höflichkeit von anderen. Sie hat jeden mit Respekt behandelt, dachte Jess jetzt, das tränennasse Gesicht ihrer Mutter vor Augen, selbst die, die diesen Respekt gar nicht verdient hatten.

»Erde an Jess«, hörte sie Barry sagen. »Bitte kommen, Jess. Bitte kommen.«

Jess merkte, wie das Glas mit dem Wein ihr zu entgleiten drohte, und drückte fest zu, ehe es ihr aus der Hand fallen konnte. Sie spürte, wie das dünne Glas zwischen ihren Fingern zersprang und in sich zusammenfiel, wie ihre Hand feucht und klebrig wurde. Als sie hinunterblickte, sah sie ihr Blut, das sich mit dem Weißwein mischte, so daß ein zartes Rosé entstand, und plötzlich öffneten sich ihre Ohren den Ausrufen des Schreckens und der Sorge, die das Zimmer füllten.

»Mami!« rief Tyler weinend.

»Mein Gott, Jess, deine Hand!«

»Wie, zum Teufel, hast du das angestellt?« Barry schob ihr hastig eine Serviette unter die Hand, ehe das Blut auf den Teppich tropfen konnte.

Eines der kleinen Mädchen begann zu weinen.

»Es ist nichts«, hörte Jess sich sagen, obwohl sie in Wahrheit gar nicht sicher war, was geschehen war, und daher auch nicht sagen konnte, ob es wirklich nichts war.

»Da hast du ja ganz schön zugepackt«, sagte ihr Vater, während er behutsam die Faust seiner Tochter öffnete, um die verletzte Hand zu untersuchen. Vorsichtig zog er zwei kleine Glassplitter aus ihrer Hand und wischte mit seinem weißen Leinentaschentuch sanft das Blut weg.

»Das ist meine Adlerklaue«, sagte Jess.

»Deine was?« fragte Barry, der mit etwas Mineralwasser den Teppich abtupfte.

»Ich gehe in einen Selbstverteidigungskurs«, murmelte Jess, befremdet über dieses Gespräch.

»Ach, und da bringen sie euch bei, wie man sich vor einem Glas Weißwein schützt?« fragte Barry.

»Ich hole die Wundsalbe«, sagte Maureen. Sie legte die beiden Säuglinge in ihre Babywippen und eilte aus dem Zimmer. Tyler hängte sich immer noch weinend an ihren Rockzipfel.

»Das tut mir wirklich leid«, sagte Jess.

»Wieso?« fragte Sherry. »Haben Sie es denn mit Absicht getan?«

Jess lächelte dankbar. »Es tut teuflisch weh.«

»Das kann ich mir vorstellen.« Sherry untersuchte die kleinen Schnitte, die sich mit den Linien in Jess' Handfläche kreuzten. »Sie haben eine schöne kräftige Lebenslinie«, bemerkte sie beiläufig.

»Was, zum Teufel, hast du dir dabei gedacht?« fragte Barry im Aufstehen.

»Ich dachte, bei euch seien solche Wörter nicht erlaubt«, gab Jess zurück.

»Komm, laß dich damit einreiben.« Maureen, die wieder da war, trug die lindernde Salbe auf Jess' Hand auf, ehe Jess protestieren konnte. »Und ich hab auch gleich einen Verband mitgebracht.«

»Ich brauche keinen Verband.«

»Halt die Hand über deinen Kopf«, wies Barry sie an.

»Also wirklich, Barry, so tief sind die Schnitte doch nicht.«

»Vielleicht sollten wir einen Arzt anrufen«, sagte Maureen. »Nur zur Sicherheit.«

Bei dem Wort *Arzt* begann Tyler von neuem zu jammern.

»Ist ja gut, Tyler«, beruhigte ihn Maureen und bückte sich, um ihn in die Arme zu nehmen. »Der Arzt kommt ja nicht zu dir.« Sie wandte sich wieder an Jess. »Dem armen Jungen sind sämtliche Ärzte verhaßt, weil ihm der Arzt das letzte Mal, als er krank war, du weißt schon, als wir alle die Grippe hatten, dieses Stäbchen in den Hals gesteckt hat, um sich seine Mandeln anzusehen, und Tyler würgen mußte. Er haßt es, wenn er sich übergeben muß.«

Jess lachte, und Tyler begann noch lauter zu weinen. »Entschuldige, Süßer«, sagte sie und tätschelte ihrem Neffen mit einer Hand die Wange, während sie den anderen Arm hochhielt, so daß Sherry die verletzte Hand verbinden konnte. »Ich habe nicht über dich gelacht. Ich habe gelacht, weil ich das auch kenne. Ich mag es auch nicht, wenn ich mich übergeben muß.«

»Wer mag das schon?« fragte Barry. Er griff zum Telefon auf dem Beistelltisch neben dem Sofa. »Also, Jess? Brauchst du einen Arzt?«

»Keine Spur.« Sie ließ sich von ihrem Vater zum Sofa führen, wo der sie zwischen sich und Sherry setzte. »Ich bin hart im Nehmen, das weißt du doch.« Doch wenn Barry sich der Einzelheiten ihres letzten Streits erinnerte, so ließ er sich davon nichts anmerken.

»Hat die Polizei eigentlich je herausgefunden, wer deinen Wagen demoliert hat?« fragte Maureen.

Jess schüttelte den Kopf. Sie spürte plötzlich Rick Fergusons unheimliche Gegenwart im Zimmer und verscheuchte sie mit dem Klang ihrer Stimme. »Ich höre, Sie malen«, sagte sie zu der Frau, die neben ihr saß.

Sherry lachte. Es war ein bezauberndes Lachen, melodiös wie der Klang eines Glockenspiels in einer warmen Brise. In der Ferne hörte Jess das kräftigere Lachen ihrer Mutter.

»Ich bin eine Dilettantin, aber ich muß zugeben, ich habe mir immer gewünscht, malen zu können«, antwortete Sherry und sandte einen beifallheischenden Blick zu Art Koster hinüber, etwas, das Mutter nie getan hätte, dachte Jess.

»Malen Sie lieber mit Öl- oder Pastellfarben?« fragte sie, nicht weil sie es interessierte, sondern nur um Konversation zu machen.

»Mit Pastell kann ich besser umgehen. Ihr Vater zieht Öl vor.«

Jess zuckte innerlich zusammen. Niemals hätte ihre Mutter sich angemaßt, für ihren Vater zu sprechen. Und hielt diese Frau es wirklich für nötig, sie über die Vorlieben ihres eigenen Vaters aufzuklären?

»Sherry ist ein bißchen zu bescheiden«, sagte ihr Vater, sich nun seinerseits anmaßend, für Sherry zu sprechen. Machten alle Liebespaare sich solcher Übergriffe schuldig? fragte sich Jess. »Sie ist wirklich begabt.«

»Na ja«, sagte Sherry scheu, »Stilleben kann ich ganz gut.«

»Ihre Pfirsiche sind zum Anbeißen«, konstatierte Art Koster augenzwinkernd.

»Art!« rief Sherry lachend und griff an Jess vorbei, um Art Koster eins auf die Finger zu geben. Jess fühlte sich leicht angewidert. »Ihr Vater hat es mehr mit dem Aktzeichnen.«

»Das kann ich mir denken«, sagte Barry.

»Immer wieder biete ich ihr an, sie zu malen«, sagte Art und lächelte Sherry an, als wäre Jess gar nicht vorhanden. »Aber sie sagt, sie wartet auf Jeffrey Koons.«

Wieder das glockenhelle Gelächter. Jess vermutete, sie hätte wissen müssen, wer Jeffrey Koons war, aber sie wußte es nicht. Sie lachte trotzdem, als wüßte sie es.

Sie fragte sich, was ihre Mutter von dieser reizenden kleinen Familienszene gehalten hätte: Barry neben Maureen, den Arm um ihre Schulter, während sie Tyler in den Armen hielt; Jess eingequetscht auf dem Sofa zwischen ihrem Vater und der Frau, die er gern nackt malen wollte; die Zwillinge in ihren Babywippen, mit großen Augen jede Bewegung ihrer Mutter verfolgend. Richtig so, warnte Jess sie schweigend, paßt nur auf eure Mutter auf, gebt acht, daß sie nicht verschwindet.

»Erde an Jess«, hörte sie wieder. »Erde an Jess. Jess bitte kommen.«

»Entschuldigt«, sagte Jess hastig, als sie Barrys unmutiges Gesicht sah. Als würde durch ihre Zerstreutheit sein Talent als Gastgeber in Zweifel gezogen. »Hast du etwas gesagt?«

»Sherry hat gefragt, ob du gern malst.«

»Oh. Tut mir leid, das hab ich gar nicht gehört.«

»Das haben wir gemerkt«, sagte Barry, und Jess fing den beunruhigten Blick auf, der plötzlich Maureens Augen trübte.

»Das ist doch nicht so wichtig«, beschwichtigte Sherry augenblicklich. »Ich hab nur Konversation gemacht.«

»Ehrlich gesagt weiß ich nicht, ob ich gern male oder nicht«, antwortete Jess. »Ich habe seit meiner Kindheit nicht mehr gemalt.«

»Weißt du noch, wie du mal die Kreidestifte erwischt und sämtliche Wände im Wohnzimmer verschmiert hast«, sagte Maureen. »Mama war fuchsteufelswild, weil sie das Wohnzimmer gerade hatte streichen lassen.«

»Nein, das weiß ich nicht mehr.«

»Ich glaube, das werde ich nie vergessen«, sagte Maureen. »So laut hab ich Mama nie wieder brüllen hören.«

»Sie hat nicht gebrüllt.«

»Doch, an dem Tag schon. Man konnte sie meilenweit hören.«

»Sie hat nie gebrüllt«, insistierte Jess.

»Hast du nicht eben gesagt, daß du dich an den Zwischenfall nicht mehr erinnerst?« sagte Barry.

»Aber ich denke, ich kann mich an meine eigene Mutter erinnern.«

»Ich erinnere mich an viele Gelegenheiten, bei denen sie herumgeschrien hat«, sagte Maureen.

Jess zuckte die Achseln und bemühte sich, ihren wachsenden Ärger zu verbergen. »Mich hat sie jedenfalls nie angeschrien.«

»Gerade dich hat sie immer angeschrien.«

Jess stand auf und ging zu der großen Tanne vor dem Flügel. »Wann schmücken wir den Baum?«

»Wir haben uns gedacht, gleich nach dem Abendessen«, antwortete Barry.

»Du konntest nie aufhören«, fuhr Maureen fort, als hätte es gar keine Unterbrechung gegeben. »Du mußtest immer das letzte Wort haben.« Sie lachte. »Ich weiß noch, wie Mama immer sagte, sie sei froh dich zu haben, weil es so angenehm sei, mit jemandem zusammenzuleben, der allwissend sei.«

Alle lachten. Jess begann allmählich das Glockenspiel zu hassen.

»Meine Söhne waren genauso«, stimmte Sherry zu. »Jeder von ihnen bildete sich ein, alles zu wissen. Als sie siebzehn waren, war ich in ihren Augen die dümmste Person auf der ganzen Welt. Und als sie einundzwanzig waren, konnten sie nicht glauben, wie klug ich plötzlich geworden war.«

Wieder lachten alle.

»Aber wir haben schon ein paar sehr harte Jahre durchgemacht«, bekannte Sherry. »Vor allem kurz nachdem ihr Vater gegangen war. Obwohl er ja vorher auch meistens durch Abwesenheit geglänzt hat. Aber als er dann endgültig ging, war es gewissermaßen amtlich, und die Jungen haben sich ganz schön abreagiert. Sie waren ungezogen und rebellisch, und ganz gleich, was ich gesagt oder getan habe, es war nie richtig. Andauernd gab es Streit. Ich brauchte nur ein Wort zu sagen, und schon ging es los, ehe ich überhaupt wußte, wie mir geschah. Sie behaupteten, ich sei zu streng, zu altmodisch, zu naiv. Alles machte ich falsch. Wir lagen uns ständig in den Haaren. Und dann waren sie plötzlich erwachsen, und ich stellte fest, daß ich noch relativ intakt war. Sie fingen an zu studieren und zogen dann einer nach dem anderen aus. Danach habe ich mir einen Hund gekauft. Er liebt mich bedingungslos. Wenn ich weggehe, sitzt er vor der Tür und wartet treu, bis ich komme. Wenn ich nach Hause komme, führt er Freudentänze auf. Er streitet sich nicht mit mir; er widerspricht mir nicht; in seinen Augen bin ich die Größte. Er ist das Kind, das ich mir immer gewünscht habe.«

Art Koster lachte.

»Vielleicht sollten wir uns einen Hund anschaffen«, sagte Barry und zwinkerte seiner Frau zu.

»Ich vermute, jede Mutter macht Zeiten durch, wo sie sich fragt, wozu das alles«, sagte Maureen.

Und wieder sah Jess das Gesicht ihrer Mutter. *Das habe ich nicht nötig, Jess. Das muß ich mir von dir nicht gefallen lassen.*

»Ich meine, ich liebe meine Kinder wirklich«, fuhr Maureen fort, »aber es gibt Augenblicke...«

»Da wünschst du, du säßest wieder in deinem Büro?« fragte Jess und sah, wie Barry die Stirn runzelte.

»Da wünsche ich, sie wären ein bißchen *ruhiger*«, korrigierte Maureen sie.

»Vielleicht sollten wir uns tatsächlich einen Hund zulegen«, sagte Barry.

»Na klar!« rief Jess, »damit Maureen noch mehr zu tun hat.«

»Jess...«, warnte Maureen.

»Sherrys Hund ist wirklich niedlich«, sagte Art Koster schnell. »Ein Zwergpudel. Mit einem wunderschönen roten Fell, eine sehr ungewöhnliche Farbe bei einem Pudel. Als sie mir das erste Mal erzählte, daß sie einen Pudel hat, dachte ich, um Gottes willen nein, mit einer Frau, die so einen Hund hat, will ich nichts zu tun haben. Ich meine, Pudel, das ist doch so ein Klischee.«

»Und dann hat er Casey kennengelernt«, warf Sherry ein.

»Und dann hab ich Casey kennengelernt.«

»Und es war Liebe auf den ersten Blick.«

»Na ja, eher Liebe auf den ersten Spaziergang«, sagte Art Koster. »Ihr hättet dabeisein sollen, wie ich ihn das erste Mal Gassi geführt habe. Praktisch jeder, an dem wir vorbeikamen, mußte das kleine Biest streicheln. Ich hab in meinem ganzen Leben nicht so viele

Leute an einem einzigen Nachmittag lächeln sehen. Es war ein herrliches Gefühl. Und Pudel sind natürlich sehr klug. Sherry sagt, sie sind die klügsten Hunde überhaupt.«

Jess wollte ihren Ohren nicht trauen. Hielt ihr Vater da tatsächlich einen engagierten Vortrag über einen Zwergpudel?

»Jess hat Tiere immer geliebt«, sagte ihr Vater gerade.

»Tatsächlich? Haben Sie Haustiere?« fragte Sherry.

»Nein«, antwortete Jess.

»Sie hat einen Kanarienvogel«, antwortete Maureen fast im selben Moment.

»Nein«, sagte Jess wieder.

»Was ist denn aus Fred geworden?« fragte Maureen.

»Er ist gestorben. Letzte Woche.«

»Fred ist gestorben?« wiederholte Maureen. »Ach, das tut mir aber leid. War er krank?«

»Woran soll man denn merken, ob ein Kanarienvogel krank ist?« sagte Barry mit einem geringschätzigen Lachen.

»Sprich nicht in diesem Ton mit ihr«, fuhr Jess ihn scharf an.

»Wie bitte?« Barrys Stimme enthielt mehr Überraschung als Zorn.

»In was für einem Ton?« fragte Maureen.

»Kommen die Jungen dieses Jahr zu Weihnachten nach Hause?« fragte Art Koster unvermittelt. Einen Moment lang schien niemand zu wissen, wovon er sprach.

»Ja«, antwortete Sherry ein wenig zu laut, ein wenig zu eifrig. »Jedenfalls ist das das letzte, was ich gehört habe. Aber ganz sicher weiß man es nie. Sie sind imstande, es sich in letzter Minute noch anders zu überlegen.«

»Wo sind denn Ihre Söhne jetzt?« fragte Jess höflich. Lächle, sagte sie sich mit zusammengebissenen Zähnen. Sei nett. Sei höflich. Streite dich nicht herum.

»Warren ist Turnlehrer an einer High School in Rockford. Colin ist an der Filmschule in New York; er möchte Regisseur werden. Und Michael ist in Wharton.«

»Drei sehr gescheite junge Männer«, sagte Jess' Vater stolz.

»Maureen hat ihr Diplom in Harvard gemacht«, sagte Jess, ihre soeben gefaßten guten Vorsätze bröckelten schon.

»Hast du sie schon kennengelernt, Dad?« fragte Maureen, als hätte Jess nicht gesprochen.

»Nein, noch nicht«, antwortete Art Koster.

»Ich wollte Sie eigentlich alle zum Weihnachtsessen bei mir einladen«, sagte Sherry. »Dann könnte ich Sie miteinander bekannt machen...«

»Das ist ein netter Gedanke«, erwiderte Maureen sofort.

»*Wir* kommen gern«, erklärte Barry mit Betonung. »Wie ist es mit dir, Jess?«

»Sicher, gern«, stimmte Jess zu. Lächle, dachte sie. Sei nett. Streite dich nicht herum. Bleib ruhig. »Apropos essen...?«

»Wann immer ihr wollt«, sagte Maureen.

Jess starrte die Frau an, die den Platz ihrer Mutter einnehmen sollte. »Ob wir wollen oder nicht«, sagte sie.

26

Dieser Braten ist köstlich«, erklärte Sherry Hasek und tupfte sich die Mundwinkel mit ihrer rosafarbenen Serviette. »Ich esse kaum noch Rindfleisch. Ich habe ganz vergessen, wie herrlich es schmeckt.«

»Ich habe versucht, Maureen das Rindfleisch abzugewöhnen«, sagte Barry, »aber sie behauptet, sie sei mit Muttermilch und gutem altmodischen Roastbeef aufgezogen worden. Was will man da tun?«

»Es sich schmecken lassen«, sagte Art Koster.

»Ich glaube, solange man die Dinge nicht übertreibt, ist das ganz in Ordnung«, sagte Sherry. »Alles in Maßen, sagt man nicht so?«

»Ach, heute wird einem so vieles gesagt«, sagte Maureen. »Man weiß gar nicht mehr, woran man sich halten soll. Mal heißt es, man sollte kein Rindfleisch essen; dann heißt es wieder, es sei gesund. Erst warnen sie uns vor den Gefahren des Alkohols, dann erklären sie uns, daß ein Gläschen Wein pro Tag ein gutes Mittel gegen Herzinfarkt ist. Was heute als gesund gilt, gilt morgen schon wieder als ungesund.«

»Auf die Mäßigung!« Art Koster hob sein Glas Rotwein hoch.

»Auf Gesundheit und Wohlstand«, sagte Barry.

»Ich habe neulich beim Arzt im Wartezimmer einen Artikel gelesen«, erzählte Art Koster. »Es war eine ziemlich alte Zeitschrift, und der Reporter stellte dieser Prominenten, die er da interviewte – ich weiß nicht, wer es war – alle möglichen Fragen. Er bat sie zum Beispiel, ihr Lieblingsgetränk zu nennen und ihm drei Gründe für diese Vorliebe anzugeben. Es ist ein Spiel. Wollen wir es mal probieren?«

»Mein Lieblingsgetränk?« sagte Barry nachdenklich. »Rotwein, müßte ich da sagen. Er hat Geschmack, er riecht wunderbar, und er ist berauschend.«

»Ich mag am liebsten Orangensaft«, folgte ihm Maureen. »Der ist gesund, erfrischend und gibt Energie.«

»Sherry?« fragte Art Koster.

»Champagner«, antwortete sie. »Es macht Spaß, ihn zu trinken, es hat etwas Festliches, und ich mag das Prickeln.«

»Jess?« fragte Barry.

»Was denn?«

»Du bist dran.«

»Hast du eben gesagt, daß du beim Arzt warst?« fragte Jess ihren Vater.

»Hast du nicht zugehört?« rief Barry.

Jess ignorierte ihren Schwager. »Fehlt dir etwas, Dad?«

»Doch, mir geht es blendend«, antwortete ihr Vater. »Es war die alljährliche Untersuchung.«

Wohin gehst du? fragte Jess ihre Mutter.

Nirgendwohin, antwortete sie.

Seit wann machst du dich so fein, wenn du nirgendwohin gehst?

»Und, was sagst du?« drängte Barry.

»Was sage ich wozu?«

Barry schüttelte den Kopf. »Also wirklich, Jess, ich weiß gar nicht, weshalb du überhaupt zu uns kommst, wenn du keine Lust hast, dich am Gespräch zu beteiligen.«

»Barry, bitte«, mahnte Maureen vorsichtig.

»Wir wollen wissen, was du am liebsten trinkst«, erklärte Art Koster. »Und die drei Gründe, warum.«

»Das ist das Gespräch, das gerade läuft?« fragte Jess.

»Es ist ein Spiel«, sagte Sherry freundlich.

»Ich weiß nicht«, sagte Jess schließlich. »Schwarzen Kaffee wahrscheinlich.« Sie sah, daß alle auf ihre nächsten Worte warteten. »Warum? Weil er mich morgens wach macht, weil ich den etwas bitteren Geschmack liebe, und weil er bis zum letzten Tropfen schmeckt.« Sie zuckte die Achseln. Sie konnte nur hoffen, daß sie alle Erwartungen erfüllt hatte.

»Was hast du denn gesagt, Dad?« fragte Maureen.

»Bier«, antwortete er. »Bier ist ein einfaches Getränk, ohne Schnörkel, und ich fühl mich gut, wenn ich es trinke.«

»Und was hat das nun alles zu bedeuten?« wollte Maureen wissen.

»Also«, erklärte Art Koster mit einer Geste wie ein Zauberkünstler, »das Getränk steht für Sex. Ich mag es, also, weil es einfach ist, ohne Schnörkel und weil ich mich dabei gut fühle.«

Alle versuchten eifrig, sich zu erinnern, welche Gründe sie für ihre Vorliebe für ihr Lieblingsgetränk angegeben hatten, und fingen an zu lachen, als ihnen klar wurde, was sie da alles gesagt hatten.

»Du findest also, daß Sex gut schmeckt, berauschend ist und herrlich riecht«, sagte Maureen zu ihrem Mann. »Ich glaube, ich fühle mich geschmeichelt.«

»Und ich glaube, ich habe großes Glück«, erwiderte er mit einem Blick zu Jess. »Ein bißchen bitter, hm?«

Jess sagte nichts. Sei nett, dachte sie. Bemüh dich zu lächeln. Sei höflich. Streite dich nicht herum.

»Und du magst das Prickeln«, sagte Art Koster und nahm Sherry Hasek in die Arme.

Jess dachte darüber nach, was ihre Mutter gesagt hätte. Weißwein vielleicht, weil er klar war, direkt und rein. Oder vielleicht Waldmeisterlimonade, weil sie süß war, hübsch aussah und etwas Nostalgisches hatte. Oder vielleicht sogar Milch, aus den gleichen Gründen, aus denen ihr Vater Bier bevorzugte.

»Erde an Jess«, sagte Barry schon wieder. »Jess, bitte kommen.«

»Das erste Mal war's witzig, Barry«, sagte Jess schärfer, als sie beabsichtigt hatte. »Jetzt ist es nur noch lästig.«

»Wie dein Verhalten. Ich versuche nur dahinterzukommen, ob du einfach mit deinen eigenen Gedanken beschäftigt bist oder ob du absichtlich unhöflich bist.«

»Barry...«, warnte Maureen.

»Weshalb sollte ich absichtlich unhöflich sein?« fragte Jess aufgebracht.

»Das mußt schon du mir sagen. Ich kann nicht behaupten, dich zu verstehen.«

»Ach ja?«

»Jess!« sagte Art Koster.

»Ich würde sagen, wir verstehen einander recht gut, Barry«, entgegnete Jess, die mit ihrer Geduld am Ende war. »Wir hassen uns gegenseitig wie die Pest. Das ist doch ziemlich klar, nicht wahr?«

Barry machte ein Gesicht, als hätte er gerade eine Ohrfeige bekommen. »Ich hasse dich nicht, Jess.«

»Ach nein? Und was ist mit diesem reizenden Brief, den du mir geschickt hast? Sollte das ein Zeichen deiner Zuneigung sein?«

»Ein Brief?« wiederholte Maureen. »Was für ein Brief?«

Jess biß sich auf die Zunge, bemühte sich, den Mund zu halten. Aber es war zu spät. Die Worte sprudelten ihr schon über die Lippen. »Dein Mann hat mir zum Zeichen seiner Hochachtung einen Brief geschickt, der mit Urin getränkt war und abgeschnittene Schamhaare enthielt.«

»Was? Was redest du da?« schienen alle zugleich zu fragen.

»Du bist wohl völlig übergeschnappt?« brüllte Barry sie an. »Was, zum Teufel, sagst du da?«

Ja, wirklich, was sage ich da? fragte sich Jess plötzlich, während die Zwillinge vom Geschrei rundherum erschrocken zu weinen anfingen. Glaubte sie allen Ernstes, daß Barry ihr diesen Brief geschickt haben konnte? »Willst du behaupten, daß du es nicht warst?«

»Ich behaupte, daß ich nicht die leiseste Ahnung habe, was, zum Teufel, du da redest.«

»Du fluchst schon wieder«, sagte Jess.

Barry prustete etwas Unverständliches.

»Ich habe letzten Monat einen anonymen Brief bekommen«, erklärte Jess. »Darin waren abgeschnittene Schamhaare und ein Blatt Papier, das mit Urin getränkt war. Als ich ein paar Tage später mit dir telefoniert habe, hast du mich gefragt, ob ich deinen Brief bekommen hätte. Oder willst du das abstreiten?«

»Natürlich streite ich das ab! Das einzige, was ich dir je mit der Post geschickt habe, war ein Prospekt über Lebensversicherungen.«

Jess erinnerte sich vage, einen Brief geöffnet, etwas von Lebensversicherungen gelesen und das ganze ohne einen weiteren Gedanken weggeworfen zu haben. Und das war der Brief, von dem er an jenem Tag am Telefon gesprochen hatte? »Das war der Brief, den du mir geschickt hattest?«

»Ich bin Steuerberater, Herrgott noch mal«, versetzte er. »Was sollte ich dir denn sonst schicken?«

Das ganze Zimmer begann sich plötzlich um Jess zu drehen. Was war nur los mit ihr? Wie hatte sie ihren Schwager einer solchen gemeinen Handlung beschuldigen können? Selbst wenn sie ihn dessen für fähig gehalten hätte, wie hatte sie es laut sagen können? In seinem eigenen Haus. An seinem Eßtisch. Vor seiner versammelten Familie.

Maureen weinte. »Ich kann einfach nicht glauben, daß du so etwas sagen kannst!« rief sie unter Tränen, ihren kleinen Sohn an sich gedrückt. »Ich kann nicht mal glauben, daß du so etwas auch nur denkst.«

»Es tut mir ja so leid«, sagte Jess hilflos. Tyler begann angesichts seiner in Tränen aufgelösten Mutter zu weinen, die Zwillinge schrien in ihren Wippen.

»Kinder, können wir denn nicht in Ruhe miteinander sprechen«, wandte sich Art Koster drängend an die Erwachsenen.

»Du weißt doch, daß Barry und ich diesen Riesenkrach gehabt hatten«, wandte sich Jess in dem Bemühen zu erklären an ihre Schwester. »Ich wußte, wie wütend er auf mich war, und er hatte mir selbst gesagt, daß er nie etwas vergißt und sich immer revanchiert. Und dann bekam ich diesen Brief, und kurz danach telefonierte ich mit Barry, und er fragte mich, ob ich seinen Brief bekommen hätte...«

»Und da stand für dich fest, daß er der perverse Kerl ist, der dir diesen gemeinen Brief geschickt hat; daß ich einen Mann geheiratet habe –«

»Das hatte doch mit dir überhaupt nichts zu tun«, unterbrach Jess. »Maureen, hier geht es nicht um dich!«

»Nein?« entgegnete Maureen. »Wenn du meinen Mann angreifst, greifst du auch mich an.«

»Sei nicht albern«, widersprach Jess.

Die Zwillinge schrien lauter; Tyler riß sich von seiner Mutter los und rannte nach oben.

»Du hast ihm nie auch nur die kleinste Chance gegeben, vom Tag unserer Heirat an nicht«, schrie Maureen und fuchtelte mit beiden Armen wie wild in der Luft herum.

»Das ist nicht wahr«, konterte Jess. »Ich fand ihn ganz in Ordnung, bis er aus dir Donna Reed gemacht hat.«

»Donna Reed!« Maureen schnappte empört nach Luft.

»Wieso hast du das zugelassen?« Nun, da sie schon so weit gegangen war, sagte sich Jess, konnte sie auch bis zum Ende gehen. »Wie konntest du einfach alles aufgeben und dich von ihm zum Hausmütterchen machen lassen?«

»Wie wär's, wenn ich die Zwillinge nach oben bringe?« erbot sich Sherry, nahm die beiden kleinen Mädchen aus ihren Wippen und trug sie nach oben.

»Kinder, wollen wir damit nicht aufhören, ehe wir Dinge sagen, die wir nachher bedauern müssen«, rief Art Koster und seufzte dann resigniert, als sähe er ein, daß es dazu bereits zu spät war.

»Was habe ich eigentlich deiner Meinung nach aufgegeben?« fragte Maureen. »Meine Stellung? Ich kann mir immer wieder eine andere Stellung suchen. Meine Ausbildung? Die nimmt mir niemand weg. Kannst du denn einfach nicht kapieren, daß ich genau das tue, was ich tun möchte? Daß es *meine* Entscheidung war und nicht Barrys, zu Hause zu bleiben und mich meinen Kindern zu widmen, solange sie klein sind. Ich respektiere doch deine Entscheidungen, Jess, auch wenn ich sie nicht immer verstehe. Kannst du nicht auch die meinen respektieren? Was ist denn so falsch an dem, was ich tue?«

»Was daran falsch ist?« hörte Jess sich sagen. »Ja, ist dir denn nicht klar, daß dein ganzes Leben nichts als eine einzige Zurückweisung all dessen ist, was unsere Mutter uns beigebracht hat?«

»Was?« Maureen war wie vom Donner gerührt.

»Lieber Himmel, Jess«, rief ihr Vater, »was redest du denn da?«

»Unsere Mutter hat uns zu selbständigen Frauen erzogen, die auf eigenen Füßen stehen können«, behauptete Jess. »Niemals hätte sie gewollt, daß Maureen in einer Ehe landet, in der ihr keinerlei Raum zur eigenen Entwicklung gegeben wird.«

Maureens Augen blitzten vor Zorn. »Wie kannst du es wagen, an mir herumzukritisieren! Wie kannst du es wagen, dir anzumaßen, über meine Ehe zu urteilen. Und wie kommst du dazu, unsere Mutter da hineinzuziehen? *Du* warst doch diejenige, nicht *ich*«, fuhr sie fort, »die sich genau über diese Fragen dauernd mit Mutter gestritten hat. Du wolltest doch unbedingt heiraten, als du noch auf dem College warst, obwohl Mutter dich immer wieder gebeten hat zu warten. *Du* hast die ganze Zeit mit ihr gestritten, du hast sie unglücklich gemacht, du hast sie zum Weinen gebracht. ›Warte doch wenigstens, bis du mit dem Studium fertig bist‹, hat sie immer wieder gesagt. ›Don ist ein netter Mann, aber er wird dir zu einer eigenen Entwicklung keinen Platz lassen. Warte, bis du mit dem Studium fertig bist‹, hat sie dich immer wieder gebeten. Aber du hast nicht auf sie gehört. Du hast schon damals alles besser gewußt, genau wie heute. Hör also endlich auf, deine eigenen Schuldgefühle damit zu kompensieren, daß du allen anderen sagst, wie sie ihr Leben zu führen haben.«

»Was soll das heißen, meine eigenen Schuldgefühle?« fragte Jess, beinahe atemlos vor Zorn.

»Du weißt genau, was ich meine.«

»Wovon, zum Teufel, redest du überhaupt?«

»Ich rede von der Auseinandersetzung, die du mit Mama an dem Tag hattest, an dem sie verschwunden ist!« schoß Maureen zurück. »Und ich weiß, was ich sage. Ich hab nämlich an dem Morgen von der Bibliothek aus zu Hause angerufen, ich nehme an, kurz nachdem du aus dem Haus gestürmt warst, und da hat sie geweint. Ich habe natürlich gefragt, was los sei, und sie wollte mir einreden, es sei nichts. Aber am Ende hat sie zugegeben, daß ihr beide wieder mal einen schlimmen Krach gehabt hattet. Ich fragte, ob ich nach Hause kommen soll, aber das wollte sie nicht. Sie käme schon zurecht, sagte sie, sie müßte sowieso weggehen. Und das war das letzte Mal, daß ich mit ihr gesprochen habe.« Maureens Gesicht drohte zu zerfließen, Augen, Nase und Mund verzogen sich in verschiedene Richtungen, als sie schließlich in Tränen ausbrach.

Jess, die irgendwann während Maureens Vorwürfen aufgesprungen war, sank wieder auf ihren Stuhl. Sie hörte streitende Stimmen, blickte sich um, sah nicht das Eßzimmer ihrer Schwester, sondern die Küche in ihrem Elternhaus in der Burling Street, sah nicht das Gesicht ihrer Schwester, sondern das ihrer Mutter.

»Du hast dich ja so fein gemacht«, bemerkte Jess, als sie in die Küche kam und das frische weiße Leinenkleid ihrer Mutter sah. »Wohin gehst du?«

»Nirgendwohin.«

»Warum machst du dich so fein, wenn du nirgendwohin gehst?«

»Ich hatte einfach Lust, etwas Hübsches anzuziehen«, antwortete ihre Mutter und fügte dann beiläufig hinzu: »Außerdem hab ich heute nachmittag einen Termin beim Arzt. Was hast du vor?«

»Wieso hast du einen Termin beim Arzt?«

»Ach, nur so.«

»Aber Mama, du weißt doch, ich seh es dir immer an, wenn du mir nicht die Wahrheit sagst.«

»Genau das ist einer der Gründe, warum du eine großartige Rechtsanwältin werden wirst.«

»Das Recht hat mit der Wahrheit nichts zu tun«, sagte Jess.

»Das könnte Don gesagt haben.«

Jess spürte, wie ihre Schultern sich verkrampften. »Willst du jetzt wieder anfangen?«

»Aber nein, Jess, ich will gar nichts anfangen. Es war nur eine Feststellung.«

»Auf solche Feststellungen kann ich verzichten.«

Laura Koster zuckte die Achseln, sagte nichts.

»Also, was ist das für ein Arzttermin?«

»Ich möchte lieber nicht darüber sprechen, solange ich nicht sicher bin, daß wirklich Grund zur Sorge besteht.«

»Du sorgst dich doch jetzt schon. Das sehe ich dir an. Sag mir doch, was es ist.«

»Ich hab einen kleinen Knoten entdeckt.«

»Einen Knoten?« Jess hielt den Atem an.

»Ich möchte nicht, daß du dich beunruhigst. Es ist wahrscheinlich gar nichts. Die meisten Knoten sind harmlos.«

»Und wo ist dieser Knoten?«

»In meiner linken Brust.«

»O Gott!«

»Mach dir keine Sorgen.«

»Wann hast du ihn entdeckt?«

»Heute morgen beim Duschen. Ich hab gleich den Arzt angerufen, und er ist sicher, daß es nichts ist. Aber er möchte es sich auf jeden Fall einmal ansehen.«

»Und was, wenn es doch etwas ist?«

»Damit befasse ich mich, wenn es soweit ist.«

»Hast du Angst?«

Ihre Mutter antwortete mehrere Sekunden lang nicht. Nur ihre Augen bewegten sich.

»Sag mir die Wahrheit, Mama.«

»Ja, ich habe Angst.«

»Soll ich mit dir zum Arzt gehen?«

»Ja«, antwortete ihre Mutter sofort. »Ja, das wäre schön.«

Und dann war das Gespräch irgendwie entgleist, erinnerte sich Jess jetzt, während sie ihre Mutter in der Küche stehen sah, wie sie frischen Kaffee machte und Jess eines von den Blaubeertörtchen anbot, die sie am Morgen in der Bäckerei gekauft hatte.

»Aber ich habe den Termin erst um vier Uhr«, sagte ihre Mutter. »Hattest du da schon etwas vor?«

»Ja, aber das macht nichts«, sagte Jess. »Ich rufe Don einfach an und sage ihm, daß unsere Pläne eben warten müssen.«

»Ach, das wäre wirklich gut«, sagte ihre Mutter, und Jess begriff sofort, daß ihre Mutter nicht bloß von den Plänen sprach, die sie für den Nachmittag gemacht hatten.

»Was hast du eigentlich gegen Don, Mama?« fragte sie.

»Ich habe gar nichts gegen ihn.«

»Warum bist du dann so gegen die Heirat?«

»Ich sage ja nicht, daß du den Mann nicht heiraten sollst, Jess«, erklärte ihre Mutter. »Mir gefällt Don sehr gut. Er ist klug. Er ist aufmerksam. Es ist offensichtlich, daß er dich anbetet.«

»Wo liegt dann das Problem?« fragte Jess.

»Das Problem ist, daß er elf Jahre älter ist als du. Er hat all das, was du noch ausprobieren mußt, bereits hinter sich.«

»Was sind denn schon elf Jahre«, protestierte Jess.

»Elf Jahre eben. Und in diesen elf Jahren hat er Zeit gehabt, sich darüber klarzuwerden, was er vom Leben will.«

»Er will mich.«

»Und was willst du?«

»Ich will ihn!«

»Und was ist mit deiner Karriere?«

»Meine Karriere kriege ich schon. Don liegt sehr viel daran, daß ich eine erfolgreiche Anwältin werde. Er kann mir helfen. Er ist ein toller Lehrer.«

»Du willst einen Partner, Jess, keinen Lehrer. Er wird dir nicht genug Platz zu deiner eigenen Entwicklung lassen.«

»Wie kannst du das sagen?«

»Schatz, ich sage ja nicht, daß du ihn nicht heiraten sollst«, wiederholte ihre Mutter.

»Doch, sagst du schon. Genau das sagst du.«

»Ich sage nur, du solltest noch ein paar Jahre warten. Du bist gerade erst am Beginn deines Studiums. Warte, bis du dein Examen gemacht hast. Warte, bis du die Chance gehabt hast, dir darüber klarzuwerden, wer du bist und was du willst.«

»Ich weiß, wer ich bin. Ich weiß, was ich will. Ich will Don. Und ich werde ihn heiraten, ob es dir paßt oder nicht.«

Ihre Mutter schenkte sich seufzend von dem frisch gekochten Kaffee ein. »Möchtest du auch eine Tasse?«

»Von dir möchte ich gar nichts«, entgegnete Jess bockig.

»Okay, vergessen wir es.«

»Ich will es aber nicht vergessen. Du glaubst, du kannst erst mit diesen Geschichten anfangen und dann, wenn du keine Lust mehr hast weiterzudiskutieren, einfach sagen, vergessen wir's.«

»Ich hätte überhaupt nichts sagen sollen.«

»Ganz recht. Du hättest überhaupt nichts sagen sollen.«

»Manchmal vergesse ich eben, daß du alles besser weißt.«

»Na das ist ja toll, Mutter. Das ist echt toll.«

»Entschuldige, Kind. Das hätte ich nicht sagen sollen. Ich bin wahrscheinlich heute ein bißchen nervös und vielleicht auch aufgeregter, als mir selbst klar war.« Ihrer Mutter schossen die Tränen in die Augen.

»Bitte wein jetzt nicht«, sagte Jess und sah zur Zimmerdecke hinauf. »Warum mußt du mir immer so ein schlechtes Gewissen machen?«

»Es ist doch gar nicht meine Absicht.«

»Dann hör auf, mein Leben für mich leben zu wollen.«

»Das will ich nun wirklich nicht, Jess«, entgegnete ihre Mutter weinend. »Natürlich sollst du dein eigenes Leben leben.«

»Dann misch dich nicht ein! Bitte!« fügte Jess hinzu, um ihren Worten die Härte zu nehmen, aber sie wußte, daß es zu spät war.

Ihre Mutter schüttelte den Kopf. »Das habe ich nicht nötig, Jess«, sagte sie. »Das muß ich mir von dir nicht gefallen lassen.«

Und wie war es weitergegangen? fragte sich Jess jetzt. Sie fühlte sich wie ein Spielzeug zum Aufziehen, das nicht aufhören konnte sich zu drehen, bis sein Räderwerk abgelaufen war. Unbedachte Worte. Zornige Beteuerungen. Stolz auf beiden Seiten.

»Du brauchst nicht mit mir zum Arzt zu gehen. Das kann ich auch allein erledigen.«

»Wie du willst.«

Sie war aus dem Haus gestürmt. Und hatte ihre Mutter nicht lebend wiedergesehen.

Jess sprang auf und rannte zur Tür. Sie stieß gegen die beiden Babywippen und hätte sie beinahe umgeworfen, nahm sich eine Sekunde Zeit, um sie wieder richtig hinzustellen.

»Es tut mir leid, Jess«, rief Maureen ihr weinend nach. »Bitte geh doch jetzt nicht. Ich hab das doch alles nicht so gemeint.«

»Wieso nicht?« Jess blieb abrupt stehen und drehte sich nach ihrer Schwester um, sah wieder das Gesicht ihrer Mutter. »Es ist alles wahr, was du gesagt hast. Es ist alles wahr.«

»Aber es war doch nicht deine Schuld«, entgegnete Maureen. »Was unserer Mutter zugestoßen ist, war doch nicht deine Schuld.«

Jess schüttelte ungläubig den Kopf. »Wie kannst du das sagen?« fragte sie. »Wenn ich mit ihr zum Arzt gefahren wäre, wie ich es versprochen hatte, wäre sie nicht verschwunden.«

»Das kannst du doch gar nicht wissen.«

»Doch, ich weiß es. Und du weißt es auch. Wenn ich mit ihr zum Arzt gefahren wäre, wäre sie heute noch hier.«

»Aber nicht, wenn jemand es auf sie abgesehen hatte«, rief ihr Vater und kam mit Barry in den Vorsaal hinaus. »Nicht, wenn jemand sich vorgenommen hatte, ihr etwas anzutun. Du weißt so gut wie ich, daß es praktisch unmöglich ist, jemanden zu hindern, wenn er es wirklich darauf abgesehen hat, einem etwas anzutun.«

Jess dachte augenblicklich an Rick Ferguson.

Das Telefon läutete.

»Ich geh schon hin«, rief Barry und eilte ins Wohnzimmer. Von den anderen rührte sich keiner von der Stelle.

»Gehen wir doch wieder ins Eßzimmer und setzen uns«, schlug Maureen vor.

»Ich glaube wirklich, ich sollte jetzt gehen«, sagte Jess zu ihr.

»Wir haben über das, was damals geschehen ist, niemals gesprochen«, sagte Maureen. »Ich meine, wir haben über die Tatsachen gesprochen, über die Details. Aber über unsere Gefühle haben wir nie gesprochen. Ich glaube, wir hätten uns da eine Menge zu sagen. Meinst du nicht?«

»Ich möchte ja gern.« Jess' Stimme klang wie die eines kleinen Kindes. »Aber ich glaube, ich kann nicht. Jedenfalls nicht heute abend. Vielleicht ein andermal. Ich bin so müde. Ich möchte nur noch nach Hause und in mein Bett.«

Barry kam wieder in den Flur. »Es ist für dich, Jess.«

»Für mich? Aber es weiß doch gar niemand, daß ich hier bin.«

»Dein Ex-Mann scheint es zu wissen.«

»Don?« Jess erinnerte sich vage, ihm erzählt zu haben, daß sie bei ihrer Schwester zum Essen war.

»Er sagt, es sei wichtig.«

»Wir gehen inzwischen wieder ins Eßzimmer«, sagte Maureen.

Wie in Trance ging Jess zum Telefon. »Ist etwas passiert?« fragte sie ohne ein Wort des Grußes. »Hat Rick Ferguson gestanden?«

»Rick Ferguson ist auf dem Weg nach Los Angeles. Ich habe ihm einen Flugschein gekauft und ihn selbst um sieben Uhr in die Maschine gesetzt. Wegen Ferguson mach ich mir keine Sorgen.«

»Weshalb machst du dir dann Sorgen?« fragte Jess.

»Siehst du Adam heute abend?«

»Adam? Nein, er ist verreist.«

»Ganz sicher?«

»Was soll das heißen, ganz sicher?«

»Ich möchte, daß du heute nacht bei deiner Schwester bleibst.«

»Was? Wieso denn? Was redest du da?«

»Jess, ich habe diesen Mann überprüfen lassen. Wir haben bei der Anwaltskammer angerufen. Dort hat man nie von einem Anwalt namens Adam Stohn gehört.«

»Was?«

»Du hast richtig gehört, Jess. Sie kennen den Mann dort nicht. Und wenn er dich über seine Person angelogen hat, dann kann es leicht sein, daß er dich auch mit seiner Reise angelogen hat. Tu mir den Gefallen und bleib bei deiner Schwester. Wenigstens heute nacht.«

»Das kann ich nicht«, flüsterte Jess eingedenk all dessen, was an diesem Abend geschehen war.

»Wieso nicht?«

»Ich kann eben nicht. Bitte, Don, frag mich jetzt nicht.«

»Dann komme ich zu dir.«

»Nein! Bitte nicht. Ich bin eine erwachsene Frau. Ich kann auf mich selbst aufpassen.«

»Du kannst anfangen, auf dich selbst aufzupassen, wenn wir wissen, daß alles in Ordnung ist.«

»Es ist alles in Ordnung«, behauptete Jess. Sie fühlte sich am ganzen Körper wie betäubt, als hätte man ihr eine Überdosis Novocain gespritzt. »Adam will mir nichts Böses«, murmelte sie, das Gesicht vom Hörer abgewandt.

»Hast du etwas gesagt?«

»Ich habe gesagt, du sollst dir keine Sorgen machen«, erwiderte Jess. »Ich ruf dich morgen an.«

»Jess...«

»Ich melde mich morgen.« Sie legte auf.

Ein paar Sekunden lang blieb sie am Telefon stehen und versuchte zu begreifen, was Don ihr erzählt hatte. Keine Eintragung für einen Rechtsanwalt namens Adam Stohn? Kein Anwalt dieses Namens im Register des Staates Illinois verzeichnet? Aber weshalb sollte er sie belogen haben? Und machte das auch alles andere, was er ihr gesagt hatte, zur Lüge? Ergab denn nichts in ihrem Leben mehr einen Sinn?

Jess starrte den nackten Weihnachtsbaum an, der auf seinen Schmuck wartete, hörte die gedämpften Stimmen aus dem Eßzimmer. »Ich glaube, wir haben uns eine Menge zu sagen«, hatte ihre Schwester gesagt. Und sie hatte recht. Vieles mußte endlich ausgesprochen, vieles endlich bearbeitet werden. Vielleicht würde sie am Montag vormittag Stephanie Banack anrufen, fragen, ob sie wiederkommen durfte. Sie mußte aufhören, sich wie Richterin und Geschworene in eigener Sache aufzuführen, das wurde ihr jetzt klar, während sie geräuschlos in die Diele hinausschlich. Es war Zeit, die lähmenden Schuldgefühle abzuschütteln, die sie acht Jahre lang mit sich herumgeschleppt hatte.

Sie nahm ihre Handtasche, ließ aber ihren Mantel im Garderobenschrank hängen, öffnete lautlos die Haustür und trat in die bitterkalte Nachtluft hinaus. Eine Minute später saß sie am Steuer ihres Mietwagens und raste die Sheridan Road hinunter, tränenüberströmt, eingehüllt von dröhnender Musik aus dem Radio, nur von dem Wunsch getrieben, in ihr Bett zu kriechen, sich die Decke über den Kopf zu ziehen und bis zum Morgen zu verschwinden.

27

Sie weinte immer noch, als sie zu Hause ankam. »Hör endlich auf zu heulen!« fuhr sie sich ungeduldig an. Sie schaltete den Motor aus und setzte Mick Jaggers frauenfeindlichen Prahlereien ein Ende. »Under my thumb« heulte er in ihrem Kopf, als sie durch die eisige Kälte zur Haustür rannte; sie schob den Schlüssel ins Schloß, drückte die Tür auf und sperrte sie hinter sich wieder ab. Was heulst du denn immer noch? fragte sie sich. Nur weil du dich heute abend wie eine Vollidiotin benommen hast, weil du deine Schwester als Donna Reed und deinen Schwager als Perversen beschimpft, dich der neuen Freundin deines Vaters von der besten Seite gezeigt und dich dann wie eine Diebin aus dem Haus geschlichen hast; nur weil Adam Stohn nicht der ist, der er zu sein vorgibt, weil Rick Ferguson quietschvergnügt nach Kalifornien fliegen darf, anstatt auf dem elektrischen Stuhl zu landen... Nein, erinnerte sie sich, während sie immer zwei Stufen auf einmal nehmend die Treppe hinauflief, heutzutage wird man in Illinois nicht mehr gegrillt. Heute wird man eingeschläfert. Wie ein Hund, dachte sie in Erinnerung an die letzten Worte in Kafkas *Prozeß* und weinte noch heftiger.

Keine Jazzrhythmen begleiteten sie nach oben; kein Lichtschein fiel durch die Ritze unter Walter Frasers Wohnungstür in den Treppenflur. Wahrscheinlich ist er übers Wochenende weg, dachte sie und überlegte sich, daß sie Don anrufen könnte, wenn sie oben war, ihm vorschlagen, ein paar Tage nach Union Pier hinauszufahren. Um Adam Stohn – oder wie, zum Teufel, er sonst heißen mochte – zu vergessen.

Sie schloß die Tür zu ihrer Wohnung auf und trat ein, ließ sich von der Stille und der Dunkelheit hineinziehen wie von alten Freunden, die auf einem Fest einen verspäteten Gast mit Wärme empfangen. Keine Notwendigkeit mehr, den ganzen Tag das Radio laufen und das Licht brennen zu lassen. Keine unschuldigen süßen Lieder mehr, die sie in ihrer Wohnung willkommen hießen. Sie schloß die Wohnungstür ab, auch das Sicherheitsschloß.

Der Schein der Straßenbeleuchtung, der durch die dünnen elfenbeinfarbenen Spitzenvorhänge floß, tauchte den leeren Vogelkäfig in geisterhaftes Licht. Sie hatte nicht die Kraft aufgebracht, ihn wegzutun, nicht den Willen, ihn hinten in einem Schrank zu verstecken, nicht die Vernunft, ihn zur Straße hinunterzutragen, um ihn der Heilsarmee zur Abholung zu überlassen. Armer Fred, dachte sie und begann von neuem zu weinen.

»Arme Jess«, flüsterte sie. Sie ließ ihre Handtasche zu Boden fallen und schleppte sich zu ihrem Schlafzimmer.

Er überfiel sie von hinten.

Sie sah nichts, und sie hörte nichts, bis plötzlich der Draht um ihren Hals lag und sie brutal nach hinten gerissen wurde. Wie eine Rasende griff sie sich mit den Händen an den Hals und mühte sich verzweifelt, ihre Finger zwischen Draht und Fleisch zu graben. Der Draht schnitt in ihre verbundene Hand ein, sie spürte frisches klebriges Blut an ihren Fingern, hörte sich selbst röcheln und krampfhaft nach Luft schnappen. Sie konnte nicht atmen. Der Draht schnürte ihr die Sauerstoffzufuhr ab, so fest war er um ihren Hals gezogen. Sie verlor die Kontrolle über ihre Beine, merkte, wie ihre Zehen vom Boden abhoben. Mit aller Kraft, die sie zur Verfügung hatte, kämpfte sie darum, auf den Beinen zu bleiben, stemmte sie sich gegen ihren Angreifer.

Bis es ihr mitten in der Panik plötzlich einfiel – wehr dich nicht, stemm dich nicht dagegen, gib nach, geh mit. Wenn jemand dich zieht, dann leiste keinen Widerstand, dann ziehe nicht dagegen, sondern überlasse dich der Kraft des anderen, bis du seinen Körper berührst. Und wenn es soweit ist, dann schlag zu.

Sie hörte auf, sich zu wehren. Sie leistete keinen Widerstand mehr, obwohl es allen ihren Instinkten widersprach. Statt dessen ließ sie ihren Körper erschlaffen und fühlte, wie ihr Rücken sich über dem Brustkorb des Mannes krümmte, der sie an sich heranzog. Ihr Hals war ein einziger pochender Schmerz. Einen entsetzlichen Moment lang glaubte sie, es könnte zu spät sein, sie würde gleich das Bewußtsein verlieren. Sie fand die Vorstellung überraschend verführerisch und war vorübergehend verlockt, ihr nachzugeben. Warum hinauszögern, was unvermeidlich war? Schwärze waberte um sie herum. Warum nicht in sie eintauchen? Warum nicht einfach für immer in ihr untergehen?

Aber da begann sie plötzlich, sich zu wehren, kämpfte sich aus der

Schwärze heraus, indem sie hinter die Kraft des Mannes, der sie zog, ihre ganze eigene Kraft setzte und ihn zu Boden stieß. Sie stürzte mit ihm. Ihre Arme schossen in die Höhe, trafen den Vogelkäfig und rissen ihn zu Boden. Der Mann schrie, als er das Gleichgewicht verlor, und sie fiel mit allen Waffen, die ihr zu Gebote standen, über ihn her: Mit den Füßen trat sie ihn; mit den Fingernägeln kratzte sie; mit den Ellbogen stieß sie ihn in die Rippen.

Sie merkte, wie der Draht um ihren Hals sich lockerte, und es gelang ihr, sich zu befreien. Keuchend und nach Luft schnappend sprang sie auf die Füße, versuchte verzweifelt, ihre Lunge mit Luft zu füllen und wäre vor Anstrengung beinahe zusammengebrochen. Noch immer fühlte sie schmerzhaft den Draht um ihren Hals, der sich immer tiefer in ihr Fleisch einzufressen schien, als sei er ein Teil von ihr geworden, obwohl er gar nicht mehr da war. Sie hatte das Gefühl, in der Schlinge eines Henkers zu hängen, sie hatte das Gefühl, daß jeden Moment ihr Genick brechen würde.

Plötzlich hörte sie ihn stöhnen, drehte sich herum, sah ihn benommen auf dem Boden liegen, sah die schwarzen spitzen Stiefel, die engen Jeans, das dunkle T-Shirt, die braunen Autohandschuhe, die seine großen Hände umhüllten, das lange schmutzige Haar, das ihm in Strähnen über dem Gesicht lag und alles verbarg außer dem schrecklichen Grinsen.

Ich bin der Tod, sagte dieses Grinsen selbst jetzt noch. *Ich bin gekommen, dich zu holen.*

Rick Ferguson.

Sie schrie unwillkürlich auf. Hatte sie ernstlich geglaubt, er werde brav und folgsam in ein Flugzeug nach Kalifornien steigen und aus ihrem Leben verschwinden? War dieser Abend nicht vom Moment ihrer ersten Begegnung vor mehreren Monaten an unvermeidlich gewesen?

Ein Wirrwarr von Bildern überflutete ihr Gehirn, während sie zusah, wie er sich mühte, wieder auf die Beine zu kommen – Adlerklauen, Hammerfäuste, Schleudergriffe. Dann fiel ihr die Grundregel ein – abhauen, solange es möglich ist. Vergiß alle Heldentaten und lauf. Das ist für Frauen meistens die beste Hilfe.

Aber Rick Ferguson war schon wieder auf den Beinen und kam auf sie zu. Er versperrte ihr den Weg zur Wohnungstür. Schrei! befahl ihre innere Stimme. Schrei, verdammt noch mal! »*Hohh!*« brüllte sie und sah, wie er, einen Moment lang erschrocken, zusammenzuckte. »*Hohh!*« brüllte sie wieder, noch lauter diesmal, und dachte an den Revolver, der in ihrem Nachttisch lag, überlegte, ob sie versuchen sollte, ihn zu holen, während sie den Blick auf der Suche nach einer Waffe durch das dunkle Zimmer schweifen ließ.

Aber ihr Gebrüll hatte die falsche Wirkung. Es schien Rick Ferguson erst wieder lebendig zu machen. Sein gemeines Grinsen explodierte in ein lautes Lachen. »Es geht nichts über einen guten Kampf«, sagte er.

»Bleiben Sie ja weg«, warnte sie.

»Connie war keine richtige Gegnerin. Die ist einfach zusammengeklappt und krepiert. Nicht die Bohne Spaß. Ganz anders als bei dir«, sagte er zu ihr. »Dich umzubringen, wird die reine Freude.«

»Gleichfalls«, sagte Jess, bückte sich blitzschnell, packte den leeren Vogelkäfig und schleuderte ihn Rick Ferguson an den Kopf. Volltreffer, sah sie. Aus der Wunde in seiner Stirn rann Blut über sein Gesicht. Sie machte auf dem Absatz kehrt und rannte aus dem Zimmer.

Wohin wollte sie? Was wollte sie tun, wenn sie dort war?

Nie war ihr der Weg zu ihrem Schlafzimmer so weit erschienen. Sie raste durch den Flur und hörte, daß er nur Schritte hinter ihr war. Sie mußte sich ihren Revolver holen. Sie mußte den Revolver in die Hand bekommen, ehe er sie von neuem angreifen konnte. Und sie mußte ihn gebrauchen. Sie mußte schießen.

Sie stürzte zu dem kleinen Nachttisch, riß die oberste Schublade auf, wühlte verzweifelt nach der Waffe. Sie war nicht da. »Gottverdammich, wo bist du?« schrie sie und kippte den Inhalt der Schublade auf den Boden.

Die Matratze! dachte sie und fiel auf die Knie, um unter die Matratze zu greifen, obwohl sie sich deutlich erinnerte, daß Don sie ermahnt hatte, die Waffe dort nicht zu verstecken. Aber es konnte ja sein, daß sie sich täuschte. Es konnte ja sein, daß sie die Waffe doch unter der Matratze gelassen hatte.

Aber dort war sie auch nicht. Verdammt noch mal, wo war sie?

»Suchst du vielleicht das hier?« Rick Ferguson stand an der Tür und ließ den Revolver an einem behandschuhten Finger baumeln.

Ganz langsam stand Jess auf. Ihre Knie zitterten. Er richtete den Revolver direkt auf ihren Kopf. Ihr Herz raste; in ihren Ohren dröhnte es; die Tränen liefen ihr über das Gesicht. Wenn sie doch nur einen klaren Gedanken fassen könnte! Wenn sie doch nur machen könnte, daß ihre Knie zu zittern aufhörten...

»Nett von dir, mich in dein Schlafzimmer einzuladen«, sagte er und ging langsam auf sie zu. »Wo du deine Höschen aufbewahrst, weiß ich natürlich schon.«

»Mach sofort,' daß du hier rauskommst!« schrie Jess ihn an, wütend bei der Erinnerung an ihre zerrissene Unterwäsche, entsetzt beim Anblick ihres Bluts auf der weißen Bettdecke.

Er lachte. »Du bist echt eine freche Kröte, was? Ehrlich, ich bewundere deinen Mumm. Einem Mann mit einer geladenen Kanone zu sagen, er soll machen, daß er rauskommt. Das ist wirklich süß. Gleich wirst du mir wohl noch sagen, daß ich für das hier büßen werde.«

»Das wirst du auch.«

»Irrtum. Du vergißt, daß ich einen verdammt guten Anwalt hab.«

Jess blickte zum Fenster. Die Vorhänge waren offen, von der Straße fiel Licht ins Zimmer und füllte es mit Schatten und Geistern. Vielleicht würde draußen jemand sie sehen. Vielleicht beobachtete gerade jetzt jemand die Szene. Wenn es ihr gelang, Rick Ferguson weiter am Sprechen zu halten, wenn sie ihn irgendwie lange genug ablenken konnte, um ans Fenster zu gelangen, dann konnte sie vielleicht – was denn? Hinausspringen? Schreien? Was konnte ein Schrei schon gegen einen geladenen Revolver ausrichten? Beinahe hätte sie gelacht – morgen hätte sie lernen sollen, wie man einen Angreifer entwaffnet. Morgen – das würde sie wohl kaum noch erleben.

Auf ihrer Stirn sammelte sich Schweiß, er rann ihr in die Augen und mischte sich mit ihren Tränen. Das Licht der Straßenlampen verschwamm vor ihrem Blick, lief auseinander wie das Licht eines Scheinwerfers, blendete sie wie die Sonne. Sie glaubte, irgendwo draußen Stimmen zu hören, aber die Stimmen klangen verzerrt, wie auf einer Schallplatte, die mit der falschen Geschwindigkeit abgespielt wird. Zu langsam. Alles viel zu langsam. Eine Szene aus einem Film, in Zeitlupe gedreht. So also muß Connie sich gefühlt haben, dachte Jess. So also fühlte sich der Tod an.

»Ich dachte, Don hat Sie in eine Maschine nach Kalifornien gesetzt«, hörte sie sich sagen, als wäre sie eine Schauspielerin, deren Text von jemand anderem gesprochen wird.

»Ja, verdammt großzügig von ihm, was? Aber ich hab gefunden, Kalifornien kann noch ein paar Tage warten. Ich hab doch gewußt, wie dringend du mich sehen wolltest. Zieh deinen Pullover aus.«

Er sagte es so beiläufig, daß sie die Worte gar nicht richtig aufnahm. »Was?«

»Zieh deinen Pullover aus«, wiederholte er. »Und die Hose auch gleich, wenn du schon dabei bist. Gleich läuft der lustige Teil an.«

Jess schüttelte den Kopf. Sie spürte, wie ein Wort sich von ihrer Zunge löste und ihr über die Lippen sprang. Kaum hörbar kam es heraus. »Nein.«

»Nein? Hast du nein gesagt?« Er lachte. »Falsche Antwort, Jess.«

Sie fühlte sich, als wäre sie bereits nackt, stünde unbedeckt vor ihm, und sie fröstelte vor Kälte. Sie stellte sich vor, wie seine Hände ihren Körper mißhandelten, seine Zähne sich in ihren Busen gruben, sein Körper brutal in ihren hineinstieß. Er würde ihr Schmerz zufügen, das wußte sie; er würde dafür sorgen, daß sie litt, ehe sie starb. »Das tu ich nicht«, hörte sie sich sagen.

»Dann muß ich dich eben abknallen.« Er zuckte die Achseln, als wäre das die einzige logische Alternative.

Jess' Herz schlug so heftig, daß sie meinte, es müßte ihr die Brust sprengen. Wie in *Alien* dachte sie, erstaunt darüber, daß ihr Verstand sich auf so etwas Triviales konzentrieren konnte. Sie hatte ein Gefühl, als verbrenne sie, dann wieder war ihr plötzlich eiskalt. Wie konnte er nur so ruhig sein? Was ging hinter diesen undurchsichtigen braunen Augen vor, die nichts verrieten?

»Du wirst mich sowieso erschießen«, sagte sie.

»Stimmt nicht. Ich hatte vor, dich mit bloßen Händen zu erledigen. Aber ich schieße auch, wenn's sein muß.« Sein Grinsen wurde breiter, seine Blicke glitten über ihren Körper wie eine Armee winziger Schlangen. »In die Schulter. Oder vielleicht ins Knie. Oder ins weiche Fleisch innen an deinem Oberschenkel. Ja, das ist gut. Dann bist du bestimmt nicht mehr so störrisch.«

Jess spürte den brennenden Schmerz, als die Kugel in ihren Oberschenkel einschlug, obwohl sie wußte, daß er nicht geschossen hatte. Sie konnte sich kaum noch auf den Beinen halten, so stark schlotterten ihr die Knie. Ihr Magen krampfte sich zusammen, drohte, sie noch mehr zu demütigen. Wenn ich ihn nur am Reden halten kann, dachte sie. So war das doch in den Filmen immer? Da brachte man die Mörder zum Reden, und dann kam in letzter Minute der Retter. Sie zwang sich zu sprechen. »Wenn hier ein Schuß fällt, werden die Nachbarn aufmerksam.«

Er war unbeeindruckt. »Glaubst du? Als ich kam, hatte ich nicht den Eindruck, daß die Leute hier zu Hause sind. Zieh dich jetzt endlich aus, sonst wird mir langweilig, und wenn mir langweilig wird, werd ich im Bett leicht ein bißchen grob.«

O Gott, dachte Jess. O Gott, o Gott.

»Wie bist du überhaupt hier hereingekommen?« fragte sie und wußte selbst nicht, woher ihre Stimme kam. Es schien ihr, als sei ihre Stimme etwas von ihr Losgelöstes, etwas, das sich von ihr abgetrennt hatte und nun in freier Form im Raum schwebte.

»Das Schloß, das ich nicht aufkriege, ist noch nicht erfunden«, sagte er und lachte wieder, offensichtlich zufrieden mit der Entwicklung der Dinge. »Und die Frau, in die ich nicht reinkomme, ist auch noch nicht erfunden«, fügte er grinsend hinzu. Er spannte den Hahn des Revolvers. »Also, du hast dreißig Sekunden Zeit, dich auszuziehen und aufs Bett zu legen.«

Jess sagte nichts mehr. Ihre Kehle war plötzlich so trocken, daß ihre Stimmbänder ihr den Dienst versagten.

Irgendwo neben sich hörte sie das Ticken ihres Weckers. Es klang wie das Ticken einer Zeitbombe, die jeden Moment losgehen konnte. So endet es also, dachte sie, unfähig zu schlucken, zu atmen, gelähmt von Angst und Schrecken.

Wie würde es sein? Würde ein weißes Licht aufflammen, würde ein Gefühl des Wohlbefindens und des Friedens sie überkommen, wie das häufig von denen berichtet wurde, die behaupteten, tot gewesen und zurückgekehrt zu sein? Oder würde Schwärze sie einhüllen? Das Nichts? Würde sie einfach aufhören zu sein? Würde sie, wenn alles vorbei war, sich allein finden, oder würden ihre Lieben dasein, sie zu empfangen? Sie dachte an ihre Mutter. Würde sie sie endlich wiedersehen dürfen, endlich erfahren, was für ein Schicksal ihr widerfahren war? War es für sie auch so gewesen? Mein Gott, dachte Jess, und ihre Brust tat ihr so weh, als wollte sie bersten, hat sie vor ihrem Tod den gleichen Schmerz und den gleichen Schrecken erlebt? Hat sie das durchmachen müssen?

Sie fragte sich, wie es ihren Vater und ihre Schwester treffen würde.

Wenn sie nichts von ihr hörten, sie nicht erreichen konnten, würde Barry ihnen wahrscheinlich versichern, Jess schäme sich einfach zu sehr, um sich zu melden; sie habe wahrscheinlich ein paar Tage freigenommen und sei weggefahren; sie sei viel zu egozentrisch, um sich klarzumachen, daß sie ihnen damit weh tat; sie wolle sie auf einer unbewußten Ebene vielleicht sogar bestrafen. Es würde Tage dauern, ehe sie ihr Verschwinden ernst nehmen, die Polizei alarmieren, ihre Wohnung durchsuchen lassen würden. In ihrer Wohnung würde man unübersehbare Spuren eines Kampfes finden. Man würde das Blut auf ihrer Bettdecke analysieren und feststellen, daß es von ihr stammte. Nichts würde auf gewaltsames Eindringen in ihre Wohnung hindeuten. Man würde keine Fingerabdrücke finden. Don würde den Verdacht auf Adam lenken. Bis endlich alles geklärt war, würde Rick Ferguson über alle Berge sein.

»Ich möcht's dir nicht noch mal sagen müssen«, sagte Rick Ferguson.

Jess holte einmal tief Atem, dann zog sie sich ihren Pullover über den Kopf. Die kleinen Härchen auf ihren Armen sträubten sich protestierend. Ihre Haut begann zu brennen, als hätte sie Fetzen von ihr zusammen mit dem Pullover heruntergezogen, als hätte man sie bei lebendigem Leib gehäutet. Der Pullover fiel zu Boden.

»Hübsch, hübsch«, sagte er. »Ich hab immer 'ne Schwäche für schwarze Spitze gehabt.« Er wies mit der Pistole auf ihre Hose. »Jetzt den Rest.«

Jess beobachtete den Fortgang der Szene wie aus großer Distanz. Wieder erinnerte sie sich der Erfahrungen derer, die behaupteten, tot gewesen und ins Leben zurückgekehrt zu sein. Berichteten sie nicht alle, sie hätten ihren leiblichen Körper verlassen und seien zur Decke hinaufgeschwebt, um von dort aus zu beobachten, was sich ereignete? Vielleicht ging das ihr jetzt genauso. Vielleicht war sie gar nicht aus dem Wohnzimmer geflohen. Vielleicht hatte der Draht ihren Hals durchschnitten und sie getötet. Vielleicht war sie längst tot.

Oder vielleicht habe ich doch noch Zeit, mich zu retten, dachte sie, als ein plötzlicher Adrenalinschub sie aus ihren morbiden Überlegungen riß und sie überzeugte, daß sie noch am Leben war, daß sie vielleicht doch noch etwas tun konnte. Nutzt alles als Waffe, was ihr zur Hand habt, hörte sie Dominic sagen, während ihre Finger sich um den Bund ihrer langen Hose schlossen. Was denn zum Beispiel? dachte sie verzweifelt. Meinen Büstenhalter vielleicht? Sollte sie versuchen, den Mann mit ihrem Spitzenbüstenhalter zu erdrosseln? Oder ihn in Kaschmir zu ersticken?

Wie wär's mit den Schuhen? überlegte sie und nahm langsam die Hände von ihrer Taille. Rick Ferguson stocherte ungeduldig mit dem Revolver in der Luft herum. »Ich muß erst meine Schuhe ausziehen«, stammelte sie. »Ich kann die Hose nicht ausziehen, wenn ich nicht vorher die Schuhe ausziehe.«

»Dann mach schon«, sagte er und entspannte sich wieder. »Je nackter, desto besser. Aber jetzt beeil dich mal.«

Sie beugte sich zu ihren Füßen hinunter und fragte sich, was in Gottes Namen sie tun wollte. Langsam zog sie sich den linken Schuh vom Fuß und warf ihn zur Seite. Ich bin ja verrückt, dachte sie, ich habe nicht die geringste Chance. Bestimmt bringt er mich sofort um. Sie griff zu ihrem rechten Schuh, wußte, daß ihr nur noch Sekunden blieben. Sie zog den schwarzen flachen Schuh von ihrem Fuß, machte eine Bewegung, als wollte sie ihn zur Seite werfen, packte ihn statt dessen fest und schleuderte ihn mit aller Kraft nach dem Revolver in Rick Fergusons Hand.

Sie verfehlte ihr Ziel völlig.

»O Gott«, jammerte sie. »Mein Gott.«

Doch die unerwartete Aktion überraschte Rick Ferguson, und er sprang erschrocken zurück. Was, zum Teufel, sollte sie jetzt tun? Konnte sie sich an ihm vorbeidrängen und zur Wohnungstür laufen? Konnte sie einen Sprung aus dem zweiten Stockwerk überleben? Hatte sie die Kraft, ihn zu entwaffnen?

Es war zu spät. Er hatte das Gleichgewicht schon wiedergefunden. Er hielt die Waffe schon auf ihr Herz gerichtet. »Hey, ich glaub, dich umzubringen macht noch mehr Spaß, als den verdammten Kanarienvogel zu grillen.« Mit dem Revolver zog er eine unsichtbare Linie durch die Luft, die von ihrem Busen abwärts über ihre Rippen und ihren Bauch lief und bei ihrem Schoß endete.

Es blieb ihr keine Zeit mehr. Es blieben ihr keine Möglichkeiten mehr. Er würde den Revolver gebrauchen, um sie anzuschießen und wehrlos zu machen, damit er sie vergewaltigen konnte. Dann würde er ihr mit bloßen Händen den Rest geben. Jess sah ihren toten Kanarienvogel vor sich und wünschte sich, sie könnte jetzt einfach ohnmächtig werden, obwohl sie genau wußte, daß er sie wieder zu Bewußtsein bringen würde, um sie jede qualvolle Sekunde bis zu ihrem Ende leiden zu lassen. Ohne zu überlegen, ohne sich bewußt zu sein, was sie tat, sprang Jess plötzlich über ihr Bett zum Fenster und brüllte wie am Spieß.

Der Schuß krachte mitten hinein in ihr Gebrüll, und sie wußte, daß sie so gut wie tot war. Er war so laut, dachte sie. Wie ein Donnerschlag. Im Zimmer breitete sich ein gespenstisches Leuchten aus, so als sei ein Blitz hindurchgefahren, und die Farben bekamen eine nie dagewesene Intensität. Die sanften Pfirsichtöne glühten jetzt in einem lebhaften Orange, die Grau- und Blautöne bekamen ein metallisches Glitzern. Sie fühlte sich so leicht, als schwebte sie. Es hätte sie interessiert, wo die Kugel sie getroffen hatte, wie lange es dauern würde, bis sie umkippte.

Er wartete gewiß nur darauf, ihr die noch verbliebenen Kleider vom Leib zu reißen, mit Gewalt in ihren fast leblosen Körper einzudringen, sie unter seinem Gewicht zu ersticken, mit seinen Ausdünstungen zu überwältigen. Schon fühlte sie seine groben Hände auf ihrem Körper, seine Zunge, die ihr Blut leckte. Sein Gesicht würde das letzte sein, was sie sah; sein gemeines Grinsen der Anblick, den sie mit ins Grab nehmen würde.

Plötzlich fuhr sie herum. Rick Ferguson kam ihr entgegengestürzt. Seine Arme waren nach ihr ausgestreckt, sein Gesicht war weiß vor Wut, sein Grinsen erloschen. Aber dann strauchelte er, fiel ihr entgegen, und da wußte sie, daß ihr nichts geschehen war, daß kein Schuß sie getroffen hatte. Rick Ferguson war es, der zu Boden stürzte und vor ihren Füßen liegenblieb. Rick Ferguson war es, der tot war.

Sie wurde in einen Sog der Finsternis gezogen wie in einen Strudel mitten im Meer, als sie in das klaffende Loch in seinem Rücken hinunterstarrte. Blut strömte in pulsenden Stößen aus der Wunde wie Öl aus einem Bohrloch und durchtränkte das schwarze T-Shirt, ehe es sich auf den Boden ergoß. Jess wurde übel. Sie hielt sich haltsuchend an ihrer Kommode fest.

Und da sah sie ihn an der Tür stehen, die Waffe in der herabhängenden Hand. »Don!« rief sie ungläubig.

»Ich habe dir gesagt, wenn dieses Schwein je versuchen sollte, dir etwas anzutun, würde ich ihn eigenhändig umbringen«, sagte er ruhig. Die Waffe entglitt ihm und fiel zu Boden.

Jess stürzte sich in seine Arme. Er hielt sie fest und zog sie an sich. Sie drückte ihren Kopf an seine Schulter und atmete tief seinen sauberen Geruch. Er fühlte sich so gut an. Sie fühlte sich so behütet.

»Jetzt kann dir nichts mehr passieren«, sagte er, als hätte er ihre Gedanken gelesen. Immer wieder küßte er ihre Wangen. »Du bist in Sicherheit. Ich bin bei dir. Ich verlasse dich nie wieder.«

»Er hat in der Wohnung auf mich gewartet«, begann Jess nach einigen Minuten, während der sie versucht hatte zu begreifen, was geschehen war. »Er hatte einen Draht. Er wollte mich erdrosseln. Genau wie Connie DeVuono. Aber ich bin ihm entkommen. Ich bin ins Schlafzimmer gerannt, um meine Pistole zu holen. Aber sie war nicht da. Er hatte sie. Er muß die Wohnung durchsucht haben, ehe ich nach Hause kam. Er hat gesagt, das Schloß, das er nicht aufkriegt, sei noch nicht erfunden.«

»Jetzt ist ja alles gut.« Dons Stimme war wie Balsam. »Es ist vorbei. Du brauchst keine Angst mehr zu haben. Er kann dir nichts mehr tun.«

»Ich kann dir nicht sagen, wie furchtbar das war. Ich habe gedacht, er würde mich umbringen.«

»Er ist tot, Jess.«

»Ich mußte dauernd an meine Mutter denken.«

»Tu das nicht, Liebes.«

»Und wie das meinen Vater und meine Schwester treffen würde.«

»Es ist vorbei. Du bist in Sicherheit.«

»Gott sei Dank, daß du gekommen bist.«

»Ich konnte dich doch nicht allein lassen.«

»Er ist gar nicht in das Flugzeug gestiegen«, sagte sie und lachte dann. »Das liegt ja wohl auf der Hand.«

»Ich bin nur froh, daß ich rechtzeitig gekommen bin«, sagte Don und drückte sie fest an sich.

»Ich kann es immer noch nicht glauben. Du bist mein Ritter ohne Furcht und Tadel«, sagte Jess und meinte es ernst. Wie hatte sie es über sich gebracht, ihm so weh zu tun? Wie hatte sie es über sich gebracht, ihn zu verlassen? Wie konnte sie denn überhaupt ohne ihn leben? »Es ist genau wie im Kino.« Sie lachte nervös, als sie sich unversehens all der Filme erinnerte, in denen der totgeglaubte Bösewicht plötzlich aufersteht, um von neuem zuzuschlagen. Ihr Blick wanderte zu dem Mann auf dem Boden. »Bist du sicher, daß er tot ist?«

»Er ist tot, Jess...« Don lächelte nachsichtig. »Ich kann noch mal auf ihn schießen, wenn dich das beruhigt.«

Jess lachte wieder und war erstaunt darüber. Sie war auf brutalste Weise überfallen, sie war beinahe erdrosselt und vergewaltigt worden, und sie lachte. Eine nervöse Reaktion wahrscheinlich, ein Mittel, damit fertig zu werden, was beinahe geschehen wäre. Ihr Blick glitt über die reglose Gestalt auf dem Boden, und sie wußte, wie leicht sie an Stelle Rick Fergusons dort hätte liegen können. Wenn nicht im letzten Moment Don gekommen wäre wie der Held in einem Stummfilm, der ganz am Schluß der letzten Rolle hoch zu Roß hereinprescht und die unglückliche Heldin vor einem grausamen Schicksal rettet.

Es ist beinahe unheimlich, wie gut Don mich kennt, dachte Jess und drückte sich fester an ihn. Wie er immer genau spürt, wann ich ihn brauche, auch wenn ich das Gegenteil beteure. Sie hatte ihm am Telefon gesagt, es sei alles in Ordnung, sie sei nicht in Gefahr, sie werde sich morgen bei ihm melden. Und dennoch war er gekommen. Dennoch war er hier hereingestürmt und hatte das Heft in die Hand genommen. Sie vor einem grausamen Tod gerettet. Sie vor ihrer eigenen Sturheit und Dummheit gerettet.

War sie wirklich überrascht darüber? Hatte er nicht immer so gehandelt, während ihrer ganzen Ehe? Hatte er nicht wieder und wieder ihre persönlichen Wünsche übergangen, um das zu tun, was er für das Beste hielt? Sie war oft wütend gewesen, hatte ihn beschimpft, hatte um die Freiheit gekämpft, ihre eigenen Fehler machen zu dürfen, hatte das Recht gefordert, sich irren zu dürfen. Er hatte versucht, sie zu verstehen, ihren Bitten zum Schein nachgegeben, aber letztlich hatte er doch alles so gemacht, wie er es von Anfang an vorgehabt hatte. Und meistens hatte es sich als das richtige erwiesen. Wie heute abend.

Als würde ein Film im Fernsehen wiederholt, sah Jess sich unten die Haustür aufstoßen, hinter sich absperren, die drei Treppen hinauflaufen, in ihre Wohnung treten, wiederum sorgsam absperren. Sie sah sich tiefer in Stille und Dunkelheit hineingehen, meinte zu spüren, wie der Angreifer ihr die Drahtschlinge um den Hals zog. Sie sah sich kämpfen und fliehen, zur Wohnungstür schauen; erinnerte sich, wie sie überlegt hatte, ob sie die Tür erreichen und aufsperren konnte, ehe Rick Ferguson sie einholen konnte.

Ihr geistiges Auge konzentrierte sich auf die abgeschlossene

Wohnungstür, als drehte sie langsam ein Kaleidoskop, um es in die richtige Stellung zu bringen. Was stimmt an diesem Bild nicht? fragte eine feine Stimme, und da wußte sie es mit einem Schlag. Die Tür zu ihrer Wohnung war abgeschlossen gewesen, und ebenso die untere Haustür. Wie also war Don ins Haus und in ihre Wohnung gekommen?

»Wie bist du hereingekommen?« hörte sie sich fragen.

»Wie bitte?«

Jess rückte etwas von ihm ab. »Wie bist du ins Haus gekommen?«

»Die Tür war nicht abgeschlossen«, antwortete er.

»Doch«, widersprach sie. »Ich hab sie selbst abgeschlossen, als ich nach Hause kam.«

»Also, als ich hier ankam, war sie offen«, entgegnete er.

»Und meine Wohnung?« fragte sie. »Ich habe abgesperrt, sobald ich drinnen war. Sogar das Sicherheitsschloß.«

»Jess, was soll das?«

»Das ist eine einfache Frage.« Sie trat mehrere Schritte von ihm weg, blieb erst stehen, als sie Rick Fergusons Füße an ihren Fersen spürte. »Wie bist du in meine Wohnung gekommen?«

Einen Moment sagte er gar nichts, sah sie nur mit einem Ausdruck ruhiger Resignation an. Dann: »Mit meinem Schlüssel.«

»Mit deinem Schlüssel? Was soll das heißen? Was sind das für Schlüssel?«

Er schluckte, senkte den Blick. »Ich habe mir einen Satz machen lassen, als du deine Schlösser ausgewechselt hast.«

Jess starrte ihn ungläubig an. »Du hast dir einen Satz machen lassen? Wozu denn?«

»Wozu? Weil ich Angst um dich hatte. Weil ich befürchtet habe, daß so etwas wie heute abend passieren könnte. Weil du jemanden brauchst, der sich um dich kümmert.«

Jess blickte zu Boden, sah Rick Ferguson tot zu ihren Füßen liegen, ihre Waffe noch in seiner offenen Hand. Don hatte ihr das

Leben gerettet! Wieso war sie plötzlich so wütend auf ihn? Was war so schlimm daran, daß er sich ihre Schlüssel hatte nachmachen lassen? Hätte er es nicht getan, so wäre sie jetzt die Leiche. Wollte sie es ihm wirklich übelnehmen, daß er ihr das Leben gerettet hatte?

Sie spürte ein unangenehmes Prickeln in ihrem Hals, versuchte es als Nachwirkung der Verletzung abzutun, hätte es beinahe geschafft, bis sie merkte, wie das Prickeln leichtfüßig zu ihrer Brust hinunterkroch, ganz wie eine große Spinne. Und während das Kribbeln an Stärke und Geschwindigkeit zunahm, krabbelte die Spinne über ihre Arme und Beine, legte überall ihr Gift an, betäubte alles, was sie berührte. Würde sie jetzt einen Panikanfall bekommen? fragte sie sich ungläubig. Jetzt, da alles vorbei war? Jetzt, da sie in Sicherheit war? Da es überhaupt keinen Grund gab, in Panik zu geraten?

Sie hörte plötzlich Adams Stimme. *Gib der Angst nach,* sagte er. *Wehr dich nicht gegen sie. Geh mit ihr.*

Adam, dachte sie. Adam, dem Don mißtraute, vor dem er sie hatte warnen wollen. Adam, dem Don nachgeforscht hatte, der nicht der war, der er zu sein vorgab. Was hatte Adam mit dieser Geschichte hier zu tun?

»Ich verstehe nicht«, sagte sie laut. Sie starrte Don an und fragte sich, ob es noch andere Dinge gab, die er ihr verschwiegen hatte.

»Mach dir jetzt erst mal keine Gedanken, Jess. Die Hauptsache ist doch, daß dir nichts passiert ist. Rick Ferguson ist tot. Er kann dir nichts mehr antun.«

»Aber du hast dich doch gar nicht wegen Rick Ferguson gesorgt«, beharrte Jess, die sich des Telefongesprächs bei ihrer Schwester erinnerte und noch immer hartnäckig versuchte zu begreifen, was eigentlich geschehen war. »Du hast gesagt, Adam sei gefährlich. Du hast gesagt, du hättest ihn überprüfen lassen. Du hast gesagt, bei der Anwaltskammer hätte man nie von ihm gehört.«

»Was hat das jetzt hiermit zu tun, Jess?«

»Aber Adam war nie eine Gefahr für mich. Die Gefahr war immer nur Rick Ferguson. Weshalb also hätte Adam mich belügen sollen?« Wieder veränderten die Glasstückchen in dem Kaleidoskop ihre Lage und ordneten sich zu einem neuen Bild. »Aber vielleicht hat er ja gar nicht gelogen. Vielleicht hast *du* mich belogen«, fuhr sie fort und wollte ihren Ohren kaum trauen. »Du hast gar nicht bei der Anwaltskammer angerufen, nicht wahr? Und wenn du es wirklich getan haben solltest, dann hast du nur erfahren, daß Adam Stohn genau der ist, für den er sich ausgibt. Ist das nicht richtig?«

Er blieb lange still. Schließlich sagte Don: »Er ist nicht der Richtige für dich, Jess.«

»Was? Findest du nicht, daß ich darüber zu entscheiden habe?«

»Nein, nicht wenn du die falsche Entscheidung triffst. Und nicht, wenn diese Entscheidung mich betrifft, wenn sie uns und unsere gemeinsame Zukunft betrifft«, erklärte er. »Wir können eine gemeinsame Zukunft haben, wenn du nur aufhören würdest, dauernd gegen mich zu kämpfen. Du brauchst mich, Jess. Du brauchst jemanden, der sich um dich kümmert. Das war immer schon so. Der heutige Abend hat es wieder einmal bestätigt.«

Jess sah von ihrem geschiedenen Mann zu dem Toten auf dem Boden, dann wieder zu ihrem geschiedenen Mann zurück. Das Kaleidoskop drehte sich dabei wie wild, bis es kein Unten und Oben, kein Rechts oder Links mehr gab und die kleinen Glasstückchen ihr Gefängnis sprengten, die feinen Splitter ihrer Realität in der Luft verstreuten.

»Warum bist du heute abend hierhergekommen?« fragte sie. »Ich meine, du hast doch gewußt, daß Adam verreist ist, und du hast geglaubt, Rick Ferguson säße im Flugzeug nach Kalifornien. Was hat dich also veranlaßt, zu mir zu kommen? Woher wußtest du, daß du eine Waffe mitbringen mußtest? Woher wußtest du, daß ich in Gefahr war – wenn du nicht selbst diese ganze Sache eingefädelt hast?« Ihre Stimme wurde schrill, als die plötzliche Erkenntnis dessen, was sie da sagte, wie ein brennender Schmerz ihren Körper durchzuckte. »Das stimmt doch, nicht wahr? Du hast diese ganze Sache eingefädelt!«

»Jess...«

»Du hast es mit ihm eingeübt, hast ihm beigebracht, was er sagen soll, auf welche Knöpfe er drücken soll. Von Anfang an.«

»Ich habe ihn dazu benützt, uns beide wieder zusammenzubringen«, sagte Don. »War das so schlimm?«

»Er hätte mich beinahe umgebracht, Herrgott noch mal!«

»Das hätte ich niemals zugelassen.«

Jess schüttelte ungläubig den Kopf. »Du hast alles inszeniert. Wie er an dem ersten Morgen damals auf mich gewartet hat, als ich ins Büro kam: wie er mir die Treppe hinauf gefolgt ist, als wäre er meinen Alpträumen entstiegen, von denen du wußtest und die du genau kanntest, gottverdammt noch mal! Es war kein Zufall, daß er das Wort *verschwinden* gebraucht hat. Du hast ihm erzählt, was meiner Mutter zugestoßen ist, nicht wahr? Du hast genau gewußt, was für eine Wirkung das auf mich haben, was für Ängste es auslösen würde!«

»Ich liebe dich, Jess«, sagte Don. »Das einzige, was ich von Anfang an wollte, ist, daß wir zusammen sind.«

»Rede«, sagte Jess.

»Was meinst du?«

»Sag mir alles.«

»Jess, was spielen Einzelheiten schon für eine Rolle? Das Entscheidende ist doch, daß wir zusammengehören.«

»Du hast das getan, um uns zusammenzubringen?«

»Alles, was ich getan habe, seit wir uns kennengelernt haben, habe ich nur aus diesem Grund getan.«

»Sag mir alles«, wiederholte sie.

Er holte tief Atem und stieß die Luft langsam wieder aus. »Was willst du wissen?«

»Welcher Art war deine Beziehung zu Rick Ferguson?«

»Das weißt du doch. Er war mein Mandant, und ich war sein Anwalt.«

»Hast du gewußt, daß er Connie DeVuono getötet hatte?«

»Ich habe ihn nie gefragt.«

»Aber du hast es gewußt.«

»Ich habe es vermutet.«

»Und du hast ihm angeboten, ihn rauszupauken, wenn er dir dafür einen Gefallen tut.«

»Connie hat noch gelebt, als ich mich bereit erklärte, seinen Fall zu übernehmen. Ich hatte damals keine Ahnung, daß er vorhatte, sie zu töten.«

»Aber du hast gewußt, daß er in ihre Wohnung eingebrochen hatte, daß er sie geschlagen und vergewaltigt hatte, du hast gewußt, daß er ihr gedroht und sie belästigt hat.«

»Ich wußte von den Beschuldigungen gegen ihn.«

»Hör auf mit der Wortklauberei, Don.«

»Mir war klar, daß er wahrscheinlich schuldig war.«

»Und da hast du ihm einen kleinen Handel vorgeschlagen.«

»Ich habe ihm gesagt, wir könnten einander vielleicht behilflich sein.«

»Du hast ihm alles über mich erzählt und ihm genau gesagt, was er sagen und tun soll.« Jess' Stimme war völlig tonlos.

»So etwa.«

»Aber warum denn nur? Und warum gerade jetzt?«

Don schüttelte den Kopf. »Mir ist etwas dieser Art schon sehr lange im Kopf herumgegangen. Ich wollte ein Mittel finden, dir zu beweisen, wie dringend du mich brauchst. Und da bot sich plötzlich die Gelegenheit, wenn man so sagen kann. Und der Plan kam mir wie von selbst. Außerdem fand ich die Symmetrie irgendwie anregend – vier Jahre ein Paar, vier Jahre getrennt. Ich wußte, ich konnte es mir nicht leisten, viel länger zu warten. Als dann auch noch Adam

Stohn aufkreuzte, war mir klar, daß ich es mir überhaupt nicht leisten konnte zu warten.«

»Und was hast du Rick Ferguson gesagt, daß er tun soll?«

»Im wesentlichen das, was ihm am besten entsprach. Ich habe ihm freie Hand gelassen – unter der Bedingung, daß er dir keinen Schaden antun würde.«

»Keinen Schaden? Er hätte mich beinahe umgebracht!«

»Ich war die ganze Zeit da, Jess. Du warst keinen Moment in echter Gefahr.«

Jess rieb sich den Hals, fühlte das Blut, das noch feucht war. »Du hast ihm gesagt, er soll in meine Wohnung einbrechen und meine Unterwäsche zerfetzen! Du hast ihm gesagt, er soll mein Auto zerstören.«

»Ich habe ihm gesagt, er soll dir angst machen. Die Details habe ich ihm überlassen.«

»Er hat Fred getötet.«

»Lieber Himmel, einen Kanarienvogel! Ich kauf dir tausend Kanarienvögel, wenn dir das so wichtig ist.«

Jess fühlte, wie sich das Kribbeln der Spinnenbeine von ihren Beinen und Armen zu ihrem Gehirn ausbreitete. War dieses Gespräch Wirklichkeit? Sie wollte es nicht glauben.

»Und heute abend?« fragte sie. »Was sollte er heute abend tun?«

»Ich habe ihm gesagt, daß ich deine Hartnäckigkeit kenne und du keine Ruhe geben würdest, solange er nicht wegen des Mordes an Connie DeVuono verurteilt sei. Ich wußte genau, er würde daraufhin der Versuchung nicht widerstehen können und dir auflauern. Und da ich unbedingt die Kontrolle über Zeit und Ort haben wollte, habe ich ihn ganz einfach ermuntert, die Sache so bald wie möglich zu erledigen.«

»Du hast ihn hergeschickt, um mich umzubringen!«

»Ich habe ihn hergeschickt, um *ihn* umzubringen«, sagte Don und lachte. »Ich habe ihm sogar den Schlüssel gegeben.« Er lachte wieder. »Ich habe ihn benutzt, Jess, um das zu erreichen, was wir beide wollen.«

»Was wir *beide* wollen?«

»Sei ehrlich, Jess. Wolltest du nicht die Todesstrafe für ihn? Der Staat hat dir den Wunsch nicht erfüllt. Also habe ich ihn dir erfüllt. Für uns beide«, sagte er und lachte jetzt nicht mehr.

»Du hast ihm eine Falle gestellt.«

»Der Mann war ein Vieh. Der letzte Dreck. Das hast du doch selbst gesagt. Er hat Connie DeVuono umgebracht. Und er hatte die Absicht, auch dich umzubringen.«

»Aber du hast mich doch bei meiner Schwester angerufen und gedrängt, über Nacht bei ihr zu bleiben. Du hast mich gebeten, nicht nach Hause zu fahren.«

Wieder lachte Don. »Weil ich wußte, daß du genau das Gegenteil tun würdest. Weil ich wußte, daß du schon aus Stolz schleunigst nach Hause fahren würdest. Du würdest doch aus Prinzip niemals das tun, was dein Mann dir rät.«

»Mein *Ex*-Mann«, verbesserte Jess sofort.

»Richtig«, bestätigte er, »dein *Ex*-Mann. Der Mann, der dich liebt, der dich immer geliebt hat, der nie aufgehört hat, dich zu lieben.«

Jess hob die Hände zum Kopf und hielt sich die Ohren zu. Das alles konnte doch nicht wahr sein. Das konnte nicht Wirklichkeit sein. Der Mann, der da vor ihr stand, war doch Don, um Gottes willen, der Mann, der stets für sie dagewesen war, der ihr Lehrer, ihr Geliebter, ihr Ehemann, ihr Freund gewesen war. Der Mann, der ihr über den Tod ihrer Mutter und grauenvolle Jahre lähmender Angstanfälle hinweggeholfen hatte. Und jetzt erklärte er ihr, daß er die Wiederkehr dieser Anfälle mit voller Absicht herbeigeführt hatte! Erklärte ihr, daß er derjenige gewesen war, der Rick Ferguson zu seiner Terrorkampagne angestiftet hatte. Erklärte ihr, daß er heute abend mit der Absicht hierhergekommen war, einen Mord zu verüben. Und das alles im Namen der Liebe! Wozu war dieser Mann noch fähig?

Jess' Gedanken rasten zurück durch die letzten acht Jahre. Ihre Panikanfälle hatten unmittelbar nach dem Verschwinden ihrer Mutter begonnen, hatten während ihrer ganzen Ehe mit Don angehalten und erst nach der Scheidung nachgelassen und schließlich aufgehört. Hatten sie ihr vielleicht etwas sagen wollen?

Er wird dir keinen Raum zu deiner eigenen Entwicklung lassen, hörte sie ihre Mutter sagen.

Mutter, dachte sie, meine schöne Mutter. Langsam näherte sie sich dem toten Rick Ferguson und kniete vor ihm nieder. Sie hörte das Knacken in ihren Knien und fragte sich, ob ihr Körper gleich auseinanderbrechen würde. Ihr Blick flog rasch über die klaffende Wunde in der Mitte seines Rückens, und sie versuchte, den widerlich süßen Geruch des Todes, der sich wie eine mit Äther getränkte Maske über ihre Nase legen wollte, zu ignorieren.

»Ich liebe dich, Jess«, sagte Don. »Niemand kann dich je so lieben, wie ich dich all die Jahre geliebt habe. Ich konnte nicht zulassen, daß jemand sich zwischen uns drängte.«

Das Kaleidoskop begann sich wieder zu drehen, und die kleinen Glasteilchen ordneten sich vor ihrem inneren Auge zu einem Bild von bestürzender Klarheit. Sie wußte plötzlich genau, wozu dieser Mann noch fähig war.

Auf ihren Fersen sitzend, drehte sie sich herum und sah zu Don hinauf, dessen braune Augen nur seine Liebe zu ihr spiegelten. »Du warst es«, sagte sie. Ihre Stimme schien eine fremde Kraft zu sein, die in ihren Körper eingedrungen war und Gedanken hervorbrachte, von denen sie nicht einmal wußte, daß sie sie hatte. »Du hast meine Mutter getötet.« Sobald die Worte ihre Lippen verlassen hatten, wußte Jess mit absoluter Gewißheit, daß sie die Wahrheit waren. Langsam stand sie auf. »Erzähl es mir«, verlangte sie, und die fremde Stimme war leise, beinahe unhörbar.

»Du verstehst es ja doch nicht«, entgegnete er.

»Dann sorg dafür, daß ich es verstehe«, sagte sie. Sie zwang sich, sanft zu sprechen, zärtlich. »Bitte Don, ich weiß, daß du mich liebst. Ich möchte es verstehen.«

»Sie wollte uns trennen«, sagte Don, als sei das die einzige Erklärung, die notwendig war. »Und es wäre ihr gelungen. Das wußtest du nicht. Aber ich wußte es. Wie sie immer betonte, war ich wesentlich älter als du. Ich hatte mehr Lebenserfahrung. Ihr wart so ineinander verhakt, daß ich wußte, sie würde dich schließlich doch mürbe machen und dich bereden, mit der Heirat bis nach deinem Examen zu warten. Und ich wußte, wenn wir warteten, bestand für mich die Gefahr, dich zu verlieren. Dieses Risiko konnte ich nicht eingehen.«

»Weil du mich so sehr geliebt hast«, sagte Jess.

»Weil ich dich mehr geliebt habe als alles andere auf der Welt«, erklärte er. »Ich wollte sie nicht töten müssen, Jess. Ob du es glaubst oder nicht, ich hatte die Frau tatsächlich gern. Immerzu habe ich gehofft, sie würde vernünftig werden. Aber das geschah nicht, und allmählich begriff ich, daß es auch nie dazu kommen würde.«

»Und da hast du beschlossen, sie zu töten.«

»Ich wußte, daß es keine andere Möglichkeit gab«, begann er, »aber ich mußte auf den richtigen Moment warten, die geeignete Gelegenheit.« Er zuckte die Achseln, eine Geste falscher Unschuld, als sei alles, was geschehen war, außerhalb seiner Kontrolle gewesen. »So ähnlich wie es mit Rick Ferguson war.« Wieder zuckte er die Achseln, und die Unschuld fiel von ihm ab. »Und eines Morgens hast du mich dann angerufen und mir von eurer Auseinandersetzung erzählt; wie du aus dem Haus gestürmt bist, nachdem du deiner Mutter gesagt hattest, dann solle sie eben allein zum Arzt fahren. Ich wußte, daß der Krach dir schon leid tat, daß du die Heirat verschieben würdest, wenn der Knoten in der Brust sich als bösartig entpuppen sollte. Ich erkannte, daß ich schnellstens handeln mußte.

Ich fuhr also zu euch, sagte deiner Mutter, du hättest angerufen und mir erzählt, was geschehen sei und wie leid dir alles täte. Ich sagte, ich wollte nicht bis in alle Ewigkeit der Zankapfel zwischen euch sein, ich sei bereit zu warten und würde dir klarmachen, daß es besser sei, mit der Heirat bis nach deinem Examen zu warten.«

Er lächelte bei der Erinnerung. »Sie war unglaublich erleichtert. Als hätte man ihr die Last der Welt von den Schultern genommen. Sie dankte mir. Sie hat mich sogar geküßt. Und sie sagte, sie hätte natürlich nie etwas gegen mich persönlich gehabt, aber, na ja, du weißt schon...«

»Und da hast du ihr angeboten, sie zum Arzt zu fahren.«

»Ich bestand darauf, sie zum Arzt zu fahren«, erzählte Don beinahe mit Genuß. »Ich sagte sogar, es sei ein so schöner Tag, wir könnten doch vorher noch eine kleine Spazierfahrt machen. Sie fand den Einfall reizend.« Sein Lächeln wurde breiter. »Wir sind nach Union Pier gefahren.«

»Was?«

»Ich hatte mir alles schon genau überlegt. Als ich sie erst einmal bei mir im Wagen hatte, war es im Grunde genommen ganz einfach. Ich sagte, ich würde gern ihre Meinung zu einigen Umbauten hören, die ich mit dem Häuschen vorhatte. Sie freute sich, daß ich ihre Hilfe haben wollte. Sie war richtig geschmeichelt, glaube ich. Wir gingen durch das Haus, sie sagte mir, was ihrer Ansicht nach hübsch aussehen würde, dann gingen wir hinten hinaus zu den Felsen.«

»O Gott.«

»Sie hat es überhaupt nicht kommen sehen, Jess. Ein sauberer Schuß in den Hinterkopf, und es war vorbei.«

Jess schwankte, wäre beinahe gestürzt. Sie grub ihre Zehen förmlich in den Boden und schaffte es, auf den Füßen zu bleiben. »Du hast sie getötet«, flüsterte sie.

»Sie wäre sowieso gestorben, Jess. Aller Wahrscheinlichkeit nach wäre sie in spätestens fünf Jahren an Krebs gestorben. Überleg doch was ich ihr an Schmerzen, was ich euch allen an Qual erspart habe. Sie ist an einem wunderschönen sonnigen Tag gestorben, als sie über die Felsen zum See hinausblickte und sich zum erstenmal seit Monaten keine Sorgen um ihre Tochter machte. Ich weiß, es wird dir schwerfallen, das zu verstehen, Jess, aber sie war glücklich. Sie ist glücklich gestorben.«

Jess öffnete den Mund, um etwas zu sagen, aber es dauerte Sekunden, ehe sie einen Laut hervorbringen konnte. »Was – hast du hinterher getan?«

»Ich habe sie beerdigt, wie es sich gehört«, antwortete er. »Draußen bei den Felsen. Du hast vor ein paar Wochen zu ihrem Grab hinausgesehen.«

Jess sah sich, wie sie in Dons Häuschen am hinteren Fenster gestanden und durch das Schneegestöber zu den Felsen des Steilufers hinausgeblickt hatte.

»Am liebsten hätte ich dir da schon die Wahrheit gesagt«, fuhr er fort. »Um dir endlich deine Seelenruhe wiederzugeben und dich wissen zu lassen, daß es für dich keinen Grund gibt, dich am Tod deiner Mutter schuldig zu fühlen. Eure Auseinandersetzung hatte mit ihrem Tod nichts zu tun. Ihr Tod stand schon in dem Moment fest, als sie das erstemal versuchte, sich in unsere Pläne einzumischen. Aber ich wußte, daß das noch nicht der richtige Moment war, dir das zu sagen.«

Jess erinnerte sich, wie Don sie in den Armen gehalten hatte. Sie erinnerte sich seiner Zärtlichkeiten und seiner Küsse, als sie sich vor dem offenen Kamin geliebt hatten. Sie erinnerte sich des falschen Trosts, den er ihr gegeben hatte. Den er ihr immer gegeben hatte. Hatte etwas tief in ihrem Unterbewußtsein das immer geargwöhnt? Das mußte es gewesen sein, was diese Panikanfälle all die Jahre über ihr hatten sagen wollen.

»Und mein Vater? Der war doch auch gegen unsere Heirat.«

»Dein Vater war ein Lamm. Ich wußte genau, daß ich mit ihm

keine Probleme haben würde, wenn deine Mutter erst aus dem Weg war.«

»Und die Waffe?« fragte Jess. »Was hast du mit der Waffe gemacht?«

Wieder lächelte Don, und sein Lächeln war beängstigender als Rick Fergusons je gewesen war. »Das war mein Abschiedsgeschenk an dich, als du gegangen bist.«

Jess drückte beide Hände auf ihren Magen. Sie starrte zu dem kleinen Revolver in Rick Fergusons ausgestreckter Hand hinunter. Diese Waffe hatte ihr Don zum Schutz mitgegeben, als sie sich von ihm getrennt hatte. Mit dieser Waffe hatte er ihre Mutter getötet.

»Mir gefiel die Ironie daran«, sagte Don, als kommentierte er eine rechtliche Feinheit und spräche nicht vom Mord an ihrer Mutter. Wann hatte er die Grenze zum Wahnsinn überschritten? Wie hatte sie so lange blind sein können?

Sie hatte mit dem Mörder ihrer Mutter geschlafen, um Himmels willen. War er wahnsinnig, oder war sie es? Ihr war so übel, daß sie glaubte, sie würde ohnmächtig werden.

»Jetzt verstehst du vielleicht, wie sehr ich dich liebe«, sagte er, »daß ich mir nie etwas mehr gewünscht habe, als für dich zu sorgen.«

Jess' Kopf schwankte von einer Seite zur anderen, alles um sie herum verschwamm vor ihren Augen. Würde er auch sie töten? »Und jetzt?« fragte sie.

»Jetzt rufen wir die Polizei und melden, was geschehen ist. Daß Rick dir in deiner Wohnung aufgelauert hat und dich töten wollte; daß ich gerade noch rechtzeitig gekommen bin und ihn erschießen mußte, um dich zu retten.«

Jess schloß die Augen.

»Und dann ist alles vorbei«, fuhr Don in beruhigendem Ton fort. »Du kommst mit mir nach Hause. An den Platz, an den du gehörst. An den du immer gehört hast. Und wir können zusammensein. Wie es uns von Anfang an bestimmt war.«

Die Übelkeit überschwemmte Jess in einer riesigen Welle, riß sie von den Füßen, warf sie auf die Knie, trug sie ins offene Meer hinaus, drohte sie zu ertränken. Instinktiv suchte sie nach einem Halt, nach irgend etwas, das sie retten, das sie davor bewahren konnte, fortgeschwemmt zu werden, unterzugehen und zu ertrinken. Ihre Finger fanden einen Ast, umklammerten ihn, hielten ihn fest. Der Revolver. Das begriff sie, als sie ihre Finger um den Kolben legte und sich daran auf sicheren Boden zurückzog, hinaus aus der tödlichen Strömung. Mit einer einzigen schnellen Bewegung riß Jess die Waffe in die Höhe, richtete sie auf das Herz ihres geschiedenen Mannes und drückte ab.

Don starrte sie voll ungläubiger Überraschung an, als die Kugel sich in seine Brust bohrte. Dann stürzte er vornüber und fiel zu Boden.

Jess stand langsam auf und trat zu ihm. »Mitten ins Schwarze«, sagte sie ruhig.

Sie hätte nicht sagen können, wie lange sie da stand und auf Don hinunterblickte. Sie hielt die Waffe auf seinen Kopf gerichtet, um sofort noch einmal zu schießen, wenn er auch nur gezuckt hätte. Sie hätte nicht sagen können, wann endlich wieder Geräusche an ihr Bewußtsein drangen, Verkehrslärm von der Straße, Gelächter aus einem offenen Fenster, das Läuten ihres Telefons.

Sie sah zur Uhr hinüber. Zehn. Das mußte Adam sein, der anrief, um sich nach ihrem Befinden zu erkundigen, um zu fragen, was für einen Tag sie gehabt hatte, um ihr eine gute Nacht zu wünschen.

Sie hätte beinahe gelacht. Heute nacht würde sie keinen Schlaf bekommen, soviel war sicher. Sie würde mit der Polizei zu tun haben, ihre Familie benachrichtigen müssen. Ihnen von Rick Ferguson und von Don erzählen, die Wahrheit darüber sagen müssen, was an diesem Abend hier geschehen war, und die Wahrheit darüber, was vor acht Jahren geschehen war. Die ganze Wahrheit. Würden sie es ihr glauben?

Glaubte sie selbst es denn?

Sie ging zum Telefon und hob ab. »Adam?« sagte sie.

»Ich liebe dich«, antwortete er.

»Könntest du nach Hause kommen?« Ihre Stimme war leise, aber beherrscht und überraschend angstfrei. »Ich glaube, ich brauche einen guten Anwalt.«